坤山兄謬正

U0118584

王進祥 2009. 5. 7

說文解字今述

（第一篇）

王進祥　岳喜平　合述

說文出版社
頂淵文化事業有限公司 印行
（西元2003年12月·台北）

王進祥:台灣省台北縣人. 1952年生
岳喜平:河南省南陽地區人. 1968年生

　　語文為立心安身之本, 字書是通識暨科普的第一種經典, 語文倫理是人間第一倫理, 不知道、不能夠、不願意對語文的使用負責任, 社會現象必定詭異失序紊亂, 動搖倫理 , 共通的理念、精神以及文明、文化發展, 都將失色變質 , 我們期待有識大德來支持、參與發展語文倫理學。

說文解字今述

第一篇目次

感　銘　　王進祥

　　我得以與荊室喜平合述本書，首先必須感恩國史上無數本分而默默無聞的列祖列宗及古聖先賢，他們所創造的偉大光輝的中華文化豐富了我的生命；同時必須感恩前人、今人的著作予我引述的莫大便利！而在我生命迄今的過程中，有諸元善大德對我呵護、關心、信任、支持、幫助、期望有加，使我終於知道本分，不失本眞，敬謹銘此以表飲水並未忘記思源、必有以補贖：

王永福	王蓮花	王世宗	王綉桂	簡添福	邱垂海	簡福壽
徐火石	林　尹	吳　英	陳立夫	毛子水	俞大維	許慈多
趙　登	林英茂	王啟文	王瑞津	馮文星	王啟仁	王瑞芬
唐鴻英	簡淑美	釋廣元	容天圻	陳清祥	陳修武	林君潤
郭瑞華	林哲鉦	傅秀鳳	鍾銀金	許榮一	沈大論	王瑞生
葉政欣	王華昌	黃俊生	吳　車	陳連禎	蘇先生	林英豹
廖金玉	張麗美	李日斌	陳訓章	蔡榮興	謝碧珠	劉春鳳
劉儒靜	李寶亭	李久英	苗福環	孫竹生	謝秉宏	談智美
沈秋雄	陳斌發	岳秀玲	馮建華	張文炎	王文崑	韓文第
蘇麗香	王秀雲	方廣錩	賴瑞鑌	王建成	王芳玲	王志成
陳金富	洪慶安	潘成雲	王鐵軍	吳淑娥	吳慶良	李　鋼
簡來成	林保淳	李如罡	洪文治	汪稼華	鄭萬里	許鈞儒
邱童寶桂	鄭獻堂	邱　生				

　　尤其必須再特別表示的是：一、姑父母大人王世宗先生、王綉桂女史多方受氣苦辛撫育我長大成人，至今仍爲我操心承擔大部分家庭責任，恩德遠勝生身父母！二、元善大德簡添福先生與我素昧平生，竟能在我這四年來飽受天津軍糧城鎮東塾村匪類鄭兆玉、潘成娥夫婦兩大家人奸究詐騙算計、欺凌榨財仍嫌不足，又加之以侵占搶劫而再三置我幾瀕於死的期間，源源不斷資助我近二百萬元，是古今中外罕有！三、昔年心高氣傲妄拒師恩，因愧與同門往還，乃沈秋雄兄三十餘年未見，仍辱承下加錦注關愛厚貺。顧人生何能耳？要在自知自覺本分負責而已！"但願人長久"，豈止於慨嘆或一時無聊興來之詞！此生難得今已得，感銘之餘，並衷心爲天下有良知良能者祝！

　　　　公元二〇〇三年九月一日　適小女誼誼誕生　感恩銘誌

題　辭　　　　　王進祥

《一棵大樹》

今山古道，一棵大樹轉化了風霜雨露；結痂累累，落葉搖情，新枝嫩芽任發抒！不私護，綠蔭大地！暮暮朝朝好自處。我歌頌、長懷擁抱，有一棵大樹。

其　二

滄桑歲月，一棵大樹挺舉了日月寒暑；兒時光景，少年春夢，壯歲情懷憑君訴！人生路，搏擊今朝！歲歲年年喜忙碌。來牽手、同頻共振，做一棵大樹。

跋曰：“呼吸一過，萬古無輪廻之時；形神一離，千年無再生之我。悠悠一世，終成甚人？試一思之，可爲慟哭！”此呂新吾《去僞齋文集》中自警警世之言也。本分乃人生以之踏實安康之不二法門；古往今來無數本分之匹夫匹婦，甘於默默無聞安身，並因而任勞任怨以之奉獻，是國族傳承暨文化遞嬗之源頭活水。本分永恆，本分萬歲，爰爲《一棵大樹》歌頌之。

風雨賦情三首　王進祥

浮天滄海祖國行，來途若夢祇多情；
大地春雷還湧動，萬里江山眼中明。

二

蹉跎難堪故土情，春花秋月愧平生；
餘年忍教背鄉日，不恤風波任我行。

三

天心客歲又憑添，揮灑江柳笑秦煙；
風雨夙緣還大地，看取春泥百千年。

自　序（一）　　　　　　岳喜平

　　這部《說文解字今述》依原著者叔重先生所作之十五篇分為十五冊出版；同一系列的《說文解字譯讀》、《兒童讀說文》、《說文部首述講》、《說文解字導讀》，稍後也將陸續出版，一皆十六開本套紅印行。

　　中國文字由結繩、契刻、八卦、圖畫演進而成。《易·繫辭下》："上古結繩而治，後世聖人易之以書契；百官以治，萬民以察。"唐、孔穎達《周易正義》引漢、鄭玄《注》云："結繩為約，事大，大結其繩；事小，小結其繩。"唐、李鼎祚《周易集解》引《九家易》謂："古者無文字，其有誓約之事，事大，大其繩；事小，小其繩。結之多少，隨物眾寡，各執以相考，亦足以相治也。"《莊子·胠篋篇》："昔者容成氏、大庭氏、伯皇氏、中央氏、栗陸氏、驪畜氏、軒轅氏、赫胥氏、尊盧氏、祝融氏、伏犧氏、神農氏，當是時也，民結繩而用之。"這十二氏，殆為我國上古原始社會部落氏族的首領人物；其中軒轅氏即黃帝，伏犧氏、神農氏亦史籍中屢見，和黃帝都是我們華夏民族傳說中的始祖。結繩記事是文明未開化的人們認為最聰明簡便易行的記事方法。而本書原著者叔重先生則在《敘》中引《易·繫辭下》之言並云："古者庖犧氏之王天下也，仰則觀象於天，俯則觀法於地，視鳥獸之文與地之宜，近取諸身，遠取諸物，於是始作《易》八卦，以垂憲象，及神農氏結繩為治而統其事。"是既言結繩記事始於神農氏之時，並且是在庖犧氏畫卦之後。但結繩之法是在幫助記憶、處理事務，並不能記錄和傳播語言，與文字性質根本不同，二者既非相生關係，亦無因襲關係，頂多只與表數目的文字有關。

　　契刻是較結繩晚出的一種記事方法。契，亦作"栔"。漢末劉熙《釋名·釋書契》："契"，刻也，刻識其數也。"唐、陸德明《經典釋文》："書者，文字；栔者，刻木而書其側。"契刻是上古原始社會部落氏族的記事符號，是漢字起源之一；一、二、三、四、五、六、七等數字，即取象於契刻。而上個世紀五〇年代在臨近河南省安陽市小屯村的四盤磨西地 SP11 內發現一塊橫刻三行由數字組成的小符號，並且陸續有出土；一九七七年在陝西岐山縣鳳雛村周人宗廟遺址出土的周人甲骨中也有多例，從而證實了"文王演周易"是可信的。不論是八卦還是六十四卦，都是抽象記事符號。

　　陝西西安半坡臨潼姜寨、零口、垣頭、長安五樓、郃陽莘野、銅川李家溝等仰韶文化遺址出土的彩陶，甘肅半山、馬廠，青海樂都、柳灣等地的馬家窯文化遺址，山東章丘城子崖、青島趙村等地的龍山文化遺址，山東大汶口文化晚期遺址，莒縣陵陽河和諸城前寨遺址等所出土的陶器，都有簡單線條組成的抽象符號，甚至可辨的記事性質的圖畫，這都一一證實了圖畫符號為漢字起源之一。這些圖畫符號是先民們的集體智慧所創造的；是原始的、具有美感的文字畫，並且可以斷言：殷商甲骨上抽象符號表意的指事字，具體之形表意的象形字，因此演進隨之誕生。漢文字的可溯歷史，最少在六千年以上。

　　依古來的傳說，漢文字是由中華民族始祖公孫軒轅黃帝的史官倉頡（又作蒼頡）創造的。戰國時期思想家們著作的《荀子》、《韓非子》、《呂氏春秋》等書均有記載。但在《荀子・解蔽篇》上則認為倉頡只是整理文字的人。"好書者眾矣，而倉頡獨傳者，壹也。" 這個 "壹" 就是 "同一、統一" 的意思，也就是加以整理標準化、規範化的意思。如此說來，這是漢文字的第一次整理統一。漢武帝以後，人們益加神化倉頡，說他 "四目靈光"，是超凡入聖之人，在傳說的河南省樂縣吳村倉頡故里，人們為之修廟、造陵，儼然奉為聖人；本書原著者叔重先生對倉頡造字之說信以為真，更因而根植在後人心中。但關於倉頡創造了漢文字或對漢文字 "獨傳者，壹也"，至今尚無信史可徵。

　　甲骨文是迄今發現的最早也是最完備的古代漢文字。甲骨文，全稱 "龜甲獸骨文字"，也稱為 "契文"、"龜版文"、"龜甲文"、"甲骨文字"、"龜甲文字"、"殷墟文字"、"貞卜文字"、"卜辭"、"殷墟卜辭"、"甲骨卜辭"、"甲骨刻辭"、"殷墟書契"、"刀筆文字"、"甲文"。約在清道光年間（公元一八二一年～八五〇年），河南省安陽市城西北五里洹水南岸的小屯村農民在犁田時，不斷翻耕出龜甲、骨片，上有刻畫，且作殷色，不知何物，其極大甲骨被視為 "龍骨"，因為越掘越多，被輾轉於各地藥鋪出售。三十餘年後的清光緒二十五年（公元一八九九年），國子監祭酒、精研金石的古文字學家王懿榮正在病中（後於一九〇〇年秋八國聯軍入北京時與妻投井自盡），劉鶚（《老殘遊記》作者）在王家作客，見到王氏服用的中藥中有 "龍骨" 一味，上有契刻文字，於是拿給王看，兩位老友當場 "相與驚訝"，肯定為一種古老文字，並花重金向藥鋪蒐購。劉鶚隨後出版《鐵雲藏龜》，在《自序》中說甲骨文是 "殷人的刀筆文字"，是為著錄甲骨文拓本的第一本書。清光緒三十年（公元一九〇四年），孫詒讓據《鐵雲藏龜》寫成《契文舉例》一書，是第一部考釋甲骨文的專著。清光緒三十四年（公元一九〇八年），學部（相當於今之教育部）參事羅振玉派人搜求甲骨，從而確定了甲骨文的出土地點為安陽之小屯村，並進一步確定了甲骨文的年代是殷商。因羅氏收集、考釋、刊布流傳，被公認為甲骨學的奠基人。與此先後，羅氏弟子王國維則首創以甲骨卜辭證史，寫出《殷卜辭中所見先公先王考》、《殷卜辭中所見先公先王續考》，證明《史記・殷本紀》所載大體可靠，也糾正了其中個別世系錯誤，開闢了甲骨文考釋和殷商歷史結合的中國古代史學研究新天地；甲骨文字和甲骨學在國際上引起很大的重視。一九二八年秋到一九三七年日本侵華＂七七蘆溝橋事變＂前止，在史學家傅斯年倡導下，當時的中央研究院歷史語言研究所在安陽小屯村及其周圍共進行了十五次發掘，出土了二萬四千九百一十八片甲骨。而自發現殷墟甲骨以來所出土的總數量有十五萬片以上，是殷商王朝自盤庚東遷以迄帝辛（紂）十二帝二百七十三年（公元前一三〇〇年～前一〇二八年）間的遺物，上面所刻的全為王室占卜記事文字；殷人非常迷信神鬼，凡事必先占卜吉凶，這些占卜記事文字的內容包括當時社會生活的各個方面，舉凡祭祀、戰爭、田獵、農事、出入、風雨、天象、年成、方國、地理、宗教、疾病、占夢、生育……等等，無不一一留下記錄，是活生生的信史，也是一部殷商時代的百科全書。這些甲骨文字，整理出來的單字有四千五百餘個，經過百餘年來專家學者們先後的研究努力，可以識解的約有三千個，這大約三千個可識的甲骨文字，在結構上已是＂六書皆備＂，以象形、會意為主；形聲字占百分之二十二左右；轉注字已經萌芽；假借現象普遍，一片甲骨卜辭假借字往往占一半以上，這是當時文字符號還不齊備的特有現象。甲骨文字的形體尚未定型化，允許部位正反側倒上下左右無別移易、筆畫偏傍損益、義近偏傍互相代換，致使異體字繁多，合文現象普遍，但已是成熟的文字，不是低級階段的文字畫。

從一九五四年到一九七七年，先後在山西洪洞縣坊堆的西周遺址、北京昌平的白浮西周墓、陝西省的豐鎬遺址、周原遺址發現了西周甲骨，上面的文字，和殷墟甲骨文字一脈相傳。而西周、東周（春秋、戰國時代）流傳後世的文字，主要是出土的＂金文＂，全稱為＂吉金文字＂，又叫＂鐘鼎文＂、＂彝器文字＂、＂鐘鼎彝器銘文＂、＂彝器款識＂；這主要是殷商晚期到戰國時代鑄刻在青銅器上的銘文，字種約有五千上下，比甲骨文為多，這些文字，商代金文和甲骨文字近似；西周金文的形體較甲骨文固定；戰國金文則已近似小篆。但〝戰國文字〞又分為〝東土文字〞和〝西土文字〞；〝東土文字〞又稱〝戰國古文〞、〝東方六國文字〞、〝六國古文〞；、〝古文（即本書原著者叔重先生所言之古文）〞，是戰國時期通行於齊、楚、燕、韓、趙、魏這六國的文字；〝西土文字〞是戰國時期通行於秦國的文字，又稱為〝大篆、籀書、籀文、史書〞，後人始終說這〝西土文字〞可以溯源到周宣王太史籀所作，這是因為周平王東遷洛邑後，秦遷都於雍（陝西鳳翔附近），承襲了西周故地，也承襲了西周文化，連文字都是由西周一脈相承，但相對於〝東方六國文字〞而言，根本不對不合情理，簡直是另一種成王敗寇的說法！總而言之，春秋、戰國之世雖說王政各異，文字不一，終究是大同小異，實際都是相承自殷商、西周的文字演變而來。

秦始皇掃滅六國，統一宇內，不允許再存在〝言語異聲、文字異形〞的現象，下令〝罷其不與秦文合者〞，以丞相李斯等人就大篆〝省改〞後的〝小篆〞頒行全國，謂之〝書同文〞，這是我國文字第一次的標準化、規範化。

秦始皇在〝書同文〞之後，為了禁制臣民的思想，竟暴行焚書坑儒虐政。劉邦代秦興漢，廢除挾書令，使民間思想恢復活潑。這時通行的文字是秦代就已出現的隸書。由小篆到隸變，打破了漢字的〝六書〞結構，結束了我國古文字的歷史，揭開了今文字史頁。因為漢武帝罷黜百家，獨尊儒術，演成今、古文學派的激烈鬥爭。本書原著者叔重先生是古文經學家，認為文字是〝經藝之本，王政之始〞，為了駁斥今文經學家篡改經義，以二十餘年精力將龐雜的漢字分為依類象形的〝文〞和形聲相益的〝字〞，寫出《說文解字》這本不朽的經典著作。

本書原著者許慎先生，字叔重，東漢汝南召陵（河南郾城）人，博通經籍，曾官太尉南閣祭酒、洨長，世稱〝許祭酒〞、〝許洨長〞；有〝五經無雙許叔重〞之譽；約卒於漢桓帝建和元年至三年（公元一四七年～一四九年）之間，高壽九十餘歲。《說文解字》收字種 9,353 個，是第一部漢文字典、第一部漢字學著作，也是一部百科全書、人生寶典，內容涉及天文、地理及歷史、哲學、軍事、動物、植物，醫學、人體解剖等等，人類社會生活和知識領域各個方面，幾乎無所不包。

清乾隆間精於考據，崇尚漢學的學者王鳴盛（西元一七二二年～一七九七年；著有《十七史商榷》、《蛾術編》等書。）對《說文解字》推崇備至，他在《說文解字正義·序》中說：〝《說文》為天下第一種書。遍讀天下書，不讀《說文》猶不讀也。但能通《說文》，餘書皆未讀，不可謂非通儒也。"從文字本身就等於智慧，以及叔重先生博採通人之說要使讀者"引而申之，以究萬原"、"知化窮冥"這兩點來看，王氏的推崇也非過甚其辭。《說文解字》一成書就已傳開，東漢經學大師鄭玄（西元一二七年～二〇〇年）注《周禮》、《禮記》，就引用《說文解字》；唐代陸德明的《經典釋文》、李善的《文選注》、玄應和慧琳的《一切經音義》等書，也都大量引用《說文解字》。而此前晉朝呂忱編著的《字林（所收字種 12,824 個）》，梁、顧野王編著的《玉篇（所收字種 22,726 個）》，都是在《說文解字》的基礎上擴展而成的。《說文解字》在流傳中經輾轉抄寫，衍漏譌異不斷增加，唐代李陽冰曾作刊定，但主觀武斷，隨意竄改，譌誤反而更為嚴重。南唐徐鉉（公元九一七年～九九二年）、徐鍇（公元九二〇年～九七四年）兄弟為之校定，對恢復和解釋叔重先生原書面貌各有其功，《說文解字》因而定於一尊廣為流傳當時及後世。

　　徐鉉、徐鍇兄弟為會稽（今浙江紹興）人，父官江都，定居廣陵（今江蘇揚州）；兄弟二人俱以精研小學顯名江左，世稱"大小二徐"。弟徐鍇字楚金，幼承母學，又從兄鉉學，酷嗜讀書，寒暑不輟，博聞強記；累官南唐內史舍人；宋兵南下，死於圍城。徐鍇先其兄徐鉉著《說文解字繫傳》八篇，含《通釋》三十卷，是注釋叔重先生原書之作，為全書重心，每字下，先錄原文，然後徵引經傳，發明叔重先生原意，並加"臣鍇曰"、"臣鍇案"與原文相區別；反切為同時人朱翱所加。《部敘》二卷，擬《易·序卦》說明五百四十部先後次第。《通論》三卷，在探求文字本原。《祛妄》一卷，斥李陽冰臆說。《類聚》一卷，列舉字之相比為義者。《錯綜》一卷，旁求六書之旨。《疑義》一卷，舉《說文解字》偏旁所有而闕其字及篆文筆畫相承而小有出入者。《系述》一卷，為徐鍇自敘。全書總四十卷，世稱"小徐本"。《說文解字繫傳》在闡發叔重先生原書旨意方面，頗多可取，為歷來研治《說文解字》的重要參考著作之一；傳世以清道光十九年（西元一八三九年）壽陽祁寯藻請承培元、苗夔校訂刻本為最善。

　　鍇兄徐鉉，字鼎臣，初仕吳、南唐，歸宋後官拜散騎常侍。宋太宗雍熙三年（西元九八六年），詔令徐鉉與王惟恭、葛湍、句中正同校《說文解字》；徐鉉將叔重先生原書之十五篇各分上下卷，共三十卷；卷首增加篆文標目，新補十九字於正文中；又以經典相承及時俗通用

而叔重先生未收者四百零二字附於每部正文之後，標為“新附”；俗書
譌謬，不合六書之體二十八字及篆文筆跡相承小異者殿於書末；增加
校文、訓釋，題“臣鉉等曰”為別，間引李陽冰、徐鍇之說，亦各署
姓名以與原文相區別；每字說解之後，據孫愐《唐韻》增加反切；世
稱“大徐本”以別於其弟徐鍇之《說文解字繫傳》。傳世以清同治十二
年（西元一八七三年）廣東番禺陳昌治據孫星衍平津館本改刻本最善。

　　二徐校訂之《說文解字》，亦有不少缺點錯誤，大徐尤甚。清、錢
大昕《徐鉉等校定說文解字跋》就批評說：“鉉等雖工篆書，至於形聲
相從之例，不能悉通，妄以臆說。”而且二徐本多有差異，學者往往
無所適從。清代學者如段玉裁、錢坫、嚴可均、鈕樹玉、姚文田、桂
馥、王筠、朱駿聲等人都以很大精力為之校訂譌誤，比勘二徐異同，“說
文學”由是蓬勃大興。其中以段玉裁之《說文解字注》、桂馥之《說文
解字義證》、王筠之《說文解字句讀》、朱駿聲之《說文通訓定聲》成
就最大，世稱“《說文》四大家”；丁福保編《說文解字詁林》時譽為：
“四家之書，體大思精，疊相映蔚，足以雄視千古矣。”我與外子進
祥在《說文解字導讀》一書中已有詳述，此處不再複贅。

　　我與外子進祥合纂本書及其系列構篇，目的有三：一、希望進祥
在大難大變故之後，能及時有強毅自處的作為，不能被埋沒；二、使
《說文解字》成為人人可親可近的普及性讀物；三、便利國際人士深
入學習中文漢字。我們以大徐本為底，用小徐本和四大家本互校，也
參考其他古今各家之說；譯白力求明確簡潔。每字的引申義、假借義
及其徵引，蒐羅賅備，要使讀者毋需再去查找其它字書。間亦嘗試不
泥成例，引申義與假借義交相穿說，如本冊《艸部》中的“蓬”字。
與日常生活關係密切的字，酌加常識性的敘述，如本冊《艸部》中的
“薑、菫、茛、蒜、蔥”等字。

　　次文化現象、雜質現象充斥社會，這是不倫使用語文習以為常所
造成的。所以我們同時呼籲創立“語文倫理學”。如果我們二人的工作
尚有可觀，是來自歷史長河中無數本分無名奉獻的列祖列宗及古聖先
賢共同創造的偉大民族文化所賜予的！而古今來學者們的心血成果，
惠予我們二人合纂的莫大方便，一一敬列本書第十五冊後以誌大德。
批評指教是最大的支持幫助，我們熱切需要、熱切期待。

公元二○○三年中秋於台北

自　序（二）　　王進祥

── 期望開創語文倫理學 ──

　　人類所以能夠成為主宰地球的萬物之靈，是因為具有豐富萬端的思想，除了能夠創造使用生活工具，還能夠創造使用隨時可以互相交流溝通的語言，以及用來記事並且使思想不斷縝密達到完善境界的文字，從而產生了文明，形成了文化。

　　語言，有聲無形，不能使人有所憑依覆按查實，於是做為語言符號的文字就應運而生。為人而欲在社會真實地立身行事，第一步是學習、知道如何正確認識使用語言文字！不能正確使用語言文字的人，日常生活上隨時與社會格格不入，自陷於孤立乃至乖戾的狀態中，而其中屬於不負責任恣意妄使語言文字一類的人等，無一不是思想本質惡劣、操行敗壞，沒有人格品德可言。語言文字是直截查見人禍的惟一所在！縱觀古今中外所有擾攘動亂、人禍災難的黑暗時代，從元凶首惡到其大大小小的徒眾們，首先都是以恣意妄使語言文字為能事。

　　如此說來，不免有人要疑問甚至反對：這是表面無根之說，要直攻人的思想人格這一根本所在的問題才對！是的，道理原要這麼講，但思想人格是抽象的，如何能查看得出來？人在種種行為前後，都要憑藉語言文字訴說自己有理、有自己的道理，是每個人的思想人格首先表現在他使用的語言文字上！準此而言，要養成一個人端正的思想人格，從小時候就必須開始教導如何正確使用語言文字。從前人們教育子弟，總要不斷耳提面命：〝才做囡仔開始，話不能亂講，要知道香臭！〞〝讀冊郎（讀書人）字不能亂寫！〞這指的就是要知道、要能夠正確使用語言文字。每一位黃口小兒，當然不懂事、不知香臭，是最好教育的時候，是必須給予正確教育的時候，如果有一天黃口小兒突然說出一句粗俗不堪或不馴無禮的話來，一傍聽了的父祖輩不責反喜，馬上哈哈笑說囡仔不懂事啦，為之掩飾，如此下去，這黃口小兒讀了書能夠明理嗎？行為願意接受規範嗎？

　　一旦為人，就有生、老、病、死四大苦的折磨，又隨時會受到七情六慾來役使，任誰都必須面對這些人生的基本問題；能夠從思想上正確面對善自處理的人，自然必定舒坦幸福得到大歡喜，反之，則坎坷不幸沉淪遺憾以終，愚昧或有智慧、賢或不肖的差別無不因此而見；

而生活中對其使用的語言文字負責與否，則是判然殊途之處！如同生養兒女一般，人類對其創造的語言文字有著道德義務上的天賦責任；不能正確對待兒女就不是好父母，不能正確使用語言文字就不是正常人！人間有倫理，必須包括語言文字的倫理。不分人等，在表達其思想之際，不能意識到出自其口的語言、下諸其手的文字已直截反映出、代表著他的人格品德（當然也包括意味著他的能力，但這是立身做人的其次條件），其行為也就不會有什麼人格品德可言。語言文字的尊嚴，和人性的尊嚴是一體不分的，不容褻瀆。

《淮南子・本經訓》說：「昔者倉頡作書，而天雨粟，鬼夜哭。」以現代的科學眼光來看這段話，人們必定要說無稽可笑、荒誕不經！其實這話的意思是在告訴人們：文字創造出以後，那些不本分、膽大妄為、投機奸究、巧言令色鮮矣仁的人等，將利用文字更加自恣欺人欺世，邪惡的手法連厲鬼也感到害怕恐懼，不事生產就妄想富甲一方的人將越來越多，貪婪爭先恐後掠奪社會資源的亂象將層出不窮，如此以文字肆虐作亂的人禍，將使原本萬物生生不息的大地災荒連連不斷！所以，早已有這先見之明的古代聖賢要以「天雨粟，鬼夜哭」來憂心悲憫人們原只能口出妄言瞶語，竟又能繼之以刀筆文字欺人欺世後的大千世界將紛亂擾攘到不知伊於胡底！試看當前整個「地球村」社會，虛榮、功利、金權等思想橫行，理念教育與現實問題尖銳對立，因而隨時隨地可聽可見虛偽煽訐、邪詐淫惡的語言文字！為了達到種種不一而足目的的人等，用語言文字欺人欺世已是十分尋常之事，而其彼此之間明知相欺，還以心照不宣為樂為「知己」，語言文字所受到的扭曲褻瀆糟蹋，是空前未有的。而最可駭異，令人感到不知今世為何世的是：想要表示憂心社會亂象的人，往往要先聲明自己並非衛道之士，以避免或少受到嗤笑嘲諷！敢於直以衛道挺身的人，則必須有接受反誣謗辱的心理準備！相較於古代本分誠樸的社會，當前文明發展到無以復加的人類，有什麼文化進步可言？熱絡接踵於世界各角落的文化古蹟尋根旅遊，毋乃對先人最大的諷刺褻瀆？

許慎先生著作《說文解字》，每部文字的排列，有一用心至深的原則：先列帶有美好祥和意義的字，後列含有醜惡災禍意義的字。不齒醜惡的行為與人事物，不要災禍，擁有美好祥和的人生，始終是古往今來人們不分日夜共同希望追求的；文字不只是語言的符號，從根本而言，是每個人思想的符號！心理素質正常的人，就是稍覺閃爍的語言文字，都要立即反射出不屑的態度，如今竟是訧吃騙姦的言語已成為社會現象之一。以當前社會亟需呼喚重建倫理秩序的角度來說，兩千年前許慎先生分別文字美好祥和、醜惡災禍的意義予以先後排列，是可謂用心至深，但以當時古人的意識而言，是再平實不過的。

　　幾代人以來，接受學校教育時，就必須接受〝公民與道德〞一類的人格養成教育；但老師大都只是照本宣科，內容不外乎必須做個堂堂正正、有益社會的人，待人接物、進退應對之間要有禮節、知道取捨，千萬不能誤入岐途，要能勇於知錯改過，要有國家民族大義……，如何做人的道理，應有盡有，就是獨缺做人先要如何正確認識使用語言文字！而〝修辭學〞的教授內容，對於〝修辭立其誠〞這一根本觀念是輕輕帶過，盡是教授如何雕琢立新、如何使文章美麗動人說服人，美談古人如何嘔心推敲出千古絕唱的辭句，甚至以語不驚人死不休為能，最平實的傳授是要求文從字順，終不見闡說先要如何正確認識使用語言文字！殊不知見於出現歷史最早的《易經》書上〝修辭立其誠〞這句話中的〝誠〞字，指的正是人們對語言文字負有絕對的道德義務責任，必須正確認識使用！殊不知一些不能正確認識語言文字的人，因為畏卻而不能自自然然使用語言文字，如何文從字順？凡此，在講求學科分工細密、無所不分的現代社會裏，寧非一大異事？春秋大義，一字寓褒貶，古代凶殘作惡的亂臣賊子會為之震慄自知末日，當前社會功利、金權思想充斥各個角落，語言文字被自恣妄使，亂象畢呈，再嚴厲的批評聲討，都不能使那些大有問題的人物們稍感羞愧不安，甚至更要變本加厲肆虐以示報復！語言文字變成為禍社會甚烈的一種暴力，現在研擬中的《國家語言發展法》，名稱很了不起很〝嚇人〞，但不知是否會有〝只緣身在此山中，難免虛無縹緲間〞的局限？如果人們還能想到必須探討思想根源問題，是否應該同時考慮到我們必須先能夠正確認識使用語言文字這一和整體性密切攸關的根本問題？

　　我生也大幸之至，不才失德，自招大難，九死一生兩世為人，竟得荊室喜平與我合纂《說文解字今述》系列，是三重恩暨諸元善大德惠我之恩，敢言必欲以餘年赴力反哺人倫以報！際茲本書出版前夕，平淡寫此正確認識使用語言文字之談，翹盼有心君子們共同來開創〝語文倫理學〞；本分誠樸、祥和美好的社會，或待諸有心君子們再肇其端。是代為序。

公元二〇〇三年九月一日

許慎說解六書術語譯讀舉例　王進祥

一、象形文（多兼爲部首）：

口　甘　人所以言食也。象形。凡口之屬，皆从口。苦后切（kǒu ㄎㄡˇ）。

【譯白】口，人用來說話進食的器官。是客觀描摹出形狀特徵所造的象形文。大凡用口做部首來被統括其意義類屬的文字，都是依從口做形旁構造而成的。

人　ㄗ　天地之性最貴者也；此籀文；象臂脛之形。凡人之屬，皆从人。如鄰切（rén ㄖㄣˊ）。

【譯白】人，天地之間所有生命體中最尊貴的高等動物；這是籀文；是描摹人手臂軀脛的側面形狀而造成的象形會意文字。大凡用人做部首來被統括其意義類屬的字，都是依從人做形旁構造而成的。

二、指事文（多兼爲部首）：

大　大　天大，地大，人亦大。故大象人之形。古文大也（他達切 tà ㄊㄚˋ）。凡大之屬，皆从大。徒蓋切（dài ㄉㄞˋ）。

【譯白】大，天的能量很大，地的能量很大，人的能量也很大。因爲無從表示這個“大”的形狀，所以就借描摹出象徵著人正面站立的形狀做爲指示符號來造出“大”這個指事文字。古文的大字就是這樣描摹形狀造成的。大凡用大做部首來被統括其意義類屬的字，都是依從大做形旁構造而成的。

寸　ㄕ　十分也。人手卻一寸，動脈，謂之寸口。从又，从一。凡寸之屬，皆从寸。倉困切（cùn ㄘㄨㄣˋ）。

【譯白】寸，長度單位十分。人兩手掌往後退一寸的手腕彎曲處，是動脈所在，稱爲寸口。是分別依從象徵手的“又”，以及用來指示寸口所在的“一”做主、從形符構造而成的指事文字。大凡用寸做部首來被統括其意義類屬的字，都是依從寸做爲形旁構造而成的。

音　音　聲也。生於心有節於外，謂之“音”；宮、商、角、徵、羽，“聲”；絲、竹、金、石、匏、土、革、木，“音”也。从言，含一。凡音之屬，皆从音。於今切（yīn ㄧㄣ）。

【譯白】音，唱奏出來的聲音。先有產生自內心的眞情感受，然後抑揚頓挫有節律地流露出來稱爲“音”；宮、商、角、徵、羽各個單一的音階，是“聲”；絲、竹、金、石、匏、土、革、木等各類樂器演奏出來的旋律，是“音”。是依從言做形旁，在口中加進去抽象符號“一”來指示具有節律性構造而成的指事文字。大凡用音做部首來被統括其意義類屬的字，都是用音做形旁構造而成的。

刃　刄　刀堅也；象刀有刃之形。凡刃之屬，皆从刃。而振切（rèn ㄖㄣˋ）。

【譯白】刃，刀的堅利鋒快部分；是用“ヽ”來指示刀堅利鋒快的所在而造出的指事文字。大凡用刃做部首來被統括其意義類屬的字，都是依從刃做形旁構造而成的。

三、會意字：

天　夭　顚也，至高無上。从一大。他前切（tiān ㄊㄧㄢ）。

【譯白】天，是人的頭頂；天高於一切，再也沒有超過它的。是依從連文成義的一大做主、從形旁構造而成的會意字。

章　章　樂竟爲一章。从音，从十。十，數之終也。諸良切（zhāng ㄓㄤ）。

【譯白】章，音樂一曲終了稱爲一章。是分別依從音，依從十做主、從形旁並峙爲義構造而成的會意字。十，十進位數的終止數（用來使人會意是在表示音樂一曲終了）。

走　走　趨也。从夭止。夭止者，屈也。凡走之屬，皆从走。于苟切（zǒu ㄗㄡˇ）。

【譯白】走，快步向前跑的意思。是依從連文成義的夭止做主、從形旁構造而成的會意字。所以用夭止構成了“走”字，是表示彎曲著腿快步跑。大凡用走做部首來被統括其意義類屬的字，都是依從走做形旁構造而成的。

四、形聲字：

韶　韶　虞舜樂也。《書》曰：“《簫韶》九成，鳳皇來儀。”从音，召聲。市招切（sháo ㄕㄠˊ）。

【譯白】韶，虞舜時的樂曲名。《書·益稷》說：“《簫韶》樂曲變更演奏了九次以後，扮演鳳凰的舞隊出來表演了。”是依從音做形旁，以召爲聲旁構造而成的形聲字。

言　直言曰言，論難曰語。从口，䇂聲。凡言之屬，皆从言。語軒切（yán ㄧㄢˊ）。

【譯白】言，直接說講稱爲“言”，分析詰問叫做“語”。是依從口做形旁，以䇂爲聲旁構造而成的形聲字。大凡用言做部首來被統括其意義類屬的字，都是依從言做主形旁構造而成的。

赴　趨也。从走，仆省聲。芳遇切（fù ㄈㄨˋ）。

【譯白】赴，趨走、往一個方向奔跑。是依從走做形旁，以仆省去亻爲聲旁構造而成的形聲字。

五、會意兼形聲字：

吏　治人者也。从一、从史，史亦聲。力置切（lì ㄌㄧˋ）。

【譯白】吏，治理人的人。是分別依從一，依從史做主、從形旁並峙爲義，史也做爲聲旁構造而成的會意兼形聲字。

禬　會福祭也。从示，从會，會亦聲。《周禮》曰：“禬之祝號。”古外切（guì ㄍㄨㄟˋ）。

【譯白】禬，聚集不分親疏遠近的人們舉行祈求富貴壽考的祭祀。是分別依從示，依從會做主、從形旁並峙爲義，會也做爲聲旁構造而成的會意兼形聲字。《周禮·春官·詛咒》說：“詛咒這一職務是負責主持禬祭的禱告呼號。”

碧　石之青美者。从玉石，白聲。兵尺切（bì ㄅㄧˋ）。

【譯白】碧，石頭中青綠色、質地精美的名稱。是依從連文成義的玉石做主、從形旁，以白爲聲旁構造而成的會意兼形聲字。

憲　敏也；从心，从目，害省聲。許建切（xiàn ㄒㄧㄢˋ）。

【譯白】憲，敏捷的意思；是分別依從心，依從目做主、從形旁並峙爲義，以害省去口做聲旁構造而成的會意兼形聲字。

劣　弱也。从力少（，少亦聲）。力輟切（liè ㄌㄧㄝˋ）。

【譯白】劣，弱小、差、不好、不夠標準。是依從力少做主、從形旁，這兩個主、從形旁可以連文成義（力少爲劣）所構造而成的以義會意兼形聲字。

六、形聲兼會意字：

莊　莊　上諱。牂，古文莊。側羊切（zhuāng ㄓㄨㄤ）。

【譯白】莊，已故漢明帝劉莊的名字。牂，古文的莊字。（按：莊，是草長得繁茂的意思。是依從艸做形旁，以壯爲聲旁構造而成的形聲兼會意字。）

菜　菜　艸之可食者。从艸，采聲。蒼代切（cài ㄘㄞˋ）。

【譯白】菜，草本植物中可以食用者的統稱。是依從艸做形旁，以采爲聲旁構造而成的形聲兼會意字。

蘨（繇）　蘨　艸盛皃。从艸，繇聲。《夏書》曰：“厥艸惟蘨。”余招切（yáo ㄧㄠˊ）。

【譯白】蘨，草茂盛的樣子。是依從艸做形旁，以繇爲聲旁構造而成的形聲兼會意字。《書·禹貢》說：“那裏的草長得多麼茂盛。”

說文解字今述

東漢・許　愼撰　　北宋・徐　鉉等校定
王進祥　　岳喜平合述

第一卷　說文解字第一篇上今述

十四部　　六百七十二文　　重八十一　　凡萬六百三十九字
文三十一新附

【譯白】這是本書的第一篇，有十四個部首、六百七十二個文字、八十一個重文；原著者許愼用來說解字義、字形、字音以及徵引的總字數有一萬零六百三十九個；徐鉉等人另外新增入的文字有三十一個。

【述義】許愼原書分十四篇，又敘目一篇；東漢安帝建光元年（公元一二一年），許愼歷經了二十二載的撰述定稿，特遣其子許沖携書進京奏獻漢安帝劉祜時，以一篇爲一卷，是十五卷；其後，歷代流傳中經輾轉抄寫，衍漏譌異不斷增加，唐、李陽冰曾作刊定，但主觀武斷，隨意竄改，致譌誤更爲嚴重；北宋太宗雍熙三年（公元九八六年），南唐降臣徐鉉奉詔復爲校定，將每篇各分爲上、下，改易成三十卷，增加標目並據《唐韻》逐字附反切，而經典相承及時俗要用之字，許愼不載者，徐鉉等皆補錄於各部首之後，別題爲“新附”文字。

　　王筠《說文釋例》卷一、頁三：“此書名以《說文解字》者，說其文解其字也。《通志》曰‘獨體爲文，合體爲字’是也。觀乎天文，觀乎人文，而文生焉。天文者，自然而成，有形可象者也；人文者，人之所爲，有事可指者也。故文統象形、指事二體。字者，孳乳而寖多也，合數字以成一字者皆是；即會意、形聲二體也。四者爲經，造字之本也；轉注、假借爲緯，用字之法也。或疑旣分經、緯，即不得名曰六書；不知六書之名，後賢所定，非皇頡先定此例而後造字也。猶之左氏釋《春秋》例，皆以意逆志，比類而得其情，非孔子作《春秋》先有此例也（《詩》有六義，亦以風、雅、頌爲經，賦、比、興爲緯）。”

　　又同卷、頁十一：“許君之立說也，推古人造字之由，先有字義，繼有字聲，乃造字形，故其說義也，必與形相比附，其直以經典說之而無‘《書》曰、《詩》曰’之等者，皆本義也；經典不見本義者遂及漢賦，漢賦又不見者，博訪通人。故有恆見之字，而說解反為罕見者，為恆見之解與字形不合也。利自此生，蔽即自此生；反古復始，其利也；古義失傳之字，形體傳譌之字，必欲求其確切，遂致周章，其蔽也。”

　　又同卷、頁十五：“凡依傍一書而成一書者，其心思必苟，其目光必短；雖幸而傳，亦必不久。無論它書，即經亦不可依傍也。許君之精神，與倉頡、籀、斯相貫通，故能作《說文》；所引經典，聊為印證而已。今人之精神，必出許君之前乃能與許君相貫通，乃可以讀《說文》；所讀經典，亦聊為印證而已。神禹之鑄鼎也，渾然大物也，雖百物皆備兼具神姦，然使玩其一物，自謂識鼎，則必為螭彪蜩螗所侮矣。《史記》似此鼎，《說文》亦似此鼎，皆洪鑪所鑄，渾然大物也。故觀其會通，則《說文》通矣。枝枝葉葉而彫之，則《說文》塞矣。宋、元人好訾《說文》，今人好尊《說文》，乃訾、尊雖異，病根則同，皆謂其為零星破碎之書也。今人所以尊之之語，有訾者起，即取以實其所訾，而許君真無詞矣。不知羣愚謫傷，固等蚍蜉，而為羣經之鈐鍵者，亦何待於尊乎？文字在先，祇如計帳，經典在後，煥乎文章。故引申、假借，其用不窮！中古有此語，而上古無之者，即別造一字；上古有是語，而中古無之者，即其字雖存，而古義遂湮，祇傳其通叚之義，故許君說字有支詘者，如‘種類相似，唯犬為甚’之類，要當以意逆志，不可援為話柄也。”

　　又同卷、頁十七：“經書亦論前後輩，又有後人改易，今日之經，有非許君所見者，亦有所收非古經所有者，無論其他，經典豈有小篆？小篆之作，所以適時，必多溢於經典之外，今執《說文》某字為某經某字之正字，誣也！”

一　0001　　一　惟初太始（太極），道立於一，造分天地，化成萬物。凡一之屬，皆從一。弌，古文一。於悉切（yī丨）。

【譯白】最初，宇宙從還祇是一團混沌元氣到天地開闢、萬物形成的過程中，做為天地和萬物本原、本體的“道”是建立在由一陰一陽這兩種元氣和合相生相成的“一”上，有了這原始和合的“一”，才創造分出了天和地，然後天和地也和合為一做胚胎孕育生出了萬物、並使萬物各自繁衍生生不息（一是抽象指事文字；一，劃開了天，是最原始最偉大永恆的數字）。大凡用一做部首來被統括其意義類屬的字，都是依從一做形旁構造而成的。弌，是周朝晚期古文的一（是依從計算籌碼的弋做形旁構造而成的指事文字）。

【述義】“惟初太始”。惟，發語詞，無實義。初，最初、起始、開端的意思，在此特指本原、天地未分之前的混沌元氣。《列子·天瑞》：“太初者，氣之始也。”太始，指天地開闢，萬物開始形成的時代。《列子·天瑞》：“太始者，形之始也。”

“惟初太始”，徐鍇《說文解字繫傳》作“惟初太極”；段玉裁《說文解字注》、王筠《說文解字句讀》皆據徐鍇。王筠《說文釋例》曰：“此論道，非論世。故舉《繫辭》、《易》有太極，以立言。大徐本作‘太始’，非也。雖《易》曰‘乾知大始’，然下文方言‘造分天地’，此不得偏主于乾。”中國古代稱最原始的混沌之氣為太極，太極運動而分化出陰陽，陰陽產生四時變化，繼而出現各種自然現象，太極為宇宙萬物之原。《易·繫辭上》：“易有太極，是生兩儀，兩儀生四象，四象生八卦。”孔穎達疏：“太極謂天地未分之前，元氣混而為一，即是太初、太一也。”宋代理學家則謂太極即是“理”。《朱子語類》卷七五：“太極只是一箇渾淪底道理，裏面包含陰陽、剛柔、奇耦、無所不有。”清、王夫之《張子正蒙注·太和》：“道者，天地人物之通理，即所謂太極也。”

云“道立於一”。王筠《說文釋例》卷一、頁十八：“一之所以為數首者，非曰此字祇一畫，即可見一之意也；果爾，則一畫成字者，為部首者十八字，列部中者二字，何者不可以為一字哉，此即卦畫之單，乃一畫開天之意，故平置之。”又卷五、頁二十六：“‘道立於一’，《烏部》古文作‘於’，《尚書》用‘于’，《毛詩》‘于’多‘於’少，謂《毛詩》‘於’盡讀‘烏’者，謬也！然‘于’是古‘吁’字，作語詞用，亦是借，《亏部》說曰‘於也’，則仍音烏，與《毛傳》‘于，於也’，不同。”《易·繫辭上》：“一陰一陽之謂道。”《老子》第二十五章：“有物混成，先天地生……可以為天下母，吾不知其名，字之曰道，強名之曰大。”古代儒、道兩家皆謂宇宙萬物的本原、本體為道（《千字文》頭二句“天地玄黃，宇宙洪荒”，是中國古代認為道立於一，造分天地後，整個宇宙即充滿了有生命的萬物），而道是由一陰一陽兩種元氣和合構成的；孤陰則不生，獨陽則不長，必須一陰一陽和合才能稱爲 “一”；孤陰或獨陽都衹是 “一” 的一半；這做爲宇宙萬物的本原、本體的一（卽和合陰陽的道），先秦謂之 “太一（亦作太乙）”。《莊子·天下》：“建立以常無有，主之乙太一。” 成玄英疏：“太者廣大之名，一以不二爲稱，言大道曠蕩，無不制圍，括囊萬有，通而爲一，故謂之太一也。”《呂氏春秋·大樂》：“道也者，至精也，不可爲形，不可爲名，彊爲之（名），謂之太一。” 唐、吳筠《聽尹煉師彈琴》詩：“至樂本太一，幽琴和乾坤。” 道爲宇宙萬物本原、本體的說法，到了西漢構成了中國人 “天人合一” 的觀念，卽 “天（包括地乃至於陰陽元氣）” 是有意志的，從根本而言是萬物的生身父母，人事是天意的體現，天意能支配人事，人事能感動天意，人不可逆天而行，必須與創造主宰萬物並有好生之德的天合爲一體；西漢建元元年（公元前一四〇年），武帝劉徹繼位後，丞相衛綰奏言：“所舉賢良，或治申、商、韓非、蘇秦、張儀之言，亂國政，請皆罷。” 得到武帝同意。元光元年（公元前一三四年），武帝召集各地賢良方正文學之士到長安，親自策問；董仲舒提出 “天人三策”，受到賞識接受，從此開始了中國二千餘年政治上 “罷黜百家，獨尊儒術” 大一統的思想統治政策；“天人合一” 被發展成 “天人感應” 論（見《春秋繁露·深察名號》）。再揆諸《淮南子·本經訓》：“昔者蒼頡作書，而天雨粟，鬼夜哭。” 高誘注：“蒼頡始視鳥迹之文作書契，則詐僞萌生，詐僞萌生則去趨末、棄耕作之業而務錐刀之利，天知其將餓，故爲雨粟。”“鬼恐爲書文所劾，故夜哭也。” 許愼編定說解本書，其五百四十部首，“始一終亥（參見本書第十四篇最末《亥部》‘亥’ 條）” 已示天人相應、生生不息之意，以 “道立於一” 說解 “一”，足見濃厚的天人合一色彩，是許愼之說解同時蘊含這一文化特質。一劃開了天，是兼爲最始、最大的數字。立，是產生、建立的意思。

　　“造分天地”。謂有了陰陽二氣和合爲一建立了 “道”，才由 “道” 開始創造分出天和地。造，開始。《廣雅·釋詁》：“造，始也。”《書·伊訓》：“有命造攻自鳴條；朕哉自亳。” 孔傳：“造、哉，皆始也。” 分，分出，指分出了天和地、天地開闢了；爲了口順明晰，譯白作 “創造分出了。”

“化成萬物”。化，胚胎，引申作孕育。《呂氏春秋·過理》：“（紂）剖孕婦而觀其化，殺比干而視其心。”高誘注：“化，育也。”清、黃生《義府下·化》引此云：“化字甚新，蓋指腹中未成形之胚胎也。”成，成熟而茂盛。《左傳·哀公五年》：“齊燕姬生子，不成而死。”化成萬物，是說天地和合爲一做爲胚胎孕育生出了萬物，並使萬物繁衍生生不息。

王筠《說文釋例》卷五、頁三十一：“一、二、三之古文弌、弍、弎，弌從弋聲尚合，二、三亦相沿從之，蓋嫌筆畫太少，加此飾觀耳，已與後世防作僞者近矣。印林曰：‘謂一、二、三之從弋爲文飾，是也；至謂弌從弋聲，二、三相沿從之，未免太輕視古人；古人果如此淺率邪？瀚謂此等說，未必甚安於心，何不姑從蓋闕之義？’筠聞此說，始覺不安，存之以志吾過。”又卷六、頁一：“弌蓋從一，弋聲也；入《一部》固宜；《玉篇》亦同。特說曰古文，恐是奇字也。一字當最古。印林曰：‘一古於弌。’是也。似《六書故》已言之。‘從弋聲’，則非也。前篇謂爲彣飾（古人造字，取其百官以治，萬民以察而已；沿襲旣久，取其悅目，或欲整齊，或欲茂美，變而離其宗矣。此其理在六書之外，吾無以名之，強名曰彣飾焉爾）是也。弋古音《之部》，一古音《至部》；弋，《廣韻》職韻、與職切；一，《廣韻》質韻、於悉切；古今韻皆不合也！況更有弍、弎之必不可弋聲乎！”按古文“弌、弍、弎”字義，皆重事不重意，乃指事文字。

述“一”諸義：

古代哲學概念。一、指萬物的本源“道”，卽許愼說解的“惟初太始，道立於一，造分天地，化成萬物。”《莊子·天地》：“一之所起，有一而未形。”成玄英疏：“一，應道也。”《韓非子·揚權》：“道無雙，故曰一。”《淮南子·詮言》：“一也者，萬物之本也，無敵之道也。”二、指由“道”派生的原始渾沌之氣，卽宇宙萬物的原始狀態。《老子》第四十二章：“道生一，一生二，二生三，三生萬物。”《列子·天瑞》：“一者，形變之始也；清輕者上爲天，濁重者下爲地，沖和氣者爲人。”《淮南子·原道訓》：“道者，一立而萬物生矣，是故一之理，施四海；一之解，際天地。”

數詞，最小的正整數。《玉篇·一部》：“一，王弼曰：一者，數之始也。"《書·文侯之命》:"彤弓一,彤矢百;盧弓一,盧矢百。"《詩·鄭風·野有蔓草》:"有一美人,清揚婉兮。"《論語·公冶長》:"(子貢)對曰:'賜(子貢)也,何敢望回(顏回)?回也,聞一以知十;賜也,聞一以知二。'"《漢書·律曆志上》:"數者,一、十、百、千、萬也。"唐、杜甫《送率府程錄事還鄉》詩:"常時往還人,記一不識十。"唐、韓愈《送石處士序》:"先生居嵩邙瀍穀之間,冬一裘,夏一葛;食朝夕,飯一盂,蔬一盤。"清、彭端淑《爲學一首示子侄》:"吾一瓶一鉢足矣。"數詞用的古文"弌"及世俗大寫的"壹",是爲避免塗改而繁化。《王力古漢語字典·一部》:"一,壹;一是數詞,壹是形容詞,意義不同。《荀子·解蔽》:'不以夫一害此一,謂之壹。'一句之中,'一、壹'並用,可見'一'與'壹'是有分別的;'壹'的意義是專一;專一的意義可以寫作'一',但數目不能寫作'壹';後人在單據上爲了防人塗改,才用'壹'代'一'。《詩·召南·騶虞》:'壹發五豝'本是'一發五豝'。數目壹貳叁肆等字,皆唐、武后時所改。"

序數的第一位。《書·洪範》:"五行:一曰水,二曰火,三曰木,四曰金,五曰土。"《孟子·離婁下》:"世俗所謂不孝者五:惰其四支,不顧父母之養,一不孝也。"《漢書·鮑宣傳》:"凡民有七亡:陰陽不和,水旱爲災,一亡也。"《水滸傳》第二十二回:"小可尋思有三個安身之處:一是滄州橫海郡小旋風柴進莊上,二乃是青州清風寨小李廣花榮處,三者是白虎山孔太公莊上。"《儒林外史》第十九回:"(匡超人)考過,宗師着實稱贊,取在一等第一。"

純一、純正不雜。《易·繫辭下》:"天下之動,貞夫一者也。"孔穎達疏:"皆正乎統一也。"《書·咸有一德序》:"伊尹作《咸有一德》。"孔傳:"言君臣皆有純一之德以戒太甲。"《管子·水地》:"故水一則人心正。"尹知章注:"一,謂不雜。"南朝、宋、何承天《重答顏永嘉書》:"蹲膜揖讓,終不竝立,竊願吾子舍兼而遵一也。"

專一。《書·大禹謨》:"惟精惟一。"孔穎達疏:"將欲明道,必須精心;將欲安民,必須一意。"《禮記·禮運》:"美惡皆在其心,不見其色也,欲一以窮之,舍禮何以哉?"孔穎達疏:"一,謂專一。"《荀子·勸學》:"螾無爪牙之利,筋骨之強,上食埃土,下飲黃泉,用心一也。"《淮南子‧詮言》:"賈多端則貧,工多技則窮,心不一也。"

協同、齊一、聯合。《書‧大禹謨》:"爾尚一乃心力,其克有勳。"孔穎達疏:"汝等庶幾同心盡力,以從我命,其必能大功勳。"《國語‧晉語四》:"戮力一心,股肱周室。"韋昭注:"一,同也。"《戰國策‧秦策一》:"諸侯不可一,猶連雞之不能俱止於棲之明矣。"《史記‧蘇秦列傳》:"故竊爲大王計,莫如一韓、魏、齊、楚、燕、趙以從親,以畔秦。"《淮南子‧主術》:"衆人相一,則百人有餘力矣。"

相同、一樣。《玉篇‧一部》:"一,同也。"《詩‧曹風‧鳲鳩》:"其儀一兮,心如結兮。"毛傳:"言執義一則用心固。"《莊子‧大宗師》:"故其好之也一,其弗好之也一。"郭象注:"好與不好,所善所惡,與彼無二也。"《淮南子‧說山訓》:"所行則異,所歸則一。"宋、王安石《非禮之禮》:"夫天下之事,其爲變豈一乎哉?固有跡同而實異者矣。"

全、滿。《左傳‧宣公十四年》:"謀人,人亦謀己;一國謀之,何以不亡?"《禮記‧雜記下》:"一國之人皆若狂,賜(子貢)未知其樂也。"唐、王建《宮詞》詩之六一:"內宴初秋入二更,殿前燈火一天明。"唐、蔣防《霍小玉傳》:"一家驚喜,聲聞於外。"宋、陸游《冒雨登擬峴臺觀江漲》詩:"雲翻一天墨,浪蹴半空花。"《紅樓夢》第三十二回:"這有什麼要緊,筋都疊暴起來,急的一臉汗!"

指聯合而成的整體。《戰國策‧秦策五》:"四國爲一,將以攻秦。"漢、賈誼《過秦論》:"諸侯恐懼,會盟而謀弱秦,不愛珍器重寶、肥饒之地,以致天下之士,合從締交,相與爲一。"

統一、劃一。《孟子‧梁惠王上》:"天下惡乎定?吾對曰:定於一;孰能一之?對曰:不嗜殺人者能一之。"朱熹集注:"王問列國分爭,天下當何所定,孟子對以必合於一,然後定也。"《史記‧秦始皇本紀》:"一法度衡石丈尺;車同軌;書同文字。"《新語‧明誡》:"同好惡,一風俗。"唐、杜牧《阿房宮賦》:"六王畢,四海一。"明、胡應麟《詩藪‧雜編‧遺逸下》:"其後卒雄據中華,幾一寓內,卽數歌詞可徵。"

或、或者,連詞。清、王引之《經傳釋詞》卷三:"一,猶或也。"《左傳‧昭公元年》:"疆埸之邑,一彼一此,何常之有?"《莊子‧應帝王》：“泰氏，其臥徐徐，其覺于于，一以己爲馬，一以己爲牛。”成玄英疏：“或馬或牛，隨人呼召。”《史記・魯周公世家》：“一繼一及，魯之常也。”宋、王安石《與祖擇之書》：“彼陋者不然，一適焉，一否焉，非流焉則泥，非過焉則不至。”

　　初、開始。《孟子・梁惠王下》：“《書》曰：‘湯一征，自葛始。’”趙岐注：“言湯初征，自葛始。”《西遊記》第十八回：“我一來時，曾與他講過。”

　　均、平。《增韻・質韻》：“一，均也。”《荀子・成相》：“事業聽上，莫得相使一民力。”《舊唐書・薛平傳》：“兵甲完利，井賦均一。”

　　另、又。《三國志・魏志・武帝紀》：“姓曹，諱操。”裴松之注引《曹瞞傳》：“太祖一名吉利，小字阿瞞。”南朝、梁元帝《金樓子・興王》：“時許耳之子名曰由，字道開，一字武仲。”唐、封演《封氏聞見記・蜀無兔鴿》：“娑羅樹一名菩提……黃桃一名金桃。”

　　指自身。《老子》第十章：“載營魄抱一，能無離乎？”高亨注：“一，謂身也；抱一，猶云守身也；身爲個體，故《老》《莊》或名之曰一。”《莊子・徐无鬼》：“上之質，若亡其一。”唐、陸德明《經典釋文》：“一，身也；謂精神不動，若無其身也。”

　　若干分中的一分或整數以外的零頭。《左傳・隱公元年》：“先王之制，大都不過參國一，中五之一，小九之一。”《文選・陸機〈嘆逝賦〉》：“顧舊要於遺存，得十一於千百。”李善注：“十一者，謂通千百而計之，十分而得其一。”唐、韓愈《別知賦》：“惟知心之難得，斯百一而爲收。”宋、洪邁《容齋隨筆・俗語有所本》：“俗語謂錢一貫有畸曰千一、千二，米一石有畸曰石一、石二，長一丈有畸曰丈一、丈二之類。”

　　亦表示一部分。《呂氏春秋・舉難》：“尺之木必有節目，寸之玉必有瑕瓃，先王知物之不可全也，故擇務而貴取一也。”高誘注：“一分。”

　　少許、稍爲短暫，表示動作一次。《玉篇・一部》：“一，少也。”清、俞樾《諸子平議・淮南內篇二》：“古人之言，凡至少者以一言之。”《左傳・僖公三十三年》：“且吾不以一眚掩大德。”《關尹子・八籌》：“一中示多，多中示一。”《韓非子・安危》：“國不得一安。"漢、孔融《薦禰衡表》："目所一見，輒誦於口；耳所暫聞，不忘於心。"《宋書·戴顒傳》："綏（王綏）曰：'聞卿善琴，試欲一聽。'"《三國演義》第一〇六回："勝（李勝）曰：'乞紙筆一用。'"《二刻拍案驚奇》卷十一："書生得了科名，難道不該歸來會一會宗族鄰里？這也罷，父母墳墓邊也該去拜見一拜見的？"

某、某一個。漢、劉向《列仙傳·騎龍鳴》："一旦騎龍來遊亭下，語云馮伯昌孫也。"《三國演義》第九二回："忽見一人自正南而來，口稱有機密事。"清、蒲松齡《聊齋志異·狼》："一屠暮行，爲狼所逼。"《京本通俗小說·碾玉觀音》："且說朝廷宮裏，一日到偏殿看玩寶器，拿起這玉觀音來看。"

謂獨力統理。《後漢書·馮緄傳》："進赴之宜，權時之策，將軍一之，出郊之事，不復內御。"李賢注："一，猶專也，言出郊以外，不復由內制也。"

獨、單獨。《方言》卷十二："一，蜀也，南楚謂之獨。"郭璞注："蜀，猶獨耳。"戴震疏證："《廣雅》：'蜀，弌也。'《說文》云：'弌，古文一。'《爾雅·釋山》：'獨者蜀。'郭璞注云：'蜀，亦孤獨。'"南朝、梁、蕭統《示雲麾弟》詩："爾登陟兮一長望，理化顧兮忽憶予。"唐、杜甫《秦州雜詩》詩之七："煙塵一長望，衰颯正摧顏。"一，一本作"獨"。元、薩都剌《宿經山寺》詩之一："野人一宿經山寺，十里松聲半夜湖。"

每、各。宋、范成大《春日田園雜興十二絕》詩之七："一年一度遊山寺，不上靈巖卽虎邱。"

工尺譜符號之一，表示音階上的一級。《宋史·樂志十七》："夾鍾、姑洗用'一'字。"《遼史·樂志》："各調之中，度曲協音，其聲凡十，曰：五、凡、工、尺、上、一、四、六、勾、合。"

副詞：一、都、一概，表示總括。清、王引之《經傳釋詞》卷三："一，猶皆也。"《書·金縢》："乃卜三龜，一習吉。"孔穎達疏："用三王之龜卜，一皆相因而吉。"《詩·邶風·北門》："王事適我，政事一埤益我。"朱熹注："一，猶皆也。"《史記·曹相國世家》："參代何爲漢相國，舉事無所變更，一遵蕭何約束。"《三國志·蜀志·法正傳》："羣臣多諫，一不從。"唐、韓愈《毛穎傳》："又善隨人意，正直邪曲巧拙，一隨其人。"二、一旦、一經。《左傳・成公二年》："蔡、許之君，一失其位，不得列於諸侯，況其下乎？"《禮記・文王世子》："是故古之人，一舉事而眾者皆知其德之備也。"《史記・滑稽列傳》："此鳥不飛則已，一飛沖天；不鳴則已，一鳴驚人。"《漢書・文帝紀》："歲一不登，民有飢色。"唐、李白《與韓荊州書》："一登龍門，則聲譽十倍。"三、乃、竟然。清、王引之《經傳釋詞》卷三："一，猶乃也。"《呂氏春秋・知士》："靜郭君之於寡人，一至此乎！"高誘注："一，猶乃也。"《史記・范睢蔡澤列傳》："須賈意哀之，留與坐飲食，曰：'范叔一寒如此哉！'"唐、李白《與韓荊州書》："何令人之景慕，一至於此耶？"四、忽而。清、孫經世《經傳釋詞補》卷一："一，猶忽也。"《左傳・成公八年》："七年之中，一與一奪，二三孰甚焉！"《公孫龍子・跡府》："然而王一以爲臣，一不以爲臣，則向之所謂士者，乃非士乎？"《越絕書・外傳紀策考》："其爲結僮之時，一癡一醒，時人盡以爲狂。"五、極、甚、很，表示程度。《莊子・大宗師》："固有無其實而得其名者乎？回一怪之。"孫經世《經傳釋詞補》："回一怪之，言甚怪之也。"《晏子春秋・內篇諫上第九》："寡人一樂之，是欲祿之以萬鍾，其足乎？"孫經世《經傳釋詞補》："一樂，卽甚說也。"南朝、陳、陰鏗《晚出新亭》詩："大江一浩蕩，離悲足幾重？"六、一直、始終，表示動作不間斷，情況不改變。《淮南子・說林訓》："尾生之信，不如隨牛之誕，而況一不信者乎！"高誘注："一，猶常也。"唐、韓愈《唐故國子司業竇公墓誌銘》："公待我一以朋友，不以幼壯先後致異。"一行，謂一定不變，始終實施。《韓非子・八經》："勢行教嚴，逆而不違，毀譽一行而不議。"七、猶"一一"，逐一、一個一個地；一聽，卽一一地聽，逐一地聽。《韓非子・八經》："下君盡己之能，中君盡人之力，上君盡人之智，是以事至而結智，一聽而公會。"不一，卽不一一，不詳細說。明、歸有光《與宣仲濟書》："人去草草，明當奉晤，不一。"八、指事物幾個方面中的某個方面。《論語・里仁》："一則以喜，一則以懼。"九、表示時間的短暫或前後動作的緊接。《儒林外史》第一回："不想一見如故，就留着住了幾個月。"《官場現形記》第二回："如若有同府同縣，自然是一問便知。"《老殘遊記》第二回："甚麼余三勝、程長庚、張二奎等人的調子，他一聽也就會唱。"十、用在重疊的動詞之間，表示動作是短暫的或是嘗試性的。如：笑一笑、看一看、嘗一嘗。《儒林外史》第四回："外邊有個書辦回話，弟去一去就來。"《紅樓夢》第十一回："在這清靜地方，略散一散。"《鏡花緣》第四回："武后聽罷，心中忽然動了一動，倒像觸起從前一件事來。"十一、表示突然的動作或現象。如：眼前一黑、甩手一走。《紅樓夢》第二十九回："黛玉將頭一扭道：'我不稀罕。'"《兒女英雄傳》第四回："連忙的把煙袋稈望着掌上一拍。"

連詞，與"便"或"就"連用，表示兩種動作上的前後緊接。《儒林外史》第一回："但世人一見了功名，便捨着性命去求他。"

助詞，用以加強語氣。清、王引之《經傳釋詞》卷三："一，語助也。"《管子·霸形》："今楚王之善寡人一甚矣。"《戰國策·燕策一》："此一何慶弔相隨之速也？"《後漢書·何進傳》："將軍宜一爲天下除患，名垂後世。"《新序·雜事二》："一不意人君如此也！"元、王實甫《破窰記》第一折："一任教無底砂鍋漏了飯湯。"《初刻拍案驚奇》卷一："張大道：'且說說看。'一竟自去了。"一何，即爲何、多麼。《三國志·魏志·劉放傳》："太祖大悅，謂放曰：'昔班彪依竇融而有河西之功，今一何相似也。'"唐、杜甫《石壕吏》詩："吏呼一何怒，婦啼一何苦。"《醒世恆言·隋煬帝逸游召譴》："仁主愛人，一何至此！"清、顧炎武《謁夷齊廟》詩："可爲百世師，風操一何勁！"

疊字雙音"一一"形況：一、逐一；一個一個地。《韓非子·內儲說上》："齊宣王使人吹竽，必三百人；南郭處士請爲王吹竽，宣王說之，廩食以數百人。宣王死，湣王立，好一一聽之，處士逃。"晉、陶潛《桃花源記》："問今是何世，乃不知有漢，無論魏晉；此人一一爲具言，所聞皆嘆惋。"宋、蘇軾《次韻答子由》詩："好語似珠穿一一，妄心如膜退重重。"二、完全。《禮記·曲禮上》："二名不偏諱。"漢、鄭玄注："偏，謂二名不一一諱也。"孔穎達疏："謂兩字作名，不一一諱之也。"《西遊記》第五七回："向後再不敢行凶，一一受師父教誨。"三、舊時書信常用語，謂詳細敍述。漢、陳琳《爲曹洪與魏文帝書》："辭多不可一一，粗舉大綱，以當談笑。"

晉、王羲之《羊參軍貼》："羊參軍尋至，具一一。"唐、韓愈《與孟東野書》："愈眼疾，比劇，甚無聊，不復一一。"宋、車若水《腳氣集》卷上："王右軍貼，多于後結寫不具，猶言不備也；有時寫不備，其不具草書似不一一。蔡君謨帖竝寫不一一，亦不失理。"四、漢、揚雄《太玄》用語，謂玄象之始。《太玄·瑩》："夫一一，所以摹始而測深也。"范望注："一一起於黃泉，故謂之始；在泉之中，故測深也。"

姓。《萬姓統譜·質韻》："一，見《姓苑》。"《姓觽·質韻》："一，夷姓，後魏、一那婁之後。《千家姓》云：譙郡族。"明有一炫宗，靈壽縣丞。

漢字筆形之一，稱爲"橫"。

元 0002 ᚱ 始也。从一，从兀。愚袁切（yuán ㄩㄢˊ）。

【譯白】元，事物的開端。是分別依從一，依從兀做主、從形匈指明意義所在構造而成的指事文字。

【述義】王筠《說文釋例》卷十、頁二："'元，始也。'此直解其義者也。"高鴻縉《中國字例》："元、兀一字，意爲人之首也。名詞。从人，而以'、'或'二'指明其部位，正指其處，故爲指事字。"按兀乃高而上平，从一在人上。元謂起始、開端、第一，古人稱始年及每年的一月、每月的一日爲元，以"元"代"一"。

元，謂起始、開端。《易·乾》："乾，元亨利貞。"孔穎達疏："子夏傳云：元，始也。"《公羊傳·隱公元年》："元年者何？君之始年也。"徐彥疏："《春秋說》云，元者，端也。"三國、魏、何晏《景福殿賦》："武創元基，文集大命。"南朝、梁、劉勰《文心雕龍·原道》："人文之元，肇自太極。"南朝、梁、宗懍《荊楚歲時記》："正月一日，是三元之日也。"《宋書·王景文傳》："臣遣李武之問儼元由。"郝懿行《晉宋書故·元由》："元，始初也；由，萌蘗也；論事所起，或言元起，或言元來，或言元故，或言元舊，皆是也。"《新五代史·漢本紀論》："人君卽位稱元年，常事爾……其謂一爲元，亦未嘗有法，蓋古人語爾。"徐無黨注："古謂歲之一月，亦不云一，而曰正月……大抵古人言數多不云一，不獨謂年爲元也。"

本來、向來、原來，後作"原"。清、顧炎武《日知錄》卷三十二：

"元者，本也；本官曰元官，本籍曰元籍，本來曰元來，唐、宋人多此語，後人以'原'字代之。"漢、班固《西都賦》："元元本本，殫見洽聞。"李善注："元元本本，謂得其元本也。"三國、魏、嵇康《琴賦》序："推其所由，似元不解音聲。"唐、王魯復《詣李侍郎》詩："文字元無底，功夫轉到難。"唐、杜甫《奉送魏六丈佑少府之交廣》詩："長卿久病渴，武帝天同時。"宋、吳曾《能改齋漫錄·事始一》："本朝試進士詩賦題，元不具出處。"宋、陸游《示兒》詩："死去元知萬事空，但悲不見九州同。"《儒林外史》第二十三回："養了兩天，漸漸復元。"《武王伐紂平話》卷下："此酒元是藥酒，須臾，藥倒三將並衆兵士。"清、姚鼐《楊龍友墨蘭竹》詩："被惱更尋修竹逕，千叢元是畫時孫。"

首、頭。《爾雅·釋詁下》："元，首也。"《左傳·僖公三十三年》："（先軫）免胄入狄師，死焉；狄人歸其元，面如生。"杜預注："元，首也。"又《哀公十一年》："公使大史固歸國子之元。"《孟子·滕文公下》："志士不忘在溝壑，勇士不忘喪其元。"《漢書·敘傳下》："上正元服。"顏師古注："武帝不冠不見（汲）黯，故云'上正元服'也。元，首也，故謂冠爲元服。"三國、魏、曹植《雜詩六首》之六："國讎亮不塞，甘心思喪元。"《新唐書·裴行儉傳》："吐蕃叛換方熾，敬玄失律，審禮喪元，安可更爲西方生事？"

長、第一、居首位的。《廣雅·釋詁四》："元，長也。"《書·益稷》："元首起哉！"《詩·魯頌·閟宮》："建爾元子。"毛傳："元，首也。"《左傳·僖公二十七年》："作三軍，謀元帥。"孔穎達疏："元，長也，謂將帥之長。"《史記·太史公自序》："維高祖元功，輔臣股肱，剖符而爵，澤流苗裔，忘其昭穆，或殺身隕國。"《後漢書·和帝紀》："侍中憲，朕之元兄。"晉、孫楚《爲石仲容與孫皓書》："枹鼓一震，而元凶折首。"晉、葛洪《抱朴子·備闕》："淮陰（韓信），良將之元也，而不能修農商，免飢寒。"元惡，謂首惡、大惡之人。《書·康誥》："元惡大憝，矧惟不孝不友！"孔傳："大惡之人猶爲人所大惡，況不善父母，不友兄弟者乎！"唐、沈佺期《赦到不得歸題江上石》詩："天鑒誅元惡，宸慈恤遠黎。"《明史·張璁傳》："元惡寒心，羣奸側目。"

　　附述"元戎"：一、大的兵車。《詩・小雅・六月》："元戎十乘，以先啟行。"朱熹集傳："元，大也；戎，戎車也。"後因以元戎啟行謂大軍出發。漢、班固《封燕然山銘》："驍騎十萬，元戎輕武，長轂四方，雷輜蔽路。"唐、楊炯《右將軍魏哲神道碑》："元戎十乘，驅衛霍於前軍；甲士三千，列孫吳於後殿。"唐、柳宗元《劍門銘》："鼖鼓一振，元戎啟行，取其渠魁，以爲大戮。"二、大軍、大兵團。《史記・三王世家》："虛御府之藏以賞元戎，開禁倉以振貧窮。"《漢書・董賢傳》："統辟元戎，折衝綏遠。"顏師古注："元戎，大衆也。"宋、蘇軾《除苗授殿前副都指揮使制》："出總元戎，作先聲於士氣；入爲環尹，寓軍政于國容。"清、秦松齡《雜感》詩："關隴車書此日同，相公拜命領元戎。"三、主將、統帥。南朝、陳、徐陵《移齊王》："我之元戎上將，協力同心，承稟朝謨，致行明罰。"唐、柳宗元《故連州員外司馬凌君權厝志》："以謀畫佐元戎，常有大功。"《老殘遊記》第六回："殺民如殺賊，太守是元戎。"四、軍器名，弩的一種。《三國志・蜀志・諸葛亮傳》："亮性長於巧思，損益連弩。"裴松之注引晉、孫盛《魏氏春秋》："（亮）又損益連弩，謂之元戎，以鐵爲矢，矢長八寸，一弩十矢俱發。"

　　善、吉。《書・舜典》："柔遠能邇，惇德允元。"孔傳："元，善之長。"《左傳・文公十八年》："高辛氏有才子八人……天下之民，謂之八元。"杜預注："元，善也。"《國語・晉語七》："抑人之有元君，將稟命焉。"韋昭注："元，善也。"《淮南子・時則訓》："擇元日，令民社。"高誘注："元者，善之長也……嫌日不吉，故言擇元也。"《後漢書・張衡傳》："抨巫咸以占夢兮，迺貞吉之元符。"李賢注："元，善也。"

　　大。《廣韻・元韻》："元，大也。"《易・坤》："黃裳元吉。"孔穎達疏："元，大也；以其德能如此，故得大吉也。"《詩・小雅・六月》："元戎十乘，以先啟行。"毛傳："元，大也。"《書・大禹謨》："天之歷數在汝躬，汝終陟元后。"孔傳："元，大也。"又《太甲下》："一人元良，萬邦以貞。"孔傳："天子有大善，則天下得其正。"又《康誥》："元惡大憝，矧惟不孝不友！"孔傳："大惡之人猶爲人所大惡，況不善父母、不友兄弟者乎！"《史記・魯周公世家》："今我其卽命於元龜。"裴駰集解引馬融曰："元龜,大龜也。"《漢書·哀帝紀》："夫基事之元命,必與天下自新。"顏師古注:"元,大也。"《三國志·魏志·高柔傳》："逮至漢初,蕭、曹之儔并以元勳代作心膂。"元善,謂大善。宋、范仲淹《體仁足以長人賦》："法元善之功,可處域中之大;奉博施之德,宜爲天下之君。"

哲學概念,指天地萬物的本原;俗以根源、根本謂之。《易·乾》:"彖曰:大哉乾元,萬物資始。"《鶡冠子·王鈇》:"天始於元。"《文子·道德》:"夫道者德之元,天之根,福之門,萬物待之而生。"《春秋繁露·重政》:"故元者爲萬物之本,而人之元在焉。"三國、曹操《陌上桑》詩:"絕人事,遊渾元。"唐、孟郊《達士》詩:"達人識元化,變愁爲高歌。"《資治通鑑·齊明帝建武三年》:"夫士者,黃中之色,萬物之元也。"

要素。認爲世界只有一個本原的哲學學說,有肯定精神是世界本原的唯心主義一元論,有肯定物質是世界本原的唯物主義一元論;而主張世界有兩種各自獨立、性質不同的本原(卽精神和物質)的哲學學說,謂之二元論。此"元"作要素,亦卽本原之謂。

道家所謂的道。《子華子·大道》:"元,無所不在也;人能守元,元則守之;人不守元,元則舍之。"

元氣。《呂氏春秋·應同》:"帝者同元,王者同義。"高誘注:"同元氣也。"《文選·班固〈幽通賦〉》:"渾元運物,流不處兮。"李善注:"言元氣周行,終始無已,如水之流,不得獨處也。"北周、庾信《周五聲調曲·宮調曲一》:"氣離清濁割,元開天地分。"

民衆、百姓;"黎元",亦作"黎玄",卽黎民。漢、董仲舒《春秋繁露·五行變救》:"救之者,省宮室,去雕文,舉孝弟,恤黎元。"晉、潘岳《關中詩》:"哀此黎元,無罪無辜。"另見後疊字雙音形況詞"元元、一"。

帝王的年號。《史記·孝武本紀》:"元,宜以天瑞命,不宜以一二數。"張守節正義:"孝景以前卽位,以一二數其年至終;武帝卽位,初有年號。"宋、歐陽修《歸田錄》卷一:"太祖建隆六年,將議改元,語宰相勿用前世舊號,於是改元乾德。"元、耶律楚材《過雲中和張伯堅韻》詩:"射虎將軍皆建節,飛龍天子未更元。"

天。《廣雅・釋言》：“元，天也。”元神，大神，天帝。南朝、宋、顏延之《迎送神歌》：“告成大報，受釐元神。”《樂府詩集・郊廟歌辭六・唐祀九宮貴神樂章》：“帝臨中壇，受釐元神。”道家人稱人的靈魂爲元神，是後來另義。唐、呂岩《修身訣》：“人命急如線，上下來往速如箭；認得是元神，子後午前須至煉。”清、洪昇《長生殿・覓魂》：“貧道就在壇中，飛出元神，不論上天入地，好歹尋着娘娘。”其後又謂精力、精神。清、李漁《閑情偶寄・居室・書房壁》：“我輩長夜讀書，燈光射目，最耗元神。”清、薛福成《庸盦筆記・北齊守宮老狐》：“當其被撻之時，哀怛驚懼，大損元神。”

君。《廣雅・釋詁一》：“元，君也。”宋、文天祥《得兒女消息》詩：“故國斜陽草自春，爭元作相總成塵。”

謚號之一。《逸周書・謚法解》：“能思辯衆曰元，行義說民曰元，始建國都曰元，主義行德曰元。”

避諱用字。宋避始祖玄朗諱，改“玄”爲“元”；如宋、慶元刊本《本草衍義》“玄”字下注：“犯聖祖諱（指玄朗），今改爲‘元’。”清避康熙玄燁諱，改“玄”爲“元”；如“鄭玄”作“鄭元”、“玄色”作“元色”、“玄妙”作“元妙”等是。

南詔國王的自稱。《新唐書・南蠻傳上・南詔上》：“（南詔）王自稱曰元，猶朕也。”

古代三統曆的計算單位；術數家認爲物質世界按五行遞次更代，周而復始，一個周期謂之一元，計四千六百一十七歲。漢、王充《論衡・詶時》：“千五百三十九歲爲一統，四千六百一十七歲爲一元。”《漢書・律曆志上》：“凡四千六百一十七歲，與一元終；經歲四千五百六十，災歲五十七。”《後漢書・律曆志下》：“至、朔同日謂之章，同在日首謂之蔀，蔀終六旬謂之紀，歲朔又復謂之元。”又：“元法，四千五百六十。”劉昭注引宋均曰：“四千五百六十者，五行相代，一終之大數也。”

通“頑”，頑劣、愚昧。《馬王堆漢墓帛書・老子乙本・道經》：“衆人皆有以，我獨門元以鄙。”今本《老子》作“頑似鄙”。

朝代名。一二〇六年（開禧二年），成吉思汗建蒙古汗國；一二七一年（至元八年）忽必烈定國號爲元；一二七九年（至元十六年）

滅南宋，統一全國，建都大都（今北京）；一三六八年（至正二十八年），朱元璋軍攻占大都，元亡；自定國號起，元凡十一帝，歷時九十八年。

舊稱元寶一枚爲一元。清、袁枚《答秋帆制府書》："繚還山中，見案上手書及國寶四元。"後用作貨幣或貨幣單位名稱；也寫作"圓"。

平水韻韻目，屬上平聲，序號爲十三；舊時電報用以表示一個月中的十三日。中國近代史資料叢刊《辛亥革命·蒙古起義清方檔案·宣統三年十月十三日陳夔龍致內閣電》："據宣化黃鎮電稱，派駐庫倫之楊管帶振烈眞電稟'庫獨立，全營拔回'等語，特聞。龍。元。"

數學名詞；數字和若干字母的有限次乘法運算式中表示變量的字母稱元。如：一元二次方程。

主要的；如"元音"，卽母音，與"輔音"對稱；氣流振動聲帶，引起口腔共鳴，且無其它發音器官阻礙而形成的音；ɑㄚ、oㄛ、eㄜ、iㄧ、uㄨ等卽是。"元素"，卽本質、要素。鄭澤《雜詩五首答鈍庵》："象罔得眞詮，巖扃守元素；良友時經過，嘯吟慰遲暮。"黃遠庸《庫倫獨立後之外交》："立國元素，必賴軍隊，則有私人武官數名爲之任軍事教育矣。"

構成一個整體的；"單元"，相對獨立自成系統的單位。

姓。《通志·氏族略三》："元氏，《左傳》衛大夫元咺之後也；咺食邑於元，今大名府元城是其地，子孫以邑爲氏。又（鮮卑族）拓拔氏……至道武皇帝始改號魏，至孝文帝更爲元氏，建都洛陽。又有紇骨氏改爲元氏。又有是云氏改爲元氏。又有景氏改爲元氏。"

疊字雙音"元元"形況：一、百姓、庶民。《戰國策·秦策一》："制海內，子元元，臣諸侯，非兵不可！"高誘注："元，善也，民之類善故稱元。"《後漢書·光武帝紀上》："上當天地之心，下爲元元所歸。"李賢注："元元，謂黎庶也。"唐、陳子昂《感遇》詩之十九："聖人不利己，憂濟在元元。"《清史稿·聖祖紀二》："從前逋欠，一概豁除，用稱朕子惠元元至意。"二、善良。《漢書·文帝紀》："以全天下元元之民。"顏師古注："元元，善意也。"宋、洪邁《容齋五筆·兩漢用人人元元字》："元元二字，考之六經無所見，而兩《漢書》多用之……予謂元元者，民也；而上文又言元元之民，元元黎民，元元萬民，近於複重也。故顏注：‘或云，元元，善意也。’”三、原始，物之本源。唐、李咸用《大雪歌》詩：“應是羲和倦曉昏，暫反元元歸太素。”亦謂推究原始。清、吳履泰《讀書一章示諸童子》詩：“元元復本本，千載窮冥搜。”四、指老子；唐追崇老子爲玄元皇帝，故稱。唐、顏眞卿《和政公主神道碑銘》：“穆矣公主！元元之緒，聖皇之孫，肅宗之女，今上之妹，生人之矩。”

天 0003　　顚也，至高無上。从一大。他前切（tiān ㄊㄧㄢ）。

【譯白】天，是人的頭頂，天高於一切，再也沒有超過它的。是依從連文成義的一大做主、從形芻構造而成的會意字。

【述義】王筠《說文釋例》卷四、頁四：“天字說曰‘从一大’，凡言从者，从其義也；一、大連文，不可言从一从大，不可言从大一，此與‘人言爲信’、‘止戈爲武’，同爲正例；信字在言部，信以言爲主也，而其說曰‘从人言’，其詞順也，大徐不知而改爲‘从人、从言’，謬也！果如所改，卽當入人部矣；‘天’字不入大部者，重‘一’也。”又《說文繫傳敍錄·卷一·祐注》：“案會意字相連成文者，則一言‘从’，如天‘从一大’是也；兩字對峙爲義者，則兩言‘从’，如吏‘从一，从史’，不可言‘从一史’也。”

　　人的額部、頭頂。王國維《觀堂集林》：“古文天字本象人形……本謂人顚頂，故象人形……所以獨墳其首者，正特著其所象之處也。”章炳麟《小學答問》：“天卽顚耳；顚爲頭頂，亦爲額。《釋畜》：‘駒顙，白顚。’《周南》‘麟之定’《傳》曰：‘定，題也。’一本‘題’作‘顚’。明‘題’‘顙’得儷‘顚’矣……又《荊瀘志》說秦荊有鑿顚，《山海經》說獸名有‘刑天’。刑天無首，蓋被鑿顚之刑。”《山海經·海外西經》：“刑天與帝至此爭神，帝斷其首，葬之常羊之山；乃以乳爲目，以臍爲口，操干戚以舞。”郭璞注：“是爲無首之民。”袁珂注：“‘刑天’，蓋卽斷首之意。”

　　墨刑，古代一種在額頭上刺字的刑罰。《集韻·先韻》：“天，刑名；剠鑿其額曰天。”《易·睽》：“見輿曳其牛掣，其人天且劓，無初有終。”孔穎達疏：“剠額爲天。”剠，同“黥”。唐、陸德明《經典釋文》：“天，剠也。馬云：‘剠鑿其額曰天’。”

天空。《爾雅·釋天》：“穹蒼，蒼天也。”郭璞注：“天形穹隆，其色蒼蒼，因名云。”《詩·唐風·綢繆》：“綢繆束薪，三星在天。”《孟子·梁惠王上》：“天油然作雲，沛然下雨，則苗浡然興之矣。”南朝、宋、謝靈運《初去郡》詩：“野曠沙岸淨，天高秋月明。”唐、韓愈《原道》：“坐井而觀天，曰天小者，非天小也。”前蜀、韋莊《菩薩蠻》詞：“春水碧於天，畫船聽雨眠。”

天體、天象。《史記·太史公自序》：“昔在顓頊，命南正重以司天，北正黎以司地。”《舊唐書·良吏傳下·姜師度》：“太史令傅孝忠善占星緯，時人爲之語曰：‘傅孝忠兩眼看天。’”《明史·職官志三》：“（洪武）三年改司天監爲欽天監；四年詔監官職專司天，非特旨不得陞調。”

萬物的主宰者、天神、上帝。《鶡冠子·度萬》：“天者，神也。”《書·泰誓上》：“天佑下民，作之君，作之師。”又《泰誓中》：“天視自我民視，天聽自我民聽。”孔傳：“言天因民以視聽，民所惡者，天誅之。”《論語·八佾》：“獲罪於天，無所禱也。”《左傳·宣公四年》：“君，天也，天可逃乎？”《新書·大政上》：“天有常福，心與有德；天有常菑，必與奪民時。”唐、李賀《贈陳商》：“天眼何時開？古劍庸一吼。”唐、韓愈《元知聖德詩》：“天錫皇帝，爲天下主。”清、紀昀《閱微草堂筆記·灤陽消夏錄五》：“人心以爲神，天亦必以爲神矣。”

自然、天生，非人力所能爲，泛指不以人的意志爲轉移的客觀必然性。《易·繫辭上》：“樂天知命，故不憂。”韓康伯注：“順天之化，故曰樂也。”《荀子·天論》：“皆知其所以成，莫知其無形，夫是之謂天。”《莊子·秋水》：“牛馬四足，是謂天。”唐、元稹《論教本書》：“且夫周成王，人之中才也，近管、蔡則讒入，有周、召則義聞，豈可謂天聰明哉？然而克終於道者，得不謂教之然耶？”宋、羅大經《鶴林玉露》卷九：“楊誠齋云：古人之詩，天也；後世之詩，人焉而已。此論得之。”宋、劉過《襄陽歌》：“人定兮勝天，半壁久無胡日月。”

自然的、天生的。《莊子·山木》：“此木以不材得終其天年。”《史記·刺客列傳》：“老母今以天年終，政將爲知己者用。”《文選·陸機〈皇太子宴玄圃宣猷堂有令賦詩〉》：“茂德淵沖，天姿玉裕。”張銑注：“天然之姿容如玉矣。”《隋書·五行志下》：“隋師臨江……都官尚書孔範曰：長江天塹，古以爲限隔南北，今日北軍豈能飛渡耶？”唐、柳宗元《行路難》詩之一：“啾啾飲食滴與粒，生死亦足終天年。”元、湯垕《古今畫鑑》：“華亭李甲字景元，作翎毛，有天趣。”《初刻拍案驚奇》卷十六：“令堂天年有限，過傷無益，且自節哀。”

指天性與生命，人或物的自然形質。《呂氏春秋·本生》：“天子之動也，以全天爲故者也。”高誘注：“天，性也。”宋、蘇軾《濁醪有妙理賦》：“故我內全其天，外寓於酒。”元、麻革《題李氏寓酒軒》詩：“古來賢達士，以酒全其天。”清、梁章鉅《歸田瑣記·曼雲先兄家傳》：“中年，自以生性卞急，欲託琴德，以自養其天。”清、袁枚《隨園詩話·補遺》卷一：“凡菱筍魚蝦從水中采得，過半個時辰，則色味俱變，其爲菱筍魚蝦之形質，依然尚在，而其天則已失矣。”

天時，謂時令、季節；如春天、三伏天。《孫子·計》：“天者，陰陽、寒暑、時制也。”唐、杜甫《佳人》詩：“天寒翠袖薄，日暮倚修竹。”唐、孟浩然《冬至後過吳張二子檀溪別業》詩：“梅花殘臘月，柳色半春天。”唐、朱慶餘《送竇秀才》詩：“梅天馬上愁黃鳥，澤國帆前見白雲。”南唐、張泌《浣溪沙》詞：“小市東門欲雪天，衆中依約見神仙。”

天氣，氣候。《禮記·月令》：“（季春之月）行秋令，則天多沉陰。”《六韜·虎韜·火戰》：“敵人因天燥疾風之利，燔吾上風。”唐、杜甫《水檻遣心二首》詩之二：“蜀天常夜雨，江檻已朝晴。”

日月星辰運行、四時寒暑交替、萬物受其覆育的自然之體。《莊子·大宗師》：“知天之所爲者，知人之所爲者，至矣。”成玄英疏：“天者，自然之謂……天之所爲者，謂三景晦明，四時生殺，風雲舒卷，雷雨寒溫也。”漢、王充《論衡·自然》：“天地合氣，萬物自生，猶夫婦合氣，子自生也。”又：“天者，普施氣萬物之中。”唐、劉禹錫《天論》：“天之所能者，生萬物也。”清、戴震《原象》：“日之發斂，以赤道爲中；月之出入，以黃道爲中。此天所以有寒暑進退，成生物之功也。”

所依存或依靠的對象；賴以生存、不可或缺之事物。《儀禮·喪服》：“夫者，妻之天也。”《史記·酈生陸賈列傳》：“王者以民人爲天，而民人以食爲天。”《韓詩外傳》卷四：“王者以百姓爲天，百姓與之則安，輔之則強，非之則危，倍之則亡。”三國、吳、陸凱《上疏諫吳主皓不遵先帝二十事》：“國以民爲本，民以食爲天，衣其次也。”唐、杜甫《江亭閬州筵餞蕭遂州》詩：“二天開寵餞，五馬爛生光。”仇兆鰲注：“《後漢書》：蘇章遷冀州刺史，有故人爲清河太守，喜曰：‘人有一天，我獨有二天。’”

　　古代指君王；也指人倫中的父母或夫。《爾雅·釋詁》：“天，君也。”《詩·大雅·蕩》：“天降滔德，女興是力。”毛傳：“天，君。”《詩·鄘風·柏舟》：“母也天只，不諒人只。”毛傳：“天謂父也。”《儀禮·喪服》：“夫者，妻之天也。”《文選·張衡〈東京賦〉》：“歷載三六，偷安天位。”薛綜曰：“天位，帝位也。”宋、樂史《楊太眞外傳》：“虢國不施粧粉，自衒美豔，常素面朝天。”清、葉廷琯《吹網錄·寧古塔紀略》：“又言泊乎《長白山賦》入，天心嗟歎，溫詔下頒。”清、蒲松齡《聊齋志異·白于玉》：“遠近無不知兒身許吳郎矣，今改之，是二天也。”

　　命運、天意。《孟子·梁惠王下》：“吾之不遇魯侯，天也。”唐、韓愈《送湖南李正宗序》：“離十三年，幸而集處得燕而舉一觴相屬，此天也，非人力也。”《水滸傳》第六一回：“挑着個紙招兒，上寫着：‘講命談天，卦金一兩。’”

　　古代唯心哲學稱世界的精神本原。《孟子·盡心上》：“盡其心者，知其性也；知其性，則知天矣。”朱熹集注：“心者，人之神明，所以具衆理而應萬事者也；性則心之所具之理，而天又理之所從以出者也。”又以天爲精神實體。清、劉大櫆《天道中》：“天者，何也？吾之心而已矣。”

　　特指某一空間。《漢書·西域傳》：“吾家嫁我兮天一方，遠託異國兮烏孫王。”唐、許渾《奉和盧大夫新立假山》詩：“樹暗壺中月，花香洞裏天。”元、楊顯之《瀟湘雨》第四折：“當初失卻渡淮船，父子飄流限各天。”

　　指神佛仙人或渠等所生活的世界；如：歸天、天兵天將、天女散花。唐、陳鴻《長恨歌傳》：“由此一念，又不得居此，復墮下界，且結後緣；或爲天，或爲人，決再相見，好合如舊。"清、翟灝《通俗編・服飾》："《靈怪錄》：郭翰暑月臥庭中，有人冉冉自空而下，曰：'吾織女也。'徐視其衣，並無縫。翰問之，謂曰：'天衣本非針線爲也。'"

一晝夜的時間；或專指日出到日落的時間，亦卽專指白天。如：今天、昨天、忙了一天、三天打魚兩天曬網。《儒林外史》第十七回："匡超人背着行李，走了几天旱路。"《兒女英雄傳》第二四回："大長的天，也是白閑着，幫幫我，又解了悶兒。"《海上花》第四十二回："玉甫竟衣不解帶個伏侍漱芳，連浪幾夜天勿曾困。"

一天裏的某一段時間。《二刻拍案驚奇》卷十八："約莫一更多天，然後睡了。"《兒女英雄傳》第四回："趕到那裏大約天也就是時候了。"

位置在頂部的、凌空架設的。如：天棚、天窗、天線、天橋。

方言。一、極、最。如：天好，卽最好、極好。二、坰；東北計算土地的單位，十畝一天。

姓。《古今姓氏書辯證・先韻》："黃帝之相有天老，後以爲氏。"《元和姓纂》曰：'《莊子》有天根，注云：人姓名。'"《正字通・大部》："天，姓；漢、長社令天高，唐親軍指揮使天文。"

疊字雙音"天天"形況：一、猶言老天爺；重疊呼天，起加強語氣作用。宋、張先《夢仙鄉》詞："離聚此生緣，無計問天天。"《古今小說・楊八老越國奇逢》："天天可憐，這番飄洋，只願在陝閩兩處便好，若在他方也是枉然。"二、每天、每一天。如：好好學習，天天向上。

丕 0004　大也。从一，不聲。敷悲切（pī ㄆㄧ）。

【譯白】丕，大的意思。是依從一做形旁，以不爲聲旁構造而成的形聲字。

【述義】大、重大。《爾雅・釋詁》："丕，大也。"清、段玉裁《說文解字注》："丕與不音同，故古多用不爲丕；如不顯卽丕顯之類，於六書爲假借。"《書・大禹謨》："嘉乃丕績。"孔傳："丕，大也。"又《盤庚上》："罔有逸言，民用丕變。"孔傳："民用大變從化。"

《詩・周頌・清廟》："不顯不承，無射於人，斯。"《史記・司馬

相如列傳》："天下之壯觀,王者之丕業。"《後漢書·張衡傳》:
"厥跡不朽,垂烈後昆,不亦丕歟!"唐、柳宗元《道州文宣王廟
碑》:"丕揚厥聲,以告太史。"唐、黃滔《御試良弓獻問賦》:"否
則何以弘丕國於赫赫,垂寶祚於綿綿者哉!"清、陳天華《絕命辭》:
"與其死於十年之後,曷若於今日死之,使諸君有所警動,去絕非
行,共講愛國,更臥薪嘗膽,刻苦求學,徐以養成實力,丕興國家。"

奉、遵奉。《書·洛誥》:"丕視功載。"孫星衍疏:"丕者,《漢
書·郊祀志》集注云:奉也。"《漢書·郊祀志下》:"丕天之大律。"
顏師古注:"丕,奉也。"晉、陸機《弔魏武帝文》:"丕大德以宏覆,
援日月而齊暉。"

連詞,乃、於是。《書·禹貢》:"三危既宅,三苗丕敍。"清、
王引之《經傳釋詞》卷十:"丕,乃承上之詞;猶言三苗乃敍也。"

助詞、置句首或句中,表語氣。《書·康誥》:"女丕遠惟商耇成
人。"又《酒誥》:"丕惟曰:'爾克永觀省,作稽中德。'"孫星衍疏:
"丕,辭也。"又《召誥》:"其丕能諴于小民。"孫星衍疏:"丕,語
辭。"

姓。《通志·氏族略一》:"平氏,平亦作丕,晉大夫丕鄭之後也。"
《國語·晉語一》:"里克、丕鄭、荀息相見。"

疊字雙音"丕丕"形況:一、丕丕基,謂巨大的基業,指國家和帝
位。《書·立政》:"以竝受此丕丕基。"孔傳:"竝受此大大之基業。"
清、王韜《甕牖餘談·記南賊事》:"賊中見其書者,皆歎為奇才,互
相謂曰:'天生賢哲,以造國家丕丕基。'於是敬奉之如神明。"二、
盛大貌。《爾雅·釋訓三》:"丕丕,大也。"宋、范仲淹《祭謝賓客文》:
"臧孫之後兮,蓋相繼而丕丕。"明、王廷相《慎言·文王》:"其道
熙熙,其德穆穆,其功丕丕。"三、成羣出沒之貌。明、王廷相《雅
述·下篇》:"鴻荒之先,人與禽獸等,蚩蚩共居,丕丕並遊,至與
物合而不知擇。"

丕又讀 bù ㄅㄨˋ,《字彙補》奉布切。一、通"不"。《書·金縢》:
"是有丕子之責于天。"孔穎達疏:"鄭玄曰:'丕,讀曰不;愛子
孫曰子,元孫遇疾,若汝不救,是將有不愛子孫之過,為天所責。'"
二、象聲詞,疊字雙音"丕丕"形況,狀心跳、腳步聲等。元、鄭光

祖《倩女離魂》第二折：“諕的我心頭丕丕那驚怕。”元、金仁傑《追
韓信》第一折：“他把我丕丕的趕過長安道。”《初刻拍案驚奇》第
三六回：“奶子看了簪，虛心病發，曉得是兒子做出來，驚得面如土
色，心頭丕丕價跳。”三、“丕的”，亦作“丕地”，倒地之聲，象聲詞。
元、無名氏《爭報恩》楔子：“那廝不由分說，將我亂打；被我可又
則一拳，丕的打倒在地。”元、鄭廷玉《忍字記》第一折：“我恰纔
胸膛上撲地着，他去那甎街上丕的倒。”元、李行道《灰闌記》第二折：
“俺男兒氣中了丕地倒，醒來時俺姐姐自扶着。”

吏　0005　　𠭆　治人者也。从一，从史，史亦聲。力置切（lì ㄌㄧˋ）。
【譯白】吏，治理人的人。是分別依從一，依從史做主、從形旁並峙
爲義，史也做爲聲旁構造而成的會意兼形聲字。

【述義】王筠《說文釋例》卷四、頁七：“云‘從一，從史’，此兩
字並峙爲義者，亦正例也，亦可言‘從史，從一’，特字隸一部，故
先言一，然不可言從一史，與天‘從一，大’爲異耳；夫史者人也，
一者心也。（印林曰：‘以一爲心，小徐之鑿說也；許云：吏，治人
者也，從一，則所以從一者，爲其在上也，一爲數始，餘數皆處其下，
吏位在上，故從一，亦猶古文帝、示之從一矣，何必論心乎？！筠按：
《九經字樣說》吏字云：言其執法如一，又重之在上。與印林意同。）
先有是人而後論其心，似當入史部，然吏義廣，史義狹，古之史似今
之書辦，此第借作人字用耳，故入之一部。凡象形、指事之文，其聲
必在字外；形聲之文，其聲必在字中；會意雖兼二者，而有聲者較少；
既兩字皆義，而義有主、從，當入主義所在之部。（此指兩字皆部首者
言之；若一字爲部首，一字爲部屬者，不在此例。）此定例也。”又卷
三、頁十：“言亦聲者凡三種：會意字而兼聲者，一也；形聲字而兼
意者，二也；分別文之在本部者，三也。會意字之從義兼聲者爲正，主
義兼聲者爲變，若分別文則不然，在異部者概不言義，在本部者概以
主義兼聲也。實亦聲而不言者亦三種：形聲字而形中又兼聲者，一也；
兩體皆義皆聲者，二也；說義已見，即說形不復見者，三也。”

　　吏是古代官員的通稱；古代君相皆可稱爲吏。《書·胤征》：“天
吏逸德，烈于猛火。”孔傳：“天王之吏爲過惡之德，其傷害天下甚
於火之害玉。”《左傳·成公二年》：“王使委於三吏。”杜預注：“三

吏，三公也；三公者，天子之吏也。"王筠《說文解字句讀》："然則君相皆可稱吏。'从一'，言其執法如一，又重之在上。"《孟子·公孫丑上》："無敵於天下者，天吏也。"《國語·周語上》："王乃使司徒咸戒公卿、百吏、庶民。"韋昭注："百吏，百官。"唐、白居易《使官吏清廉策》："臣聞爲國者，皆患吏之貪，而不知去貪之道也；皆欲吏之清，而不知致清之由也。"又《和除夜作》詩："我統十郎官，君領百吏胥。"宋、曾鞏《邪溪謝雨文》："吏能奉法令，治獄訟，督賦斂而已，導和氣，致豐年，則力不能德不及也。"章炳麟《秦政記》："李斯、蒙恬皆功臣良吏也。"吏執法如一，而必須以親民、愛民、憂民之憂，恪守公生明、偏生暗、廉生威之道，等量齊觀天理、國法、民情爲前提，隨時念茲在茲"爾俸爾祿，民膏民脂，下民易虐，上天難欺"。《書·五子之歌》："民爲邦本，本固邦寧。予視天下，愚夫愚婦，一能勝予。"《孟子·盡心下》："民爲貴，社稷次之，君爲輕。"宋、張載《西銘》："民吾同胞，物吾與也。"若以民爲溝壑，民不堪命，則民心無常，民怨沸騰，民生凋蔽，萬民揭竿！古今中外改朝換代莫不由此。中國當今僅存的河南省內鄉縣衙，諸多門聯俱可見其中吏治之道較諸當今所謂民主政治洋洋理論，尤爲言簡意賅！特錄於此：一、大堂門聯："欺人如欺天，毋自欺也；負民卽負國，何忍負之。"二、二堂門聯："法行無親，令行無故；賞疑唯重，罰疑唯輕。"三、公署院門聯："爲政不在言多，須息息從省身克己而出；當官務持大體，思事事皆民生國計所關。"四、三堂門聯："得一官不榮，失一官不辱，勿說一官無用，地方全靠一官；吃百姓之飯，穿百姓之衣，莫道百姓可欺，自己也是百姓。"五、縣丞衙大門門聯："寬一分，民多受一分賜；取一文，官不值一文錢。"六、縣丞衙正廳門聯："立定腳跟豎起背；展開眼界放平心。"七、主簿衙大門門聯："與百姓有緣，才來此地；期寸心無愧，不鄙斯民。"八、主簿衙正廳門聯："捫心自慚興利少；極目只覺曠官多。"九、典史衙大門門聯："法規有度天心順，官吏無私民意安。"十、典史衙正廳門聯："報國當存清政志；爲民可效廉明臣。"十一、吏房門聯："選官擢吏賢而舉，考政核績廉以衡。"十二、刑房門聯："按律量刑昭天理，依法治罪摒私情。"十三、衙神廟卷棚聯："不求當官稱能吏，願共斯民做好人。"

從古到今，愈是昏私、貪墨、黑心、枉法之官，愈以"父母官"自居；實則，只要一涉罔顧民情，即爲殘民以逞者！當前社會，大大小小的公務人員暨民意代表，或巧詐語言，或私相授受，一皆以掠奪社會資源、宰割民脂民膏爲爭先恐後，是俱屬殘民以逞者。

漢朝以後特指官府中的小官和差役。漢、司馬遷《報任安書》："見獄吏則頭搶地，視徒隸則心惕息。"《史記·滑稽列傳》："（西門豹）即使吏卒共抱大巫嫗投之河中。"《玉臺新詠·古詩〈爲焦仲卿妻作〉》："君既爲府吏，守節情不移。"唐、杜甫《石壕吏》詩："暮投石壕村，有吏夜捉人。"唐、柳宗元《捕蛇者說》："悍吏之來吾鄉，叫囂乎東西，隳突乎南北。"《水滸傳》第二二回："原來故宋時，爲官容易，做吏最難。"錢竹初《吏不可爲·催科》："官如大魚吏小魚，完糧之民且沮洳；官如虎，吏如貓，具體而微舐人膏。"

治理、爲官。《漢書·王莽傳下》："夫吏者，理也。"唐、高適《觀李九少府翥樹宓子賤神祠碑》詩："吾友吏茲邑，亦嘗懷宓公。"唐、皎然《桃花石枕歌送安吉康丞》詩："君吏桃州尚奇跡，桃州採得桃花石。"

使爲官。《後漢書·逸民傳·法眞》："若欲吏之，眞將在北山之北，南山之南矣。"

通"事"，事情。《管子·大匡》："從諸侯欲通吏，從行者令一人爲負以車。"郭沫若等集校："吏當爲事，古字通用。"《韓非子·孤憤》："則修智之吏廢。"于省吾新證："吏本應作事；金文吏、事同字。"按：甲骨、金文等古文字，事、使、史、吏本爲一字，後來分化各立其義。

姓。《萬姓統譜·志韻》："吏宗，王莽時人。"

文五 重一（以上《一部》的文字有五個，重文有一個。）

丄（二、上）₀₀₀₆ 丄（二） 高也；此古文上；指事也。凡丄之屬，皆从丄。𐅁，篆文丄。時掌切（shàng ㄕㄤ）。

【譯白】丄（二），高的意思；這是古文的上字；是用象徵性符號指明意義所在構造而成的指事文字。大凡用上做部首來被統括其意義類屬的字，都是依從上做形旁構造而成的。上（⊥），是篆文的上字。

【述義】段玉裁《說文解字注》改作"二"，並云："古文上作二，故'帝'下、'旁'下、'示'下皆云'从古文上'，可以證古文本作二。篆作⊥，各本誤以⊥爲古文，則不得不改篆文之上爲上，而用上爲部首，使下文从二之字皆無所統，示次於二之旨亦晦矣。今正'（古文）⊥'爲'二'、'（小篆）上'爲'⊥'，觀者勿疑怪可也。凡《說文》一書，以小篆爲質，必先舉小篆，後言古文作某，此獨先舉古文後言小篆作某，變例也。以其屬皆从古文上，不从小篆上，故出變例而別白言之。"又："凡指事之文絕少，故顯白言之；不於一下言之者，一之爲指事不待言也；象形者實有其物，日、月是也；指事者不泥其物而言其事，⊥、丁是也；天地爲形，天在上、地在下，地在上、天在下，則皆爲事。"王筠《說文釋例》卷一、頁五："惟六書之中，指事最少，而又最難辨。以許君所舉'上、下'二字推之，知其例爲至嚴；所謂視而可識，則近於象形，察而見意，則近於會意；然物有形也，而事無形，會兩字之義以爲一字之義，而後可會；而'⊥、丁'之兩體，固非古本切之丨、於悉切之一也；一有訓爲天者，然以解下之一可也，若以解上之一，則物有在天之上者乎？且奚必在天之下，即吾之局腳几，在書案之下，獨不爲下乎？則此書案即下之一也，是以天解下之一而亦不可也。一有訓爲地者，然以解上之一可也，若以解下之一，則物有在地之下者乎？且奚必在地之上，即吾之此册，在書案之上，獨不爲上乎？則此書案即上之一也，是以地解上之一而亦不可也。惟有'二、⊥、二、丁'以兩畫成爲一字。上、下本非物也，然視之而已識上、下之形，兩畫既皆非字，則幾無以爲義！然察之而已見上、下之意，總之以大物覆小物，以大物載小物，於是以長一況大物，以短一或丨況小物，了然於心、目閒，而無形之事，竟成有形之字矣；然而短一縱橫惟意，長一可橫不可縱者何也？此小、大之辨也；博者必厚，其縱數不待表而著，小物則或博而卑，或狹而高，要爲大物之所能覆載而已。試觀天之下、地之上，山嶽則巍然峙也，是⊥、丁之形也；邱陵則逶迤相屬也，是二、二之形也。明乎此而指事不得混於象形，更不得混於會意矣。余於其他，偶舉爲例，惟指事必盡出之！段茂堂（段玉裁）、嚴鐵橋（嚴可均）皆知指事而不盡言，蓋將待我開山也。故逐字區其族類，以告來世。”又卷五、頁三十：
“《⊥部》𐀴、𐀵二字，夫⊥、丁，許君所標也，二、二亦《說文》
所有也（帝、旁從二，兩從二），卽合⊥二丁二以各爲一字，則隸書
之上、下，亦可也，從而曲之，豈有理實？《周禮》疏：‘人在一上
爲上，人在一下爲下。’知唐本《說文》作𐀴、𐀵，段氏改之，非也！
況有從𐀴之甕字，從𐀵之芐字乎。”商承祚《說文中之古文考》：“段
改⊥爲二，是也；甲骨文、金文皆同。”按：古文上“二”兩畫爲上
短下長，一、二之二則兩畫齊等。甲骨文之上下卽作二二。

　　分述“上”諸義如下：

　　高處。《玉篇・上部》：“上，《說文》云：‘高也’。”《詩・周頌・
敬之》：“無曰高高在上，陟降厥土，日監在茲。”《莊子・讓王》：“上
漏下溼，匡坐而弦。”《漢書・東方朔傳》：“抗之則在青雲之上，抑
之則在深泉之下。”唐、李白《蜀道難》詩：“上有六龍迴日之高標，
下有衝波逆折之回川。”清、施閏章《蠖齋詩話・龍濟寺》：“天上樓
臺山上寺。”亦指物體的上部。《明史・禮志一》：“社稷，社主用石，
高五尺，廣五尺，上微銳。”

　　天、上天、天帝。《書・文侯之命》：“昭升于上，敷聞在下。”
馬融注：“上，謂天。”又《西伯戡黎》：“嗚呼，乃罪多參在上。”
孔傳：“言汝罪惡衆多，參列於上天。”《論語・述而》：“禱爾于上
下神祇。”劉寶楠正義引顏師古曰：“上下爲天地；天神曰神，地神
曰祇。”《楚辭・天問》：“上下未形，何由考之？”王逸注：“言天
地未分，溷沌無垠，誰考定而知之也。”《樂府詩集・鼓吹曲辭一・漢
鐃歌》：“上邪！我欲與君相知，長命無絕衰。”《舊唐書・音樂志三》：
“於赫聖祖，龍飛晉陽，底定萬國，奄有四方，功格上下，道冠農
黃。”《明史・禮志一》：“惟能修明講貫，以實意行乎其間，則格上
下，感鬼神，教化之成卽在是矣。”

　　君主、皇帝。《廣雅・釋詁一》：“上，君也。”《廣韻・漾韻》：
“上，君也，猶天子也。”《書・君陳》：“違上所命，從厥攸好。”
孔傳：“人之於上，不從其令，從其所好。”《管子・君臣下》：“民
之制於上，猶草木之制於時也。”《國語・齊語》：“於子之鄉，有不
慈於父母……不用上令者，有則以告。”韋昭注：“上，君長也。”《史

記‧高祖本紀》：“上問左右，左右爭欲擊之。”唐、韓愈《試大理評事王君墓誌銘》：“上初即位，以四科募天下士。”《水滸全傳》第五十七回：“你好生與我喂養這匹馬，是今上御賜的。”清、姚鼐《朱竹君先生傳》：“及在安徽，會上下詔求遺書，先生奏言翰林院貯有《永樂大典》，內多有古書世未見者。”

高位、社會的最高層。《書‧呂刑》：“穆穆在上，明明在下。”孔穎達疏：“言堯躬行敬敬之道在於上位，三后之徒躬秉明德，明君道在於下。”漢、蔡邕《獨斷》卷上：“上者，尊位所在也。”唐、韓愈《送董邵南序》：“明天子在上，可以出而仕矣。”唐、柳宗元《封建論》：“使賢者居上，不肖者居下，而後可以理安。”清、周准《〈明詩別裁集〉序》：“上自廊廟，下迄山林，旁及外域，遇有可采，悉爲收入。”

指尊長或在上位的人。《禮記‧王制》：“尊君親上。”孔穎達疏：“親上，謂在下親愛長上。”《論語‧學而》：“其爲人也孝弟，而好犯上者鮮矣。”何晏注：“上，謂凡在己上者。”《呂氏春秋‧審應》：“其在於民而君弗知，其不如在上也。”高誘注：“上，謂官。”

指在上面的一方。《漢書‧東方朔傳》：“上乏國家之用，下奪農桑之業。”《後漢書‧儒林傳上‧歐陽歙》：“上令陛下獲殺賢之譏，下使學者喪師資之益。”

上首、上座。《禮記‧曲禮上》：“席南鄉北鄉，以西方爲上。”鄭玄注：“上，謂席端也。”《新序‧雜事一》：“昭奚恤曰：‘君，客也，請就上位。’”《鏡花緣》第七十一回：“闒兒雖按次序，坐位仍無上下。”

時間或次序在前。清、王引之《經義述聞‧毛詩上》：“古者上與前同義。”《書‧微子》：“我祖底遂陳于上。”孔傳：“言湯致遂其功，陳列於上世。”《商君書‧開塞》：“上不及虞夏之時，而下不修湯武。”《呂氏春秋‧安死》：“自此以上者，亡國不可勝數。”高誘注：“上，猶前也。”《樂府詩集‧相和歌辭‧飲馬長城窟行》：“上言加餐飯，下言長相憶。”宋、王盤《興文署新刊資治通鑑序》：“上起戰國，下終五季，一千三百六十二年之間，賢君、令主、忠臣、義士……靡不具焉。”《紅樓夢》第二回：“可惜上月其母竟亡故了！”

等第高或品質良好。《周禮・考工記・弓人》：“凡取幹之道七：柘爲上，檍次之……竹爲下。”《孫子・謀攻》：“凡用兵之法，全國爲上，破國次之。”《孟子・萬章下》：“上農夫食九人，上次食八人，中食七人……下食五人。”《晉書・宣帝紀》：“棄城預走，上計也。”唐、陸羽《茶經・一之源》：“紫者上，綠者次；筍者上，牙者次。”明、李時珍《本草綱目・草三・牡丹》：“牡丹以色丹者爲上。”

初、起初。《公羊傳・成公十七年》：“然則郊曷用，郊用上辛。”何休注：“上辛猶始新，皆取首先之意。”《淮南子・覽冥訓》：“引類於太極之上，而水火可立致者，陰陽同氣相動也。”高誘注：“太極，天地始形之時也；上，猶初也。”

古、遠、久遠。《儀禮・喪服》：“尊者尊統上，卑者尊統下。”鄭玄注：“上猶遠，下猶近。”賈公彥疏：“天子始祖、諸侯及大祖，並於親廟外祭之，是尊統遠；大夫三廟、適士二廟，中下士一廟，是卑者尊統近也。”《呂氏春秋・蕩兵》：“兵之所自來者上矣。”高誘注：“上，古。”《漢書・百官公卿表上》：“自顓頊以來，爲民師而命以民事，有重黎、句芒、祝融、后土、蓐收、玄冥之官，然已上矣。”顏師古注：“上謂其事久遠也。”清、龔自珍《農宗》：“生民之故，上哉遠矣。”

重，與“輕”相反。《方言》卷十二：“上，重也。”《書・呂刑》：“上刑適輕，下服。”孔傳：“重刑有可以虧減，則之輕，服下罪。”《周禮・秋官・司圜》：“凡害人者……任之以事以收教之；能改者，上罪三年而舍，中罪二年而舍，下罪一年而舍。”北魏、楊衒之《洛陽伽藍記・建中寺》：“明帝幼沖，諸王權上。”《南史・蕭統傳》：“其獄皆刑罪上。”

豐足。《管子・大匡》：“桓公踐位十九年……賦祿以粟，案田而稅，二歲稅一，上年什取三，中年什取二，下年什取一，歲飢不稅。”上下，猶言豐欠。《周禮・地官・廩人》：“以歲之上下數邦用，以知足否。”賈公彥疏：“上下卽豐凶。”

猶正、主要意義。《禮記・鄉飲酒》：“言是席之上，非專爲飲食也，此先禮而後財之義也。”鄭玄注：“非專爲飲食，言主於相敬以禮也。”孔穎達疏：“言是席之上，上亦正也，此先禮而後財之義也。”

廣大。《淮南子・說山訓》：“江河所以能長百谷者，能下之也。夫惟能下之，是以能上之。”高誘注：“上，大也。”

尊、尊貴，用於敬詞。唐、王維《晚春嚴少尹與諸侯見過》詩：“烹葵邀上客，看竹到貧家。”《兒女英雄傳》第十四回：“足下上姓？”

升、升起，由低處到高處。《廣韻・養韻》：“上，登也，升也。”《易・需》：“雲上於天。”唐、陸德明《經典釋文》引干寶云：“上，升也。”《禮記・曲禮上》：“拾級聚足，連步以上。”孔穎達疏：“涉而升堂，故云‘以上’。”《漢書・王商傳》：“令吏民上長安城以避水。”唐、王之渙《登鸛鵲樓》詩：“欲窮千里目，更上一層樓。”《紅樓夢》第七十回：“韶華休笑本無根，好風頻借力，送我上青雲。”

上報、呈報。《釋名・釋書契》：“下言於上曰表……又曰上，示之於上也。”《書・呂刑》：“其刑上備，有并兩刑。”孔傳：“其斷刑文書上王府，皆當備具，有并兩刑，亦具上之。”《後漢書・和帝紀》：“去年秋麥入少，恐民食不足；其上尤貧不能自給者戶口人數。”《晉書・石崇傳》：“臣等刻肌碎首，未足上報。”唐、韓愈《謝自然》詩：“里胥上其事，郡守驚且歎。”《紅樓夢》第八四回：“我倒給他上了個好兒，說他近日文章都做上來了。”

進呈、送上、奉獻。《禮記・文王世子》：“食上，必在視寒煖之節。”孔穎達疏：“食上，謂獻饌。”《莊子・說劍》：“宰人上食。”《史記・呂太后本紀》：“王誠以一郡上太后，爲公主湯沐邑，太后必喜，王必無憂。”《晉書・謝玄傳》：“前後表疏十餘上。”唐、王建《賽神曲》：“新婦上酒莫辭勤。”《宋史・禮志十三》：“宋每大祀，羣臣詣東上閣門，拜表上尊號。”

上繳、交納。《漢書・石慶傳》：“慶素質，見詔報反室，自以爲得許，欲上印綬。”《儒林外史》第三回：“金有餘將着銀子，上了藩庫，討出庫收來。”又第九回：“兌七百五十兩替他上庫。”清、唐甄《潛書・明鑒》：“闖王來，三年不上糧。”

凌駕、欺凌。《左傳・桓公五年》：“君子不欲多上人，況敢陵天子乎！”《國語・周語中》：“《書》曰：‘民可近也，而不可上也。’”韋昭注：“上，陵也。”三國、魏、劉劭《人物志・釋爭》：“郄至上人，而抑下滋甚；王叔好爭，而終于出犇。”劉昞注：“此二大夫陵物，或宗夷族滅，或逃禍出奔。”

　　超過、超出。《漢書·谷永傳》：“建始、河平之際，許、班之貴，傾動前朝，熏灼四方，賞賜無量，空虛內臧，女寵至極，不可上矣。”顏師古注：“上，猶加也。”南朝、宋、劉義慶《世說新語·品藻》：“王子敬問謝公：‘嘉賓何如道季？’答曰：‘道季誠復鈔撮清悟，嘉賓故自上。’”劉孝標注：“謂超拔也。”

　　加上、增加、添加。《周禮·秋官·司儀》：“凡四方之賓客，禮儀辭命餼牢賜獻，以二等從其爵而上下之。”賈公彥疏：“爵尊者禮豐，爵卑者禮殺。”《國語·齊語》：“索訟者三禁而不可上下，坐成以束矢。”韋昭注：“不可上下者，辭定不可移也。”《南史·恩倖傳序》：“夫鮑魚芳蘭，在於所習，中人之性，可以上下。”唐、韓愈《圬者王承福傳》：“視時屋食之貴賤，而上下其圬之傭以償之。”《太平廣記》卷二百三十二引戴孚《廣異記》：“初還一千，累上至百貫。”

　　施加、施用。《禮記·曲禮上》：“禮不下庶人，刑不上大夫。”《論語·顏淵》：“草上之風，必偃。”何晏注引孔安國曰：“加草以風，無不仆者。”北魏、賈思勰《齊民要術·養馬》：“治馬被刺腳方：剪卻毛，泔淨洗，去痂，以禾茇汁熱塗之，一上卽愈。”

　　向前、前進、進行。《戰國策·秦策二》：“甘茂攻宜陽，三鼓之而卒不上。”鮑彪注：“上，猶前。”

　　往、去、到。北齊、顏之推《顏氏家訓·勉學》：“江南閭里閒，士大夫或不學問，羞爲鄙朴，道聽塗說，強事飾辭……上荊州必稱陝西，下揚都言去海郡。”宋、辛棄疾《山間競傳諸將有下棘寺者》詩：“去年騎鶴上揚州。”《西遊記》第十回：“龍王甚怒，急提了劍，就要上長安城，誅滅這賣卦的。”清、蒲松齡《聊齋俚曲集·磨難曲》：“上南死命去奔逃。”

　　放到、放進。北魏、賈思勰《齊民要術·種桃奈》：“十月中，去根一步許，掘作坑，收卷蒲萄，悉埋之……二月中，還出，舒而上架。”唐、韓愈《論淮西事宜狀》：“又聞畜馬甚多，自半年已來，皆上槽櫪。”清、蒲松齡《聊齋志異·促織》：“（成）逐而得之；審視，巨身修尾，青項金翅；大喜，籠歸……上于盆而養之。”

登載、記載。唐、張籍《和左司元郎中秋居十首》詩之十："新
詩纔上卷，已得滿城傳。"《封神演義》第五十七回："子牙大喜，
上了哪吒功。"《兒女英雄傳》第三回："這個旨意，從內閣抄了出
來，幾天兒工夫，就上了京報。"《官場現形記》第十九回："昨日
上海《新聞報》上的明明白白，是不會錯的。"

　　到任、就職。唐、顏真卿《謝兼御史大夫表》："伏奉今日制書，
以臣兼御史大夫……聖恩頻繁，固令卽上，陳請莫遂，惶懼蓋深。"
唐、韓愈《國子監論新注學官牒》："其新授官上日，必加研試，然
後放上，以副聖朝崇儒尚學之意。"宋、范成大《後催租行》："自
從鄉官新上來，黃紙放盡白紙催。"

　　登臺、出場。元、白樸《梧桐雨》第四折："高力士上云：'自
家高力士是也。'"元、楊顯之《酷寒亭·楔子》："外扮鄭孔目上。"
清、李漁《奈何天·慮婚》："丑扮財主，疤面糟鼻，駝背蹺足，帶
小生上。"

　　當值。《三國志平話》卷上："張飛把婦人殺了，又把太守元嶠
殺了……以此驚起衙內上宿兵卒。"《水滸傳》第四五回："且說楊
雄此日正該當牢，未到晚，先來取了鋪蓋去，自監裏上宿。"《紅樓
夢》第六三回："只見怡紅院凡上夜的人，都迎出去了。"

　　够、達到。《西遊記》第二十回："三眾前來，不上半日，果逢
一座高山。"《清平山堂話本·快嘴李翠蓮記》："不上三年之內，死
得一家乾淨。"《儒林外史》第七回："王員外共借了上千兩的銀子
與荀家。"清、李漁《風箏誤·敗象》："稟老爺，賊兵大敗，殺了
數千，走去的不上三分之一。"《官場現形記》第三十回："少說有
上千的人，一哄哄到統領門口。"

　　燃點。元、喬吉《兩世姻緣》第三折："幕捲輕綃，香焚睡鴨，
燈上上，簾下下。"《官場現形記》第十三回："等到上燈，官媒婆
因他二人是賊，便將板門抬了進來，如法泡制，鎖入空房。"《二十
年目睹之怪現狀》第五七回："吃過了晚飯，已是上火時候。"

　　教讀、教授、學習。明、湯顯祖《牡丹亭·閨塾》："請先生上
書。"又："末：'昨日上的《毛詩》可溫習？'旦：'溫習了，則待
講解。'"清、孔尚任《桃花扇·傳歌》："孩兒，楊老爺不是外人，

取出曲本快快溫習，待你師父對過，好上新腔。"

　　進用，特指進食，用作敬辭。清、洪昇《長生殿・復召》："（副淨跪見生）請萬歲爺上膳。"又《驚變》："娘娘，請上這一杯。"

　　陷入、遭受。《二十年目睹之怪現狀》十七回："你上了他當了！他那兩個人便是母子，故意串出這個樣兒來騙錢的。"

　　安裝、安上。如：上刺刀。《鏡花緣》第三十七回："樓窗上鎖，不能開放。"《老殘遊記》第十七回："你上他這手銬腳鐐是什麼意思？"

　　染、塗、烙印。如：上色、上光、上藥、上漆。

　　居。《玉篇・上部》："上，居也。"

　　旋緊、擰緊。如：上表、上弦、上發條。

　　縫、綴。如：上鞋子、上領子。

　　按規定的時間參加。如：上班、上課、上操。又指事情向某方面發展所達到的程度。明、夏言《誠意伯次子合門使劉仲璟遇恩錄》："那胡中淵，他若早依着我說，也不到這上。"

　　用在動詞後：一、表示動作的趨向、目的達到或結果等。《紅樓夢》第十二回："忽聽得'咯噔'一聲，東邊的門也關上了。"《二刻拍案驚奇》卷九："鳳生看上去，愈覺（楊素梅）美麗非常。"《二十年目睹之怪現狀》第六二回："只要把現在所定的貨物、價目，填寫上去便是了。"二、表示開始並繼續。元、王實甫《西廂記》第四本第四折："點上燈，我諸般不要吃，只要睡些兒。"《紅樓夢》第十五回："那李少爺一眼看見金哥就愛上了。"

　　用在名詞後：一、表示物體的表面。《易・渙》："風行水上，渙。"《左傳・襄公二十九年》："夫子之在此也，猶燕之巢於幕上。"《史記・項羽本紀》："（項王）爲高俎，置太公其上。"唐、韓愈《晚泊江口》詩："二女竹上淚，孤臣水底魂。"二、表示江河的邊側。《左傳・僖公二十四年》："瑕甥、郤芮不獲公，乃如河上。"《論語・子罕》："子在川上曰：'逝者如斯夫！不舍晝夜。'"《史記・孔子世家》："孔子葬魯城北泗上。"司馬貞索隱："蓋'上'者，亦是邊側之義。"又："唯子贛廬於冢上。"唐、韓愈《祭十二郎文》："當求數頃之田於伊潁之上，以待餘年。"唐、岑參《題平陽郡汾橋邊柳樹》

詩：“可憐汾上柳，相見也依依。”三、表示一定的處所、範圍或事物的某一方面。《孟子・梁惠王上》：“王坐於堂上，有牽牛而過堂下者，王見之曰：‘牛何之？’”《戰國策・秦策一》：“人生世上，勢位富貴，蓋可忽乎哉！”元、鄭德輝《倩女離魂》第三折：“茶飯上不知滋味。”《醒世恆言・三孝廉讓產立高名》：“有一人姓許名武，字長文，十五歲上，父母雙亡。”四、表示某種緣故。《水滸傳》第二回：“朱武道：‘我們不是這條苦計，怎得性命在此！雖然救了一人，卻也難得史進爲義氣放了我們。’”清、李漁《意中緣・拒妁》：“曾經回首顧前身，是個慣惹罡風的造孽人，因此上罰來閨閫作愁民。”

表示時間。《五燈會元・徑山杲禪師法嗣》：“我十八上便解作活計。”元、王實甫《西廂記》第一本第二折：“五旬上因病身亡。”《清平山堂話本・漢李廣世號飛將軍》：“十四年上，匈奴數十萬入寇蕭關。”

助詞，表語頓。元、喬吉《揚州夢・楔子》：“因此上、意嬾出豫章城。”

工尺譜符號之一，表示音階上的一級，是中國古代樂譜用來記寫七音的七種記音符號之一。宋、姜夔《淒涼犯》詞序：“凡曲言犯者，謂以宮犯商、商犯宮之類；如道調宮‘上’字住，雙調亦‘上’字住，所住字同，故道調曲犯雙調或于雙調中犯道調；其他準此。”《宋史・樂志十七》：“中呂用‘上’字，蕤賓用‘勾’字，林鍾用‘尺’字。”《遼史・樂志》：“各調之中，度曲協音，其聲凡十，曰：五、凡、工、尺、上、一、四、六、勾、合。”按：工尺譜爲中國古代記錄樂譜的工具，由音高符號、調名符號、節奏符號和補充符號組成；晚唐時已出現，宋時稱爲“半字譜樂譜”，並以之與十二律相配；這種記譜形式隨音樂的發展和不同地區、不同樂種的具體運用，在各種符號的寫法上有很大的差別，常見者依次爲“上、尺、工、凡、六、五、乙”七個字；明中葉後，隨着昆腔的流行，才逐漸形成一種常式。

通“尚”。一、還得、尚且。《詩・豳風・七月》：“嗟我農夫，我稼既同，上入執宮功。”俞樾《羣經平議・毛詩二》：“‘上’、‘尚’古字通。‘上入執宮功’言野功既畢，尚入而執宮中之事也。”《前漢書平話續集》卷上：“（高祖劉邦）嘆曰：‘官高職貴，上有謀心，忘其乞食漂母，爲胯下之人！’”二、表示希望、祈願。《詩·魏風·陟岵》：“上慎旃哉！”朱熹集傳：“上，猶尚也。”三、崇尚、看重、尊崇。《左傳·桓公八年》：“季梁曰：‘楚人上左，君必左，無與王遇。’”《管子·問》：“授事以能，則人上功。”《呂氏春秋·盡數》：“今世上卜筮禱祠，故疾病愈來。”孫鏘鳴補正：“上，尚也。”《漢書·地理志下》：“故其俗夸奢，上氣力，好商賈漁獵。”《新唐書·杜中立傳》：“民間脩昏姻，不計官品而上閥閱。”明、沈德符《野獲編·士人·金華二名士》：“趙常吉，溫之樂清人……喜談兵事，上騎射，講火器。”四、匹配，多用於娶皇家女子爲妻。宋、曾鞏《駙馬都尉王師約轉觀察使制》：“具官某，出于景族選，上貴主，有淑慎之行，無怠肆之失。”

通“常”，下身的衣服。《呂氏春秋·淫辭》：“（荊柱國莊伯）令謁者駕。曰：‘無馬。’令涓人取冠。進上。”楊樹達《積微居讀書記·呂氏春秋·淫辭》：“此‘上’字當讀爲‘常’，下帬也；取冠，進裳，亦言其錯迕也。”

姓。《姓觿·漾韻》：“上，出《姓苑》；《左傳》齊、上之登，爲邢公御。”《續通志·氏族略七》：“上，見《姓苑》；漢、上雄，見《印藪》。”《元史·忠義傳三》有上都。

疊字雙音“上上”形況：一、最上等。《書·禹貢》：“厥土惟黃壤，厥田惟上上，厥賦中下。”孔傳：“田第一，賦第六，人功少。”唐、寒山《詩》之二七三：“上上高節者，鬼神欽道德。”元、辛文房《唐才子傳·王維》：“維詩入妙品上上，畫思亦然。”元、張國賓《合汗衫》曲之二：“有簡玉杯玟兒，擲簡上上大吉，便是簡小廝兒。”清、錢泳《履園叢話·水學·水利》：“江南之田，古爲下下，今爲上上者，何也？有太湖之蓄洩，江海之利便也。”二、指比前一個時期更前的；如：上上星期、上上個月。

上又讀 shǎng ㄕㄤˇ，《廣韻》時掌切，上養禪。漢語聲調之一，即上聲；漢語有陰平、陽平、上聲、去聲四個調類。《南齊書·文學傳·陸厥》：“約等文皆用宮商，以平上去入爲四聲。”《通志·七音序》：“四聲爲經，七音爲緯；江左之儒知縱有平、上、去、入爲四聲，而不知衡有宮、商、角、徵、羽、半徵、半商爲七音。”

帝 0007 帚 諦也。王天下之號也。从丄，朿聲。帝，古文帝。古文諸丄字皆从一，篆文皆从二。二，古文上字。辛示辰龍童音章皆从古文丄。都計切（dì ㄉㄧˋ）。

【譯白】帝，詳謹周密審諦的意思。是統治天下的領袖的稱號。是依從丄（二）做形旁，以朿爲聲旁構造而成的形聲字。帝，是古文的帝字。古文各個以丄做形旁的字都是寫作一，篆文則都是寫作二。二，是古文用象徵性符號表明指事意義構造而成的上字。辛、示、辰、龍、童、音、章等字都是依從古文二（丄）做形旁構造而成的。

【述義】君主、天王、天子、皇帝、帝王，遠古時代原指部族聯盟的領袖，後指國家的最高統治者。《爾雅·釋詁上》：“帝，君也。”《書·堯典》：“曰若稽古帝堯。”《左傳·僖公二十五年》：“今之王，古之帝也。”《戰國策·趙策三》：“秦所以急圍趙者，前與齊湣王爭強爲帝。”《孟子·公孫丑上》：“（舜）自耕稼陶漁以至於帝，無非取於人者。”《呂氏春秋·下賢》：“帝也者天下之適也，王也者天下之往也。”《史記·秦始皇本紀》：“秦故王國，始皇君天下，故稱帝。”《論衡·禍虛》：“堯禪舜，立爲帝。”唐、李白《永王東巡歌》詩之五：“二帝巡游俱未回，五陵松柏使人哀。”王琦注：“時玄宗在蜀，肅宗即位靈武。”唐、白居易《琵琶行》詩：“我從去年辭帝京，謫居臥病潯陽城。”《宋史·眞宗紀三》：“帝是日崩于延慶殿。”

　　天神、上帝，古人或宗教徒想像宇宙萬物的創造者和主宰者爲帝；亦謂專主一方之神。《字彙·巾部》：“帝，上帝，天之神也。”《易·益》：“王用享于帝吉。”王弼注：“帝者，生物之主，興益之宗。”孔穎達疏：“帝，天也。”《書·洪範》：“帝乃震怒，不畀洪範九疇。”《詩·商頌·長發》：“帝命不違。”《公羊傳·宣公三年》：“帝牲不吉。”何休注：“帝，皇天大帝，在北辰之中，主總領天地五帝羣神也。”《禮記·文王世子》：“武王對曰：夢帝與我九齡。”唐、李賀《浩歌》詩：“南風吹山作平地，帝遣天吳移海水。”宋、王安石《酬王伯虎》詩：“帝與鑿耳目，賢愚遂殊品。”

　　指主一方的天神。《山海經·大荒南經》：“禹攻雲雨，有赤石焉生欒，黃本赤枝青葉，羣帝焉取藥。”《莊子·應帝王》：“南海之帝爲儵，北海之帝爲忽，中央之帝爲渾沌。”北周、庾信《燕射歌辭・徵調曲》："眾仙就朝於瑤水，羣帝受享於明庭。"宋、葉適《中塘梅林天下之盛》詩："羣帝胥命游，眾仙儼相趨。"

三代稱已死的君主。《禮記・曲禮下》："天王登假，措之廟，立之主，曰帝。"《大戴禮記・誥志》："天子崩，步于四川，代于四山，卒葬曰帝。"清、黃生《義府・三代稱帝》："三代天子之號稱王，然夏自帝啟以下俱曰帝某，商則《易》稱帝乙，《書》稱'自成湯至於帝乙'，初疑其說，後讀《禮記》云'措之廟，立之主，曰帝'，始解。"

尊奉為帝。戰國時秦軍圍趙都邯鄲，魏王使客將軍辛垣衍說趙奉秦王為帝，以解邯鄲之圍；齊魯仲連曉以利害，終使趙魏同息此議，事見《戰國策・趙策三》；後以屈奉暴君或異族統治者為"帝秦"。陳去病《有懷劉三純苦念西狩無畏》詩："其二有漸離，生來耻帝秦。"傅專《感懷》詩："枉勞奔走十年身，興漢誰知竟帝秦。"

謂稱帝、為帝。漢、揚雄《劇秦美新》："（漢祖）自武關與項羽戮力咸陽，創業蜀漢，發迹三秦，尅項山東而帝天下。"《三國志・魏志・朱靈傳》："至後將軍，封高唐亭侯。"南朝、宋、裴松之注引三國、魏、王沈《魏書》："朕受天命，帝有四海，元功之將，社稷之臣，皆朕所與同福共慶，傳之無窮者也。"也指佔據一方稱王稱霸。清、戴名世《與余生書》："今以弘光之帝南京，隆武之帝閩越，永曆之帝西粵、帝滇黔，地方數千里，首尾十七八年。"清、唐甄《潛書・兩權》："（李自成）入潼關，帝西安，乘勝渡朝邑，因大同而攻京師，如破鳥卵。"章炳麟《箴新黨論》："藩鎮日強，自帝其部，非傅食幕府則不足以釣名。"

主、主體。《莊子・徐无鬼》："藥也，其實堇也，桔梗也，雞癰也，豕零也，是時為帝者也，何可勝言！"王先謙集解："藥有君臣，此數者視時所宜，迭相為君。"郭慶藩集解："帝者，主也；言堇、桔梗、雞癰、豕零，更相為主也。"唐、皮日休《六箴序》："皮子嘗謂心為己帝，耳目為輔相，四支為諸侯。"梁啟超《生計學學說沿革小史》發端："其在前古野蠻時代，以戰爭為帝，以和平為偶，其生產機關不過為武備機關而設。"章炳麟《〈無政府主義〉序》："諒知大戟、蕘花，是時而為帝者也。"

審諦。《廣雅·釋詁三》：“帝，諟也。”《莊子·刻意》：“化育萬物，不可爲象，其名爲同帝。”成玄英疏：“帝，審也；總結以前，名爲審實之道也。”《後漢書·李雲傳》：“孔子曰：‘帝者，諦也。’”

天。宋、王安石《古意》詩：“帝青九萬里，空洞無一物。”

同“禘”，祭名。王國維《再與林博士論洛誥書》：“禘，古文作帝。”商承祚《殷虛文字類編》：“卜辭中帝字亦用爲禘祭之禘。”

通“定”。清、朱駿聲《說文通訓定聲·解部》：“帝，叚借爲定。”《周禮·春官·小史》：“小史掌邦國之志，奠繫世，辨昭穆。”漢、鄭玄注：“鄭司農云：‘故書，奠爲帝。’杜子春云：‘帝當爲奠，奠讀爲定。’”

㫄（旁）0008　㫄，溥也。从二，闕，方聲。旁，古文㫄。㫅，亦古文㫄。雱，籀文。步光切（páng ㄆㄤˊ）。

【譯白】㫄，廣泛普遍的意思。是依從二（音 shàng ㄕㄤˋ，古文上）做形㫄，不知爲什麼以冂做相從形㫄（不知相從來從做形㫄的冂是什麼意思），以方爲聲㫄構造而成的會意指事文字。旁，是古文的㫄字。㫅，也是古文的㫄字。雱，是籀文㫄字。

【述義】俗作“旁”。段玉裁《說文解字注》：“司馬相如《對禪文》曰：‘㫄魄四塞。’張揖曰：‘㫄，衍也。’《廣雅》曰：‘㫄，大也。’按㫄讀如滂，與溥雙聲，後人訓‘側’，其義偏矣。‘闕’謂从‘冂’之說，未聞也。李陽冰曰：‘冂象㫄達之形也。’按《自序》云：‘其於所不知，蓋闕如也。’凡言闕者，或謂形，或謂音，或謂義，分別讀之。”又：“（籀文‘雱’）《詩》‘雨雪其雱’，故訓傳曰：‘雱，盛皃。’卽此字也。籀文从雨，衆多如雨意也；毛云盛，與許云溥正合，今人不知㫄、雱同字，音讀各殊，古形古音古義皆廢矣。”

王筠《說文釋例》卷一、頁三十三：“㫄下云‘闕’，謂‘冂’也。案此以會意定指事字也；許君專以方爲聲，亦有遺義，從上從方，乃上下四方㫄薄充塞之意，‘冂’則狀其無不到之形也，所重在‘冂’，故歸諸指事，不入會意也。”又同卷、頁三十九：“（㫄……等文字）以上皆以會意定指事。然則何不以爲會意乎？曰：字義重事不重意也。卽如首一字爲㫄，㫄下云溥也，則㫄薄乃其本義，而從上

從方，不足表明表意，惟宀乃足發揮之，故以爲指事也。”又卷十、頁二：“㫃下云‘溥’也，當云‘㫃溥也’，雙聲字。蓋漢人之㫃魄，後世之磅礡、滂沛、霶霈，皆一義，後人多爲區別耳，是以雱字兩體，分明《說文》每多異部重文，而雱不隸《雨部》，所以表著之也。”又卷六、頁二：“《⊥部》諸重文，《玉篇》並同，是也。惟雱字從雨，方聲，當入《雨部》，而不然者，所以表正文旁之爲㫃溥也，借爲四㫃旣久，恐人致疑，故以雱字表之，雖《玉篇·雨部》又收雱字，似是孫強輩誤增，以其在後收雜字中也。”王筠“當云㫃溥也”之說，是錢大昕在《十駕齋養新錄》中所發明之“連篆爲句”的訓釋。㫃，甲骨文作𤉣、𤉣、𤉣、𤉣。楊樹達《增訂積微居小學金石論叢·卷一·釋旁》：“旁者，今言四方之方之本字也；𠙴、𠥓皆象東西南北四方之形，方則加聲旁也，省形作一，四方缺其一，猶受物之器作匚，亦四方缺其一也。《說文·八篇下·方部》云：‘方，船也，象兩舟省總頭形。’字無四方之義；其用爲四方之義者，實假作旁字用耳。”

廣泛、普遍。《廣雅·釋詁一》：“㫃，大也。”又《釋詁二》：“㫃，廣也。”《書·太甲上》：“㫃求俊彥，啟迪後人。”又《說命下》：“㫃招俊乂，列于庶位。”孔傳：“廣招俊乂，使列衆官。”《文選·張衡〈東京賦〉》：“撞洪鐘，伐靈鼓，㫃震八鄙。”李善注引薛綜曰：“㫃，四方也。”《藝文類聚》卷六五引晉、潘尼《後園頌》：“和氣四充，惠澤㫃潤。”唐、李白《明堂賦》：“神休㫃臻，瑞物咸薦。”《宋史·趙普傳》：“伏望陛下㫃采羣議，俯察物情。”章炳麟《秦獻記（一九一〇年修改稿）》：“燔書者本秦舊制，不始李斯，自斯始㫃及因國耳。”

並、一齊。馬王堆漢墓帛書甲本《老子·道經》：“萬物㫃作，吾以觀其復也。”今本《老子》“㫃”作“並”。

邊、側。《釋名·釋道》：“在邊曰㫃。”《玉篇·⊥部》：“㫃，猶側也，邊也。”《儀禮·公食大夫禮》：“㫃四列西北上。”《韓非子·內儲說下》：“文王資費仲而游於紂之㫃。”《漢書·循吏傳·黃霸》：“吏出，不敢舍郵亭，食於道㫃。”唐、韓愈《李花》詩之一：“㫃有一株李，顏色慘慘似含嗟。”明、楊循吉《折扇賦》：“兼鄰座而颵颵，及旁賓而簌簌。”

引申爲旁及、牽連。宋、劉斧《青瑣高議‧王實傳》：“殺人立也，固甘死，願不旁其枝，卽立死何恨焉？”

其他、別的、其他的。《韓非子‧顯學》：“無豐年旁入之利而獨以完給者，非力則儉也。”南朝、宋、鮑照《代別鶴操》詩：“心自有所存，旁人那得知。”《魏書‧長孫稚傳》：“羅年大稚十餘歲，妒忌防限；稚雅相愛敬，旁無姻妾。”唐、李白《公無渡河》詩：“旁人不惜妻止之，公無渡河苦渡之。”

邪、偏、邪辟、偏頗。《荀子‧議兵》：“暴悍勇力之屬爲之化而願，旁辟曲私之屬爲之化而公，矜糾收繚之屬爲之化而調。”楊倞注：“旁，偏頗也。辟，讀爲‘僻’。”

妄、亂。《禮記‧少儀》：“不窺密，不旁狎。”鄭玄注：“妄相服習，終或爭訟。”孔穎達疏：“不旁狎，旁猶妄也，不得妄與人狎習，或至忿爭，因狎而爭訟也。”

橫；旁行：一、遍行。《易‧繫辭上》：“旁行而不流，樂天知命，故不憂。”《漢書‧地理志上》：“昔在黃帝，作舟車以濟不通，旁行天下，方制萬里。”顏師古注：“旁行，謂四出而行之。”唐、柳宗元《舜禹之事》：“禹旁行天下，功繫於人者多，而自忘也晚。”二、廣泛流傳。宋、陳師道《〈王平甫文集〉後序》：“其號位勢力不足動人，而人聞其聲，家有其書，旁行於一時而下達於千家，雖其怨敵，不敢議也。”明、唐寅《劉太僕墓誌銘》：“美風大振，嘉德旁行。”三、橫寫。《史記‧大宛列傳》：“（安息）畫革旁行，以爲書記。”宋、蘇軾《記夢》詩敍：“樂全先生，夢人以詩三篇示之，字皆旁行而不可識。”黃質《題米生君實延齡遺墨》詩：“佉盧旁行競歐化，變色風雲驚叱咤。”旁行書：橫寫的文字，古泛指外國橫寫的文字。《新唐書‧隱逸傳‧陸羽》：“（陸羽）幼時，其師教以旁行書。”《新唐書‧西域傳下‧康》：“（康人）習旁行書。”宋、趙與時《賓退錄》卷八：“人年七八十，幸身康甯，當退藏一室，早睡晏起，繙貝多旁行書，與三生結願。”四、步履歪斜、橫行。《文選‧宋玉〈登徒子好色賦〉》：“旁行踾僂，又疥且痔。”李周翰注：“旁行，行不正也。”《埤雅‧釋魚》：“（蟹）旁行，故今語謂之旁蟹。”

常理之外的，引申爲意外；旁禍，卽橫禍，意外之禍。《淮南子·詮言訓》：“內無旁禍，外無旁福，禍福不生，安有人賊？”

輔佐、輔助。《楚辭·九章·惜誦》：“吾使厲神占之兮，曰有志極而無旁。”王逸注：“旁，輔也……但有勞極心志，終無輔佐。”

混同。《集韻·唐韻》：“旁，旁礴，混同也。”《莊子·逍遙遊》：“將旁礴萬物以爲一，世蘄乎亂。”

界畔、涯岸、邊際。《墨子·備蛾傅》：“以棘爲旁，命曰火捽，一曰傅湯，以當隊。”宋、秦觀《與子瞻會松江》詩：“松江浩無旁，垂虹跨其上。”

通“方”，且、將近。《莊子·人間世》：“（櫟社樹）其高臨山十仞而後有枝，其可以爲舟者旁十數。”郭慶藩集釋引俞樾曰：“旁，讀爲‘方’，古字通用……其可以爲舟者方十數，言可以爲舟者且十數也。”

特指漢字的偏旁。如：形旁（和全字意義有關的字形部分）、聲旁（形聲字結構中表示讀音的部分）。

“旁皇”，亦作“旁遑”，因內心不安而徘徊不定貌。宋、王安石《乞退札子》：“實以疾病浸加，恐瘝陛下所付職事，上累陛下知人之哲，下違臣不能則止之義，此所以旁遑迫切而不能自止也。”宋、葉適《謝宰執》：“雖黽勉而應書，每旁皇而卻顧。”蘇曼殊《斷鴻零雁記》第三章：“吾時時猶夢古裝夫人，旁皇於東海之濱，盼三郎歸也。”

“旁薄”，亦作“旁礴”、“旁魄”。一、廣大、宏偉。《荀子·性惡》：“齊給便敏而無類，雜能旁魄而無用。”王先謙集解引郝懿行曰：“旁魄，卽旁薄，皆謂大也。”漢、揚雄《太玄·太玄告》：“天穹隆而周乎下，地旁薄而向乎上。”《文選·左思〈吳都賦〉》：“齷齪而筭，固亦曲士之所歎也；旁魄而論，抑非大人之壯觀也？”劉逵注：“旁魄，取寬大之義。”清、李慈銘《越縵堂讀書記·劉蕺山集》：“蕺山先生不以文章名，其敍事亦多循俗稱，未嘗講求義法，然眞氣旁薄，字由衷之言。”清、平步青《霞外攟屑·論文上·積素齋文》：“吾邑自明迄今，五五百年來，代有傳人，可謂洩其秀矣，而其旁薄雄鬱之氣，尚有所未盡洩也。”二、混同、混合。《莊子·逍遙遊》：“之人也，之德也，將旁礴萬物以爲一。"成玄英疏："旁礴，猶混同也。"《淮南子・俶眞訓》："渾渾蒼蒼，純樸未散；旁薄爲一，而萬物大優。"三、廣被、散佈、綿延。《漢書・揚雄傳下》："今吾子乃抗辭幽說，閎意眇指，獨馳騁於有亡之際，而陶冶大鑪，旁薄羣生，歷覽者茲年矣，而殊不寤。"顏師古注："旁薄，猶言蕩薄也。"《文選・司馬相如〈封禪文〉》："旁魄四塞，雲布霧散。"李善注引張揖曰："旁魄，布衍也；魄音薄。"宋、蘇軾《徐州蓮華漏銘》："昆侖旁薄於三十八萬七千里之外，而不能逃於三尺之箭，五斗之缾。"清、戴名世《河墅記》："江北之山，蜿蜒旁礴，連亘數州。"清、魏源《聖武記》卷十："界以漢沔，夾以南山巴山，襟帶背負，據秦隴楚蜀之交，旁薄二千餘里。"張篁溪《蘇報案實錄》："近世有叫號於志士，旁魄於國中之一絕大名詞，曰'國民'。"四、充塞、蘊積。宋、文天祥《正氣歌》詩："是氣所旁薄，凛烈萬古存。"清、魏源《〈聖武記〉敍》："磊落乎耳目，旁薄乎胸臆。"

旁又讀bàng ㄅㄤ，《古今韻會舉要》蒲浪切；陽部。通"傍"。一、憑依、依附、靠近。朱駿聲《說文通訓定聲・壯部》："旁，叚借爲傍。"《莊子・齊物論》："奚旁日月，挾宇宙。"成玄英疏："旁，依附也。"漢、揚雄《羽獵賦》序："武帝廣開上林，東南至宜春、鼎湖、御宿、昆吾，旁南山，西至長楊、五柞。"《漢書・溝洫志》："引渭穿渠起長安，旁南山下，至河三百餘里。"南朝、齊、王融《詠女蘿》詩："冪歷女蘿草，蔓衍旁松枝。"二、依照、效法、仿效。《漢書・揚雄傳上》："（揚雄）又旁《離騷》作重一篇，名曰《廣騷》；又旁《惜誦》以下至《懷沙》一卷，名曰《畔牢愁》。"顏師古注："旁，依也；音步浪反。"

旁又讀bēng ㄅㄥ，《集韻》晡橫切，平庚幫；陽部。旁旁也作"騯騯"，馬強壯有力的樣子。《集韻・庚韻》："騯，騯騯，馬盛皃；或省。"《詩・鄭風・清人》："清人在彭，駟介旁旁。"朱熹注："駟介，四馬而被甲也。旁旁，馳驅不息之貌。"高亨注："旁旁同彭彭，馬強壯有力貌。"

旁又讀péng ㄆㄥ，《集韻》蒲庚切，平庚並。旁勃，亦作旁勃，白蒿的別名，一名艾蒿，俗呼蓬蒿。《集韻・庚韻》："旁，旁勃，白蒿

也；兔食之，壽八百歲。”《大戴禮記・夏小正》：“蘩母者，芍勃
也。”《左傳・隱公三年》：“蘋蘩薀藻之菜。”孔穎達疏引三國、吳、
陸璣曰：“凡艾白色爲皤蒿。今白蒿，春始生，及秋，香美可生食，
又可烝，一名遊胡，北海人謂之芍勃。”北魏、賈思勰《齊民要術・
五穀果蓏菜茹非中國物產者》：“七禽方，十一月采芍勃。芍勃，白
蒿也。”《詩・召南・采蘩》：“于以采蘩。”清、馬瑞辰通釋：“蘩，
一名由胡，一名蘩母，一名芍勃……芍勃，猶蓬勃也。”

丅（二、下）₀₀₀₉　丅（二）　底也。指事。下，篆文丅。胡
雅切（xià ㄒㄧㄚˋ）。

【譯白】丅（二），位置或所在低的意思。是用象徵性符號表明意義所
在構造而成的指事文字。下（二），是篆文的下字。

【述義】段玉裁《說文解字注》改作“二”，並注云：“有物在一之
下也。此古文下本如此，如丙字從古文下是也。後人改二爲丅，謂之
古文，則不得不改丅爲下，謂小篆文矣。”今作“下”；參見前“丄
（上）”條。

　　低處，底部、位置在低處、下面。《正字通・一部》：“下，《說
文》作丅；丅，底也，反丄爲丅……今文作下。”《書・禹貢》：“厥
土惟壤，下土墳壚。”孔傳：“高者壤，下者壚。”又《太甲下》：“若
升高，必自下。”《詩・召南・殷其靁》：“在南山之下。”又《小雅・
北山》：“溥天之下，莫非王土。”《孟子・梁惠王上》：“民歸之，由
水之就下，沛然誰能禦之？”《史記・李將軍列傳》：“諺曰：桃李不言，
下自成蹊。”唐、元稹《說劍》詩：“留斬泓下蛟，莫試街中狗。”
唐、韓愈《秋懷》詩之四：“上無枝上蜩，下無盤中蠅。”明、徐弘祖
《徐霞客遊記・楚遊日記》：“循小溪至崖之西脅亂石間，水窮于下，
竅啟于上，卽麻葉洞也。”

　　矮、低、位置低，亦指等級、質量低的，與高相對。《禮記・樂
記》：“天高地下。”《尉繚子・天官》：“然不能取者，城高池深，
兵器備具，財穀多積，豪士一謀者也。若城下、池淺、守弱，則取之
矣。”《史記・孫子吳起列傳》：“今以君之下駟與彼上駟，取君上駟
與彼中駟，取君中駟與彼下駟。”唐、韓愈《黃陵廟碑》：“地之勢，
東南下，如言舜南巡而死，宜言下方，不得言陟方也。”《論語・季

氏》：“困而不學，民斯爲下也。”《戰國策·齊策一》：“能謅議於市朝，聞寡人之耳者，受下賞。”《呂氏春秋·貴生》：“全身爲上，虧生次之，死次之，迫生爲下。”《論衡·實知》：“人才有高下，知物由學。”唐、韓愈《送石處士序》：“與之語道理，辨古今事當否，論人高下，事後當成敗，若河決下流而東注。”清、李驥元《賣女行》詩：“一斤鬻十錢，百斤價還下。”宋、王安石《卽事十五首》詩之七：“縱橫一川水，高下數家村。”

地。《書·堯典》：“允恭克讓，光被四表，格于上下。”孔傳：“旣有四德，又信恭能讓，故其名聞，充溢四外，至于天地。”《楚辭·天問》：“上下未形，何由考之？”王逸注：“言天地未分，溷沌無垠，誰考定而知之也。”《論語·述而》：“禱爾于上下神祇。”

特指湖澤。《書·舜典》：“帝曰：疇若予上下草木鳥獸。”孔傳：“上謂山，下謂澤。”《國語·周語下》：“共工之從孫四嶽佐之，高高下下，疏川導滯。”韋昭注：“下下，陂障九澤也。”

指地表之下。《禮記·檀弓下》：“夫子疾，莫養於下，請以殉葬。”鄭玄注：“下，地下。”《亢倉子·農道》：“畎欲深以端，畝欲沃以平，下得陰，上得陽，然後盛生。”

身分、地位低的人。《易·繫辭下》：“君子上交不諂，下交不瀆。”侯果注：“上謂王侯，下謂凡庶。”《禮記·坊記》：“尸飲三，衆賓飲一，示民有上下也。”鄭玄注：“上下，猶尊卑也。”《國語·周語上》：“下事上，少事長，所以爲順人。”《漢書·高帝紀下》：“地分已定，而位號比儗，亡上下之分。”顏師古注：“無尊卑之差別也。”《三國志·蜀志·諸葛亮傳》：“羣下勸先主稱尊號。”唐、封演《封氏聞見記·定謚》：“立君臣，定上下，不可以廢忠。”《新唐書·食貨志一》：“聚斂之臣用，則經常之法壞，而下不勝其弊焉。”又指低下的地位。唐、柳宗元《封建論》：“使賢者居上，不肖者居下，而後可以理安。”

幼小。《呂氏春秋·論威》：“義也者，萬事之紀也，君臣上下親疏之所由起也。”高誘注：“下，幼。”

次序或時間在後。《廣韻·馬韻》：“下，後也。”《詩·大雅·下武》：“下武維周，世有哲王。”毛傳：“武，繼也。”鄭玄箋：

"下，猶後也……後人能繼先祖者維有周家最大。"《呂氏春秋·君守》："夏熱之下，化而爲寒。"唐、韓愈《送孟東野序》："其存而在下者，孟郊、東野始以其詩鳴。"宋、王安石《上時政疏》："自秦以下，享國日久者，有晉之武帝，梁之武帝，唐之明皇。"《儒林外史》第一回："在下半個月後，下鄉來取。"明、臧懋循《元曲選後集序》："所論詩變而詞，詞變而曲，其源本出于一，而變益下，工益難，何也？"

臣下、百姓。《易·泰》："天地交而萬物通也，上下交而其志同也。"孔穎達疏："下謂臣也。"《孟子·梁惠王下》："凶年饑歲，君之民老弱轉乎溝壑，壯者散而之四方者，幾千人矣；而君之倉廩實，府庫充，有司莫以告，是上慢而殘下也。"《文選·張衡〈東京賦〉》："上下通情、式宴且盤。"薛綜注："下謂臣。"宋、王安石《上仁宗皇帝書》："又以久于其職，則上狃習而知其事，下服馴而安其教。"

對尊者自謙之詞。《左傳·襄公二十三年》："若免於罪，猶有先人之敝廬在，下妾不得與郊弔。"《漢書·蕭望之傳》："則下走其庶幾願竭區區。"《南齊書·豫章文獻王傳》："東府又有齋，亦爲華屋；而臣頓有二處住止，下情竊所未安。"《水滸傳》第三回："下官問了情由，合行申稟老經略相公知道，方敢斷遣。"

攻克、征服。《戰國策·齊策六》："燕攻齊，取七十餘城，唯莒、即墨不下。"《逸周書·允文》："人知不棄，愛守正戶，上下和協，靡敵不下。"《史記·高祖本紀》："楚軍去而攻定陶，定陶未下。"又《項羽本紀》："廣陵人召平於是爲陳王徇廣陵，未能下。"張守節正義："以兵威服之曰下。"又《陳涉世家》："攻陳下之，殺莊賈。"《三國演義》第六十一回："何不差一軍先截川口，斷其歸路，後盡起東吳之兵，一鼓而下荊襄？"

屈服、投降。《左傳·僖公七年》："國危矣，請下齊以救國。"《商君書·愼法》："千乘能以守者自存也，萬乘能以戰者自完也，雖桀爲主，不肯詘半辭以下其敵。"《韓非子·十過》："吾恐不能守矣，欲以城下，何國之可下？"《史記·項羽本紀》："爲高俎，置太公其上，告漢王曰：'今不急下，吾烹太公。'"《漢書·酈食其傳》：

“臣知其令，今請使，令下足下。”顏師古注：“下，降也。”《後漢書·鮑永傳》：“永到，擊討，大破之，降者數千人；唯別帥彭豐、虞休、皮常等各千餘人，稱‘將軍’，不肯下。”《周書·文帝紀下》：“東魏將高叔禮守柵不下，謹急攻之，乃降。”

　　降下、落下、從高處到低處。《爾雅·釋詁》：“下，落也。”邢昺疏：“下者，自上而落也。”《集韻·禡韻》：“下，降也。”《詩·大雅·鳧鷖》：“公尸燕飲，福祿來下。”《孟子·梁惠王上》：“沛然下雨。”《漢書·周勃傳》：“諸侯聞之，以爲將軍從天而下也。”《論語·八佾》：“揖讓而升，下而飲。”《禮記·射義》：“君子無所爭，必也射乎？揖讓而升，下而飲，其爭也君子。”鄭玄注：“下，降也。”孔穎達疏：“言將飲射爵之時，揖讓而升堂，又揖讓而降下，而飲此罰爵。”漢、司馬相如《長門賦》：“下蘭臺而周覽兮，步從容於深宮。”《漢書·李廣傳附李陵》：“四面射，矢如雨下。”前蜀、貫休《偶作》詩之一：“下樹畏蠶饑，兒啼亦不顧。”唐、王維《贈房盧氏琯》詩：“鳥雀下空庭。”元、薩都剌《寄舍弟天與》詩：“落木風霜下，高秋鼓角聲。”

　　居人之下，指謙讓，謙恭待人。《易·屯》：“以貴下賤，大得民也。”《左傳·宣公十二年》：“其君能下人。”《史記·汲鄭列傳》：“自天子欲羣臣下大將軍，大將軍尊重益貴，君不可以不拜。”《三國志·吳志·陸遜傳》：“臣雖駑懦，竊慕相如，寇恂相下之義，以濟國事。”《周書·周惠達傳》：“惠達雖居顯職，性謙退，善下人。”唐、王維《夷門歌》詩：“公子爲嬴停駟馬，執轡逾恭意逾下。”元、無名氏《氣英布》第三折：“雖然做不得吐哺握髮下名流，也是嗒的風雲湊。”《明史·胡濙傳》：“濙節儉寬厚，喜怒不形於色，能以身下人。”

　　鄙視、輕視。《書·五子之歌》：“民可近，不可下。”孔穎達疏：“下，謂卑下輕忽之。”《漢書·地理志下》：“周人之失，巧僞趨利，貴財賤義，高富下貧，喜爲商賈，不好仕宦。”《後漢書·荀彧傳》：“古人尚帷幄之規，下攻拔之力。”宋、王安石《東方朔》詩：“不肯下兒童，敢言詆平津。”宋、蘇軾《劉愷丁鴻孰賢論》：“此范氏之所以賢鴻而下愷也。”

輕。《周禮·秋官·司圜》："凡害人者……任之以事而收教之；能改者，上罪三年而舍，中罪二年而舍，下罪一年而舍。"

去、往，通常指由西往東、由北往南、由上游往下游、從上層到基層、從城市到鄉下。《左傳·襄公十六年》："警守而下，會于溴梁。"杜預注："順河東行，故曰下。"漢、鄒陽《上書吳王》："漢亦折西河而下，北守漳水，以輔大國。"北齊、顏之推《顏氏家訓·勉學》："上荊州必稱陝西，下揚都言去海郡。"唐、李白《黃鶴樓送孟浩然之廣陵》詩："故人西辭黃鶴樓，煙花三月下揚州。"唐、杜甫《逢唐興劉主簿弟》詩："輕舟下吳會，主簿意何如？"清、陳康祺《燕下鄉脞錄》卷十一："其後珅以戶部尙書爲軍機大臣，扈蹕下江南。"清、孔尚任《桃花扇·草檄》："眼看長江下海門。"《儒林外史》第四十七回："太尊這些時總不見下縣來過。"

發、出。《戰國策·秦策一》："（張儀）對曰：'親魏善楚，下兵三川，塞轘轅、緱氏之口，當屯留之道。'"姚宏注："下兵，出兵也。"《史記·魯仲連鄒陽列傳》："今秦人下兵，魏不敢東面。"《新唐書·劉仁軌傳》："雖孽豎跳梁，士力未完，宜屬兵粟馬，乘無備，擊不意，百下百全。"

頒佈、下達、發佈。《戰國策·齊策一》："令初下，羣臣進諫，門庭若市。"《韓非子·存韓》："詔以韓客之所上書，書言韓之未可舉，下臣斯，甚以爲不然。"《史記·秦本紀》："孝公下令國中曰：'賓客羣臣有能出奇計彊秦者，吾且尊官，與之分土。"又《孫子吳起列傳》："趣使使下令。"宋、葉適《丁君墓誌銘》："凋年，先下穀直，刻銘秤砑曰：'買物之權，惟利銖兩者亂之耳。'"《明史·張居正傳》："雖萬里外，朝下而夕奉行。"又爲向下行。《史記·淮陰侯列傳》："常山王背項王歸於漢王，漢王借兵而東下。"

去掉、除掉、捨去。《周禮·秋官·司民》："司民掌登萬民之數……歲登下其死生。"鄭玄注："下，猶去也；每歲更著生去死。"《新唐書·杜如晦傳》："與玄齡共筦朝政，引士賢者，下不肖，咸得職。"又《陳子昂傳》："今使且未出，道路之人皆已指笑，欲望進賢下不肖，豈可得邪？"宋、羅大經《鶴林玉露》丙編卷一："蓋酒後嚼之，則寬氣下痰，餘醒頓解。"

撤去、卸下、拆除。《禮記‧文王世子》："食下，問所膳。"孔穎達疏："食下，謂食畢徹饌而下。"《儒林外史》第十六回："過三日再不出，叫人來摘門下瓦。"

低於、少於。《尉繚子‧將理》："今夫決獄，小圉不下十數，中圉不下百數，大圉不下千數。"《後漢書‧仲長統傳》："肉刑之廢，輕重無品，下死則得髡鉗，下髡鉗則得鞭笞。"李賢注："下，猶減也。"宋、曾鞏《降龍》詩："禮下天子一等爾，衣服居處何其殊。"《宋史‧李綱傳》："多者數萬，少者亦不下萬人。"清、姚衡《寒秀草堂筆記》卷三："右臨快雪堂《十三行》兩跋，可見前之肥者，謂下真跡一等，是宋搨也。"

離開、退出。《戰國策‧秦策一》："歸至家，妻不下紝，嫂不爲炊，父母不與言。"《史記‧平原君虞卿列傳》："楚王叱曰：'胡不下！吾乃與而君言，汝何爲者也！'"北周、庾信《對宴齊使》詩："歸軒下賓舘，送蓋出河堤。"

退場。元、馬致遠《漢宮秋》第一折："（旦云）駕回了也！左右且掩上宮門，我睡些去。（下）"

按規定時間結束工作或學習。《新唐書‧儀衛志上》："朝罷，皇帝步入東序門，然後放仗；內外仗隊，七刻乃下；常參、輟朝日，六刻卽下。"《資治通鑑‧梁武帝天監二年》："兩人俱稱賢相，常留省內，罕得休下。"胡三省注："休下，謂休偃下直也。"

仆倒。《禮記‧王制》："天子殺，則下大綏；諸侯殺，則下小綏；大夫殺，則止佐車。"鄭玄注："下，謂弊之。"孔穎達疏："云下謂弊之者，謂弊仆於地也。"

交付、發給。《漢書‧武帝紀》："將軍已下廷尉，使理正之，而又加法於士卒，二者并行，非仁聖之心。"顏師古注："下謂以身付廷尉也。"宋、王得臣《麈史‧國政》："議者以爲祖宗時，凡建一事，施一令，必下侍臣博議。"《明史‧焦廷弼傳》："已，論功受賞，給事中宋一韓論之；下廷弼覆勘，具得棄地驅民狀。"

用、使用、施行；亦謂從事。《漢書‧賈捐之傳》："君房下筆，言語妙天下。"《後漢書‧方術傳下‧華佗》："病者不堪其苦，必欲除之，佗遂下療，應時愈。"元、關漢卿《蝴蝶夢》第一折："下腦箍，使拶子，這其間痛怎支？"元、李文蔚《燕青博魚》第一折："多謝你箇良醫肯把金針下。"《鏡花緣》第七十二回："原來四位姐姐卻在這裏下棋！"

　　安紮。三國、蜀、諸葛亮《兵要》："到前止處，游騎精銳，四向散列而立，各依本方下營。"《三國演義》第六十七回："可於關之左右，依山傍林，下十餘個寨柵，迎敵曹兵。"

　　放入、投入、置入其中。《論衡‧物勢》："若爍銅之下形，燔器之得火也。"北魏、酈道元《水經注‧淇水》："漢、建安九年，魏武帝於水口下大枋木以成堰，遏淇水東入白溝，以通漕運，故時人號其處爲枋頭。"唐、韓愈《柳子厚墓誌銘》："落陷穽，不一引手救，反擠之，又下石焉者，皆是也。"元、無名氏《神奴兒》第三折："張千，將長枷來，上了長枷，下在死囚牢裏去。"《水滸傳》第二十四回："下了一箸麵，與那婦人吃了。"

　　指播種。北齊、顏之推《顏氏家訓‧涉務》："不知幾月當下，幾月當收，安識世間餘務乎？"北魏、賈思勰《齊民要術‧種紅藍花梔子》："種法：欲雨後速之；或漫散種，或耬下，一如種麻法。"

　　收穫、收取。《後漢書‧安帝紀》："（延平元年）冬十月，四州大水，雨雹；詔以宿麥不下，賑賜貧人。"北魏、賈思勰《齊民要術‧荔枝》引《廣志》："夏至日將已時，翕然俱赤，則可食也；一樹下子百斛。"

　　指下巴。《左傳‧文公元年》："穀也豐下，必有後於魯國。"楊伯峻注："豐下，頤頷豐滿也。"明、徐渭《贈陳君》詩："哲顏口若海，豐下而長身。"清、王晫《今世說‧德行》："方頤豐下，目光如電。"

　　歇宿、留宿、收留。元、王實甫《西廂記》第一本第一折："官人要下呵？俺這裏有乾淨店房。"元、無名氏《硃砂擔》第二折："這兩頭的兩個店，都是小本錢客商的下在裏面。"《金瓶梅詞話》第五一回："他店內房屋寬廣，下的客商多。"《警世通言‧玉堂春落難逢夫》："到天晚尋宿，又沒人家下他。有人說：'想你這個模樣子，誰家下你？'"《儒林外史》第四二回："裏面都下着多處的秀才。"

　　遞送、投送。元、馬致遠《薦福碑》第一折："你下到這封書呵，休說你那盤纏鞍馬，就是前程事，都在此封書上。"《清平山堂話本·楊溫攔路虎傳》："我要去官司下狀，又沒個錢。"《水滸傳》第九回："相煩老哥將這兩封書下一下。"《鏡花緣》第六十七回："改日我還下貼請來你們大家聚聚。"《二刻拍案驚奇》卷二十："（賈成之）遂與商妾取了那紙府牒，在德慶府裏下了狀子。"《紅樓夢》第二五回："黛玉笑道：'今日齊來，誰下貼子請的？'"

完成、結束。宋、梅堯臣《和孫端叟寺丞農具·牧笛》詩："牧人樂下牧，背騎吹短笛。"

內、裏面。元、佚名《貨郎旦》第二折："你肯與我做個義女兒，我養活你，你意下如何？"《三國演義》第一百零一回："衆軍心下大亂，不敢交戰，各自奔走。"《兒女英雄傳》第一回："這都不在話下。"

指方面。《水滸傳》第四十八回："四下裏都有埋伏軍馬。"《清平山堂話本·柳耆卿詩酒翫江樓記》："兩下相思不相見。"《兒女英雄傳》第八回："那騾夫、店家，又兩下裏一齊在旁攛掇。"

指動物生產。如：下蛋、下崽、下羊羔。

表示屬於一定的範圍、處所、條件等。如：手下、名下。《三國志·魏志·武帝紀》："汝南降賊劉辟等叛應紹，略許下。"《南史·齊武帝諸子傳·竟陵文宣王子良》："九年，都下大水，吳興偏劇。"元、馬致遠《漢宮秋》第一折："這裏屬那位下？"

當某個時間或時節。如：眼下、時下、刻下。《紅樓夢》第七回："趁着他家有年下送鮮的船，交給他帶了去了。"

舊指時間單位，相當於"點"。《紅樓夢》第五八回："方才胡吵了一陣，也沒留心聽聽，幾下鐘了？"《老殘遊記》第十六回："人瑞腰裏摸出錶來一看，說：'四下鐘，再等一刻，天亮了，我叫縣裏專個人去。'"《二十年目睹之怪現狀》第五十回："小雲在身邊取出錶來一看，吐出舌頭道：'三下一刻了。'"

用在動詞後。一、表示動作由高處到低處。《水滸傳》第六八回："史文恭奮勇趕來，神槍到處，秦明後腿股上早着，倒攧下馬來。"二、表示動作的完成或結果。元、關漢卿《單刀會》第三折："安排下打鳳牢龍，準備着天羅地網。"元、康進之《李逵負荊》第三折：

"老漢如今收拾下些茶飯，等候則個。"《水滸傳》第四十六回："兄弟已尋思下了，自有個所在。"《西遊記》第十二回："太宗卽傳旨，教巧手丹青，描下菩薩眞像。"清、李漁《凰求鳳·伙謀》："他到變下臉來，說了許多歹話。"三、表示能容納。如：坐得下，這屋子能放下三張大牀。

用在名詞後，表示一定的處所、範圍、時間等。《史記·樂毅列傳》："齊田單後與騎劫戰，果設詐誑燕軍，遂破騎劫於卽墨下。"唐、韓愈《送楊支使序》："以羣、博論之，凡在宣州之幕下者，雖不盡與之遊，皆可信而得其爲人矣。"

表示方位或邊側，用於數詞或方位詞後。《三國志平話》卷下："張飛又言：軍師分軍三下收其川，就勢報皇叔。"《水滸傳》第五八回："轎窗兩邊，各有十个虞候簇擁着，人人手執鞭槍鐵鏈，守護兩下。"《西遊記》第八十回："（悟空）正自家這等誇念中間，忽然見林南下有一股子黑氣，骨都都的冒將上來。"《紅樓夢》第四十七回："只使了三分氣力，向他臉上打了幾下。"《東周列國志》卷三："兩下混戰，直至天明。"

量詞：一、表示動作的次數。《敦煌變文集·孔子項託相問書》："夫子共項託對答，下下不如項託。"《清平山堂話本·合同文字記》："包相公交將老劉打三十下。"《海內十洲記·炎洲》："炎洲，在南海中，上有風生獸……以鐵鎚鎚其頭數十下乃死。"《意林》卷五引晉、傅玄《傅子》："郭林宗謂仇季智曰：'子嘗有過否？'季智曰：'暮飯牛，牛不食，搏牛一下。'"元、關漢卿《單刀會》第三折："一個短劍一身亡，一個靜鞭三下響。"《兒女英雄傳》第五回："說着，拿起鐘錘子來，當當當的便把那鐘敲了三下。"二、指器物的容量。如：這麼大的碗，一口氣吃了三下。

將麵食一類的食品放入鍋內煮。元、孫仲章《勘頭巾》第三折："張千，休打休打，下合酪與孩兒吃。"《兒女英雄傳》第二一回："等我裏頭趕着給你老，炸點兒鍋渣麵筋，下點兒素麵你吃。"

導瀉，中醫治療疾病的一種方法。唐、韓愈《李君墓誌銘》："前所服藥誤，方且下之，下則平矣。"宋、司馬光《和邵不疑送虜使還道中聞江鄰幾梅聖俞長逝作詩哭之》詩："愚醫暴下之，結轖候愈添。"

亦指腹瀉。宋、蘇軾《與米元章》之七：“某昨日啖冷過度，夜暴下，旦復疲甚。”

　　以菜肴佐食；下飯，即以菜肴佐餐。宋、范公偁《過庭錄》：“（王子野）正食，羅列珍品甚盛；水生適至，子野指謂生曰：‘試觀之，何物可下飯乎？’生遍視良久，曰：‘此皆未可，唯饞可下飯爾。’”清、劉獻廷《廣陽雜記》卷一：“又有硝井水，煎之，皆硝；玀玀飲此水以下飯。”下酒，即以菜佐酒，謂就着菜把酒喝下去。北魏、賈思勰《齊民要術·脯臘》：“白如珂雪，味又絕倫；過飯下酒，極是珍美也。”清、李漁《意中緣·借兵》：“小弟定要尋着此人，斷他的頭來下酒。”

　　從事棋類活動時，舉手着子。《西遊記》第十回：“君臣兩個對奕此棋，正下到午時三刻。”《兒女英雄傳》第二四回：“飯後又合程師爺下了盤棋。”

　　做出決定。如：下結論、下定義。

　　疊字雙音“下下”形況：古代品評人、物常分九等，下下爲最末等。《書·禹貢》：“厥田惟下下。”孔傳：“田第九。”唐、寒山《詩》之二七三：“下下低愚者，詐現多求覓。”

　　下又讀 jià ㄐㄧㄚˋ，《集韻》居迓切，去禡見。通“假”；下借，即假借、寬假、寬容、寬縱的意思。《後漢書·獨行傳·李充》：“大將軍鄧騭貴戚傾時，無所下借，以充高節，每卑敬之。”李賢注：“下音假，借音子夜反。”

文四　重七（以上《丄部》的文字有四個，重文有七個。）

示 0010 示　天垂象，見吉凶，所以示人也。从二，三垂，日月星也。觀乎天文，以察時變；示，神事也。凡示之屬，皆从示。川，古文示。神至切（shì ㄕˋ）。

【譯白】示，上天垂現天文變化徵象，兆見人事吉凶，用來顯示給人們察看鑑戒。是依从二（古文上）做形匋，三豎垂筆代表日、月、星象構造而成的指事文字。人們在日常生活中要去觀看天文徵象，來察知四時的變化；示，是人們順從遵守天神主宰生生之德的大事。大凡用示做部首來被統括其意義類屬的字，都是依從示做形夃構造而成的。兀，古文的示字。

【述義】王筠《說文釋例》卷一、頁三十三：“示字之說，以觀示爲義，觀示則事也，大觀在上，故從二（上），而川則觀示之狀也。”又卷十五、頁一：“疏家例不駁注，卽明知它說之是，亦委曲駁之以通本注之說，況自出己見以難本師乎！余病其拘也，故凡以實事求之而不合者，輒出己說，留質通儒；儻昭所尤，亦待啟發之憤悱焉爾。駁段氏者附，偶有所見亦附；‘示’字說解，總以觀示爲義，似祇得引申之義，非本義也。《周官》以示爲地祇之祇，當是古義。卽部中序字，亦當以‘神、祇、祟、禷’諸字列於首，‘齋、祝、祈、禱’之類次之，‘福、祿’之類又次之，‘祲、禍’之類又次之，而以‘祘’之從二示者終焉。部中之字，皆主於神示以爲言，豈有部首主於觀示以爲義者乎！竊以《大司樂》天神皆降、地示皆出推之，古文兀所從之一，卽地形也；川與彡同意，乃流動充滿湊地而出之狀也，小篆作兀，下半板滯，不足見意，上半之二非古上字，仍當是地；《土部》云‘二象地之下地之中’是也。又作祇者，則以借爲表示旣久，加氏聲以爲區別耳。許君旣以觀示爲正義，於是不以祇爲其重文。然部中字，惟‘祲’字有見吉凶義，‘祘’字有示人義，餘皆神示義，遂以‘示，神事也’一語，綴於觀示之說之後，以爲部中字之統轄，亦可見許君之意，本非以爲必然矣。”示，甲骨文作干、丁、示、呂、示、兀、下、示，均象神祖牌位，夃所加之小點，是因祭祀時常要灑酒於牌位之上，象所灑之酒滴形；神主牌位周代稱爲‘主’，用桑木或栗木做成，商代的示（神主）也可能用木料製作；卜辭的示有用其本義者，但很少，多爲引申義，卽由神主牌位引申指稱神祖。許愼以“天垂象，見吉凶，所以示人也”說解示，是再引申義，乃漢朝“天人合一”之文化現象使然；參見本書首字“一”。

天顯現出某種徵象，向人垂示休咎禍福。段玉裁《說文解字注》：“言天縣象箸明以示人。”《廣韻·至韻》：“示，垂示。”《易·繫辭下》：“夫乾確然，示人易矣，夫坤隤然，示人簡矣。”《太玄·度》：“于天示象，垂其範。”《史記·天官書》：“天開縣物。”南朝、宋、裴駰集解引孟康曰：“謂天裂而見物象，天開示縣象。”《三國演義》第八十回："此是上天示瑞，魏當代漢之象也。"

顯示、顯現、表示、展示、出示，把事物或意思擺出來或指出來使人知道。唐、慧苑《華嚴經音義上》引《倉頡篇》："示，現也。"《書·武成》："歸馬于華山之陽，放牛于桃林之野，示天下弗服。"《禮記·禮運》："刑仁講讓，示民有常。"《左傳·莊公八年》："袒而示之背。"又《文公七年》："叛而不討，何以示威？服而不柔，何以示懷？"《孟子·萬章上》："天不言，以行與事示之而已矣。"《莊子·胠篋》："國之利器，不可以示人。"《史記·廉頗藺相如列傳》："相如奉璧奏秦王，秦王大喜，傳以示美人及左右。"《新序·雜事一》："秦欲觀楚之寶器，吾和氏之璧，隨侯之珠，可以示諸？"唐、李白《贈范金鄉二首》詩之一："祇應自索漠，留舌示山妻。"唐、韓愈《贈別元十八協律》詩之一："臨當背面時，裁詩示繾綣。"《宣和遺事》後集："師成（梁師成）外示恭謹，中存險詐，假忠行佞，藉賢濟姦，盜我儒名，高自標榜。"清、葉廷琯《吹網錄·〈劫灰錄補注〉跋并撰人辨》："崑山李香引文學葒，以所輯《劫灰錄補注》示我。"

告訴、告知。《玉篇·示部》："示，示者，語也，以事告人曰示也。"《正字通·示部》："示，告也。"《楚辭·九章·懷沙》："懷瑾握瑜兮，窮不知所示。"王逸注："示，語也。"《戰國策·秦策二》："醫扁鵲見秦武王，武王示之病。"高誘注："示，語也。"

教導。《正字通·示部》："示，教也。"《禮記·檀弓下》："國奢則示之以儉，國儉則示之以禮。"《文選·張衡〈東京賦〉》："三令五申，示戮斬牲。"李善注引薛綜曰："示，教也。"漢、桓寬《鹽鐵論·本議》："夫導民以德，則民歸厚；示民以利，則民俗薄。"

表示對上級、尊長或他人信函、告白、批答等的敬語；如：惠示、請示知、請示下。

公文、告示。《釋名·釋書契》："示，示也，過所至關津以示之也。"《聖武記》卷二附清、許旭《閩中紀略》："自十五日至二十日，王與總督猜嫌益甚，閩城人無不料其相并。制府出示安民，謂朝廷慮海疆多事，靖南王免撤，今方同心共事，爾民毋得驚疑。王府出示亦如之。"《鏡花緣》第三十八回："那看的人雖如人山人海，好在國王久已出示，毋許驅逐閒人，悉聽庶民瞻仰。"

　　泛指指示、命令。《儒林外史》第五十回：“戲子們請老爺的示：還是伺候，還是回去？”

　　通“施”。《荀子·賦》：“皇天隆物，以示下民。”清、王念孫《讀書雜志》：“隆與降同；示，本作施，俗音之誤也。”

　　通“視”，看待。朱駿聲《說文通訓定聲·履部》：“示，叚借爲視。”《莊子·徐无鬼》：“中之質若視日。”唐、陸德明《經典釋文》作“示”，云：“示音視；司馬（彪）本作‘視’。云‘視日，瞻遠也’。”《太平經》卷六十七：“帝王待之若明（朋）友，比鄰示之若父母。”

　　示又讀 qí ㄑㄧˊ，《廣韻》巨支切，平支羣；支部。同“祇”；正作“示”。一、地祇、土地神；亦泛指神祇；示的甲骨文字形丅即代表神祖、神祇；許慎“天垂象，見吉凶，所以示人也”，係引申義。《周禮·春官·大宗伯》：“大宗伯之職，掌建邦之天神人鬼地示之禮。”又《大司樂》：“歌應鍾，舞咸池，以祭地示。”唐、陸德明《經典釋文》：“示，音祇；本或作祇。下神示地示之例皆做此。”阮元校勘記：“按經作示，注作祇，通書準此。”二、殷代祭祖用以稱先公、先王。王國維《殷卜辭中所見先公先王考·上甲》：“殷之先公稱示；主壬、主癸，卜辭稱示壬、示癸。”又《殷卜辭中所見先公先王續考·大示二示三示四示》：“前考以示爲先公之專稱，故因卜辭十有三示一語，疑商先公之數不止如《史記》所紀……蓋示者先公、先王之通稱。卜辭云：‘口亥卜貞三示御大乙、大甲、祖乙五牢。’以大乙、大甲、祖乙爲三示，是先王亦稱示矣。其有大示（亦云元示）、二示、三示、四示之別者，蓋商人祀其先自有差等。”

　　示又讀 zhì ㄓˋ，《集韻》支義切，去寘章；脂部。通“寘”，置。《詩·小雅·鹿鳴》：“人之好我，示我周行。”鄭玄箋：“示，當作寘。寘，置也。”孔穎達疏：“《中庸》云：‘治國其如示諸掌。’注云：‘示讀如寘之河干之寘；寘，置也。’是示寘聲相近，故誤爲示也。”《論語·八佾》：“知其說者之於天下也，其如示諸斯乎！”劉寶楠正義：“古寘多作示。”《荀子·大略》：“乘輿之輪，太山之木也，示諸隱栝，三月五月。”楊倞注：“示讀爲寘。”

　　示又讀 shí ㄕˊ，《集韻》市之切，平之禪。

　　姓。《集韻·之韻》：“示，姓也；晉有示眯明。”《史記·晉世家》：“初，（趙）盾常田首山，見桑下有餓人；餓人，示眯明也。”
司馬貞索隱：“卽《左傳》之提彌明也。”

祜 0011 　祜　上諱。侯古切（hù ㄏㄨˋ）。

【譯白】祜，已故孝安皇帝劉祜的名字（祜，大福的意思。是依從示做形旁，以古爲聲旁構造而成的形聲字）。

【述義】古代指已故帝王或尊長的名爲“諱”，必須避諱；祜爲東漢安帝之名，故許慎避而未作說解。段玉裁《說文解字注》：“言上諱者五：《禾部》秀，漢世祖名也（東漢光武帝）；《艸部》莊，顯宗名也（東漢明帝）；《火部》炟，肅宗名也（東漢章帝）；《弋部》肇，孝和帝名也（東漢和帝）；祜，恭宗名也（東漢安帝）。”許慎生於東漢明帝至章帝、和帝、殤帝、安帝間（約公元六五年至一二二年）；其《說文解字·敍》作於東漢和帝永元十二年（公元一〇〇年），而於死前一年、東漢安帝建光元年（公元一二一年）遣子許沖進洛陽將《說文解字》獻給安帝劉祜。

祜是福、大福的意思。《爾雅·釋詁下》：“祜、福也。”又“祜，厚也。”邢昺疏：“祜者，福厚也。”《詩·小雅·信南山》：“曾孫壽考，受天之祜。”鄭玄箋：“祜，福也。”又《商頌·烈祖》：“嗟嗟烈祖，有秩斯祜。”《禮記·禮運》：“以正君臣，以篤父子，以睦兄弟，以齊上下，夫婦有所，是謂承天之祜。”漢、賈誼《新書·禮》：“《詩》曰：‘君子樂胥，受天之祜。’胥者，相也；祜，大福也。”漢、蔡琰《悲憤詩》：“嗟薄祜兮遭世患，宗族殄兮門戶單。”唐、皮日休《九諷·正俗》：“乃指天而鬱悠兮，將天奪乎國之祜。”福祜，謂幸福、福氣。漢、劉向《列女傳·有虞二妃》：“帝堯之女，嬪列有虞，承舜於下，以尊事卑，終能勞苦，瞽叟和寧，卒享福祜。”亦猶福祐、賜福保佑。《漢書·揚雄傳下》：“聽廟中之雍雍，受神人之福祜。”王先謙補注引宋祁曰：“祜考作祐，音右。”

“祜休”：謂吉慶、幸福美善。《漢書·禮樂志》：“垂惠恩，鴻祜休。”顏師古注：“祜，福也；休，美也。”

禮 0012 　禮　履也；所以事神致福也。从示，从豊，豊亦聲。𥜨，古文禮。靈啟切（lǐ ㄌㄧˇ）。

【譯白】禮，人們日常生活中憑依履行的儀典；是用來祭事（不能作祀）神明求得降福的事。是分別依從示，依從豐做主、從形冎並峙爲義，豐也做爲聲冎構造而成的會意兼形聲字。瓲，古文的禮字。

【述義】王筠《說文釋例》卷三、頁十一："'禮'下云：'從豐，豐亦聲。'豐，行禮之器也，禮之從豐用其正義，是謂意兼聲。"又《說文解字句讀》："案二字（禮、履）雖疊韻，然隆禮由禮，必在踐履，故以履說之。"《釋詁》："履，福也。"李孝定《甲骨文字集釋》按："以言事神之事則爲禮，以言事神之器則爲豊，以言犧牲玉帛之腆美則爲豐。其始實爲一字也。"《漢語大字典》認爲：豊爲醴初文，爲祭、享之酒醴，非器。許愼以敬神、祭神以致福禮之本義。徐灝《說文解字注箋》："禮之言履，謂履而行之也；禮之名，起於事神。"《儀禮·覲禮》："禮日於南門外，禮月與四瀆於北門外，禮山川丘陵於西門外。"《文選·揚雄〈甘泉賦〉》："集乎禮神之囿，登乎頌祇之堂。"李善注："禮神，謂祭天也。"漢、班固《東都賦》："於是薦三犧，效五牲，禮神祇，懷百靈。"唐、杜甫《往在》詩："前春禮郊廟，祀事親聖躬。"金、王若虛《清虛大師侯公墓碣》："生不茹葷，始學語能辨三官之像，少長嬉戲，則教羣兒禮北斗。"清、朱彝尊《謁大禹陵》詩："芒芒懷舊蹟，蕭蕭禮荒祠。"

　　禮節、禮貌，人類文明發展形成的道德規範、行爲準則。《詩·鄘風·相鼠》："相鼠有體，人而無禮；人而無禮，胡不遄死！"又《小雅·賓之初筵》："百禮既至，有壬有林。"《禮記·曲禮上》："夫禮者，所以定親疏，決嫌疑，別同異，明是非也。禮不妄說人，不辭費。禮不踰節，不侵侮，有好狎。脩身踐言，謂之善行。行脩言道，禮之質也。禮聞取於人，不聞取人。禮聞來學，不聞往教。道德仁義，非禮不成；教訓正俗，非禮不備；分爭辨訟，非禮不決；君臣、上下、父子、兄弟，非禮不定；宦學事師，非禮不親；班朝治軍，涖官行法，非禮威嚴不行；禱祠祭祀，供給鬼神，非禮不誠不莊。是以君子恭敬、撙節、退讓以明禮。大上貴德，其次務施報。禮尚往來，往而不來，非禮也；來而不往，亦非禮也。人有禮則安，無禮則危。故曰，禮者不可不學也。"《左傳·隱公十一年》："禮，經國家，定社稷，序民人，利後嗣者也。"又《僖公三十年》："以其無禮於晉，且貳於楚也。"《晏子春秋·諫上二》："凡人之所以貴於禽獸者，以有禮也。故《詩》曰：'人而無禮，胡不遄死。'禮，不可無也。"
《論語・子罕》："博我以文，約我以禮。"又《顏淵》："非禮勿視，
非禮勿聽，非禮勿言，非禮勿動。"《荀子・禮論》："禮起於何也？
曰：人生而有欲，欲而不得，則不能無求，求而無度量分界，則不能
不爭……故制禮義以分之。"《漢書・公孫弘傳》："進退有度，尊卑
有分，謂之禮。"唐、白居易《蜀路石婦》詩："似見舅姑禮，如聞
環佩聲。"唐、元稹《鶯鶯傳》："內秉堅孤，非禮不可入。"《水滸
全傳》第十三回："梁中書叫索超、楊志兩箇也見了禮。"

　　禮遇、厚待。《禮記・月令》："（季春之月）聘名士，禮賢者。"
《孟子・滕文公上》："是故賢君必恭儉禮下，取於民有制。"《韓非
子・外儲說左上》："叔向賢者，平公禮之。"《史記・孝武本紀》：
"賞賜甚多，以客禮禮之。"又《孟嘗君列傳》："於是嬰乃禮文，使
主家，待賓客。"《資治通鑑・晉惠帝永興二年》："凡江東豪傑、名
士，咸加收禮，爲將軍、郡守者四十餘人。"《東周列國志》第三一
回："公子若至齊，齊侯必然加禮。"

　　莊嚴、有威儀。《禮記・內則》："禮帥初，無辭。"孔穎達疏：
"禮，謂威儀也。"《尸子・君治》："秋爲禮，西方爲秋。秋，肅也；
萬物莫不肅敬，禮之至也。"

　　表示隆重（敬意）而舉行的儀式、典禮。古代禮之名有五：吉、
凶、軍、賓、嘉。禮之事有九：冠、婚、朝、聘、喪、祭、賓主、鄉飲酒、
軍旅。《書・說命中》："禮煩則亂，事神則難。"孔傳："事神禮煩
則亂而難行。"《史記・廉頗藺相如列傳》："卒廷見相如，畢禮而歸
之。"《明史・世宗紀》："禮官具儀，請如皇太子即位禮。"清、蒲
松齡《聊齋志異・封三娘》："遂涓吉速成禮。"

　　禮物，表示敬意的贈品。《禮記・表記》："無辭，不相接也；無
禮，不相見也。"鄭玄注："禮，謂摯（贄）也。"孔穎達疏："禮，
謂贄幣也。贄幣所以示己情，若無贄幣之禮不得相見，所以然者，欲
民之無相褻瀆也。"《晉書・陸納傳》："及受禮，唯酒一斗，鹿肉一
柈。"《古今小說・蔣興哥重會珍珠衫》："婆子清早備下兩盒禮，與
他做生。"

　　宴飲。《儀禮・覲禮》："饗禮乃歸。"鄭玄注："禮，謂食燕也。"

又《聘禮》："主人畢歸禮。"鄭玄注："禮，謂饗餼饗食。"

膜拜。唐、李白《秋浦歌》詩之十七："闇與山僧別，低頭禮白雲。"宋、晏殊《飲席贈歌者》詩："一曲凌波去，紅蓮禮白蓮。"遼、王鳴鳳《大都崇聖院碑記》："（惠誠）卅歲禮惠華寺玉藏主爲師。"

禮文、禮書，儒家經典名，《周禮》、《儀禮》、《禮記》通稱"三禮"。《莊子·天地》："孔子謂老聃曰：丘治《詩》、《書》、《禮》、《樂》、《易》、《春秋》六經。"《法言·問神》："《詩》、《書》、《禮》、《春秋》，或因或作而成於仲尼，其益可知也。"《孟子·公孫丑下》："禮曰：'父召，無諾；君命召，不俟駕。'"唐、韓愈《論孔戣致仕狀》："禮：大夫七十而致事，若不得謝，則必賜之几杖安車。"唐、柳宗元《褅說》："余嘗學《禮》，蓋思而得之。"

敬重，以禮相待。如：禮賢下士。《呂氏春秋·察賢》："魏文侯師卜子夏，友田子方，禮段干木。"《禮記·月令》："聘名士，禮賢者。"宋、王安石《送子思兄參惠州軍》："虞翻禮丁氾，韓愈俟趙德。"

通"醴"，甜酒。《儀禮·士冠禮》："禮於阼。"鄭玄注："今文禮作醴。"又《士昏禮》："如初禮。"鄭玄注："今文禮爲醴。"《漢書·地理志下》："酒醴之會。"王先謙補注引朱一新曰："案，禮通醴。"

用同"理"，理睬。元、無名氏《殺狗勸夫》楔子："你把共乳同胞親兄弟孫二不禮，卻信着這兩個光棍。"元、佚名《劉弘嫁婢》第二折："婆婆！你省的這箇禮麼？則這一張白紙，我便見出那人的心來。"《醒世恆言·薛錄事魚服證仙》："其時同僚們全然不禮。"

姓。《通志·氏族略五》："禮氏，見《姓苑》。衛大夫禮孔。後漢禮震，受《尚書》於歐陽歙，望出平原。"

禧 0013　禧　禮吉也。从示，喜聲。許其切（xī ㄒㄧ）。

【譯白】禧，依禮祭神獲得吉祥。是依從示做形旁，以喜爲聲旁構造而成的形聲字。

【述義】依禮祭神獲得吉詳；又作吉祥、幸福說；禧又讀 xǐ ㄒㄧˇ。

《爾雅‧釋詁下》：“禧，福也。”桂馥《說文解字義證》：“吉，徐鍇本作告，告神致福也。”段玉裁《說文解字注》：“行禮獲吉也。”

《廣韻‧之韻》：“禧，吉也。”《全隋詩‧先農歌‧誠夏》：“恭神務稽，受禧降祉。”《樂府詩集‧郊廟歌辭四‧隋先農歌》引作“釐”。宋、陶弼《黃陵廟》詩：“楚民亡水旱，簫鼓謝神禧。”宋、王令古《古廟》詩：“工鼓于庭巫舞衣，祝傳神醉下福禧。”《明史‧樂志二》：“一誠盡兮予心懌，五福降兮民獲禧。”

祝福用語；如：年禧、春禧、恭賀新禧。

禛 0014　禛　以眞受福也。从示，眞聲。側鄰切（zhēn ㄓㄣ）。

【譯白】禛，用眞誠的心感動神明得到齊備的富貴壽考。是依從示做形旁，以眞爲聲旁，音義同源構造而成的形聲兼會意字。

【述義】段玉裁《說文解字注》：“此亦當云‘从示，从眞，眞亦聲’。不言者，省也；聲與義同原，故龤聲之偏旁多與字義相近，此會意、形聲兩兼之字致多也。《說文》或偁其會意，略其形聲，或偁其形聲，略其會意，雖則省文，實欲互見；不知此則聲與義隔。又或如宋人字說，祇有會意，別無形聲，其失均誣矣。”王筠《說文解字句讀》：“不言從眞者，說義說聲互相備也。”

禛者，眞也，謂眞誠。《莊子‧漁父》：“眞者，精誠之至也……眞在內者，神動於外，是所以貴眞也。”

禛，以至誠感神而獲福祐。徐灝《說文解字注箋》：“眞，誠也。以眞受福。謂以至誠感神而致福也。”

祿 0015　祿　福也。从示，彔聲。盧谷切（lù ㄌㄨˋ）。

【譯白】祿，是得到齊備的富貴壽考。是依從示做形旁，以彔爲聲旁構造而成的形聲兼會意字。

【述義】按：甲、金文象轆轤汲水之形，汲水灌溉，可保豐收，故彔有福澤之意。後加示旁作祿，專用爲福祿之祿。又借“彔”爲“鹿”，卽聲符假借，古以鹿爲吉獸，因有吉祥之意。是祿本以得義；爲形聲兼會意字。

福；又指福運、氣運。《爾雅‧釋詁下》：“祿，福也。”段玉裁《說文解字注》：“《詩》言福、祿多不別。《商頌》五篇，兩言‘福’，三言‘祿’，大恉不殊。《釋詁》、毛《詩》傳皆曰：‘祿，福也。’

此古義也。鄭旣醉箋始爲分別之詞。”《詩‧大雅‧旣醉》：“天被爾祿。”毛傳：“祿，福也。”又《假樂》：“宜民宜人，受祿于天。”又：“千祿百福。”陳奐傳疏：“福祿義同，於祿言千，於福言百，互詞也。”《儀禮‧少牢饋食禮》：“使女受祿于天，宜稼于田。”鄭玄注：“古文祿爲福。”《左傳‧莊公四年》：“（楚武王）入告夫人鄧曼曰：‘余心蕩。’鄧曼歎曰：‘王祿盡矣。’”《戰國策‧趙策二》：“臣無隱忠，君無蔽言，國之祿也。”《晏子春秋‧問上十》：“是以神民俱順，而山川納祿。”唐、柳宗元《罵尸蟲文》：“尸蟲逐，禍無所伏，下民百祿。”清、紀昀《閱微草堂筆記‧灤陽消夏錄四》：“殆祿已將終，故魅敢現形歟！”

　　善。《廣雅‧釋詁一》：“祿，善也。”

　　封邑、食邑、官吏的俸給；古代制祿之法，或賜或頒無定，或田邑或粟米或錢物，歷代差等不一。《廣韻‧屋韻》：“祿，俸也。”《集韻‧屋韻》：“祿，居官所給稟。”《易‧夬》：“君子以施祿及下，居德則忌。”《周禮‧天官‧大宰》：“四曰祿位，以馭其士。”鄭玄注：“祿，若今月俸也。”又《夏官‧司士》：“以德詔爵，以功詔祿。”《論語‧爲政》：“子張學干祿。”《國語‧魯語上》：“若罪也，則請納祿，與車服而違署。”韋昭注：“祿，田邑也。”又《魯語下》：“子冶歸，致祿而不出。”韋昭注：“致，歸也；歸祿，還采邑也。”又《楚語下》：“成王每出子文之祿，必逃。”韋昭注：“祿，俸也。”《史記‧孔子世家》：“衛靈公問孔子：‘居魯得祿幾何？’對曰：‘奉粟六萬。’”《漢書‧鼂錯傳》：“受祿不過其量。”《儒林外史》第四十八回：“這是家兄的祿米一石。”

　　授予俸祿。《禮記‧王制》：“任事然後爵之，位定然後祿之。”又《祭統》：“古者明君爵有德而祿有功。”《管子‧幼官圖》：“信賞審罰，爵材祿能，則強。”《戰國策‧魏策一》：“魏王說，迎郊，以賞田百萬祿之。”《史記‧齊太公世家》：“設輕重魚鹽之利，以贍貧窮，祿賢能，齊人皆說。”《新五代史‧鄭遨傳》：“遨與李振故善，振後事梁貴顯，欲以祿遨，遨不顧。”宋、蘇軾《上皇帝書》：“心力有足過人而不能從事於科舉者祿之。”《明史‧太祖紀二》：“丁巳，詔開國時將帥無嗣者祿其家。”

祿位、祿次，卽俸給與爵次或權位。《易·否》：“君子以儉德辟難，不可榮以祿。”孔穎達疏：“不可榮華其身以居祿位。”《論語·季氏》：“孔子曰：‘祿之去公室五世矣，政逮於大夫四世矣，故夫三桓之子孫微矣。’”何晏集解引鄭玄曰：“爵祿不出公室。”《漢書·劉向傳》：“方今同姓疏遠，母黨專政，祿去公室，權在外家。”

賞賜物。《詩·小雅·瞻彼洛矣》：“君子至止，福祿如茨。”鄭玄箋：“爵命爲福，賞賜爲祿。”《國語·晉語九》：“伯樂與尹鐸有怨，以其賞如伯樂氏。曰：‘子免吾死，敢不歸祿。’辭曰：‘吾爲主圖，非爲子也！怨若怨焉。’”韋昭注：“祿，所得賞。”

特指祭祀後的酒肉。《詩·小雅·楚茨》：“樂具入奏，以綏後祿。”

食物。《韓非子·解老》：“德也者，人之所以建生也；祿也者，人之所以持生也。”《呂氏春秋·懷寵》：“求其孤寡而振恤之，見其長老而敬禮之，皆益其祿。”陳奇猷校釋：“祿，食也……孤寡長老益食。”

命中注定的盛衰興廢。《論衡·命義》：“命當夭折，雖稟異行，終不得長；祿當貧賤，雖有善性，終不得遂。”《舊唐書·呂才傳》：“今時亦有同年同祿而貴賤懸殊，共命共胎而夭壽更異。”《說岳全傳》第六十三回：“老祖道：‘牛皋，你的祿壽還未應絕，快把乾衣換了。’”

通“錄”，簿籍。《廣韻·屋韻》：“祿，錄也。”《周禮·天官·職幣》：“皆辨其物而奠其錄，以書楬之。”漢、鄭玄注：“故書錄爲祿。杜子春云，祿當爲錄。定其錄籍。”

同“甪”，姓。宋、周密《齊東野語》卷五：“古字祿與甪字通用，故《樂書》作觮，鄭康成於《禮》書甪皆作祿。《陳留志》則又作角。”

姓。《廣韻·屋韻》：“祿，姓。紂子祿父子後。”《元和姓纂》卷十引漢、應劭《風俗通》：“（祿氏）殷紂子武庚祿父後，以王父字爲氏。”《通志·氏族略三》：“祿氏，子姓。《風俗通》云：‘紂子武庚字祿父，其後以字爲氏。’涇陽有此祿姓，亦出扶風。又吐蕃酋長有祿東贊。”

疊字雙音"祿祿"形況：謂平凡貌。《莊子‧漁父》："不知貴真，祿祿而受變於俗，故不足。"王先謙集解："案祿祿，猶錄錄也。《漢書‧蕭曹贊》作'錄錄'。顏注：猶鹿鹿；言在凡庶之中。"

禠 ₀₀₁₆ 　禠　福也，从示，虒聲。息移切（sī ㄙ）。

【譯白】禠，齊備的富貴壽考。是依從示做形旁，以虒爲聲旁構造而成的形聲兼會意字。

【述義】福。《爾雅‧釋詁下》："禠，福也。"《文選‧張衡〈思玄賦〉》："湯蠲體以禱祈兮，蒙庬禠以拯民。"李周翰注："蒙大福以濟於人。"唐、顏師古《匡謬正俗》卷七："禠，張衡《東京賦》云'祈禠禳災'，蓋謂求福而除禍耳。案《說文解字》曰：'禠，福也。'《字林》音弋尒反。字本作禠，從示，從虒，音斯；從虎者，故作禠耳。今之讀者，不識禠字義訓，乃呼爲神祇之祇，云求神而卻災，或改禠字爲禘；禘者，祭名，又失之也。"

"禠祉"，謂幸福。清、龔自珍《最錄南唐五百字》："機祥禠祉，褆應龐鴻。"

禎 ₀₀₁₇ 　禎　祥也。从示，貞聲。陟盈切（zhēn ㄓㄣ）。

【譯白】禎，吉祥幸福。是依從示做形旁，以貞爲聲旁構造而成的形聲字。

【述義】吉祥、吉兆。徐鍇《說文解字繫傳》："人有善，天以符瑞正告之也。"《詩‧周頌‧維清》："迄用有成，維周之禎。"毛傳："迄，至；禎，祥也。"鄭玄箋："征伐之法，乃周家得天下之吉祥。"漢、張衡《思玄賦》："懼筮氏之長短兮，鑽東龜以觀禎。"唐、孟郊、韓愈《城南聯句》詩："擘華露神物，擁終儲地禎。"

福、善。《藝文類聚》卷九十八引《字林》："禎，福也。"《廣韻‧清韻》："禎，善也。"

姓。《萬姓統譜‧庚韻》："禎，見《姓苑》。"

祥 ₀₀₁₈ 　祥　福也。从示，羊聲。一云善。似羊切（xiáng ㄒㄧㄤ）。

【譯白】祥，幸福。是依從示做形旁。以羊爲聲旁構造而成的形聲兼會意字。另有一說：祥是善、美好的意思。

【述義】段玉裁《說文解字注》："凡統言則災亦謂之祥，析言則善者謂之祥。"王國維《觀堂集林》："祥，古文作羊。"遠古人民以羊爲利用厚生的牲物；祥，从示，羊聲，是形聲兼會意字。參見本書第四篇《羊部》"羊"條。

　　作吉利、幸福說。《書・伊訓》："作善，降之百祥；作不善，降之百殃。"孔傳："祥，善也。"《左傳・僖公三年》："齊方勤我，棄德不祥。"《國語・楚語上》："故先王之爲臺榭也，榭不過軍實，臺不過望氛祥。"韋昭注："凶氣爲氛，吉氣爲祥。"《漢書・宣帝紀》："神光並見，咸受禎祥。"顏師古注："祥，福也。"《文選・張衡〈東京賦〉》："卜征考祥，終然允淑。"李善注引薛綜曰："祥，吉也。"唐、韓愈《獲麟解》："雖婦人小子皆知其爲祥也。"

　　作善、好、美好說。《爾雅・釋詁上》："祥，善也。"郝懿行義疏："是祥兼福、善二義。"《詩・大雅・大明》："大邦有子，俔天之妹；文定厥祥，親迎于渭。"毛傳："祥，善也。"《墨子・天志中》："且夫天下蓋有不仁不祥者。"《漢書・劉向傳》："由此觀之，和氣致祥，乖氣致異；祥多者其國安，異眾者其國危。"漢、蔡琰《悲憤詩》："海內興義師，欲共討不祥（指董卓）。"

　　吉凶的徵兆。五代、徐鍇《說文解字繫傳》："祥，祥之言詳也。天欲降以禍福，先以吉凶之兆，詳審告悟之也。"段玉裁《說文解字注》："祥，凡統言則災亦謂之祥，析言則善者謂之祥。"《易・繫辭下》："吉事有祥，象事知器，占事知來。"鄭玄注："行其言事，則獲嘉祥之應。"《左傳・僖公十六年》："周內史叔興聘于宋，宋襄公問焉，曰：'是何祥也？吉凶焉在？'"杜預注："祥，吉凶之先見者。"漢、王充《論衡・異虛》："善祥出，國必興；惡祥見，朝必亡。"漢、仲長統《論天道》："其大略吉凶之祥，又何取焉？"宋、吳曾《能改齋漫錄・記詩》："京師每夕有赤氣，見西南隅，如火，至人定乃滅。人以爲皇子降生之祥。"

　　附述"不祥"：一、不吉利。《易・困》："入于其宮，不見其妻，不祥也。"孔穎達疏："祥，善也，吉也。不吉，必有凶也。"晉、干寶《搜神記》卷十四："吉徐國宮人娠而生卵，以爲不祥，棄之水濱。"《二刻拍案驚奇》卷十一："不知爲甚麼心中只覺得悽慘，不捨得你別去，莫非有甚不祥。"亦指爲不吉利的事物。《京本通俗小說·西山一窟鬼》："一夜見這許多不祥，怎地得個生人沖一沖？"
二、不善。《書·君奭》："我亦不敢知曰，其終出于不祥。"孔傳：
"言殷紂其終，墜厥命，以出于不善之故。"也指不善之事或不善之
人。《漢書·淮陽憲王劉欽傳》："推原厥本，不祥自博。"顏師古
注："祥，善也；自，從也；不善之事，從博起也。"三、死的諱稱。
《太平廣記》卷四三七引《廣異記·姚甲》："郎君家本北人，今竄
南荒，流離萬里，忽有不祥，奴當扶持喪事北歸。"

特指吉兆。《詩·小雅·斯干》："維熊維羆，男子之祥。"《周
禮·春官·眡祲》："以觀妖祥，辨吉凶。"鄭玄注："妖祥，善惡
之徵。"賈公彥疏："祥是善之徵，妖是惡之徵。"唐、劉知幾《史
通·書事》："故德彌少而瑞彌多，政逾劣而祥逾盛。"

又特指凶兆、凶災、妖異。《玉篇·示部》："祥，妖怪也。"
《書·咸有一德》："亳有祥，桑穀共生于朝。"孔傳："祥，妖
怪。"孔穎達疏："祥是惡事先見之徵，故爲妖怪也。"《老子》：
"益生曰祥，心使氣曰強。"王弼注："生不可益，益之則夭也。"
《左傳·昭公十八年》："鄭之未災也，里析告子產曰："將有大祥，
民震動，國幾亡，吾身泯焉，弗食及也。"杜預注："祥，變異之
氣。"《孫子·九地》："禁祥去疑，至死無所之。"曹操注："禁
妖祥之言。"唐、段成式《酉陽雜俎·諾皋記下》："廳階前枯梨樹
大合抱，意其爲祥，因伐之。"

順。《淮南子·氾論訓》："天下豈有常法哉？當於世事，得於人
理，順於天地，祥於鬼神，則可以正治矣。"高誘注："祥，順也。"

古喪祭名；有小祥、大祥之分；周年祭爲小祥，兩周年祭爲大祥。
《周禮·春官·大祝》："付練、祥掌國事。"孫詒讓正義："依《士
虞》，大祥祭辭，則祥主薦祭而言。"《禮記·雜記下》："期之喪，
十一月而練，十三月而祥，十五月而禫。"《儀禮·士虞禮》："朞
而小祥……又朞而大祥。"賈公彥疏："白袥以後至十三月小祥……
二十五月大祥祭。"《禮記·檀弓上》："魯人有朝祥而莫歌者，子
路笑之。"孔穎達疏："祥謂二十五月大祥。"又："孔子既祥，五
日彈琴而不成聲，十日而成笙歌。"《國語·楚語上》："（屈到）
曰：'祭我必以芰。'及祥，宗老將薦芰，屈健（屈到子）命去之。"

韋昭注：“祥，祭也。”《後漢書·桓彬傳》：“會母終，麟不勝喪，未祥而卒，年四十一。”《南史·袁湛傳》：“（袁粲）性至孝，居喪毀甚，祖日及祥，詔衛軍斷客。”

附述“小祥”、“大祥”：

“小祥”：一、古時父母喪後周年的祭名，祭後可稍改善生活及解除喪服的一部分。《儀禮·士虞禮》：“朞而小祥。”鄭玄注：“小祥，祭名；祥，吉也。”朞，周年。《禮記·間傳》：“父母之喪，旣虞卒哭，疏食水飲，不食菜果；期而小祥，食菜果。”《古今小說·蔣興哥重會珍珠衫》：“況且孝未期年，於禮有礙；便要成親，且待小祥之後再議。”亦用於稱一般死者的周年祭。唐、鮑溶《過薛舍人舊隱》詩：“寢門來哭夜，此月小祥初。”《京本通俗小說·錯斬崔寧》：“卻說那劉大娘子到得家中，設個靈位，守孝過日；父親王老員外勸他轉身。大娘子說道：‘不要說起三年之久，也須到小祥之後。’”二、古時皇帝、皇太后、皇后等死後十二日舉行小祥祭。源自漢文帝遺詔減喪服期，以後皇室之喪，因常以日易月（一天代替一月）。宋朝皇室又按舊制行喪，要舉行兩次小祥祭。《續資治通鑑·宋神宗元豐八年》：“今羣臣雖易月而人主實行喪，故十二日而小祥，期（一周年）而又小祥。”

“大祥”，古時父母喪後兩周年的祭禮。《儀禮·士虞禮》：“又朞而大祥，曰薦此祥事。”鄭玄注：“又，復也。”賈公彥疏：“此謂二五月大祥祭，故云復朞也。”漢、魏以來時君行喪皆以日易月，皇帝、皇太后、皇后死後，二十五日或二十四日卽舉行大祥祭禮。唐、韓愈《順宗實錄五》：“以日易月，抑惟舊章；皇帝宜三日而聽政，十三日小祥，二十五日大祥，二十七日釋服。”宋皇室行喪，小祥、大祥之禮皆舉行兩次，旣以日爲之，又以月爲之。《續資治通鑑·宋神宗元豐十八年》：“今羣臣雖易月而人主實行喪，故十二日而小祥，期而又小祥，二十四日而大祥，再期而又大祥。”

祥通“詳”；細密，周全之謂。朱駿聲《說文通訓定聲·壯部》：“祥，叚借爲詳。”《史記·太史公自序》：“嘗竊觀陰陽之術，大祥而衆忌諱，使人拘而多所畏，然其序四時之大順，不可失也。”司馬貞索隱：“《漢書》作‘大詳’；言我觀陰陽之術大詳。”

姓。《萬姓統譜·陽韻》："祥，見《姓苑》。本朝湖廣荊州府有祥氏。"

祉 0019　祉　福也。从示，止聲。敕里切（zhǐ ㄓˇ）。

【譯白】祉，齊備的富貴壽考。是依從示做形旁，以止爲聲旁構造而成的形聲兼會意字。

【述義】祉是形聲兼會意字；止，寓神祇涖止。

福。《爾雅·釋詁下》："祉，福也。"邢昺疏："祉者，繁多之福也。"李鼎祚集解引虞翻曰："福也。"《詩·小雅·六月》："吉甫燕喜，旣多受祉。"又《巧言》："君子如怒，亂庶遄沮；君子如祉，亂庶遄已。"毛傳："祉，福也。"漢、司馬相如《難蜀父老》："今封疆之內，冠帶之倫，咸獲嘉祉，靡有闕遺矣。"唐、宋若憲《奉和御製麟德殿宴百官》詩："願齊山嶽壽，祉福永無疆。"宋、王安石《賀留守侍中啟》："勳庸已著於三朝，寵祿具膺於多祉。"

保佑、賜福。《易·泰》："帝乙歸妹，以祉元吉。"唐、韓愈、孟郊《城南聯句》詩："參差席香蔓，玄祇祉兆姓。"

喜。《字彙·示部》："祉，喜也。"

福 0020　福　祐（備）也。从示，畐聲。方六切（fú ㄈㄨˊ）。

【譯白】福，神明保佑得到了齊備的富貴壽考。是依從示做形旁，以畐爲聲旁構造而成的形聲兼會意字。

【述義】段玉裁《說文解字注》："《祭統》曰：'賢者之祭也，必受其福；非世所謂福也。福者，備也；備者，百順之名也；無所不順者之謂備。'按福、備古音皆在第一部，疊韻也。鉉本作'祐也'，非；祐正世所謂福也。"羅振玉《增訂殷虛書契考釋》："（甲骨文 福、祿）象兩手奉尊于示前，或省廾，或并省示，即後世之福字。"福是形聲兼會意字。古稱富貴壽考等齊備爲福，與"禍"相對。《釋名·釋言語》："福，富也，其中多品如富者也。"《書·洪範》："五福：一曰壽，二曰富，三曰康寧，四曰攸好德，五曰考終命。"《詩·小雅·瞻彼洛矣》："君子至止，福祿如茨。"鄭玄箋："爵命爲福，賞賜爲祿。"孔穎達疏："凡言福者，大慶之辭；祿者，吉祉之謂。"又《魯頌·閟宮》："是生后稷，降之百福。"《禮記·祭統》："賢者之祭也，必受其福；非世所謂福也。福者，備也；備者，百順之名也；無所不順者之謂備。”

泛指幸福、福氣。如：享福；造福人類。《老子》第五十八章：“禍兮福之所倚；福兮禍之所伏。”《說苑・權謀》：“此所謂福不重至，禍必重來者也。”漢、阮瑀《爲曹公作書與孫權》：“上令聖朝無東顧之勞，下令百姓保安全之福。”《紅樓夢》第十一回：“秦氏拉着鳳姐兒的手，強笑道：‘這都是我沒福。’”

保佑、賜福、造福。《詩・魯頌・閟宮》：“周公皇祖，亦其福女。”《左傳・莊公十年》：“小信未孚，神弗福也。”《三國志・魏志・文帝紀》：“使死者有知，將不福汝。”南朝、梁、沈約《述僧設會論》：“至時持鉢，往福衆生。”宋、王安石《上執政書》：“竊以方今仁聖在上，四海九州冠帶之屬，望其施爲以福天下者，皆聚於朝庭。”《明史・太祖紀》：“若不能福民，則是棄君之命。”

祭祀所用的酒肉；如：福物、福胙、福食、福品。《周禮・天官・膳夫》：“凡祭祀之致福者，受而膳之。”鄭玄注：“致福，謂諸臣祭祀進其餘肉歸胙于王。”賈公彥疏：“諸臣自祭家廟，祭訖，致胙肉於王謂之致福。”因謂祭祀所用的酒肉爲福物、福胙。《國語・晉語二》：“今夕君夢齊姜，必速祠而歸福……驪姬受福，乃寘鴆於酒，寘菫於肉。”韋昭注：“福，胙肉也。”《宋史・禮志二》：“旣享，大宴，號曰飲福。”《警世通言・蘇知縣羅衫再合》：“買了神福，正要開船。”

附述“福物”、“福胙”、“福食”、“福品”：

“福物”，典出上引《周禮・天官・膳夫》：“凡祭祀之致福者。”謂祭祀所用酒肉爲福物。《水滸傳》第二回：“且說兩個牌軍，買了福物煮熟，在廟等到巳牌也不見來。”《三國演義》第四九回：“吾今缺少福物祭旗，願借你首級。”《初刻拍案驚奇》卷一：“叩門進去，只見堂前燈燭熒煌，三牲福物，正在那裏獻神。”

“福胙”，祭祀所用的肉類。漢、王充《論衡・語增》：“使文王、孔子因祭用酒乎，則受福胙不能厭飽。”宋、蘇轍《免南郊加恩表》：“福胙旣均於在列，名器豈宜以假人？”《宋史・禮志四》：“宣制畢，宰臣百僚賀於樓下，賜百官福胙，及內外致仕文武升朝官以上粟帛羊酒。”

“福食”，供祀神用的食物。《太平廣記》卷三二〇引《法苑珠林》：“願父兄勤爲功德，作福食時務使鮮潔。”亦稱日常膳食。晉、葛洪《抱朴子·道意》：“然雖不屠宰，每供福食，無有限劑。”

“福品”，祭禮祀所用的物品，也常用以指稱上品。宋、陳師道《後山談叢》卷二：“蜀人句龍爽作《名畫記》，以范瓊、趙承祐爲福品，孫位爲逸品。謂瓊與承祐類吳生而設色過之，位雖工，不中繩墨。”

福又指利益。《文選·潘岳〈西征賦〉》：“伊茲池之肇穿，肆水戰於荒服；志勤遠以極武，良無要於後福。”李善注：“福，謂水物之利。”宋、蔡條《鐵圍山叢談》卷六：“太上受命，享萬乘至尊之奉，而一時諸福之物畢至。”

舊時婦女的一種行禮，斂衽致敬稱福、萬福。明、田藝蘅《留青日札摘鈔·拜》：“是古時婦人皆肅拜也，今則但微屈其膝而躬不曲，其名曰起，曰福。”《鏡花緣》第八十五回：“於是面對戲臺，恭恭敬敬福了一福。”《兒女英雄傳》第十四回：“只聽他說道：‘老爺請坐，小婦人是個鄉間女子，不會京城的規矩，行個怯禮兒罷！’說着福了兩福，便拜下去。”《老殘遊記》第八回：“裏面出來一個十八九歲的女子……見客福了一福。”

用同“逼”。《字彙·示部》：“福，與逼同。”《敦煌變文集·葉淨能詩》：“淨能知皇帝福問述（術）法，其數極多。”

通“幅”，布帛的寬度。《睡虎地秦墓竹簡·秦律·金布律》：“布袤八尺，福廣二尺五寸。”

指福建的省稱。如：福橘。

姓。《萬姓統譜·屋韻》：“福，唐、福信，百濟將；宋、福增，知江州軍事……本朝福時，永平人，嘉靖中任都督。”《元史·福壽傳》：“福壽，唐兀人。”

福又讀 fù ㄈㄨˋ，《集韻》敷救切，去宥敷。一、儲藏。《集韻·宥韻》：“福，藏也。”《史記·龜策列傳》：“邦福重寶，聞于傍鄉。”裴駰集解引徐廣曰：“福，音副，藏也。”二、通“副”，相稱、相同、符合。清、朱駿聲《說文通訓定聲·頤部》：“福，段借爲福，實爲副。”《文選·張衡〈西京賦〉》：“仰福帝居，陽曜陰藏。”李善注引薛綜曰：“福，猶同也。”漢、荀悅《申鑒·政體》：“夫心與言，言與事，參相應也；好惡毀譽賞罰，參相福也。”

祐 0021 祏　助也。从示，右聲。于救切（yòu　丨ㄡ）。

【譯白】祐，神明幫助保佑。是依從示做形旁，以右爲聲旁構造而成的形聲兼會意字。

【述義】朱駿聲《說文通訓定聲·頤部》：“據許書，則凡助爲右，其實卽右之變體加示耳。”祐，謂保佑，指神明保佑（本書無“佑”字；後俗別作“佑”；又、右、佑，當爲一字分化）。《廣韻·宥韻》：“祐，神助。”唐、玄應《一切經音義》卷一引《字林》：“祐者，助也，天之所助也。”《集韻·宥韻》：“祐，《說文》：‘助也。’謂福祐也。”《易·大有》：“自天祐之，吉无不利。”《文選·張衡〈思玄賦〉》：“彼天監之孔明兮，用棐忱而祐仁。”李善注引舊注：“祐，助也。”唐、韓愈《薛公墓誌銘》：“公宜有後，有二稚子，其祐成之，公食廟祀。”唐、白行簡《李娃傳》：“欺天負人，鬼神不祐。”

　　輔助、幫助。唐、玄應《一切經音義》卷一：“祐，助也；謂衆德相助成也。”《老子》第三十八章：“上義爲之而有以爲。”三國、魏、王弼注：“忿枉祐直，助彼攻此。”《楚辭·天問》：“驚女采薇，鹿何祐？”聞一多校補：“一本祐作佑，義長；佑，助也。‘鹿何佑’卽‘鹿何助之’。”漢、王符《潛夫論·論榮》：“管蔡爲戮，周公祐王。”

　　福。《論衡·福虛》：“埋一蛇獲二福，如埋十蛇得幾祐乎？”《後漢書·陳龜傳》：“則善吏知奉公之祐，惡者覺營私之禍。”《全唐詩·郊廟歌辭·煌煌》：“永惟休祐，是錫和平。”清、袁枚《先妣章孺人行狀》：“以爲儲休啟祐，所以享此遐齡者，必非無因。”

　　治理。《方言》卷十三：“祐，亂也。”郭璞注：“亂，當訓治。”

　　通“侑”，進獻。朱駿聲《說文通訓定聲·頤部》：“祐，叚借爲侑。”《易·繫辭上》：“可與酬酢，可與祐神矣。”唐、陸德明《經典釋文》：“祐，馬云：‘配也。’荀作侑。”

　　姓。宋、邵思《姓解·示部》：“祐，見《姓苑》。”

　　附述“佑”：

　　祐，音 yòu ㄧㄡˋ，《廣韻》于救切，去宥云；之部。祐，特指神靈的庇護幫助。《書·泰誓上》：“天佑下民，作之君，作之師。”孔傳：“言天佑助下民。”《楚辭·天問》：“天命反側，何罰何佑？齊桓九會，卒然身殺。”南朝、梁、劉勰《文心雕龍·祝盟》：“蒯聵臨戰，獲佑於筋骨之請。”

　　謂輔助、幫助、保護。《玉篇·人部》：“佑，助也。”《廣韻·宥韻》：“佑，佐也。”《書·君奭》：“天惟純佑命，則商實百姓。”孔傳：“惟天大佑助其王命。”又《周官》：“敬爾有官，亂爾有政，以佑乃辟。”孔傳：“言當敬治官政，以助汝君長。”《漢書·蕭何傳》：“高祖爲布衣時，數以吏事護高祖；高祖爲亭長，常佑之。”顏師古注：“佑，助也。”唐、白居易《除裴垍中書侍郎同平章事制》：“咸克佑我烈祖，格于皇天。”《資治通鑑·唐宣宗大中十年》：“上以爲歸長等佑之，卽手書愼由名及新命付學士院。”《水滸全傳》第十回：“原來天理昭然，佑護善人義士。”

　　右，謂使處於上位。《墨子·號令》：“諸門下朝夕立若坐，各令以年少長相次；旦夕就位，先佑有功有能，其餘皆以次立。”

　　佑又讀 yǒu ㄧㄡˇ，《集韻》云九切，上有云。通“有”；領有。《書·金縢》：“乃命于帝庭，敷佑四方。”王國維《觀堂集林·與友人論〈詩〉〈書〉中成語書二》：“如《書·金縢》云：‘敷佑四方。’《傳》云：‘布其德教以佑助四方。’案《盂鼎》云：‘匍有四方’，知‘佑’爲‘有’之假借，非佑助之謂矣。”

祺 0022　禥　吉也。从示，其聲。禥，籀文，从基。渠之切（qí ㄑㄧˊ）。

【譯白】祺，吉祥幸福的徵兆。是依從示做形旁，以其爲聲旁構造而成的形聲兼會意字。禥，是祺的籀文，以基爲聲旁構造而成的形聲字。
【述義】吉兆。《爾雅·釋言》：“祺，祥也。”郭璞注：“謂徵祥。”邢昺疏：“舍人曰：祺，福之祥，謂徵祥也；祥卽吉之先見者也。”

　　指幸福、吉利、吉祥、安好。《爾雅·釋言》：“祺，吉也。”《詩·大雅·行葦》：“壽考維祺，以介景福。”毛傳：“祺，吉也。”《儀禮·士冠禮》：“棄爾幼志，順爾成德，壽考唯祺，介爾景福。”鄭玄注：“祺，祥也。”賈公彥疏：“祺訓祥，祥又訓爲善。”《漢書·禮樂記·郊祀歌》：“衆庶熙熙，施及夭胎，羣生噡噡，惟春之祺。”顏師古注引如淳曰：“祺，福也。”唐、張說《大唐祀封禪壇頌》：“率我萬國，受天之祺。”《宋史·樂志十三》：“至德玄感，受天之祺。”書信中用爲祝頌語，如：近祺，時祺，文祺，籌祺，財祺。

安祥貌。《荀子·非十二子》：“士君子之容，其冠進，其衣逢，其容良，儼然莊然，祺然薾然。”楊倞注：“謂安泰不憂懼之貌。”

通“綦”，青黑色。朱駿聲《說文通訓定聲·頤部》：“祺，叚借爲綦。”《詩·魯頌·駉》：“有騏有駓。”毛傳：“蒼祺曰騏。”唐、陸德明《經典釋文》：“祺，音其；字又作騏。”段玉裁《說文解字注·馬部》：“騏，《魯頌》傳曰：‘蒼騏曰騏。’蒼騏卽蒼綦，謂蒼文如綦也。”

“祺祥”，幸福吉祥。宋、曾鞏《與北京韓侍中啟》之一：“屬高秋之在序，惟坐鎮之多餘，必有祺祥，來寧動履。”《宋史·樂志十三》：“羣分非一，祺祥紹登。”

“祺福”，幸福。《隋書·音樂志上》：“德表成物，慶流皇代；純嘏不愆，祺福是賷。”

祇 0023　禔　敬也。从示，氏聲。旨移切（zhī ㄓ）。

【譯白】祇，恭敬的意思。是依從示做形旁，以氏爲聲旁構造而成的形聲字。

【述義】敬、恭敬、崇敬。《爾雅·釋詁下》：“祇，敬也。”《書·金縢》：“四方之民，國不祇畏。”又《費誓》：“祇復之，我商賚汝。”《詩·商頌·長發》：“昭假遲遲，上帝是祇。”《左傳·僖公三十三年》：“父不慈，子不祇，兄不友，弟不共，不相及也。”《楚辭·離騷》：“湯、禹、儼而祇敬兮，周論道而莫差。”王逸注：“祇，敬也；言殷湯、夏禹、周之文王，受命之君，皆畏天敬賢。”《晉書·顧和傳》：“若不祇王命，應加貶黜。”《南史·黃回傳》：“回既貴，祇事戴明寶甚謹。”

是。《文選·張衡〈東京賦〉》：“宜無嫌於往初，故蔽善而揚惡，祇吾子之不知言也。”李善注引薛綜曰：“祇，是也。”

何、爲什麼。張相《詩詞曲語辭匯釋》卷一：“祇，猶底也，何也。”唐、李商隱《所居永樂縣久旱縣宰祈禱得雨因賦》詩：“祇怪閭闔喧鼓吹，邑人同報束長生。"五代、馮延巳《應天長》："人事改，空追悔，枕上夜長祇如歲。"

相當於"適"。《廣雅·釋言》："祇，適也。"有二義：一、只、僅。《詩·小雅·我行其野》："成不以富，亦祇以異。"毛傳："祇，適也。"三國、魏、曹丕《煌煌京洛行》："多言寡誠，祇令事敗。"漢、張衡《東京賦》："宜無嫌於往初，故蔽善而揚惡，祇吾子之不知言也。"唐、韓愈《雜說四首》詩之四："故雖有名馬，祇辱於奴隸人之手，駢死於槽櫪之間，不以千里稱也。"又《感春》詩之四："音容不接祇隔夜，凶訃詎可相尋來。"唐、張喬《遊華山雲際寺》詩："殷勤記巖石，祇恐再來稀。"宋、張元幹《石州慢》詞："兩宮何處？塞垣祇隔長江。"二、正、恰。《左傳·昭公二十五年》："臣不忍其死，君命祇辱。"杜預注："祇，適也。"《漢書·韓安國傳》："臣以三萬人眾不敵，祇取辱。"唐、李德裕《寄題黃先生舊館》詩："洞天應不夜，源樹祇如春。"

通"振"。一、拯救。《逸周書·大武》："祇人死。"又《文政》："祇民之死。"《墨子·兼愛中》："以祇商夏蠻夷醜貉。"孫詒讓閒詁："祇，當讀爲振……此謂得仁人以拯救中國及四夷之民。"二、顯揚。《楚辭·離騷》："既干進而務入兮，又何芳之能祇。"王念孫《讀書雜志餘編·楚辭》引之曰："祇之言振也……祇與振聲近而義同，故字或相通。"

用同"祇"。《正字通·示部》："祇，與祇通。"唐、韓愈《與孟尚書書》："天地神祇，昭布森列。"

疊字雙音"祇祇"形況，謂恭敬貌。《書·康誥》："庸庸祇祇，威威顯民。"《漢書·廣陵厲王劉胥傳》："悉爾心，祇祇兢兢。"明、宋濂《永康徐府君墓銘》："翁氏姓也，祇祇翼翼，人不見其怠容。"

禔 0024 禔　安福也。从示，是聲。《易》曰："禔既平。"市支切（zhī ㄓ）。

【譯白】禔，平安享福的意思。是依從示做形旁，以是爲聲旁構造而成的形聲字。《易·坎卦》說："既安定又平順。"

【述義】"安福也"，段玉裁《說文解字注》據《文選》李善注改作

“安也”。

安，安定、安全、安寧，禔含有安享之義。漢、揚雄《法言·孝至》：“或問‘君’，曰：‘明光。’問‘臣’，曰：‘若禔。’”李軌注：“禔，安也。”又《修身》：“士何如斯可以禔身？”《漢書·司馬相如傳下》：“遐邇一體，中外禔福。”顏師古注：“禔，安也。”南朝、梁、陸倕《石闕銘》：“翼百神，禔萬福。”南朝、宋、顏延之《三月三日曲水詩》序：“上膺萬壽，下禔百福。”宋、王安石《答呂吉甫書》：“諸令弟各想禔福。”

福、喜。《方言》卷十三：“禔，福也，喜也。”郭璞注：“謂福祚也；有福即喜。”

通“祇（音 zhǐ ㄓˇ）”，適、只、但。清、錢大昕《十駕齋養新錄·祇》：“古文氏、是通用，則禔、祇亦可通，但相承讀爲支音，與神祇音小異耳。”《史記·韓長孺列傳》：“臣以三萬人衆不敵，禔取辱耳。”裴駰集解引徐廣曰：“禔，一作祇也。”

禔身，安身、修身。漢、揚雄《法言·修身》：“或問：‘士何如斯可以禔身？’曰：‘其爲中也弘深，其爲外也肅括，則可以禔身矣。’”李軌注：“禔，安。”宋、王安石《汴說》：“斂之猶足以禔身正家。”明、謝肇淛《五雜俎·事部三》：“禔身齊家，不言而化，山林之高標。”清、沈德潛《說詩晬語》卷下：“《雄雉》末章，進君子以禔身善世之道，猶所云萬里之外，以身爲本也。”

“禔福”一詞，謂安寧幸福。《漢書·司馬相如傳下》：“遐邇一體，中外禔福，不亦康乎？”顏師古注：“禔，安也。”隋、江總《上毛龜啟》：“靜海澄波，鱗介禔福。”唐、陳子昂《爲程處弼辭放流表》：“天下禔福，以祐蒼生。”

神 0025 䄴 天神，引出萬物者也。从示申(聲)。食鄰切(shén ㄕㄣˊ)。

【譯白】神，天上的神，是引導生出萬物的創造者和主宰者。是依從連文成義的示申做主、從形旁構造而成的會意字（是依從示做形旁，以申爲聲旁構造而成的形聲字）。

【述義】古今中外各民族皆認爲有“天神”存在，爲天地萬物的創造者和主宰者。段玉裁、桂馥、王筠、朱駿聲等皆作“从示，申聲”。

徐鍇《說文解字繫傳》：“天主降气以感萬物，故言引出萬物也。”徐灝《說文解字注箋》：“天地生萬物，物有主之者曰神。”祇爲氏的後起增偏旁體。按神金文作􀀀、􀀀。楊樹達《增訂積微居小學金石論叢·釋神祇》：“考神字，《宗周鐘》作􀀀，《陳肪段》作􀀀，《說文十三篇上蟲部》虹字或體作􀀀，許君云：‘籀文虹从申，申，電也。’又十一篇下《雨部》云：‘電，陰陽激燿也。从雨，从申。’據此諸證，知古申、電同文，文作􀀀作􀀀作􀀀，皆象陰陽激燿之形……蓋天象之可異者莫神於電，故在古文，申也，電也，神也，實一字也。其加雨於申而爲電，加示於申而爲神，皆後起分別之事矣。《說文·十四篇下·申部》云：‘申，神也。’正謂申爲神之初文矣。”《書·微子》：“今殷民乃攘竊神祇之犧牷牲。”唐、陸德明《經典釋文》：“天曰神，地曰祇。”《周禮·春官·大司樂》：“乃奏黃鍾，歌大呂，舞《雲門》，以祀天神。”鄭玄注：“天神，謂五帝及日月星辰也。”漢、衛宏《漢舊儀》：“以冬至日祭天，天神下……以夏至日祭地，地神出。”古代不分中外，政治一皆建立在天命神權思想上，以之設教，表面爲敬天保民，實是愚役百姓；中國到了春秋時期，天命和鬼神的地位逐漸下移，變成民的附屬。《左傳·桓公六年》：“夫民，神之主也，是以聖王先成民而後致力于神。”又《僖公十六年》：“吉凶由人。”而《論語·述而》：“子不語怪、力、亂、神。”又《雍也》：“敬鬼神而遠之。”是孔子從實質上對鬼神持否定態度。

　　神靈，神仙，宗教及神話中所指的超自然體。《詩·大雅·雲漢》：“敬恭明神，宜無悔怒。”《禮記·祭法》：“山林、川谷、丘陵能出雲，爲風雨，見怪物，皆曰神。”孔穎達疏：“風雨雲露並益於人，故皆曰神而得祭也。”《論語·述而》：“子不語怪、力、亂、神。”何晏集解：“神，謂鬼神之事。”漢、劉向《說苑·修文》：“神者，天地之本，而爲萬物之始。”《文選·曹植〈洛神賦〉》：“體迅飛鳧，飄忽若神。”李善注：“夫神，萬靈之摠稱。”唐、韓愈《送窮文》：“門神戶靈，我叱我呵。”

　　指人死後的靈魂；稱死去的祖先爲“鬼神”，稱死去的聖賢豪傑爲神；也泛指鬼神。《正字通·示部》：“神，陽魂爲神，陰魄爲鬼；氣之伸者爲神，氣之屈者爲鬼。”《禮記·樂記》：“明則有禮樂，幽則有鬼神。"鄭玄注："聖人之精氣謂之神，賢知之精氣謂之鬼。"《楚辭·九歌·國殤》："身旣死兮神以靈，子魂魄兮爲鬼雄。"唐、韓愈《黃陵廟碑》："堯死而舜有天下，爲天子，二妃之力，宜常爲神，食民之祭。"《太平廣記》卷四百一十六引《博異記》："封十八姨，乃風神也。"《籌安會"六君子"傳》第十四章引楊度挽蔡鍔聯："魂魄異鄉歸，如今豪傑爲神。"

玄妙、神奇、神異。《易·繫辭上》："陰陽不測之謂神。"韓康伯注："神也者，變化之極妙，萬物而爲言，不可以形詰者也。"《呂氏春秋·博志》："荊廷嘗有神白猨，荊之善射者，莫之能中。"唐、杜甫《寄薛三郎中》詩："乃知蓋代手，才力老益神。"宋、王讜《唐語林·補遺二》："山甫以石留黃濟人嗜欲，多暴死者。其徒盛言'山甫與陶貞白同壇受籙'以神之。"宋、王安石《贈陳君景初》詩："神膏旣傳之，頃刻活殘朽。"明、楊愼《璅語》卷六十五："文非至工，則不可爲神，然神非工之所可至也。"清、蒲松齡《聊齋志異·鳥語》："（道士）因告主人使愼火……衆笑之，竟不備。明日，果火，延燒數家，始驚其神。"

靈驗。《詩·小雅·大田》："田祖有神，秉畀炎火。"《晏子春秋·諫上十二》："上帝神，則不可欺；上帝不神，祝亦無益。"《史記·龜策列傳序》："略聞夏殷欲卜者，乃取蓍龜，已則棄去之，以爲龜藏則不靈，蓍久則不神。"唐、汪遵《西河》詩："自從明宰投巫後，直至如今鬼不神。"

指人的精氣、元氣、意識、俗謂"精神"、"心神"。《墨子·所染》："不能爲君者傷形費神，愁心勞意。"《荀子·天論》："形具而神生，好惡喜怒哀樂臧焉。"楊倞注："神謂精魂。"《呂氏春秋·禁塞》："自今單脣乾肺，費神傷魄。"《史記·太史公自序》："凡人所生者神也，所託者形也，神大用則竭，形大用則敝，形神離則死。"《淮南子·原道》："耳目非去之也，然而不能應者何也？神失其守也。"高誘注："精神失其所守。"唐、王績《登箕山祭巢許文》："昔時慷慨，神輕九州，今來寂寞，魂辭一邱。"唐、李山甫《下第臥疾盧員外召遊曲江》詩："眼前何事不傷神，忍向江頭更弄春。"《紅樓夢》第八二回："你倒別混想了，養養神，明兒好好唸書。"

　　古人想像中一種能脫離人體而獨立存在的精神，附體則人生，離體則人亡，謂之魂魄。《荀子·天論》："形具而神生。"楊倞注："神謂精魂。"唐、蔣防《霍小玉傳》："生聞之驚懼，神飛體輕。"《花月痕》第四三回回目："十花故事腸斷恨人，一葉驚秋神歸香海。"

　　猶化，變化、改變。《呂氏春秋·具備》："說與治不誠，其動人心不神。"高誘注："神，化；言不誠不能行其化也。"

　　治理。《爾雅·釋詁下》："神，治也。"邢昺疏："治理也。"《孟子·盡心上》："夫君子所過者化，所存者神。"焦循正義引何休曰："堯舜在唐虞，則唐虞之民皆化，孔子在魯國，則魯國三月大治。"《荀子·王制》："故天之所覆，地之所載，莫不盡其美，致其用，上以飾賢良，下以養百姓而安樂之。夫是之謂大神。"王先謙集解引郝懿行曰："《釋詁》：神者，治也。然則大神謂大治。"

　　尊重，珍貴。《爾雅·釋詁下》："神，重也。"《荀子·非相》："寶之珍之，貴之神之。"《論衡·自紀》："玉少石多，多者不爲珍；龍少魚衆，少者固爲神。"《抱朴子·尚博》："世俗率神貴古者而黷賤同時，雖有追風之駿，猶謂之不及造父之所御也。"

　　表情、神志。《後漢書·劉寬傳》："夫人欲試寬令恚，伺當朝會，裝嚴已訖，使侍婢奉肉羹，翻汙朝衣；婢遽收之，寬神色不異，乃徐言曰：'羹爛汝手？'"《世說新語·雅量》："衣服焦然，神色無變。"唐、竇臮《述書賦上》："長玉靡慢，神閑態穠。"

　　指知識淵博或技能超羣的人。晉、王嘉《拾遺記·後漢》："京師謂康成爲'經神'。"明、胡應麟《少室山房筆叢·華陽博議下》："古今博洽之士……有稱神者。"自注："鄭康成號'經神'。"

　　神韻、韻味。唐、李肇《唐國史補》卷上："始吾見公主擔夫爭路而得筆法之意，後見公孫氏舞劍器而得其神。"金、王若虛《自笑》詩："酒得數杯還已足，詩過兩韻不能神。"清、陳維崧《祭姜如須文》："先生則出近作，如《贈吳駿公太史和雲間秋日感懷詩十首》，調圓骨雋，節短神長。"

　　指神品，形容文藝作品精妙入化。唐、韋續《書訣墨藪》："張旭草入神，八分入妙，隸入能。"

　　肖像。宋、蘇軾《傳神記》："南都程懷立，衆稱其能，於傳吾神，大得其全。”宋、張師正《括異志・許偏頭》：“成都府畫師許偏頭者，忘其名，善傳神，開畫肆於觀街。一日，有貧人，弊衣憔悴，約四十許，負布囊，詣許求傳神。”元、趙孟頫《趙氏家法筆記・傳神心法》：“傳神之法，與畫家不同……將寫一神，以紙折作十字。爲晴則豎摺之，則可以取眉心、印堂、山根、鼻準、人中、地閣之得其正。橫折之則可以取兩眼之得其平。”清、黃宗羲《贈黃子期序》：“有慈谿魏霞生者，無所傳授，多爲村落傳神，無有不肖。”

謹慎。《爾雅・釋詁下》：“神，慎也。”邢昺疏：“謂謹慎也。”

陳列。《廣雅・釋詁二》：“神，陳也。”王念孫疏證：“神、陳、引，古聲亦相近。”

中醫指主宰人體生命活動的生理和精神狀態。《素問・湯液醪醴論》：“今精壞神去，榮衛不可復收，何者？”王冰注：“精神者，生之源；榮衛者，氣之主；氣主不輔，生源復消，神不內居，病何故愈哉！”又《移情變氣論》：“得神者昌，失神者亡。”《靈樞經・本神》：“兩精相搏謂之神。”

通“慎”。《逸周書・寶典》：“行之以神，振之以寶，順之以事，明眾以備。”朱右曾校釋：“神，慎也。”

通“昇”。《八瓊室金石補正・僧肅然造像記》：“過往先亡，願神淨土。”

姓。《廣韻・眞韻》：“神，姓。《風俗通》云，神農之後，漢有騎都尉神曜。何氏《姓苑》云：‘今琅邪人。’”

疊字雙音“神神”形況：猶神仙。唐、黃滔《唐城客夢》：“客有宿唐城之鄙，夢一神曰：‘吾幸以神神之道，獲司茲土之休戚，饗其二仲之馨。’”按神仙亦作“神僊”，神話傳說中的人物，有超人的能力，可以超脫塵世，長生不老。《史記・孝武本紀》：“海上燕齊之閒，莫不搤捥而自言有禁方，能神僊矣。”漢、桓寬《鹽鐵論・散不足》：“當此之時，燕齊之士釋鋤耒，爭言神仙方士。”宋、梅堯臣《讀〈漢書・梅子眞傳〉》詩：“九江傳神僊，會稽隱廛閈。”

神又讀 shēn ㄕㄣ，《字彙》升人切。神荼，神名；傳說中的門神。《字彙・示部》：“神，音申；神荼，海中神名；荼，音舒。”《文選・張衡〈東京賦〉》：“守以鬱壘，神荼副焉。”李善注引薛綜曰：“東海中度朔山有二神，一曰神荼，一曰鬱壘。"

　　神之方言豐富：一、形容詞，謂呆、木然；如貴州桐梓方言：你咋個聽神咯！四川成都一帶謂發楞爲"神楞"；形容發愣、茫然無措的樣子爲"神木楞吞"。世俗謂心不在焉爲"神不守舍"。甘肅蘭州一帶形容孤獨、呆板爲"神孤孤的"。二、形容詞，形容人聰明機敏，不可捉摸；爲北京方言。如：你神，我鬥不過你，行了吧？又爲南京方言。如：他神得很。三、形容詞，謂滑稽可笑；爲北京方言。如：瞧他戴了那麼一頂帽子，多神！亦爲四川成都方言。如：這個人神得不得了，說些話就把大家逗得哈哈大笑。雲南永勝一帶謂以滑稽有趣的神情、舉動逗引對方的樣子，亦指不嚴肅、不正經爲"神頭神腦"。雲南昭通則謂癡呆爲"神頭神腦"。姜亮夫《昭通方言疏證·釋詞》："昭人謂癡駭曰神頭神腦。"又《釋人》："昭人言精神不正常曰神頭神腦。"四、形容詞，謂美好；爲河南洛陽方言。如：他們兩口子，日子過得可神了。五、形容詞，謂聲音過高過響；河南汲縣方言。如：這小孩哭的可神。六、形容詞，謂過分地、毫無節制地；爲北京方言。如：他又在那兒神說上了。又如：這孩子眞能神鬧。七、形容詞，謂頑皮；湖北武漢方言。八、形容詞，謂酸；江蘇常州方言。如：這兩天吃仔點冷飲，牙齒神到仔（酸得厲害）。九、形容詞，謂舒服、懶得做事；陝西商縣張家塬方言。如：看把你神的。十、動詞，出故障；粵語。如：架車神咗（車子壞了）。十一、動詞，歇、休息；新疆吐魯番方言。如：你年歲大咧，就在房子神下，讓娃娃們幹去。十二、動詞，穩住；河南洛陽方言。如：騎自行車，你得神住那股子勁兒。十三、名詞，謂神經質、有神經質的人；四川奉節方言。又如粵語：你都神嘅（你眞有點兒神經質）。今世俗以"神經"謂精神病或瘋顛，亦用以罵人言行顛三倒四不倫不檢點。閩語以"神經的"稱瘋子，亦用以罵人言行顛三倒四不倫不檢點。山西忻州指患有精神病的人爲"神經貨"，亦用以罵言行與衆不同的人。十四、精液；浙江寧波方言。十五、數目字，"五"的隱語，安徽蕪湖一帶小本經營者的行話。民國重修本《蕪湖縣志》："今市儈隱語，通用于小本貿易者：一尖二貝三代四長五神……。"十六、後綴，用在重疊的單音詞之後，有連續的意思；爲湖北武漢方言。如：眼睛眨眨神；火飆飆神。十七、

“神心”，原意是對神靈虔敬，引申爲對事有恆心，待人誠懇；廣東一帶方言。十八、“神氣”，浙江金華、岩下一帶謂心思、腦筋爲神氣；如：讀書應該費神氣。浙江蒼南、金鄉方言則以之指神志；如：神氣不清。江蘇江陰、常熟一帶方言以神氣形容漂亮大方。南京方言則用以形容機靈。北京方言用以形容可笑；如：瞧卓別林走道兒那樣兒多神氣！湖北武漢、隨州方言作副詞用，索性、乾脆的意思；如：說了也無益，我神氣不說了。十九、“神光”，四川成都方言，用以比喻囂張的氣焰。清、傅崇渠《成都通覽・土語方言》：“神光退了，壓甚盛氣也。”二十、東北方言謂不著邊際地空談爲“神聊”。海闊天空地閒聊，則謂“神吹海聊”。二十一、“神公豹”，山西陽曲方言，指喜怒無常、愛動心機、令人討厭的人，是罵人的話。二十二、“神思”：1、興趣；上海、松江方言。如：迭搭（這裏）白相起來一眼嘸沒神思。2、又謂規矩。如：神思勿收（不守規矩）。神思勿收亦指精神不集中，引申爲闖下了禍事或幹了壞事。3、神情；甘肅蘭州方言。二十三、“神爛爛”，形容入神後忘乎所以，自得其樂。爲上海、松江方言。二十四、河南洛陽一帶形容十分自在安詳，謂“神神兒”。如：這孩子神神兒哩，跟個大人了似似（一樣）。二十五：“神着”，擔待、承擔的意思，雲南昆明、昭通、曲靖、保山、臨滄一帶方言。如：天塌下來，有高個子神着。又如：這件事我神着。二十六、“神憎鬼厭”，人人討厭；粵語。二十七、“神說鬼道”，形容人不老實，耍嘴皮子；山西隰縣方言。二十八、“神神霧霧”，形容人言行很不言常；山西忻州方言。二十九、“神說八卦”，形容特別能說會道，貶義詞，東北方言。三十、“神神道道”，形容很有精力的樣子；北京方言。如：瞧他神神道道的，整天鼓搗起來不知個累。又形容言行稍有點反常。如：她老是那麼神神道道，胡說八道的。三十一、“神眉鬼道”，謂言行詭秘，不易捉摸；東北、北京方言。三十二、“神神道道的”，形容做事與衆不同，有點魯莽，還有點特別；東北方言。如：他幹什麼總是神神道道的。三十三、“神顛兒顛兒”，形容精神亢奮，舉止不穩重；東北方言。如：這人做事不穩當，總是神顛兒顛兒。三十四、“神經不擦”，形容精神失常，瘋瘋顛顛的樣子；山西忻州方言。如：這人神經不擦的，你少和他打交道。三十五、

"神頭鬼臉"，比喻人惱怒時臉色難看；山西忻州方言。如：你一抓些兒（經常）就神頭鬼臉的，叫誰怕你哩！江蘇江陰一帶則用以謂怪模怪樣。

祇　0026　　祇　地祇；提出萬物者也。从示，氏聲。巨支切（qí ㄑㄧˊ）。

【譯白】祇，地上的神；是扶持生長出萬物的孕育者和保護者。是依從示做形夃，以氏爲聲夃的形聲字。

【述義】祇字本作"示"，地神。《玉篇·示部》："祇，地之神也。"桂馥《說文解字義證》："《史記索隱》云：凡《史記》作示者，示即《周禮》古本。地神曰祇，皆作示字。"楊樹達《增訂積微居小學金石論叢·釋神祇》："祇者，《說文十二篇下氏部》云：'巴蜀名山岸脅之旁箸欲落墮者曰氏，氏崩，聞數百里。象形，乀聲（音 yí ㄧˊ）。'按日爲山脅旁箸欲墮之形，有落墮之勢而不墮，此初民所視爲神異者一也；崩而聲聞數百里，初民所視爲神異者二也；電爲天上至神之象，氏爲地上至神之象，故天神謂之神，地神謂之祇矣。"《書·微子》："今殷民乃攘竊神祇之犧牷牲。"《尸子》卷下："天神曰靈，地神曰祇，人神曰鬼。"《墨子·天志中》："紂越厥夷居，不肯事上帝，棄厥先神祇不祀。"漢、揚雄《甘泉賦》："集虖禮神之囿，登乎頌祇之堂。"顏師古注："地神曰祇。"晉、楊泉《物理論》："地者底也，底之言著也，陰體下著也。其神曰祇；祇，成也，育生萬物備成也。"《文選·木華〈海賦〉》："惟神是宅，惟祇是廬。"李善注："神、祇，眾靈之通稱，非唯天地而已。"

　　大。《易·繫辭下》："《易》曰：不遠復，無祇悔，元吉。"韓康伯注："祇，大也。""祇悔"，即大悔。《後漢書·郎顗傳》："思過念咎，務消祇悔。"李賢注："祇，大也。"

　　此、茲。唐、李賀《春歸昌谷》詩："心曲語形影，祇身焉足樂。"王琦注："祇身，謂此身也。"葉蔥奇注："祇身，猶茲身。"

　　祇又讀 chí ㄔˊ，《集韻》常支切，平支禪；支部。一、通"疧"，病。《集韻·支韻》："祇，病也。"《易·坎》："祇既平，无咎。"清、王引之《經義述聞》卷一："祇讀當爲疧。《爾雅》：'疧，病也。'

痕既平者，病已平復也。”《詩·小雅·何人斯》：“壹者之來，俾我衹也。”毛傳：“衹，病也。”二、安。《集韻·支韻》：“衹，安也。”

衹又讀 zhī　ㄓ，《廣韻》章移切，平支章；支部。有諸義：

適、正、恰。《廣雅·釋言》：“衹，適也。”段玉裁《說文解字注》：“衹，爲語辭，適也；凡此訓，唐人皆从衣从氏作衹，見《五經文字》、唐石經、《唐韻》、《集韻》；宋以後俗本多作衹，非古也；至各體从氏，則尤繆極矣。”《詩·小雅·我行其野》：“成不以富，亦衹以異。”毛傳：“衹，適也。”陳奐傳疏：“成即誠之假借字……馬羽《毛詩》，訓衹爲詞，與傳訓衹爲適，其義相通。”又《何人斯》：“胡逝我梁，衹攪我心。”鄭玄箋：“衹，適也。”《國語·晉語五》：“病未若死，衹以解志。”韋昭注：“衹，適也。”《史記·項羽本紀》：“雖殺之無益，衹益禍耳！”《晉書·桓彝傳附桓沖》：“斯誠暴與疾顛，衹速其亡。”

通“禔”，安。《詩·小雅·何人斯》：“壹者之來，俾我衹也。”毛傳：“衹，病也。”鄭玄箋：“衹，安也；一者之來見我，我則知之，是使我心安也。”馬瑞辰通釋：“傳以衹爲痕之叚借，箋以衹爲禔之叚借；此承壹者之來言之，當以箋義爲允。”

通“祇”，敬。《書·冏命》：“下民衹若。”孔傳：“下民敬順其命。”《管子·牧民》：“不衹山川，則威令不聞。”《五燈會元·鹿門處眞禪師》：“‘忽遇客來，如何衹待？’師曰：‘柴門草戶，謝子遠來。’”

通“多”。清、劉淇《助字辨略》卷一：“《左傳·襄公二十九年》：‘衹見疏也。’服虔本作‘多’。《論語》：‘多見其不知量也。’正義云：‘古人多衹同音。’”

但、只。《詩·小雅·無將大車》：“無將大車，衹自塵兮。”《史記·項羽本紀》：“雖殺之，無益，衹益過耳。”唐、封演《封氏聞見記·第宅》：“衹見人自改換，牆皆見在。”唐、杜甫《遣悶奉呈嚴公二十韻》詩：“胡爲來幕下，衹合在舟中。”宋、楊萬里《閶門外登溪船》詩之五：“無家不住曲溪邊，衹種高山不種田。”

竟、簡直。唐、唐彥謙《逢韓喜》詩：“相逢渾不覺，衹似茂陵貧。”唐、姚合《寄賈島》詩：“疏拙衹如此，此身誰與同？”唐、杜牧《山石榴》詩：“一朵佳人玉釵上，衼疑燒卻翠雲鬟。”

　　通“底”，何。宋、楊萬里《送簡壽玉主簿之官臨桂》詩：“二十六年纔四面，驪駒抵死衼相催。”

　　“衼令”，但使、假使。明、劉若愚《酌中志·見聞瑣事雜記》：“衼令陽回春意早，羈鶯究竟出風塵。”

　　“衼重衣衫不重人”，比喻只重視外表，而不重視內容。《五燈會元·臨濟宗·繼昌禪師》：“近來世俗多顛倒，衼重衣衫不重人。”

祕 0027　祕　神也。从示，必聲。兵媚切（mì ㄇㄧˋ）。

【譯白】祕，神秘深奧不可測。是依從示做形旁，以必爲聲旁構造而成的形聲字。

【述義】祕，今作“秘”，音 mì ㄇㄧˋ，舊讀 bì ㄅㄧˋ，《廣韻》兵媚切，去至幫；質部。祕謂神不可知，謂神秘、深奧。五代、徐鍇《說文解字繫傳》：“祕，祕不可宣也。”《晉書·陳訓傳》：“少好祕學，天文、算曆、陰陽、占候無不畢綜，尤善風角。”唐、韓愈《南海神廟碑》：“海之百靈祕怪，慌惚畢出，蜿蜿蚘蚘，來享飲食。”唐、竇臮《述書賦》下：“精窮旨要，詳辨祕義，無深不討，無細不因。”

　　神。《文選·王延壽〈魯靈光殿賦〉》：“乃立靈光之祕殿。”李善注：“張載曰：‘《詩》云：祕宮有侐。’善曰：‘毛萇詩傳曰：祕，神也。’”

　　秘密、不公開的。《廣韻·至韻》：“祕，密也。”《史記·陳丞相世家》：“高帝既出，其計祕，世莫得聞。”《宋書·謝靈運傳論》：“自《騷》人以來，多歷年代，雖文體稍精，而此祕未覩。”唐、韓愈《峋嶁山》詩：“事嚴跡祕鬼莫窺，道人獨上偶見之。”《新唐書·王勃傳》：“嘗謂人子不可不知醫，時長安曹元有祕術，勃從之游，盡得其要。”清、章學誠《文史通義·文理》：“其書云出前明歸震川氏……以例分類，便於拳服揣摩，號爲古文祕傳。”

　　又指封閉、隱藏、保守秘密。《玉篇·示部》：“祕，《廣韻》曰：‘藏也。’”《史記·秦始皇本紀》：“丞相（李）斯爲上崩在外，恐諸公子及天下有變，乃祕之，不發喪。”又《蒙恬列傳》：“始皇至沙丘崩，祕之，羣臣莫知。”《晉書·佛圖澄傳》：“（石）季龍造太武殿初成，圖畫自古賢聖、忠臣、孝子、烈士、貞女，皆變爲胡狀，旬餘，頭

悉縮入肩中，惟冠髯髥髻微出，季龍大惡之，祕而不言也。"唐、李
白《宴陶家亭子》詩："綠水藏春日，青軒祕晚霞。"宋、蘇軾《揚
州以土物寄少游》詩："鮮鯽經年祕醽酥，團臍紫蟹脂填腹。"宋、梅
堯臣《淮南轉運李學士君錫示卷》詩："神物必難祕，恐隨風雨逃。"
清、洪昇《長生殿·聞樂》："向有《霓裳羽衣》仙樂一部，久祕月
宮，未傳人世。"清、魏源《城守篇·制勝下》："勝於敵之不及知，
敗於吾之不能祕；我以制敵，反爲敵制。"

　　稀奇、神奇、稀有、珍奇而不常見。《文選·張衡〈西京賦〉》：
"祕舞更奏，妙材騁伎。"李善注："祕舞，謂希見之奇曲也。"《晉
書·孫恩傳》："恩叔父泰，字敬遠，師事錢唐杜子恭。而子恭有祕
術，嘗就人借瓜刀，其主求之……有魚躍入船中，破魚得瓜刀。其爲
神效往往如此。"唐、杜甫《殿中楊監見示張旭草書圖》詩："斯人
已云亡，草聖祕難得。"《藝文類聚·四九·晉、潘岳·故太常任府
君畫贊》："遂管祕藉，辯章舊史。"《新唐書·楊貴妃傳》："奇服
祕玩，變化若神。"宋、曾鞏《祭王平甫文》："至苦操紙爲文，落筆
千字，徜徉恣肆，如不可窮，祕怪恍惚，亦莫之係，皆足從高視古今，
桀出倫類。"

　　隱蔽，不顯露。《字彙·示部》："祕，隱也。"《文心雕龍·隱
秀》："夫隱之爲體，義主文外，祕響傍通，伏采潛發。"唐、王孝
通《上緝古算經表》："其理幽而微，其形祕而約。"唐、賈公彥《序
周禮廢興》引鄭玄《周禮序》："然猶有參錯，同事相違，則就其原
文字之聲類，考訓詁，捃祕逸。"

　　"祕密"一詞，謂隱蔽，不讓人知道的，亦指隱蔽不讓人知的事
情。《史記·孝武本紀》："其事祕，世莫知也。"《漢書·陳平傳》：
"高帝既出，其計祕，世莫得聞。"《晉書·劉隗傳》："隗雖在外，
萬機祕密皆豫聞之。"宋、吳曾《能改齋漫錄·記詩》："王元之詩云：
'……中使宣來賜近臣，天機祕密通鬼神。'"明、唐順之《答王遵岩
書》："此意更不敢露於人，以兄念我太厚，憂我太深，故特披露之，
兄萬無洩我祕密，重增嘵嘵之口也。"

　　深、深遠；深宇，卽深殿。《文選·張協〈七命〉》："蘭宮祕宇，
雕堂綺櫳。"劉良注："祕，深也。"宋、王禹偁《桂陽羅君遊太湖

洞庭詩序》：“咨厥祕思，屯其研辭。”清、龔自珍《最錄南唐五百字》：“謀祕算殫，財贏勇賈。”又引申指道院。清、厲荃《事物異名錄・仙道・道院》：“祕宇、元闕、紫館，《神仙傳》：‘並道院之稱。’”

古代指秘書省，掌管朝廷圖書典籍以及皇帝文書的機構。宋、蘇軾《賀高陽王待制啟》：“峻登祕近之直，重易關防之雄。”清、袁枚《文淵閣大學士史文靖公神道碑》：“由檢討而贊善，而諭德，而侍講，而庶子，而學士，優游清祕，不走一級者二十三年。”東漢始置秘書監一官，典司圖籍；南北朝以後始設秘書省；其主官稱秘書監，監以下有少監、丞及秘書郎、校書郎、正字等官，領國史、著作二局；唐代改稱蘭臺，麟臺；明以後其職務併入翰林院。

附述“祕書”：一、秘密機要的書籍文件。1、宮禁秘藏之書。《漢書・劉歆傳》：“及歆校祕書，見古文《春秋左氏傳》，歆大好之。”漢、張衡《西京賦》：“匪唯翫好，乃有祕書，小說九百，本自虞初。”《晉書・荀勖傳》：“及得汲郡冢中古文竹書，詔勖撰次之，以爲《中經》，列在祕書。”2、指讖緯圖篆等書。《說文・易部》：“祕書說曰：日月爲易。”段玉裁《說文解字注》：“祕書，謂緯書。”《後漢書・鄭玄傳》：“遂博稽六蓺，粗覽傳記，時覿祕書緯術之奧。”3、指朝廷機要文書。三國、魏置祕書令，即掌此項文籍。二、官名，職務名。1、古代稱掌管圖書之官；如漢以來之秘書監，秘書郎皆是。北齊、顏之推《顏氏家訓・勉學》：“梁朝全盛之時，貴遊子弟，多無學術，至於諺云：‘上車不落則著作，體中何如則祕書。’”唐、李商隱有《代秘書贈弘文館諸校書》詩。2、掌秘要文書之官，如三國、魏之祕書令、祕書丞。《通典・職官八》：“丞，魏武帝置祕書令及丞一人，典尚書奏事，後文帝黃初中，欲以何楨爲祕書丞，而祕書先自有丞，乃以楨爲祕書右丞，其後遂有左右二丞，劉放爲左丞，孫資爲右丞，後省；晉復置祕書丞……歷代皆有；大唐龍朔二年改爲蘭臺大夫；咸亨初復舊，掌府事句稽省署抄目。”

與皇帝有關的。《文選・顏延年〈三月三日曲水詩序〉》：“升祕駕，胤緹騎。”李周翰注：“祕駕，天子馬也。”鄧之誠《骨董續記・祕色》：“曾慥《高齋漫錄》云：‘今人祕色磁器，世人錢氏有國日，越州燒進，爲供奉之物，不得臣庶用之，故云祕色。'據此知祕者中祕之謂，與御窰、官窰同義。"祕駕，即帝王的車駕。南朝、宋、柳元景《討臧質等檄》："羣兵競邁，祕駕徐啟。"又"祕色"：宋代越州官窰所產磁器的顏色，因係帝王所專用，故云。宋、趙令時《侯鯖錄》卷六："今之祕色甃器，世言錢氏有國，越州燒進，爲供奉之物，不得臣庶用之，故云祕色。比見唐《陸龜蒙集・越器》詩云：'九秋風露越窰開，奪得千峯翠色來，好向中宵盛沆瀣，共嵇中散鬭遺杯。'乃知唐時已有祕色，非自錢氏始。"明、陶宗儀《輟耕錄・窰器》："末俗尚靡，不貴金玉而貴銅磁，遂有祕色窰器。"

通"毖"，勞苦。《廣雅・釋詁一》："祕，勞也。"王念孫疏證："（《大誥》）'無毖于恤'，傳云'無勞于憂'。祕與毖通。"

通"庇"，覆蓋、遮蔽。《周禮・考工記・輪人》："弓長六尺謂之庇軹，五尺謂之庇輪，四尺謂之庇軫。"鄭玄注："庇，覆也；故書庇作祕。"

閉。《文選・謝靈運〈入彭蠡湖口〉詩》："靈物吝珍怪，異人祕精魂。"李善注："毛萇《詩傳》曰：'祕，閉也。'"祕固：一、猶密封、封固。《舊唐書・禮儀志三》："又議玉璽曰：'謹詳前方石緘封，玉檢金泥，必資印璽，以爲祕固。'"二、秘結，謂大便乾澀難通。宋、施德操《北窗炙輠》卷上："蔡元長苦大腸祕固，醫不能通。"祕濇，閉澀，不滑溜。《醫宗金鑑・張仲景〈傷寒論・辨太陽病脈證並治〉》"炙甘草湯方"方解引張璐曰："津液枯槁之人，宜預防二便祕濇之虞。"

視。《廣韻・至韻》："祕，視也。"

州名。《集韻・至韻》："祕，州名。"

姓。《廣韻・至韻》："祕，姓。"《通志・氏族略五》："祕氏，《漢功臣表》戴侯祕彭祖傳封七代；《西秦錄》有僕射祕宣；五代有祕瓊，望出天水。"《漢書・高惠高后文功臣表》："戴敬侯祕彭祖。"顏師古注："今見有祕姓，讀如祕書。"

齋　0028　齋　戒，潔（絜）也。从示，齊省聲。齋，籀文齋，从襲省。側皆切（zhāi ㄓㄞ）。

【譯白】齋，齋戒，祭祀神鬼之前清潔身心來表示虔敬的禮儀行爲。

是依從示做形旁，以齊省去二這筆畫做爲聲旁構造而成的形聲兼會意字。齌，是籀文的齋字，依從齌省去彔做爲形旁構造而成。

【述義】齋，齋戒，古人在祭祀或舉行其他典禮前淨身潔食，不飲酒、不茹葷，沐浴別居、清心寡欲，以示虔敬謂齋。段玉裁《說文解字注》：“《祭統》曰：‘齋之爲言齊也，齊不齊以致齊者也。’齋戒或析言；如七日戒、三日齋是。此以戒訓齋者，統言則不別也。”徐灝《說文解字注箋》：“齊、齋，古今字，相承增示也。”齋爲形聲兼會意。《禮記·祭統》：“及時將祭，君子乃齊。齊之爲言齊也，齊不齊以致齊者也。是以君子非有大事也，非有恭敬也，則不齊。不齊則於物無防也，嗜欲無止也。及其將齊也，防其邪物，訖其嗜欲，耳不聽樂。故記曰‘齊者不樂’，言不敢散其志也。心不苟慮，必依於道；手足不苟動，必依於禮。是故君子之齊也，專致其精明之德也。故散齊七日以定之，致齊三日以齊之。定之之謂齊；齊者，精明之至也，然後可以交於神明也。”《論語·述而》：“子之所慎：齋、戰、疾。”《孟子·離婁下》：“雖有惡人，齋戒沐浴，則可以祀上帝。”《莊子·人間世》：“顏回曰：‘回之家貧，唯不飲酒，不茹葷者數月矣，如此則可以爲齋乎？’”成玄英疏：“齋，齊也，謂心跡俱不染塵境也。”齋，一本作“齊”。《韓非子·外儲說左上》：“臣聞人主無十日不燕之齋。”《國語·周語上》：“先時五日，瞽告有協風至，王卽齋宮。”《呂氏春秋·孟春》：“天子乃齋。”《史記·秦始皇本紀》：“二世乃齋於望夷宮，欲祠涇，沈四白馬。”

　　去除雜念，保持心境純一。《易·繫辭上》：“聖人以此齋戒。”韓康伯注：“洗心曰齋，防患曰戒。”“心齋”，謂摒除雜念，使心境虛靜純一。《莊子·人間世》：“回曰：‘敢問心齋。’仲尼曰：‘若一志，無聽之以耳而聽之以心，無聽之以心而聽之以氣。耳止於聽，心止於符。氣也者，虛而待物者也。唯道集虛。虛者，心齋也。’”宋、蘇軾《泛舟城南會者五人分韻賦詩得人皆苦炎字》詩之二：“苦熱誠知處處皆，何當危坐學心齋。”清、趙翼《歲暮雜詩》之一：“身退敢談天下事，心齋惟對古人書。”“齋心”，卽祛除雜念，使心神凝寂。《列子·黃帝》：“退而閒居大庭之館，齋心服形。”宋、王禹偁《李太白眞贊並序》：“有時沐肌濯髮，齋心整衣，屛妻孥，清枕籩，馨鐀以祝。”清、孔尚任《桃花扇・入道》：“你們兩廊道衆，齋心肅立；待我焚香打坐，閉目靜觀。”

莊重、恭敬。《廣韻・皆韻》：“齋，莊也，敬也。”《漢書・揚雄傳上》：“又言‘屏玉卻虙妃’，以微戒齋肅之事。”《文選・宋玉〈登徒子好色賦〉》：“寤春風兮發鮮榮，絜齋俟兮惠音聲。”李善注：“齋，莊也，言自絜貌矜莊而待惠音聲。”

敬慎、敬畏；“齋慄”，敬慎恐懼貌，亦作“齋栗”。《書・大禹謨》：“（舜）祇載見瞽瞍，夔夔齋慄。”孔穎達疏：“見父瞽瞍，夔夔然悚懼，齋莊戰慄，不敢言己無罪。”漢、蔡邕《司空文烈侯楊公碑》：“帝以機密齋栗，常伯處任，鮮克知臧，以釐其采。”“齋莊”，嚴肅誠敬。《史記・秦始皇本紀》：“遂登會稽，宣省習俗，黔首齋莊，羣臣誦功。”唐、韓愈《山南鄭相公攀員外酬答爲詩依賦十四韻以獻》：“遺我一言重，跽受惕齋慄。”前蜀、杜光庭《羅天醮衆神詞》：“黍稷馨香，必虔於蠲潔；蘋蘩繁蘊藻，克展於齋莊。”宋、司馬光《除皇伯祖承顯》：“治躬齋栗，養志粹和。”清、龔自珍《辨仙行》詩：“我夢遊仙辨厥因，齋莊精白聽我云。”

齋宮的簡稱，齋宮，供齋戒用的宮室、屋舍。《國語・周語上》：“王即齋宮，百官御事，各即其齋三日。”韋昭注：“所齋之宮也。”《史記・滑稽列傳・褚少孫論》：“爲治齋宮河上，張緹絳帷，女居其中。”宋、曾鞏《兜率院記》：“其後院主僧某，又治其故而大之。殿舍中嚴，齋宮，宿廬、庖湢之房，布列兩序。”

房舍、家居的房屋。《晉書・陶侃傳》：“侃在州無事，輒朝運百甓於齋外，暮運於齋內。”《南史・徐陵傳》：“以年老累表求致事，宣帝亦優禮之，詔將作爲造大齋，令陵就第攝事。”唐、杜甫《絕句漫興九首》詩之三：“熟知茅齋絕低小，江山燕子故來頻。”《儒林外史》第三十二回：“蒙先生慨然以尊齋相借，令弟感愧無地。”

書房、學舍。南朝、宋、劉義慶《世說新語・言語》：“孫綽賦《遂初》：‘築室畎川，自言見止足之分；齋前種一株松，恆自手壅治之。’”《宋史・選舉志三》：“太學置八十齋，齋各五楹，容三十人。”又《徽宗紀一》：“壬辰，詔諸路州學別置齋舍，以養材武之士。”

商店用名。清、張大都《燕市賈販瑣錄》：“月盛齋，在戶部街路東；立夏之燒羊肉，尤爲妙品。”王謇《續補藏書紀事詩》自注：“屈伯剛爮服官北方時，即設書肆於京師，曰穆齋。”學秋氏《續都門竹枝詞》：“玉銘齋中也充潤，餛飩湯似舊時清；醋魚本是專門菜，雅座於今非蓆棚。”憂患生《京華百二竹枝詞》：“欲將妙藥救嬰孩，保赤無雙莫漫猜；要識楊梅竹老舖，招牌細認雅觀齋。”

專指拜懺誦經、祈禱求福一類的活動。《後漢書・楚王英傳》：“楚王誦黃老之微言，尚浮屠之仁祠，絜齋三月，與神爲誓。”《魏書・外戚傳・胡國珍》：“又詔自始薨至七七，皆爲設千僧齋。”《隋書・經籍志四》：“其潔齋之法，有黃籙、玉籙、金籙、塗炭等齋。”唐、元稹《遣悲懷》詩：“今日俸錢過十萬，與君營奠復營齋。”

佛教進食用語。佛制：小乘禁過午食，以午前、午中進食爲齋；大乘禁肉食，以素食爲齋；後人據大乘別意，以素食爲齋。《薩婆多毘尼毘婆沙》卷一：“齋法以過中不食爲禮。”北周、釋道宣《敍任通林辨周武帝除佛法詔》：“頭陀蔬食，至好長齋。”唐、釋明槩《決對奕廢佛僧事》：“昔人一瓢以濟餒夫，尚得扶輪相報，今一齋以供大聖，寧無福祿相酬。”唐、杜甫《飲中八仙歌》詩：“蘇晉長齋繡佛前。”《西遊記》第二十回：“茶罷，又吩咐辦齋。”清、孔尚任《桃花扇・棲眞》：“不必睬他，且去香廚用齋罷。”又指供奉神佛的食品。唐、釋明槩《決對傅奕廢佛僧事》：“寺塔宏壯，齋供充盈。”民間信仰佛、道的人亦以素食爲齋。唐、皮日休《夏初訪魯望》詩：“野客病時分竹米，鄰翁齋日乞藤花。”《紅樓夢》第五十四回：“鳳姐兒忙道：‘也有棗兒熬的粳米粥，預備太太們吃齋的。’”“花齋”，善男信女不是終年吃素食，而衹在自己發心規定的日子裏或每天早餐吃素，謂之花齋。

通“齌”，喪服。《孟子・滕文公上》：“三年之喪，齋疏之服，飦粥之食。”孫奭疏：“齋疏，齌衰之服。”阮元校勘記：“閩、監、毛三本，孔本齋作齊，韓作齌。《音義》作齌……作齌者，正字也。”

佈施，施舍飯食給僧、道或窮苦人。《舊唐書・德宗紀下》：“（貞元十三年）右神策中尉霍僊鳴病，賜馬十匹，令於赭寺齋僧。”《唐六典・四》：“凡國忌日，兩京定大觀寺各二，散齋，諸道士、女道士及僧尼皆集于齋所。”《二刻拍案驚奇》卷一：“譬如我齋了這寺中僧人一年，把此經還了他罷！”《清平山堂話本・花燈轎蓮女成佛記》：“張待詔娘子盛一碗飯，一碗羹，齋這無眼婆婆。”又《西湖三塔記》：“媽媽交（教）安排素食，請真人齋畢。”《水滸全傳》第六回：“老和尚道：‘你是活佛去處來的僧，我們合當齋你，爭奈我寺中僧眾走散，並無一粒齋糧。’”《玉佛緣》第五回：“現在財政困難，辦學堂無經費……倒是造佛寺有經費，齋和尚有經費。”

禋 0029 禋 潔（絜）祀也。一曰：精意以享爲禋。从示，垔聲。㝉，籀文，从宀。於眞切（yīn ㄧㄣ）。

【譯白】禋，虔敬的祭祀。另一義是：以精誠的心意燒柴升煙，再加牲體及玉帛放在柴上焚燒，使這煙氣上達天神來表示虔敬的祭祀儀式。是依從示做形旁，以垔爲聲旁構造而成的形聲兼會意字。㝉，籀文禋，依從宀做形旁。

【述義】潔祀，虔誠的祭祀；祭祀必出之以心誠，禋亦泛指祭祀。《廣韻・眞韻》：“禋，祭也。”段玉裁《說文解字注》：“（絜祀也）韋昭注《周語》同。《釋詁》：‘禋，祭也。’孔炎曰：‘潔敬之祭也。’各本作‘潔’，依《玉篇》作‘絜’。（一曰精意以享爲禋）凡義有兩岐者，出一曰之例。《山海經》、《韓非子》、《故訓傳》皆然；但《說文》多有淺人疑其不備而竄入者。《周語》內史過曰：‘精意以享，禋也。’絜祀二字已苞之，何必更端偁引乎？舉此可以隅反。（从示，垔聲）於眞切；古音在十三部。《尚書大傳》以湮爲禋。”王筠《說文釋例》卷十、頁二十四：“一曰（或曰、又曰並同）：案此二字，爲許君本文者蓋寡，其爲後人附益者，一種也；合《字林》於《說文》，而以一曰區別之者，又一種也；其或兩本不同，校者彙集爲一，則所謂一曰者，猶今人校書云一本作某也，是又一種也。余向也奉爲圭臬，今思得之，爽然自失，願讀者勿爲所愚（無說者不出。《玉篇》之說與余符者引之，異者亦引之，以便異日再加精思，且不願屏人之耳目，使不聰明也。）。”“禋下云‘潔祀也。一曰精意以享爲禋。’案精意者，潔也；以享者，祀也。《尚書》‘禋于六宗’，釋文王云‘潔祀也’，馬云‘精意以享也’，孔疏引《國語》曰‘精意以享，禋也’，又引《爾雅》注‘孫叔然曰禋、絜敬之祭也’，而申之曰‘知禋是精誠絜敬之名耳’，足徵其非兩義矣。《國語》在前，許君蓋卽述之；後人易以王子雍說，而校者並錄之；《玉篇》兩字皆引，《初學記》第引潔意以享爲禋，而潔字之誤用俗字，與本書同。"又《說文解字句讀》："精，一作絜；享，一作亨；此《國語》文，韋注'禋，敬也'；《堯典》馬融注、《洛誥》傳，竝云'精意以享'。當云籀文禋從示從窀，窀者，煙之古文也。《大宗伯》注'禋之言煙，周人尚臭，煙氣之臭聞者'。鄭君此注，即據籀文從煙爲說也，王肅不知，乃敢駁之；魏《受禪表》'烟于六宗'，徑以烟爲禋。"按金文禋爲火從囪出，西爲囪之訛；籀文中"己"，表示煙霧繚繞之形。《詩・大雅・雲漢》："不殄禋祀，自郊徂宮。"又《生民》："上帝不寧，不康禋祀。"《左傳・隱公十一年》："吾子孫其覆亡之不暇，而況能禋祀許乎？"杜預注："絜齊以享謂之禋。"《國語・周語上》："不禋於神而求福焉，神必禍之；不親於民而求用焉，人必違之。精意以享，禋也。"韋昭注："潔祀曰禋。"清、顧炎武《謁周公廟》詩："道化千年後，明禋一國中。"

精意以享爲禋，是指祭名而言，即"禋祀"，古代祭天求福的一種禮儀，先燔柴升煙，再加牲體及玉帛於柴上焚燒，因煙氣上達以致精誠而求福。《詩・大雅・生民》："厥初生民，時維姜嫄。生民如何？克禋克祀，以弗無子。"鄭玄箋："乃禋祀上帝於郊禖，以祓除其無子之疾而得其福也。"孔穎達疏："經傳之中，亦非祭天而稱禋祀者，諸儒遂以禋爲祭之通名……先儒云，凡絜祀曰禋。若絜祀爲禋，不宜別六宗與山川也。凡祭祀無不絜，而不可謂皆精。然則精意以享，宜施燔燎，精誠以傲，煙氣之升，以達其誠故也。"又《周頌・維清》："維清緝熙，文王之典，肇禋。迄用有成，維周之禎。"鄭玄箋："文王受命，始祭天而征伐也。《周禮》：'以禋祀祀昊天上帝。'"孔穎達疏："引《周禮》者，《大宗伯》文。引之以證禋爲祭天也。"《周禮・春官・大宗伯》："以禋祀祀昊天上帝，以實柴祀日月星辰，以槱燎祀司中、司命、風師、雨師。"鄭玄注："禋之言煙，周人尚臭，煙氣之臭聞者。槱，積也……三祀皆積柴實牲體焉，或有玉帛，燔燎而升煙，所以報陽也。"孫詒讓正義："竊以意求之，禋祀者蓋以升煙爲義，實柴者蓋以實牲體爲義，槱燎者蓋以焚燎爲義。禮各不同，而禮盛者得下兼其燎柴則一。"王國維《觀堂集林・洛誥解》："《周禮·大宗伯》：‘以禋祀祀昊天上帝，以實柴祀日月星辰，以槱燎祀司中、司命、風師、雨師。’三者互言，皆實牲於柴而燎之，使煙徹於上。禋之言煙也，殷人祀人鬼亦用此禮。”《漢書·禮樂志》：“（《郊祀歌》十九章）恭承禋祀，溫豫爲紛，黼繡周張，至神至尊。”南朝、梁、劉勰《文心雕龍·封禪》：“固禋祀之殊禮，名號之秘祝，祀天之壯觀矣。”禋祀亦同“禋”泛指祭祀。《左傳·桓公六年》：“故務其三時，修其五教，親其九族，以致其禋祀。”杜預注：“禋，絜敬也。”孔穎達疏：“《釋詁》云：‘禋，敬也。’故以禋爲絜敬。”晉、葛洪《抱朴子·道意》：“夫福非足恭所請也，禍非絜禋祀所禳也。”

敬。《廣韻·眞韻》：“禋，敬也。”

姓。《萬姓統譜·眞韻》：“禋，見《姓苑》。”

祭 0030 （篆） 祭祀也。从示，以手持肉。子例切（jì ㄐㄧˋ）。

【譯白】祭，祭祀神明鬼靈。是依從示做主形芻，用“手”持着“肉”供奉在神鬼之前做相從形芻並峙爲義構造而成的會意字。

【述義】祭，陳列牲酒果物供奉神鬼祖先；是殺牲大祭。漢、王充《論衡·祭意》：“凡祭祀之義有二：一曰報功，二曰修先。”段玉裁《說文解字注》：“統言則祭祀不別也；此合三字會意也。”桂馥《說文解字義證》：“从右，右手也；从夕，即肉字；从示，用右手持肉以祭也。”徐灝《說文解字注箋》：“無牲而祭曰薦，薦而加牲曰祭……渾言則有牲無牲皆曰祭也。”《廣韻·祭韻》：“祭，享也，祀也，薦也。”《詩·豳風·七月》：“四之曰其蚤，獻羔祭韭。”《禮記·曾子問》：“祭必有尸乎？”《論語·八佾》：“祭如在，祭神如神在。”《禮記·祭統》：“凡治人之道，莫急於禮；禮有五經，莫重於祭。夫祭者，非物自外至者也，自中出，生於心也。心怵而奉之以禮。是故唯賢者能盡祭之義。”“祭者，所以追養繼孝也。”《穀梁傳·成公十七年》：“祭者，薦其時也，薦其敬也，薦其美也，非享味也。”《莊子·盜跖》：“罷兵休卒，收養昆弟，共祭先祖。”南朝、梁、劉勰《文心雕龍·祝盟》：“昔伊耆始蜡，以祭八神。”唐、韓愈《題楚昭王廟》詩：“猶有國人懷舊德，一間茅屋祭昭王。”宋、陸游《示兒》詩：“王師北定中原日，家祭毋忘告乃翁。”

祭奠，以儀式追悼死者。唐、韓愈《送楊少尹序》：“古之所謂鄉先生沒而可以祭于社者，其在斯人歟！”

殺。《禮記·月令》：“涼風至，白露降，寒蟬鳴，鷹乃祭鳥。”又“鞠有黃華，豺乃祭獸戮禽。”《呂氏春秋·季秋紀》：“豺則祭獸戮禽。”高誘注：“於是月殺獸，四圍陳之，世所謂祭獸。”《逸周書·時訓》：“霜降之日，豺乃祭獸。”朱右曾校釋：“豺似狗，高前廣後，黃色羣行，其牙如錐，殺獸而陳之若祭。”《禮記·月令》：“（季秋之月），豺乃祭獸戮禽。”清、俞正燮《癸巳類稿·非無鬼》：“獺亦祭魚，豺亦祭獸。”

念咒，舊小說謂用咒語施放神秘武器，亦泛指施放、使用。《封神演義》第五十四回：“哪吒急了，才要用乾坤圈打他，不防土行孫祭起綑仙繩，一聲響，把哪吒平空拿了去。”又第八四回：“廣成子祭起誅仙劍。”

際。《廣雅·釋言》：“祭，際也。”

至。《廣韻·祭韻》：“祭，至也。”

察。《廣韻·祭韻》：“祭，察也。”

祭又讀 zhài ㄓㄞˋ，《廣韻》側界切，去怪莊；月部。一、春秋時國名，姬姓，始封國君爲周公之子，原爲畿內之國，後東遷；故地在今河南省鄭州市東北。《集韻·怪韻》：“鄒，《說文》：‘周邑也。’或省。”《通志·氏族略三》：“祭，周公第七子所封，其地今鄭州管城東北祭城是也。”《春秋·隱公元年》：“祭伯來。”杜預注：“祭，國；伯，爵也。”二、姓。《廣韻·怪韻》：“祭，姓。周公第五子祭伯，其後以爲氏。”《後漢書·祭遵傳》：“祭遵字弟孫，潁川潁陽人也。”

祀 0031　祀　祭無已也。从示，已聲。禩，祀或从異。詳里切（sì ㄙˋ）。

【譯白】祀，常年虔敬祭祀不停止。是依從示做形旁，以已爲聲旁構造而成的形聲字。禩，祀不同寫法的異體字，依從異爲聲旁構造而成。

【述義】永久祭祀、對神明祖先永久祭祀不絕；是常年之祭。曰祭無已，是相反爲訓。《爾雅·釋詁下》：“祀，祭也。”徐鍇《說文解字繫傳》：“《老子》曰‘子孫祭祀不輟’，是也。”清、張文虎《舒藝室隨筆》："案：祭無已，語簡未達。定公八年《公羊傳》解詁云：
'言祀者無已，長久之辭。'疏云：'見其相嗣不已，長久常然。'
此蓋漢儒相傳之訓，謂子孫世祀不絕也。"段玉裁《說文解字注》：
"統言則祭、祀不別也。""析言則祭無巳曰祀。從巳而釋爲無巳，
此如治曰亂、徂曰存，終則有始之義也。"又本書十四篇段注："律
書曰：'巳者，言萬物之巳盡也。'""（巳、已）二字古有通用者。"
王筠《說文解字句讀》："元應曰：'謂年常祭祀，潔敬無已也。'《巳
部》說曰已也，與無已義合。"《書·洪範》："八政：一曰食，二曰
貨，三曰祀……。"《左傳·文公二年》："祀，國之大事也。"又《成
公十三年》："國之大事，在祀與戎。"《禮記·祭法》："夫聖王之
制祭祀也，法施於民則祀之，以死勤事則祀之，以勞定國則祀之，能
禦大菑則祀之，能捍大患則祀之。"《國語·魯語上》："夫祀，國
之大節也。"《韓非子·難三》："或曰：齊晉絕祀，不亦宜乎。"唐、
韓愈《楚國夫人墓誌銘》："公曰姑止，以承我祀。"《水滸全傳》第
五回："你卻不知他只有這個女兒，養老送終，承祀香火，都在他身
上。"

特指祭祀天神。《周禮·地官·鼓人》："以雷鼓鼓神祀。"賈公
彥疏："天神稱祀，地祇稱祭，宗廟稱享。"一說指祭祀地神。唐、
玄應《一切經音義》卷二十二引《爾雅》："祠，祭也，天祭也。祀，
地祭也。"

祭祀、供奉神明祖先的處所，祭神的地方。《禮記·檀弓下》："吳
侵陳，斬祀殺厲，師還出竟。"鄭玄注："祀，神位有屋樹者。"孔穎
達疏："祀謂神位有屋樹者。"陳澔集說："斬祀，伐祠祀之木也。"
又"過墓則式，過祀則下。"《舊唐書·蕭俛傳》："古之用兵，不斬
祀，不殺厲，不擒二毛，不犯田稼。"唐、張說《下江南》詩："城
臨蜀帝祀，雲接楚王臺。"

歲、年。《爾雅·釋天》："夏曰歲，商曰祀，周曰年。"邢昺疏
引孫炎曰："（祀）取四時祭祀一訖。"殷商人特別執著迷信鬼神、
占卜、祭祀與政權結合在一起，祭祀無已，而以春、夏、秋、冬四時一
終，故以一祀謂一年。《玉篇·示部》："祀，年也。"《書·伊訓》："惟
元祀，十有二月，乙丑。伊尹祠于先王。"蔡沈集傳："夏曰歲，商曰

祀，周曰年。一也。”又《洪範》：“惟十有三祀，王訪于箕子。”《逸周書·武儆》：“惟十有二祀，四月，王告夢。”又《柔武解》：“維王元祀，一月，旣生魄。”南朝、梁、蕭統《文選序》：“自姬、漢以來，眇焉悠邈，時更七代，數逾千祀。”唐、柳宗元《封建論》：“今矯而變之，垂二百祀。”章炳麟《艾如張董逃歌序》：“吾赤縣權輿風姜以來，近者五千祀。”

世、代。唐、柳宗元《與友人論爲文書》：“固有文不傳於後祀，聲遂絕於天下者矣。”又《爲裴中丞上裴相破東平狀》：“然則布政明堂，勒功東嶽，光垂後祀，輝映前王。”

通“已”，止。《書·酒誥》：“朝夕曰：祀兹酒。”俞樾平議：“此祀字乃是已之假借字。”又《古書疑義舉例》卷一：“《酒誥》篇：‘朝夕曰，祀兹酒。’……祀字讀爲已。《周易·損》：‘初九，已事遄往。’《釋文》曰：‘已，虞作祀。’是祀與已古字通也。已者，止也。已兹酒者，止此酒也。”

姓。《萬姓統譜·紙韻》：“祀，見《姓苑》。本朝祀淵，洪武進士，舒城人。”

附述“六宗、六享、六祈、六祝”：

“六宗”，古所尊祀的六神。《書·舜典》：“肆類于上帝，禋于六宗，望于山川，徧于羣神。”六宗爲何神，漢以來有諸說：一、漢、伏勝、馬融謂天、地、春、夏、秋、冬。二、漢代歐陽生、大小夏侯、王充等謂位于天地四方之間，助陰陽變化者。三、漢、孔光、劉歆謂乾坤六子：水、火、雷、風、山、澤。四、漢、賈逵謂天宗三：日、月、星；地宗三：河、海、岱。五、漢、鄭玄謂星、辰、司中、司命、風師、雨師。六、三國、魏、劉劭謂太極沖和之氣，爲六氣之宗。七、晉、王肅等謂四時、寒暑、日、月、星、水旱。八、晉、張髦謂祖考三昭三穆。九、晉、司馬彪謂天宗、地宗及四方之宗。十、北魏、孝文帝謂皇天大帝與五帝。參閱《書·舜典》唐、孔穎達疏，清、俞正燮《癸巳類稿·虞書六宗義》）。

“六享”，周宗廟的六種祭祀。《周禮·春官·大宗伯》：“以肆獻祼享先王，以饋食享先王，以祠春享先王，以禴夏享先王，以嘗秋享先王，以烝冬享先王。”鄭玄注：“宗廟之祭有此六享。”孔詒讓正義：“此六者皆言享者，對天言祀，地言祭，故宗廟言享。享，獻也，謂獻饌具於鬼神也。”

“六祈”，古代祈禱鬼神以期消除災異的六種祭祀。《周禮・春官・大祝》：“掌六祈以同鬼神示：一曰類，二曰造，三曰禬，四曰禜，五曰攻，六曰說。”鄭玄注：“祈，嘄也，謂爲有災變，號呼告於神，以求福。天神、人鬼、地祇不和，則六癘作見，故以祈禮同之。”

“六祝”，謂祭神的六種祈禱辭。《周禮・春官・大祝》：“大祝掌六祝之辭；以事鬼神示，祈福祥，求永貞；一曰順祝，二曰年祝，三曰吉祝，四曰化祝，五曰瑞祝，六曰筴祝。”鄭玄注引鄭司農曰：“順祝，順豐年也；年祝，求永貞也；吉祝，祈福祥也；化祝，弭災兵也；瑞祝，逆時雨，寧風旱也；筴祝，遠罪疾。”

柴 0032　燒柴焚燎以祭天神。从示，此聲。《虞書》曰：“至于岱宗，柴。”禈，古文柴，从隋省。仕皆切（chái ㄔㄞˊ）。

【譯白】柴，堆柴生火加上割好的牲肉、玉帛等供品一起焚燒升煙以祭天上的神。是依從示做形旁，以此爲聲旁構造而成的形聲字。古文《尚書・舜典》上說：“舜到達東嶽泰山，舉行了柴祭。”禈，是古文柴字，以隋省去阜爲聲旁構造而成的形聲字。

【述義】徐鍇（小徐）《說文解字繫傳》作“燒柴燎以祭天神”。王筠《說文解字校錄》：“大徐（徐鉉）作‘燒柴’，非也。”

“至于岱宗，柴”。柴，馬融曰：“祭時積柴，加牲其上而燔之。”按：今本作“柴”。

“从隋省”。本書第四篇《肉部》：“隋，裂肉也。”

《集韻・佳韻》：“柴，通作柴。”段玉裁《說文解字注》作“燒柴尞祭天也。”曰：“此從《爾雅》音義。尞，各本作燎，非也。《火部》曰：‘尞，柴祭天也。’此曰柴尞祭天也。是爲轉注取較然者。柴與柴同此聲，故燒柴祭曰柴。”“（禈）此蓋壁中《尚書》作禈也。既偁《古文尚書》作柴矣，何以云壁中作禈也？凡漢人云《古文尚書》者，猶言‘古本尚書’，以別於夏侯、歐陽《尚書》，非其字皆倉頡古文也。《儀禮》有古文、今文，亦猶言古本、今本，非一皆倉頡古文，一皆隸書也。如此字壁中簡作禈，孔安國以今文讀之，知禈卽小篆柴字，改從小篆作柴是。孔氏《古文尚書》出於壁中云爾，不必皆仍壁中之形也。綴褍於柴下者，猶《周禮》旣从杜子春易字，乃綴之云故書作某也。隋聲古音在十七部，此聲古音在十六部，音轉取近，褍之爲柴，猶玼瑳娑倭皆同字。"王筠《說文解字句讀》："《經典釋文》、《列子》釋文、《集韻》、《類篇》皆引作柴。柴、柴同音，經典又多作柴，故言柴以明假借也。"《禮記・郊特牲》："天子適四方，先柴。"鄭玄注："所到必先燔柴，有事於上帝也。"又《祭法》："燔柴於泰壇，祭天也。"《史記・五帝本紀》："東巡狩至於岱宗，柴。"裴駰集解引鄭玄曰："柴，燎也。"按：《書・舜典》字作"柴"。《漢書・揚雄傳上》："於是欽柴宗祈，燎熏皇天，招繇泰壹。"顏師古注："柴，積柴也。"《後漢書・章帝紀》："前祠園陵，遂望祀華霍，東柴岱宗，爲人祈福。"

禷 0033　禷　以事類祭天神。从示，類聲（从示類，類亦聲）。力遂切(lèi ㄌㄟˋ)。

【譯白】禷，因爲特別的事故祭祀天上的神。是依從示做形旁，以類爲聲旁構造而成的形聲兼會意字（是依從連文成義的示類做主、從形旁，類也爲聲旁構造而成的會意兼形聲字）。

【述義】王筠《說文釋例》卷十、頁二："'禷，以事類祭天神。'此以字形說字義，類爲右半，神則左半之示也；不屬會意者，從類之借義也。"此祭名，因爲特別事故祭祀天神；一說是征戰出師而祭天。王筠《說文解字句讀》："說義已見類字，此不言从類，義聲互備也。"朱駿聲《說文通訓定聲・履部》："按非常而祭，以事類告皆曰禷。"段玉裁《說文解字注》："《五經異議》曰：'《今尚書》夏侯、歐陽說：禷，祭无名也。以禷祭天者，以事類祭之。以事類祭之何？天位在南方，就南郊祭之是也。《古尚書》說非時祭天謂之禷；言以事類告也。肆禷于上帝，時舜告攝，非常祭也。許君謹按。《周禮・郊天》無言禷者，知禷非常祭，從《古尚書》說。'玉裁按、郊天不言禷，而肆師類造上帝。《王制》：天子將出，類於上帝。皆主軍旅言。凡經傳言禷者皆謂因事爲兆，依郊禮而爲之。《說文》亦從《古尚書》說。（从示，類聲）此當曰'从示類，類亦聲。'省文也。"按，今本經傳，禷皆作"類"。桂馥《說文解字義證》引錢大昭曰："類祭之事，見於經典者有五：《小宗伯》：'凡天地之大裁，類社稷宗廟則爲位'，禱祈之類也；《王制》：'天子將出，類乎上帝'，巡守之類也；又云：'天子將出征，類于上帝'，《大雅・皇矣》：'是類是禡'，《爾雅・釋天》：'禷，師祭也'，行師之類也；《肆師》：'類造上帝'，戰勝之類也；《舜典》：'肆類于上帝'，攝位之類也。皆非常祭，依正禮而爲之，故云以事類祭。"《新唐書・禮樂志六》："乃禷于昊天上帝。"

祪 0034 **祪** 祔、祪，祖也。从示，危聲。過委切（guǐ ㄍㄨㄟˇ）。

【譯白】祔、祪，都是安奉神主於祖廟的祭祀名稱與儀式，祪是將已毀廟的遠祖神主重新安奉祭祀，是依從示做形旁，以危爲聲旁構造而成的形聲兼會意字。

【述義】段玉裁《說文解字注》："見《釋詁》。祔謂新廟，祪謂毀廟；皆祖也。《說文》併祔字連引之，故次之以祪。"已毀廟的遠祖，其神主遷移重新安奉於太廟。《爾雅・釋詁下》："祪，祖也。"郭璞注："祪，毀廟主。"段玉裁《說文解字注》："祔謂新廟，祪謂毀廟，皆祖也。"《玉篇・示部》："祪，毀廟之祖也。"

　　附述"毀廟"：毀廟，古代宗廟制度之一，撤除不再奉祀的前代宗廟。《公羊傳・文公二年》："毀廟之主，陳于大祖。"何休注："毀廟，謂親過高祖，毀其廟，藏其主于大祖廟中。"《後漢書・祭祀志下》："毀廟之主，陳於太祖，未毀廟之主，皆升合食太祖。"

　　參見後一字"祔"條。

祔 0035 **祔** 後死者合食於先祖。从示，付聲。符遇切（fù ㄈㄨˋ）。

【譯白】祔，新死者的神主移到祖廟和先祖一起同享祭祀。是依從示做形旁，以付爲聲旁構造而成的形聲兼會意字。

【述義】祭名，原指帝王在宗廟內將後死者神主附於先祖旁而祭祀。《爾雅・釋詁下》："祔，祖也。"郭璞注："祔，付也；付新死者於祖廟。"《釋名・釋喪制》："祭曰祔，祭於祖廟，以後死孫祔於祖也。"《儀禮・既夕禮》："卒哭，明日以其班祔。"鄭玄注："班，次也；祔，猶屬也，祭昭穆之次而屬之。"又《士虞禮》："死三日而殯，三月而葬，遂卒哭，明日以其班祔。"《禮記・喪服・小記》："殤與無後者從祖祔食。"《左傳・僖公三十三年》："凡君薨，卒哭而祔。"杜預注："以新死者之神祔之於祖。"唐、顏眞卿《論元皇帝祧遷狀》：“伏以代宗睿文孝皇帝卒哭而祔。”《明史·孝宗紀》：“己酉，憲宗神主祔太廟。”《清史稿·世祖紀二》：“追尊故攝政王多爾袞爲成宗義皇帝，祔於太廟。”

泛指配享、附祭。宋、周煇《清波別志》卷上：“迨淳熙，右丞相周必大作《思陵》挽詩曰：‘向來懷夏禹，今祔越山青。’”清、吳偉業《八風詩·西北風》：“好祭蚩尤祔風伯，飛揚長護漢山河。”清、龔自珍《己亥雜詩》之五十：“若問漢朝諸配享，少牢乞祔叔孫通。”

合葬。《禮記·檀弓上》：“周公蓋祔。”鄭玄注：“祔，謂合葬。”孔穎達疏：“周公以來，蓋始祔葬；祔卽合也，言將後喪合前喪。”《晉書·皇甫謐傳》：“若亡有前後，不得移附，祔葬自周公來，非古制也。”《南史·梁武帝諸子傳》：“後梁人盜其柩來奔，武帝猶以子禮祔葬陵次。”唐、韓愈《扶風郡夫人墓誌銘》：“（夫人）祔于其夫之封。”宋、葉適《葉君宗儒墓誌銘》：“（葉宗儒）祔於父墓。”清、姚鼐《袁隨園君墓誌銘》：“始君葬父母於所居小倉山北，遺命以己祔。”

視。《玉篇·示部》：“祔，視也。”

祖 0036　祖　始廟也。从示，且聲。則古切（zǔ ㄗㄨˇ）。

【譯白】祖，奉祀祖先的宗廟。是依從示做形旁，以且爲聲旁構造而成的形聲兼會意字。

【述義】段玉裁《說文解字注》：“‘始’兼兩義：新廟爲始，遠廟亦爲始。故‘祔、祧’皆曰祖也。《釋詁》曰：‘祖，始也。’《詩》毛傳曰：‘祖，爲也。’皆引伸之義；如‘初’爲衣始，引伸爲凡始也。”祖廟、奉祀祖先的宗廟。甲文作𠀇，後期作𢼊。徐中舒《甲骨文字典》“祖”條：“本爲斷木，用作切肉之薦（墊），……其後，由切肉之器逐漸演變爲祭神時載肉之禮器（俎）。”又“且”條：“古置肉於俎上以祭祀先祖，故稱先祖爲且。”《書·舜典》：“受終于文祖。”孔傳：“文祖者，堯文德之祖廟。”《周禮·考工記·匠人》：“左祖右社。”鄭玄注：“祖，宗廟。”《荀子·成相》：“啟乃下，武王善之，封之於宋，立其祖。”俞樾平議：“言封之於宋而立其宗廟也。”《漢書·韓安國傳》：“是以古之人君謀事必就祖，發政占古語，重作事也。”顏師古注：“祖，祖廟也。”

祖先的神主。《書·甘誓》：“用命賞于祖，弗用命戮于社。”孔傳：“天子親征，必載遷廟之祖主行，有功則賞祖主前，示不專。”孫星衍《尚書今古文注疏》：“祖者廟主，社者社主。《太平御覽》（三〇六引）摰虞《決疑要注》曰：‘古者，帝王出征，以齊車載遷廟之主及社主以行……秦、漢及魏，行不載主也。’”

祖先，稱祖父以上各輩尊長。《詩·大雅·生民序》：“《生民》，尊祖也。”孔穎達疏：“祖之定名，父之父耳。但祖者，始也，己所從始也，自父之父以上皆得稱焉；此后稷之於成王乃十七世祖也。”又《周頌·豐年》：“爲酒爲醴，烝畀祖妣。”《管子·牧民》：“敬宗廟，恭祖舊。”尹知章注：“謂恭承先祖之舊法。”《穀梁傳·文公二年》：“無祖，則無天也。”范甯注：“祖，人之始也。”《漢書·王莽傳上》：“今加九命之錫，其以助祭，共文武之職，乃遂及厥祖。”顏師古注：“榮寵之命，上延其先祖也。”唐、杜甫《惜別行送向卿之上都》詩：“尚書勳業超千古，雄鎮荊州繼吾祖。”按，“吾祖”指晉、杜預；預曾以鎮南大將軍都督荊州諸軍事。明、張景《飛丸記·賞春話別》：“祖叨臺省，父列儒林。”《紅樓夢》第二回：“原來這林如海之祖，也曾襲過列侯的，今到如海業經五世。”

父親的上一輩。如：祖父、祖母、叔祖父。《爾雅·釋親》：“祖，王父也。”《玉篇·示部》：“祖，父之父也。”《荀子·成相》：“下以教誨子弟，上以事祖考。”唐、柳宗元《捕蛇者說》：“吾祖死於是，吾父死於是，今吾嗣爲之十二年，幾死者數矣。”

尊稱開國的君主。《穀梁傳·僖公十五年》：“始封必爲祖。”范甯注：“若契爲殷祖，棄爲周祖。”《禮記·祭法》：“同人禘嚳而郊稷，祖文王而宗武王。”《史記·孝文本紀》：“古者祖有功而宗有德。”裴駰集解引應劭曰：“始取天下者爲祖，高帝稱高祖是也。”又：“高帝親率士大夫，始平天下，建諸侯，爲帝者太祖；諸侯王及列侯始受國者，皆亦爲其國祖。”《三國志·魏志·公孫度傳》：“立漢二祖廟，承制設壇墠於襄平城南，郊祀天地。”按“二祖”謂西漢、高祖，東漢、光武。《新唐書·宗室宰相傳·李夷簡》：“王者祖有功，宗有德。大行皇帝有武功，廟宜稱祖。”

祖師，尊稱功業、言行爲後世宗仰者。《周禮・春官・籥章》："祈年于田祖。"鄭玄注："田祖，始耕田者，謂神農也。"唐、賈島《贈紹明上人》詩："祖豈無言去，心因斷臂傳。"《五燈會元・西天祖師》："一祖摩訶迦葉尊者。"宋、曾慥《類說》卷十五引《談賓錄》："晉以來，顧長康、張僧繇、陸探微爲畫家三祖。"《西遊記》第八六回："李老君乃開天闢地之祖，尚坐于太清之右。"明、屠隆《曇花記・仙佛同途》："六度萬行，我祖渡河寶筏，全在慈悲。"

初、開始。《爾雅・釋詁上》："祖，始也。"《方言》卷十三："鼻，始也；梁益之間謂鼻爲初，或謂之祖。"《莊子・山木》："浮遊乎萬物之祖。"王先謙集解引宣穎云："未始有物之先。"《漢書・食貨志上》："舜命后稷以黎民祖飢。"顏師古注引孟康曰："祖，始也；黎民始飢，命棄爲稷官也。"《宋史・律曆志四》："道體爲一，天地之元，萬物之祖也。"亦指事物的本源。清、沈復《浮生六記・閨房記樂》："《楚辭》爲賦之祖。"

根本、本源、根據。《廣雅・釋詁三》："祖，本也。"《管子・戒》："孝弟者，仁之祖也。"尹知章注："仁從孝弟生，故爲仁祖。"《淮南子・原道》："夫無形者，物之大祖也；無音者，聲之大宗也。"高誘注："祖、宗，皆本也。"宋、莊季裕《雞肋編》卷下："構屋之法，皆以材爲祖；祖有八等，度屋之大小因而用之。"亦指嫁接時作根株用的花木。宋、周師厚《洛陽花木記》："凡千葉牡丹須於八月社前打剝一番，每株上只留花頭四枝已來，餘者皆可截，先接頭於祖上。"明、謝榛《四溟詩話》卷二："孫太初曰：'到處論交山最賢。'以山爲賢，蓋有所祖。"

效法、承襲、宗尚。《廣雅・釋詁一》："祖，法也。"《禮記・鄉飲酒義》："亨狗於東方，祖陽氣之發於東方也。"鄭玄注："祖，猶法也。"《史記・韓世家》："秦王必祖張儀之故智。"唐、孔穎達《明堂議》："且漢武所爲，多用方士之說，違經背正，不可師祖。"《戰國策・韓策二》："秦王必祖張儀之故謀。"又指法則。《史記・龜策列傳》："常以月旦祓龜，先以清水澡之，以卵祓之，乃持龜而遂之，若常以爲祖。"司馬貞索隱："祖，法也，言以爲常法。"唐、陶翰《晚出伊闕寄河南裴中丞》詩："秉志師禽尚，微言祖《莊》《易》。"

明、沈德符《野獲編・列朝一・璽文》："自秦璽以'受命於天，既壽永昌'八字爲文，後世祖之。"王國維《人間詞話》四三："學南宋者，不祖白石，則祖夢窗。"

崇尚。唐、張九齡《大唐金紫光祿大夫裴公碑銘序》："使祖虛名者見西子而憎貌，工橫議者聞魯連而杜口。"唐、戴叔倫《〈意林〉序》："祖儒尊道，持法正名。"清、倪璠《注釋〈庾集〉題辭》："夫南朝綺豔，或尚虛無之宗，北地根株，不祖浮靡之習。"

世代。《論衡・自紀》："鳥無世鳳凰，獸無種麒麟，人無祖聖賢，物無常嘉珍。"《水滸全傳》第五十六回："話說當時湯隆對衆頭領說道：'小可是祖代打造軍器爲生。'"

熟悉。《國語・魯語下》："天子大采朝日，與三公九卿祖識地德。"韋昭注引虞翻曰："祖，習也；識，知也。"

盤旋而上。《方言》卷十二："祖，上也；祖，搖也；祖，轉也。"郭璞注："互相釋也；動搖則轉矣。"錢繹箋疏："祖訓爲上；又訓爲搖；亦訓爲轉。是自下而上皆旋轉之義也。"

爲，作。《詩・豳風・鴟鴞》"予所蓄租"唐、陸德明《經典釋文》："租，本又作祖，如字。爲也。"《天工開物・舟車・海舟》："其何國何鳥合用何向，針指示昭然，恐非人力所祖。"

遠。《廣雅・釋詁一》："祖，遠也。"

出行時祭祀路神。《詩・大雅・烝民》："仲山甫出祖。"鄭玄箋："祖者，將行犯軷之祭也。"《左傳・昭公七年》："公將往，夢襄公祖。"杜預注："祖，祭道神。"《史記・五宗世家》："榮行，祖於江陵北門。"司馬貞索隱："祖者，行神，行而祭之，故曰祖也。"

引申爲餞行送別。《漢書・臨江閔王榮傳》："祖於江陵北門。"顏師古注："祖者，送行之祭，因饗飲也。"《世說新語・方正》："杜預之荊州，頓七里橋，朝士悉祖。"南朝、宋、傅亮《奉迎大駕道路賦》詩："夙櫂發皇邑，有人祖我舟，餞離不以幣，贈言重琳球。"唐、李白《留別金陵諸公》詩："五月金陵西，祖余白下亭。"唐、柳宗元《送韓豐羣公詩後序》："今將浮游淮湖，觀藝諸侯，凡知兄者，咸出祖于外。"宋、岳珂《桯史》卷五："孝宗朝尚書郎鹿何年四十餘，一日上章乞致其事……凡在朝者，皆詩而祖之。"清、汪琬《邵宗元傳》：“出師時，皇帝親祖正陽門，以武侯、晉公相期待。”

　　設奠祭送出葬的死者；又泛指爲死者作祭。《周禮·春官·喪祝》：“及祖，飾棺。”鄭玄注引鄭司農云：“祖謂將葬，祖於庭，象生時出則祖也。”《儀禮·旣夕禮》：“有司請祖期。”鄭玄注：“將行而飲酒曰祖。”賈公彥疏：“此死者將行，亦曰祖；爲始行，故曰祖也。”晉、陶潛《祭從弟敬遠文》：“乃以園果時醪，祖其將行。”唐、王建《北邙行》詩：“洛陽城北復城東，魂車祖馬長相逢。”《新唐書·李乂傳》：“乂沈正方雅，識治體，時稱有宰相器；葬日，蘇頲、畢構、馬懷素往祖之。”清、高其倬《過長平驛感坑卒事有作》詩：“陰密復冤酬上黨，新安坑卒祖長平。”

　　用同“阻”。《降魔變文》：“到處卽被欺凌，終日被他作祖。”

　　姓。《廣韻·姥韻》：“祖，姓；祖己之後。”《通志·氏族略四》：“祖氏，子姓；商王祖甲、祖乙、祖丁，支庶因氏焉；商有祖伊；漢有祖沂，始家涿郡；今建州有此姓。”

　　疊字雙音“祖祖”形況：一、以祖爲祖。《三略·上略》：“世能祖祖，鮮能下下；祖祖爲親，下下爲君。”二、謂歷代祖師。唐、李咸用《和彭進士秋日遊靖居山寺》詩：“秋山入望已無塵，況得閒遊謝事煩，問著盡能言祖祖，見時應不是眞眞。”唐、常達《山居八詠》詩之八：“祖祖唯心旨，春融日正長。”宋、范仲淹《十六羅漢因果見頌序》：“佛佛留訓，祖祖垂言，以濟羣生，以成大願。”元、廷俊《〈五燈會元〉序》：“顧雖明悟如釋迦文佛亦由然燈記莂，故知祖祖授受，機語不得無述焉。”

　　祖又讀 jiē ㄐㄧㄝ，《字彙補》咨邪切。祖厲，漢縣名，故城在今甘肅靖遠縣西南。《漢書·武帝紀》：“西臨祖厲河而還。”顏師古注引李斐曰：“祖厲，音嗟賴。”又《地理志下》：“安定郡，縣二十一……祖厲。”顏師古注：“應劭曰：‘祖，音嗟。’師古曰：‘厲，音賴’。”

祊(礽)₀₀₃₇　䃾　門內祭先祖，所以徬徨（所𡨃皇也）。从示，彭聲。《詩》曰：“祝祭于祊。”祊，祊或从方。補盲切（bēng ㄅㄥ）。

【譯白】祊，在宗廟門內庭院側旁另外又設立祭祀祖先的處所，祭祀祖先時一併祭拜，用來使祖先感覺和生前一樣優遊自得。是依從示做形旁，以彭爲聲旁構造而成的形聲字。《詩·小雅·楚茨》說：“主祭的人在宗廟門內庭院側旁，禱告祭拜祖先。”祊，祊的或體字，以方做形旁構造而成的。

【述義】段玉裁《說文解字注》：“舊‘所’下有‘以’，今依《詩》、《爾雅》音義。旁或作徬，徬彷；皇，或作徨，皆俗。《詩》毛傳曰：‘祊，門內也。’《郊特牲》曰：‘索祭祝於祊，不知神之所在，於彼乎？於此乎？或諸遠人乎？祭于祊，尚曰求諸遠者與？’此旁皇之說也。祊、旁、皇三字疊韵。”祊，今作“祊”。《正字通·示部》：“祊，祊本字。”《玉篇·示部》：“祊，亦作祊。”宗廟門內設祭之處；亦稱宗廟之門。《詩·小雅·楚茨》：“或肆或將，祝祭于祊，祀事孔明。”毛傳：“祊，門內也。”王筠《說文釋例》卷十五、頁二：“祊，門內祭，用楚茨毛傳也。祊祇是門內，許連言祭者，《詩》言祝祭於祊，且以字從示也。云‘先祖所彷徨’者，追遡之詞，《詩》箋云‘平生待賓客之處’是也。《郊特牲》求諸遠者之義，許說所不及；《郊特牲》又曰‘祊之於東方’，注曰‘宜於廟門外之西’，此乃祭之明日繹祭之祊，非祭日之祊；抑或許謂兩祊皆在門內也。”唐、陸德明《經典釋文》：“祊，《說文》作‘祊’，云：‘門內祭先祖所。’”《左傳·襄公二十四年》：“保姓受氏，以守宗祊。”杜預注：“祊，廟門。”《禮記·郊特牲》：“索祭祝于祊。”孔穎達疏：“凡祊有二種：一是正祭之時，旣設祭於廟，又求神於廟門之內……二是明日繹祭之時，設饌於廟門外西室，亦謂之祊。”《國語·周語中》：“今將大泯其宗祊。”韋昭注：“廟門謂之祊。”《宋史·樂志九》：“神登于俎，祝導于祊。”又爲祭名，正祭畢於次日舉行之繹祭。《玉篇·示部》：“祊，祭；祊，同上。”《廣韻·庚韻》：“祊，廟門徬祭。”《禮記·禮器》：“設祭于堂，爲祊乎外。”鄭玄注：“祊祭，明日之繹祭也；謂之祊者，於廟門之旁，因名焉。”陳澔集說：“祊，祭之明日繹祭也；廟門謂之祊，設祭在廟門外之西旁，故因名爲祊也。”

古邑名，周天子祭祀泰山時因湯沐之需而圈定的地域，後作爲封邑賜給鄭國，習稱“祊田”或“邴田”；周衰，邑地漸廢，鄭遂以"祊田"與魯之"許田"交換，而廢泰山之祀，在今山東省費縣東南。《左傳·隱公八年》："鄭伯使宛來歸祊。"按，《公羊傳》、《穀梁傳》均作"邴"。清、龔自珍《題吳南薌東方三大圖》詩："《春秋》貶宋父，坐失玉與弓；祊田富湯沐，季旅何懰懰？"

祊又讀 fāng ㄈㄤ，《集韻》分房切，平陽非；陽部。通"方"，祭名，指四方之祭。《集韻·陽韻》："祊，《周禮》祭四方之名。"《周禮·夏官·大司馬》："羅弊，致禽以祀祊。"鄭玄注："祊當為方，聲之誤也；秋田主祭四方，報成萬物。"賈公彥疏："今既因秋田而祭，當是祭四方之神。"

祰 0038　祰　告祭也。从示，从告聲。苦浩切（kǎo ㄎㄠˇ）。

【譯白】祰，天子、諸侯出行前在宗廟舉行祭祀祈求祖先保佑降福。是依從示，依從告做主、從形芻對峙為義，告也做為聲芻構造而成的會意兼形聲字。

【述義】告祭祖先。段玉裁《說文解字注》："自祪以下六字，皆主言祖廟，故知告祭謂《王制》'天子、諸侯將出，造乎禰。'《曾子問》'諸侯適天子，必告於祖，奠於禰；諸侯相見，必告於禰；反必親告於祖禰。'伏生《尚書》'歸假於祖禰。'皆是也。《周禮》'六祈二曰造'，杜子春云'造祭於祖也'。當許（慎）時，禮家造字容有作祰者。"按、平安歸來告祭祖先以謝福佑亦謂祰。

祈禱。《玉篇·示部》："祰，禱也。"

報祭。《集韻·號韻》："祰，報祭謂之祰。"

謝。《集韻·晧韻》："祰，《博雅》：'謝也。'"

"造"、"告"皆祰的借字。

祏 0039　祏　宗廟主也。周禮有郊、宗、石室。一曰：大夫以石為主。从示，从石，石亦聲。常隻切（shí ㄕˊ）。

【譯白】祏，宗廟裏安奉祖先神主的石函（亦即石主、石室、石匣子）。周朝的祭祀禮制有：郊外祭祀天地、宗廟裏祭祀歷代祖先、用石函製作安奉新死的先人的神主並遷入宗廟和祖先同享常年的祭祀。祏的另一義是：大夫死後用石頭做成的神主。祏是依從示，依從石做主、從形芻對峙為義，石也做為聲芻構造而成的會意兼形聲字。

【述義】王筠《說文釋例》卷三、頁十一："'祏'，下既云'郊、宗、石室’矣，而又曰‘從石、石亦聲’，此用石字本義，故雖已出石字，而仍云從石。”又卷十、頁二十五：“祐下云‘周禮有郊宗石室，一曰大夫以石爲主’，此‘一曰’蓋附益之語。《五經異議》旣云大夫、士無主矣，於此何又云大夫有主？即云有主，何異於天子諸侯之用木而獨以石？孔悝反祐，時在衰周，事則孤證，何得據爲達禮！且杜元凱謂祐爲盛主石函，與郊宗石室語意合，亦不得云以石爲主也。《初學記》引作宗廟之木主名曰祐，其不以石尤彰彰也。《宀部》‘宝’下云‘宗廟宝祐（小徐本作主石）’，或此主字爲宝之殘字，則可通也。”宗廟中藏神玉的石匣。徐灝《說文解字注箋》：“宗廟主藏於石室，謂之宗祐；渾言之，則祐曰宗廟主，非謂祐即主也。”《玉篇·示部》：“祐，廟主石室也。”《左傳·哀公十六年》：“（孔悝）使貳車反祐於西圃。”杜預注：“使副車還取廟主；西圃，孔氏廟所在；祐，藏主石函。”又《昭公十八年》：“（子產）使祝史徙主祐於周廟，告於先君。”杜預注：“祐，廟主石函；周廟，厲王朝也；有火災，故合羣主於祖廟，易救護。”孔穎達疏：“每廟木主皆以石函盛之，當祭則出之；事畢則納於函，藏於廟之北壁之內，所以辟火災也。”《管子·山至數》：“三世則昭穆同祖，十世則爲祐。”《三國志·魏志·韓暨傳》：“宗廟主祐，皆在鄴都；暨奏請迎鄴四廟神主，建立洛陽廟。”《晉書·何無忌傳》：“（何無忌）進據尋陽，遣使奉送宗廟主祐及武康公主、琅邪王妃還京都。”

祕　0040　𥛮　以豚祠司命。从示，比聲。漢律曰：“祠祕司命。”卑履切（bǐ ㄅ丨ˇ）。

【譯白】祕，用小豬祭祀司命之神表示感恩還願。是依從示做形旁，以比爲聲旁構造而成的形聲字。漢朝的律法規定：“向司命之神祭祀表示感恩還願。”

【述義】用小豬祭祀司命之神。段玉裁《說文解字注》：“《風俗通義》曰：‘《周禮》司命，文昌也。今民閒祀司命，刻木長尺二寸爲人像，行者擔篋中，居者別作小屋；齊地大尊重之，汝南餘郡亦多有，皆祠以腒，率以春秋之月。’按，腒同豬，許所謂豚也。”“應說司命爲文昌；鄭說人閒小神。未知許意何居也？許君竈字下說《周禮》以竈祀祝融；用賈逵句芒祀於戶、祝融祀於竈、蓐收祀於門，玄冥祀於井，后土祀於中霤之說；鄭則云老婦之祭，報先炊之義，斷非祝融！然則許不必同鄭也。"王筠《說文解字句讀》："言祠司命之禮雖見《周禮》，而祂之名則肇于漢也。"朱駿聲《說文通訓定聲·履部》："司命者，或曰文昌，或曰人閒小神。"

祠 0041　祠　春祭曰祠。品物少，多文詞也。从示，司聲。仲春之月，祠，不用犧牲，用圭璧及皮幣。似茲切（cí ㄘ）。

【譯白】祠，周朝春天祭祀祖先稱爲"祠"。因爲敬供的祭品少，用比較多的文詞向祖先禱告表示虔敬，所以稱爲"祠"。是依從示做形旁，以司爲聲旁構造而成的形聲兼會意字。《禮記·月令》上說："每年農曆二月，祭祀祖先的供品不用犧牲（因爲還沒長得肥壯），只用玉器圭璧以及繒帛。"

【述義】祭名，謂春祭。《爾雅·釋天》："春祭曰祠。"《廣韻·之韻》："祠，祭名。"段玉裁《說文解字注》："上言祠司命，故次以祠。辭與祠疊韵。《周禮》'以祠春享先王'。《公羊傳》曰：'春曰祠。'注：'祠，猶食也，猶繼嗣也；春物始生，孝子思親，繼嗣而食之，故曰祠。'許與何異。"王筠《說文解字句讀》："《公羊·桓公八年傳》注：'薦尚韭卵。'盧諶《祭法》：'春祠用脯。'又曰：'春祠用曼頭、餳餅、髓餅、牢丸。'"《詩·小雅·天保》："禴祠烝嘗，于公先王。"毛傳："春曰祠。"《公羊傳·桓公八年》："春曰祠，夏曰礿，秋曰嘗，冬曰蒸。"漢、班固《白虎通義·宗廟》："春曰祠者，物微故祠名之。"陳立疏證："祠爲微物，故祠名之者，《說文·示部》云：'春祭曰祠，品物少，多文詞（辭）也。'……何休《公羊（莊公八年）注》云：'祠，猶食也，猶繼嗣也；春物始生，孝子思親，繼嗣而食之也。'"漢、張衡《東京賦》："躬追養於廟祧，奉蒸嘗與禴祠。"唐、韋應物《白沙亭逢吳叟歌》詩："冬狩春祠無一事，歡遊洽宴多頒賜。"又泛指祭祀。《爾雅·釋詁下》："祠，祭也。"《書·伊訓》："伊尹祠于先王。"唐、陸德明《經典釋文》："祠，祭也。"孔穎達疏："祠則有主有尸，其禮大；奠則奠器而已，其禮小；奠祠俱是享神，故可以祠言尊。"《史記·楚世家》："秦昭王卒，楚王使春申君弔祠于秦。"《漢書·高帝紀下》："過魯，以太牢祠孔子。"《後漢書·章帝紀》："戊辰，進幸中山，遣使者祠北嶽。”《新唐書·竇建德傳》：“使人如灌津祠充墓。”宋、周密《癸辛雜識後集·諸齋祠先輩》：“太學諸齋，各祠本齋之有德行者。”明、陳繼儒《珍珠船》卷三：“羅霄山有石井，天旱祠之，以木投井中卽雨。”

得福後謝神明、還願。《周禮·天官·女祝》：“凡內禱祠之事，掌以時招梗禬禳之事，以除疾殃。”鄭玄注：“祠，報福。”又《春官·小宗伯》：“大烖，及執事禱祠于上下神示。”鄭玄注：“求福曰禱，得求曰祠。”賈公彥疏：“云求福曰禱，得求曰祠，兩言之者，欲見初禱後得福則祠之也。”又《春官·喪祝》：“掌勝國邑之社稷之祝號，以祭祀禱祠焉。”賈公彥疏：“祈請求福曰禱，得福報賽曰祠。”

供奉鬼神、祖先或先賢的廟堂。《史記·陳涉世家》：“又閒令吳廣之次所旁叢祠中，夜篝火，狐鳴呼曰……。”司馬貞索隱引《戰國策》高誘注：“叢祠，神祠叢樹也。”漢、袁康《越絕書·德序外傳記》：“越王句踐既得平吳，春祭三江，秋祭五湖，因以其時爲之立祠，垂之來世，傳之萬載。”《漢書·宣帝紀》：“修興泰一、五帝、后土之祠，祈爲百姓蒙祉福。”又《循吏傳·文翁》：“文翁終於蜀，吏民爲立祠堂，歲時祭祀不絕。”《紅樓夢》第五十三回：“且說賈珍那邊，開了宗祠，着人打掃，收拾供器，請神主。”

設祀供奉。北魏、酈道元《水經注·泗水》：“吏民親事，皆祭亞父于居巢廳上；後更造祠于郭東，至今祠之。”《宋史·文天祥傳》：“（文天祥）自爲童子時，見學宮所祠鄉先生歐陽修、楊邦乂、胡銓像，皆諡‘忠’卽欣然慕之。”《徐霞客遊記·遊嵩山日記》：“柏之北，有室三楹，祠二程先生。”

“祠祿”的省稱；宋制，大臣罷職，令管理道教宮觀，無職事，但借名食俸祿，謂之“祠祿”省稱爲祠。宋、俞文豹《吹劍四錄》：“侍郎鄭丙目爲僞學，（朱晦庵）遂以祠去。”宋、岳珂《桯史·湯岐公罷相》：“湯岐公思退相高宗，紹興三十一年以煩言罷；洪文安遵在翰苑當直，例作平語，諫官隨而擊之，以祠去。”《宋史·徐俯傳》：“（徐俯）知信州，中丞王次翁論其不理郡事，予祠。”又《張九成傳》：“戶部遣吏督軍糧，民苦之；九成移書痛陳其弊，戶部持之，九成卽丐祠歸。"《續資治通鑑・宋高宗紹興十一年》："會浚以母老乞祠，乃有是命。"

　　通"辭"，辭令。清、朱駿聲《說文通訓定聲・頤部》："祠，叚借爲辭。"《周禮・春官・大祝》："作六辭以通上下親疏遠近，一曰祠，二曰命。"鄭玄注引鄭司農云："祠當爲辭，謂辭令也。"

　　祠又讀 sì ㄙ丶，《集韻》象齒切，上止邪。同"祀"。《集韻・止韻》："祀，或从司。"《詩・大雅・生民》："克禋克祀。"毛傳："以大牢祠于郊禖。"唐、陸德明《經典釋文》："祠，本亦作祀。"

礿 0042　祕　夏祭也。从示，勺聲。以灼切（yuè ㄩㄝ丶）。

　　【譯白】礿，周朝夏天祭祀祖先的名稱。是依從示做形勼，以勺爲聲勼構造而成的形聲字。

　　【述義】祭名。夏、商兩代春祭曰礿；周代夏祭曰礿。《爾雅・釋天》："夏祭曰礿。"《公羊傳・桓公八年》："夏曰礿。"何休注："薦尚麥苗，麥始熟可礿，故曰礿。"《禮記・王制》："天子諸侯宗廟之祭，春曰礿，夏曰禘，秋曰嘗，冬曰烝。"鄭玄注："此蓋夏殷之祭名。周則改之，春曰祠，夏曰礿。"陳澔集說："礿，薄也；春物未成，祭品鮮薄也。"漢、董仲舒《春秋繁露・四祭》："四祭者，因四時之所生孰，而祭其先祖父母也。故春曰祠，夏曰礿，秋曰嘗，冬曰蒸……祠者，以正月如食韭也；礿者，以四月食麥也；嘗者，以七月嘗黍稷也；蒸者，以十月進初稻也。"《論衡・祭義》："《易》曰：東鄰殺牛，不如西鄰之礿祭；言東鄰牲大福少，西鄰祭少福多也。"《南史・宋本紀》："十九年夏四月甲戌，上以久疾愈，始奉初礿，大赦。"《隋書・禮儀志二》："案禮器有六彝，春祠夏礿，祼用雞彝鳥彝。"

　　"礿祭"，古代宗廟時祭名。在夏商時爲春祭，在周代則爲夏祭。漢、王充《論衡・祀義》："紂殺牛祭，不致其禮；文王礿祭，竭盡其敬。"《後漢書・明帝紀》："太常其以礿祭之日，陳鼎於廟，以備器用。"《三國志・蜀志・郤正傳》："肅明祀以礿祭，幾皇道以輔眞。"

　　"礿祠"，卽礿祭。《隸釋・漢李翊夫人碑》："陳礿祠兮返所生，幽不見兮存厥荆。"

　　"礿祀"，卽礿祭。唐、元稹《唐故河陰留後河南文君墓誌銘》：

"然奉顏色，潔衸祀，備吉凶，來賓客，無遺焉。"

禘 0043 　禘　諦祭也。从示，帝聲。周禮曰：五歲一禘。特計切（dì ㄉㄧˋ）。

【譯白】禘，帝王隆重盛大祭祀天神的祭典名稱。是依從示做形芴，以帝爲聲芴構造而成的形聲兼會意字。周朝的禮制是：天子每隔五年舉行一次禘祭。

【述義】段玉裁《說文解字注》："禘有三：有時禘，有殷禘，有大禘……大禘者……謂王者之先祖皆感大微五帝之精以生，皆用正歲之正月郊祭之……蓋謂其事大於宗廟之禘。"《爾雅・釋天》："禘，大祭也。"郝懿行義疏："禘者，《說文》云'諦，祭也'，引《周禮》曰'五歲一禘'，本《禮》緯文也。《公羊・文二年傳》'五年而再殷祭'。何休注以爲'五年，禘也'。按禘之名，古多異說。有時祭之禘：則《王制》云'春曰衸，夏曰禘'，《祭義》云'春禘秋嘗'，鄭注以爲殷禮也。有殷祭之禘：則《詩序》云'雝，禘大祖也'，鄭箋'禘，大祭也；大於四方而小於祫'。又有郊祭之禘：亦《詩序》云'《長發》，大禘也'，鄭箋'大禘，郊祭天也'，《祭法》云'有虞氏禘黃帝而郊嚳'，鄭注'此禘謂祭昊天於圜丘也'。"吳楚《說文染指》："禘爲祭帝，即从示帝，爲會意。"羅振玉《增訂殷虛書契考釋》："卜辭中帝字亦用爲禘祭之禘。"禘爲古代帝王、諸侯舉行各種大祭的總名；凡祀天、宗廟大祭與宗廟時祭均稱爲"禘"：一、大禘，謂郊祭祭天。《詩・商頌・長發序》："長發，大禘也。"鄭玄箋："大禘，郊祭天也。"孔穎達疏："禘者，祭天之名。"《禮記・大傳》："禮，不王不禘；王者禘其祖之所自出，以其祖配之。"孔穎達疏："此禘謂郊祭天也；然郊天之祭，唯王者得行，故云不王不禘也。"又《祭法》："有虞氏禘皇帝而郊嚳。"孔穎達疏："虞氏冬至祭昊天上帝於圜丘，大禘之時，以黃帝配祭。"二、殷禘，謂宗廟五年一次的大祭，與"祫"並稱爲殷祭；殷祭，盛大之祭，合高祖以上的神主祭於太祖廟，高祖以下分祭於本廟；三年喪畢之次年一禘，以後三年祫，五年禘。《爾雅・釋天》："禘，大祭也。"郭璞注："五年一大祭。"《論語・八佾》："（孔）子曰：'禘自既灌而往者，吾不欲觀之矣。'"朱熹《集註》引趙伯循曰："禘，王者之大祭也；王者既立始祖之廟，又推始祖所自出之帝，祀之於始祖之廟，而以始祖配之也。成王以周公有大勳勞，賜魯重祭，故得禘於周公之廟。”《禮記・王制》：“祫禘。”鄭玄注：“魯禮，三年喪畢而祫於大祖；明年春禘於羣廟。自爾之後，五年而再殷祭。一祫一禘。”三、時禘，謂宗廟四時祭之一，每年夏季舉行。《禮記・王制》：“天子諸侯宗廟之祭，春曰礿，夏曰禘，秋曰嘗，冬曰烝。”孔穎達疏：“夏曰禘者，皇氏云，禘者，次第也；夏時物雖未成，宜依時次第而祭之。”

細察。《廣雅・釋詁三》：“禘，諟也。”王念孫疏證：“文二年《公羊傳》注云：‘禘，猶諦也；審諦無所遺失。’《說苑・脩文篇》云：‘禘者，諦也，諦其德而差優劣也。’”清、顧景星《耳提錄・雜記》：“觀者禘心，能各見瑞相。”

通“摕”，捐棄。《文選・陸機〈文賦〉》：“心牢落而無偶，意徘徊而不能摕。”唐、李善注：“摕，或爲禘；禘，猶去也。”

祫 0044　祫　大合祭先祖親疏遠近也。从示合。周禮曰：三歲一祫。侯夾切（xiá ㄒㄧㄚˊ）。

【譯白】祫，對不分親疏遠近的祖先神主舉行盛大隆重合祭的祭典名稱。是依從連文成義的示合做主、從形匈，合也爲聲匈構造而成的會意兼形聲字。周朝的禮制是：每隔三年舉行一次祫祭。

【述義】段玉裁《說文解字注》：“會意。不云‘合亦聲’者，省文，重會意也。”

祭名，古代天子諸侯宗廟祭禮之一，集合遠近祖先神主於太廟大合祭；三年舉行一次祫祭。《周禮》曰：“三歲一祫。”《春秋・文公二年》：“八月，丁卯，大事于大廟。”《公羊傳・文公二年》：“大事者何？大祫也。大祫者何？合祭也……毀廟之主，陳於大祖。未毀廟之主，皆升，合食於大祖。五年而再殷祭。”何休注：“殷，盛也。謂三年祫，五年禘。”《禮記・王制》：“祫禘、祫嘗、祫烝。”鄭玄注：“祫，合也。天子諸侯之喪畢，合先君之主於祖廟而祭之謂之祫，後因以爲常；天子先祫而後時祭，諸侯先時祭而後祫。”又《曾子問》：“祫祭於祖，則祝迎四廟之主。”孔穎達疏：“祫，合祭；祖，大祖。三年一祫。”《東觀漢記・張純傳》：“祫祭以冬十月，冬者，五穀成熟，物備禮成，故合祭聚飲食也。”《魏書・禮志一》：“禘、祫一名也，合而祭之故稱祫，審諦之故稱禘，非兩祭之名。"唐、韓愈《禘祫議》："夫祫者，合也；毀廟之主，皆當合食于太祖。"宋、莊季裕《雞肋編》卷中："三年一祫，則停時享。"《宋史·禮志十》："三年一祫，以孟冬。"

祼 0045　祼　灌祭也。从示，果聲。古玩切（guàn ㄍㄨㄢ）。

【譯白】祼，虔敬酌酒灑向地上請死者的鬼魂降臨接受祭祀並保佑賜福子孫親友們的祭典名稱。是依從示做形旁，以果爲聲旁構造而成的形聲字。

【述義】祭名，以香酒灌地請求神明保佑降福。《廣韻·換韻》："祼，祭名。"段玉裁《說文解字注》："按此字從果爲聲，古音在十七部。《大宗伯》、《玉人》字作果，或作祼；注兩言祼之言灌。凡云之言者皆通其音義以爲詁訓，非如讀爲之易其字，讀如之定其音……祼之音本讀如果……後人竟讀灌、讀礦，全失鄭意。古音有不見於周人有韵之文而可意知者，此類是也。"《書·洛誥》："王入太室祼。"孔穎達疏："王以圭瓚酌鬱鬯之酒以獻尸，尸受祭而灌於地。因奠不飲，謂之祼。"《詩·大雅·文王》："殷士膚敏，祼將于京。"毛傳："祼，灌鬯也。"《周禮·春官·大宗伯》："以肆獻祼享先生。"鄭玄注："祼之言灌，灌以鬱鬯，謂始獻尸求神時也。"《論語·八佾》："子曰：'禘自既灌而往者，吾不欲觀之矣！'"《周禮·考工記下·玉人》："祼圭尺有二寸，有瓚，以祀廟。"鄭玄注："祼，謂始獻酌奠也。"《左傳·襄公九年》："君冠，必以祼享之禮行之。"《魏書·禮志一》："殺牲祼神，誠是一日之事，終無夕而殺牲，待明而祭。"唐、陳叔達《太廟祼地歌辭》："清廟既祼，鬱鬯推禮。"王國維《觀堂集林·再與林博士論〈洛誥〉書》："古祼字即借用果木之果。《周禮》故書之果，乃其最初之假借字，而祼乃其孳乳之形聲字也。故果字最古，祼字次之。惟《論語》、《戴記》始有灌字。"

對朝見的諸侯行祼禮，以爵酌香酒而敬賓客。《周禮·春官·典瑞》："祼圭有瓚，以肆先王，以祼賓客。"鄭玄注："爵行曰祼。"賈公彥疏："此《周禮》祼皆據祭而言，至於生人飲酒亦曰祼。故《投壺禮》云'奉觴賜灌'，是生人飲酒爵行亦曰灌。"又《秋官·大行人》："王禮再祼而酢。"鄭玄注："祼讀爲灌。再灌，再飲公也；

而酢，報飲王也。”王國維《觀堂集林·再與林博士論〈洛誥〉書》：
“《周禮》諸書，祼字兼用神人，事實也；《大宗伯》以肆獻祼爲序，
與《司尊彝》之先祼尊而後朝獻，再獻之尊，亦皆事實而互相異者也。”

禶 0046　禶　數祭也。从示，毳聲。讀若春麥爲禶（禶）之禶
（禶）。此芮切（cuì ㄘㄨㄟˋ）。

【譯白】禶，虔敬頻繁的祭祀。是依從示做形芴，以毳爲聲芴構造而
成的形聲字。禶字的音讀像“春麥稱做禶”的“禶”音。

【述義】虔敬頻繁祭祀。《玉篇·示部》：“禶，數祭也，重祭也。”
段玉裁《說文解字注》：“凡言‘讀若’者，皆擬其音也；凡傳注言
‘讀爲’者，皆易其字也。注經必兼二茲者，故有‘讀爲’，有‘讀
若’。讀爲亦言讀曰，讀若亦言讀如。字書但言其本字本音，故有讀
若，無讀爲也。讀爲、讀若之分，唐人作正義已不能知；爲與若兩字，
注中時有譌亂。爲禶之‘禶’字，从木！各本譌从‘示’，不可解！
《廣韻》：‘禶，春也；楚芮反。’《說文》無禶字；卽《臼部》‘春
去麥皮曰舀也’。江氏聲云：‘《說文》解說內或用方言俗字。’篆
文則仍不載。”朱駿聲《說文通訓定聲·泰部》：“按春麥爲禶者，
當時俗語，有音無字……《廣韻·釋詁四》‘禶，謝也’，此本義。”
　　謝。《廣雅·釋詁四》：“禶，謝也。”

祝 0047　祝　祭主贊詞者。从示，从人口。一曰：从兌省。《易》
曰：兌爲口爲巫。之六切（zhù ㄓㄨˋ）。

【譯白】祝，在祭祀典禮時負責向神靈禱告祈求降福消災的人。是依
從示，依從人以及口做主、從形芴並峙爲義構造而成的會意字。另一
義說：祝是依從“兌”字省去上面的“八”來和示做相 從形芴並峙
爲義構造而成的會意字。《周易大傳·說卦傳》說：“兌卦是代表
口，代表巫。”（按：祝字甲骨文像人跪着張口向神祈禱之形。）

【述義】段玉裁《說文解字注》：“此以三字會意；謂以人口交神也。
（易曰兌爲口爲巫）此字形之別說也。凡一曰，有言義者，有言形者，
有言聲者。引《易》者，說卦文兌爲口舌，爲巫，故祝从兌省，此可
證虙羲先倉頡製字矣。凡引經傳，有證義者，有證形者，有證聲者；
此引《易》證形也。”王筠《說文釋例》卷十、頁二十五：“祝下云
‘从人口。一曰从兌省。’此一曰似是許君本文。蓋此字可疑，不可

以爲從兄，因分爲人口，人口又不成詞，故又以爲從兌省。然兌字從
儿凸聲，省凸之儿而留口，旣無此省法，且省形聲字以成會意，尤無
此法。蓋此字失傳，許君所訪通人，於其說皆不安，故聊且存之如
此。"祭祀時司禮儀的人，卽男巫。《詩·小雅·楚茨》："祝祭于祊，
祀事孔明……工祝致告，徂賚孝孫。"孔穎達疏："工善之祝以此之
故，於是致神之意以告主人。"《楚辭·招魂》："工祝招君，背行
先些。"王逸注："男巫曰祝。"《禮記·曾子問》："祫祭於祖，
則祝迎四廟之主。"鄭玄注："祝，接神者也。"後世稱廟中司香火
者爲祝。宋、洪邁《夷堅甲志·趙善文》："旣禱，卽告廟祝取錢，
祝無辭以卻。"《水滸全傳》第二回："你可今晚先去分付廟祝，教
他來日早些開廟門，等我來燒炷頭香。"

　　用言語向鬼神祈禱求福。《書·洛誥》："王命作册，逸祝册。"
孔穎達疏："讀策告神謂之祝。"《公羊傳·襄公二十九年》："諸
爲君者皆輕死爲勇，飲食必祝曰：'天苟有吳國，尙速有悔於予身。'"
何休注："祝，因祭祝也。"《禮記·郊特牲》："直祭祝于主，索
祭祝于祊。"《史記·滑稽列傳》："見道傍有禳田者，操一豚蹄，
酒一盂，而祝曰：'甌窶滿篝，汙邪滿車，五穀蕃熟，穰穰滿家。'"
《韓詩外傳》卷十："茅父之爲醫也，以莞爲席，以芻爲狗，北面而
祝之，發十言耳，諸扶輿而來者皆平復如故。"《新序·雜事一》：
"一人祝之，一國詛之，一祝不勝萬詛，國亡，不亦宜乎？"唐、段
成式《酉陽雜俎續集·支動》："有書生住鄧州，嘗遊郡南，數月不
返。其家詣卜者占之，卜者視卦，曰：'甚異，吾未能了，可重祝。'
祝畢，拂龜改灼。"《太平廣記》卷三百六十九引《廣異記》："岳
祝云：'汝是冤魂，可入相見；若是閑鬼，無宜相驚。'"《二刻拍案
驚奇》卷十二："朱晦翁遂對天祝下四句道：'此地若發，是有地理；
此地不發，是有天理。'祝罷而去。"

　　向人祝頌。《左傳·哀公二十五年》："公宴於五梧，武伯爲祝。"
杜預注："祝，上壽酒。"《莊子·天地》："華封人曰：'嘻，聖
人！請祝聖人，使聖人壽。'"《呂氏春秋·樂成》："王爲羣臣祝，
令羣臣皆得志。"高誘注："祝，願也。"《戰國策·齊策二》："犀
首跪行，爲儀千秋之祝。"《孽海花》第二十回："純老生日，大家

公祝。"

祭神的祝禱詞。《玉篇·示部》："祝，祭詞也。"《海篇直音·示部》："祝，饗神之辭也。"漢、王符《潛夫論·浮侈》："或裁好繒，作爲疏頭，令工采畫，雇人書祝，虛飾巧言，欲邀多福。"《漢書·戾太子劉據傳》："初，上年二十九乃得太子，甚喜，爲立禖，使東方朔、枚皋作禖祝。"顏師古注："祝，禖之祝辭。"宋、陸游《老學庵筆記》卷五："高宗除喪，余以禮部郎入讀祝。"《遼史·禮志一》："皇帝、皇后詣天神、地祇位，致奠；閤門使讀祝訖，復位坐。"

大、甚。《左傳·昭公二十九年》："火正曰祝融。"孔穎達疏引賈逵云："祝，甚也；融，明也。"《史記·楚世家》："帝嚳命曰祝融。"裴駰集解引虞翻曰："祝，大；融，明也。"

斷、斷絕。《廣雅·釋詁一》："祝，斷也。"《正字通·示部》："祝，斷絕。"《公羊傳·哀公十四年》："子路死，子曰：'噫，天祝予！'"何休注："祝，斷也。"《穀梁傳·哀公十三年》："吳，夷狄之國也，祝髮文身。"《左傳·哀公七年》作"斷髮文身"。《列子·湯問》："南國之人，祝髮而裸。"張湛注引孔安國《尚書》傳云："祝者，斷截其髮也。"《華陽國志·先賢士女總讚》："父母欲嫁，乃祝刀誓志而死。"

通"斮"，斷截、削。亦指"祝髮"：一、斷髮，是古代中原以外地區少數民族的習俗和裝束。見上引《穀梁傳·哀公十三年》、《列子·湯問》。晉、張協《雜詩》之五："昔我資章甫，聊以適諸越；行行入幽荒，甌駱從祝髮。"《新唐書·西域傳上·焉耆》："（焉耆國）俗，祝髮氈衣。"宋、司馬光《交趾獻奇獸賦》："旃裘之長，頓顙而讋服；祝髮之渠，回面而奔走，靡不投利兵而襲冠帶，焚僭服而請印綬。"二、謂削髮出家爲僧尼。《新唐書·楊元琰傳》："敬暉等爲武三思所構，元琰知禍未已，乃詭計請祝髮事浮屠，悉還官封。"宋、王明清《揮麈後錄》卷五："巢既遁免，祝髮爲浮屠。"《遼史·道宗紀贊》："一歲而飯僧三十六萬，一日而祝髮三千。"《天雨花》第五回："還是半路出家，還是從幼祝髮？"

囑咐、請求。《正字通·示部》："祝，丁寧也，請求之辭。"宋、朱熹《與方伯謨書》：“千萬留意，至祝！至祝！”宋、華岳《田家》詩：“拂曉呼兒去採樵，祝妻早辦午炊燒。”宋、葉適《校書郎王公夷仲墓誌銘》：“倅窘，持券五百祝夷仲曰：‘請書紙爲驗。’”明、謝肇淛《五雜俎·事部四》：“（少游）既去，頃之，坡復至，乃以前事言之，祝令答以虱本生于垢膩，許作冷淘。”

喚雞聲。漢、劉向《說苑·尊賢》：“君之賞賜，不可以功及也；君之誅罰，不可以理避也。猶舉杖而呼狗，張弓而祝雞矣。”漢、焦贛《易林·師之旅》：“空槽注豬，猨猱不到；張弓祝雞，雄父飛去。”《藝文類聚》卷九十一引晉、張華《博物志》：“祝雞公養雞法，今世人呼雞云祝祝，起此也。”

始。《釋名·釋親屬》：“祝，始也。”

編織，通“屬”。朱駿聲《說文通訓定聲·孚部》：“祝，叚借爲屬。”《詩·鄘風·干旄》：“良馬六之，素絲祝之。”毛傳：“祝，織也。”一說連綴。鄭箋：“祝當作屬；屬，著也。”段玉裁小箋：“此謂假借；祝與織雙聲，而合音最近。”

通“注”，附著。朱駿聲《說文通訓定聲·孚部》：“祝，叚借爲注。”《周禮·天官·瘍醫》：“瘍醫掌腫瘍、潰瘍、金瘍、折瘍之祝藥。”鄭玄注：“祝，當爲注。”賈公彥疏：“祝，注也；注藥于瘡。”

通“柷”，古樂器名。朱駿聲《說文通訓定聲·孚部》：“祝，叚借爲柷。”漢、荀悅《漢紀·武帝紀五》：“木曰祝敔。”《隸釋·漢濟陰太守孟鬱修堯廟碑》：“韜磬祝圉。”按：《詩·周頌·有瞽》作“鞉磬柷圉”。

通“州”。《穀梁傳·隱公四年》：“衛祝吁弑其君完。”范甯注：“祝吁，《左氏》、《公羊》及《詩》作‘州吁’。”

木名。《爾雅·釋木》：“祝，州木。”郝懿行義疏：“祝、州，古讀音同，字通……此祝，一名州木。”

古國名。《史記·樂書二》：“封帝堯之後於祝。”《通志·氏族略二》：“周武王封黃帝之裔于祝；祝阿、祝邱是其地。”

姓。《通志·氏族略二》：“祝氏，己姓，黃帝之後；周武王封黃帝之裔于祝……祝因氏焉。鄭有祝聃，衛有祝鮀、祝龜；或云，祝史之後，以官爲氏。又有叱盧氏，改爲祝氏。”

疊字雙音“祝祝”形況：一、象聲詞，呼雞等的聲音。元、白珽《湛淵靜語》卷二：“《周禮・秋官》夷貉二隸，掌與鳥獸言，故俗以舌音祝祝，可以致犬；脣音汁汁，可以致貓；雞朱朱，豕盧盧，一切以爲天地間自然之應……以余觀之，朱朱、盧盧皆像其聲，祝祝聲類冤雉，汁汁聲類鼠，皆像其所欲攫而食者。”二、勤勤守護貌。《阿彌陀經》卷下：“慳富燋心不肯施與，祝祝守愛保貪惜；坐之思念，心勞身苦。”唐、玄應《一切經音義》卷八：“祝祝，猶專專也。”唐、慧琳《一切經音義》卷十六：“祝，之育反；此即方言異也。準祝字訓譯與經意不同；今訓爲勤勤守護也，是經意也。”

祝又讀 zhòu ㄓㄡˋ，《廣韻》職救切，去宥章；幽部。一、詛咒。唐、玄應《一切經音義》卷六：“祝，《說文》作詶；詶，詛也；今皆作咒。”《集韻・宥韻》：“祝，詛也。或从口，从言，亦作詶。”《詩・大雅・蕩》：“侯作侯祝，靡屆靡究。”毛傳：“作、祝，詛也。”鄭玄箋：“王與羣臣乖爭而相疑，日祝詛求其凶咎無極已。”《禮記・郊特牲》：“詔祝於室。”孔穎達疏：“祝，呪也。”朱駿聲《說文通訓定聲・孚部》：“《後漢書・賈逵傳》注：‘祝，詛也。’俗字作呪。”《廣韻》：“呪，音職救切。”《論衡・言毒》：“南郡極熱之地，其人祝樹樹枯，唾鳥鳥墜。”《文選・張衡〈西京賦〉》：“東海黃公，赤刀奧祝。”李善注引薛綜曰：“祝，音呪。”二、發誓。《東觀漢記・司馬均傳》：“誠信行乎州里，鄉人有爭曲直者，輒言敢祝少賓乎，心不直者終不敢祝也。”

祝又讀 chù ㄔㄨˋ，《集韻》昌六切，入屋昌；沃部。祝栗，古國名。《竹書紀年》卷上：“（周平王）三年，齊人滅祝。”《爾雅・釋地》：“北至於祝栗。”郝懿行義疏：“祝栗者，《史記・周紀》：‘封黃帝之後於祝。’《樂記》作‘封帝堯之後於祝。’蓋祝、薊俱近燕，皆北極地名，疑祝即祝栗也。邵氏正義以祝栗即涿鹿之轉聲；《史記・黃帝紀》‘邑於涿鹿之阿’也。”

褶 0048 　褶　祝褶也。从示，留聲。力救切（liù ㄌㄧㄡˋ）。

【譯白】褶，祝由（以祝禱、符咒治病），是依從示做形旁，以留爲聲旁構造而成的形聲字。

【述義】以禱咒（祝禱、符咒）治病。段玉裁《說文解字注》：“惠氏士奇曰：‘《素問》黃帝曰：古之治病，可祝由而已。祝由，卽祝褶也。已，止也。’”

　　祝褶，卽“祝由”，古代以祝禱、符咒治病的方術，後世稱用符咒禳病者爲“祝由科”。《素問·移經變氣論》：“毒藥不能治其內，鍼石不能治其外，故可移精祝由而已。”王冰注：“移精變氣，無假毒藥，祝說病由，不勞鍼石而已。”清、紀昀《閱微草堂筆記·如是我聞二》：“文敏公誤信祝由，割指上疣贅，創發病卒，李療之，竟無驗。”參見前一字“祝”。

祓 0049　祓　除惡祭也。从示，犮聲。敷勿切（fú ㄈㄨˊ）。

【譯白】祓，除災求福的祭祀。是依從示做形旁，以犮爲聲旁構造而成的形聲字。

【述義】爲除災去邪求福而舉行的祭祀。《玉篇·示部》：“祓，除災求福也。”《左傳·僖公六年》：“昔武王克殷，微子啟如是，武王親釋其縛，受其璧而祓之。”杜預注：“祓，除凶之禮。”又《襄公二十九年》：“祓殯而襚，則布帛也。”杜預注：“先使巫祓除殯之凶邪而行襚禮。”《管子·小匡》：“鮑叔祓而浴之三。”尹子章注：“祓，謂除其凶邪之氣。”《韓非子·說林下》：“故諺曰：巫咸雖善祝，不能自祓也。”《史記·呂太后本紀》：“三月中，呂后祓，還過軹道，見物如蒼犬。”又《齊太公世家》：“鮑叔牙迎受管仲，及堂阜而脫桎梏，齋祓而見桓公。”《晉書·汝南王亮傳》：“太妃嘗有小疾，祓於洛水。”

　　掃除、解除、消災。《廣雅·釋詁下》：“祓，除也。”《國語·周語上》：“先王知大事之必以衆濟也，是故祓除其心，以和惠民。”韋昭注：“祓，猶拂也。”《漢書·司馬相如傳下》：“猶兼正列其義，祓飾厥文，作《春秋》一藝。”顏師古注：“祓，除也；祓飾者，言除去舊事，更飾新文也。”晉、崔豹《古今注·輿服》：“桃弓葦矢，所以祓除不祥。”《新唐書·循吏傳序》：“唐興，承隋亂離，剗祓荒茶，始擇用州刺史、縣令。”泛指消除。宋、姜夔《翠樓吟》詞：“天涯情味，伏酒祓清愁，花銷英氣。”

　　洗滌、使潔淨；古指龜卜前所行的禱祝禮。《小爾雅·廣詁》：

“祓，潔也。”《廣韻·物韻》：“祓，亦絜也。”《史記·龜策列傳》：“常以月旦祓龜，先以清水澡之，以卵祓之，乃持龜而遂之，若常以爲祖。”司馬貞索隱：“拂洗之以水。”晉、張華《三月三日後園會》：“合樂華池，祓濯清川。”《新唐書·蕭德言傳》：“德言晚節學愈苦，每開經，輒祓濯束帶危坐。”

福。《爾雅·釋詁下》：“祓，福也。”郭璞注：“《詩》曰：‘祓祿康矣。’”按：今本《詩·小雅·卷阿》作“茀祿爾康矣。”鄭玄箋：“茀，福。”

祓又讀 fèi ㄈㄟˋ。漢代侯國名，在今山東省膠縣西南。《漢書·地理志上》：“琅邪郡……祓，侯國。”顏師古注：“祓，音廢。”

祈 0050　祈　求福也。从示，斤聲。渠稀切（qí ㄑㄧˊ）。

【譯白】祈，眞誠向天地、神明請求保佑賜福。是依從示做形旁，以斤爲聲旁構造而成的形聲字。

【述義】向天地、神明求福。《書·召誥》：“王其德之用，祈天永命。”孔傳：“求天長命以歷年。”《詩·小雅·甫田》：“琴瑟擊鼓，以御田祖，以祈甘雨，以介我稷黍。”又《周頌·噫嘻序》：“春夏祈穀于上帝也。”鄭玄箋：“祈，猶禱也，求也。”《山海經·中山經》：“祈璆冕舞。”郭璞注：“祈，求福祥也。”唐、韓愈《潮州祭神文》：“謹以清酌腵脩之奠，祈于大湖神之靈。”

祭祀名，指求福之祭。漢、蔡邕《月令問答》：“祈者，求之祭也。”唐、慧琳《一切經音義》卷二十九引《說文》：“祈，求福祭也。”《海篇直音·示部》：“祈，祀也。”清、王筠《說文解字句讀》：“祈，經云六祈，則祈是祭名，而亦泛爲祈請之詞也。”《周禮·春官·大祝》：“掌六祈，以同鬼神示；一曰類，二曰造，三曰禬，四曰禜，五曰攻，六曰說。”鄭玄注：“祈，嘄也；謂爲有災變號呼告于神以求福。”《禮記·郊特牲》：“祭有祈焉，有報焉，有由辟焉。”

請求、希望。《廣雅·釋詁三》：“祈，求也。”《詩·小雅·賓之初筵》：“發彼有的，以祈爾爵。”毛傳：“祈，求也。”《呂氏春秋·安死》：“憚耕稼采薪之勞，不肯官人事，而祈美衣侈食之樂。”高誘注：“祈，求。”三國、魏、嵇康《答難養生論》：“不祈喜而

有福，不求壽而自延。"《梁書・劉峻傳》："自謂所見不博，更求
異書，聞京師有者，必往祈借。"《新唐書・杜如晦傳》："蜀人祈我
誅虐帥，不能克，請陛下誅之。"宋、葉適《中奉大夫曾公墓誌銘》：
"遂以親嫌乞免，且以病力祈去。"

　　通"畿"、"圻"，皇帝都城千里之地。清、朱駿聲《說文通訓定
聲・屯部》："祈，段借爲畿。"《詩・小雅・祈父序》："《祈父》，
刺宣王也。"毛傳："祈父之職，掌六軍之事，有九伐之法。祈、圻、
畿，同。"鄭玄箋："祈、圻、畿，同。"孔穎達疏："此職掌封畿
兵甲，當作畿，字今作圻，故解之。"

　　通"祁"，大的意思；祈寒，謂大寒。元、揭傒斯《劉福墓誌銘》：
"聞有學出己上，便往與交；聞有大人先生，便往質其所疑，祈寒極
暑不懈。"清、錢謙益《楊應震授文林郎制》："戴星爲治，計日有
程，辛勤於暑雨祈寒，勞苦若家人婦子。"《續資治通鑑・宋神宗熙
寧八年》："帝曰：'聞民間殊苦新法。'安石曰：'祈寒暑雨，民猶
怨咨，此無庸邮。'帝曰：'豈若並祈寒暑雨之怨亦無邪！'"

　　通"刉、刏"，刺取牲血祭祀。《周禮・夏官・小子》："而掌珥
于社稷，祈于五祀。"

　　姓。宋、邵思《姓解》卷二："祈，周、大司馬祈父之後。毛《詩》
祈父，司馬，職名也，後因爲氏。"《晉書・隱逸傳・祈嘉》："祈
嘉字孔賓，酒泉人也。"

　　疊字雙音"祈祈"形況：徐緩貌。《詩・小雅・大田》："有渰萋
萋，興雨祈祈。"毛傳："祈祈，徐也。"鄭玄箋："古者陰陽和，
風雨時，其來祈祈然而不暴疾。"漢、班固《東都賦》："習習祥風，
祈祈甘雨。"南朝、梁、何遜《從主移西州寓直齋內》詩："祈祈寒
枝動，濛濛秋雨馳。"

　　祈又讀guǐ《ㄨㄟ，《集韻》古委切，上紙見。同"祇"，祭山。
《集韻・紙韻》："祇，祭山名；或作祈。"

禱 0051　禱　告事求福也。从示，壽聲。禱，禱或省。禱，籀
文禱。都浩切（dǎo ㄉㄠ）。
【譯白】禱，眞誠向天地神明祝告事情祈求保佑降福。是依從示做形
旁，以壽爲聲旁構造而成的形聲字。禱，禱的或體字、禱的省筆字。

禱，籀文禱字。

【述義】向神祝告求福。《廣韻・號韻》：“禱，祭也。求福曰禱。”《穀梁傳・襄公二十四年》：“鬼神禱而不祀，此大侵之禮也。”范甯集解：“周書曰：大荒有禱無祀。”《墨子・天志下》：“天子……以禱祠祈福於天，我未嘗聞天之禱（祠）祈福於天子也。”《周禮・春官・小宗伯》：“禱祠於上下神示。”鄭玄注：“求福曰禱。”《論語・述而》：“（孔）子疾病，子路請禱。”何晏集解引包咸曰：“禱，禱請於鬼神。”《韓非子・外儲說右下》：“秦昭王有病，百姓里買牛而家爲王禱。”楊樹達《積微居小學金石論叢・釋禱》：“愚謂禱从示壽聲，蓋謂求延年之福於神。”唐、柳宗元《太白山祠堂碑》：“故歲水旱則禱之，寒暑乖候則禱之，癘疾祟降則禱之。”

祝頌之詞。《周禮・春官・大祝》：“作六辭以通上下、親疏、遠近……五曰禱。”鄭玄注：“禱，賀慶言福祚之辭。”《禮記・檀弓下》：“君子謂之善頌善禱。”

請求、期望。《韓非子・揚權》：“君臣不同道，下以名禱，君操其名，臣效其形。”唐、韓愈《薦士》詩：“上言愧無路，日夜惟心禱。”《大金國志・太宗武元皇帝下》：“童貫密使其客王瓌禱國主，具言貫兵已壓燕境，乞如約夾攻。”金、董解元《西廂記諸宮調》卷三：“明日亂兵至寺，夫人禱我退賊之策。”又書信中用作敬詞，表示期望和請求。《儒林外史》第二十二回：“明日幸駕少留片刻，以便趨教。至禱！至禱！”

通“裯”，爲牲畜祭禱。朱駿聲《說文通訓定聲・孚部》：“禱，叚借爲裯。”《詩・小雅・吉日》：“吉日維戊，既伯既禱。”毛傳：“將用馬力，祭馬祖而禱也。”按：《本書・示部》引作“既禡既裯。”

禜 0052 　　設縣蔫爲營，以禳風雨、雪霜、水旱、癘疫於日月星辰山川也。从示，榮（營）省聲。一曰：禜，衞，使灾不生。《禮記》曰：“雩，禜。祭水旱。”爲命切（yòng ㄩㄥˋ）。

【譯白】禜，設置用繩束茅圈地，做爲臨時祭祀場所，向日月、星辰、山川諸神祈求禳除風雨、雪霜、水旱、癘疫等災害的祭祀名稱。是依從示做形旁，以營省去呂爲聲旁构造而成的形聲兼會意字。另一義說：禜，就是採取預防保衛措施，使災害不致發生。《禮記・祭法》上說："雩，就是禜祭，祭祀消除水災、旱災。"

【述義】桂馥《說文解字義證》："榮省聲者，榮當爲營。徐鍇本'從營省聲'。"王筠《說文解字句讀》作"從營省聲"。云："上云'爲營'，則聲兼義，故言從。它字凡言從榮者，無不言熒省聲也。"

"禜，衛，使災不生"。段玉裁《說文解字注》："此字義之別也；上言禳之於已至，此言禦之於未來。鉉本此引《禮記（祭法）》雩禜祭水旱，誤用鍇語爲正文也。"是禜亦爲預防災害之祭。

祭名，古代以繩束茅圈地，作爲臨時祭祀之所，對日月星辰山川致祭，以禳除災害。《爾雅・釋天》："禜，祭也。"《廣韻・映韻》："禜，祭名。"《周禮・地官・黨正》："春秋祭禜亦如之。"鄭玄注："禜謂雩禜水旱之神，蓋亦爲壇位，如祭社稷云。"《左傳・昭公元年》："山川之神，則水旱、癘疫之災，於是乎禜之；日月星辰之神，則雪霜風雨之不時，於是乎禜之。"孔穎達疏："日月山川之神，其祭非有常處，故臨時營其地，立攢表，用幣告之，以祈福祥也，攢，聚也，聚草木爲祭處耳。"《晉書・束晳傳》："禜山川而霖雨息。"《舊唐書・哀帝紀》："是月積陰霖雨之不止，差官禜都門。"《金史・章宗紀二》："癸未，以久雨，禜。"也指預防災害之祭。

用同"營"。《目連變文》："內之一分，用充慈父之衣糧，更分資財，禜齋布施於四遠。"

用同"榮"。《敦煌變文集・維摩詰經講經文》："令知幻質之非堅，遣語禜花之不久。"

"禜禱"，爲禳災而祭祀祈禱。《後漢書・臧洪傳》："和不理戎警，但坐列巫史，禜禱羣神。"《宋史・禮志五》："凡旱、蝗、水潦、無雪，皆禜禱焉。"

"禜禳"，祭祀禳災。宋、葉適《送馮傳之》詩："禜禳用國寶，誰能免沉燔！"章炳麟《國故論衡・辨性下》："或曰，國者有作用，故謂之有。若巫師假鬼以爲號，然後有祠堂禜禳，而巫師亦得糈，彼鬼者能自作乎？"

禳 0053　禳　磔禳祀，除癘（厲）殃也。古者燧人禜子所造。從示，襄聲。汝羊切（ráng　ㄖㄤ）。

【譯白】禳，斬殺分裂牲體祭祀神明，用來祈求消除厲鬼凶害的祭祀。是古時候燧人氏爲了保護子女消災免禍所創造出的祭典。是依從示做形旁，以襄爲聲旁構造而成的形聲字。

【述義】祭名，一種除邪消災的祭祀。段玉裁《說文解字注》：“厲殃，謂厲鬼凶害。各本作‘癘’，誤！”王筠《說文解字句讀》：“禳自是祭名；云磔攘祀者，謂磔牲以攘之之祀名曰禳也。”《廣韻·陽韻》：“禳，除殃祭也。”《周禮·天官·女祝》：“掌以時招梗禬禳之事，以除疾殃。”鄭玄注：“卻變異曰禳。禳，攘也。四禮唯禳其遺象今存。”《左傳·昭公二十六年》：“齊有彗星，齊侯使禳之。”杜預注：“祭以禳除之。”《呂氏春秋·季春紀》：“國人儺，九門磔禳，以畢春氣。”《史記·李斯列傳》：“天且降殃，當遠避宮以禳之。”《漢書·孔光傳》：“俗之祈禳小數，終無益於應天塞異，銷禍興福。”顏師古注：“禳，除禍也。”《儒林外史》第五十四回：“莫不是你傷着什麼神道，替你請個尼僧來禳解禳解罷。”

泛指去除邪惡。南朝、梁、宗懍《荊楚歲時記》：“（五月五日）採艾以爲人，懸門戶上，以禳毒氣。”《南史·顧歡傳》：“善禳惡，正勝邪，此病者所以差也。”唐、韓愈《憶昨行和張十一》詩：“无妄之憂勿藥喜，一善自足禳千災。”

禬 0054 禬　會福祭也。从示，从會，會亦聲。《周禮》曰：“禬之祝號。”古外切（guì ㄍㄨㄟˋ）。

【譯白】禬，聚集不分親疏遠近的人們舉行祈求富貴壽考的祭祀。是分別依從示，依從會做主、從形旁並峕爲義，會也做爲聲旁構造而成的會意兼形聲字。《周禮·春官·詛咒》說：“詛咒這一職務是負責主持禬祭的禱告呼號。”

【述義】祭名，一、會福祭。段玉裁《說文解字注》作“从示，會聲。”云：“《周禮》注曰：‘除災害曰禬，禬，刮去也。’與許異。（从示，會聲）此等皆舉形聲包會意。”《廣韻·泰韻》：“禬，福祭。”二、爲消除災病舉行的祭祀。《廣韻·釋天》：“禬，祭也。”《廣韻·泰韻》：“禬，除殃祭也。”《周禮·天官·女祝》：“掌以時招梗禬禳之事，以除疾殃。”鄭玄注：“梗，禦未至也；除災害曰禬，禬猶刮去也。”又《春官·神仕》：“以禬國之凶荒。”鄭玄注：“杜子春云：禬，除也；玄謂此禬讀如潰癰之潰。”又《春官·大祝》：“掌六祈以同鬼神示；一曰類、二曰造、三曰禬、四曰禜、五曰攻、六曰說。”鄭玄注：“鄭司農云：類、造、禬、禜、攻、說，皆祭名也。”唐、柳宗元《種白蘘荷》詩：“庶氏有嘉草，攻禬事久泯。”《新唐書·三宗諸子·惠宣太子業》：“嘗被疾，帝自祝禬。”又《周智光傳》：“（余元仙）徐遺百繰遣之；自立生祠，俾其下禬賽。”宋、趙彥衛《雲麓漫鈔》卷十二：“適逢大旱，鄉人皆屠牛祈雨，僧爲祈禬。”

春秋時諸侯聚合財物接濟受災盟國之禮。《周禮·春官·大宗伯》：“以禬禮哀圍敗。”鄭玄注：“同盟者會合財貨以更其所喪。”賈公彥疏：“謂其國見圍，入而國被禍敗，喪失財物，則同盟之國會合財貨歸之，以更其所喪也。”孫詒讓正義引《廣雅·釋言》：“更，償也。”又《秋官·大行人》：“賀慶以贊諸侯之喜，致禬以補諸侯之裁。”鄭玄注：“致禬，凶禮之弔禮；禬，禮也；補諸侯裁者，若春秋澶淵之會，謀歸宋財。”

“禬禳”，泛指祈求消除禍患災異。唐、皮日休《題安昌侯傳》：“大凡國有災異，與禬禳占筮之事，自有司存。”《續資治通鑑·宋度宗咸淳三年》：“緇黃出入之禁，所以嚴宸居，而間惑於禬禳之小數。”

禪　₀₀₅₅　禪　祭天也。从示，單聲。時戰切（shàn ㄕㄢˋ）。

【譯白】禪，盛大隆重的祭天典禮名稱。是依從示做形旁，以單爲聲旁構造而成的形聲字。

【述義】段玉裁《說文解字注》：“禮卽古禪字，是可證禪亦祭天之名；但禪訓祭天，似當與祡爲伍，不當廁此。”朱駿聲《說文通訓定聲·乾部》：“墠爲祭地，壇爲祭天，禮从壇省，禪从墠省，皆秦以後字；許書收禪不收禮，故云祭天耳。其實爲壇無不先墠者，祭天之義，禪自得兼。”

祭名，原爲祭天之名，後專爲帝王祭祀山川土地之名；在泰山上築土爲壇，報天之功，稱封；在泰山下的梁父山上辟場祭地，報地之德，稱禪。《廣雅·釋天》：“禪，祭也。”《玉篇·示部》：“禪，祭名。”《大戴禮記·保傅》：“是以封泰山而禪梁甫。”王聘珍解詁引盧辯曰：“封，謂負土石於泰山之陰，爲壇而祭天也。禪，謂除地於梁甫之陰，爲墠以祭地也。”《管子·地數》：“封于泰山，禪于梁父，封禪之王，七十二家。”《史記·封禪書》：“自古受命帝王，曷嘗不封禪。”又《衛將軍驃騎列傳》：“封狼居胥山，禪於姑衍，登臨翰海。”張守節正義：“祭地曰禪。”漢、張衡《東京賦》：“登封降禪，則齊德乎黃軒。”南朝、宋、謝靈運《泰山吟》：“登封瘞崇壇，降禪藏蕭然。”宋、樂史《廣卓異記·五十四年內祖與孫封禪》：“凡五十四年內，祖與孫封禪，自古帝王無比。”元、劉壎《隱居通議·禮樂》：“說者謂封禪取高厚之義，封土於山，而禪祭於地，天以高爲尊，地以厚爲德也。增泰山之高以報天，附梁父之厚以報地。”

　　以帝位讓人。《廣雅·釋詁四》：“禪，傳也。”《廣韻·線韻》：“禪，禪讓傳受。”《孟子·萬章上》：“孔子曰：‘唐虞禪，夏后殷用繼，其義一也。’”《莊子·秋水》：“帝王殊禪，三代殊繼。”《論衡·正說》：“堯老求禪，四岳舉舜。”《後漢書·高鳳傳論》：“潁陽洗耳，恥聞禪讓。”唐、韓愈《論佛骨表》：“高祖始受隋禪，則議除之。”也指傳位於繼承人。唐、陳鴻《長恨歌傳》：“肅宗受禪靈武。”《醒世姻緣傳》引起：“在那極貧極賤的時候，忽然看人要把一個皇帝禪與他做，這也是從天開地闢以來，絕無僅有的奇遇。”

　　替代、傳授、繼承。《正字通·示部》：“禪，代也。”《莊子·寓言》：“萬物皆種也，以不同形相禪。”成玄英疏：“禪，代也。”又《山木》：“仲尼曰：‘化其萬物而不知其禪之者，焉知其所終？焉知其所始？正而待之而已耳。’”《史記·惠景間侯者年表序》：“至孝惠時，唯獨長沙全禪五世，以無嗣絕。”司馬貞索隱：“禪者，傳也。”《三國志·蜀志·杜瓊傳》：“先主諱備，其訓具也，後主諱禪，其訓授也；如言劉已具矣，當授與人也。”清、葉燮《原詩·內篇》：“乃知詩之爲道，未有一日不相續相禪而或息者也。”清、全祖望《書宋史胡文定公傳後》：“四先生歿後，廣仲尚能禪其家學。”章炳麟《國家論》：“國家千年而無變易，人民則父子迭禪，種族遞更。”

　　禪又讀 chán ㄔㄢˊ，《廣韻》市連切，平仙禪。一、佛教用語“禪那（梵文 dhyāna）”的省稱；意譯爲“思維修”，禪定、靜思息慮之意，是佛教的一種修行方法；引出禪理、禪法、禪學。《玉篇·示部》：“禪，靜也。”《頓悟入道要門論》上：“問：云何爲禪，云何爲定？答：妄念不生爲禪，坐見本性爲定。”《楞嚴經》一：“殷勤啟請十方如來，妙奢摩他，三摩禪那，最初方便。”注：“禪那，華言靜慮。”唐、杜甫《飲中八仙歌》詩：“蘇晉長齋佛像前，醉中往往愛逃禪。”又《宿贊公房》詩：“放逐寧違性，虛空不離禪。”唐、沈佺期《峽山寺賦》：“思殿臨岸，禪堂枕江。”唐、白居易《三適訪道友》詩：“禪那不動處，混沌未鑿時。”宋、蘇軾《沐浴啟聖僧舍與趙德麟邂逅》詩：“酒清不醉休休暖，睡穩如禪息息匀。”《水滸傳》第四回：“長老道：‘員外放心！老僧自慢慢地教他念經誦咒，辦道參禪。’”清、梁章鉅《歸田瑣記・慶城寺碑》：“暇日，至慶城寺，與僧滋亭談禪。”二、泛指有關佛教的事物。北魏、楊衒之《洛陽伽藍記・景林寺》：“中有禪房一所，內置祇洹精舍，形製雖小，巧構難比。”唐、溫庭筠《贈越僧岳雲二首》詩之一：“禪庵過微雪，鄉寺隔寒煙。”《水滸全傳》第四回：“魯達便去下首，坐在禪椅上。”三、參禪。唐、周繇《登甘露寺》詩：“殿鎖南朝像，龕禪外國僧。”四、指禪房。宋、周煇《清波別志》卷中：“大相國寺舊有六十餘院，或止有屋數間，簷廡相接，各具庖爨，每虞火災，乃分東西，各爲兩禪兩律。”五、指佛教禪宗。元、李翀《日聞錄》：“禪，一也，復分爲五：曰雲門宗，曰法眼宗，曰潙仰宗，曰曹洞宗，曰臨濟宗。”

“禪林”，佛教寺院，僧徒聚居之處，寺院多建於山林之地，故稱。北周、庾信《陝州弘農郡五張寺經藏碑》：“春園柳路，變入禪林；鹽月桑津，迴成定水。”倪璠注：“言本住宅，改爲佛寺。”唐、陳子昂《暉上人房餞齊少府使入京序》：“入禪林而避暑，肅風景於中林。”唐、常建《三潭州留別》詩：“宿帆謁郡佐，悵別依禪林。”明、葉憲祖《丹桂鈿合》第一折：“薄遊吳郡，僑寓禪林。”清、趙翼《題九蓮菩薩畫像》詩：“要今人識清修業，特賜禪林法相尊。”

“禪師”，和尚之尊稱。《聖善住意天子所問經》卷下：“天子問文殊師利言‘禪師者，何等比丘得言禪師？’文殊師利答言天子‘此禪師者，於一切法，一行思量，所謂不生，若如是知，得言禪師。’”是謂比丘能得禪定波羅蜜者曰禪師。又南朝、陳宣帝稱南嶽慧思和尚爲大禪師，唐中宗賜神秀和尚以大通禪師之號，皆寓非常尊崇之意，後用爲對一般和尚的尊稱。《宋書・夷蠻傳》：“時鬪場寺多禪僧，京師爲之語曰：‘鬪場禪師窟，東安談義林。’”唐、李範《江寺聞書》詩：“釣叟無機沙鳥睡，禪師入定白牛閒。”明、陳汝元《金蓮記・郊遇》：“禪師旣然不罪，我要個上頭光。”

“禪定”，佛教禪宗修行方法之一；一心審考爲禪，息慮凝心爲定；佛教修行者以爲靜坐斂心，專注一境，自然達到身心安穩，觀照明淨的境地，卽爲禪定；佛家以禪定與布施、持戒、忍辱、精進、智慧合稱六波羅蜜，又稱六度，爲成佛的基本功夫。又禪爲色界天之法，定爲無色界天之法；依其入定程度的淺深，並有四禪（色界定）、四定（無色界定）的區分。《大乘義章》十三：“禪定之心正取所緣，名曰思維……所言定者，當體爲名，心住一緣，離於散動，故名爲定。”南朝、梁、釋慧皎《高僧傳・十一・竺曇獻》：“燉煌人，少苦行，習禪定，後遊江左，此剡之石城山。”《壇經・坐禪品》：“何名禪定？外離相爲禪，內不亂爲定……外禪內定爲禪定。”《長阿含經・第二分十上經》：“思維觀察，分別法義，心得歡喜；得歡喜已，便得法愛；得法愛已，身心安穩；身心安穩已，則得禪定；得禪定已，得如實智；是謂初解脫入。”清、魏源《聖武記》卷五：“番僧習禪定者，於冰合時裹一歲糧休焉。”亦謂坐禪習定。唐、賈島《贈無懷禪師》詩：“禪定石牀暖，月移山樹秋。”唐、戴叔倫《題武當逸禪師蘭若》詩：“經山涉水向何處，羞見竹林禪定人。”元、馬致遠《壽陽曲・煙寺晚鐘》：“順西風，晚鐘三、四聲，怎生教老僧禪定？”清、紀昀《閱微草堂筆記・灤陽續錄五》：“有夜叉排闥入，猙獰跳擲，吐火噓煙，僧禪定自若。”

“禪味”，謂入於禪定時安穩寂靜的妙趣。唐、杜甫《杜氏墓碑》：“絕葷血於禪味，混出處於度門。”宋、葉適《送鄭虞任赴京西檢法官》詩：“雅知足禪味，翫世失憂喜。”

“禪寂”，佛家以寂滅（超脫一切境界入於不生不滅之門）爲宗旨，故謂思慮寂靜爲禪寂；坐禪寂定，爲僧侶日常修持之一。《維摩詰經・方便品》：“一心禪寂，攝諸亂意。”唐、杜甫《夜聽許十誦詩愛而有作》詩：“余亦師粲可，身猶縛禪寂。”唐、韓偓《永明禪師房》詩：“支公禪寂處，時有鶴來巢。”唐、李邕《鄭州大雲寺碑》：“發趣如因，彌入禪寂。”元、辛文房《唐才子傳·殷遙》：“與王維結交，同慕禪寂，志趣高疏，多雲岫之想。”明、唐順之《丹陽別王道思》詩：“平生學禪寂，猶自別離難。”亦謂坐禪習定。《景德傳燈錄·迦毗摩羅》：“師可禪寂於此否？”蘇曼殊《幽光錄》：“（僧祖心）年二十六，忽棄家爲僧，禪寂於羅浮匡廬者久之。”

“禪椅”，坐禪之椅。《水滸傳》第四回：“焚起一炷信香，長老上禪椅，盤膝而坐，口誦咒語，入定去了。”《清平山堂話本·五戒禪師私紅蓮記》：“五戒禪師清早在方丈禪椅上坐，耳內遠遠的聽得小孩兒啼哭聲。”

禪又讀 tán ㄊㄢˊ。古國名。《太平寰宇記·南蠻四·禪國》：“禪國，後漢時通焉……禪國西南近大秦。”注：“禪，音檀。”

禦 0056　禦　祀也。从示，御聲。魚舉切（yù ㄩˋ）。

【譯白】禦，祈求神明消禍除災的祭祀。是依從示做形旁，以御爲聲旁構造而成的形聲字。

【述義】段玉裁《說文解字注》：“後人用此爲禁禦字。疑舉切；五部。古只用御字。”

祭祀以祈免災禍。錢坫《說文解字斠詮》：“淾，古厲字；厲者須禦之，故禦訓爲祀。”《六書故·天文下》：“禦，祀以禦淾也。”《逸周書·世俘解》：“戊辰，王遂禦循追祀文王。”朱右曾校釋引《說文》云：“禦，祀也。”元、戴侗《六書故·文天下》：“禦，祀以禦淾也。”

息止、禁止、阻止、防止。《爾雅·釋言》：“禦，禁也。”《廣雅·釋詁三》：“禦，止也。”《易·繫辭上》：“夫易廣矣大矣，以言乎遠則不禦。”孔穎達疏：“禦，謂無所止息也。”《周禮·秋官·司寤氏》：“禦晨行者，禁宵行者。”鄭玄注：“禦，亦禁也。”《國語·周語中》：“藪有圃草；圃有林池，所以禦災也。”又《國語·魯語下》：“諸侯有旅賁，禦災害也。”韋昭注：“禦，禁也。”《後漢書·趙咨傳》：“雖仲尼重明周禮，墨子勉以古道，猶不能禦也。”李賢注：“禦，止也。”宋、葉適《送戴許蔡仍王汶序》：“泉之在山……不已其行，終爲江海者，蓋物莫能禦，而非侯夫有以導之也。”清、黃叔璥《臺海使槎錄・南路鳳山番一》："近行用竹筒，名斗籠，貯香米飯以禦飢。"

抵抗、抗拒、抵擋。《小爾雅・廣言》："禦，抗也。"《易・蒙》："上九，擊蒙，不利爲寇，利禦寇。"《詩・小雅・常棣》："兄弟鬩於牆，外禦其務。"《左傳・隱公九年》："北戎侵鄭，鄭伯禦之。"《莊子・徐无鬼》："夫與國君同食，澤及三族，而況父母乎？今夫子聞之而泣，是禦福也。"唐、陸德明《經典釋文》："禦，距也，逆也。"唐、韓愈《初南食貽元十八協律》詩："我來禦魑魅，自宜味南烹。"宋、徐夢莘《三朝北盟會編》卷三十："城中軍民有以弓弩射之者，義勝軍以手張碊禦箭。"《古今小說・羊角哀舍命全交》："伯桃命角哀敲石取火，爇些枯枝，以禦寒氣。"亦指違抗。清、劉大櫆《送黟令孫君改任鳳陽序》："縣大夫于民最親，然恃其威權，境内莫之敢禦。"

匹敵、相當。《廣韻・語韻》："禦，應也，當也。"《詩・秦風・黃鳥》："維此鍼虎，百夫之禦。"毛傳："禦，當也。"《國語・齊語》："天下大國之君莫之能禦。"韋昭注："禦，當也。"晉、司馬彪《九州春秋・郭嘉》："劉表，坐談客耳，自知才不足以禦備；重用之，則恐不能制；輕之，則備不爲用。"

強暴、暴虐。《詩・大雅・蕩》："咨汝殷商，曾是彊禦，曾是掊克。"王引之《經義述聞》："禦，亦彊也。"《史記・周本紀》："尚桓桓，如虎如羆，如豺如離，于商郊，不禦克犇，以役西土。"裴駰集解引鄭玄曰："禦，彊禦，謂彊暴也。克，殺也。不得暴殺紂師之犇走者。"《抱朴子・行品》："然而膽勁心方，不畏強禦，義正所在，視死猶歸。"

防備、護衛。《國語・周語中》："國有郊牧，疆有寓望，藪有圃草，囿有林池，所以禦災也。"韋昭注："禦，備也。"也指防禦之兵。唐、張鷟《倉部二條之一》："冰霜凛冽，白璧不可以禦形；水旱災危，黃金不可以適口。"

古指大臣，後世指帝王的侍衛。《逸周書・世俘解》："禽禦八百。"孔晁注："禦，大臣也。"《隋書・百官志》："煬帝即位……改領軍爲左右屯衛，加置左右禦。"

掛在車前的竹簾。《爾雅·釋器》：“竹前謂之禦。”郭璞注：“以
簟衣軾。”邢昺疏：“李巡曰：‘竹前謂編竹當車前以擁蔽，名之曰
禦。禦，止也。’孫炎曰：‘禦，以簟爲車飾也。’”

通“御”。一、進獻。《左傳·昭公十二年》：“跋涉山林以事天
子，唯是桃弧、棘矢，以共禦王事。”俞樾《古書疑義舉例》卷七：
“共、禦二字同義，禦與御通。《廣雅·釋詁》：‘供、奉、獻、御，
進也。’共禦猶言共奉獻御。”晉、嵇含《南方草木狀下·人面子》：
“以其核可玩於席間，釘餖禦客。”《齊民要術·雜說》：“是月也，
可以棗糒，以禦賓客。”二、統禦。唐、韓愈《贈太傅董公行狀》：
“初，玄佐遇軍士厚……至于惟恭，每加厚焉，故士卒驕不能禦。”
元、李文蔚《蔣神靈應》第二折：“到來日陳旌旗列士卒，統干戈禦
戰車，將江山社稷扶。”

䃽（䄍）0057　　**䃽**　祓也。从示，昏聲。古末切（huó ㄏㄨㄛˊ）。

【譯白】䃽，是除邪消災的祭祀。是依從示做形旁，以昏做聲旁構造
而成的形聲字。

【述義】段玉裁《說文解字注》：“《周禮》注：‘禬，刮去也。’疑
䃽乃禬字之或體也。十五部。已上三篆，疑後人所增。”又第二篇《口
部》“昏”條注：“凡昏（音 guā ㄍㄨㄚ）聲字，隸變皆爲舌，如括、
刮之類。”薛傳均《答問疏證》：“昏，塞口也，是正字；古文作昏，與
昏形混；隸書作舌，與舌形混……凡从昏从舌之字，今多不分。”䃽，
祭名，除邪消災之祭。朱駿聲《說文通訓定聲·泰部》：“與禬與祓
畧同，刮除災禍之意。”

　　法。《玉篇·示部》：“䃽，法也。”

　　䃽又讀 huàn ㄏㄨㄢ，《集韻》胡玩切，去換匣。酬神之祭。《集
韻·換韻》：“䃽，報神祭也。”

禖0058　　**禖**　祭也。从示，某聲。莫桮切（méi ㄇㄟˊ）。

【譯白】禖，求子的祭祀。是依從示做形旁，以某爲聲旁構造而成的
形聲（兼會意）字。

【述義】祭名，求子之祭。《玉篇·示部》：“禖，求子祭。”又指求
子所祭之神。段玉裁《說文解字注》：“謂祭名也。”《詩·大雅·生
民》：“以弗無子”毛傳：“弗，去也；去無子，求有子，古者必立

郊禖焉；玄鳥至之日，以大牢祠于郊禖。”《呂氏春秋·仲春》：“是月也，玄鳥至；至之日，乙太牢祀於高禖。”高誘注：“《周禮》：‘媒氏以仲春之月，合男女於時也，奔則不禁。’因祭其神於郊，謂之郊禖。”《漢書·戾太子傳》：“上年二十九乃得太子，甚喜，爲立禖，使東方朔、枚皋作禖祝。”顏師古注：“禖，求子之神也。”後因以“禖祝”爲求子之謂。唐、柳宗元《天對》：“嚳、狄禱禖，契形于胞。”宋、程節齋《沁園春》詞：“曾憶當年，乃翁熊夢，豈在區區春祀禖！”

　　“禖宮”，指姜嫄之廟。《詩·魯頌·閟宮》“閟宮有侐”毛傳引孟仲子曰：“是禖宮也。”孔穎達疏：“蓋以姜嫄祈郊禖而生后稷，故名姜嫄之廟爲禖宮。”《宋史·樂志八》：“容臺講禮，禖宮立祠。”

　　“禖祠”，禖神之祠廟。《漢書·枚皋傳》“立皇子禖祝”唐、顏師古注：“高禖，求子之神也。武帝晚得太子，喜而立此禖祠。”唐、楊炯《崇文館宴集詩》序：“東方曼倩之文史，即預禖祠；角里先生之羽翼，仍參獻壽。”

　　“禖壇”，古代爲祭禖神所設之壇。宋、蘇軾《帖子詞口號·皇太妃閣之五》：“繭館乍欣蠶浴後，禖壇猶記燕來時。”《續資治通鑑·宋高宗紹興十二年》：“太常博士劉燁，請隨宜修創禖壇，事下禮部；後築於臨安府城之東南。”

禂 0059　禂　祭具也。从示，胥聲。私呂切（xǔ ㄒㄩˇ）。

【譯白】禂，祭祀時供奉神明的精米。是依從示做形旁，以胥爲聲旁勾構造而成的形聲字。

【述義】徐鍇《說文解字繫傳》：“按：《楚辭》曰：‘懷桂禂而要之。’禂，祭神之精米也，故或從米；祭神，故從示。”

　　祭物，指祭神的精米；也作“糈”。段玉裁《說文解字注》：“《山海經》、《離騷經》皆作糈。王逸曰：‘糈，精米，所以享神。’郭璞曰：‘糈，祭神之米名。’疑許君所據二書作禂。”楊樹達《積微居讀書記·說文求是》：“《米部》云：‘糈，糧也。’指其物則爲糈，舉其爲事神之具則爲禂。”

祳 0060　祳　社肉；盛以蜃，故謂之祳。天子所以親遺同姓。从示，辰聲。春秋傳曰：“石尚來歸祳。”時忍切（shèn ㄕㄣˋ）。

【譯白】祳，祭祀土地神供奉的肉；盛在大蚌蛤所做的祭具上，所以稱爲祳。天子在祭祀土地神以後親自用來贈送給同出高祖的親族兄弟們。是依從示做形旁，以辰爲聲旁構造而成的形聲兼會意字。《春秋左傳·定公十四年》經文說：“天王派遣士人石尙前來贈送祭肉。”

【述義】天子祭祀所供的生肉，盛在大蚌所做的器具上，然後分贈同姓諸侯。段玉裁《說文解字注》：“經典祳多從肉，作脤。”《玉篇·示部》：“祳，祭社生肉也。”“石尙來歸祳”，今本《左傳·定公十四年》作“脤”。《左傳·定公十四年》：“天王使石尙來歸脤。”杜預注：“脤，祭社之肉，盛以脤器，以賜同姓諸侯，親兄弟之國，與之共福。”《說文》作“石尙來歸祳。”阮元校勘記：“諸本作‘脤’，《說文》作‘祳’。鄭注《周禮·北官·掌蜃》引作‘蜃’。”

祓 0061　祓　宗廟奏祓樂。從示，戒聲。古哀切（gāi ㄍㄞ）。

【譯白】祓，宗廟裏演奏用來節制醉客離去的腳步以避免失禮的樂章名稱。是依從示做形旁，以戒爲聲旁構造而成的形聲字。

【述義】段玉裁《說文解字注》：“宗廟中賓醉而出，奏《祓夏》，故字從示。”桂馥《說文解字義證》：“《周禮·春官·鍾師》‘祓夏’杜子春云：‘祓，讀爲陔鼓之陔。’馥案：《大司馬》‘鼓皆駴’注云：‘疾雷擊鼓曰駴。’《太僕》‘戒鼓傳達於四方’注云：‘戒鼓，擊鼓以警衆也。故書戒爲駴。’……《鄉飲酒禮》‘賓出奏陔’鄭注：‘陔，陔夏也；陔之言戒也。’”

古樂章名，卽《祓夏》，爲《九夏》之一；也作《陔夏》。《儀禮·鄉射禮》：“樂正命奏祓。”鄭玄注：“陔，陔夏。其詩亡。《周禮》‘賓醉而出奏陔夏。’陔夏者，天子、諸侯以鍾鼓，大夫、士鼓而已。”《周禮·春官·笙師》：“舂牘、應、雅，以教《祓》樂。”鄭玄注：“《祓》樂，《祓夏》之樂。”又《鍾師》：“凡樂事，以鍾鼓奏九夏：《王夏》、《肆夏》、《昭夏》、《納夏》、《章夏》、《齊夏》、《族夏》、《祓夏》、《驁夏》。”鄭玄注引杜子春云：“祓，讀爲陔鼓之陔。王出入奏《王夏》，尸出入奏《肆夏》，牲出入奏《昭夏》，四方賓來奏《納夏》、臣有功奏《章夏》，夫人祭奏《齊夏》，族人侍奏《族夏》，客醉而出，奏《陔夏》，公出入奏《驁夏》。”賈公彥疏：“賓醉將出奏之，恐其失禮，故陔切之，使不失禮。”唐、皮日休《九夏歌·祓夏》：

“《祗夏》之歌者，賓既出之所奏也。”

堂下階前磚砌的路。《周禮・考工記・匠人》：“堂涂十有二分。”漢、鄭玄注：“謂階前，若今令甓祗也。”賈公彥疏：“漢時名堂塗爲令甓祗，令辟則今之塼也，祗則塼道者也。”

古西域部落名。《新唐書・地理之下》：“骨利幹之東、室韋之西有鞠部落，亦曰祗部落。”

禡 0062　禡　師行所止，恐有慢其神，下而祀之曰禡。从示，馬聲。周禮曰：禡於所征之地。莫駕切（mà ㄇㄚˋ）。

【譯白】禡，軍隊行進中必須停止、駐紮休息時，擔心有所驚擾失禮於當地的神明，就先行下馬祭祀稱爲禡。是依從示做形旁，以馬爲聲旁構造而成的形聲兼會意字。《禮記・王制》上說：“在征伐的地方，於禮應該舉行禡祭。”

【述義】軍中祭名，古時於軍隊駐紮之處設祭祭神曰禡。《玉篇・示部》：“禡，師祭也。”《詩・大雅・皇矣》：“是類是禡，是致是附。”毛傳：“於內曰類，於野曰禡。”鄭玄箋：“類也，禡也，師祭也。”《禮記・王制》：“天子將出征……禡於所征之地。”鄭玄注：“禡，師祭也，爲兵禱。”《漢書・敍傳下》：“類禡厥宗。”顏師古注引應劭曰：“《詩》云：‘是類是禡。’禮，將征伐，告天而祭謂之類，告以事類也；至所征伐之地，表而祭之謂之禡。禡者，馬也；馬者，兵之首，故祭其先神也。”《資治通鑑・隋煬帝大業十年》：“癸亥，至臨渝宮，禡祭黃帝。”《宋史・禮志二十四》：“師出必祭，謂之禡。”《明史・徐達傳》：“帥步騎二十五萬人，北取中原，太祖親禡於龍江。”

禂 0063　禂　禱牲馬祭也。从示，周聲。《詩》曰：“既禡既禂。”騳，或从馬，壽省聲。都皓切（dǎo ㄉㄠ）。

【譯白】禂，禱告祈求牲畜繁殖多、馬長得肥壯的祭祀。是依從示做形旁，以周爲聲旁構造而成的形聲字。《詩・小雅・吉日》說：“已經舉行了禡祭，又爲祈求牲多馬壯而接著舉行禂祭。”騳，禂的或體字，是依從馬做形旁，以壽減去筆畫做聲旁構造而成的形聲字。

【述義】祭名，用於祈求馬匹等牲口長得肥壯、繁殖多。《集韻・虞韻》：“禂，爲牲祭求肥充也。”《周禮・春官・甸祝》：“禂牲禂馬。”

鄭玄注引杜子春曰：“裯，禱也，爲馬禱無疾，爲田禱多獲禽牲。”又“玄謂裯讀如伏誅之誅……爲牲祭求肥充，爲馬祭求肥健。”清、昭槤《嘯亭雜錄·內務府定制》：“凡裯馬，歲春秋二祭禱馬於神，繫帛於御馬鬃尾以爲識，凡三十匹。”

社 0064 **社** 地主也。从示土。《春秋傳》曰：“共工之子句龍爲社神。”周禮：二十五家爲社，各樹其土所宜之木。袿，古文社。常者切（shè ㄕㄜˋ）。

【譯白】社，掌理土地的神。是分別依從連文成義的示土做主、從形匊構造而成的會意字。《春秋左傳·昭公二十九年》說：“共工氏有個名叫句龍的兒子做土地神。”周朝的禮制規定：二十五家設立一個社，各家都要種植各自土地適宜生長的樹木。袿，古文社字。

【述義】段玉裁《說文解字注》：“地主爲社，故字从示土。”社，掌管土地之神。《左傳·定公四年》：“君以軍行，祓社釁鼓。”《呂氏春秋·季冬》：“以供皇天上帝社稷之享。”高誘注：“社，后土之神，謂句龍也。”《國語·魯語上》：“共工氏之伯九有也，其子曰后土，能平九土，故祀以爲社。”韋昭注：“社，后土之神也。”《禮記·祭法》：“共工氏之霸九州也，其子曰后土，能平九州，故祀以爲社。”《白虎通·社稷》：“社者，土地之神也。”

供奉土地之神的神主。《玉篇·示部》：“社，土地神主也。”《書·甘誓》：“用命賞于祖，弗用命戮于社。”孔傳：“天子親征，又載社主，謂之社。”《論語·八佾》：“哀公問社於宰我，宰我對曰：‘夏后氏以松，殷人以柏，周人以栗。’”何晏注引孔安國曰：“凡建邦立社，各以其土所宜之木。”邢昺疏：“謂用其木以爲社主。”《淮南子·齊俗》：“殷人之禮，其社用石。”高誘注：“以石爲社主也。”

社壇，亦卽供奉祭祀土地之神的處所。按：源於古代封土爲社，各栽種其土所宜之樹，以爲祀社神之所在。《左傳·閔公二年》：“帥師者，受命於廟，受脤於社。”又《昭公十七年》：“伐鼓於社。”《公羊傳·哀公四年》：“社者，封也。”何休注：“封土爲社。”《禮記·郊特牲》：“天子大社，必受霜露風雨，以達天地之氣也。是故喪國之社屋之，不受天陽也。”孔穎達疏：“《白虎通》云：天子之社壇方五丈，諸侯半之。說者又云：天子之社封五色土爲之。若諸侯受封，各割其方色土與之。」又《祭法》：「王爲羣姓立社，曰大社。王自爲立社，曰王社。諸侯爲百姓立社，曰國社。諸侯自爲立社，曰侯社。大夫以下成羣立社，曰置社。」《漢書‧齊懷王劉閎傳》「嗚呼！小子閎」顏師古注引三國、魏、張宴曰：「王者以五色土爲太社，封四方諸侯，各以其方色土與之，苴以白茅，歸以立社。」引申謂社稷、國家。康有爲《讀〈史記‧刺客傳〉》詩：「封狼當道，狐憑社，竟賣中原起沸波。」

　　祭土地神。《書‧召誥》：「越翼日戊午，乃社于新邑；牛一、羊一、豕一。」《詩‧小雅‧甫田》：「此社以方。」鄭箋：「秋祭社與四方。」又《大雅‧雲漢》：「祈年孔夙，方社不莫。」朱熹《集傳》：「方，祭四方也；社，祭土神也。」《呂氏春秋‧仲春》：「擇元日，命人社。」高誘注：「社，祭后土。」《禮記‧月令》：「（仲春之月）擇元日，命民社。」鄭玄注：「社，后土也，使民祀焉。」又《中庸》：「郊社之禮，所以事上帝也。」鄭玄注：「社，祭地神。」

　　謂社日、祭祀土地神的節日；古禮一年祭土地神有春、秋兩祭；後亦沿用爲時令名，一年有「春社」、「秋社」兩社日。《歲時廣記‧社日》：「《統天萬年曆》曰：‘立春後五戊爲春社，立秋后五戊爲秋社。’」南朝、梁宗懍《荊楚歲時記》：「社日，四鄰並結綜會社牲醪，爲屋於樹下，先祭神，然後饗其胙。」唐、杜甫《遭田父泥飲美嚴中丞》詩：「今年大作社。」《九家集注》：「社，祭也，以祈農事，春祈秋報，故歲有春秋二社。」唐、鮑溶《白露》詩：「迎社促燕心，助風勞雁翼。」宋、徐鉉《寒食日作》詩：「過社紛紛燕，新晴淡淡霞。」宋、梅堯臣《送韓子華歸許昌》詩：「社後清明前，燕與人歸來。」清、朱彝尊《日下舊聞‧風俗‧補遺》：「京師八月秋社，各以社糕社酒相饋送。」

　　古代地方基層行政單位。一、二十五家爲社。《左傳‧昭公二十五年》：「齊侯曰：‘自莒疆以西，請致千社。’」杜預注：「二十五家爲社。」孔穎達疏：「《禮》有里社⋯⋯以二十五家爲里，故知二十五家爲社也。」《晏子春秋‧雜下十六》：「景公祿晏子以平陰與槀邑，反市者十一社。」張純一校注：「二十五家爲一社。」《隋書‧

禮儀志二》：“百姓則二十五家爲一社，其舊社及人稀者，不限其家。”唐、顧況《田家》詩：“縣帖取社長，嗔怪見官遲。”二、方六里爲社。《管子·乘馬》：“方六里，名之曰社。”清、顧炎武《日知錄·社》：“社之名起於古之國社、里社，故古人以鄉爲社……《管子》‘方六里，名之曰社’是也。”三、元代五十家爲社。《元史·食貨志一·農桑》：“縣邑所屬村疃，凡五十家立一社，擇高年曉農事者一人謂之長。增至百家者，別設長一員。不及五十家者，與近村合爲一社。地遠人稀，不能相合，各自爲社者聽。”

指民間某些集體組織、團體。《正字通·示部》：“社，團結共事者亦曰社。”清、顧炎武《日知錄》卷二十二：“二十五家爲社，後人聚徒結會亦謂之社。”晉、無名氏《蓮社高賢傳·慧遠法師》：“既而謹律息心之士，絕塵清信之賓，不期而至者……結社念佛，世號十八賢。”宋、蘇軾《次韻劉景文送錢蒙仲三首》詩之二：“寄語竹林社友，同書桂籍天倫。”宋、岳飛《梁興渡河狀》：“飛先來結約太行山忠義保社，密爲內應。”宋、周密《武林舊事·社會》：“二月八日爲桐川張王生辰，霍山行宮朝拜極盛，百戲競集，如緋綠社（雜劇）、齊雲社（蹴毬）、遏雲社（唱賺）……”《宋史·兵志四》：“今河朔西路被邊州軍，自澶淵講和以來，百姓自相團結爲弓箭社。”又《蘇軾傳》：“沿邊弓箭社與寇爲鄰。”《紅樓夢》第三十七回：“秋爽齋偶結海棠社。”

社倉、社學的省稱。《明會要》卷五十六：“宋則準民間正稅之數，取二十之一爲社。”《續文獻通考·學校四》：“弘治十七年，令各府州縣訪保明師，民間幼童年十五以下者，送社讀書。”社倉，即義倉；古代爲防荒年而在鄉社設置的糧倉；始於隋代。其管理、發放等體制歷代不一。《隋書·食貨志》：“十六年正月，又詔秦疊……銀扶等州社倉，並於當縣安置。二月，又詔社倉，准上中下三等稅，上戶不過一石，中戶不過七斗，下戶不過四斗。”《舊唐書·食貨志下》：“武德元年九月四日，置社倉。”《宋史·食貨志上六》：“陸九淵在敕令局，見之嘆曰：‘社倉幾年矣，有司不復舉行，所以遠方無知者。’”明、葉盛《水東日記·黃東發社倉記》：“鄉有李令君捐粟六百石爲倡，將成社倉。”社學，古代地方學校。《鶴林玉露》乙編卷一引宋、林勛《本政書》："一頃之居，其地百畞，十有六夫之宅，爲地八十畞。餘二十畞，以爲社學場圃，一井之人共之，使之朝夕羣居，以教其子弟。"明、歸有光《跋唐石臺道德》："龍興觀已廢，僅存半畞之宮，先有尼居之，前太守徐衍祚改爲社學。"

臺灣高山族（原住民）的基層社會組織，史書上稱"土社"、"番社"，每社自八、九戶至幾百戶不等，有頭目，多由羣衆選舉，少數世襲；頭目處理社內外事務，較大事件須徵得老人們和多數社員同意。參閱《清史稿·世宗紀》。

古代江、淮方言稱母爲社。本書第十二篇《女部》："姐，蜀謂母曰姐，淮南謂之社。"《淮南子·說山》："東家母死，其子哭之不哀。西家子見之，歸謂其母曰：'社何愛速死？吾必悲哭社。'"高誘注："江淮謂母爲社，社讀雖。"

古地名，在今河南省鞏縣東北。《左傳·昭公二十二年》："前城人敗陸渾於社。"杜預注："社，周地。"

姓。《集韻·馬韻》："社，姓。"

"社稷"，古代帝王、諸侯所祭的土神和穀神；社，土神；稷，穀神；引申爲國家之稱；能安邦治國的棟梁之臣謂之社稷之臣。《書·太甲上》："先王顧諟天之明命，以承上下神祇，社稷宗廟罔不祇肅。"《論語·季氏》："夫顓臾，昔者先王以爲東蒙主，且在城邦之中矣，是社稷之臣也，何以伐爲？"《孟子·盡心下》："民爲貴，社稷次之，君爲輕。"《韓非子·存韓》："秦發兵不留行，而韓之社稷憂矣。"《禮記·檀弓下》："有臣柳莊也者，非寡人之臣，社稷之臣也！聞之死，請往。"又"能執干戈以衛社稷，雖欲勿殤也，不亦可乎！"銀雀山漢墓竹簡《孫臏兵法·見威王》："戰不勝，則所以削地而危社稷也。"《史記·項羽本紀》："今不恤士卒而徇其私，非社稷之臣。"唐、杜甫《故秘書少監武功蘇公源明》詩："肅宗復社稷，得無逆順辨。"《三國演義》第二回："陛下今不自省，社稷立見崩摧矣。"元、無名氏《射柳棰丸·第一折》："臨大節，決大事，垂紳正笏，不動聲色，而措天下如泰山之安，謂之社稷之臣。"

禓 ₀₀₆₅ 禓 道上祭。从示，昜聲。與章切（yáng ㄧㄤˊ）。

【譯白】禓，在路途中祭祀無主的孤魂野鬼和精怪。是依從示做形旁，以易爲聲旁構造而成的形聲字。

【述義】道上之祭。《急就篇》卷四：“祠祀社稷叢臘奉，謁禓塞禱鬼神寵。”顏師古注：“禓，道上之祭也。”王應麟音釋：“禓音陽，移章反。”《初學記》卷十三引《說文》：“除惡之祭爲祓，會福之祭曰禬，告事求福曰禱，道上之祭爲禓。”楊樹達《積微居讀書記·說文求是·禓》：“長沙舊俗，求神者二人輿神遊行道上，名曰打昌。所謂昌者，即此字，讀禓如昌也。”《周禮·春官·大祝》“辨九祭：一曰命祭，二曰衍祭”鄭玄注引鄭司農云“衍祭，羨之道中，如今祭殤，無所主命”清、孫詒讓證正義：“蓋祭無主之鬼於道上，是謂祭殤，亦謂之禓。殤、禓古通用。”

　　路神。《廣韻·陽韻》：“禓，道神。”

　　禓又讀 shāng ㄕ尢，《廣韻》式羊切，平陽書。舊指強鬼，即遭橫死之鬼；也指驅逐強鬼之祭。《玉篇·示部》：“禓，強鬼也。”《禮記·郊特牲》：“鄉人禓，孔子朝服立于阼階。”鄭玄注：“禓，強鬼也。謂時儺，索室毆疫，逐強鬼也。禓或爲獻，或爲儺。”孔穎達疏：“鄉人禓者，庾云，禓是強鬼之名。謂鄉人驅逐此強鬼。”唐、陸德明《經典釋文》：“禓、音傷，鬼名也。”章炳麟《訄書·原教上》：“況其內容，與民間宗教附麗者，往往而有。若景教以使徒爲守護神，或爲驅除癘疫者，中夏之所謂禓也。”

　　“禓祓”，路祭鬼神，禳災求福。章炳麟《訄書·原教下》：“當是時，見夫燕蕘之萎於燕，鯨魚、彗星之迭相爲生死，與其他之眩不可解者，而以爲必有鬼神以司之，則上天之祭，神怪魑頭之禓祓，自此始矣。”

禓（祲）0066　祲　精氣感祥。从示，侵省聲。《春秋傳》曰：“見赤黑之祲。”子林切（jìn ㄐㄧㄣ）。

【譯白】祲，陰陽二氣相互感應逐漸形成象徵預兆吉凶的雲氣。是依從示做形旁，以侵省去“亻”爲聲旁構造而成的形聲字。《左傳·昭公十五年》說：“我看見赤色和黑色的妖氣。”

【述義】祲，經典通作祲。《正字通·示部》：“祲，本作祲。”日旁雲氣。《廣韻·侵韻》：“祲，日傍氣也。”王筠《說文釋例》卷十五、頁二：“祲不止於赤黑。《春官·保章氏》‘降豐荒之祲象’，先鄭曰

‘以二至二分觀雲色，青爲蟲，白爲喪，赤爲兵喪，黑爲水，黃爲豐。’然則祲與吉皆兼吉凶，許君列祥於福祿類，列祲於禍祟類者，以見於經典者，祥主善，祲主惡也。”《周禮・春官・保章氏》：“以五雲之物，辨吉凶，水旱降豐荒之祲象。”賈公彥疏：“祲謂日旁雲氣；以見五色之雲，則知吉凶也。”宋、蘇軾《賀冬啟》：“卜臺觀之黃祲，史書有年。”

古人認爲日旁雲氣乃陰陽二氣相互作用而發生，能預示吉凶，因以“祲”謂妖氣、不祥之氣。《廣韻・沁韻》：“祲，祅氣也。”《集韻・寑韻》：“祲，妖氣。”《左傳・昭公十五年》：“吾見赤黑之祲，非祭祥也，喪氛也。”杜預注：“祲，妖氛也。”《周禮・春官・眡祲》：“掌十煇之法，以觀妖祥，辨吉凶。一曰祲，二曰象……十曰想。”鄭玄注引鄭司農云：“祲，陰陽氣相侵也。”賈公彥疏：“先鄭云‘祲，陰陽氣相侵也’者，赤雲爲陽，黑雲爲陰，如《春秋傳》云‘赤黑之祲’在日旁。”《戰國策・魏策四》：“懷怒未發，休祲降於天。”《楚辭・王逸〈九思・守志〉》：“彼日月兮闇昧，障覆天兮祲氛。”舊注：“祲，惡氣貌。”《漢書・匡衡傳》：“臣聞天人之際，精祲有以相盪，善惡有以相推。”顏師古注：“祲謂陰陽氣相浸漸以成災祥者也。”唐、韓愈《永貞行》詩：“江氛嶺祲昏若凝，一蛇兩頭見未曾。”

災禍、灾害。晉、袁豹《爲宋公檄蜀文》：“清江源於濫觴，澄氛祲於井絡。”《續資治通鑑・宋理宗端平二年》：“陛下願治，七年於此，災祲饑饉，史不絕書。”清、王士禎《張學海先生墓表》：“歲祲，有貧士數十人求發官廩不得。”清、魏源《北上雜詩七首鄧湘皋孝廉》之五：“去歲大兵後，大祲今苦饑。”

盛大。《後漢書・班固傳》：“天官景從，祲威盛容。”李賢注：“祲亦盛也。”宋、王安石《賀冊貴妃表》：“祲盛之禮，發于宮闈，歡康之聲，播于寰海。”《宋史・樂志十四》：“寶章奕奕，祲宮俁俁。”

“祲兆”，吉凶的預兆。《荀子・王制》：“相陰陽，占祲兆。”楊倞注：“祲，陰陽相侵之氣，赤黑之祲，是其類也。兆，謂龜兆；或曰，兆，萌兆，謂望其雲物，知歲之吉凶也。”

“祲氛”，邪惡之氣。漢、王逸《九思・守志》：“彼日月兮闇昧，障覆天兮祲氛。”

　　“祲象”，謂日邊雲氣之色所顯示的吉凶跡象。《周禮·春官·保章氏》：“以五雲之物，辨吉凶水旱降豐荒之祲象。”賈公彥疏：“物，色也；此五色之雲以辨吉凶也。”

　　“祲威”，盛大的聲威。《文選·左思〈魏都賦〉》：“雲撤叛換，席捲虔劉，祲威八紘，荒阻率由。”李善注：“祲威八紘，謂北羈單于。”宋、曾鞏《王制一》：“建爾國家，保茲東夏，視祲威於宰席，增衍食於爰田。”《宋史·樂志十六》：“甘泉鹵簿祲威肅，回軫還衡。”

　　“祲威盛容”，莊重的聲威和盛大的儀容。《後漢書·班固傳下》：“於是發鯨魚，鏗華鍾，登玉輅，乘時龍，鳳蓋颯灑，和鸞玲瓏，天官景從，祲威盛容。”《宋史·樂志七》：“八神呵蹕，千官景從；回軫還衡，祲威盛容。”又《樂志十四》：“我龍受之，祲威盛容。”

　　“祲容”，莊重盛大的儀容。《宋史·樂志九》：“成此祲容，生乎齊肅。”又《樂志十四》：“惟天子孝，於昭祲容。”

　　“祲尋”，漸進。《漢書·司馬相如傳下》：“僸祲尋而高縱兮，紛鴻溶而上屬。”王先謙補注：“《史記》祲尋作‘侵潯’。先謙案，祲潯，‘侵尋’之借字，言漸進也。”

禍 0067　禍　害也；神不福也。从示，咼聲。胡果切（huò ㄏㄨㄛˋ）。

【譯白】禍，災害、災難；天地神明不保佑的意思。是依從示爲形旁，以咼爲聲旁構造而成的形聲字。

【述義】災害、災難，指一切有害之事，與“福”相對。《字彙·示部》：“禍，殃也，害也，災也。”《詩·小雅·何人斯》：“二人從行，誰爲此禍。”《禮記·表記》：“君子慎以辟禍，篤以不揜，恭以遠恥恥。”《史記·孔子世家》：“聞君子禍至不懼，福至不喜。”又《司馬相如列傳》：“禍固多藏於隱微而發於人之所忽者也。”晉、陸機《君子行》詩：“福鍾恆有兆，禍集非無端。”《醒世恆言·兩縣令競義婚孤女》：“誰知命裏官星不現，飛禍相侵。”

　　附述“禍從口出”。晉、傅玄《口銘》：“病從口入，禍從口出。”清、趙翼《陔餘叢考·成語》：“病從口入，禍從口出，見莊綽《鷄肋編》，謂當然諺語。”《易・頤》：“君子以愼言語，節飲食。”唐、孔穎達疏：“先儒云：‘禍從口出，患從口入。’”《朱子語類》卷七一：“諺有‘禍從口出，病從口入’，甚好。”《釋氏要覽》下：“一切衆生，禍從口生，口舌者，鑿身之斧也。”

危害、損害，亦謂降禍、加害。《書・湯誥》：“天道福善禍淫。”《孟子・告子上》：“率天下之人而禍仁義者，必子之言夫！”三國、曹操《讓縣自明本志令》：“誠恐已離兵爲人所禍也。”《太平廣記》卷四百二十一引《宣室志》：“有一道士自西來者，此所謂禍我者也。”

作禍、罪過、犯罪。《荀子・成相》：“罪禍有律，莫得輕重威不分。”楊倞注：“禍，亦罪也。”《史記・秦始皇本紀》：“上不聽諫，今事急，欲歸禍於吾宗。”

受禍、遭難、遭受災害。《晏子春秋・外篇重而異者第七》：“是以鬼神不饗，其國以禍。”《後漢書・劉盆子傳》：“劉恭見赤眉衆亂，知其必敗，自恐兄弟俱禍，密教盆子歸璽綬，習爲辭讓之言。”

毀滅。《釋名・釋言語》：“禍，毀也，言毀滅也。”

通“過”，譴責。《詩・商頌・殷武》：“歲事來辟，勿予禍適。”王引之《經義述聞・毛詩下》：“禍讀爲過。《廣雅》曰：‘過，責也。’讁與適通，勿予過讁，言不施譴責也……禍與過古字通。”《荀子・成相篇》說刑曰：“罪禍有律，莫得輕重威不分。’卽罪過字。《漢書・公孫宏傳》：“諸常與宏有隙，雖陽與善，後競報其過。‘《史記》過作禍。’”

祟 0068 祟 神禍也。从示，从出。𥜻，籀文祟，从[illegible]省。雖遂切（suì ㄙㄨㄟˋ）。

【譯白】祟，鬼神禍害人的意思。是分別依從示，依從出做主、從形㫄並峙爲義構造而成的會意字。𥜻，籀文祟字，是以[illegible]省去左邊的“[illegible]”來與祟做相從形㫄構造而成的會意字。

【述義】惡鬼邪神禍害人。王筠《說文解字句讀》：“謂鬼神作災禍也。”《集韻・術韻》：“祟，鬼神爲厲。”《管子・權修》：“上恃龜筮，好用巫醫，則鬼神驟祟。”《戰國策・東周策》：“及王病，使卜之，太卜譴之曰：‘周之祭地爲祟。’”鮑彪注：“神禍也。”《莊子・天道》：“心定而王天下，其鬼不祟。”《說苑・君道》：“楚昭王有疾，卜之，曰：'河爲祟。'"引申爲禍患。《漢書・江充傳》："奏言上疾祟在巫蠱。"唐、韓愈《論佛骨表》："佛如有靈，能作禍祟，凡有殃咎，宜加臣身。"金、元好問《夜雨》："無錢正坐詩作祟，識字重爲世所讎。"《紅樓夢》第四二回："一面命人請兩分紙錢來，着兩個人來，一個與賈母送祟，一個與大姐兒送祟。"又第七十二回："這一起外祟，何日是了！"

　　謂行動不光明正大；鬼祟原指鬼怪、鬼怪作祟害人，因喻行爲不光明正大；引申爲暗中作弄和謀害人。唐、蔣防《幻戲志・殷七七》："或窺見三女子，紅裳豔麗，共遊樹下，人有輒採花折枝者，必爲所祟。"清、和邦額《夜譚隨錄・梁生》："郎無慮，任其所爲。兒當爲郎小祟之，以洩積忿。"清、紀昀《閱微草堂筆記・灤陽消夏錄六》："烏魯木齊諸山皆多狐，然未聞有祟人者。"

　　"祟書"，舊時講述鬼神星命、吉凶禍福的書常記錄某日得病或遇事不吉爲某鬼作祟，稱爲"祟書"。《紅樓夢》第四二回："依我說，給他瞧瞧祟書本子，仔細撞客着。"《醒世姻緣傳》第三回："叫人往眞武廟陳道士家借了一本祟書來到，查看三十日係灶神不樂，黃錢紙五張，茶酒糕餅送至灶下，吉。"

　　"祟惡"，謂鬼神所作禍害。清、富察敦崇《燕京歲時記・天師符》："每至端陽，市肆間用尺幅黃紙，蓋以硃印，或繪畫天師、鍾馗之像，或繪畫五毒符咒之形，懸而售之；都人士爭相購買，粘之中門，以避祟惡。"

祆（祆、妖） 0069　祆　地反物爲祆也。从示、芺聲。於喬切（yāo　ㄧㄠ）。

【譯白】祆，土地違反物性就會發生怪異的事物或現象。是依從示做形旁，以芺爲聲旁構造而成的形聲字。

【述義】祆，省作"祆"，俗作"妖"。段玉裁《說文解字注》："按《虫部》云：'衣服歌謠艸木之怪謂之祆，禽獸蟲蝗之怪謂之蠥。'此蓋統言皆謂之祆，析言則祆、蠥異也。祆，省作祆。經傳通作妖。"《淮南子・時則》："季冬行秋令，則白露蚤降，介蟲爲祆。"高誘注："秋節白露，故白露蚤降，介甲之蟲爲祆災。"

　　謂一切反常怪異的事物或現象。《左傳・宣公十五年》："地反物爲妖。”杜預注：“羣物失性。”又《莊公十四年》：“人棄常則妖興，故有妖。”《荀子·天論》：“勉力不時，則牛馬相生，六畜作祅。”《呂氏春秋·愼大》：“晝見星而天雨血，此吾國之妖也。”《漢書·五行志》：“凡草木之類謂之妖，妖猶夭胎，言尚微；蟲豸之類謂之孽，孽作牙孽矣。”又《郊祀志上》：“伊陟曰：‘祅不勝德。’”唐、耿湋《送葉尊師歸處州》詩：“羣祅離分野，五嶽拜旌幢。”唐、韓愈《後二十九日復上書》：“天災時變，昆蟲草木之妖，皆已銷息。”唐、元稹《酬劉猛見送》詩：“種花有顏色，異色卽爲妖。”宋、王禹偁《訓楊遂》詩：“宰邑向蜀道，萑蒲忽興祅。”《資治通鑑·唐則天后長安元年》：“凡物反常皆爲妖。”宋、陸游《老學庵筆記》卷三：“蜀孟氏時，苑中忽生百合花一本，數百房皆並蒂……至今尚存。乃知草木之妖，無世無之。”

豔美、豔麗。唐、玄應《一切經音義》卷一引《三蒼》：“妖，妍也。”《玉篇·女部》：“妖，媚也。”《文選·宋玉〈神女賦〉》：“近之旣妖，遠之有望。”李善注：“近看旣美，復宜遠望。”三國、魏、曹植《美女篇》：“美女妖且閑，采桑歧路間。”唐、劉禹錫《馬嵬行》詩：“軍家誅佞倖，天子捨祅姬。”前蜀、杜光庭《詠西施》詩：“素面已云妖，更著花細飾。”宋、蘇軾《牡丹記敍》：“蓋此花見重於世三百餘年，窮妖極麗，以擅天下之觀美。”明、楊愼《怨別》曲：“比玉如花貌；妖，無福也難銷。”

借指美女。南朝、梁、簡文帝《春日》詩：“歌妖弄曲罷，鄭女挾琴歸。”

迷信傳說中稱害人的怪物，謂多爲動物、植物或礦物變成的精怪。《荀子·天論》：“故水旱不能使之饑，寒暑不能使之疾，祅怪不能使之凶。《漢書·禮樂志》：“姦僞不萌，祅孽伏息。”按：《樂府詩集·郊廟歌辭·漢郊祀歌》字作“妖”。《風俗通·怔神》：“若叔堅者，心固於金石，妖至而不懼。”晉、干寶《搜神記》卷十八：“狐曰：‘我天生才智，反以爲妖，以犬試我，遮莫千試萬慮，其能爲患乎？’”唐、沈旣濟《任氏傳》：“任氏，女妖也。”《西遊記》第十七回：“菩薩又怕那妖無禮，卻把一個箍兒，丟在那妖頭上。”《警世通言·一窟鬼癩道人除怪》：“邪怪爲妖，入山洞穴中捉出。”清、蒲松齡《聊齋志異·阿英》：“如其妖也，請速行，幸勿殺吾弟。”

　　謂邪惡之人，邪惡的。《荀子·大略》：“口言善，身行惡，國妖也。”太平天國、洪秀全《原道救世歌》：“第一不正淫爲首，人變爲妖天最瞋。”《資治通鑑·漢昭帝元平元年》：“王怒，謂勝爲妖言，縛以屬吏。”胡三省注：“祅，與妖同。”

　　淫邪、不正。《後漢書·梁冀傳》：“梁冀妻孫壽，色美而善爲妖態，作愁眉。”宋、曾鞏《靖安幽谷亭》詩：“一不謹所守，名聲別妖妍。”

　　禍害。唐、元稹《鶯鶯傳》：“大凡天之所命尤物也，不妖其身，必妖於人。”

　　指裝束、神態、舉止不正派。《兒女英雄傳》第七回：“只見……妖氣妖聲，怪模怪樣地問了那女子一聲。”

　　妖通“夭”。一、幼小、年幼、年少。《莊子·大宗師》：“善妖善老，善始善終，人猶效之。”郭象注：“此自均於百年之內不善少而否老，未能體變化齊死生也。”唐、陸德明《經典釋文》：“妖，本又作夭。”郭慶藩集釋：“夭、妖古通用。”《史記·周本紀》：“逃於道，而見鄉者後宮童妾所棄妖子出於路者，聞其夜啼，哀而收之。”裴駰集解引徐廣曰：“妖，一作夭；夭，幼少也。”二、短命、早死。清、蒲松齡《聊齋志異·聶小倩》：“小倩，姓聶氏，十八妖殂，葬於寺中。”

　　用同“幺”，“妖麽”，即“幺麽”，指微不足道的小人。清、陳維崧《寄黃梨洲先生求爲先人誌墓》詩：“妖麽得志逞報復，一網盡矣心所甘。”

祘（算、筭）₀₀₇₀　祘　明視以筭之。从二示。《逸周書》曰：“士分民之祘；均分以祘之也。”讀若筭。蘇貫切（suàn ㄙㄨㄢ）。

【譯白】祘，清楚明白地就事或物示人來加以計數清楚。是依從兩個示共同做形旁強調明白示人的意思而構造成的會意字。《逸周書》上說：“士人一一分配百姓的賦稅；這是說必須均勻公平來加以計祘的意思。”祘這個字的音讀像“筭”字。

【述義】祘爲“算”的古字，同“筭”。王筠《說文解字句讀》：“未詳。或曰《本典解》‘均分以利之則民安’卽此句。”明、楊愼《升庵經說・先其祘命》：“《漢書・律曆志》劉歆《條奏》引《書》曰‘先其祘命’，師古曰：‘《逸書》也。言王者統業，先立算數以命百事也。’祘，古算字。”朱駿聲《說文通訓定聲・乾部》：“按四橫六直，象觚之形，實卽筭字之古文也。”葉德輝《讀若考》：“祘卽筭之本字。《竹部》：‘筭，長六寸，計歷數者，从竹从弄，言常弄乃不誤也。’余謂祘卽筭之本字者，蓋卽籌筭也。”

禁 0071 　禁　吉凶之忌也。从示，林聲。居蔭切（jìn ㄐㄧㄣ）。

【譯白】禁，對有關切身吉凶之事的忌諱。是依從示做形旁，以林爲聲旁構造而成的形聲字。

【述義】吉凶之忌，謂忌諱、禁忌、禁忌的事項。《禮記・曲禮上》：“入竟而問禁，入國而問俗，入門而問諱。”《史記・李斯列傳》：“李斯喟然而歎曰：‘嗟乎！吾聞之荀卿曰，物禁大盛。’”《淮南子・氾論訓》：“夫見不可布於海內，聞不可明於百姓，是故因鬼神機祥而爲之立禁。”高誘注：“機祥，吉凶也。禁，戒也。”《論衡・譏日》：“衰世好信禁，不肖君好求福。”《漢書・藝文志・陰陽家》：“及拘者爲之，則牽於禁忌，泥陰於小數，舍人事而任鬼神。”北齊、顏之推《顏氏家訓・風操》：“周公名子曰禽，孔子名兒曰鯉，止在其身，自可無禁。”

制止、禁止。如：禁賭、禁煙。《廣雅・釋詁三》：“禁，止也。”《廣韻・沁韻》：“禁，制也。”《易・繫辭下》：“理財正辭，禁民爲非曰義。”《左傳・僖公三年》：“齊侯與蔡姬乘舟於囿，蕩公，公懼變色，禁之不可。”《戰國策・秦策一》：“以鼎與楚，以地與魏，王不能禁。”《禮記・王制》：“林麓川澤以時入而不禁。”孔穎達疏：“禁謂防遏。”《漢書・賈誼傳》：“夫禮者禁於將然之前，而法者禁於已然之後。”唐、韓愈《陸渾山火和皇甫湜用其韻》詩：“火行於冬古所存，我如禁之絕其殃。”《封神演義》第六十一回：“馬元笑曰：‘料你有何力量，敢禁我來不趄？”《二刻拍案驚奇》卷三：“權翰林連忙搖手，叫不要說破，禁得那一個住？”

“禁止”一詞，有多義：一、以禁令制止，遇禁令則止息。《管子・明法》：“人主者，擅生殺，處威勢，操令行禁止之柄以御羣臣。”

《漢書·楊惲傳》："郎官化之，莫不自厲，絕請謁貨賂之端，令行禁止，宮殿之內翕然有聲。"唐、韓愈《寄盧仝》詩："憑依婚媾欺官吏，不信令行能禁止。"清、魏源《〈聖武記〉敍》："五官強，五兵昌，禁止令行，四夷來王，是之謂戰勝於廟堂。"二、謂限制受彈劾官吏的行動自由。《漢書·韓延壽傳》："延壽劾奏，移殿門，禁止望之。"南朝、宋、鮑照《謝解禁止表》："被宣令解臣禁止，天光鄭重，不可勝逢。"《宋書·百官志上》："二臺奏劾，則符光祿加禁止；解禁止亦如之。禁止，身不得入殿省，光祿主殿門故也。"《資治通鑑·魏明帝太和四年》："朱據禁止，歷時乃解。"胡三省注："禁止者，雖未下之獄，使人守之，禁其不得出入，止不得與親黨交通也。鄭樵《通志》曰：'禁止，謂禁入殿省也，符所屬行之。'"宋、司馬光《涑水記聞》卷八："上御延和殿決御史臺所奏馮士元獄，謂宰相曰：此獄事連大臣，近者臺司進奏禁止鄭戩、龐籍起居。'"三、禁錮、囚禁。《北齊書·慕容紹宗傳》："（尒朱兆）便禁止紹宗，數日方釋。"《北史·暴顯傳》："天保中，以贓貨解州，大理禁止。"《梁書·侯景傳》："是月，百濟使至，見城邑丘墟，於端門外號泣……景聞之大怒，送小莊嚴寺禁止，不聽出入。"清、王鳴盛《十七史商榷·北史合魏齊周隋書四·以禁錮爲禁止》："《獻文六王元韶傳》：齊文宣誅諸元，餘十九年家並禁止之。'禁止'似當作'禁錮'，而《北齊》紀傳亦皆作'止'。觀《高隆之傳》及《北齊·酷吏傳》，則知凡禁囚皆云禁止，此當時語。"四、制止、阻止。《墨子·節葬下》："欲以禁止大國之攻小國也。"《史記·秦始皇本紀》："諸侯更相誅伐，周天子弗能禁止。"晉、干寶《搜神記》卷十九："父母慈憐，終不聽去，寄自潛行，不可禁止。"唐、韓愈《復讎狀》："許復讎，則人將倚法專殺，無以禁止其端矣。"五、禁忌，應該避免。宋、司馬光《與王樂道書》："飲食不惟禁止生冷，亦不可傷飽，亦不可傷飢。"六、謂禁令簡單。《史記·循吏列傳》："三月爲楚相。施教導民，上下和合，世俗盛美，政緩禁止，吏無姦邪，盜賊不起。"七、施禁則止，即有禁則止。《逸周書·文傳》："令行禁止，王始也。"《舊唐書·闞稜傳》："有相侵奪者，稜必殺之，雖親故無所捨，令行禁止，路不拾遺。"

續述“禁”義：

法令、禁令，指政府頒布含有禁戒的法令規條。《正字通·示部》：“禁，戒也。”《書·周官》：“司寇掌邦禁，詰姦慝，刑暴亂。”《周禮·秋官·司寇》：“使帥其屬而掌邦禁。”鄭玄注：“禁，所以防姦者也。”《商君書·開塞》：“分定而無制，不可，故立禁；禁立而莫之司，不可，故立官。”《孟子·梁惠王下》：“臣始至於境，問國之大禁，然後敢入。”漢、王符《潛夫論·明忠》：“故臣下敬其言而奉其禁，竭其心而稱其職。”《三國志·魏志·高柔傳》：“親田者既減加，頃復有獵禁；羣鹿犯暴，殘食生苗。”晉、杜預《奏上律令注解》：“法者，蓋繩墨之斷例，非窮理盡性之書也，故文約而例直，聽省而禁簡，例直易見，禁簡難犯。”宋、王安石《上仁宗皇帝言事書》：“夫約之以禮，裁之以法，天下所以服從無抵冒者，又非獨其禁嚴而治察之所能致也。”

牽制、約束、使之謹慎。《戰國策·秦策四》：“齊、魏得地葆利，而詳事下吏，一年之後，爲帝若未能，於以禁王之爲帝有餘。”《韓非子·外儲說右下》：“馬欲進則鉤飾禁之，欲退則錯錣貫之；馬因旁出。”《禮記·緇衣》：“君子道人以言，而禁人以行。”鄭玄注：“禁猶謹也。”孔穎達疏：“禁，猶謹也；言禁約謹慎人以行，使行顧言也。”南朝、宋、劉義慶《世說新語·文學》：“玠體素羸，恆爲母所禁。”

用以防衛、封閉，阻隔、遮蔽的設施。《周禮·地官·迹人》：“掌邦田之地政，爲之厲禁而守之。”賈公彥疏：“云爲之厲禁而守之者，有禽獸之處則爲苑囿，以材木爲藩羅，使其地之民遮厲守之。”《商君書·定分》：“爲法令爲禁室，有鋌鑰，爲禁而以封之。”高亨注：“爲禁，製成禁止啟動出入的封條。”《史記·高君列傳》：“而令民父子兄弟同室內息者爲禁。”《新唐書·韋弘機傳》：“古天子陂池臺樹皆深宮複禁，不欲百姓見之，恐傷其心。”

阻止、限制。《戰國策·趙策一》：“韓乃西師以禁秦國。”《禮記·王制》：“古者公田藉而不稅……林麓川澤以時入而不禁。”孔穎達疏：“禁謂防遏。”《荀子·君道》：“取人之道參之以禮，用人之法禁之以等。”王先謙集解：“《彊國篇》云：‘夫義者，所以限禁人之爲惡與姦者也。’限禁連文，是禁與限同義；禁之以等，猶言限之以階級。”

特指圍養禽獸的牢圈。《周禮・地官・囿人》：“掌囿游之獸禁。”鄭玄注：“禁者，其蕃衛也。”《管子・五行》：“天子出令，命祝宗選禽獸之禁。”尹知章注：“禁，謂牢。”

禁區、禁域。《韓非子・內儲說上》：“不救火者比降北之罪，逐獸者比入禁之罪。”元、徐再思《滿庭芳・贈歌者》曲：“春無禁，蜂蝶快尋，先到海棠心。”

省察、按察。《韓非子・難三》：“知下明則禁於微，禁於微則姦無積。”漢、劉向《說苑・臣術》：“存亡之幾，得失之要，預禁乎不然之前。”《漢書・張敞傳》：“長安市偷盜尤多，百賈苦之，上以問敞，敞以爲可禁。”

儲藏。《左傳・襄公九年》：“自公以下，苟有積者，盡出之；國無滯積，亦無困人；公無禁利，亦無貪民。”漢、班固《白虎通・禮樂》：“禁者，言萬物禁藏。”《文選・張衡〈東京賦〉》：“發京倉，散禁財，賚皇寮，逮輿臺。”薛綜注：“禁，藏也。”

隱秘、秘密。《史記・孝武本紀》：“天子獨與侍中奉車子侯上泰山，亦有封，其事皆禁。”又《扁鵲倉公列傳》：“我有禁方，年老，欲傳與公，公毋泄。”《漢書・郊祀志上》：“大見數月，佩六印，貴震天下，而海上燕齊之間，莫不搤掔而自言有禁方能神僊矣。”清、王士禎《香祖筆記》卷十一：“王安石常患偏頭痛，神宗賜以禁方。”清、朱彝尊《送楊侍御還東湖》詩：“秋鳥炙來鄉味好，月波釀就禁方傳。”

舉行禮儀時承放酒尊的器具，形如方案。《儀禮・士冠禮》：“尊于房戶之間，兩甒有禁，玄酒在西，加勺南枋。”鄭玄注：“禁，承尊之器也。”《禮記・禮器》：“大夫、士棜禁。”孔穎達疏：“禁長四尺，廣二尺四寸，通局足，高三寸。”又《玉藻》：“大夫側尊用棜，士側尊用禁。”

王宮門衛。《周禮・天官・閽人》：“掌守王宮之中門之禁。”南朝、梁、江淹《詣建平王上書》：“日者謬得升降承明之闕，出入金華之殿，何常不局影凝嚴，側身局禁者乎？”

帝王居住的宮殿。《正字通·示部》：“禁，天子所居曰禁。”《史記·秦始皇本紀》：“二世常居禁中，與高決諸事。”漢、陳琳《爲袁紹檄豫州》：“及臻呂后季年，產祿專政……決事省禁，下凌上替，海內寒心。”《文選·劉楨〈贈徐幹〉詩》：“拘限清切禁，中情無由宣。”又《謝莊〈宋孝武宣貴妃誄〉》：“掩綵瑤光，收華紫禁。”李善注：“王者之宮，以象紫微，故謂宮中爲紫禁。”唐、韋莊《宮怨》詩：“一辭同輦閉昭陽，耿耿寒宵禁漏長。”《宋書·百官志上》：“漢世，與中官俱止禁中，武帝時侍中莽何羅挾刃謀逆，由是侍中出禁外。”唐、常袞《早秋望華清宮富樹因以成詠》詩：“可憐雲本叢，滿禁碧濛濛。”宋、王安石《崇政殿詳定幕次偶題》詩：“禁柳萬條金細拈，宮花一段錦新翻。”宋、張實《流紅記》：“帝禁深宮，子雖有羽翼，莫敢往也。”金、元好問《探花詞》詩：“禁裏蒼龍啟九關，殿前鸚鵡喚新班。”

御用的、帝王專用的。禁財，帝王宮中庫藏的錢財。《韓非子·八姦》：“其於德施也，縱禁財，發墳倉，利於民者，必出於君，不使人臣私其德。”《文選·張衡〈東京賦〉》：“發京倉，散禁財，齎皇寮，逮輿臺。”薛綜注：“言天子散發禁庫之財，無問貴賤，皆賜及之。”禁倉，謂帝王的糧倉。《史記·三王世家》：“虛御府之藏以賞元戎，開禁倉以賑貧窮。”禁坐，猶御座，皇帝的座位。《後漢書·循吏傳序》：“數引公卿郎將，列于禁坐。”李賢注：“禁坐猶御坐也。”禁庫，謂帝王的倉庫。《文選·張衡〈東京賦〉》“散禁財”三國、吳、薛綜注：“言天子散發禁庫之財。”禁軒，帝王的車駕。《文選·王融〈三月三日曲水詩序〉》：“禁軒承幸，清宮俟宴。”李善注：“如淳《漢書注》曰：省中本爲禁中，然乘輿之物通呼曰禁。”

施禁咒術，亦指禁咒術，即巫術符咒之法。《後漢書·徐登傳》：“登乃禁溪水，水爲不流，炳復次禁枯樹，樹即生荑。”晉、葛洪《抱朴子·至理》：“或有邪魅山精，侵犯人家……而善禁者以氣禁之，皆即絕此，是氣可以禁鬼神也。”《北史·張文詡傳》：“文詡常有腰疾，會醫者自言善禁，文詡令禁之，遂爲刀所傷，至於頓伏牀枕。”《南齊書·陳顯達傳》：“矢中左眼，拔箭而鏃不出，地黃村潘嫗善禁，先以釘釘柱，嫗禹步作氣，釘即時出，乃禁顯達目中鏃出之。”

《太平廣記》卷二百八十四引《異苑》：“以盆盛水作禁，魚龍立見。”
《醒世恆言·勘皮靴單證二郎神》：“惹毒了他，對孤老說了，就把妖術禁你，你卻奈何他不得。”按：禁咒術源自殷商時代人們全身心執著敬天畏鬼神的祭祀活動，爲靈巫所創用，以今日科學眼光視之，乃一種心理或精神治療，但歷代相沿益加神化、神祕化，成爲帝王神權政治工具之一，旣以愚民，又用做對付政敵或篡亂，等而下之則流爲江湖術士暗滲迷藥以達遂害命、奪人財產、佔人妻女、騙財、騙色等不可告人的邪惡目的；今日臺灣、香港、東南亞地區，禁咒術橫行其道，中國大陸改革開放後，禁咒術亦現死灰復然之勢，足證物質文明下人們內心反見空虛、思想反趨愚昧，何萬物之靈之有。

附述“禁架”一詞：一、猶禁咒、禁術、禁法。《後漢書·方術傳下·徐登》：“但行禁架，所療皆除。”《新唐書·后妃傳上·韋皇后》：“國子祭酒葉靜能善禁架。”二、把握、控制。《二刻拍案驚奇》卷二九：“蔣生回到下處，越加禁架不定。”清、洪昇《長生殿·埋玉》：“衆軍逼得我心驚唬，貴妃，好教我難禁架。”三、釘在牆壁上用以掛置物品的架子。清、方以智《通雅·器用九》：“閣版，或作鹿角架，釘在壁上，架小者謂之禁架。”

關押囚犯的處所；監獄。《晉書·苻丕載記》：“徐義爲慕容永所獲，械埋其足，將殺之……至夜中，土開械脫，於重禁之中若有人導之者，遂奔楊佺期。”《金史·世宗紀下》：“命罪人在禁有疾，聽親屬入視。”《水滸全傳》第六十六回：“獄囚遇赦重回禁，病客逢醫又上牀。”《紅樓夢》第八六回：“生兄在禁，具呈訴辯，有干例禁，生念手足，冒死代呈。”

監禁、拘禁、囚禁。《魏書·安定王休傳》：“世宗以其戚近，未忍致之於法，乃免官，禁之別館。”《北史·恩幸傳·和士開》：“遣軍士防送，禁治書侍御廳事。”唐、王維《私成口號誦示裴迪》序：“菩提寺禁，裴迪來相看，說逆賊等凝碧池上作音樂，供奉人等舉聲便一時淚下。”《遼史·耶律重元傳》：“先是契丹人犯法，例須漢人禁勘，受枉者多。”清、陳鴻墀《全唐文紀事·駁難一》：“時楊纂爲雍州長史判，勘京城坊市諸蕃盡禁推問。”清、魏源《聖武記》卷五：“禁新達賴剌麻於札克布里廟。”

古代北方少數民族樂曲名。《周禮・春官・鞮鞻氏》：“鞮鞻氏掌四夷之樂。”漢、鄭玄注：“四夷之樂，東方曰韎，南方曰任，西方曰株離，北方曰禁。”晉、左思《魏都賦》：“鞮鞻所掌之音，韎昧任禁之曲，以娛四夷之君，以睦八荒之俗。”

通“噤”。一、閉口不言。前蜀、杜光庭《墉城集仙錄・徐仙姑》：“諸僧一夕皆僵立尸坐，若被拘縛，口禁不能言。”“禁聲”，謂禁口勿言，使不出聲。《資治通鑑・後漢隱帝乾祐三年》：“邠曰：‘陛下但禁聲，有臣等在。’帝積不能平。”胡三省注：“禁聲者，謂禁口勿言，使不出聲也。”《水滸傳》第九三回：“眾兄弟禁聲！這是夢中說話，甚麼要緊！”《金瓶梅詞話》第十三回：“怪小油嘴兒，禁聲些！”二、寒噤，因受冷或受驚而身體顫抖。禁瘁，同“噤瘁”，瑟縮寒戰貌。明、楊慎《題唐人閨秀熨帛圖》詩：“禁瘁銖衣圍夜玉，嵯峨寶髻辟寒金。”

姓。《廣韻・沁韻》：“禁，姓。何氏《姓苑》云：‘今吳興人。’”

禁又讀 jīn ㄐㄧㄣ，《廣韻》居吟切，平侵見；侵部。分述其義：

勝任、忍受、受得住。《廣韻・侵韻》：“禁，力所加也。勝也。”北魏、賈思勰《齊民要術・笨麴並酒》：“先能飲好酒一斗者，唯禁得升半，飲三升大醉。”唐、杜甫《暮秋將歸秦留別湖南幕府親友》詩：“途窮那免哭，身老不禁愁。”唐、杜牧《邊上聞笳》詩之一：“遊人一聽頭堪白，蘇武爭禁十九年！”宋、蘇軾《汲江煎茶》詩：“枯腸未易禁三碗，坐聽荒城長短更。”宋、晁補之《一叢花》詞：“西城未有花堪採，醉狂興，冷落難禁。”元、許衡《滿江紅・別大名親伯》詞：“中年後，此般憔悴，怎禁離別？”元、佚名《雲窗夢》第三折：“這其間戴月披星，禁寒受冷。”《紅樓夢》第五十一回：“小姑娘們受了冷氣，別人還可，第一，林妹妹如何禁得住？就連寶玉兄弟也禁不住。”

可能、樂意。唐、韓偓《厭花落》詩：“半醉狂心忍不禁，分明一任簒一見。”宋、楊萬里《和馬公弼雪》詩：“鬚疎也被輕輕點，齒冷猶禁細細餐。”元、貫雲石《紅繡鞋》曲：“秋興淺，不禁詩，彫零了紅葉兒。”

與“不”結合；用在消極意義的詞後面，表示程度深。宋、賀鑄

《思越人》詞：“幾行書尾情何限，一尺裙腰瘦不禁。”

耐、經得起。唐、唐彥謙《寄將二十四》詩：“大知高士禁愁寂，試倚闌干莫斷腸。”《水滸傳》第九四回：“李逵大怒，拔出板斧砍去……卻是不禁砍，只一斧，砍翻兩三個。”《西遊記》第七五回：“忒中吃，又禁饑，再不得餓。”

相當、抵得上。唐、杜甫《楊監又出畫鷹十二扇》詩：“疾禁千里馬，氣敵萬人將。”又《大曆二年九月三十日》詩：“草敵虛嵐翠，花禁冷葉紅。”

遭遇。宋、陸游《馬上作》詩：“衰老更禁新臥病，塵埃時拂舊題名。”

牽纏、纏磨。唐、李涉《柳枝詞》詩：“不必如絲千萬縷，只禁離恨兩三條。”宋、盧祖皋《魚游春水》詞：“離愁禁不去，好夢別來無覓處。”元、查德卿《醉太平・題情》曲：“離情廝禁，舊約難尋。”

自持、控制。唐、杜甫《舍弟觀赴藍田取妻子到江陵喜寄》詩之一：“巡簷索共梅花笑，冷蘂疎枝半不禁。”《資治通鑑・宋順帝昇明元年》：“劉秉、任候伯等並赴石頭……秉恇憂不知所爲，晡後即束裝，臨去啜羹，寫胸上，手振不自禁。”胡三省注：“禁，音居吟翻，勝也。”宋、李清照《浣溪沙》詞：“遠岫出雲催薄暮，細風吹雨弄輕陰；梨花欲謝恐難禁。”

整治、處置。唐、杜甫《草堂即事》詩：“蜀酒禁愁得，無錢何處賒？”元、關漢卿《裴度還帶》第一折：“我可便難也波禁，難禁那等朽木材；一箇箇鋪眉苫眼粧些像態，他肚腸細，胸次狹，眼皮薄，局量窄。”元、岳伯川《鐵拐李》第一折：“我禁的他麼？（張千云）他不賣糧食，開個段子舖兒，你怎生禁他？”

折磨，使受苦。宋、侯寘《鷓鴣天》詞：“風簾不礙尋巢燕，雨葉偏禁鬬草人。”宋、陸游《安公子》詞：“因自來禁得心腸怕，縱遇歌逢酒，但說京都舊話。”宋、趙彥端《月中桂・送杜仲微赴闕》詞：“風流雨散，定幾回腸斷，能禁頭白。”

通“紟”；其冠絻，腰帶。清、朱駿聲《說文通訓定聲・臨部》：“禁，叚借爲紟。”《荀子・非十二子》：“其冠絻，其纓禁緩，其容簡連。”楊倞注：“禁緩未詳。或曰：讀爲紟。紟，帶也，言其纓大如帶而緩也。”

禫 ₀₀₇₂ 禫　除服祭也。从示，覃聲。徒感切（dàn ㄉㄢˋ）。

【譯白】禫，喪家在服喪二十七個月滿除去喪服的祭祀。是依從示做形旁，以覃爲聲旁構造而成的形聲字。

【述義】段玉裁《說文解字注》：“禫之言澹，澹然平安意也。徒感切；古音在七部。玉裁按《說文》一書三言‘讀若三年導服之導’，考《士虞禮》注曰：‘古文禫或爲導。’《喪大記》注曰：‘禫或作道。’許君蓋從古文，不錄今文禫字；且祢字重示，當居部末，如祭名，除喪服的祭禮。《廣韻·感韻》：“禫，除服祭名。”《儀禮·士虞禮》：“朞而小祥，曰薦此常事；又朞而大祥，曰薦此詳事；中月而禫。”鄭玄注：“中，猶間也。禫，祭名也，與大祥間一月。自喪至此，凡二十七月。”《宋書·王准之傳》：“晉初用王肅議，祥禫共月，故二十五月而除，遂以爲制。”《資治通鑑·齊武帝永明九年》：“十一月，己未朔，魏主禫於太和廟，袞冕以祭。”元、王實甫《西廂記》第一本第二折：“這是崔相國小姐至孝，爲報父母之恩，又是老相公禫日，就脫孝服，所以做好事。”清、錢謙益《陳孺人張氏墓誌》：“蓋余有母之喪，亦將禫矣。”

文六十　重十三（以上《示部》的文字有六十個，重文有十三個。）

祢 _{新001} 祢　親廟也。从示，爾聲。一本云：古文禰也。泥米切（nǐ ㄋㄧˇ）。

【譯白】祢爲奉祀亡父的親廟。是依從示做形旁，以爾爲聲旁構造而成的形聲兼會意字。另一個本子上說：祢是古文的禰字。

【述義】李禎《逸字辨證》：“《隱元年公羊傳》疏：‘禰字示旁爾，言雖可入廟是神示，猶自最近於己，故曰禰。’明是會意。”清、鄭珍《說文逸字》：“禰，此親廟本字。璽、爾一聲，故古有此二體。經典皆用禰。”

奉祀亡父的親廟。《周禮·春官·甸祝》：“舍奠于祖廟，禰亦如之。”鄭玄注引鄭司農曰：“禰，父廟。”《漢書·韋賢傳》：“既去禰祖，惟懷惟顧。”顏師古注：“父廟曰禰；言其去父祖舊居，所以懷顧也。”孫詒讓正義引《左傳·襄公十三年》孔疏曰：“禰，近也；於諸廟，父最爲近也。”《晉書·禮志九》：“禮，大事則告祖禰，小事則特告禰；秦、漢久廢。”

父死，神主入廟後稱禰。《公羊傳·隱公元年》：“惠公者何？隱公之考也。”漢、何休注：“生稱父，死稱考，入廟稱禰。”北齊、顏之推《顏氏家訓·風操》：“禰是父之廟號。”

隨軍的神主；古代有軍旅征戰之事，常載神主而行，隨行神主稱禰。《儀禮·覲禮》：“侯氏裨冕，釋幣於禰。”鄭玄注：“禰，謂行主。遷主矣，而云禰，親之也。”《禮記·文王世子》：“其在軍，則守於公禰。”孔穎達疏：“公禰，謂遷主載在齊車隨公行者也。”

效法、仿效、崇奉、繼承。明、馮夢龍《序山歌》：“書契以來，代有歌謠；太史所陳，並禰《風》《雅》。”清、龔自珍《跋趙文敏小眞書〈赤壁賦〉》：“祖子敬而禰永興。”林紓《〈愼宜軒文集〉序》：“是固能禰其祖矣。”嚴復《救亡決論》：“唐祖李、杜，宋禰蘇、黃。”梁啟超《近代學風之地理的分佈》：“逮康熙末葉，則方望溪苞與戴南山名世並起，兩人皆以能文章名。桐城派古文固當祖飲光而禰方，戴也。”章炳麟《與人論文書》：“又禰中唐韓、呂、鎦、柳諸家。”

古地名。《詩·邶風·泉水》：“出宿于泲，飲餞于禰。”毛傳：“禰，地名。”馬瑞辰通釋：“古者餞于國郊，泲‘禰’蓋衛近郊地。禰，《釋文》引《韓詩》作‘坭’。《廣韻》：‘坭，地名；字通作泥。’鄭注《士虞禮》引《詩》‘飲餞于泥’（今本亦作禰，《釋文》：‘禰，劉本作泥。’）。疑禰卽《式微》之‘泥中’耳。泥中在漢黎陽，今衛輝府濬縣地；與須曹之在滑縣者相近。”

禰又讀 mí ㄇㄧˊ，舊亦讀 nǐ ㄋㄧˇ；《廣韻》奴禮切，上薺泥。姓。《廣韻·薺韻》：“禰，姓；出平原。”《通志·氏族略四》：“禰氏，父廟爲禰，此從父而別氏也。後漢禰衡，字正平，平原人。”“禰生”，卽禰衡。唐、許渾《途經李翰林墓》詩：“禰生狂善賦，陶令醉能詩。”程自修《歸龍門》詩：“禰生狂到死，君子要知機。”

"禰刺"。《後漢書·文苑傳下·禰衡》:"(禰衡)始達穎川,乃陰懷一刺,旣而無所之適,至於刺字漫滅。"後因以"禰刺"謂士人耿介有節操。唐、黃滔《與蔣先輩啟》之二:"足以雪曩歲之湮沉,恢張禰刺;壯平生之意氣,棄擲終繻。"

"禰鶚"。漢、孔融《薦禰衡疏》:"鷙鳥累百,不如一鶚。"後因以"禰鶚"喻指英才。唐、黃滔《謝試官啟》:"而某丘錦小才,路蒲末學,旣非禰鶚,大懼溫犀。"

禰又讀 xiǎn ㄒㄧㄢˇ,《說文繫傳》息淺切。同"獮",秋獵。五代、徐鍇《說文解字繫傳》:"禰,秋畋也。"鈕樹玉《說文新附考》:"'禰'訓'秋畋'則同《犬部》'獮'。"

祧 新002 　祧　遷廟也。从示,兆聲。他彫切(tiāo ㄊㄧㄠ)。

【譯白】祧,帝王將世系較遠不當再獨自立廟的先祖神主遷入祖廟合祀。是依從示做形旁,以兆爲聲旁構造而成的形聲字。

【述義】帝王對世系遠隔之祖,依制將其神主遷入遠祖之廟;引伸爲遷移神主。《周禮·春官·守祧》:"守祧,掌守先王先公之廟祧。"鄭玄注:"遷主所藏曰祧。"孫詒讓《正義》:"先王,謂大祖及四親廟,先公,謂二祧也。許宗彥云:'武王立七廟時,后稷爲祖廟,公祖、太王、王季、文王爲四親,高圉、亞圉爲二祧。'"《禮記·祭法》:"遠廟爲祧,有二祧,享嘗乃止,去祧爲壇,去壇爲墠。"《周禮·春官·敍官》:"守祧,奄八人。"鄭玄注:"遠廟曰祧。"孫詒讓《正義》:"注云'遠廟曰祧'者,別于四親廟爲近廟也。《說文·示部·新附》:'祧,遷廟也。'《御覽·禮儀部》引《五經·異義》云:'《禮·祭法》云:天子有祧,遠廟曰祧;將祧而去之,故曰祧。'鄭《祭法》注云:'祧之言超也,超上去意也。'許宗彥云:'遠廟者,遠於廟。自正廟而遷之於祧,謂之遷,故祧曰遷廟。去祧而壇,則無廟矣,故謂之毀。壇墠鬼皆毀廟。'……周七廟,二祧爲遷廟,當從王肅說,謂王之高祖之父及祖,以次遞遷,非不遷不毀之廟也。"《周禮·春官·小宗伯》:"辨廟祧之昭穆。"孫詒讓正義:"廟祧謂五廟二祧,通爲七廟……許宗彥云:'廟至四世必迭遷,祧至六世必迭毀,故昭穆皆宜辨也。"唐、顏眞卿《論元皇帝祧遷狀》:"代祖元皇帝地非開統,親在七廟之外,代宗皇帝升祔,有曰:元皇帝神主禮合祧遷。"

《新唐書・禮樂志三》："已祧之主，不得復入太廟。"宋、周密《齊東野語・宗子請給》："王介甫爲相，裁減宗室恩數，宗子相率訴馬前。公諭子曰：'祖宗親盡，亦須祧遷，何況賢輩。'"《宋史・禮志・凶禮二》："僖祖及文懿皇后神主既祧，準禮不諱，忌日亦請依唐睿宗祧遷故事廢之。"

帝王遠祖、始祖之廟。《玉篇・示部》："祧，遠廟也。"《禮記・祭法》："遠廟爲祧。"孫希旦集解："蓋謂高祖之父、高祖之祖之廟也。謂之遠廟者，言其數遠而將遷也。"《漢書・韋賢傳》："祖禰則日祭，曾高則月祀，二祧則時享。"顏師古注："祧是遠祖也。"

泛指祖廟、祠堂。《儀禮・聘禮》："主人曰：'不腆先君之祧。'"《左傳・襄公九年》："君冠，必以裸享之禮行之，以金石之樂節之，以先君之祧處之。"杜預注："諸侯以始祖之廟爲祧。"沈欽韓補注："襄公冠於成公之廟，而云'以先君之祧處之'，然則祧是廟之通稱，不必爲遠祖廟也。"又《襄公二十三年》："紇不侫，失守宗祧，敢告不弔。"又《昭公元年》："敝邑舘人之屬也，其敢愛豐氏之祧？"孔穎達疏："此公孫段是穆公之孫，子豐之子，其家惟有子豐之廟。"

承繼爲後嗣。唐、韓愈《順宗實錄三》："付爾以承祧之重，勵爾以主鬯之勤。"《初刻拍案驚奇》卷二十："淑女承祧，尤爲望外。"清、顧炎武《廟號議》："漢室之興，文曰太宗，武曰世宗，宣曰中宗，惠、景、昭三帝皆不稱宗。是知帝以繫君人之統，宗以表前人之德，是以帝祧而宗不祧，此仁之至，義之盡也。"《聊齋志異・俠女》："且身已向暮，旦夕犯霧露，深以祧續爲憂耳。"《老殘遊記續集》第六回："不怕等二老歸天後再還宗，或是兼祧兩姓俱可。"

引申指繼承。清、毛先舒《詩辯坻》卷二："非如昌黎之文，既革隋、唐之響，復祧《史》、《漢》之法者也。"清、龔自珍《己亥雜詩三百十五首》之五十九："宿草敢祧劉禮部，東南絕學在毗陵。"

又引申爲更換。嚴復《〈法意〉按語》："若夫歐美諸邦，雖治制不同，實皆有一國之民，爲不祧之內主。"

超越。清、江順詒《詞學集成》卷一："按此體制似詞，乃樂府之變格。非先有詞而後有唐人之詩，亦不能祧詩而言詞。"清、顧炎武《與友人論學書》："是必其道之高於夫子，而其門弟子之賢於子貢，祧東魯而直接二帝之心傳者也。"

祆_{新003} 祆　胡神也。从示，天聲。火千切（xiān ㄒㄧㄢ）。

【譯白】祆，西域波斯國瑣羅亞斯德教對所事奉的天神的稱呼。是依從示做形旁，以天爲聲旁構造而成的形聲字。

【述義】徐鍇《說文解字繫傳》："祆，胡神也。從示，從天（會意字）。"王玉樹《拈字》："祆本番俗所事天神，後人因涉神加示耳。"

西域波斯國瑣羅亞斯德教稱所事天神稱爲祆，其教稱爲祆教，源於古波斯，傳爲公元前六世紀瑣羅亞斯德所創立，波斯薩珊王朝奉爲國教；其教義認爲世界有光明和黑暗之神，創善、惡二元論，而火則是善和光明的象徵，故以禮拜聖火爲主要儀式；南北朝時傳入中國，稱爲"祆教"、"火祆教"、"拜火教"、"明教"。《集韻‧先韻》："祆，胡謂神爲祆。"《梁書‧蔡撙傳》："天監九年，宣城郡吏吳承伯挾祆道，聚眾攻宣城。"《通典‧職官二二》："薩寶府祆正。"原注："祆者，西域國天神，佛經所謂摩醯首羅也。"唐、段成式《酉陽雜俎‧境異》："突厥事祆神，無祠廟，刻氈爲形，盛於皮袋，行動之處，以脂酥塗之，或繫之竿上，四時祀之。"宋、王溥《唐會要》卷一百："俗事天地水火諸神，西域諸胡事火祆者，皆詣波斯受法焉。"宋、姚寬《西溪叢語》卷上："宋次道《東京記》'甯遠坊有祆神廟'注云：'《四夷朝貢圖》云：康國有神名祆。畢國有火祆祠。'"又："祆之教法蓋遠，而穆護所傳則自唐也。"穆護，指祆教教士。又："宋公（宋敏求）言，祆立朝出於胡俗，而未必究其卽波斯教法也。"章炳麟《菌說》："要之，儒、佛、莊子三家，皆屬理想，亦皆參以實驗，較之祆教各家，誠若玉之視燕石矣。"

祆教又泛指西方傳入中國的天主教、基督教等宗教。清、黃遵憲《罷美國留學生感賦》："亦有習祆教，相率拜天祠。"

祆教徒。《舊唐書‧武宗紀》："勒大秦穆護、祆三千餘人還俗，不雜中華之風。"

關中稱天爲祆。《集韻‧先韻》："祆，關中謂天爲祆。"

祚_{新004} 祚　福也。从示，乍聲。臣鉉等曰："凡祭必受胙，胙卽福也；此字後人所加。"徂故切（zuò ㄗㄨㄛ）。

【譯白】祚，福的意思。是依從示做形旁，以乍爲聲旁構造而成的形聲字。臣徐鉉等在此向皇上說明：“古代帝王凡有祭祀時，同姓諸侯在祭祀完成之後必定得到胙肉，胙肉就是象徵祖先降福保祐；祚這個字是後人根據這一意義所創造的。”

【述義】祚謂福、福運；“祚胤”，謂福運及於後代子孫。《詩·大雅·既醉》：“君子萬年，永錫祚胤。”鄭玄箋：“天又長予女福祚，至于子孫。”《國語·周語下》：“若能類善物，以混厚民人者，必有章譽蕃育之祚。”漢、班固《西都賦》：“歷十二之延祚，故窮泰而極侈。”《文選·李密〈陳情表〉》：“門衰祚薄，晚有兒息。”李善注引《字書》曰：“祚，福也。”晉、杜預《春秋經傳集解序》：“言乎其位則列國，本乎其始，則周公之祚胤也。”唐、韓愈《論佛骨表》：“明帝在位纔十八年耳，其後亂亡相繼，運祚不長。”《宋史·禮志七》：“元符錫祚，眾寶效祥。”《紅樓夢》第二回：“今當祚永運隆之日，太平無爲之世。”“祚胤”，亦泛指後代子孫。《史記·三皇本紀》：“蓋聖人德澤廣大，故其祚胤繁昌久長。”唐、玄奘《大唐西域記·瞿薩旦那國》：“王甚驍武，敬重佛法，自云毘沙門天之祚胤也。”

賜、賜福、福佑、保佑、佑助，用同“胙”，多謂上天賜福。《左傳·宣公三年》：“天祚明德，有所厎止。”《國語·周語下》：“皇天嘉之，祚以天下。”《文選·張衡〈東京賦〉》：“神歆馨而顧德，祚靈主以元吉。”薛綜注：“言天神覬人主之明肅，顧饗其馨香之祭，故報之以大福。”《三國志·蜀志·馬良傳》：“聞雒城已拔，此天祚也。”晉、陸機《漢高祖功臣頌》：“跨功踰德，祚爾輝章。”《晉書·樂志上》：“祚命于晉，世有哲王。”唐、柳宗元《天對》：“湯、摯之合，祚以久食。”宋、羅大經《鶴林玉露》卷一：“天將祚其國，必祚其國之君子。”明、無名氏《鳴鳳記·燈前修本》：“陳平不爲王陵之戇，卒至安劉；仁傑不爲遂良之直，終能祚唐。”

亦指上天所賜的福運。清、黃宗羲《明夷待訪錄·原法》：“後之人主，既得天下，唯恐其祚命之不長也，子孫之不能保有也，思患于未然以爲之法。”

帝位、君位、國家的法統。《廣韻·暮韻》：“祚，位也。”《史記·秦楚之際月表》：“撥亂誅暴，平定海內，卒踐帝祚，成於漢家。”又

《燕召公世家》：“成王旣幼，周公攝政，當國踐祚。”漢、班固《東都賦》：“往者王莽作逆，漢祚中缺；天人致誅，六合相滅。”南朝、宋、范曄《宦者傳論》：“和帝卽祚幼弱，而竇憲兄弟專摠權威。”

《新唐書·沈旣濟傳》：“況中宗以始年旣位，季年復祚，雖尊名中奪，而天命未改。”《資治通鑑·漢平帝元始五年》：“其令安漢公居攝踐祚，定周公故事。”胡三省注：“祚，位也。”

流傳、傳代。《晉書·段灼傳》：“（鄧）艾功名已成，亦當書之竹帛，傳祚萬世。”唐、劉知幾《史通·內篇·因習》：“事出百年，語同一理。卽如是，豈陳氏苗裔祚流東京者乎？”《續資治通鑑·宋甯宗開禧二年》：“固宜世祚大帥，遂荒西土，長爲藩鎮。”

報答、酬報。漢、蔡邕《司空文烈侯楊公碑》：“申備九錫，以祚其庸。”

年、歲。三國、魏、曹植《元會》：“初歲元祚，吉日惟良。”《晉書·王沈傳》：“彈琴詠典，以保年祚。”

文四　新附（以上《示部》新增附的文字有四個。）

三 0073　三　天地人之道也。从三數。凡三之屬，皆从三。弎，古文三，从弋。穌甘切（sān ㄙㄢ）。

【譯白】三，表示天、地、人共同存在的道數。是描繪出重疊着象徵天、地、人共同存在的三筆橫畫構造而成的指事文字。大凡用三做部首來被統括其意義類屬的字，都是依從三做形殳構造而成的。弎，是周朝晚期的古文的三字，是依從計算籌碼的弋做形殳構造而成的指事文字。

【述義】王筠《說文釋例》卷一、頁十八：“‘三’下云‘從三數’，與‘二’下云‘從偶’同詞；不言‘從兩一、從三一’者，一象太極，二象兩儀，三象三才，不必由積累而成也；顧此‘從’字，與它不同，祇作象字用耳。‘甲’下云‘從木戴孚甲之象’，以象形字而言從，亦猶此也；以二從偶推之，一下何不言從奇，此五百四十部之首，不可言從也；猶《乾》卦冠乎全經，《大象》但云‘天行健’，竝乾字不出也。”《老子》第四十二章：“道生一，一生二，二生三，三生萬物。”《史記・律書》：“數始于一，終于十，成于三。”《淮南子・天文訓》：“道曰規始于一；一而不生，故分而爲陰陽；陰陽合和而萬物生。故曰一生二，二生三，三生萬物。”許愼之前，三已被視爲“積聚”的起始之數，爲兩性合和的成果，是萬物生殖繁衍的體現；許愼視三爲化生萬物的根基，說解成涵蓋宇宙和人類的“天地人之道”，是當時“天人合一”的文化思想。

指天、地、人。《國語・周語下》：“紀之以三，平之以六。”韋昭注：“三，天、地、人也。”

指君、父、師。《國語・晉語一》：“民生于三，事之如一。”韋昭注：“三，君、父、師也。”

指三星。《詩・召南・小星》：“嘒彼小星，三五在東。”毛傳：“三，心。”又《唐風・綢繆》：“綢繆束薪，三星在天。”毛傳：“三星，參也。”鄭玄箋：“三星，謂心星也。”均專指一宿而言；天空中明亮而接近的三星，有參宿三星、心宿三星、河鼓三星。據近人研究，《綢繆》首章“綢繆束薪，三星在天”，指參宿三星；二章“綢繆束芻，三星在隅”，指心宿三星；末章“綢繆束楚，三星在戶”，指河鼓三星。明、梅鼎祚《玉合記・義姤》：“吉日良宵，試看三星帶月。”

指三皇。漢、袁康《越絕書・篇敍外傳記》：“興敗有數，承三繼五。”《南齊書・禮志上》：“漢崇儒雅，幾致刑厝，而猶道謝三、五者，以其致教之術未篤也。”也指三王。《漢書・司馬相如傳下》：“上咸五，下登三。”顏師古注：“言漢德與五帝皆盛，而登於三王之上也。”

數詞，二加一的和。《廣韻・談韻》：“三，數名。”清、汪中《述學・釋三九上》：“二乘一則爲三。故三者，數之成也。”《莊子・齊物論》：“二與一爲三。”《易・需》：“有不速之客三人來。”《戰國策・齊策四》：“狡兔有三窟，僅得免其死耳。”唐、韓愈《送張道士序》：“三獻書，不報，長揖而去。”

表序數第三。《書・洪範》：“五行：一曰水，二曰火，三曰木……”《左傳・莊公十年》：“一鼓作氣，再而衰，三而竭。”《儒林外史》第七回：“一等、二等、三等都發落過了。”

泛指多數或多次。如：舉一反三。清、汪中《述學·釋三九上》："因而生人之措辭，凡一二之所不盡者，則約之三，以見其多。"《詩·魏風·碩鼠》："三歲貫女，莫我肯顧。"《論語·公冶長》："季文子三思而後行。"劉寶楠正義："三思者，言思之多，能審慎也。"

三倍。《周禮·考工記·廬人》："凡兵無過三其身；過三其身，弗能用也。"三其身，謂三倍其身長。

終。漢、揚雄《太玄·進》："三歲不還。"范望注："三，終也……山川高險，終歲不還，以諭難也。"《後漢書·袁紹傳》："結恨三泉。"李賢注："三者，數之小終，言深也。"

指曆中九宮的第三宮，卽東方震位。《素問·五常政大論》："蕭飂肅殺，則炎赫沸騰，眚於三。"王冰注："火爲木復，故其眚在東。三，東方也。"

哲學用語，古代思想家用以稱天地氣合而生萬物的和氣。《老子》："道生一，一生二，二生三，三生萬物。"

姓氏用字。《廣韻·談韻》："三，漢複姓五氏：三閭氏，三閭大夫屈原之後也；沛上計三烏羣，三烏大夫之後也……《蜀志》有三丘務。"《萬姓統譜·談韻》："三，見《姓苑》。明有三庸道，應州人，正統中任祁門縣丞。又三成志，桃源人，正統中江陰利港巡檢。"

疊字雙音"三三"形況：一、謂三乘以三。《宋書·律曆志上》："黃鍾之律長九寸，物以三生，三三九，三九二十七，故幅長二尺七寸，古之制也。"二、童謠名。宋、蘇軾《會雙竹席上奉答開祖長官》詩："算來九九無多日，唱著三三憶舊遊。"王文誥輯注引馮應榴曰："《唐書》童謠：打麥三三三。"明、袁宏道《法華庵同諸開士限韻》詩："農人占九九，童子契三三。"三、指三三徑。清、曹寅《寄題東園》詩之六："桃塢下多蹊，三三別一徑。"按：宋、楊萬里於東園辟九徑，分植不同的花木，名曰"三三徑"。宋、楊萬里《三三徑》詩序："東園新開九徑，江梅、海棠、桃、李、橘、杏、紅梅、碧桃、芙蓉九種花木，各植一徑，命曰三三徑。"宋、周必大《上巳訪楊廷秀》詩："回環自屬三三徑，頃刻常開七七花。"四、三同、三讓、三虞的合稱。《逸周書·酆謀》："初用三同：一戚取同，二任用能，三矢無聲。三讓：一近市，二賤粥，三施資。三虞：一邊不侵內，二道不

毆牧，三郊不留人。王曰：'嗚呼！允從三三無怫，闕徵可因。'"孔晁
注："言三讓、三同、三虞無違，言善徵可用以立功也。"

　　三，舊讀 sàn ㄙㄢˋ，《廣韻》蘇暫切，去闕心。多次，再三的意
思。《左傳·定公十三年》："三折肱知爲良醫。"《孟子·離婁下》：
"禹稷當平時，三過其門而不入，孔子賢之。"《史記·屈原賈生列
傳》："其存君興國而欲反覆之，一篇之中三致志焉。"漢、張衡《東
京賦》："憲先靈而齊軌，必三思以顧愆。"《南史·毛喜傳》："宗
社至重，願加三思。"清、洪昇《長生殿·埋玉》："若軍心安，則陛
下安矣。願乞三思。"清、黃遵憲《送女弟》詩："阿母性慈愛，愛
汝如珍珠，一日三摩抄，未嘗離須臾。"

文一　重一（以上《三部》的文字有一個，重文有一個。）

王 0074　王　天下所歸往也。董仲舒曰："古之造文者，三畫
而連其中謂之王，三者，天、地、人也，而參通之者，王也。"
孔子曰："一貫三爲王。"凡王之屬，皆从王。𠙻，古文王。
雨方切（wáng ㄨㄤˊ）。

【譯白】王，受到天下人心所共同歸附景往的人。董仲舒說："古代
創造文字，三筆橫畫再加上一筆豎畫連接其中稱爲'王'字，這三筆
橫畫，是表示共同存在的天的本原本體、地的本原本體、人的本原本
體，而能夠參合（調和融爲一體）通順天、地、人三者的本原本體的
人就是王。"孔子說："一筆豎畫貫穿代表天、地、人共同存在的三
就是王（能夠貫通遵行天、地、人之道的人就是王）。"（王是變形會
意兼指事字。）大凡用王做部首來被統括其意義類屬的字，都是從依
王做形旁構造而成的。𠙻，是古文的王字。

【述義】王，甲骨文有多種寫法，常見的有：𠙻、𠚥、𠙻、𠙻；金文
常見的有：𠙻、𠙻、𠙻、𠙻。從甲骨、金文的形體看，橫不一定三畫，
豎也不一定爲丨；足證"一貫三爲王"非原造字本意。清、吳大澂認
爲王的初形是火、火從地下噴出的形象，王國維持同一說；今人吳其
昌《金文名象疏證兵器篇》謂'王字之本義斧也'，義爲象徵權力；
徐中舒《甲骨文字典》則說'王像人端拱而坐的形象'。許慎以"一

貫三爲王”說解，是由後起字形推導，實源於當時大一統的“天人合一”文化現象。董仲舒《春秋繁露‧王道通三》：“古之造文者，三而連其中謂之王；三畫者，天地與人也，而連其中者，通其道也；取天地與人之中以爲貫而參通之，非王者熟能當是。”《韓詩外傳》：“王者何也？曰：往也；天下往之謂之王。曰：善生養人者，故人尊之；曰：善辯治人者，故人安之；善設顯人者，故人親之；善粉飾人者，故人樂之。四統者具，而天下往之；四統無一，而天下去之。往之謂之王，去之謂之亡。”是許愼以當時天人合一的王道思想說解“王”字。本書第八篇《人部》“人”條“天地之性最貴者也”之說解，第十篇《大部》“大”條“天大，地大，人亦大，故大像人之形”之說解，此二條所謂之“人”，即指王者而言。

　　夏、商、周三代天子之稱號爲“王”，秦始皇以後改稱皇帝。《爾雅‧釋詁》：“王，君也。”《六書故‧疑》：“王，有天下曰王。帝與王一也。周衰，列國皆僭號自王。秦有天下，遂自尊爲皇帝。漢有天下，因秦制稱帝，封同姓爲王，名始亂矣。”《書‧盤庚上》：“王若曰：‘格，汝衆。”又《洪範》：“天子作民父母，以爲天下王。”《詩‧小雅‧北山》：“溥天之下，莫非王土；率土之濱，莫非王臣。”《孟子‧梁惠王上》：“王好戰，請以戰喻。”《周禮‧天官序》：“惟王建國。”唐、陸德明《經典釋文》引干寶云：“王，天子之號，三代所稱也。”《禮記‧內則》：“后王命冢宰，降德于衆兆民。”唐、陸德明《經典釋文》：“王，天子也。”《呂氏春秋‧下賢》：“帝也者天下之適也，王也者天下之往也。”《史記‧殷本紀》：“於是周武王爲天子；其後世貶帝號，號爲王。”《明史‧朱升傳》：“高築牆，廣積糧，緩稱王。”章炳麟《奉獻記》：“不燔六藝，不足以尊新王。”

　　秦以前諸侯在自己國內的稱號。王國維《古諸侯稱王說》：“世疑文王受命稱王，不知古諸侯于境內稱王，與稱君稱公無異。”《孟子‧梁惠王下》：“吾王之好鼓樂，夫何使我至於此極也。”《國語‧楚語上》：“莊王使士亹傅太子箴。”《史記‧越王句踐世家》：“越王句踐，其先禹之苗裔，而夏后帝少康之庶子也。”羅根澤《諸子考索‧管子‧形勢》：“諸侯稱王，唯楚在春秋之世，餘皆在戰國。”後泛指一國君主。

秦漢以來皇帝對親屬、臣屬的最高封爵。《正字通・玉部》：“王，天子伯叔兄弟分封於外者亦曰王。”《史記・項羽本紀》：“乃分天下，立諸將爲侯王。”又《東越列傳》：“漢五年，復立無諸爲閩越王。”《漢書・百官公卿表上》：“諸侯王，高帝初置，金璽盭綬，掌治其國……景帝中五年令諸侯王不得復治國，天子爲置吏。”《三國志・魏志・文帝紀》：“帝弟鄢陵公彰等十一人皆爲王。”《隋書・百官志中》：“王，位列大司馬上，非親王則位在三公下。”《明史・禮志八》：“（洪武）二十八年定制：親王嫡長子，年十歲，授金册寶，立爲王世子；次嫡及庶子皆封郡王。”清、梁章鉅《稱謂錄・宗室古封爵各稱》：“馬氏《通考》：‘漢興，設爵二等，曰王，曰侯。’皇子而封爲王者，其實古諸侯也，古謂之諸侯王。王子封爲侯者，謂之諸侯。”

朝謁天子表示臣服。《詩・商頌・殷武》：“莫敢不來享，莫敢不來王。”鄭玄箋：“世見曰王。”孔穎達疏：“一世而一見於王。”《左傳・隱公九年》：“宋公不王。”又《莊公二十三年》：“諸侯有王，王有巡守。”王引之《經義述聞・左傳上》：“‘宋公不王’猶言‘宋公不朝’。‘諸侯有王，王有巡守’猶言‘諸侯有朝，王有巡守’。”《史記・周本紀》：“要服者貢，荒服者王。”《三國志・魏志・文帝紀》：“氐羌來王。”明、張居正《擬唐回鶻率衆內附詔宰相李德裕撰賀表》：“天子以四夷爲守，則要附貢，荒服王。”

首領、同類中最突出的。《老子》第六十六章：“江海所以能爲百谷王者，以其善下之，故能爲百谷王。”唐、杜甫《前出塞》詩：“射人先射馬，擒賊先擒王。”《西遊記》第一回：“那一個有本事的，鑽進去尋個源頭出來，不傷身體者，我等即拜他爲王。”又第七一回：“妖王慚愧道：‘我從來不生此物，可可的今宵出醜。’”清、蒲松齡《聊齋志異・考弊司》：“少頃，鬼王及秀才並至。”

大。《廣雅・釋詁一》：“王，大也。”《周禮・天官・獻人》：“春獻王鮪。”鄭玄注：“王鮪，鮪之大者。”《呂氏春秋・疑似》：“與諸侯約，爲高葆，禱於王路，置鼓其上。”俞樾平議：“王路者，大路也。”《楚辭・大招》：“王虺騫只。”王逸注：“王虺，大蛇也。”清、錢大昕《十駕齋養新錄・王女》：“女蘿之大者謂之王女，猶王彗、王芻，魚有王鮪，鳥有王睢也。"

尊。《惠子·雜篇》："匡章謂惠子曰：'公之學去尊，今又王齊王，何其到也。'"清、李漁《閑情偶寄·種植·梅》："花之最先者梅，菓之最先者櫻桃。若以次序定尊卑，則梅當王於花，櫻桃王於菓。"

古代對祖父母輩的尊稱。《爾雅·釋親》："父之考爲王父，父之妣爲王母，王父之考爲曾祖王父，王父之妣爲曾祖王母，曾祖王父之考，爲高祖王父，曾祖王父之妣，爲高祖王母。"郭璞注："如王者，尊之也。"郝懿行義疏："祖父母而曰王者，王，大也，君也，尊上之稱。"《論衡·詰術》："孟氏、仲氏，王父字之氏姓也。"

匡正。《墨子·迎敵祠》："唯乃是王。"于省吾《雙劍誃諸子新證·墨子二》："王本應作匡，宋人避諱而改爲王……《詩·破斧》：'四國是皇'，王應麟《詩考》引齊詩作'四國是匡'，《法言·先知》作'四國是王'，《春秋繁露·深察名號》：'王者皇也，王者匡也。'是皇、匡、王字音近義通。"

蟲名，土蜘蛛，也叫顛當蟲。《爾雅·釋蟲》："王，蛈蝪。"郭璞注："卽蝼蟷。似鼃黿，在穴中，有蓋。"郝懿行義疏："又爲顛當。"

通"皇"。《莊子·天運》："夫三王五帝之治天下不同，其係聲名一也。"唐、陸德明《經典釋文》："三王，本作三皇。"《尚書大傳》卷三："王之不極。"《漢書·五行志上》引作"皇之不極"。

姓。《廣韻·陽韻》："王，姓。"《通志·氏族略四》："王氏，天子之裔也。所出不一：有姬姓之王；有嬀姓之王；有子姓之王；有虞姓之王。"

王又讀 wàng ㄨㄤˋ，《廣韻》于放切，去漾云；陽部。分述諸議如後：

統治、領有一國或一地。《詩·大雅·皇矣》："王此大邦，克順克比。"《易·繫辭下》："古者包犧氏之王天下也，仰則觀象於天，俯則觀法於地。"《史記·高祖本紀》："陳勝等起蘄，至陳而王，號張楚。"又《項羽本紀》："懷王與諸將約曰：'先破秦入咸陽者王之。'"《漢書·賈誼傳》："高皇帝瓜分天下以王功臣，反者如蝟毛而起。"唐、韓愈《祭田橫墓文》："當秦氏之敗亂，得一士而可王。"《新唐書·竇建德傳》："唐據關內，鄭王河南，夏有冀方，此鼎足相持勢也。"宋、蘇軾《學士院試孔子從先進論》："古之人有欲以其君王者也，有欲以其君霸者也，有欲以強其國者也。"

成王業、作皇帝、稱王。《詩·大雅·皇矣》："王此大邦，克順克比。"《孟子·梁惠王上》："故王之不王，不爲也，非不能也。"《商君書·開塞》："周不法商，夏不法虞，三代異勢，而皆可以王。"《馬王堆漢墓帛書·經法·六分》："其子父，其臣主，雖強大不王。"《史記·魏豹彭越列傳》："陳勝之起王也，（魏）咎往從之。"《晉書·石勒載記上》："昔陳嬰豈其鄙王而不王，韓信薄帝而不帝者哉？"

使之王、封爲王爵。《史記·荊燕世家》："當是時也，高祖子幼；昆弟少，又不賢，欲王同姓以鎮天下。"宋、司馬光《項羽誅韓生》："（項羽）宰制天下，王諸侯，廢公義。"《續資治通鑑·元順帝至正十六年》："帝賜勞內殿，王其先臣二世，拜河南行省左丞相。"

勝、勝過。《莊子·德充符》："常季曰：'彼兀者也，而王先生，其與庸亦遠矣。'"唐、陸德明《經典釋文》引李頤曰："王，勝也。"《太平御覽》卷八百九十九引《莊子》曰："夔氏之牛夜亡而遇夔，止而問焉，曰：'我尚有四足，動而不善，子一足而起踊，何以然？'夔曰：'以吾一足王於子矣。'"

通"旺"，興盛、旺盛。《廣韻·漾韻》："王，盛也。"《集韻·漾韻》："王，興也。"朱駿聲《說文通訓定聲·壯部》："王，叚借爲眰（旺）。"《莊子·養生主》："澤雉十步一啄，百步一飲，不蘄畜乎樊中，神雖王，不善也。"南朝、宋、劉義慶《世說新語·雅量》："太傅神情方王。"唐、李白《贈張相鎬》詩："英烈遺厥孫，百代神猶王。"唐、薛能《春日閒居》詩："花繁春正王，茶美夢初驚。"宋、葉適《縣尉林公挽詞》："有子聯三俊，成名王兩家。"《續資治通鑑·宋孝宗淳熙十一年》："上京，祖宗興王之地。"清、王夫之《張子正蒙注·參兩篇》："循環迭至，時有衰王，更相爲主也。"

王又讀 wǎng ㄨㄤˇ，《字彙》羽枉切。通"往"。朱駿聲《說文通訓定聲·壯部》："王，叚借爲往。"《詩·周頌·臣工》："王釐爾成，來咨來茹。"馬瑞辰通釋："王與往古同聲通用……王釐，猶言往告也。”又《大雅・板》：“昊天曰明，及爾出王。”毛傳：“王，往。”

　　王又讀 yù ㄩˋ，《集韻》虞欲切，入燭疑；屋部。同“玉”。《廣韻・燭韻》：“玉，《說文》本作王，隸加點以別王字。”《周禮・天官・九嬪》“贊玉齍”漢、鄭玄注：“故書玉爲王，杜子春讀爲玉。”《韓非子・喻老》：“文王見詈於王門，顏色不變。”陳奇猷集釋引盧文弨曰：“王，卽古玉字。”又《內儲說下》：“共立少見愛幸，長爲貴卿，被王衣，含杜若，握玉環，以聽於朝。”俞樾平議：“王當作玉。《三國志・魏志・魏文帝紀》注云：‘舜承堯禪，被珍裘。’玉衣猶云珍裘矣。”

閏　0075　閏　餘分之月；五歲再閏。告朔之禮，天子居宗廟；閏月居門中。从王在門中。《周禮》曰：“閏月，王居門中，終月也。”如順切（rùn ㄖㄨㄣˋ）。

【譯白】閏，是用多餘出來未分在年曆上的時日組成的月份；每隔五年有兩次閏月。每月初一這天在祖廟舉行曆政頒行的告朔之禮，天子就居住在宗廟處理政務；而因爲閏月多災，就在辦公處所（殿上）門中（門後之處、卽辦公處所）起居保持警戒。這個閏字就是分別以“王”在“門”中做主、從形芻並峙爲義構造而成的會意字。《周禮・春官・大史》上說：“閏月，周王居住在正室門中，整整一個月。”

【述義】曆法術語；一回歸年（地球公轉一周）的時間爲三百六十五天五時四十八分四十六秒，夏曆定一年爲三百五十四天或三百五十五天，所餘的時間約三年積成一月，加在一年裏，這樣的辦法稱爲“閏”。《廣韻・稕韻》：“閏，餘也。《易》曰：‘五歲再閏。’《史記》曰：‘黃帝起消息，正閏餘。’《漢書音義》曰：‘以歲之餘爲閏。’”《易・繫辭上》：“歸奇於扐以象閏。”《書・堯典》：“朞，三百有六旬有六日，以閏月定四時成歲。”《公羊傳・哀公五年》：“閏月，葬齊景公。閏不書，此何以書？喪以閏數也。”《穀梁傳・文公六年》：“天子不以告朔，而喪事不數也。”《淮南子・天文訓》：“以十二月爲歲，歲有餘十日九百四十分日之八百二十七，故十九歲而七閏。”晉、范甯注：“閏是叢殘之數，非月不正。”唐、戴叔倫《九日與敬處士左學士同賦采菊上東山》詩：“晝日市井喧，閏年禾稼晚。”

唐、韓愈《皇帝即位賀宰相啟》：“皇帝以閏月三日，嗣臨大位。”宋、楊萬里《憫農》詩：“已分忍飢度殘歲，更堪歲裏閏添長！”《兒女英雄傳》第三六回：“恰遇那年下半年有個閏月，北地節候又遲，滿山杏花還開得如火如錦。”王國維《觀堂集林・生霸死霸考》：“商時置閏皆在歲末，故殷虛卜辭屢云十三月。”按：殷代卜辭和西周金文紀閏月或寫作“十三月”，未見出現“閏”字。

　　謂設置閏月。《易・繫辭上》：“五歲再閏。”《左傳・文公六年》：“閏以正時。”杜預注：“四時漸差，則致閏以正之。”漢、蔡邕《獨斷》卷上：“三年一閏，五年再閏。”清、俞正燮《癸巳存稿・閏》：“閏於歲終者，秦法之失。”

　　公曆定一年爲三百六十五天，地球公轉一周所餘的時間約四年積成一天，加在二月裏，也叫做“閏”。

　　偏、副、僞，與“正”相對。《漢書・王莽傳下》：“紫色䵥聲，餘分閏位。”顏師古注引服虔曰：“言莽不得正王之命，如歲月之餘分爲閏也。”宋、司馬光《答郭純長官書》：“夫正閏之論，誠爲難曉。”《宋史・宋庠傳》：“（庠）又輯《紀年通譜》，區別正閏，爲十二卷。”明、陶宗儀《輟耕錄・正統辨》：“前代異史，今日兼修，是非之論既明，正閏之統可定。”清、唐孫華《贈趙松一》詩：“蜀魏爭正閏，島索互詆讕。”梁啟超《新史學・論紀年》：“蓋凡史必有紀年，而紀年必藉王者之年號，因不得不以一爲主，而以餘爲閏也。”閏位，謂非正統的帝位。《漢書・王莽傳贊》：“紫色䵥聲，餘分閏位。”顏師古注引服虔曰：“言莽不得正王之命，如歲月之餘分爲閏也。”唐、劉知幾《史通・列傳》：“如項羽者，事起秦餘，身終漢始。殊夏氏之后羿，似黃帝之蚩尤。譬諸閏位，容可列紀。”明、張煌言《答趙廷臣》詩之一：“敢是天方崇閏位，黃雲白草未曾春。”

　　增添、附加。《敦煌變文集・長興四年中興殿應聖節講經文》：“壽等松椿宜閏益，福如東海要添陪。”元、景元啟《得勝令・歡會》：“書生，稱了風流興。卿卿，願今宵閏一更。”元、貫雲石《紅繡鞋》曲：“情未足，夜如梭，天哪，更閏一更兒妨甚麼。”清、李漁《奈何天・醉卺》：“紅鸞運，紅鸞運，喜樂事，今番閏。”清、華偉生《開國奇冤・旨例》：“本書自《開學》至《圓案》，計十六折。先以《約敍》，閏以《臏義》，共成一十八齡。”

餘事。宋、陳師道《寄答王直方》詩：“人生如此耳，文字已其閏。”

通“潤”，滋潤。《素問、痿論》：“陽明者，五藏六府之海，主閏宗筋。”吳崐注：“閏，潤同。”按：《太素・五藏痿》作“潤”。

姓。《萬姓統譜・震韻》：“閏，見《姓苑》。河南南陽府有閏氏。”

皇 0076 皇 大也，从自（王）。自，始也；始皇（王）者，三皇；大君也。自，讀若鼻，今俗以始生子爲鼻子。胡光切（huáng ㄏㄨㄤˊ）。

【譯白】皇，大的意思。是依從連文成義的自王做主、從形羽構造而成的會意字。自，是初始、開頭的意思；最初開頭統治天下的人是燧人氏、伏羲氏、神農氏；這三皇是偉大的君王。自這個字的音讀像“鼻”字，當今俗話把初生的子女稱爲“鼻子”。

【述義】“从自”、“始皇者，三皇也”，段玉裁《說文解字注》作“从自王”、“始王者，三皇也”；據改。吳大澂《古籀補》：“皇，大也。日出土則光大，日爲君象，故三皇稱皇。”朱芳圃《殷周文字釋叢》：“皇卽煌之本字。”按：皇象王著冠冕形。

大。《書・召誥》：“皇天上帝，改厥元子茲大國殷之命。”《詩・小雅・正月》：“有皇上帝，伊誰云憎。”又《大雅・皇矣》：“皇矣上帝，臨下有赫。”毛傳：“皇，大。”《書・洪範》：“建用皇極。”孔傳：“皇，大。極，中。凡立事當用大中之道。”《逸周書・祭公》：“汝其皇敬哉！”孔晁注：“皇，大。”《文選・張衡〈東京賦〉》：“紆皇組，要干將。”李善注：“皇，大也。”南朝、宋、顏延之《宋南郊登歌・迎送神歌》：“維聖饗帝，維孝饗親。皇乎備矣，有事上春。”唐、柳宗元《天對》：“皇熙亹亹，胡棟胡宇！”太平天國、洪仁軒《英傑歸眞》：“蓋大而無外謂之皇，超乎萬權之上，主宰天地人萬物謂之帝。”

天。《廣韻・唐韻》：“皇，天也。”《書・呂刑》：“皇帝哀矜庶戮之不辜，報虐以威。”《楚辭・離騷》：“陟陞皇之赦戲兮，忽臨睨夫舊鄉。”王逸注：“皇，皇天也。”又：“皇剡剡其揚靈兮，告余以吉故。皇覽揆余初度兮，肇錫余以嘉名。”漢、應劭《風俗通・

皇霸·三皇》："皇者，天；天不言，四時行焉，百物生焉。"《後漢書·崔駰傳》："皇再命而紹郟鄏兮，乃云眷乎建武。"李賢注："皇，天也。"《文選·陸倕〈新漏刻銘〉》："配皇等極，爲世作程。"呂向注："皇，天也。"

天神。《楚辭·九歌·東皇太一》："吉日兮辰良，穆將愉兮上皇。"又《遠遊》："鳳皇翼其承旗兮，遇蓐收乎西皇。"姜亮夫校注："西皇，西方天神也。"《後漢書·張衡傳》："叫帝閽使闢扉兮，覿天皇于瓊宮。"李賢注："天皇，天帝也。"《文選·顏延年〈三月三日曲水詩序〉》："皇祇發生之始，后王布和之辰。"李善注："皇，天神也。"晉、葛洪《神仙傳·廣成子》："得我道者上爲皇，失吾道者下爲士。"唐、杜甫《幽人》詩："風帆倚翠蓋，暮把東皇衣。"

君主、帝王。《爾雅·釋詁上》："皇，君也。"《詩·周頌·酌》："於昭于天，皇以間之。"鄭玄箋："皇，君也。"《楚辭·離騷》："豈余身之憚殃兮，恐皇輿之敗績。"王逸注："皇，君也。"《史記·秦始皇本紀》："采上右帝位號，號曰皇帝。"漢、班固《東都賦》："夫大漢之開元也，奮布衣以登皇位。"又《白虎通·爵》："何以言皇亦稱天子也？以言其天覆地載俱王天下也。"南朝、梁、沈約《梁三朝雅樂歌·雍樂》："百司警列，皇在在陛。"唐、杜牧《阿房宮賦》："王子皇孫，辭樓下殿。"宋、孫奕《履齋示兒編·總說·皇帝王通稱》："皇，可以謂之帝，《月令》云'其帝大皞是也'；亦可以謂之王，《禮運》云'昔者先王未有宮室'是也。"劉成禺《洪憲紀事詩》之一四九："異代逋臣今老大，狂書衣帶話前皇。"

古代對封建王朝的敬稱。晉、陸機《弔魏武帝文》："接皇漢之末緒，值王途之多違。"唐、裴度《唐太尉中書令西平王李晟神道碑銘并序》："曾祖嵩，皇珉州刺史，贈洮州刺史；祖思恭，皇洮州刺史，贈幽州大都督；考欽，皇左金吾衛大將軍隴右節度輕軴副使，贈太子太保。"南朝、梁、劉勰《文心雕龍·時序》："暨皇齊馭寶，運集休明。"明、徐渭《牡丹賦》："茲上代之無聞，始絕盛乎皇唐。"

對先代或亡親的敬稱。《楚辭·離騷》："帝高陽之苗裔兮，朕皇考曰伯庸。"《禮記·曲禮下》："祭王父曰皇祖考，王母曰皇祖妣，父曰皇考，母曰皇妣，夫曰皇辟。"鄭玄注："更設稱號尊神，異於人也。"亦作皇考的省稱。《楚辭·離騷》: "皇覽揆余初度兮, 肇錫余以嘉名。"王逸注: "皇, 皇考也。"

附述 "皇考": 一、古代對已故曾祖的尊稱。《禮記·祭法》: "曰皇考廟。"孔穎達疏: "曰皇考廟者, 曾祖也。"清、黃宗羲《金石要例·書祖父例》: "范育《呂和叔墓表》稱曾祖爲皇考。"二、父祖的通稱。《詩·周頌·雝》: "假哉皇考, 綏予孝子。"孔穎達疏: "考者, 盛德之名, 可以通其父祖……此與《閔予小子》非曾祖, 亦云皇考者, 以其散文取尊君之義, 故父祖皆得稱之。"三、對亡父的尊稱。《禮記·曲禮下》: "祭……父曰皇考, 母曰皇妣。"《楚辭·離騷》: "帝高陽之苗裔兮, 朕皇考曰伯庸。"王逸注: "皇, 美也; 父死稱考。"《南史·宋紀上·武帝》: "皇考翹, 字顯宗, 郡功曹。"宋、歐陽修《瀧岡阡表》: "惟我皇考崇公卜吉於瀧岡之六十年, 其子修始克表於阡。"宋徽宗始專用於皇家。《日下尊聞錄·西峯秀色》: "(高宗純皇帝)詩注: '是地軒爽明敞, 戶對西山, 皇考最愛居此。'"《清史稿·世祖紀二》: "皇考賓天, 朕止六歲。"

附述 "皇妣": 一、稱遠祖的配偶。《國語·周語下》: "我皇妣大姜之姪, 伯陵之後, 逄公之所憑神也。"二、對亡母的敬稱。《禮記·曲禮下》: "祭……母曰皇妣。"《後漢書·安帝紀》: "皇妣左氏曰孝德皇后。"宋、歐陽修《瀧岡阡表》: "皇妣累封越國太夫人。"

"煌"的古字, 輝煌、莊盛。《詩·小雅·采芑》: "服其命服, 朱芾斯皇。"毛傳: "皇, 猶煌煌也。"《儀禮·聘禮》: "賓入門皇, 升堂讓。"鄭玄注: "皇, 自莊盛也。"漢、蔡邕《獨斷》卷上: "皇者, 煌也。盛德煌煌, 無所不照。"

美、美好。《廣雅·釋詁一》: "皇, 美也。"《詩·大雅·文王》: "思皇多士, 生此王國。"朱熹注: "皇, 美。"又《周頌·臣工》: "於皇来牟, 將受厥明。"孔穎達疏: "皇, 訓爲美。"朱熹集傳: "於皇, 歎美之辭。"漢、揚雄《法言·孝至》: "堯舜之道皇兮, 夏、殷、周之道將兮。"《後漢書·文苑傳·傅毅》: "武丁興商, 伊宗皇士。"李賢注: "皇, 美也。"

贊美、贊許、嘉許。《詩·周頌·執競》: "不顯成康, 上帝是皇。"毛傳: "皇, 美也。"高亨注: "言上帝嘉美贊許成王、康王。"

四面無壁的室或堂。《漢書‧胡建傳》："監御史與護軍諸校列坐堂皇上。"顏師古注："室無四壁曰皇。"《資治通鑑‧晉愍帝建興二年》："（王）浚乃走出堂皇。"元、胡三省注："堂無四壁曰皇。"

黃白色；一說是黃色。《詩‧豳風‧東山》："之子于歸，皇駁其馬。"毛傳："黃白曰皇。"宋、蘇軾《書韓幹牧馬圖》："騅駓騧駱驪騮騵，白魚赤兔騂皇騜。"又指胯間毛色黃白的驪馬。《詩‧魯頌‧駉》："薄言駉者，有驈有皇。"毛传："驪馬白跨（胯）曰驈，黃白曰皇。"本書《馬部》"騜"引《詩》作"有驈有騜"。段玉裁《說文解字注》："按《毛詩》作'皇'，許無'騜'字，《字林》乃有之。此'騜'後人所改。《韻會》作'有皇'，是也。《爾雅》作'黃白騜'亦是俗本。"

植物名，似燕麥。《爾雅‧釋草》："皇，守田。"郭璞注："似燕麥，子如彫胡米，可食，生廢田中，一名守氣。"

冠名，上面畫有羽飾。《禮記‧王制》："有虞氏皇而祭。"鄭玄注："皇，冕屬也，畫羽飾焉。"

鳥名。一、黃雀。《爾雅‧釋鳥》："皇，黃鳥。"郝懿行義疏："此即今之黃雀，其形如雀而黃，故名黃鳥。"二、"凰"的古字；傳說中的雌鳳。《爾雅‧釋鳥》："鳳，其雌皇。"唐、陸德明《經典釋文》："皇本亦作凰。"《書‧益稷》："簫韶九成，鳳皇來儀。"孔傳："雄曰鳳，雌曰皇。"《詩‧大雅‧卷阿》："鳳皇于飛，翽翽其羽。"《楚辭‧離騷》："鸞皇為余先戒兮，雷師告余以未具。"王逸注："皇，雌鳳也。"《逸周書‧王會》："巴人以比翼鳥，方煬以皇鳥。"孔晁注："皇鳥，配于鳳者也。"唐、元稹《箏》詩："火鳳有皇求不得，春鶯無伴囀空長。"

草木之花。《爾雅‧釋言》："華，皇也。"邢昺疏："草木之華一名皇。"《淮南子‧墬形訓》："玄玉生醴泉，醴泉生皇辜，皇辜生庶草。"清、方以智《通雅‧草》："皇辜，蓋言草木初生之莖而有莉也。"又《器用》："花蕊曰辜，《淮南》曰皇辜。"

通"遑"，閒暇、空閒。朱駿聲《說文通訓定聲‧壯部》："皇，叚借作遑。"楊樹達《詞詮》卷三："皇，與遑同。"《詩‧小雅‧漸漸之石》："武人東征，不皇朝矣。"孔穎達疏："不暇脩禮而相朝矣。”《左傳·襄公八年》：“夫婦男女，不皇啟處，以相救也。”又《昭公七年》：“社稷之不皇，況能懷思君德。”杜預注：“皇，暇也。”《漢書·董仲舒傳》：“朕獲承至尊休德，傳之亡窮而施之罔極，任大而守重，是以夙夜不皇康寧。”顏師古注：“皇，暇也。”宋、王安石《答戚郎中啟》：“聞報之晚，裁賀未皇。”

通“惶”，徘徊遲疑。《呂氏春秋·先己》：“督聽則姦塞不皇。”俞樾平議：“皇讀爲惶，謂奸邪閉塞不至惶惑也。”

通“匡”，匡正。《爾雅·釋言》：“皇，匡正也。”清、朱駿聲《說文通訓定聲·壯部》：“皇，叚借爲匡。”《詩·豳風·破斧》：“周公東征，四國是皇。”毛傳：“皇，匡也。”《穆天子傳》卷五：“皇我萬民，旦夕勿忘。”《國語·晉語二》：“是之不果奉，而暇晉是皇。”汪遠孫發正：“此皇字亦當作匡字解。陳氏奐曰：‘暇晉是皇，言不暇匡晉也。’《爾雅》：‘皇，匡正也。’故《白虎通義》釋皇爲正，義同。”《隸釋·漢泰山都尉孔宙碑》：“帝賴其勳，民斯是皇。”

通“況”，連詞，表示更進一層。清、朱駿聲《說文通訓定聲·壯部》：“皇，叚借爲況。”《書·秦誓》：“俾君子易辭，我皇多有之，昧昧我思之。”按：《公羊傳·文公十二年》作“而況乎我多有之”。《尚書大傳·甫刑》：“君子之於人也，有其語也，無不聽者；皇於聽獄乎？”鄭玄注：“皇，猶況也。”銀雀山漢墓竹簡《孫子兵法·實虛》：“不知戰之地，前不能救後，後不能救前，左不能救口，口不能救左，皇遠者數十里，近者數里……勝弋（哉）！”十一家注本作“況”。

古地名。故址在今河南省洛陽市東、鞏縣西南。《春秋·昭公二十二年》：“劉子、單子以王猛居于皇。”杜預注：“河南鞏縣西南有黃亭，辟子朝難出居皇。”

姓。《通志·氏族略四》：“皇氏，《風俗通》云：‘三皇之後，因氏焉。’《左傳》鄭大夫皇頡、皇辰。”《左傳·哀公十七年》：“皇瑗奔晉。”

疊字雙音“皇皇”形況：一、美盛貌、莊肅貌。《詩·大雅·假樂》：“穆穆皇皇，宜君宜王。”又《魯頌·泮水》：“烝烝皇皇，不吳不揚。”毛傳：“皇皇，美也。”《禮記·曲禮下》：“天子穆穆，諸侯皇皇。”孔穎達疏：“諸侯皇皇者，自莊盛也。”唐、杜甫《毒熱寄簡崔評事十六弟》詩：“皇皇使臣體，信是德業優。”清、孔尚任《桃花扇·入道》：“君臣穆穆，指青鳥以來臨；文武皇皇，乘白雲而至止。”二、昭著貌、光明貌。《詩·小雅·皇皇者華》：“皇皇者華，于彼原隰。”毛傳：“皇皇，猶煌煌也。”《國語·越語下》：“天道皇皇，日月以爲常。”韋昭注：“皇皇，著明也。”宋、姜夔《鐃歌鼓吹曲·上帝命》：“上帝命，惟皇皇。”清、魏禧《擬鍾建新婚詩》：“玉佩陸離，華鐙皇皇。”三、寬廣貌、通達貌。《莊子·知北遊》：“其來无迹，其往无崖，无門无房，四達之皇皇也。”元、耶律楚材《和移剌子春見寄》詩之一：“四海皇皇足俊賢，浪陪扶日上青天。”四、惶恐貌、彷徨不安貌。皇，通“惶”。《禮記·檀弓上》：“既葬，皇皇有如望而弗至。”《孟子·滕文公下》：“孔子三月無君則皇皇如也。”宋、歐陽修《論澧州瑞木乞不宣示外廷劄子》：“州縣皇皇，何以存濟？”清、冒襄《影梅庵憶語》：“薙髮之令初下，人心益皇皇。”

皇又讀 wǎng ㄨㄤˇ，《集韻》羽兩切，上養云。通“迬”，嚮往。《詩·小雅·楚茨》：“先祖是皇，神保是饗。”鄭玄箋：“皇，迬也。先祖以孝子祀禮甚明之故，精氣歸往之。”《文選·潘岳〈哀永逝文〉》：“是乎非乎何皇？趣一遇兮目中。”李善注：“鄭玄《毛詩》箋曰：‘皇之言迬也。’又曰：‘迬，往也。’”皇皇，嚮往貌。《禮記·少儀》：“祭祀之美，齊齊皇皇。”鄭玄注：“皇皇，讀如歸往之往。”孔穎達疏引皇氏云：“謂心所繫往。”

文三　重一（以上《王部》的文字有三個，重文有一個。）

玉 0077　王　石之美（者）。有五德：潤澤以溫，仁之方也；䚡理自外，可以知中，義之方也；其聲舒揚，專以遠聞，智之方也；不橈而折，勇之方也；銳廉而不技（忮），絜之方也。象三玉之連，丨，其貫也。凡玉之屬，皆从玉。玉，古文玉。魚欲切（yù ㄩˋ）。

【譯白】玉，質地精美的石頭（岩石。下同）。玉有五種美德：細潤有光澤而又使人感覺柔和寬厚，是仁人品德的好比方；呈現在外的骨感紋理，可以使人看出內裏的美質，是義士品德的好比方；它的聲音舒展振揚，清越遠傳使人聽得悠然明白入耳，是智者品德的好比方；不屈服彎曲寧可被折斷，是勇士品德的好比方；棱角看似鋒利卻不傷害人，是廉潔之士品德的好比方。玉這個字是用"三"象徵三塊玉連接在一起，"丨"是貫串這三塊玉的絲繩，是指事字借爲象形構造而成的文字。大凡用玉做部首來被統括其意義類屬的字，都是依從玉做形旁構造而成的。玊，古文的玉字。

【述義】玉或與玉相似的岩石，都具有堅硬溫潤、晶瑩光澤的質感與美感；早在中國殷商及東、西周时期，玉給人的審美情趣，卽與道德倫理意識相契合；單以其晶瑩、剛硬而言，容易使人聯想到純潔與堅貞，用玉比喻高尚純潔的友誼或愛情，也就自然而然了！玉因而被引入倫理範疇，成爲君子賢人的人格化身；舉凡祭祀、政權、朝聘、人際、服飾等方面都離不開玉！上至天子諸侯，下到平民百姓，都視玉爲美德、美好、吉祥、身分以及永恆的象徵！當時玉製種類至爲繁多，玉石雕刻藝術已達到輝煌的境界；玉在先秦時期卽被人們賦予豐富的文化生命。今日一些質地鬆軟，一刮卽傷的所謂"軟玉"，是商人詐欺牟利的下作產品，無乃太污玉名！《荀子·法行》："子貢問于孔子曰：'君子之所以貴玉而賤珉者何也？爲夫玉之少而珉之多邪？'孔子曰：'惡！賜是何言也！夫君子豈多而賤之、少而貴之哉？夫玉者，君子比德焉：溫潤而澤，仁也；縝栗而理，知也；堅剛而不屈，義也；廉而不劌，行也；折而不撓，勇也；瑕適并見，情也；扣之其聲清揚而遠聞，其止輟然，辭也。故雖也珉之雕琢，不若玉之章章。《詩》曰：言念君子，溫其如玉。此之謂也。'"許慎說解玉，當是源此。本作"專以遠聞"，非。段玉裁云："此專謂專壹也。"

　　玉，一種細密、溫潤而有光澤的美石，多呈乳白色，一直被用作高級工藝品或裝飾品。王筠《說文解字句讀》作"石之美"。《詩·召南·野有死麕》："白茅純束，有女如玉。"又《小雅·鶴鳴》："它山之石，可以攻玉。"《韓非子·和氏》："楚人和氏得玉璞楚山中，奉而獻之厲王。"《論衡·累害》："夫采玉者，破石拔玉；選士者，棄惡取善。"唐、韓愈《送權秀才序》："伯樂之廄多良馬，卞和之匱多美玉。"《紅樓夢》第二回："一落胞胎，嘴裏便銜下一塊五彩晶瑩的玉來。"

　　瑞玉，亦卽古代諸侯或藩國朝聘所執的玉製信物，如：璜、璧、璋、珪、琮等"五玉"。《書‧舜典》："修五禮、五玉、三帛、二生、一死贄。"孔傳："五等諸侯執其玉。"孔穎達疏引鄭玄注："執之曰瑞，陳列曰玉。"《左傳‧哀公七年》："禹合諸侯于塗山，執玉帛者萬國。"《論語‧陽貨》："禮云禮云，玉帛云乎哉！"《國語‧吳語》："越滅吳，上征上國，宋、鄭、魯、衛、陳、蔡執玉之君皆入朝。"韋昭注："玉，圭璧也。"唐、常建《塞下曲》詩："玉帛朝回望帝鄉，烏孫歸去不稱王。"

　　附述"瑞玉"一詞：一、古代諸侯或藩國朝聘時所執的玉制信物；璧、瑗、環、璜、琮、琥、瓛、珽、瑁、璋、圭，俱爲瑞玉。《儀禮‧覲禮》："乘墨車，載龍旂弧韣，乃朝以瑞玉有繅。鄭玄注："瑞玉，謂公桓圭、侯信圭、伯躬圭、子穀璧、男蒲璧。"宋、蘇軾《坤成節功德疏文》："上帝儲休，遺寶龜而降聖；羣方仰德，執瑞玉以來賓。"二、美玉。北周、庾信《周柱國大將軍長孫儉神道碑》："直似貞筠，溫如瑞玉。"倪璠注引《詩‧秦風‧小戎》："溫其如玉。"

　　佩玉，謂繫於衣帶的玉製品，古人用以規行矩步，亦爲身份的象徵。《國語‧周語中》："先民有言曰：'改玉改行。'"韋昭注："玉，佩玉，所以節行步也。君臣尊卑，遲速有節，言服其服則行其禮。"《禮記‧曲禮下》："君無故，玉不去身。"孔穎達疏："玉，謂佩也。君子於玉比德，故恆佩玉，明身恆有德也。"又《玉藻》："君子在車，則聞鸞和之聲，行則鳴佩玉。""古之君子必佩玉。"《左傳‧哀公二年》："大命不敢請，佩玉不敢愛。"南朝、宋、謝惠連《擣衣》詩："簪玉出北房，鳴金步南階。"南朝、梁、劉勰《文心雕龍‧諧隱》："叔儀乞糧於魯人，歌佩玉而呼庚癸。"《文選‧張衡〈東京賦〉》："行不變玉，駕不亂步。"李善注引薛綜曰："行合容，則玉聲應；馬步齊，則鸞和嚮，並謂君之禮法。"明、謝肇淛《五雜俎‧物部四》："內官衣蟒腰玉者，禁中殆萬人。"附述"玉佩"一詞：亦作"玉珮"，古人佩掛的玉製裝飾品。《詩‧秦風‧渭陽》："我送舅氏，悠悠我思；何以贈之？瓊瑰玉佩。"宋、梅堯臣《天上》詩："紫微垣裏月光飛，玉佩腰間正陸離。"清、孔尚任《桃花扇‧棲眞》：“何處瑤天笙弄，聽雲鶴縹緲，玉珮丁冬。”

玉又泛指玉製品。《周禮・春官・巾車》：“王之五路：一曰玉路……”鄭玄注：“玉路，以玉飾諸末。”《老子》第九章：“金玉滿堂，莫之能守。”《藝文類聚》卷二十四引梁元帝《忠臣傳諫爭篇序》：“出則清警傳路，處則憑玉負扆。”

玉制樂器，如：磬。《禮記・郊特牲》：“諸侯之宮縣，而祭以白牡，擊玉磬……諸侯之僭禮也。”《孟子・萬章下》：“集大成也者，金聲而玉振之也。”朱熹集注：“玉，磬也。”《文選・陸機〈文賦〉》：“懼蒙塵於叩缶，顧取笑乎鳴玉。”李善注：“缶，瓦器而不鳴，更蒙之以塵，故取笑乎玉之鳴聲也。”宋、陸游《燒丹示道流》詩：“明年服丹徑仙去，洞庭月冷吹橫玉。”此指笛；亦指玉笛聲。清、汪熷《〈長生殿〉序》：“繁絲哀玉，適足寫其綢繆；短拍長歌，亦正形其怨咽。”《聊齋志異・羅刹海市》：“馬上彈箏，車中奏玉。”

磨練、培養、相助。《詩・大雅・民勞》：“王欲玉女（汝），是用大諫。”宋、張載《西銘》：“富貴福澤，將厚吾身也；貧賤憂戚，庸玉女於成也。”清、朱鶴齡《吳弘人示余〈漢槎秋笳集〉感而有作》詩：“由來放逐塗，多是才爲祟。嚴霜玉汝成，瑕垢無終棄。”

喻晶瑩潔白、色澤晶瑩如玉。《楚辭・離騷》：“駟玉虯以椉鷖兮，溘埃風余上征。”宋、陸游《冬暖》詩：“萬騎吹笳行雪野，玉花亂點黑貂裘。”《紅樓夢》第三十七回：“玉燭滴乾風裏淚，晶帘隔破月中痕。”又喻色澤晶瑩潔白之物。戰國、楚、宋玉《笛賦》：“延長頸，奮玉手，摛朱脣，曜皓齒。”三國、魏、曹植《妾薄命行》詩：“攜玉手，喜同車。”南朝、宋、鮑照《無鶴賦》：“疊霜毛而弄影，振玉羽而臨霞。”南朝、梁蕭統《錦帶書十二月啟・黃鐘十一月》：“彤雲垂四面之葉，玉雪開六出之花。”唐、杜甫《鷗》詩：“卻思翻玉羽，隨意點春苗。”唐、孟郊《答李員外小榼味》詩：“一拳芙蓉水，傾玉何泠泠。”宋、蘇軾《再和潛師》詩：“惟有飛來雙白鷺，玉羽瓊枝鬬清好。”宋、陸游《二月四日作》詩：“早春風力已輕柔，瓦雪消殘玉半溝。”宋、楊萬里《送鄒元升歸安福》詩：“我昔見子盧谿南，炯如玉雪照晴嵐。”《紅樓夢》第三十四回：“拋珠滾玉只偷潛，鎮日無心鎮日閑。”

比喻美德、賢才。《禮記·聘義》：“君子比德於玉。”《老子》：“知我者希，則我者貴，是以聖人被褐懷玉。”晉、葛洪《抱朴子·吳失》：“然高槩遠量，被褐懷玉，守淨潔志，無欲於物。”唐、韓愈《和席八十二韻》詩：“倚玉難藏拙，吹竽久混眞。”

借況美好，形容美好、珍貴的人、事、物。清、俞樾《羣經平議·爾雅二》：“古人之詞，凡所甚美者，則以玉言之。《尚書》之‘玉食’，《禮記》之‘玉女’，《儀禮》之‘玉錦’，皆是也。”《書·洪範》：“惟辟作福，惟辟作威，惟辟玉食。”孔傳：“言惟君得專威福，爲美食。”唐、陸德明《經典釋文》引張晏注《漢書》曰：“玉食，珍食也。”又引韋昭曰：“諸侯備珍異之食。”孫星衍疏：“玉食，猶言好食。”《列子·周穆王》：“月月獻玉衣，旦旦薦玉食，化人猶不舍然，不得已而臨之。”南朝、梁、簡文帝《傷美人》詩：“何時玉窗裏，夜夜更縫衣。”唐太宗《帝京篇》詩之八：“玉酒泛雲罍，蘭殽陳綺席。”《文選·左思〈吳都賦〉》：“矜其宴居，則珠服玉饌。”劉逵注：“玉饌者……言富中之食。”宋、梅堯臣《社日飲永叔家》詩：“鼇頭主人邀客飲，玉酒新賜蓬萊宮。”《天工開物·序》：“御廚玉粒正香，而欲觀耒耜。”

玉有五德，因以“玉德”喻素質之美。《梁書·王僧辯傳》：“維爾世基武子，族懋陽元、金相比映，玉德齊溫。”唐、白居易《雪中卽事寄微之》詩：“潤含玉德懷君子，寒助霜威憶大夫。”玉“不橈而折”，因謂不惜爲理想、正義而死爲“玉碎”。三國、魏、阮籍《吊某公文》：“如何不弔？玉碎冰摧。”《南史·王僧達傳》：“大丈夫寧當玉碎，安可以沒沒求活。”清、侯方域《爲吳氏禱子疏》：“不辭玉碎，留暫時於人間；所喜石堅，得請申於帝座。”容色不變謂之“玉色”。《禮記·玉藻》：“戎容暨暨……山立，時行，盛氣顚實揚休，玉色。”鄭玄注：“色不變也。”孔穎達疏：“玉色者，軍尚嚴肅，故色不變動，常使如玉也。”

敬辭，尊稱對方的身體或言行。如：玉照；玉音。《左傳·昭公七年》：“今君若步玉趾，辱見寡君。”《公羊傳·宣公十二年》：“是以使寡人得見君之玉面。”《戰國策·趙策四》：“竊自恕，恐太后玉體之有郄也，故願望見太后。”《燕丹子》卷中：“丹得侍左右，覩見玉顏，斯乃上世神靈保佑燕國，令先生（田光）設降辱焉。”三國、魏、曹植《七啟》詩：“將敬滌耳，以聽玉音。”南朝、宋、謝莊《宋孝武宣貴妃誄》：“誕發蘭儀，光啟玉度。”唐、皮日休《懷華陽潤卿博士》詩之三：“數行玉札存心久，一掬雲漿漱齒空。”

珍愛、珍重；引申謂幫助，如：玉成。《詩・大雅・民勞》：“王欲玉女（汝），是用大諫。”朱熹集傳：“玉，寶愛之意，言王欲以女爲玉而寶愛之。”宋、張橫渠《集西銘》：“貧賤憂戚，庸玉女于成也。”清、宋之楨《復李劬雲書》：“千乞爲國家自玉。”

附述“玉成”一詞：語出宋、張載《西銘》：“富貴福澤，將厚吾之生也；貧賤憂戚，庸玉女於成也。”意謂愛之而助之使成。後爲成全之意。《西遊記》五十四回：“那太師與驛丞對行者作禮道：‘多謝老師玉成之恩！’”《水滸傳》第四回：“萬望長老收錄，慈悲慈悲，看趙某薄面，披剃爲僧。一應所用，弟子自當準備，煩望長老玉成。”明、何景明《石齋歌》詩：“海內完名已玉成，平生貞志同金斷。”《古今小說・金玉奴棒打薄情郎》：“此事全仗玉成，當郊銜結之報。”清、李漁《蜃中樓・辭婚》：“倘蒙大王垂鑒，把兩樁親事一齊玉成，下官就無遺議了。”

太平天國禮制中的一種稱謂。《太平天國野史・禮制・太平稱謂》：“丞相女至軍帥女，皆稱玉。如丞相女稱丞玉，檢點女稱檢玉，以下類推。”

古州名。一、隋代州名，後廢。故治在廣東省欽縣西南。清、顧祖禹《讀史方輿紀要・廣東五・欽州》：“（烏雷廢縣）州西南七十里，梁置安平縣，又置黃州及寧海郡治焉。隋平陳，郡廢，改州曰玉州……大業初，州廢。”唐、武德四年復置玉州，領安海、海平二縣。貞觀二年，州廢，縣屬欽州。二、唐羈縻州名，約在今甘肅省慶陽境。《新唐書・地理志七下・羈縻州》：“芳池州都督府，領州九，”有“玉州，貞觀五年置。”三、隋唐州名。今湖北省當陽縣。清、顧祖禹《讀史方輿紀要・湖廣三・荊門州》：“（當陽縣）後周置平州及漳川郡治此，後屬梁，隋開皇七年改州爲玉州；九年，州郡並廢，縣屬荊州。唐、武德四年又置平州；六年，改爲玉州；八年，州廢，仍屬荊州。”

方言。一、禿、損、損壞。如：磨玉了；連石頭也能磨玉了。二、使彎曲。如：玉腰桿。三、金屬生銹。李鼎超《隴右方言·釋言》："《說文》：'玉，朽玉也，從王有點。'點像垢，古音'朽'；引申今謂金屬生衣曰'玉'，讀爲'銹'。"

璙 0078　璙　玉也，從玉，尞聲。洛簫切（liáo ㄌㄧㄠˊ）。

【譯白】璙，玉的一種名稱。是依從玉做形旁，以尞爲聲旁構造而成的形聲字。

【述義】玉名。《廣韻·蕭韻》："璙，玉名。"

　　好貌。《廣韻·小韻》："璙，好兒。"

　　同"鐐"，純美的白銀。《詩·小雅·瞻彼洛矣》"鞞琫有珌"毛傳："大夫鐐琫而繆珌。"唐、陸德明《經典釋文》："鐐，音遼。《爾雅》云：'白金謂之銀，其美者謂之鐐。'本又作璙，亦音遼。"

瓘 0079　瓘　玉也。從玉，藋聲。《春秋傳》曰："瓘斝。"工玩切（guàn ㄍㄨㄢˋ）。

【譯白】瓘，玉的一種名稱。是依從玉做形旁，以藋爲聲旁構造而成的形聲字。《春秋左傳·昭公十七年》說："瓘玉製成的酒器。"

【述義】斝，讀 jiǎ ㄐㄧㄚˇ，古代酒器，圓口，有流、柱、鋬與三足，供盛酒與溫酒用；後借指酒杯。本書《斗部》："斝，玉爵也。夏曰醆，殷曰斝，周曰爵。"

　　瓘，玉名。《左傳·昭公十七年》："若我用瓘斝、玉瓚，鄭必不火。"杜預注："瓘，珪也。"孔穎達疏："瓘是玉名。此傳所云，皆是成就之器，故知瓘是珪也。"王引之《經義述聞》："'瓘斝'與'玉瓚'對文，則瓘乃玉石之名。"《本草綱目·金石部·玉》："北方有瓘子玉，雪白有氣眼，乃藥燒成者，不可不辨。"清、翁心存《題姚履堂大令遺墨》："題詩牋澣薇，奠醑斝用瓘。"

　　玉製的容器。《廣韻·換韻》："瓘，玉升。"

璥 0080　璥　玉也。從玉，敬聲。居領切（jǐng ㄐㄧㄥˇ）。

【譯白】璥，玉的一種名稱。是依從玉做形旁，以敬爲聲旁構造而成的形聲字。

【述義】玉名。《玉篇·玉部》："璥，玉名。"

琠 0081　琠　玉也。從玉，典聲。多殄切（tiǎn ㄊㄧㄢˇ）。

【譯白】珧，玉的一種名稱。是依從玉做形旁，以典爲聲旁構造而成的形聲字。

【述義】玉名。《玉篇·玉部》：“珧，玉名。”

珧又讀 tiàn ㄊㄧㄢˋ，《集韻》他甸切，去霰透。同“瑱”。《集韻·霰韻》：“瑱，亦作珧。”

瓔 0082 瓔 玉也。从玉，夒聲。讀若柔。耳由切（náo ㄋㄠˊ）。

【譯白】瓔，玉的一種名稱。是依從玉做形旁，以夒爲聲旁構造而成的形聲字。瓔的音讀像“柔”字的音。

【述義】玉名。《廣韻·豪韻》：“瓔，玉名。”

瓅（璺）0083 瓅 玉也。从玉，鬲聲。讀若鬲。郎擊切（lì ㄌㄧˋ）。

【譯白】瓅，玉的一種名稱。是依從玉做形旁，以鬲爲聲旁構造而成的形聲字。瓅的音讀像“鬲”字的音。

【述義】瓅，也作“璺”，俗作“瓅”、作“璺”、作“璺”。

玉名。《篇海類編·珍寶類·玉部》：“璺，玉名。”《正字通·玉部》：“璺，同瓅。”

璠 0084 璠 珣璠（璠珣），魯之寶玉。从玉，番聲。孔子曰：“美哉，珣璠。遠而望之，奐若也；近而視之，瑟若也。一則理勝，二則孚勝。”附袁切（fán ㄈㄢˊ）。

【譯白】璠，全名稱爲“珣璠”的寶玉，是周朝魯國出產的寶玉。是依從玉做形旁，以番爲聲旁構造而成的形聲字。孔子說：“眞完美啊！珣璠這寶玉，遠遠望着它，文彩鮮明璀璨的樣子；上前近觀細看，紋理明潔無可挑剔。一是因爲它的紋理取勝（超過別的玉），二是因爲它的光采取勝（超過別的玉）。”

【述義】珣璠，又作“璠珣”，寶玉。段玉裁《說文解字注》：“各本作‘珣璠’，今依《御覽》所引作‘璠珣’，《法言》亦作‘璠珣’。”《左傳·定公五年》：“季平子……卒于房，陽虎將以珣璠斂。”杜預注：“珣璠，美玉，君所佩。”晉、陸雲《答顧秀才》詩之五：“有斐君子，如珪如璠。”唐、歐陽詹《李評事公進示文集因贈之》詩：“泠泠中山醇，片片崑丘璠。”唐、元稹《酬東川李相公十六韻》詩：“存念豈虛設，併投瓊與璠。”清、魏源《戶部左侍郎提督江蘇學政周公神道碑銘》：“公重如山，公粹如璠。”

　　述“璵璠”：一、周代魯國特產的美玉；泛指美玉。《左傳·定公五年》：“季平子行東野，還未至，丙申，卒於房，陽虎將以璵璠斂。”杜預注：“璵璠，美玉，君所佩。”漢、桓寬《鹽鐵論·晁錯》：“夫以璵璠之玼而棄其璞，以一人之罪而兼其衆，則天下無美寶信士也。”唐、杜甫《贈蜀僧閭邱師兄》詩：“斯文散都邑，高價越璵璠。”明、宋濂《題李息齋竹》詩：“人間留翰墨，不獨重璵璠。”二、比喻美德或品德高潔的人。三國、魏、曹植《贈徐幹》詩：“亮懷璵璠美，積久德愈宣。”唐、杜甫《貽華陽柳少府》詩：“吾衰臥江漢，但媿識璵璠。”宋、司馬光《送李汝臣同年謫官導江主簿》詩：“寧因青蠅惡，遂取璵璠毀。”清、孫枝蔚《題掩錢圖壽蘇母汪太夫人》詩：“膝下何如李景讓，前爲璵璠後球琳。”

　　述“璠璵”：一、卽“璵璠”，周代魯國特產的美玉；泛指美玉。《初學記》卷二七引《逸論語》：“璠璵，魯之寶玉也。孔子曰：美哉璠璵，遠而望之，煥若也；近而視之，瑟若也。”明、梁辰魚《浣紗記·通嚭》詞：“遠相投金帛禮儀，況纍纍數對璠璵，更纖纖一雙花蕊。”章炳麟《訄書·哀清史》：“悲夫！天子之將崩，便房題湊璠璵玉匣之屬，宿成於考工，無所吝諱，雖諱亦不得不豫。”亦泛指珠寶。清、吳偉業《魯謙庵使君以雲間山人所畫索歌》詩：“士女嬉遊衣食足，丹青價重高璠璵。”參見上述“璵璠、一”。二、比喻美德賢才。南朝、梁庾信《奉和永豐殿下言志》詩之十：“徒知守瓴甋，空欲報璠璵。”宋、蘇軾《答任師中家漢公》詩：“方當入奏事，清廟陳璠璵。”清、秋瑾《題瀟湘館集》詩之一：“四壁牙籤詳亥豕，一門詩友盡璠璵。登龍喜遂瞻韓願，何日重停問字車。”按：古人謂玉有五德，以美玉之類喻賢才美德，可想而知。明、徐渭《寄陶工部》詩：“諒哉工部君，璠瑜映明堂。”“璠瑜”又是一例。

璵 0085　璵　璵璠也。从玉，與聲。以諸切（yú ㄩˊ）。
　　【譯白】璵，全名稱爲“璵璠”的寶玉。是依從玉做形旁，以與爲聲旁構造而成的形聲字。
　　【述義】詳見前一字“璠”條。

瑾 0086　瑾　瑾瑜，美玉也。从玉，堇聲。居隱切（jǐn ㄐㄧㄣˇ）。
　　【譯白】瑾，瑾和瑜並稱爲瑾瑜，都是精美的寶玉。是依從玉做形旁，以堇爲聲旁構造而成的形聲字。

【述義】美玉名。《廣韻·震韻》：“瑾，美玉名。”《左傳·宣公十五年》：“諺曰：‘高下在心，川澤納汙，山藪藏疾，瑾瑜匿瑕。’”孔穎達疏：“瑾瑜，玉之美名。”南朝、宋、慧琳《龍光寺竺道生法師誄》：“如草之蘭，如玉之瑾，匪曰薰雕，成此芳絢。”

　　古人總以美玉比喻美德、賢才，瑾亦如是。《楚辭·九章·懷沙》：“懷瑾握瑜兮，窮不知所示。”宋、蘇軾《屈原廟賦》：“懷瑾佩蘭而無所歸兮，獨悒悒乎中浦。”

　　瑾瑜爲二美玉名，泛指美玉。晉、陶潛《讀〈山海經〉》詩之四：“白玉凝素液，瑾瑜發奇光。”唐、歐陽詹《瑾瑜匿瑕賦》：“玉之美者，其曰瑾瑜。”元、盧亘《送侍講學士鄧善之辭官還錢塘》詩之一：“荊璞抱瑾瑜，龍淵淬鋒鍔。”

　　瑾瑜亦比喻美德賢才。北齊、顏之推《顏氏家訓·省事》：“今世所覩，懷瑾瑜而握蘭桂者，悉恥爲之。”清、馮桂芬《灘上有紀》詩：“勿違世所好，被褐懷瑾瑜。”

　　瑾瑕。瑾，美玉；瑕，有疵的玉，比喻美醜、優劣。明、徐渭《後聞鸚鵡眼繫直度兩眶人可洞視》詩：“認客休青白，韜光混瑾瑕。”

　　瑾瑤，二美玉名，用以泛指美玉。晉、葛洪《抱朴子·吳失》：“磧礫積於金匱，瑾瑤委乎溝血。”又《廣譬》：“南金不爲處幽而自輕，瑾瑤不以居深而止潔。”

瑜 0087　瑜　瑾瑜，美玉也。从玉，俞聲。羊朱切（yú ㄩˊ）。

【譯白】瑜，瑜和瑾並稱爲瑾瑜，都是精美的寶玉。是依從玉做形旁，以俞爲聲旁構造而成的形聲字。

【述義】美玉名。《左傳·宣公十五年》：“瑾瑜若瑕。”《禮記·玉藻》：“世子佩瑜玉而綦組綬。”《山海經·西山經》：“羭山神也，祠之用燭，齋百日以百犧，瘞用百瑜。”郭璞注：“瑜，亦美玉名。”《楚辭·九章·懷沙》：“懷瑾握瑜兮，窮不知所示。”《淮南子·繆稱》：“無所用之，碧瑜糞土也。”唐、韓愈《殿中少監馬君墓誌銘》：“幼子娟好靜秀，瑤環瑜珥，蘭茁其牙，稱其家兒也。”參見前一字“瑾”條。

　　玉的光彩，比喻優點。五代、徐鍇《說文解字繫傳》：“瑜，玉之光采也。”《禮記・聘義》：“瑕不揜瑜，瑜不揜瑕。”鄭玄注：“瑕，玉之病也。瑜，其中間美者。”晉、潘尼《贈陸機出爲吳王郎中令》詩：“玉以瑜潤，隨以光融。”

　　形容美貌、美好。《漢書・禮樂志》：“象載瑜，白集西。”顏師古注：“瑜，美貌也。”南朝、宋、鮑照《芙蓉賦》：“抽我衿之桂蘭，點子吻之瑜辭。”

　　瑜伽，梵語，相應之意。《瑜伽焰口施食要集》：“瑜伽，竺國語，此翻相應，密部之總名也。約而言之，手結密印，口誦眞言，意事觀想，身與口協，口與意符，意與身會，三業相應，故曰瑜伽。”

玒　0088　玒　玉也。从玉，工聲。戶工切（hóng ㄏㄨㄥˊ）。

【譯白】玒，玉的一種名稱。是依從玉做形旁，以工爲聲旁構造而成的形聲字。

【述義】玉名。《集韻・江韻》：“玒，玉名。”朱駿聲《說文通訓定聲・豐部》：“字亦作珙。《說文新附》：‘珙，玉也。’”宋、歐陽修《廬山高贈同年劉凝之歸南康》詩：“君懷磊砢有至寶，世俗不辨珉與玒。”徐珂《清稗類鈔・鑒賞類》：“其最美者，曰官玒，曰高玒，曰老楓門，曰新楓門，皆鐙光凍也。”

琜　0089　琜　琜瓄，玉也。从玉，來聲。落哀切（lái ㄌㄞˊ）。

【譯白】琜，全名琜瓄，玉的一種名稱。是依從玉做形旁，以來爲聲旁造而成的形聲字。

【述義】全名琜瓄，玉的一種名稱。《玉篇・玉部》：“琜，玉屬也。”段玉裁《說文解字注》：“《廣雅》玉類有琜瓄。按說解有瓄而無篆文瓄者，蓋古祇用賣，後人加偏旁。許君書或本說解內作賣，或說解內不妨從俗，而篆文則不錄也。”

瓊（瓊）　0090　瓊　赤玉也。从玉，夐聲。璚，瓊或从矞。瓗，瓊或从巂。琁，瓊或从旋省。渠營切（qióng ㄑㄩㄥˊ）。

【譯白】瓊，赤色的玉，是依從玉做形旁，以夐爲聲旁構造而成的形聲字。璚，瓊的或體字，是以矞爲聲旁構造而成的形聲字。瓗，瓊的或體字，是以巂爲聲旁構造而成的形聲字。琁，瓊的或體字，是以旋省去“方”爲聲旁構造而成的形聲字。

【述義】赤色的玉；一說美玉。王筠《說文解字句讀》：“赤，當依

《詩》傳作美。"《廣韻·清韻》: "瓊，玉名。"《詩·衛風·木瓜》: "投我以木瓜，報之以瓊琚。"毛傳: "瓊，玉之美者。"《左傳·僖公二十八年》: "死而利國，猶或爲之，況瓊玉乎？"晉、張協《雜詩》之十: "尺燼重尋桂，紅粒貴瑤瓊。"唐、李賀《瑤華樂》詩: "瓊鍾瑤席甘露文，元霜絳雪何足云！"王綺注: "瓊鍾，玉杯也。"唐、韓愈《祭柳子厚文》: "玉佩瓊琚，大放厥詞。"宋、蘇軾《次韻答王鞏》: "我有方外客，顏如瓊之英。"《水滸全傳》第九十四回: "錦紅袍上織花枝，獅蠻帶瓊瑤密砌。"明、王洪《瑞象賦》: "玉輝輝以凝素，瓊斑斑而點碧。"參閱清、黃生《字詁·瓊》。

謂玉色光采華美；亦謂光采似玉者。《古今韻會舉要·庚韻》: "瓊，鐵氏曰:《詩》言玉以瓊者多;《俟著》'瓊英'、'瓊華'、'瓊瑩'，《木瓜》'瓊瑤'、'瓊琚'、'瓊玖'。皆謂玉色之美爲瓊，非玉之名也。"《正字通·玉部》: "瓊，玉色美也。"《漢書·揚雄傳上》: "精瓊靡與秋菊兮，將以延夫天年。"顏師古注引應劭曰: "瓊，玉之華也。"

喻美好的事物；詩詞中常用以比喻色澤晶瑩如瓊之物。《楚辭·招魂》: "華酌既陳，有瓊漿些。"比喻美酒。前蜀、毛文錫《贊浦子》詞: "宋玉《高唐》意，裁瓊欲贈君。"此喻信箋。後蜀、毛熙震《河滿子》詞: "相望只教添悵恨，整鬟時見纖瓊。"此喻手指。宋、梅堯臣《依韻和叔治晚春梅花》詩: "常是臘前混雪色，卻驚春半見瓊姿。"宋、石延年《紅梅花》詩: "繁萼香瓊亂，殘英絳雪遺。"此喻花。明、王洪《詠雪與寮友同賦》詩: "華表瓊千尺，層城玉四圍。"此喻雪。亦以喻美女。唐、元稹《江陵三夢》詩之二: "古原三丈穴，深葬一枝瓊。"《紅樓夢》第三十五回: "只因那寶玉聞得傅試有個妹子，名喚傅秋芳，也是個瓊閨秀玉。

博具，相當於後來的骰子。《列子·說符》: "樓上博者射，明瓊張中，反兩檻魚而笑。"唐、殷敬順釋文引《古博經》: "其擲采以瓊爲之，瓊畟方寸三分，長寸五分，銳其頭，鑽刻瓊四面爲眼，亦名爲齒，二人互擲采行碁。"《後漢書·梁統傳附梁冀》"六博"唐、李賢注引鮑宏《博經》: "用十二碁，六碁白，六碁黑。所擲頭謂之瓊。瓊有五采，刻爲一畫者謂之塞，刻爲兩畫者謂之白，刻爲三畫者謂之黑，一邊不刻者五塞之間，謂之五塞。”唐、溫庭筠《鴻臚寺四十韻》詩：“雙瓊京兆博，七鼓邯鄲娟。”宋、范成大《上元紀吳下節物排諧體三十二韻》詩：“酒壚先疊鼓，燈市蚤投瓊。”瓊畟，古代博具，卽骰子。又《列子・說符》：“擊博樓上。”張湛注引《古博經》：“其擲采以瓊爲之。瓊畟方寸三分，長寸五分，銳其頭，鑽刻瓊四面爲眼，亦名爲齒。”

古代方士用以煉丹的材料。《黃庭內景經・肝氣》：“唯待九轉八瓊丹。”梁丘子注：“八瓊：丹砂、雄黃、雌黃、空青、硫黃、雲母、戎鹽、消石等物是也。”

傳說中的井鬼名。唐、段成式《酉陽雜俎・諾皋記上》：“井鬼名瓊，衣服鬼名甚遼。”清、方孔炤《井中鐵・崇禎末吳門浚井得鄭所南書》詩：“連江鐵函書似漆，吳門浚井一旦出。沉埋一十三萬日，瓊鬼嘶叫風雨溢。”

地名，指古瓊州府，卽今海南省；有時亦指瓊山縣。宋、洪邁《夷堅支志庚・黃瓊州》：“後在瓊泮得疾，問新教授，乃南安軍人。”明、海瑞《贈陳侯署遂邑事得代回府序》：“予瓊人也，習知瓊府州縣之害，習聞遂溪同受其害之尤。”

疊字雙音“瓊瓊”形況：美好貌。唐、顧況《朝上清歌》：“蕭寥天清而滅雲，目瓊瓊兮情感。”元、張可久《天淨沙・梅軒席上》曲：“瓊瓊竹外橫枝，眞眞月下吟詩。”

瓊又讀 xuán ㄒㄩㄢˊ，《集韻》旬宣切，平僊邪。同“璿”、“璇”。《集韻・平僊》：“璿，或作琁、璇、瓊。”《集韻・僊韻》：“璿，《說文》：‘美玉也。’或作瓊。”

珦 0091　珦　玉也。从玉，向聲。許亮切（xiàng ㄒㄧㄤˋ）。

【譯白】珦，玉的一種名稱。是依從玉做形旁，以向爲聲旁構造而成的形聲字。

【述義】玉名。《廣韻・漾韻》：“珦，玉名。”

瑮 0092　瑮　玉也。从玉，剌聲。盧達切（là ㄌㄚˋ）。

【譯白】瑮，玉的一種名稱。是依從玉做形旁，以剌爲聲旁構造而成的形聲字。

【述義】玉名。《玉篇・玉部》：“瑮，玉名。”

珣 ₀₀₉₃ 珣　醫無閭珣玗琪，《周書》所謂夷玉也。从玉，旬聲，一曰：器，讀若宣。相倫切（xún ㄒㄩㄣˊ）。

【譯白】珣，現在遼寧省西部大淩河以東的醫無閭山所出產東夷玉的名稱（珣玗琪是東夷語、玉名），是《尚書・顧命》上所說的東北出產的美玉。是依從玉做形旁，以旬爲聲旁構造而成的形聲字。另一義說：珣，是玉製成的大璧，音讀像“宣”字。

【述義】珣玗琪，玉名，夷玉。《爾雅・釋地》：“東方之美者，有醫無閭之珣玗琪焉。”郭璞注：“珣玗琪，玉屬。”段玉裁《說文解字注》：“珣玗琪合三字爲玉名……蓋醫無閭、珣玗琪皆東夷語。”《書・顧命》：“大玉、夷玉。”孔穎達疏引漢、鄭玄曰：“大玉，華山之球也；夷玉，東方之珣玗琪也。”《淮南子・墜形訓》：“東方之美者有醫毋閭之珣玗琪焉。”明、劉基《歌行・二鬼》：“手摘桂樹子，撒入大海中，散與蚌蛤爲珠璣，或落巖谷間，化作珣玗琪。”

　　通“瑄”，大璧。桂馥《說文解字義證》：“器謂璧。《釋器》：‘璧大六寸謂之宣。’《秦詛楚文》：‘有秦嗣王用吉玉宣璧。’‘讀若宣’者，字或作‘瑄’。”《漢書・郊祀志》：“有司奉瑄玉嘉牲薦饗。”顏師古注引孟康曰：“璧大六寸謂之瑄。”

　　醫無閭，卽醫巫閭山，在今遼寧省北鎮縣西，人呼爲廣寧山，主峯名望海山，爲陰山山脈分支。《周禮・夏官・職方氏》：“東北曰幽州，其山鎮曰醫無閭。”鄭玄注：“醫無閭，在遼東。”《舊唐書・禮儀志四》：“（四鎮）北鎮醫無閭山，於營州。”清、丘逢甲《答莊柳汀孝廉用與竹坪唱和韻》詩之二：“雄師百萬春聽令，夢繞醫無閭外山。”清、魏源《題〈東丹王射鹿圖〉》詩：“東丹有國號人皇，醫無閭山萬卷堂。”

　　東方，古代指陝西以東地區或封國。《禮記・王制》：“東方曰夷，被髮文身，有不火食者矣。”《左傳・襄公十八年》：“中行獻子將伐齊……巫曰：‘今茲主必死，若有事於東方，則可以逞。’獻子許諾。”

璐 ₀₀₉₄ 璐　玉也。从玉，路聲。洛故切（lù ㄌㄨˋ）。

【譯白】璐，一種精美的寶玉的名稱。是依從玉做形旁，以路爲聲旁構造而成的形聲字。

【述義】美玉。《玉篇·玉部》：“璐，美玉也。”《楚辭·九章·涉江》：“冠切雲之崔嵬，被明月兮珮寶璐。”王逸注：“寶璐，美玉也。”《文選·謝惠連〈雪賦〉》：“於是臺如重璧，逵似連璐。”李善注引許愼《淮南子注》曰：“璐，美玉也。”

瓚　0095　瓚　三玉二石也。从玉，贊聲。《禮》：“天子用全，純玉也；上公用駹，四玉、一石；侯用瓚；伯用埒，玉、石半相埒也。”徂贊切（zàn ㄗㄢˋ）。

【譯白】瓚，質地不純的玉，三分是玉，二分是石頭（卽：成分百分之六十是玉，百分之四十是普通石頭）。是依從玉做形旁，以贊爲聲旁構造而成的形聲字。《周禮·考工記·玉人》上的禮制規定說：天子用“全”做佩飾，全是純玉；上公（太師、太傅、太保三公是周朝爵位的第一等）用“駹”做佩飾，駹是質地四分是玉，一分是石頭的玉石；侯（周朝爵位的第二等）用“瓚”做佩飾；伯（周朝爵位的第三等）用“埒”做佩飾，埒是玉和石頭各占一半成分（玉和石頭成分相等）的玉石。

【述義】質地不純的玉。徐鍇《說文解字繫傳》：“謂五分玉之中二分是石。”《周禮·考工記·玉人》：“天子用全，上公用駹，侯用瓚，伯用將。”鄭玄注：“龍、瓚、將，皆雜名也。”

　　禮器，古代祭祀用的玉製酒勺，用以盛鬯酒灌祭，也用於賓客行爵；以圭爲柄者稱圭瓚，以璋爲柄者稱璋瓚。五代、徐鍇《說文解字繫傳》：“瓚亦圭也，圭之狀剡上邪銳之於其首爲杓形謂之瓚，於其柄中爲注水道，所以灌鬯酒。”《集韻·換韻》：“瓚，祼器。”《詩·大雅·旱麓》：“瑟彼玉瓚，黃流在中。”毛傳：“玉瓚，圭瓚也。”鄭玄箋：“圭瓚之狀，以圭爲柄，黃金爲勺，青金爲外，朱中央矣。”孔穎達疏：“瓚者，器名，以圭爲柄。圭以玉爲之，指其體，謂之玉瓚。”《周禮·春官·典瑞》：“祼圭有瓚，以肆先王，以祼賓客。”鄭玄注：“漢禮，瓚槃大五升，口徑八寸，下有槃口，徑一尺。”賈公彥疏引《周禮·考工記·玉人》鄭玄注：“三璋之勺，形如圭瓚。”《文選·揚雄〈甘泉賦〉》：“玄瓚觩䚧，秬鬯泔淡。”李善注引張晏曰：“瓚，受五升，口徑八寸，以大圭爲柄，用灌鬯。”《三國志·魏志·武帝紀》：“是用錫君秬鬯一卣，珪瓚副焉。”南朝、齊、謝朓《齊敬皇后哀策文》：“璋瓚奚獻，禕褕罔設，嗚乎哀哉。”宋、葉適《徐文淵墓誌銘》：“君每爲余評詩及他文字，高者迥出，深者寂入，鬱流瓚中，神洞形外。”

　　玉瓚，卽圭瓚；古代禮器，爲玉柄金勺，祼祭時用以酌香酒。《周禮‧考工記‧玉人》：“祼圭尺有二寸，有瓚，以祀廟。”鄭玄注：“瓚如盤，其柄用圭，有流前注。”《禮記‧明堂位》：“季夏六月，以禘祀周公於太廟，牲用白牡，尊用犧象、山罍，鬱尊用黃目，灌用玉瓚、大圭。”唐、李德裕《上尊號玉册文》：“捧玉瓚而一獻，先靈來格；振金石而六變，魄寶照臨。”後泛指酒盞。《羣音類選‧金貂記‧仁貴私宴》：“滿庭紅紫，揭天歌管，玉瓚黃流頻勸，珍羞堆疊，金猊噴蒸龍涎。”

　　瓚罍，玉製的壺。宋、高似孫《幽蘭賦》：“彼釜礫之自珍兮，有瓚罍之獨刓。”

瑛 0096　瓈　玉光也。从玉，英聲。於京切（yīng ㄧㄥ）。

【譯白】瑛，玉自然發出的光采。是依從玉做形旁，以英爲聲旁構造而成的形聲字。

【述義】玉的光采。徐鍇《說文解字繫傳》：“《符瑞圖》：‘玉瑛仁寶，不斷自成，光若白華。漢文帝時，渭陽玉瑛見。’今有白石、紫石瑛者，皆石之有光壁（華）者。”朱駿聲《說文通訓定聲‧壯部》：“按此字後出，卽英之轉注；古只用英。”《淮南子‧地形》：“清水有黃金，龍淵有玉英。”高誘注：“玉英，轉化有精光也。”晉、庾闡《涉江賦》：“明月晞光以夕耀，金沙逐波而吐瑛。”《太平御覽》卷八〇四引《孝經援神契》：“神靈滋液百寶，用則玉有瑛華。”

　　似玉的美石；或謂美玉。《玉篇‧玉部》：“瑛，美石，似玉……水精謂之玉瑛也。”三國、魏、曹植《平原懿公主誄》：“於惟懿主，瑛瑤其質。”晉、傅咸《申懷賦》：“何天施之弘普，廁瓦礫於瓊瑛。”南朝、梁、沈滿願《詠步搖花》詩：“低枝拂繡領，微步動瑤瑛。”《魏書‧陽尼傳》：“採鍾山之玉瑛兮，收珠澤之珂玳。”金、馬鈺《滿庭芳‧水雪亭題晏子禮》詞：“瑤瑛結，連成寶氣，璀璨射珪璋。”清、納蘭性德《五色蝴蝶賦》：“或紫似河庭之貝，或藍同瓊島之瑛。”

　　通“英”。一、花。漢、王逸《九思‧哀歲》：“椒瑛兮湟汙，菓耳兮充房。”二、傑出的人物。清、朱珔《說文叚借義證》：“若《綏民校尉碑》‘攬瑛雄之迹兮’、《郭仲奇碑》‘翼翼瑛彥’，則又以“瑛”爲“英”之假借也。”

珷 0097　　瑃　三采玉也。从玉，無聲。武扶切（wú ㄨˊ）。

【譯白】珷，朱、白、蒼三色參雜質地較差的玉。是依從玉做形旁，以無爲聲旁構造而成的形聲字。

【述義】珷是有雜色、質地較差的玉；亦指似玉的美石。《周禮·夏官·弁師》：“珉玉三采。”漢、鄭玄注：“故書珉作珷。鄭司農云：‘……珷，惡玉名。’”疏：“……以其三采，又非璵璠，故云惡玉名也。”孫詒讓正義引金鶚曰：“凡經典，石之似玉者多通稱玉，非必眞玉也，注云惡者，玉之惡者即石之美者。”

珛 0098　　瑂（王）　朽玉也。从玉，有聲。讀若畜牧之畜。許救切（xiù ㄒㄧㄡˋ）。

【譯白】珛，有瑕疵的玉。是依從玉做形旁，以有爲聲旁構造而成的形聲字。珛字的音讀像畜牧的“畜”字。

【述義】有瑕疵的玉，也作“王”。清、朱駿聲《說文通訓定聲·頤部》：“玉有瑕刮者……字亦作王。”段玉裁刪珛篆，改以王篆。

璿（璇、琁）0099　　瓊　美玉也。从玉，睿聲。《春秋傳》曰：“璿弁玉纓。” 瑓，古文璿。𪔀，籀文璿。似沿切（xuán ㄒㄩㄢˊ）。

【譯白】璿，一種精美的玉。是依從玉做形旁，以睿爲聲旁構造而成的形聲字。《春秋左傳·僖公二十八年》說：“用璿裝飾在皮製的馬冠上，用玉裝飾在保護馬頭的皮革上。”瑓，是古文的璿字。𪔀，是籀文的璿字。

【述義】美玉，也作“琁”、“璇”。《穆天子傳》卷一：“天子之珤：玉果、璿珠、燭銀、黃金之膏。”郭璞注：“璿，玉類也。”唐、張鷟《少匠柳仝掌造三陽宮臺觀壯麗三月而成夫匠疲勞死者十五六掌作官等加兩階被選撾鼓訴屈》：“璿題耀日，聳瑋瑁之金橡；珠網懸星，洞琉璃之寶閣。”

北斗七星的第二星；俗作“璇”、“旋”。《書·舜典》：“在璿璣玉衡，以齊七政。”《史記·天官書》載此文，司馬貞索引《文耀鉤》作"琁(斗者,天之喉舌……魁爲琁璣)"。《太平御覽》卷五引《春秋運斗樞》:"北斗七星,第一天樞,第二璇,第三機,第四權。"《文選·揚雄〈甘泉賦〉》:"攀琁璣而下視兮,行游目乎三危。"張銑注:"琁璣,北斗也。"

璿已俗作"璇"。

球 0100　球　玉聲也(玉也)。从玉,求聲。璆,球或从翏。巨鳩切(qiú ㄑㄧㄡˊ)。

【譯白】球,打擊玉器發出的聲音(另一說爲:一種美玉)。是依從玉做形旁,以求爲聲旁構造而成的形聲字。璆,球的或體字,是以翏爲聲旁構造而成的形聲字。

【述義】"玉聲",徐鍇《說文解字繫傳》作"球,玉也"。段玉裁《說文解字注》:"鉉本'玉磬也',非!《爾雅·釋器》曰:'璆,美玉也。'《禹貢》、《禮器》鄭注同。《商頌》'小球大球'傳曰:'球,玉也。'按磬以球爲之,故名。非球之本訓爲玉磬。"徐灝《說文解字注箋》:"此但當作'玉也',淺人增'磬'字,因又改爲'聲'字耳。"

美玉。《廣韻·尤韻》:"球,美玉。"《書·禹貢》:"厥貢惟球、琳、琅玕。"孔穎達疏:"球、琳,美玉名。"又《顧命》:"大玉、夷玉、天球、河圖,在東序。"孔穎達疏:"天球,雍州所貢之玉,色如天者,皆璞未見琢治,故不以禮器名之。"《詩·商頌·長發》:"受小球大球,爲下國綴旒。"《禮記·玉藻》:"笏,天子以球玉,諸侯以象。"鄭玄注:"球,美玉也。"唐、李白《送楊少府赴選》詩:"夫子有盛才,主司得球琳。"章炳麟《西歸留別中東諸君子》:"球府集蒼蠅,一滴緇楚璞。"

玉磬。《廣韻·尤韻》:"球,《說文》曰:'玉磬也。'"清、桂馥《說文解字義證》:"蓋球中爲磬,故磬亦稱球。但本書不應舍其樸(璞)之本名,而反舉成器以爲訓也。"《書·益稷》:"戛擊鳴球,搏拊琴瑟以詠,祖考來格。"孔傳:"球,玉磬。"孔穎達疏:"《釋器》云:'球,玉也。'……樂器惟磬用玉,故球爲玉磬。"《文選·揚雄〈長楊賦〉》:"拮隔鳴球,掉八列之舞。"李善注引韋昭曰:"鳴球,玉磬也。"《文心雕龍·原道》:"泉石激韻,和若球鍠。"唐、元稹《五弦彈》詩:"千軯鳴鏑發胡弓,萬片清球擊虞廟。"《儒林外史》第三七回："金次福、鮑廷璽，兩人領了一班司球的、司琴的、司瑟的……進來見了衆人。"

　　述"球玉"：一、美玉。《禮記·玉藻》："笏，天子以球玉，諸侯以象，大夫以魚鬚文竹。"鄭玄注："球，美玉也。"二、玉磬。《宋史·樂志五》："內設寶鍾球玉，外爲龍虡鳳琴。"

　　述"天球"：玉名，與河圖合稱爲"球圖"，皆古代天子之寶器。《書·顧命》："大玉、夷玉、天球、河圖，在東序。"孫星衍注引鄭玄曰："天球，雍州所貢之玉，色如天者。"又引馬融曰："球，玉磬。"宋、楊萬里《正月十二日遊》詩："雲冠霞佩照宇宙，金章玉句鳴天球。"清、錢謙益《陸宣公墓道行》："圖經聚訟故老閱，爭此朽骨如天球。"清、紀昀《閱微草堂筆記·如是我聞四》："賞鑒家得一宋硯，雖滑不受墨，亦寶若球圖。"《清朝野史大觀·清宮遺聞·純廟題東坡玉帶詩》："東坡玉帶，留鎮金山寺，僧寮寶護，有如球圖。"

　　球琳：一、球、琳皆美玉名；亦泛指美玉。《書·禹貢》："（雍州）厥貢惟球琳琅玕。"孔傳："球、琳，皆玉名。"《淮南子·墜形訓》："西北方之美者，有昆侖之球琳琅玕焉。"高誘注："球琳琅玕，皆美玉也。"晉、孫楚《爲石仲容與孫皓書》："球琳重錦，充於府庫。"唐、顧況《遊子吟》："層城登雲韶，玉府鏘球琳。"明、何景明《和獻吉送公順》："登山采球琳，涉水采珊瑚。"二、比喻賢才，亦稱球琳器。唐、李白《送楊少府赴選》詩："夫子有盛才，主司得球琳。"唐、元稹《哭呂衡州》詩之二："國待球琳器，家藏虎豹韜。"清、汪懋麟《題長眞觀察桐陰小像》詩："此時海内印安石，如君濟世稱球琳。"三、玉磬。唐、元稹《桐花》詩："君若事宗廟，拊以和球琳。"

　　通"捄"，法、法紀。《詩·商頌·長發》："受小球大球，爲下國綴旒……受小共大共，爲下國駿庬。"王引之《經義述聞》："球、共，皆法也。球，讀爲捄，共讀爲拱，《廣雅》：'拱、捄，法也。'……拱、捄二字皆從手而訓亦同，其從玉作球，假借字耳。"

　　同"毬"，卽鞠、鞠丸、皮丸，古代一種革製的遊戲用品，中實以毛，足踢或杖擊爲戲，兼有運動、演武習戰的意義；唐以後謂鞠爲球；今泛指某些圓形立體的體育用品；如：足球、籃球、棒球、網球、乒乓球。亦指球類活動；如：球藝、球迷、看球去。

數學名詞；以半圓的直徑爲軸，使半圓旋轉一周而成的立體，由中心到表面各點距離都相等的立體；如：球體、球面、球心。

球形或接近球形的物體；如：星球、地球、月球、煤球、棉球、眼球、紅血球。特指地球；如：南半球、北半球。

疊字雙音“球球”形況：獸角彎曲貌。《穀梁傳・成公七年》：“郊牛日展觓角而知傷。”晉、范甯注：“觓，球球然，角貌。”楊士勛疏：“牛角云觓者，《詩》稱‘兕觥其觫’；又曰‘有觓其角’是也。”按：今本《詩・小雅・桑扈》作“兕觥其觩”。唐、陸德明《經典釋文》：“觩，音虯。本或作觓。”

琳 0101 　琳　美玉也。从玉，林聲。力尋切（lín ㄌㄧㄣˊ）。

【譯白】琳，一種精美的玉。是依從玉做形旁，以林爲聲旁構造而成的形聲字。

【述義】美玉；又指青碧色的玉。《爾雅・釋地》：“西北之美者，有崑崙虛之璆、琳、琅玕焉。”郭璞注：“璆、琳，美石名。”郝懿行義疏：“姚元之曰：‘和闐之西南曰密爾岱者，其山綿亘不知其終。其山產玉，鑿之不竭，是曰玉山……其玉色青。今密爾岱卽古崑崙虛矣。’余按：此玉青色，卽璆、琳也。”《書・禹貢》：“（雍州）厥貢惟球、琳、琅玕。”孔傳：“球、琳，皆玉名。”漢、司馬相如《上林賦》：“玫瑰碧琳，珊瑚叢生。”晉、孫楚《爲石仲容與孫皓書》：“球琳重錦，充於府庫。”清、黃景仁《練江舟中》詩：“磯頭石作琳碧燦，水底沙皆蝌蚪文。”

傳說中神仙居所的美稱；也用稱道觀。唐、盧照鄰《釋疾文・命曰》：“太上有老君焉，其名曰伯陽，遊閬風之瓊圃，處倒景之琳堂。”《西遊記》第九十八回：“此乃是靈宮寶闕，琳館珠庭。”清、黃景仁《由煙霞嶺至紫雲洞精舍》詩：“稍稍開停雲，微微辨琳闕。”

琳珉，亦作“琳瑉”、“琳珉”，精美的玉、石。《史記・司馬相如列傳》：“其石則赤玉、玫瑰、琳瑉、琨珸。”裴駰集解引《漢書音義》曰：“琳，球也；珉，石之次玉者。”《文選・司馬相如〈子虛賦〉》作“琳珉”。漢、班固《西都賦》：“琳珉青熒，珊瑚碧樹。”《太平御覽》卷八〇八引漢、劉楨《清慮賦》：“上青膲之山，蹈琳瑉之塗。”

　　“琳宮”，仙宮；亦爲道觀、殿堂之美稱。《初學記》卷二三引《空洞靈章經》：“衆聖集琳宮，金母命清歌。”唐、吳筠《遊仙》詩之二十：“上元降玉闥，王母開琳宮。”宋、趙師俠《水調歌頭·龍帥宴王公明》詞：“琳宮香火緣在，還近玉皇家。”元、曹之謙《宿雲臺觀》詩：“趁程疲永路，記宿喜琳宮。”清、顧炎武《華陰縣朱子祠堂上梁文》：“睇琳宮之絢爛，悲木鐸之幽沉。”

　　“琳珪”，美玉，玉音清越，常以喻詩文之優美。《文選·顏延之〈和謝監靈運〉》：“芬馥歇蘭若，清越奪琳珪。”李周翰注：“蘭若，香草；琳珪，美玉也。言靈運之詩芬芳清越，可以奪美玉香草之音氣。”明、陸采《懷香記·家門始終》：“韓壽文章，似琳珪清越，星斗輝煌。”

　　“琳球”，亦作“琳璆”。一、指美玉。《宋書·傅亮傳》：“餞離不以幣，贈言重琳球。”唐、元稹《陽城驛》詩：“何以持爲贈，束帛藉琳球。”清、孫枝蔚《新婚箴爲汪季燦》：“女如桃李，男如琳球。同心同德，永荷天休。”二、玉器撞擊聲。宋、蘇軾《代書答梁先》詩：“遺我駁石盆與甌，黑質白章聲琳球。”金、趙秉文《遊華山寄元裕之》詩：“兩崖巨壁插劍戟，流泉夾道鳴琳璆。”清、納蘭性德《效江醴陵雜體擬古詩·范彥龍古意》：“文章貴繪綷，佩玉鏘琳球。”二、比喻優秀人物或優美文辭。唐、虞世南《和至壽春應令》詩：“調諧金石奏，歡洽羽觴浮。天文徒可仰，何以廁琳球。”明、鄭若庸《玉玦記·標題》：“鉅野王生，閥閱裔，腹胞琳球。”清、孫枝蔚《祭溫玄肆文》：“易盡者百年之日月，難凋者一字之琳球。”

　　“琳琅”，亦作“琳瑯”。一、精美的玉石。漢、張衡《南都賦》：“琢琱狎獵，金銀琳琅。”宋、司馬光《奉和濟川代書三十韻寄諸同舍》詩：“琳琅固無價，燕石敢沽諸。”明、何景明《七述》：“繪若黼黻，曄如琳瑯。”二、借指美好的事物。1、指優美詩文、珍貴書籍。晉、葛洪《抱朴子·任命》：“崇琬琰於懷抱之內，吐琳瑯於毛墨之端。”唐、李羣玉《自澧浦東遊江表》詩：“文襟卽玄圃，筆下成琳琅。”宋、李昴英《賀新郎·再用韻餞吳憲》詞：“想胸蟠，蕊闕琳琅笈。眞作者，世難及。”清、秋瑾《梅十章》詩之八：“留得琳瑯千萬句，錦函雙繫碧絲綃。”2、指優秀人材。南朝、宋、劉義慶《世說新語・容止》："有人詣王太尉，遇安豐、大將軍、丞相在坐，往別屋見季胤、平子。還語人曰：'今日之行，觸目見琳琅珠玉。'"唐、劉禹錫《送王師魯協律赴湖南使幕》詩："素風傳竹帛，高價聘琳瑯。"宋、曾鞏《寄孫莘老湖州墨妙亭》詩："好事今推雪溪守，故開新館集琳瑯。"3、玉石相擊聲。《楚辭・九歌・東皇太一》："撫長劍兮玉珥，璆鏘鳴兮琳琅。"晉、摯虞《思遊賦》："要華電之煜爠兮，珮玉衡之琳琅。"明、高濂《玉簪記・重效》："翠裙搖玉響琳瑯。"亦泛指清脆美妙的聲音。《雲笈七籤》卷十六："仰誦洞章，嘯詠琳琅。"宋、沈遼《宴集》詩："尤愛簷間竹，風來響琳瑯。"清、汪懋麟《祭誥封光祿大夫陳太公文》："眾賓雜遝，笑語琳瑯。"

　　"琳琅觸目"，亦作"琳琅滿目"。南朝、宋、劉義慶《世說新語・容止》："有人詣王太尉，遇安豐、大將軍、丞相在坐，往別屋見季胤、平子。還語人曰：'今日之行，觸目見琳琅珠玉。'"原謂所見皆名流，後以"琳琅觸目"謂眼前所見都是珍貴的物品或美好的詩文。清、鈕琇《觚賸續編・棉村麗句》："（棉村）次日以所作來示，片紙零書，琳瑯觸目。"

　　"琳館"，亦作琳闕，仙宮；宮殿、道院的美稱。宋、歐陽修《景靈朝謁從駕還宮》詩："琳館清晨藹瑞氣，玉旒朝罷奏韶鈞。"元、馬祖常《息齋風竹圖道士華山隱得之命予賦之》詩："琳館瑤臺九天近，夜寒笙磬聲鏘鏘。"明、徐霖《繡襦記・竹林祈嗣》："琳館白雲限，竹裏門開，飛甍畫棟絕塵埃。"明、高啟《與王隱居宿寧貞道館》詩："玄言不知還，遂宿琳館中。"

　　"琳篆"，指道書。明、楊愼《藝林伐山・仙經》："瓊文、藻笈、琳篆、琅函，皆指道書也。"清、周亮工《壽青溪三老序》："黃髮鮐背，琳篆丹書。"

璧 0102　璧　瑞玉圜也。从玉，辟聲。比激切（bì ㄅㄧˋ）。

【譯白】璧，古代貴族用作印信憑證的玉器製品（瑞玉，是指古代天子及諸侯所執之玉的統稱，做爲符信以及朝聘、祭祀、喪葬用的禮器），平圓形，正中有孔，邊寬爲內孔直徑的兩倍。是依從玉做形旁，以辟爲聲旁構造而成的形聲字。

【述義】璧，玉器名，扁平、圓形，正中有孔，邊寬爲內孔直徑的兩倍，後也有用琉璃製的。古代貴族用作祭祀、朝聘、喪葬時的禮器。也用作佩帶的裝飾品。《爾雅·釋器》："肉倍好謂之璧。"邢昺疏："肉，邊也。好，孔也。邊大倍於孔者名璧。"《詩·衛風·淇奧》："有匪君子，如金如錫，如圭如璧。"《周禮·春官·大宗伯》："以蒼璧禮天。"鄭玄注："璧圜象天。"《荀子·大略》："聘人以珪，問士以璧。"唐、段成式《酉陽雜俎·禮異》："凡節……古者安平用璧，興事用圭，成功用璋。"《西遊記》第九十一回："千門璧月，萬戶香風。"

泛指美玉。《莊子·山木》："子獨不聞假人之亡與？林回棄千金之璧，負赤子而趨。"《韓非子·解老》："和氏之璧，不飾以五采，隋侯之珠，不飾以銀黃。其質至美，物不足以飾之。"秦、李斯《上書秦始皇》："必秦國之所生然後可，則夜光之璧，不飾朝廷。"南朝、宋、鮑照《河清頌》："如彼七緯，累璧重珠。"南朝、梁、庾肩吾《奉和武帝苦旱》詩："江蘋享上帝，荊璧奠高巒。"唐、劉知幾《史通·控贖》："蓋明月之珠不能無瑕，夜光之璧不能無纇。"清、黃景仁《冬日克一過訪和贈》詩："那愁白璧投無地，多怨黃金鑄未精。"

美稱。《世說新語·容止》："潘安仁、夏侯湛並有美容，喜同行，時人謂之連璧。"又"衛玠從豫章至下都。"南朝、梁、劉孝標注引《玠別傳》："玠在羣伍之中，寔有異人之望。齠齔時，乘白羊車於洛陽市上，咸曰：'誰家璧人？'"

退回贈送的禮品或歸還借用之物。如：奉璧、敬璧。明、張居正《答周宗侯西亭言春秋辨疑》："謹領紗鏡及佳刻三種，用承遠意，餘輒璧諸使者，幸惟原亮。"又《答廉憲王鳳洲》："疊辱慰奠，深荷至情。但厚惠概不敢當，仍璧諸使者。"《三俠五義》第九七回："邵公難以推辭，只得斟酌收禮，當受的受，當璧的璧。"《兒女英雄傳》第十三回："也有送酒席的，也有送下程的，到後來就不好了，鬧起整匣的燕窩，整桶的海參魚翅，甚至尺頭珍玩，打聽着甚麼貴送起甚麼來了。老爺一概璧謝不收。"清、胡鳴玉《訂訛雜錄·反璧》："《左·僖二十三年》，晉公子重耳，及曹，僖負羈饋盤殽置璧焉，公子受殽反璧，今人卻饋曰璧，本此。俗誤爲藺相如事，見《史·廉藺列傳》有'臣請完璧歸趙'語，因寫作'完謝'，大非。相如紿秦，間使懷璧歸趙，並非秦之不受璧也。"

喻月亮。隋、薛道衡《和許給事善心戲場轉韻》詩："雲間璧獨轉，空裏鏡孤懸。"唐、顧況《奉酬劉侍郎》詩："幾迴新秋影，璧滿蟾又缺。"

通"襞"，折疊衣服。清、朱駿聲《說文通訓定聲·解部》："璧，叚借爲襞。"

通"壁"，璧帶，即"壁帶"，壁中橫木，其露出的部分，形狀似帶，故稱。《西京雜記》卷一："壁帶往往爲黃金釭含藍田玉，明珠、翠羽飾之。"璧奎，壁宿與奎宿的並稱，古代謂壁奎是主文章之星；璧，通"壁"。明、鄭眞《送楊德貞》詩："學省煌煌映璧奎，諸生冠佩雁行齊。"明、唐順之《題張學士仰宸樓樓藏賜書》詩："秘典自驚《墳》《索》上，祥光遙映璧奎餘。"

古州名，故治在今四川省通江縣。清、顧祖禹《讀史方輿紀要·四川三·巴州》："（通江縣）梁爲始寧縣地，西魏分置諾水縣，隋復廢入始寧。唐武德八年復分置諾水縣，並置璧州治焉。天寶初，改縣曰通江……（宋）熙寧五年，以璧州省入。"

瑗 0103 瑗　大孔璧；人君上除陛以相引。从玉，爰聲。《爾雅》曰："好倍肉謂之瑗，肉倍好謂之璧。"王眷切（yuàn ㄩㄢˋ）。

【譯白】瑗，正中有大孔，可以用手去握住的璧；人君上臺階，侍者用來讓人君握住牽引。是依從玉做形旁，以爰爲聲旁構造而成的形聲字。《爾雅·釋器》說："內孔直徑爲邊寬的兩倍稱做瑗；邊寬爲內孔直徑的兩倍稱做璧。"

【述義】孔大邊小的璧。《爾雅·釋器》："肉倍好謂之璧，好倍肉謂之瑗，肉好若一謂之環。"郭璞注："孔大而邊小。"唐、陸德明《經典釋文》："（瑗）《蒼頡篇》云：'玉佩名。'"《管子·輕重丁》："因使玉人刻石而爲璧，尺者萬泉，八寸者八千，七寸者七千，珪中四千，瑗中五百，璧之數已具。"《荀子·大略》："聘人以珪，問士以璧，召人以瑗。"

玉名。《玉篇·玉部》："瑗，玉名。"

古縣名；春秋、齊、轅邑，漢置瑗縣，故治在今山東省禹城縣南。清、顧祖禹《讀史方輿紀要·山東二·濟南府》："（禹城縣）轅城，在縣西北，一云在縣南百里，亦春秋時齊邑也……漢置瑷縣，屬平原郡，後漢省。"

瑷又讀 huán ㄏㄨㄢˊ，《集韻》胡關切，平刪匣。同"環"。《集韻・刪韻》："環，或从爰。"

環 0104　環　璧也；（璧）肉好若一謂之環。从玉，睘聲。戶關切（huán ㄏㄨㄢˊ）。

【譯白】環，玉璧的一種；璧的邊寬與內孔直徑相等稱爲環。是依從玉做形旁，以睘爲聲旁構造而成的形聲字。

【述義】玉環，璧的一種，圓圈形的玉器，古代用作符信；也可作裝飾品。段玉裁《說文解字注》："《釋器》文：'好謂孔，肉謂邊也。'"《爾雅・釋器》："肉倍好謂之璧，好倍肉謂之瑷，肉好若一謂之環。"郭璞注："其孔及邊肉大小適等。"王國維《觀堂集林・說環玦》："余讀《春秋左氏傳》'宣子有環，其一在鄭商'，知環非一玉所成。歲在己未，見上虞羅氏所藏古玉一，共三片，每片上侈下斂，合三而成規。片之兩邊各有一孔，古蓋以物繫之。余謂此卽古之環也……後世日趨簡易，環與玦皆以一玉爲之，遂失其制。"《左傳・昭公十六年》："宣子有環，其一在鄭商。"杜預注："玉環。同工共朴（璞），自共爲雙。"孔穎達疏引李巡云："肉好若一，其孔及邊肉大小適等曰環。"《荀子・大略》："絕人以玦，反絕以環。"楊倞注："古者，臣有罪，待放於境，三年不敢去，與之環則還，與之玦則絕，皆所以見意也。"宋、高承《事物紀原・衣裘帶服・環》："《瑞應圖》曰：'黃帝時，西王母獻白環，舜時又獻之。'則環當出於此。"

泛指圓圈形物品。如：耳環、門環、指環。《詩・秦風・小戎》："游環脅驅，陰靷鋈續。"毛傳："游環，靷環也。游在背上，所以禦出也。"鄭玄箋："游環在背上無常處，貫驂之外轡，以禁其出。"《戰國策・齊策四》："徹其環瑱，至老不嫁，以養父母。"三國、魏、曹植《美女篇》詩："攘袖見素手，皓腕約金環。"《紅樓夢》第五二回："寶玉慢慢的上了馬，李貴、王榮籠着嚼環。"

比喻漩渦。《管子・度地》："水之性……倚則環，環則中。"尹知章注："倚，排也。前後相排，則圓流生，空若環之中，所謂齊。"

環形的。唐、柳宗元《龍馬圖讚并序》："其狀龍鱗、虺尾、拳髦、環目、肉駿，馬之靈怪有是耶？”《三國演義》第一回：“玄德回視其人，身長八尺，豹頭環眼，燕頷虎鬚，聲若巨雷，勢如奔馬。”

環繞、圍繞。《玉篇·玉部》：“環，繞也。”《左傳·昭公十七年》：“環而塹之，及泉。”《周禮·考工記·匠人》：“環涂七軌，野涂五軌。”鄭玄注引杜子春云：“環涂謂環城之道。”《國語·越語上》：“三江環之，民無所移。”《史記·孟子荀卿列傳》：“於是有裨海環之，人民禽獸莫能相通者，如一區中者，乃爲一州。”又《刺客列傳》：“秦王方環柱走，卒惶急，不知所爲。”宋、歐陽修《醉翁亭記》：“環滁皆山也。”《西遊記》第七三回：“山環樓閣，溪繞亭臺。”

包圍。《左傳·襄公二十八年》：“慶氏以其甲環公宮。”《孟子·公孫丑下》：“三里之城，七里之郭，環而攻之而不勝。”《呂氏春秋·愛士》：“處一年，爲韓原之戰，晉人已環繆公之車矣。”高誘注：“環，圍。”宋、王禹偁《右衛將軍秦公墓誌銘序》：“師環金陵，城中堅壁。”清、洪子貳《中東大戰演義》第六回：“倭倭船進了大東溝，我水軍環而攻之，可獲全勝也。”梁啓超《義大利建國三傑傳》：“次之爲昔昔里人，拔劍以環王宮。”

旋轉、轉動。《周禮·春宮·樂師》：“環拜，以鍾鼓爲節。”鄭玄注：“環，謂旋也。”《韓非子·外儲說右下》：“趙王遊於圃中，左右以菟與虎而輟之，虎盼然環其眼。王曰：‘可惡哉，虎目也。’”王先愼集解：“環轉其眼，以作怒也。”《大戴禮記·保傳》：“天子自爲開門戶，取玩好，自執器皿，亟顧環面。”盧辯注：“環，旋也。”《山海經·大荒北經》：“共工之臣名曰相繇，九首蛇身，自環，食于九土。”郭璞注：“言轉旋也。”

四周、周圍。《管子·輕重丁》：“江淮之閒，有一茅而三脊，母（毋）至其本，名之曰青茅，請使天子之吏環封而守之。”漢、賈誼《親疏危亂》：“動一親戚，天下環視而起。”《元史·余闕傳》：“乃集有司與諸將議屯田戰守計，環境築堡寨，選精甲外扞，而耕稼于中。”

長寬相等。《儀禮·士喪禮》：“布巾環幅，不鑿。”鄭玄注：“環幅，廣袤等也。”胡培翬正義：“環幅，廣袤等也者，謂巾之制正方也，凡布幅廣二尺二寸，廣袤等，則方矣。”環幅，即正方形的布巾。

循環。《文選·張華〈勵志〉》：“四氣鱗次，寒暑環周。”劉良注：“四時寒暑，如魚鱗之相次，循環而無極。”《梁書·武帝紀下》：“朕思利兆民，惟日不足，氣象環回，每弘優簡。”

包含、含蘊。南朝、梁、劉勰《文心雕龍·諸子》：“《鬼谷》眇眇，每環奧義。”

周密。《文心雕龍·明詩》：“自商暨周，《雅》、《頌》圓備，四始彪炳，六義環深。”范文瀾注：“六義環深，猶言六義周密而深厚。”

周遍、普遍、遍及。唐、韓愈《進學解》：“昔者孟軻好辯，孔道以明，轍環天下，卒老于行。”《醒世姻緣傳》第八回：“只那劉家十親九眷，也就夠他周流列國，轍環天下，傳食於諸侯了。”環理，即環履、周遊。《楚辭·天問》：“穆王巧梅，夫何爲周流？環理天下，夫何索求？”姜亮夫校注：“環理，即周行之義。理，聲與履同。”

通“鋗”，古代重量單位名。朱駿聲《說文通訓定聲·乾部》：“環，叚借爲鋗。”《周禮·考工記·冶氏》“重三鋝”漢、鄭玄注：“鄭司農云：‘鋝，量名也。’許叔重《說文解字》云：‘鋝，鋗也。’今東萊稱或以大半兩爲鈞，十鈞爲環。環重六兩大半兩。”阮元校勘記：“《釋文》不出‘環’字。賈疏兩引此注，先作‘環’，後作‘鋗’。”

通“還”，回、返回。朱駿聲《說文通訓定聲·乾部》：“環，叚借爲還。”《周禮·夏官·敍官》：“環人，下士六人。”鄭玄注：“環，猶卻也。以勇力卻敵。”孫詒讓正義：“此借爲還字。”《睡虎地秦墓竹簡·秦律雜抄》：“虎未越泛蘇，從之，虎環，貲一甲。”《馬王堆漢墓帛書·經法·稱》：“天有環刑，反受其央（殃）。”

通“原”，寬恕。《睡虎地秦墓竹簡·法律答問》：“免老告人以爲不孝，謁殺，當三環不？不當環，亟執勿失。”注：“環，讀爲原，寬宥從輕。”

通“營”。清、朱珔《說文叚借義證》：“環爲營之假借。”一、謀求。《管子·君臣下》：“兼上下以環其私，爵制而不可加，彼爲人上者危矣。”王念孫《讀書雜志·管子五》：“環之言營也，謂兼上下以營其私也。營與環古同聲而通用。”二、熒惑。《荀子·臣道》：“上不忠乎君，下善取譽乎民，不郵公道通義，朋黨比周，以環主圖私爲務，是篡臣者也。”王念孫《讀書雜志‧荀子》：“環讀爲營，營惑也，謂營惑其主也。營與環古同聲而通用。”《韓非子‧人主》：“其當途之臣得勢擅事以環其私，左右近習朋黨比周以制疏遠。”王先愼集解：“環讀爲營。”

特指刀頭所著之環。《釋名‧釋兵》：“（刀）其本曰環，形似環也。”《漢書‧李廣傳附李陵》：“（任）立政等見陵，未得私語，即目視陵，而數數自循其刀環，握其足，陰諭之，言可還歸漢也。”唐、柳中庸《征人怨》詩：“歲歲金河復玉關，朝朝馬策與刀環。”

繩圈，也作“繯”。《鏡花緣》第九十八回：“歇宿一宵，正要起兵，只見女營來報：文蔛之妻邵紅英、林烈之妻林書香、譚太之妻譚惠芳、葉洋之妻葉瓊芳，俱投環殉節。”清、徐芳烈《浙東紀略》：“投水者一，投環者再。”

“環節”，指互相關聯的事物中的一個。

近世代數學中的一個概念。環是元素之間具有兩種代數運算的集（通常分別稱爲加法和乘法）；其中加法滿足結合律及交換律，乘法滿足結合律及關於加法的分配律；這集裏還有零元素，它與集裏的任何元素相加結果仍是該元素；並且每個元素都有負元素，任何元素與其負元素相加是零元素。如果環的乘法滿足交換律，稱爲“交換環”。以數爲元素的環稱爲“數環”。例如：整數的全體或有理數的全體都構成數環。

古州名。一、隋代州名，故地在今寧夏回族自治區中衛縣東。《古今韻會舉要‧刪韻》：“環，州名，古朔方鳴沙之地，隋置環州，以大河環曲名焉。”清、顧祖禹《讀史方輿紀要‧陝西十一‧寧夏中衛》：“（鳴沙城）隋開皇十九年置環州及鳴沙縣……大業三年，州廢，縣屬靈武郡。唐武德四年，置西會州，鳴沙縣屬焉。貞觀六年州廢，改置環州於此。九年，復廢環州。”二、五代周州名，宋因之，明初降爲縣。今爲甘肅省環縣。清、顧祖禹《讀史方輿紀要‧陝西六‧慶陽府》：“（環縣）五代、後晉天福四年（公元九三九年），移置威州於方渠縣；周廣順二年，改曰環州；顯德四年降爲通遠軍。宋、淳化五年（公元九九四年），復置環州……明改州爲縣。”三、唐代州名，元初廢，故治在今廣西壯族自治區環江縣。清、顧祖禹《讀史方輿紀要‧廣西四‧慶遠府》：“廢環州在縣（思恩縣）西北。本蠻地。唐、貞觀十二年，李宏節招撫降附，置環州……宋爲羈縻環州，亦曰南環州，以別於陝西之環州也……元初，州廢。”

古代用以懸樀以安蠶薄的繩索。《方言》卷五：“（槌）所以縣樀……江淮之間謂之繯，或謂之環。”

疊字雙音“環環”形況：一、彎曲貌。《樂府詩集‧清商曲辭六‧女兒子》：“我欲上蜀蜀水難，蹋蹀珂頭腰環環。”清、朱彝尊《捉人行》：“沿江風急舟行難，身牽百丈腰環環。”二、圓貌。唐、韓愈《峽石西泉》詩：“居然鱗介不能容，石眼環環水一鍾；聞說旱時求得雨，秖疑科斗是蛟龍。”宋、曾鞏《盆池》詩：“環環清泚旱猶深，柄柄芙蓉近可尋。”

姓。《廣韻‧刪韻》：“環，姓。古有楚賢者環淵，後有環濟，撰《要略》一部。”《通志‧氏族略四》：“環氏，楚有環列之尹，子孫因氏焉。楚有環泉（淵）；漢有河東太守環餘；隗囂將環安；晉有環濟；撰《要略》。宋有環中、環申，登科，並淮陽人。”

環又讀 huàn ㄏㄨㄢˋ，《集韻》胡慣切，去諫匣；元部。擊退、使退卻。《集韻‧諫韻》：“環，卻也。《周官》有環人。”《周禮‧夏官‧環人》：“環人掌致師，察軍慝，環四方之故。”鄭玄注：“卻其以事謀來侵伐者。”賈公彥疏：“此則訓環爲卻。”孫詒讓正義：“此借爲還字，《鄉飲酒禮》注云：‘還，猶退。’”一說巡察。清、俞樾《羣經平議‧周禮‧環人》：“鄭意蓋讀環爲還，故訓爲卻。然以勇力卻敵而謂之還，義實未安。據其職曰‘掌致師，察軍慝，環四方之故’，是環與察同意，蓋取圍環巡察之義。”

璜 0105 璜 半璧也。从玉，黃聲。戶光切（huáng ㄏㄨㄤˊ）。

【譯白】璜，形狀像半邊璧的玉器。是依從玉做形芴，以黃爲聲芴構造而成的形聲字。

【述義】段玉裁《說文解字注》：“鄭注《周禮》、高注《淮南》同。按《大戴禮》佩玉下有雙璜，皆半規，似璜而小。古者天子辟廱，築土雝水之外圜如璧；諸侯泮宮，泮之言半也。蓋東西門以南通水，北無也。鄭箋《詩》云爾。然則辟廱似璧，泮宮似璜，此黌字之所由製歟？”郭沫若《金文叢考》以爲：“黃實古玉佩之象也。”“後假爲黃白字，卒至假借義行而本義廢，乃造璜以代之。”

　　璜是古代一種玉石器，像璧的半邊，用做朝聘、祭祀、喪葬時的禮器，也用爲裝飾品或貨幣。徐鍇《說文解字繫傳》：“璜亦所以爲幣。”桂馥《說文解字義證》引《白虎通》：“璜所以徵召。”《周禮·春官·大宗伯》：“以玄璜禮北方。”鄭玄注：“璧圓象天……半璧曰璜，象冬閉藏，地上無物，唯天半見。”又《春官·典瑞》：“駔圭璋璧琮琥璜之渠眉，疏璧琮以斂尸。”《山海經·海外西經》：“（夏后啟）佩玉璜。”《楚辭·招魂》：“纂組綺縞，結琦璜些。”王逸注：“璜，玉名也……玉璜爲帷帳之飾也。”漢、張衡《思玄賦》：“昭綵藻與琱瑑兮，璜聲遠而彌長。”唐、韓愈等《城南聯句》詩：“鵝肪截佩璜，文昇相照灼。”宋、蘇軾《峻靈王廟碑》：“古者王室及大諸侯國，皆有寶，周有琬琰大玉，魯有夏后氏之璜，皆所以守其社稷，鎮撫其人民也。”《紅樓夢》第二十九回：“只見也有金璜，也有玉玦，或有‘事事如意’，或有‘歲歲平安’，皆是珠穿寶嵌，玉琢金鏤。”

　　黃色美石。《正字通·玉部》：“黃石曰璜。海虞有璜涇，涇底有石而黃，以石名水，以水名地。”

　　疊字雙音“璜璜”形況，猶“洸洸”，威武貌。漢、揚雄《法言·孝至》：“荒荒盛德，遠人咸慕，上也；武義璜璜，兵征四方，次也。”王念孫《讀書雜志·法言》：“黃讀爲洸。《爾雅》曰：洸洸，武也。”《詩·大雅·江漢》：“江漢湯湯，武夫洸洸。”宋、王禹偁《大閱賦》：“赳赳洸洸，衛社之將帥；皇皇濟濟，扈蹕之公卿。”

琮 0106　瑈　瑞玉；大八寸，似車釭。从玉，宗聲。藏宗切（cóng　ㄘㄨㄥˊ）。

【譯白】琮，諸侯所用的玉器；形狀爲方形（也有長筒形），八隻腳，中間圓而空，圓的直徑有八寸，像車輪轂。是依從玉做形旁，以宗爲聲旁構造而成的形聲字。

【述義】“譯白”依徐灝《說文解字注箋》：“其形外八觚而內圓空，徑八寸。”琮爲古代一種玉制禮器，方形，也有作長筒形者，中有圓孔，也用爲贄品、符節等；殷、周的墓葬屢有出土。《周禮·春官·大宗伯》：“以玉作六器，以禮天地四方：以蒼璧禮天，以黃琮禮地。”又

《秋官・小行人》："合六幣……璧以帛，琮以錦。"鄭玄注："五等之諸侯享天子用璧，享后用琮。"《儀禮・聘禮》："聘于夫人用璋，享用琮。"《公羊傳・定公八年》："璋判白。"漢、何休注："琮以發兵。"漢、班固《白虎通・瑞贄》："何謂五瑞？謂珪、璧、琮、璜、璋也……半珪爲璋，方中圓外曰璧，半璧曰璜，圓中牙外曰琮。"唐、段成式《酉陽雜俎・禮異》："大喪用琮。"

姓。《通志・氏族略五》："琮氏，宋登科琮師古，開封人。"

"琮琤"，爲象聲詞，謂玉石碰擊聲。唐、潘存實《賦得玉聲如樂》詩："后夔如爲聽，從此振琮琤。"宋、王明清《揮塵後錄》卷二："繼神光之燭壇，響環珮之琮琤。"明、陶宗儀《輟耕錄・委羽山》："幽泉琮琤，若鳴珮環於修竹間。"清、姚鼐《新城道中書所見》詩："千奇萬態未易究，琮琤忽墜當吾車。"

琥 0107　瑚　發兵瑞玉，爲虎文。从玉，从虎，虎亦聲。《春秋傳》曰："賜子家雙琥。"呼古切（hǔ ㄏㄨˇ）。

【譯白】琥，當做發兵信符用的玉器（虎符），刻有老虎圖形的畫紋。是分別依從玉，依從虎做主、從形芴並峙爲義，虎也是聲芴構造而成的會意兼形聲字。琥也是一種禮器；《春秋左傳・昭公三十二年》說："昭公賞賜子家子一對琥紋玉器。"

【述義】段玉裁《說文解字注》："《周禮》牙璋以起軍旅，以治兵守，不以琥也。漢與郡國守相爲銅虎符，銅虎符從第一至第五，國家當發兵，遣使者至郡國合符，符合乃聽受之，蓋以代牙璋也。許所云未聞。"琥，雕成虎形的玉器，即"虎符"，是古代帝王授予臣下兵權和調發軍隊的信物，爲虎形；初時以玉爲之，後改用銅，背有銘文，剖爲兩半，右半留朝廷，左半給予地方官吏或統兵的將帥；調發軍隊時，朝廷使臣須持符驗對，符合，始能發兵。此制盛行於戰國、秦、漢，直至隋代，到了唐代改用魚符。段玉裁《說文解字注》："《周禮》：'牙璋以起軍旅，以治兵守。'不以琥也……許所云未聞。"孫詒讓《書〈說文・玉部〉後》："《御覽・珍寶部》引《呂氏春秋》云：'戰鬥用琥'與'發兵瑞玉'，義似相近……蓋據六國時制，與《禮經》瑞玉自不相應也。"

"賜子家雙琥"的"琥"，是瑞玉，古代一種禮器。孔穎達疏："蓋刻玉爲虎形也。"《周禮・春官・大宗伯》："以玉作六器，以禮天地四方……以白琥禮西方。"鄭玄注："琥，猛，象秋嚴。"又《秋官・小行人》："琥以繡。"鄭玄注："子、男於諸侯則享用琥璜，下其瑞也。"賈公彥疏："子、男朝時用璧。自相享降一等，故用琥璜。"

　　附述"琥珀"：一、古代松柏樹脂的化石，色淡黃、褐或紅褐，摩擦帶電；質優者用爲裝飾品，質差者用於製造琥珀酸和各種漆；中醫用爲通淋化瘀，寧心安神的藥。晉、張華《博物志》卷四："《神仙傳》云：'松柏脂入地千年化爲茯苓，茯苓化琥珀'，琥珀一名江珠。"宋、蘇軾《南歌子・楚守周豫出舞鬟因作之》詞："琥珀裝腰佩，龍香入領巾。"元、貢師泰《贈天臺李煉師》詩："歲久松肪成琥珀，夜深丹氣出芙蓉。"二、指美酒。唐、李賀《殘絲曲》詩："綠鬢年少金釵客，縹粉壺中沈琥珀。"宋、趙令時《侯鯖錄》卷一："（張文潛詩）'尊酒且傾濃琥珀，淚痕更著薄胭脂。'"清、康瑄《擬將進酒》詩："何如小槽滴瀝琥珀濃，澆胸頓使金罍空。"

　　姓。《萬姓統譜・麌韻》："琥氏，見《姓苑》。"

瓏 0108　　瓏　　禱旱玉；龍文。从玉，从龍，龍亦聲。力鍾切（lóng ㄌㄨㄥˊ）。

【譯白】瓏，祭祀祈禱上天解除旱災降雨所用的玉器；上面刻有龍的圖形畫紋。是分別依從玉，依從龍做主、從形芴並峙爲義，龍也是聲芴構造而成的會意兼形聲字。

【述義】古代大旱求雨所用的玉，刻有龍文。晉、葛洪《抱朴子・地眞》："玄芝被崖，朱草蒙瓏；白玉嵯峨，日月垂光。"

　　明潔貌。《篇海類編・珍寶類・玉部》："瓏，明貌。"元、顧德潤《點絳脣・四友爭春》套曲："天下湖山風月瓏。"

　　振玉之聲，清越的聲音。如："瓏玲"、"玲瓏"；參見後面"玲"條。

　　瓏玲，亦作"瓏瓃"。一、明潔貌。漢、揚雄《甘泉賦》："前殿崔巍兮，和氏瓏玲。"一本作"玲瓏"。唐、柳宗元《零陵三亭記》："爰有嘉木美卉，垂水蕤峯，瓏瓃蕭條，清風自生。"元、楊載《春雪次陳元之韻》詩："混沌包三極，繽紛走百靈。散珠分的礫，擊玉碎瓏玲。"王德鍾《月夜渡澱湖歌》詩："東風吹出月瓏玲，一輪照耀平湖平。"亦形容精致奇巧，孔穴明晰。清、劉大櫆《遊大慧寺記》：“山石嵌空瓏璁，登其石罅以望遠，內見外，外不知有內。”
二、振玉之聲。漢、揚雄《法言・五百》：“瓏璁其聲者，其質玉乎。”
亦以形容清越的聲音。唐、韓愈《答張徹》詩：“紫樹雕斐亹，碧
流滴瓏玲。”元、劉壎《隱居通議・文章五》引龍波子《〈琴譜〉序》：
“瓏玲其聲，龍吟鳳鳴。”

　　疊字雙音“瓏瓏”形況：一、象聲詞。南朝、梁、孔翁歸《相和
歌辭・長門怨》：“雷聲聽隱隱，車響絕瓏瓏。”唐、韓愈《感春》詩
之一：“亹亹新葉大，瓏瓏晚花乾。”錢仲聯集釋引孫汝聽曰：“瓏瓏，
花落聲。”宋、梅堯臣《高車再過謝永叔》詩：“復聞傳呼公又至，黃
金絡馬聲瓏瓏。”元、周柏琦《詐馬行》詩：“銅膺障顱鏨鏡叢，星鈴
綵校聲瓏瓏。”元、耶律鑄《松聲行》詩：“瓏瓏兀兀驚俗聾，餘韻飄
蕭散碧空。”二、明美貌。宋、梅堯臣《楊公蘊之華亭宰》詩：“宮
㕙種玉桂，柯葉垂瓏瓏。”

琬 0109　　琬　圭有琬者。从玉，宛聲。於阮切（wǎn ㄨㄢˇ）。
【譯白】琬，一種上端渾圓沒有棱角的圭。是依從玉做形㫃，以宛爲
聲㫃構造而成的形聲字。
【述義】琬圭，一種上端渾圓無棱角的圭。《集韻・換韻》：“琬，圭
名。”《周禮・考工記・玉人》：“琬圭九寸而繅以象德。”鄭玄注：
“琬，猶圓也，王使之瑞節也。諸侯有德，王命賜之，使者執琬圭以
致命焉。”又《春官・典瑞》：“琬圭以治德，以結好。”鄭玄注：“琬
圭亦王使之瑞節……鄭司農云：‘琬圭無鋒芒，故治德以結好。”南
朝、宋、鮑照《擬古八首》詩之五：“玉琬徒見傳，交友義漸疏。”
唐、房琯《上張燕公書》：“獻此琬珪，冀贄列得啟其書。”元、方
回《石氏四子名字說》：“蓋琬圭之首圓，其象仁，第三子慶源，欲
名曰石琬，字德玉。”

　　琬琰：一、琬圭、琰圭。《書・顧命》：“弘璧、琬琰在西序。”
孔傳：“大璧琬琰之圭爲二重。”蔡沈集傳：“琬琰，圭名。”亦爲
碑石之美稱。唐玄宗《孝經序》：“寫之琬琰，庶有補於將來。”宋、
蘇軾《賀林待制啟》：“箸書已成，特未寫之琬琰；立功何晚，會當
收之桑榆。”明、張居正《擬唐回鶻率衆內附賀表》：“寫諸琬琰，

播狼胥瀚海之聲；炳若丹青，掩麟閣雲臺之美。”二、泛指美玉。《楚辭·遠遊》：“吸飛泉之微液兮，懷琬琰之華英。”洪興祖補注：“琬音宛，琰音剡，皆玉名。”《淮南子·說山訓》：“琬琰之玉，在洿泥之中，雖廉者弗釋。”南朝、梁、劉峻（孝標）《辨命論》：“火炎崑嶽，礫石與琬琰俱焚；嚴霜夜零，蕭艾與芝蘭共盡。”唐、韓愈《送窮文》：“攜持琬琰，易一羊皮，飫於肥甘，慕彼糠糜。”明、楊珽《龍膏記·觖望》：“花明寶鈿，光浮琬琰，是廣寒仙媛，合配風流時彥。”三、比喻品德或文詞之美。漢、東方朔《七諫·自悲》：“厭白玉以爲面兮，懷琬琰以爲心。”王逸注：“言己施行清白，心面若玉。”晉、葛洪《抱朴子·任命》：“崇琬琰於懷抱之內，吐琳瑯於毛墨之端。”《南史·劉遵傳》：“文史該富，琬琰爲心；辭章博贍，玄黃成采。”元、鄧文原《奉題延佑宸翰》詩：“官聯天府璇璣象，帝闡河圖琬琰文。”清、梁紹壬《兩般秋雨盦隨筆·史閣部書》：“今倥傯之際，忽捧琬琰之章。”四、玉液。晉、王嘉《拾遺記·周穆王》：“（西王母）共玉帳之高會，薦清澄琬琰之膏以爲酒。”元、張之翰《一字硯賦》：“以藉古錦，以盛蟾蜍，以滴琬琰。”

璋 0110　璋　剡上爲圭，半圭爲璋。从玉，章聲。《禮》：六幣：圭以馬；璋以皮；璧以帛；琮以錦；琥以繡；璜以黼。諸良切（zhāng ㄓㄤ）。

【譯白】璋，長條形平板玉石的一端削尖成三角形稱做圭，圭切開兩半就稱做璋。是依從玉做形旁，以章爲聲旁構造而成的形聲字。《周禮·秋官·小行人》上說：“有六種聘享相搭配的禮物：圭玉用馬來相搭配；璋玉用虎豹的皮來相搭配；璧玉用帛來相搭配；琮玉用錦來相搭配；琥玉用繡來相搭配；璜玉用黼來相搭配。”

【述義】玉器名，狀如半圭，其大小長短之制，因事而異，古代朝聘、祭祀、喪葬、治軍時用爲禮器或信玉。《書·顧命》：“秉璋以酢。”孔傳：“半圭曰璋。”《詩·小雅·斯干》：“乃生男子……載弄之璋。”毛傳：“半珪曰璋。”又《大雅·棫樸》：“濟濟辟王，左右奉璋。”《儀禮·聘禮》：“聘于夫人用璋。”《周禮·春官·大宗伯》：“以玉作六器，以禮天地四方……以赤璋禮南方。”又《考工記·玉人》：“大璋、中璋九寸，邊璋七寸，射四寸，厚寸，黃金勺，青金外，朱中鼻寸，衡四寸，有繅，天子以巡守，宗祝以前馬；大璋亦如之，諸侯以聘女；琰圭璋八寸，璧琮八寸，以覜聘；牙璋，中璋七寸，射二寸，厚寸，以起軍旅，以治兵守。”《左傳·昭公五年》：“朝聘有珪，享覜有璋。”唐、段成式《酉陽雜俎·禮異》：“古者安平用璧，興事用圭，成功用璋。”唐、柳宗元《披沙揀金賦》：“配珪璋而取貴，豈泥滓而爲儔？”《西遊記》第一百回：“朕才愧珪璋，言慚金石。”

通“彰”，明。《管子·牧民》：“不璋兩原，則刑乃繁。”尹知章注：“璋，當爲章。章，明也。”漢、班固《白虎通·文質》：“璋之爲言明也。賞罰之道，使臣之禮，當章明也。”

璋瓚，古代祭祀時打鬯酒的玉器，以璋爲柄。《禮記·祭統》：“君執圭瓚祼尸，大宗執璋瓚亞祼。”鄭玄注：“圭瓚、璋瓚，祼器也，以圭璋爲柄。”南朝、齊、謝朓《齊敬皇后哀策文》：“璋瓚奚獻，褘褕罔設。”宋、趙彥衛《雲麓漫鈔》卷四：“王用圭瓚酌鬱鬯灌於地求神，而後以璋瓚酌鬱鬯以亞灌。”

附說“弄璋”：《詩·小雅·斯干》：“乃生男子，載寢之牀，載衣之裳，載弄之璋。”毛傳：“半圭曰璋……璋，臣之職也。”詩中之意祝所生男子成長後爲王侯，執圭璧，後因稱生男爲“弄璋”。唐、白居易《崔侍御以孩子三日示其所生詩見示因以二絕和之》詩之二：“弄璋詩句多才思，愁殺無兒老鄧攸。”明、沈受先《三元記·助納》：“尚未弄璋弄瓦，一則以喜，一則以懼。”《兒女英雄傳》第三八回：“（安老爺）好容易才找着了‘病立痊，孕生男’六個字，忙說：‘不是病，一定要弄璋的。’”

琰 0111 琰 璧上起美色也。从玉，炎聲，以冉切（yǎn ㄧㄢˇ）。

【譯白】琰，能發出美麗色彩的璧玉。是依從玉做形旁，以炎爲聲旁構造而成的形聲字。

【述義】琰，色彩美麗的玉，通稱“琬琰”。徐鍇《說文解字繫傳》：“郭璞注《上林賦》引《竹書》云：‘桀得有緍二美女，刻其名於苕華之玉。苕是琬，華是琰。’然則琰亦美色之玉也。琰之言炎也，光炎起也。”《廣韻·琰韻》：“琰，玉名。”《楚辭·遠遊》：“吸飛泉之微液兮，懷琬琰之華英。”《漢書・司馬相如傳上》：“壘采琬琰，和氏出焉。”顏師古注：“琬琰，美玉名。”南朝、梁、簡文帝《謝敕賚善勝威勝刀啟》：“冰鍔含彩，雕琰表飾。”宋、梁周翰《禁林讌會之什》詩：“墨池併獲三奇寶，翠琰俱生五色光。”參見前面“琬”條。

有尖鋒的圭，即“琰圭”，上端尖銳，古代用爲征討不義的符信。《逸周書・王會解》：“四方玄繚璧琰十二。”孔晁注：“琰，珪也，有鋒銳。”朱右曾校釋：“琰，珪，長尺二寸。”《周禮・考工記・玉人》：“琰圭九寸，判規，以除慝，以易行。”鄭玄注：“琰圭，琰半以上，又半爲瑑飾，諸侯有爲不義，使者征之，執以爲瑞節也。”又《春官・典瑞》：“琰圭以易行以除慝。”鄭玄注引鄭司農曰：“琰圭有鋒芒、傷害、征伐、誅討之象者。”元、方回《石氏四子名字說》：“諸侯有不義者，王命使持琰圭之節執之，今之風憲將帥近之。”

疊字雙音“琰琰”形況，謂光澤貌。晉、夏侯湛《雀釵賦》：“黛玄眉之琰琰，收紅顏而發色。”

“琰琬”：一、美玉。宋、黃庭堅《奉和王世弼寄上七兄先生用其韻》詩：“披榛攏芝蘭，斷石收琰琬。”元、王沂《送陳彥和院判》詩：“豐碑磨琰琬，潛德播芳馨。”二、比喻美好。明、王錂《春蕪記・賜婚》：“才郎琰琬，淑女娉婷。”

玠 0112　玠　大圭也。从玉，介聲。《周書》曰：“稱奉介圭。”古拜切（jiè ㄐㄧㄝˋ）。

【譯白】玠，圭大超過一尺二寸的稱爲玠。是依從玉做形芻，以介爲聲芻構造而成的形聲字。今文《尚書・顧命》上說：“太保捧着大圭。”

【述義】大圭，又稱爲“玠圭、介圭”。《爾雅・釋器》：“珪大尺二寸謂之玠。”郭璞注：“《詩》曰：‘錫爾玠珪。’”《書・顧命》：“太保承介圭。”《文選・王延壽〈魯靈光殿賦〉》：“錫介圭以作瑞。”劉良注作“玠”，云：“玠珪，諸侯執者。”唐、韓愈《雨中寄孟刑部幾道聯句》詩：“惟當騎欵段，豈望覿珪玠？”按今本《詩・大雅・崧高》作“介圭”。

瑒 0113　瑒　圭；尺二寸，有瓚，以祠宗廟者也。从玉，昜聲。丑亮切（chàng ㄔㄤˋ）。

【譯白】瑒，是稱爲圭瑒的禮器；長一尺二寸，連帶着“瓚”的勺柄，是來做爲祭祀宗廟盛灌鬯酒的禮器。是依從玉做形旁，以易爲聲旁構造而成的形聲字。

【述義】瑒圭，卽"鬯圭"，又名"祼圭"，古代用於宗廟祭祀的帶瓚的圭。徐鍇《說文解字繫傳》："瓚亦杓也。"段玉裁《說文解字注》："瑒讀如暢。《魯語》謂之鬯圭，用以灌鬯者也。"王筠《說文解字句讀》："《國語》謂之鬯圭。'瑒'、'鬯'同音，所以灌鬯酒者也。《酉部》'酋'下又謂之祼圭。"《國語·魯語上》："文仲以鬯圭與玉磬如齊告糴。"韋昭注："鬯圭，祼鬯之圭，長尺二寸，有瓚，以禮廟。"按"鬯"，古代禮器，玉制，祭祀時用以酌鬯酒，故名。亦稱"瑒圭"。

瑒又讀 dàng ㄉㄤˋ，《集韻》待朗切，上蕩定。通"璗"，黃金。《集韻·蕩韻》："璗，通作瑒。"清、朱珔《說文假借義證》："'瑒'可爲'璗'之假借。"《漢書·王莽傳上》："於是莽稽首再拜，受綠韍袞冕衣裳，瑒琫瑒珌。"王先謙補注引蘇輿曰："此'瑒'蓋'璗'之借字。《說文》：'璗，金之美者，與玉同色。'《禮》：'佩刀，諸侯璗琫而璆珌。'案《詩》毛傳亦云：'諸侯璗琫而璆珌。'與《說文》同。《爾雅·釋器》：'黃金謂之璗，其美者謂之鏐。'是諸侯飾刀上下純用金……孟（孟康）以瑒爲玉名，又非也。"瑒琫，卽璗琫，上端以黃金裝飾的刀鞘。瑒珌，末端以黃金爲飾的刀鞘。

瑒又讀 yáng ㄧㄤˊ，《廣韻》與章切，平陽以。一、玉名，用以祀天。《廣韻·陽韻》："瑒，玉名。"明、楊愼《玉名詁》："瑒，祀天玉也。"二、花名。宋、傅子容《題楊汝士玉蕊帖》："比瑒礬總未佳，要須博物是張華。"宋、洪邁《容齋隨筆》卷十："長安唐昌觀玉蕊，乃今瑒花，又名米囊，黃魯直易爲山礬者。"宋、葛立方《韻語陽秋》卷十六："江南野中有小白花，本高數尺，春開，極香，土人呼爲瑒花。瑒，玉名，取其白也。魯直云：'荊公欲作詩而陋其名，予請名曰山礬。野人取其葉以染黃，不借礬而成色，故以名爾。'"瑒花，卽玉蕊花，亦作"玉蕊花"，又名"山礬"。宋、趙彥衛《雲麓漫鈔》卷四："今瑒花卽玉蕊花也。介甫以比瑒，謂當用此瑒字。蓋瑒，玉名，取其白。山谷又名爲山礬礬，亦可以染也……唐昌玉蕊，以少故見珍耳。"

瓛 0114　瓛　桓圭；公所執。从玉、獻聲。胡官切（huán ㄏㄨㄢˊ）。

【譯白】瓛，稱做桓圭的圭器；太師、太傅、太保三公所執用的玉器。是依從玉做形旁，以獻爲聲旁構造而成的形聲字。

【述義】圭的一種，又名桓圭。段玉裁《說文解字注》："《大宗伯》曰：'公執桓圭。'注：'公，二王之後及王之上公。雙植謂之桓；桓，宮室之象，所以安其上。桓圭蓋亦以桓爲瑑飾。'玉裁按鍇本作'三公'；《韻會》引亦無三。"《廣韻·桓韻》："瓛，圭名。"古代帝王與公、侯、伯、子、男五等諸侯於朝聘時各執玉圭以爲信符；圭有六種，表不同的爵秩等級，"桓圭"爲公爵所執。《周禮·春官·大宗伯》："公執桓圭。"鄭玄注："桓圭，蓋亦以桓爲瑑飾，圭長九寸。"清、袁枚《隨園詩話》卷十四："余在揚州汪魯佩家，見桓圭，長七寸，葵首垂繅，質粹沁紅，眞三代物也。"

瓛又讀 yè ㄧㄝ，《篇海類編》延結切。馬鑣，卽馬嚼子，勒馬的嚼子。宋、徐鍇《說文解字繫傳》："今字書：瓛，又音鑣。鑣則馬鑣，俗名排沫。"《篇海類編·珍寶類·玉部》："瓛，馬鑣也。"

瓛又讀 yǎn ㄧㄢˇ，《篇海類編》魚蹇切。器名。《篇海類編·珍寶類·玉部》："瓛，器也。一曰玉甌。"

珽 0115　珽　大圭；長三尺，抒上，終葵首。从玉，廷聲。他鼎切（tǐng ㄊㄧㄥˇ）。

【譯白】珽，一種大圭的名稱（是天子所持的玉笏）；長度三尺，上部削薄，頂端安上一個表示不屈不撓的椎形腦袋。是依從玉做形旁，以廷爲聲旁構造而成的形聲字。

【述義】大圭，古代天子所持的玉笏，其形制因時而異。《周禮·考工記·玉人》："大圭長三尺，杼上，終葵首，天子服之。"鄭玄注："王所搢大圭也，或謂之珽。"孫詒讓正義："珽與笏異名同物。"《左傳·桓公二年》："袞冕黻珽。"杜預注："珽，玉笏也，若今吏之持簿。"《荀子·大略》："天子御珽，諸侯御荼，大夫服笏，禮也。"楊倞注："珽，大圭。長三尺，杼上，終葵首，謂剡上至其首而方也。"《資治通鑑·陳宣帝太建四年》："護旣入，如帝所戒讀《酒誥》；未畢，帝以玉珽自後擊之，護踣於地。"胡三省注引《隋志》："今制，珽長尺二寸，方而不折，以球玉爲之。"

玉名。《廣韻·迥韻》：“珽，玉名。”

瑁 0116 珇　諸侯執圭朝天子，天子執玉以冒之，似犁冠。《周禮》曰：“天子執瑁四寸。”从玉冒，冒亦聲。珇，古文省。莫報切（mào ㄇㄠˋ）。

【譯白】瑁，諸侯執圭朝見天子，天子用拿着的瑁玉來覆蓋諸侯所持的圭，就像犁的冠頭覆蓋犁木。《周禮·考工記·玉人》中說：“天子所拿的瑁玉，寬有四寸。”瑁是依從連文成義的玉冒做主、從形丂，冒也是聲丂構造而成的會意兼形聲字。珇，古文瑁字，省去“曰”以“目”爲聲丂。

【述義】天子所執之玉，用以合諸侯之圭，覆於圭上，故謂之瑁，言天子之德能覆蓋天下。《周禮·考工記·玉人》鄭玄注：“名玉曰冒者，言德能覆蓋天下也；四寸者方，以尊接卑，以小爲貴。”《字彙·玉部》：“禮，諸侯卽位，天子賜以命圭，圭上邪銳；瑁方四寸，其下亦邪刻之，闊狹長短如圭頭，諸侯執圭來朝，天子以瑁之刻處，冒彼圭頭，以齊瑞信，猶今之合符然。”《書·顧命》：“太保承介圭，上宗奉同瑁，由阼階隮。”孔傳：“瑁，所以冒諸侯圭，以齊瑞信。方四寸，邪刻之。”宋、文彥博《省試諸侯春入貢賦》詩：“帝容執瑁以端拱，臣節奉璋而告猷。”

附述“玳瑁”：亦作“瑇瑁”。一、爬行動物，形似龜，甲殼黃褐色，有黑斑和光澤，可做裝飾品，甲片可入藥。漢、司馬相如《子虛賦》：“其中則有神龜蛟鼉，瑇瑁鼈黿。”唐、李白《去婦詞》詩：“常嫌玳瑁孤，猶羨鴛鴦偶。”明、李時珍《本草綱目·介一·玳瑁》集解引宋、范成大《虞衡志》：“玳瑁生海洋深處，狀如龜黿，而殼稍長。背有甲十二片，黑白斑文，相錯而成。”二、指玳瑁的甲殼，亦指用其甲殼製成的裝飾品。《漢書·東方朔傳》：“宮人簪瑇瑁，垂珠璣。”南朝、宋、鮑照《擬行路難》詩之一：“奉君金卮之美酒，瑇瑁玉匣之雕琴。”唐、施肩吾《代征婦怨》詩：“畫裙多淚鴛鴦溼，雲鬢慵梳玳瑁垂。”清、陳維崧《菩薩蠻·贈梁陶侶》詞：“誰愛紫羅囊，書籤玳瑁裝。”

璬 0117 璬　玉佩。从玉，敫聲。古了切（jiǎo ㄐㄧㄠˇ）。

【譯白】璬，用白玉製的佩飾。是依從玉做形丂，以敫爲聲丂構造而成的形聲字。

【述義】璬是古人佩掛的玉製裝飾品，形制不詳。段玉裁《說文解字注》："璬之言皦也。玉石之白曰皦。"

珩 0118 　琦　　佩上玉也；所以節行止也。从玉行（从玉，从行，行亦聲）。戶庚切（héng ㄏㄥˊ）。

【譯白】珩，一組玉佩上端的佩件；是用來節制佩着玉飾的人行走腳步要注意平穩。是依從連文成義的玉行做主、從形旁，行也做爲聲旁構造而成的會意兼形聲字。

【述義】成組玉佩上端的佩件；也用爲符信。徐鉉作"从玉，行聲。"段玉裁《說文解字注》作"从玉行，所以節行止也。"云："依《韻會》所引訂。从玉行者，會意；所以節行止也者，謂珩所以節行止。故字从玉行，發明會意之旨也。《周語》'改玉改行'注：'玉佩玉，所以節行步也。'此字行亦聲。"朱駿聲《說文通訓定聲·壯部》作"从玉，从行，行亦聲。"又："珩者，佩首橫玉，所以繫組。組有三：中組之末，其玉曰衝牙；左右組之末，其玉曰璜。而璸珠琚瑀，則貫于珩之下、雙璜與衝牙之上。"《詩·小雅·采芑》："朱芾斯皇，有瑲蔥珩。"朱熹集傳："珩，佩首橫玉也。"《國語·晉語二》："黃金四十鎰，白玉之珩六雙，不敢當公子，請納之左右。"韋昭注："珩，佩上飾也。珩形似磬而小。"又《楚語下》："若夫白珩，先王之玩也，何寶之焉？"《文選·張衡〈思玄賦〉》："辮貞亮以爲鞶兮，雜伎藝以爲珩。"李善注："《字林》曰：'珩，佩玉，所以節行。'《大戴禮》曰：'下車以佩玉爲度，上有雙衡，下有雙璜。'珩與衡音義同。"《梁書·皇后傳·高祖丁貴嬪傳》："狄綴采珩，珮動雅音。"唐、段成式《酉陽雜俎·禮異》："凡節：守國用玉……邊戎用珩，戰鬥用璩。"

　　通"衡"，古代的冠飾，卽固定冠冕於髮髻上的橫簪。《文選·張衡〈東京賦〉》："珩紞紘綖，玉笄綦會。"李善注引杜預注："珩，維持冠者。"按：《左傳·桓公二年》"珩"作"衡"。

玦 0119 　瑏　　玉佩也。从玉，夬聲。古穴切（jué ㄐㄩㄝˊ）。

【譯白】玦，環形有缺口的玉製佩飾（用來提醒要能決斷人事）。是依從玉做形旁，以夬爲聲旁構造而成的形聲兼會意字。

【述義】玦是形聲兼會意字。

　　古時佩帶的一種玉器，環形，有缺口，用來表示決斷、決絕人事的象徵物，象徵裁決、決斷權；也有金製的稱爲“金玦”；玦在古代也用爲與人斷絕關係的象徵物品。《廣韻·屑韻》：“玦，珮如環而有缺。逐臣賜玦，義取與之訣別也。”《左傳·閔公二年》：“公與石祁子玦，與甯莊子矢，使守。”杜預注：“玦，示以當決斷；矢，示以禦難。”《國語·晉語一》：“是故使申生伐東山，衣之偏裻之衣，佩之以金玦。”韋昭注：“玦如環而缺，以金爲之。”《荀子·大略》：“聘人以珪，問士以璧，召人以瑗，絕人以玦，反絕以環。”《楚辭·九歌·湘君》：“捐余玦兮江中，遺余佩兮醴浦。”王逸注：“玦，玉佩也。”《史記·項羽本紀》：“范增數目項王，舉所佩玉玦示之者三，項王默然不應。”漢、劉向《說苑·貴德》：“鄭子產死，鄭人丈夫舍玦珮，婦人舍珠珥，夫婦巷哭，三月，不聞竽琴之聲。”《漢書·雋不疑傳》：“不疑冠進賢冠，帶櫑具劍，佩環玦，褒衣博帶，盛服至門上謁。”顏師古注：“環，玉環也。玦，即玉佩之玦也。帶環而又著玉佩也。”唐、杜甫《哀王孫》詩：“腰下寶玦青珊瑚，可憐，王孫泣路隅。”《北齊書·樂陵王百年傳》：“帝乃發怒，使召百年。百年被召，自知不免，割帶玦留與妃斛律氏。”明、何景明《雜言》：“古人奉德則報以珮，恩返則報以環，恩絕則報以玦。”《紅樓夢》第二十八回：“（寶玉）將一個玉玦扇墜解下來，遞給琪官。”

　　射箭時鈎弦的器具，一般用象牙製作，射者戴在大拇指上，用來鈎弦，使弓體張開。《字彙·玉部》：“玦，射者著于右手大指以鈎弦者亦謂之玦。”《詩·衛風·芄蘭》：“童子佩韘。”毛傳：“韘，玦也；能射禦則佩韘。”《禮記·內則》：“右佩玦。”李調元補注：“玦，即《詩》‘童子佩韘’之韘。韘，玦，半環也，即今之扳指，成人所佩也。”《逸周書·器物》：“象玦朱極韋素獨。”朱右曾校釋：“玦，決也，一名韘，以象骨爲之，著右手大指，所以鈎弦闓體。”

瑞 0120　瑞　以玉爲信也。从玉，耑（聲）。是僞切（ruì ㄖㄨㄟˋ）。

　　【譯白】瑞，用玉製成的信物（印信）。是依從玉做形旁，以耑爲聲旁構造而成的形聲字。

　　【述義】古代玉制的信物，也是一種印信。王筠《說文解字句讀》：“猶今言印信，故璧、琮、琥及《土部》‘圭’下皆云：‘瑞玉。’”又

“據《通釋》補‘聲’字。”《玉篇·玉部》：“瑞，信節也，諸侯之珪也。”《書·舜典》：“（舜）輯五瑞，旣月乃日，覲四岳羣牧，班瑞于羣后。”唐、陸德明《經典釋文》：“瑞，信也。”《周禮·春官·典瑞》：“典瑞，掌玉瑞玉器之藏。”鄭玄注：“人執以見曰瑞，禮神曰器。瑞，符信也。”又《大宗伯》：“以玉作六瑞，以等邦國：王執鎭圭，公執桓圭，侯執信圭，伯執躬圭，子執穀璧，男執蒲璧。”《左傳·哀公十四年》：“司馬請瑞焉，以命其徒攻桓氏。”杜預注：“瑞，符節，以發兵。”《文選·范雲〈贈張徐州稷〉》：“軒蓋照墟落，傳瑞生光輝。”李善注引應劭《風俗通》曰：“諸侯及使者有傳信，乃得舍於傳耳。”

　　徵兆，古人認爲自然界出現的某些現象是吉祥之兆。唐、玄應《一切經音義》卷二十五引《蒼頡篇》：“瑞，應也。”《古今韻會舉要·寘韻》：“瑞，祥瑞也。”段玉裁《說文解字注》：“瑞，引伸爲祥瑞者，亦謂感召若符節也。”《墨子·非攻下》：“昔者三苗大亂，天命殛之，日妖宵出……禹親把天之瑞令（命），以征有苗。”《吳越春秋·吳太伯傳》：“季歷聚妻太任氏，生子昌，昌有聖瑞。”《史記·禮書》：“古者太平，萬民和喜，瑞應辨至。”漢、王充《論衡·指瑞》：“王者受富貴之命，故其動出見吉祥異物，見則謂之瑞。”《三國志·蜀志·先主傳》：“時時有景雲祥風，從璿璣下來應之，此爲異瑞。”唐、杜甫《鳳凰臺》詩：“自天銜瑞圖，飛下十二樓。”唐、韓愈《春雪間早梅》詩：“誰令香滿座，獨使淨無塵。芳意饒呈瑞，寒光助照人。”《鏡花緣》第八十三回：“野人晝見蟛子者……以爲有喜樂之瑞。”

　　指吉祥的事物。漢、揚雄《劇秦美新》：“玄符靈契，黃瑞涌出。”《宋史·五行志二》：“帝曰：‘朕嘗禁四方獻瑞，今得西川麥秀圖，可謂眞瑞矣！’”

　　使獲得吉祥。漢、王延壽《魯靈光殿賦》：“神之營之，瑞我漢室，永不朽兮。”《新唐書·張薦傳》：“（張鷟）若壯，殆以文章瑞朝廷乎？”宋、王安石《次韻張子野竹林寺》詩之一：“澗水橫斜石路深，水源窮處有叢林。青鴛幾世開蘭若，黃鶴當年瑞卯金。”

　　美稱。南朝、梁、劉孝綽《答雲法師書》：“瑞花承足，人觀彫輦之盛；金輪啟路，物覩重英之飾。”唐、杜牧《題茶山》詩：“山實東吳秀，茶稱瑞草魁。”馮集梧注：“《茶經》：‘茶者，南方之嘉木也。’”元、王實甫《西廂記》第一本第四折：“梵王宮殿月輪高，碧琉璃瑞煙籠罩。”

古州名。一、唐州名。故治在今遼寧省綏中縣北。清、顧祖禹《讀史方輿紀要·山東八·廣寧前屯衛》：“唐初爲營州地，咸亨中置瑞州於此……元亦曰瑞州，屬大寧路。明洪武二十五年，改置今衛。”二、宋州名。故治在今江西省高安縣。《古今韻會舉要·寘韻》：“瑞，州名。本唐筠州……宋改瑞州。”清、顧祖禹《讀史方輿紀要·江西二·瑞州府》：“（唐、筠州）宋因之，寶慶初改曰瑞州。元曰瑞州路，明、洪武二年，改爲瑞州府，領縣三（高安縣、上高縣、新昌縣）。”

姓。《廣韻·寘韻》：“瑞，姓。出《姓苑》。”

珥 ₀₁₂₁　珥　瑱也。从玉耳，耳亦聲。仍吏切（ěr ㄦ）。

【譯白】珥，是原稱做瑱的珠玉耳飾的別名。是依從連文成義的玉耳做主、從形旁，耳也是聲旁構造而成的會意兼形聲字。

【述義】珠玉所製的耳飾，也稱爲“瑱”。《玉篇·玉部》：“珥，珠在耳。”唐、玄應《一切經音義》卷八引《蒼頡篇》：“珥，珠在耳也。”《韓非子·外儲說右上》：“靖郭君之相齊也，王后死，未知所置，乃獻玉珥以知之。”《戰國策·齊策三》：“薛公欲知王所欲立，乃獻七珥。美其一。明日視美珥所在，勸王立爲夫人。”鮑彪注：“珥，瑱也，所以充耳。”《史記·李斯列傳》：“宛珠之簪，傅璣之珥。”司馬貞索隱：“珥者，瑱也。”《列子·周穆王》：“施芳澤，正蛾眉，設笄珥。”張湛注：“珥，瑱也，冕上垂玉以塞耳。”《文選·枚乘〈七發〉》：“九寡之珥以爲約。”李善注引《蒼頡篇》：“珥，珠在耳也。”唐、韓愈、孟郊《城南聯句》詩：“酣歡雜弁珥，繁價流金瓊。”清、紀昀《閱微草堂筆記·如是我聞四》：“母脫簪珥付之去，孝廉弗聞也。”參見後一字“瑱”。

“耳璫”也稱“珥”，即後來的耳環。《廣韻·志韻》：“珥，耳飾。”《集韻·止韻》：“珥，耳璫。”《後漢書·輿服志下》：“翦氂蔮，簪珥。珥，耳璫垂珠也。”明、高明《琵琶記·強就鸞鳳》：“集珠履玳簪之客，環金釵玉珥之賓。”《警世通言·杜十娘怒沉百寶箱》：“只見翠羽明璫，瑤簪寶珥，充牣於中，約值數百金。”

劍鼻，劍柄上端似兩耳的突出部分。《廣雅·釋器》：“劍珥謂之鐔。”王念孫疏證：“《說文》：‘鐔，劍鼻也。’……《通藝錄》云：‘劒首者何？戴於莖者也。首也者，劒鼻也。劒鼻謂之鐔，鐔謂之珥。’”《楚辭·九歌·東皇太一》：“撫長劍兮玉珥，璆鏘鳴兮琳琅。”王逸注：“玉珥，謂劍鐔也。”洪興祖補注：“《博雅》曰：‘劍珥謂之鐔。’鐔，劍鼻，一曰劍口，一曰劍環。珥，耳飾也。鐔所以飾劍，故取以名焉。”

日、月兩旁的光暈。《釋名·釋天》：“珥，氣在日兩旁之名也。珥，耳也，言似人耳之在兩旁也。”《呂氏春秋·明理》：“其日有鬬蝕，有倍僑，有暈珥，有不光，有不及景，有眾日竝出。”高誘注：“倍僑、暈珥，皆日旁之危氣也。在兩傍反出爲倍，在上反出爲僑，在上內向爲冠，兩傍內向爲珥。”《漢書·天文志》：“彗孛飛流，日月薄食，暈適背穴，抱珥虹蜺。”顏師古注引如淳曰：“凡氣（食）在日上爲冠爲戴，在旁直對爲珥。”《隋書·天文志上》：“月暈有兩珥，白虹貫之。”又《天文志下》：“青赤氣圓而小，在日左右爲珥……月暈有兩珥。”宋、王禹偁《日月光天德賦》：“重輪重珥，爲當代之休祥。”《清史稿·天文志十三》：“乾隆二十八年正月辛酉兼兩珥抱氣。”

貫耳、垂掛於耳。《山海經·大荒東經》：“東海之渚中，有神，人面鳥身，珥兩黃蛇，踐兩黃蛇，名曰禺䝞。”郭璞注：“以蛇貫耳。”

插、戴。漢、桓寬《鹽鐵論·崇禮》：“南越以孔雀珥門戶，崑山之旁以玉璞抵烏鵲。”漢、揚雄《蜀都賦》：“兩江珥其市。”章樵注：“珥，言江水旁貫其市。貂蟬付耳，虹蜺抱日俱曰珥。”《文選·曹植〈求通親親表〉》：“安宅京室，執鞭珥筆。出從華蓋，入侍輦轂。”李善注：“珥筆，戴筆也。”又左思《詠史》詩之二：“金張籍舊業，七葉珥漢貂。”李善注：“珥，插也。”《新唐書·東夷列傳·高麗》：“大臣青羅冠，次絳羅，珥兩鳥羽。”又《裴矩傳》：“諷帝悉召天下奇倡怪伎，大陳端門前，曳錦縠，珥金琲者十餘萬。”明、王世貞《華員外改南司馬部分韻》詩：“長安冠蓋者誰子，珥玉紆朱互矜耀。”

通“咡”，吐。《淮南子·天文》：“鯨魚死而彗星出，蠶珥絲而商絃絕。"按:《覽冥》作"呬絲"。高誘注:"老蠶上下絲於口,故曰呬絲。"《春秋緯考異郵》:"蠶珥絲,在四月。"宋均注:"珥,吐也。"

通"聅";古代大獵時,割取所獲獸的左耳以計數報績。朱駿聲《說文通訓定聲·頤部》:"珥,叚借爲聅。"《周禮·地官·山虞》:"若大田獵,則萊山田之野,及弊田,植虞旗于中,致禽而珥焉。"鄭玄注引鄭司農云:"珥者,取禽左耳以效功也。"

通"衈";古代祭祀殺牲取血以供釁禮之用。《周禮·夏官·小子》:"掌珥于社稷,祈于五祀。"鄭玄注:"珥讀爲衈,祈或爲刉。刉衈者,釁禮之事也。用毛牲曰刉,羽牲曰衈。"賈公彥疏:"《雜記》:'廟用羊,門用雞。'"又《秋官·士師》:"凡刉珥則奉犬牲。"賈公彥疏:"鄭爲衈者,珥是玉名,故破從衈,取用血之意。"

瑱 0122 瑱　以玉充耳也。从玉,眞聲。《詩》曰:"玉之瑱兮。"顚,瑱或从耳。他甸切(tiàn ㄊㄧㄢˋ)。

【譯白】瑱,用玉做的飾件繫在冠冕兩側垂下來掛滿兩耳旁,用懸垂碰發出來的聲響警醒不可妄聽。是依從玉做形旁,以眞爲聲旁構造而成的形聲字(實兼會意)。《詩·鄘風·君子偕老》說:"雙耳充滿瑱玉的飾品啊。"顚,瑱的或體字,是依從耳做形旁,仍以眞爲聲旁構造而成的形聲字(亦兼會意)。

【述義】瑱,俗作"瑱",是古代冠冕的玉質飾件,繫於冕,從兩側垂於耳旁,用其聲響來塞耳,戒勿妄聽,故又名"充耳"。《釋名·釋首飾》:"瑱,鎭也,縣當耳傍,不欲使人妄聽,自鎭重也。或曰充耳,充塞也,塞耳亦所以止聽也。故里語曰:'不瘖不聾,不成姑公。'"《詩·鄘風·君子偕老》:"玉之瑱兮,象之揥也。"毛傳:"瑱,塞耳也。"又《衛風·淇奧"充耳琇瑩"毛傳》:"充耳謂之瑱;琇瑩,美石也,天子玉瑱,諸侯以石。"《左傳·昭公二十六年》:"以幣錦二兩,縛一如瑱,適齊師。"杜預注:"瑱,充耳。"孔穎達疏:"禮以一條五采橫冕上,兩頭下垂,繫黃縣,縣下又縣玉爲瑱以塞耳。"《荀子·禮論》:"喪禮者,以生者飾死者也……充耳而設瑱。"王先謙集解:"《士喪禮》:'瑱用白纊。'鄭云:'瑱,充耳;纊,新緜也。'"唐、柳宗元《弔屈原文》:"謂讇言之怪誕兮,反寘寘而遠違。"

引申指充耳不聞。《晉略·州郡表》："（苟晞）方且縱慾塹，瑱忠規，頸雖甫鑠于蒙城，魄固早奪于屠伯矣。"

充填、填充。晉、郭璞《江賦》："金精玉英瑱其裏，瑤珠怪石碎其表。"南朝、宋、沈攸之《西烏夜飛》詩："目作宴瑱飽，腹作宛惱饑。"

耳飾。北周、庾信《夜聽擣衣》詩："小鬢宜粟瑱，圓腰運織成。"倪璠注："粟，眉飾也。瑱，耳飾也。"

美玉名。《廣韻·霰韻》："瑱，玉名。"《文選·江淹〈（效）顏特進侍宴〉》："榮重餽兼金（李善注本作'承榮重兼金'），巡華過盈瑱。"李善注："盈瑱，盈尺之玉也。"清、顧炎武《天下郡國利病書·雲南二·旅途志》："將至白水，有金川橋……俯瞰水面百丈，如碧瑱宵澄，不見其流。"

通"磌"，柱礎。《文選·班固〈西都賦〉》："雕玉瑱以居楹，裁金璧以飾璫。"李善注："瑱與磌，古字通。"劉良注："瑱，柱下石也。"

瑱又讀zhèn ㄓㄣˋ，《廣韻》陟刃切，去震知。一、通"鎮"，壓物用器。《周禮·秋官·小行人》："成六瑞，王用鎮圭，公用桓圭。"唐、陸德明《經典釋文》："瑱，劉：吐電反。案王執鎮圭，瑱宜作鎮音。"《楚辭·九歌·東皇太一》："瑤席兮玉瑱，盍將把兮瓊芳。"王逸注："瑱，一作鎮。"洪興祖補注："瑱，壓也，音鎮。"蔣驥注："玉瑱，所以壓席者。"二、瑱圭，即鎮圭，六瑞之一。爲古代帝王受諸侯朝見時所執，象徵安定天下四方之意。唐、杜牧《題池州弄月亭》詩："農時貴伏臘，簪瑱事禮略。"三、通"縝"，緻密。《淮南子·詮言訓》："夫函牛之鼎沸，而蠅蚋弗敢入，昆山之玉瑱，而塵垢弗能污也。"楊樹達證聞："瑱當讀爲縝。《禮記·聘義》篇說君子比德於玉之事云：'縝密以栗，知也。'鄭注云：'縝，緻也。'蓋昆山之玉文理緻密，略無罅隙，故塵垢弗能污，與上句'函牛之鼎沸，蠅蚋弗敢入'文正相對。作瑱者，以縝、瑱聲類同，假借耳。"

琫 0123 瑧 佩刀上飾；天子以玉，諸侯以金。從玉，奉聲。邊孔切（běng ㄅㄥ）。

【譯白】琫，佩刀鞘口上的裝飾品；天子用玉來製作，諸侯用金屬來製作。是依從玉做形旁，以奉爲聲旁構造而成的形聲字。

【述義】佩刀鞘口上的裝飾。《釋名·釋兵》："（刀）其室曰削……室口之飾曰琫。"《詩·小雅·瞻彼洛矣》："君子至止，鞞琫有珌。"毛傳："鞞，容刀鞞也；琫，上飾。"唐、陸德明《經典釋文》："琫字又作鞛，佩刀削上飾。"《漢書·王莽傳上》："瑒琫瑒珌。"顏師古注引孟康曰："佩刀上飾，上曰琫，下曰珌。"

珌 0124　珌　佩刀下飾；天子以玉。從玉，必聲。卑吉切（bì ㄅㄧˋ）。

【譯白】珌，佩刀刀鞘末端的裝飾品；天子使用的是玉所製作的。是依從玉做形旁，以必爲聲旁構造而成的形聲字。

【述義】古代刀鞘末端的裝飾。徐鍇《說文解字繫傳》："下飾謂末也。"《詩·小雅·瞻彼洛矣》："君子至止，鞞琫有珌。"毛傳："鞞，容刀鞞也。琫，上飾；珌，下飾也。天子玉琫而珧珌，諸侯璗琫而璆珌，大夫鐐琫而鏐珌，士珕琫而珧珌。"《漢書·王莽傳上》："於是莽稽首再拜，受綠韍袞冕衣裳，瑒琫瑒珌。"

珌佩，佩刀的玉飾。《穆天子傳》卷四："珌佩百隻，琅玕四十。"

璏 0125　璏　劍鼻玉也。從玉，彘聲。直例切（zhì ㄓˋ）。

【譯白】璏，劍鞘旁的附件，用來把劍鞘穿在腰間便於佩帶，稱做劍鼻的玉器。是依從玉做形旁，以彘爲聲旁構造而成的形聲字。

【述義】劍鞘旁的玉製附件；古人佩劍，以帶穿璏而繫之腰間。徐鍇《說文解字繫傳》："劍鼻則鐔也，謂劍匣之旁穿韋革之處也。"《漢書·王莽傳上》："休不肯受，莽因曰：'誠見君面有瘢，美玉可以滅瘢，欲獻其璏耳。'卽解其璏。"顏師古注："服虔曰：'璏音衛。'蘇林曰：'劍鼻也。'璏字本作'璏'，從玉，彘聲，後轉寫者謬也。璏自雕璏字耳。"宋、蘇軾《洗玉池銘》："劍璏鍼柲，錯落其室。"章炳麟《訄書·原變》："琮之八隅，古之矛與戟也。及玉不足以刃人，而僅存其璏，珌以爲容觀。"

瑵 0126　瑵　車蓋玉瑵。從玉，蚤聲。側絞切（zhǎo ㄓㄠˇ）。

【譯白】瑵，古代車蓋弓端伸出的爪形部分，用玉做裝飾的稱爲瑵。是依從玉做形旁，以蚤爲聲旁構造而成的形聲字。

【述義】古代車蓋弓端伸出的爪形部分，常以玉或金爲飾。王筠《說文解字句讀》：“謂蓋弓之末，曲如叉（爪）形，以玉飾之也。”《廣韻・巧韻》：“瑤，玉名。”段玉裁《說文解字注》：“爪與瑤同。”

《漢書・王莽傳下》：“莽乃造華蓋九重，高八丈一尺，金瑤羽葆。”顏師古注：“瑤讀曰爪，謂蓋弓頭爲爪形。”《文選・張衡〈東京賦〉》：“羽蓋威蕤，葩瑤曲莖。”薛綜注：“蔡雍（邕）《獨斷》曰：‘凡乘輿車，皆羽蓋金華爪。’（爪）與瑤同。”南朝、齊、王融《三月三日曲水詩序》：“重英曲瑤之飾，絕景遺風之騎。”

瑑 0127　瑑　圭璧上起兆瑑也。从玉，篆省聲。《周禮》曰：“瑑圭璧。”直戀切（zhuàn ㄓㄨㄢˋ）。

【譯白】瑑，在圭和璧上雕出的凸紋，是依從玉做形旁，以篆省去“竹”爲聲旁構造而成的形聲字。《周禮・春官・典瑞》說：“把圭和璧雕刻成紋。”

【述義】玉器上雕飾的凸紋。徐鍇《說文解字繫傳》：“瑑，謂起爲壠，若篆文之形。”《廣韻・獼韻》：“瑑，璧上文也。”《周禮・春官・典瑞》：“瑑圭璋璧琮，繅皆二采一就，以覜聘。”鄭玄注引鄭司農曰：“瑑，有圻鄂瑑起。”林尹注：“瑑，刻文隆起以爲飾也。”《列子・黃帝》：“雕瑑復樸，塊然獨以其形立。”

雕刻瑑紋或文字。《漢書・董仲舒傳》：“或曰良玉不瑑，又曰非文無以輔德，二端異也。”顏師古注：“瑑，謂雕刻爲文也，音篆。”《新唐書・后妃傳上・楊貴妃》：“凡充錦繡官及冶瑑金玉者，大抵千人。”宋、曾鞏《旌德縣薛氏墓誌銘》：“韡兮翟，列封君，硟兮石，瑑銘文。”

“璏”的訛字。《漢書・王莽傳上》：“莽因曰：‘誠見君面有瘢，美玉可以滅瘢，欲獻其瑑耳。’卽解其瑑。”顏師古注：“服虔曰：‘瑑音衛。’蘇林曰：‘劍鼻也。’……瑑字本作‘璏’，從玉，彘聲，後轉寫者訛也。瑑自雕瑑字耳，音篆也。”

珇 0128　珇　琮玉之瑑。从玉，且聲，則古切（zǔ ㄗㄨˇ）。

【譯白】珇，琮玉上的浮雕花紋。是依從玉做形旁，以且爲聲旁構造而成的形聲字。

【述義】琮玉上的浮雕花紋，其制未詳。《字彙・玉部》：“珇，珪琮之瑑凸起也。”明、屠隆《曇花記・羣仙會勘》：“看珪珇似浮雲，便脫宰臣衣紫。”

美好。《方言》卷十三：“珇，美也。”《廣韻‧姥韻》：“珇，美好。”徐珂《清稗類鈔‧服飾‧新疆蒙人之服飾》：“耳環、腕釧、約指，多以金銀、珊瑚、珠寶爲之，矜尚珇麗。”

珇瑚綠，寶石的一種。明、宋應星《天工開物‧寶》：“（寶石）屬青、綠種類者，爲瑟瑟珠，珇瑚綠、鴉鶻石、空青之類。”鍾廣言注：“珇瑚綠又稱祖母綠，翠綠鮮豔，屬最貴重的綠柱石變種$Be_3Al_2(Si_6O_{18})$。”

珇珊綠，玉名，佩飾。《金瓶梅詞話》第九十回：“縧環平安珇珊綠，帽頂高嵌佛頭青。”

珇又讀 jù ㄐㄩˋ。《集韻》在呂切，上語從。一、玉的紋理。《集韻‧語韻》：“珇，玉文。”二、玉名。《篇海類編‧珍寶類‧玉部》：“珇，玉名。”

璂　0129　璂　弁飾，往往冒玉也。从玉，綦聲。璂，璂或从基。渠之切（qí ㄑㄧˊ）。

【譯白】璂，武冠皮帽縫上去的采玉飾品，是皮帽上處處層次分明縫上漫溢覆蓋的采玉飾品。是依從玉做形旁，以綦爲聲旁構造而成的形聲字。璂，璂的或體字，是以基爲聲旁構造而成的形聲字。

【述義】武冠皮帽縫上去的采玉飾品。徐鍇《說文解字繫傳》：“謂綴玉於武冠，若綦子之列布也。”《晉書‧輿服志》：“《禮》‘王皮弁，會五采玉璂，象邸玉笄’，謂之合皮爲弁。其縫中名曰會，以采玉朱爲璂。璂，結也。天子五采，諸侯三采。天子則縫有十二，公九，侯伯七，子男五，孤四，卿大夫三。”《周禮‧夏官‧弁師》作“璂”。鄭玄注：“璂讀如薄借綦之綦。綦，結也。皮弁之縫中，每貫五采玉十二以爲飾，謂之綦。”

璪　0130　璪　玉飾；如水藻之文。从玉，喿聲。《虞書》曰：“璪火黺米。”子晧切（zǎo ㄗㄠˇ）。

【譯白】璪，玉雕製的飾品；雕刻出像水藻的花紋。是依從玉做形旁，以喿爲聲旁構造而成的形聲字。古文《尚書‧咎繇謨》說：“將水藻、火、白米等等的圖像繡在天子主持祭典的下身衣服上。”

【述義】雕上有如水藻花紋的玉飾。段玉裁《說文解字注》“古文《尚書·咎繇謨》文。按：《虞書》璪字，衣之文也，當从衣；而从玉者，假借也。”

　　王冠前下垂的裝飾，用彩色絲線串玉而成，狀如水藻。《禮記·郊特牲》：“祭之日，王被袞以象天，戴冠，璪十有二旒，則天數也。”孫希旦集解：“璪者，用五采絲爲繩，垂之以爲冕之旒也。”

　　玉名。《廣韻·晧韻》：“璪，玉名。”清、王筠《說文解字句讀》：“璪，《山海經·西山經》：‘洛（浴）水，其中多藻玉。’……則是玉質如藻，非玉飾也。”

瑬（旒）₀₁₃₁　瑬　垂玉也；冕飾。从玉，流聲。力求切（liú　ㄌㄧㄡˊ）。

　　【譯白】瑬，古代帝王冠冕前後懸垂的玉串；帝王冠冕的裝飾品。是依從玉做形旁，以流爲聲旁構造而成的形聲字。

　　【述義】古代帝王冠冕前後懸垂的玉串，後作“旒”。徐鍇《說文解字繫傳》：“天子十有二旒。旒之言流也，自上而下動則逶迤若水流也。冕瑬當作此瑬字，今作旒，假借也。”邵瑛《羣經正字》：“今經典作旒。”《禮記·禮器》：“天子之冕，朱綠藻，十有二旒。”字亦作斿。《周禮·夏官·弁師》：“諸侯之繅斿九就，瑉玉三采。”鄭玄注：“每繅九成則九旒也。”賈公彥疏：“一冕爲九旒，旒各九玉。”

　　旗上的下垂飾物。《正字通·玉部》：“瑬，旒之下垂者。”清、李富孫《說文辨字正俗》：“瑬，引伸爲凡垂流之偁。”《宋書·禮志五》：“應劭《漢官》，明帝永平七年，光烈陰皇后葬，魂車，鸞路青羽蓋，駕駟馬，斿九瑬，前有方相。”瑬，一本作“旒”。

　　美金，質地美好的黃金。《玉篇·玉部》：“瑬，美金也。”

璹₀₁₃₂　瑞　玉器也。从玉，𩰬聲。讀若淑。殊六切（shú　ㄕㄨˊ）。

　　【譯白】璹，是一種玉器的名稱。是依從玉做形旁，以𩰬爲聲旁構造而成的形聲字。璹的音讀像“淑”字的音。

　　【述義】玉器。徐鍇《說文解字繫傳》：“《爾雅》：‘璋大八寸謂之琡。’《說文》有‘璹’無‘琡’，謂宜同也。”

　　玉名。《廣韻·屋韻》：“璹，玉名。”

瓃₀₁₃₃　瓃　玉器也。从玉，畾聲。魯回切（léi　ㄌㄟˊ）。

　　【譯白】瓃，是一種玉器的名稱。依從玉做形旁，以畾爲聲旁構造而成的形聲字。

【述義】玉器，玉鹿盧；一說玉罍。徐鍇《說文解字繫傳》："漢雋不疑瓃具劍飾也。謂鹿盧也。"桂馥《說文解字義證》："錢君大昭曰：《韓詩》說罍，天子以玉。是瓃爲天子酒尊。"

玉名。《集韻·寘韻》："瓃，玉名。"

用同"蕾"，含苞待放的花朵；亦喻指美女。唐、盧仝《走筆謝孟諫議寄新茶》詩："仁風暗結珠琲瓃，先春抽出黃金芽。"宋、楊无咎《柳梢青》詞："漸近青春，試尋紅瓃，經年疏隔。"

瑳 0134　瑳　玉色鮮白。从玉，差聲。七何切（cuō ㄘㄨㄛ）。

【譯白】瑳，玉的色澤鮮明潔白。是依從玉做形旁，以差爲聲旁構造而成的形聲字。

【述義】玉色鮮白；也用以形容物色潔白。《正字通·玉部》："瑳，凡物色鮮盛亦曰瑳。"《詩·鄘風·君子偕老》："瑳兮瑳兮，其之展也。"鄭玄箋："后妃六服之次，展衣宜白。"宋、陸游《書嘆》詩："眼亂無腰輕，心醉笑齒瑳。"清、邵長蘅《雪後登滕王閣放歌》詩："回頭雉堞堆璨瑳，簷冰挂地鐸鈴語。"

巧笑貌。《詩·衛風·竹竿》："巧笑之瑳，佩玉之儺。"毛傳："瑳，巧笑貌。"唐、沈亞之《文祝延二闋》詩之二："態修邅兮佻眇，調丹含瓊兮瑳佳笑。"宋、陸游《杭海》詩："作詩配《齊諧》，發子笑齒瑳。"

通"磋"。《荀子·天論》："若夫君臣之義，父子之親，夫婦之別，則日切瑳而不舍也。"王先謙集解引郝懿行曰："磋，古作瑳，今作磋。"《論衡·量知》："骨曰切，象曰瑳。"黃暉校釋："見《爾雅·釋器》，'瑳'作'磋'。"唐、李紳《悲善才》："抽弦度曲新聲發，金鈴玉佩相瑳切。"宋、王安石《與孫莘老書》："今世人相識，未見有切瑳琢磨如古之朋友者。"

疊字雙音"瑳瑳"形況：鮮明潔白貌。唐、韓愈《高君畫讚》："澄源卷璞，含白瑳瑳。"宋、梅堯臣《金明池遊》詩："苑花光粲粲，女齒笑瑳瑳。"明、何景明《石磯賦》："磯之水，白石瑳瑳。"清、黃景仁《夜過黑山宿澗溪》詩："一水忽界空，遠現白瑳瑳。"

"瑳切"，即磋切、切磋，謂相互擦碰；瑳，通"磋"。唐、李紳《悲善才》詩：“抽弦度曲新聲發，金鈴玉佩相瑳切。”

　　“瑳磨”，齒牙切磨碰擦，表示商討論辯。宋、歐陽修《綠竹堂獨飲》詩：“予生本是少年氣，瑳磨牙角爭雄豪。”

玭　0135　玭　（新）玉色鮮也。从玉，此聲。《詩》曰：“新臺有玭。”千禮切（cǐ ㄘ）。

【譯白】玭，玉的色澤鮮明奪目。是依從玉做形旁，以此爲聲旁構造而成的形聲字。《詩‧邶風‧新臺》說：“新臺建築得多麼鮮明奪目。”

【述義】段玉裁《說文解字注》：“各本無‘新’，《詩》音義兩引皆作‘新色鮮也’，今補。玭本新玉色，引伸爲凡新色。如《詩》‘玭兮玭兮’，言衣之鮮盛；‘新臺有玭’，言臺之鮮明。《韻會》引作‘玉色鮮絜也’。”丁福保《說文解字詁林》：“慧琳《音義》八十卷、十五頁‘玭’注引《說文》：‘新色鮮也。’此作‘玉色鮮也’。據《詩》‘玭兮玭兮’，‘新臺有玭’《釋文》引《說文》皆與《音義》同，宜改。”

　　鮮明貌。按：《說文》引《詩》，今本《詩‧邶風‧新臺》作“新臺有泚”。毛傳：“泚，鮮明貌。”《詩‧鄘風‧君子偕老》：“玭兮玭兮，其之翟也。”毛傳：“玭，鮮盛貌。”清、周亮工《書影》卷二：“逾七日，顏玭如生，汗罍罍如珠然。”

　　疊字雙音“玭玭”形況：亦謂鮮明貌。元、陳孚《過臨洛驛大雨雪寒甚》詩：“出冰忽陰沍，急雪白玭玭。”

　　玭又讀 cī ㄘ，《廣韻》疾移切，平支從。一、玉石上的斑點，引申指泛缺點，毛病。《廣韻‧支韻》：“玭，玉病。”《正字通‧玉部》：“玭，玉病。與疵通。”《鹽鐵論‧晁錯》：“夫以璵璠之玭而棄其璞，以一人之罪而兼其衆，則天下無美寶、信士也。”《後漢書‧黃憲傳》：“黃憲言論風旨，無所傳聞，然士君子見之者，靡不服深遠，去玭吝。”李賢注：“據此文當爲‘疵’，作‘玭’者，古字通也。”又《宦者傳‧呂強》：“夫立言無顯過之咎，明鏡無見玭之尤。”明、焦竑《焦氏筆乘‧韋莊詩》：“獨以一語之玭，終損連城之價。”二、玉中石。《集韻‧支韻》：“玭，玉中石也。”

　　玭又讀 cuō ㄘㄨㄛ，《集韻》此我切，上哿清。同“瑳”。玉色鮮白。《集韻‧哿韻》：“瑳，玉色，或作玭。”

瑟　0136　瑟　玉英華相帶如瑟弦。从玉，瑟聲，《詩》曰：“瑟彼玉瓚！”所櫛切（sè ㄙㄜˋ）。

【譯白】瑟，玉的紋理色采相互圍繞連接，有如琴瑟上密緻的弦。是依從玉做形旁，以瑟爲聲旁構造而成的形聲字。《詩·大雅·旱麓》說：“那玉瓚的紋理色采眞是鮮明密緻啊！”

【述義】玉的紋理色采相互圍繞連接有如琴瑟上密緻的弦，是說玉的紋理鮮明潔淨的樣子。徐灝《說文解字注箋》：“如瑟弦者，謂玉之橫理多而密也。”《玉篇·玉部》：“瑟，清淨鮮絜也。”《廣韻·櫛韻》：“瑟，玉鮮絜皃。”《詩·大雅·旱麓》：“瑟彼玉瓚。”唐、陸德明《經典釋文》：“瑟，又作瑟。”

　　疊字雙音“瑟瑟”形況：卽瑟瑟，象聲詞，形容秋風聲。

瓅（瓋）0137　瓅　玉英華羅列秩秩。从玉，樂聲。《逸論語》曰：“玉粲之瓅兮，其瓅猛也。”力質切（lì ㄌㄧˋ）。

【譯白】瓋，玉的紋理色采排列有條不紊。是依從玉做形旁，以樂爲聲旁構造而成的形聲字。《逸論語·問玉篇》說：“玉的紋采美得鮮明密緻，它發出來的光澤璀璨奪目。”

【述義】《玉篇·玉部》：“瓅，同瓋。”薛傳均《答問疏證》：“栗卽樂之隸省。”《廣韻·質韻》：“瓋，玉之英華羅列皃。”秩秩，順序之貌。《荀子·仲尼》：“貴賤長少秩秩焉，莫不從桓公而貴敬之。”楊倞注：“秩秩，順序之貌。”

瑩0138　𤩐　玉色也。从玉，熒省聲。一曰：石之次玉者。《逸論語》曰：“如玉之瑩。”烏定切（yíng ㄧㄥˊ）。

【譯白】瑩，玉的紋采光亮潔白。是依從玉做形旁，以熒省去底下的“火”爲聲旁構造而成的形聲字。另一義說：“石頭中質地美好，只比玉稍次的稱爲瑩。”《逸論語》說：“有如玉一般光潔。”

【述義】玉色光潔。段玉裁《說文解字注》：“謂玉光明之皃；引伸爲磨。瑩亦作鎣。”

　　珠玉的光采；泛指物體光潔、明亮。《韓詩外傳》卷四：“良珠度寸，雖有百仞之水，不能掩其瑩。”北魏、酈道元《水經注·谷水》：“石出荊山玄巖之下，外炳五色之章，內秉堅貞之志，雕之不增文，磨之不加瑩。”《藝文類聚》卷八十三引張隱《文士傳》：“石出自荊山，外有五色之章，內含和氏之珍，磨之不加瑩，雕之不增文。”

唐、劉恂《嶺表錄異》卷上：“隴州山中多紫石英，其色淡紫，其質瑩徹，隨其大小皆五棱。”唐、楊巨源《李謩吹笛記·許雲封》：“時雲天初瑩，秋露凝冷。”《警世通言·宿香亭張浩遇鶯鶯》：“既長，才摛蜀錦，貌瑩寒冰。”《紅樓夢》第八回：“只見大如雀卵，燦若明霞，瑩潤如酥，五色花紋纏護。”

光潔透明；明白；覺悟。《正字通·玉部》：“心精明亦曰瑩。”《韓詩外傳四》：“良珠度寸，雖有百仞之水，不能掩其瑩。”《太玄·玄瑩》范望釋題：“瑩者，明也。所以明玄之大體也。”唐、韓愈等《雨中寄孟刑部幾道聯句》詩：“吟馨鑠紛雜，抱照瑩疑怪。”清、龔自珍《題鷺津上人書冊》詩：“愁容雖然亦幽窈，夢雨何似皎月瑩。”引申爲心地純淨。唐、錢起《山齋獨坐喜玄上人夕至》詩：“心瑩紅蓮水，言忘綠茗杯。”

使明白、使清明。漢、揚雄《太玄·攡》：“曉天下之瞶瞶，瑩天下之晦晦者，其唯玄乎。”《文選·左思〈招隱詩〉》：“前有寒井泉，聊瑩心神。”張銑注：“瑩，清也。”南朝、梁、江淹《雜體詩·效謝惠連〈贈別〉》：“點翰詠新賞，開襟瑩所疑。”又《雜體詩·效殷仲文〈興矚〉》：“瑩情無餘滓，拂衣釋塵務。”

光潔似玉的美石。《詩·衛風·淇奧》：“有匪君子，充耳琇瑩。”毛傳：“琇瑩，美石也。”《齊風·著》：“充耳以青乎而，尚之以瓊瑩乎而。”毛傳：“瓊、瑩，石似玉，卿大夫之服也。”《文選·宋玉〈神女賦〉》：“曄兮如華，溫乎如瑩。”劉良注：“言神女之貌，光色如花，溫潤如玉。”漢、揚雄《法言·吾子》：“或問：屈原智乎？曰：如玉如瑩，爰變丹青。”李軌注：“如玉如瑩，磨而不磷。”

琢磨、磨治。《爾雅·釋鳥》：“鷚，須贏。”晉、郭璞注：“膏中瑩刀。”唐、陸德明《經典釋文》本作“鎣”并曰：“今作瑩。瑩，磨瑩也。”《周書·蘇綽傳》：“夫良玉未剖，與瓦石相類；名驥未馳，與駑馬相雜。及其剖而瑩之，馳而試之，玉石駑驥，然後始分。”唐、慧苑《華嚴經音義》下引《蒼頡篇》：“瑩，治也。”《藝文類聚》卷八十四引三國、吳、萬震《南州異物志》：“（瑇瑁）欲以作器，則煮之……冷，乃以梟魚皮錯治之，後以枯條木葉瑩之，乃有光耀。”馬總《意林》卷五引漢、仲長統《昌言》：“道德仁義，天性也。織之以成其物，鍊之以致其精，瑩之以發其光。”唐、段成式《酉陽雜俎・藝絕》：“開元中，筆匠名鐵頭，能瑩管如玉。莫傳其法。”前蜀、潘遠《記文譚》：“又有筆工名鐵頭，能瑩管如玉。”

裝飾、塗飾。南朝、宋、劉義慶《世說新語・汰侈》：“王君夫有牛名八百里駁，常瑩其蹄角。”唐、杜甫《奉贈太常張卿垍二十韻》詩：“健筆凌鸚鵡，銛鋒瑩鷺鷀。”

閃爍。唐、元稹《鶯鶯傳》：“及明，睹妝在臂，香在衣，淚光熒熒然，猶瑩于茵席而已。”宋、歐陽修《送慧勤歸餘杭》詩：“文彩瑩丹漆，四壁金焜煌。”

通“熒”。一、眩惑。《孔子家語・始誅》：“其談說足以飾衺瑩衆。”王肅注：“瑩，惑也。”二、微光，猶熒然，謂光亮微弱貌。

“瑩嫇”，謂蕭瑟貌。漢、王逸《九思・傷時》：“菫荼茂兮扶疏，蘅芷彫兮瑩嫇。”

疊字雙音“瑩瑩”形況，謂明亮，亮晶晶。明、無名氏《贈書記・訂盟聞難》：“清宵杳，看月光瑩瑩，歸路非遙。”

瑩又讀 yíng ㄧㄥˊ，《集韻》烏迥切，上迥影。聽瑩，也作“聽熒”，疑惑。《集韻・迥韻》：“熒，聽熒，疑惑也。或从玉。”《莊子・齊物論》：“是黃帝之所聽熒也，而丘也何足以知之。”唐、陸德明《經典釋文》：“熒，音瑩磨之瑩；本亦作瑩。向、司馬云：‘聽熒，疑惑也。’”成玄英疏：“聽瑩，疑惑不明之貌也。”唐、韓愈《送文暢師北遊》詩：“僧時不聽瑩，若飲水救喝。”王伯大注：“不聽瑩，則無所疑矣。”宋、蘇軾《徑山道中次韻答周長官》詩：“學道恨日淺，問禪慚聽瑩。”徐珂《清稗類鈔・外交類》：“默爾而息，非善鄰之誼，特吾言之眞理，或爲戰雲所掩，明公不必見之甚瑩耳。”

璊　　璊　玉經色也。从玉，㒼聲。禾之赤苗謂之虋(穈)，言璊玉色如之。玧，璊或从允。莫奔切（mén ㄇㄣˊ）。

【譯白】璊，玉有赤色的（卽：赤色的玉）。是依從玉做形旁，以㒼爲聲旁構造而成的形聲字。禾（小米，赤粱粟）的赤色苗稱爲虋，璊的音同虋，是說璊玉的顏色就和它一樣。玧，璊的或體字，是以允爲聲旁構造而成的形聲字。

【述義】穈爲虋之或體字；作“橫”，誤！璊爲赤色玉。《廣韻・魂韻》：

“璊，玉色赤也。”《詩‧王風‧大車》：“大車啍啍，毳衣如璊。”毛傳：“璊，赬也。”唐、陸龜蒙《奉和襲美太湖‧石板》：“欲從石公乞，瑩理平如璊。”清、葉居仲《贈醫師方氏》詩：“手執赤符如瓊璊，是中實爲元牝門。”清、厲鶚《東城雜記‧葉居仲》：“萬神寂寞縣縣存，中有一物光燉燉；化爲眞人朱冠褌，手執赤符如瓊璊。”

變體字“玧”又讀 yǔn ㄩㄣˇ，《廣韻》余準切，上準次。古代貴族冠冕兩旁懸掛的玉飾，用以塞耳。《玉篇‧玉部》：“玧，蠻夷充耳。”《廣韻‧準韻》：“玧，充耳玉。”

瑕 _0140_ 瑕　玉小赤也。从玉，叚聲。乎加切（xiá ㄒㄧㄚˊ）。

【譯白】瑕，玉帶有小赤色的一種（帶有小赤色的玉）。是依從玉做形旁，以叚爲聲旁構造而成的形聲字。

帶紅色的玉。《文選‧司馬相如〈上林賦〉》：“赤瑕駁犖，雜臿其閒。”郭璞注引張揖曰：“赤瑕，赤玉也。”漢、揚雄《蜀都賦》：“于近則有瑕英菌芝，玉石江珠。”晉、木華《海賦》：“瑕石詭暉，鱗甲異質。”

玉上的斑點或裂痕。《廣韻‧麻韻》：“瑕，玉病也。”桂馥《說文解字義證》：“玉肖潔白，故謂小赤爲病。”《左傳‧宣公十五年》：“諺曰：‘高下在心，川澤納汙，山藪藏疾，瑾瑜匿瑕，國君含垢，天之道也。’”《禮記‧聘義》：“瑕不揜瑜，瑜不揜瑕，忠也。”鄭玄注：“瑕，玉之病也。”《史記‧廉頗藺相如列傳》：“（藺相如）乃前曰：‘璧有瑕，請指示王。’”唐、張鷟《左丞批士有百行可以功過相掩》：“海浮小芥，詎玷洪波；玉隱微瑕，何妨美寶？”唐、劉知幾《史通‧書事》：“可謂美玉之瑕，白圭之玷。”《紅樓夢》第五回：“一個是閬苑仙葩，一個是美玉無瑕。”

紅色、紅色的。《廣雅‧釋地》：“赤瑕，玉。”王念孫疏證：“瑕者，赤色之名。赤雲氣謂之霞，赤玉謂之瑕，馬赤白雜毛謂之騢，其義一也。”《周禮‧考工記‧弓人》：“凡相膠，欲朱色而昔。昔也者，深瑕而澤。”清、朱駿聲《說文通訓定聲‧豫部》：“謂膠紋色深赤也。”《漢書‧揚雄傳上》：“噏清雲之流瑕兮，飲若木之露英。”顏師古注：“瑕謂日旁赤氣也。”

缺點、過錯。《詩‧豳風‧狼跋》：“公孫碩膚，德音不瑕。”毛傳："瑕，過也。"孫穎達疏："瑕者，玉之病。玉之有瑕，猶人之有過，故以瑕爲過。"《老子》第二十二章："善行無轍跡，善言無瑕讁。"《左傳·閔公元年》："諺曰：'心苟無瑕，何恤乎無家？'"南朝、梁、丘遲《與陳伯之書》："聖朝赦罪責功，棄瑕錄用，推赤心於天下，安反側於萬物。"唐、陳章甫《與吏部孫員外書》："賢者不以小瑕棄大美。"清、黎志遠《禮執客鄂城用和巨來韻見貽次韻寄答》詩："論文期摘瑕，求友惟攻闕。"

指出缺點、毛病，引申爲怪罪。《左傳·僖公七年》："惟我知女，女專利而不厭，予取予求，不女疵瑕也。"楊伯峻注："我不罪過汝。"

裂璺、罅隙、空隙。《廣雅·釋詁二》："瑕，裂也。"《史記·李斯列傳》："成大功者，在因瑕釁，而遂忍之。"司馬貞《索隱》："言因諸侯有瑕釁，則忍心而翦除。"《淮南子·精神》："審乎無瑕，而不與物糅。"高誘注："瑕猶釁也。"《西遊記》第五十五回："行者自門瑕處鑽將進去。"

引申爲空虛、空子。《管子·制分》："故凡用兵者，攻堅則軔，乘瑕則神。"宋、蘇軾《贈龍圖閣學士曾布乞除一閑慢州郡不允詔》："夫擣虛攻瑕，兵家常勢，知難避整，夷狄亦然。"清、蒲松齡《聊齋志異·武技》："旣而支撐格拒，李時時蹈僧瑕；僧忽一腳飛擲，李已仰跌丈餘。"

已，停止。《詩·大雅·思齊》："肆戎疾不殄，烈假不瑕。"唐、陸德明《經典釋文》本"瑕"作"瑕"。鄭玄箋："瑕，已也。"

疑問代詞，猶胡，何、何故、什麼的意思。《詩·邶風·泉水》："遄臻于衛，不瑕有害。"宋、朱熹集傳："瑕、何古音相近，通用。言……然豈不害於義理乎？"《禮記·表記》："《詩》云：'心乎愛矣，瑕不謂矣。'"鄭玄注："瑕之言胡也。"孔穎達疏："瑕之言胡，胡，何也。"

通"格"，扞格不通。《管子·法法》："令入而不至，謂之瑕。"尹知章注："君臣相聞，故曰瑕。"俞樾平議："瑕當讀爲格，古字通也。《儀禮·少牢饋食禮》：'以嘏于主人。'鄭注曰：'古文嘏爲格。'瑕之爲格，猶嘏之爲格也。"

通"霞"，日旁赤氣，彩雲。《文選·揚雄〈甘泉賦〉》："吸清雲之流瑕兮，飲若木之露英。”李善注：“霞與瑕古字通。”

通“蝦”。清、朱駿聲《說文通訓定聲·豫部》：“瑕，叚借爲蝦。”《文選·張衡〈南都賦〉》：“巨蟒函珠，駮瑕委蛇。”李善注：“郭璞《爾雅注》曰：‘蝦大者，長一二丈。’……瑕與蝦古字通。”

古地名。一、春秋晉邑，故地在今山西省運城縣境。《左傳·僖公三十年》：“許君焦、瑕，朝濟而夕設版焉。”杜預注：“焦、瑕，晉河外五城之二邑。”江永《春秋地理考實》：“《水經注》：‘河東解縣西南五里有故瑕城，晉大夫詹嘉之故邑。’則瑕在今之解州，非河外也。”二、春秋隨地，在今湖北省隨州市境。《左傳·桓公六年》：“楚武王侵隨，使薳章求成焉，軍於瑕以待之。”杜預注：“瑕，隨地。”江永《春秋地理考實》：“成十六年，楚師自鄢陵還及瑕，當是此地。”三、春秋周邑。《左傳·昭公二十四年》：“王子朝之師攻瑕及杏，皆潰。”杜預注：“瑕、杏，敬王邑。”

姓。《萬姓統譜·麻韻》：“瑕，見《姓苑》。”《姓觿》卷三：“瑕，晉大夫詹嘉食邑，因氏。《千家姓》云：齊郡族。《左傳》有周大夫瑕禽、瑕廖、瑕辛、鄭大夫瑕叔盈。”

琢 0141　琢　治玉也。从玉，豖聲。竹角切（zhúo ㄓㄨㄛˊ）。

【譯白】琢，加工雕刻玉石製成玉器品。是依從玉做形旁，以豖爲聲旁構造而成的形聲字。

【述義】雕刻加工玉石。《爾雅·釋器》：“玉謂之琢，石謂之磨。”段玉裁《說文解字注》：“琢琱字謂鐫鏨之事。”《詩·衛風·淇奧》：“有匪君子，如切如瑳，如琢如磨。”毛傳：“治骨曰切，象曰瑳，玉曰琢，石曰磨。”《孟子·梁惠王下》：“今有璞玉于此，雖萬鎰，必使玉人彫琢之。”《荀子·大略》：“和之璧，井里之厥也。玉人琢之，爲天子寶。”《禮記·學記》：“玉不琢，不成器。”宋、王讜《唐語林·補遺三》：“琢玉爲天尊老君之像。”

泛指雕刻加工其他物品。《墨子·兼愛下》：“以其所書於竹帛，鏤於金石，琢於槃盂，傳遺後世子孫者知之。”《警世通言·俞伯牙摔琴謝知音》：“既如此，小子方敢譖談。此琴乃伏羲氏所琢。”

裝飾。三國、魏、曹丕《大牆上蒿行》詩：“白如積雪，利若秋霜。駮犀標首，玉琢中央。”黃節注引魏文帝《典論》：“余好擊劍，命彼國工，飾以文玉，表以通犀。”

砍、剁。北齊、賈思勰《齊民要術·作羹臛法》：“作雞羹法：雞一頭，解骨肉相離，切肉，琢骨，煮使熟，漉去骨。”繆啟愉注釋：“‘琢’和‘切’不同，‘切’是用手按着順次地切，‘琢’是不拘怎樣亂刀地斬，斬得很碎，就是下文常見的‘細琢’，字亦寫作‘斮’。”《太平廣紀》卷三百零七引《集異記》：“（綠冠裳者）命左右取鉗槌。俄頃，有緇衣豹袖執斤斧者三人。綠裳賜華酒五盃，昏然而醉，唯聞琢其腦，聲絕而華醉醒。”

謂修飾、推敲、錘煉文辭；琢句，謂推敲詩文的字句。五代十国前蜀、貫休《寄匡山紀公》：“寄言無別事，琢句似終身。”宋、王安石《憶昨詩示諸外弟》詩：“刻章琢句獻天子，釣取薄祿歡庭闈。”宋、蘇軾《和致仕張郎中春書》詩：“淺斟盃酒紅生頰，細琢歌詞穩稱聲。”又《送李陶通直赴清溪》詩：“從來勢利關心薄，此去溪山琢句新。”宋、趙汴《遊青城山》詩：“良工存舊筆，老叟琢新詩。”清、沈德潛《說詩晬語》卷上：“梁、陳、隋間，專尚琢句。”

通“椓”。一、擊。《文選·班昭〈東征賦〉》（六臣本）：“諒不登巢而琢蠡兮，得不陳力而相追。”按：李善本“琢”作“椓”并注：“鄭玄《周禮》注曰：‘椓，擊也。’”二、割去男性生殖器，即宮刑。唐、柳宗元《貞符》：“琢斮屠剔，膏流節離之禍不作，而人乃克完平舒愉。”集注引童宗說曰：“琢，疑作《呂刑》‘劓刵椓黥’椓字。”

通“啄”。清、朱駿聲《說文通訓定聲·需部》：“琢，叚借爲啄。”《尸子》卷下：“卵生曰琢，胎生曰乳。”

琢又讀 zuó ㄗㄨㄛˊ。今人謂思索、考慮、算計爲琢磨；如：琢磨琢磨；琢磨人。

琱 0142　琱　治玉也。一曰：石似玉。从玉，周聲。都寮切（diāo ㄉㄧㄠ）。

【譯白】琱，加工雕刻玉石製成玉器品。另一義說：琱是石頭中質地美好類似玉的一種名稱。是依從玉做形旁，以周爲聲旁構造而成的形聲字。

【述義】加工雕刻玉石，引申爲雕刻、刻鏤；琱，後作“雕”。《廣韻·蕭韻》：“琱，琱琢。”桂馥《說文解字義證》：“《初學記》：

'琱，治璞也。'或借'雕'字。《釋器》：'玉謂之雕。'"張舜徽《說文約注》："琱乃刻爲文飾之謂，本書《彡部》：'彫，琢文也。'是其義已。琱、彫古本爲一字。"今經典作"雕"。《文選·張衡〈思玄賦〉》："轙琱輿而樹葩兮，擾應龍以服路。"李善注："琱輿，琱玉之輿。"《漢書·酷吏傳序》："漢興，破觚而爲圜，斲琱而爲璞。"顏師古注："琱，謂刻鏤也。"宋、羅大經《鶴林玉露》卷二："鐫犀爲軸，琱玉爲龍。"

琱又指似玉的美石。

推敲，修飾文辭。宋、楊萬里《寒食雨作》詩："老來不辦琱新句，報答風光且一篇。"又《不寐》詩："若待曉光琱好句，曉光未白句先成。"金、王琢《雨夕感遇》詩："字對諸生識，詩煩衆手琱。"

通"彫"，雕畫紋飾，用彩繪裝飾。清、朱駿聲《說文通訓定聲·孚部》："琱，叚借爲彫。"《漢書·貢禹傳》："牆塗而不琱，木摩而不刻。"顏師古注："琱字與彫同。彫，畫也。"又《王莽傳下》："爲銅薄櫨，飾以金銀琱文，窮極百工之巧。"顏師古注："琱字與彫同。"又有雕畫紋飾的。《漢書·郊祀志下》："賜爾旂鸞黼黻琱戈。"顏師古注："琱戈，刻鏤之戈也。"五代、馮延巳《鵲踏枝》詩之十二："玉勒琱鞍遊冶處，樓高不見章臺路。"舊題宋、尤袤《全唐詩話·崔櫓》："《岸梅》云：'……初開偏稱琱梁畫，未落先愁玉笛吹'。"《鏡花緣》第十回："身穿白布箭衣，頭上束著白布漁婆巾，臂上跨著一張琱弓。"

理 0143　理　治玉也。从玉，里聲。良止切（lǐ ㄌㄧˇ）。

【譯白】理，加工雕刻玉石製成玉器品。是依從玉做形旁，以里爲聲旁構造而成的形聲字。

【述義】段玉裁《說文解字注》："《戰國策》鄭人謂'玉之未理者爲璞'，是理爲剖析也。玉雖至堅，而治之得其鰓理以成器不難，謂之理。凡天下一事一物，必推其情至於無憾而後卽安，是之謂天理，是之謂善治，此引申之義也。戴先生《孟子字義疏證》曰'理者，察之而幾微必區以別之名也'，是故謂之分理。在物之質曰肌理，曰腠理，曰文理；得其分則有條而不紊，謂之條理。鄭注《樂記》曰：'理者，分也。'許叔重曰：'知分理之可相別異也。'古人之言天理何謂也？曰理也者，情之不爽失也；未有情不得而理得者也！天理云者，言乎自然之分理也；自然之分理，以我之情絜人之情，而無不得其平是也。"

治玉、雕琢。朱駿聲《說文通訓定聲・頤部》："順玉之文而剖析之。"《尹文子・大道下》："鄭人謂玉未理者爲璞。"《韓非子・和氏》："王乃使玉人理其璞而得寶焉，遂命曰'和氏之璧'。"《戰國策・秦策三》："鄭人謂玉未理者璞。"宋、王讜《唐語林・識鑑》："吾聞金剛石至堅，物莫能敵。唯羚羊角破之……今理珠者用此法。"

治理、料理、整理。《廣雅・釋詁三》："理，治也。"《廣韻・止韻》："理，料理。"《易・繫辭下》："理財正辭，禁民爲非曰義。"《詩・大雅・江漢》："于疆于理，至于南海。"《淮南子・時則》："理關市，來商旅。"晉、陶潛《庚戌歲九月中於西田穫早稻》詩："開春理常業，歲功聊可觀。"唐、裴度《寄李翱書》："理身，理家，理國，理天下，一日失之，敗亂至矣。"後蜀、顧敻《虞美人》詞之二："起來無語理朝妝，寶匣鏡凝光。"《西遊記》第七六回："好大聖，理着繩兒，從他那上腭子往前爬，爬到他鼻孔裏。"

修整、整理。《字彙・玉部》："理，正也。"三國、魏、嵇康《養生論》："勁刷理鬢，醇醴發顏，僅乃得之。"李善注引《通俗文》："所以理髮謂之刷也。"唐、孟郊《古意》："詩啟貼理針線，非獨學裁縫。"《西遊記》第六十三回："行者按一按金箍，理一理鐵棒。"

太平，與"亂世"相對。《管子・霸言》："堯舜之人，非生而理也；桀紂之人，非生而亂也。故理亂在上也。"《後漢書・蔡邕傳》："運極則化，理亂相承。"唐、韓愈《送李愿歸盤谷序》："刀鋸不加，理亂不知。"章炳麟《秦政記》："唐、宋雖理，法度不如漢、明平也。"

謂治理得好，秩序安定，與"亂"相對。《孝經・廣揚名》："事兄悌，故順可移於長；居家理，故治可移於官。"《呂氏春秋・勸學》："聖人之所在，則天下理焉。"《後漢書・劉平傳》："其後每屬縣有劇賊，輒令平守之，所至皆理。"唐、白居易《法曲歌》詩："法曲法曲舞《霓裳》，政和世理音洋洋。"宋、王讜《唐語林・政事上》：

“數年之間，漁商闐湊，州境大理。”

紋理，物質組織的紋路。《廣韻・止韻》：“理，文也。”《易・繫辭上》：“仰以觀於天文，俯以察於地理。”孔穎達疏：“地有山川原隰，各有條理，故稱理也。”《荀子・正名》：“形體色理，以目異。”楊倞注：“理，文理也。”《齊民要術・養牛馬驢騾》：“上脣欲得方，下脣欲得厚而多理。”南朝、梁、劉勰《文心雕龍・論說》：“是以論如析薪貴能破理。”唐、段成式《酉陽雜俎・物異》：“建城縣出燃石，色黃理疏，以水灌之則熱，安鼎其上，可以炊也。”《徐霞客遊記・滇遊日記八》：“石色光膩，文理燦然。”

道理、條理、事理。《廣雅・釋詁三》：“理，道也。”《易・繫辭上》：“易簡而天下之理得矣。”又《坤》：“君子黃中通理。”孔穎達疏：“黃中通理者，以黃居中，兼四方之色，奉承臣職，是通曉物理也。”《孟子・告子上》：“故理義之悅我心，猶芻豢之悅我口。”《荀子・儒效》：“井井兮其有理也。”楊倞注：“有條理也。”《淮南子・本經》：“喜怒剛柔，不離其理。”《三國志・魏志・崔琰傳》“魯國孔融”南朝、宋、裴松之注引《魏氏春秋》：“融違天反道，敗倫亂理，雖肆市朝，猶恨其晚。”《宋書・王景文傳》：“（景文）美風姿，好言理，少與陳郡謝莊齊名。”宋、王安石《上蔣侍郎書》：“其於進退之理，可以不觀時乎？”清、王夫之《續春秋左氏傳博議・士文伯論日食》：“有卽事以窮理，無立理以限事。”《京本通俗小說・錯斬崔寧》：“這是沒理的事。因是小弟戲謔了他，他便取笑寫來的。”

區分、辨別、審辨。《詩・小雅・信南山》：“我疆我理，南東其畝。”毛傳：“理，分地理也。”馬瑞辰通釋：“理對疆言，疆謂定其大界，理則細分其地脈也。”《荀子・王制》：“相地而衰政，理道之遠近而致貢。”《抱朴子・外篇・博喻》：“箕舌不能別味，壺耳不能理音。”南朝、梁元帝《金樓子・立言下》：“鋸齒不能咀嚼，箕口不能別味，樃耳不能理音樂。”章炳麟《國故論衡・文學總略》：“故知集品不純，選者亦無以自理。”

彈奏、奏起。《史記・樂書》：“《雅》《頌》之音理而民正，嘄噭之聲興而士奮，鄭衛之曲動而心淫。”三國、魏、嵇康《琴賦》：

“理正聲，奏妙曲；揚《白雪》，發《清角》。”晉、張華《上巳篇》：“伶人理新樂，膳夫烹時珍。”唐、卓英英《理笙》詩：“頻倚銀屏理鳳笙，調中幽意起春情。”元、馬致遠《漢宮秋》第一折：“當此夜深孤悶之時，我試理一曲消遣咱。”

附述“理音”：一、彈奏音樂。漢、枚乘《七發》：“景春佐酒，杜連理音。”二、辨別聲音。晉、葛洪《抱朴子·博喻》：“壺耳不能理音，屬鼻不能識氣。”

順。《廣雅·釋詁一》：“理，順也。”《易·說卦》：“發揮於剛柔而生爻，和順於道德而理於義。”《周禮·考工記·匠人》：“凡溝逆地阞謂之不行，水屬不理孫，謂之不行。”孫詒讓正義引王引之云：“理、孫，皆順也。”《孟子·盡心下》：“稽（貉稽）大不理於口。”楊伯峻注：“理，順也。”漢、賈誼《胎教》：“《易》曰：‘正其本而萬物理，失之毫釐，差以千里。’”宋、王讜《唐語林·德行》：“劉敦儒事親以孝聞。親心緒不理，每鞭之見血，則一日悅暢。”清、洪仁玕《資政新篇·風風類》：“人能深受其中之益，則理明欲去而萬事理矣。”

儀表、操行，謂容止或行動。《禮記·祭義》：“故德煇動乎內，而民莫不承聽；理發乎外，而衆莫不承順。”鄭玄注：“理，謂言行也。”又《樂記》：“理發諸外，而民莫不承順。”鄭玄注：“理，容貌之進止也。”《史記·樂書》：“德煇動乎內，而民莫不承聽，理發乎外，而民莫不承順。”裴駰集解引鄭玄曰：“理，容貌進止也。”又引孫琰曰：“理，言行也。”

操作、從事。《禮記·月令》：“百工咸理，監工日號，毋悖于時。”《文心雕龍·詮賦》：“故知殷人輯頌，楚人理賦，斯並鴻裁之寰域，雅文之樞轄也。”唐、白居易《重賦》：“生民理布帛，所求活一身。”

溫習、操習、重提。《韓非子·忠孝》：“世之所爲烈士者……爲恬淡之學，而理恍惚之言。”《漢書·張禹傳》：“禹性習知音聲，內奢淫，身居大第，後堂理絲竹筦弦。”顏師古注引如淳曰：“今樂家五日一習樂爲理樂。”北齊、顏之推《顏氏家訓·勉學》：“吾七歲時，誦《魯靈光殿賦》，至於今日，十年一理，猶不遺忘。”宋、蘇軾《觀宋復古畫序》：“明日晝臥，復夢殊來理前言，再誦其詩。”明、佚名《鬧銅臺・楔子》：“英雄貫滿東京府，曾理兵書習《六韜》。”
《紅樓夢》第九二回：“我瞧着那些字也不要緊，就是那《女孝經》
也是容易念的。媽媽說我哄他，要請二叔叔得空兒的時候給理理。”

理直：一、忠恕、正直。《逸周書・謚法》：“剛強理直曰武。”
孔晁注：“理，忠恕；直，無曲。”《北史・于忠傳》：“有司奏太
常少卿元端議：‘案謚法，剛強理直曰武，怙威肆行曰醜，宜謚武醜
公。’”元、方回《勉齋箴》：“賢所以自勉兮，尤務理直而欲屏。”
二、理由正大、正確。《醒世恆言・陸五漢硬留合色鞋》：“理直千人
必往，心虧寸步難移。”又《杜子春三入長安》：“今情願明日多還
他些，執意不肯，反要打我。老翁，你且說誰個的理直？”三、亦作
“理值”。照料、料理。《英烈傳》第十七回：“那小二道：客官，
不是小人不來理值，但只爲我主人孔文秀，有個女兒……命在早晚，
因此懷慮，衝撞了相公。”四、審理確實。清、紀昀《閱微草堂筆記・
如是我聞四》：“後抽之卷，爲寧波叠毆致死一案，初擬情實。旋以
索捕理直，死由還毆，改緩決。”

法紀、法律。《韓非子・安危》：“先王寄理於竹帛，其道順，故
後世服。”陳奇猷集釋：“理，法紀也。”《鹽鐵論・相刺》：“今儒者
釋耒耜而學不驗之語，曠日彌久而無益於理。”三國、蜀、諸葛亮《出
師表》：“若有作姦犯科及爲忠善者，宜付有司論其刑賞，以昭陛下
平明之理。”《漢書・武帝紀》：“將軍已下廷尉，使理正之。”顏師古
注：“理，法也。言以法律處正其罪。”宋、洪邁《容齋隨筆・佐命元
臣》：“其後制節度使而州縣之治壞，更二稅法而租庸之理壞。”

治理獄訟的官、法官。《玉篇・玉部》：“理，治獄官也。”《管
子・小匡》：“弦子旗爲理。”尹知章注：“理，獄官。”《左傳・
昭公十四年》：“士景伯如楚，叔魚攝理。”孔穎達疏引孔晁曰：“景
伯，晉理官。”《禮記・月令》：“（孟秋之月）命理瞻傷，察創，視
折，審斷，決獄訟，必端平，戮有罪，嚴斷刑。”鄭玄注：“理，治
獄官也。有虞氏曰士，夏曰大理，周曰大司寇。”唐、王昌齡《洛陽
尉劉晏》詩：“削去府縣理，豁然神機空。”《資治通鑑・漢哀帝建
平元年》：“以君嘗託傅位，未忍考於理。”又古代的司法機關。元、
關漢卿《望江亭》第一折：“姑姑，你姪兒除授潭州爲理。”清、顧

炎武《哭陳太僕子龍》詩："初仕越州理，一矢下山賊。"

掌刑獄的官署。漢、司馬遷《報任安書》："明主不曉，以爲僕沮貳師，而爲李陵游說，遂下於理。"《晉書・蔡謨傳》："若遂致之於理，情所未忍。可依舊制免爲庶人。"唐、韓愈《曹成王碑》："王之遭誣在理，念太妃老，將驚而戚，出則囚服就辯，入則擁笏垂魚，坦坦施施。"

申述、申辯。《莊子・盜跖》："鮑子立乾，申子不自理，廉之害也。"成玄英疏："（申生）遭麗姬之難，枉被讒謗，不自申理，自縊而死矣。"《後漢書・馮緄傳》："應奉上疏理緄等，得免。"唐、韓愈《唐正議大夫尚書左丞孔公墓誌銘》："下邽令笞外按小兒，繫御史獄。公上疏理之，詔釋下邽令。"《唐律疏議・鬪訟・邀車駕撾鼓訴事不實》："諸邀車駕及撾登聞鼓若上表，以身事自理訴而不實者，杖八十。"《北史・韓麒麟傳附韓子熙》："子熙與懌中大夫劉定興、學官令傅靈檦、賓客張子愼伏闕上書，理懌之冤，極言元叉、劉騰誣諗。"宋、王闢之《澠水燕談錄・讜論》："明年，元昊果反，禹逃歸京，上書自理。"《二刻拍案驚奇》卷十三："昨夜鬼扣山菴，與小生訴苦……要小生出身代告大人臺下，求理此項。"清、查繼佐《罪惟錄・世宗肅皇帝紀》："兩廣都御史歐陽必進以繼盛疏連及，上書自理。"

審理、審問。《後漢書・烏桓傳》："有勇健能理決鬪訟者，推爲大人。"宋、秦醇《趙飛燕別傳》："太后遣人理昭儀且急，窮帝得疾之端。"《太平廣記》卷四百二十三引《劇談錄》："吏引韋生東廡曹署，理殺魚之狀。"

懲治。《後漢書・蔡茂傳》："臣聞興化致教，必由進善；康國寧人，莫大理惡。"《資治通鑑・唐代宗大曆八年》："願一言今日之事，惟理瑊罪，不則再見任。"

本性。《禮記・樂記》："好惡無節於內，知誘於外，而不能反躬，天理滅矣。"鄭玄注："理，猶性也。"南朝、宋、謝靈運《石門新營所住》詩："感往慮有復，理來情無存。"黃節注："《禮・樂記》（注）云：理，猶性也。"

條理。《荀子・儒效》："井井兮其有理也。"楊倞注："理，條理也。”

　　醫治。漢、崔寔《政論》：“德教者，興平之粱肉也。夫以德教除殘，是以粱肉理疾也。”《抱朴子‧內篇‧至理》：“淳于能解顱以理腦，元化能剖腹以澣胃。”晉、王嘉《拾遺記‧前漢下》：“（低光荷）實如玄珠，可以飾佩。花葉難萎，芬馥之氣，徹十餘里，食之令人口氣常香，益脉理病。”《新唐書‧柳公綽傳》：“醫之上者，理於未然。”金、董解元《西廂記諸宮調》卷七：“妾未知姐姐所染何患，當以藥理之。”

　　使者、媒人。《廣雅‧釋言》：“理，媒也。”《左傳‧昭公十三年》：“行理之命，無月不至。”杜預注：“行理，使人，通聘問者。”《楚辭‧離騷》：“解佩纕以結言兮，吾令蹇脩以爲理。”王逸注：“使古賢蹇脩而爲媒理也。”

　　理睬，對別人的言行表示態度，多用於否定。《漢書‧淮南厲王劉長傳》：“貫高等謀反事覺，并逮治王……厲王母亦繫，告吏曰：‘日得幸上，有子。’吏以聞，上方怒趙，未及理厲王母。”晉、葛洪《抱朴子‧譏惑》：“雖見恥笑，余亦不理也。”《紅樓夢》第一〇五回：“衆親友也有認得趙堂官的，見他仰着臉不大理人，只拉着賈政的手笑着說了幾句寒溫的話。”

　　名分。《禮記‧樂記》：“樂者，通倫理者也。”鄭玄注：“倫，猶類也；理，分也。”

　　古代的哲學概念，通常泛指條理、準則；程、朱學派用以稱世界的精神本原，實際指倫理綱常正道。《朱子語類‧理氣‧太極天地》：“未有天地之先，畢竟也只是理。有此理，便有此天地；若無此理，便亦無天地，無人無物。”清、戴震《孟子字義疏證‧理》：“人死于法，猶有憐之者；死于理，其誰憐之！”

　　古星名，卽豺狼座α星。《漢書‧天文志》：“左角，理；右角，將。”

　　通“賚”，賞賜。朱駿聲《說文通訓定聲‧頤部》：“理，叚借爲賚。”楊樹達《積微居小學金石論叢‧之部古韻證》：“理，古讀如賚。”《史記‧殷本紀》：“爾尚及予一人致天之罰，予其大理女。”裴駰集解：“《尚書》‘理’字作‘賚’。鄭玄曰：‘賚，賜也。’”

通“裏”，裏面。朱駿聲《說文通訓定聲・頤部》：“理，叚借爲裏。”《素問・陰陽類論》：“冬三月之病，在理已盡，草與柳葉皆殺。”王冰注：“理，裏也。”

姓。《廣韻・止韻》：“理，姓。皋陶爲大理，因官氏焉。殷有理徵。”《通志・氏族略四》：“理，咎繇爲堯理官，子孫遂爲理氏。商末有理徵。改姓李。望出河西。”

特指物理學或自然科學。如：數理化；理科。

疊字雙音“理理”形況：道理。元、無名氏《賺蒯通》第二折：“常言道：‘太平不用舊將軍’，可怎生參不透這個理理！”元、無名氏《桃花女》第三折：“也不待到家門，就要筭的我一身虧，你道波可有這個理理！”

珍 0144　珍　寶也。從玉，㐱聲。陟鄰切（zhēn ㄓㄣ）。

【譯白】珍，珠玉之類的寶物。是依從玉做形旁，以㐱爲聲旁而成的形聲字。

【述義】段玉裁《說文解字注》：“《宀部》曰：‘寶，珍也。’是爲轉注。”珍，珠玉之類的寶物；亦泛指貴重之物。《荀子・解蔽》：“此其所以代殷王而受九牧，遠方莫不致其珍。”《楚辭・招魂》：“室中之觀，多珍怪些。”王逸注：“金玉爲珍。”《史記・項羽本紀》：“沛公欲王關中，使子嬰爲相，珍寶盡有之。”漢、班固《答賓戲》：“先賤而後貴者，和隋之珍也。”《隸釋・漢玄儒先生婁壽碑》：“身歿聲邕，千載作珍，縣之日月，與金石存。”晉、潘岳《笙賦》：“鄒魯之珍，有汶陽之孤篠焉。”《三國志・魏志・武帝紀》：“（王崩，遺令曰）斂以時服，無藏金玉珍寶。”南朝、宋、鮑照《學古》詩：“袨服雜緹繢，首飾亂瓊珍。”唐、元稹《和樂天送客遊嶺南》詩：“定應玄髮變，焉用翠毛珍。”《警世通言・杜十娘怒沉百寶箱》：“遇春啟匣觀看，內皆明珠異寶，無價之珍。”

喻指難得的人材。《墨子・尚賢上》：“況又有賢良之士，厚乎德行，辯乎言談，博乎道術者乎？此固國家之珍，而社稷之佐也。”亦喻善道、美德。《禮記・儒行》：“儒有席上之珍以待聘。”孔穎達疏：“珍，謂美善之道。言儒能鋪陳上古堯舜美善之道以待君上聘召也。”《文選・蔡邕〈陳太丘碑文〉》：“於皇先生，抱寶懷珍。”呂向注：

“寶、珍，喻道德也。”《藝文類聚》卷三十一引晉、盧諶《答劉琨》詩：“不待卞和顯，自爲命世珍。”

貴重、精美。三國、魏、李康《運命論》：“名與身孰親也，得與失孰賢也，榮與辱孰珍也。”晉、葛洪《抱朴子·嘉遯》：“茅茨豔於丹楹，采椽珍於刻桷。”

寶貴的，稀有的。《玉篇·玉部》：“珍，貴也，重也。”《書·旅獒》：“珍禽奇獸，不育於國。”《後漢書·陳禪傳》：“單于懷服，遺以胡中珍貨而去。”《文選·劉楨〈宴詩公〉》：“月出照園中，珍木鬱蒼蒼。”李善注引《新語》：“梗梓豫章，立則爲衆木之珍。”晉、王嘉《拾遺記·秦始皇》：“窮四方之珍木，搜天下之巧工。”唐、李白《敘舊贈江陽宰陸調》詩：“好鳥集珍木，高才列華堂。”又《賦得鶴送史司馬赴崔相公幕》詩：“珍禽在羅網，微命若游絲。”宋、王安石《明州慈溪縣學記》：“慈溪小邑，無珍產、淫貨以來四方游販之民。田桑之美有以自足，無水旱憂也。”清、納蘭性德《茅齋》詩：“檐樹吐新花，枝頭語珍禽。”清、唐孫華《夏日園居雜詠》詩之四：“三載重來榻未移，忽看珍木覆清池。”

精美的。《爾雅·釋詁上》：“珍，美也。”郝懿行義疏：“珍者，寶之美也。”《管子·乘馬》：“君有珍車珍甲而莫之敢有，君舉事，臣不敢誣其所不能。”《漢書·揚雄傳上》：“資娵娃之珍髢兮，鬻九戎而索賴。”顏師古注引孟康曰：“九戎被髮，髢雖珍好，無所用也。”唐、權德輿《拜昭陵過咸陽墅》：“村盤既羅列，雞黍皆珍鮮。”《西遊記》第九十九回：“及至雷音寺參如來，蒙珍樓賜宴，寶閣傳經。”

珍貴精美之物。《書·旅獒》：“珍禽奇獸，不育于國。”《文選·盧諶〈答魏子悌〉》詩：“崇臺非一榦，珍裘非一腋。”《周禮·地官·司市》：“凡治市之貨賄、六畜、珍異，亡者使有，利者使阜，害者使亡，靡者使微。”《後漢書·宦者傳·呂強》：“時帝多稸私臧，收天下之珍。”宋、蘇軾《寄怪石石斛與魯元翰》：“山骨裁方斛，江珍拾淺灘。”

特指稀有精美的食品。《正字通·玉部》：“珍，食之美者亦曰珍。”《周禮·天官·膳夫》：“凡王之饋食用六穀……珍用八物。”

鄭玄注："珍謂淳熬、淳母、炮豚、炮牂、擣珍、漬、熬、肝膋也。"《禮記·王制》："八十常珍。"孔穎達疏："珍，謂常食之皆珍奇美食。"《呂氏春秋·順民》："味禁珍，衣禁襲。"《後漢書·章帝紀》："身御浣衣，食無兼珍。"唐、杜甫《麗人行》詩："黃門飛鞚不動塵，御廚絡繹送八珍。"宋、梅堯臣《雜興》詩："主人有十客，共食一鼎珍。"《紅樓夢》第三十九回："姑娘們天天山珍海味的，也吃膩了。"

珍惜、重視、慎重。《廣雅·釋詁三》："珍，重也。"《左傳·文公八年》："書曰'公子遂'，珍之也。"杜預注："珍，貴也。"唐、李白《古風五十九首》詩之一："自從建安來，綺麗不足珍。"唐、韓愈《送惠師》詩："離合自古然，辭別安足珍。"《紅樓夢》第十八回："貴妃切勿以政夫婦殘年爲念。更祈自加珍愛。"清、梅曾亮《〈柏梘山房詩集〉自序》："語得來處，拙而足珍；言乃無稽，巧而必斥。"

獻。《爾雅·釋詁下》："珍，獻也。"

方言，第二遍蠶，原蠶，又稱爲"晚蠶"、"魏蠶"；一年中兩度孵化的蠶。《本草綱目·蟲部·原蠶》："鄭玄注《周禮》云：'原，再也。'謂再養者。郭璞注《方言》云：'魏，細也。'秦晉人所呼。今轉爲二蠶是矣。《永嘉記》云：'郡蠶自三月至十月有八輩。謂種蠶爲蚖，再養爲珍，珍子爲愛。'"清、鄂爾泰等《授時通考·蠶事·浴種》："凡蠶再熟者，前輩皆謂之珍。"

通"鎮"。《周禮·春官·典瑞》："珍圭以徵守，以恤凶荒。"鄭玄注引杜子春曰："珍當爲鎮，書亦或爲鎮。"孫詒讓正義："《玉藻》注引此經亦作鎮。"

通"紾"，乖戾。《荀子·正名》："故知者論道而已矣，小家珍說之所願皆衰矣。"劉師培補釋："珍，疑作紾，'紾'與'抮'同。《廣雅》：'抮，鼗也。'《孟子》趙注云'紾，戾也。'……則紾說卽僻違乖戾之說。"

古州名，故治在今貴州省正安縣。清、顧祖禹《讀史方輿紀要·四川五·眞安州》："唐貞觀十六年置珍州……明、玉珍竊據，諱'珍'，改爲眞州，明、洪武十七年改爲眞州長官司，萬曆二十七年改置眞安州，今因之。”

姓。《萬姓統譜・眞韻》：“珍，見《姓苑》。”

玩 0145 　玩 弄也。从玉，元聲。賧，玩或从貝。五換切（wàn ㄨㄢˋ）。

【譯白】玩，拿着玉耍弄。是依從玉做形芻，以元爲聲芻構造而成的形聲字。賧，玩的或體字，是依從貝作形芻，仍以元爲聲芻構造而成的形聲字。

【述義】段玉裁《說文解字注》：“《廾部》曰：‘弄，玩也。’是爲轉注。《周禮》曰：‘玩好之用。’”玩，謂捉弄、戲弄、玩弄。《書・旅獒》：“玩人喪德，玩物喪志。”孔傳：“以人爲戲弄則喪其德，以器物爲戲弄則喪其志。”蔡沈集傳：“玩人，卽上文狎侮君子之事。”《國語・吳語》：“大夫種勇而善謀，將還玩吳國於股掌之上，以得其志。”《呂氏春秋・精諭》：“聞蜻皆從女居，取而來，吾將玩之。”晉、張華《博物志》：“今有寶劍良馬於此，玩之不厭。”宋、朱熹《近思錄》卷二：“明道先生以記誦博識爲玩物喪志。”《宋史・李侗傳》：“讀書者知其所言莫非吾事，而卽吾身以求之，則凡聖賢所至而吾所未至者，皆可勉而進矣。若直求之文字以資誦說，其不爲玩物喪志者，幾希。”清、全祖望《叢書樓書目序》：“是豈特閉閣不觀之藏書者所可比，抑亦非玩物喪志之讀書者所可倫也。”清、張岱《陶庵夢憶・南鎭祈夢》：“顧影自憐，將誰以告？爲人所玩，吾何以堪！”《紅樓夢》第二十八回：“薛蟠不等說完，先站起來攔道：‘我不來，別算我，這竟是玩我呢！’”

研習、研討、玩味、反復體會。《易・繫辭上》：“是故君子所居而安者，《易》之序也；所樂而玩者，爻之辭也。是故君子居則觀其象而玩其辭，動則觀其變而玩其占。”孔穎達疏：“言君子愛樂而習玩者，是六爻之辭也。”漢、張衡《思玄賦》：“玩陰陽之變化兮，詠《雅》《頌》之徽音。”《文選・劉琨〈答盧諶〉》：“損書及詩，備酸辛之苦言，暢經通之遠旨。執玩反覆，不能釋手。”李善注：“玩，猶愛弄也。”唐、吳筠《高士詠・向子平》：“子平好眞隱，清淨玩《老》《易》。”宋、朱松《上趙漕書》：“玩物化之無極，以窮其變。”《警世通言・趙太祖千里送京娘》：“趙公玩其詩意，方知女兒冰清玉潔，把兒子痛罵一頓。"

輕慢、輕蔑、忽略、忽視。《國語·周語上》："先王耀德不觀兵，夫兵戢而時動，動則威，觀則玩，玩則無震。"韋昭注："玩，黷也。"《漢書·東方朔傳贊》："依隱玩世，詭時不逢。"晉、陸機《五等論》："故五等之禮，不革于時，封畛之制，有隆焉爾者，豈玩二王之禍，而闇經世之筭乎？"唐、皮日休《九諷系述·憫邪》："不思心腹之疾兮，又玩膏肓之病。"《清朝野史大觀·清人逸事·節錄吳廷棟疏》："懼民情可畏，則不敢玩民。"清、孔尚任《桃花扇·撫兵》："丁啟睿呂大器又因怠玩而無功。"清、蒲松齡《聊齋志異·顛道人》："余鄉余生文屏，畢司農之妹夫也，爲人玩世不恭。"

供玩賞之物。《國語·楚語下》："若夫白珩，先王之玩也，何寶焉？"韋昭注："玩，玩弄之物。"晉、陸機《辨亡論上》："珍瑰重跡而至，奇玩應響而赴。"南朝、梁、蕭統《〈文選〉序》："觸襬不同，俱爲悅目之玩。"《紅樓夢》第十八回："各處古董文玩，俱已陳設齊備。"

欣賞、觀賞、品味。《楚辭·九章·思美人》："惜吾不及古人兮，吾誰與玩此芳草？"又《遠遊》："誰可與玩斯遺芳兮？晨向風而舒情。"漢、王充《論衡·案書》："劉子政玩弄左氏，童僕妻子皆呻吟之。"晉、陸機《歎逝賦》："步寒林以悽惻，玩春翹而有思。"晉、葛洪《抱朴子·塞難》："是玩華藻於木末，而不識所生之有本也。"《文選·劉琨〈答盧諶詩序〉》："執玩反覆，不能釋手。"李善注："玩，猶愛弄也。"唐、劉禹錫《秋江早發》詩："納爽耳目變，玩奇筋骨輕。"五代、齊己《苦熱中懷爐峯舊居》詩："何當便搖落，披衲玩秋光。"明、烏斯道《月夜彈琴記》："挹天香於丹桂，玩月影於素娥。"《鏡花緣》第七回："一日，正值皓月當空，小山同唐敏坐在簷下，玩月談文。"

刁頑。漢、荀悅《申鑒·時事》："皇民敦，秦民弊，時也；山民樸，市民玩，處也。"明、何景明《法行篇》："夫法清則政寬而人威，法亂則政煩而人玩。"清、唐甄《潛書·省刑》："吾恐民風日玩，從此得罪者愈多矣。"

喜愛、愛好。晉、陸機《〈豪士賦〉序》："心玩居常之安，耳飽從諛之說。"明、何景明《水營墅治田圃種樹》詩："樵隱安於山，農隱樂耕畔。由來事不同，各以性所玩。"

　　謂從事某種娛樂性活動，人們所做的使肉體和精神得到放鬆和愉快的活動。《紅樓夢》第四七回："（鬪牌）那個裏頭不知玩了我多少去了！這一弔錢玩不了半個時辰。"

　　玩耍、消遣。《紅樓夢》第三九回："賈母又命拿些錢給他，叫小么兒們帶他外頭玩去。"

　　通"忨"，貪、貪求。朱駿聲《說文通訓定聲·乾部》："玩，叚借爲忨。"《左傳·昭公二十六年》："侵欲無厭，規（玩）求無度。"孔穎達疏："（玩）俗本作'規'。服、王、孫皆注云：'玩，貪也。'……本或作'規'，謬也。"宋、周煇《清波別志》卷中："乃陰蓄於姦謀，將玩窺於神器。"

　　方言。使用、施展。如：玩硬的、玩陰的。

玲 0146　玲　玉聲。从玉，令聲。郎丁切（líng ㄌㄧㄥˊ）。

【譯白】玲，玉類器物相互碰擊的聲音。是依從玉做形旁，以令爲聲旁構造而成的形聲字。

【述義】疊字雙音"玲玲"形況：一、玉碰擊的聲音。《後漢書·班彪傳下》："鳳蓋颯灑，和鸞玲瓏。"亦作"瓏玲"。《法言·五百卷》："瓏玲其聲者，其質玉乎！"晉、曹攄《述志賦》："飾吾冠之岌岌，美吾珮之玲玲。"南朝、梁、劉勰《文心雕龍·聲律》："聲轉於吻，玲玲如振玉；辭靡於耳，纍纍如貫珠矣。"唐、徐凝《七夕》詩："一道鵲橋橫渺渺，千聲玉佩過玲玲。"亦泛指清越的聲音。《目連救母出離地獄升天寶卷》："伏願經聲琅琅，上徹穹蒼；梵語玲玲，下通幽府。"二、亦作"瓅瓅"，明潔貌。唐、皮日休《九夏歌·齊夏》："瓅瓅衡笄，翬翬褕翟。"《白雪遺音·馬頭調·石榴開花》："石榴開花顏色重，玉簪花開白色玲玲。"

　　"玲瓏"：一、象聲詞，玉聲、金玉聲，清越的聲音。桂馥《說文解字義證》："玉聲者，《埤蒼》：'玲瓏，玉聲也。'"《廣雅·釋詁四》："玲瓏，聲也。"王念孫疏證："玲與瓏一聲之轉……合言之則曰玲瓏，倒言之則曰瓏玲。"《太玄·唐》："次三，唐素不貞，亡彼瓏玲。"范望注："瓏玲，金玉之聲。"漢、班固《東都賦》："鳳蓋棽麗，鹹鑾玲瓏。"唐、賈島《就峯公宿》詩："殘月華晻暖，遠水響

玲瓏。”元、王實甫《西廂記》第二本第四折：“莫不是步搖得寶髻
玲瓏？莫不是裙拖得環珮玎玲？”也作“玲玲”。《文心雕龍·聲律》：
“聲轉於吻，玲玲如振玉；辭靡於耳，纍纍如貫珠矣。”二、空明貌，
明徹貌，亦作“瓅瓏”。《文選·揚雄〈甘泉賦〉》：“前殿崔巍兮，
和氏玲瓏。”李善注引晉灼曰：“玲瓏，明見兒也。”晉、左思《吳都
賦》：“瓊枝抗莖而敷藻，珊瑚幽茂而玲瓏。”南朝、宋、鮑照《中興
歌》詩之四：“白日照前窗，玲瓏綺羅中。”唐、李白《玉階怨》詩：
“卻下水精簾，玲瓏望秋月。”唐、邵楚萇《題馬侍中燧木香亭》詩：
“樹影參差斜入簷，風動玲瓏水晶箔。”明、楊慎《升庵詩話·箕仙
詩》：“冰壺倒月色澄澈，瑤臺倚斗光瓅瓏。”明、袁宏道《初入村居》：
“花入玲瓏樹，溪分婉孌條。”清、唐孫華《簾》詩：“約略同雲母，
玲瓏徹水精。”三、精巧貌。《正字通·玉部》：“玲，玲瓏，彫鏤貌。”
晉、郭璞《山海經圖讚·海內西經·文玉玕琪樹》：“翠葉猗萎，丹
柯玲瓏。”唐、蘇鶚《杜陽雜編》卷中：“輕金冠以金絲結之為鸞鶴
狀，仍飾以五采細珠，玲瓏相續，可高一尺，秤之無二三分。”明、
何景明《高橋》詩：“闌干既重複，結構亦玲瓏。”《水滸全傳》第
七十二回：“轉入天井裏面，又是一個大客位，設着三座香楠木雕花
玲瓏牀，鋪着落花流水紫錦褥。”《紅樓夢》第五十九回：“他卻
一行走，一行編花籃。隨路見花便採一二枝，編出一個玲瓏過梁的籃
子。”四、靈活貌。唐、施肩吾《觀葉生畫花》詩：“心竅玲瓏貌亦奇，
榮枯只在手中移。”宋、羅大經《鶴林玉露》卷八：“大抵看詩要胸次
玲瓏活絡。”五、詩詞中用以指梅花或雪。唐、韓愈《春雪間早梅》
詩：“玲瓏開已徧，點綴坐來頻。”錢仲聯集釋引張相曰：“上句指梅，
下句指雪。”又《喜雪獻裴尚書》詩：“照曜臨初日，玲瓏滴晚澌。”此
指雪。宋、王安石《次韻王勝之詠雪》詩：“玲瓏翦水空中墮，的皪
裝春樹上歸。”此亦指雪。六、指唐代歌妓商玲瓏。唐、白居易《醉
歌》詩：“罷胡琴，掩秦瑟，玲瓏再拜歌初畢。誰道使君不解歌？聽
唱黃雞與白日。”宋、蘇軾《次韻蘇伯固主簿重九》詩：“只有黃雞
與白日，玲瓏應識使君歌。”亦泛指歌妓。清、陳維崧《燕歸漫·虎

丘賦感》詞：“歌館閉，舞衣散，玲瓏老，野狐窮。”王應奎《柳南隨筆》卷二引清、邵青門詩：“花箋四幅教玲瓏，一曲《霓裳》拍未終；誰把梨雲吹不散，墓門西畔白楊風。”七、樂章名。宋、張端義《貴耳集》卷上：“自宣政門，周美成、柳耆卿輩出，自製樂章，有曰側犯、尾犯、花犯、玲瓏四犯。”八、靈巧貌。清、洪昇《長生殿・倖恩》：“他情性多驕縱，恃天生百樣玲瓏。”《兒女英雄傳》第二十三回：“及至見了褚大娘子，又是一對玲瓏剔透的新媳婦到了一處，才貌恰正相等，心性自然相投。”

　　“玲玎”，玉石等相擊的清脆聲。唐、皮日休《太湖詩・入林屋洞》：“人語散頑洞，石響高玲玎。”

　　“玲琅”，玉聲，清越的聲音。南朝、梁、吳均《步虛詞》詩之八：“至樂無簫歌，玉音自玲琅。”宋、劉子翬《聽詹溫之彈琴歌》詩：“玲琅一鼓萬象春，鐵面霜髯不枯槁。”

　　“玲瓏剔透”：一、形容精工製造，結構奇巧，內部鏤空的手工藝品；亦以形容供玩賞的太湖石之類。《西遊記》第六十回：“忽見一座玲瓏剔透的牌樓，樓下拴着那箇避水金睛獸。”亦作“瓏瓏剔透”、“瓏瓏透漏”。明、徐弘祖《徐霞客遊記・滇遊日記四》：“石在亭前池中，高八尺，闊半之。瓏瓏透漏，不瘦不肥，前後俱無斧鑿痕，太湖之絕品也。”清、錢泳《履園叢話・藝能・營造》：“吾鄉造屋，大廳前必有門樓，磚上雕刻人馬戲文，瓏瓏剔透，尤爲可笑。”二、形容俊俏，漂亮。元、無名氏《百花亭》第二折：“惜玉憐香天生就，另一種可喜風流。淹潤慣熟，玲瓏剔透，軟欵溫柔。”明、金白嶼《梧桐樹・過吳七泉山居》套曲：“不爭你玲瓏剔透疎狂態，雪月風花錦繡排，無處買。”《兒女英雄傳》第二三回：“及至見了褚大娘子，又是一對玲瓏剔透的新媳婦。”三、形容聰明靈活，心裏明白。元、吳昌齡《東坡夢》第二折：“牡丹，你玲瓏剔透今何在？俊俏聰明莫謾誇。”《醒世姻緣傳》第二三回：“說到種地做莊稼，那心裏便玲瓏剔透的，一說到書上邊去，就如使二十斤牛皮膠把那心竅都膠住了一般。”

瑲　0147　瑲　玉聲也。从玉，倉聲。《詩》曰：“鞏革有瑲。”七羊切（qiáng ㄑㄧㄤ）。

【譯白】瑲，玉類器物相互碰擊的聲音。是依從玉做形旁，以倉爲聲旁構造而成的形聲字。《詩·周頌·載見》說：“馬轡首的玉飾碰出瑲瑲的聲音。”

【述義】段玉裁《說文解字注》：“按鸞鈴鑾飾之聲，而字作瑲，玉聲而字作鏘，皆得謂之假借。”瑲，玉相擊聲。《詩·小雅·采芑》：“服其命服，朱芾斯皇，有瑲葱珩。”毛傳：“瑲，珩聲也。”《初學記》卷二十七引《逸論語》：“玲、瑲、琤、瑣、瑝（鍠），玉聲也。”

鳴響。宋、謝逸《虞美人》詞：“風前玉樹瑲金韻，碧落佳期近。”

樂聲。《集韻·陽韻》：“瑲，樂聲。”《荀子·富國》：“撞鐘擊鼓而和，《詩》曰：‘鐘鼓喤喤，管磬瑲瑲。”楊倞注：“《詩·周頌·執競》之篇，毛云：喤喤、瑲瑲，皆聲和貌。”

疊字雙音“瑲瑲”形況：象聲詞。玉相擊的聲音；亦泛指清越的聲音。《詩·小雅·采芑》：“約軝錯衡，八鸞瑲瑲。”毛傳：“瑲瑲，聲也。”《魏書·陽固傳》：“乘玄虯之弈弈兮，鳴玉鸞之瑲瑲。”唐、楊炯《遂川長江縣孔子廟堂碑》：“威儀秩秩，宮徵瑲瑲。”

瑲又讀 chēng ㄔㄥ，《集韻》楚耕切，平庚初。聲音。《集韻·庚韻》：“瑲，聲也。”

瑲又讀 cāng ㄘㄤ，《集韻》千剛切，平唐清。玉色。《集韻·唐韻》：“瑲，玉色。”

玎　0148　玎　玉聲也。从玉，丁聲。齊太公子伋諡曰玎公。當經切（dīng ㄉㄧㄥ）。

【譯白】玎，玉類器物相互碰擊發出的聲音。是依從玉做形旁，以丁爲聲旁構造而成的形聲字。齊太公呂望的兒子名叫伋的，死後追稱諡號爲“玎公”。

【述義】玉類器物撞擊時發出的聲音。唐、韓偓《玉山樵人集·秋雨內宴》：“一帶輕風入畫堂，撼眞珠箔碎玎璫。”《水滸全傳》第七十六回：“環珮玎璫斜掛。”又泛指其它類似玉聲的撞擊聲。金、元好問《赤石谷》詩：“林罅陰崖霧杳冥，石根寒溜玉玎玲。雲來朔漠疑秋早，山近清涼覺地靈。”元、薩都剌《題二宮人琴壺圖》詩：“冰絃素手彈鳳凰，玉壺投矢聲玎璫。”

人名用字。也作“丁”。段玉裁《說文解字注》：“《齊世家》

《古今人表》皆云:‘師尚父之子丁公……’此當云‘讀若齊大公子伋諡曰丁公。’”徐灝《說文解字注箋》:“許君所見故籍或有作‘玎公’者,書缺有閒,未可臆斷也。”

疊字雙音“玎玎”形況:象聲詞,猶“玎玲、玎玲瑲瑯、玎玲、玎琅、玎琭、玎瑲、玎當”,形容玉聲或聲清越貌。唐、韓偓《玉山樵人集·秋雨內宴》詩:“一帶清風入畫堂,撼眞珠箔碎玎瑲。”元、王實甫《西廂記》第二本第四折:“莫不是步搖得寶髻玲瓏?莫不是裙拖得環珮玎玲?”元、鄭光祖《㑳梅香》第一折:“搖玎玲玉聲,蹴金蓮步輕。”元、周文質《叨叨令·悲秋》曲:“叮叮噹噹鐵馬兒乞留玎琅鬧。”元、于伯淵《點絳脣》套曲:“你是看翠玲瓏,玉玎琭,一步一金蓮,一笑一春風。”元、王廷秀《粉蝶兒·怨別》套曲:“珠簾上玉玎琭,金爐中香縹緲。”清、納蘭性德《豔歌》詩之二:“霜濃月落開簾去,暗觸玎玲碧玉鈎。”《老殘遊記續集遺稿》第一回:“(山澗)裏的水花喇花喇價流,帶着些亂冰,玎玲瑲瑯價響,煞是好聽。”

琤 0149 琤 玉聲也。从玉,爭聲。楚耕切(chēng ㄔㄥ)。

【譯白】琤,玉類器物相互碰擊發出的聲音。是依從玉做形旁,以爭爲聲旁構造而成的形聲字。

【述義】玉聲;常用以形容清脆的聲響。《太平御覽》卷八〇四引《逸論語》:“玲、瑲、琤、琐、瑝(鍠),玉聲也。”唐、韓愈《秋懷詩十一首》之九:“霜風侵梧桐,衆葉著樹乾。空堦一片下,琤若摧琅玕。”宋、陳造《聽雨賦》:“非琴非筑,金撞而玉琤。”《花月痕》第四八回:“空中琤的一聲,女鬼就不見了。”

物體撞擊聲。《正字通·玉部》:“琤,凡物戛擊有聲皆曰琤。”清、紀昀《閱微草堂筆記·灤陽消夏錄五》:“卒時,壁挂洋鐘,恰琤然鳴八聲,是亦異矣。”

疊字雙音“琤琤”形況:一、象聲詞。《梁書·張纘傳》:“風瑟瑟以鳴松,水琤琤而響谷。”唐、白居易《和令狐僕射小飲聽阮咸(阮咸爲古琵琶的一種)》詩:“落盤珠歷歷,搖珮玉琤琤。”明、劉基《遣興》詩:“豔豔霜林張綺繡,琤琤風葉落鳴球。”二、傑出貌。宋、周密《癸辛雜識續集·訟學業觜社》:“專以辨捷給利口爲能,如昔日張槐應，亦社中之琤琤者焉。”

瑣 0150 瑣 玉聲也。从玉，貨聲。蘇果切（suǒ ㄙㄨㄛˇ）。

【譯白】瑣，玉類器物相互碰擊發出的聲音。是依從玉做形旁，以貨爲聲旁構造而成的形聲字。

【述義】瑣，亦作“璅”。《集韻·果韻》：“瑣，或作璅。”

玉類器物相擊發出的細碎聲。徐鍇《說文解字繫傳》：“《書》傳多云玉聲瑣瑣，左思詩曰‘嬌語若連瑣’，是也。”段玉裁《說文解字注》：“玉聲，謂玉之小聲也。”桂馥《說文解字義證》：“玉聲也者，本書：‘貨，貝聲也。’馥謂編貝相擊有聲。瑣亦連玉之聲。徐鍇引左思詩‘嬌語若連鎖’是也。”唐、杜牧《送劉三復郎中赴闕》詩：“玉珂聲瑣瑣，錦帳夢悠悠。”

細碎、細小、瑣碎。漢、袁康《越絕書·外傳記寶劍》：“觀其斷，巖巖如瑣石。”《太玄·成》：“成魁瑣，以成獲禍。”范望注：“瑣，細也。”司馬光注：“瑣細之行必且墮其功而獲禍矣。”《後漢書·班固傳》：“悳亡迴而不泯，微胡瑣而不頤。”李賢注：“瑣，小也。”又《呂強傳》：“陛下或其瑣才，特蒙恩澤。”《文選·陸機〈演連珠〉》：“是以物有微而毗著，事有瑣而助洪。”劉孝標注：“物有小而益大，不可忽也。”唐、杜甫《北征》詩：“山果多瑣細，羅生雜橡栗。”唐、劉知幾《史通·自敍》：“年在紈綺，便受《古文尚書》，每苦其辭艱瑣，難爲諷讀，雖屢逢捶撻，而其業不成。”唐、韓愈《答張徹》詩：“微誠慕橫草，瑣力摧撞筳。”

引申爲對細小的事情感到麻煩不耐、氣惱。《紅樓夢》第七回：“若問這方兒，眞把人瑣碎死了！”又六十八回：“那裏爲這點子小事去煩瑣他？我勸你能着些兒罷！”

卑微、平庸；也作“瑣瑣”。《爾雅·釋訓》：“瑣瑣，小也。”郭璞注：“才器細陋。”邢昺疏引舍人曰：“瑣瑣，計謀褊淺之貌。”《易·旅》：“旅瑣瑣，斯其所取災。”唐、陸德明《經典釋文》引鄭玄注：“瑣瑣，小也。”孔穎達疏：“瑣瑣者，細小卑賤之貌也。”《漢書·敍傳下》：“（鼂）錯之瑣材，智小謀大，旣如發機，先寇受害。”《後漢書·劉梁傳》：“昔文翁在蜀，道著巴漢，庚桑瑣隸，風移碨磥。”唐、權德輿《答左司崔員外書》：“德輿器用瑣薄，無他才術。”

形容人品卑劣、猥瑣。《荀子・非十二子》："飾邪說，文姦言，以梟亂天下，欺惑萬衆，矞宇嵬瑣，使天下混然不知是非，治亂之所存者，有人矣。"楊倞注："嵬，謂狂險之行者也。瑣，謂姦細之行者也。"《醒世姻緣傳》第一回："計氏還是向來計氏，晁大舍的眼睛卻不是向來的眼睛了；嫌憎計氏鄙瑣，說道：'這等一個貧相，怎當起這等大家！'"

指卑鄙者、小人。《荀子・正論》："朱象者，天下之嵬，一時之瑣也。"

仔細。《漢書・丙吉傳》："吉善其言，召東曹案邊長吏，瑣科條其人。"顏師古注引張晏曰："瑣，錄也，欲科條其人老少及所經歷，知其本以文武進也。"王先謙補注："沈欽韓曰：'《詩》傳：瑣瑣，小也。'此當爲細科別，不當解'瑣'爲'錄'。"

門窗上繪畫或鏤刻的連環紋飾圖案；因多用於宮門，故亦指代宮門。《急就篇》第二章："服瑣緰㤰與繒連。"顏師古注："服瑣，細布織爲連瑣之文也。"《楚辭・離騷》："欲少留此靈瑣兮，日忽忽其將暮。"王逸注："瑣，門鏤也，文如連瑣，楚王之省閣也。"南朝、宋、鮑照《翫月城西門廨中》詩："娥眉蔽珠櫳，玉鉤隔瑣窗。"以上謂連環紋飾。《漢書・元后傳》："曲陽侯根驕奢僭上，赤墀青瑣。"顏師古注："孟康曰：'以青畫戶邊鏤中，天子制也'……孟說是，青瑣者，刻爲連環文，而青塗之也。"南朝、宋、謝惠連《詠冬》詩："墀瑣有凝汗，達衢無通轍。"南朝、梁、吳筠《春詠》詩："雲障青瑣闥，風吹承露臺。"唐、毛傑《與盧藏用書》："擢爲近侍，所以從宮禁省，出入瑣闈。"北魏、楊衒之《洛陽伽藍記城西》："牕戶之上，列錢青瑣。"唐、長孫佐輔《古宮怨》詩："憶昔妝成候仙仗，宮瑣玲瓏日新上。"明、唐寅《金粉福地賦》："碧瑣離離，素女窺日中之影。"清、黃宗羲《移史館吏部左侍郎章格菴先生行狀》："謂臣負先帝之經綸，負陛下之明詔，負銓選之權衡，負瑣垣之職掌，罪當萬殛，穴地難容。"以上代指宮門、宮禁。

通"鎖"。一、連環、鎖鏈，後作"鎖"。《廣雅・釋詁四》："瑣，連也。"清、徐灝《說文解字注箋》："蓋以玉爲小連環……繫人瑯璫，以鐵爲連環，其形相似，故以謂之瑣。其後因易金旁作鎖。"漢、仲長統《述志詩》：“大道雖夷，見幾者寡，任意無非，適物無可，古來繞繞，委曲如瑣。”《文選・左思〈吳都賦〉》：“罿罜瑣結，罠蹏連綱。”劉逵注：“罿、罜，皆鳥網也。瑣結，似瑣連結也。”唐、段成式《酉陽雜俎續集・寺塔記上》：“形如珂雪，力絕覊瑣。”二、引申爲拘繫束縛。《資治通鑑・後晉高祖天福元年》：“（契丹主）遂瑣德鈞、延壽，送歸其國。”胡三省注：“瑣與鎖同。”三、加在門、箱等上面使人不能隨便開啟的器具，後作“鎖”。《說文新附・金部》：“鎖，鐵鎖門鍵也。”鄭珍新附考：“鎖，本作瑣。”四、引申爲封鎖、閉鎖、關閉。唐、韓愈《奉和李相公題蕭家林亭》詩：“巖洞幽深門盡瑣，不因丞相幾人知。”宋、王安石《鄭子憲新起西齋》詩：“行看富貴酬勤苦，車馬重來瑣翠陰。”宋、蘇軾《奉安神宗皇帝御容赴靈宮導引歌詞》：“離宮春色瑣瑤林，雲闕海沉沉。”

　　玉屑。《洪武正韻・哿韻》：“瑣，玉屑。”

　　古地名：一、春秋鄭地，約在河南省新鄭縣北。《左傳・襄公十一年》：“諸侯會于北林，師于向，右還次于瑣，圍鄭。”杜預注：“熒陽宛陵縣西有瑣候亭。”二、春秋晉地，約在河北省大名縣；又作“沙”、“沙澤”。《左傳・定公七年》：“齊侯從之，乃盟于瑣。”杜預注：“瑣，即沙也。”按：《公羊傳・定公七年》作“沙澤”，《穀梁傳・定公七年》作“沙”。三、春秋楚地，約在安徽省霍丘縣東。《左傳・昭公五年》：“越大夫常壽過帥師會楚子于瑣。”杜預注：“瑣，楚地。”

　　姓。宋、鄧名世《古今姓氏書辨證・果韻》：“瑣，《唐史・奚傳》云：開元二十年，奚酋長李詩、瑣高等以部落五千人來降……瑣乃高之氏。”《姓觿・哿韻》：“瑣，《姓考》云：古瑣國，一作郞，鄭大夫食邑，即今河南郞亭。後因氏。《唐書》有瑣高。”《正字通・玉部》：“瑣，姓。宋政和進士瑣政。”

　　疊字雙音“瑣瑣”形況：瑣瑣，亦作“璅璅”：一、猶惢惢，疑慮不定。《易・旅》：“初六，旅瑣瑣，斯其所取災。”李鏡池通義：“瑣瑣，是惢惢的假借，三心兩意，疑慮不一。《說文》：‘惢，心疑也，從三心，凡惢之屬，皆從惢。讀若《易》：旅瑣瑣。’……這是說商人多疑，離開寓所，反而闖禍。”二、形容人品卑微、平庸、渺小。《詩・小雅・節南山》：“瑣瑣姻亞，則無膴仕。”鄭玄箋：“瑣瑣姻亞，妻黨之小人。”高亨注：“瑣瑣，卑微渺小貌。”晉、習鑿齒《與弟秘書》：“璅璅常流，碌碌凡士，焉足以感其方寸哉！”《北史・崔浩傳》：“浩曰：‘但恐諸將瑣瑣，前後顧慮，不能乘勝深入，使不全舉耳。’”章炳麟《文錄・思鄉願下》：“晚明風烈，獨有直臣，直臣可式，獨有楊繼盛，餘瑣瑣皆黨人矣。”三、形容事情細小、不重要。《文選・張衡〈東京賦〉》：“薄狩於敖，既璅璅焉，岐陽之蒐，又何足數。”薛綜注：“璅璅，小也。言鄙陋不足說也。”唐、白居易《議祥瑞辨妖災策》：“自謂政之能立，道之能行，雖有瑣瑣之妖，不足懼也。”宋、韓淲《澗泉日記》卷下：“古人之史……經制述作二者是大，他瑣瑣不足記也。”四、形容聲音細碎。北齊、顏之推《顏氏家訓・書證》：“《道經》云：合口誦經聲璅璅，眼中淚出珠子碌。”唐、杜牧《送劉三復郎中赴闕》詩：“玉珂聲瑣瑣，錦帳夢悠悠。”五、絮聒，多言貌。元、黃溍《上京道中雜詩・劉蕡祠堂》：“平生二三策，非徼明主恩，瑣瑣談得失，無乃市井言。”《封神演義》第九三回：“既將軍有猜疑之念，貧道又何必在此瑣瑣也？”清、王韜《淞濱瑣話・藥娘》：“素修曰：‘小園與外間隔絕不通，姊何由至？’女曰‘……妹來欲出小詩奉教，幸勿瑣瑣固詰，以敗清興。’”

瑝 0151　瑝　玉聲也。从玉，皇聲。乎光切（huáng ㄏㄨㄤˊ）。

【譯白】瑝，玉類器物相互碰擊發出的大聲音。是依從玉做形旁，以皇爲聲旁構造而成的形聲字。

【述義】玉聲。段玉裁《說文解字注》：“瑝，謂玉之大聲也。”桂馥《說文解字義證》：“猶鍠爲鐘聲。”

瑀 0152　瑀　石之次玉者。从玉，禹聲。王矩切（yǔ ㄩˇ）。

【譯白】瑀，石頭中質地美好但稍差於玉的一種名稱（亦卽：質地次玉的美石。以下同）。是依從玉做形旁，以禹爲聲旁構造而成的形聲字。

【述義】似玉的美石。段玉裁《說文解字注》：“次，各本譌似，依《詩》音義、正義引訂。《鄭風》傳曰：‘雜佩者，珩、璜、琚、瑀，衝牙之類。’又曰：‘佩有琚瑀，所以納閒；納閒者，納於上珩下璜衝牙之中也。’《韓詩》詩：‘蠙珠以納其閒。’《保傅篇》曰：‘玭珠以納其閒，琚瑀以雜之。’玭卽蠙；毛不言蠙珠，韓不言琚瑀，《保傅篇》兼言之，葢蠙珠居中，琚瑀皆美石，又貫於蠙珠之上下，故曰雜佩。雜，集也，集衆美也。盧辨曰：‘玭珠之赤者曰琚，白者曰瑀。’誤矣！”姚文田、嚴可均《說文解字校議》：“‘似玉’當作‘次玉’。”《詩·鄭風·女曰雞鳴》：“雜佩以贈之。”毛傳：“雜佩者，珩、璜、琚、瑀，衝牙之類。”鄭玄箋：“瑀，石次玉也。”一說爲大珠。朱熹集傳：“雜佩者，左右佩玉也。上橫曰珩，下繫三組，貫以蠙珠。中組之半貫一大珠，曰瑀。末懸一玉，兩端皆銳，曰衝牙。”清、俞樾《〈詩〉名物證古》：“《續漢輿服志》：‘孝明皇帝，乃爲大佩，衝牙雙瑀璜，皆以白玉。’漢人近古，當有所據。知瑀必以玉爲之，且有雙瑀，朱子謂中組貫大珠曰瑀，未必然也。”

　　古代“雜佩”類的佩件。《詩·鄭風·有女同車》：“將翱將翔，佩玉瓊琚。”毛傳：“佩有琚瑀，所以納閒。”《大戴禮記·保傅》：“上車以和鸞爲節，下車以佩玉爲度，上有雙衡，下有雙璜、衝牙，玭珠以納其閒，琚瑀以雜之。”《續漢書·輿服志下》：“至孝明皇帝，乃爲大佩，衝牙雙瑀璜，皆以白玉。”

　　疊字雙音“瑀瑀”形況：猶踽踽，獨行貌。《太平廣記》卷四九〇引《東陽夜怪錄》：“其人先發問自虛云：‘客何故瑀瑀然犯雪昏夜至此？’自虛則具以實告。”

玤 0153　玤　石之次玉者。以爲系璧。从玉，丰聲。讀若《詩》曰：“瓜瓞菶菶”。一曰：若缶蚌。補蠓切（bàng ㄅㄤ）。

【譯白】玤，石頭中質地美好但稍差於玉的一種名稱（亦即：質地次於玉的美石。以下同）。玤石古時候被製成繫在腰帶間用以懸掛佩物的小璧。是依從玉做形旁，以丰爲聲旁構造而成的形聲字。玤這個字的音讀像《詩·大雅·生民》中“瓜瓞菶菶”的“菶”音。另一音讀：像蛤蚌的“蚌”音。

【述義】次於玉的美石，用來製成小璧繫在腰帶間以懸掛佩物。段玉裁《說文解字注》：“系璧，葢爲小璧，系帶閒，縣左右佩物也。”承培元引經證例：“系璧，所以縣爺悅等物之璧。”

　　玉色的珠。《龍龕手鑑·玉部》：“玤，珠而玉色也。”

　　古地名。春秋時虢地，在今河南省澠池縣境。《左傳·莊公二十一年》：“虢公爲王宮于玤。”杜預注：“玤，虢地。”江永地理考實：“在今河南河南府澠池縣界。”

玪 0154　玪　玪璦，石之次玉者。从玉，今聲。古函切（jiān
ㄐㄧㄢ）。

【譯白】玪，全名玪璦，是石頭中質地美好但稍差於玉的一種名稱。
是依從玉做形旁，以今爲聲旁構造而成的形聲字。

【述義】王筠《說文釋例》卷九、頁十二：“兩字爲名之物，必使相
從，如‘玪璦’二字相連是也。然有一字而爲兩物之名者，則不使相
從，亦所以醒人目也。如‘薏苢’，一物也，‘茮苢’，亦一物也，
而‘薏、茮、苢’三字，各在一處者，蓋‘薏’爲‘薏苢’之專名，
‘苢’爲‘茮苢’之專名，‘茮’字則華盛爲專義，故各從其類，列
於三處。”玪璦，次於玉的美石。

　　玪又讀 yín ㄧㄣ，《集韻》魚音切，平侵疑；玉名。《集韻·侵
韻》：“玪，玉名。”

　　玪又讀 qián ㄑㄧㄢ，《集韻》其淹切，平鹽羣；侵部。玉名，玪
瑰。《集韻·鹽韻》：“玪，玉名。”《駢雅》卷五：“玪瑰，美玉也。”
《穆天子傳》卷四：“爰有采石之山，重氊氏之所守，曰枝斯、璿瑰、
玟瑤、琅玕、玪瑉。”郭璞注：“皆玉名字，皆無聞。玪瑉音鈴瑣。”

　　玪又讀 lín ㄌㄧㄣ，《集韻》黎針切，平侵來。同“琳”，美玉。
《集韻·侵韻》：“琳，《說文》：‘美玉也。’古作玪。”《書·禹
貢》：“厥貢惟球琳琅玕。”孫星衍疏：“史遷球作璆，琳一作玪。”
《詩·大雅·韓奕》：“韓侯入覲。”漢、鄭玄箋：“《書》曰：黑
水西河其貢璆琳琅玕。”唐、陸德明《經典釋文》：“琳，字又作玪，
音林。孔安國云：‘璆玪，美玉也。’鄭注《尚書》云：‘璆，美玉。玪，
美石。’”

璦 0155　璦　玪璦也。从玉，勒聲。盧則切（lè ㄌㄜˋ）。

【譯白】璦，全名稱爲玪璦，質地稍差於玉的美石。是依從玉做形旁，
以勒爲聲旁構造而成的形聲字。

【述義】玉石。《集韻·德韻》：“璦，《說文》：‘玪璦也。’謂石之
次玉者。”《篇海類編·珍寶類·玉部》：“璦，玉名。”

　　參見前一字“玪”條。

琚 0156　琚　瓊琚。从玉，居聲。《詩》曰：“報之以瓊琚。”

九魚切（jū ㄐㄩ）。

【譯白】琚，全名稱爲瓊琚，是繫在珩和璜之間的華美佩玉。是依從玉做形旁，以居爲聲旁構造而成的形聲字。《詩·衛風·木瓜》說：“我回送她一塊華美的佩玉。”

【述義】佩玉，繫在珩和璜之間。《廣韻·魚韻》：“琚，玉名”。《字彙·玉部》：“琚，佩玉名。盧陵羅氏曰：‘琚處佩之中，所以貫蠙珠而繫於珩、下維橫衝牙者也。’豐城朱氏曰：‘琚如圭而正方，在珩璜之中。’”《詩·衛風·木瓜》：“投我以木瓜，報之以瓊琚。”毛傳：“琚，佩玉名。”三國、魏、曹植《洛神賦》：“披羅衣之璀粲兮，珥瑤碧之華琚。”

　　一說赤玉，或說次玉。《大戴禮記·保傅》：“琚瑀以雜之。”盧辯注：“總曰玭珠，而赤者曰琚，白者曰瑀。或曰：瑀，美玉；琚，石次玉。”劉師培《文說》：“琚瑀珩璜，衝牙萋雜佩之響。”

　　“琚瑀”，珠玉或玉石所作的佩飾。《詩·鄭風·有女同車》：“佩玉瓊琚。”毛傳：“佩有琚瑀，所以納間。”《大戴禮記·保傅》：“上車以和鸞爲節，下車以佩玉爲度，上有雙衡，下有雙璜，衝牙玭珠，以納其間，琚瑀以雜之。”孔廣森補注：“衡璜衝牙，珮之大名，其中仍雜貫他玉。”漢、賈誼《新書·容經》：“鳴玉者，佩玉也，上有雙珩，下有雙璜，衝蠙珠，以納其間，琚瑀以雜之。”元、劉詵《賀張尚德憲郎》詩：“銛鋩干莫鋒，溫潤琚瑀佩。”

璓　₀₁₅₇　璓　石之次玉者。从玉，莠聲。《詩》曰：“充耳璓瑩”。息救切（xiù ㄒㄧㄡˋ）。

【譯白】璓，石頭中質地美好但稍次於玉的一種名稱。是依從玉做形旁，以莠爲聲旁構造而成的形聲字。《詩·衛風·淇奧》說：“君子頭冠兩側的耳瑱是美麗的璓石和瑩石。”

【述義】闕。

玖　₀₁₅₈　玽　石之次玉黑色者。从玉，久聲。《詩》曰：“貽我佩玖。”讀若芑。或曰：若人句脊之句。舉友切（jiǔ ㄐㄧㄡˇ）。

【譯白】玖，一種質地比玉稍差的黑色美石。是依從玉做形旁，以久爲聲旁構造而成的形聲字。《詩·王風·丘中有麻》說：“贈送我佩帶的玖石。”玖的音讀像“芑”這個字的音（qǐ ㄑㄧˇ）。還有另一讀音是：讀像句（痀）脊的“句”（痀）音（jū ㄐㄩ）。

【述義】似玉的黑色美石，古代常用作佩飾。《詩·王風·丘中有麻》：“彼留之子，貽我佩玖。”毛傳：“玖，石次玉者。”唐、陸德明《經典釋文》：“石之次玉黑色者。”漢、王逸《九思·逢尤》：“握佩玖兮中路躇，羨呑䍃兮建典謨。”宋、王安石《贈陳君景初》詩：“又復能賦詩，往往吹瓊玖。”

數詞：“九”字的大寫。唐、武則天時所改。《六書故·數》：“今惟財用出內之簿書，用壹貳參肆伍陸柒捌玖拾阡陌，以防姦易。”清、顧炎武《金石文字記》卷三：“凡數位作壹、貳、叁、肆、捌、玖等字，皆武后所改。”

姓。《萬姓統譜·有韻》：“玖氏，見《姓苑》。”

“玖鏡”，黑玉鏡。明、楊愼《藝林伐山·玖鏡》：“玖，黑色玉也，可以作鏡；今永昌產。”

珁 0159　珁　石之似玉者。从玉，匝聲，讀若貽。與之切（yí ㄧˊ）。

【譯白】珁，石頭中質地美好，近似玉的一種名稱。是依從玉做形旁，以匝爲聲旁構造而成的形聲字。珁字的音讀像“貽”字的音。

【述義】似玉的美石；一說五色石。《玉篇·玉部》：“珁，《蒼頡》曰：五色之石也。”

玉名。《廣韻·之韻》：“珁，玉名。”

珢 0160　珢　石之似玉者。从玉，艮聲，語巾切（yín ㄧㄣˊ）。

【譯白】珢，石頭中質地美好，近似玉的一種名稱。是依從玉做形旁，以艮爲聲旁構造而成的形聲字。

【述義】似玉的石頭。

珢又讀 kèn ㄎㄣˋ，《字彙》苦恨切；有隆起痕跡的玉。《字彙·玉部》：“珢，玉有起跡曰珢。”

瑰 0161　瑰　石之似玉者，从玉，曳聲。余制切（yì ㄧˋ）。

【譯白】瑰，石頭中質地美好，近似玉的一種名稱。是依從玉做形旁，以曳爲聲旁構造而成的形聲字。

【述義】似玉的美名。《廣韻·祭韻》：“瑰，石之次玉也。”

璅（瑣）0162　璅　石之似玉者。从玉，巢聲。子浩切（zǎo ㄗㄠˇ）。

【譯白】璅，石頭中質地美好，近似玉的一種名稱。是依從玉做形冩，以巢爲聲旁構造而成的形聲字。

【述義】似玉的美石。《玉篇·玉部》：“璅，石次玉。”

璅又讀 suǒ ㄙㄨㄛˇ，《集韻》損果切，上果心。一、同“瑣”。《集韻·果韻》：“瑣，或作璅。”漢、張衡《東京賦》：“薄狩于敖，既璅璅焉。”《後漢書·輿服志上》：“大車，伍伯璅弩十二人。”南朝、梁、皇太子《豔歌篇十八韻》詩：“金鞍隨繫尾，銜璅映纏騘（騘）。”唐、獨孤及《和贈遠》詩：“憶得去年春風至，中庭桃李暎璅熜。”二、通“鎖”。《墨子·備蛾傅》：“爲縣脾，以木板厚二寸……刃其兩端，居縣脾中，以鐵璅敷縣二脾上衡，爲之機。”畢沅注：“《說文》無鎖字，此璅與瑣皆無鎖鑰之義，古字少，故借音用之。”

瑨　0163　瑨　石之似玉者。从玉，進聲。讀若津。將鄰切（jīn ㄐㄧㄣ）。

【譯白】瑨，石頭中質地美好，近似玉的一種名稱。是依從玉做形旁，以進爲聲旁構造而成的形聲字。瑨的音讀像“津”字的音。

【述義】似玉的美石。《九章算術·盈不足》：“今有共買瑨，人出半，盈四；人出少半，不足三。問人數、瑨價各幾何？”

瑨　0164　瑨　石之似玉者。从玉，朁聲。側岑切（zēn ㄗㄣ）。

【譯白】瑨，石頭中質地美好，近似玉的一種名稱。是依從玉做形旁，以朁爲聲旁構造而成的形聲字。

【述義】似玉的美石。《宋書·沈攸之傳》：“橘柚不薦，璆瑨罕入。”

瑒　0165　瑒　石之似玉者。从玉，恖聲。讀若蔥。倉紅切（cōng ㄘㄨㄥ）。

【譯白】瑒，石頭中質地美好，近似玉的一種名稱，是依從玉做形旁，以恖爲聲旁構造而成的形聲字。瑒的音讀像“蔥”字的音。

【述義】似玉的美石，多作裝飾品。《玉篇·玉部》作“瑽”。錢坫斠詮：“《詩》‘有瑲蔥珩’當用此。”南朝、齊、王融《贈族叔衛軍儉》詩：“逶迤冕服，有鏘瑒珩。”元、揭傒斯《臨江路玉笥山萬壽承天宮碑》：“霓旌羽節何當降，霞衣飄飄珮琅瑒。”元、喬吉《小桃紅·指鐲》曲：“暖香消瘦，瑒褪玉愁枝。”

“瑒珩”，亦作“瑽珩”，玉佩。隋、許善心《奉和冬至乾陽殿受朝應詔》詩：“森森羅陛衛，喊喊鏘瑒珩。”明、鄭貞《王叔遠先生擬挽辭》：“羨門、倔佺，雜璁珩些。”

　　“璁瓏”，亦作“璁瓏”。一、明潔貌。唐、杜牧《街西長句》詩：“銀鞦騕裊嘶宛馬，繡鞅璁瓏走鈿車。”宋、曾覿《朝中措》詞：“金沙架上日璁瓏，濃綠襯輕紅。花下兩行紅袖，直疑春在壺中。”金、元好問《點絳脣・青梅永甯時作》詞：“玉葉璁瓏，素妝不趁宮黃媚。”二、象聲詞，玉石碰擊聲。前蜀、貫休《馬上作》詩：“柳岸花堤夕照紅，風清襟袖轡璁瓏。”宋、陸游《憶秦娥》詞：“玉花驄，晚街金轡聲璁瓏。”

琥 0166　　㻍　石之似玉者。从玉，號聲。讀若鎬。乎到切（hào ㄏㄠ）。

【譯白】琥，石頭中質地美好，近似玉的一種名稱。是依從玉做形旁，以號爲聲旁構造而成的形聲字。琥字的音讀像“鎬”字的音。

【述義】闕。

瑹 0167　　瑹　石之似玉者。从玉，羍聲。讀若曷。胡捌切（xiá ㄒㄧㄚˊ）。

【譯白】瑹，石頭中質地美好，近似玉的一種名稱。是依從玉做形旁，以羍爲聲旁構造而成的形聲字。瑹字的音讀像“曷”音。

【述義】闕。

壐 0168　　壐　石之似玉者。从玉，䀠聲。烏貫切（wàn ㄨㄢ）。

【譯白】壐，石頭中質地美好，近似玉的一種名稱。是依從玉做形旁，以䀠爲聲旁構造而成的形聲字。

【述義】闕。

瓕 0169　　瓕　石之次玉者（石之玉）。从玉，爕聲。穌叶切（xiè ㄒㄧㄝ）。

【譯白】瓕，石頭中質地美好，近似玉的一種名稱。是依從玉做形旁，以爕爲聲旁構造而成的形聲字。

【述義】段玉裁《說文解字注》：“（石之玉）鍇本如此，下有‘言次玉者’四字，蓋注釋語。自瑰至珛（玗）十八字，皆似玉者，皆似玉者。鉉本作‘石之次玉者’，與鍇本注皆非。《玉篇》、《廣韻》皆云：‘瓕，石似玉。’”瓕，似玉的美石《廣韻・帖韻》：“瓕，石似玉。”

珣 0170　　珣　石之次（似）玉者。从玉，句聲。讀若苟。古厚切（gǒu ㄍㄡˇ）。

【譯白】珣，石頭中質地美好，近似玉的一種名稱。是依從玉做形旁，以句爲聲旁構造而成的形聲字。珣字的音讀像“苟”音。

　【述義】似玉的美石。徐鍇《說文解字繫傳》作“石之侣玉者”。段玉裁《說文解字注》：“似，汲古原本作次，非！”王筠校錄：“珣在似玉類中，《玉篇》、《廣韻》皆作‘似玉’。”

　　　玉名。《集韻·候韻》：“珣，玉名。”

琂 0171　琂　石之似玉者。从玉，言聲。語軒切（yán ㄧㄢˊ）。

　【譯白】琂，石頭中質地美好，近似玉的一種名稱。是依從玉做形旁，以言爲聲旁構造而成的形聲字。

　【述義】闕。

璶 0172　璶　石之似玉者。从玉，盡聲。徐刃切（jìn ㄐㄧㄣˋ）。

　【譯白】璶，石頭中質地美好，近似玉的一種名稱。是依從玉做形旁，以盡爲聲旁構造而成的形聲字。

　【述義】闕。

瓃 0173　瓃　石之似玉者。从玉，隹聲，讀若維。以追切（wéi ㄨㄟˊ）。

　【譯白】瓃，石頭中質地美好，近似玉的一種名稱。是依從玉做形旁，以隹爲聲旁構造而成的形聲字。瓃字的音讀像“維”音。

　【述義】似玉的美石。

　　　瓃又讀 yù ㄩˋ，《集韻》虞欲切，入燭疑。鸑瓃，同“鸑瑪”，鳥名。《集韻·燭韻》：“瑪，鸑瑪，鳥名。或从隹。”按鸑瑪，亦作“鸀瑪”、“鸀瑪”、“鸀瑪”，水鳥名。似鴨而大。《史記·司馬相如列傳》：“駒騱鸑瑪。”張守節正義：“鸑瑪，燭玉二音。郭云：‘似鴨而大，長頸赤目，紫紺色。辟水毒，生子在深谷澗中。若時有雨，鳴。雌者生子，善鬭。江東呼爲燭玉。’”瑪，一本作“瑪”。南朝、梁、江淹《學梁王兔園賦》：“水鳥駕鵝，鸀瑪鸀鴈。上飛衡陽，下宿沅漢。”唐、陸龜蒙《江南曲》詩之一：“魚戲蓮葉間，參差隱葉扇，鷄䳡鸀瑪窺，潋灩無因見。”

璑 0174　璑　石之似玉者。从玉，烏聲。安古切（wǔ ㄨˇ）。

　【譯白】璑，石頭中質地美好，近似玉的一種名稱。是依從玉做形旁，以烏爲聲旁構造而成的形聲字。

【述義】闕。

瑂 0175 石之似玉者。从玉，眉聲。讀若眉。武悲切（méi ㄇㄟˊ）。

【譯白】瑂，石頭中質地美好，近似玉的一種名稱。是依從玉做形旁，以眉爲聲旁構造而成的形聲字。瑂字的音讀像“眉”音。

【述義】闕。

璒 0176 石之似玉者。从玉，登聲。都騰切（dēng ㄉㄥ）。

【譯白】璒，石頭中質地美好，近似玉的一種名稱。是依從玉做形旁，以登爲聲旁構造而成的形聲字。

【述義】闕。

玜 0177 石之似玉者。从玉，厶聲。讀與私同。息夷切（sī ㄙ）。

【譯白】玜，石頭中質地美好，近似玉的一種名稱。是依從玉做形旁，以厶爲聲旁構造而成的形聲字。玜字的音讀與“私”的音相同。

【述義】似玉的美石。段玉裁《說文解字注》：“凡言讀與某同者，亦卽讀若某也。”王筠《說文釋例》：“今所謂碧硟私者，卽玜也。而音轉如撕。”徐珂《清稗類鈔·服飾類》：“吉服冠頂，用碧瑶玜。”清、魏源《聖武記》卷六：“又其土產木棉、象牙、蘇木、翡翠、碧硟玜，及海口洋貨。”《清朝野史大觀·清宮遺聞·德宗大婚粧奩單》：“金點翠紅白瑪瑙桂花紅碧玜玉堂富貴盆景成對。”

玗（玗）0178 石之似玉者。从玉，于聲。羽俱切（yú ㄩˊ）。

【譯白】玗，石頭中質地美好，近似玉的一種名稱。是依從玉做形旁，以于爲聲旁構造而成的形聲字。

【述義】似玉的美石。《玉篇·玉部》：“玗，玉屬。《爾雅》云：‘東方之美者，有醫無閭之珣玗琪焉。’”段玉裁《說文解字注》：“‘珣玗琪’合三字爲玉名……單言‘玗’者，美石也。《齊風》：‘尚之似瓊華。’《傳》曰：‘華，美石。’華蓋卽玗，二字同‘于’聲也。”

“玗琪”，玉名。《山海經·海內西經》：“開明北有視肉、珠樹、文玉樹、玗琪樹。”郭璞注：“玗琪，赤玉屬也。”

玫 0179 玉屬。从玉，叉聲。讀若沒。莫悖切（mò ㄇㄛˋ）。

【譯白】玫，玉類的一種名稱。是依從玉做形旁，以丂爲聲旁而構造而成的形聲字。玫字的音讀像"沒"音。

【述義】玉類的一種名稱。《廣韻·沒韻》："玫，玉名。"《穆天子傳》卷四："爰有采石之山，重鼃氏之所守，曰枝斯、璿瑰、玫瑤、琅玕。"

"玫瑤"，玉名。《穆天子傳》卷四："爰有采石之山，重鼃氏之所守，曰枝斯、璿瑰、玫瑤、琅玕。"郭璞注："（玫瑤）亦玉名。"一本作"玟瑤"。

瑎　₀₁₈₀　瑎　黑石，似玉者。从玉，皆聲。讀若諧。戶皆切（xié ㄒㄧㄝˊ）。

【譯白】瑎，黑色的石頭，質地近似玉的美石名稱。是依從玉做形旁，以皆爲聲旁而構造而成的形聲字。瑎字的音讀像"諧"音。

【述義】似玉的黑石；一說是黑色的玉。《玉篇·玉部》："瑎，黑玉也。"明、楊愼《玉古詁》："瑎，墨玉也。"徐釦《清稗類鈔·鑒賞·陳原心藏古玉八十一事》："玉有九色……黑如墨光曰瑎。"

碧　₀₁₈₁　碧　石之青美者。从玉石，白聲。兵尺切（bì ㄅㄧˋ）。

【譯白】碧，石頭中青綠色、質地精美的名稱。是依從連文成義的玉石做主、從形旁，以白爲聲旁而構造而成的會意兼形聲字。

【述義】段玉裁《說文解字注》："从玉石者，似玉之石也；碧色清白，金剋木之色也，故从白。云白聲者，以形聲苞會意。"

青綠色或青白色的玉。《莊子·外物》："萇弘死於蜀，藏其血三年而化爲碧。"成玄英疏："碧，玉也。"《山海經·西山經》："又西百五十里曰高山，其上多銀，其下多青碧。"郭璞注："碧，亦玉類也。"又："西二百八十里，曰章莪之山，無草木，多瑤碧。"《莊子·外物》："萇宏死於蜀，藏其血三年而化爲碧。"《史記·司馬相如列傳》："錫碧金銀，衆色炫燿，照爛龍鱗。"張守節正義引顏師古曰："碧謂玉之青白色者也。"《漢書·司馬相如傳上》："雌黃白坿，錫碧金銀。"顏師古注："碧，謂玉之青白色者也。"《淮南子·墜形訓》："碧樹瑤樹在其北。"高誘注："碧，青玉也。"清、龔煒《巢林筆談續編》卷上："能滅人之身家，而不能滅血可化碧之魂。"

青綠色。《廣雅·釋器》："碧，青也。"《篇海類編·珍寶類·

玉部》：“碧，深青色。”《世說新語·汰侈》：“（王）君夫作紫絲布步障，碧綾裹四十里；石崇作錦步障五十里以敵之。”唐、李白《送孟浩然之廣陵》詩：“孤帆遠影碧空盡，惟見長江天際流。”唐、杜甫《晴二首》詩之一：“碧知湖外草，紅見海東雲。”唐、柳宗元《溪居》詩：“來往不逢人，長歌楚天碧。”前蜀、韋莊《菩薩蠻》詞：“春水碧于天，畫船聽雨眠。”宋、辛棄疾《鷓鴣天·東陽道中》詞：“山無重數周遭碧，花不知名分外嬌。”《西遊記》第十回：“行不數里，見一座碧瓦樓臺，眞箇壯麗。”清、納蘭性德《聖駕臨江恭賦》詩：“卻上妙高臺，悠悠天水碧。”

青白色。《論語·陽貨》：“惡紫之奪朱也。”宋、邢昺疏：“白是西方正，碧是西方間。西爲金，金色白，金刻木，故碧色青白也。”

指代綠水。唐、陸龜蒙《夜會問答》詩之八：“有時日暮碧將合，還被漁舟來觸分。”宋、王安石《到君與同官飲》詩：“瀉碧沄沄橫帶郭，浮蒼靄靄遙連閣。”

姓。《正字通·石部》：“碧，又姓。明代洪武中訓導碧潭。”

琨 0182　珼　石之美者。从玉，昆聲。《虞書》曰：“揚州貢瑤琨。”瑻，琨或从貫。古渾切（kūn ㄎㄨㄣ）。

【譯白】琨，石頭中質地精美的一種名稱。是依從玉做形旁，以昆爲聲旁構造而成的形聲字。《尚書·禹貢》說：“揚州地方進貢的有瑤玉和琨石。”瑻，是琨的或體字，以貫爲聲旁。

【述義】美石；一說美玉。《廣韻·魂韻》：“琨，琨珸，玉名。”《字彙·玉部》：“琨，美玉。”《書·禹貢》：“厥貢惟金三品：瑤、琨、篠簜。”孔傳：“瑤、琨皆美玉。”唐、陸德明《經典釋文》：“瑤音遙，琨音昆，美石也。”孔穎達疏：“美石似玉者也。玉、石，其質相類，美惡別名也。王肅云：‘瑤、琨，美石次玉者也。’”《史記·司馬相如列傳》：“其石則赤玉、玫瑰、琳瑉、琨珸。”《文選·左思〈吳都賦〉》：“其琛賂則琨瑤之阜，銅鍇之垠。”劉逵注：“琨瑤，皆美石也。”

佩玉名。《文選·張衡〈思玄賦〉》：“獻環琨與琛縭兮，申厥好以玄黃。”舊注：“環，珠也。琨，璧也。”劉良注：“環、琨，皆玉佩。”李善注引《白虎通》曰：“所以必有佩者，表德見所能也。故循道無窮則佩環，能本道德則佩琨。”

　　山名，崐崛，又作琨珸，卽昆吾山，因以名其山之美石。《史記·司馬相如列傳》：“其石則赤玉玫瑰，琳瑉琨珸。”裴駰集解引《漢書音義》：“琨珸，山名也，出善金。”司馬貞索隱：“琨珸，司馬彪云‘石之次玉者’。”按，《漢書·司馬相如傳上》作“昆吾”。元、范琼《荊山璞賦》：“琨珸進而砆石用兮，反誚爾以爲玭。”

珉 0183 珉　石之美者。从玉，民聲。武巾切（mín ㄇㄧㄣ）。

【譯白】珉，石頭中質地精美的一種名稱。是依從玉做形旁，以民爲聲旁構造而成的形聲字。

【述義】石之美者，亦卽似玉的美石。《荀子·法行》：“雖有珉之雕雕，不若玉之章章。”《山海經·中山經》：“岐山，其陽多赤金，其陰多白珉。”郭璞注：“石似玉者。”《漢書·司馬相如傳上》：“其石見赤玉玫瑰，琳珉昆吾。”顏師古注引張揖曰：“琳，玉也。珉，石之次玉者也。”南朝、宋、鮑照《見賣玉器者》詩序：“見賣玉器者，或人欲買，疑其是珉，不肯成市。”唐、李白《古風五十九首》詩之五十：“流俗多錯誤，豈知玉與珉。”《宋史·輿服之六》：“后册，用珉，或以象。”清、龔自珍《辨仙行》詩：“大篆古文上帝珍，帝命勒之天上珉，椎拓萬本賜解人。”

瑤 0184 瑤　玉（石）之美者。从玉，䍃聲。《詩》曰：“報之以瓊瑤。”余招切（yáo ㄧㄠ）。

【譯白】瑤，質地精美的玉（質地精美的美石）。是依從玉做形旁，以䍃爲聲旁構造而成的形聲字。《詩·衛風·木瓜》說：“我回贈她一塊瓊瑤美玉表示希望永遠相好。”

【述義】段玉裁《說文解字注》：“各本‘石’譌‘玉’，今依《詩》音義正。《衛風》‘報之以瓊瑤’，傳曰：‘瑤，美石。’正義不誤。王肅、某氏注《尚書》，劉逵注《吳都賦》皆曰：‘瑤、琨，皆美石也。’《大雅》曰‘維玉及瑤’，云‘及’則瑤賤於玉。《周禮》：‘享先王，大宰贊王玉爵，内宰贊后瑤爵。’《禮記》：‘尸飲五，君洗玉爵獻卿；尸飲七，以瑤爵獻大夫。’是玉與瑤等差明證。《九歌》注云：‘瑤，石之次玉者。’凡謂瑤爲玉者，非是。”似玉的美石；亦泛指美玉。《書·禹貢》：“厥貢惟金三品：瑤、琨、篠簜。”孔傳：

"瑤、琨皆美玉。"孔穎達疏:"美石似玉者也。玉、石其質相類,美惡別名也。"《詩‧大雅‧公劉》:"何以舟之,維玉及瑤,鞸琫容刀。"陳奐疏:"維玉及瑤,言有玉與石也。正義謂瑤是玉之別名,誤。"又《衛風‧木瓜》:"投我以木桃,報之以瓊瑤。"《楚辭‧九歌‧東皇太一》:"瑤席兮玉瑱,盍將把兮瓊芳。"王逸注:"瑤,石之次玉者。"晉、陸機《日出東南隅行》詩:"金雀垂藻翹,瓊佩結瑤璠。"晉、潘岳《贈陸機出爲吳王郎中令》詩:"崏山何有?有瑤有珉。"唐、溫庭筠《過華清宮》詩:"瑤簪遺翡翠,霜仗駐驊騮。"

形容珍貴美好,常用作稱美之詞。《詩‧大雅‧公劉》:"維玉及瑤。"毛傳:"瑤,言有美德也。"唐、王勃《宇文德陽宅秋夜山亭宴序》:"啟瑤緘者,攀勝集而長懷。"唐、宇文融《奉和聖制命宴都堂詩》:"飛文瑤札降,賜酒玉杯傳。"唐、羅隱《寄黔中王從事》詩:"貪將醉袖矜鶯谷,不把瑤緘附鯉魚。"前蜀、薛昭蘊《女冠子》詞:"正遇劉郎使,啟瑤緘。"明、徐弘祖《徐霞客遊記‧粵西遊日記四》:"多靈山最高聳,其山四時皆春,瑤花仙果,不絕於樹。"

喻光明潔白。如瑤質、瑤華、瑤樹等。南朝、梁、江淹《知己賦》:"聞瑤質兮可變,知余采兮一奪。"又《麗色賦》:"既翠眉而瑤質,亦盧瞳而頳脣。"南朝、梁、簡文帝《明君詞》詩:"玉豔光瑤質,金細婉黛紅。"

同"珧";江珧,亦作"江瑤"。參見後"珧"條。

少數民族名;隋唐時期有"莫徭"之稱,宋以後一般稱"徭",現通用"瑤";主要聚居廣西,湖南、雲南、廣東、貴州等地亦有分佈。

通"搖",搖動。《楚辭‧九歌‧東君》:"緪瑟兮交鼓,簫鍾兮瑤簴,鳴篪兮吹竽。"王念孫雜志:"瑤讀爲搖。搖,動也。《招魂》曰:'鏗鍾搖簴。'王(逸)注曰:'鏗,撞也;搖,動也。'《文選》張銑注曰:'言擊鍾則搖動其簴也。'義與此同。作瑤者借字耳。"《淮南子‧本經》:"晚世之時,帝有桀紂,爲璇室瑤臺,象廊玉牀。"高誘注:"璇或作旋,瑤或作搖,言室施機關,可轉旋也,臺可搖動,極土木之巧也。"

通"蓫",草名,傳說中的香草。漢、東方朔《與友人書》:"相期拾瑤草，吞日月之光華，共輕舉耳。"《文選·江淹〈別賦〉》："君結綬兮千里，惜瑤草之徒勞。"李善注："《山海經〈中山經〉》曰："姑瑤之山，帝女死焉，名曰女尸，化爲䔠草……郭璞曰：瑤與䔠並音遙，然䔠與瑤同。"唐、李賀《天上謠》詩："王子吹笙鵝管長，呼龍耕煙種謠草。"

通"珧"，瑤柱，乾貝的一種，用江珧貝的閉殼肌製成。劉壎《隱居通議·古賦一》引宋、傅幼安《味書閣賦》："猶蝤蛑、瑤柱，食之爽口，終不免動氣而嚬眉。"清、趙翼《食江瑤柱》詩："荔支曾飽啖，瑤柱此新嘗。"

珠 0185 瑞 蚌（蠯）之陰精。从玉，朱聲。《春秋國語》曰："珠足以禦火災。"是也。章俱切（zhū ㄓㄨ）。

【譯白】珠，蚌殼體內吸收水中精華形成的圓形有光澤的物質。是依從玉做形旁，以朱爲聲旁構造而成的形聲字。《春秋國語·楚語》中說："珠可以用來抵禦火災。"說的就是因爲珠吸收了水中精華，所以能夠克火。

【述義】段玉裁《說文解字注》："蠯，或蚌字，中各本作之；今依《初學記》。《大戴禮》曰：'珠者，陰之陽也，故勝火。'"珍珠，蚌殼體內所生的珍珠，圓形小顆粒，有光澤，可入藥，也可做裝飾品。《書·禹貢》："泗濱浮磬，淮、夷蠙珠暨魚。"《國語·楚語下》："珠，足以御火災，則寶之。"韋昭注："珠，水精。"漢、蔡邕《青衣賦》："金生沙礫，珠出蚌泥。"南朝、宋、劉義慶《世說新語·言語》："夜光之珠，不必出于孟津之河。"唐、李白《白胡桃》詩："疑是老僧休念誦，腕前推下水精珠。"宋、陸游《成都行》詩："易求合浦千斛珠，難覓錦江雙鯉魚。"《紅樓夢》第三回："總編一根大辮，黑亮如漆，從頂至梢，一串四顆大珠，用金八寶墜腳。"清、黃景仁《感舊》詩之三："珊瑚百尺珠千斛，難換羅敷未嫁身。"

玉珠，似珠的寶石。《爾雅·釋地》："西方之美者，有霍山之多珠玉焉。"郭璞注："珠，如今雜珠而精好。"《正字通·玉部》："珠，歷山楚水多白珠，蜀郡平澤出青珠，左思云'青珠黃環'；西國琅玕碧珠；皆寶石名之以珠者也。"《書·禹貢》："三危既宅，三苗丕敍……厥貢惟球琳琅玕。"孔傳："琅玕，石而似珠。"《文選·

左思〈蜀都賦〉》："其中則有青珠黃環。"劉逵注："青珠，出蜀郡平澤。"唐、李賀《夜來樂》詩："劍崖鞭節青石珠，白騎吹湍凝霜鬚。"

美稱珠狀之物，有光澤的圓粒；如：露珠、水珠、汗珠、淚珠。南朝、宋、鮑照《芙蓉賦》："葉折水以爲珠，條集露而成玉。"北周、庾信《和靈法師遊昆明池二首》詩之二："碎珠縈斷菊，殘絲繞折蓮。"唐、李白《金陵城西樓月下吟》詩："白雲映水搖空城，白露無珠滴秋月。"唐、白居易《揀貢橘書情》詩："珠顆形容隨日長，瓊漿氣味得霜成。"唐、李賀《龍夜吟》詩："寒碪能搗百尺練，粉淚凝珠滴紅線。"宋、蘇軾《六月二十七日望湖樓醉書》詩："黑雲翻墨未遮山，白雨跳珠亂入船。"《紅樓夢》第四十九回："寶琴笑道：'因下雪珠兒，老太太找了這一件給我的。'"清、張鑑《冬青館古宮詞》詩之二一三："蕭蕭秋草露珠凝，內苑西風繞夜燈。"

比喻華美的文詞。南朝、梁、劉勰《文心雕龍·時序》："茂先搖筆而散珠，太沖動墨而橫錦。"唐、杜甫《和賈至早朝》詩："朝罷香煙攜滿袖，詩成珠玉在揮毫。"唐、韓愈《酬盧給事曲江荷花行》詩："遺我明珠九十六，寒光映骨睡驪目。"孫汝聽注："汀（盧汀）詩九十六字。"元、無名氏《醉寫赤壁賦》第一折："夫人聞知蘇軾胸懷錦繡，口吐珠璣，有貫世之才。"清、黃鷟來《題黎于鄭爲楊舒文畫山水冊頁》詩："尋常尺幅那復得，況乃連冊浮珠璣。"

量詞。多用於液體，猶"滴"。

通"朱"，朱砂、紅色。《字彙補·玉部》："珠，又與朱通。朱沙也。"《後漢書·袁安傳》："朝廷以（袁）逢嘗爲三老，特優禮之，賜以珠畫特詔祕器。"李賢注："《音義》云：'以朱沙畫之也。''珠'與'朱'同。"

玓 0186 　**玓**　玓瓅；明珠色。从玉，勺聲。都歷切（dì ㄉㄧˋ）。

【譯白】玓，全詞爲玓瓅；用來形容明珠的光澤。是依從玉做形旁，以勺爲聲旁構造而成的形聲字。

【述義】玓瓅，明珠的光澤、形容珠光閃耀。沈濤《說文古本考》："《文選·上林賦》注引：'玓瓅，明珠光也。'又《舞賦》注引：'的皪，珠光也。'是崇賢所見本'色'字作'光'字。"《史記·司

馬相如列傳》："明月珠子，玓瓅江靡。"司馬貞索隱本作"的皪"，
引郭璞曰："的皪，照也。"漢、司馬相如《上林賦》："明月珠子，
玓瓅江靡。"一本作"的皪"。唐、楊炯《少室山少姨廟碑》："佩珠
璣而玓瓅，襲羅縠而飄颻。"

瓅 0187　璨　玓瓅。从玉，樂聲。郎擊切（lì ㄌㄧˋ）。

【譯白】瓅，全詞爲玓瓅；用來形容明珠的光澤。是依從玉做形旁，
以樂爲聲旁構造而成的形聲字。

【述義】見前一字"玓"條。

玭 0188　玼　珠也。从玉，比聲。宋弘云（曰）：淮水中出玭珠；
玭（珠），珠之有聲（者）。𧍒，《夏書》玭，从虫、賓。步
因切（pín ㄆㄧㄣˊ）。

【譯白】玭，珍珠的一種。是依從玉做形旁，以比爲聲旁構造而成的
形聲字。宋弘說："淮水中出產玭珠；產玭珠的蚌也稱爲玭，能够發
出聲響。"𧍒，《尚書·禹貢》中的玭字，是依從虫做形旁，以賓爲
聲旁。

【述義】段玉裁《說文解字注》本作"宋弘曰"、"玭珠，珠之有聲
者"，并云："當作'玭玼之有聲者'六字；玭本是蚌名，以爲珠
名……能鳴，故曰蚌之有聲者。"

　　珍珠名，一種蚌珠，古稱"玭珠"。《篇海類編·珍寶類·玉部》：
"玭，珠名。"《大戴禮記·保傳》："上有雙衡，下有雙璜、衝牙，
玭珠以納其間，琚瑀以雜之。"盧辯注："玭，亦作𧍒。"三國、魏、
何晏《景福殿賦》："流羽毛之威蕤，垂環玭之琳琅。"

　　蚌名。段玉裁《說文解字注》："玭，本是蚌名……韋昭曰：
'玭，蚌也。'"

玪 0189　璘　蜃屬。从玉，劦聲。禮：佩刀，士玪珕而珧珌。
郎計切（lì ㄌㄧˋ）。

【譯白】玪，蚌蛤類的一種。是依從玉做形旁，以劦爲聲旁構造而成
的形聲字。古代的禮制：佩帶的刀，士人用玪蚌的殼琢磨後裝飾刀鞘
上端，用珧蚌的殼琢磨後裝飾刀鞘的末端。

【述義】蚌蛤之類；古以玪貝作刀劍鞘上的裝飾。段玉裁《說文解
字注》："謂蜃之類，其甲亦可飾物也。"《廣韻·霽韻》："玪，

刀飾。"《詩·小雅·瞻彼洛矣》："君子至止，鞞琫有珌。"毛傳："大夫鐐琫而鏐珌，士珧琫而珧珌。"孔穎達疏引郭璞曰："珧、蜃，而不及於蜃，故天子用蜃，士用珧也。"陳奐傳疏引段玉裁《毛詩小箋》："琫、珌，天子皆以玉，諸侯皆以金，大夫皆以銀，士皆以珧，爲有條理。"晉、郭璞《江賦》："珧珕璿瑰，水碧潛琚。"

珧 ₀₁₉₀　珧　蜃甲也。所以飾物也。从玉，兆聲。禮云：佩刀，天子玉琫而珧珌。余昭切（yáo　ㄧㄠˊ）。

【譯白】珧，一種通稱江珧的海蚌蛤的殼甲，用來裝飾器物。是依從玉做形旁，以兆爲聲旁構造而成的形聲字。在禮制上有說法：天子用玉琢磨後裝飾刀鞘上端，用珧蚌的殼琢磨後裝飾刀鞘末端。

【述義】段玉裁《說文解字注》："（天子玉琫而珧珌）見毛傳。按天子玉琫珧珌，備物也。諸侯璗琫璆珌，讓於天子也；璆，美玉也，天子玉上，諸侯玉下，故曰讓於天子也。大夫鐐琫鏐珌，銀上金下也。士珧琫珧珌，珧有玉珧之偁，貴於珧。自諸侯至士皆下美於上，惟天子上美於下。毛詩定本、集注、釋文皆作諸侯璆珌，惟正義作諸侯鏐珌。又集注、定本、釋文皆作大夫鏐珌，惟正義作大夫鐐珌。又《說文》作士珧珌，正義作士珧珌，與《說文》異。

珧，一種海蚌，通稱"江珧"，亦作"江瑤"、"江鰩"，又稱"櫛江珧"；殼略呈三角形，表面蒼黑色，生活在海岸的泥沙裏，甲殼可飾物。《爾雅·釋魚》："蜃，小者珧。"郭璞注："珧，玉珧，卽小蚌。"《正字通·玉部》："珧，江珧，形似蚌。殼（殼）中肉柱長寸許，似搔頭尖，謂之江珧柱。甲可飾物。"《山海經·東山經》："嶧皋之水出焉。東流注于激女之水，其中多蜃珧。"郭璞注："珧，玉珧，亦蚌屬。"宋、蘇軾《四月十一日初食荔支》詩："似開江鰩斫玉柱，更洗河豚烹腹腴。"宋、劉子翬《食蠣房》詩："江瑤貴一柱，嗟豈棟梁質。"明、李明珍《本草綱目·介二·海月》："《王氏宛委錄》云：'奉化縣四月南風起，江珧一上，可得數百。如蚌稍大，肉腥韌不堪。惟四肉柱長寸許，白如珂雪，以鷄汁瀹食肥美。過火則味盡也。'"

蚌蛤的甲殼，古時用作刀、弓等器物上的裝飾。《詩·小雅·瞻彼洛矣》："鞞琫有珌。"毛傳："天子玉琫而珧珌。"鄭玄箋："以蜃者謂之珧。"晉、左思《魏都賦》："弓珧解檠，矛鋋飄英。三屬之甲，縵胡之纓。"劉良注："以蛤骨飾弓，曰珧。"

弓名。《爾雅·釋器》："弓有緣者謂之弓，無緣者謂之弭。以金者謂之銑，以蜃者謂之珧，以玉者謂之珪。"郭璞注："用金、蚌、玉飾弓兩頭，因取其類以爲名。"《楚辭·天問》："馮珧利決，封豨是躬。"王逸注："珧，弓名也。"

"珧珌"，刀鞘下部之飾，以蜃殼製成。《詩·小雅·瞻彼洛矣》："鞞琫有珌。"毛傳："鞞，容刀鞞也。琫，上飾；珌，下飾也。天子玉琫而珧珌。"唐、陸德明《經典釋文》："佩刀下飾……以蜃者謂之珧。"

"珧華"，玉名。晉、葛洪《抱朴子·窮達》："珧華黎綠，連城之寶也；委之泥濘，則瓦礫積其上焉。"

"珧銚"，古代除草具。《韓非子·八說》："古者寡事而備簡，樸陋而不盡，故有珧銚而推車者。"陳奇猷集釋："牟庭曰：《秦策》：'頓弱曰：無把銚推耨之勞，而有積粟之實。'高注：'銚，芸苗器也。'據此，知古有珧銚，卽《淮南·氾論》所謂'摩蜃而耨'也。"于省吾《雙劍誃諸子新證·韓非子四》："珧銚本應作珧銍，卽銚耨之異文。"

"玉珧"，亦作"玉蚭"、"玉桃"；海蚌之屬，其肉柱爲海味珍品。晉、郭璞《江賦》："玉珧海月，土肉石華。"唐、段成式《酉陽雜俎·鱗介》："玉桃，似蚌，長二寸，廣五寸，殼中柱炙之如牛頭胘項。"

玟（玫）₀₁₉₁　玟　火齊、玟瑰也。一曰：石之美者。从玉，文聲。莫桮切（méi ㄇㄟˊ）。

【譯白】玟，稱爲火齊珠或玟瑰的一種美玉。另一義說：玟是石頭中質地精美的一種名稱。是依從玉做形旁，以文爲聲旁構造而成的形聲字。

【述義】玟，俗作"玫"。王筠《說文釋例》卷十、頁二十六："玟下云'一曰石之美者'，此後人因玟亦借爲珉，遂迻珉之說解於此也。《玉篇》同今本。《韻會》則不引此句。"朱駿聲《說文通訓定聲·

屯部》：“（玟）此字疑从枚省聲，當作玫。玫瑰，疊韻連語。”又“‘石之美者’。《字林》：‘石之美好曰玫，圓好曰瑰。’《一切經音義》引郭璞曰：‘玫瑰，石珠也。’又引張揖曰：‘玫瑰，琅玕也，出昆崙關明山。’《史記・司馬相如傳》：‘赤玉玫瑰。’按此字則从文聲；亦作‘砇’，作‘瑉’，作‘碈’。《禮記・玉藻》：‘士佩瓀玟。’《聘義》：‘貴玉而賤碈。’”

“玫瑰”：一、美玉名，又名火齊珠。《尸子》卷下：“楚人賣珠於鄭者，爲木蘭之櫝，薰以桂椒，綴以玫瑰。”《文選・左思〈吳都賦〉》注引《異物志》云：“火齊如雲母，重沓而可開，色黃赤似金，出日南。”《文選・司馬相如〈子虛賦〉》：“其石則赤玉玫瑰。”李善注引晉灼曰：“玫瑰，火齊珠也。”《急就篇》卷三：“璧、碧、珠、璣、玫瑰、罋。”顏師古注：“玫瑰，美玉名也。”《漢書・司馬相如傳》顏師古注引晉灼：“‘玫瑰，火齊珠也。’師古曰：‘火齊珠，今南方之出火珠也。’”唐、溫庭筠《織錦詞》詩：“此意欲傳傳不得，玫瑰作柱朱弦琴。”明、宋應星《天工開物・珠玉》：“至玫瑰一種，如黃豆、綠豆大者，則紅、碧、青、黃，數色皆具。寶石有玫瑰，猶珠之有璣也。”清、龔自珍《最錄南唐五百字》：“玫瑰伴函，珊瑚裝柱。”二、珍珠。《太平廣記》卷四百零二引《述異記》：“南海俗云：‘蛇珠千枚，不及一玫瑰。’言蛇珠賤也。玫瑰亦珠名。”清、杜文瀾《古謠諺》卷八十三引《明詩綜》卷一百：“澠蚌之胎有玫瑰，文魮之腹有美玉。”三、謂詩文之美。宋、王安石《次韻答彥珍》詩：“手得封題手自開，一篇美玉綴玫瑰。”四、植物名，似薔薇，落葉灌木，枝密有刺，花有紫紅色和白色兩種，可以製香料。唐、白居易《草詞畢遇芍藥初開》詩：“菡萏泥連萼，玫瑰刺繞枝。”唐、溫庭筠《握柘詞》詩：“楊柳縈橋綠，玫瑰拂地紅。”前蜀、李珣《南鄉子》詞之十五：“紅豆蔻，紫玫瑰，謝娘家傍越王臺。”宋、沈與求《董宋大有詩索僕繼和》詩：“遙想經行斷堤曲，野花漂盡雪玫瑰。”清、方文《看罌粟花得七絕句》詩之二：“玫瑰芍藥本妖嬈，罌粟花開色更嬌。”

美石名。南朝、宋、鮑照《觀漏賦》：“歷玫階而升陝，訪金壺之盈闕。”

"玟"同"珉",美石。《集韻·眞韻》:"珉,《說文》'石之美者'。或作玟。"《禮記·玉藻》:"士佩瓀玟,而縕組綬。"又《聘義》:"敢問君子貴玉而賤碈者何也。"漢、鄭玄注:"碈,石似玉,或作玟也。"《西京雜記》卷二:"帝以玫珂石爲鞍,鏤以金銀鍮石。"

玟又讀 wén ㄨㄣˊ,《集韻》無分切,平文微。玉的紋理。《集韻·文韻》:"玟,玉文。"

"玟砧",擣衣石之美稱。漢、班婕妤《擣素賦》:"於是投香杵,扣玟砧,擇鸞聲,爭鳳音。"

"玟琁",美玉。宋、葉夢得《石林詩話》卷中:"古詩有離合體,近人多不解。此體始于孔北海,余讀《文類》,得北海四言一篇云:'漁父屈節,水潛匿方……玟琁隱曜,美玉韜光。"

瑰(瓌)0192　瑰　玫瑰。从玉,鬼聲。一曰:圜好。公回切(guī ㄍㄨㄟ)。

【譯白】瑰,全稱爲玫瑰的美玉或美石。是依從玉做形旁,以鬼爲聲旁構造而成的形聲字。另一義說:"珠或石的形狀色澤又圓又美叫做瑰。

【述義】玫瑰,見前一字"玫"條。

瑰,亦作"瓌";美玉;一謂美石。《詩·秦風·渭陽》:"何以贈之,瓊瑰玉佩。"孔穎達疏:"瑰是美石之名也。"《左傳·成公十七年》:"初,聲伯夢涉洹,或與己瓊瑰食之,泣而爲瓊瑰盈其懷。"杜預注:"瑰,珠也。"孔穎達疏:"《廣雅》曰:'玫瑰,珠也。'呂靖《韻集》云:'玫瑰,火齊珠也。'"

謂玉、石圓潤美好。王筠《說文解字句讀》:"《玉篇》引作'珠圜好',玄應引作'圓好曰瑰',似泛言者是。"

"瓊瑰":次於玉的美石。《詩·秦風·渭陽》:"何以贈之,瓊瑰玉佩。"毛傳:"瓊瑰,石而次玉。"亦泛指珠玉。《左傳·成公十七年》:"初,聲伯夢涉洹,或與己瓊瑰食之。"杜預注:"瓊,玉;瑰,珠也。"《晉書·庾亮傳論》:"古者右賢左戚,用杜溺私之路……是以厚贈瓊瑰,罕升津要。"宋、歐陽修《和劉原父澄心紙》:"子美生窮死愈貴,殘章斷稿如瓊瑰。"

珍貴、珍奇、奇異。《廣雅·釋訓》:"瑰、瑋、琦、玩也。"《呂氏春秋・侈樂》：“俶詭殊瑰，耳所未嘗聞，目所未嘗見。”漢、班固《西都賦》：“因瓌材而究奇，抗應龍之虹梁。”《淮南子・詮言》：“聖人無屈奇之服，無瑰異之行。”《後漢書・班彪傳附班固》：“因瑰材而究奇，抗應龍之虹梁。”李賢注引《埤蒼》曰：“瑰瑋，珍奇也。”唐、駱賓王《和孫長史秋日臥病》詩：“金壇分上將，玉帳引瓌材。”唐、陸希聲《北戶錄序》：“至于草木、果蔬、昆蟲、羽毛之類，有瑰形詭狀者，亦莫不畢載。”唐、封演《封氏聞見記・第宅》：“安祿山初承寵遇，勑營甲第。瓌材之美，爲京城第一。”宋、曾鞏《東軒小飲呈坐中》詩：“瑰材壯志皆可喜，自笑我拙何由攀。”《明史・隱逸傳序》：“其抱瓌材，蘊積學，槁形泉石，絕意當世者，靡得而稱焉。”清、錢謙益《熊明遇中憲大夫制》：“（朕）願得瓌材任重之人，以建經營告成之業。”章炳麟《與友人論文書》：“及南北掍合，其質大澆，故有常語盡雅，畢才技以造瑰辭，猶幾不及俗者，唐世顏師古、許敬宗之倫是也。”

　　美好。《文選・傅毅〈舞賦〉》：“軼態橫出，瑰姿譎起。”李善注：“瑰，美也。”三國、魏、曹植《洛神賦》：“瓌姿豔逸，儀靜體閑。”晉、陸機《思親賦》：“感瑰姿之晚就，痛慈景之先違。”晉、陸雲《與平原書》：“兄往日文，雖多瑰鑠，至於文體，實不如今日。”宋、辛棄疾《賀袁同知啟》：“在朝則美政，在位則美俗，見謂通才；若旱用作雨，若川用作舟，益儲瑰望。”

　　通“傀”，偉、大。《正字通・玉部》：“瑰，偉也。”朱駿聲《說文通訓定聲・履部》：“瑰，叚借爲傀。”《韓非子・說疑》：“有務奉下直曲、怪言偉服瑰稱，以眩民耳目者。”《文選・謝靈運〈初去郡〉詩》“豈是稱達生”唐、李善注：“莊子曰：‘達生之情者傀，達于智者肖。’司馬彪曰：‘傀讀曰瑰；瑰，大也。’”唐、劉禹錫《嘆牛》：“叟攬縻而對云：‘瑰其形，飯之至也；病其足，役之過也。’”

　　附述“瑰異”，亦作“瓌異”。一、卓異；特異；珍奇。1、指行爲、人品。《淮南子・詮言訓》：“聖人無屈奇之服，無瑰異之行。”宋、葉適《高夫人墓誌銘》：“書傳所載，固瑰異俊哲，非凡女子也。”清、馮桂芬《蔣孝羽傳》：“顧天下瑰異之行，湮閟遺佚於幾希之間者，豈少也哉？”2、指人之形貌。《魏書・世祖紀上》：“（世祖）體貌瓌異，太祖奇而悅之。”唐、鄭綮《開天傳信記》："上（唐玄宗）爲皇孫時，風表瓌異，神采英邁。"清、吳偉業《送何省齋》詩："吐納旣風流，姿容更瓌異。"3、指景物、品物。北魏、酈道元《水經注·廬江水》："有孤石，介立大湖中……矗然高峻，特爲瓌異。"宋、范成大《梅譜》："（重葉梅）花房獨出，而結實多雙，尤爲瑰異。"明、方孝孺《與趙伯欽》書之一："比之游乎雄都巨邑者，見宮實之壯麗……物産之瑰異變怪，其言豈不有間哉？"4、指文章。明、謝榛《四溟詩話》卷一："洪祖興以（賈誼《惜誓賦》爲瓌異奇偉，非誼莫能及，而並錄傳中。"二、指珍奇之物。晉、王嘉《拾遺記·前漢上》："昔始皇爲塚，斂天下瓌異。"宋、何薳《春渚紀聞·丁晉公石子硯》："丁晉公好蓄瑰異。"清、王韜《淞濱瑣話·徐麟士》："奇珍瓌異，爲生平目所未覩。"

璣 0193　　璣　珠不圓也。从玉，幾聲。居衣切（jī ㄐㄧ）。

【譯白】璣，是說珠不圓（或：不圓的珠稱爲璣）。是依從玉做形芴，以幾爲聲芴構造而成的形聲字。

【述義】不圓的珠，一說指小珠。唐、玄應《一切經音義》卷九引《字林》："璣，小珠也。"《書·禹貢》："厥篚玄纁璣組。"唐、陸德明《經典釋文》："璣，《說文》云‘珠不圓也’，《字書》云‘小珠也’。"《逸周書·王會解》："請令以珠璣、瑇瑁、象齒、文犀、翠羽、菌鶴、短狗爲獻。"孔晁注："璣，似珠而小。"司馬貞索隱："璣是珠之不圓者。"《史記·李斯列傳》："宛珠之簪，傅璣之珥，阿縞之衣，錦繡之飾，不進於前。"《呂氏春秋·重己》："人不愛崑山之玉、江漢之珠，而愛一蒼璧小璣，有之利故也。"唐、羅虬《比紅兒》詩："虢國夫人照夜璣，若爲求得與紅兒。"清、姚燮《雙鳩篇》詩："摘妾胸前璣，爲郎換棉衣。"

古代觀測天象的儀器中可旋轉的部分，飾以玉石。《書·舜典》："在璿璣玉衡，以齊七政。"孔傳："璣、衡，玉（王）者正天文之器，可運轉者。"孔穎達疏引馬融曰："渾天儀，可旋轉，故曰璣；衡，其橫簫，所以視星宿也。以璿爲璣，以玉爲衡，蓋貴天象也。"《史記·五帝本紀》："舜乃在璿璣玉衡，以齊七政。"張守節正義引蔡邕曰："縣璣以象天，而以衡望之，轉璣窺衡，以知星宿。"又引鄭玄云："運轉者爲璣，持正者爲衡。"三國、魏、李康《運命論》："天動星迴，而辰極猶居其所；璣旋輪轉，而衡軸猶執其中。"元、耶律楚材《和馮揚善韻》詩："人生一瞬息，日月如璣旋。"明、夏完淳《江妃賦》："守水精之絳盤，定明璣而不移。"

　　星名，北斗的第三星，亦稱爲"天璣"。《史記·天官書》："北斗七星，所謂'旋、璣、玉衡以齊七政'。"唐、司馬貞索隱："《春秋運斗樞》云：斗，第一天樞，第二旋，第三璣，第四權，第五衡，第六開陽，第七搖光。"《隋書·天文志上·渾天儀》："北斗第二星名琁，第三星名璣。"

琅 0194　琅　琅玕，似珠者。从玉，良聲。魯當切（láng ㄌㄤ）。

【譯白】琅，全名稱爲琅玕，形狀像珠的美玉或美石。是依從玉做形旁，以良爲聲旁構造而成的形聲字。

【述義】王筠《說文釋例》卷十、頁二："兩字爲一物一事者，則於上字詳說之。琅玕，一物也，則'琅'下云'琅玕，似珠玉者'；'玕'下第云'琅玕也'而已。玓瓅，一事也，則'玓'下云'玓瓅，明珠色'；'瓅'下第云'玓瓅'而已。"

　　段玉裁《說文解字注》："玉裁按、出於蚌者爲珠，則出於地中者爲似珠；似珠亦非人爲之，故鄭、王謂之眞珠也。"琅，亦作"瑯"；琅玕，亦作"瑯玕"。一、形狀像珠的美玉或美石。《廣韻·唐韻》："琅，琅玕，玉名。"《書·禹貢》："厥貢惟球、琳、琅玕。"孔傳："琅玕，石而似玉。"孔穎達疏："（《爾雅》）說者皆云：琅玕，石而似珠者，必相傳驗實有此言也。"《鹽鐵論·散不足》："今富者镈耳銀鐺糶，黃金琅勒。"《漢武帝內傳》："王母乃命諸侍女王子登彈八琅之璈。"漢、張衡《四愁詩》："美人贈我金琅玕，何以報之雙玉盤。"三國、魏、曹植《美女篇》詩："攘袖見素手，皓腕約金環；頭上金爵釵，腰佩翠琅玕。"唐、段成式《酉陽雜俎·忠志》："八曰琅玕珠二枚，逾常珠，有逾徑一寸三分。"亦單作"琅"。唐、吳筠《遊仙十六首》詩之十四："玉山鬱嵯峨，琅海杳無岸。"元、王旭《離憂賦》："佩琅玕而服明月兮，裁青霞以爲裾；懷眞符而欲獻兮，顧君門而躊躇。"清、孫枝蔚《牛飢紀事二十二韻》詩："獸醫歸部伍，柴藥貴琅玕。"二、神話和傳說中的"仙樹、玉樹"，實即產於山間的珊瑚；古人有以之入藥。《本草綱目‧金石部‧珊瑚》：
"許愼《說文》云：'珊瑚，色赤，或生於海，或生於山。'據此說，
則生於海者爲珊瑚，生於山者爲琅玕。"又《青琅玕》："據諸說，
則琅玕生於西北山中及海山厓間……在山爲琅玕，在水爲珊瑚。"《荀
子‧正論》："犀象以爲樹，琅玕、龍茲、華覲以爲實。"楊倞注：
"琅玕似珠，崑崙山有琅玕樹。"《山海經‧海內西經》："服常樹，
其上有三頭人，伺琅玕樹。"郭璞注："琅玕子似珠。"晉、葛洪《抱
朴子‧袪惑》："（崑崙）有珠玉樹，沙棠、琅玕、碧瑰之樹。"唐、杜
甫《玄都壇歌寄元逸人》詩："知君此計成長往，芝草琅玕日應長。"
明、劉基《江上曲》詩之四："琅玕不是人間樹，何處朝陽有鳳凰。"
明、李東陽《靈壽杖歌》詩："梯懸磴接跬步不可上，誰采青壁紅琅
玕。"亦指仙樹之實。清、孫枝蔚《壽李書云都諫》詩："阿閣亘中
天，其上巢鳳凰。飽食惟琅玕，亮音聞高岡。"三、喻指佳餚。《文
選‧張衡〈南都賦〉》："揖讓而生，宴于蘭堂，珍羞琅玕，充溢圓方。"
李周翰注："羞，飲食也。琅玕，玉名，飲食比之。"唐、陳子昂《晦
日宴高氏林亭序》："列珍羞於綺席，珠翠瑯玕；奏絲管於芳園，秦
箏趙瑟。"四、喻指優美的文辭。唐、韓愈《齪齪》詩："排雲叫閶
闔，披腹呈琅玕。"明、楊珽《龍膏記‧旅況》："裁錦字，吐琅玕，
有才無命說應難。"清、龔自珍《己亥雜詩》之七九："手捫千軸古
琅玕，篤信男兒識字難。"五、形容竹之青翠，亦指竹，即翠竹之美
稱。唐、杜甫《鄭駙馬宅宴洞中》詩："主家陰洞細煙霧，留客夏簟
青琅玕。"仇兆鰲注："青琅玕，比竹簟之蒼翠。"唐、白居易《溢浦
竹》詩："剖劈青琅玕，家家蓋牆屋。"宋、梅堯臣《和公儀龍圖新
居栽竹》詩之二："聞種琅玕向新第，翠光秋影上屏來。"宋、蘇過
《從范信中覓竹》詩："十畝琅玕寒照坐，一谿羅帶恰通船。"金、
董解元《西廂記諸宮調》卷八："窗外琅玕弄翠影，見西風飄敗葉。"
明、袁宏道《遊章臺寺和小修韻》其四："碧渚新琅玕，入門碎影寒。"
清、吳偉業《又題董君畫扇》詩之二："湘君浥淚染琅玕，骨細輕勻
二八年。"六、喻冰凌。宋、周邦彥《紅林檎近》詞："風雪驚初霽，
水鄉增暮寒，樹杪墮飛羽，簷牙挂琅玕。"宋、范成大《雪後苦寒》
詩："旋融簷滴凍琅玕，風力如刀刮面寒。"七、猶闌干。1、縱橫

散亂貌。《隸釋·漢咸陽令唐扶頌》：“君臣流涕，道路琅玕。”2、形容淚珠。明、張煌言《感遇》詩：“多少雄心空對酒，能無清淚滴琅玕。”

門環。《周禮·夏官·大司馬》：“司馬振鐸。”漢、鄭玄注引《司馬法》曰：“鼓聲不過閶，鼙聲不過闒，鐸聲不過琅。”《漢書·五行志中》：“‘木門倉琅根’，謂宮門銅鍰。”顏師古注：“門之鋪首及銅鍰也。銅色青，故曰倉琅。鋪首銜環，故謂之根。鍰讀與環同。”清、王吉武《重修六賢祠成展祭作》詩：“檳榔新丹膡，木門飾倉琅。”

象聲用詞。《文選·孫綽〈遊天臺山賦〉》：“法鼓琅以振響，眾香馥以揚煙。”李周翰注：“法鼓，鐘也；琅，聲也。”宋、蘇軾《舟中聽大人彈琴》詩：“風松瀑布已清絕，更愛玉佩聲琅璫。”《紅樓夢》第八回：“寶玉聽了，將手中茶杯順手往地下一摔，豁琅一聲，打了個粉碎。”

道家的。北周、庾信《陝州弘農郡五張寺經藏碑》：“琅笈雷書，金繩玉檢。”唐、陸龜蒙《幽居賦》詩：“讀仙苑之琅書，安能解慍？”

姓。《廣韻·唐韻》：“琅，姓，齊有大夫琅過。”

疊字雙音“琅琅”形況：一、象聲詞，形容清朗、響亮的聲音。《漢書·司馬相如傳》：“礧石相擊，琅琅磕磕。”唐、韓愈《祭柳子厚文》：“嗟嗟子厚，今也則亡。臨絕之音，一何琅琅。”宋、蘇舜欽《秀州通越門外》詩：“密樹重蘿覆水光，珍禽無數語琅琅。”明、高啟《送高二文學遊錢塘》詩：“讀書閉閣人罕識，明月夜照聲琅琅。”二、形容人品堅貞、高潔。《文選·潘岳〈馬汧督誄〉》：“慨慨馬生，琅琅高致，發憤圖圄，沒而猶眠。”李善注：“《廣雅》曰：‘琅琅，堅也。’”晉、袁宏《三國名臣序贊》：“琅琅先生，雅仗名節，雖遇塵霧，猶振霜雪。”《晉書·庾闡傳》：“質清浮磬，聲若孤桐，琅琅其璞，巖巖其峯。”宋、蘇軾《贈潘谷》詩：“何以墨潘穿破褐，琅琅翠餅敲玄笏。”三、明朗、清朗。晉、殷晉安《文殊像贊》：“琅琅三達，如日之明；亹亹神通，在變伊形。”清、姚鼐《寄王禹卿》詩：“無因聞玉笛，煙月夜琅琅。”

琅又讀 làng ㄌㄤ，《字彙補》力宕切。通“浪”，放縱。《管子·宙合》：“以琅湯凌轢人，人之敗也常自此。”

玕 0195 玕　琅玕也。从玉，干聲。《禹貢》："雝州，球琳琅玕。"珒，古文玕。古寒切（gān ㄍㄢ）。

【譯白】玕，全名稱爲琅玕（形狀像珠的美玉或美石。參見前一個字"琅"）。是依從玉做形旁，以干爲聲旁構造而成的形聲字。《尚書·禹貢》說："雝州地方進貢的物品有球玉、琳石、琅玕玉石。珒，古文玕字。

【述義】琅玕，珠樹，卽產於山間的珊瑚。《列子·湯問》："珠玕之樹皆叢生，華實皆有滋味。""珒，古文玕"下，段玉裁《說文解字注》增"从王旱"。並云："蓋壁中《尚書》如此作；干聲、旱聲一也。賈誼《新書》：'上有蔥珩，下有雙璜，捍珠以納其間，琚瑀以雜之。'捍必珒之誤。"

美石。晉、陶潛《讀〈山海經〉》詩之三："亭亭明玕照，落落清瑤流。"

以上詳見前一字"琅"條。

珊 0196　珊　珊瑚也；色赤，生於海或生於山。从玉，删省聲。穌干切（shān ㄕㄢ）。

【譯白】珊，全名稱爲珊瑚；由珊瑚蟲分泌的石灰質骨骼聚集而成，形狀像樹枝，紅色（也有白色或黑色），生長在海中，也有生長在山中的。是依從玉做形旁，以删省去"刂"爲聲旁構造而成的形聲字。

【述義】珊瑚：一、由珊瑚蟲分泌的石灰質骨骼聚集而成的，狀如樹枝，多爲紅色，也有白色或黑色的，鮮豔美觀，可供玩賞，也可做裝飾品；由於大肆濫採，列國多立保護禁令。明、李時珍《本草綱目·金石八·珊瑚》："珊瑚生海底，五七株成林，謂之珊瑚林。居水中直而軟，見風日則曲而硬，變紅色者爲上，漢、趙佗謂之火樹是也。亦有黑色者不佳，碧色者亦良。昔人謂碧者爲青琅玕，俱可作珠。許愼《說文》云：'珊瑚色赤，或生於海，或生於山。'據此說，則生於海者爲珊瑚，生於山者爲琅玕，尤可徵矣。"《史記·司馬相如列傳》："玫瑰碧琳，珊瑚叢生。"張守節正義："珊瑚生水底石邊，大者樹高三尺餘，枝格交錯，無有葉。"《西京雜記》卷一："積草池中有珊瑚樹，高一丈二尺，一本三柯，上有四百六十二條，是南越王趙他（佗）所獻，號爲烽火樹。"唐、杜甫《觀李固靖司馬弟山水

圖三首》詩之三："紅浸珊瑚短，青懸薜荔長。"清、李紳《長門怨》詩："珊瑚枕上千行淚，不是思君是恨君。"《紅樓夢》第五十二回："有個眞眞國的女孩子⋯⋯滿頭帶着都是瑪瑙、珊瑚、貓兒眼、祖母綠。"二、指珊瑚珠，是珊瑚製成的珠，古代天子、百官用作冠飾，清代也用作朝珠。《清史稿·輿服志二》："朝服朝珠三盤，東珠一，珊瑚二，佛頭、記念、背雲、大小墜珠寶雜飾惟宜。"三、喻俊才。清、汪懋麟《沁園春·贈次功》詞："羨珊瑚照耀，詞源似海，珠璣錯落，筆陣如流。"《鏡花緣》第四二回："從此珊瑚在網，文博士本出宮中；玉尺量才，女相如豈遺苑外？"四、鳥名，又名山呼、山胡。明、彭大翼《山堂肆考》卷四五："山胡，一名山呼，一名珊瑚，出嶺南，巧聲之鳥。"

　　疊字雙音"珊珊"形況：一、玉佩相撞擊聲。《古今韻會舉要·寒韻》："珊，珊珊，佩聲。"《文選·宋玉〈神女賦〉》："動霧縠以徐步兮，拂墀聲之珊珊。"李善注："珊珊，聲也。"李周翰注："珊珊，玉聲也。"唐、杜甫《鄭駙馬宅宴洞中》詩："自是秦樓壓鄭谷，時聞雜佩聲珊珊。"宋、陸游《立秋前三日夜坐庭中偶賦》詩："絳闕清都侍宴還，天風搖珮夜珊珊。"元、白樸《梧桐雨》第二折："玉佩丁東響珊珊。"二、形容風雨等聲音。唐、白居易《題盧秘書夏日新栽竹》詩："碧籠煙冪冪，珠灑雨珊珊。"唐、元稹《琵琶歌》詩："一彈旣罷又一彈，珠幢夜靜風珊珊。"宋、辛棄疾《臨江仙》詞："夜雨南塘新瓦響，三更急雨珊珊。"三、晶瑩貌。前蜀、韋莊《白櫻桃》詩："只應漢武金盤上，瀉得珊珊白露珠。"宋、張孝祥《鷓鴣天》詞："情脈脈，淚珊珊，梅花音信隔關山。"四、高潔飄逸貌。袁枚《隨園詩話》卷一引清、奇麗川《和高青邱梅花》詩："珊珊仙骨誰能近，字與林家恐未眞。"清、張翊《摸魚兒·吳門喜晤夢華》詞："堪喜處，是仙骨珊珊，久脫風塵苦。"清、吳蘭修《黃竹子傳》："竹子乃淡妝雅服，玉骨珊珊，花燈晨夕，一上氍毹，令人心爽。"五、緩慢移動貌，常用以形容女子步態。無名氏《李師師外傳》："又良久，見姥擁一姬珊珊而來。"明、梅鼎祚《昆侖奴》第三折："步珊珊，環珮長；動霏霏，羅綺香。"清、蒲松齡《聊齋志異·連瑣》："一更向盡，有女子珊珊自草中出，手扶小樹，低首哀吟。"蘇曼殊《斷鴻零雁記》

第三章：“忽有古裝夫人，珊珊來至吾前。”

　　“珊珊來遲”，同“姍姍來遲”，形容來得很晚。清、宣鼎《夜雨秋燈錄三集·記錢姬假途脫籍事》：“有某者，蜀中大賈也，旅於吳，慕姬名，備蜀錦十端，踵門請見，麗珊珊來遲，賈恨相見晚。”清、周友良《珠江梅柳記》卷二：“有二美者，珊珊來遲。”

　　“珊瑚網”，撈取珊瑚的鐵網。語本《新唐書·西域傳下·拂菻》：“海中有珊瑚洲，海人乘大舶，墮鐵網水底。珊瑚初生磐石上，白如菌，一歲而黃，三歲赤，枝格交錯，高三四尺。鐵發其根，繫網舶上，絞而出之，失時不取即腐。”引申指收羅珍品或人才的措施。清、曹寅《答江村高學士時方求楝園藏畫》詩：“竟脫珊瑚網，今登玟瑉林。”亦省稱“珊網”。清、馮桂芬《顧侍萱學博蓉湖漁隱圖》詩：“方今天子正崇儒，珊網未許遺元珠。”

瑚 0197　　瑚　　珊瑚也。从玉，胡聲。戶吳切（hú ㄏㄨˊ）。

【譯白】瑚，全稱珊瑚。是依從玉做形旁，以胡爲聲旁構造而成的形聲字。

【述義】珊瑚，詳前一字“珊”條。

　　古代宗廟中盛黍稷的禮器；一說是即“簠”。《玉篇·玉部》：“瑚，《論語注》云：‘瑚璉，黍稷之器。夏曰瑚，殷曰璉。’或作鍸。”按：引文見《論語·公冶長》“瑚璉也”何晏集解引包咸注。清、吳大澂《瑚字說》：“《禮（記）·明堂位》：‘有虞氏之兩敦，夏后氏之四連，殷之六瑚，周之八簋。’疑‘六瑚’當作‘六簠’。《左氏哀十一年傳》‘胡簋之事’注：‘胡簋，禮器名。夏曰胡，周曰簋。’‘胡簋’即‘簠簋’之誤。”鄭玄注：“皆黍稷器。”孫希旦集解：“敦、璉、瑚、簋、四代之名雖異，而其實爲一物也。”

　　“瑚璉”，瑚、璉皆宗廟禮器，用以比喻治國安邦之才。《論語·公冶長》：“子貢問曰：‘賜也何如？’子曰：‘女，器也。’曰：‘何器也？’曰：‘瑚璉也。’”朱熹注：“夏曰瑚，商曰璉，周曰簠簋，皆宗廟盛黍稷之器而飾以玉，器之貴重而華美者也。子貢見孔子以君子許子賤，故以己爲問，而孔子告知以此，然則子貢雖未至於不器，其亦器之貴者歟。”《魏書·李平傳》：“實廊廟之瑚璉，社稷之楨幹。”宋、蘇軾《送程之邵簽判赴闕》詩：“念君瑚璉質，當今臺閣宜。”元、沈禧《一枝花・贈人》套曲：“天生瑚璉材，裔出簪纓彥。”亦借指國家寶貴的人材。清、孔尚任《桃花扇・閏丁》：“司邊執豆魯諸生，盡是瑚璉選。”

　　“瑚簋”，宗廟盛黍稷的禮器。殷曰瑚，周曰簋。漢、王符《潛夫論・贊學》：“夫瑚簋之器，朝祭之服，其始也。乃山野之木，蠶繭之絲耳。”晉、葛洪《抱朴子・名實》：“故廟堂有枯楊之瑚簋，窮谷多不伐之梓豫也。”亦以比喻治國安邦之才。又《博喻》：“器非瑚簋，必進銳而退速；量擬伊呂，雖發晚而到早。”

琊（琉、瑠）₀₁₉₈ 〔琊〕 石之有光（者），璧琊也；出西胡中。從玉，邪聲。力求切（liù ㄌㄧㄡˋ）。

【譯白】琊，石頭中能發出光采的。全稱叫璧琊（今名琉璃）；出產在西域一帶。是依從玉做形旁，以邪為聲旁構造而成的形聲字。

【述義】琊，今作“琉”、“瑠”。

　　“石之有光”，依段玉裁《說文解字注》作“石之有光者”。

　　璧琊，即琉璃，又作“瑠璃”。一、一種色澤光潤、半透明的有色礦石。學名青金石（lapislazuli），又名天藍石，梵語稱 vaidurya，譯作“璧琊”、“璧流離”、“瑠璃”等，通常作“琉璃”。段玉裁《說文解字注》：“璧琊，即璧流離也……今人省言之曰流離，改其字為瑠（瑠）璃。古人省言之曰璧琊，琊與流、瑠音同。”朱駿聲《說文通訓定聲・孚部》：“琊，字亦作琉、作瑠。《漢書・西域傳》：‘罽賓國（今之克什米爾）出璧流離。’注：‘青色如玉。’《魏略》云：‘大秦國（羅馬帝國）出赤、白、黑、黃、青、綠、縹、紺、紅、紫十種流離。’按此自然而成，非如今銷融石汁而為之者。古曰璧琊，天竺氏書言吠瑠璃，今省曰琉璃。”《廣韻・尤韻》：“瑠，瑠璃。”《集韻・尤韻》：“瑠，瑠璃，珠也。或作琉。”《鹽鐵論・力耕》：“而璧玉珊瑚瑠璃，咸為國之寶。”《古詩為焦仲卿妻作》：“移我琉璃榻，出置前窗下。”北魏、楊衒之《洛陽伽藍記・準財里寶善寺》：“有水晶鉢、瑪瑙盃、琉璃碗、赤玉巵數十枚。”《後漢書・西域傳・大秦》：“土多金銀奇寶，有夜光璧、明月珠、駭雞犀、珊瑚、虎魄、琉璃、琅玕、朱丹、青碧。”《西京雜記》卷一：“雜廁五色琉璃為劍匣。"《搜神記》卷一："自言年七十，視之如十五六女。車上有壺榼，青白瑠璃五具，飲啗奇異。"宋、梅堯臣《錢君倚學士日本刀》詩："賣珠入市盡明月，解條換酒瑠璃鉼。"宋、戴埴《鼠璞·琉璃》："琉璃，自然之物，彩澤光潤踰於衆玉，其色不常。"《西遊記》第九十六回："瑠璃燈，香油明亮。"清、梅鼎祚《玉合記·義姤》："瑠璃榻，翡翠樓手捲眞，珠上玉鉤。"二、指用鋁和鈉的酸化合物燒製成的釉料，常見的有綠色和金黃色兩種，多加在黏土的外層，燒製成缸、盆、磚瓦等。《西京雜記》卷二："（昭陽殿）窗扉多是綠琉璃。"《隋書·何稠傳》："時中國久絕瑠璃之作，匠人無敢厝意，稠以綠瓷爲之，與眞不異。"《新唐書·南蠻傳下·驃》："有百寺，硫璃爲甓，錯以金銀，丹彩紫鑛塗地，覆以錦罽，王居亦如之。"宋、司馬光《碧樓》詩："煙瓦疊琉璃，危樓半空倚。"元、王實甫《西廂記》第一本第四折："梵王宮殿月輪高，碧琉璃瑞煙籠罩。"《西遊記》第九十三回："不小不大，卻也是琉璃碧瓦；半新半舊，卻也是八字紅牆。"清、唐孫華《東嶽廟》詩："我來瞻廟貌，碧瓦琉璃光。"三、指玻璃。《魏書·西域傳·大月氏》："其國人商販京師，自云能鑄石爲五色琉璃。於是採礦山中，於京師鑄之。既成，光澤乃美於西來者……自此中國琉璃遂賤。"宋、洪邁《夷堅丁志·瑠璃瓶》："瑠璃爲器，豈復容堅物振觸？"清、趙翼《陔餘叢考·琉璃》："俗所用琉璃，皆消融石汁及鉛錫和以藥而成，其來自西洋者較厚而白，中國所製，則脆薄而色微青。"四、詩文中常以喻晶瑩碧透之物。唐、杜甫《渼陂行》詩："琉璃汗漫泛舟入，事殊興極憂思集。"此喻碧波。宋、蘇軾《贈眼醫王生彥若》詩："琉璃貯沆瀣，輕脆不任觸。"此喻眼球。宋、胡仲弓《中秋望月呈諸友》詩："長空萬里琉璃滑，冰輪碾上黃金闕。"此喻晴空。清、納蘭性德《早春雪後同姜西溟作》詩："瑠璃一萬片，映徹桑乾河。"此喻雪。五、指玻璃燈。宋、葉適《趙振文傳借琉璃燈鋪寫山水人物》詩："古稱淨琉璃，物現我常寂。"《西遊記》第九十一回："那燈有缸來大，上照着玲瓏剔透的兩層樓閣，都是金絲兒編成，內托着琉璃薄片。"明、葉憲祖《鸞鎞記·途遘》："歸來愁日暮，孤影對琉璃。"清、吳偉業《鹿樵紀聞》卷中："每遇月夜，各宅懸琉璃，賽琵琶。"清、潘榮陛《帝京歲時紀勝·歲暮雜務》：“院內設松亭，奉天地供案，繫天燈，掛琉璃。”

琀 0199　琀　送死口中玉也。从玉，从含，含亦聲。胡紺切（hán ㄏㄢ）。

【譯白】琀，送終入殮含在死者口中的珠、玉、貝等物。是分別依從玉，依從含做主、從形旁並峙爲義，含也做爲聲旁構造而成的會意兼形聲字。

【述義】古代含在死者口中的珠、玉、貝等物；經典多作“含”。段玉裁《說文解字注》：“按琀，士用貝，見《士喪禮》；諸侯用璧，見《雜記》；天子用玉。”桂馥《說文解字義證》：“《說苑》：口實曰唅。天子唅實以珠，諸侯以玉，大夫以璧，士以貝，庶人以穀實。”《漢劉寬碑》：“賜琀、瑁、襚。”明、陶宗儀《輟耕錄》卷二十三：“屍有腐氣，猶依屍呵琀，日冀甦。”徐珂《清稗類鈔·鑑賞類》：“入土重出之玉，世謂之舊玉。更有古時含殮之器，謂之琀玉。不知者遇舊玉皆稱爲琀玉者，非。”

“琀玉”：古代死者口中所含的玉。宋、張端義《貴耳集》卷上：“章聖講《周禮》，至《典瑞》有‘琀玉’，問之何義？講官答曰：‘人臣卒，給之琀玉，欲使骨不朽耳。’章聖曰：‘人臣但要名不朽，何用骨爲？’”又作“含玉”，含音 hàn ㄏㄢˋ。《周禮·天官·太宰》：“大喪，贊贈玉、含玉。”鄭玄注：“含玉，死者口實。天子以玉。”

瑿 0200　瑿　遺玉也。从玉，歐聲。以周切（yǒu ㄧㄡˇ）。

【譯白】瑿，送終入殮喪事中送給死者的玉。是依從玉做形旁，以歐爲聲旁構造而成的形聲字。

【述義】喪事中送給死者的玉。段玉裁《說文解字注》：“謂贈遺之玉也，蒙上送死言之。何休曰：‘知死者贈襚。’襚猶遺也。《大宰》、《典瑞》皆言‘大喪贈玉’。注云：‘蓋璧也。’”一說遺玉，玉名。五代、徐鍇《說文解字繫傳》：“瑿，《山海經》：‘平丘在三桑東，爰有遺玉。’注曰：‘遺玉，玉名。’”《集韻·尤韻》：“瑿，玉名。”

瑒 0201　瑒　金之美者；與玉同色。从玉，湯聲。禮：佩刀，諸侯瑒琫而璆珌。徒朗切（dàng ㄉㄤˋ）。

【譯白】瑒，赤金（銅）中成色精美的一種名稱；與玉具有一樣的奪目色采。是依從玉做形旁，以湯爲聲旁構造而成的形聲字。古代的禮制：佩帶的刀，諸侯用赤金（銅）裝飾刀鞘的上端，用璆玉裝飾刀鞘的末端。

【述義】成色足的黃金。《爾雅·釋器》：“黃金謂之鐌。”段玉裁《說文解字注》：“鐌，謂光色如玉之符采，故其字從玉。”

　　玉名。《廣韻·蕩韻》：“鐌，玉名。”

　　鐌琫：上端以黃金裝飾的刀鞘。《詩·小雅·瞻彼洛矣》：“鞸琫有珌。”毛傳：“鞸，容刀鞸也。琫，上飾；珌，下飾。天子玉琫而珧珌，諸侯鐌琫而璆珌。”

靈（灵）0202　　靈　　靈巫；以玉事神。從玉，霝聲。灵，靈或從巫。郎丁切（líng ㄌㄧㄥˊ）。

【譯白】靈，全稱叫靈巫；古代祭祀求福時用玉器侍奉神明的人。是依從玉做形旁，以霝爲聲旁構造而成的形聲字。灵，靈的或體字，是依從巫做形旁構造而成的形聲字。

【述義】靈，經典通用“靈”。《諡法》：“極知鬼事曰靈，好祭鬼神曰靈。”早在殷商時代，祭祀用玉即爲習俗；負責祈禱的巫在祭祀時一定用玉，故靈從玉。

　　跳舞接事鬼神消災祈福的巫。《楚辭·九歌·東皇太一》：“靈偃蹇兮姣服，芳菲菲兮滿堂。”王逸注：“靈，謂巫也。”洪興祖補注：“言神降而託於巫也。”王國維《宋元戲曲考·上古至五代之戲劇》：“古之所謂巫，楚人謂之曰靈……《楚辭》之‘靈’，殆以巫而兼尸之用者也。其詞謂巫曰靈，謂神亦曰靈。蓋羣巫之中必有象神之衣服、形貌、動作者，而視爲神之所馮依，故謂之曰靈，或謂之靈保。”

　　神靈。《玉篇·巫部》：“靈，神靈也。”《廣韻·青韻》：“靈，神也。”《詩·大雅·生民》：“不坼不副，無菑無害，以赫厥靈。”鄭玄箋：“姜嫄以赫然顯著之徵，其有神靈審矣！”孔穎達疏：“是天意以此顯明其有神靈也。”又《商頌·殷武》：“赫赫厥聲，濯濯厥靈。”孔穎達疏：“其見尊敬如神靈也。”《文選·揚雄〈甘泉賦〉》：“徘徊招搖，靈棲遲兮。”呂向注：“言神靈徘徊而棲遲於此也。”《水經注·渭水上》：“出五色魚，俗以爲靈而莫敢採捕。”《宋史·樂志七》：“星樞周旋，日車徘徊。靈兮顧佑，靈兮沛來。”《徐霞客遊記·黔遊日記二》：“此山靈招我，不可失也。”

鬼怪。《太平廣記》卷三七六引唐、戴孚《廣異記》：“其家樹上，忽有靈語，呼阿嬭，即（鄭）會妻乳母也。家人惶懼藏避……言訖，作鬼嘯而去。”宋、蘇軾《神女廟》：“雲興靈怪聚，雲散鬼神還。”

靈魂。《左傳·昭公二十一年》：“（公子城）曰：‘平公之靈，尚輔相余！’”《楚辭·九章·抽思》：“愁歎苦神，靈遙思兮。”王夫之通釋：“靈，魂也。”《文選·潘岳〈寡婦賦〉》：“願假夢以通靈兮，目炯炯而不寢。”李周翰注：“通靈，通夫之神靈也。”唐、溫庭筠《過陳琳墓》詩：“詞客有靈應識我，霸才無主始憐君。”明、陳大章《甕山拜律耶文正公墓》詩：“刼火土一抔，英靈耿萬古。”

指人的精神或精神狀態。《莊子·德充符》：“故足以謂和，不可入於靈府。”郭象注：“靈府者，精神之宅也。”三國、魏、曹植《七啟》詩：“玄微子隱居大荒之庭，肥遯離俗，澄神定靈。”肥，一本作“飛”。《文選·成公綏〈嘯賦〉》：“玄妙足以通神悟靈。”張銑注：“神謂人之神思，靈謂人之精靈。”《顏氏家訓·文章》：“至於陶冶性靈，從容諷諫，入其滋味，亦樂事也。”

威靈。《左傳·哀公二十四年》：“寡君欲徼福於周公，願乞靈於臧氏。”杜預注：“以臧氏世勝齊，故欲乞其威靈。”《國語·晉語七》：“七合諸侯，君之靈也。”《南史·陳紀上》：“武靈已暢，文德又宣。”《文選·潘勗〈册魏公九錫文〉》：“袁術僭逆，肆于淮南，懾憚君靈，用丕顯謀。”李周翰注：“懾憚猶畏難也……術畏難公之威靈。”嚴復《論世變之亟》：“凡吾王靈所弗屆者，舉爲犬羊夷狄，此一蔽也。”

聰明智慧、通曉事理、有靈性者。《六書故·工事一》：“靈，神通曰靈。”《書·泰誓》：“惟天地萬物之父母，惟人萬物之靈。”蔡沈注：“萬物之生，惟人得其秀而靈。具四端，備萬善，知覺獨異於物。”《禮記·禮運》：“何謂四靈？麟、鳳、龜、龍，謂之四靈。”孔穎達疏：“以此四獸皆有神靈，異於他物，故謂之靈。”晉、杜預《〈春秋經傳集解〉序》：“麟鳳五靈，王者之嘉瑞也。”孔穎達疏：“麟、鳳與龜、龍、白虎五者神靈之鳥獸，王者之嘉瑞也。”《莊子·天地》：“大惑者終身不解，大愚者終身不靈。”唐、陸德明《經典釋文》引司馬彪云：“靈，曉也。”按：楊樹達《積微居小學述林》

卷五："靈，明慧通解之義。"《漢書·敍傳》："及其長而多靈，有異於眾。"《文選·張衡〈東京賦〉》："神歆馨而顧德，祚靈主以元吉。"李善注引薛綜曰："靈，明也。"唐、韓愈《祭鱷魚文》："不然，則是鱷魚冥頑不靈，刺史雖有言，不聞不知也。"

引申指傑出的人材。《隋書·文學傳序》："江、漢英靈，燕、趙奇俊。"

福、佑；亦謂福氣，福分。《廣雅·釋言》："靈，福也。"《玉篇·玉部》："靈，佑也。"《左傳·隱公三年》："若以大夫之靈，得保首領以沒，先君若問與夷，其將何辭以對？"《漢書·董仲舒傳》："受天之祐，享鬼神之靈。"《後漢書·王允傳》："若蒙社稷之靈，上安國家，吾之願也。"《晉書·外戚傳序》："假椒房之寵靈，總軍國之樞要。"南朝、梁、顧野王《進〈玉篇〉啟》："是故仁風所扇，九服蒙靈；正朔可班，四荒懷德。"

應驗、靈驗、效驗。《管子·五行》："然則神筮不靈，神龜不卜。"《史記·龜策列傳》："以為龜藏則不靈，著久則不神。"《文選·陸機〈漢高祖功臣頌〉》："永言配命，因心則靈。"張銑注："言配合天命，籌策因心而出，則如神靈，無不必中也。"南朝、宋、鮑照《謝賜藥啟》："癩（病）同山嶽，蒙靈藥之賜。"清、洪棟園《後南柯·甲陣》："今日之本奏不靈了。"《老殘遊記》第四回："你老不信，試試我的話，靈不靈？"

善、美好。《廣雅·釋詁一》："靈，善也。"王念孫疏證："靈者，《多士》云：'丕靈承帝事。'《多方》云：'不克靈承于旅。'皆謂善也。"《詩·鄘風·定之方中》："靈雨既零，命彼倌人。"鄭玄箋："靈，善也。"《文選·潘岳〈藉田賦〉》："夫孝者，天地之性，人之所由靈也。"呂延濟注："靈，善也。言孝者是天地之性，人之所善也。"又《謝莊〈宋孝武宣貴妃誄〉》："祚靈集祉，慶藹迎祥。"張銑注："靈，善。"唐、白居易《修香山寺記》："靈跡勝概，靡不周覽。"清、林則徐《廣東越華粵秀羊城三書院觀風告示》："恐毒草之損靈苗，芟夷務盡。"按：靈雨，謂好雨。《詩·鄘風·定之方中》："靈雨既零，命彼倌人，星言夙駕，說于桑田。"鄭玄箋："靈，善也。"宋、蘇軾《與孟震同遊常州僧舍》詩之三："待向三茆乞靈雨，半篙流水贈君行。”元、關漢卿《竇娥冤》第四折：“昔于公曾表白東海孝婦，果然是感召得靈雨如泉。”

靈光、神光。《楚辭・離騷》：“皇剡剡其揚靈兮，告余以吉故。”王逸注：“言皇天揚其光靈，使百神告我，當去就吉善也。”《山海經・海內北經》：“舜妻登比氏生宵明、燭光，處河大澤，二女之靈能照此所方百里。”郭璞注：“言二女神光所燭及者方百里。”唐、韓愈《和崔舍人〈詠月〉》詩：“三秋端正月，今夜出東溟。對日猶分勢，騰天漸吐靈。”

奇異、神奇、靈異。《史記・五帝紀》：“生而神靈，弱而能言。”張守節正義：“言神異也。”《漢書・敘傳上》：“及其長而多靈，有異於衆，是以王武感物而折券，呂公覩形而進女；秦皇東遊以厭其氣，呂后望雲而知其所處。”王正《重修范陽白帶山雲居寺碑》：“靈木神草，艷赫芊緜。”《天工開物・陶埏》：“後世方士效靈，人工表異，陶成雅器，有素肌玉骨之象焉。”《徐霞客遊記・滇遊日記二》：“覺樹影溪聲，俱有靈幻之氣。”

天、天帝。《楚辭・王褒〈九懷・思忠〉》：“登九靈兮遊神，靜女歌兮微晨。”王逸注：“想登九天，放精神也。”《漢書・禮樂志》：“《郊祀歌》十九章，其詩曰：九重開，靈之斿，垂惠恩，鴻祐休。”

靈氣、精氣。《文選・謝莊〈月賦〉》：“日以陽德，月以陰靈。”李善注：“《春秋感精符》云：月者，陰之精。”《宋書・謝靈運傳論》：“民稟天地之靈……雖虞夏以前，遺文不覩，稟氣懷靈，理無或異。”

聖明。漢、劉向《說苑・修文》：“積恩爲愛，積愛爲仁，積仁爲靈。”向宗魯校證：“《詩・大雅・靈臺》傳：‘神之精明者稱靈。’”《中國近代史資料叢刊・太平天國・天理要論》：“且靈乃最善，奧微之精氣，明通之神訊，能思想細察，主張立志，記往推來，彼此分別，東擇所好，西棄所惡，斯乃所謂之靈也。”引申指聖賢、明哲。唐、韓愈《復志賦》：“窺前靈之逸迹兮，超孤舉而幽尋。”

對死者的尊稱，指遺體或死者的棺柩。《漢書・禮樂志》：“靈之車，結玄雲，駕飛龍，羽旄紛。”三國、魏、曹植《贈白馬王彪》詩：“孤魂翔故域，靈柩寄京師。”《後漢書・張奐傳》：“措屍靈牀，幅巾而已。"《紅樓夢》第十三回："寶玉下了車，忙忙奔至停靈之室，痛哭一番。"又第十四回："二爺帶了林姑娘同送林姑老爺的靈到蘇州，大約趕年底回來。"《兒女英雄傳》第十七回："那口靈就供在堂屋正中，姑娘跪在靈右，候着還禮。"

靈敏、靈活、靈巧。明、徐弘祖《徐霞客遊記·滇遊日記十三》："舞霓裳而骨節皆靈，掩鮫綃而丰神獨迥。"

通"令"，政令、法令。朱駿聲《說文通訓定聲·鼎部》："靈，叚借爲令。"《書·呂刑》："苗民弗用靈，制以刑。"孫星衍疏："《緇衣》引《甫刑》'弗'作'匪'，'靈'作'命'。注云：'匪，非也。命謂政令也。高辛氏之末，諸侯有三苗者作亂，其治民不用政令，專制御之以嚴刑。'"漢、揚雄《法言·淵騫》："游俠曰竊國靈也。"李軌注："靈，命也。"又《重黎》："人無爲秦也，喪其靈久矣。"于省吾新證："靈、令古字通……言秦之喪失其命久矣。"章炳麟《文學說例》："楚之執政，實曰'令尹'。而君亦別言'靈修'，見於《楚辭》；訓者望文生義，實多穿鑿，不悟'靈修'即爲'令長'。古金石以'靈終'爲'令終'，則'靈'、'令'之通可知也。"

寵。《廣韻·青韻》："靈，寵也。"

通"零"，零落。《詩·鄭風·野有蔓草》："零露漙兮。"唐、孔穎達疏："靈作零字，故爲落也。"阮元校勘記："此則經本作'靈露'，《箋》作'靈落也'。假靈爲零字。"《文選·班固〈幽通賦〉》："形氣發於根柢兮，柯葉彙而靈茂。"張銑注："柯葉於類，零落茂盛，皆由本根。"按：李善注本作"零"。"靈茂"或"零茂"皆謂凋零和茂盛。《文選·王褒〈四子講德論〉》："胎卵得以成育，草木遂其零茂。"劉良注："零落、茂盛，皆遂其理不夭伐也。"

通"軨"，車廂的木格欄。朱駿聲《說文通訓定聲·鼎部》："靈，叚借爲轜，即軨。"《左傳·定公九年》："（陽虎）載蔥（窗）靈，寢於其中而逃。"孔穎達疏："賈逵云：'蔥靈，衣車也。有蔥有靈。'然則此車前後有蔽，兩旁開蔥，可以觀望，蔥中豎木謂之靈。今人猶名蔥木爲靈子。"阮元校勘記引惠棟云："《尚書大傳》云：'未命爲士車，不得飛軨。'鄭康成注云：'如今窗車也。'軨與靈古字通。"

姓。《廣韻·青韻》："靈，姓。《風俗通》云：'齊靈公之後，或云宋公子靈圍龜之後。晉有餓者靈輒。’”

文一百二十六　重十七（以上《玉部》的文字有一百二十六個，重文有十七個。）

珈 新005　珈　婦人首飾。从玉，加聲。《詩》曰：“副笄六珈。”古牙切（jiā ㄐㄧㄚ）。

【譯白】珈，婦女的一種玉製首飾。是依從玉做形旁，以加爲聲旁構造而成的形聲字。《詩·鄘風·君子偕老》說：“滿頭佩戴的飾品，顯得珠光寶氣。”

【述義】古代婦女所佩戴的一種首飾。《詩·鄘風·君子偕老》：“君子偕老，副笄六珈。”毛傳：“珈笄，飾之最盛者，所以別尊卑。”鄭玄箋：“珈之言加也，副旣笄而加飾，如今步搖上飾。”朱熹集傳：“珈之言加也，以玉加於笄而爲飾也。”唐、柳宗元《同劉二十八院長述舊》：“册府榮八命，中闈盛六珈。”

璩 新006　璩　環屬。从玉，豦聲。見《山海經》。彊魚切（qú ㄑㄩ）。

【譯白】璩，環一類的耳飾。是依從玉做形旁，以豦爲聲旁構造而成的形聲字。參見《山海經·中山經》上的“穿耳以鐻”。

【述義】耳環。鄭珍新附考：“《中山經》：‘穿耳以鐻。’郭注云：‘鐻，金銀飾（器）之名。’……字本從金。《眾經音義》引《字書》：‘璩，玉名，耳飾也。’知漢後字別從玉。大徐云‘見《山海經》’，其實出《字書》也。”

　　玉名。《玉篇·玉部》：“璩，玉名。”漢、鄒陽《酒賦》：“綃綺爲席，犀璩爲鎮。”唐、段成式《酉陽雜俎·禮異》：“凡節，守國用玉節……戰鬥用璩。”宋、胡仔《苕溪漁隱叢話後集·東坡四》：“所謂玉者，凡一十有六……琪璧、珥、珪杯、璩、瓃等是也。”

　　姓。《通志·氏族略五》：“璩氏，唐神功登科有璩抱朴，望出豫章。宋登科璩秉、璩重，並岳州人。”

琖（盞） 新007　琖　玉爵也。夏曰琖，殷曰斝，周曰爵。从玉，戔聲；或从皿。阻限切（zhǎn ㄓㄢ）。

【譯白】瑬，用玉製作的酒杯；夏朝稱爲瑬，殷朝稱爲斝，周朝稱爲爵。是依從玉做形旁，以戔爲聲旁構造而成的形聲字；瑬的或體字，是依從皿做形旁，寫作“盞”。

【述義】玉製的酒杯，亦指小杯子；同“盞”。《禮記‧明堂位》：“爵用玉瑬仍雕。”孔穎達疏：“瑬，夏后氏之爵名也。以玉飾之，故曰玉瑬。”唐、陸德明《經典釋文》：“瑬，夏爵名，用玉飾之。”唐、劉禹錫《劉駙馬水亭避暑》詩：“琥珀瑬紅疑漏酒，水晶簾瑩更通風。”宋、郭應祥《念奴嬌‧次賈子濟韻》詞：“待添幾瑬，共君今夕同醉。”宋、吳文英《塞垣春‧丙午歲旦》詞：“殢綠窗，細呪浮梅瑬。”元、王惲《平湖樂‧壽李夫人》曲之三：“繡筵開處，散花傳瑬，彩袖不曾扶。”《聊齋志異‧三生》：“覷冥王玉瑬中，茶色清澈，己瑬中濁如醪。”清、吳錫麒《遊石湖》曲：“行行蕩畫橈，酒瑬茶爐，配就詩中料。”

通“戔”，衆多貌。清、顧藹吉《隸辨》卷二：“《王君廟門斷碑》：‘束帛有瑬。’……《易‧賁卦》：‘束帛戔戔。’《釋文》云：‘戔戔，子夏傳作殘殘。’以殘爲戔者，古音讀若殘也。此碑亦以瑬爲戔，皆同音而借。《廣韻》本無賤音。《釋文》‘又音賤’，今遂因之。”

量詞，酒、茶、燈的計量單位。宋、劉克莊《臨江仙‧己酉和實之燈夕》詞：“半爐燒葉火，一瑬勘書燈。”清、紀昀《閱微草堂筆記‧如是我聞三》：“惟歲時祭以酒五瑬，雞子數枚而已。”清、胡延《長安宮詞》詩：“晝長人靜渾無事，一瑬清茶一卷書。”

附述“盞”諸義：

淺而小的杯子；多指酒杯。《方言》卷五：“盞，桮也。自關而東，趙魏之間曰棫，或曰盞。”郭璞注：“盞，最小桮也。”《廣雅‧釋器》“斝，爵也”清、王念孫疏證：“爵謂之醆，杯謂之盞，一也。《爾雅》：‘鍾小者謂之棧。’李巡注云：‘棧，淺也。’棧、盞並音側限反，其義同。”唐、杜甫《送楊判官使西蕃》詩：“邊酒排金盞，夷歌捧玉盤。”唐、韓愈《酬振武胡十二丈》詩：“橫飛玉盞家山曉，遠蹀金珂塞草春。”宋、蘇軾《岐亭》詩：“洗盞酌鵝黃，磨刀削熊白。”明、何景明《世其宅夜集同君采作》詩：“獨憐竹葉盞，仍對菊花團。”《紅樓夢》第六十二回：“當下探春等還要把盞。”

　　酒、茶或燈的計量單位。晉、王羲之《雜帖》：“煎酥酒一盞服之。”唐、杜甫《撥悶》詩：“聞道雲安麴米春，纔傾一盞即醺人。”唐、羅隱《聽琴》詩：“不知一盞臨邛酒，救得相如渴病無？”《水滸傳》第四五回：“那婦人拿起一盞茶來，把帕子去茶鍾口邊一抹，雙手遞與和尚。”《儒林外史》第五回：“晚間擠了一屋的人，桌上點着一盞燈。”《紅樓夢》第五回：“此離吾境不遠，別無他物，僅有自采仙茗一盞。”

　　醬杯。《太平御覽》卷七五九引漢、服虔《通俗文》：“醬杯曰盞。”

　　杯狀器皿。《天工開物·作鹹·井鹽》：“所舂石成碎粉，隨以長竹接引，懸鐵盞挖之而上。”

琛　新008　琛　寶也。从玉，深省聲。丑林切（chēn ㄔㄣ）。

【譯白】琛，珍貴的寶物。是依從玉做形旁，以深省去氵爲聲旁構造而成的形聲字。

【述義】珍寶，常作貢物。《爾雅·釋言》：“琛，寶也。”邢昺疏：“謂珍寶也。”《詩·魯頌·泮水》：“憬彼淮夷，來獻其琛。”毛傳：“琛，寶也。”唐、陸德明《經典釋文》引舍人云：“美寶曰琛。”漢、張衡《東京賦》：“藩國奉聘，要荒來質，具惟帝臣，獻琛執贄。”《文選·木華〈海賦〉》：“其垠則有天琛水怪。”李善注：“天琛，自然之寶也。”唐、杜甫《風疾舟中伏枕書懷》詩：“吾安藜不糝，汝貴玉爲琛。”宋、蘇軾《賜于闐國進奉人進發前一日御筵口宣》：“汝等奉琛來覲，已事言歸。”明、張居正《答奉常陸五臺論治體用剛》：“狡夷強虜，獻琛修貢。”

　　特指美玉。《文選·張衡〈思玄賦〉》：“獻環琨與琛縭兮，申厥好之玄黃。”劉良注：“琛，玉也。縭帶以玉飾，又以玄黃之繒申其好也。”琛册，即玉册。《宋史·樂志九》：“褘衣褎崇，琛册追榮。”琛板，玉笏。《初學記》卷二六引南朝、宋、劉義慶《啟事》：“聖恩優重，猥賜華縷玉笏，珍冠飾首，琛板耀握，非臣朽薄，所宜服受。”宋、任廣《書敍指南·朝事典物》：“玉笏曰琛板。”

　　珍貴。《後漢書·西域傳贊》：“遐矣西胡，天之外區，土物琛麗，人性淫虛。”

瑞 新009　瓄　華飾也。从玉，當聲。都郎切（dāng ㄉㄤ）。

【譯白】瑞，華麗的玉質裝飾品。是依從玉做形旁，以當爲聲旁構造而成的形聲字。

【述義】耳飾、耳墜。《釋名·釋首飾》："穿耳施珠曰瑞。"《廣韻·唐韻》："瑞，耳珠。"南朝、梁、徐陵《玉臺新詠·古詩爲焦仲卿妻作》："腰若流紈素，耳著明月瑞。"吳兆宜注："穿耳施珠曰瑞。"三國、魏、曹植《洛神賦》："無微情以效愛兮，獻江南之明瑞。"唐、杜牧《郡齋獨酌》詩："三千宮女側頭看，相排踏碎雙明瑞。"《新唐書·西域傳上》："爲小鬟髻，耳垂瑞。"《紅樓夢》第七十八回："爛裙裾之爍爍兮，鏤明月以爲瑞耶？"

玉質的瓦當、屋椽頭的裝飾。《史記·司馬相如列傳》："華榱璧瑞，輦道纚屬。"司馬貞索隱引韋昭曰："裁玉爲璧，以當榱頭。"司馬彪曰："以璧爲瓦當。"漢、班固《西都賦》："雕玉瑱以居楹，裁金璧以飾瑞。"《太平廣記》卷三百一十引《傳奇》："無頗又經數重戶，至一小殿，廊宇皆綴明璣，翠瑞楹楣。"

漢代武官的冠飾。《後漢書·輿服志下》："武冠，一曰武弁大冠，諸武官冠之。侍中、中常侍加黃金瑞，附蟬爲文，貂尾爲飾，謂之'趙惠文冠'。"又《朱穆傳》："自延平以來，浸益貴盛，假貂瑞之飾，處常伯之任，天朝政事，一更其手，權傾海內，寵貴無極。"李賢注："瑞以金爲之，當冠前，附以金蟬也。《漢官儀》曰：'中常侍，秦官也。漢興，或用士人，銀瑞左貂。光武以後，專任宦者，右貂金瑞。'"

借指宦官的代稱。宋、周密《齊東野語》卷七："太學生池元堅上書，數二瑞之罪，乞留君疇。"明、文秉《烈皇小識》卷一："瑞黨咸俯首喪氣。"清、王士禎《香祖筆記》卷一："詢之士人，乃知爲故明罪惡滔天礫尸身後，逆瑞魏忠賢之墓。"

美珠。《樂府詩集·清商曲辭二·長樂佳》："紅羅複斗帳，四角垂朱瑞。"晉、郭璞《山海經圖讚·釋天地圖讚》："雀雉之化，含珠懷瑞。"

玉佩。唐、李賀《洛姝眞珠》詩："寒鬢斜釵玉燕光，高樓唱月敲懸瑞。"明、曹昭《新增格古要論·珍寶論》："珩、瑞、珮、環，俱佩玉。"

象聲詞。唐、溫庭筠《張靜婉採蓮歌》詩："麒麟公子朝天客，珂馬瑲瑲度春陌。"《水滸全傳》第九十八回："未及交鋒，早被瓊英飛起一石子，瑲的一聲，正打中那熟銅獅子盔。"瑲瑲，是疊字雙音形況金屬、玉器等物相擊的聲音。金、董解元《西廂記諸宮調》卷四："碧天涯幾縷兒殘霞，漸聽得瑲瑲地昏鐘兒打。"元、秦簡夫《趙禮讓肥》第二折："瑲瑲的一聲鑼響。"瑲琅，亦作"瑲瑯"，形容器物碰擊所發出的清亮之聲。唐、盧仝《月蝕》詩："蚩尤簸旗弄旬朔，始摣天鼓鳴瑲琅。"《醒世恆言‧勘皮靴單證二郎神》："冉貴卻裝了一條雜貨擔兒，手執着一玲瓏瑲瑯的東西，叫做驚閨，一路搖着，徑奔二郎神廟中來。"

　　琅瑲，亦作"琅當"、"瑯瑲"。一、用鐵鏈鎖人。《漢書‧王莽傳下》："以鐵鎖琅當其頸，傳詣鍾官。"顏師古注："琅當，長鏁也。"王先謙補注："以鐵鎖琅當其頸，猶言以鐵鎖鎖其頸耳。"又《西域傳上‧罽賓國》："陰末赴鎖琅當德（趙德），殺副已下七十餘人。"王念孫《讀書雜志‧漢書十五》："琅當上本無鎖字，乃後人誤取注文加之也。古者以鐵連環係罪人謂之琅當。"後指人帶上鐐銬。宋、洪邁《夷堅乙志‧何村公案》："白日見數人驅一囚，杻械琅瑲至階下。"二、指鈴鐸。唐、杜甫《大雲寺贊公房》詩："夜深殿突兀，風動金琅瑲。"仇兆鰲注："今殿塔皆有之，一曰殿角懸鈴，其聲琅瑲……此詩所用，當指鈴鐸。"宋、蘇軾《獄中寄子由》詩："柏臺霜氣夜淒淒，風動琅瑲月向低。"亦以喻指鈴狀物。唐、唐彥謙《詠葡萄》詩："滿架高撐紫絡索，一枝斜罥金琅瑲。"三、象聲詞。唐、李賀《榮華樂》詩："金蟾呀呀蘭燭香，軍裝武妓聲琅瑲。"宋、蘇軾《舟中聽大人彈琴》詩："風松瀑布已清絕，更愛玉珮聲琅瑲。"四、猶郎當，潦倒貌。宋、文天祥《至揚州》詩："此廟何神三十郎，問郎行客忒琅瑲。"

琲 _{新 010} 琲　珠五百枚也。从玉，非聲。普乃切（bèi ㄅㄟˋ）。

【譯白】琲，珠一大串五百顆。是依從玉做形旁，以非爲聲旁構造而成的形聲字。

【述義】琲爲成串的珠子，大串五百顆爲一琲。《玉篇‧玉部》："琲，珠五百枚也。"清、鄭珍《說文新附考》卷一："《廣韻》'琲'注引《埤蒼》云：‘珠百枚曰琲。’又云：‘（琲），珠五百枚也。’”《文選‧左思〈吳都賦〉》：“珠琲闌干。”劉逵注云：“琲，貫也；珠十貫爲一琲。”晉、王嘉《拾遺記‧晉時事》：“又屑沉水之香如塵末，布象牀上，（石季倫）使所愛者踐之，無迹者賜以眞珠百琲。”《新唐書‧后妃傳上‧楊貴妃》：“遺鈿墮舄，瑟瑟璣琲，狼藉于道，香聞數十里。”宋、歐陽修《減字木蘭花》詞：“柔潤清圓，百琲明珠一線穿。”清、朱琦《感事》詩：“珊瑚鬥七尺，明珠炫百琲。”清、王韜《松濱瑣話‧徐麟士》：“賜以黄金萬鎰，白璧十雙，明珠百琲。”

珠子。《新唐書‧西域傳上‧泥婆羅》：“宮中有七重樓，覆銅瓦，楹極皆大琲雜寶，四隅置銅槽。”宋、孫奕《履齋示兒編‧字說‧集字一》：“《蠙州記》云：‘淮蠙書於《禹貢》，今番江漁者采蚌蛤，或得琲如茨實，有光焰，不愧合浦珠。’”

琲瓃，蓓蕾，卽花蕾，含苞未放的花。明、楊愼《詠端溪硯廿韻示兒》詩：“藏春留琲瓃，敲日響玻璃。”自注：“初花如玉蕊也，俗作菩蕾，張有《復古編》云云。”清、梁紹壬《雨般秋雨盦隨筆‧字音假借》：“蓓蕾可作琲瓃。”

珂 新011　珂　玉也。从玉，可聲。苦何切（kē ㄎㄜ）。

【譯白】珂，玉的一種名稱。是依從玉做形旁，以可爲聲旁構造而成的形聲字。

【述義】玉名，一說爲次於玉的美石，又說卽白色瑪瑙。《廣雅‧釋地》：“珂，石之次玉。”王念孫疏證：“珂者，馬勒飾。石形似之，因以名焉。”《玉篇‧玉部》：“珂，石次玉也，亦碼磖絜白如雪者。”南朝、梁、王僧孺《初夜文》：“況復天尊端巍，威光四照，煥發青蓮，容與珂雪。”唐、元稹《生春二十首》詩之四：“競排閶闔側，珂傘自相叢。”《雍熙樂府‧新水令‧追韓信》：“我則見煙水潺潺，珂珮珊珊。”

貝名。《玉篇‧玉部》：“珂，螺屬，生海中。”《爾雅翼‧釋魚》：“貝，大者爲珂，黄黑色，其骨白，可以飾馬。”明、李時珍《本草綱目‧介二‧珂》：“珂生南海，采無時，白如蚌。恭曰：珂，貝類也，大如鰒，皮黄黑而骨白，堪以爲飾。”

馬勒上的裝飾。《初學記》卷二十二引《通俗文》：“凡勒飾曰珂。”

《文選‧左思‧〈吳都賦〉》："果布輻湊而常然，致遠流離與珂玼。"劉逵注："老鵾化西海爲玼，已裁割若馬勒者謂之珂。玼者，珂之本璞也。曰南郡出珂玼。"唐、李賀《馬詩二十三首》之二十二："汗血到王家，隨鸞撼玉珂。"唐、李廓《長安少年行》詩之八："酒深和椀賜，馬疾打珂飛。"明、謝讜《四喜記‧帝闕辭榮》："回首楓宸空自戀，何日鳴珂夜未央。"

亦借指馬。南朝、梁、簡文帝《採桑》詩："連珂往淇上，接欐至叢臺。"明、李攀龍《送陸從事赴遼陽》詩："御苑東風吹客過，共看芳草有離珂。"

金名。《字彙補‧玉部》："珂，金名。《事物紺珠》：'有珂金、蔓薑金、揚邁金諸名。'"

玘新012　　玘　　玉也。从玉，己聲。去里切（qǐ　ㄑㄧˇ）。

【譯白】玘，玉的一種名稱。是依從玉做形旁，以己爲聲旁構造而成的形聲字。

【述義】玉名。多用於人名。宋、陳鵠《耆舊續聞》卷五："王氏之琪、珪、玘、琰，器盡璠璵；韓氏之綜、絳、繽、維，才皆經緯，非蔭而得，由學而然。"

佩玉。《廣韻‧止韻》："玘，佩玉。"

珝新013　　珝　　玉也。从玉，羽聲。況主切（xǔ　ㄒㄩˇ）。

【譯白】珝，玉的一種名稱。是依從玉做形旁，以羽爲聲旁構造而成的形聲字。

【述義】玉名。《廣韻‧麌韻》："珝，玉名。"

璀新014　　璀　　璀璨，玉光也。从玉，崔聲。七罪切（cuǐ　ㄘㄨㄟˇ）。

【譯白】璀，璀璨，形容玉的色澤光彩絢麗。是依從玉做形旁，以崔爲聲旁構造而成的形聲字。

【述義】璀璨，亦作"璀粲"。一、光亮貌、光彩絢麗貌。鄭珍《說文新附考》："《史記‧司馬相如傳》'噏呷萃蔡'，《集解》引《漢書音義》云：'萃蔡，衣聲。'《索隱》引郭璞云：'萃蔡，猶璀璨。'是也……《文選‧洛神賦》'披羅衣之璀璨'，似轉爲衣有光輝。至孫綽《天臺山賦》'琪樹璀璨而垂珠'，則俗並加玉，以狀玉光。《魯靈光殿賦》'汩磑磑以璀璨'，又以狀采色之鮮明矣。"《文選‧曹植

〈洛神賦〉》：“披羅衣之璀粲兮，珥瑤碧之華琚。”張銑注：“璀粲，明淨貌。”清、蒲松齡《聊齋志異・香玉》：“牡丹高丈餘，花時璀璨似錦。”二、光彩絢麗之物。指珠玉珍寶。宋、葉適《齊雲樓》詩：“王公占上腴，邸觀角奇致；是邦聚璀璨，四顧盡憔悴。”

璀字亦單用。三國、魏、曹植《棄婦》詩：“丹華灼烈烈，璀彩有光榮。”《文選・王延壽〈魯靈光殿賦〉》：“下弭蔚以璀錯，上崎嶬而重注。”呂向注：“下弭蔚以璀錯，謂壯麗而文飾繁雜也。”

玉名。《廣韻・賄韻》：“璀，玉名。”

疊字雙音“璀璀”形況：鮮明貌。唐、獨孤及《和題藤架》詩：“蓐蓐葉成幄，璀璀花落架。”宋、蘇軾《高郵陳直躬處士畫雁》詩：“北風振枯葦，微雪落璀璀。”元、吳師道《承天護聖寺》詩：“瓦光浮璀璀，鈴語振鏘鏘。”

“璀瑳”，光彩絢麗。借指華美的詩文。宋、蘇轍《次韻子瞻病中大雪》詩：“餘力遠見撩，千里寄璀瑳。”

“璀瑋”，猶華麗。明、安磐《頤山詩話》：“謝康樂之詩，雖是涉於對偶，然而森蔚璀瑋，繁密錯�縟，一句一字極其深思。”

“璀錯”：一、文飾繁雜貌。《文選・王延壽〈魯靈光殿賦〉》：“下弭蔚以璀錯，上崎嶬而重注。”呂向注：“下弭蔚以璀錯，謂壯麗而文飾繁雜也。”二、光澤閃耀貌。宋、梅堯臣《韓持國遺洛筍》詩：“金刀璀錯截嫩節，銅馳不與大梁賒。”明、薛章憲《枇杷賦》：“冰水晶熒兮溶煣，蔗霜璀錯兮流寒。”

璨_{新015} 　璨　玉光也。从玉，粲聲。倉案切（càn ㄘㄢˋ）。

【譯白】璨，玉的光彩。是依從玉做形旁，以粲爲聲旁構造而成的形聲字。

【述義】玉光，詳前一字“璀”條。

美玉。《廣韻・翰韻》：“璨，美玉。”

璨爛、明亮。唐、王建《白紵歌二首》詩之一：“天河漫漫北斗璨，宮中烏啼知夜半。”《五燈會元・汾州無業國師》：“所獲舍利，璨若珠玉。”

姓。《萬姓統譜・翰韻》：“璨，見《姓苑》。”

疊字雙音“璨璨”形況：明亮貌。唐、白居易《黑龍飲渭賦》：

"氣默默以黯黯，光璨璨而爛爛。"宋、梅堯臣《送梵才吉上人歸天臺》詩："城霞與琪樹，璨璨助詩才。"

"璨瑳"，一、玉色明潔貌。借指雪。宋、蘇軾《病中大雪答趙薦》詩："惟思近醇醴，未敢窺璨瑳。"王十朋集注引趙次公曰："以玉比雪之明也。"二、猶燦爛。清、朱次琦《答談太學子粲見貽四十五韻》詩："先生天機富，人老詩璨瑳。"

"璨綺"，猶華麗。唐、黃滔《魏侍中諫獵賦》："蓋以詩也，中律鏘金，成章璨綺。"

"璨爛"，謂光彩鮮明貌。唐、元稹《贈吳士矩》詩："萋蕤雲幕翠，璨爛紅茵𦺇。"一本作"燦爛"。《舊唐書·后妃傳上·楊貴妃》："遺鈿墜舄，瑟瑟珠翠，璨爛芳馥於路。"

琡_{新016} 琡 玉也。从玉，叔聲。昌六切（chù ㄔㄨˋ）。

【譯白】琡，玉的一種名稱。是依從玉做形旁，以叔為聲旁構造而成的形聲字。

【述義】八寸的璋。《爾雅·釋器》："璋大八寸謂之琡。"郝懿行義疏："《玉人》云：'牙璋七寸，射二寸，厚寸，以起軍旅，以治兵守。''琰圭璋，八寸，以頫聘。'是彼琰璋即此所謂琡也。琡者，《說文》作璹，云：'玉器也。讀若淑。'"

瑄_{新017} 瑄 璧六寸也。从玉，宣聲。須緣切（xuān ㄒㄩㄢ）。

【譯白】瑄，直徑六寸的大璧。是依從玉做形旁，以宣為聲旁構造而成的形聲字。

【述義】鄭珍《說文新附考》："古止作宣。《爾雅》：'璧大六寸謂之宣。'釋文云：'宣或作瑄。'作'瑄'，俗本也。"

古代祭天用的大璧。《史記·孝武本紀》："皇帝始郊見泰一雲陽，有司奉瑄玉嘉牲薦饗。"裴駰集解引孟康曰："璧大六寸謂之瑄。"《樂府詩集·郊廟歌辭四·隋圜丘歌一》："膺介圭，受瑄玉。"宋、楊萬里《代賀郊祀慶成》詩之一："鬱金祼𦥑周茅屋，瑄玉親郊漢竹宮。"

珙_{新018} 珙 玉也。从玉，共聲。拘竦切（gǒng ㄍㄨㄥˇ）。

【譯白】珙，玉的一種名稱。是依從玉做形旁，以共為聲旁構造而成的形聲字。

【述義】大璧。《玉篇·玉部》："珙，大璧也。"《廣韻·腫韻》：

"珙，璧也。"唐、元稹《蠻子朝》詩："清平官繫金咕嵯，求天叩地持雙珙。"唐、韓愈等《會合聯句》詩："朝紳鬱青綠，馬飾曜珪珙。"宋、歐陽修《送焦千之秀才》詩："自吾得二生，粲粲獲雙珙。"

珙璧，亦作拱璧，卽大璧。《苕溪漁隱叢話後集·東坡四》引《復齋漫錄》："而所謂玉者，凡一十有六：雙琥瓏、三鹿盧帶鉤、瑲、珌……珙璧、珥珤杯、璩瓛等是也。"明、方孝孺《失硯嘆》詩："錢塘會稽屢遊歷，鬼神呵護同珙璧。"

附述"拱璧"：拱璧，卽大璧。《左傳·襄公二十八年》："與我其拱璧，吾獻其柩。"孔穎達疏："拱，謂合兩手也，此璧兩手拱抱之，故爲大璧。"後用以喻極其珍貴之物。《太平御覽》卷七五五引北周、王褒《〈象經〉序》："片善崇於拱璧，一言踰於華袞。"唐、劉禹錫《答道州薛侍郎論方書》："辱貺之喜，信踰拱璧。"明、王世貞《題〈宋仲珩方希直書〉》："而百六十年間，學士大夫寶之若拱璧。"

文十四　新附（以上《玉部》新增附的文字有十四個。）

玨 ₀₂₀₃　玨　二玉相合爲一玨。凡玨之屬，皆从玨。瑴，玨或从㲉。古岳切（jué ㄐㄩㄝˊ）。

【譯白】玨，二串小玉合並在一起成爲一個玨字，是會意兼指事文字。大凡用玨做部首來被統括其意義類屬的字，都是依從玨做形旁構造而成的。瑴，玨的或體字，是以㲉（㲉，從上擊下，音 què ㄑㄩㄝˋ）爲次形旁表示玉或貝上下串成能相擊有聲構造而成的會意字。

【述義】雙玉、相合之二玉。王國維《說玨朋》："殷時，玉與貝皆貨幣也……其用爲貨幣及服御者，皆小玉小貝，而有物焉以系之。所系之貝玉，於玉則謂之玨，於貝則謂之朋。""古制貝玉皆五枚爲一系，合二系爲一玨若一朋。"《太平廣記》卷四引《仙傳拾遺·陽伯》："翁伯以禮玉十玨以授仙童。"按：一本作"班"，非。

同"珏"，卽玉一雙；亦爲玉名。《左傳·莊公十八年》"皆賜玉五瑴"唐、陸德明《經典釋文》："瑴，字又作玨。"孔穎達疏："《蒼頡篇》瑴作玨。雙玉爲瑴，故字從兩玉。"《國語·魯語上》："（僖）公悅，行玉二十瑴，乃免衛侯。"韋昭注："雙玉曰瑴。"宋、歐陽修

《送楊闢秀才》詩：“其於獲二生，厥價玉一穀。”《新唐書·李珏傳》：“李珏字待價，其先出趙郡，客居淮陰。”

穀又爲玉名。《廣韻·屋韻》：“穀，玉名。”《文選·張衡〈南都賦〉》：“太一餘糧，中黃穀玉。”李善注引張華《博物志》佚文曰：“欲得好穀玉，用合漿，於襄陵縣舊穴中鑿取，大者如魁斗，小者如雞子。”呂向注：“穀玉，玉名。”《本草綱目·金石部·玉》：“《仙經》：服穀玉，有搗如米粒，乃以苦酒浸消，令如泥。亦有合爲漿者。”

班₀₂₀₄　玨　玨　分瑞玉。从玨，从刀。布還切（bān ㄅㄢ）。

【譯白】班，從中分開瑞玉爲兩半（和約定或盟誓的對方各執其一作爲憑證的信物）。是分別依從玨，依從刀做主、從形矞並峙爲義構造而成的會意字。

【述義】“分瑞玉”，瑞玉是古代玉質的信物，中分爲二，各執其一以爲信。《書·舜典》：“乃日覲四岳羣牧，班瑞于羣后。”

分給、賜予、賞賜。《爾雅·釋言》：“班，賦也。”郭璞注：“謂布與。”《正字通·玉部》：“班，凡以物與人亦曰班。”《書·洪範》：“武王既勝殷，邦諸侯，班宗彝。”孔傳：“賦宗廟彝器酒罇賜諸侯。”《公羊傳·僖公三十一年》：“晉侯執曹伯，班其所取侵地于諸侯也。”何休注：“班者，布徧（還）之辭。”《禮記·檀弓上》：“請班諸兄弟之貧者。”《東觀漢紀·馬援傳》：“（援）曰：‘凡殖貨財產，貴其能施賑也，否則守錢虜耳！’乃盡散，以班昆弟故舊。”《後漢書·馬援傳》：“乃盡散（畜、穀）以班昆弟故舊，身衣羊裘皮絝。”唐、韓愈《清河郡公房公墓碣銘》：“（公）削衣貶食，不立資遺，以班親舊朋友爲義。”明、李贄《史綱評要·東漢紀·光武帝》：“賜錢三十萬，宣悉以班諸吏。”

分、分開、離羣。《集韻·刪韻》：“班，別也。”《左傳·襄公十八年》：“邢伯告中行伯曰：‘有班馬之聲，齊師其遁？’”杜預注：“夜遁，馬不相見，故鳴。班，別也。”北周、庾信《哀江南賦》：“失羣班馬，迷輪亂轍。”唐、李白《送友人》詩：“揮手自茲去，蕭蕭班馬鳴。”王琦注引《左傳》杜注並云：“主客之馬將分道，而蕭蕭長鳴，亦若有離羣之感。”清、錢謙益《別惠老兩絕句》詩之二：“頭白此爲別，忍聽班馬鳴？”班馬，謂離羣之馬。

鋪開、鋪放。《廣雅・釋詁三》：“鋪……班，布也。”《左傳・襄公二十六年》：“伍舉奔鄭，將遂奔晉。聲子將如晉，遇之於鄭郊，班荊相與食，而言復故。”杜預注：“班，布也，布荊坐地。”《後漢書・逸民傳・陳留老父》：“守外黃令陳留張升去官歸鄉里，道逢友人，共班草而言。”三國、魏、曹丕《黎陽作詩三首》詩之二：“遵彼洹湄，言刈其楚，班之中路，塗潦是御。”班荊道舊，亦作“班荊道故”。謂朋友相遇于途，鋪荊坐地，共敍情懷。典出《左傳・襄公二十六年》：“楚伍參與蔡太師子朝友，其子伍舉與聲子相善……伍舉奔鄭，將遂奔晉。聲子將如晉，遇之於鄭郊，班荊相與食，而言復故。”杜預注：“班，布也。布荊坐地，共議歸楚，事朋友世親。”後泛指朋友相遇，共敍離情。晉、陶潛《與子儼等疏》：“鮑叔、管仲，分財無猜；歸生、伍舉，班荊道舊。”《隱居通議・古賦二》引元、諶桂舟《落月賦》：“我思子兮屈伸肘，昔班荊兮道舊。”清、秦曾熙《〈小螺庵病榻憶語〉跋》：“異日余解組歸田，與梅叟徜徉於稽山鏡水間，班荊道故，永言親戚之歡。”

分佈。《國語・晉語四》：“公子親筮之，曰：‘尚有晉國。’得貞《屯》、悔《豫》，皆八也……（司空季子曰）：‘《震》，車也。《坎》，水也。《坤》，土也。《屯》，厚也。《豫》，樂也。車班外內，順以訓之，泉源以資之，土厚而樂其實。不有晉國，何以當之？’”韋昭注：“班，徧也。徧外內，謂《屯》之內有《震》，《豫》之外亦有《震》。”

頒佈，後作“頒”。朱駿聲《說文通訓定聲・屯部》：“𠔻，經傳皆以頒、以班爲之。”《呂氏春秋・仲夏紀》：“游牝別其羣，則縶騰駒，班馬正。”高誘注：“班，告也。”按：《禮記・月令》作“班馬政”。《漢書・王莽傳中》：“秋，遣五威將王奇等十二人班《符命》四十二篇於天下。”《後漢書・崔駰傳附崔篆》：“稱疾不視事，三年不行縣。門下掾倪敞諫，篆乃強起班春。”李賢注：“班布春令。”《晉書・刑法志》：“四年正月，大赦天下，乃班新律。”《朱子語類》卷九十：“今學中儀，乃禮院所班，多參差不可用。”宋、陸游《會稽縣重建社壇記》：“雖朝廷所班令式或未嘗一視，況三代之舊典禮乎？”

職位等級、次第、位次。《廣雅・釋言》：“班，序也。”《儀禮・既夕禮》：“卒哭，明日以其班祔。”鄭玄注：“班，次也。”《左傳・

文公六年》：“趙孟曰：‘辰嬴賤，班在九人，其子何震之有？’”杜
預注：“班，位也。”《文選·張衡〈東京賦〉》：“然後百辟乃入，司
儀辨等，尊卑以班。”薛綜注：“班，位次也，謂尊卑有等差也。”《三
國志·魏志·武帝紀》：“於是以袁紹爲太尉，紹恥班在公下，不肯
受。”《魏書·高祖紀上》：“蕭道成使車僧朗以班在劉準使殷靈誕之
後，辭不就席。”宋、趙彥衛《雲麓漫鈔》卷五：“漢制，自二千石至
百石爲十二等，魏更爲九品，梁爲十八班。”《紅樓夢》第五十三回：
“只見賈府人分了昭穆，排班立定。”

並列、等同、相等。《國語·魯語上》：“臣聞之：班相恤也，故
能有親。”韋昭注：“言位次同者當相憂也。”《孟子·公孫丑上》：
“伯夷、伊尹於孔子，若是班乎？”趙岐注：“班，齊等之貌也。丑嫌
伯夷、伊尹與孔子相比，問此三人之德班然而等乎？”宋、李格非《洛
陽名園記·獨樂園》：“園卑小不可與它園班。”明、方孝孺《釋統上》：
“然則湯武之與秦隋，可得而班乎？漢唐之與王莽，可得而并乎？”亦
指職位相同的人。清、江湜《彭表丈屢賞拙詩抱愧實多爲長句見意》
詩：“他日無成還志短，詩名幸與二君班。”

序列、排列等級；特指朝廷上臣下所站的隊列、朝班。《方言》
卷三：“班，列也。”《孟子·萬章下》：“周室班爵祿也如之何？”
趙岐注：“班，列也。”《禮記·曲禮上》：“班朝治軍，涖官行法，
非禮威嚴不行。”鄭玄注：“班，次也。”孔穎達疏：“次，謂司士正
朝儀之位次也。”唐、白居易《洛下送牛相公出鎮淮南》詩：“萬人
開路看，百吏立班迎。”《舊唐書·穆宗紀》：“太和長公主發赴迴紇，
上以半仗御通化門臨送，羣臣班於章敬寺前。”宋、沈括《夢溪筆談·
故事一》：“唐制，兩省供奉官東西對立，謂之蛾眉班。”宋、蘇軾
《書歐陽公黃牛廟詩後》：“（寶臣元珍）夢與予同舟泝江，入一廟
中，拜謁堂下，予班元珍下，元珍固辭。”宋、王讜《唐語林·雅量》：
“文宗時入閣，郎官有誤窺者，上覺之，班退語宰相。”宋、邵伯溫
《聞見前錄》卷十一：“時司馬溫公判留司御史臺，因朝謁應天院神
御殿，天申（蔡天申）者獨立一班，蓋尹以下不敢壓也。既報班齊，
溫公呼知班曰：引蔡寺丞歸本班。”《水滸傳》第四回：“面前首座、

維那、侍者、監寺、都寺、知客、書記，依次排立東西兩班。"《紅樓夢》第五三回："只見賈府人分了昭穆，排班立定。""班台"，古代以司馬、司空、司徒爲三台，故以泛稱朝官之前列顯要者。《南齊書·蕭遙昌傳》："遙昌，永泰元年卒。上愛遙昌兄弟如子，甚痛惜之。贈車騎將軍、儀同三司。帝以問徐孝嗣。孝嗣曰：'豐城本資尚輕，贈以班台，如爲小過。'""班行"：一、朝班的行列、朝官的位次。宋、黃庭堅《次韻宋楙宗僦居甘泉坊雪後書懷》詩："漢家太史宋公孫，漫逐班行謁帝閽。"明、文肇祉《上林齋宿》詩："自媿衰年通仕籍，強隨鵷侶綴班行。"亦泛指行輩、行列。五代、王定保《唐摭言·主司失意》："扶卽薛謂近從兄弟班行，內外親族絕多。"元、鄧玉賓《端正好》套曲："鳳凰池上，依八卦擺班行。"清、王韜《淞濱瑣話·徐麟士》："妙選女樂百人，各就班行，彼歌此舞，更退迭進。"二、指朝官。唐、張籍《送鄭尚書出鎮南海》詩："遠鎮承新命，王程不假催；班行爭路送，恩賜不時來。"宋、秦觀《辭史官表》："班行之內，學術過於臣者甚多。"清、趙翼《編校文端師集感賦》詩："久推勳德冠班行，餘事仍看各擅場。"亦泛指官位或官階。宋、魏泰《東軒筆錄·張文定公》："定公三爲宰相，門下廝役，往往皆得班行。"《續資治通鑑·宋英宗治平四年》："知青澗城種諤招西人朱令陵，最爲橫山得力酋長……乞除一班行，使夸示諸羌，誘降橫山之衆。"三、指朝廷。唐、皮日休《三羞》詩之一："蒼惶出班行，家室不容別。"宋、吳曾《能改齋漫錄·記事一》："中貴悚懼曰：'念某乍離班行，不知州府事體。'"明、王琼《雙溪雜記》："天下之人皆知謙以身佩安危，功在社稷，而謙亦自信其得効忠藎，揚眉吐氣於班行。"四、同列，亦卽並列。宋、范仲淹《奏乞將邊任官員三年滿日乞特轉一資》："主兵武臣并都監巡檢寨主監押等，自來與諸處武臣班行，一例五年磨勘，旣勞逸不均，又遷轉無別。"元、劉致《端正好·上高監司》套曲："可與蕭曹比並，伊傅齊肩，周召班行。"明、李贄《藏書·儒臣傳·柳宗元》："柳宗元文章識見議論，不與唐人班行者，《封建論》卓且絕矣。"五、指戲班、樂戶。元、無名氏《藍采和》第三折：“勾欄中得悟，再不入班行（音 xíng ㄒㄧㄥˊ），唐巾歪裹，板撒雲陽，腰繫編帶，舞袖衫長。”亦指戲中行當。元、趙明道《鬥鵪鶉·名姬》套曲：“樂府梨園，先賢老郎……（調笑令）省郎，是你舊班行。他訴真是咱斷腸，不知音枉了和他講。”六、猶頒行。《漢書·諸侯王表序》：“（王莽）分遣五威之吏，馳傳天下，班行符命。”《三國志·魏志·鍾毓傳》：“正元中，毌丘儉、文欽反，毓（鍾毓）持節至揚、豫州班行赦令，告諭士民。”《北史·常景傳》：“太常劉芳與景等撰朝令，未及班行……芳卒，景纂成其事。”

返回、回去。《書·大禹謨》：“班師振旅。”孔傳：“遂還師。”《逸周書·克殷》：“乃命宗祝崇賓饗，禱之于軍，乃班。”孔晁注：“還鄗京也。”《世說新語·德行》：“遂班軍而還，一郡並獲全。”《水滸全傳》第五十八回：“宋江領了大隊人馬，班師回山。”清、魏源《聖武記》卷六：“孫士毅貪俘阮爲功，師不即班。”“班師”，謂調回軍隊，也指軍隊凱旋。《晉書·宣帝紀》：“軍次丹口，遇雨，班師。”唐、皇甫冉《和袁郎中破賊後經剡中山水》詩：“受律梅初發，班師草未齊。”明、無名氏《精忠記·提綱》：“田思忠僞詔班師，秦丞相東窗事犯。”

班如，盤桓不進貌，通“般”。《易·屯》：“六二，屯如，邅如，乘馬班如。”孔穎達疏引馬融曰：“班，班旋不進也。”唐、陸德明《經典釋文》：“如字。子夏傳云：‘相牽不進貌。’鄭本作般。”《文選·陸機〈演連珠〉》：“是以都人冶容，不悅西施之影；乘馬班如，不輟太山之陰。”李善注引王肅曰：“班如，盤桓不進也。”

按照職務或爲某種需要而編成的組織。宋、趙彥衛《雲麓漫鈔》卷十：“金虜官制，有文班武班；若醫卜倡優，謂之雜班。每宴集，伶人進曰‘雜班上’，故流傳及此。”《水滸全傳》第五十八回：“使棍的軍班領袖，使鞭的將種堪誇。”《歧路燈》第三十回：“咱每日弄戲，有個薄臉兒，三班六房誰不爲咱。”

一天之內按工作時間劃分的段落。《紅樓夢》第三十七回：“後門上外頭可有該班的小子們？”

對劇團的稱呼。《紅樓夢》第五四回：“如今這小戲子又是那有名玩戲的人家的班子，雖是小孩子，卻比大班子還強。”《歧路燈》

第二一回："（戲主）一聲叫班上人，班上的老生……急到跟前，聽戲主吩咐。"班子又指妓院。《二十年目睹之怪現狀》第七六回："次日下午，杏農來談了一天，就在棧裏晚飯。飯後，約了我出去，到侯家後一家南班子裏吃酒。"

　　量詞。元、無名氏《氣英布》第二折："況他周勃、樊噲一班大將，都是尚氣的人。"《儒林外史》第三十二回："忙出來吩咐雇了兩班腳子。"《紅樓夢》第五四回："薛姨媽笑道：'實在戲也看過幾百班，從沒見過只用蕭管的。'"

　　古代方言，指虎。《漢書·敍傳上》："楚人謂虎'班'，其子以爲號。"《魏書·術藝傳·張淵》："譬猶晉鍾之應銅山，風雲之從班螭。"注："言雲從龍，風從虎。"班子，虎的異稱。《太平廣記》卷四二八引唐、戴孚《廣異記·劉薦》："（山魈）遂於下樹枝上立，呼班子。有頃，虎至。"班叔，虎的異名。漢、焦贛《易林·蹇之艮》："登山履谷，與虎相觸。蝟爲功曹，班叔奔北，脫之喜國。"叔，一本作"奴"。班哥，虎的別稱。宋、洪邁《夷堅戊志·觀坑虎》："（田婦）見一虎蹲踞草中，懼不得免，立而呼之曰：'班哥，我今省侍爺娘，與爾無寃仇，且速去。'"

　　指畫有虎形的箭靶。唐、元稹《觀兵部馬射賦》："眘爾摧班，示偏工於小者；安然飛鞍，故無憂於殆而。"

　　定時開行的交通工具。如：班車、班機。徐珂《清稗類鈔·舟車類》："江蘇之稱航船也，曰班船，喻其往來有定，更番爲代也。"

　　通"辬（斑）"。段玉裁《說文解字注·文部》："斑者，辬之俗……又或假班爲之。"一、雜色、亦指雜色斑點或斑紋。《楚辭·離騷》："紛總總其離合兮，班陸離其上下。"一本作"斑"。《太玄·玄錯》："睟文之道，或淳或班。"范望注："班，有文也。"宋、司馬光《古松》詩："不久應爲石，莓苔舊已班。"明、何景明《九詠》詩："班文豹兮兩階，龍宛宛兮翼梁。"《徐霞客遊記·滇遊日記十二》："峭壁間有洞南向，其色班赭。"班然，是謂色彩斑斕貌。《禮記·檀弓下》："貍首之班然，執女手之卷然。"孔穎達疏："貍首之班然者，言斲檽材文采似貍之首。"明、蔣一葵《長安客話·五色鶴》："臣謨隨班奉朝，退後載出，偶見苑中五色鶴班然可異。"引申爲明顯貌。《新唐書·

突厥傳上》：“方其時，羣臣獻議盈廷，或聽或置，班然可睹也。”清、王夫之《讀四書大全說・論語・八佾五》：“今以管氏言之，其遺書具在，其行事亦班然可考。”班駁，亦作“班駁”，是謂雜色，引申則指色彩斑爛。《楚辭・劉向〈九歎・憂苦〉》：“同駑贏與椉駔兮，雜班駁與闒茸。”王逸注：“班駁，雜色也。”《西京雜記》卷一：“（山）上結藂條如車蓋，葉一青一赤，望之班駁如錦繡。”《魏書・天象志一》：“十四年二月己巳朔未時，雲氣班駁，日十五分蝕一。”亦比喻有文采。清、盧文弨《〈逸老堂詩話〉跋》：“顧其書雖無大過人處，而敍述亦班駁可喜。”引申謂錯落相間。北魏、賈思勰《齊民要術・種棗》：“正月一日日出時反斧班駁椎之，名曰嫁棗。”又《養牛馬驢騾》：“然柏瀝、芥子，並是躁藥；其徧體患疥者，宜曆落班駁，以漸塗之。”又引申爲模糊，不清楚。宋、陳武《高帝封建論》：“大抵創業之君，這些規模，人不得盡識，所以其治，班駁而不可考。”

二、指鬢髮花白。《韓非子・外儲說左下》：“班白者多以徒行，故不二輿。”南朝、宋、鮑照《秋夕》詩：“髮班悟壯晚，物謝知歲微。”宋、劉克莊《沁園春・維揚作》詞：“不辭路宿風餐，怕萬里歸來，雙鬢班。”一本作“斑”。班白，指鬚髮花白。《晏子春秋・外篇下十》：“有婦人出於室者，髮班白，衣緇布之衣，而無裏裘。”班，一本作“斑”。晉、潘岳《閒居賦》：“昆弟班白，兒童稚齒。”元、關漢卿《裴度還帶》第一折：“憂愁的髭鬢班白，尚兀自還不徹他這窮途債。”清、蒲松齡《聊齋志異・辛十四娘》：“彷徨間，一班白叟出，衣帽整潔。”引申指老人。三國、曹操《對酒》詩：“倉穀滿盈，班白不負戴。”《魏書・高宗紀》：“今選舉之官，多不以次，令班白處後，晚進居先。”唐、盧綸《酬陳翊郎中見寄》詩：“班白皆持酒，蓬茅盡有書。”宋、王安石《雜詠》詩之三：“古風知遜悌，班白見尊優。”又指黑白相間。南朝、梁元帝《金樓子・志怪》：“海鴨大如鵝，班白文，亦名文鳥。”

　　通“版”。《周禮・夏官・司士》“掌羣臣之版”漢、鄭玄注：“故書‘版’爲‘班’。”並引鄭司農云：“版，名籍。”孫詒讓正義：“班、版……古字互相通也。”

　　用同“扳”，扭轉，使物體改變方向或位置。元、奧敦周卿《一枝花‧遠歸》套曲：“將箇攏門兒款款輕推，把一箇可喜娘臉兒班回。”元、鄧玉賓《粉蝶兒》套曲：“挽下藤花，班下竹筍，採下茶苗，化下道糧。”

通“辨”、“辯”。一、區別、辨別。《左傳‧襄公二十五年》：“慶封如師，男女以班。賂晉侯以宗器、樂器。”孔穎達疏：“劉炫云：哀元年，‘蔡人男女以辨’，與此同。杜意男女分別將以賂晉也；炫謂男女分別，示晉以恐懼服罪，非以爲賂也。”漢、王符《潛夫論‧遏利》：“雖有南面之尊，公侯之位，德義有殆，禮義不班，撓志如芷，負心若芬，固弗爲也。”汪繼培箋：“‘班’與‘辨’通。《孟子》云：‘萬鍾則不辨禮義而受之。’”二、周遍。《國語‧晉語四》：“車班內外，順以訓之。”韋昭注：“班，徧也。”北周、庾信《燕射歌辭‧宮調曲》：“迎時乃推策，司職且班神。”三、治理。《荀子‧君道》：“君者何也？曰：能羣也。能羣也者，何也？曰：善生養人者也，善班治人者也。”梁啟雄注：“班與辨同，治也。”王先謙集解：“班，讀曰辨。《儀禮‧士虞》注：‘古文班或爲辨。’辨、治同義。”漢、荀悅《漢紀‧文帝紀下》：“此先王制土定業、班民設教、立武足兵之大法也。”

姓。《廣韻‧删韻》：“班，姓，出扶風。《風俗通》云：‘楚令尹鬬班之後。’”《通志‧氏族略四》：“班氏，芈姓，楚若敖生鬬伯比，伯比生令尹子文，爲虎所乳，謂虎有班文，因以爲氏。秦有班壹。”漢有班彪、班固。

疊字雙音“班班”形況：一、明顯貌；顯著貌。《後漢書‧文苑傳下‧趙壹》：“余畏禁，不敢班班顯言，竊爲《窮鳥賦》一篇。”李賢注：“班班，明貌。”唐、劉禹錫《送曹璩歸越中舊隱》詩序：“讀史書，自黃帝至吳魏間，班班能言之。”明、宋濂《遊塗荊二山記》：“梁魏交鬬時，就山築堰以灌壽春，其遺蹟猶班班可見。”梁啟超《中國學術思想變遷之大勢》第五章：“乃光武好之（占驗派），其流愈鬯，東京儒者張衡、郎顗最稱名家，襄楷、蔡邕、楊厚等亦班班焉。”二、絡繹不絕貌；盛多貌。《後漢書‧五行志一》：“車班班，入河間者，言上將崩，乘輿班班入河間迎靈帝也。”唐、杜甫《憶昔》詩之二：“齊紈魯縞車班班，男耕女桑不相失。”仇兆鰲注：“言商賈不絕於道。"宋、陳亮《皇帝正謝表》："濟濟朋來，班班穎脫，以須選擇，不使棄遺。"明、唐寅《姑蘇八詠》詩之五："響屟長廊故幾間，于今惟見草班班。"三、猶彬彬，文質兼備貌。漢、揚雄《太玄·文》："文質班班，萬物粲然。"《晉書·索靖傳》："忽班班而成章，信奇妙之煥爛。"四、斑點眾多貌。班，通"斑"。唐、白居易《山中五絕句·石上苔》詩："漠漠班班石上苔，幽芳靜綠絕纖埃。"一本作"斑斑"。宋、王安石《招葉致遠》詩："白下長干一水間，竹勻新筍已班班。"金、元好問《杏花雜詩》之十一："小雨班班曉未勻，煙光水色盡難眞。"明、方孝儒《遊清泉山記》："至其脊，有怪石二，半陷於土，蘚深碧色，鱗生其上，班班可玩。"

璑　0205　璑　車笭間皮篋；古者使奉玉以藏之。从車玨。讀與服同。房六切（fú ㄈㄨˊ）。

【譯白】璑，製做在車欄間的小皮篋；古代使者出使貢奉玉器做聘禮或信物的途中，就把這玉器藏放在車欄間的小皮篋裏。是依從連文成義的車玨做主、從形匋構造而成的會意字。璑字的音讀與"服"字的音相同。

【述義】車欄間的皮夾，用以裝玉，也用作裝弓矢。徐鍇《說文解字繫傳》引江總《行李賦》曰："持璑玉而多士。"段玉裁《說文解字注》："謂此皮篋，漢時輕車以藏弩。輕車，古之戰車也。其制沿於古者，人臣出使，奉圭璧璋琮諸玉，車笭間皮篋所用盛之。"《文選·張衡〈東京賦〉》："璑弩重旃，朱旄青屋。"李善注："《說文》曰：璑，車欄間皮筐，以安其弩也。徐廣《車服志》曰：輕車置弩於軹上，載以屬車；然置弩於璑，曰璑弩。"

文三　重一（以上《玨部》的文字有三個，重文有一個。）

气　0206　气　雲气也。象形。凡气之屬，皆从气。去旣切（qì ㄑㄧˋ）。

【譯白】气，流動的輕微雲氣。是用三筆彎曲橫斜筆畫，表示氣體流動形態構造而成的象形文字。大凡用气做部首來被統括其意義類屬的字，都是依從气做形匋構造而成的。

【述義】王筠《說文釋例・卷二、頁一・象形》：“气下云‘雲气也，象形’；《三部》之後承以《王》，猶以義相屬，玉似王，玨從二玉，則以形系矣，《气部》又承《三部》，形略似也，气之形較雲尚微，然野馬流水，隨人指目；故三以象其重疊，曲之以象其流動也。”

段玉裁《說文解字注》：“气、氣古今字；自以‘氣’爲雲气字，乃又作“餼”爲廩氣字矣。”又：“象雲起之皃。”于省吾《卜辭求義》：“‘气’字初文作‘三’，降及周代，以其與‘上下’合文及紀數‘三’字易掍，上畫彎曲作‘气’，又上下畫均曲作‘气’，以資識別。”清、王鳴盛《蛾術編》：“案：‘气’字隸變，以‘氣’代‘气’……‘气’廢而不用，而‘氣’字之本義則專用重文‘餼’以當之。”

雲气，引申爲凡气之稱，後作“氣”。段玉裁《說文解字注》：“气，本雲气，引伸爲凡气之偁。”王筠《說文解字句讀》：“《周禮・大司馬》注‘皆畫以雲气’。《釋文》：氣，本或作气，同。是後漢猶用气字。”朱駿聲《說文通訓定聲・履部》：“經傳皆以廩氣字爲之。”《集韻・未韻》：“气，或作氣。”

通“餼”，發放或領取糧食。《睡虎地秦墓竹簡・秦律・倉律》：“而遺倉嗇夫及離邑倉佐主稟者各一戶以气，自封印。”又《法律答問》：“可（何）謂介人？不當气而誤气之，是謂介人。”章炳麟《秦政記》：“耳孫疏屬，皆气稟於縣官。”

气又讀qì ㄑㄧˋ，《集韻》欺訖切，入迄溪；術部。乞求、給予。後作“乞”。《廣雅・釋詁三》：“气，與也。”王念孫疏證：“乞、匃爲求而爲與，貸爲借而又爲與，稟爲受而又爲與，義有相反而實相因者，皆此類也。”《廣韻・未韻》：“气，與人物也。今作乞。”《集韻・未韻》：“气，取也。或省。”《睡虎地秦墓竹簡・法律答問》：“以气鞫及爲人气鞫者，獄已斷乃聽，且未斷猶聽殹？”《馬王堆漢墓帛書・十六經・果童》：“營行气食，周流四國，以視貧賤之極。”

氛 0207　氛　祥气也。从气，分聲。雰，氛或从雨。符分切（fēn ㄈㄣ）。

【譯白】氛，預示吉凶徵兆的雲气。是依從气做形旁，以分爲聲旁構造而成的形聲字。雰，氛的或體字，以雨做形旁。

【述義】古代所謂預示吉凶徵兆的雲气；也單指凶气。段玉裁《說文解字注》：“氛，謂吉凶先見之气。統言則祥氛二字皆兼吉凶，析言則祥吉氛凶耳。許意是統言。”徐灝《說文解字注箋》：“書傳言氛皆主凶事，無言祥吉者。”《左傳・昭公十五年》：“吾見赤黑之祲，非祭祥也，喪氛也。”杜預注：“氛，惡气也。”又《昭公二十年》：“梓慎望氛曰：‘今茲宋有亂，國幾亡，三年而後弭。蔡有大喪。”《國語・晉語一》：“獻公田，見翟柤之氛，歸寢不寐。”韋昭注：“氛，祲氛，凶象也。”《漢書・元帝紀》：“百姓愁苦，靡所錯躬。是以氛邪歲增，侵犯太陽。”顏師古注：“氛，惡氣也。”南朝、宋、謝莊《宋孝武宣貴妃誄》：“視朔書氛，觀臺告祲。”唐、韓愈《琴操十首・龜山操》：“龜之氛兮，不能雲雨。”

　　寒气。《釋名・釋天》：“氛，粉也。潤氣著草本，因寒凍凝，色白若粉之形也。”《禮記・月令》：“（仲冬之月）氛霧冥冥。”鄭玄注：“霜露之氣散相亂也。”

　　泛指霧气、雲气。漢、劉楨《贈從弟》詩之三：“於心有不厭，奮翅凌紫氛。”南朝、宋、謝惠連《西陵遇風獻康樂》詩：“浮氛晦崖巘，積素惑原疇。”

　　指塵俗之气。南朝、宋、謝靈運《述祖德》詩之一：“達人貴自我，高情屬天雲。兼抱濟物性，而不纓垢氛。”唐、賈島《過楊道士居》詩：“先生修道處，茆屋遠囂氛。”

　　惡濁之气。唐、韓愈《潮州刺史謝上表》：“州南近界，漲海連天，毒霧瘴氛，日夕發作。”亦比喻寇亂。清、魏源《聖武記》卷九：“可設三府一鎮，永靖邊氛。”

文二　重一（以上《气部》的文字有二個，重文有一個。）

士　0208　士　事也。數始於一，終於十。从一，从十（从一十）。孔子曰：“推十合一爲士。”凡士之屬，皆从士。鉏里切（shì ㄕˋ）。

【譯白】士，用“聲訓”來說就是事，指有能力把份內事辦得很好的人。數目的進位從一開始，到十結束（人事也是有簡有繁，要能加以正確掌握）。士是分別依從一，依從十做主、從形灷並岺爲義構造而成的會意字（是依從連文成義的一十做主、從形灷構造而成的會意字）。孔子說："能够把眾多的事物推演歸納出一個簡要道理來安排處理好（能够由博返約）的人就是士。"大凡用士做部首來被統括其意義類屬的字，都是依從士做形灷構造而成的。

【述義】"推十合一"：係漢代緯書假託孔子之言。《玉篇》、《六書故》並引作"推一合十"。段玉裁《說文解字注》："《豳風》、《周頌》傳凡三見。《大雅（文王有聲）》'武王豈不仕'、傳亦云：'仕，事也。'鄭注表記申之曰：'仕之言事也。'士、事疊韻；引伸之，凡能事其事者偁士。《白虎通》曰：'士者，事也，任事之稱也。'故傳曰：'通古今，辯然不（否），謂之士。'（从一十）三字依《廣韻》；此說會意也。（推十合一爲士）《韻會》、《玉篇》皆作'推一合十'；鉉本及《廣韻》皆作'推十合一'；似鉉本爲長。數始一終十，學者由博返約，故云'推十合一'。博學、審問、愼思、明辨、篤行，惟以求其至是也；若一以貫之，則聖人之極致矣。"

　　稱未婚的青年男子。《字彙·士部》："士，未娶亦曰士。"清、俞正燮《癸巳類稿·釋士補儀禮篇名義》："士者，古人年少未冠娶之通名。"清、黃生《義府·士》："士者，少男之稱。《易·大過》：'老婦得其士夫'，此本義也。又壯字、壻字，皆从士，意益可見。"《易·大過》："枯楊生華，老婦得其士夫，無咎無譽。"又《歸妹》："女承筐，無實；士刲羊，無血。無攸利。"李道平纂疏："曰女曰士，未成夫婦之辭。"《詩·邶風·匏有苦葉》："士如歸妻，迨冰未泮。"《荀子·非相》："婦人莫不願得以爲夫，處女莫不願得以爲士。"王先謙集解："士者，未娶妻之稱。《易》曰：'老婦得其士夫。'郝懿行曰：'女、士對言，如《詩》之《氓》、《易》之《大過》，當是古以士、女爲未嫁娶之稱。'"清、俞正燮《癸巳類稿·嗣爲兄弟義》："蓋士女夫婦兄弟婚姻俱有正名，名不正則言不順。未娶則曰士，旣娶則曰夫，未嫁則曰女，旣嫁則曰婦。"

　　成年男子的通稱。《詩·周頌·載芟》："依其在京，有依其士。"朱熹集傳："士，夫也。言餉婦與耕夫相慰勞也。"王引之《經義述聞·毛詩中》："依亦壯盛之貌。言農夫壯盛，足任耕作。故下文遂言'有略其耦，俶載南畝’也。謂之士者，壯年之稱。”

男子的美稱。《詩·鄭風·女曰雞鳴》：“女曰‘雞鳴’，士曰‘昧旦’。”孔穎達疏：“士者，男子之大號。”《論語·泰伯》：“士不可以不弘毅，任重而道遠。”皇侃義疏：“士，通謂丈夫也。”北魏、酈道元《水經注·漸江水》：“山棲遯逸之士，谷隱不羈之民，有道則見。”唐、白居易《贈樊著作》詩：“凡此士與女，其道天下聞。”唐、韓愈《送董邵南序》：“燕趙古稱多感慨悲歌之士。”

先秦時期貴族的最低等級，位次于大夫。《禮記·王制》：“王者之制祿爵：公、侯、伯、子、男，凡五等……制：農田百畝；百畝之分，上農夫食九人……諸侯之下士視上農夫，祿足以代其耕也。中士倍下士，上士倍中士。”《儀禮·士相見禮》：“士相見之禮，摯，冬用雉，夏用腒。”賈公彥疏：“云士摯用雉者，對大夫已上所執羔鴈不同也。”《左傳·昭公七年》：“王臣公，公臣大夫，大夫臣士，士臣皁。”《國語·周語上》：“諸侯春、秋受職於王以臨其民，大夫、士日恪位著以儆其官，庶人、工、商各守其業以共其上。”漢、桓寬《鹽鐵論·刺復》：“官得其人，人任其事，故官治而不亂，事起而不廢，士守其職，大夫理其位，公卿總要執凡而已。”唐、韓愈《改葬服議》：“古者諸侯五月而葬，大夫三月而葬，士逾月。”

卿士；泛稱先秦時期諸侯臣僚、各級官吏，後引申爲官吏的通稱。《書·多士·序》：“成周既成，遷殷頑民，周公以王命誥，作《多士》。”孔穎達疏：“士者，在官之總號。”又《秦誓》：“嗟，我士，聽無譁。”孔傳：“誓其羣臣，通稱士也。”孔穎達疏：“士者，男子之大號，故羣臣通稱之。”《詩·大雅·文王》：“殷士膚敏，裸將于京。”毛傳：“殷士，殷侯也。”又《周頌·清廟》：“濟濟多士，秉文之德。”孔穎達疏：“濟濟之衆士，謂朝廷之臣也。”《儀禮·喪服》：“公士大夫之衆臣，爲其君布帶繩屨。”鄭玄注：“士，卿士也。”賈公彥疏：“云‘士，卿士也’者，以其在公之下、大夫之上，尊卑當卿之位，故知是卿士也。”《管子·八觀》：“鄉毋長游，里毋士舍。”尹知章注：“士謂里尉，每里當置舍使尉居焉。”

諸侯的大夫對天子的自稱。《左傳·襄公二十六年》：“晉、韓宣子聘於周，王使請事。對曰：‘晉士起將歸時事於宰旅，無他事矣。’”

孔穎達疏：“諸侯大夫入天子之國，禮法當稱士也。”《禮記·曲禮下》：“列國之大夫入天子之國，曰某士。”鄭玄注：“亦謂諸侯之卿也。三命以下於天子爲士。”

　　古代四民之一，指農工商以外學道藝、習武勇的人，或稱“士民”，以區別於“庶民”。《管子·小匡》：“士農工商四民者，國之石民也。”尹知章注：“四者國之本，猶柱之石也。”《穀梁傳·成公元年》：“古者有四民：有士民，有商民，有農民，有工民。”范甯注：“士民，學習道藝者。”《唐六典三·戶部尚書》：“凡習學文武者爲士，肆力耕桑者爲農，工作貿易者爲工，屠沽興販者爲商。”

　　智者、賢者，後泛指讀書人、知識階層。《字彙·士部》：“士，儒者。”《儀禮·喪服》：“父母何筭焉？都邑之士，則知尊禰矣。”賈公彥疏：“士下對野人，上對大夫，則此士所謂在朝之士，并在城郭士民知義禮者，總謂之爲士也。”《公孫龍子·迹府》：“寡人甚好士，而齊國無士，何也？”《論衡·實知》：“故智能之士，不學不成，不問不知。”《漢書·食貨志上》：“士農工商，四民有業。學以居位曰士，闢土殖穀曰農，作巧成器曰工，通財鬻貨曰商。”宋、王安石《上仁宗皇帝言事書》：“今士之所宜學者，天下國家之用也。”明、馬中錫《罪言》：“得士者昌，失士者亡。”清、鄒容《革命軍》第二章：“中國人羣，向分爲士農工商。士爲四民之首，曰士子，曰讀書人。”

　　對品德好、有學識或有技藝的人的美稱。如志士、謀士、醫士。《白虎通·爵》：“士者，事也，任事之稱也。故傳曰：通古今、辨然否爲士。”《漢書·李尋傳》：“宜急博求幽隱，拔擢天士，任以大職。”顏師古注引李奇曰：“天士，知天道者也。”

　　武士、兵士。《左傳·僖公二十八年》：“子玉使鬭勃請戰，曰：‘請與君之士戲，君馮軾而觀之，得臣與寓目焉。’”《荀子·王制》：“故王者富民，霸者富士，僅存之國富大夫。”楊倞注：“士，卒伍也。”《後漢書·張奐傳》：“（曹節等）矯制使奐與少府周靖率五營士圍武。武自殺，蕃因見害。”《隋書·李密傳》：“未若直趣滎陽，休兵館穀，待士馬肥充，然可與人爭利。”唐、韓愈《鄭公神道碑文》：“凡河東軍之士，與太原之氓吏，及芟九郡百邑之鰥寡，外夷狄之統于府者，聞公之薨，皆哭曰：'吾其如何！'"清、魏源《寰海》詩：
"同仇敵愾士心齊，呼市俄聞十萬師。"

掌管刑獄的官員。《爾雅·釋詁》："士，察也。"郭璞注："士，
理官，亦主聽察。"《篇海類編·人物類·士部》："士，察也，理也，
故治獄者謂之士。"《書·舜典》："帝曰：'皋陶，蠻夷猾夏，寇賊
姦宄。汝作士，五刑有服。'"孔傳："士，理官也。"孔穎達疏："士，
卽《周禮》司寇之屬。有士師、卿士等皆以士爲官名。鄭玄云：'士，
察也，主察獄訟之事。'《月令》云：'命大理。'昭十四年《左傳》
云：'叔魚攝理。'是謂獄官爲理官也。"《周禮·秋官·司寇》："士
師下大夫四人，鄉士上士八人，中士十有六人，旅下士三十有二人。"
鄭玄注："士，察也，主察獄訟之事者。"孫詒讓正義："古通以士爲
刑官之稱。《書·舜典》'皋陶作士'，卽刑官之正，故大司寇亦曰大
士。"《孟子·告子下》："舜發於畎畝之中，傅說舉於版築之間，膠
鬲舉於魚鹽之中，管夷吾舉於士。"趙岐注："士，獄官也。管仲自
魯囚執於士官，桓公舉以爲相國。"唐、韓愈《復讎狀》："又《周官》
曰：'凡報仇讎者，書於士，殺之無罪。'言將復讎，必先言於官，
則無罪也。"

古軍制，在車上者稱士，也稱"甲士"，以區別于步卒。《詩·
小雅·采芑》"其車三千"鄭玄箋引《司馬法》："兵車一乘，甲士
三人，步卒七十二人。"

先秦時期"儒"之別稱。《莊子·天下》："其在于《詩》、《書》、
《禮》、《樂》者，鄒魯之士，搢紳先生多能明之。"

孔子心目中所教育的社會中堅分子。《論語·里仁》："士志於
道，而恥惡衣惡食者，未足與議也。"又《憲問》："士而懷居，不
足以爲士矣。"又《子路》："子貢問曰：'何如斯可謂之士矣？'
子曰：'行己有恥，使於四方，不辱君命，可謂士矣。'曰：'敢問
其次。'曰：'宗族稱孝焉，鄉黨稱弟焉。'曰：'敢問其次。'曰：
'言必信，行必果，硜硜然小人哉！——抑亦可以爲次矣。'曰：'今
之從政者何如？'子曰：'噫！斗筲之人，何足算也？'"又《衛靈公》：
"志士仁人，無求生以害仁，有殺生以成仁。"又《泰伯》："曾子曰：
'士不可以不弘毅，任重而道遠；仁以爲己任，不亦重乎？死而後已，

不亦遠乎？'"

　　將領。《老子》："善爲士者不武，善戰者不怒。"王弼注："士，卒之帥也。"

　　現代人對人泛用的美稱，如：女士、男士、人士、愛國人士、有關人士、業界人士、圈內人士、保守人士。

　　現代人對某些技術人員的美稱，如護士、助產士。

　　現代高等學府的學位：學士、碩士、博士、博士後。

　　現代軍銜的一級，在尉下，分士官長、上士、中士、下士。

　　通"事"。朱駿聲《說文通訓定聲·頤部》："士，叚借爲事。"一、謂事情、職事。《書·康誥》："百工播民和，見士于周。"孫星衍疏："士者，《詩》傳云'事也'。言百官布列，民皆和悅，效事於周，謂攻位也。"《論語·述而》："富而可求也，雖執鞭之士，吾亦爲之。"邢昺疏："若富貴而於道可求者，雖執鞭賤職我亦爲之。"《管子·君臣上》："官謀士，量實義美，匡請所疑。"尹知章注："士，事也。官各謀其謀職事也。"《鹽鐵論·貧富》："作執鞭之事。"楊樹達要釋："'士'、'事'一字，古通用。"二、從事、任事、治事。《詩·豳風·東山》："我徂東山，慆慆不歸。我來自東，零雨其濛。我東曰歸，我心西悲：制彼裳衣，勿士行枚。"毛傳："士，事。"孔穎達疏："言敵皆前定，未嘗銜枚與戰也。"《荀子·致士》："然後士其刑賞而還與之。"楊倞注："士當爲事，行也。"

　　通"仕"，任官。朱駿聲《說文通訓定聲·頤部》："士，叚借爲仕。"《周禮·地官·載師》："以宅田、士田、賈田，任近郊之地。"鄭玄注："士讀爲仕，仕者亦受田，所謂圭田也。"《馬王堆漢墓帛書·稱》："不士於盛盈之國，不嫁子於盛盈之家。"《論衡·刺孟》："有士於此，而子悅之。"《孟子·公孫丑下》"士"作"仕"。

　　通"恃"，依靠、憑借。銀雀山漢墓竹簡《孫臏兵法·見威王》："孫子見威王，曰：'夫兵者，非士恆勢也。此先王之傅道也。'"

　　姓。《廣韻·止韻》："士，姓。《左傳》晉大夫士蔿。又漢複姓二氏：《古今人表》有士思癸；又士貞氏，晉康公庶子士貞之後。"《通志·氏族略四》："士氏，陶唐之苗裔，歷虞、夏、商、周，至成王遷之杜，爲伯。宣王殺杜伯，其子隰叔奔晉，爲士師，故爲士氏；其子

孫居隨及范，故又爲隨氏范氏。”《國語‧晉語一》：“士蔿以告，（晉
獻）公悅，乃伐翟祖。”

壻　0209　壻　夫也。从士，胥聲。《詩》曰：“女也不爽，士貳
其行。”士者，夫也。讀與細同。壻，壻或从女。穌計切（xù
ㄒㄩˋ）。

【譯白】壻，丈夫的稱呼。是依從士做形旁，以胥爲聲旁構造而成的
形聲字（《周禮‧秋官‧象胥》中稱有才智的人爲胥）。《詩‧衛風‧
氓》說：“我這個做婦女（妻子）的，並沒有差錯，你這個做士的（丈
夫），行爲卻是二心相負。”詩中所說的士，就是丈夫。壻這個字的
音讀與“細”字的音相同。婿，是壻的或體字，依從女做形旁構造而
成（直接表明出女子的丈夫的意思）。

【述義】夫婿，婦女對丈夫的稱呼。段玉裁《說文解字注》：“夫者，
丈夫也。”《樂府詩集‧相和歌辭三‧陌上桑》：“東房千餘騎，夫婿
居上頭。”唐、王昌齡《閨怨》詩：“忽見陌頭楊柳色，悔教夫婿覓
封侯。”唐、李端《烏棲曲》詩：“東房少婦婿從軍，每聽烏啼知夜
分。”明、湯顯祖《牡丹亭‧寫眞》：“若是姻緣早，把風流婿招，少
什麼美夫妻圖畫在碧雲高。”明、無名氏《白兔記‧成婚》：“我三娘
今日贅劉智遠爲婿，今良時已至了，請劉官人出來結親！”

　　女婿，指女兒的丈夫；亦謂姊妹及其他晚輩的丈夫。《爾雅‧釋
親》：“女子子之夫爲壻。”《禮記‧昏義》：“壻執鴈入，揖讓升堂，
再拜奠鴈，蓋親受之於父母也。”唐、陸德明《經典釋文》：“壻，或
又作聟，悉計反，女之夫也。”《儀禮‧士昏禮》：“壻御婦車授綏。”
《左傳‧桓公十五年》：“祭仲專，鄭伯患之，使其壻雍糾殺之。”《後
漢書‧耿秉傳》：“漢貴將獨有奉車都尉，天子姊壻，爵爲通侯，當
先降之。”《世說新語‧文學》：“裴散騎娶王太尉女，婚後三日，諸
婿大會。”《晉書‧庾亮傳附庾翼》：“桓溫有英雄之才，願陛下勿以
常人遇之，常婿蓄之，宜委以方邵之任，必有弘濟艱難之勳。”唐、
白居易《楊六尚書新授東川節度使代妻戲賀兄嫂二絕》詩之二：“金
花銀椀饒兄用，罨畫羅衣盡嫂裁；覓得黔妻爲妹壻，可能空寄蜀茶
來？”宋、王讜《唐語林‧企羨》：“世有姑之壻與姪之壻，謂之上下
同門。”清、袁枚《隨園隨筆‧婿稱門人》：“李漢之于韓文公，黃幹

之于朱子，皆壻也；然見於文集者，只稱門人，不稱子壻。”清、沈復《浮生六記・閨房記樂》：“玉衡擠身而入，見余將吃粥，乃笑睨芸曰：‘頃我索粥，汝曰盡矣。乃藏此專待汝壻耶?!’”

謂作女壻、作夫壻。唐、陸龜蒙《雜說》：“況舜壻于天子，頑嚚嫚戾者獨不畏之，又從而殺之耶？”宋、孔平仲《續世說・仇隙》：“上詔延賞與晟釋憾，同飲極歡。晟薦延賞爲相，遂加中書門下平章事。晟請以一子壻延賞女，延賞不許。”

水名，源出陝西省佛坪縣，西流經秦嶺之麓，折東南經城固縣入漢水。《水經注・沔水》：“左谷水出（安陽縣）西北，即壻水也。北發聽山，山下有穴水，穴水東南流，歷平川，中謂之壻鄉，水曰壻水。”

“壻甥”，謂女壻。元、王惲《過劉元海陵寢》詩：“咄嗟呼韓子，崛起蒲離陰；自云漢壻甥，赫怒開寶沈。”

壯 0210　壯　大也。从士，爿聲。側亮切（zhuàng ㄓㄨㄤˋ）。

【譯白】壯，人體高大（引申爲凡物大之稱）。是依從士做形旁，以爿爲聲旁構造而成的形聲字。

【述義】“爿聲”。徐鍇《說文解字繫傳》：“爿則牀字之省。”王筠《說文解字句讀》：“爿，蓋即丬字。《玉篇》：‘丬，又音牀。’”

人體高大曰壯；引申爲凡物大之稱。段玉裁《說文解字注》：“尋《說文》之例，當云‘大士也’，故下云‘从士’。”《方言》卷一：“秦晉之間，凡人之大謂之奘，或謂之壯。”《字彙・士部》：“壯，碩也。”《呂氏春秋・仲夏紀》：“其器高以觕，養壯狡。”高誘注：“壯狡，多力之士。”《漢書・食貨志下》：“小錢徑六分，重一銖，文曰‘小錢直一’。……次一寸，九銖，曰‘壯錢四十’。”又：“壯貝三寸六分以上，二枚爲一朋，直五十。”《兒女英雄傳》第十七回：“鄧九公暗暗的用那大巴掌把安老爺肩上拍了一把，又攏着四指，把個老壯的大拇指頭伸得直挺挺的，滿臉是笑，卻無一言。”

強壯、壯盛、盛大。《爾雅・釋詁》：“壯，大也。”《易・大壯》：“象曰：大壯，大者壯也。”高亨注：“本卦名‘大壯’者，謂其大者強壯也。”《孟子・萬章下》：“孔子嘗爲委吏矣，曰：‘會計當而已矣。’嘗爲乘田矣，曰：‘牛羊茁壯長而已矣。’”漢、張仲景《傷寒論・太陽病上》：“表氣壯，則衛固榮守，邪由何入！”《後漢書・

律曆志下》：“巍巍乎若道天地之綱紀，帝王之壯事。”唐、韓愈《論孔戣致仕狀》：“若有德及氣力尚壯，則君優而留之，不必年過七十，盡許致事也。”明、李夢陽《明遠樓春望》詩：“風雨江聲壯，兵戈地色寒。”明、潘陸《同朱士葉北固山用唐人韻》詩：“江愛秋濤壯，山憐宿雨青。”

旺盛。《篇海類編・人物類・士部》：“壯，盛也。”《左傳・僖公二十八年》：“師直爲壯，曲爲老，豈在久乎？”《楚辭・九辯》：“離芳藹之方壯兮，余萎約而悲愁。”王逸注：“去己盛美之光容也。”宋、歐陽修《大熱》詩二首之一：“壯陽當用事，大夏蒸炎歊。”

壯大、加強。《詩・小雅・采芑》：“方叔元老，克壯其猶。”毛傳：“壯，大；猶，道也。”唐、韓愈《與鄂州柳中丞書》：“閣下，書生也……陳師鞠旅，親與爲辛苦，慷慨感激，同食下卒，將二州之牧，以壯士氣；斬所乘馬，以祭踶死之士。雖古名將，何以加茲！”

堅實、牢固。《禮記・月令》：“（仲冬之月）冰益壯……虎始交。”唐、韓愈《石鼓歌》詩：“金繩鐵索鎖紐壯，古鼎躍水龍騰梭。”宋、葉適《華文閣待制知廬州錢公墓誌銘》：“公始至楚，以舊樓櫓不壯，易之千間。城敗非樓櫓咎，蓋言者誤也。”元、無名氏《馬陵道》楔子：“他頭裏未曾過去時，這橋還壯哩，則怕他踹損了，則除是恁的?!”

肥壯、粗壯。《禮記・月令》：“（孟夏之月）其器高以粗，養壯佼。”孔穎達疏：“壯謂容體盛大。”《南史・齊隨郡王子隆傳》：“子隆年二十一，而體過充壯，常使徐嗣伯合蘆茹丸以服自鎖損，猶無益。”《紅樓夢》第六回：“憑他怎樣，你老拔根寒毛比我們的腰還壯呢！”

強健。《廣雅・釋詁二》：“壯，健也。”《逸周書・官人》：“信氣中易，義氣時舒，和氣簡備，勇氣壯力。”《史記・衛將軍驃騎列傳》：“右賢王驚，夜逃，獨與其愛妾一人、壯騎數百馳，潰圍北去。”

迅疾、迅猛、勇猛、威猛。《爾雅・釋言》：“疾、齊，壯也。”王引之《經義述聞》：“壯與齊皆疾也。故郭曰‘壯，壯事，謂速也。齊亦疾’。”《國語・晉語四》：“偃也聞之：‘戰鬥，直爲壯，曲爲老。’”《史記・李將軍列傳》：“單于既得陵，素聞其家聲，及戰又壯，乃以其女妻陵而貴之。"《後漢書·馮衍傳》"韓盧抑而不縱兮"唐、李賢注引《戰國策》："齊欲伐魏，淳于髡謂齊王曰：'韓盧，天下之壯犬也。'"按：今《戰國策·齊策三》作"韓子盧者，天下之疾犬也。"南朝、梁、劉勰《文心雕龍·檄移》："故觀電而懼雷壯，聽聲而懼兵威。"引伸指能力強，做事迅速。《莊子·徐无鬼》："庶人有旦暮之業則勸，百工有器械之巧則壯。"唐、陸德明《經典釋文》："則壯，李云'壯，猶疾也'。"

　　男子三十爲"壯"，卽壯年。《釋名·釋長幼》："三十曰壯，言丁壯也。"《左傳·僖公三十年》："臣之壯也，猶不如人，今老矣，無能爲也已。"《禮記·曲禮上》："人生十年曰幼學；二十曰弱冠；三十曰壯，有室。"《楚辭·離騷》："及余飾之方壯兮，周流觀乎上下。"朱熹注："方壯，亦巫咸所謂年未晏、時未央之意。"北齊、顏之推《顏氏家訓·兄弟》："及其壯也，各妻其妻，各子其子，雖有篤厚之人，不能不少衰也。"唐、韓愈《韓府君墓誌銘》："少而奇，壯而強，老而通。"明、湯顯祖《牧丹亭·鬧宴》："諸公皆高才壯歲，自致封侯，如杜寶者，白首還朝，何足道哉！"

　　少壯、年輕，指未滿二十歲。《國語·晉語七》："其壯也，彊志而用命，守業而不淫。"韋昭注："此壯謂未二十時。"《後漢書·循吏傳·任延》："更始元年，以延爲大司馬屬，拜會稽都尉。時年十九，迎官驚其壯。"李賢注："壯，少也。"晉、葛洪《抱朴子·塞難》："我自有身，不能使之永壯而不老，常健而不疾。"亦指青春。晉、張翰《雜詩》："榮與壯俱去，賤與老相尋。"唐、韓愈《四門博士周況妻韓氏墓誌銘》："夫失少婦，子失壯母，歸咎無處。"

　　成年、長大。《管子·輕重丁》："男女當壯，扶輦推輿，相睹樹下，戲笑超距，終日不歸。"《史記·魯周公世家》："周公歸，恐成王壯，治有所淫佚，乃作《多士》，作《毋逸》。"晉、干寶《搜神記·三王墓》："莫邪子名赤比，後壯，乃問其母曰：'吾父所在？'"

　　引申爲植物長大。《管子·小問》："苗，始其少也，眴眴乎何其孺子也！至其壯也，莊莊乎何其士也！"尹知章注："壯，謂苗轉長大。"《淮南子·天文》："木生于亥，壯于卯，死于未：三辰皆木也。"

　　豪壯、豪邁、雄壯。《漢書·樊噲傳》："噲等見上流涕曰：'始陛下與臣等起豐沛，定天下，何其壯也！今天下已定，又何憊也！’”又《東方朔傳》：“拔劍割肉，壹何壯也！”南朝、梁、劉勰《文心雕龍·檄移》：“陳琳之檄豫州，壯有骨鯁。”唐、杜甫《壯遊》詩：“七齡思即壯，開口詠鳳凰。”唐、韓愈《送侯參謀赴河中幕》詩：“爾時心氣壯，百事謂已能。”宋、岳飛《滿江紅·寫懷》：“擡望眼，仰天長嘯，壯懷激烈。”

以……爲壯美；讚賞。《史記·淮陰侯列傳》：“滕公奇其言，壯其貌，釋而不斬。”唐、韓愈《新修滕王閣記》：“及得三王所爲序賦記等，壯其文辭，益欲往一觀而讀之，以忘吾憂。”《元史·管如德傳》：“嘗從獵，遇大溝，馬不可越，如德即解衣浮渡，帝壯之，由是稱爲拔都，賞賚優渥。”

推崇、贊許。《漢書·揚雄傳上》：“先是時，蜀有司馬相如，作賦甚弘麗溫雅，雄心壯之，每作賦，常擬之以爲式。”三國、魏、曹丕《滄海賦》：“美百川之獨宗，壯滄海之威神。”唐、柳宗元《佩韋賦》：“柳子讀古書，覩直道守節者即壯之。”《明史·廖永安傳》：“太祖壯永安不屈，遙授行省平章政事，封楚國公。”

激烈、強烈。晉、袁宏《後漢紀·獻帝紀一》：“卓以堅爲破虜將軍，冀其和弭，堅討卓逾壯，進屯陽人。”唐、韓愈《嘲鼾睡》詩：“雄哮乍咽絕，每發壯益倍。”《歧路燈》第十八回：“又是盛大哥酒太壯，讓的又懇，因喝醉了。”

壯觀。宋、葉適《利涉橋記》：“蓋奔渡、爭舟、蹴蹋之患既免，而井屋之富，廛肆煙火，與橋相望不絕，甚可壯也！”明、徐弘祖《徐霞客遊記·粵西遊日記一》：“巖前懸石甚壯，當洞門爲屏，若垂簾然。”

竭力。元、無名氏《殺狗勸夫》第三折：“他壯廝趁，他壯廝挺。”

農曆八月的別名。《爾雅·釋天》：“八月爲壯。”唐、佚名《阿史那忠碑》：“乘壯月以控弦，候朔風以鳴鏑。”

書法用語，指力在意先。唐、竇臮《述書賦上》：“道力草雄，圓轉不窮，壯自躬之體格，疲逸少之遺風。”竇蒙注：“壯，力在意先曰壯。”

粗細的程度。《兒女英雄傳》第七回：“末後大師傅翻箱倒籠，找出小扭指頭兒壯的一支金鐲子來。”

　　量詞。醫用艾灸，一灼稱一壯。《字彙補·士部》：“壯，陸佃云‘醫用艾灸，一灼謂之一壯。’”《素問·骨空》：“灸寒熱之法，先灸項大椎，以年爲壯數。”《三國志·魏志·華佗傳》：“若當灸，不過一兩處，每處不過七八壯，病亦應除。”《北史·藝術傳下·馬嗣明》：“嗣明爲灸兩足跌上各三七壯，便愈。”宋、范成大《重午》詩：“已孤菖淥十分勸，卻要艾黃千壯醫。”宋、沈括《夢溪筆談·技藝》：“醫用艾一灼謂之一壯者，以壯人爲法。其言其干壯，壯人當依此數，老幼羸弱，量力減之。”清、蒲松齡《聊齋志異·二班》：“且云：‘痛不可觸，妨礙飲食。’殷曰：‘易耳！’出艾團之，爲灸數十壯，曰：‘隔夜愈矣。’”

　　同“撞”。《西遊記》第四十七回：“那行者本來性急，八戒生來粗魯，沙僧卻也莽壯。”又第六十一回：“纔這一夥小妖，卻又莽壯。”

　　我國少數民族之一。舊作“僮”。分佈於廣西壯族自治區和廣東、雲南、貴州等省。

　　通“裝”，盛入。北魏、賈思勰《齊民要術·飧飯》：“香漿和暖水，浸饙少時，以手挼無令有塊。復小停，然後壯。”

　　通“戕”，傷。《方言》卷三：“凡草木刺人，北燕、朝鮮之間謂之茦，或謂之壯。”郭璞注：“《爾雅》曰：‘茦，刺也’。今淮南人亦呼壯。壯，傷也。《山海經》謂刺爲傷也。”《廣雅·釋詁四》：“壯，傷也。”朱駿聲《說文通訓定聲·壯部》：“壯，叚借爲戕。”黃侃《論學雜著·蘄春語》：“《方言》三：‘凡草木刺人，北燕、朝鮮之間謂之茦，或謂之壯。’注：‘今淮南人亦呼壯；壯，傷也。’案吾鄉謂刀刃微傷，如剃髮見血之類，曰打壯子；音初兩切，或諸兩切。”《淮南子·俶眞》：“是故傷形于寒暑燥溼之虐者，形苑而神壯。”高誘注：“壯，傷也。”《漢書·敍傳》下：“（韓）安國壯趾，王恢兵首，彼若天命，此近人咎。”顏師古注：“壯，傷也。趾，足也。直謂墮車蹇耳，不言不宜征行也。”

　　壯又讀 zhuāng ㄓㄨㄤ，《字彙補》音莊。通“莊”。清、朱珔《說文假借義證》：“《詩·君子偕老》箋：‘顏色之莊與。’《釋文》：‘莊，本又作壯。’是壯爲莊之省借。”《墨子·修身》：“故君子力事日彊，願欲日逾，設壯日盛，君子之道也。"孫詒讓閒詁引畢沅云："'設壯'疑作'飾莊'。"于省吾新證："畢以'設'爲'飾'，非也。以'壯'爲'莊'，是也。"《荀子·非十二子》："士君子之容，其冠進，其衣逢，其容良，儼然、壯然。"楊倞注："壯然，不可犯之貌。或爲莊。"

　　姓。《字彙補·士部》："壯，又姓。《國語》壯馳茲，晉大夫。音莊。"《國語·晉語九》："趙簡子問於壯馳茲曰：'東方之士孰爲愈？'壯馳茲拜曰：'敢賀！'"

壿 0211　壿　舞也。从士，尊聲。《詩》曰："壿壿舞我。"慈損切（cūn ㄘㄨㄣ）。

【譯白】壿，舞蹈，是依從士做形旁，以尊爲聲旁構造而成的形聲字。《詩·小雅·伐木》說："我們以輕快的壿壿動作舞蹈。"

【述義】同"蹲"。《爾雅·釋訓》："坎坎、壿壿，喜也。"《玉篇·士部》："壿，亦作蹲。"

　　壿壿，形容舞姿。今《詩·小雅·伐木》作"蹲"。

　　壿又讀 zūn ㄗㄨㄣ，《集韻》七倫切，平諄清。壿，或訛作同"樽（酒器）"之"墫"，从"土"。《集韻·魂韻》："尊，《說文》墫墫：'酒器也。'或从土，通作樽。"《集韻·諄韻》："壿，士舞也。壿壿，舞皃。"又《混韻》："墫，《說文》舞也，从士，引《詩》墫墫舞我。"乃士、土易混。

文四　重一（以上《士部》的文字有四個，重文有一個。）

｜ 0212　｜　上下通也。引而上行讀若囟，引而下行讀若退（退）。凡｜之屬，皆从｜。古本切（gǔn ㄍㄨㄣ）。

【譯白】｜，表示上下相通、不著一物的指事文字。｜的筆畫（形體）延伸向上運行，音讀像"囟"字的音；｜的筆畫（形體）延伸向下運行，音讀像"退"字的音。大凡用｜做部首來被統括其意義類屬的字，都是依從｜做形旁構造而成的。

【述義】王筠《說文釋例》："'｜'下云'下上通也，引而上行讀若囟，引而下行讀若退'中木之｜，當引而上行，物生必自下而上也，王字亦然，上達之意；玉之系自上而下，十亦然，｜字不著一物，是事也。"

"上下通也"，段玉裁《說文解字注》據《玉篇》作"下上通也"；並云："囪之言，進也。可上可下，故曰'下上通'。《竹部》曰：'篆，引書也。'凡字之直，有引而上、引而下之不同；若'至'字當引而下，'不'字當引而上；又若'才'、'屮'、'木'、'生'字皆當引而上之類是也。分用之則音讀各異；讀若囪在十三部，讀若逻在十五部。今音思二切，囪之雙聲也；又音古本切。"桂馥《說文解字義證》："'上下通也'者，'中'字卽上下通。本書'中從｜'云'讀若徹'，徐鉉說云'｜，上下通也，象艸木萌芽通徹地上也'。'引而上行讀若囪，引而下行讀若逻'者，本書'中'、'才'引竝從｜；又'乙'與｜同意；乙象草木宛曲而出，｜則通徹而出矣。馥謂引而上行若草木之出土上通也，引而下行若草木之生根下通也。《玉篇》音'古本'、'思二'兩切，'思二'卽'退'音。徐鍇曰'中從｜引而上行，音進'。"

　　｜爲"上下相通"的指事符號，除爲部首，亦用作漢字筆畫之一，稱之爲"豎"。

中 0213　屮　內也。從口、｜，上下通。𠔯，古文中。𣊟，籀文中。陟弓切（zhōng ㄓㄨㄥ）。

【譯白】中，準確納入裏面；是依從連文成義的口、｜做主、從形㔾，用｜來上下相通口表示不偏不倚構造而成的會意字。𠔯，古文的中字（古文屮字的卜，雖是彎曲，也是上下相通，不失其"中"）。𣊟，是籀文的中字（籀文上、下各有二橫筆，也是在於凸顯指出｜）。

【述義】內、裏面，與"外"相對。《易·坤》："象曰：黃裳元吉，文在中也。"高亨注："中，猶內也。"《周禮·考工記·匠人》："國中九經九緯。"鄭玄注："國中，城內也。"《尸子》卷下："卑牆來盜，榮辱由中出，敬侮由外生。"《淮南子·厚道》："故機械之心藏于胷中。"高誘注："藏之于智臆之內。"唐、韓愈《和侯協律詠筍》詩："外恨苞藏密，中仍節目繁。"清、蒲松齡《聊齋志異·鼠戲》："背負一囊，中蓄小鼠十餘頭。"

　　特指宮禁之內；亦借指朝廷。《史記·秦始皇本紀》："趙高用事于中。"唐、韓愈《祭董相公文》:"公來自中,天子所倚。"宋、蘇舜欽《論西事狀》:"惟攻守之策,必須中授。"明、葉盛《水東日記·議王琦事》:"其正事體一章,且留中,於是言者有愧色。"

方位在中央、中間、當中。《書·召誥》:"王來紹上帝,自服於土中。"孔傳:"言王今來居洛邑……於地勢正中。"《墨子·經上》:"中,同長也。"孫詒讓閒詁:"《幾何原本》云:'圜界至中心,作直線俱等。'"《孫子·九地》:"擊其中,則首尾俱應。"《新書·屬遠》:"古者天子地方千里,中之而爲都。"北魏、酈道元《水經注·河水四》:"二城之中,有段干木冢。"《三國演義》第十六回:"布乃居中坐,使靈居左,備居右。"

半、一半。《廣韻·東韻》:"中,半也。"《春秋·莊公七年》:"夜中,星隕如雨。"杜預注:"夜中,夜半也。"《墨子·備城門》:"二步積石,石重中鈞以上者,五百枚。"岑仲勉注:"中,半也。三十斤爲鈞,中鈞約十五斤。"《列子·力命》:"其使多智之人量利害,料虛實,度人情,得亦中,亡亦中。"張湛注:"中,半也。"《資治通鑑·晉穆帝升平三年》:"吾鬢髮中白。"胡三省注引毛晃曰:"中,半也。"宋、曾鞏《諸寺觀祈雨文》:"春氣已中,農功方急,而膏澤未洽,土脉尚乾。"清、方苞《獄中雜記》:"方夜中,生人與死者並踵頂而臥,無可施避。"

正、端正、不偏不倚。《周禮·地官·大司徒》:"以五禮防萬民之偽,而教之中。"賈公彥疏:"使得中正也。"《禮記·玉藻》:"頭頸必中。"鄭玄注:"頭容直。"《晏子春秋·內篇問上十六》:"衣冠不中,不敢以入朝。"張純一注:"中,正也。"《荀子·天論》:"故道之所善,中則可從;畸則不可爲。"

內臟。《素問·陰陽類論》:"五中所主,何藏最貴?"王冰注:"五中,謂五藏。"《史記·扁鵲倉公列傳》:"眾醫皆以爲風入中,病主在肺。"明、謝肇淛《五雜俎·人部一》:"(治痘瘡)藥匕之方,則始終以解毒和中爲主。"《隋書·達奚長儒傳》:"長儒身被五創,通中者二。"

身體。《禮記·檀弓下》:"文子其中退然如不勝衣。"鄭玄注:"中,身也。"北魏、楊衒之《洛陽伽藍記·崇眞寺》:"造一切經,人中金像十軀。"唐、李德裕《次柳氏舊聞·張果》:"吾聞奇士至人,外物不能敗其中。"宋、蘇舜欽《依韻和勝之暑飲》詩:"不知余中虛,外冷得所托。"

指中庸之道。《論語·堯曰》:"允執厥中。"劉寶楠正義:"執中者,謂執中道用之。"《禮記·中庸》:"(舜)隱惡而揚善,執其兩端,用其中於民。"鄭玄注:"兩端,過與不及也。用其中於民,賢與不肖皆能行之也。"

媒介、中介、居間。《穀梁傳·桓公九年》:"紀委姜歸於京師,爲之中者歸之也。"范甯集解:"中,謂關與婚事。"漢、劉向《說苑·尊賢》:"士不中而見,女無媒而嫁,君子不行也。"明、徐咸《西園雜記》卷下:"陸挽出一無賴作中假寫賣券。"《儒林外史》第五回:"央中向嚴鄉紳借二十兩銀子。"

間隔。《儀禮·鄉射禮》:"上射先升三等,下射從之,中等。"鄭玄注:"中,猶閒也。"《禮記·學記》:"比年入學,中年考校。"鄭玄注:"中,猶間也。鄉遂大夫間歲則考學者之德行道藝。"又《間傳》:"中月而禫。"孔穎達疏:"中,間也。大祥之後,更間一月而爲禫祭。"

內心。《莊子·天運》:"中無主而不止。"成玄英疏:"若使中心無受道之主,假令聞於聖說,亦不能止住於胸懷,故知無佗也。"《戰國策·趙策一》:"夫知伯爲人也,麤中而少親。"高誘注:"言心粗也。"《史記·樂書》:"四暢交於中而發作於外。"張守節正義:"中,猶心也。"三國、曹操《短歌行》詩:"憂從中來,不可斷絕。"宋、蘇軾《乞常州居住表》:"中雖無愧,敢不自明。"清、蒲松齡《聊齋志異·雷曹》:"君之惠好,在中不忘。"

引申爲感情。《國語·晉語五》:"若中不濟,而外彊之,其卒將復,中以外易矣。"韋昭注:"謂情不足,而貌彊爲之。"

指中和之氣。《左傳·成公十三年》:"民受天地之中以生,所謂命也。"《漢書·律曆志上》引此文,顏師古注云:"中,謂中和之氣也。"

合適、適宜;又指宜於、適於。《廣韻·東韻》:"中,宜也。"《戰國策·齊策二》:"是秦之計中,齊燕之計過矣。"姚宏注:"中,得。"《史記·外戚世家》："武帝擇宮人不中用者，斥出歸之。"《漢書·成帝紀》："朕涉道日寡，舉錯不中，乃戊申日蝕地震，朕甚懼焉。"宋、葉適《袁聲史墓誌銘》："余觀君疎於世故，而謀國無不中。"《清平山堂話本·快嘴李翠蓮記》："言三語四把吾傷，說的話兒不中聽。"

引申指正確的標準。《荀子·儒效》："事行失中謂之姦事，知說失中謂之姦道。"

均勻。《周禮·考工記·弓人》："斲摯必中，膠之必均。"鄭玄注："摯之言致也；中猶均也。"清、江永《周禮疑義舉要·考工記二》："中與均皆謂無厚薄不勻也。"

古代投壺時盛放計數籌碼的器皿。《周禮·春官·大史》："凡射事，飾中舍。筭（算），執其禮事。"鄭玄注引鄭司農云："'中，所以盛筭也。'玄謂設筭於中，以待射時而取之。"《禮記·投壺》："投壺之禮，主人奉矢，司射奉中，使人執壺。"孔穎達疏："中，謂受筭之器，中之形，刻木爲之，狀如兕鹿而伏，背上立圓圈，以盛筭也。"

亦指盛文具的器皿。《逸周書·嘗麥》："宰乃承王中，升自客階。"朱右曾校釋："中，本盛算器，此蓋盛作策之具筆及鉛槧也。"

指二十四節氣的中氣。《左傳·文公元年》："先王之正時也，履端於始，舉正於中，歸餘於終。"杜預注："步厤之始，以爲術之端首，期之日三百六十有六日。日月之行又有遲速，而必分爲十二月，舉中氣以正月。"《史記·曆書》："舉正於中，民則不惑。"一說指正朔之月。清、江永《羣經補義·春秋》："杜云：'舉中氣以正月'，亦非也。古厤惟八節，後世乃有二十四氣。以冬至爲始，以閏餘爲終，故舉正朔之月爲中。"

指中服，古代一車駕四馬，居中的兩匹馬稱服，也稱爲中。《詩·秦風·小戎》："騏馵是中，騧驪是驂。"鄭玄箋："中，中服也。"孔穎達疏："騏馬馵馬是其中，謂爲兩中服也。"清、鳳韶《鳳氏經說·車前馬》："夾轅兩馬曰服。《詩》曰：'兩服上襄。'亦曰中，《詩》曰：'騏馵是中。'"

猶言"可、行、成、好"，亦爲方言用語，多流行中原地區。漢、張仲景《傷寒論·太陽病上》："此爲壞病，桂枝不中與也。"唐、王建《隱者居》詩："何物中長食，胡麻慢火熬。"宋、楊萬里《午熱登多稼亭》詩："只有炎風最不中。"元、關漢卿《竇娥冤》第一折："婆婆，這箇怕不中麼！"《二刻拍案驚奇》卷二十："正要來與姐姐、姐夫商量了，往府裏討去，可是中麼？"《醒世姻緣傳》第四十回："做中了飯沒做？中了，拿來吃。""中啊"，即"行啊、好啊"的意思。

中等。《莊子·徐无鬼》："吾相狗也……中之質若視日。"成玄英疏："意氣高遠，望如視日，體質如斯，中品狗也。"《韓非子·難勢》："中者，上不及堯、舜，而下亦不爲桀、紂。"《漢書·文帝紀》："百金，中人十家之產也。"顏師古注："中，謂不富不貧。"又《溝洫志》："待詔賈讓奏言：治河有上、中、下策。"

指一個時期内或其中間。《漢書·馮奉世傳》："本始中，從軍擊匈奴。"晉、陶潛《桃花源記》："晉，太元中，武陵人捕魚爲業。"宋、蔡絛《鐵圍山叢談》卷一："祕書省自政和末既徙於東觀之下，宣和中始告落成。"亦指一個地區之内。南朝、宋、謝靈運《還舊園作見顏范二中書》詩："閩中安可處，日夜念歸旋。"清、管同《寶山記遊》："夏四月，荊溪周保緒自吳中來。"

中午，日中的時候。南朝、梁武帝《責賀琛敕》："朕三更出理事，隨事多少，或中前得竟；或事多，至日昃方得就食。"南朝、宋、劉敬叔《異苑》卷二："又別有異物籬花，形似菱菜，朝紫、中綠、晡黃、暮青、夜赤，五色迭耀。"《翻譯名義集·齋法四食》："今釋氏以不過中，食。"

指北斗第一星魁中。《公羊傳·文公十四年》："孛者何？彗星也。其言入于北斗何？北斗有中也。"何休注："中者，魁中。"

指官府簿書。《周禮·春官·天府》："凡官府鄉州及都鄙之治中，受而藏之。"鄭玄注引鄭司農云："治中謂其治職簿書之要。"清、江永《周禮疑義舉要·秋官》："凡官府簿書謂之中，故諸官言治中，受中。《小司寇》：'斷庶民訟獄之中'，皆謂簿書，猶今案卷也。此中字之本義，故掌文書者謂之史，其字從又、從中；又者，右手以手持簿書也。"

居於其中。《孟子·盡心上》："中天下而立。"《漢書·鄭吉傳》：

"吉於是中西域而立莫府。"宋、梅堯臣《矮石榴樹子賦》:"有矮石榴，高倍尺，中訟庭，麗戒石。"

指中宿；亦泛指星象；古天文學將二十八宿分爲四方，每方各七宿，其居中一宿稱中宿。《宋書·律曆志下》:"直以月維四仲，則中宿常在衛陽。"南朝、梁、陸倕《石闕銘》:"乃命審曲之官，明中之士，陳圭置臬，瞻星揆地。"《新唐書·曆志一》:"七宿畢見，舉中宿言耳。"

古代戶役的年齡，北齊以十六以上，十七以下爲中；隋以十一以上，十七以下爲中；唐初以十六爲中。《資治通鑑·唐高祖武德七年》:"初定均田租、庸、調法。丁、中之民，給田一頃。"唐、杜甫《新安吏》詩:"府帖昨夜下，次選中男行。"

佛教語，指"三諦（空、假、中）"的第一義諦；謂不二之至理。隋、智顗《法華玄義》卷四:"心性卽是，卽空，卽假，卽中。"清、龔自珍《釋二門三點同異》:"二門三點有二種解。先釋二門：止、觀是。乃釋三點：空、假、中是。"

通"忠"。《周禮·春官·大司樂》:"以樂德教國子，中和祇庸孝友。"鄭玄注:"中猶忠也。"《呂氏春秋·誣徒》:"故不能學者，遇師則不中，用心則不專。"俞樾《諸子平議·呂氏春秋一》:"中讀爲忠，古字中忠通用。遇師則不中，言其事師不忠誠也。高注以不中爲不正，非是。"《睡虎地秦墓竹簡·爲吏之道》:"吏有五善：一曰中信敬上。"《隸釋·魏橫海將軍呂君碑》:"呂中勇顯名州司。"洪适注:"碑以中勇爲忠勇。"

姓。《通志·氏族略五》:"中氏，何承天《纂要》云：漢少府中京。"

中國的簡稱。如：古今中外、中西交流、中日戰爭、中美外交。

指中年人。如：老中青三代。

疊字雙音"中中"形況：一、指古代田地或賦稅等級的第五等。《書·禹貢》:"（冀州）厥田惟中中。"孔傳:"田之高下肥瘠，九州之中爲第五。"又:"（徐州）厥賦中中。"孔傳:"賦第五。"二、中等、一般。宋、何薳《墨經·松》:"礦而挺直者曰籤松，品惟中中。"《平山冷燕》第五回:"領出一個女子來，年紀只好十五六歲，人物也還中中。"三、不偏不倚貌。宋、蘇轍《書〈楞嚴經〉

後》："每趺坐燕安，覺外塵引起六根，根若隨去，卽墮生死道中；根若不隨，返流全一，中中流入，卽是涅槃眞際。"

中女，女紅能力居中等的女子。《管子·揆度》："上女衣五，中女衣四，下女衣三。"

中又讀 zhòng ㄓㄨㄥˋ，《廣韻》陟仲切，去送知；冬部。諸義分述如後：箭射着目標。《左傳·桓公五年》："祝聃射王，中肩。"《史記·周本紀》："楚有養由基者，善射者也。去柳葉百步而射之，百發而百中之。"《二刻拍案驚奇》卷十三："一箭射去……正中了鹿的頭上。"

引申指擊中或被擊中。唐、韓愈《叉魚招張功曹》："波間或自跳，中鱗憐錦碎。"清、紀昀《閱微草堂筆記·槐西雜志二》："百擊不中。"

符合。《管子·四時》："不中者死，失理者亡。"尹知章注："中，猶合也；不合三政者則死。"《史記·李將軍列傳》："諸將多中首虜率，以功爲侯者，而廣軍無功。"唐、韓愈《順宗實錄五》："上將大論宮市事，叔文說中上意，遂有寵。"清、蒲松齡《聊齋志異·促織》："卽捕得兩三頭，又劣弱不中於款。"

相當、相應。《管子·輕重甲》："楚之有黃金，中齊有菑石也。"王念孫《讀書雜志·管子六》："中，當也。言楚之有黃金，當齊之有菑石也。"《禮記·月令》："（孟春之月）律中太簇。"鄭玄注："中，猶應也。"《周禮·考工記·車人》："六尺有六寸，與步相中。"賈公彥疏："中，應也。謂正與步相應。"

值得。《管子·輕重丁》："珪中四千，瑗中五百。"清、王晫《今世說·豪爽》："（陳興霸）酒後耳熱，輒罵古僞豪傑，不中一文錢。"

得當、恰當。《廣韻·送韻》："中，當也。"《論語·子路》："刑罰不中，則民無所錯手足。"《漢書·成帝紀》："朕涉道日寡，舉錯不中。"顏師古注："中，當也。"

擊、殺。《韓非子·內儲說上》："王拱而朝天下，後者以兵中之。"《淮南子·說山訓》："膏之殺鱉，鵲矢中蝟，爛灰生蠅。"高誘注："中亦殺也。"

侵襲、傷害。《楚辭·九辯》："憯悽增欷兮，薄寒之中人。"王逸注：“有似迫寒之傷人。”晉、葛洪《抱朴子・對俗》：“鬼神眾精不能犯，五兵百毒不能中。”宋、王讜《唐語林・補遺四》：“夫心者，靈府也；爲物所中，終身不痊。”清、徐士鑾《宋豔・奇異》：“妖魅乘機而中，皆邪念感召耳。”亦指被侵襲、傷害。《漢書・匈奴傳上》：“烏桓時新中匈奴兵，明友既後匈奴，因乘烏桓敝，擊之，斬首六千餘級。”

中傷、陷害。《史記・秦始皇本紀》：“或言鹿，高因陰中諸言鹿者以法。”《漢書・何武傳》：“顯怒，欲以吏事中商。”顏師古注：“中傷之也。”《後漢書・王允傳》：“而讓懷協忿怨，以事中允。”李賢注：“中，傷也。”《新唐書・李逢吉傳》：“時度與元稹知政，度嘗條稹憸佞，逢吉以爲其隙易乘，遂並中之。”明、張時徹《誠意伯劉公神道碑銘》：“會司天臺災，翼巖上書言事，欲以中公，而上洞其奸，切責翼巖斬之。”梁啟超《嘉應黃先生墓誌銘》：“適有以蜚語相中者，謂先生受外賂爲它人計便。”

滿、充滿。《史記・秦始皇本紀》：“上至以衡石量書，日夜有呈：不中呈不得休息。”張守節正義：“言表牋奏請，秤取一石，日夜有程期，不滿不休息。”又《外戚世家》：“姪何秩比中二千石。”司馬貞索隱引崔浩云：“中，猶滿也。”《漢書・匈奴傳上》：“顧漢所輸匈奴繒絮米蘗，令其量中，必善美而已。”顏師古注：“中，猶滿也。量中者，滿其數也。”

及，到達。《史記・蘇秦列傳》：“秦無韓、魏之規，則禍必中於趙矣。”《金史・輿服志》：“其從秋山之服，則以熊鹿山林爲文，其長中骭，取便于騎也。”

醉飲。《三國志・魏志・徐邈傳》：“時科禁酒，而邈私飲至於沈醉，校事趙達問以曹事，邈曰：‘中聖人。’”五代、齊己《折楊柳詞》詩之三：“穠低似中陶潛酒，軟極如傷宋玉風。”宋、楊萬里《和蕭伯和春興》詩：“聖人枉索方兄價，我與賢人也一中。”按：“中酒”之“中”，古人詩詞中平仄雙用。

科舉及第、考取、錄取。宋、曾鞏《司封郎中孔君墓誌銘》：“鄉舉進士第一，遂中其科。”《二刻拍案驚奇》卷十七：“後來孟沂中了進士。”《警世通言・杜十娘怒沉百寶箱》：“好讀書，好科舉，好中，結末來又有個小小前程結果。"《儒林外史》第二回："這王大爺就是前科新中的。"清、李漁《憐香伴·聞試》："你是他的雛人，他怎麼肯中你？"

遭受、受到。《素問·風論》："飲酒中風，則爲漏風。"《後漢書·馬援傳》："會暑甚，士卒多疫死，援亦中病。"《說岳全傳》第二七回："前番我王兄誤中你的詭計，在青龍山上，被你傷了十萬大兵。"《紅樓夢》第二十九回："倘或哥兒中了腌臢氣味，倒值多了。"

得到；"中功"，即得到成效的意思。《韓非子·難二》："二臣之智，言中事，發中功。"俚俗語"中了"，即謂"得到了"。

通"仲"，或謂"仲"的古體字。《集韻·送韻》："仲，或省。"《字彙·丨部》："中，與仲同。"一、指每季度居其中的；如：中春即仲春，指春季的第二個月。《周禮·夏官·司馬》："中冬，教大閱。"《尚書大傳》卷一："中祀大交霍山。"鄭玄注："中，仲也。古字通。春爲元，夏爲仲。"晉、陶潛《和郭主簿二首》詩之一："藹藹堂前林，中夏貯清陰。"二、指排行中的第二位；中父即仲父，父親的大弟。宋、王安石《寄吳氏女子》詩："自吾舍汝東，中父繼在廷。小父數往來，吉音汝每聆。"

複述"中春"：指春季的第二個月，其時大地景象欣欣向榮。《周禮·天官·內宰》："中春，詔後帥上內命歸，始蠶於北郊。"《史記·秦始皇本紀》："時在中春，陽和方起。"張守節正義："中音仲。古者帝王巡狩，常以中月。"唐、杜牧《懷鍾陵舊遊》詩之二："滕閣中春綺席開，柘枝蠻鼓殷晴雷。"林紓《記不樂洞》："中春草木敷綠，彌望蓬蓬。"

"中冬"，即冬季的第二個月，爲冬藏及盜賊蠢動之月。《周禮·夏官·大司馬》："中冬，教大閱。"《漢書·元帝紀》："（永光三年）冬十一月，詔曰：'乃者己丑地動，中冬雨水，大霧，盜賊並起。'"顏師古注："中，讀曰仲。"宋、李綱《與呂安圭提刑書》："吳元中無疾，一夕而逝；先是妙慶師預言，其不能過中冬。"

"中女"：仲女，次女。《易·說卦》："離再索而得女，故謂之中女。"漢、劉向《列女傳·周室三母》："太任者，文王之母，摯任氏中女也。"《後漢書·皇后紀下·獻穆曹皇后》："獻穆曹皇后諱節，魏公曹操之中女也。"

屵 0214　屵　旌旗杠皃。从｜，从㫃，㫃亦聲。丑善切（chǎn ㄔㄢˇ）。

【譯白】屵，旌旗桿招展的樣子（古代旗桿上端飾有旄牛尾或兼飾有五色鳥羽的旗子叫做"旌"）。是分別依從｜，依從㫃（㫃，音 yǎn ㄧㄢˇ，旌旗飛揚的樣子叫做㫃）做主、從形旁並峙爲義，㫃也做爲聲旁構造而成的會意兼形聲字。

【述義】屵又讀 chuáng ㄔㄨㄤˊ，《廣韻》丑善切，上獮徹；又宅江切，陟陵切；元部。

　　旗竿。《廣韻‧獮韻》："屵，旌旗柱。"段玉裁《說文解字注》："杠，謂旗之竿也。"

文三　重二（以上《｜部》的文字有三個，重文有二個。）

說文解字今述

東漢・許　慎撰　　北宋・徐　鉉等校定
王進祥　岳喜平合述

第二卷　說文解字第一篇下今述

屮 0215　屮　艸木初生也。象丨出形，有枝莖也。古文或以爲
艸字，讀若徹。凡屮之屬，皆从屮。尹彤說。丑列切（chè
ㄔㄜ）。

【譯白】屮，草木開始生長出來。是用描繪的丨表示剛生出來的形
體，加上兩側有分枝嫩莖共同做抽象符號構造而成的象形文字。古
文有時候把屮當做艸字。屮字的音讀像“徹”字的音。大凡用屮做
部首來被統括其意義類屬的字，都是依從屮做形殳構造而成的。以
上說解屮字的義、形、音，是依據尹彤的說法。

【述義】徐鉉等曰：“丨，上下通也，象艸木萌芽通徹地上也。”段
玉裁《說文解字注》：“徹，通也；義存乎音。”又：“（尹彤說）三
字當在‘凡屮’上，轉寫者倒之。凡言某說者，所謂博采通人也；有
說其義者，有說其形者，有說其音者。”商承祚《〈說文〉中之古文
考》：“《石經・春秋經》：‘隕霜不殺屮’，艸之古文作屮。案：屮，
艸本一字；初生爲屮，蔓延爲艸。”屮，甲骨文作屮，金文作屮，象
初生的小草。

　　屮又讀cǎo ㄘㄠ，《集韻》采早切，上晧清；幽部。是“草”的
古字。《荀子・富國》：“刺屮殖穀，多糞肥田，是農夫衆庶之事也。”
楊倞注：“屮，古草字。”《漢書・地理志上》：“厥土黑墳，屮木
搖落。”顏師古注：“屮，古草字也。”《楚辭・劉向〈九歎・遠逝〉》：
“屮木搖落，時槁悴兮。”洪興祖補注：“屮與草同。”唐、李翺《嶺
南節度使徐公行狀》：“田久不理，屮根腐地增肥。”

屯 0216　屯　難也。象艸木之初生，屯然而難；从屮貫一，一，
地也，尾曲。《易》曰：“屯，剛柔始交而難生。”陟倫切
（zhūn ㄓㄨㄣ）。

【譯白】屯，艱難的意思。屯的字形描繪着草木的初生情況：要往下
生根卻彎曲不直發生困難；是由屮來貫穿一，一，代表地面，屮還在地

下，並且尾部彎曲着所構造而成的變形會意字。《易・屯》說：“陽剛陰柔二氣開始和合也要面對可能出現的艱難生長的情況。

【述義】“从中貫一，一，地也，尾曲”。段玉裁《說文解字注》作“从中貫一，屈曲之也，一，地也。”云：“此依《九經字樣・衆經音義》所引；《說文》多說一爲地。或說爲天，象形也。中貫一者，木剋土也；屈曲之者，未能申也。《乙部》曰：‘春艸木冤曲而出，陰氣尚彊，其出乙乙。’屯字从中而象其形也。”王筠《說文釋例》卷四、頁十：“屯下云‘難也’，此正義也；引《易》即證此也。又曰‘象艸木之初生屯然而難者’，此《班志》所謂象意也；難之意無可象，借中以象之；凡艸木之生，其根必直下，若根先曲，則生意不遂，惟其芽有所礙，始有曲耳；而屯字曲其尾者，字本取難意，不主艸而言，故曲其尾也；《易》曰‘剛柔始交而難生’，《屯》卦上承《乾》、《坤》，《乾》純剛，《坤》純柔，《屯》，《震》下《坎》上，皆一陽二陰、剛柔相交之卦，自此始也，《震》之陽在初，《坎》之陽在二，皆不能直達於上，故難也；以卦德言，動而陷於險，亦難也！‘屯’之爲字，中在一下，是艸在地中也，在地中而有枝莖，無此事也！又曲其尾，尤無此事也，無此事而作此字，第以會難意也；故地本在下而在上，變也；中曲尾，亦變也，凡類此者，皆謂之變形會意。（‘屮’亦從中從一，中在地上，是出也，與屯反對）。”

屯謂艱難、危難、困頓。《廣韻・諄韻》：“屯，難也。”《易・屯》：“六二，屯如邅如，乘馬班如。”孔穎達疏：“屯是屯難。”《莊子・外物》：“心若縣於天地之間，慰暋沈屯。”唐、陸德明《經典釋文》引司馬彪云：“屯，難也。”唐、劉禹錫《子劉子自傳》：“不夭不賤天之祺兮，重屯累厄數之奇兮。”唐、項斯《落第後歸覲喜逢僧再陽》詩：“見僧心暫靜，從俗事多屯。”明、屠隆《彩毫記・汾陽報恩》：“艱危一命屯，飄零數口存。”《西遊記》第三十七回：“你的災屯，想應天付，卻與我相類。”

吝惜。《字彙・中部》：“屯，吝也。”《易・屯》：“九五屯其膏。”孔穎達疏：“膏謂膏澤恩惠之類，言九五既居尊位，當恢弘博施，唯繫應在二，而所施者褊狹，是屯難其膏。”“屯膏”即恩澤不施于下。唐、獨孤及《爲楊右相祭西嶽文》：“畜極不雨，屯膏未光。”宋、王禹偁《賜天下酺五日詔》："禁之或慢，則糜穀滋多；賜之不行，則屯膏是嘆。"漢、班固《典引》："而禮官儒林屯用篤誨之士，不傳祖宗之髣髴。"宋、蘇軾《奏戶部拘收度牒狀》："不忍小臣惑誤執政，屯膏反汗，虧汙聖德，惜毫毛之費，致丘山之損。"清、魏源《聖武記》卷一一："盛世屯膏尚如此，況前代加賦派餉之日乎！"

盈、充滿。《廣雅・釋詁一》："屯，滿也。"《易・序卦》："有天地然後萬物生焉，盈天地之間者唯萬物，故受之以屯。屯者，盈也。"

厚。《玉篇・中部》："屯，厚也。"《國語・晉語四》："文武具，厚之至也，故曰屯。"韋昭注："屯，厚也。"

六十四卦之一，卦形爲☵，震下坎上。《易・屯》："象曰：屯，剛柔始交而難生。"《易經》的《序卦傳》認爲，有天地然後有萬物。《屯》卦緊接《乾》、《坤》之後，表明它所說的事物，是天地出現後的初生幼芽。因爲初生，所以脆弱，發展艱難；因爲初生，所以生氣蓬勃，前途光明。《屯》卦所說的，正是事物初生、事業初創時的困難和前景，爲萬物及人事常要面對的現象。《左傳・閔公元年》："初，畢萬筮仕於晉，遇屯之比。"

疊字雙音"屯屯"形況：一、豐盛、滿盈。馬王堆漢墓帛書《稱》："山有木，其實屯屯。"漢、桓寬《鹽鐵論・國疾》："文景之際，建元之始，民樸而歸本，吏廉而自重，殷殷屯屯，人衍而家富。"二、忠謹誠懇貌。漢、董仲舒《春秋繁露・五行相生》："（孔子）爲魯司寇，斷獄屯屯，與衆共之，不敢自專。"三、行進困難貌。唐、柳宗元《天對》："冒黑昕眇，往來屯屯，厖昧革化，唯元氣存，而何爲焉！"

屯又讀 tún ㄊㄨㄣˊ，《廣韻》徒渾切，平魂定；諄部。有諸義：

聚集、蓄積。《廣雅・釋詁三》："屯，聚也。"《楚辭・離騷》："屯余車其千乘兮，齊玉軑而並馳。"洪興祖補注引五臣云："屯，聚也。"三國、魏、曹植《七啟》："鳥集獸屯，然後會圍。"唐、白居易《秦中吟・重賦》詩："繒帛如山積，絲絮以雲屯。"《新唐書・柳宗元傳》："日霾曀以昧幽兮，黝雲涌而上屯。"清、李漁《憐香伴・驚颶》："陰雲夾霧屯，濤響如雷震。"

戍、駐紮、駐守。《左傳・哀公元年》："夫屯晝夜九日，如子西之素。”唐、陸德明《經典釋文》："夫，兵也。屯，守也。"《史記‧傅靳蒯成列傳》："一月，徙爲代相國，將屯。"裴駰集解："律謂勒兵而守曰屯。"《漢書‧武帝紀》："秋，匈奴盜邊。遣將軍韓安國屯漁陽。"唐、李商隱《行次西郊作一百韻》詩："但聞虜騎入，不見漢兵屯。"唐、韓愈《許國公神道碑銘》："李師古作言起事，屯兵於曹。"《儒林外史》第一回："吩咐從人都下了馬，屯在外邊。"

戍所、防區、兵營。《管子‧輕重乙》："請以令發師置屯籍農。"漢、張衡《西京賦》："衛尉入屯，驚夜巡晝。"《後漢書‧郭躬傳》："彭在別屯而輒以法斬人，固奏彭專擅，請誅之。"宋、陳亮《酌古論一‧先主》："（劉）備自秭歸列立數十屯，亙七百里。"《新唐書‧裴耀卿傳》："嘉運以新立功，日酣遨未赴屯。"清、俞正燮《癸巳類稿‧臺灣府屬渡口考》："十二年，朱濆又謀由海東蘇澳入，竊五圍南地禦卻之，漸籌設屯。"

戍卒。《史記‧傅寬傳》："一月，徙爲代相國，將屯。"漢、桓寬《鹽鐵論‧結和》："發屯乘城，挽輦而贍之。"

屯田、軍隊在駐地開荒種地。《漢書‧馮奉世傳》："於是遣奉世將萬二千人騎，以將屯爲名。"顏師古注："且云領兵屯田，不言討賊。"《南史‧顧覬之傳》："時司徒竟陵王於宣城、臨城、定陵三縣界立屯，封山澤數百里，禁人樵採。"明、余繼登《典故紀聞》卷十二："如添萬人下屯，歲省繳倉糧十二萬石，又積餘糧六萬石。"清、魏源《聖武記》卷一："造甲冑、器械、弓矢、礮石、渠答、鹵楯之具各數百萬，開屯五千頃。"

古時軍伍編制單位。漢、班固《東都賦》："遂集乎中囿，陳師按屯，駢部曲，列校隊，勒三軍，誓將帥。"唐、韓愈《送水陸運使韓侍御歸所治序》："請益募人爲十五屯，屯置百三十人，而種百頃。"明、宋濂《平江漢頌》："戊子，上分舟師爲十二屯，命達、遇春、永忠突入虜陣。"

土山、土阜。《莊子‧至樂》："生於陵屯，則爲陵舃。"成玄英疏："屯，阜也。"

屯子、村莊。晉、桓玄《沙汰衆僧教》："乃至一縣數千，猥成屯落。"《韓非子‧外儲說右下》："王因使人問之何里爲之，訾其里正與伍老屯二甲。”王先愼集解：“《一切經音義》引字書云：‘屯，亦邨也。’一邨之中或里正或伍老量出二甲。一說爲罰。”唐、韓愈《賀徐州張僕射白兔書》：“其始實得之符離安皁屯，屯之役夫，朝行遇之，迫之弗逸。”《徐霞客遊記・滇遊日記八》：“出屯北，有小溪自東山出，架石梁其上。”《紅樓夢》第三十九回：“他是屯里人，老實，哪里攔的住你打趣？”又第九一回：“他就是我的過繼兄弟，本住在屯里，不慣見人。”

河港靠船之處。元、佚名《黃花峪》第一折：“有七十二道深河洪港屯，數百隻戰艘艨艟。”

阻塞、堵塞。北魏、酈道元《水經注・河水四》：“余以爲鴻河巨瀆，故應不爲細梗躓湍；長津碩浪，無宜以微物屯流。”《清平山堂話本・老馮唐直諫漢文帝》：“把門都尉回言：‘天昏日暮，不是天子遠來時分，恐引奸詐。’屯門不開。”元、關漢卿《山神廟裴度還帶》第二折：“屯的這路彌漫分不的個遠近高低。”《水滸傳》第二十三回：“鬧鬧穰穰，屯街塞巷，都來看迎大蟲。”

量詞：一、古時綿的數量單位。《通典・食貨六》：“綿則百八十五萬餘屯。”原注：“每丁三兩，六兩爲屯，則兩丁合成一屯。”唐、韓愈《唐故河南令張君墓誌銘》：“歲徵縣六千屯。”二、古代戰車的編制單位。清、張泰交《歷代車戰敍略》：“險戰之法，車必循道。十車爲聚，二十車爲屯。”

姓。《通志・氏族略四・以名爲氏》：“屯氏，《姓苑》云：渾沌氏之後，去水爲屯，漢有太山太守屯莫。巴都有後蜀法部尚書屯度，望出巴郡。”

疊字雙音“屯屯”形況：謂聚積。唐、柳宗元《答周君巢書》：“昧昧而趨，屯屯而居。”

苺（每）0217　　　苺　艸盛上出也。从屮，母聲。武罪切（měi ㄇㄟˇ）。

【譯白】苺，草旺盛地向上生長。是依從屮做形旁，以母爲聲旁構造而成的形聲字。

【述義】《玉篇・艸部》：“苺，今作每。”

草盛貌。段玉裁《說文解字注》：“《左傳（僖公二十八年）》‘輿人誦曰：原田每每’杜注：‘晉軍美盛，若原田之艸每每然。’《魏都賦》‘蘭渚每每’用此，俗改爲莓。按：每是草盛，引伸爲凡盛。”
朱駿聲《說文通訓定聲・頤部》：“（每每），重言形況字，猶《韓詩》
之‘周原腜腜’，《毛詩》之‘周原膴膴’也，肥美貌。”每每另有三
指：一、常常、屢次。晉、陶潛《雜詩》之五：“值歡無復娛，每每
多憂慮。”唐、白居易《與元九書》：“行舟之中往往有題僕詩者，士
庶、僧徒、孀婦、處女之口每每有詠僕詩者。”元、無名氏《馬陵道》
楔子：“他兩個每每要下山去進取功名，今日是個吉日良辰，貧道都
喚出來，問他志向如何。”二、每逢、每次。唐、封演《封氏聞見記・
豹直》：“南山赤豹，愛其毛體，每每霧露，諸禽獸皆出取食，惟赤
豹深藏不出，故古以喻賢者隱居避世。”明、唐寅《又與徵仲書》：“先
太僕愛寅之俊雅，謂必有成，每每良燕，必呼共之。”《二十年目睹之
怪現狀》第十一回：“你每每見了我，就要我說故事，我昨夜窮思極
想的，想了兩件事。”三、大抵、大概。宋、陳善《捫虱新話・孟子
莊暴》：“孟子謂王茍能與民同樂，則雖好樂無害也。蓋孟子與王言
所以因其勢而利導之，每每如此。”元、李二《題留連亭》詩：“英
雄每每無常在，戰袍著盡又方袍。”清、和邦額《夜譚隨錄・陸水部》：
“翁曰：‘何不見阿紫？’嫗曰：‘想羞容，不肯便來耳！’翁笑曰：
‘兒女態，每每如是。’”

逐個、各個，指全體中的任何一個或一組。《字彙・毋部》：“每，
各也。”《書・胤征》：“每歲孟春，猶人以木鐸徇于路，官師相規，
工執藝事以諫。”《論語・八佾》：“子入太廟，每事問。”《孟子・
離婁下》：“故爲政者，每人而悅之，日亦不足矣。”元、王實甫《西
廂記》第二本第一折：“我欲待登臨又不快，閑行又悶。每日價情思
睡昏昏。”《水滸傳》第二十回：“（晁蓋）便叫掌庫的小頭目，每
樣取一半收貯在庫，聽候支用。”清、魏源《籌海篇・議款》：“康
熙、乾隆中，准商船運呂宋，暹羅米入口者，每米萬石，免其船貨稅
十分之五。”

貪；每生，卽貪生。《文選・賈誼〈鵩鳥賦〉》：“貪夫殉財兮，
烈士殉名；夸者死權兮，品庶每生。”李善注引孟康曰：“每，貪也。”
《漢書・敘傳下》：“博望杖節，收功大夏；貳師秉鉞，身釁胡社。致
死爲福，每生作㱩。”顏師古注：“每，貪也。張騫致死封侯，李廣

利求生而死也。”《字彙・毋部》：“每，凡也。”

　　昔、往、已往；每常，往常、往日的意思。元、關漢卿《拜月亭》第一折：“我每常幾曾和個男兒一處說話來，今日到這無奈處。”《水滸傳》第十五回：“若是每常要三五十尾也有；莫說十數個，再要多些，我弟兄怕也包辦得。如今便要重十斤的也難得。”《儒林外史》第三六回：“每常人在我這裏託他做詩，我還沾他的光。就如今日這銀子一百兩，我還留下二十兩給我表侄。”

　　小；每牛，卽小牛。《逸周書・王會》：“數楚每牛。每牛者，牛之小者也。”

　　副詞。一、每次、每逢，表示反復發生同樣情況中的任何一次。《詩・秦風・權輿》：“於，我乎！夏屋渠渠，今也每食無餘。”《漢書・匈奴傳上》：“每漢兵入匈奴，匈奴輒報償。”三國、魏、嵇康《與山巨源絕交書》：“每常小便而忍不起，令胞中略轉乃起耳。”《百喻經・踏長者口喻》：“長者唾出口落地，左右諂者已是踏去。我雖欲踏，每常不及。”《隋書・李密傳》：“密時兵鋒甚銳，每入苑，與官軍連戰。”宋、陸游《老學庵筆記》卷四：“建炎大駕南渡後，每邊事危急，則住常程，謂專治軍旅，其他皆權止施行。”二、屢次、經常、常常。《玉篇・中部》：“每，事屢也。”《廣韻・隊韻》：“每，數也。”《字彙・毋部》：“每，常也，屢也，頻也。”《詩・小雅・皇皇者華》：“駪駪征夫，每懷靡及。”朱熹集傳：“此駪駪然之征夫，則其所懷思，常若有所不及矣。”三國、曹操《求言令》：“吾充重任，每懼失中。”南朝、宋、劉義慶《幽明錄》：“將暮，有一婦人抱兒來寄宿，轉夜，孝子未作竟，婦人每求眠，而於火邊睡。”唐、魏兼恕《送張軍曹赴營田》詩：“河曲今無戰，王師每務農。”明、歸有光《項脊軒志》：“百年老屋，塵泥滲漉，雨澤下注；每移案，顧視無可置者。”《紅樓夢》第一百零八回：“但近來因被抄以後，諸事運用不來，也是每形拮据。”

　　連詞。一、雖、雖然。《廣韻・賄韻》：“每，雖也，辭也。”《詩・小雅・常棣》：“每有良朋，況也永嘆。”鄭玄箋：“每，雖也。”又《皇皇者華》：“駪駪征夫，每懷靡及。”毛傳：“每，雖。”《莊子・庚桑楚》：“不見其誠己而發，每發而不當。”唐、陸德明《經典釋文》：“《爾雅》云：‘每，雖也。’謂雖有發動不中當。”清、王引之《經義述聞·爾雅中》“每有，雖也”：“《爾雅》訓‘每’爲‘雖’，非訓‘有’爲‘雖’也……《玉篇》、《廣韻》並云：‘每，雖也。’”二、當、則。《呂氏春秋·貴直》：“（狐援曰）：‘殷有比干，吳有子胥，齊有狐援。已不用若言，又斮之東閭，每斮者以吾參夫二子者乎！’”高誘注：“每，猶當也。”漢、揚雄《法言·問神》：“如周之禮樂，庶事備也，每可以爲不難矣。”

　　宋、元時開始出現的口語。一、用同“們”。清、翟灝《通俗編·語辭》：“北宋時先借懣字爲之，南宋別借爲們，而元時則又借爲每。元典章詔令中云‘他每’甚多，餘如省官每、官人每、令史每、秀才每、伴當每、軍人每、百姓每，凡其每字，懣、們音之轉也。元雜劇亦皆用每。”《宣和遺事》前集：“娘，你可急忙告報官司去，恐帶累咱每。”明、沈榜《宛署雜記·日字》：“四月，說與百姓每，耕牛出力最多，不許私自宰殺。”《儒林外史》第三十三回：“我每且去尋房子，再來會這些人。”清、洪昇《長生殿·禊遊》：“今日皇帝、娘娘，都在那裏，我每同去看一看。”二、用於指示代詞後，相當於“麼”、“般”。金、董解元《西廂記諸宮調》卷二：“這每取經後不肯隨三藏，肩擔着掃箒藤仗，簇捧着箇殺人和尚。”明、劉兌《嬌紅記》：“佳期難遇，似這每春夜迢迢誰共宿？”又：“我和你這每知心，世間也少有。”

　　助詞，用於詞尾句中，無義。張相《詩詞曲語辭匯釋》卷六：“每，於稱一人時用爲語尾，與普通之多數義異。《幽閨記》三十二：‘若再如此呵，瑞蓮甘痛決，姐姐閑耍些，小的每先去也。’按劇情，此爲瑞蓮一人自稱。小的，謙辭。”元、高明《琵琶記·牛相發怒》：“奉聖旨，使我每招狀元爲婿。”又《伯喈思家》：“教他好看承我爹娘，料他每應不會遺忘。”《秦併六國平話》卷上：“既是李牧無心侵害，小臣每趕着驢馬去雁門關牧養。”元、鄭光祖《㑇梅香》第二折：“有他那親筆寫的情詞揣着吟藁……呀！那裏每不見了？”元、錢霖《哨遍·十煞》套曲：“窗隔每颭颭的飛，椅桌每出出的走，金銀錢米都消爲塵垢。”

　　用同“無”。裴學海《古書虛字集釋》卷十：“無，古讀若模，與每一聲之轉，故每可訓無。”《戰國策·西周》：“是上黨每患而贏四十金。”

通“謀”，請求、貪求。朱駿聲《說文通訓定聲·頤部》：“每，叚借爲謀。”《呂氏春秋·貴直》：“每斳者以吾參乎二子者乎！”于省吾新證：“每應讀作誨，誨古謀字……上言齊王問吏曰：‘哭國之法若何？’吏曰：‘斳’。卽謀斳之謂也。”《漢書·敍傳下》：“致死爲福，每生作旤。”顏師古注：“每，貪也。”《後漢書·孔融傳論》：“豈有員園（刓）委屈，可以每其生哉？”李賢注：“每，貪也。”

通“煤”，煤灰。《墨子·備穴》：“具爐橐……百十每，其重四十斤，然炭杜之，滿鑪而蓋之，毋令氣出。”岑仲勉注：“‘百十每’，舊無解。余按置字古文作𥂠，上截之省寫近于‘百’，下截近于‘十’，後人不識，故誤析爲‘百十’兩字。又古時‘煤’字指火烟熏積之煤灰，不指石炭，但‘每’、‘煤’同聲，此處之‘每’實卽借作‘煤’字……故知本文斷句應改爲：‘置每，其重四十斤。’”

姓。《正字通·毋部》：“每，姓。每當時，漢人。見《印藪》。”

每又讀mèi ㄇㄟˋ，《廣韻》莫佩切，去隊明。通“昧”，昏亂、迷亂；疊字雙音“每每”形況，謂昏亂貌、迷亂貌。《莊子·胠篋》：“故天下每每大亂，罪在於好知。”成玄英疏：“每每，昏昏貌也。”唐、歐陽詹《與王氏書》：“今一辭庭闈，而逾半紀，以本心每每，馳戀若此，魂夢昭昭，感發如彼。”

蕭（毒）₀₂₁₈　𡱀　厚也，害人之屮，往往而生。从屮，从毐。𧮫，古文毒，从刀蕅。徒沃切（dú ㄉㄨˊ）。

【譯白】蕭，氣味濃厚，傷害人生命的草，處處生長着。是分別依從屮，依從毐做主、從形殳並峙爲義構造而成的會意字。𧮫，是古文的毒字，是分別依從刀，依從蕅做主、從形殳並峙爲義構造而成的會意字。

【述義】《玉篇·屮部》：“蕭，苦也，害人草也。今作毒。”

徐鍇《說文解字繫傳》作“从屮，毐聲”。段玉裁《說文解字注》：“往往猶歷歷也。其生蕃多，則其害尤厚，故字从屮。”徐灝《說文解字注箋》：“毒之本義爲毒屮。因與篤同聲通用而訓爲厚耳。”

有毒的草，泛指毒物。《易·噬嗑》：“六三：噬腊肉，遇毒。”

孔穎達疏：“毒者，苦惡之物也。”《文選・左思〈蜀都賦〉》：“戟食鐵之獸，射噬毒之鹿。”劉逵注：“有神鹿，兩頭，主食毒草，名之食毒鹿，出雲南郡。”唐、韓愈《縣齋讀書》詩：“南方本多毒，北客恆懼侵。”明、文秉《烈皇小識》：“山民皆習獵，以毒注矢，人輒斃。”《紅樓夢》第一〇三回：“不料說這裏的姑娘服毒死了，他就氣得亂嚷亂叫。”

喻指對思想意識有害的事物。宋、徐夢莘《三朝北盟會編》卷一百八十七引范如圭《貽秦檜書》：“若犯衆怒，陷吾君於不義，誠恐不惟怨謗而已，將喪身及國，毒流天下，遺臭萬世。”

特指鴉片、嗎啡、海洛因、安非他命、大麻、冰毒等猛烈危害人體的毒品。

有毒素的、氣性酷烈的。《周禮・天官・瘍醫》：“凡療瘍，以五毒攻之。”鄭玄注：“五毒，五藥之有毒者。”孫詒讓正義：“蓋五石之藥成，氣性酷烈，故謂之五毒，不必皆有毒也。”又《醫師》：“聚毒藥以共醫事。”鄭玄注：“毒藥，藥之辛苦者。”孫詒讓正義：“《廣雅・釋詁》云：‘毒，苦也。’凡辛苦之藥，味必厚烈而不適口，故謂之毒藥。”唐、韓愈《譴瘧鬼》詩：“醫師加百毒，薰灌無停機。”

投毒、放毒、下毒。《左傳・襄公十四年》：“秦人毒涇上流，師人多死。”北周、王褒《從軍行》詩之一：“牧馬濱長渭，營軍毒上涇。”《北史・長孫道生傳附長孫晟》：“因取諸藥，毒水上流，達頭人畜飲之多死。”唐、皮日休《藥魚》詩：“何必重傷魚，毒涇猶可作。”

用毒物殺害、毒殺。《山海經・西山經》：“（皋塗之山）有白石焉，其名曰礜，可以毒鼠。”郭璞注：“今礜石殺鼠，音豫，蠶食之而肥。”又《中山經》：“（朝歌之山）有草焉，名曰莽草，可以毒魚。”《新唐書・長孫無忌傳》：“皇太子建成毒王，王病，舉府危駭。”《二刻拍案驚奇》卷十八：“汝父既與他同宿，被他毒了，想就死在那房裏的了。”

有毒腺的昆蟲、爬蟲刺咬。《關尹子・九藥》：“勿輕小物，小蟲毒身。”唐、元稹《巴虵三首並序》：“巴之虵百類……毒人則毛髮豎起。”宋、沈括《夢溪筆談・譏謔》：“郊行不敢乘馬，馬爲蚊虻所毒，則狂逸不可制。”

惡、罪惡。《廣雅·釋詁三》：“毒，猶惡也。”《左傳·昭公四年》：“楚王方侈，天或者欲逞其心，以厚其毒而降之罰，未可知也。”唐、歐陽詹《懷忠賦》：“天生彼辛兮，用殲覆於夏家，欲悠悠而罔極，毒浩浩其無涯。”

害、禍害、禍患、毒害。《廣韻·沃韻》：“毒，害也。”《書·盤庚上》：“汝不和吉言于百姓，惟汝自生毒。”孔傳：“自生毒害。”南朝、梁、劉勰《文心雕龍·諸子》：“暨於暴秦烈火，勢炎崑岡，而煙燎之毒，不及諸子。”《隋書·高勱傳》：“叔寶肆其昏虐，毒被金陵。”梁啟超《新史學·論正統》：“故不掃君統之謬見，而欲以作史，史雖充棟，徒爲生民毒耳。”

危害、傷害。《左傳·僖公二十八年》：“莫余毒也已。”漢、王符《潛夫論·斷訟》：“不則髡其夫妻，徙千里外劇縣，乃可以毒其心而絕其後，姦亂絕，則太平興矣。”唐、杜甫《夏夜歎》詩：“永日不可暮，炎蒸毒我腸。”《明史·朱紈傳》：“未幾，海寇大作，毒東南者十餘年。”清、王夫之《讀通鑑論·漢王莽》：“兵者，毒天下者也，聖王所不忍用也。”太平天國、洪仁玕《誅妖檄文》：“既盜我邦之珍寶，又毒我國之身靈。”

苦、苦楚、苦痛。《廣雅·釋詁二》：“毒，痛也。”王念孫疏證：“《大雅·桑柔篇》：‘寧爲荼毒。’鄭箋以荼毒爲苦毒，陸機《豪士賦序》‘身狎荼毒之痛’，是荼毒皆痛也。”《廣韻·沃韻》：“毒，痛也，苦也。”《書·湯誥》：“爾萬方百姓罹其凶害，弗忍荼毒。”孔傳：“荼毒，苦也。不能堪忍虐之甚。”孔穎達疏：“《釋草》云：荼，苦菜。此菜味苦，故假之以言人苦，毒謂螫人之蟲蛇虺之類，實是人之所苦，故并言荼毒，以喻苦也。”晉、袁宏《後漢紀·桓帝紀上》：“欲犯王怒，觸帝禁，伏於兩觀之下，陳寫痛毒之冤，然後登金鑊，入沸湯，雖死而不恨。”《北史·獻文六王傳·咸陽王禧》：“試作一謎，當思解之，以釋毒悶。”

作“以……爲苦或爲……所苦”。《列子·周穆王》：“宋陽里華子中年病忘，朝取而夕忘，夕與而朝忘，在塗則忘行，在室則忘坐，今不識先，後不識今，闔室毒之。”楊伯峻集釋引唐、殷敬順《釋文》

云："毒，苦也。"又《湯問》："仙聖毒之，訴之於帝。"楊伯峻集釋引唐、殷敬順《釋文》云："毒，病也。"宋、蘇軾《與朱鄂州書》："去歲夏中，其妻一產四子，楚毒不可堪忍，母子皆死。"唐、柳宗元《捕蛇者說》："今雖死乎此，比吾鄉鄰之死則已後矣，又安敢毒耶！"

怨恨、憎恨、憎惡。《廣雅·釋詁三》："毒，惡也。"王念孫疏證："凡相憎惡亦謂之毒。《緇衣》云：'唯君子能好其正，小人毒其正。'是也。"又《釋言》："毒，憎也。"《銀雀山漢墓竹簡·孫臏兵法·行篡》："死者不毒，奪者不慍。"《後漢書·馮衍傳》："惡叢巧之亂世兮，毒縱橫之敗俗。"李賢注："毒，恨也。"唐、柳宗元《捕蛇者說》："余悲之，且曰：'若毒之乎？余將告於蒞事者，更若役，復若賦，則何如？'"《警世通言·玉堂春落難逢夫》："（玉堂春）又氣又苦，越想越毒。"

擔憂、患苦。《列子·湯問》："仙聖毒之，訴之於帝。"殷敬順釋文："毒，病也。"晉、陸雲《逸民賦》："毒萬物之誼譁兮，聊漁釣於此澤。"宋、沈遼《和穎叔蓬萊閣》詩："海上僊山豪，泛泛隨狂潮。仙人毒其危，禺強資巨鰲。"

暴烈、酷烈、猛烈、狠毒、厲害。《國語·吳語》："吾先君闔廬不貰不忍，被甲帶劍，挺鈹搢鐸，以與楚昭王毒逐於中原柏舉。"《水經注·河水》："有九折坂，夏則凝冰，冬則毒寒。"元、李文蔚《燕青博魚》第二折："兄弟，你好眼毒也，你怎生便認得出來？"《西遊記》第四一回："他兩個只管論那妖精的手段，講那妖精的火毒。"

狠心、毒手。《儒林外史》第十六回："我賭氣不賣給他，他就下一個毒，串出上手業主，拿原價來贖我的。"

厚、厚重、多。徐灝《說文解字注箋》："毒之本義爲毒艸，因與篤同聲通用而訓爲厚耳。"《書·微子》："天毒降災荒殷邦。"清、俞樾《古書疑義舉例·以雙聲疊韻字代本字例》卷三："《尚書·微子篇》'天毒降災荒殷國（邦）'，《史記·微子世家》作'天篤下災亡殷國'。篤者，厚也，言天厚降災咎以亡殷國也。篤與毒，亡與荒皆疊韻，以此疊韻字代本字之例也。"

指極盛的熱氣。漢、王充《論衡·言毒》："夫毒，太陽之熱氣也。"宋、王讜《唐語林·豪爽》："時暑毒方甚，上在涼殿坐後，水激扇車，風獵衣襟。"清、侯方域《止賈三兄過禹州書》："且七月秋陽方熾，雨潦時行，上冒炎毒，下苦濕蒸。"

指酷刑。《後漢書·陳禪傳》："及至，笞掠無筭，五毒畢加。"《明史·刑法志三》："全刑者曰械，曰鐐，曰棍，曰拶，曰夾棍。五毒備具，呼晷聲沸然。"

猶甚於。唐、李白《北上行》詩："殺氣毒劍戟，嚴風裂衣裳。"唐、王建《送張籍歸江東》詩："五月天氣熱，波濤毒於湯。"

狠、狠毒。《初刻拍案驚奇》卷十三："父親便將小的毒咬一口，咬落耳朵。"

古印度刑法之一。唐、玄奘《大唐西域記·印度總述》："拒違所犯，恥過飾非，欲究情實，事須案者，凡有四條：水、火、稱、毒……毒則以一殺羊，剖其右髀，隨被訟人所食之分，雜諸毒藥置剖髀中，實則毒發而死，虛則毒歇而穌。"

通"督"，治理、安定。朱駿聲《說文通訓定聲·孚部》："毒，叚借爲督。"《易·師》："以此毒天下，而民從之。"唐、陸德明《經典釋文》引馬融曰："毒，治也。"王引之《經義述聞》："《廣雅》：'毒，安也。'毒天下者，安天下也。《廣雅》訓毒爲安，蓋《周易》舊注也，視諸說爲長。"俞樾平議："《尚書·微子篇》'天毒降災荒殷邦'，《史記·宋世家》作'天篤下災亡殷國'……是毒通作篤，篤通作督，皆聲近而義同。此傳毒字當讀爲督。《爾雅·釋詁》：'督，正也。'以此督天下，言以此正天下也。《呂氏春秋·順民》：'湯克夏而正天下'高注曰：'正，治也。'正有治義，故督亦有治義。"《潛夫論·斷訟》："乃可以毒其心而絕其後，姦亂絕則太平興矣。"明、劉基《郁離子·天地之盜》："子以爲以力毒人，而人不言怨者，其畏威也乎？"

通"熟"，成熟。《老子》第五十一章："故道生之，德畜之，長之育之，亭之毒之，養之覆之。"朱謙之校釋引羅振玉曰"景龍、御注、敦煌、景福四本均作'成之熟之'。"

通"竇"，門戶。《莊子·人間世》："無門無毒，一宅而寓於不得已，則幾矣。"陳鼓應今注引奚侗曰："'毒'當作'竇'，音同相假。

《左襄十年傳》：‘王叔之宰曰：‘蕓門閨竇之人。’是‘門’、‘竇’連文之證。”

用同“纛”，大旗。宋、羅泌《路史・後紀五・疏仡紀一》：“故五旗五麾六毒，而制其陣。”元、尚仲賢《氣英布》第四折：“兩員將各自尋門路，整彪軀輪巨毒。”

姓。《姓觿・沃韻》：“《唐書》云宰相竇懷正以謀逆伏誅，命改姓毒氏。”《舊唐書・竇懷貞傳》：“先天二年，太平公主逆謀，事洩，懷貞懼罪，投水而死，追戮其屍，改姓毒氏。”

毒又讀 dài ㄉㄞˋ，《集韻》待戴切，去代定。毒冒，即“瑇瑁”、“玳瑁”；一種似龜的爬行動物。《集韻・代韻》：“瑇，瑇瑁也。亦作毒、玳。”《漢書・地理志下》：“粵地……處近海，多犀、象、毒冒、珠璣、銀、銅、果、布之湊。”顏師古注：“毒，音代。”又《司馬相如傳上》：“其中則有神龜蛟鼉，毒冒鱉黿。”顏師古注引張揖曰：“毒冒似觜蠵，甲有文。”章炳麟《五朝法律索隱》：“今觀日本諸庸作者，織布爲裯，大書題號其上，背負雕文，若神龜毒冒焉。”

芬（芬） 0219 𦮐 𦬞 屮初生，其香分布。從屮，從分，分亦聲。𦮐，芬或從艸。撫文切（fēn ㄈㄣ）。

【譯白】芬，草剛生長出來，它的香氣分散四佈。是分別依從屮，依從分做主、從形旁並峙爲義，分也做爲聲旁構造而成的會意兼形聲字。芬，芬的或體字，依從艸做主形旁構造而成的會意字。

【述義】芬，俗作“芬”。《玉篇・屮部》：“芬，今作芬。”訛作“芬”，從山。《墨子・節用中》：“不極五味之調，芬香之和，不致遠國珍怪異物。”孫詒讓閒詁：“畢云‘芬字同芬。’”

草初生的香氣，引申泛指香氣。《詩・小雅・楚茨》：“苾芬孝祀，神嗜飲食。”《荀子・正名》：“香、臭、芬、鬱、腥、臊、洒、酸奇臭，以鼻異。”楊倞注：“芬，花草之香氣也。”《楚辭・離騷》：“芳菲菲而難虧兮，芬至今猶未沫。”漢、張衡《南都賦》：“晻曖翳蔚，含芬吐芳。”晉、陶潛《閑情賦》：“佩鳴玉以比潔，齊幽蘭以爭芬。”唐、于志寧《〈大唐西域記〉序》：“德契中庸，騰芬蘭室。”《宋史・樂志十二》：“洗爵奠斝，有酒其芬。”

香料。《急就篇》第十四章：“芬薰脂粉膏澤筩。”顏師古注：“芬香，蘊糅其質以爲香也。”

喻美好的德行或聲譽。《隸續・漢都鄉孝子嚴舉碑》：“勒石述歎，以章其芬。”晉、陸機《文賦》：“詠世德之駿烈，誦先人之清芬。”《晉書・桓彝傳論》：“揚芬千載之上，淪骨九泉之下。”

和、和好。《廣雅・釋詁三下》：“芬，和也。”王念孫疏證：“《方言》：‘芬，和也。’郭璞注云：‘芬香和調。’……凡人相和好亦謂之芬。《荀子・議兵篇》云：‘其民之親我歡若父母，其好我芬若椒蘭。’《非相篇》云：‘驩欣芬薌以送之。’皆是也。”

通“紛”，眾多貌。《漢書・禮樂志》：“芬樹羽林。”顏師古注：“言所樹羽葆，其盛若林，芬然眾多。”朱駿聲《說文通訓定聲・屯部》：“芬，叚借爲紛。”

通“墳”，隆起貌。《管子・地員》：“五壤之狀，芬然若澤若屯土。”尹知章注：“言其土得澤則墳起爲堆，故曰屯土也。”朱駿聲《說文通訓定聲・屯部》：“芬，叚借爲墳。”

姓。《廣韻・文韻》：“芬，姓。《戰國策》晉有大夫芬質。”

疊字雙音“芬芬”形況：一、芬香。《詩・大雅・鳧鷖》：“旨酒欣欣，燔炙芬芬。”毛傳：“芬芬，香也。”三國、魏、何晏《景福殿賦》：“藹藹萋萋，馥馥芬芬。”明、馬愈《馬氏日抄・特迦香》：“在地中枕內取出一小盒，啟香爇之，香雖不多，芬芬滿室。”二、猶紛紛，雜亂貌。《逸周書・祭公》：“汝無泯泯芬芬，厚顏忍醜。”孔晁注：“泯芬，亂也。”盧文弨曰：“芬芬，與《呂刑》‘棼棼’同。”《敦煌變文集・李陵變文》：“陵軍骸骸向前催，虜騎芬芬逐後來。”

苬　0220　　菌苬，地蕈，叢生田中。从中，六聲。蘮，籀文苬从三苬。力竹切（lù　ㄌㄨˋ）。

【譯白】苬，全名“菌苬”，生長在地上的傘菌類植物，從耕種的土地上產生的有機養分中一叢一叢地生長出來。是依從中做形旁，以六（六表示大地、有旺盛的孕育繁殖能力）爲聲旁構造而成的形聲兼會意字。蘮，是籀文的苬字，是依從三個苬字共同做形旁構造而成的會意字。

【述義】苬是形聲兼會意字。《易・坤》：“初六，履霜堅冰至。”孔穎達疏：“六，陰爻之名；陰數六老而八少，故謂陰爻爲六。”古代以"六"爲陰之稱，陰爲"坤"爲地，陽之"乾"、"天"給萬物以生命的起點，"坤"、"地"則使生命發育成形。"六聲"，是形聲兼會意。

　　傘菌類植物由林木或草地中的有機養分生成；"地蕈"是說地上生長出來的傘類植物。段玉裁《說文解字注》："《釋艸》曰：'中馗，菌。'注：'地蕈也。似蓋，今江東名爲土菌，亦曰馗廚'。又'出隧蘧蔬。'注：'蘧蔬似土菌，生菰草中'。按：馗廚、蘧蔬、菌屰三者，一音之轉語。"參見後面《艸部》"菌"、"蕈"條。

熏　0221　火煙上出也。从屮，从黑；屮黑，熏黑也。許云
　　　　　　切（xūn ㄒㄩㄣ）。

【譯白】熏，草燃燒出火所產生的煙向上升起散開。是分別依從屮，依從黑做主、從形匃並峙爲義構造而成的會意字；用屮黑構成了熏字，是說草燃燒出火所產生的煙把物體熏黑。

【述義】王筠《說文釋例》卷十五、頁七："熏下云'屮黑'，熏象也。煙何由熏初生之草？蓋北方茅茨檐之上以艸爲笮，屋中炊煙，日日上出，故笮黑也。南方多於椽上排瓦，未必有此。屮下云'古文或以爲艸字'，熏字所從之屮，即當作艸解。"

　　林義光《文源》："（古文）人'黑'，象火自窗上出形。'屮'，上出之象。"

　　火煙、火煙上出。《玉篇·火部》："熏，火上出也。"《墨子·節葬下》："秦之西有儀秉之國者，其親戚死，聚柴薪而焚之，燻上，謂之登遐。"南朝、梁、陶弘景《許長史舊館壇碑》："蘭缸烈耀，金爐揚熏。"《法苑珠林》卷二四："手中之香，勃焉自然，芳煙直上，其氣聯雲，餘燻葳蕤，溢於衢路。"

　　用火煙熏炙。《詩·豳風·七月》："穹室熏鼠，塞向墐戶。"《周禮·秋官·翦氏》："翦氏掌除蠹物，以攻禜攻之，以莽草熏之。"《韓非子·外儲說右上》："燻之，則恐焚木；灌之，則恐塗阤。"《漢書·中山靖王劉勝傳》："臣聞社鼷不灌，屋鼠不熏，何？所託者然也。"宋、王安石《酬微之梅暑新句》詩："琴絃欲緩何妨促，畫蠹微生故可熏。"《西遊記》第四二回："本欲來的，只是弟子被煙燻了，不能駕雲。"

烘烤、焙製、燻製。宋、陸游《和范待制秋興三首》詩之二："睡臉餘痕印枕紋，秋衾微潤覆爐熏。"

侵染、侵襲。晉、王嘉《拾遺記·燕昭王》："（荃蕪之香）出波弋國，浸地則土石皆香……以燻枯骨，則肌肉皆生。"南朝、宋、鮑照《代苦熱行》詩："瘴氣晝熏體，草露夜霑衣。"唐、韓愈《八月十五日夜贈張功曹》："下牀畏蛇食畏藥，海氣濕蟄熏腥臊。"唐、溫庭筠《清平樂》詞之一："鳳帳鴛被徒燻，寂寞花鎖千門。"宋、林昇《題臨安邸》詩："暖風熏得遊人醉，直把杭州作汴州。"清、王士禎《梅花二絕句》詩之一："檐上春風競桃李，眞香熏骨幾人知。"

燒灼、火燙。《集韻·問韻》："熏，灼也。"《詩·大雅·雲漢》："我心憚暑，憂心如熏。"毛傳："熏，灼也。"

引申指拒絕。熏人，拒絕別人。清、俞正燮《癸巳存稿·熏》："凡熏人者，亦曰嚇人也。《詩·桑柔》云：'反予來赫。'傳云：'炙也。'箋云：'口拒人爲赫。言汝反來赫我，出言悖怒。'"按《詩·大雅·桑柔》鄭玄箋："口距人謂之'嚇'。我恐女見弋獲，既往覆陰女，謂啟告之以患難也。女反赫我，出言悖怒，不受忠告。"

火氣盛。《廣韻·文韻》："熏，火氣盛皃。"

熱氣蒸騰。《增韻·文韻》："熏，氣烝也。"宋、范成大《立秋二絕》詩："三伏熏蒸四大愁，暑中方信此生浮。"

指逐漸積纍。《法苑珠林》卷三十："出家之人，未犯之前，念念入道，善業已熏，福基已厚，雖有微惡，輕愧而造，不能傾動。"

用言語逐漸影響、說服人。明、顧起元《客座贅語·詮俗》："以語漸漬之，俾其從，曰熏。"

黃昏，後作"曛"。《正字通·火部》："熏，又借黃昏時也。別作曛。"《後漢書·文苑傳下·趙壹》："（羊）陟遂與言談，至熏夕，極歡而去。"

通"纁"，絳色。《儀禮·士冠禮》："爵弁，服纁裳。"漢、鄭玄注："今文纁皆作熏。"熏裳，淺絳色的下衣。《穀梁傳·僖公三十一年》："免牲者，爲之緇衣熏裳。"范甯注："玄熏者，天地之色也。"

用同"醺"，用香料塗身。唐、韓愈《答呂毉山人書》："方將坐足下三浴而三熏之。”

用同“薰”，香草。唐、陸龜蒙《奉酬襲美先輩吳中苦雨一百韻》詩：“歌謠非大雅，捃摭爲小說；上可補熏莖，傍堪跁芽蘗。”熏陸，卽薰陸香。南朝、梁、陶弘景《授陸敬游十賷文》：“今故賷爾香爐一枚，熏陸副之，可以騰紫煙閣，昭感上司。”

疊字雙音“熏熏”形況：亦作“燻燻”。一、和悅貌。《詩·大雅·鳧鷖》：“鳧鷖在亹，公尸來止熏熏。”毛傳：“熏熏，和說也，欣欣然樂也。”《文選·張衡〈東京賦〉》：“君臣歡康，具醉熏熏。”薛綜注：“熏熏，和悅貌。”二、衆多貌。漢、揚雄《太玄·交》：“往來熏熏，得亡之門。”司馬光集注引王涯曰：“熏熏，衆多之皃。”三、溫暖貌。《雲笈七籤》卷六二：“陽氣以至，徧體燻燻如春月也。”

熏又讀 xùn ㄒㄩㄣˋ。方言。一、謂名聲惡劣，盡人皆知。如：這個人早就熏了，誰都不願和他接近。二、謂使人窒息中毒。如：被煤氣熏着了。

文七　重三（以上《中部》的文字有七個，重文有三個。）

艸 0222　𣎆　百芔也。从二屮。凡艸之屬，皆从艸。倉老切（cǎo ㄘㄠˇ）。

【譯白】艸，百卉的總稱（草本植物的總稱）。是依從兩個屮共同做形芴構造而成的會意字。大凡用艸做部首來被統括其意義類屬的字，都是依從艸做形芴構造而成的。

【述義】隸、楷作“卝”；同“草”；草本植物的總稱。段玉裁《說文解字注》：“卉下曰‘艸之總名也’，是謂轉注。二屮、三屮，一也。引伸爲艸稿、艸具之艸。”王筠《說文釋例》卷二、頁二十四：“艸竹皆叢生，故兩之以象其形，不似木二便爲林也。乃有屮字而無个字者，事出偶然，不得如段氏杜撰篆文也。”《廣韻·晧韻》：“草，《說文》作艸，百卉也。經典相承作草。”《周禮·秋官·庶氏》“嘉草攻之”唐、陸德明《經典釋文》作“艸”，云：“艸，音草，本亦作草。”阮元校勘記：“據此知經中草木皆本作艸也。”

參見後面“草”條。

莊 0223　　莊　上諱。牀，古文莊。側羊切（zhuāng ㄓㄨㄤ）。

【譯白】莊，已故漢明帝劉莊的名字。牀，古文的莊字。（按：莊，是草長得繁茂的意思。是依從艸做形旁，以壯爲聲旁構造而成的形聲兼會意字。）

【述義】段玉裁《說文解字注》：“此形聲兼會意字。壯訓大，故莊訓艸大。古書莊、壯多通用；引伸爲凡壯盛精嚴之義。《論語》：‘臨之以莊。’苞咸曰‘莊，嚴也’是也。”莊字篆文本不書，今書之者，後人補也。然則錄古人注之曰‘古文莊’，亦恐後人所加；且其形本非莊字，當是‘奘’字之譌。”王筠《說文釋例·卷九·頁十·列文次第》：“（許愼）《敘》曰：‘同條率屬，共理相貫（同一枝條的脈葉接連生長在一起，共一義理的文字連貫排列在一起）。’此謂五百四十部之大體，以義相屬也。又曰‘雜而不越，據形系聯（部次、字次相互組合而不超越界限，一一根據字形分別繫聯排列）’，此謂五百四十部之小體，以形相屬也。而卷首《一部》說云‘道立於一’，卷末《亥部》說云‘亥而生子，復從一起’，且寓循環無端之義矣。而楚金（徐鍇）部敘，但據義，段氏（段玉裁）注部首，又但據形，皆蔽也。至於每部列文自有條理，與部首反對者，必在部末《夂（音zhǐ ㄓ，從後面送到的意思）部》之夃（音 kuǎ ㄎㄨㄚˇ，跨大步的意思）是也；若無從㔾之字，則亦必在㠯部末矣；疊部首爲字者，必在部末，耳部之‘聑、聶’是也，且可知《示部》終以祘，不得復贅‘禁、禫’二字，《十部》終以廿，不得復贅𠦝字也。至於部中字之先後，則先實後虛，先近後遠，諸大部無不然者；其或無虛實遠近之可言，則以訓義美者列於前，惡者列於後，如《言》、《心》等部是也。《艸部》有變例三，姑舉之以爲一隅焉：‘莊’字居首者，凡上諱皆在首，以尊君也，故不復解其義（段氏謂竝字不出，非也）；以下列‘蓏’字者，亦變例也，字既從㼌，不得入之《瓜部》而注之曰從二瓜從艸，雖有瓜字，而以微弱爲訓，其從二瓜，乃譬況之詞，是虛字也，蓏即瓜，固實字也；說文之例，實字爲部首者，可以收虛字，虛字爲部首者，不得領實字，故不能立㼌爲首而列蓏於其下，是以特列《艸部》之首，以表其爲變例也；‘芝’以下三文，瑞物也；‘虋’以下十二文，嘉穀而閒以稂莠也；自‘蘇’至‘菔’皆菜；自‘苹’

至‘落’皆艸名也；自‘芽’以下，則虛字矣；直至‘萉’字，皆論艸之榮枯也，而‘苑、薮’閒其中者，毓草木之所也；自‘芯’以下八字，仍承上義，特集香艸於一處；惟‘芰’字不與‘薙’字相次爲可疑；自‘荐’至‘茵’，皆艸之用，而菜蔬亦在其中，惟‘菜’字在前不次耳；自‘芻’至‘蒸’，皆馬艸燒柴也；‘菌、㹠、薪’三字，去艸義太遠，故在末；‘芜’字亦當在此，不當在‘卉’字下，‘蕉’字當與‘萉、芋’相次；‘蒜’字當與‘薑、蓼’相次；‘葭’字當與‘荐、藉’相次；皆不應在此；而‘卉’字當殿全部之末，不應此下又有兩字也。‘左文五十三、重二、大篆從茻’，此例爲它部所無，故其序字也，再以實字起，小徐（徐鍇）失此區別之詞，而於虛字之後再序實字，則失次矣！自‘芥’至‘虀’，皆艸名、菜名；‘苣’字不與‘虀’相次者，以有從茻之異也；自‘葆’以下言草茂；‘草、菆’皆微物；‘蓄’字去草遠；‘春’字當在部末；‘茯’字不應在其下，或後人亂之；‘荊’字則茂堂（段玉裁號）明辨之矣。”

草盛貌。《玉篇·艸部》：“莊，草盛兒。”《六書正譌·陽韻》：“莊，草芽之壯也。”

莊重、嚴肅。《論語·爲政》：“臨之以莊，則敬。”何晏集解引包咸曰：“莊，嚴也。君臨民以嚴，則民敬其上。”《韓非子·外儲說左下》：“季孫好士，終身莊，居處衣服，常如朝廷。”戰國、楚、宋玉《神女賦》：“貌豐盈以莊姝兮，苞溫潤之玉顏。”唐、韓愈《學生代齋郎議》：“其思慮必不固，其容貌必不莊。”《聊齋志異·王桂菴》：“芸娘不信，王故莊其詞以實之。”

恭敬。《玉篇·艸部》：“莊，敬也。”《集韻·陽韻》：“莊，恭也。”《呂氏春秋·孝行》：“居處不莊，非孝也。”高誘注：“莊，敬。”

嚴正。《逸周書·諡法》：“履正爲莊。”朱右曾校釋：“莊，嚴正也。”莊語，嚴正的言語或議論。《莊子·天下》：“以天下爲沈濁，不可與莊語。”王先謙集解：“莊語，猶正論。”宋、葉適《朝議大夫知處州蔣公墓誌銘》：“客至，請入莊語而已。”清、惲敬《張子實臨徐俟齋尺牘書後》：“俟齋隨手作書，莊語謔詞，具見格調。”

盛飾、裝飾。《古今韻會與要·陽韻》：“莊，《說文》：‘盛飾也，從艸、壯。’壯亦盛也。”《文選・司馬相如〈上林賦〉》“靚糚刻飾”李善注引晉、郭璞曰：“靚莊，粉白黛黑也。”晉、法顯《佛國記》：“然後彩畫作諸天形像，以金銀琉璃莊校其上。”南朝、宋、顏延之《三月三日曲水詩序》：“靚莊藻野，袨服縟川。”《南史・后妃傳上・潘淑妃》：“帝好乘羊車經諸房，淑妃美莊飾褰帷以候。”又《張彪傳》：“婦人本在容貌。辛苦日久，請暫過宅莊飾。”宋、葉適《黃子耕墓誌銘》：“天子郊，見上公貂蟬久遠暗淡。大禮事務惶恐，以咎子耕……子耕笑曰：‘大臣莊其首，所以敬天也。若專知陪備，豈勝任耶！’”“莊飾”，卽妝飾、裝飾。北魏、楊衒之《洛陽伽藍記・景明寺》：“莊飾華麗，侔於永寧。”“莊嚴”；特指裝飾端正。漢、荀悅《漢紀・武帝紀五》：“王太后皆莊嚴，將入朝。”

　　通道、四通八達的道路。《爾雅・釋宮》：“五達謂之康，六達謂之莊。”邢昺疏引孫炎云：“莊，盛也，道煩盛。”南朝、宋、鮑照《蕪城賦》：“重江複關之隩，四會五達之莊。”南朝、梁、王中《頭陀寺碑文》：“通莊九折，安步三危。”

　　特指古代齊國都城臨淄大街名。《左傳・襄公二十八年》：“得慶氏之木百車於莊。”《孟子・滕文公下》：“引而置之莊，嶽之間數年，雖日撻而求其楚，亦不可得矣。”趙岐注：“莊、嶽，齊街、里名也。”

　　邨莊、園圃、郊野的住宅、別墅。章炳麟《新方言・釋地》：“《爾雅》：‘六達謂之莊。’……今人以爲通名，田家邨落謂之莊，山居園圃亦謂之莊。”唐、杜甫《懷錦水居止》詩之二：“萬里橋西宅，百花潭北莊。”宋、陸游《小舟游近邨舍舟步歸四首》詩之四：“斜陽古道趙家莊，負鼓盲翁正作場。”《宋史・趙師睪傳》：“侂胄嘗飲南園，過山莊，顧竹籬茅舍，謂師睪曰：‘此眞田舍間氣象，但欠犬吠雞鳴耳。’”《水滸全傳》第五回：“欲借寶莊投宿一宵，明早便行。”《儒林外史》第十六回：“望見莊南頭大路上一個和尚庵。”《兒女英雄傳》第十五回：“安老爺來到褚家莊。”

　　皇室、貴族、官僚、地主、寺院等佔有的大片土地。南朝、梁、蕭統《開善寺法會》：“棲鳥猶未翔，命駕出山莊。”唐、段成式《酉陽雜俎・尸呇》：“劉晏判官李邈，莊在高陵，莊客懸欠租課，積五六年。”宋、王讜《唐語林》卷七：“平泉莊者，在洛城（南）三十里……周圍十餘里，臺榭百餘所。”莊田，中國古代社會中皇室、貴族、地主、官僚、寺觀等佔有並經營的大片土地。《舊唐書・宣帝紀》：“官健有莊田戶藉者，仰州縣放免差役。”《明史・憲宗紀》：“夏四月乙未，清畿內勳戚莊田。”《清史稿・食貨志一》：“考各旗王、公、宗室莊田，都萬三千三百餘頃。”劉師培《悲佃篇》：“明代開國之初，凡王侯將相皆有欽賜之莊田。”莊園，中國古代皇室、貴族、大官、富豪、寺院等佔有並經營的大片土地。《舊唐書・狄仁傑傳》：“（寺院）水碾莊園，數亦非少。”宋、王溥《唐會要・租稅》：“遂於當處買百姓莊園舍宅。”《兒女英雄傳》第一回：“（安老爺）就守定這座莊園，課子讀書。”

規模較大或做批發生意的商店。清、程麟《此中人語・拐兒橋》：“至最大之綢莊上，昂然而進。”《老殘遊記》第十六回：“是敝縣第一個大錢莊。”

莊家，牌戲或賭博中每一局的主持人的簡稱。

量詞。一、件，後作“樁”。元、關漢卿《王閨香夜月四春園》第二折：“此一莊事不敢隱諱。”又《裴度還帶》第二折：“小官在此洛陽體察的如此一莊事。”元、鄭光祖《三戰呂布》第一折：“要活的呵將那廝臂牢拴，要死的呵將那廝天靈來打爛，兩莊兒由元帥揀。”明、劉兌《金童玉女嬌紅記》：“後來爲有善甫孩兒，所以侵了這一莊事。”二、古代雲南少數民族交易用貝單位。清、顧炎武《天下郡國利病書・滇志・沿革論》：“交易用貝，一枚曰莊，四莊曰手，四手曰苗，五苗曰索。”

姓。《通志・氏族略四》：“莊氏，芈姓，楚莊王之後，以諡爲氏。楚有大儒曰莊周。”

疊字雙音“莊莊”形況：正直貌、嚴正貌。《管子・小問》：“苗始其少也，眴眴乎何其孺子也；至其壯也，莊莊乎何其士也。”尹知章注：“莊莊，矜直貌。”清、梅曾亮《〈太乙舟山房文集〉序》：“莊莊乎不自枉以導人，而不齗齗於崖岸也。”

蓏 ⁰²²⁴ 蓏　在木曰果，在地（艸）曰蓏。从艸，从瓜。郎果切（luǒ ㄌㄨㄛˇ）。

【譯白】蓏，結在樹上（指木本植物）的實稱爲果，結在地上（指草本植物）的實稱爲蓏。是分別依從艸，依從㼌做主、從形芴並峙爲義構造而成的會意字。

【述義】沈濤《說文古本考》："《齊民要術》引作'在木曰果，在艸曰蓏'。《御覽》九百六十四《果部》同。是古本作'艸'，不作'地'。"

　　草本植物的果實。《易·說卦》："艮爲山……爲果蓏。"《周禮·天官·甸師》："其野果蓏之屬。"鄭玄注："果，桃李之屬；蓏，瓜瓟之屬。"《漢書·食貨志上》："還廬樹桑，菜茹有畦，瓜瓠果蓏，殖於疆易。"顏師古注："應劭曰：'木實曰果，草實曰蓏。'張晏曰：'有核曰果，無核曰蓏。'臣瓚曰：'案：木上曰果，地上曰蓏也。'"清、杜濬《田家雜興》詩："二麥既有秋，瓜蓏亦作花。"

芝 0225　　神艸也。从艸，从之（之聲）。止而切（zhī ㄓ）。

【譯白】芝，神奇珍貴的草（即靈芝）。是分別依從艸，依從之做主、從形芴並峙爲義，之也做爲聲芴構造而成的會意兼形聲字。

【述義】桂馥、朱駿聲俱依大、小徐作"从艸，从之"；朱駿聲特言"會意；之亦聲"。段玉裁、王筠作"从艸，之聲（形聲字）。"芝，靈芝，也稱"木靈芝"，眞菌的一種，生於枯木根際，有青、赤、黃、白、黑、紫等色，古以爲瑞草，服之可以成仙，故又名靈芝；中醫用以入藥，爲強壯劑。《神農本草經》有青芝、赤芝、黃芝、白芝、黑芝、紫芝。古人以爲瑞草，服之可以成仙。《爾雅·釋草》："茵，芝。"郭璞注："芝，一歲三華，瑞草。"郝懿行義疏："按：《類聚》九十八引《爾雅》作'菌芝'，蓋'菌'字破壞作'茵'耳。"《楚辭·東方朔〈七諫〉》："拔搴玄芝兮，列樹芋荷。"王逸注："玄芝，神草也。"洪興祖補注："《本草》：黑芝，一名玄芝。"《史記·孝武本紀》："甘泉防生芝九莖。"裴駰集解："應劭曰：'芝，芝草也，其葉相連。'如淳曰：'《瑞應圖》云：王者敬事耆老，不失舊故，則芝草生。'"《漢書·武帝紀》："甘泉宮產芝，九莖連葉。"《論衡·驗符》："芝生於土……芝草延年，仙者所食。"《列子·湯問》："朽壤之上有菌芝者，生於朝，死於晦。"三國、魏、嵇康《幽憤詩》："煌煌靈芝，一年三秀。"

形如菌蓋的東西，多指車蓋。《文選・揚雄〈甘泉賦〉》："於是乘輿迺登夫鳳皇兮而翳華芝。"李善注引服虔曰："華芝，華蓋也。"又《張衡〈思玄賦〉》："左青琱之捷芝兮，右素威以司鉦。"李善注："芝，小蓋也。"

香草，也作"芷"。《孔子家語・在厄》："芝蘭生於深林，不以無人而不芳。"按：《荀子・宥坐》作"芷蘭"。《荀子・王制》："其民之親我歡若父母，好我芳若芝蘭。"漢、焦贛《易林・萃之同人》："南山芝蘭，君子所有。"《晉書・謝玄傳》："譬如芝蘭玉樹，欲使其生於庭階耳。"五代、王定保《唐摭言・怨怒》："分若芝蘭，堅逾膠漆。"芝（芷）和蘭，皆香草。

古州名。唐置，屬嶺南道，宋廢；地在今廣西省忻城縣。《輿地廣記・廣南西路下》："忻城縣，唐置，及立芝州，治此。後爲羈縻州。皇朝（宋）慶曆三年廢州，以縣來屬。"

姓。《字彙・艸部》："芝，姓。"

萐 0226　　萐　萐莆，瑞艸；堯時生於庖廚，扇署而涼。从艸，疌聲。士洽切（shà ㄕㄚˋ）。

【譯白】萐，全名萐莆，是一種吉祥的草；上古唐堯時代生長在廚房裏，它的葉大、能不搖自動扇走暑氣，使食物清涼不容易腐臭。是依從艸做形旁，以疌爲聲旁構造而成的形聲字。

【述義】一作"萐脯"、"萐甫"，傳說中一種大葉的神異吉祥植物，葉可作扇；一說即蒲葵類大葉草。《春秋潛潭巴》："君臣和得，道葉度中，則萐脯生於庖廚。"漢、班固《白虎通・封禪》："孝道至則萐莆生庖廚。萐莆者，樹名也。其葉大於門扇，不搖自扇，於飲食清涼，助供養也。"《論衡・是應》："儒者言萐脯生於庖廚者，言廚中自生肉脯，薄如萐形，搖鼓生風，寒涼食物，使之不臭。"《宋書・符瑞志下》："萐甫，一名倚扇，狀如蓬，大枝葉小，根根如絲，轉而成風，殺蠅。堯時生於廚。"唐、張九齡《謝賜御書喜雪篇狀》："雖廚萐每搖，而野芹徒獻，豈云堯禹之膳，冀達臣子之情。"唐、劉禹錫《唐故衡州刺史呂君集紀》："靈芝、萐莆，與百果齊坼。"唐、褚琇《奉和聖制送張說上集賢學士賜宴》詩："萐降堯廚翠，榴開舜酒紅。"

扇的別名。漢、王充《論衡・是應》："人夏月操萐，須手搖之，然後生風。"

莆 0227 𦱤 萐莆也。从艸，甫聲。方矩切（fǔ ㄈㄨˇ）。

【譯白】莆，全名稱爲萐莆的瑞草。是依從艸做形旁，以甫爲聲旁構造而成的形聲字。

【述義】萐莆，見前一字"萐"條。

莆又讀 pú ㄆㄨˊ，《洪武正韻》蒲胡切。一、水草名，即蒲草。《楚辭・天問》："咸播秬黍，莆雚是營。"王逸注："言禹平治水土，萬民皆得耕種黑黍於雚蒲之地，盡爲良田也。"二、姓。《萬姓統譜・虞韻》："莆，見《氏族通志》。莆森，枝江人，洪熙中雺都縣知縣。"

虋 0228 𧆐 赤苗嘉穀也。从艸，釁聲。莫奔切（mén ㄇㄣˊ）。

【譯白】虋，赤粱粟的優良穀子。是依從艸做形旁，以釁爲聲旁構造而成的形聲字。

【述義】赤粱粟，穀（粟）的良種；秦、漢以前，粟爲穀類總稱，包括黍、稷、粱、秫等，漢以後始稱穗大毛長粒粗的爲粱，穗小毛短粒細的爲粟。《爾雅・釋草》："虋，赤苗。"郭璞注："今之赤粱粟。"郝懿行義疏："郭言粱者，粱即粟之米，故《三蒼》云：'粱，好粟也。'此皆言苗，郭以粟言者，粟即穀通名耳。"明、李時珍《本草綱目・穀二・黍》："赤黍曰虋。"

茂草、茂盛。明、李時珍《本草綱目・草七・天門冬》："草之茂者爲虋，俗作門。"清、曹寅《戲題西軒草木》詩："木筆脫胎虋草長，黃梅花對白梅花。"

虋冬，即天門冬和麥門冬。明、李時珍《本草綱目・草五・麥門冬》："虋冬。麥鬚曰虋，此草根似麥而有鬚，其葉如韭，凌冬不凋，故謂之麥虋冬。"又《草七・天門冬》："虋冬。草之茂者爲虋，俗作門。此草蔓茂，而功同麥門冬，故曰天門冬。"一說，即薔薇。《爾雅・釋草》："蘠蘼，虋冬。"郝懿行義疏："《說文》云：'蘠蘼，虋冬也。'即今薔薇。"

荅 0229 𦳶 小尗也。从艸，合聲。都合切（dǎ ㄉㄚˇ）。

【譯白】荅，小豆的名稱。是依從艸做形旁，以合爲聲旁構造而成的形聲字。

【述義】小豆。《廣雅・釋草》："小豆，荅也。"《九章算術・粟米》："菽、荅、麻、麥，各四十五。"《晉書・律曆志上》："菽、荅、麻、麥一斛，積二千四百三十寸。"

應允、對答，後作"答"。《書・洛誥》："奉荅天命，和恆四方民，居師。"孔傳："又當，奉當天命，以和常四方之民，居處其衆。"《左傳・宣公二年》"旣合而來奔"晉、杜預注："合猶荅也。"《禮記・祭義》："祭之日，君牽牲，穆荅君，卿大夫序從。"鄭玄注："荅，對也。"《玉篇・艸部》："荅，當也。"《五經文字・艸部》："荅，此荅本小豆之一名，對荅之荅本作畣。經典及人間行此荅已久，故不可改。"《廣韻・合韻》："答，當也。亦作荅。"

卽渠答，鐵蒺藜，一種禦敵的器具。《墨子・備城門》："二步一荅，廣九尺，袤十二尺。"孫詒讓閒詁引蘇林曰："渠荅，鐵蒺藜也。"

粗厚、厚重。《漢書・貨殖傳》："荅布皮革千石。"顏師古注："麤厚之布也，其價賤，故與皮革同其量耳，非白疊也。荅者，厚重之貌。"

容量單位。《史記・貨殖列傳》："糱麴鹽豉千荅。"裴駰集解引徐廣曰："或作'台'，器名有瓵。孫叔然云：瓵，瓦器，受斗六升合爲瓵。音貽。"《漢書》作"合"。

荅遝、果名，似李。《文選・司馬相如〈上林賦〉》："隱夫薁棣，荅遝離支。"李善注引張揖曰："荅遝似李，出蜀。"

荅刺，下垂。元、馬致遠《黃粱夢》第三折："這一個早直挺了軀殼，那一個又荅刺了手腳。"

姓。《萬姓統譜・合韻》："荅，見《姓苑》。"

荅又讀 tà ㄊㄚˋ，《集韻》託合切，入合透；緝部。沮喪。《莊子・齊物論》："南郭子綦隱机而坐，仰天而噓，荅焉似喪其耦。"唐、陸德明《經典釋文》："荅焉，本又作嗒……解體貌。"荅焉，一說是相忘貌。

萁 0230 萁　豆莖也。从艸，其聲。渠之切（qí ㄑㄧˊ）。

【譯白】萁，豆類植物的主莖（卽豆稭）。是依從艸做形旁，以其爲聲旁構造而成的形聲字。

【述義】豆稭。《漢書・楊惲傳》："種一頃豆，落而爲萁。"《世說新語·文學》："（東阿王曹植）應聲便爲詩曰：'煮豆持作羹，漉菽以爲汁。萁在釜下然，豆在釜中泣。本是同根生，相煎何太急。'"

《宋書·樂志三》："齷如五馬噉萁，川上高士嬉。"

泛指莖稈。宋、辛棄疾《新荷葉》詞："物盛還衰，眼看春葉秋萁。"宋、陳造《贈傅商卿》詩："下簾小熾萁爐火，煨芋聊持藥玉杯。"

萁豆相煎，比喻骨肉自相殘殺。三國、魏、曹植《七步詩》："煮豆持作羹，漉菽以爲汁；萁在釜下然，豆在釜中泣；本是同根生，相煎何太急！"

萁又讀 jī ㄐㄧ，《廣韻》居之切，平之見。分述其義：

草名，似荻而細。《漢書·五行志下之上》："宣王立，女童謠曰：'檿弧萁服，實亡周國。'後有夫婦鬻是器者，宣王使執而僇之。"顏師古注："服，盛箭者，即今之步叉也。萁，草，似荻而細，織之爲服也。"萁服，是萁草作的箭袋。

木名。《淮南子·時則》："爨萁燧火。"高誘注："取萁木燧之火炊之。"

野菜名。《後漢書·馬融傳》："其土毛則摧牧薦草，芳茹甘荼，苨萁，芸蒩。"李賢注："《爾雅》曰：'蒦，月爾。'郭璞注：'即紫蒦也，似蕨可食。'"

語助詞。《禮記·曲禮下》："凡祭宗廟之禮……黍曰薌合，粱曰薌萁。"鄭玄注："萁，辭也。"孔穎達疏："粱，謂白粱、黃粱也；萁，語助也。"

藿 0231 藿　尗之少也。从艸，霍聲。虛郭切（huò ㄏㄨㄛˋ）。

【譯白】藿，豆類植物的嫩葉。是依從艸做形旁，以霍爲聲旁構造而成的形聲字。

【述義】邵瑛《羣經正字》："今經典多作'藿'。《爾雅》作藿，見《釋草》。"徐灝《說文解字注箋》："許云'尗之少者'，亦謂豆之嫩葉可食耳。"《正字通·艸部》："藿，同藿。"

藿又讀 suǐ ㄙㄨㄟˇ，《集韻》選委切，上紙心。草木花開貌。《集韻·紙韻》："藿，艸木花敷皃。"

菳 0232 菳　鹿藿之實名也。从艸，狃聲。敕久切（niǔ ㄋㄧㄡˇ）。

【譯白】菡，鹿豆枝葉間結出來的莢實的名稱。是依從艸做形旁，以狃爲聲旁構造而成的形聲字。

【述義】鹿豆，卽野綠豆，又名"豋豆"《爾雅‧釋草》："藆，鹿藿；其實菡。"郭璞注："今鹿豆也。葉似大豆，根黃而香，蔓延生。"明、李時珍《本草綱目‧菜二‧鹿藿》："鹿豆，卽野綠豆，又名豋豆，多生麥地田野中。苗葉似綠豆而小，引蔓生，生熟皆可食。"

菡又讀ròu ㄖㄡˋ，《集韻》忍九切，上有日。犬狃，一說習。《集韻‧有韻》："菡，犬狃也。一曰習也。"

蓈 0233 禾粟之采，生而不成者，謂之董蓈。從艸，郎聲。稂，蓈或從禾。魯當切（láng ㄌㄤˊ）。

【譯白】蓈，禾粟的穗，生長以後只有外殼，裏面沒有結成籽實的，稱做董蓈。是依從艸做形旁，以郎爲聲旁構造而成的形聲字。稂，蓈的或體字，依從禾做形旁構造而成的形聲字。

【述義】有稃無米的穀子。徐灝《說文解字注箋》："穀之有稃而無米者。謂之董蓈。"《國語‧魯語上》："馬餼不過蓈莠。"蓈，一本作"稂"。

莠 0234 禾粟下生莠。從艸，秀聲。讀若酉。与久切（yǒu ㄧㄡˇ）。

【譯白】莠，禾粟殼類植物間雜長出來亂似禾（形狀似禾）的草稱爲莠（卽狗尾草、禾本科）。是依從艸做形旁，以秀爲聲旁構造而成的形聲字。莠字的音讀像"酉"字的音。

【述義】唐、慧琳《一切經音義》卷三十二、五十一"莠"下皆引作"禾粟下陽生者曰莠。"大徐本奪"陽"、"者"、"曰"三字。莠爲田間常見雜草，禾本科一年生草本植物，生禾粟下，似禾非禾，秀而不實，因其穗形像狗尾，故俗名狗尾草。《本草綱目‧草部‧狗尾草》："莠草……穗形象狗尾，故俗名狗尾。"《詩‧齊風‧甫田》："無田甫田，維莠驕驕。"《書‧仲虺之誥》："若苗之有莠，若粟之有秕。"《孟子‧盡心下》："惡莠，恐其亂苗也。"趙岐注："莠之莖葉似苗。"唐、錢起《贈柏巖老人》詩："磽田隔雲溪，多雨長稂莠。"

壞、惡。《詩‧小雅‧正月》："好言自口，莠言自口。"毛傳："莠，醜也。"鄭玄箋："善言從女口出，惡言亦從女口出。"《左傳・襄公三十年》：“（公孫揮、裨竈）過伯有氏，其門上生莠，子羽曰：‘其莠猶在乎？’”杜預注：“以莠喻伯有。”清、魏源《海國圖志敍》：“人心之積患如之何？非水非火，非刃非金，非沿海之奸民，非吸煙販煙之莠民。”

“莠命”，敗壞教令。《管子・幼官》：“官處四體而無禮者，流之焉莠命。”尹知章注：“莠命者，謂穢亂教命。若莠之穢苗也。”

“莠言”，醜惡之言、壞話。《詩・小雅・正月》：“好言自口，莠言自口。”毛傳：“莠，醜也。”孔穎達疏：“醜惡之言。”南朝、梁、劉勰《文心雕龍・諧隱》：“曾是莠言，有虧德音。”明、何景明《直路行》：“邪徑捷足，莠言悅口。”嚴復《辟韓》：“誠如是，三十年而民不大和，治不大進，六十年而中國有不克與歐洲各國方富而比強者，正吾莠言亂政之罪可也。”

“莠民”，歹人、壞人。清、魏源《聖武記》卷十四：“奈何動曰無兵可用，又奈何動曰莠民可虞，誠能召募驍悍之民爲兵，則北五省之回匪，紅胡匪，捻匪，曳刀匪，皆六郡之良家也。”《海國英雄記》第三齣：“目下我祖國呵，朝多粃政，野有莠民。”

莠又讀 xiù ㄒㄧㄡˋ，《集韻》息救切，去宥心。荼。《集韻・宥韻》：“莠，荼也。”

莊 0235 　莄　枲實也。从艸，肥聲。𦼪，莊或从麻賁。房未切（fèi ㄈㄟˋ）。

【譯白】莊，麻結出的籽（卽麻子，古代充食用）。是依從艸做形旁，以肥爲聲旁構造而成的形聲字。𦼪，莊的或體字，是依從麻做形旁，以賁爲聲旁構造而成的形聲字。

【述義】麻子；古人用以救荒充食用。又指麻。清、段玉裁《說文解字注》：“麻實名莊，因之麻亦名莊。艸人用賁。《說文》‘枾’下云‘莊之總名’，皆是……按賁，聲。”《呂氏春秋・士節》：“捆蒲葦，織莊屨。”

莊又讀 féi ㄈㄟˊ，《集韻》符非切，平微奉。躲避、避開。《文選・班固〈幽通賦〉》：“安愮愮而不莊兮，卒隕身乎世禍。”李善注引曹大家曰：“莊，避也。”

莊又讀 fú ㄈㄨˊ，《廣韻》房六切，入屋奉。又蒲北切，入德奉。

蘆葩，卽“蘆菔”。《爾雅·釋草》：“葵，蘆葩。”郭璞注：“葩，宜爲菔。蘆菔，蕪菁屬，紫華，大根，俗呼雹葵。”按：《後漢書·劉盆子傳》注引《爾雅》作“葵，蘆菔”。

苤 0236 　　麻母也。从艸，子聲。一曰：苤卽枲也。疾吏切（zì ㄗˋ）。

【譯白】苤，麻的雌株。是依從艸做形旁，以子爲聲旁構造而成的形聲字。另一義說：苤就是麻的泛稱。

【述義】王筠《說文釋例》卷十、頁二十六：“苤下云‘麻母也。一曰苤卽枲也’。此蓋原文。《玉篇》亦引作《說文》（《釋草》：‘莩，麻母。’譌也。《釋文》作‘苤。《玉篇》莩同苤。蓋莩形似苤，因譌。）苤爲大麻的雌株；又爲麻的泛稱；也作“莩”。段玉裁《說文解字注》：“《儀禮》傳云：‘牡麻者，枲麻也。’然則枲無實，苤乃有實。統言則皆偁枲；析言則有實者偁苤，無實者偁枲。麻母言麻子之母。《喪服》所謂苴，斬衰皃若苴，齊衰皃若枲；苴麤於枲矣。《詩》九月叔苴，則又評麻子爲苴。”朱駿聲《說文通訓定聲·頤部》：“苤，字亦作莩。《爾雅·釋草》：‘莩，麻母。’注：‘苴麻盛子者。’按：俗謂子麻有實者曰苤，無實者曰枲。”

　　堤。《廣雅·釋宮》：“苤，隄也。”

　　苤又讀 zǐ ㄗˇ，《集韻》祖似切，上止精。通“秄”，給禾苗根部培土。《集韻·止韻》：“秄，《說文》：‘壅禾本。’或从未、从艸。”清、朱駿聲《說文通訓定聲·頤部》：“苤，叚借爲秄。”《漢書·食貨志上》引《詩》：“或芸或苤，黍稷儗儗。”今本《詩·小雅·甫田》作“或耘或耔，黍稷薿薿”。毛傳：“耘，除草也；耔，雝本也。”《周禮·天官·甸師》“甸師掌帥其屬而耕耨王藉”漢、鄭玄注：“耨，芸苤也。”賈公彥疏：“芸，勈；苤，擁本。”

　　苤又讀 zī ㄗ，《集韻》津之切，平之精。草名。《類篇·艸部》：“苤，艸名。若也。”

冀 0237 　　苤也。从艸，異聲。羊吏切（yì ㄧˋ）。

【譯白】冀，就是苤（麻的雌株）。是依從艸做形旁，以異爲聲旁構造而成的形聲字。

【述義】大麻的雌株。朱駿聲《說文通訓定聲·頤部》：“按卽苤之或體。”

　　連翹，一種草本植物，可入藥。《玉篇·艸部》：“蕽，連翹草。”桂馥《說文解字義證》：“《釋艸》：‘連，異翹。’《本草》蘇恭注云：‘子作房，翹出衆艸。’據此則連翹名蕽，以其房也，因蕽爲麻房，借作藥名。”

蘇 _0238_ 　𧆑　桂荏也。从艸，穌聲。素孤切（sū ㄙㄨ）。

【譯白】蘇，稱做桂荏的草本植物。是依從艸做形旁，以穌爲聲旁構造而成的形聲字。

【述義】段玉裁《說文解字注》：“‘桂’上鍇本有‘蘇’字，此複寫隸字刪之未盡者。蘇，桂荏，《釋草》文內則注曰‘薔蘇，荏之屬也’。《方言》曰：‘蘇亦荏也；關之東西或謂之蘇，或謂之荏。’郭璞曰：‘蘇，荏類。’是則析言之則蘇、荏二物，統言之則不別也。桂荏，今之紫蘇。蘇之叚借爲樵蘇。”王筠《說文釋例》卷十、頁四：“或此字必合兩字乃爲一物一事，而彼一字即爲一物一事，則別立一例。如‘蘇’有‘杜荏’之名，不可單名荏也，故‘荏’下云：‘桂荏，蘇。’而‘桂’下則云：‘江南木，百藥之長。’不復及桂荏之名矣。”

　　桂荏，即紫蘇，脣形科一年生草本植物，莖方形，葉兩面或背面帶紫色，到了夏季開出紅或淡紅色的花；葉、莖、種子都可做藥用，它的嫩葉被古人用來做調味料，種子可以榨油。《爾雅·釋草》：“蘇，桂荏。”邢昺疏：“蘇，荏類之草也。以其味辛似荏，故一名桂荏。陶注《本草》云：葉下紫色而氣甚香。其無紫色不香似荏者，名野蘇，生池澤中者名水蘇，皆荏類也。”漢、枚乘《七發》詩：“秋黃之蘇，白露之茹。”漢、張衡《南都賦》：“蘇、蔱、紫薑，拂徹羶腥。”漢、王褒《僮約》：“園中拔蒜，斷蘇切脯。”

　　薪草、柴火。《方言》卷三：“蘇、芥，草也。江、淮、南楚之間曰蘇，自關而西或曰草，或曰芥。”《列子·周穆王》：“王俯而視之，其宮榭若累塊積蘇焉。”《宋書·羊玄保傳》：“富强者兼嶺而占，貧弱者薪蘇無託。”《顏師家訓·治家》：“樵蘇脂燭，莫非種殖之物也。”

　　割草、取草。《莊子·天運》：“及其已陳也，行者踐其首脊，蘇者取而爨之而已。”成玄英疏：“取草曰蘇。”《史記·淮陰侯列傳》：

"樵蘇後爨。"裴駰集解："蘇，取草也。"唐、曹松《己亥歲》詩："澤國江山入戰國，生民何計樂樵蘇。"

割草的人。晉、左思《魏都賦》："樵蘇往而無忌，卽鹿縱而匪禁。"南朝、宋、鮑照《登大雷岸與妹書》："樵蘇一歎，舟子再泣。"

索、取、拿、找。清、段玉裁《說文解字注·禾部·穌》："《離騷》：'蘇糞壤以充幃兮，謂申椒其不芳。'王逸曰：'蘇，取也。'《韓信傳》曰：'樵蘇後爨，師不宿飽。'《漢書音義》曰：'樵，取薪也。蘇，取草也。'此皆假蘇爲穌也。"《管子·法禁》："故土……莫敢超等踰官，漁利蘇功，以取順其君。"清、方苞《與萬季野先生書》："生而飢寒，雜牧豎朝夕蘇茅汲井，以治饔飧。"

蘇醒、復活、再生、更生。《小爾雅·廣名》："死而復生謂之蘇。"《左傳·宣公八年》："晉人獲秦諜，殺諸絳市，六日而蘇。"《南史·任昉傳》："昉先以毀瘠，每一慟絕，良久乃蘇。"唐、杜甫《寒雨朝行視園樹》詩："林香出實垂將盡，葉蒂辭枝不重蘇。"清、蒲松齡《聊齋志異·封三娘》："生自負尸，與三娘俱歸，置榻上；投以藥，踰時而蘇。"清、丘逢甲《久旱得雨初霽飲人境廬時聞和局將定二首》詩之二："得雨雖遲也勝無，東皋預計麥苗蘇。"

引申爲睡醒。唐、杜荀鶴《早發》詩："東窗未明塵夢蘇，呼童結束登征途。"

蘇息、恢復、緩解。《方言》卷十："悅、舒，蘇也。"郭璞注："謂蘇息也。"《書·仲虺之誥》："徯予后，后來其蘇。"孔傳："待我君來，其可蘇息。"唐、陸德明《經典釋文》："蘇，字亦作穌。"唐、杜甫《江漢》詩："落日心猶壯，秋風病欲蘇。"清、吳偉業《送杜心弢武歸浦口》詩："醉裏放歌衰鬢短，狂來搖筆壯心蘇。"清、劉光第《美酒行》詩："涸魚久失水，微雨豈蘇將。"

醒悟、睡不着。《楚辭·九章·橘頌》："蘇世獨立，橫而不流兮。"王逸注："蘇，寤也。"

拯救、解救。宋、王安石《京東提點刑獄陸君墓誌銘》："蘇饑息窮，去害除弊。"《遼史·楊佶傳》："何以蘇我？上天降雨。"清、龔自珍《乞糴保陽》詩："蒼生何芸芸，帝命蘇其窮。"

鳥尾，引申指鬚狀下垂的飾物。《史記·司馬相如列傳》："蒙鶡蘇。"裴駰集解引徐廣曰："蘇，尾也。"《文選・張衡〈東京賦〉》："駙承華之蒲梢，飛流蘇之騷殺。"李善注："流蘇，五采毛雜之。以爲馬飾而垂之。《續漢書》曰：駙馬赤珥流蘇。摯虞《決疑要注》曰：'凡下垂爲蘇。'騷殺，垂貌。"南朝、梁、簡文帝《七勵》詩："金蘇翠幄，玉案象牀。"唐、盧照鄰《長安古意》詩："龍銜寶蓋承朝日，鳳吐流蘇帶晚霞。"《二十年目睹之怪現狀》第九五回："再到房裏看時，紅木大牀，流蘇熟羅帳子，妝奩器具，應有盡有。"

滿。《廣韻・模韻》："蘇，滿也。"

愩。《廣韻・模韻》："蘇，愩也。"

通"傃"，朝向、指向、相向。《商君書・賞刑》："萬乘之國，若有蘇其兵中原者，戰將覆其軍。"《荀子・議兵》："以故順刃者生，蘇刃者死。"楊倞注："蘇讀爲'傃'，傃，向也。謂相向格鬥者。"漢、桓寬《鹽鐵論・國疾》："大夫色少寬，面文學而蘇賢良曰。"黃侃校記："'蘇'讀爲'遡'，向也。"又《箴石》："盛色而相蘇。"

用同"酥"。一、酥軟、肢體發軟或物體疏鬆。《物類相感志・飲食》："煮芋，以灰煮之則蘇。"《徐霞客遊記・滇遊日記九》："生平所歷危境，無逾於此。蓋峭壁有之，無此蘇土；流土有之，無此蘇石。"《水滸傳》第二三回："原來使盡了氣力，手腳都酥軟了。"《警世通言・金明池吳清逢愛愛》："吳小員外看見，不覺遍體蘇麻，忽欲挨身上前。"二、酥油。《新唐書・南蠻傳上・南詔上》："婦人不粉黛，以蘇澤髮。"

江蘇省的簡稱。

江蘇省蘇州市的簡稱。《舊唐書・楊發傳》："出爲蘇州刺史。蘇，發之鄉里也。"

古國名。建都於溫（今河南省溫縣）。《左傳・宣公三年》："又娶于蘇，生于瑕。"《書・立政》"司寇蘇公"唐、孔穎達疏："蘇是國名，所都之地，其邑名溫。"

姓。《通志・氏族略三》："蘇氏，己姓。顓帝裔孫吳回爲重黎，生陸終，陸終生昆吾，封於蘇……至周武王，用（蘇）忿生爲司寇，邑於蘇，子孫因以爲氏，世居河內。又有拔略氏，改爲蘇氏，虜姓也。"

通"疏"，散開、鬆開。宋、米芾《畫史》："歲久，卷自兩頭蘇開，斷不相合，不作毛摺則蘇也。”宋、文天祥《集杜詩·〈至燕城第九十六〉序》：“越五日，送千戶所枷禁。十一月初一日，蘇枷。”

　　疊字雙音“蘇蘇”形況：一、畏懼不安貌。《易·震》：“六三，震蘇蘇，震行无眚。”孔穎達疏：“蘇蘇，畏懼不安之貌。”或謂躁動貌。唐、陸德明《經典釋文》引晉、王肅曰：“躁動貌。”二、猶簌簌，形容眼淚紛紛落下的樣子。明、高攀龍《繆仲淳六十序》：“兒忽得異疾殆矣。一日夜半，余夫婦淚蘇蘇相語曰：‘是兒非仲淳不活。’”《二刻拍案驚奇》卷三七：“程宰此時神志俱喪，說不出一句話，只好唯唯應承，蘇蘇落淚而已。”三、象聲詞。清、蒲松齡《聊齋志異·嬰寧》：“穿花小步，聞樹頭蘇蘇有聲。”清、平雲《孤兒記》第四章：“繼而草聲蘇蘇，諸響競起，驚心怵目，終夜不歇。”四、方言；因激動而引起的發麻感覺。

荏 0239　　𦯦　桂荏，蘇。从艸，任聲。如甚切（rěn ㄖㄣˇ）。

【譯白】荏，全名桂荏，俗稱白蘇的草本植物。是依從艸做形旁，以任爲聲旁構造而成的形聲字。

【述義】段玉裁《說文解字注》：“（桂荏，蘇也）是之謂轉注。凡轉注有各部互見者，有同部類見者。荏之別義爲荏染。”荏，植物名；卽白蘇，爲脣形科一年生有芳香氣味的草本植物，莖方形，葉對生，有鋸齒，到了秋天開出白色的花，是總狀花序；種子可以榨油做油漆原料；葉可以提取芳香油，莖、葉和種子都可以做藥用。《方言》卷三：“蘇亦荏也。關之東西，或謂之蘇，或謂之荏。”《廣雅·釋草》：“荏，蘇也。”王念孫疏證：“荏，白蘇也。”北魏、賈思勰《齊民要術·荏蓼》：“荏性甚易生……園畔漫擲，便歲歲自生矣……收子壓取油，可以煮餅，爲帛煎油彌佳。”宋、蘇軾《監試呈諸試官》：“芻蕘盡蘭蓀，香不數葵荏。”明、李時珍《本草綱目·草三·荏》（釋名）引陶弘景曰：“荏狀如蘇，東人呼爲薔，以其似蘇字，但除禾邊故也。”

　　通“戎”，大。《詩·大雅·生民》：“蓺之荏菽，荏菽旆旆，禾役穟穟。”毛傳：“荏菽，戎菽也。”鄭玄箋：“戎菽，大豆也。”《爾雅·釋草》：“戎叔謂之荏菽。”郝懿行義疏：“戎，壬，《釋詁》竝云大。壬、荏古字通，荏、戎聲相轉也。”

柔弱、軟弱、怯弱。《論語‧陽貨》："色厲而內荏，譬諸小人，其猶穿窬之盜也與？"何晏集解引孔安國注："荏，柔也，爲外自矜厲而內柔佞。"漢、劉向《說苑‧雜言》："闚而不荏者，君子比勇焉。"《漢書‧翟方進傳》："邪諂無常，色厲內荏。"顏師古注："應劭曰：'荏，屈橈也。'師古曰：'……言外色莊厲而內懷荏弱。'"明、方以智《東西均‧神迹》："儒之弊也，迂而拘，華而荏。"

"荏弱"，柔弱、怯弱。《楚辭‧九章‧哀郢》："外承歡之汋約兮，諶荏弱而難持。"唐、溫庭筠《春日寄岳州從事李員外》詩之一："荏弱樓前柳，輕空花外窗。"清、蒲松齡《聊齋志異‧湘裙》："湘裙操杖逐之，鬼忿與爭，湘裙荏弱，手足皆爲所傷。"

"荏染"，柔貌。《詩‧小雅‧巧言》："荏染柔木，君子樹之。"朱熹集傳："荏染，柔貌。"

荏苒：一、（時間）漸漸過去，常形容時光易逝。漢、丁廙妻《寡婦賦》："時荏苒而不留，將遷靈以大行。"晉、陶潛《雜詩》之五："荏苒歲月頹，此心稍已去。"唐、韓愈《陪杜侍御遊湘西兩寺》詩："旅程愧淹留，徂歲嗟荏苒。"《紅樓夢》第三八回："秋光荏苒休孤負，相對原宜惜寸陰。"二、蹉跎，拖延時間。唐、劉知幾《史通‧古今正史》："隋文帝嘗索梁陳事跡，察具以所成每篇續奏，而依違荏苒，竟不絕筆。"唐、王維《責躬薦弟表》："貪冒官榮，荏苒歲月。"三、輾轉遷徙。唐、杜甫《宿府》詩："風塵荏苒音書絕，關塞蕭條行路難。"明、何景明《別王秉衡御史》詩："荏苒風塵千里別，江海六年思旌旗。"清、周亮工《送郭去問入燕》詩："反驚君是北行人，荏苒烽煙六載身。"四、形容愁苦連綿不絕。宋、張炎《解連環‧孤雁》詞："誰念旅愁荏苒，謾長門夜悄，錦箏彈怨。"元、尚仲賢《柳毅傳書》楔子："蓬蟬鬢，蹙蛾眉，愁荏苒，淚淋漓。"五、柔弱。晉、傅咸《羽扇賦》："體荏苒以輕弱，侔縞素於齊魯。"元、無名氏《翫江亭》第二折："良辰曉霧濃，美景韶光麗，草茵輕荏苒，則他這桃李任芳菲。"

芙 0240 　芺　菜也。從艸，矢聲。失匕切（shǐ ㄕ）。

【譯白】芺，一種蔬菜的名稱（或：一種蔬菜。下同）。是依從艸做形芶，以矢爲聲芶構造而成的形聲字。

【述義】芺，爲菜名，不詳。又讀 sì ㄙˋ，《廣韻》徐姊切，上旨邪。蒿草。《玉篇·艸部》：“芺，蒿也。”

莹 0241　菜之美者，雲夢之莹。从艸，豈聲。驅喜切（qǐ ㄑㄧˇ）。

【譯白】莹，一種美味可口的蔬菜，就是生長在雲夢澤畔的水芹。是依從艸做形芶，以豈爲聲芶構造而成的形聲字。

【述義】菜名，卽水蕨。段玉裁《說文解字注》：“《呂氏春秋》伊尹對湯曰：‘菜之美者，雲夢之芹。’高注：雲夢，楚澤。芹生水涯，許作莹，蓋殷微二韻轉移取近。許君采自伊尹書，與《呂覽》字異，音義則同。”唐、陸龜蒙《中酒賦》：“剪雲夢莹，採泮宮芹。”

　　莹又讀 ái ㄞˊ，《集韻》魚開切，平咍疑。乾菜。《集韻·咍韻》：“莹，乾菜。”

葵 0242　菜也。从艸，癸聲。彊惟切（kuí ㄎㄨㄟˊ）。

【譯白】葵，一種蔬菜的名稱。是依從艸做形芶，以癸爲聲芶構造而成的形聲字。

【述義】葵菜，又名冬葵、冬寒菜，爲錦葵科二年生草本植物；葉腎形、圓形都有；夏初開淡紅色小花，常簇生葉腋；嫩梢、嫩葉作蔬菜，種子、全草可做藥用。葵在古代爲五菜之一，參見後“菫”條附述。元、王禎《農書》卷八：“葵爲百菜之主，備四時之饌，本豐而耐旱，味甘而無毒……子若根則能療疾，咸無棄材。誠蔬茹之上品，民生之資助也。”明、李時珍《本草綱目·草五·葵》：“葵菜古人種爲常食，今之種者頗鮮；有紫莖、白莖二種，以白莖爲勝；大葉小花，花紫黃色，其最小者名鴨腳葵；其實大如指頂，皮薄而扁，實內子輕虛如榆莢仁。”《詩·豳風·七月》：“七月亨葵及菽。”《古樂府·長歌行》詩：“青青園中葵，朝露待日晞。”唐、杜甫《自京赴奉先縣詠懷五百字》詩：“葵藿傾太陽，物性固難奪。”

　　滑菜，卽含粘液菜的泛稱；葵菜甘滑，味感滑的菜因而亦稱爲“葵”。清、吳其濬《植物名實圖考·水草類·蓉菜》：“古人於菜之滑者多曰葵。終葵，葉不似葵，其滑同也。二物處水而滑，故名易淆。”按：終葵卽落葵，又名染絳子，落葵科，葉肉質，嫩葉作蔬菜。

蒲葵的簡稱，爲棕櫚科常綠喬木，原產中國南方；葉可製蒲扇，即“葵扇”，俗稱“芭蕉扇”，也可製笠和簑。《晉書·謝安傳》：“安問其歸資，答曰：‘有蒲葵扇五萬。’安乃取其中者捉之，京師士庶競市，價增數倍。”唐、白居易《遊豐樂招提佛光三寺》詩：“竹鞋葵扇白絹巾，林野爲家雲是身。”宋、范成大《嘲蚊》詩：“驅以葵扇風，熏以艾煙濕。”

稱菊科草本植物，有錦葵、蜀葵、秋葵、向日葵等；又爲向日葵的簡稱，菊科一年生草本；原產美洲，中國最早記載見於一六二一年（明朝天啟元年）明、王象晉《二如亭羣芳譜》，稱“西番葵”。一六八八年（清朝康熙二十七年）成書的陈淏子《花鏡》始稱“向日葵”。

通“揆”，揆度、揣測、測度、度量。《爾雅·釋言》：“葵，揆也。揆，度也。”朱駿聲《說文通訓定聲·履部》：“癸，叚借爲揆。”《詩·小雅·采菽》：“樂只君子，天子葵之。”毛傳：“葵，揆也。”又《大雅·板》：“民之方殿屎，則莫我敢葵。”毛傳：“殿屎，呻吟也。”鄭玄箋：“葵，揆也。”朱熹注：“民方愁苦呻吟，而莫敢揆度其所以然者。”

一說，葵謂庇蔭。王夫之《詩經稗疏·大雅》：“葵有陰義，借爲庇蔭之旨。”

葵心：一、葵菜的菜心。宋、道潛《次韻子瞻飯別》詩：“鈴閣追隨半月強，葵心菊腦厭甘涼。”二、葵花向日而傾，比喻嚮往思慕之心。唐、元稹《有酒》詩之四：“葵心傾兮何向，松影直而孰明。”宋、蘇軾《奉和陳賢良》詩：“望窮海表天邊遠，傾盡葵心日愈高。”清、孔尚任《桃花扇·鬧榭》：“蒲劍何須試，葵心未肯差。”

“葵傾”，葵花向日而傾；因以“葵傾”比喻嚮往思慕的心情。唐、李商隱《爲大夫安平公華州進賀聖躬痊復物狀》：“心但葵傾，跡猶匏繫。”《宋史·樂志十五》：“千官雲擁，羣后葵傾。”明、屠隆《綵毫記·拜官供奉》：“念隱憂漆室效葵傾？鑒先幾曲突徙薪情。”

薑（薑）0243　薑　禦溼之菜也。从艸，彊聲。居良切（jiāng　ㄐㄧㄤ）。

【譯白】薑，可用來抵禦侵害人體溼氣的菜。是依從艸做形旁，以彊爲聲旁構造而成的形聲字。

【述義】俗作“薑”。《廣韻·陽韻》：“薑”，同“薑”。江陵、鳳凰山八號漢墓竹簡一五四：“薑薑笞一。”金立釋：“薑，卽薑字。一件竹笞裝有生薑。”

薑爲薑科多年生草本作一年生載培，根莖肥大，呈不規則塊狀，灰白色或黃色，有辛辣味，可作蔬菜、調料，並供藥用。薑雖有強烈辛味，但無濁氣，在藥性上又主逐風濕痺、腸僻與下痢，故不屬五辛（詳見後“葷”條）；《論語·鄉黨》記載食禮，晚上忌服辛菜，唯獨不撤薑食，是地位特殊的辛菜；母薑（薑母）與子薑（紫薑、嫩薑），乾薑與生薑，都有禦病和體的功效。麘爲大鹿，鱷是大魚，犅乃身脊最大的公牛，疆屬國界（地界中最廣大者），薑則氣味強烈，俱爲彊（強）的孳乳字。《集韻·陽韻》：“薑，《說文》：‘禦濕之菜。’或省。”《論語·鄉黨》：“不撤薑食，不多食。”《呂氏春秋·本味》：“和之美者：陽樸之薑，招搖之桂。”宋、陸游《新涼》詩：“菰首初離水，薑芽淺漬糟。”

薑亦指這種植物的根莖。

蓼 0244 辛菜，薔虞也。从艸，翏聲。盧鳥切（liǎo ㄌㄧㄠˇ）。

【譯白】蓼，一種味道辛辣的蔬菜，又稱爲薔虞。是依從艸做形旁，以翏爲聲旁構造而成的形聲字。

【述義】蓼科部分植物的泛稱，如水蓼又名辣蓼、紅蓼、刺蓼，是一年或多年生草本植物，花小，白色或淺紅色，生長在水邊。《爾雅·釋草》：“薔虞，蓼。”郝懿行義疏：“《內則》烹魚用蓼，取其辛能和味，故《說文》以爲辛菜。”《詩·周頌·良耜》：“以薅荼蓼，荼蓼朽止，黍稷茂止。”毛傳：“蓼，水草。”《禮記·內則》：“鶉羹、雞羹、鴽，釀之蓼。”鄭玄注：“釀，謂切雜之也。”漢、桓寬《鹽鐵論·散不足》：“春鵝秋鶵，冬葵溫韭，莜茈蓼蘇，蓴萸耳菜，毛果蟲貉。”唐、元稹《憶雲之》詩：“爲魚實愛泉，食辛寧避蓼。”宋、陸游《思故山》詩：“兩岸紅蓼連菰蒲。”

比喩辛苦。《詩·周頌·小毖》：“未堪家多難，予又集于蓼。”毛傳：“蓼，言辛苦也。”《新唐書·李景畧傳》：“景畧至，節用約己，與士同甘蓼。”

古國名。一、皋陶之後，春秋時爲楚所滅，地在今河南省固始縣東北。《左傳・文公七年》：“楚公子燮又滅蓼。”杜預注：“蓼國，今安豐蓼縣，蓼與六，皆皋陶後也。”二、春秋時國名，地在今河南省唐河縣南。《左傳・桓公十一年》：“鄖人軍於蒲騷，將與隨、絞、州、蓼伐楚師。”杜預注：“蓼國，今義陽棘陽縣東南湖陽城。”

古縣名，南朝梁置，在今河南省固始縣。清、顧祖禹《讀史方輿紀要・河南五・汝寧府》：“固始縣，春秋時蓼國地……後漢初改曰固始……後魏亦屬新蔡郡，尋入梁，更爲蓼縣。”

姓。《通志・氏族略二》：“蓼氏，偃姓，皋陶之後，文五年楚滅之，今壽州霍邱卽其地也。子孫以國爲氏。”

“蓼擾”，紛亂貌。《文選・左思〈吳都賦〉》：“輶軒蓼擾。”李周翰注：“蓼擾，亂貌。”

蓼又讀 lù ㄌㄨˋ，《廣韻》力竹切，入屋來；沃部。長大貌。《詩・小雅・蓼蕭》：“蓼彼蕭斯，零露湑兮。”毛傳：“蓼，長大貌。”又《蓼莪》：“蓼蓼者莪，匪莪伊蒿。”毛傳：“蓼蓼，長大貌。”

蓼又讀 lǎo ㄌㄠˇ，《集韻》魯晧切，上晧來。摎蓼，卽搜索。《文選・張衡〈西京賦〉》：“逞欲畋敠，效獲麑麆，摎蓼渾浪，乾池滌藪，上無逸飛，下無遺走。”張銑注：“摎蓼渾浪，謂徧搜索也。”

蓼又讀 liǔ ㄌㄧㄡˇ，《集韻》力久切，上有來。通“繆”；糾蓼，相引、相互牽纏。《漢書・司馬相如傳下》：“糾蓼叫奡踏以艐路兮，蔑蒙踊躍騰而狂趡。”顏師古注引張揖曰：“糾蓼，相引也；叫奡，相呼也。”王先謙補注：“案蓼爲繆之借字。”

葅 0245　　禃　菜也。从艸，祖聲。則古切（zǔ ㄗㄨˇ）。

【譯白】葅，一種蔬菜的名稱。是依從艸做形旁，以祖爲聲旁構造而成的形聲字。

【述義】同“葅”，葅菜，卽魚腥草，又名側耳根；葉覆地生，根似茅根，可食。五代、徐鍇《說文解字繫傳》引崔豹《古今注》：“葅，一名葅。”《廣雅・釋草》：“葅，葅也。”清、王念孫疏證：“葅、葅、葅、葅，字竝通。”《齊民要術・菜茹》：“葅菜：紫色，有藤。”段玉裁《說文解字注》：“（葅）卽今魚腥艸也，凶年人掘食之。”

　參見後面“葅”條。

蘧 0246　蘧　菜也，似蘇者。从艸，廅聲。彊魚切（qú ㄑㄩˊ）。

【譯白】蘧，一種蔬菜的名稱，形狀像紫蘇。是依從艸做形旁，以廅爲聲旁構造而成的形聲字。

【述義】又稱爲"苣"，即苦蘧、苦蕒菜；菊科多年生草本；葉、莖皆含白汁；古代當作饑年救荒菜，全草可供藥用。《玉篇·艸部》："蘧，今之苦蘧，江東呼爲苦蕒。"北魏、賈思勰《齊民要術·種蘘荷芹蘧》引陸璣《詩義疏》："蘧，苦菜，青州謂之苣。"明、李時珍《本草綱目·菜二·苦菜》："時珍曰：許氏《說文》苣作蘧，吳人呼爲苦蕒……苦菜即苦蕒也，家栽者呼爲苦苣，實一物也。春初生苗，有赤莖、白莖二種。其莖中空而脆，折之有白汁。"

薇 0247　薇　菜也，似藿。从艸，微聲。䓟，籀文薇省。無非切（wēi ㄨㄟ）。

【譯白】薇，一種蔬菜的名稱，形狀像豌豆。是依從艸做形旁，以微爲聲旁構造而成的形聲字。䓟，籀文，是薇省略了"彳"。

【述義】薇菜是豆科一年或二年蔓生草本植物，又稱爲巢菜、野豌豆；花紫紅色，嫩莖、葉、種子都可食用。朱駿聲《說文通訓定聲·履部》："《爾雅·釋草》：'薇，垂水。'《詩·草蟲》：'言采其薇。'毛傳：'薇，菜也。'陸疏：'山菜也。（莖葉皆似小豆，蔓生；其味亦如小豆藿，可作羹，亦可生食。）'按：山厓水濱皆生之，即野豌豆也。《儀禮·公食禮》：鉶芼，豕以薇，是薇可芼羹，其嫩梢亦可生食。《史記·伯夷傳》：'采薇而食之。'索隱：'（薇，）蕨（也）。'誤。"唐、杜甫《秋野》詩之二："秋風吹几杖，不厭北山薇。"《本草綱目·菜部·薇》："時珍曰：薇生麥田中，原澤亦有，故《詩》云'山有蕨薇'，非水草也。即今野豌豆，蜀人謂之巢菜。蔓生，莖葉氣味皆似豌豆，其藿作蔬、入羹皆宜。"

　　薔薇。宋、周密《天香》："碧腦浮冰，紅薇染露。"參見後面"薔"條。

蓷 0248　蓷　菜也。从艸，唯聲。以水切（wéi ㄨㄟˊ）。

【譯白】蓷，一種蔬菜的名稱。是依從艸做形旁，以唯爲聲旁構造而成的形聲字。

【述義】菜名。《玉篇·艸部》："蓷，菜名，似韭而黃。"蓷薲，花葉鮮豔貌。《後漢書·馬融傳》："薶扈蘮燊，惡可彈形。"李賢注引郭璞曰："《爾雅》云：'草木花初出爲筝。'與薶通。其字從唯，扈音戶。花葉貌。"王先謙集解引惠棟曰："薶扈，猶萑扈也。《淮南子》曰：'萑扈炫煌。'高誘曰：'萑扈炫煌，采色貌。'"

茞　0249　菜，類蒿。從艸，近聲。《周禮》有"茞菹"。巨巾切（qín ㄑㄧㄣˊ）。

【譯白】茞，一種蔬菜的名稱，形狀類似蒿。是依從艸做形旁，以近爲聲旁構造而成的形聲字。《周禮·天官·醢人》有"茞菹（兔醢）"的名稱。

【述義】同"芹"。《周禮》有茞菹。吳玉搢引經考："今《周禮·天官·醢人》作'芹菹'。當是一字重文。"北魏、賈思勰《齊民要術·菜茹》："茞菜，音謹。似蒿也。"段玉裁《說文解字注》："即今人所食芹菜。"參見後面"芹"條。

薶　0250　菜也。從艸，釀聲，女亮切（niàng ㄋㄧㄤˋ）。

【譯白】薶，一種蔬菜的名稱。是依從艸做形旁，以釀爲聲旁構造而成的形聲字。

【述義】薶菜，植物名，即香薷。《方言》卷三："蘇亦荏也。關之東西或謂之蘇，或謂之荏……沅、湘之南或謂之蒩，其小者謂之薶菜。"《廣雅·釋草》："薶菜，蘇也。"王念孫疏證："案薶菜，即香菜也……《名醫別錄》作香薷。"

　　腌製菹菜；利用乳酸發酵加工製成的整棵蔬菜。《廣雅·釋器》："薶，菹也。"《廣韻·養韻》："薶，釀菜爲菹。"北魏、賈思勰《齊民要術·作菹藏生菜法》："釀菹法：菹，菜也。一曰'菹不切曰釀菹'。"石聲漢注："菹：即利用乳酸發酵來加工保藏的蔬菜。有加鹽的鹹菹，不加鹽的淡菹，整棵的釀菹。"又《蔓菁》："擬作乾菜及釀菹者，割訖則尋手擇治而辮之，勿待萎。"

莧　0251　莧菜也。從艸，見聲。侯澗切（xiàn ㄒㄧㄢˋ）。

【譯白】莧，全名莧菜。是依從艸做形旁，以見爲聲旁構造而成的形聲字。

【述義】莧菜，莧科一年生草本植物，莖細長，葉卵形或菱形，有長柄，暗紫色或綠色，開黃綠色或白色小花，種子極小，黑色而有光澤；莖、葉都可以食用，是日常蔬菜之一。《爾雅・釋草》：“蕢，赤莧。”郭璞注：“今之莧赤莖者。”《南史・蔡撙傳》：“及在吳興，不飲郡井，齋前自種白莧紫茄，以爲常餌，詔褒其清。”唐、韓愈《崔十六少府攝伊陽以詩及書見投因酬三十韻》詩：“三年國子師，腸肚習藜莧。”

　　“莧陸”，即商陸；多年生草本，春初發苗，葉卵形而大；夏季開紅紫或白色小花；入秋結實，實多肉，赤黑色；嫩葉可食，其根有毒，可供藥用。《易・夬》：“莧陸夬夬，中行无咎。”王弼注：“莧陸，草之柔脆者也。”

　　莧又讀 wàn ㄨㄢˋ，《集韻》戶版切，上潸匣。同“莞”，微笑貌。《集韻・潸韻》：“莧，莧爾，笑兒，或作莞。”

　　“莧爾”，同“莞爾”，微笑貌。《易・夬》“莧陸夬夬”。三國、吳、虞翻注：“莧，說也。莧，讀如‘夫子莧爾而笑’之莧。”清、惠棟《九經古義》：“按《論語》‘莞爾而笑’，莞本作莧。邢昺撰《論語疏》依《唐石經》作莞，從俗作也。”

芌（芋）0252　　 𦭞　　大葉實根，駭人，故謂之芌也。从艸，亏聲。王遇切（yù ㄩˋ）。

【譯白】芋，有很大的葉以及豐滿的根塊，令人一見驚駭，所以叫做芌，是依從艸做形旁，以亏爲聲旁構造而成的形聲兼會意字。

【述義】“亏”同“于”。本書第五篇《亏部》“亏”條：“亏，於也，象气之舒亏。”徐鉉注：“今隸變作于。”段玉裁《說文解字注》：“《口部》曰：‘吁，驚也。’毛傳曰：‘訏，大也。’凡于聲字多訓大；芋之爲物，葉大根實，二者皆堪駭人，故謂之芋。其字從艸，于聲也。”《小雅》：“君子攸芋。”毛傳：“芋，大也；謂居中以自光大。”箋云：“芋，當作幠。”王筠《說文解字句讀》：“（從艸，亏聲）聲兼意。”

　　芋，俗名芋艿、芋頭，天南星科，多年生草本作一年栽培食用植物，葉片略呈戟形或盾形，綠色，葉柄長而肥大，在地下長成肉質大球莖，球莖供食用，葉柄作飼料。《史記・項羽本紀》：“今歲饑民貧，士卒食芋菽。”司馬貞索隱：“芋，蹲鴟也。”晉、潘岳《閒居賦》：“菜則蔥、韭、蒜、芋。”唐、張籍《送閩僧》詩：“谿寺黃橙熟，沙田紫芋肥。”宋、梅堯臣《寄題資州錢固道勝堂》詩：“芋肥收歲計，柑熟摘霜晴。”宋、魏了翁《摸魚兒‧高嘉定生日》：“家山幸有瓜和芋，何苦投身官府。”

用同“吁”，憂悶。《新唐書‧酷吏傳序》：“太宗定天下，留心聽斷……獄已決，尚芋然爲徹膳止樂。”

古代齊國人稱未切斷的腌菜爲芋。《儀禮‧士喪禮》：“其實葵菹芋蠃醢。”鄭玄注：“齊人或名全菹爲芋。”賈公彥疏：“喪中之菹葵雖長而不切，取齊人全菹爲芋之解也。”

泛指薯類植物。如：山芋、洋芋。

芋又讀 yú ㄩˊ，《廣韻》羽俱切，平虞云。草盛貌。《玉篇‧艸部》：“芋，草盛貌。”

芋又讀 xū ㄒㄩ，《集韻》匈于切，平虞曉。一、大。《廣雅‧釋詁一》：“芋，大也。”二、有。《集韻‧模韻》：“芋，有也。”三、通“宇”，居住。朱駿聲《說文通訓定聲‧豫部》：“芋，叚借爲幠，爲宇。”《詩‧小雅‧斯干》：“風雨攸除，鳥鼠攸去，君子攸芋。”毛傳：“芋，大也。”鄭玄箋：“芋當作幠，幠，覆也。”王引之《經義述聞》：“訓大訓覆，皆有未安，‘芋’當讀爲‘宇’，宇，居也。”

芋又讀 yǔ ㄩˇ，《集韻》王矩切，上虞云。芋尹，春秋楚官名。《集韻‧噳韻》：“芋，芋尹，楚官名。”《左傳‧昭公七年》：“楚子之爲令尹也，爲王旌以田。芋尹無宇斷之，曰：‘一國兩君，其誰堪之？’”楊伯峻注：“芋尹爲官名。《哀公十五年》陳國亦有芋尹。《新序‧義勇篇》誤作‘芊尹’。”《國語‧吳語》：“王覺而無見也，乃匍匐將入於棘闈，棘闈不納，及入芋尹申亥氏焉。”韋昭注：“申亥，楚大夫，芋尹無宇之子。”

莒 0253 ㅇ 齊謂芋爲莒。从艸，呂聲，居許切（jǔ ㄐㄩˇ）。

【譯白】莒，齊這一帶地方的人們把芋頭叫做莒（齊這一帶的方言稱芋頭爲莒）。是依從艸做形旁，以呂爲聲旁構造而成的形聲字。

【述義】莒，芋、芋頭。齊，是西周初年封給呂尚的國名，在今山東省泰安以北黃河流域或膠東半島一帶地區；今湖南益陽的方言叫芋頭爲莒頭。

西周諸侯國名；己姓，舊都介根，在今山東膠縣西南，後遷莒，今山東省莒縣。公元前四三一年爲楚所滅。《春秋‧隱公二年》：“莒人入向。”杜預注：“莒國，今城陽莒縣。”又《文公七年》：“徐伐莒，莒人來請盟。”《墨子·非攻》：“東方有莒之國者，其爲國甚小，間於大國之間。”《尸子》卷下：“莒君好鬼巫而國亡。”

古邑名。一、春秋時邑名，原爲莒國領地，後屬魯，又屬齊；在今山東省莒縣。《左傳·昭公三年》：“齊侯田於莒。”杜預注：“莒，齊東境。”二、春秋時周邑。《左傳·昭公二十六年》：“陰忌奔莒以叛。”杜預注：“莒，周邑。”清、顧棟高《春秋大事表》：“其地未詳。”

古州名。一、唐始置，治所在今山東省莒縣。清、顧祖禹《讀史方輿紀要·山東六·青州府》：“莒州，春秋時莒子國，後滅於楚……唐武德五年仍屬莒州，貞觀八年州廢，屬密州，宋因之。金置城陽軍，尋升爲州，又改曰莒州。元仍舊，明初以州治莒縣省入，改屬青州府。”二、北周置，治所在今山東省沂水縣。清、顧祖禹《讀史方輿紀要·山東六·青州府》：“沂水縣，春秋時爲魯鄆邑地，漢置東莞縣……後魏改爲南青州……後周又改州曰莒州。”

縣名，屬山東省，周爲莒國，秦置莒縣，明入莒州，民國二年（一九一三年）復改莒縣。《梁書·文學傳下·劉勰》：“劉勰字彥和，東莞莒人。”

姓。《通志·氏族略二》：“莒氏，嬴姓。少昊之後也。”《史記·秦本記》：“秦之先爲嬴姓，其後分封，以國爲姓；有徐氏、郯氏、莒氏……。”

“莒刀”，古代齊國的錢幣；莒邑所造，形似刀，故名。清、馮雲鵬《金石索·金索四》：“《金石志》云：‘莒刀亦齊器。《國策》樂毅伐齊，城不下者唯莒及卽墨，是莒亦齊之大都會。’”

蘧　0254　蘧麥也。从艸，遽聲。彊魚切（qú ㄑㄩˊ）。

【譯白】蘧，全名蘧麥的草本植物。是依從艸做形旁，以遽爲聲旁構造而成的形聲字。

【述義】又名瞿麥、巨句麥、大菊、大蘭，其中長得小而且花色深的叫做石竹；是石竹科多年生草本植物，葉對生狹披針形，夏季開淡紅色或白色花，可栽培做觀賞，全草可供藥用。《爾雅·釋草》：“大菊，蘧麥。”郝懿行義疏：“《繫傳》云：‘（蘧麥）今謂之瞿麥。又名句麥。其小而華色深者，俗謂石竹。’《本草》云：‘瞿麥，一名巨句麥，一名大菊，一名大蘭。’陶注：‘一莖生細葉，花紅紫可愛，子頗似麥，故名瞿麥。’”段玉裁《說文解字注》：“俗謂之洛陽花。一名石竹。”

通“蕖”，荷花。《文選·張衡〈西京賦〉》：“蘧藕拔，蜃蛤剝。”李善注引薛綜曰：“蘧，芙蕖。”

姓。《通志·氏族略五》：“蘧氏，衛大夫蘧瑗字伯玉之後，漢有大行令蘧正。”

疊字雙音“蘧蘧”形況：一、悠然自得貌。《莊子·齊物論》：“昔者莊周夢爲胡蝶，栩栩然胡蝶也。自喻適志與，不知周也。俄然覺，則蘧蘧然周也。”唐、楊炯《臥讀書架賦》：“風清夜淺，每待蘧蘧之覺；日永春深，常偶便便之腹。”明、徐復祚《投梭記·紋飲》：“本是乾坤一腐儒，豈堪與人間張主，自合掩蓬門蝶夢任蘧蘧。”二、高聳貌。《文選·王延壽〈魯靈光殿賦〉》：“飛梁偃蹇以虹指，揭蘧蘧而騰湊。”李善注：“崔駰《七依》曰：‘夏屋蘧蘧。’高也，音渠。”

蘧又讀 jù ㄐㄩˋ，《集韻》其據切，去御羣；魚部。一、驚喜貌。《莊子·大宗師》：“成然寐，蘧然覺。”成玄英疏：“蘧然是驚喜之貌。”二、草名。《集韻·語韻》：“蘧，艸名，《集韻》臼許切，上語羣。”

菊 0255 大菊，蘧麥。从艸，匊聲，居六切（jú ㄐㄩˊ）。

【譯白】菊，全名大菊，又叫蘧麥的草本植物。是依從艸做形旁，以匊爲聲旁構造而成的形聲字。

【述義】大菊屬石竹科，是多年生草本植物，莖叢生，葉狹披針形，夏季開出如錢幣大的淡紅或白花，種子如燕麥，栽培供觀賞，全草可做藥用。《爾雅·釋草》：“大菊，蘧麥。”郭璞注：“一名麥句薑，卽瞿麥。”

菊花，菊花屬菊科，多年生草本植物，秋季開花，原產中國，久經栽培後品種繁多，世界各地普遍栽培，是著名觀賞植物；有些菊花可供藥用，黃菊、白菊，也可以做飲料及天然食品色素。清、李富孫《說文辨字正俗》：“菊，大菊，蘧麥。蘜，日精也，以秋華……《釋艸》：‘蘜，治牆。’郭注云：‘今之秋華菊。’……許氏分日精、治牆爲二，陸氏《釋文》合爲一。今俗多習用蘜、菊二字。”《楚辭·離騷》：“朝飲木蘭之墜露兮，夕餐秋菊之落英。”又《九章·惜誦》：“播江離與滋菊兮，願春日以爲糗芳。”三國、魏、曹丕《與鍾繇書》：“芳菊含乾坤之純合，體芬芳之淑氣。”晉、陶潛《飲酒二十首》詩之五：“採菊東籬下，悠然見南山。”又《歸去來兮辭》：“三徑就荒，松菊猶存。”宋、李清照《鷓鴣天》詞：“梅定妒，菊應羞，畫欄開處冠中秋。”清、沈復《浮生六記·閨房記樂》：“吾母亦欣然來觀，持螯對菊，賞玩竟日。”

姓。《正字通·艸部》：“菊，姓。”

葷 0256 葷 臭菜也。从艸，軍聲。許云切（hūn ㄏㄨㄣ）。

【譯白】葷，有特殊氣味的蔬菜。是依從艸做形旁，以軍爲聲旁構造而成的形聲字。

【述義】葷，在嗅覺和味覺上都有特殊氣味（強烈刺激性）的蔬菜；如：油菜、香椿、韭、蔥、蒜、阿魏。“葷”與香草之“薰”是同源通用字。徐鍇《說文解字繫傳》：“通謂芸薹、椿、韭、蒜、蔥、阿魏之屬。方術家所禁，謂氣不潔也。”宋、羅願《爾雅翼·釋草·茖》：“蔥有冬蔥、漢蔥、胡蔥、茖蔥……古者此等通名葷菜。西方則以大蒜、小蒜、興渠、慈蔥、茖蔥列爲五葷，以爲熟之則發婬，生噉增恚，皆有損於性情，故絕而不食……今道家亦有五葷，乃謂韭、蒜、芸薹、胡荽、薤也，無茖蔥等，此自隨中國所多者爲說，故不同焉。”《儀禮·士相見禮》：“夜侍坐，問夜，膳葷，請退可也。”鄭玄注：“葷，辛物，蔥薤之屬，食之以止臥。”《管子·立政》：“瓜瓠葷菜百果俱備。”《莊子·人間世》：“顏回曰：‘回之家貧，唯不飲酒不茹葷者數月矣。’”

按：五葷即五辛；葷辛，指有辛辣氣味的蔬菜；後訛作“葷腥”，特指肉食，指雞、鴨、魚、肉等食物，與“素”相對。南朝、梁、宗懍《荊楚歲時記》：“梁有天下不食葷，荊自此不復食雞子，以從常則。”《水滸全傳》第五回：“魯智深道：‘洒家不忌葷酒，遮莫甚麼渾清白酒，都不揀選；牛肉狗肉，但有便喫。’”《儒林外史》第二十六回：“他又不吃大葷，頭一日要鴨子，第二日要魚。”

附述“葷辛、葷腥、葷菜、葷臊、葷羶、五辛、五辛菜、五辛盤、五葷、五熏、五禁、五裁、五菜、五味”：

葷辛，指有強烈辛辣氣味的蔬菜；如：蔥、蒜、韭、薤等。《儀禮·士相見禮》"膳葷"漢、鄭玄注："膳葷，謂食之葷辛物，蔥薤之屬。"唐、薛用弱《集異記·葉法善》："（葉法善）性淳和潔白，不茹葷辛，常獨處幽室。"唐、姚合《乞新茶詩》："嫩綠微黃碧澗春，採時聞道斷葷辛。"《宋史·孝義傳·顧忻》："顧忻，泰州泰興人；十歲喪父，以母病，葷辛不入口者十載。"

葷腥：指有辛味的菜和魚肉等食物；後專指魚肉等食物。唐、白居易《齋月靜居》詩："葷腥每斷齋居月，香火常親宴坐時。"又《齋戒》詩："每因齋戒斷葷腥，漸覺塵勞梁愛輕。"宋、沈括《夢溪筆談·人事一》："王子野生平不茹葷腥，居之甚安。"《水滸傳》第五回："太公道：'師父请吃些晚飯。不知肯吃葷腥也不？'"《紅樓夢》第五八回："衆人都笑道：'菩薩！能幾日沒見葷腥兒？就饞的這個樣兒！'"

葷菜：一、有辛味的蔬菜；如：蔥、蒜、韭、薤之屬。《荀子·富國》："今是土之生五穀也，人善治之……然後葷菜百疏以澤量。"楊倞注："葷，辛菜也。"二、指雞、鴨、魚、肉等食物。《儒林外史》第二二回："飯是二鰵一碗，葷菜一分，素的一半。"

葷臊，指有辛味的菜與肉類。《管子·輕重戊》："黃帝作鑽鐩生火，以熟葷臊。民食之，無茲胹之病，而天下化之。"馬非百新詮："（葷臊）蓋兼蔬菜及肉食二者而言。"

葷羶，指有辛味的菜與牛羊肉。唐、韋應物《紫閣東林居士叔緘賜松英丸輒獻詩代啓》："道場齋戒今初服，人事葷羶已覺非。"此以肉食喻塵世不潔淨。明、郎瑛《七修類稿·詩文二·韜光禪師》："刺史白居易重其道，嘗具饌飯之，以詩邀云：'白屋炊香飯，葷羶不入家。濾泉澄葛粉，洗手摘藤花。'"

五辛：一、五種辛味的蔬菜，也稱五葷。辛多濁氣，會壞人心性，佛教僧侶戒律規定不許吃五辛。《翻譯名義集·什物》："葷而非辛，阿魏是也；辛而非葷，薑芥是也；是葷復是辛，五辛也。《梵綱》云：不得食五辛。言五辛者，一蔥、二薤、三韭、四蒜、五興蕖。"清、趙翼《素食歌》："古人齋食但忌葷，所謂葷者乃五辛，後人誤以指腥血，蔥薤羊豕遂不分。"白炎《遊仙》詩："六甲靈飛驅虎豹，五辛珍脯擘麒麟。"二、指五辛菜。唐、薛能《除夜作》詩："茜旆猶雙節，雕盤又五辛。”清、孫枝蔚《除夕和東坡韻·餽歲》詩：“一歲忽已周，五辛貴相佐。”

五辛菜：用蔥、蒜、韭、蓼蒿、芥五種辛物做成的菜肴。《太平御覽》卷二九引漢、應劭《風俗通》：“於是下五辛菜、膠牙糖，各進一雞子。”原注：“周處《風土記》云：‘正旦，當生吞雞子一枚，謂之鍊形。又晨啖五辛菜，以助發五藏氣。’”明、李時珍《本草綱目·菜一·五辛菜》：“五辛菜，乃元日立春，以蔥、蒜、韭、蓼蒿、芥辛嫩之菜，雜和食之，取迎新之意，謂之五辛盤。”

五辛盤，即五辛菜。《太平御覽》卷二九引晉、周處《風土記》：“元日造五辛盤，正元日五熏鍊形。”注：“五辛所以發五臟氣。”南朝、梁、庾肩吾《歲盡應令》詩：“聊開柏葉酒，試奠五辛盤。”宋、龐元英《文昌雜錄》卷三：“唐歲時節物，元日則有屠蘇酒、五辛盤、咬牙餳。”清、方文《雨後赴韓元長之招途中有作》詩：“遙指層樓今夜月，先判一醉五辛盤。”

五葷，五種有刺激味的蔬菜，即五辛。明、李時珍《本草綱目·菜一·蒜》：“五葷即五辛，謂其辛臭昏神伐性也。鍊形家以小蒜、大蒜、韭、芸薹、胡荽爲五葷；道家以韭、薤、蒜、芸薹、胡荽爲五葷；佛家以大蒜、小蒜、興渠、慈蔥、茖蔥爲五葷。興渠，即阿魏也，雖各不同，然皆辛熏之物。”《西遊記》第八回：“（豬八戒）遂此領命歸眞，持齋把素，斷絕了五葷三厭，專候那取經人。”

五熏，即五辛。《太平御覽》九一八引晉、周處《風土記》：“正月元日，五熏鍊形。”原注：“五辛所以發五藏氣。”

五禁，古中醫指患氣病、血病、骨病、肉病、筋病者，應分別禁食辛、鹹、苦、甘、酸五類食物，謂之“五禁”。《素問·宣明五氣篇》：“辛走氣，氣病（肝病）無多食辛；鹹走血，血病（心臟及血管病）無多食鹹；苦走骨，骨病（肺病）無多食苦；甘走肉，肉病（腎病）無多食甘；酸走筋，筋病（脾病）無多食酸，是謂五禁。”

五裁，即五禁。《靈樞經·九針論》：“病在筋，無食酸；病在氣，無食辛；病在骨，無食鹹；病在血，無食苦；病在肉，無食甘。口嗜而欲食之，不可多矣，必自裁也，命曰五裁。”

五菜，指葵、韭、藿、薤、蔥。《素問·藏氣法時論》：“五菜爲充。”王冰注：“謂葵、藿、薤、蔥、韭也。”《靈樞經・五味》：“五菜：葵甘，韭酸，藿鹹，薤苦，蔥辛。”

五味：一、指酸、甜、苦、辣、鹹五種味道。《孫子兵法・勢篇》：“味不過五，五味之變，不可勝嘗也。”《周禮・天官・疾醫》：“以五味五穀五藥養其病。”注：“五味：醯、酒、飴蜜、薑、鹽之屬。”疏：“五味：醯則酸也，酒則苦也，飴蜜卽甘也，薑卽辛也，鹽卽鹹也。”《禮記・禮運》：“五味，六和，十二食，還相爲質也。”鄭玄注：“五味，酸、苦、辛、鹹、甘也。”《淮南子・原道訓》：“無聲而五音鳴焉，無味而五味形焉，無色而五色成焉。”泛指各種味道或調和衆味而成的美味食品。《老子》：“五味令人口爽。”明、張甯《方洲雜言》：“平生不經嘗五味豐腴之物，清淡安全，所以致壽。”二、佛教以乳、酪、生酥、熟酥、醍醐五者比喻華嚴、阿含、方等、般若、法華涅槃五時之教。見《涅槃經》卷十四。清、龔自珍《總正歷代所譯一切經》：“釋迦旣沒，阿難結集釋迦一代五時之教，五味從判，三藏以位，十二部以分，經之名以起。”

葷又讀 xūn ㄒㄩㄣ，《集韻》許云切，平文曉。葷粥，同“獯鬻”，古代北方部族名。《集韻・文韻》：“獯，獯鬻，匈奴別號，通作葷。”《史記・五帝本紀》：“東至于海，登丸山，及岱宗……（黃帝）北逐葷粥，合符釜山，而邑于涿鹿之阿。”司馬貞索隱：“匈奴別名也。唐、虞已上曰山戎，亦曰熏粥，夏曰淳維，殷曰鬼方，周曰玁狁，漢曰匈奴。”《漢書・谷永傳》：“北無葷粥、冒頓之患，南無趙佗、呂嘉之難，三垂晏然，靡有兵革之警。”顏師古注：“粥音弋六反。”

蘘　0257　蘮　蘘荷也，一名蒚蒩。从艸，襄聲。汝羊切（ráng ㄖㄤˊ）。

【譯白】蘘，全名蘘荷，又稱爲蒚蒩的草本植物。是依從艸做形芻，以襄爲聲芻構造而成的形聲字。

【述義】蘘荷、蒚蒩，又名“陽藿”、“蘘草”、“覆葅”，薑科多年生草本植物，根狀莖似薑、淡黃色。具辛辣味，葉片條狀披針形互生，夏季抽生穗狀花序，白色或淡黃色，生長在蔭蔽處，嫩花序可作蔬菜，根狀莖可供藥用。段玉裁《說文解字注》：“崔豹《古今注》曰：‘蘘荷菜似薑，宜陰翳地，依陰而生也。師古曰：根芻生笋，可以爲葅，又治蠱毒。宗懍《荊楚歲時記》云：仲冬以鹽藏蘘荷，以備冬儲。《急就篇》所云‘老菁蘘荷冬日藏’也。”《史記・司馬相如列傳》：“茈薑蘘荷，葴橙若蓀。”張守節正義：“蘘，柯根苞生笋，若芙蓉，可以爲葅，又治蠱毒也。”《三國志・魏志・東夷傳》：“其地有薑橘椒蘘荷，不知以爲滋味。”《文選・潘岳〈閒居賦〉》：“蘘荷依陰，時藿向陽。”清、曹寅《淳化鎮》詩：“消搖慣熟山園路，開徧蘘荷向午花。”

通“穰”，藁稈之類。北魏、賈思勰《齊民要術・收種》：“先治而別埋，還以所治蘘草蔽窖。”石聲漢注：“‘蘘’，整理莊稼所賸下的藁稈、枯葉、秕殼……合稱爲‘穰’，也可寫作‘蘘’。”

蘘又讀 xiāng ㄒㄧㄤ，《集韻》思將切，平陽心。青蘘，也作“青葙”、“青箱”，一名野雞冠；種子稱青葙子，一年生草本植物，夏秋之間開花，花色淡紅，可供觀賞，可入藥，有祛風熱、清肝火、明目等作用。《集韻・陽韻》：“蘘，青蘘，藥艸，或从相。”《三國志・魏志・管寧傳》：“尺牘之迹，動見模楷焉。”裴松之注引三國、魏、魚豢《魏略》：“（青牛先生）常食青葙芫華。年似如五六十者，人或親識之，謂其已有百餘歲矣。”唐、皮日休、張賁等《藥名聯句》詩：“白芷寒猶采，青箱醉尚開。”明、李時珍《本草綱目・草四・青葙》（集解）引《別錄》：“青葙生田野間，嫩苗似莧可食，長則高三四尺。”

蘘又讀 nāng ㄋㄤ，《集韻》奴當切，平唐娘。羘蘘，也作“羘𪗾”；草名。《集韻・唐韻》：“蘘，羘蘘，草名，皮可作緪。古作𪗾。”

菁　0258　菁　韭華也。从艸，青聲。子盈切（jīng ㄐㄧㄥ）。

【譯白】菁，韭菜的花。是依從艸做形旁，以青爲聲旁構造而成的形聲字。

【述義】韭菜的花，也泛指盛開的花。《齊民要術・八和韲》引《四民月令》：“八月，收韭菁，作擣韲。”《文選・宋玉〈高唐賦〉》：“秋蘭茝蕙，江離載菁。”李善注引《廣雅》曰：“菁，華也。”

華采。《文選・張衡〈西京賦〉》：“要紹修態，麗服颺菁。”李善注引薛綜曰：“菁，華英也。”

菜名，即蔓菁，又名蕪菁，俗稱大頭菜。《急就篇》第九章：“老菁蘘荷冬日藏。”顏師古注：“菁，蔓菁也。一曰冥菁，一曰蕪菁，又曰芴菁。”《周禮·天官·醢人》：“昌本，麋臡，菁菹。鹿臡，茆菹。”鄭玄注：“菁，蔓菁也。”《呂氏春秋·本味》：“雲夢之芹，具區之菁。”漢、張衡《南都賦》：“春筍夏蒜，秋韭冬菁。”《尸子》卷下：“昔者桀紂縱欲長樂，以苦百姓，珍怪遠味必南海之蕈，北海之鹽，西海之菁，東海之鯨，此其禍天下亦厚矣。”

水草。《史記·司馬相如列傳》：“唼喋菁藻，咀嚼菱藕。”裴駰集解：“郭璞曰：‘菁，水草。’《呂氏春秋》曰：‘太湖之菁’也。”南朝、梁、沈約《郊居賦》：“其水草則蘋萍茨芰，菁藻兼菰。”

疊字雙音“菁菁”形況：一、茂盛貌。《詩·小雅·菁菁者莪》：“菁菁者莪，在彼中阿。”毛傳：“菁菁，盛貌。”北魏、酈道元《水經注·睢水》：“睢水又東南流，歷於竹圃，水次綠竹蔭渚，菁菁實望，世人言梁王竹園也。”二、引申爲蓬勃向上。三、稀少貌。《詩·唐風·杕杜》：“有杕之杜，其葉菁菁。”鄭玄箋：“菁菁，希少之貌。”四、《詩·小雅·菁菁者莪序》：“菁菁者莪，樂育材也。”後亦因以指育材。宋、范仲淹《上張侍郎啟》：“矧嘗赫赫之瞻，敢昧菁菁之樂。”

蘆　0259　蘆菔也。一曰：薺根。从艸，盧聲。落乎切（lú ㄌㄨˊ）。

【譯白】蘆，全名蘆菔的草本植物。又有一義：是稱薺菜的根。是依從艸做形旁，以盧爲聲旁構造而成的形聲字。

【述義】蘆菔、薺根，又名蘆萉、萊菔，今名蘿蔔，十字花科，一、二年生草本植物，種類甚多，肉質直根呈圓錐、圓球、長圓錐、扁圓等形，肥厚多肉，葉大，花白或淺色，是日常蔬菜，種子可供藥用。《爾雅·釋草》：“葖，蘆萉。”郭璞注：“萉，宜爲菔。蘆菔，蕪菁屬，紫華，大根，俗呼雹葖。”唐、陸德明《經典釋文》：“蘆音羅；菔音蒲北切。”邢昺疏：“今謂之蘿蔔是也。”漢、崔寔《政論》：“當用人參，反得蘆菔根。”《後漢書·劉盆子傳》：“（宮女）幽閉殿內，掘庭中蘆菔根，捕池魚而食之，死者因相埋於宮中。”北魏、賈思勰《齊民要術·蔓菁》：“種菘、蘆菔法，與蕪菁同。”石聲漢注：“‘蘆菔’，現在寫作‘蘿蔔’、‘萊菔’。”清、趙翼《連日無蔬菜至平夏買得蘿蔔大喜過望而紀以詩》：“食指忽然動，籬落見蘆菔。”

薺根。吳善述《廣義校訂》：“蘆又訓薺根，故藥之近根者曰蘆。”

蘆葦，禾本科多年生草本植物，生於濕地或淺水，可爲保土固堤植物，葉子披針形，莖中空，光滑，花紫色，莖可造紙、葺屋、編席等；根莖稱爲蘆根，可供藥用；穗可做掃帚。《玉篇·艸部》：“蘆，葦未秀者爲蘆。”《淮南子·脩務》：“夫鴈順風以愛氣力，銜蘆而翔以備矰弋。”高誘注：“未秀曰蘆，已秀曰葦。”南朝、梁、江總《菔贈賀左丞蕭舍人》詩：“蘆花霜外白，楓葉水前丹。”宋、范成大《魯家洑入沌》詩：“可憐行路難如此，一簇寒蘆尚稅場。”

漏蘆，即“漏盧”，菊科多年生草本植物，根可入藥；盧，黑色，此草秋後即黑，故名。《廣韻·魚韻》：“蘆，漏蘆草。”

姓。《廣韻·模韻》：“蘆，虜姓。”《後魏書》：“莫蘆氏，後改爲蘆氏。”

菔　0260　𦳛　蘆菔，似蕪菁，實如小尗者。从艸，服聲。蒲北切（bó ㄅㄛˊ）。

【譯白】菔，全名蘆菔的草本植物，形狀像蕪菁，它所結的籽實有如小豆子。是依從艸做形旁，以服爲聲旁構造而成的形聲字。

【述義】蘆菔，詳見前一字“蘆”條。一說“菔”即蔓菁，俗稱大頭菜，開黃色花，根塊肉質，爲日常蔬菜。《東觀漢記·桓帝紀》：“令所傷郡國，皆種蕪菁，以助民食。”《後漢書·劉盆子傳》：“掘庭中蘆菔根，捕池魚而食之。”唐、韓愈《感春》詩之二：“黃黃蕪菁花，桃李事已退。”清、曹寅《戲題西軒草木》詩：“夾路蕪菁敗素鮮，薔薇削弱不成妍。”

兵器袋。《集韻·屋韻》：“菔，刀劍衣。”

苹　0261　𦯀　蓱也；無根，浮水而生者。从艸，平聲。符兵切（píng ㄆㄧㄥˊ）。

【譯白】苹，即浮蓱（浮苹、浮萍）；沒有固定的根，漂浮在水面上隨波逐流四處生長的一種水草名稱。是依從艸做形旁，以平爲聲旁構造而成的形聲字。

【述義】徐灝《說文解字注箋》：“《爾雅·釋草》云：‘苹，蓱；其大者蘋。’即許所本。與‘苹，藾蕭’異物同名，因以苹爲藾蕭之專名，又增水旁作萍以爲浮萍。今本《水部》萍字，乃後人所增耳。”

同“蓱（萍）”，浮萍，浮生在水面上的一種草本植物，葉扁平，呈橢圓形或倒卵形，表面綠色，背面紫紅色，葉下生鬚根，花白色；可入中藥。《爾雅·釋草》：“蓱，蓱，其大者蘋。”郭璞注：“水中浮蓱，江東謂之薸。”《集韻·庚韻》：“苹，或作萍。”《大戴禮記·夏小正》：“（七月）湟潦生苹；湟下處也，有湟然後有潦，有潦而後有苹。”三國、魏、何晏《言志》詩：“豈若集五湖，順流唼浮萍。”晉、劉伶《酒德頌》：“俯觀萬物擾擾，焉如江漢之載浮萍。”

蘋蕭，即艾蒿，也稱“蕭”、“艾”或“冰臺”。《爾雅·釋草》：“苹，蘋蕭。”郭璞注：“今蘋蒿也，初生亦可食。”《詩·小雅·鹿鳴》：“呦呦鹿鳴，食野之苹。”鄭玄箋：“苹，蘋蕭。”孔穎達疏引陸璣曰：“蘋蒿，葉青白色，莖似箸而輕脆，始生香，可生食，又可烝食。”《管子·地員》：“黑埴，宜稻麥，其草，宜苹蓨。”唐、韓愈《答張徹》詩：“苹甘謝鳴鹿，罍滿慚罄缾。”

蒲白。《廣韻·庚韻》：“苹，蕧，一曰蒲白。”清、桂馥《說文解字義證》：“苹，蒻也。本書：‘蒻，蒲子，可以爲平席。’平當爲苹……《禮記·間傳》‘苴翦不納’鄭注：‘苴，今之蒲苹’是也。”

苹車，古代有屏蔽的戰車名。《周禮·春官·車僕》：“車僕，掌戎路之萃、廣車之萃、闕車之萃、苹車之萃、輕車之萃。”鄭玄注：“苹，猶屏也，所用對敵自蔽隱之車也。”孫詒讓正義：“苹、屏音同。此車蓋以韋革周帀四面爲屏蔽，故對敵時可蔽隱以避矢石也。”

苹又讀pēng ㄆㄥ，《集韻》披庚切，平庚滂。一、苹濞，也作“澎濞”、“洴濞”，水流聲。《集韻·庚韻》：“澎，澎濞，水皃。或作苹、洴。”按：澎濞，波浪相撞擊聲。《史記·司馬相如列傳》：“橫流逆折，轉騰潎洌，澎濞沆瀣。”《文選·司馬相如〈上林賦〉》作“洴濞沆溉”，郭璞注引司馬彪曰：“洴濞，水聲也。”《文選·王褒〈洞蕭賦〉》：“澎濞慷慨，一何壯士！”李善注：“澎濞，波浪相激之聲。”晉、木華《海賦》：“澎濞灪㴇，碨磊山壟。”清、梅曾亮《陳拜鄉詩序》：“今夫水之歸壑也，其未至則澎濞洶湧，雷奔雲譎。”洴濞：1、澎湃，浪相擊聲。如上引《文選·司馬相如〈上林賦〉》：“橫流逆折，轉騰潎洌，洴濞沆溉。”李善注引司馬彪曰：“洴濞，水聲也。”2、雨水多。《漢書·司馬相如傳下》：“貫列缺之倒景兮，涉豐隆之洴

濞。”顏師古注：“滂濞，雨水多也。”《史記》作“滂沛”。3、
眾盛貌。《漢書・司馬相如傳下》：“騷擾衝蓯其紛挐兮，滂濞泱軋麗
以林離。”顏師古注引張揖曰：“滂濞，眾盛貌。”二、使令，也作
“拼”。《集韻・耕韻》：“拼，使也。古作苹。”

　　疊字雙音“苹苹”形況：草聚生貌。戰國、楚、宋玉《高唐賦》：
“涉漭漭，馳苹苹。”唐、韓愈、孟郊《城南聯句》詩：“掃淨豁曠
曠，騁遙略苹苹。”

　　“苹縈”，迴旋貌。《文選・馬融〈長笛賦〉》：“爭湍苹縈。”李
善注：“苹縈，迴旋之貌。”

苠 0262 🈂 艸也。从艸，臣聲，稹鄰切（chén ㄔㄣˊ）。
【譯白】苠，一種草本植物的名稱。是依從艸做形旁，以臣爲聲旁構
造而成的形聲字。
【述義】闕。

薲 0263 🈂 大萍也。从艸，賓聲。符眞切（pín ㄆㄧㄣˊ）。
【譯白】薲，體、葉形狀長得比較大的浮萍。是依從艸做形旁，以賓
爲聲旁構造而成的形聲字。
【述義】段玉裁《說文解字注》：“《釋艸》曰：‘苹、萍，其大者蘋。’
毛傳曰：‘蘋，大萍也。’薲、蘋，古今字。”

　　亦作“蕒”，同“蘋”，水草，大萍。《玉篇・艸部》：“薲，同
蘋。”唐、韓愈《郾州谿堂詩》：“谿有薲苄，有龜有魚。”元、王
逢《秋感》詩之四：“苕花薲葉繞林扉，獨立蒼寒見紫微。”清、曹
寅《天池泛舟和冷齋》詩：“渚沒薲花潮臨盂，岸飜楊葉雨迎秋。”

　　“薲草”，一名賴草，爲牲畜的良好飼料。《山海經・西山經》：
“（昆侖之丘）有草焉，名曰薲草，其狀如葵，其味如蔥，食之已勞。”
唐、段成式《酉陽雜俎・毛篇》：“瓜州飼馬以薲草，沙洲以茨其，
涼州以敦突渾，蜀以稗草。”

藍 0264 🈂 染青艸也。从艸，監聲。魯甘切（lán ㄌㄢˊ）。
【譯白】藍，可以做成靛青（藍色）染料的草本植物。是依從艸做形
旁，以監爲聲旁構造而成的形聲字。
【述義】包括蓼藍、大藍、槐藍、菘藍、馬藍、吳藍、木藍等，蓼科
植物，一年生草本，葉形似蓼而味不辛，乾後變暗藍色，可加工成靛

青作染料，葉也可供藥用。《詩·小雅·采綠》："終朝采藍，不盈一襜。"《荀子·勸學》："青，取之於藍，而青於藍。"《禮記·月令》："（仲夏之月）令民毋刈藍以染。"鄭玄注："爲傷長氣也，此月藍始可別。"《齊民要術·序》引《仲長子》："斯何異蓼中之蟲，而不知藍之甘乎？"

深青色，顏色的一種。如、天藍、蔚藍。《論衡·本性》："至惡之物，不受藍朱之變也。"南朝、梁、江淹《雜體詩序》："譬猶藍朱成彩，錯雜之變無窮。"唐、孟郊《藍溪元居士草堂》詩："藍岸青漠漠，藍峯碧崇崇。"宋、賀鑄《怨三三》詞："玉津春水如藍，宮柳毿毿，橋上東風側帽檐。"

濫，不加節制。《大戴禮記·文王官人》："淹之以利，以觀其不貪；藍之以樂，以觀其不寧。"王聘珍解詁："盧（辯）注云：'藍猶濫也。'聘珍謂：樂謂聲色。寧，荒寧也。"

用同"婪"，古稱行酒一巡。唐、白居易《歲日家宴戲示弟侄等》詩："歲盞後推藍尾酒，春盤先勸膠牙餳。"宋、竇革《酒譜·酒之事》："今人元日飲屠蘇酒，云可以辟瘟氣，亦曰藍尾酒。或以年高最後飲之，故有尾之義爾。"

佛寺，梵語伽藍的簡稱。《金石萃編·唐憫忠寺重藏舍利記》："至宣宗初登寶位，歲在丙寅，勅修廢藍。"《五燈會元》卷十七："郡之左有天皇寺，乃名藍也，因火而廢。"金、董解元《西廂記諸宮調》卷一："蒲州東十餘里，有寺曰普救，自則天崇浮屠教，出內府財勅建，僧藍無麗於此。"元、迺賢《城南古詠·竹林寺》詩："甲第王侯去，精藍帝釋尊。"清、阮元《小滄浪筆談》卷三："唐沿六代，事佛尤謹，寶刹名藍之外，又家供養佛堂，故有此銅范小碑也。"

通"襤"。藍縷：一、破舊的衣服，亦形容衣服破舊、破爛。《左傳·宣公十二年》："篳路藍縷，以啟山林。"杜預注："篳路，柴車。藍縷，敝衣。"唐、杜甫《山寺》詩："山僧衣藍縷，告訴棟梁摧。"《水滸傳》第六二回："尚有一里多路，只見一人頭巾破碎，衣裳藍縷，看着盧俊義納頭便拜。"康有爲《請禁婦女裹足札》："吾中國蓬蓽比戶，藍縷相望，加復鴉片重纏，乞丐接道，外人拍影傳笑，譏爲野蠻久矣。"二、亦作"藍羅"，比喻學識淺陋、破碎。《新唐書·

選舉志下》：“凡試判登科謂之‘入等’，甚拙者謂之‘藍縷’。”唐、劉肅《大唐新語·釐革》：“國初因隋制，以吏部曲選……其後官員不克，選人益衆，乃徵僻書隱義以試之，唯懼選人之能知也。遒麗者號爲‘高等’，拙弱者號爲‘藍羅’。”

　　姓。《通志·氏族略五》：“藍氏，望出中山。《戰國策》中山太守藍諸。”

蕙（萱）₀₂₆₅　蘭　令人忘憂艸也。从艸，憲聲。《詩》曰：“安得蕙艸？”爃，或从煖。藚，或从宣。況袁切（xuān ㄒㄩㄢ）。

【譯白】蕙，令人一見就感覺歡喜忘記憂愁的一種草本植物的名稱。是依從艸做形旁，以憲爲聲旁構造而成的形聲字。《詩·衛風·伯兮》說：“何處去採忘憂草？”爃，蕙的或體字，以煖爲聲旁構造而成的形聲字。萱，蕙的另一個或體字，以宣爲聲旁構造而成的形聲字。

【述義】段玉裁《說文解字注》作“令人忘憂之艸也”。云：“見毛傳。蕙之言諼也；諼，忘也。”蕙，俗稱“萱”。萱草，百合科多年生草本植物，葉條形，開桔紅色或金黃色的花，花可供食用，俗名黃花菜，臺灣地區稱爲金針或金針菜，在古代是珍貴的蔬菜，適合各種烹調方式；因爲葉形類似蘭蕙一類香草，並且花形花色有甚於蘭蕙，所以稱爲忘憂草。《詩·衛風·伯兮》“焉得諼草，言樹之背”。唐、陸德明《經典釋文》：“諼，本又作萱。”三國、魏、嵇康《養生論》：“合歡蠲忿，萱草忘憂。”《文選·謝靈運〈西陵遇風獻康樂〉詩》：“積憤成疢痏，無萱將如何。”劉良注：“言累積憤怨成其疢病，萱草可以忘憂也。”唐、楊乘《南徐春日懷古》詩：“愁夢全無蝶，離憂每愧萱。”宋、洪咨夔《西江月》詞：“庭下宜男萱草，牆頭結子榴花。”清、李漁《愼鸞交·癡盼》：“又幾天無眠，怎得箇忘憂草似萱。”清、梁章鉅《歸田瑣記·楹聯賸話》：“（余）又寄輓杭州許太淑人云：‘桂嶺、萊城，隨地齊歌衆母隨地齊歌衆母母；憲心連性，生天早現法身身。”

　　古稱母親屋室爲萱堂，後因以萱爲母親或母親居處的代稱。清、趙翼《陔餘叢考》卷四十三：萱草“俗謂母爲萱室，蓋因《詩》‘焉得萱草，言樹之背。’注云：‘背，北堂也。’戴埴《鼠璞》以爲此因君子行役而思念之詞，與母何與？呂藍衍亦謂《詩》注：‘諼草可以忘憂，背乃北堂也。’詩意並不言及母，不知何以遂相承爲母事也。
按古人寢室之制，前堂後室，其由室而之內寢有側階，即所謂北堂也。
見《尚書・顧命》注疏及《爾雅・釋宮》，凡遇祭祀，主婦位於此。
主婦則一家之主母也，北堂者母之所在也，後人因以北堂爲母，而北
堂即可樹萱，遂稱曰萱堂耳。”唐、牟融《送徐浩》詩：“知君此去
情偏切，堂上椿萱雪滿頭。”宋、葉夢得《再任後遣模歸按視石林》
詩之二：“白髮萱堂上，孩兒更共懷。”元、耶律楚材《祝忘憂居士
壽》詩：“玉佩丁東照蘭省，斑衣搖曳悅萱堂。”清、李漁《奈何天・
誤相》：“怎當他，前有萱堂，後有紅娘；便道是，做張生全要風流。”

　　姓。《萬姓統譜・元韻》：“萱，見《姓苑》。”

　　椿萱。《莊子・逍遙遊》謂大椿長壽，後世因以椿稱父。《詩・衛
風・伯兮》：“焉得諼草，言樹之背。”諼草，萱草。後世因以萱稱
母。椿、萱連用，代稱父母。《醒世恆言・白玉娘忍苦成夫》：“萬里
十六歲時，椿萱俱喪。”清、程趾祥《此中人語・陳璋》：“望兄速
邀媒妁，轉懇椿萱，毋使好事多磨也。”椿萱並茂，喻父母健在。明、
程登吉等《幼學瓊林・祖孫父子》：“父母俱存，謂之椿萱並茂；子
孫發達，謂之蘭桂騰芳。”

营 0266　𦿉　营藭，香艸也。从艸，宮聲。𦿉，司馬相如說，
　　营或从弓。去弓切（qiōng ㄑㄩㄥ）。

【譯白】营，全名营藭，一種氣味芬芳的香草名稱。是依從艸做形旁，
以宮爲聲旁構造而成的形聲字。𦿉，司馬相如說：𦿉是营的或體字，
是以弓爲聲旁構造而成的形聲字。

【述義】俗作“芎”；讀 xiōng ㄒㄩㄥ；《廣韻》去宮切。又名芎藭、
川芎，傘形科，多年生草本植物，羽狀複葉，秋天開白花，全草有香
氣，根狀莖可供藥用，或謂嫩苗未結根時名曰蘪蕪，既結根後乃名芎
藭，以產於四川者爲佳，故又名川芎。《山海經・西山經》：“（號山）
其草多藥，蕙、芎藭。”《淮南子・氾論訓》：“夫亂人者，芎藭之
與藁本也，蛇牀之與蘪蕪也，此皆相似者。”晉、張華《博物志》卷
四：“芎藭，苗曰江蘺，根曰芎藭。”宋、蘇軾《和王鞏》詩之五：
“巧語屢曾遭蕙茷，廋詞聊復托芎藭。”也單用。《楚辭・劉向〈九
歎・愍命〉》：“莞、芎棄於澤洲兮，瓟蠡蠹於筐簏。”王逸注：“莞，

夫離也；芎，芎䓖也。皆香草也。"南朝、齊、王融《藥名詩》："秦芎留近詠，楚衡摺遠翔。"

营又讀 gōng 《ㄨㄥ，《集韻》居雄切，平東見。草名。《集韻·東韻》："营，艸名，葶藶也。"葶藶，一年生草本植物，莖高七八寸，葉對生，橢圓形，三月開黃色小花，四月結子，盛夏枯死，種子卽葶藶子。扁小如黍粒，可供藥用；有利尿，治水腫、祛痰、定喘之功。

䓖 0267 䕮 营䓖也。從艸，窮聲。渠弓切（qióng ㄑㄩㄥˊ）。

【譯白】䓖，卽营䓖。是依從艸做形旁，以窮爲聲旁構造而成的形聲字。

【述義】营䓖；也單用。宋、梅堯臣《次韻永叔乞藥有感》詩："亦莫如學釣，緡釣懸香䓖。"詳見前一字"营"條。

蘭 0268 蘭 香艸也。從艸，闌聲。落干切（lán ㄌㄢˊ）。

【譯白】蘭，一種氣味芬芳的草本植物的名稱。是依從艸做形旁，以闌爲聲旁構造而成的形聲字。

【述義】指蘭草而言，是多年生常綠草本植物，又名澤蘭，實爲一類二種，俱生水旁下濕處，菊科，葉卵形，邊緣有鋸齒，秋末開白花，全草有香氣，可製芳香油，可入藥，可供觀賞；古人稱"蘭"多指此草。《本草綱目·草部·蘭草》："蘭草、澤蘭，一類二種也。俱生水旁下濕處，二月宿根生苗成叢，紫莖素枝，赤節綠葉，葉對節生，有細齒。但以莖圓節長而葉光有歧者爲蘭草；莖微方，節短而葉有毛者爲澤蘭。嫩時並可按而佩之。"《易·繫辭上》："同心之言，其臭如蘭。"《左傳·宣公三年》："以蘭有國香，人服媚之如是。"《楚辭·離騷》："扈江離與辟芷兮，紉秋蘭以爲佩。"王逸注："蘭，香草也。"《漢書·司馬相如傳上》："其東則有蕙圃，衡蘭芷若，穹䓖昌蒲，江離蘪蕪，諸柘巴且。"顏師古注："蘭，卽今澤蘭也。"

引申爲芳香。蘭室，芳香高雅的居室；多指婦女的居室。《文選·張華〈情詩〉》："佳人處遐遠，蘭室無容光。"李善注："古詩曰：盧家蘭室桂爲梁。"南朝、齊、謝朓《奉和隨王殿下》詩之九："肅景遊清都，脩簮侍蘭室。"唐、沈佺期《擬古別離》詩："皓月掩蘭室，光風虛蕙樓。"《舊五代史·唐書·郭崇韜傳》："宦者曰：'見本朝長安大內，六宮嬪御，殆及萬人，椒房蘭室，無不充牣。'"蘭堂，芳潔的廳堂，廳堂的美稱。《漢書·禮樂志》："神之出，排玉房，周流雜，拔蘭堂。”《文選·張衡〈南都賦〉》：“揖讓而升，宴于蘭堂。”呂延濟注：“蘭者，取其芬芳也。”南唐、馮延巳《應天長》詞之五：“當時心事偷相許，宴罷蘭堂腸斷處。”明、高啟《采香徑》詩：“抱筐歸蕙逕，焚鼎薦蘭堂。”蘭訊，對他人書簡的美稱。晉、謝混《誡族子》詩：“通遠懷清悟，采采標蘭訊。”清、厲荃《事物異名錄·書籍·書柬》：“芳訊、蘭訊、寶札、瓊音。《山堂肆考》：皆書簡名。”

“蘭花”，指草蘭、劍蘭、四季蘭、建蘭、墨蘭、蕙蘭、報歲蘭、素心蘭……等觀賞類蘭花，品種甚多，屬蘭科，多年生常綠草本植物，葉細長而尖，根簇生，圓柱形，春初開花，呈淡黃綠色，亦有秋季開花者，花幽香清遠，爲中國栽培歷史悠久的觀賞植物。明、李時珍《本草綱目·草三·蘭草》：“蘭有數種，蘭草、澤蘭生水旁，山蘭即蘭草之生山中者。蘭花亦生山中，與三蘭迴別。蘭花生近處者，葉如麥門冬而春花；生福建者，葉如菅茅而秋花。黃山谷所謂‘一幹一花爲蘭，一幹數花爲蕙’者，蓋因不識蘭草、蕙草，遂以蘭花強生分別也。”又“正誤”引寇宗奭曰：“（蘭）多生陰地幽谷，葉如麥門冬而闊，且韌，長及一二尺，四時常青，花黃綠色，中間瓣上有細紫點。春芳者爲春蘭，色深；秋芳者爲秋蘭，色淡。開時滿室盡香，與他花香又別。”明、宋濂《辯蘭》：“蘭爲瑞草而取貴於世也尚矣。然其種有九，而九之中又有山、澤二者之殊。生於山者……華絕香，每行逶迤深谷間，微風忽過而清馨悠悠遠聞。”

“木蘭”，一種香木，又名杜蘭、林蘭；皮似桂而香，狀如楠樹。明、李時珍《本草綱目·木一·木蘭》：“木蘭枝葉俱疏，其花內白外紫，亦有四季開者；深山生者尤大，可以爲舟。”《楚辭·九歌·湘夫人》：“桂棟兮蘭橑，辛夷楣兮药房。”王逸注：“蘭橑，以木蘭爲橑也。”漢、司馬相如《子虛賦》：“其北則有陰林巨樹，楩柟豫章，桂椒木蘭，檗離朱楊。”《文選·何晏〈景福殿賦〉》：“於是蘭栭積重。窠數矩設，欐櫨各落以相承。”李善注：“以木蘭爲栭，言蘭栭重疊交互以相承。”晉、潘岳《西征賦》：“門磶石而梁木蘭兮，構阿房之屈奇。”宋、李清照《一剪梅》詞：“輕解羅裳，獨上蘭舟。”宋、蘇軾《前赤壁賦》：“桂棹兮蘭槳，擊空明兮泝流光。”亦指此種植物的花。《楚辭·離騷》：“朝搴阰之木蘭兮，夕攬洲之宿莽。"

　　通"闌"。朱駿聲《說文通訓定聲‧乾部》："蘭，借爲闌。"
一、兵闌，即兵器架。《管子‧小匡》："制重罪入以兵甲犀脇、二戟，
輕罪入蘭、盾、鞼革、二戟。"尹知章注："蘭，即所謂蘭錡，兵架
也。"《文選‧張衡〈西京賦〉》："武庫禁兵設在蘭錡。"李善注引
《魏都賦》劉逵注："受他兵曰蘭，受弩曰錡。"二、阻隔。《戰國
策‧魏策三》："晉國之去梁也，千里有餘，河山以蘭之，有周、韓
以間之。"鮑彪注："'蘭'作'闌'。"《史記‧扁鵲倉公列傳》：
"夫以陽入陰支蘭藏者生，以陰入陽支蘭藏者死。"張守節正義：
"《素問》云：'支者順節，蘭者橫節。'"三、妄；蘭子，謂以技妄
游者；即指走江湖的人。《列子‧說符》："宋有蘭子者，以技干宋元。
宋元召而使見。其技以雙枝，長倍其身，屬其踁，並趨並馳，弄七劍
迭而躍之，五劍常在空中。元君大驚，立賜金帛。"殷敬順釋文："應
劭曰：闌，妄也。此所謂闌子者，是以技妄游者也。疑蘭字與闌同。"
任大椿曰："蘭、闌古多通用。"

　　通"欄"，柵欄。《漢書‧王莽傳中》："又置奴婢之市，與牛馬
同蘭。"顏師古注："蘭謂遮蘭之，若牛馬蘭圈也。"《後漢書‧東夷
傳‧夫餘》："王令置於豕牢，豕以口氣噓之，不死。復徙於馬蘭，
馬亦如之。"李賢注："蘭即欄也。"

　　通"爛"。《隸釋‧漢濟陰太守孟鬱修堯廟碑》："赫如屋赭，蘭
然成就。"《三國志‧吳志‧吳主傳》："初，興平中，吳中童謠曰：
'黃金車，斑蘭耳，闓昌門，出天子。'"章炳麟《訄書‧族制》："不
學，則遺傳雖美，能蘭然成就乎？"

　　姓。《通志‧氏族略》："蘭氏，姬姓。鄭穆公裔也。穆公名蘭，
其支庶以王父名爲氏。漢有太守蘭廣。"

蒹 0269　蒹　艸，出吳林山。从艸，兼聲。古顏切（jiān ㄐㄧㄢ）。
【譯白】蒹，一種草本植物的名稱，生長在吳林山中。是依從艸做形
旁，以兼爲聲旁構造而成的形聲字。
【述義】菅茅；也作"菅"。《山海經‧中山經》："吳林之山，其中
多蒹草。"郭璞注："亦菅字。"漢、趙曄《吳越春秋‧闔閭內傳》：
"昔吾師作冶，金鐵之類不銷，夫妻俱入冶爐中然後成物；至今後世

卽山作冶，麻經（一作經）蕳服，然後敢鑄金於山。"南朝、陳、徐
陵《與楊僕射書》："京邑丘墟，蕳逢蕭瑟。"參見後面"菅"條。

　　同"蕳"，蘭草。唐、玄應《一切經音義》卷二："蕳，《字書》：
'與蕳同。'蕳，蕳也。《說文》：'蕳，香草也。'"《山海經·中山
經》："（洞庭之山）其草多蕳、麋蕪、芍藥、芎藭。"

葰 0270　　𧀇　薑屬，可以香口。從艸，俊聲。息遺切（suī ㄙㄨㄟ）。

【譯白】葰，薑類植物，可以使人口中的氣息芬芳。是依從艸做形旁，
以俊爲聲旁構造而成的形聲字。

【述義】廉薑，薑類植物，一種香菜。《廣雅·釋草》："廉薑，葰也。"
《儀禮·旣夕禮》："茵著用荼，實綏澤焉。"漢、鄭玄注："綏，
廉薑也；澤，澤蘭也，皆取其香且御濕。"《太平御覽》卷九七四引漢、
劉楨《清慮賦》："仰秢木菲，俯拔廉薑。"《文選·左思〈吳都賦〉》
"薑彙非一"劉逵注引《異物志》："葰，一種廉薑，生沙石中，薑
類也。其纍大，辛而香，削皮，以黑梅并鹽汁漬之，則成也。始安有
之。"北魏、賈思勰《齊民要術·廉薑》："《食經》曰：'藏薑法：
蜜煮烏梅，去滓，以漬廉薑，再三宿，色黃赤如琥珀。多年不壞。'"

　　葰又讀 jùn ㄐㄩㄣ，《集韻》祖峻切，去稕精。通"峻"，大。《文
選·司馬相如〈上林賦〉》："長千仞，大連抱。夸條直暢，實葉葰楙。"
李善注引司馬彪曰："葰，大也。"《漢書·司馬相如列傳上》作"葰
楙"。宋、司馬光《才德論》："故人主利其未耜以墾治其民，而封殖其
國，又引膏澤以溉之，使其本根深固而枝葉葰茂。"葰茂，茂盛貌。

　　葰又讀 suǒ ㄙㄨㄛ，《廣韻》蘇果切，上果心。又沙瓦切。一、
葰人，漢代縣名，屬太原郡，故城在今山西省繁峙縣境。《廣韻·果
韻》："葰，葰人縣，在上黨。"《漢書·地理志上》："太原郡，縣二
十一：……葰人。"二、姓。《正字通·艸部》："葰，姓。見《姓苑》。"

芄 0271　　𦬕　芄蘭，莞也。從艸，丸聲。《詩》曰："芄蘭之枝。"
胡官切（wán ㄨㄢˊ）。

【譯白】芄，全名芄蘭，又名莞的草本植物。是依從艸做形旁，以丸
爲聲旁構造而成的形聲字。《詩·衛風·芄蘭》說："芄蘭的枝條。"

【述義】芄又稱蘿藦，蘿藦科，多年生草質藤本植物；莖葉長卵形而
尖，全草有白汁，可食；葉腋生有總狀花序，夏開白花，有紫紅色斑

點；內有多數種子，嫩時有漿，裂時如瓢，故有雀瓢，羊婆嬭之稱；其中一子長有一條白絨，長二寸左右，故俗呼羊婆奶、婆婆針線包、婆婆針線袋兒；莖、葉、果實都可供藥用。芄，《爾雅·釋草》作藋。

另：芄、蘭、莞三字疊韻，長言爲芄蘭，短言則莞，而莞本作編織蓆之蒲草專名，此處是芄之異名。《詩·衛風·芄蘭》："芄蘭之支，童子佩觿。"鄭玄箋："芄蘭柔弱，恆蔓延於地，有所依緣則起。"孔穎達疏："《釋草》云：'藋，芄蘭。'郭璞曰：'蔓生，斷之有白汁，可啖。'陸璣疏云：'一名蘿摩，幽州人謂之雀瓢。'"

　　　　段玉裁《說文解字注》："《釋艸》：'藋，芄蘭'。此莞當爲藋。"

蘦 0272 　　楚謂之蘺、晉謂之蘦、齊謂之茝。從艸，䨲聲。許嬌切（xiāo ㄒㄧㄠ）。

【譯白】蘦，楚地一帶的人們稱之爲蘺、晉地一帶的人們稱之爲蘦、齊地一帶的人們稱之爲茝的香草。是依從艸做形旁，以䨲爲聲旁構造而成的形聲字。

【述義】又作"薵"；香草名，卽"白芷"。《廣韻·宵韻》："蘦，白芷別名。"《山海經·西山經》："（號山）其草多藥、蘦、芎藭。"郭璞注："蘦，香草也。"《楚辭·王逸〈九思·怨上〉》："菽藟兮蔓衍，芳蘦兮挫枯。"原注："蘦，香草名也。"晉、張協《七命》詩："仰折神蘦，俯採朝蘭。"南朝、宋、謝靈運《郡東山望溟海》詩："白花皜陽林，紫薵曄春流。"

　　　　詳見後一、二字"蘺"及"茝"條。

蘺 0273 　　江蘺，蘪蕪。從艸，離聲。呂之切（lí ㄌㄧˊ）。

【譯白】蘺，全名江蘺的香草，是蘪蕪的別名。是依從艸做形旁，以離爲聲旁構造而成的形聲字。

【述義】又作江蘺蘪蕪，一名蘄茝；芎藭幼株莖葉細嫩時稱爲蘪蕪，長成葉大似芹稱爲江蘺，是傘形科多年生草本植物；羽狀複葉，秋天開白花，全草有香氣，根狀莖可供藥用。《玉篇·艸部》："蘺，香草，芎藭苗也。"晉、張華《博物志》卷七："芎藭，苗曰江蘺，根曰芎藭。"《本草綱目·草部·蘪蕪》："時珍曰：《別錄》言：蘪蕪一名江蘺，芎藭苗也；而司馬相如《子虛賦》稱'芎藭、菖蒲、江蘺、蘪蕪'。《上林賦》云：'被以江蘺，揉以蘪蕪。'似非一物，何耶？

蓋嫩苗未結根時，則爲蘼蕪，既結根後，乃爲芎藭；大葉似芹者爲江
蘺，細葉似蛇牀者爲蘼蕪。如此分別，自明白矣。”《楚辭·離騷》：
“扈江離與辟芷兮，紉秋蘭以爲佩。”王逸注：“江離、芷，皆香草
名。”漢、劉向《九歎·惜賢》：“懷芬香而挾蕙兮，佩江蘺之斐斐。”
唐、劉禹錫《重至衡陽傷柳儀曹》詩：“千里江蘺春，故人今不見。”
唐、賈島《送鄭長史之嶺南》詩：“蒼梧多蟋蟀，白露溼江蘺。”清、
曹寅《避熱》詩之五：“無媒徑路生憔悴，有類江蘺別等差。”清、
龔自珍《秋夜花遊》詩：“海棠與江蘺，同豔異今古；我折江蘺花，
間以海棠嫵。”

　　紅藻的一種，也叫“龍鬚菜”；生海灣淺水中，藻體深褐色或暗
紅色，細圓柱狀，有不規則的分枝。可提取瓊膠，供食用和作工業原
料。

　　蘼蕪，草名，又名“蘄茝”、“江蘺”；芎藭的苗，葉有香氣。
《山海經·西山經》：“（浮山）有草焉，名曰薰草；麻葉而方莖，
赤華而黑實，臭如蘼蕪，佩之可以已癘。”漢、劉向《九歎·怨思》：
“菀蘼蕪與蘭若兮，漸藁本於汚瀆。”《玉臺新詠·佚名〈古詩〉》：
“上山采蘼蕪，下山逢故夫。”隋、薛道衡《昔昔鹽》詩：“垂柳覆
金堤，蘼蕪葉復齊。”《本草綱目·草部·蘼蕪》：“時珍曰：蘼蕪，
一作蘪蕪。其莖葉靡弱而繁蕪，故以名之。當歸名蘄，白芷名蘺，其
葉似當歸，其香似白芷，故有蘄茝、江蘺之名。”

茝（茝） ₀₂₇₄　𦱫　蘪也。从艸，匝聲。昌改切（chǎi ㄔㄞˇ）。
【譯白】茝，香草蘪的方言名稱。是依從艸做形旁，以匝爲聲旁構造
而成的形聲字。
【述義】俗作“茝”；又作“芷”。鈕樹玉《說文解字校錄》：“昌
改切，蓋卽芷之正文，後人誤爲兩字。”徐灝《說文解字注箋》：
“‘改’古音讀如己，昌改切，與‘芷’同也。《唐韻》切字，多用
古音。”
　　香草名。《玉篇·艸部》：“茝，香草也。”《廣韻·止韻》：“茝，
香草。《字林》云：‘蘪蕪別名。’又昌待切。”《楚辭·離騷》：“雜
申椒與菌桂兮，豈維紉夫蕙茝？”王逸注：“蕙、茝皆香草也。”
　　茝又讀 zhǐ ㄓˇ，《廣韻》諸市切，上止章；之部。俗稱白芷；蘪、

蘺、茝、白芷，是同一種但名稱不同的植物，古人稱爲香草，傘形科多年生草本植物，夏季開白花，複傘形花序，根粗大有香氣，可供芳香通竅藥用。段玉裁《說文解字注》：“此一物而方俗異名也。茝，《本艸經》謂之白芷。茝、芷同字，臣聲、止聲同在一部也。”《禮記·內則》：“婦或賜之飲食、衣服、布帛、佩帨、茝蘭，則受而獻諸舅姑。”《楚辭·九章·湘夫人》：“沅有茝兮醴有蘭，思公子兮未敢言。”又《招魂》：“菉蘋齊葉兮，白芷生。”《漢書·禮樂志》：“俠嘉夜，茝蘭芳，澹容與，獻嘉觴。”顏師古注：“茝，即今白芷。茝音昌改反。”唐、陸龜蒙《藥名》詩：“白芷寒猶採，青箱醉尚用。”又《采藥賦》序：“䕲，白芷也。香草美人得此比之。”宋、張孝祥《菩薩蠻》詞：“蘺蕪白芷愁煙渚，曲瓊細卷江南雨。”唐、元結《賦得生芻一束》詩：“每慚蘋藻用，多謝菣蘭榮。”明、湯顯祖《紫簫記·審音》：“團花細茝，檀板急相催，春晝瑣窗誰在？”明、李時珍《本草綱目·草三·白芷》（釋名）引徐鍇曰：“初生根榦爲芷，則白芷之義取乎此也。”

　　“茝若”：一、漢宮殿名，在未央宮內。《文選·班固〈西都賦〉》：“後宮則有掖庭、椒房，后妃之室，合歡、增城、安處、常寧、茝若、椒風、披香、發越、蘭林、蕙草、鴛鴦、飛翔之列。”呂延濟注：“合歡而下並殿名。”唐、李白《侍從宜春苑奉詔賦龍池柳色初青聽新鶯百囀歌》詩：“始向蓬萊看舞鶴，還過茝若聽新鶯。”二、亦作“菣若”，白芷和杜若，皆香草名。晉、張華《雜詩》之二：“微風搖茝若，層波動芰荷。”唐、徐彥伯《擬古》詩之一：“菣若茂芳序，君子從遠戎。”

　　“茝藥”，即白芷。宋、王禹偁《酬種放徵君》詩：“田衣剪荷芰，野飯烹茝藥。”

蘪　0275　蘪　蘪蕪也。从艸，麋聲。靡爲切（méi ㄇㄟˊ）。

【譯白】蘪，全名蘪蕪的一種香草名稱。是依從艸做形旁，以麋爲聲旁構造而成的形聲字。

【述義】蘪蕪，也作“蘼蕪”，香草名，川芎的苗，傘形科多年生草本，根入藥。《爾雅·釋草》：“蘄茝，蘪蕪。”郭璞注：“香草，葉小如萎狀。”邢昺疏：“芎藭苗也。”《管子·地員》：“五臭疇，生蓮與蘪蕪，藁本白芷。”漢、司馬相如《子虛賦》：“芎藭菖蒲，茳蘺蘪蕪。”

野草叢生貌。《方言》卷十三：“蘪，蕪也。”郭璞注：“謂草穢蕪也。”

水草名。《爾雅·釋草》：“蘪，從水生。”唐、陸德明《經典釋文》：“蘪，蘪草，生江水中。”按：郝懿行義疏：“湄，《詩》偕作‘麋’，與蘪聲同，非草名也。”

薰 ₀₂₇₆ 𧄸　香艸也。从艸，熏聲。許云切（xūn ㄒㄩㄣ）。

【譯白】薰，一種香草的名稱。是依從艸做形旁，以熏爲聲旁構造而成的形聲字。

【述義】香草名，卽蕙草，又名零陵香。《廣雅·釋草》：“薰草，蕙草也。”《左傳·僖公四年》：“一薰一蕕，十年尚猶有臭。”《漢書·龔勝傳》：“薰以香自燒，膏以明自銷。”宋、沈括《夢溪補筆談·藥議》：“零陵香，本名‘蕙’，古之蘭蕙是也；又名‘薰’。”宋、蘇軾《浣溪紗》詞：“日暖桑麻光似潑，風來艾蒿氣如薰。”薰蕕，香草和臭草；用以喻善惡、賢愚、好壞等。語本《左傳·僖公四年》：“一薰一蕕，十年尚猶有臭。”杜預注：“薰，香草；蕕，臭草。十年有臭，言善易消，惡難除。”《魏書·辛雄傳》：“今君子小人薰蕕不別，豈所謂賞善罰惡，殷勤隱恤者也。”清、李漁《奈何天·形變》：“人中魔怪，竟做了雲中仙客，一般的桃柳三春，不枉我薰蕕半載。”

香、香氣、發出香氣。《文選·江淹〈別賦〉》：“閨中風暖，陌上草薰。”李善注：“薰，香氣也。”唐、許渾《歲暮自廣江至新興往復中題峽山寺》詩之一：“未臘梅先實，終冬草自薰。”宋、歐陽修《踏莎行》詞：“候館梅殘，溪橋柳細。草薰風暖搖征轡。”明、王志堅《表異錄·植物部》：“奇草芬花，能逆風聞薰。”

煙氣。《文選·陸機〈演連珠〉》：“尋煙染芬，薰息猶芳。”李善注引《字書》曰：“薰，火煙上出也。”南朝、宋、鮑照《蕪城賦》：“薰歇燼滅，光沉響絕。”

和暖、和煦、溫暖。《尸子·綽子》：“舜曰：‘南風之薰兮，可以解吾民之慍兮。’”漢、董仲舒《春秋繁露·煖燠孰多》：“天之道，出陽爲煖以生之，出陰爲清以成之。是故非薰也，不能有育；非漂也，不能有熟。”《史記·樂書》：“昔有舜作五弦之琴，以歌《南風》。”

裴駰集解引三國、魏、王肅曰：“《南風》，育養民之詩也。其辭曰：‘南風之薰兮，可以解吾民之慍兮。’”唐、白居易《首夏南池獨酌》詩：“薰風自南至，吹我池上林。”

指和風。宋、趙時庚《金漳蘭譜》：“故爲臺太高則衝陽，太低則隱風，前宜面南，後宜背北，蓋欲通南薰而障北吹也。”明、陳所聞《玉芙蓉・初夏溪上宴集》曲之一：“南薰乍入樓，夏木低沉牖，問韶華何處，駒隙難留。”

溫和貌。《莊子・天下》：“薰然慈仁，謂之君子。”唐、陸德明《經典釋文》：“薰然，溫和貌。”唐、李逢吉《享惠昭太子廟樂章》：“展矣禮典，薰然德馨。”宋、司馬光《陪始平公燕柳溪》詩：“桃李歸時應盛發，薰然和氣滿春城。”明、方孝孺《宋處士碑陰銘》：“見公四子二孫……皆恭敬樂易，薰然有君子之行。”

薰襲、薰染、薰陶、感染；後作“熏”。《韓非子・外儲說左上》：“爲木蘭之櫃，薰以桂椒，綴以珠玉。”唐、韓愈《爭臣論》：“（陽城）居於晉之鄙，晉之鄙人薰其德，而善良者幾千人。”明、李東陽《紹興府學鄉射圃記》：“諸生在位皆起肅興讓，薰爲至和。”梁啓超《南海康先生傳》第七章：“有名師間日演說，以薰善其德性。”

燒灼。《易・艮》：“艮其限列其夤，厲薰心。”王弼注：“危亡之憂，乃薰灼其心也。”《詩・大雅・雲漢》：“我心憚暑，憂心如薰。”毛傳：“薰，灼也。”南朝、梁、江淹《奏記詣南徐州新安王》：“惟恩知泰，變色薰心。”唐、楊炯《爲梓州官屬祭陸郪縣文》：“夫萬里之別，猶使飲淚成血，思德音之斷絕；況百年之分，能不憂心如薰，想公子兮氛氳。”宋、韓駒《某已被旨移蔡賊起旬郡未果進發今日上城部分民兵閱視戰艦口號》詩之三：“百憂前日摠薰心，一笑朝來得好音。”薰心又引申謂迷失心竅。宋、黃庭堅《贈別李次翁》詩：“利欲薰心，隨人翕張。”《三俠五義》第三十五回：“可見這惡賊利欲薰心。”《鏡花緣》第一百回：“錢爲世人養命之源，乃人人所愛之物；故凡進此陣內，爲其蠱惑，若稍操持不定，利欲薰心，無不心蕩神迷，因而失據。”

薰蒸。《莊子・天地》：“五臭薰鼻，困惾中顙。”唐、段成式《酉陽雜俎續集・支諾皋下》：“（韋氏女）八歲，忽清晨薰衣靚粧。”宋、張耒《春望》詩：“曖日晴薰草，清淮潤浸天。”

　　指香料。金、王蔚《敕祭忠武王碑》：“祗遣使人持此名薰，式陳明薦。”

　　熏爐。宋、文天祥《曉起》詩：“遠寺鳴金鐸，疎窗試寶薰。”

　　通“葷”，本指薑、葱、蒜、韭等有辛辣味的蔬菜，後亦泛指魚肉等有腥膻味的食物。《儀禮・士相見禮》“膳葷”漢、鄭玄注：“膳葷，謂食之葷辛物葱薤之屬……古文葷作薰。”三國、魏、嵇康《養生論》：“薰辛害目。”南朝、梁、宗懍《荊楚歲時記》引周處《風土記》：“元旦造五辛盤，正元日五薰鍊形。五辛所以發五臟之氣。”唐、顏眞卿《有唐宋州官吏八關齋會報德記》：“或時疾病，公輒累月不茹薰。”清、吳蘭修《黃竹子傳》：“張故業梨園，飲以薰，寢以檀，語笑於羣豔，居紅牙綠綺間者數年。”薰辛，卽葷辛，指辛辣腥膻的肉、菜等食物。薰，通“葷”。《文選・嵇康〈養生論〉》：“薰辛害目，豚魚不養。”李善注：“《養生要》曰：‘大蒜多食，葷害目。’又《神農》曰：‘豬肉虛人，不可久食。’又曰：‘犰肉移人，與豬肉同。’《說文》曰：‘蒜，葷菜也。’薰與葷同。豚魚無血，食之皆不利人。”唐、王建《村居卽事》詩：“因尋寺裏薰辛斷，自別城中禮數生。”

　　通“勳”，功勛。《隸釋・漢淳于長夏承碑》：“策薰著于王室。”

　　姓。《廣韻・文韻》：“薰，姓。出何氏《姓苑》。”

　　疊字雙音“薰薰”形況：一、和煦貌。唐、鮑溶《經隱叟》詩：“蘿景深的的，蕙風閒薰薰。”宋、梅堯臣《春日東齋》詩：“剝剝禽敲竹，薰薰日照花。”二、用同“醺”，酒醉貌。《文選・張衡〈東京賦〉》：“君臣歡康，具醉薰薰。”呂延濟注：“君臣歡康盡醉，酒氣薰薰然。”《白雪遺音・馬頭調・消魂二月》：“三月裏清明節，玉美人兒薰薰醉。”

薄 0277　𧕤　水䓞䓞。从艸，从水，毒聲。讀若督。徒沃切（dú ㄉㄨˊ）。

【譯白】薄，生長在水中的䓞竹。是分別依從艸，依從水做主、從形匈並峙爲義，以毒爲聲匈構造而成的會意兼形聲字。薄字的音讀像“督”字的音。

【述義】䓞蓄，又名扁竹，蓼科一年生草本，一種生長在水邊類似竹的植物，全草可入藥。段玉裁《說文解字注》："謂萹筑之生於水者，謂之藩也。統言則曰萹筑，析言則有水陸之異。異其名因異其字。《詩‧衛風》：'綠竹猗猗。'《音義》曰：'竹，《韓詩》作藩，萹筑也。《石經》亦作藩。'按：《石經》者，蓋漢一字石經《魯詩》也。《西京賦》李注引《韓詩》：'緣菁如簀。'《玉篇》曰：菁，同藩。"《詩‧衛風‧淇奧》："瞻彼淇奧，綠竹猗猗。"唐、陸德明《經典釋文》："《韓詩》'竹'作'藩'。藩，萹筑也。"明、李時珍《本草綱目‧草五‧萹蓄》："其葉似落帚葉而不尖。弱莖引蔓，促節。三月開細紅花，如蓼藍花，結細子。一種水扁筑，名藩，出《說文》。"

參見後一字"萹"條。

萹 0278　𧂩　萹筑也。从艸，扁聲。方沔切（biān ㄅㄧㄢ）。

【譯白】萹，全名萹筑的草本植物。是依從艸做形旁，以扁爲聲旁構造而成的形聲字。

【述義】又名萹竹、萹蓄，蓼科一年生草本植物，外形像小藜，赤色莖節，莖平臥或上升，好生長在道旁，葉長橢圓形或線狀長橢圓形，夏季開綠、白色或紅色小花，簇生在葉腋內；可食，又有殺蟲作用，全草具清熱、利水功效，可供藥用；有水生、陸生兩種，水生名爲"藩"。《爾雅‧釋草》："竹，萹蓄。"郭璞注："似小藜，赤莖節，好生道旁，可食，又殺蟲。"宋、唐愼微《重修政和本草‧草下‧萹蓄》："萹蓄，味苦平，無毒，主浸淫疥瘙疽痔，殺三蟲，療女子陰蝕，生東萊山谷。"明、徐光啟《農政全書》卷四六："萹蓄，亦名萹竹。"《楚辭‧九章‧思美人》："解萹薄與雜菜兮，備以爲交佩。"王逸注："萹，萹畜也。"洪興祖補注："萹薄，謂萹蓄之成叢者。"

萹又讀 pián ㄆㄧㄢ，《集韻》蒲眠切，平生並。萹蕃，草木搖動的樣子。《集韻‧先韻》："萹，萹蕃，艸木動皃。"

萹又讀 biǎn ㄅㄧㄢ。萹豆，即"扁豆"；扁豆爲豆科一年生草本，葉腋抽生花軸，無限花序，花白或紫色，莢果扁平，寬而短，淡綠、紅或紫色；種子扁橢圓形，黑褐、茶褐或白色，喜溫暖潤濕，耐熱，一般春播秋收，爲日常蔬菜。

筑 0279　𦳊　萹筑也。从艸，筑省聲。陟玉切（zhū ㄓㄨ）。

【譯白】筑，全名萹筑的草本植物。是依從艸做形旁，以筑省去

“竹”爲聲旁構造而成的形聲字。

【述義】段玉裁《說文解字注》：“按此不云巩聲而云筑省聲者，以巩字工聲，筑字竹亦聲也。”即“萹蓄”，一名“扁竹”，蓼科一年生草本，葉長橢圓形或線狀長橢圓形，夏季開綠、白或紅色小花，簇生在葉腋內，中醫以全草爲清熱、利水藥。《玉篇・艸部》：“筑，萹筑，似小藜，赤莖節，好生道旁，可食。亦作‘竹’。”

參見前一字“萹”條。

藒 0280　藒　芞輿也。從艸，朅聲。去謁切（qiè　ㄑㄧㄝˋ）。

【譯白】藒，又名芞輿的一種香草。是依從艸做形旁，以朅爲聲旁構造而成的形聲字。

【述義】徐灝《說文解字注箋》：“此篆大、小徐各本偏旁或從木，或從禾，錯出不一，而篆下皆無‘藒車’二字，但云‘芞輿’也。”

香草名。詳見後面“芞”條。

藒又讀 hé　ㄏㄜˊ，《集韻》何葛切，入曷匣。菜名。《集韻・曷韻》：“藒，水艸，似蕨，可啖。”

芞 0281　芞　芞輿也。從艸，气聲。去訖切（qì　ㄑㄧˋ）。

【譯白】芞，全名芞輿的一種香草。是依從艸做形旁，以气爲聲旁構造而成的形聲字。

【述義】《爾雅・釋草》：“藒車，芞輿。”邢昺疏：“香草也，一名藒車，一名芞輿。”《正字通・艸部》：“芞，同芞，省。”

又名芞輿、藒車、揭車，古人用來避蠹。宋、唐愼微《政和本草・草部・藒車香》引陳藏器《本草拾遺》云：“藒車香，味辛溫，主鬼氣、去臭及蟲魚蛀蚘；生彭城，高數尺，白花。”按：主鬼氣，謂主治鬼怪的邪氣。

苺 0282　苺　馬苺也。從艸，母聲。母皋切（mèi　ㄇㄟˋ）。

【譯白】苺，全名馬苺的草本植物。是依從艸做形旁，以母爲聲旁構造而成的形聲字。

【述義】後作“莓”，又名“大莓”。王筠《說文解字句讀》：“凡以馬名者，皆謂大也。蓋謂大於葥、山莓也。”朱駿聲《說文通訓定聲・頤部》：“苺，字亦作莓。”葥，詳見後面“葥”條。苺，是薔薇科懸鈎子屬、蛇莓屬植物的泛稱，爲灌木或多年生草本植物，果實可食，有山苺、木苺、草苺、蛇苺、蘼苺；《爾雅・釋草》作蔗。

茖 0283　　　艸也。从艸，各聲。古額切（gé ㄍㄜˊ）。

【譯白】茖，一種草本植物的名稱（或：一種草本植物。下同）。是依從艸做形旁，以各爲聲旁構造而成的形聲字。

【述義】茖，即山蔥、野蔥、角蔥、冬蔥、茖蔥，野生山原平地，百合科多年生草本植物，具根狀莖，葉二三片，長橢圓形，旋摘旋生，食之不盡，味甘而不辛，冬亦不枯；夏天莖頂簇生細白花、傘狀排列，結子如小蔥頭，莖、葉和種子都可供藥用。《爾雅・釋草》：“茖，山蔥。”郭璞注：“茖蔥，細莖大葉。”郝懿行義疏：“蔥之生於山者名茖。”明、李時珍《本草綱目・草一・茖蔥》：“茖蔥，野蔥也，山原平地皆有之；生沙地者名沙蔥，生水澤者名水蔥，野人皆食之，開白花，結子如小蔥頭。”

同“落”，居處。宋、沈括《夢溪筆談・器用一》：“又予昔年在姑熟王敦城下土中得一銅鉦，刻其底曰：‘諸葛士全茖鳴鉦’。‘茖’即古‘落’字也，此‘部落’之‘落’。士全，部將名。”

苷 0284　　　甘艸也。从艸，从甘。古三切（gān ㄍㄢ）。

【譯白】苷，一種味道香甜的草本植物的名稱，即甘草。是分別依從艸，依從甘做主、從形旁並峙爲義構造而成的會意字。

【述義】甘草，又名蜜草、蕗、蘦、大苦，多年生草本植物；枝葉如槐，高五六尺，葉端微尖，有白色；實作角，根莖有香甜味，可供藥用，性平和，能和百藥。《正字通・艸部》：“苷，俗甘字，甘艸枝葉如槐，高五、六尺，葉端微尖，有白毛；實作角……味甘，故名甘草。俗加艹。”《莊子・齊物論》：“麋鹿食薦。”唐、陸德明《經典釋文》：“薦，司馬云：‘美草也。’崔云：‘甘草也。’”

甙的別名。

附述“甙”，甙讀 dài ㄉㄞˋ，《集韻》待戴切，去代定。一、甘。《玉篇・甘部》：“甙，甘也。”二、酒。《集韻・去韻》：“甙，酤也。”三、有機化合物的一類，廣泛存在於植物體中，由糖類和非糖類的各種有機化合物縮合而成；一般多是白色結晶，也稱爲配糖物、配糖體或糖苷。

芧 0285　　　艸也。从艸，予聲。可以爲繩。直呂切（zhù ㄓㄨˋ）。

【譯白】芧，一種草本植物的名稱，卽芧草。是依從艸做形旁，以予爲聲旁勾構造而成的形聲字。芧草可以用來搓成繩索。

【述義】又名荊三棱、三棱草，莎草科多年生草本植物，生長在水際及淺水中莖直立、三棱形，高五、六尺，粗大者如人指，可做造紙原料，塊莖可供藥用。《逸周書·大聚》：“教芧與樹藝，比長立職，與田疇皆通。”《史記·司馬相如列傳》：“蔣芧青薠。”裴駰集解引《漢書音義》：“芧，三棱。”

芧栗：卽橡實，橡子。《莊子·徐无鬼》：“先生居山林，食芧栗。”

芧又讀 xù ㄒㄩˋ，《集韻》象呂切，上語邪；魚部。木名，卽橡樹，櫟的一種；也指橡實。《集韻·語韻》：“芧，木名，栩也。或作柔。”《莊子·齊物論》：“狙公賦芧。”成玄英疏：“芧，橡子也，似栗而小也。”唐、陸德明《經典釋文》引司馬彪曰：“芧，橡子也。”宋、陸游《夢歸》詩：“從渠造物巧，賦芧戲羣狙。”

藎 0286　藎　艸也。从艸，盡聲。徐刃切（jìn ㄐㄧㄣˋ）。

【譯白】藎，一種草本植物的名稱，卽藎草。是依從艸做形旁，以盡爲聲旁勾構造而成的形聲字。

【述義】藎草，又名黃草、王芻，禾本科一年生細弱草本植物；葉卵狀披針形，秋季開紫褐色或灰綠花；汁液可做黃、金色染料，四川是原產地。《急就篇》卷四：“雷矢雚菌藎兔盧。”顏師古注：“藎艸治久欬，殺皮膚小蟲，又可以染黃而作金色。”宋、唐愼微《政和本草·草部》引《神農本草經》：“藎草，味苦平，主久欬上氣……殺皮膚小蟲。”又引蘇敬《唐本草》：“此草葉似竹而細薄，莖亦圓小；生平澤溪澗之側；荊、襄人煮以染黃，色極鮮好，洗瘡有效；俗名綠蓐草，《爾雅》云‘所謂王芻’者也。”

通“進”，進用；引申爲忠誠。朱駿聲《說文通訓定聲·坤部》：“藎，叚借爲進。”《爾雅·釋詁下》：“藎，進也。”《詩·大雅·文王》：“王之藎臣，無念爾祖。”朱熹注：“藎，進也，言其忠愛之篤，進進無已也。”唐、白居易《韓愈等二十九人亡母追贈國君太夫人制》：“生此哲人，爲我藎臣，率由茲訓，教有所自，恩不可忘。”《資治通鑑·齊武帝永明元年》：“太祖嘉伯玉忠藎，愈見親信，軍國密事，多委使之。”清、薛福成《強鄰環伺謹陳愚計疏》：“藎既經藎臣碩輔，內外合謀，苦心經營者亦逾二十年，中國之聲威稍稍異於疇昔。”

　　通“爨”，剩餘。朱駿聲《說文通訓定聲·坤部》：“蕢，叚借爲戻（爨）。”《方言》卷二：“蕢，餘也。周、鄭之間曰蕢……自關而西，秦、晉之間，炊薪不盡曰蕢。”漢、揚雄《太玄·文》：“雉之不祿而雞蕢穀。”《文選·馬融〈長笛賦〉》：“微風纖妙，若存若亡，蕢滯抗絕，中息更裝。”李善注：“蕢，與爨同。”

䒓 0287　　艸也。从艸，述聲。食聿切（shù ㄕㄨˋ）。

　　【譯白】䒓，一種草本植物的名稱，即䒓草。是依從艸做形旁，以述爲聲旁構造而成的形聲字。

　　【述義】䒓爲何種草本植物？不詳。唐、宋本草學家稱薑科植物蓬莪术（莪术）、鬱金、薑黃等的肥厚根莖爲“䒓”；又稱蓬莪术爲“䒓”；稱薑黃爲“䒓藥”；稱鬱金爲“馬䒓、胡䒓”；雖然三者總稱爲“䒓”，但三者生長的枝葉形狀和藥用的主治功效完全不同：蓬莪䒓味苦色青；薑黃味辛，溫，無毒，色黃，主治破血下氣，溫不寒；鬱金味苦寒，色赤，主治馬熱病；蓬莪䒓又名蓬莪茂，今通稱“莪术”，莖塊也叫“茂”，薑科，多年生宿根草本植物，地下有粗壯蘿蔔根莖和根端膨大成紡錘狀的塊根，根狀莖及根可供藥用。《本草綱目·草部·蓬莪茂》：“蓬莪茂生西戎及廣南諸州，葉似蘘荷，子似乾椹，茂在根下並生……《大明》曰：即南中薑黃根也；海南生者名蓬莪䒓。”宋、唐慎微《政和本草·草部·蓬莪茂》：“蓬莪茂，子似乾椹，葉似蘘荷，茂在根下……《圖經》曰：……根如生薑而茂在根下，似雞鴨卵大小不常。”又《草部·薑黃》引陳藏器《本草拾遺》：“（薑黃）與鬱金、䒓藥相似……蘇（恭《唐本草》）云‘薑黃是䒓’，又云‘鬱金是胡䒓’，夫如此則三物無別，遞相連名，總稱爲䒓，功狀則合不殊。今䒓味苦色青；薑黃味辛，溫，無毒，色黃，主破血下氣，溫不寒；鬱金味苦寒，色赤，主馬熱病。三物不同，所用各別。”

荵 0288　　荵冬艸。从艸，忍聲。而軫切（rěn ㄖㄣˇ）。

　　【譯白】荵，全名荵冬的草本植物。是依從艸做形旁，以忍爲聲旁構造而成的形聲字。

　　【述義】又名忍冬，俗稱金銀藤、金銀花，爲忍冬科多年生纏繞灌木，是野生性強，能到處生長的藤生植物，凌冬不凋，故名忍冬。桂馥《說文解字義證》：“‘荵冬艸’者，荵當爲忍，荵、忍聲相近……《本草》‘忍冬’陶注云：‘今處處皆有，藤生。凌冬不凋，故名忍冬。’”

萇 0289 萇楚，跳弋，一名羊桃。从艸，長聲。直良切（cháng 彳尢）。

【譯白】萇，全名萇楚，也叫跳弋，又名羊桃的草本植物。是依從艸做形旁，以長爲聲旁構造而成的形聲字。

【述義】跳弋，徐鍇《說文解字繫傳》作“銚弋”。萇，還有長楚、銚芅、羊桃、鬼桃、木子、陽桃、獼猴桃、獼猴梨、藤梨、羊桃藤等名稱；臺灣地區俗稱奇異果；獼猴桃科，落葉攀援藤本植物，幼枝條，葉柄、葉脈皆有褐色毛茸，葉互生，心形或倒卵形，葉緣有細鋸齒，花黃色，雌雄異株，夏日由葉腋出花梗，開數個單形花，排列爲聚繖花序，小蕊花萼片五個具毛茸，大蕊花較大，子房亦密生毛茸，果實如梨，顏色似桃，獼猴喜食，所以有藤梨、陽桃、獼猴梨、獼猴桃等名；果實可生食，果中含有多種維生素，其中維生素丙（維他命C）之含量比蘋果、梨等水果高十幾倍至數十倍，因此有果中之王美譽，今中華獼猴桃產地，有河南、陝西、四川、湖南、福建、浙江、安徽等省，其藥用價值尤佳，根、莖、葉、花、果皆可供藥用，臨牀實驗證明，獼猴桃對癌病有抑制作用；莖皮纖維可造紙，花可提製香料。《詩·檜風·隰有萇楚》：“隰有萇楚，猗儺其枝。”漢、張衡《南都賦》：“其香草則有薜荔、蕙、若、薇蕪、蓀、萇。”晉、阮籍《詠懷十三首》詩之一：“翁鬱高松，猗那萇楚。”南朝、宋、謝靈運《廬山慧遠法師誄》：“粳糧雖御，獨爲萇楚。”清、李調元《卍齋瑣錄》卷三：“羊桃，卽《毛詩》之萇楚也。”

姓。《通志·氏族略四》：“萇氏，《左傳》周大夫萇弘之後……望出魏郡東平。”

“萇弘”：一、亦作“萇宏”，人名。字叔，又稱萇叔；周景王、敬王的大臣劉文公所屬大夫。劉氏與晉、范氏世爲婚姻，在晉卿內訌中，由於幫助了范氏，晉卿趙鞅爲此聲討，萇弘被周人殺死；傳說死後三年，其血化爲碧玉。事見《左傳·哀公三年》。《莊子·外物》：“人主莫不欲其臣之忠，而忠未必信，故伍員流於江，萇弘死於蜀，藏其血三年，而化爲碧。”後亦用以借指屈死者的形象。漢、張衡《東京賦》：“萇弘、魏舒，是廓是極。”晉、左思《蜀都賦》：“碧出萇弘之血，鳥生杜宇之魄。”元、關漢卿《竇娥冤》第三折：“不是我竇娥罰下這等無頭願，委實的冤情不淺……這就是咱萇弘化碧，望帝啼鵑。”二、兵書名。《漢書・藝文志》：“《萇弘》十五篇。”

　　“萇宏”，即萇弘。宋、戴埴《鼠璞・東坡非武王》：“《樂記》載孔子與賓牟賈言武之聲淫……夫子謂萇宏亦有是言。”清、全祖望《經史問答・三傳》：“萇宏，周室之忠臣也。”按，清避乾隆諱，弘，改爲“宏”；見上“萇弘”。

薊 0290　薊　芙也。从艸，劍聲。古詣切（jì ㄐㄧˋ）。

【譯白】薊，類似芙的草本植物。是依從艸做形旁，以劍爲聲旁構造而成的形聲字。

【述義】薊，菊科多年生草本；全株有硬刺，密被白色軟毛，頭狀花序頂生，初夏開紫紅花，野生於路旁或坡地，分大薊、小薊兩種，大薊莖高四、五尺，小薊莖高尺餘，小薊又稱刺薊、刺兒菜；大、小薊的全草都可供藥用，功能止血、涼血；它們的嫩葉和莖皆可食，亦可作飼料；古代稱薊類的植物還包括有白術、蒼術等。《爾雅・釋草》：“术，山薊；楊，枹薊。”邢昺疏：“此辨薊生山中及平地者名也；生平地者即名薊，生山中者一名术。”白术即生長山中的薊，又叫山薊，簡稱“术”，葉大有毛、分出椏枝，根甜而少膏；蒼術、原稱蒼术，葉細沒有椏枝，根小苦而多膏，又名楊枹薊、枹薊。參見本書第七篇《禾部》“秫”條及第六篇《木部》“枹”、“楊”條。

　　古地名，在今北京城西南隅，周武王克商，封堯之後於此。

　　古縣名，秦置，治所在今北京城西南。清、顧祖禹《讀史方輿紀要・直隸二・順天府》：“大興縣，附郭在城內東北隅，秦置薊縣，漢以後因之，州郡皆治此。遼改曰薊北縣，又改爲析津縣，金貞元二年改曰大興。”

　　古州名，唐、開元十八年置，治所在漁陽（今天津市薊縣）。清、顧祖禹《讀史方輿紀要・直隸二・順天府》：“薊州，戰國時燕地，秦置漁陽郡……唐初郡廢屬幽州，開元十八年析置薊州，天寶初曰漁陽郡，乾元初復曰薊州。遼因之……金亦曰薊州，屬中都路。元屬大都路，明仍爲薊州。”

縣名，在天津市北部，領接北京市和河北省；秦置無終縣，隋改
漁陽縣，明入薊州，民國二年（一九一三年）改薊縣。

姓。《廣韻・霽韻》：“薊，姓。後漢有薊子訓。”

薊丘，亦作“薊邱”，古地名，在北京城西德勝門外西北隅。《史
記・樂毅列傳》：“樂毅報遺燕惠王書曰：‘薊丘之植，植於汶篁。’”
張守節正義：“幽州薊地西北隅，有薊丘。”明、沈榜《宛署雜記・
古跡》：“薊丘，在縣西德勝門外五里西北隅，即古薊門也。舊有樓
臺並廢，止存二土阜，芴多林木，翳鬱蒼翠，爲京師八景之一，名曰
‘薊門烟樹’。”明、蔣一葵《長安客話・古薊門》：“今都城德勝門
外有土城關，相傳是古薊門遺址，亦曰薊邱。”

薊門，即薊丘。明、蔣一葵《長安客話・古薊門》：“京師古薊
地，以薊草多得名……今都城德勝門外有土城關，相傳是古薊門遺
址，亦曰薊邱。”

蓸 0291 　蓸　艸也。从艸，里聲。讀若釐。里之切（lí　ㄌㄧˊ）。

【譯白】蓸，一種草的名稱。是依從艸做形旁，以里爲聲旁構造而成
的形聲字。蓸字的音讀像“釐”字的音。

【述義】俗名羊蹄菜，蓼科多年生草本植物，根可供藥用，俗稱土大
黃。《廣雅・釋草》：“蓸，羊蹏也。”

藋 0292 　藋　釐艸也；一曰拜商藋。从艸，翟聲。徒弔切（diào
ㄉㄧㄠˋ）。

【譯白】藋，即釐草；又名拜商藋。是依從艸做形旁，以翟爲聲旁構
造而成的形聲字。

【述義】藜類植物，又名藜藋、蔏藋、灰藋。《爾雅・釋草》：“拜，
蔏藋。”郭璞注：“蔏藋，亦似藜。”《玉篇・艸部》：“藋，藜藋
也。”《左傳・昭公十六年》：“庸次比耦，以艾殺此地，斬之蓬、
蒿、藜、藋，而共處之。”《莊子・徐无鬼》：“夫逃虛空者，藜藋柱
乎鼪鼬之逕。”郭慶藩集釋：“藋，即今所謂灰藋也。”《魏書・蕭衍
傳》：“正恐旗鼓一接，芝藋俱摧，先事喻懷，備知翰墨。”唐、陸龜
蒙《奉和襲美初夏遊楞伽精舍》詩：“伊余採樵者，蓬藋方索莫。”

芨 0293 　芨　蓸艸也。从艸，及聲，讀若急。居立切（jí　ㄐㄧˊ）。

【譯白】芨，又叫蓸草。是依從艸做形旁，以及爲聲旁構造而成的形

聲字。茇的音讀像"急"字的音。

【述義】又名蒴藋、陸英，忍冬科灌木狀草本植物，野生；全草治跌打損傷，故又稱接骨草。《爾雅·釋草》："茇，葦草。"唐、陸德明《經典釋文》："案，《本草》：'蒴藋，一名葦草，一名茇。'非烏頭也。"

　　即茇茇草、白及，蘭科多年生草本，葉子狹而長，花淡綠色，生長在鹼性土壤的草灘上，地下有指狀分岐肥厚的塊莖，數個相連接，故名白及，又名連及草，塊莖含粘液質和澱粉等，可爲糊料，葉是造紙和製人造絲的原料，又可編織筐、簍、席等；花大而美，可供觀賞；又可用其塊莖入藥止血補肺。《集韻·緝韻》："茇，白茇，仇蕢也。或从及。"南朝、宋、謝靈運《山居賦》："慕椹高林，剝茇巖椒。"自注："茇，採以爲紙。"明、方以智《物理小識》卷七："《墨娥小錄》云：'若玉、瑪瑙，珊瑚等物損折，研石膏、明礬、磨茇調塗損處。'"

萷　0294　山莓也。从艸，肯聲。子賤切（jiàn ㄐㄧㄢˋ）。

【譯白】萷，卽山莓。是依從艸做形旁，以肯（肯，古"前"字）爲聲旁構造而成的形聲字。

【述義】又名木莓、懸鈎子，野楊梅，薔薇科，直立灌木，莖上有刺如懸鈎，果實爲聚合的小核果，紅色，味甜，可製果醬、釀酒和入藥。《爾雅·釋草》："萷，山莓。"郭璞注："今之木莓也，實似蘺莓而大，亦可食。"

　　地膚，藜科一年生高大草本，果實稱"地膚子"，可入藥，老株可製掃帚。《爾雅·釋草》："萷，王彗。"郭璞注："王帚也，似藜，其樹可以爲埽彗，江東呼之曰落帚。"

　　萷又讀 qián ㄑㄧㄢˊ，《集韻》才先切，平先從。車萷，卽"車前"，藥草名。《集韻·先韻》："萷，車萷，藥草。"

蔟　0295　毒艸也。从艸，孜聲。莫候切（mòu ㄇㄡˋ）。

【譯白】蔟，一種有毒的草的名稱。是依從艸做形旁，以孜爲聲旁構造而成的形聲字。

【述義】又作"薮"；亦名葶薴，其狀如蘇而赤花，可以毒魚。桂馥《說文解字義證》："《集韻》：'蔟，毒艸名，葶薴也。'《中山經》：'熊耳之山有蔟草焉，其狀如蘇而赤花，名曰葶薴，可以毒魚。'"

段玉裁《說文解字注》不收菽字，只收下一條"蓩"字。謂："蓩，毒艸也，從艸，務聲。"並注云："鉉、鍇本篆皆作菽，從艸，叕聲。鉉本菽下又出蓩篆，云'卷耳也。從艸，務聲'。鍇本無蓩，張次立依鉉補之。考《後漢書·劉聖公傳》：'戰於蓩鄉。'注曰：'蓩，音莫老反；《字林》云毒艸也，因以爲地名。'《廣韻》：'蓩，毒艸。武道切。又地名。'據此則毒艸之字從力不從女明矣。《玉篇》云：'蓩，莫屋、莫老二切。毒艸也。'此顧野王原本。而蓩下引《說文》'卷耳也'，又出菽字、莫候切，引《說文》'毒艸也'，此孫強、陳彭年輩據俗本《說文》增之，今改正篆文作'蓩，毒艸也'，而刪蓩'卷耳也'之云。卷耳果名蓩，則當與'苓，卷耳也'同處矣。又按《韻會》引《後漢書》注作'菽鄉'；《說文》有菽字，云細草叢生也。"

蓩 0296 〔篆〕 卷耳也。從艸，務聲。亡考切（mǎo ㄇㄠˇ）。

【譯白】蓩，一種叫卷耳的草。是依從艸做形冇，以務爲聲冇構造而成的形聲字。

【述義】按：蓩，疑爲菽重文。錢坫斠詮："《繫傳》本無此字，《廣韻》則有蓩無菽，疑原爲一文，後人妄加之耳。'苓，卷耳。'在後，不應于此先見。"徐灝《說文解字注箋》："蓩疑爲菽之重文，因後人妄增卷耳字於其下，遂致岐誤耳……自古傳記未有訓蓩爲卷耳者。"參見前一條"萎"字。

卷耳，見後面"苓"條。

毒草名。《玉篇·艸部》："蓩，毒草也。"《集韻·遇韻》："蓩，毒艸名，葶藶也。"

茂。《集韻·晧韻》："蓩，葆也。"按：《廣雅·釋訓》："蓩蓩，茂也。"王念孫疏證："《釋言》云：'菽，葆也。'菽，與蓩同，重言之則曰蓩蓩。蓩亦茂也。"

疊字雙音"蓩蓩"形況：盛貌。三國、曹操《氣出唱》詩之二："乘雲駕龍，鬱何蓩蓩。"

薓 0297 〔篆〕 人薓，藥艸，出上黨。從艸，浸（浸）聲。山林切（shēn ㄕㄣ）。

【譯白】薓，人參的總稱，是一種藥草，出產在上黨這一帶地方。是依從艸做形冇，以浸爲聲冇構造而成的形聲字。

【述義】薓省作蔘，亦作葠，俗作蔘、參；人參爲多年生草本植物，主根肥大，有如人形，故名人參，古代以產於上黨郡柴團山的最爲名貴，稱爲黨參；根和葉都可以入藥，是中藥貴重滋補藥品；明、清以來，又以產於東北地區的人參最稱貴重；黨參不透明，東北人參透明，故又稱明參。《本草綱目・草一・人參》："人薓年深，浸漸長成者，根如人形，有神，故謂之人薓、神草。薓字從浸，亦浸漸之義。浸卽浸字。后世因字文繁，遂以參星之字代之，從簡便爾……人參體實有心而味甘，微帶苦，自有餘味。"秦、漢時的上黨，在今山西長治市東南。《急就篇》第四章："遠志、續斷、參、土瓜。"顏師古注："參謂人參、丹參、紫參、元參、沙參、苦參也。"清、阮葵生《茶餘客話・人薓》："人薓，肥而短者，產興京以東諸山中，名東山貨……有如小兒形者，名薓王，不易得。"漢、王符《潛夫論・思賢》："治疾當得眞人參，反得支羅服。"《梁書・阮孝緒傳》："母王氏忽有疾……合藥須得生人葠。"《紅樓夢》第十二回："因後來獨吃參湯，代儒如何有這力量，只得往榮府來尋。"清、沈初《西清筆記》卷一："上深賞之，御筆仿梁楷潑墨仙人繪圖以賜，並賜人葠一介。"

虆 0298 　　鳧葵也。从艸，虆聲。洛官切（luán ㄌㄨㄢˊ）。

【譯白】虆，又稱爲鳧葵的蔬菜。是依從艸做形旁，以虆爲聲旁構造而成的形聲字。

【述義】又名水葵、蒻菜、茆、茆菜、屏風、蓴菜、蒓菜，睡蓮科多年生水生草本，生長湖泊河流之中，主要產地在江南，有長柄浮水面，葉片橢圓形，深綠色，莖上和葉的背面有黏液，花小，暗紅色，夏季采嫩葉作蔬菜。北魏、賈思勰《齊民要術・羹臛法》："食膾魚蓴羹：茈羹之菜，蓴爲第一。"蓴羹與鱸膾並爲古來名菜；食用歷史悠久，周朝以之爲貴族享用的腌菜。《詩・魯頌・泮水》："思樂泮水，薄采其茆。"傳云："茆，鳧葵也。"正義引陸璣疏云："……江南人謂之蓴菜，或謂之水葵。"《晉書・張翰傳》："翰因見秋風起，乃思吳中菰菜、蒓羹、鱸魚膾，曰：'人生貴得適志，何能羈宦數千里以要名爵乎！"唐、杜甫《祭故相國清河房公文》："敬以醴酒茶藕蓴鯽之奠，奉故相國清河房公之靈。"宋、歐陽修《初出眞州泛大江作》詩："蒓菜鱸魚方有味，遠來猶喜及秋風。"宋、辛棄疾《沁園春・

帶湖新居將成》詞："意倦須還，身閑貴早，豈爲蓴羹鱸膾哉！"清、周亮工《次清風店詠黃芽菜》詩："始識長安叢至味，不因蓴美便思鄉。"參見後"茆"條。

莀 _0299_　𦸘　艸也。可以染留黃。从艸，戾聲。郎計切（lì ㄌㄧˋ）。

【譯白】莀，一種草本植物的名稱（一種草本植物）。汁液可以用來做黃綠色的染料，是依從艸做形旁，以戾爲聲旁構造而成的形聲字。

【述義】莀草，又名菉、狼尾草、藎草、茈莀、紫莀、紫草，禾本科一年生細柔草本，高一二尺，葉片卵狀披針形，近似竹葉，生長在草坡或陰濕地，可作牧草，莖葉可供藥用，汁液可以製做染料，染出黃綠色的，叫做綠莀、菉，即藎草，染出紫色的，叫做紫莀、茈莀，又叫紫草。《玉篇‧艸部》："莀，紫草也。"《爾雅‧釋草》："藐，茈草。"清、郝懿行義疏："莀兼紫綠二色，上云'菉，王芻'，即綠莀也；此云'藐，茈草'，即紫莀也……《史記‧司馬相如列傳》云'攢莀莎'，徐廣注'草可染紫'，是也。"《本草綱目‧草五‧藎草》："此草綠色，可染黃、故曰黃、曰綠也；莀，藎，乃北人呼綠字音轉也。"

莀草，即狼尾草，禾本科多年生草本，秋冬莖頂抽紫黑色剛毛穗狀圓錐花序，形似狼尾，嫩株可作飼料，又可用來織袋子，編草鞋。《爾雅‧釋草》："孟，狼尾。"郭璞注："似茅，今人亦以覆屋。"明、李時珍《本草綱目‧穀二‧狼尾草》："狼尾，莖、葉、穗、粒並如粟，而穗色紫黃，有毛。荒年亦可采食。"

莜 _0300_　蓨　蚍衃也。从艸，收聲。渠遙切（qiáo ㄑㄧㄠˊ）。

【譯白】莜，又名蚍衃的草本植物。是依從艸做形旁，以收爲聲旁構造而成的形聲字。

【述義】《爾雅‧釋草》："莜，蚍衃。"郭璞注："今荊葵也。"莜，又名芘芣、芘衃，錦葵、荊葵，錦葵科二年生草本，初夏開花，生於葉腋，花冠淡紫色，有紫脈，可供觀賞。《詩‧陳風‧東門之枌》："視爾如莜，貽我握椒。"孔穎達疏引陸璣曰："一名荊葵，似蕪菁，華紫綠色，可食，微苦。"朱熹集傳："莜，芘芣也，又名荊葵。"

同"蕎"，蕎麥。《字彙‧艸部》："莜，莜麥。"《正字通‧艸部》："莜，俗譌作蕎。"《新唐書‧高崇文傳附高承簡》："野有莜實，民得以食。"《本草綱目‧穀一‧蕎麥》："時珍曰：'蕎麥之莖弱而翹然，易長易收，磨麪如麥，故曰蕎、曰荍，而與麥同名也。’”

　　“荍麥”：蕎麥。宋、蘇軾《中秋月寄子由》詩之二：“但見古河東，荍麥如鋪雪。”

蔽 0301　蔽　蒿也。从艸，毗聲。房脂切（pí ㄆㄧˊ）。

　　【譯白】蔽，是蒿類的草本植物。是依從艸做形旁，以毗爲聲旁構造而成的形聲字。

　　【述義】蒿類草本植物。《玉篇·艸部》：“蔽，蒿，似蓍。”清、袁枚《隨園詩話·補遺·列女李三行歌》：“遙遙望我里，我屋荒蔽萊。”

　　蔽又讀 bì ㄅㄧˋ，《集韻》邊迷切，平齊幫。蔽麻，同“蓖麻”。唐、玄應《一切經音義》卷八引《三蒼》曰：“蔽麻，《三蒼》：‘蔽，草也，其生似樹也。’”《集韻·齊韻》：“蔽，一曰毗麻；或作蓖。”蓖麻，一年或多年生草本植物，莖圓形，中空，葉大，互生，掌狀分裂。雌花淡紅色，雄花呈淡黃色，種子橢圓形，作油料，油脂可製潤滑油、媒染劑，亦可供藥用；葉可飼養蓖麻蠶，莖的韌皮纖維可製繩索和紙。明、李時珍《本草綱目·草六·蓖麻》：“蓖亦作螕；螕，牛蝨也，其子有麻點，故名蓖麻。”

萬 0302　萬　艸也。从艸，禹聲。王矩切（yǔ ㄩˇ）。

　　【譯白】萬，一種草本植物的名稱（一種草本植物）。是依從艸做形旁，以禹爲聲旁構造而成的形聲字。

　　【述義】草名；不詳。

　　萬又讀 jǔ ㄐㄩˇ，《廣韻》俱雨切，上麌見；魚部。一、姓。《廣韻·麌韻》：“萬，姓。”《漢書·游俠傳》：“萬章，字子夏，長安人也。”二、通“矩”，曲尺。《集韻·虞韻》：“萬，所以正車輪者。”《周禮·考工記·輪人》：“是故規之以眂其圜也，萬之以眂其匡也，縣之以眂，其輻之直也。”鄭玄注引鄭司農云：“萬，書或作矩。”

　　　附述“萬蔞”：古代校正直角的一種工具，即今之曲尺。《周禮·考工記·輪人》：“萬之以眂，其匡也。”漢、鄭玄注：“等爲萬蔞，以運輪上；輪中萬蔞，則不匡剌也。”清、戴震《考工記圖》上：“正輪之器，名萬；亦謂之萬蔞。”

荑 0303　荑　艸也。从艸，夷聲。杜兮切（tí ㄊㄧˊ）。

　　【譯白】荑，一種草本植物的名稱（一種草本植物）。是依從艸做形芎，以夷爲聲芎構造而成的形聲字。

【述義】是初生茅草的嫩芽。《玉篇・艸部》："荑，始生茅也。"《詩・邶風・靜女》："自牧歸荑，洵美且異。"毛傳："荑，茅之始生也。"又《衛風・碩人》："手如柔荑，膚如凝脂。"毛傳："如荑之新生。"清、汪熷《〈長生殿〉序》："是以歸荑贈芍，每託諭于美人；扈苣滋蘭，原寄情于君父。"

泛指草木萌生的嫩葉芽。《集韻・齊韻》："荑，卉木初生葉兒。"《管子・度地》："草木荑，生可食。"《後漢書・方術傳下・徐登》："炳復次禁枯樹，樹卽生荑。"李賢注："《易》曰'枯楊生荑'，王弼注云：'荑者，楊之秀也。'"《文選・郭璞〈遊仙詩〉七首》詩之一："臨源挹清波，陵崗掇丹荑。"李善注："凡草之初生，通名曰荑。"唐、王維《贈裴十迪》詩："桃李雖未開，荑萼滿芳枝。"宋、葉適《禱雨題張王廟》詩："夏至老秧含寸荑，平田回回不敢犁。"宋、蘇軾《和邵同年戲贈賈收秀才三首》詩之二："朝見新荑出舊槎，騷人孤憤苦思家。"

發芽、萌生。《文選・謝靈運〈從游京口北固應詔一首〉》："原隰荑綠柳，墟囿散紅桃。"李善注："《大戴禮・夏小正》曰：'正月柳稊。稊者，發孚也。'荑與稊，音義同。"又《孝感賦》："荑柔葉于枯木，起春波于寒川。"

通"稊"，一種似稗子的草。《孟子・告子上》："五穀者，種之美者也；苟爲不熟，不如荑稗。"焦循正義："《齊民要術・種穀篇》引《孟子》'不如稊稗'，古從夷、從弟之字多通。"晉、葛洪《抱朴子・博喻》："嘉穀不耘，則荑莠彌蔓。"明、高攀龍《重鍥〈近思錄〉序》："植五穀者，下種旣眞，培之溉之，熟可計時而待；匪是，是種荑稗而欲其爲五穀也。"清、唐孫華《懲功侍讀用予贈夏重原韻有詩寄懷次韻答之》詩："驅車齊魯郊，平田半荑稗。"

荑又讀yí ㄧˊ，《廣韻》以脂切，平脂以；脂部。一、苵荑，草名。《爾雅・釋草》："苵荑，蕮蕇。"郭璞注："一名白蕡。"二、荑刈。《周禮・地官・稻人》："凡稼澤，夏以水殄草而荑夷之。"清、阮元校勘記："唐石經、余本、嘉靖本、閩監毛本'夷'作'荑'，《釋文》作'柔荑'，音夷。"

"柔荑"：一、柔軟而白的茅草嫩芽。《詩·衛風·碩人》："手如柔荑，膚如凝脂。"朱熹集傳："茅之始生曰荑，言柔而白也。"三國、魏、曹丕《彈棋賦》："局則荊山妙璞，發藻揚暉……平如砥礪，滑如柔荑。"亦泛指草木嫩芽。《文選·王融〈三月三日曲水詩序〉》："雜夭采於柔荑，亂嚶聲於緜羽。"張銑注："柔荑，初生木葉也。"唐、歐陽詹《小苑春望宮池柳色》詩："東風韶景至，垂柳御溝新……柔荑生女指，嫩葉長龍鱗。"清、金農《題汪六處士蘭竹》詩之一："柔荑駢穗多纖態，不數金陵馬四娘。"二、喻指女子柔嫩的手。唐、李咸用《塘上行》詩："紅綃撇水蕩舟人，畫橈摻摻柔荑白。"宋、姜夔《月下笛》詞："春衣都是柔荑翦，尚沾惹，殘茸半縷。"清、紀昀《閱微草堂筆記·如是我聞二》："渠知君是惜花御史，故敢露此柔荑。"

薛（薛）₀₃₀₄　薛　艸也。从艸，辥聲。私列切（xuē ㄒㄩㄝ）。

【譯白】薛，一種草本植物的名稱（一種草本植物）。是依從艸做形旁，以辥爲聲旁構造而成的形聲字。

【述義】俗作"薛"。《玉篇·艸部》："薛，《說文》薛字。"南朝、梁、吳均《酬聞人侍郎別詩三首》詩之三："子憐三湘薛，我憶五陵薇。"

薛草，又名苹、藾蒿、藾蕭、艾蒿、牛尾蒿，蒿類植物，葉青白色，莖似箸而輕脆，始生香可生食、蒸食。《詩·小雅·鹿鳴》："呦呦鹿鳴，食野之苹。"苹，即是薛草。鄭玄箋："苹，藾蕭。"陸璣疏："藾蒿，葉青白色，莖似箸而輕脆，始生香，可生食。"《史記·司馬相如列傳》："其高燥則生葴菥苞荔，薛莎青薠。"裴駰集解引《漢書音義》曰："薛，賴蒿也。"唐、韓愈《答張徹》詩："苹甘謝鳴鹿，罍滿慚罄缾。"

用莎草編製的雨衣。《六韜·龍韜》："蓑、薛、簦、笠者，其甲冑干楯也。"

古國名，周初分封的諸侯國之一，戰國時爲齊所滅；今山東省滕縣東南五十里有薛城，即其故地。《史記·陳杞世家》："滕、薛、騶、夏、殷、周之閒封也，小，不足齒列，弗論也。"司馬貞索隱："薛，奚仲之後，任姓，蓋夏、殷所封，故《春秋》有滕侯、薛侯。"

姓。《廣韻・薜韻》：“薜，姓……本自黃帝，任姓之後，裔孫奚仲居薜，歷夏、殷、周，六十四代爲諸侯。周末爲楚所滅，後遂氏焉。”

“薜卞”，指古代善於鑑定刀劍的薜燭和能夠發現寶玉的卞和。後比喻善於鑒識和發現人才者。唐、李白《與韓荊州書》：“庶青萍、結綠，長價於薜卞之門。”

“薜越”，謂狼藉遺棄。《荀子・王制》：“務本事，積財物，而勿忘棲遲薜越也。”梁啟雄釋引王懋竑曰：“棲遲薜越，似是分散遺棄之意。”久保愛注：“薜越，讀爲‘屑越’，狼戾也。”

苦 0305　苦　大苦，苓也。从艸，古聲。康杜切（kǔ ㄎㄨˇ）。

【譯白】苦，全名大苦，也叫做苓的蔬菜。是依從艸做形旁，以古爲聲旁構造而成的形聲字。

【述義】苦菜，又叫蕒、蕒草、荼、苦荼、苦蕒，是宿根野蔬，栽種的稱爲苦苣，因入口回甘，所以又叫甘草，越年生菊科植物，春夏間開花，莖空，葉呈鋸形，有白汁，莖葉嫩時均可食，略帶苦味。《詩・唐風・采苓》：“采苦采苦，首陽之下。”毛傳：“苦，苦菜也。”孔穎達疏引陸璣曰：“苦菜生山田及澤中，得霜恬脆而美，所謂堇荼如飴。”《禮記・內則》：“濡豚包苦實蓼。”鄭玄注：“苦，苦荼也。”《穆天子傳》卷二：“天子於是休獵，於是食苦。”郭璞注：“苦，中名，可食。”按：蕒是苓的假借通用字，說成味道極苦的“黃藥”是錯誤的，將苦說成中藥用的“甘草”更是嚴重的錯誤；苦作甘草說，是指“美草、美味的野蔬”而言。蕒，參見後面“蕒”條。

像膽汁或黃連的味道，與“甘”、“甜”相反，古稱“五味”之一。《詩・邶風・谷風》：“誰謂荼苦，其甘如薺。”《書・洪範》：“潤下作鹹，炎上作苦。”孔傳：“焦氣之味。”《神農本草經》卷一：“黃連，味苦寒；主熱氣，目痛，眥傷，泣出，明目。”《荀子・正名》：“甘、苦、鹹、淡、辛、酸、奇味以口異。”南朝、梁、劉勰《文心雕龍・誇飾》：“荼味之苦，寧以周原而成飴？”唐、韓愈《苦寒》詩：“草木不復抽，百味失苦甜。”明、李應昇《甘棠集小引》：“苦則吐，甘者茹焉，人情乎。”《兒女英雄傳》第三七回：“（釅茶）呷在嘴裏比黃連汁子還苦，攢着眉咽下去。”

痛苦、困苦。《廣韻・姥韻》：“苦，患也。”《書・盤庚中》：“爾惟自鞭自苦。"《禮記·禮運》："死亡貧苦，人之大惡存焉。"《孟子·梁惠王上》："樂歲終身苦，凶年不免於死亡。"《後漢書·方術列傳·華陀》："病者不堪其苦。"晉、李密《陳情事表》："零丁孤苦，至於成立。"宋、范成大《後催租行》："明年不怕催租苦。"宋、文天祥《高沙道中》詩："臣若不如死，一死尚可憐。"《三國志平話》卷上："軍受帶甲之勞，民遭塗炭之苦。"

使痛苦。《莊子·庚桑楚》："吞舟之魚，碭而失水，則蟻能苦之。"

以為苦、以為患、痛恨。《銀雀山漢墓竹簡·孫臏兵法·將失》："民苦其師，可敗也。"《史記·秦始皇本紀》："蒙罪者重，刑戮相望於道，而天下苦之。"唐、杜甫《逃難》詩："疎布纏枯骨，奔走苦不暖。"《新唐書·狄光嗣傳》："貪暴為虐，民苦之。"宋、曾鞏《謝雨文》："前歲苦飢，去歲苦盜。"清、蒲松齡《聊齋志異·三生》："後壻中歲偃蹇，若不得售。"

悲傷、憂傷、愁苦。《呂氏春秋·遇合》："人有大臭者，其親戚兄弟妻妾知識，無能與居者，自苦而居海上。"高誘注："苦，傷也。"漢、蔡琰《胡笳十八拍》詩之四："無日無夜兮不思我鄉土，禀氣含生兮莫過我最苦。"唐、杜甫《石壕吏》詩："吏呼一何怒，婦啼一何苦。"唐、韓愈《論淮西事宜狀》："士卒有征行之艱，閭里懷離別之苦。"宋、葛長庚《謁金門》詞："千里無家歸未得，春風知我苦。"宋、文天祥《讀杜詩》詩："耳想杜鵑心事苦，眼看胡馬淚痕多。"

困擾、困辱。《禮記·樂記》："知者詐愚，勇者苦怯。"孔穎達疏："勇者苦怯，謂困苦怯者。"《戰國策·秦策一》："代三十六縣，上黨十七縣，不用一領甲，不苦一民，皆秦之有也。"《呂氏春秋·論人》："哀之以驗其人，苦之以驗其志。"《漢書·馮奉世傳》："先是時，漢數出使西域，多辱命不稱，或貪汙，為外國所苦。"顏師古注："苦，謂困辱之。"唐、皮日休《晉文公不合取陽樊論》："陽人不服，晉侯圍之，乃辱其宗祊，苦其人民，虐其甥舅。"

窮困。《廣雅·釋詁四》："苦，窮也。"《世說新語·賢媛》："王經少貧苦，仕至二千石。"

厭惡。《晏子春秋·諫上十六》："民苦其政，而世非其行。"《史記·陳涉世家》："天下苦秦久矣。"《漢書·韓信傳》："信從下鄉南昌亭長食，亭長妻苦之。”

恨、怨嫌。《古詩十九首·生年不滿百》：“晝短苦夜長，何不秉燭游？”宋、秦觀《和黃法曹憶建溪梅花》詩：“清淚斑斑知有恨，恨春相逢苦不早。”明、劉基《鬱離子·瞽瞶》：“羣狙皆畏苦之，弗敢違也。”

急、急迫、緊迫。《廣雅·釋詁一》：“苦，急也。”王念孫疏證：“《文選·廣絕交論》注引《說文》云：‘苦，急也。’《莊子·天道篇》云：‘斲輪，徐則甘而不固，疾則苦而不入。’《淮南子·道應》與《莊子》同。高誘注云：‘苦，急意也；甘，緩意也。’”《梁書·曹景宗傳》：“（天監）二年十月，魏寇司州……時魏攻日苦，城中負板而汲。景宗望門不出，但耀軍遊獵而已。”唐、玄奘《大唐西域記·毘盧擇迦王傳說》：“羣盜苦逼，求哀稱佛。”

辛勤、勤勞、勞苦、刻苦。《廣韻·姥韻》：“苦，勤也。”《墨子·七患》：“故民苦於外，府庫單於內。”《孟子·梁惠王上》：“樂歲終身苦，凶年不免於死亡。”又《告子下》：“故天將降大任於是人也，必先苦其心志，勞其筋骨。”《莊子·天下》：“日夜不休，以自苦爲極。”《史記·衛康叔世家》：“身自勞，與百姓同苦。”唐、韓愈《薦樊宗師狀》：“勤潔和敏，持身甚苦。”宋、陸游《老學庵筆記》卷二：“仲信名廉清，苦學有守。”

病、病痛。《莊子·達生》：“見一丈夫游之，以爲有苦而欲死也。”唐、陸德明《經典釋文》：“司馬（彪）云：苦，病也。”《隋書·許智藏傳》：“帝每有所苦……智藏爲方奏之，用無不效。”《資治通鑑·晉惠帝元康九年》：“雖有微苦，宜力疾朝侍。”胡三省注：“苦亦疾也。”

患病。《漢書·賈誼傳》：“病非徒瘇也，又苦跂蹷。”唐、玄奘《大唐西域記·納縛僧伽藍》：“可汗驚寤，便苦心痛，遂告羣屬所夢咎徵，馳請衆僧，方伸懺謝，未及返命，已從殞歿。”

深，謂極力、竭力。《戰國策·韓策一》：“此安危之要，國家之大事也！臣請深惟而苦思之。”南朝、宋、劉義慶《世說新語·識鑑》：“王大將軍始下，楊朗苦諫不從。”宋、蘇軾《辛丑十一月十九日與子由別後賦詩之》詩：“君知此意不可忘，慎勿苦愛高官職。”宋、陸游《老學庵筆記》卷一："（朱希眞）不敢以告，景初若問之。"《三國演義》第五三回："玄德苦擋，雲長不依，只領五百校刀而去。"明、何景明《與李空同論詩書》："辭艱者意反近，意苦者辭反常。"《紅樓夢》第一一七回："寶釵見王夫人傷心，只得上前苦勸。"

使受、施。《靈樞經・五閱五使》："如是之人者，血氣有餘，肌肉堅緻，故可苦以鍼。"

懇切。《世說新語・規箴》："執經登坐，諷誦朗暢，詞色甚苦，高足之徒，皆肅然增敬。"《北史・薛辯傳附薛聰》："帝欲進以名位，輒苦讓不受。"

多、多次。《齊民要術・種桑柘》："大率桑多者宜苦斫，桑少者宜省剝，秋斫欲苦，而避日中。"唐、王之渙《送別》詩："楊柳東門樹，青青夾御河，近來攀折苦，應爲別離多。"唐、杜牧《吳宮詞》詩："鶴鳴山苦雨，魚躍水多風。"

過度。《張淮深變文》："霜刀用苦光威日，虎豹爭奔煞氣濃。"唐、陸龜蒙《春雨即事寄襲美》詩："雙屨著頻看齒折，敗裘披苦見毛稀。"

快意、幸好、好在。《方言》卷二："苦，快也。"郭璞注："苦而爲快者，猶以臭爲香，亂爲治，徂爲存，故訓義之反覆用之是也。"《水滸全傳》第三十一回："這孟州城是箇小去處，那土城苦不甚高；就女牆邊，望下先把朴刀虛按一按……托地只一跳，把棒一拄，立在濠塹邊。"

熾。《方言》卷十二："苦、翕，熾也。"

副詞。一、猶甚，很，表示程度。三國、魏、曹丕《善哉行》詩之一："上山采薇，薄暮苦饑。"《三國志・吳志・吳主傳》："人言苦不可信，朕爲諸君破家保之。"唐、韓愈《贈崔立之評事》詩："崔侯文章苦捷敏，高浪駕天輸不盡。"金、董解元《西廂記諸宮調》卷一："不苦詐打扮，不甚豔梳掠。"清、高鶚《題竹雪擷芳詩卷》詩："知君苦憶紅梅樹，讀到梅花意也親。"二、用同"可"，猶"卻"、"偏偏"，表示轉折、與實際情況相反。張相《詩詞曲語辭匯釋》卷二："苦，猶偏也。"唐、李白《公無渡河》詩："穹人不惜妻止之，公無渡河苦渡之。"元、高明《琵琶記・蔡公逼試》："何必苦恁淹滯。"《清平山堂話本・雪川蕭琛貶霸王》："此門立一廟，苦不甚大，交百姓燒香。”《二刻拍案驚奇》卷四：“此去那裏苦不多遠，我們收拾起來一同去走遭，訪問下落則個。”

姓。《通志・氏族略三》：“苦氏，越大夫苦成；漢有苦灼，爲會稽太守。”

疊字雙音“苦苦”形況：一、副詞。1、表示堅決、執著。元、無名氏《舉案齊眉》第一折：“那梁鴻是個窮秀才，幾能勾發達日子，你苦苦要嫁他怎的？”《水滸傳》第六七回：“盧俊義慌忙拜道：‘若是兄長苦苦相讓着，盧某安身不牢。’”2、表示十分懇切。《水滸傳》第四一回：“多感晁頭領並衆豪傑苦苦相留。”《醒世恆言・張淑兒巧智脫楊生》：“他苦苦要留，必有緣故。”3、形容煞費苦心。《西遊記》第三五回：“潑魔苦苦用心拿我，誠所謂水中撈月。”《二十年目睹之怪現狀》第四六回：“你苦苦的打聽他做什麽呢？”4、苦字重言，表示痛苦很深。唐、唐彥謙《宿田家》詩：“明朝怯見官，苦苦燈前跪。”金、董解元《西廂記諸宮調》卷一：“鶯鶯泣謝曰：‘今當改過自新，不必娘自苦苦。’”二、佛教語；指由寒熱飢渴等苦緣所生之苦惱。《大乘義章》三：“從彼苦緣，逼而生惱，名爲苦苦。”五代、齊己《酬元員外見寄八韻》詩：“衆人忘苦苦，獨自愧兢兢。”

苦又讀 gǔ ㄍㄨˇ，《集韻》果五切，上姥見；魚部。通“盬”。一、粗劣。《廣韻・姥韻》：“苦，麤也。”《集韻・姥韻》：“沽，略也，或作苦，通作盬。”《管子・小匡》：“辨其功苦。”尹知章注：“功謂堅美，苦謂濫惡。”戴望校正：“苦讀爲盬。”《周禮・天官・典婦功》：“凡授嬪婦功，及秋獻功，辨其苦良，比其小大而賈之。”鄭玄注：“鄭司農苦讀爲盬，謂分別其縑帛與布絟之麤細，皆比方其大小書其賈數而著其物。”《史記・五帝本紀》：“舜耕歷山……陶河濱，河濱器皆不苦窳。”張守節正義：“苦，讀若盬，音古。盬，麤也。”漢、張衡《西京賦》：“鬻良雜苦，蚩眩邊鄙。”二、止息。《爾雅・釋詁下》：“苦，息也。”清、王引之《經義述聞・毛詩下・王事靡盬》：“苦讀與‘靡盬’之盬同。”“盬者，息也，王事靡盬者，王事靡有止息也。”清、陸以湉《冷廬雜識・未昏守貞》：“朱氏彝尊《原貞》云：‘自昏姻之禮廢，而夫婦之道苦，民至有自獻其身者矣。’”

　　苦又讀hù ㄏㄨˋ。古地名，春秋楚地，秦置苦縣，漢屬淮陽國，治所在今河南省鹿邑縣東。《史記・老子韓非列傳》："老子者，楚苦縣厲鄉曲仁里人也。"司馬貞索隱："苦音怙。"又《樊酈滕灌列傳》："攻苦、譙，復得亞將周蘭。"張守節正義："苦、譙，戶焦二音。"

菩　0306　䒺　艸也。从艸，音聲。步乃切（bèi ㄅㄟˋ）。

　　【譯白】菩，一種草本植物的名稱（一種草本植物）。是依從艸做形旁，以音爲聲旁構造而成的形聲字。

　　【述義】菩是一種香草，又名黃背草，可以編席，可以編茅蓋屋頂；古代野祭有束菩草爲神主的祭法。《廣韻・有韻》："菩，香草。"《周禮・夏官・大馭》"犯軷"漢、鄭玄注："犯之者，封土爲山象，以菩芻棘柏神爲主。"孫詒讓正義："蓓、倍並與菩同，是古野祭有束菩草爲神主之法。"清、桂馥《札樸・鄉里舊聞》："菩，《說文》：'草也。'……苫屋之草，鄉人呼黃背草。"

　　席棚，也作"蔀"。《易・豐》"豐其蔀"唐、陸德明《經典釋文》："蔀，鄭、薛作菩，云：小席。"

　　菩又讀bó ㄅㄛˊ，《集韻》薄沒切，入沒並。麻菩楊，草名。《集韻・沒韻》："菩，麻菩楊，艸名。"北魏、賈思勰《齊民要術・種穀》："二月上旬及麻菩楊生種者爲上時。"原注："菩，音倍、音勃。"石聲漢注："'菩'：麻開花稱爲'麻勃'。勃是輕而易飛散的粉末；麻是風媒花，白晝氣溫高時，花粉成勃散出的情形，很惹人注意，所以稱爲'麻勃'。本書卷二'種麻第八'、'種麻子第九'中，都用'麻勃'的名稱，這裏用'菩'字，是同音假借。"

　　菩又讀pú ㄆㄨˊ，《廣韻》薄胡切，平模並。菩提：一、佛教名詞；梵文Bodhi的音譯；意譯爲"覺"、"智"、"道"等，佛教用以指豁然徹悟的境界；又指覺悟的智慧和覺悟的途徑。《廣韻・模韻》："菩，梵言菩提，漢言王道。"《百喻經・駝甕俱失喻》："凡夫愚人，亦復如是，希心菩提，志求三乘。"唐、玄奘《大唐西域記・婆羅疿斯國》："太子六年苦行，未證菩提。"明、陳汝元《金蓮記・郊遇》："堪笑世人懵懂，不識菩提路徑。"二、樹名，即菩提樹，爲常綠喬木，葉卵圓形，前端細長，花托略作球形，花隱藏在花托內，果實扁圓形；原產印度，大約與佛教同時傳入我國；菩提樹幹上取出的乳汁可製硬樹膠。唐、封演《封氏聞見記·蜀無兔鴿》：“娑婆樹一名菩提，葉似白楊，摩伽陀那國所獻也。”

　　菩薩：一、佛教名詞，梵文菩提薩埵（Bodhisattva）之省；菩提的意思為正，薩埵的意思指衆生，謂旣能自覺本性，又能善渡衆生；羅漢修行精進便成菩薩，位次於佛；原為釋迦牟尼修行而未成佛時的稱號，後泛用為對大乘思想的實行者的稱呼。明、李贄《豫約》：“善因等衆菩薩，見我涅槃，必定差人來看。”二、比喻心腸仁慈的人。《紅樓夢》第五五回：“他們瞅着大奶奶是個菩薩，姑娘又是腼腆小姐，固然是托懶來混。”《老殘遊記》第十四回：“兩位老爺菩薩，救命恩人，捨得花銀子把我救出火坑。”“菩薩低眉”，形容慈祥善良。《太平廣記》卷一七四引宋、龐元英《談藪·薛道衡》：“隋吏部侍郎薛道衡，嘗游鐘山開善寺，謂小僧曰：‘金剛何為努目？菩薩何為低眉？’小僧答曰：‘金剛努目，所以降伏四魔；菩薩低眉，所以慈悲六道。’道衡憮然不能對。”“菩薩面”，形容慈祥的面容。宋、朱熹《題畫卷·鬼佛》詩：“冥濛罔象姿，相好菩薩面。”

蓍（薏）₀₃₀₇　　𧂇　蓍苢。从艸，竜聲。一曰：蓍英。於力切（yì ㄧˋ）。

【譯白】蓍，名叫蓍苢的草本植物。是依從艸做形旁，以竜為聲旁構造而成的形聲字。另一義說：是薏苡的花。

【述義】蓍，俗作“薏”。邵瑛《羣經正字》：“今經典作薏。”

　　薏苡，禾本科一年生或多年生草本植物，莖直立，葉線狀披針形，花生於葉腋，果實卵形，外皮淡褐色，果仁白色，含澱粉，俗稱薏米或薏苡仁，供食用，可雜米中作粥飯或磨麵，亦可釀酒，可供藥用，有輕身省慾的功效，莖葉可作造紙原料。《後漢書·馬援傳》：“初，援在交阯，常餌薏苡實，用能輕身省慾，以勝瘴氣。南方薏苡實大，援欲以為種，軍還，載之一車；時人以為南土珍怪，權貴皆望之；援時方有寵，故莫以聞；及卒後，有上書譖之者，以為前所載還，皆明珠文犀。”後因稱蒙冤被讒為“薏苡之讒”、“薏苡明珠”或直謂之“薏苡”。《舊唐書·王珪杜正倫等傳論》：“正倫以能文被舉，以直道見委，參典機密，出入兩宮，斯謂得時，然被承乾金帶之譏，孰與夫薏苡之讒，士大夫愼之。”五代、王定保《唐摭言·好及第惡登科》：“是知瓜李之嫌，薏苡之讒，斯不可忘。”宋、蘇軾《和王鞏並次韻》詩之五："巧語屢曾遭薏苡，庾詞聊復託芎藭。"宋、陸游《薏苡》詩："初遊唐安飯薏米，炊成不減雕胡美。"清、朱彝尊《酬洪昇》詩："梧桐夜雨詞淒絕，薏苡明珠謗偶然。"

薏又指蓮子心，卽蓮子中的青嫩胚芽。《爾雅·釋草》："荷，芙蕖……其實蓮，其根藕，其中的，的中薏。"邢昺疏引陸璣曰："蓮青皮，裏白，子爲的；的中有青爲薏，味甚苦。"宋、洪咨夔《念奴嬌·老人用僧仲殊韻詠荷花橫披謹和》："雪藕逢絲，擘蓮見薏。"

茅 ₀₃₀₈ 𦯔　菅也。从艸，矛聲。莫交切（máo ㄇㄠ）。

【譯白】茅，和菅草同一類的草本植物。是依從艸做形旁，以矛爲聲旁構造而成的形聲字。

【述義】茅，又名茆，禾本科多年生草本植物，全草可作牧草和造紙原料，根莖叫茅根，可供藥用。《本草綱目·草部·白茅》："茅有白茅、菅茅、黃茅、香茅、芭茅數種……菅茅只生山上，似白茅而長。"俗稱茅草者卽指白茅。《易·大過》："藉用白茅，無咎。"有此一說："夏季開花的稱爲茅，秋天開花的叫做菅。"各種茅草的葉都相似，許愼"茅、菅"互訓，是統概而言。參見下一字"菅"條。段玉裁《說文解字注》："統言則茅、菅是一，析言則菅與茅殊。許菅茅互訓，此從統言也。"《易·泰》："拔茅茹。"《詩·豳風·七月》："晝爾于茅。"鄭玄箋："女當晝日往取茅歸。"《楚辭·離騷》："蘭芷變而不芳兮，荃蕙化而爲茅。"《周禮·天官·醢人》"茆菹"漢、鄭玄注："鄭大夫讀茆爲茅。"唐、杜甫《茅屋爲秋風所破歌》詩："八月秋高風怒號，卷我屋上三重茅。"元、周權《接竹引泉》詩："挽之歸我廬，晴雨注屋茆。"《徐霞客遊記·滇遊日記十一》："乃西向攀茅躡坡，二里，登嶺。"清、焦循《荒年雜詩》："采采墓門茅，茅根不堪吮。"

茅屋，簡陋的居處。晉、陶潛《赴假還江陵夜行塗口》詩："養眞衡茅下，庶以善自名。"南朝、宋、鮑照《觀圃人藝植》詩："抱插壟上飡，結茅野中宿。"宋、蘇軾《月華寺》詩："道人修道要底物？破鐺煮飯茆三間。"宋、方岳《秋厓》詩："聊結一間茅，永當作厓叟。"《徐霞客遊記·滇遊日記十一》："有茅數龕嵌峽底，曰鑼鼓寨。"

顯明。《爾雅·釋言》："茅，明也。"郭璞注："《左傳》曰：'前茅慮無。'"郝懿行義疏："郭引左氏宣十二年《傳》云：'前茅慮無。'杜預注：'茅，明也。'《正義》引舍人曰：'茅，昧之明也。'杜注又引'或曰：時楚以茅爲旌識'，然則茅旌亦取顯明爲義。"

破損。明、劉侗、于奕正《帝京景物畧‧城隍廟市》："（瓷器）久用口不茅，身不篾焉。"明、曹昭《新增格古要論‧古窯器論》："凡窯器有茅、篾、骨出者價輕，蓋損曰茅，路曰篾，無油水曰骨，此乃賣骨董市語也。"

借喻道家的"道"；傳說西漢茅盈兄弟三人"得道"於句曲山（後稱三茅山或茅山），後世借"茅山"喻"眞道"，簡稱"茅"。明、佚名《女眞觀》："想當初守清規，習祖風，煉眞茅，養正宗。"

借指茅土之封。清、魏源《聖武記》卷二："功無橫草，生卽分茅。"

通"旄"，竿頂用旄牛尾裝飾的旗。《禮記‧雜記下》："御柩以茅。"《左傳‧宣公十二年》："軍行，右轅，左追蓐，前茅慮無，中權，後勁。"《公羊傳‧宣公十二年》："鄭伯肉袒，左執茅旌，右執鸞刀，以逆莊王。"清、王引之《經義述聞‧公羊傳》："茅當讀爲旄，旄正字也，茅借字也。蓋旌之飾，或以羽，或以旄……其用旄者，則謂之旄旌矣……《新序‧雜事篇》載此事正作'旄旌'。"

古國名，在今山東省金鄉縣西南。《左傳‧僖公二十四年》："凡、蔣、邢、茅、胙、祭，周公之胤也。"

姓。《通志‧氏族略二》："茅氏，周公之後也；今濟州金鄉是其地，子孫以國爲氏。"

菅 0309　䕚　茅也。从艸，官聲。古顏切（jiān ㄐㄧㄢ）。

【譯白】菅，和茅草同一類的草本植物。是依從艸做形旁，以官爲聲旁構造而成的形聲字。

【述義】又名菅茅，禾本科多年生草本，莖長二三尺，葉多毛，細長而尖，秋天開青白色花，果實上有長芒，黏人衣服；古人用菅茅曬乾後編蓋屋頂；根堅靭，可做刷帚，也可入藥。《本草綱目‧草部‧白茅》："茅有白茅、菅茅、黃茅、香茅、芭茅數種……菅茅只生山上，似白茅而長。"《詩‧陳風‧東門之池》："東門之池，可以漚菅。"孔穎達疏引陸璣曰："菅似茅而滑澤無毛，根下五寸中有白粉者柔靭

宜爲索，漚乃尤善矣。”《左傳・成公九年》：“雖有絲、麻，無棄菅、
蒯。”《楚辭・招魂》：“五穀不生，藂菅是食些。”《山海經・南山
經》：“白菅爲席。”《漢書・賈誼傳》：“其視殺人苦艾草菅然。”
唐、柳宗元《遊南亭夜還敘志七十韻》詩：“安將蒯及菅，誰慕粱與
膏。”

通“蕳”，蘭草。清、朱駿聲《說文通訓定聲・乾部》：“菅，叚借
爲蕳，卽蘭。”《山海經・西山經》：“（天帝之山）其下多菅蕙。”
《漢書・地理志下》：“《鄭詩》曰：……‘士與女方秉菅兮。’”顏師
古注：“菅，蘭也。”

通“姦”。《管子・牧民》：“野蕪曠則民乃菅，上無量則民乃
妄。”尹知章注：“菅當爲姦。”

姓。《萬姓統譜・山韻》：“菅，趙郡，見《姓苑》。”

菅又讀guān ㄍㄨㄢ，《字彙》古頑切。春秋時宋地名，地當今山
東省單縣以北。《左傳・隱公十年》：“公敗宋師于菅。”杜預注：
“菅，宋地。”楊伯峻注：“菅本音姦，地名音關，宋國地名，疑當
在今山東省單縣之北。”

蘄 0310 〔蘄〕　艸也。从艸，靳聲。江夏有蘄春亭。渠支切（qí
ㄑㄧˊ）。

【譯白】蘄，一種香草的名稱。是依從艸做形旁，以靳爲聲旁構造而
成的形聲字。江夏有個地名叫蘄春亭。

【述義】段玉裁《說文解字注》：“《釋草》蘄字四見，不識許所指
何物也。”朱駿聲《說文通訓定聲・屯部》：“此字本訓當爲香草；
山、白、馬，皆冒蘄名也。字从艸，或以蘄蒿氣香歟？”《釋草》有
山蘄、葉粗大，卽馬尾當歸；有牛蘄，又名馬蘄，野茴香；有白蘄，
細葉，卽蠶頭當歸；蘪蕪又名蘄茝，卽今川芎；以上有蘄爲名的草，
皆具芳香氣味。

木名。《集韻・之韻》：“蘄，木名。”

馬嚼子。《文選・張衡〈西京賦〉》：“旗不脫扃，結駟方蘄。”李
善注引薛綜曰：“蘄，馬銜也。”

通“祈”，祈求。段玉裁《說文解字注》：“蘄，古鐘鼎欵識多
借爲祈字。”《莊子・養生主》：“澤雉十步一啄，百步一飲，不蘄

畜乎樊中。”郭象注：“蘄，求也。”《呂氏春秋・振亂》：“所以蘄有道行有義者，爲其賞也。”高誘注：“蘄，讀曰祈。”唐、韓愈《答李翊書》：“將蘄至於古之立言者，則無望其速成，無誘於勢利。”宋、王安石《上蔣侍郎書》：“凡聞當世賢公卿大夫之名，則必蘄一見。”

通“圻”，邊際、界限。《荀子・儒效》：“故外闔不閉，跨天下而無蘄。”劉台拱補注：“蘄蓋與圻同。言四海一家，無封疆之限也。”

古州名，北周始置，治所在齊昌（今湖北省蘄春縣）。清、顧祖禹《讀史方輿紀要・湖廣二・黃州府》：“蘄州，《禹貢》揚州地……北齊亦曰齊昌郡，兼置雍州；後周改曰蘄州，隋初郡廢州存，煬帝改州曰蘄春郡；唐、武德四年復曰蘄州，天寶初曰蘄春郡，乾元初復曰蘄州。宋因之，元曰蘄州路，明初改爲蘄州府，洪武九年降爲州。”

姓。《通志・氏族略二》：“蘄氏，《姓苑》云：蘄，春秋之後也，漢有弘農太守蘄良。”

蘄又讀 jī ㄐㄧ，《廣韻》居依切，平微見。古縣名，本戰國時楚邑，秦置蘄縣，漢屬沛郡；治所在今安徽省宿縣南。《史記・高祖本紀》：“秦二世元年秋，陳勝等起蘄，至陳而王，號爲‘張楚’。”司馬貞索隱：“蘄，縣名，屬沛。”

蘄又讀 qín ㄑㄧㄣ，《廣韻》巨斤切，平欣羣；諄部。山蘄，藥草當歸的別名。《爾雅・釋草》：“薜，山蘄。”郭璞注：“《廣雅》曰：‘山蘄，當歸。’當歸今似蘄而麤大。”

莞 0311 〔篆〕 艸也；可以作席。从艸，完聲。胡官切（guān ㄍㄨㄢ）。

【譯白】莞，一種草本植物的名稱（一種草本植物）；可以用來編織席子。是依從艸做形旁，以完爲聲旁構造而成的形聲字。

【述義】莞，又名蒲草、苻蘺、水葱、席子草。《爾雅・釋草》：“莞，苻蘺；其上蒚。”郭璞注：“今西方人呼蒲爲莞蒲……今江東謂之苻蘺，西方亦名蒲，中莖爲蒚，用之爲席。”段玉裁《說文解字注》：“莞之言管也，凡莖中空者曰管；莞蓋即今席子艸，細莖，圓而中空，鄭謂之小蒲，實非蒲也。《廣雅》謂之葱蒲。”《大戴禮記・勸學》：“譬之如洿邪，水潦灂焉，莞蒲生焉。”漢、王褒《僮約》：“種莞織席。”

《漢書・東方朔傳》：“以韋帶劍，莞蒲爲席，兵木無刃。”

莞草編的席子。《詩・小雅・斯干》：“下莞上簟，乃安斯寢。”鄭玄箋：“莞，小蒲之席也，司几筵，蒲筵加莞席。”正義：“以莞加蒲，麤者在下，美者在上也。”《禮記・禮器》：“莞簟之安而藁鞂之設。”晉、陶潛《閑情賦》：“願在莞而爲席，安弱體於三秋。”《南史・孫謙傳》：“冬則布被莞席，夏日無幬帳；而夜臥未嘗有蚊蚋，人多異焉。”唐、王維《苦熱》詩：“莞簟不可近，絺綌再三濯。”唐、韓愈《題秀禪師房》詩：“橋夾水松行百步，竹牀莞席到僧家。”

姓。《通志・氏族略五》：“莞氏，《姓苑》云：吳人。”

莞又讀 wǎn ㄨㄢˇ，《廣韻》戶版切，上潸匣；元部。一、微笑貌。《論語・陽貨》：“夫子莞爾而笑，曰：‘割雞焉用牛刀？’”漢、張衡《東京賦》：“（安處先生）乃莞爾而笑曰：‘若客所謂末學膚受，貴耳而賤目者也。”唐、韓愈《贈張籍》詩：“薄暮歸見君，迎我笑而莞。”宋、蘇軾《石塔寺》詩：“山僧異漂母，但可供一莞。”宋、楊萬里《晚立普明寺門時已過立春去除夕三日爾將歸有歎》詩：“欲雪不雪關得儂，得歸未歸一莞中。”明、方孝孺《次韻寫懷會送叔貞之成都》詩之十七：“倦來莞爾成微笑，宇宙茫茫幾廢興。”清、曹寅《舟中望惠山舉酒調培山》詩：“知君夙昔結山緣，吐語調君雙頰莞。”二、胃的內腔，也作“脘”。《武威漢代醫簡・十九簡》：“寒氣在胃莞。”

莞又讀 guàn ㄍㄨㄢˋ，《集韻》古玩切，去換見。東莞，古郡名，晉、泰始元年置，治所當今山東省沂水縣境。《梁書・劉勰傳》：“劉勰，字彥和，東莞莒人。”

莞又讀 guǎn ㄍㄨㄢˇ。縣名，在廣東省東江下游。清、顧祖禹《讀史方輿紀要・廣東》：“新寧、新會、香山、東莞、新安五縣，尤爲濱海要衝。”今改置東莞市。

藺 0312 **藺** 莞屬。从艸，閵聲。良刃切（lìn ㄌㄧㄣˋ）。

【譯白】藺，和莞草同類屬的草本植物。是依從艸做形旁，以閵爲聲旁構造而成的形聲字。

【述義】藺，又名燈心草，燈心草科多年生草本，生長在沼澤中，莖簇生，內充滿乳白色髓，莖髓俗稱“燈草”，可作油燈的燈心和入藥，莖桿可作編織原料，編席子和蓑衣等。《玉篇‧艸部》："藺，似莞而細，可爲席。"《急就篇》第三章："蒲蒻藺席帳帷幬。"

　　碾壓，後作"躪"。《齊民要術‧耕田》引《氾勝之書》："杏始華榮，輒耕輕土弱土；望杏花落，復耕；耕輒藺之。草生，有雨澤，耕重藺之。"萬國鼎釋："'藺'即'蹂躪'的'躪'字，是踐踏鎮壓的意思。"又《麥》："冬雨雪，止，以物輒藺麥上，掩其雪，勿令從風飛去。"

　　"藺子"，即藺子，謂以技妄游者，即走江湖的人。唐、李白《天長節使鄂州刺史韋公德‧政碑序》："藺子跳劍，迭躍流星之輝。"

　　"藺石"，古代守城時用以禦敵的礌石。《墨子‧號令》："去者之父母妻子，悉舉民室材木瓦若藺石數。"《漢書‧晁錯傳》："以便爲之高城深塹，具藺石，布渠答。"顏師古注引如淳曰："藺石，城上雷石也。"《新唐書‧東夷傳‧高麗》："藺石如雨，城遂潰。"

　　"藺生"，指藺相如。漢、揚雄《解嘲》："藺生收功於章臺，四皓采榮於南山。"晉、盧諶《覽古》詩："藺生在下位，繆子稱其賢。"

　　漢代縣名，在今山西省離石縣西。《史記‧趙世家》："（武靈王）十三年，秦拔我藺，虜將軍趙莊。"

　　姓。《通志‧氏族略三》："藺氏，姬姓。韓厥元孫曰康，仕趙，食采於藺，因氏焉。康裔孫相如，爲趙上卿。"

蒢 0313　𦼤　黃蒢，職也。从艸，除聲。直魚切（chú ㄔㄨˊ）。

【譯白】蒢，全名黃蒢，又名職的草本植物。是依從艸做形旁，以除爲聲旁構造而成的形聲字。

【述義】黃蒢、"職"，又名蘵、蘵、龍葵，茄科一年或多年生草本，葉似酸漿，開白色小花，中心黃，江東一帶人們用來做腌菜，全草可供藥用。《爾雅‧釋草》："蘵，黃蒢。"郭璞注："蘵草，葉似酸漿，華小而白，中心黃，江東以作葅食。"北齊、顏之推《顏氏家訓‧書證》："江南別有苦菜，葉似酸漿，其花或紫或白，子大如珠，熟時或赤或黑，此菜可以釋勞。案郭璞注《爾雅》，此乃蘵，黃蒢也。今河北謂之龍葵。"

　　"蘧蒢"，亦作"蘧篨"、"蘧除"。一、用葦或竹編成的粗席。漢、桓寬《鹽鐵論‧散不足》："庶人即草蓐索經，單藺蘧蒢而已。"

《周書·韋夐傳》："昔士安以蘧蒢束體，王孫以布囊繞尸。"宋、陸游《舟中作》詩："蘧蒢作帆三版船，漁燈夜泊閶門邊。"《明史·后妃傳二·莊烈帝恭淑田貴妃》："暑月駕行幸，御蓋行日中；妃命作蘧篨覆之，從者皆得休息。"二、身有殘疾不能俯視的人。《國語·晉語四》："蘧蒢不可使俯，戚施不可使仰。"韋昭注："蘧蒢，直者，謂疾。"宋、王安石《上執政書》："蓋自古者至治之世，自瞽蒙、昏瞶、朱儒、蘧蒢，戚施之人，上所以使之，皆各盡其才。"清、李漁《奈何天·形變》："那裏知道冥冥之中有我這變形使者，能把蘧蒢、戚施變做潘安、宋玉。"三、諂諛獻媚的人。漢、王充《論衡·纍害》："戚施彌妒，蘧除多佞。"《漢書·敍傳下》："宣之四子，淮陽聰敏，舅氏蘧蒢，幾陷大理。"顏師古注："蘧蒢，口柔，觀人顏色而爲辭佞者也。"宋、黃庭堅《次以道韻寄范子夷子默》詩："持論不蘧蒢，奉身謝誇詡。"

"菈蒢"，卽地榆。《廣雅·釋草》："菈蒢，地榆也。"爲藥用植物，中醫以其根入藥，性微寒，功能涼血、止血；主治便血、血痢和婦女帶下、血崩等。《太平御覽》卷一千引《神農本草經》："地榆苦寒，生消酒，生冤句。"南朝、梁武帝《金樓子·志怪》："五加一名金鹽，地榆一名玉豉。"又《埋枯骨詔》："若委骸不葬，或蒢衣莫改，卽就收斂，量給棺具。"

蒲 0314　水艸也；可以作席。从艸，浦聲。薄胡切（pú ㄆㄨˊ）。

【譯白】蒲，一種水草；可以用來編織席子。是依從艸做形旁，以浦爲聲旁構造而成的形聲字。

【述義】段玉裁《說文解字注》："（从艸，浦聲）此當云从艸水，甫聲。"蒲，又名蒲草、香蒲、甘蒲，香蒲科多年生水生草本，嫩芽稱蒲菜，可食，花粉稱蒲黃，用爲止血藥，葉狹長，可編織席子，坐墊、包、扇、簍等。《詩·大雅·韓奕》："其蔌維何？維筍及蒲。"北魏、楊衒之《洛陽伽藍記·景明寺》："寺有三池，蕉蒲菱藕，水物生焉。"唐、李肇《唐國史補》卷下："舟船之盛，盡于江西，編蒲爲帆，大者或數十幅。"

菖蒲的簡稱，多年生水生草本，有香氣，葉狹長，似劍形，肉穗花序圓柱形，着生在莖端，初夏開花，淡黃色；全草爲提取芳香油、澱粉和纖維的原料，根莖亦可入藥；民間在端午節常用來和艾葉紮束，掛在門前，因稱端午節爲蒲節，稱農曆五月爲蒲月。《孝經援神契》：“椒薑禦濕，菖蒲益聰。”北魏、酈道元《水經注・伊水》：“石上菖蒲，一寸九節，爲藥最妙，服久化僊。”《正字通・艸部》：“蒲，昌蒲。”唐、李咸用《和殷衙推春霖卽事》詩：“柳眉低帶泣，蒲劍銳初抽。”明、徐復祚《投梭記・出關》：“佳節端陽蒲艾薦，此情誰與展。”《紅樓夢》第三一回：“這日正是端陽佳節，蒲艾簪門，虎符繫臂。”

指蒲席，用蒲草葉編織的席子。《左傳・文公二年》：“下展禽，廢六關，妾織蒲。”楊伯峻注：“妾織蒲席販賣，言其與民爭利。”《禮記・雜記上》：“葦席以爲屋，蒲席以爲裳帷。”

蒲柳，卽水楊，也稱赤楊、江南檟木，樺木科喬木。《詩・王風・揚之水》：“揚之水，不流束蒲。”鄭玄箋：“蒲，蒲柳。”《左傳・宣公十二年》：“董澤之蒲，可勝旣乎？”杜預注：“蒲，楊柳，可以爲箭。”

草蓋的圓屋。《釋名・釋宮室》：“草圓屋曰蒲；蒲，敷也，總其上而敷下也。又謂之庵。”

“摴蒲”的簡稱，古代一種類似後時擲色子的博戲，又泛指賭博。《宋書・王弘傳》：“此人嘗以蒲戲得罪。”《梁書・鮑泉傳》：“不惜軍政，唯蒲酒自樂。”《舊唐書・溫庭筠傳》：“公卿家無賴子弟裴誠、令狐縞之徒，相與蒲飲，酣醉終日，由是累年不第。”

蒲同“匍”。朱駿聲《說文通訓定聲・履部》：“又（叚借）爲匍。”蒲伏，猶匍匐，伏地而行。《左傳・昭公十三年》：“懷錦奉壺飲冰，以蒲伏焉。”《戰國策・秦策三》：“至於淩水，無以餌其口，坐行蒲服，乞食於吳市。”《史記・范雎蔡澤列傳》：“伍子胥橐載而出昭關，夜行晝伏，至於陵水，無以餬其口，郤行蒲伏，稽首肉袒。”明、吾丘瑞《運甓記・棄官就辟》：“咫尺龍門，蒲伏侯門。”

同“扶”；“蒲蘇”，卽扶疏，謂枝葉茂盛分披貌。《公羊傳・宣公六年》：“子某時所食活我於暴桑下者也。”漢、何休注：“暴桑，蒲蘇桑。”陳立義疏：“《易林》：‘扶疏條桃，長大茂盛。’扶疏，卽蒲蘇。”

古邑名。一、春秋時衛地，戰國時屬魏，在今河南省長垣縣境。

《春秋·桓公三年》：“夏，齊侯、衛侯胥命于蒲。”杜預注：“蒲，衛地，在陳留長垣縣西南。”二、春秋晉地，在今山西省隰縣西北。《左傳·僖公四年》：“重耳奔蒲，夷吾奔屈。”

元、明史籍對布朗族、崩龍族先民的泛稱。清、顧炎武《天下郡國利病書·雲南·永昌府》：“保山縣……諸夷有大僰、蒲人、峩昌。”

姓。《通志·氏族略四》：“蒲氏，姒姓、有扈氏之後，爲啟所滅，世爲西羌酋長。”《晉書·苻洪傳》：“因其家池水生昌蒲，長五丈，五節，形如竹，時人遂以爲蒲家，後改爲苻。《風俗通》有詹事蒲昌，又有蒲遵。”

蒲又讀 bó ㄅㄛ´，《集韻》白各切，入鐸並。一、蒲社，殷之社壇，古代建國時必先立社，以祭祀地神；《公羊傳》記春秋時魯國宮殿雉門外有兩社，蒲社在雉門左。《公羊傳·哀公四年》：“六月，辛丑，蒲社災。”二、蒲姑，地名，在今山東博興東北。《書·蔡仲之命》：“成王既踐奄，將遷其君於蒲姑。”孔穎達疏引杜預曰：“樂安博昌縣北有蒲姑城，是蒲姑爲齊地也。”

蒻 0315 𦽸　蒲子；可以爲平席。从艸，弱聲。而灼切（ruò ㄖㄨㄛˋ）。

【譯白】蒻，初生的細嫩香蒲；可以用來編織質地細柔的平席。是依從艸做形旁，以弱爲聲旁構造而成的形聲字。

【述義】凡物之幼小、稚嫩者皆曰子或女；“蒲子”，是指香蒲長出不久的柔細嫩葉。“平席”的“平”是席名，特指細柔舒適的席。段玉裁《說文解字注》：“蒲子者，蒲之少者也；凡物之少小者，謂之子，或謂之女。《周書》‘蔑席’，《苜部》曰‘纖蒻席也’。馬融同。王肅曰：‘纖蒻，苹席也。’某氏《尚書》傳曰：‘底席，蒻苹也。’鄭注《閒傳》曰：‘苄，今之蒲苹也。’《釋名》曰：‘蒲苹，以蒲作之，其體平也。’苹者，席安穩之偁，此用蒲之少者爲之，較蒲席爲細。《考工記》注曰：‘今人謂蒲本在水中者爲弱。’弱卽蒻，蒻必娿，故蒲子謂之蒻，非謂取水中之本爲席也。”《荀子·正名》：“輕煖平簟而體不知其安。”俞樾《諸子平議》：“平乃席名，故與簟並言。”因蒻可以爲平席，所以細蒲席既名“蒻席”，也簡稱爲“蒻”。蒻也可以編成帽子，稱爲“蒻笠”。

嫩蒲草。《急就篇》第十三章：“蒲蒻藺席帳帷幢。”顏師古注：
“蒻，謂蒲之柔弱者也。”《詩·大雅·韓奕》：“維筍及蒲。”三
國、吳、陸璣疏：“蒲始生，取其中心入地，蒻大如匕柄，正白，生
噉之甘脆。”《淮南子·主術》：“匡牀蒻席，非不寧。”高誘注：
“蒻，細也。”宋、謝翱《青蒻亭》：“採蒻無人到，生莎滿徑荒。”

　　細蒲席。《楚辭·招魂》：“蒻阿拂壁，羅幬張些。”王逸注：“蒻，
蒻席也。”《鹽鐵論·散不足》：“古者皮毛草蓐，無茵席之加，旃
蒻之美。”唐、韓愈、李正封《晚秋郾城夜會聯句》詩：“安行庇松
篁，高臥枕莞蒻。”宋、楊萬里《小舟晚興》詩之一：“蒻篷舊屋雨
聲乾，蘆薝新簷暖日眠。”

　　謂蒲、荷等水生植物沒入泥中的白嫩部分，亦作“白蒻”；荷蒻
卽蓮藕，俗名藕鞭。《爾雅·釋草》：“（荷）其本蔤。”晉、郭璞注：
“莖下白蒻，在泥中者。”五代、徐鍇《說文解字繫傳》：“蒻，蒲下
入泥白處，今俗呼蒲白。”《廣韻·藥韻》：“蒻，荷莖入泥之處。”
明、李時珍《本草綱目·果六·蓮藕》：“以蓮子種者生遲，藕芽種
者最易發；其芽穿泥成白蒻，卽蔤也；長者至丈餘，五六月嫩時，沒
水取之，可作蔬茹，俗呼藕絲菜。”清、高士奇《天祿識餘·白蒻》：
“白蒻，藕也。”

　　“蒻席”，蒲蒻做的席，其質細柔。《淮南子·主術制》：“匡牀
蒻席，非不寧也。”

　　“蒻笠”，用蒲蒻編成的帽子。宋、蘇軾《又書王晉卿畫·西塞
風雨》詩：“仰看雲天眞蒻笠，旋收江海入蓑衣。”

藻　　𦱴　　蒲，蒻之類也。从艸，深聲。式箴切（shēn ㄕㄣ）。
0316

【譯白】藻蒲，是香蒲一類水生植物沒入泥中白嫩的莖。是依從艸做
形旁，以深爲聲旁構造而成的形聲字。

【述義】應連篆爲讀，作“藻蒲，蒻之類也。”這裏說“蒻之類也”的
“蒻”，不是嫩蒲草，而是香蒲一類水生植物沒入泥中白嫩的莖。《周
禮·天官·醢人》：“深蒲醓醢。”鄭衆注：“蒲蒻入水深，故曰深
蒲。”香蒲的根、莖可食，是足證此處所說的“蒻”爲“白蒻”。《玉
篇·艸部》：“藻，蒲蒻也，生水中。”又、段玉裁《說文解字注》：
“各本脫藻字，今補。此釋《周禮》也。‘加豆之實，深蒲醓醢。’

先鄭曰：'蒵蒲，蒲蒻入水深，故曰深蒲。'鄭曰：'深蒲，蒲始生水中子。'是則深蒲即蒲蒻在水中者。許君以蒲子別於蒲，以蒻之類別於蒻，謂蒲有三種，似二鄭說爲長。"參見前一字"蒻"條。

蓷 0317 蓷　萑（佳）也。从艸，推聲。《詩》曰："中谷有蓷。"他回切（tuī ㄊㄨㄟ）。

【譯白】蓷，也叫做萑（佳）的草本植物。是依從艸做形旁，以推爲聲旁構造而成的形聲字。《詩·王風·中谷有蓷》說："山谷中生長着蓷草。"

【述義】段玉裁《說文解字注》："佳，各本作萑，誤！今正。《王風》：'中谷有蓷。'《釋艸》：'萑，蓷。'毛傳曰：'蓷，鵻。'蓋《爾雅》本作佳，與毛傳鵻字同，後人輒加艹頭耳。葵亦一名鵻，皆謂其色似夫不也。陸機云：'舊說及魏周元明皆云菴閭。'《韓詩》及《三蒼》、《說苑》云益母。《本艸》云：'益母，充蔚也。劉歆云：蓷，臭穢（艸名）；臭穢即充蔚也。'按臭、茺雙聲；穢、蔚疊韵。李、郭注《爾雅》亦云茺蔚。未知許意何屬？"蓷，又名茺蔚、茺蔚子、夏枯草、益母、益母草、益明，脣形科一年或二年生草本，莖直立，方形，葉對生，掌狀多裂，夏季開花，花淡紅色或白色，輪生在莖上部的葉脈內，全草入藥，多用於婦科病；子名茺蔚，可利尿，治眼疾。《爾雅·釋草》："萑，蓷。"郭璞注："今茺蔚也；葉似荏，方莖，白華，華生節間，又名益母。《廣雅》云。"《玉篇·艸部》："茺，茺蔚，即益母也。"明、李時珍《本草綱目·草四·茺蔚》："此草及子皆充盛密蔚，故名茺蔚；其功宜於婦人及明目益精，故有益母、益明之稱。"《詩·王風·中谷有蓷》："中谷有蓷，暵其乾矣。"孔穎達疏引郭璞曰："今茺蔚也……又名益母草。"

　　蓷，見後一字"萑"條。

萑 0318 萑　（蓷也。一曰：）艸多皃。从艸，佳聲。職追切（zhuī ㄓㄨㄟ）。

【譯白】萑，（也叫做蓷的草本植物。另一義說：）草衆多的樣子。是依從艸做形旁，以佳爲聲旁構造而成的形聲字。

【述義】徐灝《說文解字注箋》認爲："依全書通例，當云：'蓷也。一曰：艸多皃。'"

藥草名，卽益母草，又名"茺蔚"。《爾雅·釋草》："萑，蓷。"郭璞注："今茺蔚也，葉似荏，方莖白華，華生節間，又名益母。《廣雅》云。"參見前一字"蓷"條。

木名。《十韻彙編·王二·脂韻》："萑，木名，似桂。"

生麻。《集韻·脂韻》："萑，枲未漚者。"

"萑蔰"，色彩繽紛貌。《淮南子·俶眞訓》："萑蔰炫煌，采色貌也。"

萑又讀 huán ㄏㄨㄢˊ，《廣韻》胡官切，平桓匣；元部。荻類植物，初生名"葭"，幼小時叫"蒹"，長成後稱"萑"。《廣韻·桓韻》："萑，萑葦，《易》亦作萑。"《詩·豳風·七月》："七月流火，八月萑葦。"孔穎達疏："初生者爲葭，長大爲蘆，成則名爲萑。"《儀禮·特牲饋食禮》："盛雨敦，陳于西堂，藉用萑，几席陳于西堂，如初。"鄭玄注："萑，細葦。"北魏、楊衒之《洛陽伽藍記·景明寺》："寺有三池，萑蒲菱藕，水物生焉。"康有爲《大同書》甲部第一章："編萑竹以爲瓦棟。"

通"汍"；"萑蘭"，流淚貌。《漢書·息夫躬傳》："涕泣流兮萑蘭，心結愲兮傷肝。"王先謙補注："萑蘭卽汍瀾之異文。"

"萑澤"，指蘆灘，謂盜賊出沒處。清、昭槤《嘯亭雜錄·孔王祠》："潢池妖復熾，萑澤孽潛訌。"

莑　₀₃₁₉　莑　缺盆也。从艸，圭聲。苦圭切（guī ㄍㄨㄟ）。

【譯白】莑，又名缺盆的草本植物。是依從艸做形旁，以圭爲聲旁構造而成的形聲字。

【述義】莑，又名蒛盆、烏薽、覆盆子、插田薽、大麥莓；薔薇科，莖有鉤狀刺的落葉灌木，葉對生，掌狀烏赤色，開白色花，傘房花序，果實爲聚合的小核果，呈頭狀卵球形，四五月熟，紅色，故俗名烏薽、覆盆子、插田薽、大麥莓；果實酸甜可食，可供入藥，有補肝腎、固精的作用。《爾雅·釋草》："莑，蒛盆。"郭璞注："覆盆也；實似莓而小，亦可食。"《太平御覽》卷九百九十八引孫炎《爾雅注》："青州曰莑。"桂馥《說文解字義證》："覆盆子長條，四五月紅熟；秦州甚多，永興、華州亦有，及時山中人採來賣；其味酸，其外如荔枝、櫻桃許大，軟紅可愛。"

茥又讀 guì ㄍㄨㄟ,《集韻》涓惠切, 去霽見。同"蒫"。《集韻·霽韻》: "蒫, 艸名。或省。"

莙　0320　莙　井藻(牛藻)也。从艸, 君聲。讀若威。渠殞切(jùn ㄐㄩㄣ)。

【譯白】莙, 又名井藻(牛藻)的低等植物。是依從艸做形旁, 以君爲聲旁構造而成的形聲字。莙這個字的音讀像"威"字的音。

【述義】"井藻也", 段玉裁《說文解字注》作"牛藻也"。云: "見《釋艸》。按藻之大者曰牛藻; 凡艸類之大者多曰'牛'、曰'馬'。郭云: '江東呼馬藻矣。'陸機云: '藻二種: 一種葉如雞蘇, 莖大如箸, 長四、五尺; 一種莖大如釵股, 葉如蓬, 謂之聚藻; 扶風人謂之藻, 聚爲發聲也。'牛藻當是葉如雞蘇者; 但析言則有別, 統言則皆謂之藻, 亦皆謂之莙。"又: "竊疑《左傳》薀藻即莙字; 薀與藻爲二, 猶筐與筥, 錡與釜皆爲二也。""讀若威", 威上古屬微部, 莙屬文部, 微、文, 對轉。莙, 井藻, 又名聚藻、牛藻(牛藻, 藻之正體字爲"薻")、馬藻, 藻類植物。《爾雅·釋草》: "莙, 牛藻。"郭璞注: "似藻, 葉大, 江東人呼爲馬藻。"薻、藻同, 詳見後面"藻"條。《廣韻·文韻》: "莙, 牛藻, 菜也。"《顏氏家訓·書證》: "案:《說文》云: '莙, 牛藻也, 讀若威。'《音隱》: '烏瑰反。'卽陸機所謂'聚藻, 葉如蓬'者也⋯⋯今水中有此物, 一節長數寸, 細茸如絲, 圓繞可愛, 長者二三十節, 猶呼爲莙。"冠加"牛、馬"。是喻這一藻類植物的葉大。《本草綱目·介部·馬刀》: "俗稱大爲馬。"章炳麟《新方言·釋言》: "古人於大物輒冠馬字: 馬藍、馬蓼、馬齹、馬蜩、馬蚿是也; 今淮南、山東謂大棗爲馬棗, 廣東謂大豆爲馬豆, 通言謂大蟻爲馬蟻。"

通"窘", 謂鬱結、凝結、積結、阻滯。《淮南子·繆稱訓》: "無不得則無莙, 發莙而後快。"又《要略》: "執中含和, 德形於內, 以莙凝天地, 發起陰陽。"馬宗霍舊注參正: "本書《繆稱篇》: '情先動, 動無不得, 無不得則無莙。'彼篇許注釋'莙'爲'結', 本篇亦許注, 則莙凝之義當與彼注同。凝亦結也。"一說通"薀"。楊樹達證聞: "莙當讀爲薀。《說文·艸部》云: '薀, 積也。'"

通"威", 敬畏。清、錢坫《說文解字斠詮》: "莙'讀爲威'

者，‘君姑’謂之‘威姑’，古聲相近也。”《墨子‧明鬼下》：“有恐後世子孫，不能敬菩以取羊。”畢沅注：“言敬威以取祥也。”

薍 0321　（篆）　夫蘺也。从艸，院聲。胡官切（guān ㄍㄨㄢ）。

【譯白】薍，又名夫蘺的蒲草類植物。是依從艸做形旁，以院爲聲旁構造而成的形聲字。

【述義】薍，蒲草類植物；夫蘺，也作苻蘺。《集韻‧桓韻》：“薍，蒲類。”

蒚 0322　（篆）　夫蘺上也。从艸，鬲聲。力的切（lì ㄌㄧˋ）。

【譯白】蒚，夫蘺草上端的穗軸，是依從艸做形旁，以鬲爲聲旁構造而成的形聲字。

【述義】蒲草的穗軸。《爾雅‧釋草》：“莞，苻蘺；其上，蒚。”郭璞注：“今西方人呼蒲爲莞蒲；蒚，謂其頭臺首也；今江東謂之苻蘺。西方亦名蒲，中莖爲蒚，用之爲席。”郝懿行義疏：“此莞似蒲，故亦抽莖作臺，謂之爲蒚。”《玉篇‧艸部》：“蒚，蒲蒚，謂今蒲頭有臺，臺上有重臺，中出黃，卽蒲黃。”

山蒚。《玉篇‧艸部》：“蒚，山蒚也。”

山蒜。《爾雅‧釋草》：“蒚，山蒜。”郝懿行義疏：“蒜之生於山者名蒚。”《本草綱目‧菜部‧蒜》引《蜀本草》：“小蒜，野生，處處有之；小者一名蒚，一名蒚。”

苢 0323　（篆）　茉苢，一名馬舄。其實如李，令人宜子。从艸，目聲。《周書》所說。羊止切（yǐ ㄧˇ）。

【譯白】苢，全名茉苢的草本植物，又叫做馬舄。還有一說：茉苢是木本植物，吃了它結的果實，會使婦女富有生育能力。是依從艸做形旁，以目爲聲旁構造而成的形聲字。“令人宜子”是《逸周書‧王會解》上說的。

【述義】《周書》，又名《逸周書》，舊題《汲冢周書》，屬《尚書》文獻及論述政治、思想的著作；漢時已有，漢、魏人所著書卽多引此書；《漢書‧藝文志》有《周書》七十一篇；唐初僅存四十五篇，今本有六十一篇，缺《程寤解》等十篇；清、朱右曾《逸周書集訓校釋》以詳明見稱，收入《皇清經解續篇》。晉武帝太康二年（公元二八一年；一說晉武帝咸寧五年、公元二七九年），汲郡（晉始置汲郡，治所在今河南省汲縣）人不準盜發魏襄王墓（或說安釐王冢）得數十車竹書，皆先秦蝌蚪文（即戰國文字），晉武帝命荀勗撰次，整理出七十五種書籍，今僅存《竹書紀年》、《汲冢周書》、《穆天子傳》三種；其中《汲冢周書》爲另一本，有別於《周書（逸周書）》，後人多錯混爲一書。

　　段玉裁《說文解字注》："《釋艸》：'茉苢，馬舄；馬舄，車前。'《說文》凡云'一名'者，皆後人所改竄。《爾雅》音義引作'茉苢，馬舄也'可證。'其實如李'，徐鍇謂其子亦似李，但微而小耳。按《韻會》所引李作麥，似近之，但未知其何本；陸德明、徐鍇所據已作李矣。'令人宜子'，陸機所謂治婦人產難也。《示部》曰《逸周書》，此不言逸，或詳或略錯見也。《王會》篇曰：'康民以桴苡；桴苡者，其實如李，食之宜子。'《詩》音義云：'《山海經》及《周書》皆云茉苡，木也。'今《山海經》無茉苡之文；若《周書》正文未嘗言桴苡爲木。陶隱居又云：'《韓詩》言茉苡是木，食其子宜子孫。'此蓋誤以說《周書》者語系之《韓詩》。德明引《韓詩》直曰'車前'；瞿曰'茉苡'。李善引薛君曰'茉苡，澤舄也'。《韓詩》何嘗說是木哉？竊謂古者殊方之貢獻，自出其珍異以將其誠，不必知中國所無而後獻之。然則茉苢無二，不必致疑於許偁《周書》也。"茉苢，又名車前、車前子、車輪菜、當道、蝦蟆衣，車前科多年生草本，葉叢生，廣卵或長橢圓狀卵形，有長柄，穗狀花序，夏、秋開花，種子與全草可供藥用。《詩·周南·茉苢》："采采茉苢，薄言采之。"孔穎達疏引陸璣曰："一名車前，一名當道，喜在牛跡中生；故曰車前、當道也。"《爾雅·釋草》："茉苢，馬舄；馬舄、車前。"郭璞注："今車前草，大葉長穗，好生道邊，江東呼爲蝦蟆衣。"《逸周書·王會解》："康人以桴苡，其實如李，食之宜子。"康民，是西戎人，爲分佈黃河上游及甘肅西北部的土著，以後逐漸東遷，春秋時分屬秦、晉等國。桴，同茉，因桴从木，故有木本植物之說。《山海經》："茉苡，木也。"清、梁紹壬《兩般秋雨盫隨筆·字音假借》："'茉苡'，可作'桴苡'。"按：茉苢，爲《詩·周南》篇名。一、《韓詩》以爲《茉苢》"傷夫有惡疾也"，古人歌之以表達對患惡疾者之同情。《文選·劉孝標〈辨命論〉》："顏回敗其叢蘭，冉耕歌其茉苢。"李善注："《家語》曰：'冉耕，魯人，字伯牛，以德行著名，有惡疾。'《韓詩》曰：'《采苢》，傷夫有惡疾也。’”二、茉苢多子，古之歌之以示慶賀生子之意。胡熊鍔《生女慰內》詩：“霜林未合歌《茉苢》，秋實徒增慨《黍離》。”

蕁 0324　薅蒲也。从艸，尋聲。蕁，蕁或从爻。徒含切（tán
ㄊㄢˊ）。

【譯白】蕁，又名薅蒲的草本植物。是依從艸作形旁，以尋爲聲旁構造而成的形聲字。蕁，蕁的或體字，依從爻做形旁，以尋爲聲旁構造而成的形聲字。

【述義】蕁，又名知母、提母、蚔母、蝭母、蚳母，根莖可以入藥，有清熱生津作用。《爾雅·釋草》：“蕁，莐藩。”郭璞注：“生山上，葉如韭，一曰提母。”徐鍇《說文解字繫傳》：“《本艸》卽知母藥也；形似昌蒲而柔潤；葉至難死，掘出隨生，須枯燥乃止，味苦寒，一名蝭母。”

通“燂”，火勢上騰。《淮南子·天文訓》：“火上蕁，水下流。”高誘注：“蕁，讀《葛覃》之覃。”

蕁又讀qián ㄑㄧㄢˊ，或讀xún ㄒㄩㄣˊ。蕁麻，古謂之“蘮草”，蕁麻科蕁麻屬植物的泛稱，多年生草本，葉對生，卵形，開穗狀小花，雌雄同株，莖葉皆有螫毛，皮膚接觸時會引起刺痛，莖皮纖維可做紡織原料，葉可入藥，治蛇毒等癥。宋、唐愼微《政和本草·本草圖經本經外草類》：“蕁麻，生江寧府山野中，村民云，療蛇毒。”《本草綱目·草部·蕁麻》：“蕁麻，蕁音尋。時珍曰：川、黔諸處其多；其莖有刺，高二三尺；葉似花桑，或青或紫，背紫者入藥；上有毛芒可畏，觸人如蜂蠆螫蠚，以人溺濯之卽解。”

蕁麻疹，一種皮膚病，又稱風疹塊，癥狀是局部或全身性皮膚上突然成片出現紅色腫塊，甚癢；乍發乍退，不留痕迹，日或反復數次；急性的旬日可愈，慢性的往往持續數月；致病因素複雜，某些食物、藥品、蟲咬、細菌感染、接觸刺激性物質及冷熱過敏等，均可能引起此種病癥。

藢 0325　艸也。从艸，戟聲。古歷切（jī ㄐㄧ）。

【譯白】藢，一種草本植物的名稱（或：一種草本植物。下同）。是依從艸做形旁，以戟爲聲旁構造而成的形聲字。

【述義】草名。《玉篇·艸部》：“藢，草也。”其它不詳。

蓲 0326 𧂂 艸也。从艸，區聲。去鳩切（qiū ㄑㄧㄡ）。

【譯白】蓲，一種草本植物的名稱。是依從艸做形旁，以區爲聲旁構造而成的形聲字。

【述義】蓲，又名烏蓲，是蘆葦或荻的別名，也有說是初生的蘆葦或荻。《詩·衛風·碩人》："鱣鮪發發，葭菼揭揭。"毛傳："菼，薍也。"《爾雅·釋草》："菼，薍。"晉、郭璞注："似葦而小，實中，江東呼爲烏蓲。"《玉篇·艸部》："蓲，烏蓲也。"唐、陸德明《經典釋文》："《說文》云：'烏蓲，草也。'張揖云：'未秀曰烏蓲。'"

蓲又讀ōu ㄡ，《廣韻》烏侯切，平侯影；又衣遇切；侯部。一、同"櫙"，木名，卽刺榆。《廣韻·侯韻》："蓲"，同"櫙"。《山海經·海內南經》："其實如欒，其木若蓲，其名曰建本。"郝懿行箋疏："蓲，刺榆也。"二、雞孵卵。《方言》卷八："北燕、朝鮮、洌水之間謂伏雞曰抱。"晉、郭璞注："江東呼蓲。"

蓲又讀xū ㄒㄩ，《集韻》匈于切，平虞曉。通"煦"，溫暖。《集韻·虞韻》："蓲，煦也。"漢、揚雄《太玄·養》："陽蓲萬物，赤之於下。"《文選·左思〈蜀都賦〉》："甘蔗辛薑，陽蓲陰敷。"李善注引劉逵曰："揚雄《太玄經》曰：'陽蓲萬物。'言陽氣蓲煦生萬物也。"一說同"熰"。《集韻·俟韻》："熰，煖也；亦作蓲。""蓲陽"，謂溫暖的陽光。南朝、宋、鮑照《芙蓉賦》："單蓲陽之妙手。"

蓲又讀fū ㄈㄨ，《集韻》芳無切，平虞敷。蓲藕，也作"蓲藕"，花盛開貌。《集韻·虞韻》："蓲，蓲藕，華皃。"晉、左思《吳都賦》："異荂蓲藕，夏曄冬蒨。"劉逵注："敷藕，華開貌。"李善注："藕與蒲同……蓲與敷同。"

茵 0327 𦵸 艸也。从艸，固聲。古慕切（gù ㄍㄨˋ）。

【譯白】茵，一種草本植物的名稱。是依從艸做形旁，以固爲聲旁構造而成的形聲字。

【述義】闕。

蘇 0328 𦿛 艸也。从艸，榦聲。古案切（gàn ㄍㄢˋ）。

【譯白】蘇，一種草本植物的名稱。是依從艸做形旁，以榦爲聲旁構造而成的形聲字。

【述義】草名；其它不詳。

稈又讀 găn ㄍㄢˇ，《集韻》古旱切，上旱見。同"稈"、"稈"。《集韻·旱韻》："稈，《說文》：'禾莖也。'或作秆、稈。"

藷 0329　𧃒　藷蔗也。从艸，諸聲。章魚切（zhū ㄓㄨ）。

【譯白】藷，全名藷蔗的草本植物。是依從艸做形勻，以諸爲聲勻構造而成的形聲字。

【述義】藷蔗，又名都蔗、竿蔗、干蔗、甘蔗、甘柘，今俗稱甘蔗，禾本科多年生草本植物，莖似竹，實心，多汁而甜，爲製糖原料，亦可生食，原產東南亞一帶。漢、楊孚《異物志》："甘蔗，遠近皆有，交趾所產特醇好，本末無薄厚，其味至均；圍數寸，長丈餘，頗似竹，斬而食之，旣甘；迮取汁如飴餳，名之曰糖。"段玉裁《說文解字注》："或作諸蔗或都蔗；藷蔗二字疊韻也；或作竿蔗或干蔗，象其形也。或作甘蔗，謂其味也。"《文選·張衡〈南都賦〉》："若其園圃則有蓼、蕺、蘘荷、藷蔗、薑、蟠。"李善注引《漢書音義》曰："藷蔗，甘柘也。"《晉書·文苑傳·顧愷之》："愷之每食甘蔗，恆自尾至本；人或怪之。云：'漸入佳境。'"唐、杜甫《遣興》詩之五："清江空舊魚，春雨餘甘蔗。"

藷又讀 shǔ ㄕㄨˇ，《廣韻》常恕切，去御禪；魚部。"藷蕷"，也作"藷蕷"，卽薯蕷，又稱山藥；薯蕷科多年生纏繞藤本，塊莖供食用，又可入藥。《廣雅·釋草》："藷蕷，署預也。"王念孫疏證："藷與藷同。"《山海經·北山經》："（景山）其上多草藷蕷。"郭璞注："根似羊蹄，可食，曙預二音。今江南單呼爲藷，音儲，語有輕重耳。"郝懿行箋疏："卽今之山藥也。此言草藷蕷，別於木藷蕷也。"

蔗 0330　𧂲　藷蔗也。从艸，庶聲。之夜切（zhè ㄓㄜˋ）。

【譯白】蔗，全名藷蔗的草本植物。是依從艸做形勻，以庶爲聲勻構造而成的形聲字。

【述義】藷蔗，卽甘蔗，禾本科多年生草本植物，莖有節，含甜汁，爲製糖的主要原料；蔗渣可供木加工用。蔗，古作"柘"；參見前一字"藷"條。《楚辭·招魂》："胹鼈炮羔，有柘漿些。"王逸注："柘，藷蔗也。"舊注："柘，一作蔗。"柘漿，卽甘蔗汁。《漢書·禮樂志·郊祀歌》："百末旨酒布蘭生，泰尊柘漿析朝酲。"顏師古注引應劭曰："柘漿，取甘柘汁以爲飲也。"南朝、梁、江淹《學梁王兔園賦》："青黏黃梁，臛鼈䏑羹，臛狁柘漿，窮嬉極娛。”宋、朱熹《食梨》詩：“盧橘謾勞誇夏熟，柘漿未許析朝酲。”蔗亦能釀酒，特指蔗酒。《隋書·赤土國傳》：“以甘蔗作酒，雜以紫瓜根，酒色黃赤，味亦香美。”南朝、宋、謝惠連《祭古塚文》：“蔗傳餘節，瓜表遺犀。”南朝、梁元帝《謝東宮賚瓜啟》：“味奪蔗漿，甘踰石蜜。”唐、王勃《七夕賦》：“香涵蔗酎，吹肅蘭旌。”唐、王維《敕賜百官櫻桃》詩：“飽食不須愁內熱，大官還有蔗漿寒。”《花月痕》第四九回：“不想民間苧根齧完，草根掘盡，更從何處找出蔗漿蜂蜜呢？”宋、楊萬里《謝丘宗卿惠楊梅》詩：“火齊堆盤珠徑寸，醴泉浸齒蔗爲漿。”參見前一字“藷”條。

比喻甜美；蔗尾，喻先苦後樂，有後福。《晉書·文苑傳·顧愷之》：“愷之每食甘蔗，恆自尾至本；人或怪之，云：漸入佳境。”元、李俊民《遊青蓮》詩：“漸佳如蔗尾，蒲險似羊腸。”清、唐孫華《早秋雜興次江位初韻》詩之五：“佳境誰能全蔗尾，危塗且無上竿頭。”

“蔗境”，喻人的晚景美好。宋、劉辰翁《雙調望江南·壽謝壽朋》詞：“欲語會稽仍小待，不知文舉更堪憐；蔗境在頑堅。”宋、趙必豫《水調歌頭·壽梁多竹八十》詞：“百歲人有幾？七十世間稀。何況先生八十，蔗境美如飴。”明、孫柚《琴心記·花朝舉觴》：“門闌多喜重到，更兼蔗境逍遙；不妨綠酒醉花朝，人共青山老。”

藧 0331　藧　牂藧，可以作縻綆。从艸，䍚聲。女庚切（níng ㄋㄧㄥˊ）。

【譯白】藧，全名牂藧，可以用來作牛繮繩和汲水桶的繩索。是依從艸做形旁，以䍚爲聲旁構造而成的形聲字。

【述義】段玉裁《說文解字注》：“縻，牛轡也；綆，汲水綆也。”牂藧，是一種草的名稱？或是指凡可以結成牛繮繩、汲水桶的繩索一類的草名概稱？不得而知。

蕮 0332　蕮　艸也。从艸，賜聲。斯義切（sì ㄙˋ）。

【譯白】蕮，一種草本植物的名稱。是依從艸做形旁，以賜爲聲旁構造而成的形聲字。

【述義】闕。

苷 0333　苷　艸也。从艸，中聲。陟宮切（zhāng ㄓㄤ）。

【譯白】苷，一種草本植物的名稱。是依從艸做形旁，以中爲聲旁構

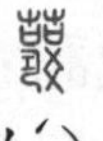

造而成的形聲字。

【述義】闕。

蕒 0334 [篆] 王蕒也。从艸，負聲。房九切（fù ㄈㄨˋ）。

【譯白】蕒，全名王蕒的草本植物。是依從艸作形旁，以負爲聲旁構造而成的形聲字。

【述義】蕒、王蕒，又名王瓜，有眾多別稱：天瓜、土瓜、赤雹、赤雹子、老鴉瓜、馬㼎瓜、野甜瓜、師姑草、公公鬚、鈎蔞、萆挈、果贏、栝樓；《禮記·月令》（孟夏之月）說：「王瓜生，苦菜秀。」漢、鄭玄注：「今《月令》云：『王蕒生。』」又：「王瓜，萆挈也。」孔穎達疏：「此云王瓜生；今《月令》『王蕒生。』疑王蕒則王瓜也。」《急就篇》：「芎藭厚朴栝樓。」唐、顏師古注：「栝樓一名果贏，一名王瓜，亦曰天瓜。」《詩·豳風·東山》：「果贏之實；亦施于宇。」毛傳：「果贏，栝樓也。」《淮南子·時則訓》：「孟夏之月……王瓜生。」高誘注：「王瓜，栝樓也。」五代、丘光庭《兼明書·禮記·王瓜》：「《月令》：『立夏之後十日王瓜生……王瓜即栝樓也；栝樓與王瓜形狀藤葉正相類，但栝樓大而土瓜小耳，以其大於土瓜，故以王字別之；《爾雅》諸言王者，皆此類也。」《逸周書·時訓》：「王瓜不生，困於百姓。」朱右曾校釋：「王瓜，一名土瓜，四月生苗，延蔓，五月開黃花，子如彈丸，生青熟赤。」明、李時珍《本草綱目·草七·王瓜》：「土瓜，其根作土氣，其實似瓜也；或云根味如瓜，故名土瓜；王字不知何義？瓜似雹子，熟則色赤，鴉喜食之，故俗名赤雹、老鴉瓜；一葉之下一鬚，故俚人呼爲公公鬚。」又同卷「栝樓」條下云：「栝樓即果贏，二字音轉也。」宋、梅堯臣《醉中和王平甫》詩：「王瓜未赤方牽蔓，李子纔青已近樽。」王瓜（王蕒）是葫蘆科多年生攀援草本植物，葉互生，多毛茸，夏季開花，瓣緣細裂成絲狀，果橢圓，熟時呈紅色；果贏（栝樓）則結橙黃色果實，亦橢圓形，中醫用它的根和果實來做鎮咳袪痰藥；王瓜與果贏有別，兩者相混稱，是因爲莖、葉、鬚相類似。蕒另有一義：通「秠」，黑黍的一種，穀殼中生有兩粒米。《管子·地員》：「剽土之次曰五沙……其種大蕒、細蕒，白莖青秀以蔓。」王念孫《讀書雜志》：「尹注曰：『蕒，草名。』引之曰：尹說非也。此篇凡言某種某某者皆指五穀而言……

蓲讀爲《大雅》'維秬維秠'之秠，《爾雅》曰：'秬，黑黍；秠，一稃二米。'郭注曰：'秠亦黑黍，但中米異耳。'上文云'其種大秬小秬'，此云'其種大蓲小蓲'，是蓲卽秠也。蓲字從草負聲，負古讀若倍，聲與秠相近。"參見本書第六篇《禾部》"秠"條。

　　按：王瓜，又爲黃瓜的別稱。清、潘榮陛《帝京歲時紀勝・時品》："薦新菜果，王瓜櫻桃，瓠絲煎餅……乃時品也。"《兒女英雄傳》第三三回："（咱）大捆的賈王瓜韭菜去作甚麼呀？"

　　蓲又讀bèi ㄅㄟˋ，《集韻》薄亥切，上海並；之部。一、同"菩"，草名。《集韻・海韻》："菩，《說文》：'艸也。'或作蓲。"《穆天子傳》卷二："茅、蓲、蒹、蔞。"郭璞注："蓲，今菩字，音倍。"二、蓲陽，宮名。《漢書・宣帝紀》："冬十二月，行幸蓲陽宮屬玉觀。"顏師古注引李斐曰："蓲音倍。"章炳麟《訄書・爭教》："有距塞吾教者，一世征之，不能下，則奕世征之……至於蓲陽，五柞之間，而其民不擾。"

芺　0335　艸也；味苦，江南食以下气。從艸，夭聲。烏皓切（ǎo ㄠˇ）。

【譯白】芺，一種草本植物的名稱；味道苦，江南一帶人們用來做爲通暢腸胃氣的蔬菜。是依從艸做形旁，以夭爲聲旁構造而成的形聲字。

【述義】又名苦芺。《爾雅・釋草》："鉤，芺。"郭璞注："大如拇指，中空，莖頭有臺。似薊，初生可食。"《本草綱目・草四・苦芺》："時珍曰：'凡物穉曰芺，此物嫩時可食，故以名之……今浙東人清明節采其嫩苗食之，云一年不生瘡癤。'"

薞　0336　艸也。從艸，弦聲。胡田切（xián ㄒㄧㄢˊ）。

【譯白】薞，一種草本植物的名稱。是依從艸做形旁，以弦爲聲旁構造而成的形聲字。

【述義】闕。

䔰　0337　艸也。從艸，𡇒聲。𡇒，籀文囿。于救切（yòu ㄧㄡˋ）。

【譯白】䔰，一種草本植物的名稱。是依從艸做形旁，以𡇒爲聲旁構造而成的形聲字。𡇒，是籀文的囿字。

【述義】草名，後作"䓇"。《集韻・宥韻》："䔰，《說文》：'艸也。'

或作蒚。”

莩 0338 蒚 艸也。从艸，孚聲。芳無切（fū ㄈㄨ）。

【譯白】莩，一種草本植物的名稱。是依從艸做形旁，以孚爲聲旁構造而成的形聲字。

【述義】莩草，禾本科多年生草本；莖細長，高一米許，葉片扁平，條狀披針形，可用蓋屋。張舜徽《說文解字約注》：“此草生湖地，色淡白，可以蓋屋；湖、湘間平野亦多有之，莖似初生小蘆，秋結實作穗如稗，農家多稱爲湖草，卽莩草也。”

植物莖稈裏的白膜或種子的外皮。朱駿聲《說文通訓定聲·孚部》：“莩，叚借爲稃。”北魏、賈思勰《齊民要術·種薽》：“薽子，三月葉青便出之，燥曝，挼去莩餘，切卻彊根。”唐、李商隱《百果嘲櫻桃》詩：“朱實雖先熟，瓊莩縱早開；流鶯故猶在，爭得諱含來。”清、王士禛《春不雨》詩：“春莩作飯藜作羹，吁嗟荊益方用兵。”按：葭莩，蘆葦裏的薄膜，用以比喻親戚關係疏遠淡薄。《漢書·中山靖王劉勝傳》：“今羣臣非有葭莩之親，鴻毛之重，羣居黨議，朋友相爲，使夫宗室擯卻，骨肉冰釋。”顏師古注：“葭，蘆也；莩者，其箭中白皮至薄者也；葭莩，喻薄。”唐、楊炯《李舍人山亭詩序》：“葭莩爲漢帝之親，枝葉爲周公之裔。”清、蒲松齡《聊齋志異·狐諧》：“我此處有葭莩親，往來久梗，不可不一訊。”章炳麟《〈社會通詮〉商兑》：“其在同黨，雖無葭莩微末之親，一見如故。”葭莩亦用作親戚的代稱。《梁書·武帝紀上》：“蕭領軍葭莩之宗，志存柱石。”唐、溫庭筠《病中書懷呈友人》詩：“浪言輝棣萼，何所托葭莩。”《醒世恆言·張淑兒巧智脫楊生》：“若不棄微賤，永結葭莩，死且不恨。”

比喻瘠薄、簡薄。唐、楊炯《李懷州墓誌銘》：“地則葭莩，祥惟嶽瀆。”宋、楊萬里《經和寧門外賣花市見菊》詩：“病眼仇冤一束書，客舍葭莩菊一株。”

光采。《法言·修身》：“熒魂曠枯，糟莩曠沈。”汪榮寶義疏：“糟當依舊本作精，精、糟形近而誤；熒魂、精莩皆疊字爲義，熒魂謂神精，莩謂光也……莩讀爲《聘義》‘孚尹旁達’之孚，彼鄭注云：‘謂玉采色也。’……‘精莩曠沈’，謂目之光采久廢而湛沒也。”

荸又讀 piǎo ㄆㄧㄠˇ，《廣韻》平表切，上小並；幽部。同"殍"，餓死，也指餓死的人。《廣韻·小韻》："荸，殍同。"《孟子·梁惠王上》："狗彘食人食，而不知檢，塗有餓荸，而不知發。"又："庖有肥肉，廐有肥馬，民有飢色，野有餓荸，此率獸而食人也。"

"荸末"，謙詞，言居於親戚之末。南朝、梁、王僧孺《為蕭監利求入學啟》："敢因荸末，有志庠鈞；為山資於一簣，學海漸其微流。"

"荸甲"，猶萌芽。《後漢書·章帝紀》："方春生養，萬物荸甲。"

黃 0339　蕒　兔苽也。從艸，寅聲。翼眞切（yín ㄧㄣˊ）。

【譯白】黃，也叫做兔苽的草本植物。是依從艸做形旁，以寅為聲旁構造而成的形聲字。

【述義】菟瓜。《爾雅·釋草》："黃，菟瓜。"郭璞注："菟瓜似土瓜。"邢昺疏："土瓜者，即王瓜也。"

荓 0340　䓆　馬帚也。從艸，并聲。薄經切（píng ㄆㄧㄥˊ）。

【譯白】荓，也叫做馬帚的草本植物。是依從艸做形旁，以并為聲旁構造而成的形聲字。

【述義】荓草，又名蠡實、荔草、馬藺、馬藺子、鐵掃帚、鳶尾科多年生草本植物；根莖短而粗壯，基部有殘葉裂成的纖維狀毛，葉片狹線形而富於韌性，可用來捆物，又可用來造紙；根可以製刷子，開藍色花，花及種子可以入藥，有止血、利尿功效。《爾雅·釋草》："荓，馬帚。"郭璞注："似著，可以為埽彗。"《本草綱目·草四·蠡實》："蠡實……馬藺子、馬帚、鐵掃帚。時珍曰：《爾雅》云：荓音瓶，馬帚也，此即荔草，謂其可為馬刷，故名；今河南北人呼為鐵掃帚是矣。"《管子·地員》："蔞下於荓，荓下於蕭。"

"荓蜂"，牽引扶持。《詩·周頌·小毖》："莫予荓蜂，自求辛螫。"毛傳："荓蜂，摩曳也。"一說，荓，借為抨，擊。荓蜂，打擊蜂蠆。

荓又讀 pēng ㄆㄥ，《經典釋文》普耕反；耕部。使。《詩·大雅·桑柔》："民有肅心，荓云不逮。"毛傳："荓，使也。"孔穎達疏："荓云不逮者，使之不得及門也。"朱熹注引蘇氏曰："雖有欲進之心，皆使之曰世亂矣，非吾所能及也。"三國、魏、曹叡《苦寒行》詩："悠悠發洛都，荓我征東行。"

蕕 0341 蕕 水邊艸也。从艸，猶聲。以周切（yóu ㄧㄡˊ）。

【譯白】蕕，長在水邊的一種草本植物的名稱。是依從艸做形旁，以猶爲聲旁構造而成的形聲字。

【述義】按唐、慧琳《一切經音義》卷九十七引《說文》作"臭草也"。蕕草，似細蘆，蔓生水邊，有惡臭；常比喻惡人。宋、唐愼微《政和本草·草部》引陳藏器《本草拾遺》："蕕草，生水田中，似結縷；葉長，馬食之。"《左傳·僖公四年》："一薰一蕕，十年尚猶有臭。"杜預注："薰，香草；蕕，臭草。"《世說新語·方正》："培塿無松柏，薰蕕不同器。"唐、韓愈《醉贈張秘書》詩："今我及數子，固無蕕與薰。"清、金農《寄丁敬》詩："立言敦《雅》、《頌》，取友別蕕薰。"

　　植物名，又名荊芥葉蕕，小灌木，馬鞭草科，莖四方形，葉寬卵形至圓形，花單生於葉腋，花冠淡藍色或白色帶紫色斑紋，生山坡路旁和林邊；莖、葉可作止血藥。

莣 0342 莣 艸也。从艸，安聲。烏旰切（àn ㄢˋ）。

【譯白】莣，一種草本植物。是依從艸做形旁，以安爲聲旁構造而成的形聲字。

【述義】闕。

綦（萁） 0343 綦 綦，月爾（土夫）也。从艸，綦聲。渠之切（qí ㄑㄧˊ）。

【譯白】綦，又叫做月爾的草本植物（又叫做土夫的草本植物）。是依從艸做形旁，以綦爲聲旁構造而成的形聲字。

【述義】綦字衍。段玉裁《說文解字注》改"月爾"爲"土夫"。云："各本作綦，月爾也，今依《爾雅》音義。考今本《釋艸》'芏，夫王'，郭云'芏艸生海邊'。'菲，月爾'，郭云'卽紫綦也，似蕨可食'。陸德明曰：'菲字亦作綦，紫綦菜也，《說文》云綦，土夫也。'其所據《說文》必與《爾雅》殊異而偁之，不則何容偁也。今本《說文》恐是據《爾雅》郭本郭注改者，但許君《爾雅》之讀今不可知矣。"綦，蕨類植物，紫萁科，又名紫綦、紫蕨、茈綦，嫩葉可食，根莖可供藥用。《爾雅·釋草》："綦，月爾。"郭璞注："卽紫綦也；似蕨，可食。"郝懿行義疏："《廣雅》：'茈綦，蕨也。'茈綦卽紫綦……紫綦卽紫蕨，以其色紫，因而得名。"宋、洪皓《松漠紀聞》卷上：

"民雖殺雞亦召其君同食，炙股烹蒲，以餘肉和蕘菜搗臼中糜爛而進，率以爲常。"

莃 0344　　萧　　兎葵也。从艸，稀省聲。香衣切（xī ㄒㄧ）。

【譯白】莃，又叫做兎葵的草本植物。是依從艸做形旁，以稀省去"禾"爲聲旁構造而成的形聲字。

【述義】王念孫《讀說文記》："當從《繫傳》作从艸，希聲。"莃草、兎葵，又名野葵；莖葉嫩時可食，乾後可供藥用。《爾雅·釋草》："莃，菟葵。"郭璞注："頗似葵而小，葉狀如藜，有毛，汋啖之滑。"邢昺疏："汋，煮也。案《本草》唐本注云：'苗如石龍芮，葉光澤，花白似梅，莖紫色，煮汁極滑，堪噉；所在平澤皆有，田間人多識之'是也。"明、李明珍《本草綱目·草五·菟葵》："菟葵一名莃。"又集解引蘇恭曰："菟葵苗如石龍芮，而葉光澤，花白似梅，其莖紫黑，煑噉極滑；所在下澤田間皆有，人多識之；六月、七月採莖、葉，曝乾入藥。"清、吳其濬《植物名實圖考·蔬類·菟葵》："菟葵即野葵，比家葵瘦小耳，武昌謂之棋盤菜。"唐、劉禹錫《再遊玄都觀絕句》序："蕩然無復一樹，唯菟葵，燕麥動搖春風而已。"

莃薟，即豨薟，草名，又名豬膏莓，可製藥丸或藥酒。清、吳偉業等《梅花庵同林若撫話雨聯句》詩："食羹調芍藥，釀法製莃薟。"靳榮藩注："張復之有《進豨薟丸表》。《本草綱目》：'蜀人單服豨薟法：五月五日、六月六日、九月九日，采葉，去根莖花實，淨洗暴乾，入甑中，層層洒酒與蜜蒸之，又暴；如此九遍，則氣味極香美；熬搗篩末，密丸服之。'"清、曹寅《質公餉藥釀甚佳》詩："急辦莃薟三百琖，午天甘作黑甜人。"

夢 0345　　夢　　灌渝。从艸，夢聲。讀若萌。莫中切（méng ㄇㄥˊ）。

【譯白】夢，草萌芽初生。是依從艸做形旁，以夢爲聲旁構造而成的形聲字。夢這個字的音讀像"萌"字的音。

【述義】草萌芽。許楗《讀說文記》："案：即《爾雅》'其萌虇蕍'之萌；古夢蒙同音，齊人謂萌爲蒙。灌渝即虇蕍，亦即權輿。《爾雅·釋詁》：'權輿，始也。'《大戴禮記》：'孟春，百艸權輿。'是艸之始曰權輿，引申爲凡爲始之偁。"

草名。《玉篇·艸部》："夢，草，可爲帚也。"

夢又讀 mèng ㄇㄥˋ，《集韻》莫鳳切，去送明。草澤。《集韻·送韻》：“夢，楚謂艸澤曰夢；通作夢。”

附述“權輿”：權輿，謂萌芽，引申爲新生。《大戴禮記·誥志》：“於時冰泮發蟄，百草權輿。”《後漢書·魯恭傳》：“今始夏，百穀權輿，陽氣胎養之時。”《晉書·戴若思傳》：“今天地告始，萬物權輿。”

覆 0346　覆　盜庚也。从艸，復聲。房六切（fú ㄈㄨˊ）。

【譯白】覆，也叫做盜庚的草本植物。是依從艸做形旁，以復爲聲旁構造而成的形聲字。

【述義】覆草、盜庚草，又名旋覆花、金沸草、金錢花、金錢、戴椹、盛椹，菊科多年生草本植物，夏秋開深黃色花，花狀如金錢菊，故又稱金錢花，花和全草可供藥用。《爾雅·釋草》：“覆，盜庚。”郭璞注：“旋覆，似菊。”邢昺疏引《本草》：“旋覆，一名戴椹，一名金沸草，一名盛椹。”

覆盆子，薔薇科落葉灌木，葉互生，掌狀五深，花白色，果實爲聚合的小核果，卵球形，熟時紅色，中醫以果實入藥，亦稱覆盆子，有補肝腎、固精的作用。《廣韻·屋韻》：“覆，覆盆草。”

竹開花。唐、段成式《酉陽雜俎·木篇》：“竹，竹花曰覆，死曰䈿；六十年一易根，則結實枯死。”

苓 0347　苓　卷耳也。从艸，令聲。郎丁切（líng ㄌㄧㄥˊ）。

【譯白】苓，全名苓耳，又叫做卷耳的草本植物。是依從艸做形旁，以令爲聲旁構造而成的形聲字。

【述義】王筠《說文解字句讀》改作“苓，苓耳，卷耳也”。並云：“《詩·周南·卷耳》：‘采采卷耳，不盈頃筐。’毛傳：‘卷耳，苓耳也。’知非以‘苓’一字爲名，故據增……卷耳即蒼耳子。”苓耳，又名枲耳、胡枲、常枲，菊科植物，俗稱蒼耳（蒼耳子）；《爾雅·釋草》：“卷耳，苓耳。”郭璞注：“《廣雅》云：枲耳也；亦云胡枲，江東呼爲常枲，或曰苓耳；形似鼠耳，叢生如盤。”卷耳爲一年生草本，可供蔬食，春夏開花，綠色，果實倒卵形，有刺，採實榨油，稱蒼子油，可做工業用脂肪油，亦可入藥；莖皮可取纖維，植株可製農藥。另：東北、華北一帶海拔二千米以上高山草原，亦生長卷耳草，但屬石竹科植物，多年簇生草本，根狀莖細長，莖基部匍匐，上部直立，綠色並常帶淡紫紅色，花白色，種子腎形略扁，褐色。

香草名。《漢書·揚雄傳上》：“愍吾纍之衆芬兮，颺燁燁之芳苓。”顏師古注：“苓，香草名，音零。”

茯苓、豬苓皆簡稱苓。茯苓是寄生於松樹根下的一種菌類植物；豬苓是楓樹苓，生於楓根下的一種植物，二者均可入藥。《淮南子·說山訓》：“千年之松，下有茯苓。”高誘注：“茯苓，千歲松脂也。”晉、王微《茯苓贊》：“皓苓下居，彤紛上薈。”宋、謝枋得《賦松》詩：“根頭更有千歲苓，知誰可語長生訣。”元、虞集《次韻葉賓月山居十首》詩：“清齋須杞菊，甘餌足蘐苓。”

通“薟”，草名，大苦。《詩·唐風·采苓》：“采苓采苓，首陽之巔。”毛傳：“苓，大苦也。”

通“零”。朱駿聲《說文通訓定聲·坤部》：“苓，叚借爲零。”一、零落。《管子·宙合》：“明乃哲，哲乃明，奮乃苓，明哲乃大行……奮，盛；苓，落也。”戴望校正：“苓，零之借字。”《鶡冠子·能天》：“其得道以危，至今不可安者，苓巒埋谿，橐木降風是也。”陸佃解：“苓如零落之零。”《漢書·敍傳上》：“得氣者蕃滋，失時者苓落。”顏師古注：“苓與零同。”王闓運《衡州西禪寺碑》：“經函雨剝，貝樹風苓。”二、豬糞、豬屎；苓通，豬屎與馬糞，比喻卑賤。宋、王安石《登小茅山》詩：“物外眞遊來几席，人間榮願付苓通。”元、方回《瀛奎律髓》：“馬矢爲通，豬矢爲苓。”

通“軨”，車闌。朱駿聲《說文通訓定聲·坤部》：“苓，叚借爲軨。”清、兪樾《諸子平議·揚子法言一》“佗則苓”：“苓當讀爲笭。《說文·竹部》：‘笭，車笭也。’《釋名·釋車》曰：‘笭，橫在車前，織竹作之，孔苓苓也。’”《禮記·玉藻》：“君羔幦虎犆。”漢、鄭玄注：“幦，覆苓也。”唐、陸德明《經典釋文》：“苓，本又作軨。”

古地名。《荀子·彊國》：“其在趙者剡然有苓而據松柏之塞。”楊倞注：“苓，地名，未詳所在。或曰：苓與靈同。《漢書·地理志》常山郡有靈壽縣。”

苓又讀 lián ㄌㄧㄢˊ，《集韻》靈年切，平先來。同“蓮”。《文選·枚乘〈七發〉》：“淑溽菁蓼，蔓草芳苓。”李善注：“苓，古蓮字也。"又《曹植〈七啟〉》："寒芳苓之巢龜，膾西海之飛鱗。"李善注：
"苓與蓮同。"

贛　0348　🔥　艸也。从艸，贛聲。一曰：薏苢。古送切（gòng
《ㄨㄥˋ）；又古禫切（gàn《ㄢˋ）。

【譯白】贛，一種草本植物的名稱。是依從艸做形旁，以贛爲聲旁而構
造而成的形聲字。另有一說：贛就是薏苢。

【述義】薏苡，禾本科多年生草本植物，種仁叫苡仁，供食用和釀酒。
朱駿聲《說文通訓定聲・謙部》："《廣雅・釋草》：'贛，薏以也。'
按：生交趾者子最大，彼土呼爲幹珠；實重累者良，春生苗，莖高三
四尺，葉如黍，開紅白花，作穗子，五六月結實，青白色，形如珠而
稍長。"參見前面"薏"條。

蔓（虋）0349　🔥　茅，藼也；一名蕣。从艸，夐聲。渠營切
（qióng　ㄑㄩㄥˊ）。

【譯白】蔓，全名蔓茅，也稱爲藼的草本植物；另有一名叫做蕣草。是
依從艸做形旁，以夐爲聲旁而構造而成的形聲字。

【述義】同"虋"。段玉裁《說文解字注》改作"蔓，蔓茅，藼也；
一名舜"。《正字通・艸部》："蔓，本作虋。"《爾雅・釋草》："藼，
蔓茅。"郭璞注："藼，華有赤者爲蔓；蔓、藼，一種耳。"邢昺疏：
"藼與蔓茅，一草也；花白者即名藼，花赤者別名蔓茅。"桂馥《說
文解字義證》："蕣，當爲舜。本書'舜，艸也；楚謂之藼，秦謂之
蔓。'"

　　旋花，旋花科多年生纏繞草本；生荒地或路旁，葉互生，戟形，
有長柄，夏間開淡紅色花，漏斗狀，似牽牛而小，根莖含澱粉，可蒸
食，有甘味，可釀酒，可入藥。《齊民要術・五穀、果蓏、菜茹非中
國物產者・藼》："《詩》曰：'言采其藼。'毛云：'惡菜也。'義疏曰：
'河東、關內謂之藼，幽、兗謂之燕藼，一名爵弁，一名蔓。'"《楚
辭・離騷》："索蔓茅以筳篿兮，命靈氛爲余占之。"王逸注："蔓茅，
靈草也。"

蕾　0350　🔥　藼也。从艸，富聲。方布切（fù　ㄈㄨˋ）。

【譯白】蕾，又叫做藼的草本植物。是依從艸做形旁，以富爲聲旁而構
造而成的形聲字。

【述義】蔄草。朱駿聲《說文通訓定聲・頤部》："按：卽蔔之或體，方音偶謂微異耳。"詳見後一字"蔔"條。

　　蔄藘，草名。《廣韻・屋韻》："蔄，蔄藘，草名。"

蔔 0351　　蔄也。从艸，畐聲。方六切（fú ㄈㄨˊ）。

【譯白】蔔，又叫做蔄的草本植物。是依從艸做形旁，以畐爲聲旁構造而成的形聲字。

【述義】蔔草，又名蔄、藑茅、舜、蕣、茢、爵弁、旋花，旋花科多年生纏繞草本植物，花、葉似薤菜而小，生田野間，隨地蔓延，對農作物有害，古稱"惡菜"；根莖富澱粉，古用救荒，今用釀酒和入藥。《詩・小雅・我行其野》："我行其野，言采其蔔。"毛傳："蔔，惡菜也。"高亨注："蔔，多年生蔓草，花相連，根白色，可蒸食。"蔔有兩種：葉細而花赤的有臭氣，卽毛傳所言"惡菜"；大葉白華，根正白，饑荒之年可蒸以禦飢。《太平御覽》卷九九八引晉、周處《風土記》："蔔，蔓生，被樹而升，紫黃色，大如牛角，二三同蒂，長七八尺，味甜如蜜。"《宋書・謝靈運傳》："楊勝所拮，秋冬蔔獲。"朱駿聲《說文通訓定聲・頤部》："字亦作藟。"

蓨 0352　　苗也。从艸，脩聲。徒聊切（tiáo ㄊㄧㄠˊ）；又湯彫切（tiāo ㄊㄧㄠ）。

【譯白】蓨，也叫苗的野菜。是依從艸做形旁，以脩爲聲旁構造而成的形聲字。

【述義】蓨、苗，又名蓫、羊蹄草、羊蹄菜、土大黃，蓼科多年生草本，根入藥。《管子・地員》："黑埴宜稻麥，其草宜苹蓨。"《爾雅・釋草》："蓧，蓨。"又："苗，蓨。"郝懿行義疏："《說文》'蓨，苗'、'苗，蓨'互訓，《玉篇》蓧、蓨、苗三字互訓……皆古音通轉字也。"北魏、賈思勰《齊民要術・五穀果蓏菜茹非中國物產者》："《詩義疏》曰：'今羊蹄，似蘆菔，莖赤；煮爲茹，滑而不美；多噉令人下痢，幽揚謂之蓫，一名蓨，亦食之。'是蓨卽蓫也。"

　　古地名，漢置脩縣，隋初改爲蓨縣；治所當今河北省景縣南。三國、曹操《爵封田疇令》："蓨令田疇，至節高尚。"宋、王應麟《困學紀聞・考史六》："《地理志》：'清河郡靈縣，河水別出爲鳴瀆河，東北至蓨，入屯氏河。'"翁元圻注引《集證》："蓨，春秋時晉條邑，漢脩縣，隋改爲蓨縣，元屬河間路，今直隸河間府景州。"

　　蓨又讀xiū ㄒㄧㄡ，《集韻》思留切，平尤心。通"脩"，乾枯。
《類篇·艸部》："蓨，乾也。"《詩·王風·中谷有蓷》："暵其脩矣。"
唐、陸德明《經典釋文》："脩，本或作蓨。"

苗 0353 　田　 蓨也。从艸，由聲。徒歷切（dí ㄉㄧˊ）；又他六切
（chù ㄔㄨˋ）。

【譯白】苗，也叫做蓨的野菜。是依從艸做形旁，以由爲聲旁構造而
成的形聲字。

【述義】朱駿聲《說文通訓定聲·孚部》："與从艸从田之苗聲義迥
別，字亦作蓫，又誤作菫。"

　　羊蹄草，又名"蓨"，蓼科多年生草本植物，根可入藥。《爾雅·
釋草》"蓨，蓨"清、郝懿行義疏："《說文》蓨苗，苗蓨互訓。《玉
篇》蓨、蓨、苗三字互訓。《爾雅》下文苗、蓨，是皆同物……《齊
民要術十》引《詩義疏》曰：'今羊蹄似蘆菔，莖赤，煮爲茹，滑而不
美，多噉令人下痢；幽州謂之羊蹄；揚州謂之蓫；一名蓨，亦食之。'是
蓨卽蓫也。"

薚 0354 　薚　 艸；枝枝相值，葉葉相當。从艸，昜聲。楮羊切
（cháng ㄔㄤˊ）。

【譯白】薚，一種草本植物的名稱；長得枝枝連理相持襯托，葉葉大
小相對互映。是依從艸做形旁，以昜爲聲旁構造而成的形聲字。

【述義】又名蓫薚、蓫薚、薚、商陸、蓎陸、當陸、莧陸、夜呼、馬
尾，商陸科多年生粗壯草本植物；夏秋開花，白色，漿果，紫黑色，
根粗壯、塊狀，性寒，味苦，有毒，俗稱"章柳根"，可入藥，中醫
學上用爲逐水藥。《玉篇·艸部》："薚，蓫薚，馬尾，蓎陸也。"《易·
夬》："莧陸夬夬，中行無咎。"王弼注："莧陸，草之柔脆者也。"
唐、孔穎達疏："馬融、鄭玄、王肅皆云：莧陸，一名商陸。"《爾
雅·釋草》："蓫薚，馬尾。"郭璞注："《廣雅》曰：馬尾，蓎陸。
《本草》云：薚，今關西亦呼爲薚，江東呼爲當陸。"段玉裁《說文
解字注》："《玉篇》'薚'下引《說文》謂卽蓫薚、馬尾、蓎陸也……
攷《本艸經》曰：'商陸，一名薚；根一名夜呼。'陶隱居曰：'其
花名薚。'是則絫呼曰蓫薚，單呼曰薚；或謂其花'薚'。或謂其莖

葉'募'也。"明、徐應秋《玉芝堂談薈·歲時雜占》："杏子開花，可耕白沙；商陸子熟，杜鵑不哭。"

募又讀 dàng ㄉㄤˋ，《〈漢書〉顏師古注》音蕩。通"蕩"，儻募，卽儻蕩，謂放浪不檢點，亦指疏放無拘檢。《漢書·史丹傳》："丹爲人足知，愷弟愛人，貌若儻蕩不備，然心甚謹密。"顏師古注："儻蕩，踈誕無檢也。"又《傅介子陳湯等傳贊》："陳湯儻募，不自收斂，卒用困窮。"顏師古注："儻募，無行檢也；募者蕩。"《新唐書·張薦傳》："性躁大，儻蕩無檢，罕爲正人所遇。"清、姜宸英《故江南布政司右參議周公墓碣銘》："其天性儻蕩不羈，飲酒歌詩意豁如也。"清、捧花生《畫舫餘談》卷一："英年儻募，載酒花間，心契除蔻香、倚香、倚雲、雨香、芳蘭外，少所許可。"

薁₀₃₅₅ 薁 嬰薁也。从艸，奧聲。於六切（yù ㄩˋ）。

【譯白】薁，全名嬰薁的草本植物。是依從艸做形旁，以奧爲聲旁構造而成的形聲字。

【述義】蘡薁，又名野葡萄、山葡萄、山虆，葡萄科，落葉木質藤本植物，有卷鬚，莖細長有棱角，葉心臟形或掌狀，有三到五個深裂，葉緣有鈍鋸齒，葉下密生灰白色綿毛，圓錐花序，花小，白色或淡黃綠色，漿果，卵圓形，紫黑色，味酸，可食，可釀酒，果及莖藤，亦可入藥做滋補品；莖的纖維可做繩索。《本草綱目·果五·蘡薁》："時珍曰：蘡薁野生林墅間，亦可插植；蔓、葉、花、實，與葡萄無異；其實小而圓，色不甚紫也。《詩》云'六月食薁'卽此。"《詩·豳風·七月》："六月食鬱及薁。"毛傳："薁，蘡薁也。"《山海經·中山經》："（泰室之山）有草焉，其狀如𦶎，白華黑實，澤如蘡薁。"郭璞注："言子滑澤。"《宋書·謝靈運傳》："野有蔓草，獵涉蘡薁。"

郁李，又名唐棣、車下李、酸李；薔薇科落葉小灌木，花葉、實都如李而形小，果味酸、肉少核大，仁可入藥。《漢書·司馬相如傳》："隱夫薁棣，荅遝離支。"顏師古注："隱夫，未詳；薁，卽今之郁李也；棣，今之山櫻桃。"北周、庚信《小園賦》："棗酸梨酢，桃榹李薁，落葉半牀，狂花滿屋。"

葴₀₃₅₆ 葴 馬藍也。从艸，咸聲。職深切（zhēn ㄓㄣ）。

【譯白】葴，俗名馬藍的草本植物。是依從艸做形旁，以咸爲聲旁構造而成的形聲字。

【述義】馬藍，又稱爲馬藍頭、馬蘭頭、馬攔頭，大葉冬藍、十家香，爵床科常綠草本植物，呈灌木狀，葉對生，橢圓形，邊緣鋸齒狀，暗綠色，有光澤，花紫色，莖葉可製藍靛，葉、根和根莖可供藥用。清、顧張思《土風錄》卷四："有馬藍頭可食。按《爾雅·釋草》：'葴，馬藍。'郭璞注："今大葉冬藍也。'俗以摘取莖葉故謂之頭。"清、袁枚《隨園詩話補遺》卷四："汪研香司馬攝上海縣篆，臨去，同官餞別江滸，村童以馬攔頭獻；某守備賦詩云：'欲識村童攀戀意，村童爭獻馬攔頭。'馬攔頭者，野菜名，京師所謂'十家香'也；用之贈行篇，便爾有情。"章炳麟《新方言·釋植物》："馬藍……今人摘食其芽，謂之馬藍頭。"漢、司馬相如《子虛賦》："其高燥則生葴薪苞荔，薛莎青蘋。"漢、張衡《西京賦》："草則葴莎菅蒯，微蕨荔芀。"

葴亦酸漿名；酸漿，又名寒漿、苦葴、苦耽，茄科多年生草本植物，高二三尺，葉卵形而尖，六七月開白花，開花後，蕚肥大成囊狀，包圍漿果，其色紅，根莖花實均可入藥，有清熱化痰的功效。《爾雅·釋草》："葴，寒漿。"郭璞注："今酸漿草，江東呼曰苦葴。"《本草綱目·草九·酸漿》："時珍曰：酸漿，以子之味名也；苦葴、苦耽，以苗之味名也。"《漢書·司馬相如傳上》："葴持若蓀。"顏師古注："葴，寒漿也。"

尖端。宋、洪邁《夷堅乙志·遇仙樓》："乃摘茅一莖，取其葴，鍼大同兩耳下，應時呼號。"

葴又讀qián ㄑㄧㄢˊ，《集韻》其淹切，平鹽羣。人名用字，也作"鍼"。《集韻·鹽韻》："鍼，闕，人名。《春秋傳》秦有鍼虎；或作葴。"

蕗　0357　蕗　艸也。可以束。从艸，魯聲。䕂，蕗或从鹵。郎古切（lǔ ㄌㄨˇ）。

【譯白】蕗，一種草本植物的名稱。可以用來做捆縛的繩草。是依從艸做形旁，以魯爲聲旁構造而成的形聲字。䕂，蕗的或體字，以鹵做爲聲旁。

【述義】《爾雅·釋草》："䕂，蘆。"郭璞注："作履苴艸。"苴是鞋中的草墊。

薡（蒯）₀₃₅₈　蒯　艸也。从艸，叫聲。苦怪切（kuǎi ㄎㄨㄞˇ）。

【譯白】薡，一種草本植物的名稱。是依從艸做形旁，以叫爲聲旁構造而成的形聲字。

【述義】薡，即"蒯（本書未收）"字。叫，音 kuì ㄎㄨㄟˋ，古鉢上有此字，意爲喟、嘆息；俗作"叫"，本書未收。《爾雅·釋詁下》："叫，息也。"郭璞注："叫、歔、呬，皆氣息貌。"唐、陸德明《經典釋文》："《字林》以爲喟，丘愧反；孫本作快；郭音苦槩反；又作嘳。"郝懿行義疏："叫者，喟之叚音也。"叫又同刿。清、鄭珍《說文逸字·叨部》："《廣雅·釋詁》云：'刿，斷也。'刿即叫俗。"《玉篇·艸部》："薡，草，中爲索。《左氏傳》云：'無棄菅薡。'"按：今本《左傳·成公九年》作"蒯"。《集韻·怪韻》："薡，或作蒯。"段玉裁《說文解字注》："不知何時薡改作蒯；從朋從刀，殊不可曉。蓋本扶風郞鄉之誤。郞讀若陪，在第一部、第六部，與十五部相隔絕遠，而誤其形作蒯，且用爲薡字，不可從也。《玉篇》引'無棄菅薡'，不作蒯。"薡草，即蒯草，又名菅薡、菅蒯，莎草科多年生草本植物，多叢生水邊或陰濕處，葉線形，花褐色，莖可製索編席纏劍柄或造紙。《左傳·成公九年》："詩曰：'雖有絲、麻，無棄菅、蒯。'"《禮記·玉藻》："出杅，履蒯席。"鄭玄注："蒯席澀，便於洗足也。"《史記·孟嘗君列傳》："馮先生甚貧，猶有一劍耳，又蒯緱。"裴駰集解："蒯，茅之類，可爲繩；言其劍把無物可裝，以小繩纏之也。"

　　複述"菅薡"，即菅蒯。一、茅草之類，可編繩索。《左傳·成公九年》："雖有絲、麻，無棄菅、蒯。"孔穎達疏："蒯與菅連，亦菅之類。"徐鍇《說文解字繫傳》引作"無棄菅薡"。漢、王逸《九思·遭厄》："菅蒯兮楙莽，藿蕙兮仟眠。"唐、黃滔《南海韋尚書啟》："變泥沙爲丹臒之姿，植菅蒯作芝蘭之秀。"二、喻微賤的人或物。南朝、梁、任昉《爲范尚書讓吏部封侯第一表》："陛下不棄菅蒯，愛同絲麻。"唐、韓愈、孟郊《納涼聯句》詩："惟憂棄菅蒯，敢望侍帷幄。"清、唐孫華《贈夏重》詩："惡草等菜菔，微材僅菅蒯。"章炳麟《訄書·平等難》："於斯時也，而倡平等之說於其間，則菅薡之棄、蕉萃之哀息矣。"三、指草鞋。唐、劉商《贈嚴四草履》詩："輕微菅蒯將何用，容足偷安事頗同。”

猶芥。《鶡冠子·世兵》：“細故蔽蒯，奚足以疑？”陸佃解：“一本蒯作葪；蒯，猶芥也。”魏茂林《駢雅訓纂·釋詁下》：“葪、蒯、芥、介……並通。”《呂氏春秋·貴生》：“其土苴，以治天下。”漢、高誘注：“土，瓦礫也；苴，草蒯也。”

方言，撓、抓。《西遊記》第六六回：“那行者乘此機會，一轂轆鑽入咽喉之下，等不得好歹，就弄手腳，抓腸蒯腹，翻根頭，豎蜻蜓，任他在裏面擺布。”《醒世姻緣傳》第七一回：“卻說陳公這內官性兒，叫童奶奶拿着一片有理無情的話，蒯着他的癢癢，就合那貓兒叫人蒯頷子的一般，呼盧呼盧的自在。”

地名，春秋周畿內地，在今河南省洛陽市西南。《左傳·昭公二十三年》：“（尹辛）攻蒯，蒯潰。”杜預注：“河南縣西南蒯鄉是也。”清、梁履繩《左通補釋》：“蒯在河南府洛陽縣西南。”

姓。《通志·氏族略三》：“《風俗通》：‘晉大夫蒯得之後，又衛有蒯聵，見《左傳》；前漢有蒯徹。’”

蒯又讀 kuài ㄎㄨㄞˋ，《集韻》苦會切，去隊溪。同“塊”，土塊。《集韻·隊韻》：“凷，《說文》：‘墣也。’或作塊、蒯。”

蔞 0359　𦼫　艸也；可以亨魚。从艸，婁聲。力朱切（lóu ㄌㄡˊ）。

【譯白】蔞，一種草本植物的名稱；可以用來烹出味道鮮美的魚。是依從艸做形旁，以婁爲聲旁構造而成的形聲字。

【述義】蔞，即蔞蒿、䒷蒿，又名蔏蔞、白蒿，菊科多年生草本植物，生水中，葉互生，羽狀分裂，背面密生灰白色細絨毛，花淡黃色，嫩莖可食。《爾雅·釋草》：“購、蔏蔞。”晉、郭璞注：“蔏蔞，蔞蒿也；生下田，初出可啖，江東用羹魚。”《詩·周南·漢廣》：“翹翹錯薪，言刈其蔞。”孔穎達疏引陸璣曰：“其葉似艾，白色，長數寸，高丈餘，好生水邊及澤中；正月根芽生旁莖，正白，生食之香而脆美，其葉又可蒸爲茹。”《楚辭·大招》：“吳酸蒿蔞，不沾薄只。”王逸注：“蔞，香草也。”宋、蘇軾《惠崇春江晚景二首》詩之一：“蔞蒿滿地蘆芽短，正是河豚欲上時。”元、喬吉《滿庭芳·漁父詞》：“蔞蒿香脆蘆芽嫩，爛煮河豚。”

蔞葉，即蒟醬葉。《本草綱目·草三·蒟醬》：“其苗謂之蔞葉……

彼人食檳榔者，以此葉及蚌灰少許同嚼食之，云辟瘴癘，去胸中惡氣。"宋、周去非《嶺外代答・食用門・食檳榔》："（廣州）唯嗜檳榔……客次，士夫常以匲自隨，製如銀鋌，中分爲三，一以盛蔞，一盛蜆灰，一則檳榔。""有嘲廣人曰：路上行人口似羊。言以蔞葉雜咀，終日噍飼也。"

　　姓。《通志・氏族略四》："蔞氏，《官氏志》云：那蔞氏改爲蔞氏。"

　　蔞又讀 lǔ ㄌㄨ̌，《集韻》隴主切，上麌來。萬蔞，校正車輪的工具；亦謂古代校正直角的一種工具，即今之曲尺。《周禮・考工記・輪人》："萬之以眡其匡也。"漢、鄭玄注："等爲萬蔞，以運輪上；輪中萬蔞，則不匡刺也。"戴震補注："正輪之器名萬，亦謂之萬蔞。"

　　蔞又讀 jù ㄐㄩˋ，《集韻》郡羽切，上麌羣。同"蒟"。《集韻・噳韻》："蒟，艸名，一曰木耳。或省。"

　　蔞又讀 liǔ ㄌㄧㄡˇ，《集韻》力九切，上有來。"蔞翣"，古代貴族覆蓋在棺上的彩帛或繪在棺外板上的彩繪。《禮記・檀弓下》："是故制絞衾，設蔞翣，爲使人勿惡也。"鄭玄注："蔞翣，棺之牆飾。《周禮》蔞作柳。"清、黃宗羲《紫環姜公墓表銘》："倪文正淺土三十年，過者但揮淚而去，公買地葬之，蔞翣矞靈，禮文畢備。"

藟　　　艸也。从艸，畾聲。《詩》曰："莫莫葛藟。"一曰：秬鬯也。力軌切（lěi ㄌㄟˇ）。

【譯白】藟，一種草本植物的名稱。是依從艸做形旁，以畾爲聲旁構造而成的形聲字。《詩・大雅・旱麓》說："長得茂密的葛藟。"另一義說："藟是古代天子祭祀、宴飲用的秬鬯酒。"

【述義】藟，即葛藟，又名千歲藟（虆）、藟蕪、蓷藟，苣瓜、巨苽、巨荒，葡萄科多年生落葉木質藤本上樹植物，葉廣卵形，夏季開花，圓錐花序，果實青黑微赤或黑色，嫩莖及漿果可食，亦可入藥。唐、孔穎達《詩疏》："藟，與葛異，亦葛之類也。陸璣云：'藟，一名巨瓜，似燕薁，亦延蔓生，葉似艾，白色，其子赤，亦可食，酢而不美。'"《玉篇・艸部》："藟，藟藤也。"《本草綱目・草七・千歲虆》（釋名）："蘇頌曰：'藤生蔓延木上，葉如葡萄而小，四月摘其莖，汁白而味甘，五月開花，七月結實，八月采子，青黑微赤。'陳藏器曰：‘冬只凋葉，大者盤薄，故曰千歲藟。’”王筠《說文解字句讀》：
“《廣雅》：‘藟，藤也；似葛而麤大。’”《詩經》中“葛藟”另有二
見：《周南·樛木》：“南有樛木，葛藟纍之。”《王風·葛藟》：“綿
綿葛藟，在河之滸。”《左傳·文公七年》：“葛藟猶能庇其本根，故
君子以爲比。”南朝、梁、劉勰《文心雕龍·事類》：“葛藟庇根，辭自
樂豫。”宋、王安石《重遊草堂寺次韻》詩之一：“垣屋荒葛藟，野殿
冷檀沉。”清、曹寅《使院種竹》詩：“墾除昔未力，草藟紛糺纏。”

秬鬯，古代以黑黍和鬱金香草合醸的酒，天子用來祭祀宗廟和賞
賜有功的諸侯。《書·洛誥》：“伻來毖殷，乃命寧予秬鬯二卣。”段
玉裁《說文解字注》：“秬鬯之酒，鬱而後鬯，凡字從𣝣聲者，皆有
鬱積之意……其字從艸者，醸芳艸爲之也。”

通“纍”，纏繞。唐、王績《古意》詩之三：“漁人遞往還，網
罟相縈藟。”

用同“蕾”，含苞未放的花朵。宋、秦觀《早春題僧舍》詩：“東
園紫梅初破藟，北澗淥水方通流。”宋、范成大《丙午新正書懷十首》
詩之七：“蕉心翠展一冬在，梅藟粉融連夜開。”宋、陸游《小園》
詩：“晨露每看花藟坼，夕陽頻見樹陰移。”

“藟散”，稻米名。宋、陸游《秋日郊居》詩之三：“已炊藟散
眞珠米，更點丁坑白雪茶。”自注：“藟散，米名；丁坑，茶名。”

蒬　₀₃₆₁　蘭　棘蒬也。从艸，冤聲。於元切（yuān ㄩㄢ）。

【譯白】蒬，全名棘蒬的草本植物。是依從艸做形旁，以冤爲聲旁構
造而成的形聲字。

【述義】段玉裁《說文解字注》：“見《釋艸》。《本艸經》云：‘遠
志一名棘蒬，一名葽繞，一名細艸。’”棘蒬，又名葽繞、小草，卽中
醫之遠志藥草，多年生草本植物，莖細，葉子互生，線形，總狀花序，
花綠白色，蒴果卵圓形，根入藥，有安神化痰功效。《爾雅·釋草》：
“葽繞，蕀蒬。”郭璞注：“今遠志也，似麻黃；赤華，葉銳而黃，
其上謂之小草。”《世說新語·排調》：“謝公始有東山之志，後嚴命
屢臻，勢不獲已，始就桓公司馬；於時人有餉桓公藥草，中有遠志，
公取以問謝，此草又名小草，何一物有二稱。”《本草綱目·草一·
遠志》：“此草服之能益智強志，故有遠志之稱。”

茈　0362　〔篆〕　茈艸也。从艸，此聲。將此切（zǐ ㄗˇ）。

【譯白】茈，全名茈草。是依從艸做形旁，以此為聲旁構造而成的形聲字。

【述義】茈草，又名茈莫、茈戾、藐、茢，紫草科多年生草本，全株有糙硬毛，根粗壯，外表暗紫色，含紫草素，可作紫色染料，也供藥用。《爾雅·釋草》：“藐，茈草。”晉、郭璞注：“可以染紫，一名茈莫；《廣雅》云。”《山海經·西山經》：“北五十里，曰勞山，多茈草，弱水出焉。”吳任臣廣注：“即紫草。”

茈萁，草名，一種蕨類植物。《集韻·紙韻》：“茈，蕨屬。”《後漢書·馬融傳》：“茈萁、芸蒩，昌本、深蒲。”李賢注引郭璞《〈爾雅〉注》：“即紫綦也，似蕨可食。”

茈魚，神話中的魚名。《山海經·東山經》：“（東始之山）泚水出焉，而東北流注于海，其中多美貝，多茈魚，其狀如鮒，一首而十身，其臭如麋蕪，食之不糟。”

同“紫”，紫色。《廣雅·釋草》：“茈莫，茈草也。”王念孫疏證：“茈，與紫同。”《山海經·東山經》：“又南三百里，曰竹山……激水出焉，而東南流注于娶檀之水，其中多茈蠃。”郝懿行義疏：“蠃當為蠃，字之譌；茈蠃，紫色蠃也。”又《中山經》：“陂水出于其陰，而北流注于穀水，其中多茈石、文石。”

薑類。《集韻·紙韻》：“茈，薑類。”茈薑、即紫薑、嫩薑。《史記·司馬相如列傳》：“茈薑蘘荷，葴橙若蓀。”司馬貞索隱引張揖曰：“子薑也。”宋、楊萬里《牽牛花》詩：“浪言偷得星橋巧，只解冰盤染茈薑。”

茈又讀 cí ㄘ，《廣韻》疾移切，平支從；支部。鳧茈，又作鳧茈、鳧茨，即荸薺。《爾雅·釋草》：“芍，鳧茈。”郝懿行義疏：“《說文》：‘芍，鳧茈也。’《齊民要術》引樊光曰：‘澤草，可食也。’……《本草衍義》作荸臍，今呼蒲薺，亦呼必齊，竝語聲之轉也。”《後漢書·劉玄傳》：“王莽末，南方飢饉，人庶羣入野澤，掘鳧茈而食之。”李賢注：“郭璞曰：‘生下田中，苗似龍鬚而細，根如指頭，黑色，可食。’”宋、蘇舜欽《城南感懷呈永叔》詩：“老稚滿田野，斮掘尋鳧茈。”清、趙翼《曉東小岩香遠邀我神仙館午飯》詩：“君不見，古來饑荒載篇牘，水擷蔦茨野采薇。”

茈又讀 cǐ ㄘˇ，《集韻》淺氏切，上紙清。茈虒，不齊貌。《集韻·紙韻》：“茈，茈虒，不齊也。”《史記·司馬相如列傳》：“柴池茈虒，旋環後宮。”司馬貞索隱引張揖曰：“柴池，參差也；茈虒，不齊也。”

茈又讀 chái ㄔㄞˊ，《廣韻》士佳切，平佳崇。茈胡，卽柴胡，多年生草本植物，葉子條形，花小，黃色，果實橢圓形；根供藥用，有解熱作用。《神農本草經》作“茈胡”；傘形科多年生草本，根可入藥。《廣韻·佳韻》：“茈，茈胡，藥。”《武威醫簡》：“治久咳上气喉中如百虫鳴狀卅歲以上方：茈胡、桔梗、蜀椒各二分。”《本草綱目·草二·茈胡》：“時珍曰：‘茈字有柴、紫二音：茈薑、茈草之茈皆音紫，茈葫之茈音柴；茈胡生山中，嫩則可茹，老則採而爲柴，故苗有芸蒿、山菜、茹草之名，而根名柴胡也。’”又：“（銀州）所產柴胡長尺餘而微白，且軟，不易得也；北地所產者，亦如前胡而軟，今人謂之北柴胡是也，入藥亦良；南土所產者不似前胡，正如蒿根，強硬不堪使用。”《戰國策·齊策三》：“今求柴胡、桔梗於沮澤，則累世不得一焉。”唐、杜甫《寄韋有夏郎中》詩：“省郎憂病士，書信有柴胡。”唐、劉禹錫《答道州薛郎中論方書書》：“地之愿果不能傷，雖茈胡水瀉，喜速朽者，率久居而無害。”《紅樓夢》第八三回：“血勢上沖，柴胡使得麼？”

“茈施”，猶藩籬。漢、賈誼《新書·孽產子》：“今也平居，則無茈施；不敬而素寬，有故必困。”

藐　0363　藐　茈艸也。从艸，貌聲。莫覺切（mò ㄇㄛˋ）。

【譯白】藐，又稱爲茈草。是依從艸做形旁，以貌爲聲旁構造而成的形聲字。

【述義】藐，同“薮”，遠貌。王筠《說文解字句讀》：“《釋艸》作薮，從籀文‘貌’。”《集韻·覺韻》：“藐，或從貌。”《後漢書·張衡傳》：“鹹汨飂戾沛以罔象兮，爛漫麗靡藐以迭邊。”《文選》作“薮”。宋、周密《志雅堂雜鈔·圖畫碑帖》：“往輩標矩，藐不可見。”一本作“薮”。茈草，詳見前一字“茈”條。

“藐敻”，謂廣大貌。《後漢書·馬融傳》：“徒觀其坰場區宇，恢胎曠蕩，蘋夐勿罔，寥豁鬱泱。"李賢注："蘋，音眇；泱，烏朗反；並廣大貌。"

萴 ₀₃₆₄ 𦺈　烏喙也。从艸，則聲。阻力切（cè ㄘㄜˋ）。

【譯白】萴，又稱爲烏喙的草本植物。是依從艸做形旁，以則爲聲旁構造而成的形聲字。

【述義】萴、烏喙，又名蔫、蘸、奚毒、雉毒、萴子、側子、附子、烏頭、天雄；毛茛科多年生草本，莖作四棱，葉掌狀，如艾，秋月開花，若僧鞋，俗稱僧鞋菊；葉莖有毒，根尤劇，含烏頭碱，性大熱、大辛，對虛脫、水腫、霍亂等有藥用療效；以其塊莖形似烏喙得名，烏頭側根（附子）側邊生出的塊根卽名附子。《廣雅·釋草》："蘸（蔫）、奚毒，附子也；一歲爲萴子、二歲爲烏喙、三歲爲附子、四歲爲烏頭、五歲爲天雄。"《本草綱目·草六·側子》："萴子，生於附子之側，故名；許愼《說文》作萴子。"

又爲附子的泛稱。《鹽鐵論·誅秦》："雖以進壞廣地，如食萴之充腸也，欲其安存，何可得也？"

上古部落首領名。《左傳·昭公二十年》："昔爽鳩氏始居此地，季萴因之。"杜預注："季萴、虞夏諸侯，代爽鳩氏者。"

米一握。《中國歌謠資料·廣西博白民歌〈洗碗沒完肚又飢〉》："萴米落鐣桶半水，洗碗沒完肚又飢。"

蒐 ₀₃₆₅ 蒤　茅蒐，茹藘。人血所生，可以染絳。从艸，从鬼。所鳩切（sōu ㄙㄡ）。

【譯白】蒐，全名茅蒐，又叫做茹藘。是人血染地所生長出來的草，可以用來製作絳紅色的染料。是分別依從艸，依從鬼做主、從形旁並峙爲義構造而成的會意字。

【述義】蒐、茅蒐，又名茜草、蒨草、紅藍花；茜草科多年生草本，莖方形，有倒生刺，葉子輪生，心臟形或長卵形，秋季開黃色小花，果實球形；根黃赤色，含茜素等，可作紅色染料和入藥。段玉裁《說文解字注》："云人血所生者，釋此字所以從鬼也。"《山海經·中山經》："釐山……其陽多玉，其陰多蒐。"郭璞注："茅蒐，今之蒨草也。"《詩·鄭風·東門之墠》："東門之墠，茹藘在阪。"毛傳："茹藘，茅蒐也。"孔穎達疏引李巡曰："茅蒐，一名茜，可以染絳。"

又《小雅‧瞻彼洛矣》：“韎韐有奭。”毛傳：“韎韐者，茅蒐染草
也。”孔穎達疏：“奭者，赤貌；傳解言奭之由，以其用茅蒐之草染
之，其草色赤故也。”亦指茹藘所染出之絳紅色。又《鄭風‧出其東
門》：“縞衣茹藘，聊可與娛。”毛傳：“茹藘，茅蒐之染女服也。”
蒐可染成絳紅色，古人認爲神奇，認爲是代表精靈之一的人血染地所
生的，所以從鬼構成。

　　茅蒐可以染絳，故以蒐代紫紅色。清、黃遵憲《番客篇》詩：“地
隔襯蒐白，水紋鋪流黃。”

　　打獵，特指春獵。《爾雅‧釋天》：“春獵爲蒐。”郭璞注：“搜索
取不任（妊）者。”《左傳‧定公四年》：“取於有閻之土以共王職，
取於相土之東都以會王之東蒐。”又《隱公五年》：“故春蒐，夏苗，
秋獮，冬狩，皆於農隙以講事也。”《穀梁傳‧昭公八年》：“秋，蒐
于紅；正也。因蒐狩以習用武事，禮之大者也。”漢、張衡《東京賦》：
“岐陽之蒐，又何足數。”《史記‧楚世家》：“周武王有盟津之誓，
成王有岐陽之蒐。”唐、韓愈《石鼓歌》：“蒐于岐陽騁雄俊，萬里禽
獸皆遮羅。”

　　一說秋獵爲蒐。《公羊傳‧桓公四年》：“春曰苗，秋曰蒐，冬曰
狩。”

　　檢閱、閱兵、軍事演習。《左傳‧宣公十四年》：“晉侯伐鄭，爲
邲故也。告於諸侯，蒐焉而還。”杜預注：“蒐，簡閱車馬。”又《襄
公二十四年》：“齊社，蒐實，使客觀之。”杜預注：“祭社，因閱數
軍器，以示遠啟疆。”《國語‧晉語四》：“乃大蒐于被廬，作三軍。”
《新唐書‧王沛傳》：“沛明示法制，蒐閱以時，軍政大治。”宋、曾鞏
《陳君墓誌銘》：“使者蒐兵於閩，以益戍廣西。”清、俞正燮《癸巳
類稿‧古學書多論》：“蒐軍實，則親射御，有事，執干戈衛社稷。”

　　聚集。《爾雅‧釋詁上》：“蒐，聚也。”郭璞注：“蒐者，以其聚
人衆也。”《左傳‧成公十六年》：“蒐乘補卒，秣馬利兵。”《新唐書‧
郭元振傳》：“請郭虔瓘使拔汗那蒐其鎧馬以助軍，既得復讎，部落
更存。”宋、徐夢莘《三朝北盟會編》卷九十三：“任賢使能，信賞
必罰，蒐卒豐財，以謀大舉。”清、朱克敬《暝庵雜識》卷一：“其
弟若子，蒐諸友人，則殘缺失次，無復昔年之舊。”

同"搜"，搜集、尋求、求索。《商君書·修權》："今亂世之君臣，區區然皆欲擅一國之利而蒐一官之重，以便其私，此國之所以危也。"《文選·陸璣〈辨亡論〉上》："於是講八代之禮，蒐三王之樂。"李善注："蒐與搜，古字通。"《宋史·職官志四》："以稱朝廷蒐補闕軼，緝熙彌文之意。"明、胡應麟《少室山房筆叢·經籍會通一》："隋文父子，篤尚斯文，訪輯蒐求，不遺餘力。"明、沈德符《野獲編補遺·內閣·偽畫致禍》："胡宗憲、趙文華以督兵使吳越，各承奉意旨，蒐取古玩不遺餘力。"

隱蔽、隱匿。《左傳·文公十八年》："靖譖庸回，服讒蒐慝，以誣盛德。"杜預注："蒐，隱也。""蒐慝"，即隱慝，隱瞞爲惡之人。南朝、梁、劉孝標《廣絕交論》："雖共工之蒐慝，驩兜之掩義……皆爲匍匐逶迤，折枝舐痔。"

蒐又讀huì ㄏㄨㄟˋ，《集韻》戶賄切，上賄匣。同"藛"。《集韻·賄韻》："藛，艸名，懷羊也。或省。"

茜 0366 [篆] 茅蒐也。从艸，西聲。倉見切（qiàn ㄑㄧㄢˋ）。

【譯白】茜，又叫做茅蒐的草本植物。是依從艸做形旁，以西爲聲旁構造而成的形聲字。

【述義】草名；茜草，多年生草本植物，莖方形，有倒生刺，葉子輪生，心臟形或長卵形，秋季開黃色小花，果實球形；根黃赤色，含茜素等，可做紅色染料，也可入藥。《史記·貨殖列傳》："千畝巵茜，千畦薑韭。"司馬貞索隱："茜音倩，一名紅藍花，染繒赤黃也。"《爾雅·釋草》："茹藘，茅蒐。"郭璞注："食之蒨也；可以染絳。"唐、陸德明《經典釋文》："蒨，本或作茜。"《文心雕龍·通變》："夫青生於藍，絳生於蒨。"明、袁宏道《暮春偕蘇潛夫等雪照出郭》詩："茜甲緣畦吐，青溪帶郭斜。"茅蒐，參見前一字"蒐"條。

絳紅、深紅色，特引申指絳紅色的裙子。晉、佚名《休洗紅》："休洗紅，洗多紅色淡；不惜故縫衣，記得初按茜。"明、張景《飛丸記·客途感慨》："露滑霜沾，輪埋足蹇，幾樹霜楓如茜。"明、湯顯祖《牡丹亭·驚夢》："你道翠生生出落的裙衫兒茜。"

"茜紅"，謂絳紅色。明、陳嵩《春日遊湖上》詩："茜紅女兒歌《白紵》，墨黑燕子來烏衣。"明、無名氏《鳴鳳記·秋夜女工》：

“落得我淚痕班血染針頭，恐污了茜紅顏色難剖。”

　　“茜裙”：一、絳紅色的裙子。唐、李羣玉《黃陵廟》詩：“黃陵廟前莎草春，黃陵女兒茜裙新。”元、王實甫《西廂記》第五本第一折：“這些時神思不快，妝鏡懶擡，腰肢瘦損，茜裙寬褪，好煩惱人也呵！”清、董俞《山花子》詞：“脈脈柔情怯曉風，茜裙雙帶綰芙蓉。”二、指女子。南唐、李中《溪邊吟》詩：“茜裙二八採蓮去，笑衝微雨上蘭舟。”宋、姜夔《小重山令・賦潭州紅梅》詞：“東風冷，香遠茜裙歸。”

　　“茜羅”，絳紅色的薄絲織品。後蜀、毛熙震《南歌子》詞：“遠山愁黛碧，橫波慢臉明。膩香紅玉茜羅輕。”

　　染紅。《醒世姻緣傳》第六回：“誰家茜草茜的，也會落色來。”

　　用同“倩”，秀美、生動。元、周德清《中原音韻・作詞十法・構肆語》：“前輩云：街市小令，唱尖新茜意。”任中敏疏證：“周氏作‘茜意’，餘本作‘倩意’。‘茜’與‘倩’，曲中每通用。”

　　“茜金”，牡丹名。宋、陸游《新晴賞牡丹》詩：“自揣明年猶健在，東廂更覓茜金栽。”自注：“茜金，近出牡丹名。”

　　茜又讀 xī ㄒㄧ。人名用字，多用於外國婦女名字的譯音。（人名中也有讀 qiàn ㄑㄧㄢ的。）

藼（蕦）₀₃₆₇　蕦　赤藼也。从艸，肆聲。息利切（sì ㄙ）。

【譯白】藼，全名赤藼。是依從艸做形旁，以肆爲聲旁構造而成的形聲字。

【述義】藼，通作“蕦”，赤藼。《玉篇》：“藼，堇也。”《爾雅・釋草》：“芨，堇草。”郭璞注：“卽烏頭也，江東呼爲堇。”《正字通・艸部》：“藼，蕦本字。”郝懿行義疏：“烏頭名堇，不名芨。”依本書通例，藼草，似爲堇草，亦卽烏頭；烏頭，詳見前“蔄”條；堇，參見後面“菫”及第十三篇《菫部》“菫”條。

　　草初生柔細貌。《集韻・至韻》：“蕦，芮也。”

　　通“肆”；寬舒貌。《荀子・非十二子》：“士君子之容：其冠進，其衣逢，其容良，儼然，壯然，祺然，蕦然……是父兄之容也。”楊倞注：“‘蕦’當爲‘肆’，謂寬舒之貌。”梁啟雄釋引劉師培曰：“‘蕦’蓋‘肆’字之訛，肆從隶聲，與棣古通，則‘蕦然’卽‘棣棣’，所以表其富于威儀也。"

薜 0368　薜　牡贊也。从艸，辟聲。蒲計切（bì ㄅㄧˋ）。

【譯白】薜，又叫做牡贊的草。是依從艸做形旁，以辟爲聲旁構造而成的形聲字。

【述義】薜，牡贊。朱駿聲《說文通訓定聲·解部》："《爾雅》：'薜，牡贊。'注：'未詳。'按飯帚曰贊，今北人束馬薤以刷鍋，則牡贊，疑卽薜荔。"薜荔，又名木蓮、木饅頭，桑科攀援或匍匐灌木，幼時以不定根攀援於牆壁或樹上，葉厚革質，花序托梨形或倒卵形，果實富膠汁，可製涼粉，有解暑作用，莖、葉、果供藥用。《楚辭·離騷》："擥禾根以結茝兮，貫薜荔之落蘂。"王逸注："薜荔，香草也，緣木而生蘂實也。"又《九歌·山鬼》："若有人兮山之阿，被薜荔兮帶女羅。"王逸注："薜荔、兔絲，皆無根，緣物而生。"唐、宋之問《早發始興江口至虛氏村作》詩："薜荔搖青氣，桄榔翳碧苔。"

梵語 Preta 的譯音，或譯爲"薜荔多"，義爲餓鬼。唐、玄應《一切經音義》卷九："薜荔，蒲細，來計反，此譯言餓鬼也。"《雲笈七籤》卷十："薜荔者，餓鬼名也。"

姓。《字彙·艸部》："薜，姓。"《姓觿》卷十："薜，《千家姓》云：'齊郡族。'元有信州路推官薜國瑞。"

薜又讀 bò ㄅㄛˋ，《廣韻》博厄切，入麥幫；錫部。一、藥草，當歸的別名，當歸爲多年生草本植物，羽狀複葉，夏秋之間開小白花，莖、葉皆有香味，根入藥，有鎮靜、補血、調經作用。《爾雅·釋草》："薜，山蘄。"郭璞注："《廣雅》曰：'山蘄，當歸。'當歸，今似蘄而麤大。"又"薜，白蘄。"郭璞注："卽上'山蘄'。"郝懿行義疏："又名白蘄者，陶注《本草》云：歷陽所出，色白而氣味薄，不相似，呼爲草當歸。"二、山麻。《爾雅·釋草》："薜，山麻。"郭璞注："似人家麻，生山中。"

薜又讀 bó ㄅㄛˊ，《集韻》弼角切，入覺並。破裂、器物破裂。《周禮·考工記·瓬人》："凡陶瓬之事，髺墾薜暴不入市。"鄭玄注："薜，破裂也。"孫詒讓正義："謂燒成破裂有罅隙。"

薜又讀 bài ㄅㄞˋ，《集韻》步拜切，去怪並。水草名。《集韻·怪韻》："薜，水艸名。"

薜又讀 pì ㄆㄧˋ，《集韻》匹辟切，入昔滂。通"僻"，偏僻。朱駿聲《說文通訓定聲·解部》："薜，假借爲僻。"《漢書·揚雄傳上》："陾三王之陜薜，嶠高舉而大興。"顏師古注："薜，亦僻字也。"按《文選·揚雄〈羽獵賦〉》作"陁僻"。

莣（䒺、芒）0369　䒺　杜榮也。从艸，忘聲。武方切（wáng ㄨㄤˊ）。

【譯白】莣（今作䒺，通"芒"），又名杜榮的草本植物。是依從艸做形旁，以忘爲聲旁構造而成的形聲字。

【述義】莣，亦作芒（參見後面"芒"條），又作"䒺"；莣草，又名杜榮，俗稱"芭茅、笆茅"，禾本科多年生大草本植物，莖高一至二米，葉片條形，邊緣有鋸齒，秋季莖頂抽穗，有纖毛，嫩葉可作牛飼料，稈皮可製索、編草鞋、造紙。段玉裁《說文解字注》："按《太平御覽》引禩字解詁：'芒，杜榮。'而芒譌作芸。"《爾雅·釋草》："莣，杜榮。"郭璞注："今莣草，似茅，皮可以爲繩索履屬也。"唐、陸德明《經典釋文》："莣，字亦作芒。"唐、慧苑《華嚴經音義》卷十三："芒草，一名杜榮；西域既自有之，江東亦多此類，其形似荻，皮重若笋，體質柔弱，不堪勁用也，其正宜作'莣'也。"明、李時珍《本草綱目·草二·芒》："芒，《爾雅》作莣；今俗謂之笆茅，可以爲籬笆故也。"《晉書·劉惔傳》："家貧，織芒屬以爲養。"

苞0370　苞　艸也；南陽以爲麤履。从艸，包聲。布交切（bāo ㄅㄠ）。

【譯白】苞，一種草本植物的名稱；南陽一帶的人們用來編織草鞋。是依從艸做形旁，以包爲聲旁構造而成的形聲字。

【述義】苞，又名席草，蘸草，莎草科多年生草本植物，多叢生水邊，高四、五尺，全株可編席、製繩、做鞋和造紙。《禮記·曲禮下》："苞屨……不入公門。"鄭玄注："苞，藨也。"《史記·司馬相如傳上》："其高燥則生葳、菥、苞、荔、薜、沙、青薠。"裴駰集解引《漢書音義》："苞，藨也。"《儀禮·喪服》："疏屨者，藨蒯之菲也。"漢、張衡《南都賦》："其草則藨、苧、薠、莞。"宋、趙與時《賓退錄》卷十："《元豐九域志》所載上貢物品，有藨席二十領。"《玉篇·艸部》："藨，蒯屬，可爲席。"

花未開時包着花朵的變態葉，亦指植物外表的包皮。《詩‧大雅‧生民》："茀厥豐草，種之黃茂，實方實苞。"朱熹注："方，房也；苞，甲而未坼也。"南朝、宋、謝靈運《酬從弟惠連》詩："山桃發紅萼，野蕨漸紫苞。"唐、韓愈《新竹》詩："縹節已儲霜，黃苞猶掩翠。"宋、趙令時《侯鯖錄》卷五："古決絕詞云：……水得風兮，小而已波；笋在苞兮，高不見節。"宋、王禹偁《詔臣僚和御製賞花詩序》："暮春之月，蓂莢初生於一葉，牡丹乍拆於千苞。"清、顧炎武《顏神山中見橘》詩："黃苞綠葉似荆南，立雪凌寒性自甘。"

叢生、茂密。《爾雅‧釋言》："苞，稹也。"郭璞注："今人呼物叢緻者爲稹。"邢昺疏引孫炎曰："物叢生曰苞，齊人名曰稹。"《詩‧唐風‧鴇羽》："肅肅鴇羽，集於苞栩。"孔穎達疏："箋云：'稹者，根相迫迮梱緻貌'，亦謂叢生也。"又《大雅‧行葦》："方苞方體，維葉泥泥。"鄭玄箋："苞，茂也。"又《小雅‧斯干》："如竹苞矣，如松茂矣。"朱熹集傳："苞，叢生而固也。"

草木的根或莖幹。《詩‧商頌‧長發》："苞有三蘗，莫遂莫達。"毛傳："苞，本；蘗，餘也。"朱熹注："言一本生三蘗也。"亦指代樹木。漢、陸賈《新語‧道基》："鑠金鏤木，分苞燒殖，以備器械。"

積、滙聚、聚集。《玉篇‧艸部》："苞，積也。"北魏、酈道元《水經注‧沔水三》："郭景純《江賦》曰：'注五湖以漫漭。'蓋言江水經緯五湖，而苞注太湖也。"

廣闊。北魏、酈道元《水經注‧沔水三》："楊泉《五湖賦》曰：'頭首無錫，足蹄松江；負烏程於背上，懷太吳以當胸；岞嶺崔嵬，穹隆紆曲；大雷小雷，湍波相逐。'用言湖之苞極也。"

蕰。《廣雅‧釋草》："苞，蕰也。"王念孫疏證："《說文》云：'苞，草也。'……與此同異未審。"

通"包"，包裹。段玉裁《說文解字注》："苞，叚借爲包裹。凡《詩》言'白茅苞之'，《書》言'厥苞橘柚'，《禮》言'苞苴'，《易》言'苞蒙'、'苞荒'……皆用此字。近時經典凡訓包裹者，皆徑改爲包字。"《莊子‧天運》："其形充滿天地，苞裹六極。"唐、陸德明《經典釋文》："苞，本或作包。"漢、桓寬《鹽鐵論‧貧富》："小不能苞大，少不能贍多。"《新語‧道基》："苞之以六合，羅之以紀綱。"南朝、宋、謝靈運《於南山往北山》詩："初篁苞綠籜，新蒲含紫茸。"唐、韓愈《祭郴州李使君文》："苞黃甘而致貽，獲紙筆之雙貿。"亦指包裝着物品的包裹。《儀禮・既夕禮》："苞二。"鄭玄注："所以裹奠羊豕之肉。"唐、杜甫《北征》詩："粉黛已解苞，衾裯稍羅列。"馮至注："苞，包裹，指杜甫從鳳翔帶回的東西。"此外，另有五義：一、包容、包含。《荀子・非十二子》："無不愛也，無不敬也，無與人爭也，恢然如天地之苞萬物。"漢、桓寬《鹽鐵論・能言》："夫坐言不行，則牧童兼烏獲之力，逢須苞堯舜之德。"唐、柳宗元《柳宗直〈西漢文類〉序》："以語觀之，則右史記言，《尚書》、《戰國策》，成敗興壞之說大備，無不苞也。"嚴復《原強》："北并乎錫伯利亞，南襟乎中國海，東距乎太平洋，西苞乎昆侖虛，黃種之所居也。"二、引申作兼併。漢、桓寬《鹽鐵論・論儒》："南舉楚淮，北并巨宋，苞十二國，西摧三晉，卻彊秦，五國賓從。"三、包圍。《史記・太史公自序》："苞河山，圍大梁，使諸侯斂手而事秦者，魏冄之功。"北魏、酈道元《水經注・穀水》："魏明帝於宣武場上，爲欄苞虎阱，使力士袒裼，迭與之搏。"四、孕育、養育。《文子・道原》："大苞羣生而無私好，澤及蚑蟯而不求報。"五、包藏、裹藏。《新唐書・桓彥範傳》："昌宗謬橫恩，苞禍心，億測天命，皇神降怒，自擿其咎。"《資治通鑑・唐昭宗乾寧四年》："今聞延王、覃王尚苞陰計，願陛下聖斷不疑，制于未亂，則社稷之福。"

　　通"俘"。《穀梁傳・隱公五年》："苞人民，毆牛馬，曰侵；斬樹木，壞宮室，曰伐。"王引之《經義述聞・春秋穀梁傳》："苞讀爲俘，俘，取也……苞與俘同訓爲取，而古聲又相近，故字亦相通。"

　　通"莩"，餓死的人。《管子・八觀》："大凶則眾有大遺苞矣。"郭沫若等集校引洪頤煊曰："'遺苞'當讀作'遺莩'……包、莩古字通用。"

　　姓。《廣韻・肴韻》："苞，姓。"

　　苞又讀 páo ㄆㄠˊ，《集韻》蒲交切，平肴並。通"匏"，匏瓜。朱駿聲《說文通訓定聲・孚部》："苞，叚借爲匏。"《太玄・達》："蒼木維流，厥美可達于瓜苞。"司馬光注："苞與匏同。"《論衡・無形》："如以人形與囊異，氣與粟米殊，更以苞瓜喻之：苞瓜之汁，猶人之血也；其肌，猶肉也。”

　　苞又讀 biāo ㄅ丨ㄠ，《集韻》被表切，上小並。同“蔍”。《集韻‧小韻》：“蔍，艸名。《說文》：‘鹿藿也；一曰蔽屬。’或作苞。”

艾 0371　🔆　冰臺也。从艸，乂聲。五蓋切（ài ㄞˋ）。

【譯白】艾，又名冰臺的草本植物。是依從艸做形旁，以乂爲聲旁構造而成的形聲字。

【述義】艾草，卽艾蒿，也稱蕭，菊科多年生草本，開黃花，葉子分裂成羽狀，有香氣，葉入藥，性溫味苦，有袪寒除濕、止血、活血及養血的功效。溫經脈，曬乾艾葉搗成絨狀物作火媒，中醫用來灸病。《爾雅‧釋草》：“艾，冰臺。”郭璞注：“今艾蒿。”《詩‧王風‧采葛》：“彼采艾兮，一日不見，如三歲兮。”《孟子‧離婁上》：“今之欲王者，猶七年之病，求三年之艾也，苟爲不畜，終身不得。”唐、白居易《問友》詩：“種蘭不種艾，蘭生艾亦生；根荄相交長，莖葉相附榮。”鄭觀應《盛世危言‧技藝》附錄：“然有七年之病而不蓄三年之艾，則因循頹廢，錮疾果何日瘳乎！”

　　艾草色綠，可用來染綠，故借指綠色。《後漢書‧馮魴傳》：“賜駁犀具劍、佩刀、紫艾綬、玉玦各一。”李賢注：“艾卽鬌，綠色也，其色似艾。”

　　灰白色，蒼白色。《荀子‧正論》：“世俗之爲說者曰：治古無肉刑，而有象刑。墨黥搔嬰，共艾畢，菲對屨，殺赭衣而不純。”楊倞注：“艾，蒼白色。”唐、元稹《酬復言長慶四年元日郡齋感懷見寄》詩：“椒花麗句閑重檢，艾髮衰容惜寸輝。”清、汪中《自序》：“余玄髮未艾，野性難純。”

　　美好、美貌、漂亮，亦指美女。《孟子‧萬章上》：“人少則慕父母，知好色則慕少艾。”趙岐注：“艾，美好也。”清、孔尚任《桃花扇‧逃難》：“積得些金帛，娶了些嬌艾。”

　　年長、老，亦指年老的人。《方言》卷六：“艾，老也。東齊魯衛之間，凡尊老謂之㑀，或謂之艾。”《楚辭‧九歌‧少司命》：“竦長劍兮擁幼艾，蓀獨宜兮爲民正。”王逸注：“艾，長也。”《荀子‧致士》：“耆艾而信，可以爲師。”楊倞注：“五十曰艾，六十曰耆。”《史記‧周本紀》：“瞽史教誨，耆艾脩之。”裴駰集解引韋昭曰：“耆艾，師傅也。"《禮記·曲禮上》："五十曰艾，服官政。"鄭玄注："艾，老也。"孔穎達疏："髮蒼白色如艾也。"漢、桓寬《鹽鐵論·未通》："五十以上血脈溢剛，曰艾壯。"南朝、梁、劉勰《文心雕龍·養氣》："凡童少鑒淺而志盛，長艾識堅而氣衰。"宋、梅堯臣《田家語》詩："搜索稚與艾，惟存跛無目。"宋、沈遼《賀州推官李君墓碣銘》："道與之學久已成，五十從政艾且明。"清、李漁《玉搔頭·分任》："蒿目爲時憂，年未艾，霜雪盈頭。"引申爲長久。

養育、輔助。《爾雅·釋詁下》："艾，養也。"《方言》卷一："胎，養也……汝、潁、梁、宋之間曰胎，或曰艾。"《詩·小雅·南山有臺》："樂只君子，保艾爾後。"朱熹集傳："艾，養也。"又《鴛鴦》："君子萬年，福祿艾之。"馬瑞辰通釋："艾之，謂輔助之。"《國語·周語上》："樹於有禮，艾人必豐。"

盡、根絕、停止。《小爾雅·廣言》："艾、盡，止也。"《詩·小雅·庭燎》："夜未艾，庭燎晣晣。"《左傳·昭公元年》："一世無道，國未艾也。"杜預注："艾，絕也。"《新唐書·食貨志二》："今督收迫促，蠶事方興而輸縑，農功未艾而斂穀。"宋、王安石《與王子醇書》詩之三："武人多欲以討賊取功爲事，誠如此而不禁，則一方憂未艾。"清、薛福成《籌洋芻議序》："事變愈繁，時艱未艾，余所欲言者滋益多。"

報答。《國語·周語上》："樹於有禮，艾人必豐。"韋昭注："艾，報也。"

經歷。《爾雅·釋詁下》："艾，歷也。"郭璞注："長者多更歷。"

大。《小爾雅·廣詁》："艾，大也。"

至。《廣雅·釋詁一》："艾，至也。"王念孫疏證："《小爾雅》：'艾，止也。'《大雅·抑》傳云：'止，至也。'止與至同義。"

古地名，春秋時吳國有艾邑，西漢置艾縣，治所在今江西省修水縣西。《左傳·哀公二十年》："吳公子慶忌驟諫吳子曰：'不改必亡。'弗聽，出居於艾。"

山名，在今山東省新泰市境。《春秋·隱公六年》："公會齊侯盟于艾。"杜預注："泰山牟縣東南有艾山。"

姓。《通志·氏族略三》："艾氏，《晏子春秋》大夫艾孔之後，卽《左傳》裔欵也。"

　　疊字雙音"艾艾"形況：南朝、宋、劉義慶《世說新語・言語》："鄧艾口喫，語稱艾艾。晉文王戲之曰：'卿云艾艾，定是幾艾？'對曰：'鳳兮鳳兮，故是一鳳。'"後謔稱口喫言訥曰"艾艾"，本此。

　　艾又讀yì ㄧˋ，《廣韻》魚肺切，去廢疑；月部。一、輔佐。《爾雅・釋詁下》："艾，相也。"王引之《經義述聞》："艾與乂同，乂爲輔相之相。"二、通"刈"。朱駿聲《說文通訓定聲・泰部》："艾，叚借爲刈。"1、收割、收穫。《詩・周頌・臣工》："庤乃錢鎛，奄觀銍艾。"朱熹注："艾，穫也。"《穀梁傳・莊公二十八年》："雖累凶年，民弗病也；一年不艾，而百姓饑。"又《定公元年》："是年不艾，則無食矣。"《荀子・王制》："歲雖凶敗水旱，使民有所耘艾。"2、刈割、斬除、砍除。《禮記・月令》："（仲夏之月）令民毋艾藍以染。"《左傳・襄公三十年》："絕民之主，去身之偏，艾王之體，以禍其國。"《漢書・項籍傳》："今日固決死，願爲諸君快戰，必三勝，斬將，艾旗，乃後死。"3、鐮刀。《墨子・備城門》："城上九尺，一弩、一戟、一椎、一斧、一艾，皆積參石蒺藜。"孫詒讓閒詁："艾，刈之借字。《國語・齊語》云：'挾其槍、刈、耨、鎛。'韋注云：'刈，鎌也。'"元、王禎《農書》卷十一："艾，穫器，今之刈鎌也……古艾從草，今刈從刀，字宜通用。"三、通"乂"。1、治、治理。《集韻・廢韻》："乂，或从艸。"《詩・小雅・小旻》："民雖靡膴，或哲或謀，或肅或艾。"朱熹集傳："艾與乂同，治也。"《尚書大傳》卷三："言之不從，是謂不艾。"鄭玄注："艾，治也；君言不從，則是不能治其事也。"《孟子・萬章上》："太甲悔過，自怨自艾。"《史記・封禪書》："漢興已六十餘歲矣，天下艾安。"《清史稿・食貨志一》："儻帖己業，私墾塘堰陂澤爲田，立予懲艾。"2、寧息、安寧。《左傳・襄公九年》："大勞未艾。"杜預注："艾，息也。"又《哀公十六年》："若見君面，是得艾也。"杜預注："艾，安也。"《漢書・王莽傳中》："太白司艾，西嶽國師典致時陽，白煒象平，考量以銓。"顏師古注引應邵曰："艾，安也。"3、儆戒，特指被懲創而戒懼。《集韻・夳韻》："乂，創乂，懲也；通作艾。"《史記・樂書》："成王作頌，推己懲艾。"《楚辭・劉向〈九歎・遠遊〉》："悲余性之不可改兮，屢懲艾而不迻。”王逸注：“艾，一作乂。”《新唐書·回鶻傳下》：“裴度方伐幽鎮，回鶻使渠將李義節以兵三千佐天子平河北，議者懲艾前患，不聽。”

葦 0372　葦　艸也。从艸，章聲。諸良切（zháng ㄓㄤˊ）。

【譯白】葦，一種草本植物的名稱。是依從艸做形旁，以章爲聲旁構造而成的形聲字。

【述義】闕。

芹 0373　芹　楚葵也。从艸，斤聲。巨巾切（qín ㄑㄧㄣˊ）。

【譯白】芹，又名楚葵。是依從艸做形旁，以斤爲聲旁構造而成的形聲字。

【述義】芹，是水芹菜，傘形科，野生水澤邊和濕地，蔓延繁殖，莖直立，羽狀複葉，花白色，果實扁圓形，莖、葉可食，生平地者爲旱芹，是常見的蔬菜。《詩·魯頌·泮水》：“思樂泮水，言采其芹。”又《小雅·采菽》：“觱沸檻泉，言采其芹。”朱熹集傳：“芹，水草，可食。”《周禮·天官·醢人》：“加豆之實，芹菹、兔醢。”阮元校勘記：“案：《說文》：‘茳，从艸，近聲。’《周禮》有茳菹，是故書當作茳，今本省作“芹”。《呂氏春秋·本味》：“菜之美者……雲夢之芹。”唐、韓愈《陪杜侍御遊湘西兩寺因獻楊常侍》詩：“澗蔬煮蒿芹，水果剝菱芡。”《本草綱目·菜部·水斳》：“時珍曰：芹有水芹、旱芹。水芹生江湖陂澤之涯；旱芹生平地……其莖有節棱而中空，其氣芬芳。五月開細白花，如蛇牀花。楚人采以濟飢，其利不小。”

喻微薄；芹獻，亦作芹敬，謂禮品微薄的謙詞。《列子·楊朱》：“昔人有美戎菽、甘枲莖芹萍子者，對鄉豪稱之；鄉豪取而嘗之，蜇於口，慘於腹；衆哂而怨之，其人大慙。”《西遊記》第二七回：“如不棄嫌，願表芹獻。”明、王錂《春蕪記·忤姦》：“吾曹交誼金石盟，只是媿藥餌未將芹敬。”《紅樓夢》第一回：“邀兄到敝齋一飲，不知可納芹意否？”《好逑傳》第六回：“若不少致一芹，於心不安。”清、黃遵憲《度遼將軍歌》：“願以區區當芹獻，藉充歲幣少補償。”

“芹藻”的簡稱，喻舊時生員入學宮，即取得功名。《詩·魯頌·泮水》：“思樂泮水，薄采其芹……思樂泮水，薄采其藻。”南朝、梁、江淹《奏記詣南徐州新安王》：“淹幼乏鄉曲之譽，長匱芹藻之德。”

宋、蘇轍《燕貢士》詩："泮水生芹藻，干旄在俊城。"芹藻又謂水芹和水藻。明、徐渭《送蘭公子》詩："耶溪芹藻色，相伴秋荷老。"《聊齋志異·狐諧》："行年二十有奇，尚不能掇一芹。"

薽 0374 　豕首也。从艸，甄聲。側鄰切（zhēn ㄓㄣ）。

【譯白】薽，又名豕首的草本植物。是依從艸做形旁，以甄爲聲旁構造而成的形聲字。

【述義】薽、豕首，又名天名精、天蔓精、活鹿草、蝦蟆藍、蟲蠡，菊科多年生草本，根、葉、果實均可入藥。《周禮·地官·掌染草》："掌以春秋斂染草之物。"鄭玄注："染草，茅蒐、橐蘆、豕首、紫茢之屬。"明、李時珍《本草綱目·草四·天名精》："天名精乃天蔓精之訛也，其氣如豕蟲，故有豕首、蟲蠡之名。"又："天名精，卽活鹿草也……其味甘辛，故有薑稱；狀如藍而蝦蟆好居其下，故名蝦蟆藍。"

蔦 0375 　寄生也。从艸，鳥聲。《詩》曰："蔦與女蘿。"　，蔦或从木。都了切（niǎo ㄋㄧㄠ）。

【譯白】蔦，又名寄生的草本植物。是依從艸做形旁，以鳥爲聲旁構造而成的形聲字。《詩·小雅·頍弁》說："蔦蘿與女蘿關係親密。"樢，蔦的或體字，依從木做形旁。

【述義】蔦，俗稱寄生草，又名蔦蘿、蔦木、寓木、寄生木、寄生樹、桑寄生，桑寄生科桑寄生屬和欅寄生屬的常綠寄生小灌木，莖蔓生，前者寄生於山茶科、殼斗科等樹上，後者寄生於欅、榆、樺等多種闊葉樹上，夏季開花，有紅有白，秋初結實如豆，果實和枝莖可入藥；可爲觀賞植物。《爾雅·釋木》："寓木，宛童。"晉、郭璞注："寄生樹，一名蔦。"宋、唐愼微《政和本草·木部》引陶弘景《名醫別錄》："桑上寄生，一名蔦；生弘農川谷桑樹上，三月三日採莖葉，陰乾……生樹枝間，寄根在皮節之內；葉圓青赤，厚澤易折；傍自成枝節；冬夏生，四月花白，五月實赤，大如小豆。"清、戴名世《遊爛柯山記》："寺門古樟四株中二株尤奇，蔦蘿蔓引，苔蘚斑剝。"

《詩·小雅·頍弁》："蔦與女蘿，施于松柏。"毛傳："蔦，寄生也。"朱熹集傳："此燕兄弟親戚之詩……以比兄弟纏緜依附之意。"蔦爲常綠寄生小灌木；女蘿卽松蘿，爲孢子植物地衣門松蘿科呈樹枝狀的植物體，懸垂在高山針葉林枝梢。古詩文以《詩》二者連用，常混以爲一物，此兩種蔓生植物合稱亦曰"蔦蘿"，被用以比喻關係密切，寓依附攀緣之意。南朝、宋、謝靈運《悲哉行》詩："松蔦歡蔓延，樛葛欣藟縈。"唐、盧鴻一《嵩山十志十首·樾館》："紫巖隈兮青谿側，雲松煙蔦兮千古色。"唐、魏氏《贈外》詩："浮萍依綠水，弱蔦寄青松。"《紅樓夢》第九九回："想蒙不棄卑寒，希望蔦蘿之附。"清、二石生《十洲春語·品豔》："藤蔦在壁，褵褷四垂。"

芸 0376　　芸 艸也；似目宿。从艸，云聲。《淮南子》說：芸艸可以死復生。王分切（yún ㄩㄣˊ）。

【譯白】芸，一種草本植物的名稱；形狀類似目宿。是依從艸做形旁，以云爲聲旁構造而成的形聲字。《淮南子》說："芸草可以在枯爛以後發芽再生長新的莖葉。"

【述義】芸草，又名芸香、芸香樹，芸香科多年生草本，莖高一二尺，其下部爲木質，故又稱芸香樹，葉互生，羽狀深裂或全裂，有透明腺點，夏季開黃色小花，花、葉、莖有濃烈刺激性氣味，可入藥，有驅蟲、驅風、通經的作用。《禮記·月令》："（仲冬之月）芸始生。"鄭玄注："芸，香草也。"三國、魏、何晏《景福殿賦》："芸若充庭，槐楓被宸。"《後漢書·馬融傳》："茝葪、芸葒、昌本、深蒱。"李賢注："芸，香草也。"晉、成公綏《芸香賦》："美芸香之脩潔，稟陰陽之淑精。"唐、楊巨源《酬令狐員外直夜書懷見寄》詩："芸香能護字，鉛槧善呈書。"宋、沈括《夢溪筆談·辯證一》："古人藏書辟蠹用芸；芸，香草也，今人謂之七里香者是也；葉類豌豆，作小叢生；其葉極芬香，秋後葉間微白如粉污，辟蠹殊驗，南人採置席下，能去蚤蝨。"宋、周邦彥《應天長》詞："亂花過，隔院芸香，滿地狼藉。"

菜名。《藝文類聚》卷八十一引《倉頡解詁》："芸蒿，似邪蒿，可食。"《呂氏春秋·本味》："菜之美者……陽華之芸，雲夢之芹。"高誘注："芸，芳菜也，在吳越之間。"《急就篇》第九章："芸、蒜、薺、芥、茱萸香。"顏師古注："即今芸蒿也，生熟皆可啗。"

通"耘"，除草。《論語·微子》："植其杖而芸。"阮元校勘記："漢石經芸作耘。案：耘爲本字，芸乃假借字。"《孟子·盡心下》：

“人病舍其田而芸人之田。”《列子·楊朱》：“梁王曰：‘先生有一妻一妾而不能治，三畝之園而不能芸；而言治天下如運諸掌，何也？’”漢、劉向《說苑·建本》：“曾子芸瓜而誤斬其根。”宋、辛棄疾《卜算子·千古李將軍》詞：“芸草去陳根，笕竹添新瓦。”

姓。《萬姓統譜·文韻》：“芸，本雲姓，春秋時從艸改爲芸，見《姓纂》。”

疊字雙音“芸芸”形況：謂衆多貌。《老子》：“夫物芸芸，各復歸其根。”晉、葛洪《抱朴子·逸民》：“萬物芸芸，化爲埃塵矣。”宋、司馬光《還陳殿丞原人論》詩：“品物芸芸遊太虛，不知誰氏宰洪爐？”清、龔自珍《乞糴保陽》詩：“蒼生何芸芸，帝命蘇其窮。”

芸又讀 yùn ㄩㄣˋ，《集韻》王問切，去焮云；諄部。枯黃色，謂花草枯黃貌。《集韻·焮韻》：“芸，艸木落之色。”《詩·小雅·苕之華》：“苕之華，芸其黃矣。”毛傳：“將落則黃。”

藗 0377　　艸也。从艸，敕聲。廲最切（cè ㄘㄜˋ）。

【譯白】藗，一種草本植物的名稱。是依從艸做形旁，以敕爲聲旁構造而成的形聲字。

【述義】藗爲何種草？不詳。

藗又讀 cuì ㄘㄨㄟˋ，《集韻》初芮切，去祭初。草出貌。《集韻·祭韻》：“藗，草出皃。”

藗又讀 chuà ㄔㄨㄚˋ，《類篇》芻刮切，入鎋切。除草。《類篇·艸部》：“藗，除艸也。”

葎 0378　　艸也。从艸，律聲。呂戌切（lǜ ㄌㄩˋ）。

【譯白】葎，一種草本植物的名稱。是依從艸做形旁，以律爲聲旁構造而成的形聲字。

【述義】葎草，又名勒草、來莓，俗稱拉拉藤，桑科多年生纏繞草本，葉對生，掌狀分裂，邊緣有鋸齒，莖和葉柄布滿倒生的短刺，秋季開花，雌雄異株，聚花果近球形，全草可供藥用，其果實可作健胃藥，莖纖維可造紙。《玉篇·艸部》：“葎，似葛，有刺。”《本草綱目·草七·葎草》：“此草莖有細刺，善勒人膚，故名勒草，訛爲葎草，又訛爲來莓，皆方音也。”

茦 0379　　莿也。从艸，朿聲。楚革切（cì ㄘˋ）。

【譯白】茦，草的芒莉。是依從艸做形旁，以束爲聲旁構造而成的形聲字。

【述義】草的芒刺，也作「莿」。《爾雅·釋草》：「茦，刺。」郭璞注：「草刺針也。關西謂之刺，燕北、朝鮮之間曰茦，見《方言》。」段玉裁《說文解字注》：「木芒曰束（刺、莿），草芒曰茦。」《集韻·寘韻》：「莿，《說文》：『茦也。』一曰艸芒也；或省。」

　　草木刺人。《方言》卷三：「凡草木刺人，北燕、朝鮮之間謂之茦。」郭璞注：「《山海經》謂刺爲傷也。」

　　參見後面「莿」條。

苦 0380 𦯦 苦蔞，果蓏也。从艸，昏聲。古活切（guā ㄍㄨㄚ）。

【譯白】苦，全名苦蔞，又叫做果蓏的草本植物。是依從艸做形旁，以舌爲聲旁構造而成的形聲字。

【述義】苦蔞，又名瓜蔞、栝樓、栝蔞、果臝，胡蘆科多年生攀援草本植物，莖上有捲鬚以攀緣它物，塊根肥厚，果實卵圓形至廣橢圓形，熟時黃褐色或橙黃色，中醫用作鎮咳祛痰藥，果皮稱「瓜蔞皮」，種子稱「瓜蔞仁」，根稱「天花粉」，都可藥用。《玉篇·艸部》：「苦，苦樓也，齊人謂之瓜蔞。」三國、蜀、諸葛亮《便宜十六策·察疑》：「栝蔞似瓜，愚者食之。」五代、丘光庭《兼明書·禮記·王瓜》：「今驗栝樓，立夏之後其苗始生。」王國維《觀堂集林·〈爾雅〉草木蟲魚鳥獸名釋例下》：「栝樓亦果臝之轉語。」明、李時珍《本草綱目·草七·栝樓》：「栝樓即果臝二字音轉也，亦作舐蓏，後人又轉爲瓜蔞……其根作粉，潔白如雪，故謂之天花粉。」《詩·豳風·東山》：「果臝之實，亦施於字。」昏，段玉裁《說文解字注》：「凡从昏、从舌之字，今多不分。」

葑 0381 𩏓 須從也。从艸，封聲。府容切（fēng ㄈㄥ）。

【譯白】葑，又名須從的蔬菜。是依從艸做形旁，以封爲聲旁構造而成的形聲字。

【述義】葑，即蕪菁，又名蔓菁，俗稱大頭菜，十字花科一年生或二年生草本，直根肥大，肉質，質較蘿蔔緻密，有甜味，開黃色花，根和葉作蔬菜。《詩·邶風·谷風》：「采葑采菲，無以下體。」鄭玄箋：「此二菜者，蔓菁與葍之類也。」孔穎達疏：「蕪菁也。」《東觀漢記·桓帝紀》：“令所傷郡國，皆種蕪菁，以助民食。”《三國志·吳志·陸遜傳》：“遜未答，方催人種葑豆，與諸將弈棊射戲如常。”朱駿聲《說文通訓定聲·豐部》：“（葑）字亦作蘴、作菘；按須從之合音爲菘。”《方言》卷三：“蘴、蕘，蕪菁也；陳、楚之郊謂之蘴；魯、齊之郊謂之蕘；關之東西謂之蕪菁。”三國、曹操《步出夏門行·土不同》：“錐不入地，蘴藾深奧。”菘，則不是蕪菁，亦十字花科蔬菜，二年生草本栽培植物，變種甚多，通常稱爲白菜，卽今人呼爲白菜者。《本草綱目·菜一·菘》：“菘，卽今人呼爲白菜者；有二種：一種莖圓厚微青，一種莖扁薄而白；其葉皆淡青白色……燕京圃人又以馬糞入窖壅培，不見風日，長出苗葉皆嫩黃色，脆美無滓，謂之黃芽菜，豪貴以爲嘉品。”《南齊書·周顒傳》：“文惠太子問顒菜食何味最勝？顒曰：‘春初早韭，秋末晚菘。’”宋、陸游《菘》詩：“可憐遇事常遲鈍，九月區區種晚菘。”

　　葑又讀 fèng ㄈㄥˋ，《廣韻》方用切，去用非。菰根，卽茭白根。《廣韻·用韻》：“葑，菰根也。今江東有葑田。”《晉書·毛璩傳》：“海陵縣界地名青蒲，四面湖澤，皆是菰葑。”何超音義：“《珠叢》云：菰草叢生，其根盤結，名曰葑。”《宋史·蘇軾傳》：“（西）湖水多葑，自唐及錢氏，歲輒浚治，宋興，廢之，葑積爲田，水無幾矣。”清、趙翼《遊網師園》詩：“惜哉喬柯已伐盡，但有一池枯葑積。”

薺 0382　薺　蒺棃也。从艸，齊聲。《詩》曰：“牆有薺。”疾咨切（cí ㄘˊ）。又，徂禮切（jì ㄐㄧˋ）。

【譯白】薺，又名蒺棃的草本植物。是依從艸做形旁，以齊爲聲旁構造而成的形聲字。《詩·鄘風·牆上有薺》說：“牆上生有蒺藜。”

【述義】“薺，蒺棃也。”沈濤《古本考》：“《藝文類聚》八十二艸部、《御覽》九百八十菜部皆引：‘薺，草，可食。’與今本不同。”

　　蒺棃，通作蒺藜，又名刺蒺藜，蒺藜科一年生草本，莖平鋪在地，有毛，羽狀複葉，小葉長橢圓形，開黃色小花，果皮有尖刺，種子可入藥，有滋補作用，果實亦稱爲蒺藜。朱駿聲《說文通訓定聲·履部》：“按薺卽蒺藜之合音。《詩》曰：‘牆有薺。’毛本以‘茨’爲之。《爾雅》：‘茨，蒺藜。’注：‘布地，蔓生，細葉，子有三角，刺人。’亦以‘茨’爲之。《離騷》：‘薋菉葹以盈室兮。’注訓蒺藜，引《詩》

'楚楚者薋'，以'薋'爲之。"薺、茨、薋三字互通。唐、孟浩然《秋登蘭山寄張五》："天邊樹若薺，江畔舟如月。"

通"齏"，細切的鹹菜。漢、揚雄《法言·君子》："或問：航不漿，衝不薺，有諸？"李軌注："樓船不抾漿，衝車不載薺，有諸？"俞樾平議："薺當爲齏。《周官·醢人》：'以五齊七醢七菹三臡實之。'鄭注曰：'齊當爲齏，凡醢醬所和細切爲齏。'……謂樓船不可抾酒漿，衝車不可盛齏醢也；漿與齏，以類相從，作薺者叚字耳。"唐、韓愈《送窮文》："太學四年，朝薺暮鹽。"

薺又讀 jì ㄐㄧˋ，《廣韻》徂禮切，上薺從；脂部。薺菜，十字花科一年生或二年生草本，基出葉叢生，羽狀分裂，葉被毛茸，柄有窄翅，春天抽花薹，花小，白色，嫩葉可供食用，全草入藥。《玉篇·艸部》："薺，甘菜。"《詩·邶風·谷風》："誰謂荼苦，其甘如薺。"《晉書·忠義傳·劉沈》："投袂之日，期之必死，葅醢之戮，甘之如薺。"《宋書·顧覬之傳》："松柳異質，薺荼殊性。"清、吳偉業《送何省齋》詩："嶺雁時獨飛，楚天樹如薺。"清、陳維崧《浣溪沙·雨中由楓橋至玉齊門》詞："薺菜綠平齊女墓，梨花雪壓伍胥潮，柳枝和恨一條條。"

薺又讀 qì ㄑㄧˋ。荸薺，古稱鳧茈，又稱烏芋，今部分地區又名地栗、地梨、馬蹄；是莎草科多年生草本植物，生在池沼或栽在水田裏，地下球莖爲扁圓形，表面呈深褐色或棗紅色、肉白色，可食。

莿 0383　莿　茦也。从艸，刺聲。七賜切（cì ㄘˋ）。

【譯白】莿，草木的芒刺。是依從艸做形旁，以刺爲聲旁構造而成的形聲字。

【述義】草木的芒刺。《玉篇·艸部》："莿，芒也，草木針也。"李富孫《辨字正俗》："《方言》'凡草木刺人，北燕、朝鮮之間謂之茦……自關而西謂之刺，江、湘之間謂之棘。'今莿、束皆概作刺，亦從省借通用也。"段玉裁《說文解字注》："木芒曰束（刺、莿），草芒曰茦。"朱駿聲《說文通訓定聲·解部》："按：當爲茦之或體。"參見前面"茦"條。

通"策"。《鶡冠子·近迭》："戰則是使元元之民往死，邪臣之失莿也。"

蕫(董) ₀₃₈₄ 蕫　鼎蕫也。从艸，童聲。杜林曰：藕根。多動切（dǒng ㄉㄨㄥˇ）。

【譯白】蕫，全名鼎蕫的草本植物。是依從艸做形旁，以童爲聲旁勾構造而成的形聲字。漢光武帝時的文學家杜林說："蕫是指藕的根。"

【述義】蕫，即長苞香蒲，香蒲科多年生草本植物，生水邊或池沼，俗稱蒲草，葉狹長，夏季開花，雌雄花穗緊密排列在同一穗軸上，形如蠟燭，有絨毛，可做枕頭心；葉片可編織鞋、席、扇、蒲包；花粉稱蒲黃，用以入藥。蕫，一作蘱。《爾雅·釋草》："蘱，蕭蕫。"郭璞注："似蒲而細。"郝懿行義疏："《廣雅》云：'蘱，茅蕆也。'《廣韻》云：'蕆，茅類。''蘱，草名，似蒲，一云似茅。'然則蘱亦菅蕆之屬。今俗名蘱絲莛，野人刈取爲索，柔韌難斷；其葉如茅而細長，有毛而澀。"杜林，漢光武帝時人，文字學家，字伯山，扶風茂陵（今陝西咸陽）人；光武帝建武（公元二五一五六年）間歷任東海王太傅、大司空等職；建武二十三年（公元四七年）病卒。既承家學，又受業張竦，學問過師、父；光武嘗問以經書故舊，京師士大夫咸推其博洽，經學家鄭興爲之折服；衛宏師事之，許愼稱"通人"；得漆書古文《尚書》一卷，寶愛研治之，傳衛宏、徐巡，古文遂行。事迹見《後漢書》卷二十七《杜林傳》。杜林爲《倉頡篇》作訓詁，已亡，有《玉函山房》輯佚書本一卷。

　　同"董"，監察、督促的意思。《隸釋·漢司隸校尉魯峻碑》："（魯峻）董督京輦，掌察羣寮。"《隸續·晉右軍將軍鄭烈碑》："遷北軍中侯，典司禁戎，董導羣帥。"

　　姓，後作"董"。清、王煦《說文五翼》："蕫，《漢書》董賢字猶多作此，漢董氏二洗款識亦然。至董卓時，童謠云：'千里艸，何青青。'知蕫之爲董，自東漢始矣。"

　　蕫蓈，狼尾草的別名。

藒 ₀₃₈₅ 藒　狗毒也。从艸，藒聲。古詣切（jì ㄐㄧˋ）。

【譯白】藒，又名狗毒的草本植物。是依從艸做形旁，以藒爲聲旁勾構造而成的形聲字。

【述義】《爾雅·釋草》："藒，狗毒。"郭璞注："樊光云：'俗語苦如藒。'"徐灝《說文解字注箋》："《藒傳》曰：'今藥有狼毒。'按

《本艸圖經》云：‘狼毒，苗葉似商陸及大黃。’”狼毒，瑞香科植物瑞香狼毒或大戟科植物狼毒大戟、月腺大戟的根，有毒，中醫用其祛痰、止痛、消腫、殺蟲。晉、葛洪《抱朴子・雜應》：“或以狼毒冶葛，或以附子蔥涕，合內耳中。”《舊唐書・酷吏傳上・王弘義》：“我之文牒，有如狼毒野葛也。”明、李時珍《本草綱目・草六・狼毒》集解引馬志曰：“狼毒葉似商陸及大黃，莖葉上有毛，根皮黃，肉白。”

薐 0386　薐　艸也。从艸，嫂聲。蘇老切（sǎo ㄙㄠˇ）。

【譯白】薐，一種草本植物的名稱。是依從艸做形旁，以嫂爲聲旁構造而成的形聲字。

【述義】薐，卽薐縷、繁縷，亦名薂，俗名鵝腸草、鵝兒腸菜，石竹科一年生小草本植物，莖纖弱細長，斷之有縷如絲，直立或平臥蔓延地面，葉卵形，對生，春夏開白花，聚傘花序，五瓣，全草入藥，又可作飼料。《爾雅・釋草》：“薂，薐縷。”郭璞注：“今繁縷也；或曰雞腸草。”《本草綱目・菜二・繁縷》：“繁縷卽鵝腸，非雞腸也；下濕地極多……二物蓋相似，但鵝腸味甘，莖空有縷，花白色；雞腸味微苦，咀之涎滑，莖中無縷，色微紫，花亦紫色，以此爲別。”又：“此草莖蔓甚繁，中有一縷，故名；俗呼鵝兒腸菜，象形也。”

芐 0387　芐　地黃也。从艸，下聲。《禮記》：“鉶毛：牛、藿；羊、芐；豕、薇。”是。侯古切（hù ㄏㄨˋ）。

【譯白】芐，又名地黃的草本植物。是依從艸做形旁，以下爲聲旁構造而成的形聲字。《儀禮・公食大夫禮》說：“小鼎盛的肉菜羹：有牛肉和着豆葉；有羊肉和着芐；有豬肉和着薇菜。”其中羊肉芐羹的“芐”就是地黃。

【述義】芐、地黃，又叫地髓，亦名芑，玄參科多年生草本，全株被灰白色柔毛，根莖肉質肥厚；夏季開紫紅色筒狀花，爲著名中藥材，新鮮根莖稱“鮮地黃”或“鮮地”、“鮮生地”，有清熱生津作用，乾燥後稱“生地黃”或“生地”，功能養陰涼血，蒸製加工後稱“熟地黃”或“熟地”，是滋腎補精血的重要良藥。《爾雅・釋草》：“芐，地黃。”郭璞注：“一名地髓，江東呼芐。”宋、唐愼微《政和證類本草・草部》引陶弘景《名醫別錄》：“乾地黃……一名芐，一名芑。”明、方以智《物理小識》卷三：“川椒紅與芐丸服，久則溺小。”

鉶，通作鍏，古代盛羹的小鼎。朱駿聲《說文通訓定聲·鼎部》："鉶，叚借爲鍏。"《禮記·禮運》："實其簠簋籩豆鉶羹。"唐、陸德明《經典釋文》："鉶，本又作鍏；盛和羹器，形如小鼎。"鍏又指肉菜羹。《儀禮·特牲饋食禮》："祭鍏嘗之，告旨。"鄭玄注："鍏，肉味之有菜和者。"賈公彥疏："以其盛之鍏器，因號羹爲鍏。"吳玉搢引經考："今《儀禮·公食大夫禮》作'鍏芼：牛，藿；羊，苦；豕，薇。'鄭注：'今文苦爲芐。'按：芐、苦音近，故借。"參見本書第十四篇《金部》"鉶"條。

地面上生長或種植的植物通稱"毛"，多指五穀蔬菜等。《廣雅·釋草》："毛，草也。"徐灝《說文解字注箋·毛部》："毛，引申之，草木亦謂之毛。"《周禮·地官·載師》："凡宅不毛者有里布。"鄭玄注引鄭司農云："宅不毛，謂不樹桑麻也。"《左傳·隱公三年》："苟有明信，澗谿沼沚之毛，蘋蘩薀藻之菜……可薦於鬼神，可羞於王公。"孔穎達疏："毛，卽菜也。"藿，豆葉。薇，野豌豆，嫩莖、葉可食。"羊、芐"，今本《儀禮》作"羊、苦"；苦，卽苦菜、苦荼。

芐通"苦"，苦荼。《儀禮·特牲饋食禮》："鉶芼用苦苦薇，皆有滑。"

芐又讀 xià ㄒㄧㄚˋ，《廣韻》胡駕切，去禡匣。一、蒲萍，可製席。《禮記·間傳》："齊衰之喪，居堊室，芐翦不納。"鄭玄注："芐，今之蒲萍也。"孔穎達疏："芐翦不納者，芐爲蒲萍，爲席，翦頭爲之，不編納其頭而藏於內也。"二、姓。《萬姓統譜·禡韻》："芐，見《姓苑》。"

薟 0388　　蘞　　白薟也。从艸，僉聲。蘞，薟或从斂。良冉切（liǎn ㄌㄧㄢˇ）。

【譯白】薟，全名白薟的藤本植物。是依從艸做形旁，以僉爲聲旁構造而成的形聲字。蘞，薟的或體字，以斂爲聲旁。

【述義】葡萄科藤本植物泛稱薟，以果熟時顏色不同而有白薟、赤薟、烏薟莓等名稱。《玉篇·艸部》："薟，白薟，藥。"《詩·唐風·葛生》："葛生蒙楚，薟蔓于野。"孔穎達疏引陸璣曰："薟似栝樓，葉盛而細，其子正黑如燕薁，不可食也；幽州人謂之烏服，其莖葉煑以哺牛，除熱。"

薟又讀 xiān ㄒㄧㄢ，《集韻》虛嚴切，平嚴曉。一、豨薟，豨薟草是菊科一年生草本植物，莖上部多分枝，密被柔毛，秋季開黃花，生路邊荒野，全草入藥，有袪風濕、強筋骨等功效。《本草綱目·草四·豨薟》：“時珍曰：韻書：楚人呼豬爲豨，呼草之氣味辛毒爲薟，此草氣臭如豬而味薟螫，故謂之豨薟。”清、孫枝蔚《送吳仁趾之秦郵》詩：“淮海詩名大，豨薟酒味醇。”二、辛味。《集韻·沾韻》：“薟，辛毒之味。”

薟又讀 yán ㄧㄢˊ，《集韻》魚枕切，平嚴疑。水中野韭。《集韻·嚴韻》：“薟，《字林》：水中野韭。”

薟又讀 kàn ㄎㄢˋ，《集韻》苦紺切，去勘溪。同“餡”，味過甘。《集韻·勘韻》：“餡，味過甘也；或作薟。”

莶　0389　𧅥　黃莶也。从艸，金聲。具今切（qín ㄑㄧㄣˊ）。

【譯白】莶，全名黃莶的草本植物。是依從艸做形旁，以金爲聲旁構造而成的形聲字。

【述義】黃莶即黃芩。《玉篇·艸部》：“莶，同芩。”《本草綱目·草二·黃芩》：“芩，《說文》作莶，謂其色黃也。”詳見後一字“芩”條。

莶又讀 qīn ㄑㄧㄣ，《廣韻》去金切，平侵溪。草名，指莶莖草。《廣韻·侵韻》：“莶，草名，似蒿。”《集韻·侵韻》：“莶，草名，似蒿。”《集韻·侵韻》：“莶，莶莖，艸名。”

莶又讀 jīn ㄐㄧㄣ，《集韻》居吟切，平侵見。莶蓉，草名。《集韻·侵韻》：“莶，莶蓉，艸名。”

芩　0390　𦬼　艸也。从艸，今聲。《詩》曰：“食野之芩。”巨今切（qín ㄑㄧㄣˊ）。

【譯白】芩，一種草本植物的名稱。是依從艸做形旁，以今爲聲旁構造而成的形聲字。《詩·小雅·鹿鳴》說：“吃着野地生長的芩。”

【述義】芩，即黃芩，禾本科多年生草本植物，野生濕處，葉對生，披針形，開淡紫色花；根黃色，中醫用爲清涼解熱劑。《詩·小雅·鹿鳴》：“呦呦鹿鳴，食野之芩。”毛傳：“芩，草也。”孔穎達疏引陸璣曰：“莖如釵股，葉如竹，蔓生。”《吳越春秋·句踐入臣外傳》：“越王從嘗糞惡之後，遂病，口臭，范蠡乃令左右皆食芩草，以亂其氣。"

　　芩又讀 yín ㄧㄣˊ，《集韻》魚音切，平侵疑。同"蒣"，水菜名。《集韻·侵韻》："蒣，菜名；似蒜，生水中；古作芩。"

蔍　0391　𧂐　鹿藿也。从艸，麃聲。讀若剽。一曰：蔽屬。平表切（biāo ㄅㄧㄠ）。

【譯白】蔍，也叫做鹿藿的豆科藤本植物。是依從艸做形旡，以麃爲聲旡構造而成的形聲字。蔍的音讀像"剽"字的音。另一義說：蔍是菅蒯一類的草。

【述義】鹿藿，又名鹿豆、𦼆豆、治𦼆、𦼆菽、野綠豆，豆科藤本植物，莖細長、一枝有小葉三片，葉和莖都生褐色毛，莢紅色，種子黑色；鹿藿古代又稱薦、菈。《爾雅·釋草》："薦，鹿藿；其實菈。"郭璞注："今鹿豆也，葉似大豆，根黄而香，蔓延生。"朱駿聲《說文解字定聲·小部》："蔍，亦名薦。"晉、崔豹《古今注·草本》："𦼆豆，一名治𦼆，葉似葛，而實長尺餘，可蒸食；名𦼆菽。"唐、玄應《一切經音義》卷十七引服虔《通俗文》："野豆謂之𦼆豆。"《本草綱目·菜二·鹿藿》："鹿豆，𦼆豆，野綠豆。時珍曰：'豆葉曰藿，鹿喜食之，故名；俗呼𦼆豆，𦼆、鹿音相近也。'"又："鹿豆，卽野綠豆，又名𦼆豆，多生麥地田野中，苗葉似綠豆而小，引蔓生；生熟皆可食。"晉、劉現《與丞相牋》："夏則桑椹，冬則𦼆豆。"《舊唐書·吐蕃傳》："其地氣候大寒，不生秔稻，有青粿麥、𦼆豆。"《資治通鑑·唐高祖武德二年》："唯餘五十二人同走，采𦼆豆生食之。"菈，見後面"菈"條。同是豆科藤本植物的"葛"；別名亦稱鹿藿。《本草綱目·草七·葛》："鹿食九草，此其一種，故曰鹿藿。"

　　蔍草，莎草科多年生草本植物，多叢生水邊，高四、五尺，全株可編席、製繩、鞋、造紙。《玉篇·艸部》："蔍，蒯屬，可爲席。"《儀禮·喪服》："疏屨者，蔍蒯之菲也。"漢、張衡《南都賦》："其草則蔍、苧、蘋、莞。"宋、趙與時《賓退錄》卷十："《元豐九域志》所載上貢物品，有蔍席二十領。"蒯，菅蒯，見前"蒯"條。

　　蘆葦的花穗。《爾雅·釋草》："薍、蒤、荼；猋、蔍、芀。"郭璞注："皆芀、荼之別名，方俗異語。"《廣韻·宵韻》："蔍，葟葦秀。"

通"穮"，除草、耕耘、培育。《廣雅·釋地》："蔍，耕也。"
朱駿聲《說文通訓定聲·小部》："蔍，叚借爲穮。"《文選·張華〈勵志〉》："如彼南畝，力未旣勤，蔍蓘致功，必有豐殷。"李善注："《左氏傳》：'趙文子謂祁午曰：譬如農夫，是蔍是蓘，雖有饑饉，必有豐年。'杜預曰：'蔍，耘也，壅苗爲蓘。'"按：今《左傳·昭公元年》"蔍"作"穮"。隋、王通《中說·關朗》："是蔍是蓘，則有豐年。"宋、陸游《戊申嚴州勸農文》："服勞南畝，各終蔍蓘之功。"清、孫枝蔚《劉殷授七子經史圖》詩："學復貴精專，甫田費蔍蓘。"

通"薅"，氣蒸發貌。《禮記·祭義》："焄蒿悽愴。"漢、鄭玄注："焄謂香臭也，蒿謂氣烝出貌也……蒿或爲蔍。"唐、柳宗元《遊南亭夜還敍志七十韻》詩："寧唯迫魑魅，所懼齊焄蔍。"

蔍又讀 pāo ㄆㄠ，《廣韻》普袍切，平豪滂；宵部。莓的一種，俗名蔣田蔍。《爾雅·釋草》："蔍，麃。"郭璞注："麃卽莓也，今江東呼爲蔍莓；子似覆盆而大，赤，酢甜可啖。"明、李時珍《本草綱目·草七·蓬蘽》："一種蔓小於蓬蘽，一枝三葉，葉面青，背淡白而微有毛，開小白花，四月實熟，其色紅如櫻桃者，俗名蔣田蔍，卽《爾雅》所謂蔍者也。"

薏 0392　薏　綬也。从艸，鷊聲。《詩》曰："邛有旨薏。"是。
五狄切（yì ㄧˋ）。

【譯白】薏，又叫做綬的草本植物。是依從艸做形旁，以鷊爲聲旁構造而成的形聲字。《詩·陳風·防有鵲巢》說："土丘上長着美好的薏草。"薏草就是綬草。

【述義】薏草、綬草，又名盤龍參，多年生矮小草本植物，夏季開花，花小，白而帶紫紅色，可供觀賞，根莖可入藥，能滋陰益氣，涼血解毒。薏，亦作虉、鷊、鶂。段玉裁《說文解字注》："艸字依《韻會》補。《陳風》：'邛有旨鷊。'傳曰：'鷊，綬草也。'《釋草》曰：'虉，綬。'按《毛詩》作'鷊'，假借字也。今《爾雅》作'虉'，與《說文》作薏不同者，鷊、鷊同在十六部也。"《爾雅·釋草》："虉，綬。"郭璞注："小草，有雜色，似綬。"郝懿行義疏："虉，《說文》作薏，引《詩》'邛有旨薏'。《毛詩》作'鷊'，傳云：'綬草也。'正義引陸璣疏：'虉，五色作綬文，故曰綬草。'"《玉篇·

艸部》：“薽，同薽。”《集韻·錫韻》：“薽，《說文》：‘綏也。’或作
薽；亦从鳹。”《類篇·艸部》：“薽，綏也。《詩》：‘邛有旨薽。’”

薐(菱)₀₃₉₃　　蘦　芰也。从艸，淩聲。楚謂之芰；秦謂之薢茩。
蘦，司馬相如說，薐从遴。力膺切（líng　ㄌㄧㄥˊ）。

【譯白】薐，又叫做芰的菱科水生草本植物。是依從艸做形旁，以淩
爲聲旁構造而成的形聲字。楚地一帶的人們叫它芰；秦地一帶的人們
叫它薢茩。遴，司馬相如說：“薐的或體字，以遴做聲旁。”

【述義】薐，俗作“菱”，薢茩是別名，又叫水栗，蕨攗，俗稱菱角，
菱科一年生水生草本植物，水上葉棱形，葉柄上有浮囊，花白色，果
實即菱角，有硬殼，有兩角或四角，可食用及製澱粉。《爾雅·釋草》：
“薐，蕨攗。”郭璞注：“薐，今水中芰。”唐、陸德明《經典釋文》
作“陵”，注：“字又作菱，本今作薐。”《周禮·天官·籩人》：
“加籩之實，薐、芡、栗、脯。”《集韻·蒸韻》：“薐，《說文》：
‘芰也’或作菱。”《呂氏春秋·恃君》：“夏日則食菱芡，冬日則
食橡栗。”高誘注：“菱，芰也。”北魏、楊衒之《洛陽伽藍記·景
明寺》：“寺有三池，萑蒲菱藕，水物生焉。”唐、段成式《酉陽雜
俎·草篇》：“芰，一名水栗，一名薢茩。”《楚辭·招魂》：“《涉
江》《采菱》，發《揚荷》些。”北周、庾信《奉和夏日應令》詩：“早
菱生軟角，初蓮開細房。”唐、白居易《觀採蓮》詩：“菱池如鏡淨
無波，白點花稀青角多。”宋、梅堯臣《邵郎中姑蘇園亭》詩：“折
腰大薐不直錢，鶏鶄鸂鶒沙際眠。”

　　　通“棱”。《淮南子·本經》：“橑檐榱題，雕琢刻鏤，喬枝菱阿，
夫容芰荷。”

　　　菱花鏡，古代銅鏡名，鏡多爲六角形或背面刻有菱花者名菱花
鏡。元、薩都剌《梳頭曲》：“紅絹捲袖搖鈿聲，摩挲睡眼窺秋菱。”

芰₀₃₉₄　　芰　薐也。从艸，支聲。茤，杜林說，芰从多。奇記
切（jì　ㄐㄧˋ）。

【譯白】芰，又叫做薐的菱科水生草本植物。是依從艸做形旁，以支
爲聲旁構造而成的形聲字。茤，杜林說：“是芰的或體字，以多爲聲
旁。”

【述義】杜林說：“芰从多”。桂馥《說文解字義證》：“芰從多者，

多，聲也。”菱，俗稱菱角，菱科一年生水生草本。《國語·楚語上》：“屈到嗜芰；有疾，召其宗老而屬之曰：‘祭我必以芰。’”韋昭注：“芰，菱也。”晉、左思《魏都賦》：“丹藕凌波而的皪，綠芰泛濤而浸潭。”南朝、梁、沈約《鼓吹曲辭·釣竿》：“輕絲動弱芰，微楫起單鳧。”唐、王勃《益州善寂寺碑》：“秋水銀塘，影數軒中之芰。”唐、杜甫《佐還山後寄》詩之三：“隔沼連香芰，通林帶女蘿。”仇兆鰲注：“《武陵記》：‘兩角曰菱，三角四角曰芰。’”“芰”、“菱”，即俗稱的菱角，詳見前一字“菱”條。

薢 0395　薢　薢茩也。从艸，解聲。胡買切（xiè ㄒㄧㄝˋ）。

【譯白】薢，全名薢茩的菱科水生草本植物。是依從艸做形旁，以解爲聲旁構造而成的形聲字。

【述義】薢茩即菱角。《廣雅·釋草》：“陵、芰、薢茩也。”唐、段成式《西陽雜俎·草篇》：“芰，一名水栗，一名薢茩。”參見前一、二字“芰”、“菱”條。

藥草決明亦稱薢茩；決明，亦作茋明，又名芞光、馬蹄決明、羊角、羊躑躅，爲豆科一年生草本植物，偶數羽狀複葉；夏開花，花黃色；莢果呈長角狀，略有四棱，嫩苗、嫩果可食，種子稱決明子，代茶或供藥用，有清肝明目功效。《爾雅·釋草》：“薢茩，芞光。”郭璞注：“芞明也，葉銳，黃赤華，實如山茱萸。或曰陵也，關西謂之薢茩。”邢昺疏：“藥草芞明也，一名芞茪，一名芞明……陶注《本草》云：‘葉如茳豆（芒），子形似馬蹄，呼爲馬蹄決明。’《廣雅》謂之羊躑躅也。”《廣雅·釋草》：“茋明，羊角也。”王念孫疏證：“茋明，亦作決明，結實如羊角，故名。”《玉篇·艸部》：“茋，同芞。”《本草綱目·草五·決明》：“此馬蹄決明也……莖高三四尺，葉大於苜蓿，而本小末奓，晝開夜合，兩兩相帖；秋末開黃花五出，結角如初生紅豇豆，長五六寸，角中子數十粒，參差相連，狀如馬蹄，青綠色，入眼目藥最良。”唐、杜甫《秋雨嘆》詩之一：“雨中百草秋爛死，階下決明顏色鮮。”

茩 0396　茩　薢茩也。从艸，后聲。胡口切（gòu ㄍㄡˋ）。

【譯白】茩，全名薢茩的菱科水生草本植物。是依從艸做形旁，以后爲聲旁構造而成的形聲字。

【述義】草名。《集韻‧厚韻》：“蒣，薢蒣，艸名。”詳見前一字“薢”條。

芡 0397 〔篆〕 雞頭也。从艸，欠聲。巨險切（qiàn ㄑㄧㄢˋ）。

【譯白】芡，又名雞頭的睡蓮科水生草本植物。是依從艸做形旁，以欠爲聲旁構造而成的形聲字。

【述義】芡，通稱芡實，又名雞頭，是雞頭肉的省稱，亦作鷄頭肉、鷄頭，另名葰、葰耳，方言亦名雁頭、雁喙、烏頭，睡蓮科水生草本植物，葉浮水面，圓盾形，邊緣向上折，上面多皺，夏季開紫色花，單生，花托形狀像雞頭，漿果球形，海綿質，密生有刺，種子球形，黑色，即芡實，可供食用和入藥；用芡實做的粉名芡粉，烹調時加在湯或菜裏和成稠汁，是爲勾芡，但現今供不應求，多用其它澱粉代替芡粉。漢、揚雄《方言》卷三：“葰、芡，雞頭也；北燕謂之葰，青、徐、淮、泗之間謂之芡，南楚、江、湘之間謂之雞頭，或謂之雁頭，或謂之烏頭。”郭璞注：“今江東亦名葰耳。”《呂氏春秋‧恃君》：“夏日則食蓤芡，冬日則食橡栗。”高誘注：“芡，雞頭也。”北魏、賈思勰《齊民要術‧養魚》：“雞頭，一名雁喙，即今茨子是也；由子形上花似鷄冠，故名曰鷄頭。”唐、馮贄《雲仙雜記‧時元亨煉眞》：“明日便出如剝淨鷄頭肉者二三升許。”唐、韓愈《獨釣》詩之四：“風能坼芡觜，露亦染梨腮。”唐、徐凝《侍郎宅泛池》詩：“蓮子花邊回竹岸，雞頭葉上盪蘭舟。”宋、樓鍔《浣溪沙‧雙檜堂》：“芡剝明珠隨意嚼，瓜分瓊玉趁時嘗。”《金史‧國用安傳》：“歸德雖乏糧儲，而魚芡可以取足。”元、袁桷《隱居圖賦》：“被以松杉，瀠以芡菱。”《紅樓夢》第三七回：“先揭開一個，裏面裝的是紅菱，雞頭兩樣鮮果。”

蘜 0398 〔篆〕 日精也；以秋華。从艸，鞠省聲。蓻，蘜或省。居六切（jú ㄐㄩˊ）。

【譯白】蘜，又名日精的草本植物；在秋天開花。是依從艸做形旁，以鞠省去竹爲聲旁構造而成的形聲字。蓻，蘜省略了筆畫的或體字。

【述義】蘜，古篆作蘜，通作菊、鞠，即今之菊花，爲菊科多年生草本植物，原產中國，葉子有柄，卵形，邊緣有缺刻或鋸齒，秋季開花，栽培歷史悠久，品種繁多，爲著名觀賞植物，世界各國普遍栽培，以黃菊、白菊爲主的品種可作茶飲、釀酒、入藥、食用色素。王筠《說文解字句讀》："蘜，當作蘜，《玉篇》、《廣韻》引皆然。"段玉裁《說文解字注》："以，各本作似，今依宋本及《韻會》正。《本艸經》："'菊花，一名節花。'又曰：'一名日精。'按：一名節花，即許所謂'以秋華'也；一名日精，與許合……字或作菊，或作鞠，以《說文》繩之，皆叚借也……按《米部》'籟'從米，籟省聲，省竹則爲蘜，又省米則爲䓘，即《夲部》之'歎'之省聲也。"沈濤《古本考》："《玉篇》、《廣韻》二書引《說文》皆同，而字均作'蘜'，蓋古本篆文作'蘜'，从籟省聲。"《禮記·月令》："鞠有黃華。"唐、陸德明《經典釋文》："鞠，本又作菊。"《楚辭·九歌·禮魂》："春蘭兮秋鞠，長無絕兮終古。"蔣驥注："鞠，菊同。"毛奇齡《壽人說》："故夫冬荷而夏鞠，違時也。"許慎分別以石竹科之"大菊、瞿麥"爲菊，以今菊科之菊花爲蘜，以不能開花之牡菊爲蘜，三艸各爲一物，參見前"菊"條、後"蘜"條。

　　蘜又讀 qū ㄑㄩ，《集韻》丘六切，入屋溪。蘜蘆，花青黃色。《集韻·屋韻》："蘜，蘜蘆，華青黃色。"

蕎 0399　𦻲　爵麥也。从艸，龠聲。以勺切（yuè ㄩㄝ）。

【譯白】蕎，又名爵麥的禾本科草本植物。是依從艸做形冎，以龠爲聲冎構造而成的形聲字。

【述義】爵麥即雀麥；爵，通雀；古人往往把同科不同屬的燕麥與雀麥混而爲一。雀麥，禾本科一年生草本植物，形似燕麥，葉稍長，夏季開花，小穗狀花序，綠色，生長山坡，荒野和路冎，可作牧草，也可栽作水土保持植物，穀粒可作飼料。《爾雅·釋草》："蕎，雀麥。"郭璞注："即燕麥也。"郝懿行義疏："蘇恭《本草》云：'所在有之，生故墟野林下，苗葉似小麥而弱，其實似穬麥而細，一名杜姥草，一名牛星草。'"雀麥、燕麥，以燕、雀喜食得名，燕麥的子實可用以救荒。徐鍇《說文解字繫解》："漢、魏以前，雀字多作爵，假借也。"《孟子·離婁上》："爲叢毆爵者，鸇也。"朱熹注："爵，與雀同。"《新序·雜事二》："夫爵，俛啄白粒，仰棲茂樹，鼓其翼，奮其身，自以爲無患，無民無爭也。"宋、陸游《村居》："不恨閑門可羅爵，本知窮巷自多泥。"

蓮 0400 　牡茅也。从艸，遬聲。遬，籀文速。桑谷切（sù ㄙㄨˋ）。

【譯白】蓮，又名牡茅的禾本科草本植物。是依從艸做形旁，以遬爲聲旁構造而成的形聲字。做爲聲旁的遬，是籀文的速字。

【述義】段玉裁《說文解字注》：「凡速聲字皆從速，則牡茅字作蓮可矣；而小篆偶從遬，與他速不畫一，故箸之。序曰『小篆取史籀，大篆或頗省改』，蓮者，大篆文應省改而不省改者也。」蓮是白茅一類的植物。《爾雅・釋草》：「蓮，牡茅也。」郭璞注：「白茅屬。」邢昺疏：「茅之不實者也。」牡茅卽雄茅，只開雄花不能結子實的茅；郭璞說是白茅的一種。白茅，一作白茆，俗名絲茅，禾本科多年生草本植物，因花穗上密生白色柔毛，而得名，古代常用以包裹祭品及分封諸侯，象徵土地所在方位之土；亦可蓋屋頂。《易・大過》：「初六，藉用白茅，無咎。」孔穎達疏：「潔白之茅。」《詩・召南・野有死麕》：「野有死麕，白茅包之。」高亨注：「白茅，一種草，潔白柔滑，故人常用它包裹肉類。」漢、潘勗《册魏公九錫文》：「錫君玄土，苴以白茅。」唐、岑參《至大梁卻寄匡城主人》詩：「長風吹白茆，野火燒枯桑。」明、李時珍《本草綱目・草二・白茅》：「茅有白茅、菅茅、黃茅、香茅、芭茅數種，葉皆相似，白茅短小，三四月開白花成穗，結細實，其根甚長，白軟如筋而有節，味甘，俗呼絲茅，可以苫蓋及供祭祀苞苴之用，本經所用茅根是也。」茆，通茅；如：茆亭、茆屋。《韓非子・外儲說右上》：「楚國之法，車不得至於茆門。」另：遬不能寫作「遫」，遫音 chì ㄔˋ，是張或開的意思。漢、揚雄《方言》卷十二：「遫，張也。」錢繹箋疏：「遫，舊本並訛作遬。」《集韻・職韻》：「遫，開也。」

菘 0401 　茅秀也。从艸，私聲。息夷切（sī ㄙ）。

【譯白】菘，茅所抽的穗。是依從艸做形旁，以私爲聲旁構造而成的形聲字。

【述義】茅穗。徐鍇《說文解字繫傳》：「此卽今茅華未放者也；今人食之，謂之茅樞。《詩》所謂『手如柔荑』，荑，秀也。」徐灝《說文解字注箋》：「荑、菘聲相近。」《廣雅・釋草》：「荓、菘，茅穗也。」王念孫疏證：「茅穗，茅秀也……茅之秀者，其穗色白。」宋、羅泌

《路史・前紀九・有巢氏》："擔薍秸以爲蓐。"茅抽出的穗，又名
蕍、莤。參見前面"蕍"條。

蒹 0402 𧁻　萑之未秀者。从艸，兼聲。古恬切（jiān ㄐㄧㄢ）。

【譯白】蒹，荻沒有出穗的名稱。是依從艸做形旁，以兼爲聲旁構造
而成的形聲字。

【述義】蒹，亦作薕，沒有出穗的蘆葦。萑，即俗稱的荻，禾本科多
年生草本植物，與蘆同類，生長水邊，地下莖蔓延，地上莖直立，根
莖都有節似竹，葉抱莖生，葉片線狀披針形，秋天抽紫色、白色或草
黃色等花穗，有固沙護堤作用，稈可編席箔，也可以做造紙原料。萑，
原作藋，亦作萑、雈，萑是俗字；初生的荻，古稱葭、菼、薍、蘺、
烏蓲、薕、蒹等，秋堅成後叫萑；荻，也作藡。《爾雅・釋草》："蒹，
薕。"郭璞注："似萑而細，高數尺，江東呼爲蒹薕。"宋、沈括《夢
溪補筆談》卷三："予今詳諸家所釋，葭、蘆、葦，皆蘆也；則菼、
薍、萑，自當是荻耳。"《詩・秦風・蒹葭》："蒹葭蒼蒼，白露爲霜。"
陸璣疏："蒹，水草也；堅實，牛食之，令牛肥彊。"孔穎達疏："郭
璞曰：'蒹似萑而細，高數尺，蘆葦也。'"《史記・司馬相如列傳》：
"其卑溼則生藏莨蒹葭。"唐、韓愈《苦寒》詩："豈徒蘭蕙榮，施
及艾與蒹。"宋、王安石《江上》詩之四："共看蒹葦宅，聊對稻粱謀。"
《廣韻・桓韻》："萑，萑葦，《易》亦作雈，俗作萑。"《墨子・旗幟》：
"凡守城之法：石有積……萑葦有積。"《玉篇・艸部》："萑，細
葦。"《穆天子傳》卷二："珠澤之藪，方三十里，爰有萑葦莞蒲，茅
蕡蒹蓲。"本書"萑"、"萑"、"雈"、"薍"、"菼"、"葭"、"薕"、"蓲"、
"蘺"、"蘆"、"葦"等條，可分別參考。

薍 0403 𧀌　菼也。从艸，亂聲。八月薍爲葦也。五患切（wàn
ㄨㄢ）。

【譯白】薍，又名菼。是依從艸做形旁，以亂爲聲旁構造而成的形聲
字。到了八月，薍長大成爲蘆葦。

【述義】薍是初生的荻。《爾雅・釋草》："菼，薍。"郭璞注："似
葦而小，實中，江東呼爲烏蓲。"《詩・衛風・碩人》："葭菼揭揭。"
唐、孔穎達疏引陸璣疏："薍，或謂之荻。至秋堅成，則謂之萑。"
《詩・豳風・七月》："七月流火，八月萑葦。"孔穎達疏："初生

者爲菼，長大爲蓲，成則名爲萑。”唐、韓愈《酬崔十六少府攝伊陽以詩及書見投因酬三十韻》詩：“行當自劾去，漁釣老葭蓲。”蘆、荻同屬禾本科多年生草本植物，莖葉和花都相類似，古代卽並稱相混。唐、杜荀鶴《溪岸秋思》詩：“秋風忽起溪灘白，零落岸邊蘆荻花。”《新唐書·竇建德傳》：“我聞高雞泊廣袤數百里，葭蓲阻粵，可以違難。”《本草綱目·草四·蘆》：“蘆有數種：其長丈許中空皮薄色白者，葭也，蘆也，葦也；短小於葦而中空皮厚色清蒼者，蓲也，荻也，萑也；其最短小而中實者，蒹也，薕也。”菼爲蓲的或體字。參見前一字“蒹”條及後一字“菼”條。

　　蓲又讀 luàn ㄌㄨㄢˋ，《集韻》盧玩切，去換來。蓲子，小蒜的根。《集韻·換韻》：“蓲，小蒜根曰蓲子。”宋、唐愼微《政和本草·菜部·蒜》引陶弘景《名醫別錄》：“小蒜生葉時，可煮和食；至五月葉枯，取根名蓲子，正爾噉之，亦甚熏臭；味辛，性熱，主中冷，霍亂，煮飲之。”

菼（炎）　0404　ⵕ　萑之初生。一曰蓲，一曰雓（雈）。从艸，剡聲。炎，菼或从炎。土敢切（tǎn ㄊㄢˇ）。

【譯白】菼，荻初生的名稱；或稱爲蓲，或稱爲雓。是依從艸做形旁，以剡爲聲旁構造而成的形聲字。炎，菼的或體字，以炎爲聲旁。

【述義】菼是初生的荻；俗用或體的“炎”。《詩·王風·大車》：“大車檻檻，毳衣如菼。”菼色嫩綠，這是說衣色如菼之綠。段玉裁《說文解字注》：“雈，各本作雈，今依《爾雅》。”《爾雅·釋言》：“菼，雚也。”郭璞注：“菼，草色如雚，在青白之間。”前引《大車》“毳衣如菼”，毛傳：“菼，雚也，蘆之初生者也。”清、陳奐疏：“雚當作雈；《傳》蘆字乃萑字之誤。”按：《詩·王風·中谷有蓷》：“中谷有蓷，暵其乾矣。”毛傳：“蓷，雚也。”《爾雅·釋草》：“萑，蓷。”郭璞注：“今茺蔚也，葉似荏，方莖，白華，華生節間，又名益母。”許愼說解“萑”有二義：一是草多貌，一是蓷的別名；萑音 zhuī ㄓㄨㄟ；而雚省作萑，又省作雈；《廣韻·桓韻》：“萑，萑葦，《易》亦作萑，或捉作雚。”《易·說卦》：“爲蒼筤竹，爲萑葦。”此萑與雚、雈、雚俱音 huán ㄏㄨㄢˊ；蓷、萑、雓，是脣形科益母草的不同名稱；萑通雚、雈、雚，與蒹、薕、蓲、菼、炎、蘆、雓同爲禾本科荻類；雓與雛根本有別，不能相混，雛、雛皆讀 zhuī ㄓㄨㄟ，音同義不同。

蒹 0405　蒹　蒹也。从艸，廉聲。力鹽切（lián ㄌㄧㄢˊ）。

【譯白】蒹，又名蒹。是依從艸做形旁，以廉爲聲旁構造而成的形聲字。

【述義】蒹是沒有出穗的荻。《玉篇·艸部》：“蒹，荻也。”詳見前面“蒹”條。

蘋 0406　蘋　青蘋，似莎者。从艸，煩聲。附袁切（fán ㄈㄢˊ）。

【譯白】蘋，全名青蘋的一種香草，類似莎草的草本植物，是依從艸做形旁，以煩爲聲旁構造而成的形聲字。

【述義】青蘋，一種香草，似莎而大。《楚辭·九歌·湘夫人》：“白蘋兮騁望，與佳期兮夕張。”王逸注：“蘋，草，秋生。今南方湖澤皆有之。”《淮南子·覽冥》：“田無立禾，路無莎蘋。”蘋，高誘注：“狀如葴，葴如葭也。”《漢書·司馬相如傳上》：“其高燥則生葴析苞荔，薛莎青蘋。”唐、顏師古注引張揖曰：“青蘋似莎而大，生江湖，雁所食。”莎，詳見後面“莎”條。

茚 0407　茚　昌蒲也。从艸，印聲。益州云（生）。五剛切（áng ㄤˊ）。

【譯白】茚，又名昌蒲的水生草本植物。是依從艸做形旁，以印爲聲旁構造而成的形聲字。益州一帶的人們稱茚爲昌蒲（菖蒲生長在益州一帶）。

【述義】昌蒲，一作菖蒲，天南星科多年生水生草本植物，葉狹長，似劍形，故又名“蒲劍”；生在水邊，根莖淡紅色，夏天開花，肉穗花序圓柱形，着生在莖端，淡黃色；根莖可做香料，全草可提取芳香油、澱粉和纖維原料，根莖入藥爲健胃劑，外用可以治牙痛、齒齦出血等；昌蒲根的醃製品稱爲昌蒲菹、菖歜；用菖蒲葉浸的藥酒名菖蒲酒，舊俗端午節飲之，謂可去痰疫；端午節一稱菖蒲節，端午民俗用菖蒲來和艾葉紮束掛在門前。《呂氏春秋·任地》：“冬至後五旬七日菖始生，菖者百草之先生者也，於是始耕。”高誘注：“菖，菖蒲，水草也。”《廣韻·唐韻》：“茚，菖蒲別名。”《集韻·陽韻》：“菖，菖蒲，艸名，蓀也，通作昌。”《史記·司馬相如列傳》：“其東則有蕙圃衡蘭，芷若射干，穹窮昌蒲，江離蘪蕪，諸蔗猼且。”《孝經援神契》：“椒薑禦濕，菖蒲益聰。”北魏、酈道元《水經注·伊水》：

"石上菖蒲，一寸九節，爲藥最妙，服久化僊。" "益州云"，徐鍇《說文解字繫傳》作"益州生"。益州，漢武帝所置十三刺史部之一，轄境約當今四川省折多山、雲南省怒山、哀牢山以東，甘肅省武都、雨當、陝西省秦嶺以南，湖北省鄖縣、保康西北，貴州省除東邊以外地區，東漢以後轄境漸小。宋、蘇軾《僕年三十九在潤州道上過除夜》詩之二："釣艇歸時莒葉雨，繅車鳴處楝花風。"

莪 0408　茆莪也。从艸，邪聲。以遮切（yé　ㄧㄝˊ）。

【譯白】莪，全名茆莪。是依從艸做形旁，以邪爲聲旁構造而成的形聲字。

【述義】茆莪，一說是菖蒲的花穗。茆莪可能是一類兩物。《玉篇·艸部》："莪，草名。"《十韻彙編·王一·麻韻》："莪，菜名。"王筠認爲這中間文字有脫誤，《說文解字句讀》："蓋有挩誤，《玉篇》茆、莪是兩物。"茆莪作菖蒲的花穗說，是依據《集韻》"薢亦作莪，古作荼"，而且按下一字"芀，葦華"，符合許愼說文解字的通例。薢是茅穗，又是禾穗。《廣雅·釋草》："薢，茅穗也。"王念孫疏證："茅穗，茅秀也……茅之秀者，其穗色白。"《類篇·艸部》："薢，禾穗。"《集韻·模韻》："穌，禾穗曰穌，或从斜。"荼也有作茅草、蘆葦之類的白花。《詩·豳風·鴟鴞》："予手拮据，予所捋荼。"毛傳："荼，萑苕也。"孔穎達疏："《七月》傳云：萑爲雈。此爲萑苕，謂萑之秀穗也。《出其東門》箋云：'荼，茅秀。'然則茅、萑之秀其物相類，故皆名荼也。"

莪又讀 yē　ㄧㄝ。同"梛（椰）"。唐、玄應《一切經音義》卷十六："椰子，《聲類》作莪。《異物志》云：椰高十尋，葉居其末，果名也。"

芀 0409　葦華也。从艸，刀聲。徒聊切（tiáo　ㄊㄧㄠˊ）。

【譯白】芀，蘆葦的花穗。是依從艸做形旁，以刀爲聲旁構造而成的形聲字。

【述義】芀，亦作苕，蘆葦的花穗。《爾雅·釋草》："葦醜，芀。"郭璞注："其類皆有芀秀。"唐、陸德明《經典釋文》："芀，字或作苕。"《荀子·勸學》："蒙鳩以羽爲巢，而編之以髮，繫之葦苕；風至苕折，卵破子死。"楊倞注："苕，葦之秀也。"

用同"芳"。《資治通鑑・唐宣宗大中十二年》："式（王式）有才略，至交趾，樹芳木爲柵，可支數十年。"胡三省注："昔嘗見一書從艸從力者，讀與棘同。棘，羊矢棗也，此木可以支久。"

茢 0410　𦳝　芳也。从艸，列聲。良辥切（liè ㄌㄧㄝ）。

【譯白】茢，就是葦芳。是依從艸做形旁，以列爲聲旁構造而成的形聲字。

【述義】茢除與芳同謂葦花，另有一義：苕帚，古人用以和桃木掃除不祥。朱駿聲《說文通訓定聲・泰部》："茢，葦花已退，其穎可爲帚。"《周禮・夏官・戎右》："贊牛耳，桃、茢。"鄭玄注："桃，鬼所畏也；茢，苕帚，所以掃不祥。"賈公彥疏："殺牲取血，旁有不祥，故執此二者於血側也。"《左傳・襄公二十九年》："乃使巫以桃、茢先祓殯。"漢、張衡《東京賦》："方相秉鉞，巫覡操茢。"唐、韓愈《論佛骨表》："古之諸侯，行弔於其國，尚令巫祝先以桃？茢祓除不祥，然後進弔。"餘另見前一字"芳"條。

藥草名，卽石芸。《爾雅・釋草》："茢，勃茢。"郭璞注："一名石芸。《本草》云。"

萏 0411　𦿆　菡萏也。从艸，函聲。胡感切（hàn ㄏㄢˋ）。

【譯白】萏，全名菡萏的睡蓮科水生草本植物。是依從艸做形旁，以函爲聲旁構造而成的形聲字。

【述義】菡萏，經典作菡萏，總名芙蕖，亦作芙渠，扶渠，唉渠，概稱荷花，亦作荷華，別名蓮華、蓮花、芙蓉，睡蓮科多年生水生草本植物，葉圓形，高出水面，葉柄常有刺，夏季開花，淡紅、紅色或白色，有清香，花名蓮花，花開過後的花托，倒圓錐形，叫蓮蓬，有許多小孔，各孔分隔如房，故又名蓮房，裏面有種子，種子叫蓮、蓮子、蓮實、蓮米、蓮的、蓮菂，蓮實中的胚芽綠色，叫蓮心、蓮蕊，根莖叫藕、蓮藕、蓮菜，由根的先端膨大而成，橫生於泥土中，外皮呈黃褐色，肉肥厚，灰白色，中間有管狀小孔，折斷後有絲相連，藕的兩段相接處叫藕節，蓮子、蓮藕供食用，蓮子、蓮心、蓮藕、藕節、葉、葉柄、蓮房可入藥。《爾雅・釋草》："荷，芙蕖。其莖，茄；其葉，蕸；其本，蔤；其華，菡萏；其實，蓮；其根，藕；其中，的；的中，薏。"郭璞注："別名芙蓉，江東呼荷。"邵瑛《羣經正字》："今

經典作菡萏。”《詩・陳風・澤陂》：“彼澤之陂，有蒲與荷。”“彼
澤之陂，有蒲菡萏。”又《鄭風・山有扶蘇》：“山有扶蘇，隰有荷
華。”毛傳：“荷華，扶渠也，其華菡萏。”《楚辭・離騷》：“製
芰荷以爲衣兮，集芙蓉以爲裳。”洪興祖補注：“《本草》云：其葉
名荷，其華未發爲菡萏，已發爲芙蓉。”南朝、齊、謝朓《詠蒲》詩：
“間廁秋菡萏，出入春鳧雛。”五代、李璟《浣溪沙》詞：“菡萏香
消翠葉殘，西風愁起綠波間，還與韶光共憔悴，不堪看。”宋、歐陽
修《西湖戲作示同遊者》詩：“菡萏香清畫舸浮，使君寧復憶揚州。”
清、洪昇《長生殿・窺浴》：“悄偷窺，亭亭玉體，宛似浮波菡萏，
含露弄嬌輝。”

藺　0412　藺　菡藺；芙蓉。華未發爲菡藺，已發爲芙蓉。从艸，
閻聲。徒感切（dàn ㄉㄢˋ）。

【譯白】藺，全名菡藺的睡蓮科水生草本植物；別名芙蓉。荷的花含
苞未放稱爲菡藺，已經開瓣發出花來稱爲芙蓉。是依從艸做形旁，以
閻爲聲旁構造而成的形聲字。

【述義】菡藺，也作“菡萏”，含苞未放的荷花。《玉篇・艸部》：
“萏，菡萏。藺，同萏。”詳見前一字“菡”條。

蓮　0413　蓮　芙蕖之實也。从艸，連聲。洛賢切（lián ㄌㄧㄢˊ）。

【譯白】蓮，芙蕖所結的籽實。是依從艸做形旁，以連爲聲旁構造而
成的形聲字。

【述義】荷的種子，即蓮子，後又稱荷。《爾雅・釋草》：“荷，芙
蕖……其實蓮。”郭璞注：“蓮，謂房也。”徐灝《說文解字注箋》：
“蓮之言連，其房如蜂窠相連屬也，因謂其實曰蓮實，省言之但曰
蓮。”蓮，俗稱蓮子，橢圓形，肉呈乳白色，當中有綠色胚芽，叫做
蓮心、蓮蕊，味微苦、性清涼；俱可食可入藥。

　　蓮花亦簡稱蓮；蓮又作“萮”。《詩・陳風・澤陂》：“彼澤之陂，
有蒲與萮。”毛傳：“萮，蘭也。”鄭玄箋：“萮，當作蓮；蓮，芙蕖
實也。”陳喬樅《韓詩遺說考》：“鄭箋蓋據《韓詩》‘萮，蓮也’爲
說……萮本訓蘭，又以聲近假借爲蓮字。蘭與蓮，皆澤中之香草也。”
《樂府詩集・相和歌辭・江南一首》：“江南可採蓮，蓮葉何田田。”
唐、王維《山居秋暝》詩：“竹喧歸浣女，蓮動下漁舟。”唐、韓愈

《郫州溪堂》詩：“淺有蒲蓮，深有蒹葦。”《翦燈新話·滕穆醉遊聚景園記》：“月上東垣，蓮開南浦。”

又指藕。唐、溫庭筠《達摩支曲》：“擣麝成香塵不滅，拗蓮作寸絲難絕。”

佛家稱佛所居世界（淨土）。《淨土鎮流祖傳》八：“淨業之人，比分陀利，詣往之國曰蓮邦，其教稱蓮教。”

蓮又讀 liǎn ㄌㄧㄢˇ，《廣韻》力展切，上獮來。蓮勺，漢代縣名，隋廢，故城在今陝西省渭南縣東北。《廣韻·獮韻》：“蓮，蓮勺，縣名，在馮翊。”《漢書·宣帝紀》：“常困於蓮勺鹵中。”顏師古注引如淳曰：“蓮勺縣有鹽池，縱廣十餘里，其鄉人名爲鹵中。”

茄 0414 　茄　芙蕖莖。从艸，加聲。古牙切（jiā ㄐㄧㄚ）。

【譯白】茄，芙蕖的梗莖。是依從艸做形旁，以加爲聲旁構造而成的形聲字。

【述義】荷莖、荷梗。《爾雅·釋草》：“荷，芙渠；其莖茄。”《文選·張衡〈西京賦〉》：“蒂倒茄於藻井，披紅葩之狎獵。”李善注引薛綜曰：“茄，藕莖也。以其莖倒殖於藻井，其華下向反披。”三國、魏、何晏《景福殿賦》：“茄蔤倒植，吐被芙蕖。”參見前“蔤”條。

通“荷”。段玉裁《說文解字注》：“茄之言柯也，古與荷通用。《陳風》：‘有蒲與荷。’鄭箋：‘夫渠之莖曰荷。’樊光注《爾雅》引《詩》：‘有蒲與茄。’屈原曰：‘製芰荷以爲衣，蒐芙蓉以爲裳。’揚雄則曰：‘衿芰茄之綠衣，被芙蓉之朱裳。’”

古國名。《左傳·昭公二十五年》：“楚子使薳射城州屈，復茄人焉。”按：據高士奇《春秋地名考略》，州屈在今安徽省鳳陽縣西。茄音加，茄爲近淮水小邑。

茄又讀 qié ㄑㄧㄝˊ，《廣韻》求迦切，平戈羣。茄子，又名“落蘇”，茄科直立分枝草本植物，在熱帶爲多年生灌木；莖直立，葉倒卵形或橢圓形，花淡紫或白色；漿果圓形或圓柱狀，紫、綠或白色；原產亞熱帶，中國各地栽培，是夏季主要蔬菜之一。北魏、賈思勰《齊民要術·茄子》：“種茄子法：茄子九月熟時，摘取，擘破，水淘子，取沉者，速曝乾，裹置。”宋、唐愼微《政和本草·菜部》引陳藏器云：“茄子，味甘、平，無毒，今人種而食者名落蘇。”《廣韻·戈韻》：“茄，茄子，菜可食。”漢、王褒《僮約》：“種瓜作瓠，別茄披葱。”宋、陸游《老學庵筆記》卷二：“《酉陽雜俎》云：‘茄子一名落蘇。’今吳人正謂之落蘇，或云錢王有子跛足，以聲相近，故惡人言茄子，亦未必然。”

“茄房”，蓮蓬。唐、柳宗元《柳州山水近治可遊者記》：“其宇下有流石成形，如肺肝，如茄房。”

“茄袋”，一種製作精緻的小包，俗稱荷包，用以隨身佩帶作飾件，備放零錢或什物用。《宋史・輿服志六》載所獲亡金國寶，內有絲袍、玉帶、銷金玉事、皮茄袋等法物。《金瓶梅詞話》第二三回：“西門慶道：‘我茄袋內還有一、二兩，你拿去。’”

荷 0415　　芙蕖葉。从艸，何聲。胡哥切（hé ㄏㄜˊ）。

【譯白】荷，芙蕖的葉。是依從艸做形旁，以何爲聲旁構造而成的形聲字。

【述義】段玉裁《說文解字注》：“蓋大葉駭人，故謂之荷。”《宋書・臧質傳》：“乃入南湖逃竄，無食，摘蓮噉之。追兵至，窘急，以荷覆頭，自沈於水，出鼻。”唐、李白《擬古十二首》詩之十一：“攀荷弄其珠，蕩漾不成圓。”宋、孫光憲《河傳詞》：“團荷閃閃，珠傾露點。”按：俗以荷、荷花稱芙蕖全草。參見前“蕅”條。

蓮的全草稱爲“荷”；爲睡蓮科多年生水生宿根草本，葉圓形，高出水面，葉柄常有刺；夏季開花，紅色、淡紅或白色，有清香、美觀，供觀賞。花謝後形成蓮蓬，內生多數堅果，俗稱蓮子，爲滋補食品，荷的肥大根莖爲藕，可食；藕、藕節、葉、葉柄、蓮蕊、蓮房俱可入藥。《爾雅・釋草》：“荷，芙蕖。”郭璞注：“別名芙蓉，江東呼荷。”《詩・鄭風・山有扶蘇》：“山有扶蘇，隰有荷華。”毛傳：“荷華，扶渠也，其華菡萏。”又《陳風・澤陂》：“陂澤之陂，有蒲與荷。”晉、張華《荷》詩：“荷生綠泉中，碧葉齊如規。”南朝、齊、謝朓《遊東田》詩：“魚戲新荷動，鳥散餘花落。”唐、杜甫《漫興絕句九首》詩之七：“糝徑楊花鋪白氈，點溪荷葉疊青錢。”唐、韓愈《奉和錢七兄曹長盆池所植》詩：“翻翻江浦荷，而今生在此。”荷花，蓮的花。宋、歐陽修《采桑子》詞之七：“荷花開後西湖好，載酒來時，不用旌旗，前後紅幢綠蓋隨。”

古代酒器荷葉杯的代稱。宋、辛棄疾《鷓鴣天·翠木千尋上薜蘿》詞：「明畫燭，洗金荷，主人起舞客齊歌。」

國名，荷蘭王國的簡稱。徐珂《清稗類鈔·爵秩類》：「鄭成功逐荷人而有之，垂三世。」

荷又讀 hè ㄏㄜˋ，《廣韻》胡可切，上哿匣。一、肩負、扛、擔。清、朱珔《說文假借義證》：「古擔負字作『何』，今作『荷』，讀上聲。《易·噬嗑》『何校』《釋文》：『何，本作荷。』《論語》『荷蕢』《釋文》：『荷，本作何。』是『荷』為『何』之假借。」《公羊傳·宣公六年》：「有人荷畚自閨而出者。」何休注：「荷，負也。」《漢書·灌夫傳》：「身荷戟馳不測之吳軍。」顏師古注：「荷，負也。」南朝、梁、沈約《齊故安陸昭王碑文》：「挈妻荷子，負戴成羣。」唐、裴迪《春日與王維過新昌里訪呂逸人不遇》詩：「恨不逢君出荷蓧，青松白屋更無他。」又擔子。《警世通言·拗相公飲恨半山堂》：「見吾兒王雱荷巨枷約重百斤。」另有五義，並續述於下：二、擔任、承當、擔負。漢、張衡《東京賦》：「荷天下之重任。」晉、潘岳《河陽縣作》詩：「豈敢鄙微官，但恐忝所荷。」《舊唐書·順宗紀》：「虔恭寅畏，懼不克荷。」三、承受、承蒙，後多用在書信中表示感激。《左傳·昭公三年》：「伯石之汰也，一為禮於晉，猶荷其祿，況以禮終始乎！」三國、曹操《請爵荀彧表》：「而臣前後獨荷異寵，心所不安。」北魏、楊衒之《洛陽伽藍記·城內·永寧寺》：「吾世荷國恩，不能坐看成敗。」唐、韓愈《元日酬蔡州馬十二尚書》詩：「元日新詩已去年，蔡州遙寄荷相憐。」宋、王安石《再答呂吉甫書》：「惠及海物，愧荷不忘。」《三國演義》第六十回：「甚荷大夫不外，留敘三日。」清、姚鼐《感春雜詠》詩之四：「既荷春陽氣，柔芳冒寸土。」四、特指承受恩德。唐、韓愈《京尹不臺參答友人書》：「所示，情眷之至，不勝悚荷！」宋、陸游《老學庵筆記》卷八：「秦公嘻笑曰：『甚荷。』」五、古澤名，又水名，也作「菏」。《五經文字·水部》：「菏，澤名，見《夏書》。古本亦作荷。」《史記·夏本記》：「道沇水，東為濟，入于河，泆為滎，東出陶丘北，又東至于菏，又東北會于汶，又東北入于海。」裴駰集解引孔安國曰：「荷澤之水。」六、電荷的省稱，是物體或構成物體的質點所帶的正電或負電。帶異種電荷的物體相吸引，帶同種電荷的物體相排斥；電荷的移動形成電流。

荷又讀 hē ㄏㄜ，《集韻》虎何切，平歌曉。一、通"苛"，瑣細、苛細、繁瑣、煩擾。《逸周書・五權》："官庶則荷，荷至乃辛。"盧文弨校正引謝墉曰："荷，與苛同。"《晏子春秋・內篇・諫上八》："執法之吏，竝荷百姓。"孫星衍音義："荷，讀如苛，經典多以荷爲苛。"《漢書・酈食其傳》："食其聞其將皆握齱好荷禮自用，不能聽大度之言，食其乃自匿。"顏師古注："荷，與苛同；苛，細也。"《隸釋・都鄉正衛彈碑》："吏無荷擾之煩。"洪适注："碑以荷爲苛。"二、通"訶"，查問、查察、詰問。本書敍"苛人受錢"段玉裁《說文解字注》："按訶責字俗作呵，古多以苛字、荷字代之。"《集韻・歌韻》："荷，譏察也。或作苛。"《周禮・天官・宮正》"幾其出入"漢、鄭玄注："謂幾荷其衣服持操及疏數者。"孫詒讓正義："《王制》注云：'譏，苛察也。'幾譏、荷苛字並通……《比長》注又作呵，正字當作訶。《說文・言部》云：'訶，大言而怒也。'荷苛皆叚字，呵卽訶之俗。"宋、葉適《故吏部侍郎劉公墓誌銘》："在臨州，守以畸零稅迫縣，公故爲寬期，曰：'此於法不當徵也。'守怒甚，荷邑胥項廷訴公。公曰：'以喜怒罪令則可，然畸零稅不可得也。'"三、疊字雙音"荷荷"形況：1、怨恨聲。《南史・梁紀中・武帝》："疾久口苦，索蜜不得，再曰'荷荷'，遂崩。"清、呂守曾《經史法戒詩》："貪嗔至竟未能除，荷荷空悲淨居殿。"2、歌唱聲。清、黃遵憲《都踴歌》："聽我歌荷荷。"3、催眠聲。清、黃道憲《己亥雜詩》之三九："荷荷引睡施施溺，竟夕聞娘喚女聲。"

蔤　0416　蔤　芙蕖本。从艸，密聲。美必切（mì ㄇㄧˋ）。

【譯白】蔤，芙蕖沒在水下泥中的莖。是依從艸做形旁，以密爲聲旁構造而成的形聲字。

【述義】荷的地下莖。《爾雅・釋草》："荷，芙蕖……其本，蔤。"郭璞注："莖下白蒻在泥中者。"《本草綱目・果六・蓮藕》："以蓮子種者生遲，藕芽種者最易發；其芽穿泥成白蒻，卽蔤也；長者至丈餘，五六月嫩時，沒水取之，可作蔬茹，俗呼藕絲菜。"蒲、荷等水生植物莖沒入泥中的白嫩部分謂之"蒻"。參見前"蔥"條。

藕 0417 　蕅　芙蕖根。从艸、水，禺聲。五厚切（ǒu ㄡˇ）。

【譯白】藕，芙蕖的根部。是依從艸、依從水互相做形旁，以禺爲聲旁構造而成的會意兼形聲字。

【述義】藕，俗作藕。《玉篇·艸部》：“藕，同藕。”《梁相孔耽神祠碑》：“躬采菱藕。”按：藕、藕卽荷、蓮的根狀莖，亦名荷藕、蓮藕，肥大有節，由荷的根部先端膨大而成，橫生在泥中，分數段，表面黃褐色，肉肥厚，灰白色，中間有管狀小孔，折斷後有絲相連，可供食用及製澱粉，藕的兩段相接處，色黑，有鬚根謂之藕節，可入藥。參見前“菡”條。

蘢 0418 　蘢　天蘥也。从艸，龍聲。盧紅切（lóng ㄌㄨㄥˊ）。

【譯白】蘢，又名天蘥的水生高大草本植物。是依從艸做形旁，以龍爲聲旁構造而成的形聲字。

【述義】《爾雅·釋草》：“蘢，天蘥。”郭璞注：“未詳。”郝懿行義疏：“此草高大，故名天蘥。”在周朝就有蘢的記載：《管子·地員》：“其山之淺，有蘢與斥。”按：蘢，就是葓草，一作紅草，又名水紅、水葓、紅蓼、馬蓼、龍古、蘢鼓，蓼科一年生水生高大草本植物，全株有毛，莖高達三米，生村旁路邊和水邊濕地，葉闊卵形，夏、秋開花，花淡紅色或白色，可供觀賞，果扁如酸棗仁而小，花果入藥。《詩·鄭風·山有扶蘇》：“山有喬松，隰有游龍。”毛傳：“龍，紅草也。”孔穎達疏引陸璣云：“一名馬蓼，葉大而赤白色，生水澤中，高丈餘。”《爾雅·釋草》：“紅，蘢古，其大者蘬。”宋、邢昺疏及《太平御覽》卷九百九十九引“龍”均作“蘢”。《本草綱目·草五·葓草》：“其莖粗如姆指，有毛，其葉大如商陸葉；色淺紅成穗，秋深子成，扁如酸棗仁而小。”唐、皇甫松《天仙子》詞之一：“晴野鷺鷥飛一隻，水葓花發秋江碧。”宋、孔平仲《芙蓉堂》詩：“今日重來皆蔓草，水紅無數強排秋。”宋、翁元龍《水龍吟·雪霽登吳山》詞：“宮柳招鶯，水葓飄雁，隔年春意。”明、張四維《雙烈記·計定》：“秋到潤州江上，紅蓼黃蘆白浪。”

“蘢葱”，葱蘢。一、（草木）青翠茂盛。唐、楊巨源《長安春遊》詩：“蘢葱樹色分仙閣，縹緲花香汎御溝。”元、揭傒斯《題桃源圖》詩：“煙霞俄變滅，草樹杳蘢葱。”《紅樓夢》第十七回：“只是佳木蘢葱。”二、濃密、濃厚。明、王九思《曲江春》第三折：“王氣蘢葱，蓬萊翠聳。”明、陸采《懷香記·嬋姻封錫》：“瑞氣蘢葱，寶鼎篆煙浮湧。”

“蘢鬱”，草木繁茂貌。康有爲《〈廣藝舟雙楫〉序》：“禮樂黼黻，草木蘢鬱。”

通“籠”。《隸釋·漢梁相孔耽神祠碑》：“放蘢羅之雉，救窮禽之厄。”

蘢又讀 lǒng ㄌㄨㄥˇ，《集韻》魯孔切，上董來。蘢茸、蘢蓯，謂聚集貌。《集韻·董韻》：“蘢，蘢茸，聚皃。”《淮南子·俶眞訓》：“被德含和，繽紛蘢蓯。”又：“譬若周雲之蘢蓯，遼巢彭濞而爲雨。”高誘注：“蘢蓯，聚合也。”《漢書·司馬相如傳》：“攢羅列聚叢以蘢茸兮。”顏師古注：“蘢茸，聚貌。”

蘢又讀 lòng ㄌㄨㄥˋ，《正字通》音弄。是指艸或竹樹深處。《正字通·艸部》：“蘢，楚、越謂竹樹深者爲蘢；今蜀語云樸橋。”《全唐詩·李華〈寄趙七侍御〉》：“玄猿啼深蘢，白鳥戲葱蒙。”原注：“楚、越謂竹樹深者爲蘢；蘢，一作舮。”

蓍　0419　蓍　蒿屬。生十歲，百莖。易以爲數。天子蓍九尺，諸侯七尺，大夫五尺，士三尺。从艸，耆聲。式脂切（shī ㄕ）。

【譯白】蓍，蒿類的植物。生長十年，能繁衍出數以百計的莖枝。易卜占卦用蓍草來計算吉凶禍福。天子占卜用的蓍草長九尺，諸侯占卜用的蓍草長七尺，大夫占卜用的蓍草長五尺，士占卜用的蓍草長三尺。是依從艸做形旁，以耆爲聲旁構造而成的形聲字。

【述義】蓍爲菊科多年生草本植物，莖直立，一本多莖，繁殖力強，莖葉含芳香油，可作調香原料；蓍草的莖亦稱蓍，中國古代常用來占卜，叫做蓍策或蓍筮，以蓍與龜甲占卜吉凶謂之蓍龜；亦指占卜，而卜筮之人叫蓍龜家。《易·繫辭上》：“探賾索隱，鉤深致遠，以定天下之吉凶，成天下之亹亹者，莫大乎蓍龜。”又：“是故蓍之德，圓而神；卦之德，方以智。”“生十歲，百莖”之“十、百”，是說年久、莖繁衍多，不是實數；《說文解字注》、《說文解字句讀》等衆本作“生千歲，莖三百莖”，是古人對動植物的一種崇拜心理，認爲是天地間壽考之物，因而誇張神化蓍草。漢、班固《白虎通義》卷三：“蓍之言蓍也，久長意也。”晉、張華《博物志》：“蓍一千歲而三百莖，其本以老，故知吉凶。”明、李時珍《本草綱目・草四・蓍》：“蓍乃蒿屬，神草也。”《《詩・曹風・下泉》：“洌彼下泉，浸彼苞蓍。”朱熹集傳：“蓍，筮草也。”漢、張衡《思玄賦》：“文君爲我端蓍兮，利飛遯以保名。”漢、蔡邕《祖餞祝文》：“神龜吉兆，林氣煌煌，蓍卦利貞，天見三光。”晉、皇甫謐《高士傳・老萊子》：“枝木爲牀，蓍艾爲席。”明、唐寅《醉扶歸・冬景》詞：“嬾安排錦帳飲羊羔，只思量玉手拈蓍草。”《兒女英雄傳》第三六回：“（安老爺）親自上書架子上把《周易》蓍草拏下來，桌子擦得乾淨，佈起位來，必誠必敬，撲了回蓍草卜，卜公子究竟名我列第幾。”

蓍又專指蓍草莖，古人用以占卜。前段引《易・繫辭上》：“探賾索隱，鉤深致遠，以定天下之吉凶，成天下之亹亹者，莫大乎蓍龜。”其中所指亦可謂蓍草莖。《搜神記》卷三：“使者沉吟良久而悟，乃命取蓍筮之。”清、陳康祺《燕下鄉脞錄》卷十三：“康熙中，準夷入寇；聖祖命大學士李文貞公蓍之，遇復之上六。”

用同“耆”，蓍艾，卽耆艾；古稱六十歲爲耆，五十歲爲艾，因以指年老。唐、楊炯《常州刺史伯父東平楊公墓誌銘》：“言旋舊國，保茲蓍艾。”

䕡　0420　　香蒿也。从艸，臤聲。𦽏，䕡或从堅。去刃切（qìn　ㄑㄧㄣˋ）。

【譯白】䕡，又名香蒿的草本植物。是依從艸做形旁，以臤爲聲旁構造而成的形聲字。𦽏，䕡的或體字，以堅爲聲旁。

【述義】香蒿是青蒿的一種，菊科二年生草本植物，葉互生，細裂如絲，有特殊氣味，莖、葉入藥，嫩者可食。《爾雅・釋草》：“蒿，䕡。”郭璞注：“今人呼青蒿香中炙啖者爲䕡。”邢昺疏引孫炎云：“荊楚之間謂蒿爲䕡。”《詩・小雅・鹿鳴》：“呦呦鹿鳴，食野之蒿。”宋、朱熹集傳：“蒿，䕡也；卽青蒿也。”宋、沈括《夢溪筆談・藥議》：“陝西綏銀之閒有青蒿，在蒿叢之閒，時有一兩株迥然青色，土人謂之‘香蒿’，莖葉與常蒿悉同，但常蒿色綠，而此蒿色青翠，一如松檜之色；至深秋，餘蒿並黃，此蒿獨青，氣稍芬芳。”宋、黃庭堅《觀伯時畫馬》詩：“貧馬百䕡逢一豆，眼明見此玉花驄。”

莪 0421 _莪 蘿莪，蒿屬。从艸，我聲。五何切（é ㄜˊ）。

【譯白】莪，全名蘿莪，是蒿類草本植物。是依從艸做形旁，以我爲聲旁構造而成的形聲字。

【述義】蘿莪，亦作莪蘿，又名莪蒿、蘿、蘿蒿、廩蒿，俗稱抱娘蒿，多年生草本植物，生水邊，葉子像針，花黃綠色，嫩莖葉可食。《爾雅·釋草》：“莪，蘿。”郭璞注：“今莪蒿也，亦曰廩蒿。”《詩·小雅·菁菁者莪》：“菁菁者莪，在彼中阿。”孔穎達疏引陸璣曰：“莪，蒿也，一名蘿蒿也，生澤田漸洳之處，葉似斜蒿而細，科生，三月中莖可生食，又可蒸，香美，味頗似蔞蒿是也。”

莪又爲蘑菇的別名。元、王禎《農書·百穀譜·蔬屬》：“中原呼菌爲蘑菇，又爲莪。”徐灝《說文解字注箋》：“莪蘿，疊韻連名；單成或曰莪，或曰蘿，舍人云：莪亦名蘿是也。”

蘿 0422 _蘿 莪也。从艸，羅聲。魯何切（luó ㄌㄨㄛˊ）。

【譯白】蘿，又名莪的蒿類草本植物。是依從艸做形旁，以羅爲聲旁構造而成的形聲字。

【述義】莪蒿。《爾雅·釋草》：“莪，蘿。”郭璞注：“今莪蒿也，亦曰廩蒿。”詳見前一字“莪”條。

蘿亦泛稱某些蔓生植物，色青灰，緣松柏或其他喬木而生，亦間有寄生石上者，枝體下垂如絲狀。如：松蘿、女蘿、藤蘿、蔦蘿。《玉篇·艸部》：“蘿，女蘿，托松而生。”《詩·小雅·頍弁》：“蔦與女蘿，施于松柏。”毛傳：“女蘿，菟絲，松蘿也。”三國、魏、曹植《雜詩》：“寄松爲女蘿，依水如浮萍。”晉、孫綽《遊天臺山賦》：“攬樛木之長蘿，援葛藟之飛莖。”《文選·木華〈海賦〉》：“輕塵不飛，纖蘿不動。”李善注引《爾雅》曰：“唐蒙，女蘿。”唐、杜甫《佳人》詩：“侍婢賣珠迴，牽蘿補茅屋。”唐、黃滔《敷水盧校書》詩：“宅帶松蘿僻，日唯猿鳥親。”五代、牛希濟《臨江仙》詞：“謝家仙觀寄雲岑，巖蘿拂地成陰,洞房不閉白雲深。”明、李明珍《本草綱目·木四·松蘿》：“松蘿能平肝邪、去寒熱，同瓜蒂諸藥則能吐痰。”

菻 0423 _菻 蒿屬。从艸，林聲。力稔切（lǐn ㄌㄧㄣˇ）。

【譯白】菻，蒿類的草本植物。是依從艸做形旁，以林爲聲旁構造而成的形聲字。

【述義】菻卽藁蒿、菣蒿。《廣韻·寑韻》：“菻，菻蒿。”《集韻·寑韻》：“菻，或从廪。”以廪爲聲旁卽藁。詳見前“菣”條。

譯音用字，拂菻，中國古代指東羅馬帝國。《新唐書·西域傳下·拂菻》：“拂菻，古大秦也，居西海上，一曰海西國。”

蔚 0424　牡蒿也。从艸，尉聲。於胃切（wèi ㄨㄟˋ）。

【譯白】蔚，又名牡蒿的草本植物。是依從艸做形旁，以尉爲聲旁構造而成的形聲字。

【述義】牡蒿，亦作牡菣，又名馬薪蒿，菊科多年生草本植物，全草可入藥；燃乾草可以驅蚊；葉可以代茶。《詩·小雅·蓼莪》：“蓼蓼者莪，匪我伊蔚。”鄭玄箋：“蔚，牡菣也。”孔穎達疏引陸璣曰：“牡蒿也，華似胡麻華而紫赤，一名馬薪蒿。”《本草綱目·草四·牡蒿》：“《爾雅》：‘蔚，牡菣。’蒿之無子者，則牡之名以此也。”又引《別錄》集解：“牡蒿生田野，五月、八月採。”

草木茂盛。《文選·班固〈西都賦〉》：“茂樹蔭蔚，芳草被堤。”李善注引《蒼頡篇》曰：“蔚，草木盛貌。”唐、蕭穎士《有竹》詩之三：“彼蔚者竹，蕭其森矣。”宋、歐陽修《醉翁亭記》：“望之蔚然而深秀者，琅邪也。”清、俞樾《春在堂隨筆》卷三：“玲瓏幽邃，竹樹芩蔚。”

盛大、擴大。晉、潘岳《藉田賦》：“青壇蔚其嶽立兮，翠幕黕以雲布。”南朝、梁、劉勰《文心雕龍·詮賦》：“六義附庸，蔚成大國。”梁啟超《譯印政治小說序》：“殆可增《七略》而爲八，蔚‘四部’而爲五矣。”

薈萃、聚集。《漢書·敘傳下》：“多識博物，有可觀采，蔚爲辭宗，賦頌之首。”

雲氣彌漫貌。《詩·曹風·候人》：“薈兮蔚兮，南山朝隮。”毛傳：“薈蔚，雲興貌。”南朝、梁、劉義慶《世說新語·言語》：“草木蒙籠其上，若雲興霞蔚。”清、夢麟《夜過青浦》詩：“華月澹始照，流雲蔚初展。”

有文采、華美。《廣雅·釋詁三》：“蔚，數也。”王念孫疏證：“蔚者，《衆經音義》卷七云：‘蔚，文采繁數也。’”《易·革》：“象曰：君子豹變，其文蔚也。”南朝、梁、劉勰《文心雕龍‧雜文》：
“景純《客傲》，情見而采蔚。”清、納蘭性德《五色蝴蝶賦》：“或
蔚若天臺建霞，或鮮如蝃蝀垂華。”清、阮葵生《茶餘客話》卷九：
“（貂鼠）紫黑者蔚而不耀，尤爲難得。”

病。《淮南子‧俶眞》：“血脈無鬱滯，五藏無蔚氣。”高誘注：
“蔚，病也。”

蔚又讀 yù ㄩˋ，《廣韻》紆物切，入物影。一、以疊字雙音“蔚
蔚”形況，同“鬱鬱”：1、茂盛貌。《宋書‧隱逸傳‧陶潛》：“渾
渾長源，蔚蔚洪柯。羣川載導，衆條載羅。”北魏、酈道元《水經注‧
江水二》：“林木蕭森，離離蔚蔚，乃在霞氣之表。”續范亭《黃河
樓遠眺》詩：“浩浩蕩蕩，全是正氣，蔚蔚蒼蒼，皆有生機。”2、
謂憂悶、抑鬱。《後漢書‧張衡傳》：“愁蔚蔚以慕遠兮，越卬州而愉
敖。”又《仲長統傳》：“彼之蔚蔚，皆匈�腹詛，幸我之不成，而
以奮其前志，詎肯用此爲終死之分邪！”二、地名，河北省蔚縣。三、
姓。《通志‧氏族略五》：“尉氏，音鬱，亦作蔚，鄭有尉止，尉翩。”

蕭 0425 蕭 艾蒿也。从艸，肅聲。蘇彫切（xiāo ㄒㄧㄠ）。

【譯白】蕭，又名艾蒿的蒿屬草本植物。是依從艸做形旁，以肅爲聲
旁構造而成的形聲字。

【述義】蕭、艾蒿，又叫萩蒿，俗稱香蒿，菊科蒿屬多年生草本植物，
人們常與艾相混；參見前“艾”條。《爾雅‧釋草》：“蕭，萩。”郭
璞注：“卽蒿。”《詩‧王風‧采葛》：“彼采蕭兮，一日不見，如
三秋兮。”孔穎達疏引陸璣曰：“今人所謂荻蒿者是也，或云牛尾蒿，
似白蒿，白葉，莖麤，科生，多者數十莖，可作燭，有香氣，故祭祀
以脂爇之爲香。”《楚辭‧離騷》：“何昔日之芳草兮，今直爲此蕭
艾也。”《南齊書‧倖臣傳‧紀僧眞》：“僧眞夢蒿艾生滿江，驚而
白之。太祖曰：‘詩人採蕭，蕭卽艾也；蕭生斷流，卿勿廣言。’”
唐、韓愈《秋懷》詩之二：“白露下百草，蕭蘭共雕悴。”宋、呂本
中《兵亂後雜詩》：“萬事多翻覆，蕭蘭不辨眞。”段玉裁《說文解
字注》：“此物蒿類而似艾，一名艾蒿，許非謂艾爲蕭也。”

蕭條冷落、淒涼、淒清。晉、劉伶《北芒客舍》詩：“蚊蚋歸豐
草，枯葉散蕭林。”唐、李商隱《爲濮陽公陳情表》：“雖馬援據鞍，

尚能矍鑠，而班超覽鏡，不覺蕭衰。”明、張煌言《愁泊》詩：“蕭風苦雨逐潮來，慘淡危舟倍足哀。”清、黃景仁《雜詠》詩之一：“天長滄海闊，何以度蕭時。”

擾動貌。《漢書・張湯傳》：“及文帝欲事匈奴，北邊蕭然苦兵。”顏師古注：“蕭然猶騷然，擾動之貌也。”

稀疏。《二刻拍案驚奇》卷四十：“愁萬種，醉鄉中兩鬢蕭。”

附述“蕭疏”：亦作“蕭疎”。一、謂稀散、稀疏、稀少。唐、韋應物《淮上喜會梁川故人》詩：“歡笑情如舊，蕭疏鬢已斑。”唐、唐彥謙《秋霽夜吟寄友人》詩：“槐柳蕭疏溽暑收，金商頻伏火西流。”元、張可久《折桂令・讀史有感》曲之一：“說到知音，自古無多，白髮蕭疏，青燈寂寞，老子婆娑。”清、黃遵憲《人境廬雜詩》之八：“楊梁諸子好，蹤跡亦蕭疏。”二、寂寞、淒涼。唐、杜牧《八六子》詞：“辭恩久歸長信，鳳帳蕭疏，椒殿閉扃。”宋、張孝祥《鵲橋仙・戲贈吳伯承侍兒》詞：“野堂從此不蕭疏，問何日，尊前喚客。”元、宋方壺《鬥鵪鶉・送別》套曲：“歡笑地不堪舉目，回首處景物蕭疎。”《紅樓夢》第八一回：“（寶玉）走到沁芳亭，但見蕭疏景象，人去房空。”三、蕭條、不景氣。宋、陸游《行在春晚有懷故隱》詩：“舊人零落北音少，市肆蕭疏民力殫。”明、吾丘瑞《運甓記・翦髮延賓》：“英雄困塵土，奈生計蕭疎，功名艱阻，忠謀未吐。”四、灑脫、自然不拘束。明、劉崧《題余仲揚畫山水圖爲余自安賦》詩：“金華山人余仲揚，筆墨蕭疏開老蒼。”清、李漁《凰求鳳・媒間》：“儀容細觀今勝初，喜風韻蕭疎。”五、清麗。唐、吳融《書懷》詩：“傍巖依樹結簷楹，夏物蕭疏景更清。”宋、司馬光《夏日過陳秀才園林》詩：“槿花籬落圍叢竹，風日蕭疏滿園綠。”清、方文《石臼湖訪邢孟貞》詩之二：“風俗既淳美，山川亦蕭疎。”六、空虛。元、湯式《天香引・中秋戲題》曲：“今年旅邸中秋，囊篋蕭疎，典卻吳鈎。”清、俞樾《春在堂隨筆》卷九：“身爲名將，手握重兵，一旦棄去之，缾鉢蕭疏，野衲不若。”

灑脫。清、顧炎武《廣師》：“蕭然物外，自得天機，吾不如傅青主。”

斜出。《廣雅・釋詁二》：“蕭，衺也。”王念孫疏證：“蕭之言蕭梢衰出之貌也。”

　　通“肅”，肅敬。段玉裁《說文解字注》：“蕭，古音在三部，音修，亦與肅同音通用……蕭牆、蕭斧皆訓肅。”《論語·季氏》：“吾恐季孫之憂，不在顓臾，而在蕭牆之內也。”何晏集解引鄭玄曰：“蕭之言肅也，牆謂屏也，君臣相見之禮，至屏而加肅敬焉，是以謂之蕭牆。”按“蕭牆”：一、古代宮室內作爲屏障的矮牆。唐、白行簡《李娃傳》：“乃引至蕭牆間，見一姥垂白上僂，卽娃母也。”亦指垣牆。《醒世恆言·鬧樊樓多情周勝仙》：“（朱眞）迆迆到周大郎墳邊，到蕭牆矮處，把腳跨過去。”二、借指內部。《韓非子·用人》：“不謹蕭牆之患，而固金城於遠境。”《後漢書·劉虞傳》：“明公不先告曉使得改行，而兵起蕭牆，非國之利。”宋、陸游《德勛廟碑》：“蕭牆釁起，羣公暗拱，公則唱勤王復辟之大策。”郁達夫《感時》詩：“謀傾孤注終無補，亂到蕭牆豈易平？”“蕭斧”，古代兵器斧鉞，古代用於刑罰，故取其嚴肅之義。漢、劉向《說苑·善說》：“夫以秦楚之強而報讐於弱薛，譬猶摩蕭斧而伐朝菌也。”唐、孔穎達《〈春秋正義〉序》：“一字所嘉，有同華袞之贈；一言所黜，無異蕭斧之誅。”宋、張孝祥《水調歌頭·凱歌上劉恭文》詞：“千里風飛雷厲，四校星流彗掃，蕭斧剉春蔥。”清、吳偉業《退谷歌》詩：“武陵洞口聞野哭，蕭斧斫盡桃花林。”一說蕭斧卽越斧，見《文選·左思〈魏都賦〉》李周翰注。徐鍇《說文解字繫傳》說蕭斧卽芟艾之斧。

　　　　附述“蕭森”：一、草木茂密貌，引申爲錯落聳立貌。《文選·潘岳〈射雉賦〉》：“蕭森繁茂，婉轉輕利。”北魏、楊衒之《洛陽伽藍記·平等寺》：“堂宇宏美，林木蕭森。”《宋書·謝靈運傳·山居賦》：“其竹……旣修竦而便娟，亦蕭森而蓊蔚。”宋、司馬光《又和董氏東園檜屏石牀》詩：“密葉蕭森翠幕紆，暫來猶恨不長居。”明、何景明《懷化驛芭蕉》詩：“孟夏日初赫，蕭森蔽炎光。”二、草木凋零衰敗貌。唐、張九齡《郡舍南有園畦雜樹聊以永日》詩：“江城何寂歷，秋樹亦蕭森。”宋、陸游《秋思絕句》：“一片雲深更作陰，東軒草樹共蕭森。”明、何景明《九日黔國後園》詩之二：“天空遠水明秋岸，梧葉蕭森楓樹殘。”三、謂陰晦、陰森。晉、張協《雜詩》之九：“磎壑無人迹，荒楚鬱蕭森。”唐、杜甫《秋興》詩之一：“玉露凋傷楓樹林,巫山巫峽氣蕭森。"甯調元《遊白雲歸感賦四律並柬同遊諸子》詩:"夜氣蕭森十里堤,出門可有上天梯。"

附述"蕭然":一、猶騷然,擾亂騷動的樣子。《史記·酷吏列傳》:"及孝文帝欲事匈奴,北邊蕭然苦兵矣。"唐、元稹《兩省供奉官諫駕幸溫湯狀》:"不廢戒嚴,而猶物議喧囂,財力耗頓,數年之外,天下蕭然。"《明史·宦官傳二·陳增》:"大率入公帑者不及什一,而天下蕭然,生靈塗炭矣。"二、空寂、蕭條。晉、陶潛《五柳先生傳》:"環堵蕭然,不蔽風日。"《新唐書·宦者傳上·程元振》:"虜扣便橋,帝倉黃出居陝,京師陷。賊剽府庫,焚閭術,蕭然爲空。"宋、范仲淹《岳陽樓記》:"滿目蕭然,感極而悲者矣。"三、稀疏、虛空。宋、葉適《題〈林秀文集〉》:"鬢髮蕭然,奔走未已,可嘆也!"明、楊柔勝《玉環記·皋謁延賞》:"雙親棄世十八年,囊篋盡蕭然。"《明史·忠義傳四·徐世淳》:"州嘗被賊,居民蕭然。"四、簡陋。宋、陸游《自笑》詩:"惟餘數卷殘書在,破篋蕭然笑獠奴。"明、方孝孺《先府君行狀》:"(先君)每行縣以物自隨,杯湯不肯受;去官貧甚,鬻所乘馬以行,行李蕭然,觀者嘆息。"王闓運《侯官陳君墓誌銘》:"乘輿蕭然,襆被而已。"五、蕭灑、悠閒。晉、葛洪《抱朴子·刺驕》:"高蹈獨往,蕭然自得。"唐、杜甫《劉九法曹鄭瑕邱石門宴集》詩:"秋水清無底,蕭然淨客心。"宋、蘇軾《遊惠山》詩序:"愛其語清簡,蕭然有出塵之姿。"

古國名,春秋時宋的附庸,公元前五九七年滅于楚,地在今安徽省蕭縣西北。《左傳·宣公十二年》:"楚子伐蕭,宋華椒以蔡人救蕭。"

縣名,在安徽省北端,東臨江蘇省,西接河南省,秦置縣。清、顧祖禹《讀史方輿紀要·江南十一·徐州》:"蕭縣,古蕭國,春秋時宋邑,秦置蕭縣。"

姓。《通志·氏族略二》:"蕭氏,子姓。杜預曰:古之蕭國也……後爲宋所並,微子之支孫大心平南宮長萬有功,封於蕭,以爲附庸,宣十二年楚滅之,子孫因以爲氏。"

疊字雙音"蕭蕭"形況:一、象聲詞,常形容馬叫聲、風雨聲、流水聲、草木搖落聲、樂器聲等。《詩·小雅·車攻》:"蕭蕭馬鳴,悠悠旆旌。”晉、陶潛《詠荊軻》詩：“蕭蕭哀風逝，淡淡寒波生。”唐、劉長卿《王昭君歌》詩：“琵琶弦中苦調多，蕭蕭羌笛聲相和。”宋、王安石《試院中五絕句》詩之五：“蕭蕭疏雨吹檐角，噎噎暝蛩啼草根。”元、耶律楚材《和南質張學士敏之見贈》詩之五：“雲飄飄，水蕭蕭，一燈香火過閑宵。”清、蒲松齡《聊齋志異·連瑣》：“楊子畏，居于泗水之濱，齋臨曠野，牆外多古墓，夜聞白楊蕭蕭，聲如濤涌。”二、蕭條、寂靜。晉、陶潛《自祭文》：“窅窅我行，蕭蕭墓門，奢恥宋臣，儉笑王孫。”唐、皎然《往丹陽尋陸處士不遇》詩：“寒花寂寂徧荒阡，柳色蕭蕭愁暮蟬。”明、高啟《秋日江居寫懷》詩之七：“漁村靄靄緣江暗，農徑蕭蕭入圃斜。”清、蒲松齡《聊齋志異·俠女》：“女數日不至；母疑之，往探其門，蕭蕭閉寂。”三、形容淒清、寒冷。晉、陶潛《祭程氏妹文》：“黯黯高雲，蕭蕭冬月。”唐、韓愈《謝自然》詩：“白日變幽晦，蕭蕭風景寒。”明、詹同《出獵圖》詩：“穹廬散野如繁星，涼月蕭蕭照平陸。”四、稀疏。唐、皎融《遊報本寺》詩：“茶煙裊裊籠禪榻，竹影蕭蕭掃徑苔。”宋、李綱《摘鬢間白髮有感》詩：“蕭蕭不勝梳，擾擾僅盈搦。”明、高濂《玉簪記·命試》：“白髮蕭蕭今已老，歸閑堪守林皋，夢回青瑣戀王朝。”五、簡陋。唐、牟融《送范啟東還京》詩：“蕭蕭行李上征鞍，滿目離情欲去難。”元、鄭光祖《倩女離魂》第四折：“行李蕭蕭倦修整，甘歲月淹留帝京。”明、高啟《送蕭隱君自句曲經吳歸維揚》詩：“來去逐江雲，蕭蕭舊巾屨。”六、蕭灑。南朝、宋、劉義慶《世說新語·容止》：“嵇康身長七尺八寸，風姿特秀，見者歎曰：‘蕭蕭肅肅，爽朗清舉。’”唐、趙璘《因話錄·商上》：“（李約）以近屬宰相子，而雅度玄機，蕭蕭沖遠，德行既優，又有山林之致。”明、唐寅《題畫竹次杜水庵韻》詩：“蕭蕭美人脫凡俗，蕉姓稱蘿名碧玉。”

萩 0426　蕭也。从艸，秋聲。七由切（qiū ㄑㄧㄡ）。

【譯白】萩，就是蕭，是依從艸做形旁，以秋為聲旁構造而在的形聲字。

【述義】蒿類植物。《爾雅·釋草》：“蕭，萩。”郭璞注：“卽蒿。”郝懿行義疏：“今萩蒿，葉白，似艾而多岐，莖尤高大如蔓蒿，可丈餘。”詳見前一字“蕭”條。

通“楸”，木名，卽梓木。朱駿聲《說文通訓定聲‧孚部》：“萩，叚借爲楸。”《左傳‧襄公十八年》：“十二月，戊戌，及秦周伐雍門之萩。”阮元校勘記：“萩者楸之假借字。”《漢書‧貨殖傳》：“水居千石魚波，山居千章之萩。”顏師古注：“萩，卽楸樹字也。”

萩又讀 jiāo ㄐㄧㄠ，《集韻》茲消切，平宵精。人名。《穀梁傳‧文公九年》：“楚子使萩來聘。”唐、陸德明《經典釋文》：“萩，子遙反，又子小反。或作‘菽’。左氏作‘椒’。”

芍　0427　𦬼　鳧茈也。从艸，勺聲。胡了切（xiào ㄒㄧㄠ）。

【譯白】芍，又名鳧茈的莎草科草本植物。是依從艸做形旁，以勺爲聲旁構造而成的形聲字。

【述義】鳧茈，卽烏芋、荸薺、葧臍，方言又叫地栗、地梨、馬蹄，莎草科多年生草本植物，栽種在水田中，地下莖扁圓形，皮赤褐色或棗紅色，肉白色，可食，又可製澱粉。《爾雅‧釋草》：“芍，鳧茈。”郭璞注：“生下田，苗似龍鬚而細，根如指頭，黑色，可食。”段玉裁《說文解字注》：“今人謂之葧臍，卽鳧茈之轉語。”《本草綱目‧果六‧烏芋》：“烏芋，其根如芋，而色烏也，鳧喜食之，故《爾雅》名鳧茈，後遂訛爲鳧茨，又訛爲荸薺，蓋《切韻》鳧、荸同一字母，音相近也……烏芋、慈姑原是二物，慈姑有葉，其根散生；烏芋有莖無葉，其根下生，氣味不同，主治亦異。”

芍又讀 sháo ㄕㄠ，《廣韻》市若切，入藥禪；又張略切；藥部。一、芍藥，毛茛科多年生草本，初夏開花，白色或粉紅色，大而美麗，似牡丹，供觀賞，根可入藥，有白芍、赤芍二種。《山海經‧北山經》：“（繡山）其草多芍藥、芎藭。”《詩‧鄭風‧溱洧》：“維士與女，伊其相謔，贈之以勺藥。”勺藥卽“芍藥”。後因以“芍藥”表示男女愛慕之情，或以指文學中言情之作。《文選‧江淹〈別賦〉》：“惟世間兮重別，謝主人兮依然，下有芍藥之詩，佳人之謌。”李善注引《詩‧鄭風‧溱洧》：“贈之以芍藥。”按：今《詩》作“勺”。南朝、陳、徐陵《〈玉臺新詠〉序》：“清文滿篋，非惟芍藥之花；新製連篇，寧止蒲萄之樹。”明、無名氏《駐雲飛‧閨怨》曲：“芍藥誰相贈，孔雀何年開畫屏？”王闓運《采芬女子墓誌銘》：“玉臺清製，非惟芍藥之文；太甲仙函，即擅《靈飛》之字。"二、調料。《文選·張衡〈南都賦〉》："歸鴈鳴鵙，黃稻鱻魚，以爲芍藥，酸甜滋味，百種千名。"李善注引文穎曰："五味之和。"按：清、王念孫《讀書雜志·漢書十·勺藥》說"勺藥"應讀若酌略，即均調之意。

芍又讀 què ㄑㄩㄝ，《廣韻》七雀切，入藥清。芍陂，蓄水陂池名，又名期思陂，在今安徽壽縣安豐塘以東，爲古代淮水流域著名水利工程，相傳係春秋楚相孫叔敖所鑿，因引淠水經白芍亭東積而成湖，故名。《後漢書·循吏傳·王景》："（廬江）郡界有楚相孫叔敖所起芍陂稻田。"李賢注："陂在今壽州安豐縣東。陂徑百里，灌田萬頃，芍音鵲。"

芍又讀 dì ㄉㄧˋ，《廣韻》都歷切，入錫端。同"茄"，蓮子。《集韻·錫韻》："茄，芙蕖中子。或省。"

蒲 0428　　　王彗也。从艸，湔聲。昨先切（jiǎn ㄐㄧㄢˇ）。

【譯白】蒲，又名王彗的高大草本植物。是依從艸做形旁，以湔爲聲旁構造而成的形聲字。

【述義】王彗，一作王慧，即地膚，又名王帚，落帚，俗稱掃帚菜，藜科一年生高大草本植物，莖多分枝，葉線狀披針形，開黃綠色小花，果實叫地膚子，扁圓形，有翅，性寒，中醫用以清濕熱，利小便；老株可作掃帚；因長得高大又可作掃帚，故名王彗。《爾雅·釋草》："莳，王彗。"郭璞注："王帚也，似藜，其樹可以爲埽彗，江東呼之曰落帚。"段玉裁《說文解字注》："《釋草》字作'莳'；郭云：'似藜，可爲彗。'按：凡物呼王者皆謂大。"

蔿 0429　　　艸也。从艸，爲聲。于鬼切（wěi ㄨㄟˇ）。

【譯白】蔿，一種草本植物的名稱。是依從艸做形旁，以爲爲聲旁構造而成的形聲字。

【述義】蔿除爲草名，亦謂芡的莖。《本草綱目·果五·芡實》："（芡）其莖謂之蔿，亦曰葳。"

古地名；有二處：一爲春秋時楚邑，一爲春秋時鄭邑。《左傳·僖公二十七年》："子玉復治兵於蔿。"杜預注："蔿，楚邑。"又《隱公十一年》："王取鄔、劉、蔿、邘之田于鄭。"楊伯峻注："蔿邑當在今河南省孟津縣東北。"

姓，也作"蓮"。《通志·氏族略三》："蓮氏，亦作蒍，芈姓……楚有地名蒍……晉士蒍之後亦爲蒍氏。"《左傳·僖公二十七年》："蒍賈尚幼，後至，不賀。"

蒍敖，春秋楚相孫叔敖的別稱。《左傳·宣公十二年》："蒍敖爲宰，擇楚國之令典。"杜預注："蒍敖，孫叔敖。"

蒍國，古國名，或說卽嬀國，在今山西省境內。《國語·周語上》："惠王三年，邊伯、石速、蒍國出王而立子頹。"韋昭注："惠王卽位，取蒍國之圃及邊伯之宮，又收石速之秩，故三子出王而立子頹。"《山海經·大荒東經》："東海之外，大荒之中……有蒍國，黍食，使四鳥：虎、豹、熊、羆。"袁珂注："蒍國或當作嬀國。嬀，水名，舜之居地。"

蒍又讀 huā ㄏㄨㄚ，《集韻》呼瓜切，平麻曉。變化。《方言》卷三："蒍，化也。"郭璞注："蒍，音花。"清、俞樾《春秋名字解詁補義》："蒍卽古花字……草木著花，非所本有，忽有忽無，有似人爲，更同物化，故《方言》訓爲化。《廣雅·釋詁三》：'蒍，七也。'七卽古化字。"

蒍又讀 kuī ㄎㄨㄟ，《集韻》驅爲切，平支溪。狡猾。《方言》卷二："秦、晉之間曰獪……楚、鄭曰蒍。"

蒍又讀 é ㄜˊ，《集韻》吾禾切，平戈疑。草名。《集韻·戈韻》："蒍，艸名。"

芚 0430 〔芚〕　艸也。从艸，尤聲。直深切（chén ㄔㄣˊ）。

【譯白】芚，一種草本植物的名稱。是依從艸做形旁，以尤爲聲旁構造而成的形聲字。

【述義】草名。王筠《說文解字句讀》："上文'蕟，芚藩也'，既不類列，此又不云'芚藩也'，蓋非一物。"

芚又讀 yín ㄧㄣˊ，《廣韻》餘針切，平侵以。熱。《廣韻·侵韻》："芚，熱也。"

蓻 0431 〔蓻〕　治牆也。从艸，鞠聲。居六切（jú ㄐㄩˊ）。

【譯白】蓻，又名治牆的草本植物。是依從艸做形旁，以鞠爲聲旁構造而成的形聲字。

【述義】治牆，一作治薔，不開花，古代稱爲牡蓻。王筠《說文解字句讀》："牆，一作蘠。《釋草》同。郭以爲今之秋華菊，《玉篇》《廣韻》沿之。許'以秋華'屬之蘜（蘜），則此別爲一物。"王紹蘭《段注訂補》："此牡蘜也。《周官·蟈氏職》曰：'掌去蠅䗲，焚牡蘜，以灰灑之，則死。'鄭注：'牡蘜，蘜不華者。'然則《說文》'從艸，匊聲'之菊謂'大菊、蘧麥'。《爾雅》同，卽《本草》之瞿麥，一名巨句麥也。'從艸，蘜省聲'之蘜謂'日精，以秋華'，卽《夏小正》九月榮鞠，《月令》季秋有黃華也。'從艸、鞠聲'之蘜謂治牆，《爾雅》同，卽《周官》牡蘜也。三艸各爲一物，許氏分別犁然，經傳確有明證。郭璞乃以秋華者爲治牆，是以不華之牡蘜爲有華之日精，誤亦甚矣。"《周禮·秋官·蟈氏》："蟈氏，掌去蠅䗲，焚牡蘜，以灰灑之，則死。"鄭玄注："牡蘜，蘜不華者。"用牡蘜焚燒成灰，可以消除青蛙、蝦蟆。《爾雅》郭璞注，誤將開花的蘜、日精說是蘜；菊、蘜、蘜三草，在古代原各爲一物，分別犁然，經典已有明證。參見前"菊"、"蘜"條。

蘠　0432　蘠　蘠蘼；虋冬也。從艸，牆聲。賤羊切（qiáng ㄑㄧㄤˊ）。

【譯白】蘠，全名蘠蘼；又指虋冬。是依從艸做形旁，以牆爲聲旁構造而成的形聲字。

【述義】蘠蘼、虋冬是不同類屬的兩種植物，不知爲何亂混。蘠蘼，一作薔薇，又名營實，是指薔薇的苗，也稱薔薇，是薔薇科落葉灌木，莖細長而硬，蔓生，莖、枝密生小刺，羽狀複葉，小葉倒卵形或長圓形，初夏開花，有單瓣、複瓣之別，顏色有白、粉紅、紅、黃多種，美麗而且芳香，是著名觀賞植物；果實可以入藥。晉、陶潛《問來使》詩："薔薇葉已抽，秋蘭氣當馥。"明、李時珍《本草綱目·草七·營實薔薇》："薔薇、山棘、牛棘、牛勒、刺花，此草蔓柔，蘼依牆援而生，故名蘠蘼；其莖多棘刺勒人，牛喜食之，故有山刺、牛勒諸名。"《爾雅·釋草》："蘠蘼，虋冬。"郭璞注："一名滿冬。"郝懿行義疏："蘠蘼，虋冬也，卽今薔薇……又虋冬、二門冬二名相亂，故說者或失之，《釋文》又誤爲麥門冬也。"虋冬，爲便認讀書寫，俗作門冬；門冬卽麥門冬，並另一藥草天門冬，都省稱爲門冬；二門冬皆百合科多年生草本植物。麥虋冬、麥門冬，也叫麥門、麥冬、羊韭，葉條形，叢生，初夏開紫色小花，總狀花序，果實裂開露出種子，塊根略呈紡錘形，可入藥，爲滋養強壯劑，又有鎮咳、祛痰、利尿等作用。明、李時珍《本草綱目·草五·麥門冬》："虋冬，麥鬚曰虋，此草根似麥而有鬚，其葉如韭，凌冬不凋，故謂之麥門冬。"天門冬，多年生蔓草，莖細長，葉退化，由線形葉狀枝代替葉的作用，塊根紡錘形，簇生，肉質，中醫入藥，有潤肺、止咳、養陰生津的功效。《本草綱目·草七·天門冬》："虋冬，草之茂者爲虋，俗作門；此草蔓茂，而功同麥門冬，故曰天門冬。"

通"牆"。朱駿聲《說文通訓定聲·壯部》："藤，叚借爲牆。"《論語·子張》："子貢曰：'譬之宮牆，賜之牆也及肩。'"清、阮元校勘記："漢石經作'辟諸宮藤。'"睡虎地秦墓竹簡《爲吏之道》："困屋藤垣，溝渠水道。"

東藤，卽沙蓬，爲一年生草本植物，莖由基部分枝，堅硬，具條紋，幼時被毛，葉披針形至線形，花兩性，果實近圓形，兩面扁平，種子可食，也可榨油。《文選·司馬相如〈子虛賦〉》："其高燥則生葴菥苞荔，薛莎青薠；其埤濕則生藏莨蒹葭，東藤彫胡。"郭璞注引張揖曰："東藤，實可食。"明、胡侍《眞珠船·東牆》："甘、涼、銀、夏之野，沙中生草子，細如罌粟，堪作飯，俗名登粟，一名沙米……《子虛賦》'東藤雕胡'註：'東藤，實可食。'《廣志》：'東牆，色青黑，粒如葵子，似蓬草，十一月熟，出幽、涼、并、烏丸地。'《魏書》：'烏丸地宜東牆。'余意一物：'東藤'訛爲'登廂'，又訛爲'登粟'耳。"

治藤，亦作"治牆"，菊花別名。《爾雅·釋草》："蘜，治藤。"郭璞注："今之秋華菊。"《初學記》卷二七引晉、周處《風土記》："日精、治藤，皆菊之花莖別名也。"明、張寧《方洲雜言》："草木中耐寒者極多，素馨、車前、鳳尾、治藤……不可勝紀。"參見前一字"蘜"條。

芪 0433 芪 芪母也。从艸，氏聲。常之切（qí ㄑㄧˊ）。

【譯白】芪，全名芪母的草本植物。是依從艸做形旁，以氏爲聲旁構造而成的形聲字。

【述義】芪母，又名知母、蚳母、蝭母、提母、蚔母、莐母，根莖入藥，有清熱生津作用。《廣雅·釋草》："芪母，兒踵、束根也。"王念孫疏證："《玉篇》云：'葟母草，卽知母也。'……《神農本草》云：'知母，一名蚔母，一名蝭母。'……《御覽》引《范子·計然》云：'提母出三輔，黃白者善。'芪、葟、知、蝭、蚔、提，古聲竝相近也。"參見前"蕁"條。

黃芪，卽黃耆，藥草名，爲多年生草本植物，夏季開花，黃色，根甚長，可入藥。明、李明珍《本草綱目·草一·黃耆》："耆，長也，黃耆色黃，爲補藥之長，故名。今俗通作黃芪。"《新唐書·方技傳·許胤宗》："王太后病風不能言，脈沈難對，醫家告術窮。胤宗曰：'餌液不可進。'卽以黃耆、防風煮湯數十斛，置牀下，氣如霧，熏薄之。是夕語。"

芪又讀 chí ㄔˊ，《集韻》陳尼切，平脂澄。同"茋"。《集韻·脂韻》："茋，《說文》：'茋藸，艸也。'一曰欂茋，木名，今刺榆。或從氏。"

菀 0434 ⿱艸宛 茈菀；出漢中房陵。从艸，宛聲。於阮切（wǎn ㄨㄢˇ）。

【譯白】菀，全名茈菀的草本植物；出產在漢中郡的房陵一帶。是依從艸做形旁，以宛爲聲旁構造而成的形聲字。

【述義】茈菀卽紫菀，爲菊科多年生草本植物，鬚根多數叢生，葉橢圓狀披針形，頭狀花序，根和根莖入藥。《玉篇·艸部》："菀，紫菀，藥名。"《神農本草經·中品》："紫菀，味苦，溫，主欬逆上氣。"漢中郡爲秦朝所置，漢仍之，包括今陝西省南部及湖北省西北部。房陵，在今湖北省房縣境內；秦始皇曾徙嫪毐舍人四千餘家及呂不韋、趙王遷於此；西漢諸侯王有罪亦多徙於此；唐、武則天徙中宗於此；宋太祖徙周恭帝、宋太宗徙秦王廷美於此。《淮南子·泰族訓》："趙王遷流於房陵，思故鄉，作爲山水之謳，聞者莫不殞涕。"

通"苑"。朱駿聲《說文通訓定聲·乾部》："菀，叚借爲苑。"一、苑囿，養殖禽獸種植樹木的地方。《管子·水地》："地者，萬物之本原，諸生之根菀也。"尹知章注："菀，囿城也。"《漢書·王嘉傳》："詔書罷菀，而以賜（董）賢二千餘頃，均田之制從此墮壞。"顏師古注："菀，古苑字。"晉、左思《魏都賦》："菀以玄武，陪以幽林。"《晉書·束皙傳》："田諸菀牧，不樂曠野，貪在人間。"二、匯集、博采。《文心雕龍·辨騷》："故才高者菀其鴻裁，中巧者獵其豔辭。"楊明照校注拾遺："菀，唐寫本作'苑'……按苑字是。菀與苑古雖通，但本書則全用苑字。《詮賦篇》：'夫京殿苑獵。'以'苑獵'連文，與此以苑、獵對舉，其比正同。"三、枯病、枯萎。宋、梅堯臣《送韓仲文奉使》詩："禮成復命日，菀抑舒楊條。"按：此言韓氏冬日出使，至枯楊抽條時禮成復命。

通"宛"，屈、屈辱。《管子‧中匡》："有司寬而不凌，菀濁困滯，皆法度不亡，往行不來。"郭沫若等集校引安井衡曰："菀猶屈也，濁猶辱也。"

菀又讀 yù ㄩˋ，《廣韻》紆物切，入物影；月部。茂盛貌。《集韻‧迄韻》："菀，茂也，《詩》：'有菀者柳'，通作鬱、蔚。"《詩‧大雅‧桑柔》："菀彼桑柔，其下侯旬。"毛傳："菀，茂貌。"又《小雅‧小弁》："菀彼柳斯，鳴蜩嘒嘒。"漢、劉向《九歎‧憂苦》："菀彼青春，泣如頹兮。"元、揭傒斯《重建濟州會源牐碑》："汶泗之會，有截其牐，有菀其樹，功在國家，名在天下，永世是度。"明、徐渭《又啟嚴公》："枯林再菀，涸轍重流。"清、全祖望《諸葛義門銘》："況三代之民，本無甚富甚貧之別，又非若近世之枯菀判然也。"

疊字雙音"菀菀"形況：一、柔順、美好貌。唐、常建《春詞》詩之一："菀菀黃柳絲，濛濛雜花垂。"明、王世貞《西山》詩："菀菀好鳥，棲棲中林。"二、茂盛貌。明、何景明《鳴蟬》詩："菀菀庭中柳，蟬鳴在高柯。"鄭澤《晚眺次鈍根韻》詩："澹澹遠村煙，菀菀前溪林。"

菀又讀 yùn ㄩㄣˋ，《集韻》委隕切，上隱影；諄部。通"蘊"，積聚、蘊積、鬱結。《集韻‧隱韻》："蕰，《說文》：'積也。'或作蘊、菀。"朱駿聲《說文通訓定聲‧乾部》："菀，叚借爲蕰（蘊）。"《詩‧小雅‧都人士》："我不見兮，我心菀結。"唐、陸德明《經典釋文》作"菀結"；謂思積於中而不得發洩。《楚辭‧劉向〈九歎‧怨思〉》："菀薲蕪與菌若兮，漸藁本於洿瀆。"王逸注："菀，積。"又《惜賢》："芳若茲而不御兮，捐林薄而菀死。"《素問‧四氣調神大論》："惡氣不發，風雨不節，白露不下，則菀藁不榮。"王冰注："菀謂蘊積也。"又《生氣通天論》："大怒則形氣絕而血菀於上，使人薄厥。"清、王夫之《張子正蒙注‧樂器》："相之音菀而不宣。"清、黃景仁

《和容甫》詩：“悲心入秋夜，菀邑思飛揚。”

菡　0435　（字形）　貝母也。從艸，明省聲。武庚切（méng ㄇㄥˊ）。

【譯白】菡，又名貝母的百合科草本植物。是依從艸做形旁，以明省去月爲聲旁構造而成的形聲字。

【述義】段玉裁《說文解字注》：“《詩》：‘言采其蝱’。毛傳曰：‘蝱，貝母。’《釋艸》、《說文》作菡。菡，正字；蝱，假借字也。”“明省聲”，徐鍇《說文解字繫傳》作“朙省聲。”菡一作“蝱”，貝母，百合科多年生草本，葉長條形，似韭，花黃綠色，下垂像鍾，鱗莖入藥有止咳祛痰等作用。《爾雅·釋草》：“菡，貝母。”郭璞注：“根如小貝，圓而白華，葉似韭。”《詩·鄘風·載馳》：“陟陂阿丘，言采其蝱。”毛傳：“蝱，貝母也。”宋、張載《貝母》詩：“貝母階前夢百尋，雙桐盤遶葉森森。”

　　菡又讀 xí ㄒㄧˊ，《廣韻》許迄切，入迄曉。人名用字。《集韻·迄韻》：“菡，吳王孫休長子字也。”

　　菡又讀 qǐng ㄑㄧㄥˇ，《集韻》犬迥切，上迥溪。同“苘”。《集韻·迥韻》：“苘，枲屬。或作菡。”

荒　0436　（字形）　山薊也。從艸，秫聲。直律切（zhú ㄓㄨˊ）。

【譯白】荒，又名山薊的草本植物。是依從艸做形旁，以秫爲聲旁構造而成的形聲字。

【述義】荒，俗省作术、朮；朮有白朮、蒼朮，菊科朮屬的泛稱，多年生草本植物。《爾雅·釋草》：“荒，山薊，楊抱薊。”郝懿行義疏：“陶注：‘朮有兩種：白朮葉大有毛而作椏，根甜而少膏，可作丸散用；赤朮葉細無椏，根小苦而多膏，可作煎用。’陶言白朮卽山薊，赤朮卽楊抱薊。《爾雅》下文赤抱薊，此陶所本，然赤朮今呼蒼朮矣。”

　　《玉篇·艸部》：“荒，山薊，與朮同。”王筠《說文解字句讀》：“《釋草》省作朮。《本草》有白朮、赤朮。”《山海經·中山經》：“（泰室之山）有草焉，其狀如荒。”郭璞注：“荒，似薊也。”

蓂　0437　（字形）　析蓂，大薺也。從艸，冥聲。莫歷切（mì ㄇㄧˋ）。

【譯白】蓂，全名析蓂的草本植物，又叫做大薺菜。是依從艸做形旁，以冥爲聲旁構造而成的形聲字。

【述義】析蓂，俗作薪蓂；薺菜有大、小二種，析蓂是大薺菜，爲十字花科遏藍菜屬一年或二年生草本植物，莖梗上有毛，花白色，嫩苗作野蔬，全草、種子可供入藥。《爾雅·釋草》：“菥蓂，大薺。”郭璞注：“似薺菜細，俗呼之曰老薺。”《本草綱目·菜二·菥蓂》：“時珍曰：薺與菥蓂，一物也，但分大小二種耳；小者爲薺，大者爲菥蓂，菥蓂有毛，故其子功用相同。”薺，音 jì ㄐㄧˋ，有別於作“蒺藜”之薺 cí ㄘˊ。《玉篇·艸部》：“薺，甘菜。”《詩·邶風·谷風》：“誰謂荼苦，其甘如薺。”漢、張衡《南都賦》：“若其園圃，則有……菥蓂、芋瓜。”清、曹寅《和孫子魚食薺詩寄二弟》詩：“賦形同菥蓂，聚族異蕪菁。”

　　“蓂菁”，蔓菁。《儀禮·公食大夫禮》：“以西菁菹鹿臡。”漢、鄭玄注：“菁，蓂菁菹也。今本臡皆作麋。”賈公顏疏：“云‘菁，蓂菁菹也’者，即今之蔓菁也。”

　　蓂又讀 míng ㄇㄧㄥˊ，《廣韻》莫經切，平青明；耕部。蓂莢，古代傳說中的瑞草，每月從初一至十五，每日結一莢；從十六至月終，每日落一莢，從莢數多少，可以知道是何日，所以又名“曆莢”。《竹書紀年·帝堯陶唐氏》：“有草莢階而生，月朔始生一莢，月半而生十五莢；十六日以後，日落一莢，及晦而盡，月小則一莢焦而不落；名曰蓂莢，一曰曆莢。”《文選·張協〈七命〉》：“悲蓂莢之朝落，悼望舒之夕缺。”李善注：“《田俅子》曰：‘堯爲天子，蓂莢生於庭，爲帝成曆。’”晉、葛洪《抱朴子·對俗》：“唐堯觀蓂莢以知月。”唐、杜審言《晦日宴遊》詩：“日晦隨蓂莢，春情著杏花。”清、孔尚任《桃花扇·先聲》：“請問那幾種祥瑞？（屈指介）河出圖，洛出書……蓂莢發，芝草生。”也單用。北周、庾信《舟中望月》詩：“灰飛重暈闕，蓂落獨輪斜。”唐、劉長卿《晦日陪辛大夫宴南亭》詩：“蓂草全無葉，梅花遍壓枝。”唐、李益《問路侍御六月大小》詩：“故人爲柱史，爲我數階蓂。”唐、韓愈《答張徹》詩：“赦行五百里，月變三十蓂。”元、沈禧《一枝花·七月初六日爲施以和壽》套曲：“慶生辰恰值新秋候，一枝梧墜，六葉蓂抽。”清、洪昇《長生殿·舞盤》：“風薰日朗，看一葉階蓂搖動炎光。”

　　“蓂曆”，日曆，因蓂莢的更換而知月日，故名。清、唐孫華《戊寅除夕》詩：“蓂曆序新繙好日，桃符色退似陳人。”

"蓂靈"，神話中的瑞木名。《太平御覽》卷九六一引《列子》："荆之南有蓂靈者，以五百歲爲春，以八千歲爲秋。"

葍　0438　　荎藸也。從艸，味聲。无沸切（wèi ㄨㄟˋ）。

【譯白】葍，又名荎藸的木蘭科木質藤本植物。是依從艸做形旁，以味爲聲旁構造而成的形聲字。

【述義】葍、荎藸，卽五味，俗稱五味子，爲木蘭科五味子屬多年生落葉木質藤本植物，葉互生，紙質或近膜質，卵形，花白或淡紅色，果實成穗狀聚合果；有南五味、北五味之分，南產者色紅，北產者色黑；果實入藥，主治肺虛咳喘、盜汗、遺精等。《爾雅·釋草》："葍，荎藸。"郭璞注："五味也，蔓生，子叢在莖頭。"宋、邢昺疏引《唐本草》注云："五味，皮肉甘、酸，核中辛、苦，都有鹹味，此則五味具也。"按：古人稱酸、甜、苦、辣、鹹爲五味。《孫子兵法·勢篇》："味不過五，五味之變，不可勝嘗也。"《禮記·禮運》："五味、六和、十二食，還相爲質也。"

荎　0439　　荎藸，艸也。從艸，至聲。直尼切（chí ㄔˊ）。

【譯白】荎，全名荎藸的木蘭科木質藤本植物。是依從艸做形旁，以至爲聲旁構造而成的形聲字。

【述義】荎藸卽五味子，木蘭科落葉藤本，果實入藥。《爾雅·釋草》："葍，荎藸。"郭璞注："五味也；蔓生，子叢生在莖頭。"詳見前"葍"條。

　　木名，卽刺榆；榆科落葉小喬木，小枝有堅硬的枝刺，木材堅實，可作農具、車輛等。《爾雅·釋木》："藲，荎。"郭璞注："今之刺榆。"王引之《經義述聞》："荎之言挃也。《廣雅》曰：'挃，刺也。'故刺榆謂之荎，又謂之梗榆，梗亦刺也。"《詩·唐風·山有樞》："山有樞，隰有榆。"毛傳："樞，荎也。"

　　蓍草。《集韻·之韻》："荎，艸名，蓍也。"參見前"蓍"條。

藸　0440　　荎藸也（艸也）。從艸，豬聲。直魚切（chú ㄔㄨˊ）。

【譯白】藸，全名荎藸的木蘭科木質藤本植物。是依從艸做形旁，以豬爲聲旁構造而成的形聲字。

【述義】段玉裁從徐鍇移此字於"藠"下"薥"前，改爲"藸，艸也。"云："鉉本移此字於'荎'篆下，以'荎藸'二字當類列，而不知許意單呼藸者，別是一物也。”王筠《說文解字句讀》持同說。
云：“《玉篇》次弟亦在此。云：‘致如切；藸藒草。’蓋卽許說之
艸也。又曰：‘音除’。引《爾雅》‘味荎藸’。小徐第引《爾雅》；
大徐爲所蔽而迻之‘荎’下。”荎藸，卽五味子，詳見前“莍”條。
清、朱駿聲《說文通訓定聲·豫部》：“荎藸，雙聲連語，單評曰藸，
絫評曰荎藸耳。”

藸又讀 zhū　ㄓㄨ，《廣韻》陟魚切，平魚知。藸藒，草名。《玉
篇·艸部》：“藸，藸藒草。”

藸又讀 zhā　ㄓㄚ，《集韻》陟加切，平麻加。藸荻，謂亂草。《集
韻·麻韻》：“藸，藸荻，亂艸。”

葛　0441　　絺綌艸也。从艸，曷聲。古達切（gé ㄍㄜ）。

【譯白】葛，編織細葛布和粗葛布的草本植物。是依從艸做形旁，以
曷爲聲旁構造而成的形聲字。

【述義】葛，豆科多年生藤本植物，莖蔓生，塊根富含澱粉，所提出
的粉質，稱爲葛粉、葛麵，可供食用，亦可入藥，能發汗解熱；莖皮
纖維用爲編織粗細不一的布、製鞋、供造紙原料；編織成的布稱葛布，
是禦暑的美服。《易·困》：“困于葛、藟。”孔穎達疏：“葛、藟，引
蔓纏繞之草。”《詩·周南·葛覃》：“葛之覃兮，施于中谷。”《左
傳·宣公八年》：“葬敬嬴，旱，無麻，始用葛茀。”

指以葛爲原料製成的布、衣、帶等。《公羊傳·桓公八年》：“冬
不裘，夏不葛。”何休注：“裘葛者禦寒暑之美服。”《莊子·讓王》：
“冬日衣皮，夏日衣葛絺。”《韓非子·外儲說左下》：“冬羔裘，夏
葛衣。”《宋書·陶潛傳》：“值其酒熟，取頭上葛巾漉酒。”唐、杜甫
《端五日賜衣》詩：“細葛含風軟，香羅疊雪輕。”唐、韓愈《送石
處士序》：“先生居嵩、邙、瀍、穀之間，冬一裘，夏一葛，食朝夕，
飯一盂，蔬一盤。”清、夏炘《學禮管釋·釋喪服昆弟兄弟》：“大
夫有私喪之葛，則於其兄弟之輕喪則弁絰，指小功以下言之。”

夏衣代稱。宋、辛棄疾《水調歌頭·題永豐楊少游提點一枝堂》
詞：“一葛一裘經歲，一鉢一瓶終日，老子舊家風。”

草本纖維製成的織物。《齊民要術》卷十引晉、郭義恭《廣志》：
“芭蕉，一名芭苴，其莖解散如絲，織以爲葛，謂之蕉葛。”《後漢

書・王符傳》：“且其從御僕妾，皆服文組綵牒，錦繡綺紈，葛子升越，箸中女布。”李賢注：“沈懷遠《南越志》曰：‘蕉布之品有三：有蕉布，有竹子布，又有葛焉。雖精麤之殊，皆同出而異名。’”

　　表面有橫棱的紡織品，用絲或化纖長絲作經，棉線或毛線做緯。如：毛葛、華絲葛。

　　通“褐”，粗布。清、朱駿聲《說文通訓定聲・泰部》：“葛，叚借爲褐。”《穀梁傳・昭公八年》：“以葛覆質以爲槷。”范甯注：“葛，或爲褐。”

　　通“蓋”，掩覆。《逸周書・酆保》：“葛其戎謀，族乃不罰。”孔晁注：“葛，古通蓋，掩覆也。”

　　古國名，在今河南省睢縣北；一說河南省鄢城北。《書・仲虺之誥》：“葛伯仇餉，初征自葛。”《孟子・滕文公下》：“湯居亳，與葛爲鄰。”

　　附說“絺綌”：亦作絺綌，葛之細者絺，粗者曰綌，是葛布的統稱，引申爲葛服。《周禮・地官・掌葛》：“掌葛掌以時徵絺綌之材于山農。”《韓詩外傳》卷一：“（孔子）抽絺綌五兩以授子貢。”唐、李白《黃葛篇》：“閨人費素手，採緝作絺綌，縫爲絕國衣，遠寄日南客。”《舊唐書・后妃傳上・玄宗貞順皇后武氏》：“法度在己，靡資珩珮，躬儉化人，率先絺綌。”康有爲《上清帝第五書》：“譬凌寒而衣絺綌，當涉川而策高車，納侮招尤，莫此爲甚。”

　　葛又讀 gě ㄍㄜˇ，《廣韻》古達切，入曷見。姓。《通志・氏族略二》：“葛氏，嬴姓，夏時諸侯，子孫以國爲氏。又《風俗通》云：葛天氏之裔；又賀葛氏改爲葛氏，虜姓也。”

蔓 0442　蕳　葛屬。从艸，曼聲。無販切（màn ㄇㄢˋ）。

【譯白】蔓，葛一類屬藤本植物枝莖的泛稱。是依從艸做形旁，以曼爲聲旁構造而成的形聲字。

【述義】蔓，是泛指草本攀援植物的枝莖，木本攀援植物的枝莖叫做藤。所謂“攀援”，是指植物的枝莖細長不能直立而四處攀援滋長。王筠《說文解字句讀》：“蔓及虆字，諸書多以爲藤生者之通名。許說虆從艸，說蔓以葛屬，蓋古義也。”朱駿聲《說文通訓定聲・乾部》：“許云葛屬者，謂如葛之類引藤蔓長者，凡皆謂之蔓也。”《本草綱目·草部·目錄》：“除穀、菜外，凡得草屬之可供醫藥者六百一十一種，分爲十類：曰山、曰芳、曰隰、曰毒、曰蔓、曰水、曰石、曰苔、曰雜、曰有名未用。”北魏、賈思勰《齊民要術·種瓜》：“蔓廣則岐多，岐多則饒子。”唐、杜甫《新婚別》詩：“兔絲附蓬麻，引蔓故不長。”參見前一字“葛”條。

喻爲礦脈、礦苗。明、徐弘祖《徐霞客遊記·滇遊日記十一》：“鑿岸迸石，則瑪瑙嵌其中焉；其色有白有紅，皆不甚大，僅如拳，此其蔓也；隨之深入，間得結瓜之處，大如升，圓如毬……其精瑩堅緻，異於常蔓，此瑪瑙之上品，不可猝遇；其常積而市於人者，皆鑿蔓所得也。”

蔓延、滋長。《玉篇·艸部》：“蔓，延也。”《詩·唐風·葛生》：“葛生蒙楚，蘞蔓于野。”《左傳·隱公元年》：“無使滋蔓，蔓，難圖也。”《後漢書·桓帝紀》：“蝗螽孳蔓，殘我百姓。”南朝、齊、謝朓《遊敬亭山》詩：“交藤荒且蔓，樛枝聳復低。”唐、王昌齡《齋心》詩：“紫葛蔓黃花，娟娟寒露中。”又李白《行路難三首》詩之二：“昭君白骨縈蔓草，誰人更掃黃金臺？”

姓。《通志·氏族略三》：“蔓氏，楚有鬬成然，食采於蔓，曰蔓成然；其後以邑爲氏。”

疊字雙音“蔓蔓”形況：一、延展貌。《逸周書·和寤》：“縣縣不絕，蔓蔓若何；豪末不掇，將成斧柯。”《楚辭·九歌·山鬼》：“采三秀兮於山間，石磊磊兮葛蔓蔓。”唐、孫樵《復召堰籍》：“蔓蔓于原，枝枝于屯。”二、長久。《漢書·禮樂志》：“蔓蔓日茂。”顏師古注：“蔓蔓，言其長久，日以茂盛也。”三、糾纏不清，混淆不明。漢、揚雄《太玄·瑩》：“故夫抽天下之蔓蔓，散天下之混混者，非精其孰能之。”范望注：“蔓蔓、混混，難察之事也。”

蔓又讀 wàn ㄨㄢˋ。用於口語，指蔓生植物的枝莖。如：瓜蔓、壓蔓。

蔓又讀 mán ㄇㄢˊ，《廣韻》母官切，平桓明。蔓菁，又名蕪菁，菜名，一年或二年生草本植物，塊根肉質；俗稱大頭菜。《廣韻·桓韻》：“蔓，蔓菁，菜也。”《本草綱目·菜一·蕪菁》：“蕪菁，北人名蔓菁。”《詩·邶風·谷風》“采葑采菲”漢、鄭玄箋：“此二菜者，蔓菁與葍之類也。”《東觀漢記·桓帝紀》：“令所傷郡國，皆種蕪菁，以助民食。"《晉書·四夷傳·吐谷渾》："地宜大麥，而多蔓菁，頗有菽粟。"唐、韓愈《感春》詩之二："黃黃蕪菁花，桃李事已退。"宋、韓琦《行田》詩："蕎麥方成簇，蔓菁未入堁。"清、曹寅《戲題西軒草木》詩："夾路蕪菁敗素鮮，薔薇削弱不成妍。"

菒（菜） 0443 　菒　葛屬，白華。从艸，皋（皋）聲。古勞切（gāo《ㄠ）。

【譯白】菒，葛一類屬的藤本植物，開白色的花。是依從艸做形旁，以皋（皋）爲聲旁構造而成的形聲字。

【述義】俗作"菜"，《正字通·艸部》："菒，當作菜。"《正字通》以俗爲正，非。菒，開白花葛屬植物。王筠《說文解字句讀》："《玉篇》亦曰：'如葛，白華也。'則仍是爲絺爲綌之艸。若夫《廣雅》：'菜蘇，白苔也'，則以菜蘇爲名，卽《山海經》侖者之山所產之白苔，乃可食之草也。"參見前"葛"條。

莕（荇、莕） 0444 　莕　莕餘也。从艸，杏聲。莕（莕），莕或从行（洐），同。何梗切（xìng ㄒ丨ㄥˋ）。

【譯白】莕，又名莕餘的草本植物。是依從艸做形旁，以杏爲聲旁構造而成的形聲字。荇（莕），莕的或體字，以行（洐）爲聲旁，音義和莕字同。

【述義】莕或从荇，段玉裁《說文解字注》改作"莕或从莕"。云："各本作荇，注云或從行；今依《爾雅》音義，《五經文字》正。"莕，又名莕餘、接余，俗稱莕菜、荇菜，爲龍膽科多年生草本植物，生長在淡水湖泊或池沼中，莖細長，葉對生，橢圓形，表面綠色，背面紫色，漂浮水面，夏、秋開花，黃色；嫩莖葉可食，爲民生常蔬，葉及根皆可入藥，有解熱利尿之功；全草可作飼料或綠肥。《爾雅·釋草》："莕，接余；其葉苻。"陸璣《詩義疏》："接余，白莖，葉紫赤色，正圓，徑寸餘，浮在水上，根在水底，與水深淺等，大如釵股，上青下白，鬻其白莖，以苦酒浸之，肥美可案酒。"郭璞注："叢生水中，葉圓，在莖端，長短隨水深淺；江東（菹）食之。"唐、陸德明《經典釋文》："莕，本亦作荇。"《詩·周南·關雎》："參差荇菜，左右流之。"南朝、齊、謝朓《山下館》詩："紅蓮搖弱荇，丹藤繞新竹。"南朝、梁、丘遲《侍宴樂遊苑送張徐州應詔》詩："巢空初鳥飛，荇亂新魚戲。”唐、杜甫《曲江對雨》詩：“林花著雨燕脂落，水荇牽風翠帶長。”宋、蘇軾《元祐三年春貼子詞·夫人閣》詩之二：“已漂新荇沒，猶帶斷水流。”

姓。《正字通》：“荇，姓。漢有荇不意、荇吾。”

葰 0445　葰　葰餘也。从艸，妾聲。子葉切（jiē ㄐㄧㄝ）。

【譯白】葰，全名葰餘的草本植物。是依從艸做形旁，以妾爲聲旁構造而成的形聲字。

【述義】葰餘即荇菜。《玉篇·草部》：“葰，荅葰，水草，叢生水中，葉圓，在莖端，長短隨水深淺；江東食之。”參見前字“荅”條。

葰又讀 shà ㄕㄚ，《集韻》色甲切，入狎生。同“翣”，棺羽飾，古代棺木的裝飾。《集韻·狎韻》：“翣，《說文》：‘棺羽飾也。’或作葰。”《隸釋·山陽太守祝睦碑》：“遺令素櫬，葰蔞以席。”洪适注：“葰，與翣同。”

薫（菎）0446　薫　艸也。从艸，羃聲。古渾切（kūn ㄎㄨㄣ）。

【譯白】薫，一種香草的名稱。是依從艸做形旁，以羃爲聲旁構造而成的形聲字。

【述義】薫同“菎”，即菎草，又作蒽草，是一種香草。《玉篇·艸部》：“薫，香草；菎同薫。”《廣雅·登韻》：“蒽，菎草。”王紹蘭《段注訂補》：“《弟部》：‘羃，周人謂兄曰羃。’即昆也。从艸做薫，即菎也。《玉篇》：‘薫，香艸。菎，同上。’《楚辭·七諫》：‘菎蕗雜於廳蒸兮，機蓬矢以射革。’王逸注云：‘言持菎蕗香直之艸，雜於廳蒸，燒而燃之，則不識於物也。’”按：菎蕗亦謂玉飾的箭囊，又稱“菎蔽”；此菎通“琨”。《楚辭·招魂》：“菎蔽象棊，有六簿些。”王逸注：“菎，玉也。蔽，簿箸，以玉飾之也。或言菎蕗，今之箭囊也。”

芫 0447　芫　魚毒也。从艸，元聲。愚袁切（yuán ㄩㄢˊ）。

【譯白】芫，又名魚毒的瑞香科落葉灌木。是依從艸做形旁，以元爲聲旁構造而成的形聲字。

【述義】芫，全名芫華；瑞香科落葉灌木，花先葉開放，淡紫色，被筒狀，成簇腋生；葉小，橢圓形，花蕾含芫花素，可供藥用；可用以煮汁投放水中毒魚捕捉，因而叫做毒魚。《廣韻·元韻》：“芫，草名，有毒，可爲藥也。"《墨子·雜守》："常令邊縣豫種蓄芫、芸、烏喙、袾葉。"《山海經·中山經》："東三百里曰首山，其陰多穀柞，其草多㦸、芫。"郭璞注："芫華，中藥。"《急就篇》卷四："烏喙附子椒芫華。"顏師古注："芫華，一名魚毒，漁者煮之，以投水中，魚則死而浮出，故以爲名；其根曰蜀桑，其華可以爲藥。"《史記·扁鵲倉公列傳》："臣意飲以芫華一撮，卽出蟯可數升，病已，三十日如故。"

芫又讀 yán 丨ㄢˊ。全名芫荽，又名"蒝荽"，本作"胡荽"，俗稱"香菜"；傘形科一年或二年生草本植物，葉互生，羽狀複葉，莖和葉有特殊香氣，春夏間開花，花小，白色；果實圓形，可作香料，也可入藥；嫩莖和葉可作蔬菜或調味。《本草綱目·菜部·胡荽》："其莖柔葉細而根多鬚，綏綏然也；張騫使西域始得種歸，故名胡荽。"徐珂《清稗類鈔·植物類上》："蒝荽，本作胡荽，蔬類植物……俗作芫荽。"元、秦間夫《東堂老》第三折："賣菜也，青菜白菜赤根菜，芫荽胡蘿蔔蔥兒呵。"

蘦 0448 蘦 大苦也。从艸，霝聲，郎丁切（líng ㄌ丨ㄥˊ）。

【譯白】蘦，又名大苦的草本植物。是依從艸做形旁，以霝爲聲旁構造而成的形聲字。

【述義】蘦是一種野蔬菜。段玉裁《說文解字注》："此與前'大苦，苓也'相乖剌。"徐灝《說文解字注箋》："蘦乃正字，'苦'下作苓者，通用字耳。"王筠《說文解字句讀》："蘦篆乃後人據《爾雅》增。"《爾雅·釋草》："蘦，大苦。"唐、陸德明《經典釋文》："蘦，《詩》作苓。"郭璞注："今甘草也。蔓延生，葉似荷，青黃，莖赤，有節，節有枝相當。或云：蘦似地黃。"宋、沈括《夢溪筆談·藥議》："此（蘦）乃黃藥也，其味極苦，謂之大苦，非甘草也。"明、李時珍《本草綱目·草一·甘草》謂郭說形狀與甘草不相類，沈說近之。按：甘草並非專指中藥植物之甘草，但凡美草卽謂之甘草，薺菜亦謂之甘菜、甘草，是蘦亦爲甘菜之一。《詩·唐風·采苓》："采苓采苓，首陽之巔。"此苓卽蘦，非藥草"卷耳"之苓。郭璞、沈括二人之說，都是錯誤。苦，參見前"苦"條。

同"蘦"。《集韻·青韻》："蘦，艸名，旱荷也；一曰蔬似葵。

或省。"

　　通"零"，零落。《爾雅·釋詁上》："藗，落也。"郝懿行義疏："藗者，亦叚音也。《說文》云：'零，餘雨也。'按：零落宜用此字……藗、苓、泠俱叚音。"《楚辭·遠遊》："微霜降而下淪兮，悼芳草之先零。"朱熹集注："藗，今作零……零落也。"鄭澤《答鈍庵》詩："冥冥復奚慕，春榮秋已藗。"

　　"藗星"，卽零星，謂凌亂散落。徐穆《高陽臺》詞："渺天涯，滿面風塵，雙鬢藗星。"

　　"藗落"，卽零落。況周頤《蕙風詞話》卷三："《水調歌頭》當是遺山少作。晚歲鼎鑊餘生，栖遲藗落，興會何能飆舉。"

藨 0449　藨　藨莣也。从艸，稊聲。大兮切（tí ㄊㄧˊ）。

【譯白】藨，全名藨莣的稻田中雜草。是依從艸做形旁，以稊爲聲旁構造而成的形聲字。

【述義】藨，俗作稊，是一種形似稗的雜草，實如小米。《爾雅·釋草》："藨，莣。"郭璞注："藨似稗，布地生，穢草。"唐、陸德明《經典釋文》："藨，本又作稊。"邵晉涵正義："《莊子·知北遊》云：'道在藨稗'……《秋水篇》云：'似藨米之在太倉。'……藨與稗，俱堪水旱，種無不熟，北方農家種之，以備凶年。按：今本《莊子》藨作稊。段玉裁《說文解字注》："郭於藨字逗，以莣釋藨；許合'藨莣'二字爲艸名；凡《爾雅》固有舉其名而無訓釋者，不當強爲句絕也。"郝懿行義疏："今驗其葉似稻而細，青綠色，作穗似稗而小，穗又疏散，其米也小，人不食之。"清、唐甄《潛書·性才》："譬如穀之精氣，淫爲藨稗。"

莣 0450　莣　藨莣也。从艸，失聲。徒結切（dié ㄉㄧㄝˊ）。

【譯白】莣，全名藨莣的稻田中雜草。是依從艸做形旁，以失爲聲旁構造而成的形聲字。

【述義】莣，草名。《爾雅·釋草》："藨，莣。"詳見前一字"藨"條。

芀 0451　芀　芀葵，胊也。从艸，丁聲。天經切（tīng ㄊㄧㄥ）。

【譯白】芀，全名芀葵，又名胊的草本植物。是依從艸做形旁，以丁爲聲旁構造而成的形聲字。

【述義】芓焭，胸草；胸，《爾雅》作蒴。《爾雅·釋草》：“蒴，芓焭。”郭璞注：“未詳。”郝懿行義疏：“張氏照考證引《神農本草經》：‘蒟蒻，一名鬼芓。’《酉陽雜俎》云：‘蒟蒻，根大如椀，至秋葉滴露，隨滴生苗。’畢氏沅說以《中山經》‘熊耳之山有草，其狀如蘇而赤華，名曰葶藦’，疑卽此葶藦，芓焭，音近也。”桂馥《說文解字義證》：“案《山海經·中山經》：‘熊百之山，有草焉，曰葶藦，似蘇，可以毒魚。’芓焭、葶藦聲相近也。”

　　芓又讀 dǐng ㄉㄧㄥˇ。茗芓，同“酩酊”，大醉貌。《字彙·艸部》：“芓，與酊同。晉《山簡傳》：茗芓無所知。”南朝、宋、劉義慶《世說新語·任誕》：“山季倫爲荊州，時出酣暢，人爲之歌曰：‘山公時一醉，徑造高陽池，日莫倒載歸，茗芓無所知。’”宋、陸游《春遊至攀江戲示坐客》詩：“酖釀爛漫我欲狂，茗芓還家君勿邊。”清、黃遵憲《小飲息亭醉後作》詩：“偶約故人同茗芓，居然丈室坐蓮鬚。”

蔣　0452　蔣　苽蔣也。从艸，將聲。子良切（jiāng ㄐㄧㄤ）；又卽兩切（jiǎng ㄐㄧㄤˇ）。

【譯白】蔣，全名苽蔣的禾本科水生宿根草本植物。是依從艸做形旁，以將爲聲旁構造而成的形聲字。

【述義】《集韻·模韻》：“苽，或作菰。”苽蔣，一作菰蔣，又名蔣苽、雕苽、雕胡、彫胡、菰首、菰手、菰笋、菰筍、菰菜、茭草、茭白、茭筍、茭白筍，也是它膨大嫩莖的名稱，爲禾本科多年生水生宿根草本植物，葉如蒲葦，花莖黑穗菌侵入後，刺激其細胞增生在基部形成膨大嫩莖，是美味可口的蔬菜；穎果狹圓柱形，叫做菰米、菰粱、雕菰米，爲古代六穀之一；根、葉可作飼料。《廣雅·釋草》：“菰，蔣；其米謂之彫胡。”《周禮·天官·膳夫》：“凡王之饋，食用六穀。”鄭玄注引鄭司農云：“六穀：稌、黍、稷、粱、麥、苽；苽，雕胡也。”《韓非子·十過》：“縵帛爲茵，蔣席頗緣。”《史記·司馬相如列傳》：“蔣、芓、青薠，布濩閎澤，延曼太原。”《文選·張衡〈南都賦〉》：“其草則薝芓蘋莞，蔣蒲兼葭。”晉、左思《蜀都賦》：“其沃瀛則有攢蔣叢蒲。”唐、李白《新林浦阻風寄友人》詩：“海月破圓景，菰蔣生綠池。”唐、杜甫《夔州歌》詩之五：“背飛鶴子遺瓊蕊，相趁鳧雛入蔣芽。"仇兆鰲注："蔣，菰名也。"唐、張籍《城南》詩："臥蔣黑米吐，翻芰紫角稠。"清、鄭燮《范縣署中寄舍弟墨書》："可憐我東門人取魚撈蝦，撐船結網，破屋中喫粃糠，啜麥粥，搴取荇葉蘊頭蔣角，煑之，匃貼蕎麥鍋餅，便是美食，幼兒女爭吵。"

通"獎"；蔣厲，即獎勵；厲，同"勵"。《隸釋・漢縣三老楊信碑》："蔣厲兵甲。"洪适釋："碑以蔣爲獎。"

疊字雙音"蔣蔣"形況：是說光芒強烈的樣子。《太平御覽》卷八七四引《易緯是類謀》："晝視無日，虹蜺煌煌；夜視無月，彗孛蔣蔣。"

蔣又讀 jiǎng ㄐㄧㄤˇ，《廣韻》即兩切，上養精；陽部。一、周時諸侯國名，在今河南省固始縣東，春秋時滅於楚。《左傳・僖公二十四年》："凡、蔣、邢、茅、胙、祭，周公之胤也。"楊伯峻注："蔣，據《通志・氏族略二》，爲周公第三子伯齡所封國；據杜預注，今河南省固始縣東北有蔣集，當即其地。"二、姓。《廣韻・養韻》："蔣，姓。《風俗通》云：'周公之胤。'"三、蔣山，即鍾山；又名紫金山，在江蘇省南京市東北；漢末有秣陵尉蔣子文逐盜死於此，三國、吳、孫權爲立廟於鍾山，因改稱蔣山。見《初學記》卷八引《丹陽記》。

苽（菰）₀₄₅₃　苽　雕苽；一名蔣。从艸，瓜聲。古胡切（gū ㄍㄨ）。

【譯白】苽，全名雕苽；又叫做蔣的禾本科水生宿根草本植物。是依從艸做形旁，以瓜爲聲旁構造而成的形聲字。

【述義】苽，茭筍，也作"菰"，今名茭白、茭白筍；參見前一字"蔣"。《集韻・模韻》："苽，或作菰。"姚文田、嚴可均《說文校議》："《御覽》卷九百九十九引作'雕胡'。按：苽、胡同聲。"《周禮・天官・食醫》："牛宜稌，羊宜黍，豕宜稷，犬宜粱，鴈宜麥，魚宜苽。"《淮南子・原道訓》："雪霜滾灖，浸潭苽蔣。"高誘注："苽者，蔣實也，其米曰彫胡。"唐、韓愈《郾州溪堂》詩："谿有薲苽，有龜有魚。"

"苽米"，即菰米；古六穀之一。《周禮・天官・膳夫》："凡王之饋，食用六穀。"鄭玄注："六穀：稌、黍、稷、粱、麥、苽；苽，雕胡也。"唐、賈公彥疏："南方見有苽米，一名彫胡。"《禮記・內則》："蝸醢而苽食雉羹。"鄭玄注："苽，字又作菰。"唐、孔穎達疏："謂以蝸爲醢，以苽米爲飯，以雉爲羹。"

　　苽又讀 guā ㄍㄨㄚ。同"瓜"。《南齊書・孝義傳・韓靈敏》："家貧無以營凶，兄弟共種苽半畝，朝採苽子，暮已復生，以此遂辦葬事。"

菁 0454　𦾓　艸也。从艸，育聲。余六切（yù ㄩˋ）。

【譯白】菁，一種草本植物的名稱。是依從艸做形旁，以育爲聲旁構造而成的形聲字。

【述義】菁爲何草？不詳。

蘿 0455　𧆃　艸也。从艸，罷聲。符羈切（bēi ㄅㄟ）。

【譯白】蘿，一種香草的名稱。是依從艸做形旁，以罷爲聲旁構造而成的形聲字。

【述義】蘿是一種香草，同"芭"。王紹蘭《段注訂補》引吳穎芳《說文理董》："《楚辭》'傳芭兮代舞'，蘿卽芭之正字。"王逸《楚辭》注："芭，巫所持香草名也。"

　　古代舞者所執的牛尾。《爾雅・釋器》："旄謂之蘿。"郭璞注："旄，牛尾也。"邢昺疏："舞者所執也。"

　　古代懸鐘磬架柱的飾物。《集韻・支韻》："蘿，筍虡飾。"

蘸 0456　𧂮　艸也。从艸，難聲。如延切（rán ㄖㄢˊ）。

【譯白】蘸，一種草本植物的名稱。是依從艸做形旁，以難爲聲旁構造而成的形聲字。

【述義】蘸爲何草？不詳。

莨 0457　𦳆　艸也。从艸，良聲。魯當切（láng ㄌㄤˊ）。

【譯白】莨，一種草本植物的名稱。是依從艸做形旁，以良爲聲旁構造而成的形聲字。

【述義】王筠《說文解字句讀》："《釋草》之'孟，狼尾'，《詩》之'不稂不莠'，皆卽此'莨'。"《史記・司馬相如列傳》："其卑溼則生藏莨蒹葭。"裴駰集解引《漢書音義》："莨，莨尾草也。"《爾雅・釋草》："孟，狼尾。"邢昺疏："草似茅者，一名孟，一名狼尾。"《廣韻・唐韻》："稂，草名，似莠。"《詩・曹風・下泉》："洌彼下泉，浸彼苞稂。”孔穎達疏：“此稂是禾之秀而不實者。”按：莠是狗尾草，參見前面“莠”條。明、李時珍《本草綱目·草五·狗尾草》：“莠，草莠而不實，故字從秀穗，形象狗尾，故俗名狗尾。”又《穀二·狼尾草》：“莖、葉、穗、粒並如粟，而穗色紫黃，有毛，荒年亦可采食。”狼尾草，禾本科多年生草本，秋、冬莖頂抽紫黑色具剛毛穗狀圓錐花序，形似狼尾，嫩時可做飼料。宋、王安石《贈陳君景初》詩：“名聲動京洛，踪迹晦莨莠。”

　　梁。《玉篇·艸部》：“莨，梁也。”

　　莨莠，莨和莠，是兩種野草，常用以喻邪惡之人，或用以指雜草叢生的地方。《隋書·盧思道傳》：“礫石變成瑜瑾，莨莠化爲芝蘭。”宋、蘇軾《石鼓》詩：“娟娟缺月隱雲霧，濯濯嘉禾秀莨莠。”

　　莨又讀 làng ㄌㄤˋ，《史記正義》音浪。莨蕩，卽莨菪，茄科多年生草本有毒植物，莖高約一米，葉互生，橢圓形，花淡紫色，根、莖和葉子可作藥用，有鎮痙、止痛的功效。《史記·扁鵲倉公列傳》：“臣意往，飮以莨蕩藥一撮，以酒飮之，旋乳。”張守節正義：“浪宕二音。”《本草綱目·草六·莨菪》：“時珍曰：‘莨菪，一作蔄蕩；其子服之令人狂狼放宕，故名。’”

　　莨又讀 liáng ㄌㄧㄤˊ。薯莨，薯蕷科多年生纏繞藤本植物，地下具塊莖，外紫黑色，內爲棕紅色，煮汁染絲絹爲薯莨綢，也稱拷綢；也可染棉、麻織物和魚網、漁衣等，使利水耐用。清、平步青《霞外攦屑·釋諺·薯莨綢》：“越中夏月，多服敲皮袴；初惟市人著之，近日風行，漸及閨閣矣。名曰薯莨綢，有紫、緇二色。”

蔓 0458 　　艸也。從艸，要聲。《詩》曰：“四月秀蔓。”劉向說：“此味苦，苦蔓也。”於消切（yāo ㄧㄠ）。

【譯白】蔓，一種禾本科草本植物。是依從艸做形旁，以要爲聲旁構造而成的形聲字。《詩·豳風·七月》：“四月蔓草抽穗開花。”劉向說：“這種草味道苦，又叫做苦蔓。”

【述義】“四月秀蔓”，毛傳：“不榮而實曰秀；蔓，蔓草也。”高亨注：“舊說：蔓，藥草名，卽遠志。”

　　蔓也是狗尾草之稱，爲禾本科一年生草本植物，圓錐花序密集成圓柱狀，形似狗尾，爲田間雜草。《廣雅·釋草》：“蔓，莠也。”五代、徐鍇《說文解字繫傳》：“蔓，按《字書》云：狗尾草也。”《穆天子傳》卷二：“珠澤之藪，方三十里，爰有藿葦莞蒲，茅萯兼蔓。”郭璞注：“蔓，秀屬。”

　　草盛貌。《漢書・禮樂志》：“豐草蔓，女羅施。”顏師古注引孟康曰：“蔓，盛貌也。”《文選・左思〈蜀都賦〉》：“晶貁䁕於蔓草，彈言鳥於森木。”李善注引《漢書音義》曰：“蔓，盛貌。”

　　草繩。宋、李誡《營造法式・壕寨制度・城》：“每膊椽長三尺，用草蔓一條，木橛子一根。”

　　蔓又讀 yǎo ㄧㄠˇ，《廣韻》烏皎切，上篠影；宵部。蔓繞，藥草，卽遠志。《爾雅・釋草》：“蔓繞，棘菀。”郭璞注：“今遠志也。”

薖　0459　（篆）　艸也。从艸，過聲。苦禾切（kē ㄎㄜ）。

【譯白】薖，一種草本植物的名稱。是依從艸做形旁，以過為聲旁構造而成的形聲字。

【述義】薖，一種草名；其它不詳。

　　寬大貌。《詩・衛風・考槃》：“考槃在阿，碩人之薖。”毛傳：“薖，寬大貌。”唐、陸德明《經典釋文》：“薖，苦禾反。《韓詩》作‘過’。過，美貌。”宋、蘇軾《陪杜充張恕鴻慶宮避暑》詩：“飯細經脣滑，茶新到腹薖。”

菌　0460　（篆）　地蕈也。从艸，囷聲。渠殞切（jùn ㄐㄩㄣˋ）。

【譯白】菌，又名地蕈的孢子植物。是依從艸做形旁，以囷為聲旁構造而成的形聲字。

【述義】菌，地蕈，也叫菌子、土菌、蕈、杜蕈、地雞、中馗、馗廚、菰子、獐頭，傘菌一類的孢子植物，無毒者可食，如香菇、冬菇、蘑菇。《爾雅・釋草》：“中馗，菌。”郭璞注：“地蕈也，似蓋，今江東名為土菌，亦曰馗廚，可啖之。”北魏、賈思勰《齊民要術・素食》：“焦菌法：菌，一名地雞；口未開，內外全白者佳；其口開裏黑者，臭不堪食。”《本草綱目・菜三・土菌》釋名：“杜蕈、地蕈、菰子、地雞、獐頭。”《莊子・逍遙遊》：“朝菌不知晦朔，蟪蛄不知春秋。”唐、陸德明《經典釋文》引司馬彪曰：“大芝也；天陰生糞上，見日則死；一名日及，故不知月之終始也。”《文選・張衡〈思玄賦〉》：“漱飛泉之瀝兮，咀石菌之流英。”李善注：“菌，芝也。”唐、張籍《送韋評事歸華陰》詩："掃窗秋菌落，開篋夜蛾飛。"宋、黃庭堅《次韻子瞻春菜》詩："驚雷菌子出萬釘，白鵝截掌鼈解甲。"清、杭世駿《續方言》卷下："菌，地蕈也；似蓋；今江東名爲土菌，亦曰馗廚。"清、沈復《浮生六記·浪遊記快》："有三五村童掘菌子于亂草中，探頭而笑，似訝多人之至此者。"參見後一字"蕈"條。

鬱結貌。《太玄·爽》："黃菌不誕俟於慶雲。"范望注："菌，不申之貌。"《文選·馬融〈長笛賦〉》："充屈鬱律，瞋菌碨抉。"李善注："皆眾聲鬱積競出之貌。"

隱蔽。《墨子·迎敵祠》："城之外，矢之所遝，壞其牆無以爲客菌。"孫詒讓閒詁："菌猶言翳也。"

通"箘"，竹、竹筍。《韓非子·十過》："於是發而試之，其堅雖菌簬之勁，弗能過也。"陳奇猷集釋："松皋圓曰：'箘簬，美竹也。'高亨曰：'菌，借作箘。'"《呂氏春秋·本味》："越駱之菌，鱣鮪之醢。"高誘注："越駱，國名；菌，竹筍也。"

姓。《廣韻·軫韻》："菌，姓，出《姓苑》。"

菌又讀 jūn ㄐㄩㄣ。不含光合作用色素葉綠素，不能自製養料以寄生或腐生方式攝取有機物質爲營養的異養性原核生物或眞核生物，是生物界的低級（低等）類羣，種類很多，習慣上的分類主要包括細菌、粘菌（黏菌）和眞菌三大類。

蕈 0461　🌿　桑薁。從艸，覃聲。慈袵切（xùn ㄒㄩㄣ）。

【譯白】蕈，桑樹上生的木耳。是依從艸做形旁，以覃爲聲旁構造而成的形聲字。

【述義】除作桑薁，蕈亦泛指傘菌一類的孢子植物，生長在樹林裏或草地上，種類繁多，地下部分叫菌絲，地上部分由菌蓋和菌柄構成，菌蓋產生孢子，是繁殖器官；有的可食，如松蕈、香蕈，有的有毒，如毒蠅蕈。《玉篇·艸部》："蕈，地菌也。"晉、陸雲《贈顧驃騎思文》詩："思樂《葛藟》，薄采其蕈。"宋、吳淑《江淮異人錄·劉同圭》："旦持一筐蕈賣之，夕醉而歸。"宋、孫光憲《北夢瑣言》："江夏漢陽縣出毒菌，號如閭，非茅蒐也，每歲供進。"清、汪士禎《香祖筆記》卷十一："天平山僧得蕈一叢，煮食之，大吐，內三人取鴛鴦草啖之，遂愈；二人不噉，竟死（鴛鴦草卽金銀花也）。"參見前一字“菌”條，後一字“蒬”條。

蕈又讀 tán ㄊㄢ，《集韻》徒南切，平覃定。一、植物名。《集韻·
覃韻》：“蕈，艸名，生淮南平澤，可作鹽。”《淮南子·詮言》：“席
之先雚蕈。”高誘注：“席之先所從生，出于雚與蕈葦也。”二、同
“覃”，蔓延、延及。《詩·周南·葛覃序》唐、陸德明《經典釋文》：
“覃，本亦作蕈；延也。”

蒬　0462　　木耳也。从艸，夗聲。一曰蒬芫。而兗切（ruǎn
ㄖㄨㄢ）。

【譯白】蒬，也叫做木耳的孢子植物。是依從艸做形旁，以夗爲聲旁
構造而成的形聲字。蒬又叫做蒬芫。

【述義】木耳，菌的一種，木耳科孢子植物，生在枯樹朽木上，子實
體略呈耳形，褐色稱黑木耳，淡黃色稱白木耳，膠質，可供食用及藥
用。《玉篇·艸部》：“蒬，木耳，生枯木也。”《集韻·慁韻》：“蒬，
蒬芫，木耳。”北魏、賈思勰《齊民要術·作菹藏生菜法》：“木耳
菹，取棗、桑、榆、柳樹邊生，猶軟溼者。”又《蒬》：“蒬，木耳
也。案：木耳煮而細切之，和以薑橘，可爲菹，滑美。”明、李時珍
《本草綱目·菜三·木耳》：“木耳各木皆生，其良毒亦必隨木性，
不可不審。”

葚（椹）　0463　　桑實也。从艸，甚聲。常衽切（shèn ㄕㄣ）。

【譯白】葚，桑樹的果實。是依從艸做形旁，以甚爲聲旁構造而成的
形聲字。

【述義】葚，一作椹，俗稱桑葚、桑椹，味甜，可食可釀酒可入藥。
《小爾雅·廣物》：“桑之實謂之葚。”《詩·衛風·氓》：“于嗟鳩
兮，無食桑葚。”唐、陸德明《經典釋文》：“葚，本又作椹，桑實
也。”《北史·崔逞傳》：“道武攻中山，未剋，六軍乏糧，問計於逞。
逞曰：‘飛鴞食葚而改音，《詩》稱其事，可取以助糧。”明、無名氏
《鳴鳳記·吳公辭親》：“恨平生忠孝不能兩盡，卻羨那陳情歸養，
採葚供親，先範眞堪景。”

蒟　0464　　果也。从艸，竘聲。俱羽切（jǔ ㄐㄩˇ）。

【譯白】蒟，一種藤本植物的果實。是依從艸做形旁，以竘爲聲旁構
造而成的形聲字。

【述義】蒟是蔞藤的果實，又名蒟子、蒟醬；蒟又作枸；蔞藤、辛蒟，又名蔓藤、蒮芨、浮留藤，閩、廣、臺呼作蒟藤，爲胡椒科藤本植物，果實名蒟子，可以作醬調食，故名蒟醬；味辛，又叫辛蒟；葉可食；俗食檳榔，以蔞葉、蒟子包、夾可食。《史記・西南夷列傳》：「南越食（唐）蒙蜀枸醬。」南朝、宋、裴駰集解引徐廣曰：「枸，一作蒟。」司馬貞索隱引劉德曰：「蒟樹如桑，其椹長二三寸，味酢；取其實以爲醬，美。」又云：「蒟，緣樹而生，非木也；今蜀土家出蒟，實似桑椹，味辛似薑，不酢。」《華陽國志・巴志》：「其果實之珍者，樹有荔芨，蔓有辛蒟。」晉、潘岳《西征賦》：「致邛蒟其奚難，惟余欲而是恣。」晉、嵇含《南方草木狀・蒟醬》：「蒟醬，蒮芨也；生於蕃國者，大而紫，謂之蒮芨；生於番禺者，小而青，謂之蒟焉，可以調食，故謂之醬焉。」《本草綱目・草三・蒟醬》：「時珍曰：蒟醬，今兩廣、滇南及川南、渝、瀘、威、茂、施諸州皆有之；其苗謂之蔞葉，蔓生依樹，根大如箸，彼人食檳榔者，以此葉及蚌灰少許同嚼食之，云辟瘴癘，去胸中惡氣。故諺曰：『檳榔浮留，可以忘憂。』其花實卽蒟子也。」宋、周去非《嶺外代答・食用門・食檳榔》說廣州人食檳榔：「唯嗜檳榔……客次，士夫常以匲自隨，製如銀鋌，中分爲三：一以盛蔞，一盛蜆灰，一則檳榔。」清、黃叔璥《臺海使槎錄》卷三：「蔞藤，一作浮留藤，土人誤作爲『蒟』，字釋然無蒟字。」

「蒟蒻」：一、魔芋。唐、段成式《酉陽雜俎・草篇》：「蒟蒻，根大如椀，至秋葉滴露，隨滴生苗。」明、李時珍《本草綱目・草六・蒟蒻》：「蒟蒻出蜀中，施州亦有之，呼爲鬼頭，閩中人亦種之；宜樹陰下掘坑積糞；春時生苗，至五月移之；長一、二尺，與南星苗相似，但多斑點，宿根亦自生苗。」二、蒟醬與蒻草的合稱。《文選・左思〈蜀都賦〉》：「其圃則有蒟蒻、茱萸。」劉良注：「蒟，蒟醬也；緣樹而生，其子如桑椹，熟時正青，長二、三寸，以蜜藏而食之，辛香，溫調五藏；蒻，草也，其根名蒻，頭大者如斗，其肌正白，可以灰汁煮，則凝成，可以苦酒淹食之，蜀人珍焉。」

芘　0465　艸　艸也；一曰芘茮木（芘茮）。从艸，比聲。房脂切（pí ㄆㄧˊ）。

【譯白】芘，一種草本植物的名稱；又叫做芘茮。是依從艸做形旁，以比爲聲旁構造而成的形聲字。

【述義】王念孫《讀說文記》：“‘一曰芘茉木’五字，乃是‘一曰芘茉’之譌。”芘茉，一作蚍衃，亦卽錦葵，又名荍、荊葵；爲錦葵科二年生草本植物，初夏開花，花冠淡紫色，有紫脈，色采豔麗，園藝栽培爲觀賞植物。《詩·陳風·東門之枌》：“視爾如荍，貽我握椒。”毛傳：“荍，芘茉也。”鄭玄箋：“美如芘茉之華。”孔穎達疏引陸璣曰：“芘茉，一名荊葵，似蕪菁，華紫綠色，可食，微苦。”

　　芘又讀 bì ㄅㄧˋ，《集韻》必至切，去至並；脂部。通“庇”，蔭蔽、庇護。《集韻·至韻》：“庇，《說文》：‘蔭也。’或作芘。”《莊子·人間世》：“南伯子綦游乎商之丘，見大木焉有異，結駟千乘，隱將芘其所藾。”王先謙集解引向秀曰：“藾，蔭也。”唐、陸德明《經典釋文》：“‘將芘’，本亦作庇。”南朝、宋、謝靈運《遊嶺門山》詩：“漁舟豈安流，樵拾謝西芘。”唐、柳宗元《爲韋京兆祭杜河中文》：“余弟宗卿，獲芘仁宇。”《宋史·李庭芝傳》：“陳宜中請誅文虎，似道芘之。”清、惲敬《答方九江》：“至江西當事決大獄不平，且欲芘梟惡無狀之人，使久爲民害，故與之爭。”

　　“芘藾”，亦作芘賴，蔭庇的意思，亦指依賴；語出上引《莊子·人間世》。宋、王安石《謝葛源郎中啟》：“唯茲蠢愚，其卒芘賴。”宋、范成大《次韻李器之編修靈石山萬歲藤歌》：“班荊芘藾得吾黨，酌泉共吸杯中天。”

　　“芘蔭”：芘，通“庇”。一、遮蔽。明、李東陽《學士柏》詩：“芘蔭長留六月陰，盤迴直與孤雲上。”清、顧炎武《日知錄·官樹》：“自孝寬臨州，乃勒部內，當堠處植槐樹代之，既免修復，行旅又得芘蔭。”二、庇護、包庇。清、黃鈞宰《金壺遯墨·奇女子》：“前途關卡多，仰藉大力芘蔭。”黃侃《哀貧民》：“由今觀之，殆實以芘蔭富民而諱其所號也。”

蕣　0466　_蕣　木堇，朝華暮落者。从艸，舜聲。《詩》曰：“顏如蕣華。”舒閏切（shùn ㄕㄨㄣˋ）。

【譯白】蕣，又名木堇，早晨開花黃昏凋落的植物。是依從艸做形旁，以舜爲聲旁構造而成的形聲字。《詩·鄭風·有女同車》說：“容貌像木堇花盛開一樣美麗。

【述義】蕣，假借作舜；木堇，一作木槿，爲錦葵科落葉灌木或小喬木，葉菱狀卵圓形，常三裂，互生，夏、秋開淡紫色、紅色或白色花，鐘形，單生，早晨綻放，黃昏凋謝，花白色者可作蔬菜；可栽培供觀賞兼作綠籬，樹皮和花可入藥，莖的纖維可造紙。段玉裁《說文解字注》："今《詩》作舜，爲假借。"《呂氏春秋·仲夏紀》："半夏生，木堇榮。"漢、高誘注："木堇，朝榮暮落，是月榮華，可用作蒸，雜家謂之朝生，一名蕣。"《淮南子·時則訓》詩："木堇榮。"高誘注："木堇，朝榮暮落，樹高五、六尺，其葉與安石榴相似也。"晉、郭璞《遊仙詩》："蕣榮不終朝，蜉蝣豈見夕。"南朝、宋、鮑照《擬行路難》詩："君不見蕣華不終朝，須臾奄冉零落銷。"唐、元稹《哭女樊四十韻》詩之十："蓮初開月梵，蕣已落朝榮。"唐、白居易《和萬州楊使君四絕句·白槿花》詩："秋蕣晚英無豔色，何因栽種在人家。"唐、李復言《續玄怪錄·楊恭政》："恭政亦繼詩曰：'人世徒紛擾，其生似蕣華。'"清、劉大櫆《祭左和中文》："彼蕣華之無知兮，嗟零落其已朽。"《藝文類聚》卷七九引漢、陳琳《神女賦》："答玉質於苕華，擬豔姿於蕣榮。"

　　"蕣顏"，蕣花似的容顏，常用以比喻美貌之短暫。唐、嚴休復《唐昌觀玉蕊花折有仙人遊》詩之二："羽車潛下玉龜山，塵世何由覩蕣顏。"元、宋无《蕃釐觀感瓊花》詩："蕣顏愁想像，珠樹絕驕奢。"

萸 0467　　茱萸也。从艸，臾聲。羊朱切（yú ㄩˊ）。

【譯白】萸，全名茱萸的芸香科木本植物。是依從艸做形旁，以臾爲聲旁構造而成的形聲字。

【述義】茱萸，又名吳茱萸，芸香料落葉小喬木；葉對生，奇數羽狀複葉，夏季開綠白色小花，圓錐花序，果實紅紫色，裂開；茱萸香氣辛烈，可入藥，未成熟果實功能溫中止痛，殺蟲；古俗農曆九月九日重陽節佩茱萸囊、飲菊花酒健身祛邪辟惡；重陽佩茱囊，相約登山宴飲，叫做"茱萸會"。除吳茱萸外，又有芸香科落葉喬木食茱萸，果實可食；山茱萸科山茱萸，果實供藥用。《本草圖經》："吳茱萸，木高丈餘，皮青綠色，葉似椿而闊厚，紫色；三月開花，紅紫色；七月八月結實。"晉、周處《風土記》："俗尚九月九日謂爲上九，茱萸到

此日氣烈熟，色赤，可折其房（茱萸花的子房）以插頭，云辟惡氣，
禦初寒。”“以重陽相會，登山飲菊花酒，謂之登高會，又云茱萸會。”
《西京雜記》卷三：“九月九日，佩茱萸，食蓬餌，飲菊花酒，令人
長壽。”三國、魏、曹植《浮萍篇》詩：“茱萸自有芳，不若桂與蘭。”
晉、左思《蜀都賦》：“其園則有蒟蒻茱萸，瓜疇芋區。”唐、王維《九
月九日憶山東兄弟》詩：“遙知兄弟登高處，遍插茱萸少一人。”唐、
李從遠《奉和九月九日登慈恩寺浮圖應制》詩：“摘果珠盤獻，攀萸
玉輦迴。”唐、歐陽詹《九日廣陵同陳十五先輩登高》詩：“泛菊聊
斟酒，持萸懶插頭。”唐、閻朝隱《奉和九日幸臨渭亭高應制得筵字》
詩：“願因茱菊酒，相守百千年。”清、吳偉業《丁亥之秋王煙客招
予西田賞菊》詩：“秔稻將登農父喜，茱萸徧插故人憐。”清、秋瑾
《九日感賦》詩：“思親堂上茱初插，憶妹窗前句乍裁。”

茱 0468　茱萸，茮屬。从艸，朱聲。市朱切（zhū ㄓㄨ）。

【譯白】茱，全名茱萸，花椒一類屬的芸香科木本植物。是依從艸做
形旁，以朱爲聲旁構造而成的形聲字。

【述義】茱萸，詳見前一字“茰”條。茮，同“椒”，卽花椒，與茱
萸同屬芸香科的落葉灌木或小喬木，參見後一字“茮”條。另：桂馥
《說文解字義證》：“茱萸，茮屬者。《嘉祐圖經》云：‘茱萸結實似
椒子，嫩時微黃，至成熟則深紫。’”

茮 0469　茮莍。从艸，尗聲。子寮切（jiāo ㄐㄧㄠ）。

【譯白】茮，全名茮莍的芸香科木本植物。是依從艸做形旁，以尗爲
聲旁構造而成的形聲字。

【述義】徐鍇《說文解字繫傳》：“《說文》無椒字，豆尗字但作尗，
則此茮爲椒字也。”《玉篇·艸部》：“茮，莍也，與椒同。”茮，同
“椒”就是花椒，古代亦名茮聊、椒聊、樧、大椒，以上各種名稱也
指它的樣子；爲芸香科落葉灌木或小喬木，全株具香氣，單數羽狀複
葉，枝上有刺，果實球形，暗紅色，種子黑色，可做調味香料，並可
提芳香油入藥，也可榨油，葉製農藥。《爾雅·釋木》：“樧，大椒。”
郭璞注：“今椒樹叢生實大者，名爲樧。”郝懿行義疏：“《爾雅》之
樧，大椒，卽秦椒矣；秦椒，今之花椒，本產於秦，今處處有人家種
之。”《急就篇》第二十三章：“烏喙附子椒芫華。”顏師古注：“椒，

謂秦椒及蜀椒也。"《詩·唐風·椒聊》："椒聊之實，蕃衍盈升。"陸璣疏："椒樹似茱萸，有鍼刺，莖葉堅而滑澤。"《廣羣芳譜·蔬譜》："椒，一名花椒，一名大椒，一名檓。"段玉裁《說文解字注》："茉萊蓋古語，猶《詩》之椒聊也；單呼曰茉，絫呼曰茉萊、椒聊。"

茉又讀niǎo ㄋㄧㄠˇ，《集韻》乃了切，上篠泥。芀茉，草長貌。《玉篇·艸部》："芀，草長。"《集韻·篠韻》："芀茉，艸長皃。"

萊 0470　𣛛　茉、檓實，裏如表者（裏如裘者）。从艸，求聲。巨鳩切（qiú ㄑㄧㄡˊ）。

【譯白】萊，花椒、食茱萸一類的果實，外皮密生芒刺好像一團包裹着毛的皮裘。是依從艸做形旁，以求爲聲旁構造而成的形聲字。

【述義】果實外皮密生疣狀突起的腺體叫做萊；如：楓之實稱做楓萊，栗之實稱做栗萊。檓，食茱萸；亦指樇葉花椒的果實。"裏如表者"，當作"裏如裘者"。沈濤《說文古本考》："《爾雅·釋木》釋文引作：'檓，椒實，裏如裘也。'蓋古本如是，'如裘'所以从求；今本'裏'、'表'二字乃傳寫之誤。"《爾雅·釋木》："椒、檓醜，萊。"郭璞注："檓，似茱萸而小，赤色。"郝懿行義疏："萊之言裘也，芒刺鋒攢如裘自裹，故謂之萊也。"本書第六篇《木部》："檓，似茱萸，出淮南。"

荊（荊）0471　𦷾　楚，木也。从艸，刑聲。𦱤，古文荊。舉卿切（jīng ㄐㄧㄥ）。

【譯白】荊，又名楚，一種灌木。是依從艸做形旁，以刑爲聲旁構造而成的形聲字。𦱤，是荊的古文。

【述義】荊，今俗作荊，從刀，不成字形；此淺人成俗顯例。荊、楚，馬鞭草科，牡荊屬落葉灌木，種類很多，有牡荊、紫荊、黃荊等，枝條柔韌，可編筐籃；果實可入藥。王筠《說文解字句讀》："'荊，楚，謂荊一名楚也；木也。'以字從艸，故云木。蓋此物不大，故從艸；好叢生，故楚從林。"《左傳·襄公二十六年》："聲子將如晉，遇之于鄭郊，班荊相與食，而言復故。"杜預注："布荊坐地，共議歸楚。"《山海經·南山經》："（虖勺之山）其下多荊杞。"晉、陸機《豫章行》詩："三荊歡同株，四鳥悲異林。"唐、元稹《紅荊》詩："庭中栽得紅荊樹，十月花開不待春。"元、郝經《化城行》詩："霜淨沙乾鴈鶩鳴，路旁但見棘與荊。”

　　荊條，古代特指荊木做的刑杖。《呂氏春秋‧直諫》：“王伏；葆申束細荊五十，跪而加之於背。”《史記‧廉頗藺相如列傳》：“肉袒負荊，因賓客至藺相如門謝罪。”司馬貞索隱：“荊，楚也；可以爲鞭。”

　　對人稱己妻的謙詞。清、蒲松齡《聊齋志異‧青鳳》：“叟指婦云：‘此爲老荊。’”

　　附述“荊釵布裙”：荊枝爲釵，粗布爲裙，婦女簡陋寒素的服飾。《太平御覽》卷七一八引《列女傳》：“梁鴻妻孟光，荊釵布裙。”《初學記》卷十引南朝、宋、虞通之《爲江敩讓尚公主表》：“如臣素流，家貧業寡，年近將冠，皆已有室，荊釵布裙，足得成禮。”唐、李商隱《重祭外舅司徒公文》：“紵衣縞帶，雅況或比於僑吳；荊釵布裙，高義每符於梁孟。”元、薩都剌《織女圖》詩：“又不聞田家婦，日埽春蠶宵織布，催租縣吏夜打門，荊釵布裙夫短袴。”清、沈復《浮生六記‧坎坷記愁》：“錦衣玉食者未必能安於荊釵布裙也。”

　　附述“拙荊”：東漢隱士梁鴻的妻子孟光生活儉樸，以荊枝作釵，粗布爲裙。見《太平御覽》卷七一八引《列女傳》。後人因以“拙荊”謙稱自己的妻子；亦作“荊妻”、“荊室”、“荊婦”；有時也有表示貧寒之意。宋、陽枋《通夔守田都統札子》：“未審學生可乞假一會涪上否？蓋拙荊未祔先塋，欲議歸藏，此願才畢，當伏謁轅轅，致九頓之謝。”宋、陳亮《乙巳春與朱元晦秘書》書：“男子不敢犯分以求，而荊婦心欲其夫轉以爲請，此於理宜可許也，願便得之爲禱。”宋、劉克莊《蓋竹廟》詩：“寄書報與荊妻說，十襲荷衣莫要焚。”《水滸傳》第七回：“恰才與拙荊一同來間壁嶽廟裏還香願。”明、陳汝元《金蓮記‧外謫》：“經年遠別，千里相逢，常思故國萱堂，難消歲月；料應客途荊室，備經風霜。”明、無名氏《錄親記‧托夢》：“周羽屈受這災危，拚殘軀便做他鄉之鬼，可憐賢達我荊妻，便做有男兒也難存濟。”清、蒲松齡《聊齋志異‧狐嫁女》：“遂有婦人出拜，年可四十餘。翁曰：‘此拙荊。’公揖之。”

　　古九州之一，包括今湖北省的中、南部，湖南省的中、北部，河南省和廣西省、貴州省、廣東省的一部分；漢爲十三刺史部之一，漢末以後轄境漸小；東晉定治江陵（今屬湖北），爲當時及南朝長江中游重鎮；明、清置府，後廢。《書‧禹貢》：“荊及衡陽惟荊州。”孔傳：“北據荊山，南及衡山之陽。”按：此荊山，在今湖北省南漳縣；荊州，古爲荊族居住之地。《文選‧張衡〈南都賦〉》：“割周楚之豐壤，跨荊豫而爲疆。”李善注：“《漢書‧地理志》注曰：‘南陽屬荊州。’又曰：‘荊州，楚故都。’”

山名。一、在今陝西省大荔縣東，富平縣西南之間，相傳禹鑄鼎於此。《書‧禹貢》：“荊、岐既旅。”孔傳：“此荊在岐東，非荊州之荊。”孔穎達疏：“《地理志》云，《禹貢》北條荊山在馮翊懷德縣南；南條荊山在南郡臨沮縣北，彼是荊州之荊也。”《後漢書‧郡國志一‧馮翊》劉昭注引晉、皇甫謐《帝王世紀》：“禹鑄鼎於荊山，在馮翊懷德之南，今其下（有）荊渠也。”二、在今河南省靈寶縣閿鄉南；相傳黃帝采首山銅鑄鼎於此，亦名覆釜山。《史記‧封禪書》：“黃帝采首山銅，鑄鼎於荊山下。”三、在今湖北省南漳縣西部，漳水發源於此，山有抱玉岩，傳爲楚人卞和得璞處。《書‧禹貢》：“導嶓冢，至于荊山。”孔傳：“荊山在荊州。”北魏、酈道元《水經注‧江水二》：“《禹貢》：‘荊及衡陽惟荊州。’蓋即荊山之稱，而制州名矣。故楚也。”四、在今安徽省懷遠縣西南。北魏、酈道元《水經注‧淮水》：“《郡國志》曰：‘平阿縣有當塗山，淮出于荊山之左，當塗之右，奔流二山之間，西揚濤北注之。’”《資治通鑑‧後周世宗顯德四年》：“帝馳至荊山洪，距趙步二百餘里。”胡三省注：“荊山在濠州鍾離縣西八十三里，即梁武帝築堰之地，今懷遠軍正治荊山。”

古國名，即楚國；因其原來建國於荊山一帶，故名。《詩‧魯頌‧閟宮》：“戎狄是膺，荊舒是懲。”《春秋‧莊公十年》：“秋九月，荊敗蔡師于莘。”杜預注：“荊，楚本號，後改爲楚。”

姓。《通志‧氏族略二》：“荊氏，羋姓；楚國舊號荊，此未號楚之前受氏也。”

菭（苔）₀₄₇₂　　水衣（水青衣也）。从艸，治聲。徒哀切（tái ㄊㄞˊ）。

【譯白】菭，又名水衣（水青衣）的苔蘚類隱花植物。是依從艸做形旁，以治爲聲旁構造而成的形聲字。

【述義】菭，俗作苔。《玉篇‧艸部》：“苔，同菭。”段玉裁《說文解字注》：“依《爾雅》音義補‘青’字。《醢人》‘箈菹’，鄭司農曰：‘箈，水中魚衣。’玄謂‘箈，箭萌’。玉裁按先、後鄭異字；先鄭作落，從艸；許說正同。後鄭作箈，從竹。郭注《爾雅》引‘箈菹鴈醢’，從後鄭也；後鄭注當有‘落當爲箈’四字而佚。今本《周禮》作箈，混誤不成字，所當正者也。《吳都賦》注曰：‘海苔生海水中，正青，狀如亂髮，乾之赤，鹽藏有汁，名曰濡苔。’今作苔。”

落、水衣，卽菁苔，蒼苔，爲苔蘚類隱花植物；屬於這一綱的植物，其根、莖、葉的區別不明顯；綠色爲主，也有青、紫等色；多生長在陰濕的地方，延貼地面，也叫做地衣。《管子·地員》：“五蘟之狀，黑土黑落。”尹知章注：“落，地衣也。”《漢書·外戚傳下·孝成班倢伃》：“華殿塵兮玉階落，中庭萋兮綠草生。”顏師古注：“落，水氣所生也，音臺。”《淮南子·泰族訓》：“窮谷之汙，生以青苔。”《文選·張協〈雜詩〉之十》：“階下伏泉涌，堂上水衣生。”李善注引《淮南子》高誘注：“蒼苔，水衣也。”唐、劉禹錫《陋室銘》：“苔痕上堦綠，草色入簾青。”唐、陸龜蒙《苔賦》：“質被綠錢之美，香聞艾納之奇，或蕈或蓲，或蘚或落。”前蜀、毛文錫《浣溪沙》詞：“春水輕波浸綠苔，枇杷洲上紫檀開。”

落又讀 zhī ㄓ，《集韻》章移切，平支章。同“菭”。《集韻·支韻》：“菭，榆莢也；或作落。”

落又讀 chí ㄔ，《集韻》澄之切，平之澄。落薅，也作“治牆”，菊的別名。《集韻·之韻》：“落，落薅，艸名；通作治。”

芽 0473　萌芽也（芽，萌也）。从艸，牙聲。五加切（yá ㄧㄚˊ）。

【譯白】芽，植物剛長出來可以發育成莖、葉或花的胚芽。是依從艸做形芟，以牙爲聲芟構造而成的形聲字。

【述義】“萌芽”，段玉裁《說文解字注》作“芽，萌也”。云：“按此本作‘芽，萌也。’後人倒之。”芽，萌芽，簡明而言，是草木初生的芽；細說是才剛形成而尚未發育成長的莖枝、葉或花的雛體；如：麥芽、穀芽、椿芽、豆芽，是植物剛長出來的可以發育成莖、葉或花的部份。漢、東方朔《非有先生論》：“甘露旣降，朱草萌芽。”唐、韓愈《獨釣》詩之二：“雨多添柳耳，水長減蒲芽。”唐、白居易《種桃歌》詩：“食桃種桃核，一年核生芽。”宋、辛棄疾《鷓鴣天·代人賦》詞：“陌上柔桑破嫩芽，東鄰蠶種已生些。”

　　草木發芽。《廣雅·釋草》：“芽，蘖也。”宋、歐陽修《重贈劉原父》詩：“而今春物已爛漫，念昔草木冰未芽。”宋、王鼎翁《沁園春》詞：“又是年時，杏紅欲吐，柳綠初芽。”清、王端履《重論文齋筆錄》卷十一：“薔薇芽了，正驚蟄，第三番報花風信。”

　　比喻事物的發生、開始。《廣雅·釋詁一》：“芽，始也。”漢、蔡邕《釋誨》：“神疾其邪，利端始萌，害漸亦芽。”晉、江統《函谷關賦》：“消姦宄於未芽，殿邪僞於萌漸。”清、李漁《奈何天·助邊》：“若要另行搜括呵，只怕青苗未舉禍先芽，朝廷算小憂方大。”

　　形狀象芽的東西；如：傷口癒合後長出來的肉稱爲“肉芽”，銀礦苗稱爲“銀芽”。

　　水螅、吸管蟲等等一類無脊椎動物進行無性生殖體旁或體後端長出的小突起。

萌 0474　𦭢　艸芽也（艸木芽也）。从艸，明聲。武庚切（méng ㄇㄥˊ）。

【譯白】萌，草、木本植物的芽。是依從艸做形旁，以明爲聲旁構造而成的形聲字。

【述義】“艸芽也”，段玉裁《說文解字注》作“艸木芽也”。云：“木字依《玉篇》補。《說文》以‘艸木芽’、‘艸木榦’、‘艸木葉’聯綴成文。萌芽析言則有別，《尚書大傳》‘周以至動，殷以萌，夏以芽’是也。統言則不別。故曰‘萌，艸木芽’也。《月令》：‘句者畢出，萌者盡達。’注：‘句，屈生者；芚而直曰萌。’《樂記》作‘區萌’。”植物的芽，直出的稱爲萌，如稻、麥。《玉篇·艸部》：“萌，《說文》曰：草木芽也。”《禮記·月令》：“（季春之月）……生氣方盛，陽氣發泄，句者畢出，萌者盡達。”鄭玄注：“句，屈生者；芒而直曰萌。”南朝、宋、謝莊《郊廟歌辭·宋明堂歌之四》：“萌動達，萬呂新；潤無際，澤無垠。”唐、韓愈等《石鼎聯句》詩：“秋瓜未落蒂，凍芋強抽萌。”元、趙孟頫《題耕織圖》詩之十四：“是時可種桑，插地易抽萌。”《西遊記》第九一回：“芳草階前萌動，老梅枝上生馨。”《聊齋志異·葛巾》：“時方二月，牡丹未華，惟徘徊園中，目注句萌，以望其拆。”

引申喻指開端，即事情剛剛顯露的徵兆、發展趨勢。《韓非子·說林上》："聖人見微以知萌，見端以知末。"晉、干寶《搜神記》卷六："是時王莽爲大司馬，害上之萌，自此始矣。"《北史·薛辯傳附薛孝通》："乃寶夤將有異志，孝通悟其萌，託以拜掃求歸。"明、方孝孺《愼思堂銘》："凡民所安，必謀必行；其所不欲，必絕其萌。"

開始、初生、產生、開始發生。《玉篇·艸部》："萌，始也。"《國語·越語下》："逆節萌生，天地未形，而先爲之征，其事是以不成。"《史記·孝文本紀》："朕聞蓋天下萬物之萌生，靡不有死。"又《酷吏列傳序》："昔天下之網嘗密矣，然姦僞萌起，其極也，上下相遁，至於不振。"《漢書·辛慶忌傳》："故姦軌不得萌動而破滅。"《後漢書·黨錮傳序》："霸德旣衰，狙詐萌起。"晉、葛洪《抱朴子·明本》："曩古純朴，巧僞未萌。"宋、馬永卿《嬾眞子》卷二："如草木萌生，易於傷伐，故當禁之，不特節也。"明、方孝孺《深慮論一》："（漢）於是大建庶孽而爲諸侯，以爲同姓之親可以相繼而無變，而七國萌篡弒之謀。"《韓非子·心度》："故治民者禁姦於未萌。"明、唐順之《贈宜興君林君序》："故民生日以殫蹙，而奸僞萌起。"明、吳麟徵《蛻園偶書》："故自私之念萌則鑱之。"明、李贄《征途與共後語》："蓋生死念頭尙未萌動，故世間參禪學道之夫，亦只如此而止矣。"《三國演義》第一回："若萌異心，必獲惡報。"

鋤去。《周禮·秋官·薙氏》："薙氏掌殺草，春始生而萌之。"鄭玄注："謂萌之者，以茲其斫其生者。"孔穎達疏："漢時茲其，即今之鋤也。"

用同"蒙"，欺騙。金、董解元《西廂記諸宮調》卷七："張琪新來，受了別人家捉，本萌着一片心。"

通"氓"、"甿"，百姓、黎民；亦特指農民。清、朱駿聲《說文通訓定聲·壯部》："萌，叚借爲氓。"《墨子·尙賢上》："逮至遠鄙郊外之臣，門庭庶子，國中之衆，四鄙之萌人，聞之皆競爲義。"又《非攻中》："（夫差）於是退不能賞孤，施舍羣萌，自恃其力，伐其功。"《韓非子·和氏》："官行法，則浮萌趨於耕農。"《呂氏春秋·高義》："翟度身而衣，量腹而食，比於賓萌，未敢求仕。"高誘注："萌，民也。"楊樹達《讀〈呂氏春秋〉札記·高義》："氓、萌古音同，故假萌爲甿耳。"《漢書·楚元王傳附劉向》："不如是，則王公其何以戒愼，民萌何以勸勉！"顔師古注："萌與甿同。"《後漢書·班超傳》："先帝深愍邊萌嬰羅寇害，乃命將帥擊右地。"《魏書·天象志四》："哀毀骨立，杖而後起，雖殊俗之萌，矯然知感焉。"

姓。《正字通·艸部》："萌，姓，五代蜀裨將萌慮。"

萌又讀 míng ㄇ丨ㄥˊ，《集韻》眉兵切，平庚明。蕨萌，草名。《集韻·庚韻》："萌，蕨萌，艸名。"

茁 0475　　　　艸初生出地皃。从艸，出聲（从艸出）。《詩》曰："彼茁者葭。"鄒滑切（zhuó ㄓㄨㄛˊ）。

【譯白】茁，草才剛生出地面要向上成長的樣子。是依從艸做形旁，以出爲聲旁構造而成的形聲字（是依從連文成義的艸出做主、從形旁構造而成的會意兼形聲字）。《詩·召南·騶虞》說："那剛出地向上生長的是蘆葦。"

【述義】段玉裁《說文解字注》作"艸初生地皃。从艸出。"云："依《韻會》所引。鄒滑切；十五部。言會意以包形聲也。"茁，草初生出地的樣子。《玉篇·艸部》："茁，草出皃。"《詩·召南·騶虞》："彼茁者葭，壹發五豝。"孔穎達疏："謂草生茁茁然出。"宋、蘇軾《春菜》詩："豈如吾蜀富冬蔬，霜葉露芽寒更茁。"宋、陳允平《過秦樓·壽建安使君謝右司》："向東風種就，一亭蘭茁，玉香初茂。"金、張建《詠梨花》詩："蠹樹高枝茁朶稠，嫩苞開破雪搓球。"

泛指植物的生長；亦指人與動物的生長。《廣雅·釋詁一》："茁，出也。"出，謂出生。唐、馮贄《雲仙雜記·種蔬助鼎俎》："宋宇種蔬三十品，時雨之後，按行園圃，曰：天茁此徒，助予鼎俎，家復何患。"宋、王安石《祭吳沖卿相公文》："公命在酉，長我一時；公先我茁，我後公萎。"宋、蘇軾《僧惠勒初罷僧職》詩："霜髭茁病骨，飢坐聽午鐘。"元、王禎《農書》卷三十："曝乾則爲乾香蕈；今深山窮民以此代耕，殆天茁此品，以遺其利也。"

姓。《萬姓統譜·黠韻》："茁，見《姓苑》。"

疊字雙音"茁茁"形況：草木初生貌。《詩·召南·騶虞》："彼茁者葭。"唐、孔穎達疏："言彼茁茁然出而始生者，葭草也。"《關尹子·八籌》："草木俄茁茁，俄停停，俄蕭蕭；天地不能留，聖人不能繫，有運者存焉。”唐、崔珏《門前柳》詩：“憶昔當年栽柳時，新芽茁茁嫌生遲。”

　　茁又讀 zhú ㄓㄨˊ。一、《廣韻》徵筆切，入質知。草芽。《廣韻‧質韻》：“茁，草牙也。”宋、陸游《飯罷戲示鄰曲》詩：“箭茁脆甘欺雪菌，蕨芽珍嫩壓春蔬。”二、《集韻》之出切，入術章。草名。《集韻‧術韻》：“茁，艸名，葫藌也。”

莖 0476 　莖　枝柱也（艸木榦也）。从艸，巠聲。戶耕切（jīng ㄐㄧㄥ）。

【譯白】莖，草、木本植物枝條的主幹。是依從艸做形旁，以巠爲聲旁構造而成的形聲字。

【述義】“枝柱也”，段玉裁《說文解字注》作“艸木榦也”。云：“依《玉篇》所引。此言艸而兼言木。今本作‘枝柱’。考《字林》作‘枝主’，謂爲眾枝之主也。蓋或用《字林》改《說文》，而‘主’又譌‘柱’。”莖是草、木本植物的主幹部分，由胚芽發展而成，下部和根連接，上部生有枝葉花果，主要功能爲輸導及支持，兼有貯藏作用，使枝葉花果得到水分和養料；由於演化適應的結果，有塊莖、鱗莖、球莖和根狀莖等地下莖，以及葉狀枝、莖捲鬚、莖刺等地上枝的變態，地上莖除一般直立生長在地面的莖，常見的還有攀援莖、匍匐莖。《廣雅‧釋詁三》：“莖，本也。”王念孫疏證：“莖、幹，皆枝之本也。”唐、慧琳《一切經音義》卷五、卷八、卷十一注引作“枝主也”。《玉篇》引作“草木幹也”。《楚辭‧九歌‧少司命》：“秋蘭兮青青，綠葉兮紫莖。”晉、左思《吳都賦》：“瓊枝抗莖而敷藥，珊瑚幽茂而玲瓏。”晉、潘岳《射雉賦》：“初莖蔚其曜新，陳柯槭以改舊。”南朝、宋、鮑照《擬行路難十八首》詩之十一：“君不見枯籜走階庭，何時復青著故莖。”唐、溫庭筠《荷葉杯》詞：“綠莖紅豔兩相亂；腸斷，水風涼。”

　　器物的柄。《周禮‧考工記‧桃氏》：“桃氏爲劍，臘廣二寸有半寸，兩從半之，以其臘廣爲之莖圍，長倍之。”鄭玄注：“莖在夾中者；莖長五寸。”孫詒讓正義：“程瑤田云：‘莖者，人所握者也。’……戴震云：‘刃後之鋌曰莖，以木傅莖外便持握者曰夾。’”

　　柱、竿，直立的柱或竿。《後漢書‧班固傳》：“抗仙掌以承露，擢雙立之金莖。”李賢注：“金莖，卽銅柱也。”《文選·左思〈魏都賦〉》：“介冑重襲，旒旗躍莖。”劉良注：“莖，旗竿也。”唐、杜甫《秋興八首》詩之五：“蓬萊宮闕對南山，承露金莖霄漢間。”

　　挺拔、特立。《文選·張衡〈西京賦〉》：“通天訬以竦峙，徑百常而莖擢。”李善注引薛綜曰：“莖，特也。”

　　小枝。唐、慧琳《一切經音義》卷二十八：“莖，小枝也。”

　　中醫學指陰莖。《靈樞經·刺節眞邪》：“莖垂者，身中之機，陰精之候，津液之道也。”《武威漢代醫簡·八五乙》：“六曰莖中恿（痛）如林（淋）狀。”

　　量詞，用於稱長條形的東西。《類篇·艸部》：“草曰莖，竹曰箇，木曰枚。”《傷寒論·通脈四逆湯方》：“面色赤者，加葱九莖。”唐、杜甫《樂遊園歌》詩：“數莖白髮那拋得，百罰深杯亦不辭。”唐、薛逢《長安夜雨》詩：“當年志氣俱消盡，白髮新添四五莖。”《水滸傳》第一〇五回：“宋軍不曾燒毀半莖柴草，也未常損折一箇軍卒，奪獲馬匹衣甲金鼓甚多。”《儒林外史》第二七回：“他當日來的時候，只得頭上幾莖黃毛，身上還是光光的！”清、洪昇《長生殿·進果》：“一年靠這幾莖苗，收來半要償官賦。”

　　莖又讀 yīng ㄧㄥ，《廣韻》烏莖切，平耕影。姚莖，草名。《集韻·庚韻》：“莖，姚莖，艸名。”

　　莖英，《五莖》與《六英》的並稱；皆古樂名。《周禮·春官·大司樂》：“以樂舞教國子。”賈公彥疏引《樂緯》：“顓頊之樂曰《五莖》，帝嚳之樂曰《六英》。”唐、元稹《奉制試樂爲御賦》：“非勞轅軏，但布《莖》《英》。”宋、李覯《夜》詩：“舉杯期混沌，開卷賞《莖》《英》。”

　　附述“五莖”：一、相傳爲顓頊時樂歌名。《周禮·春官·大司樂》：“以樂舞教國子。”唐、賈公彥疏引《樂緯》：“顓頊之樂曰《五莖》，帝嚳之樂曰《六英》。”唐、元結《補樂歌·五莖序》：“《五莖》，顓頊氏之樂歌也，其義蓋稱顓頊得五德之根莖。”也作“六莖”。漢、班固《白虎通·禮樂》：“顓頊曰六莖者，言和律曆以調陰陽，莖者著萬物也。”二、猶五形（頭和四肢）。《黃庭外景經·下部經》：“恬淡無欲養華莖。”務成子注：“閑居靜處，深固靈珠，棄捐世俗，摧剛就深，含養五莖，色如桃花。”

　　附述“六英”：一、亦作“六韺”，古樂名；相傳爲帝嚳或顓頊之樂。《呂氏春秋・古樂》：“帝嚳令咸黑作爲聲歌：《九招》、《六列》、《六英》。”《淮南子・齊俗訓》：“《咸池》、《承雲》、《九韶》、《六英》，人之所樂也。”高誘注：“（《六英》），帝顓頊樂。”晉、張華《晉正德大豫歌舞・正德舞歌》：“象容表慶，協律被聲，軼武超濩，取節《六韺》。”唐、劉禹錫《曆陽書事七十韻》詩：“早忝游三署，曾聞奏《六英》。”二、亦作“六霙”，雪花。宋、李綱《次韻志宏見示春雪長句》詩：“那知忽作三尺雪，草木洗盡羣芳空；六英飄舞片片好，誰與刻削嗟神工。”明、陸采《懷香記・承明雪宴》：“嚴風起，六霙飄，建章宮闕積瓊瑤，盡道梅花芳信到。”

莛 0477　𦼫　莖也。从艸，廷聲。特丁切（tíng ㄊ丨ㄥˊ，舊讀 tǐng ㄊ丨ㄥˇ）。

【譯白】莛，草本植物的莖。是依從艸做形旁，以廷爲聲旁構造而成的形聲字。

【述義】草莖。《玉篇・艸部》：“莛，《說文》曰：‘莖也。’東方朔曰‘以莛撞鍾’，言其聲不可發也。”《莊子・齊物論》：“故爲是舉莛與楹，厲與西施，恢恑憰怪，道通爲一。”俞樾《諸子平議》：“言莛者，謂其小也；莛與楹以大小言，厲西施以好醜言。”《漢書・東方朔傳》：“語曰‘以筦闚天，以蠡測海，以莛撞鐘。’豈能通其條貫，考其文理，發其音聲哉！”顏師古注引文穎曰：“謂藳莛也。”宋、梅堯臣《種藥》詩：“故本含新芽，枯莛帶空莢。”又用爲量詞，指根、枝。清、譚嗣同《論事》：“有草一莛，孺子折之有餘，數十數百萬莛，壯夫莫誰何焉。”

　　用同“梃”，棍棒。宋、歐陽修《鍾莛說》：“鑄銅爲鍾，削木爲莛，以莛叩鍾，則鏗然而鳴。”

葉 0478　𦿈　艸木之葉也。从艸，枽聲。与涉切（yè 丨ㄝˋ）。

【譯白】葉，草、木本植物的葉子。是依從艸做形旁，以枽爲聲旁構造而成的形聲字。

【述義】葉爲草、木本維管植物的營養或光合作用器官，由葉片、葉柄、托葉三部分組成，擔負同化、呼吸、蒸發等作用。《詩・小雅・

苕之華》：“苕之華，其葉青青。”《楚辭・九歌・湘夫人》：“洞庭波兮木葉下。”《鶡冠子・天則》：“一葉蔽目，不見太山。”

特指桑葉。宋、陸游《過野人家有感》詩：“隔籬犬吠窺人過，滿箔蠶飢待葉歸。”自注：“吳人直謂桑爲葉。”明、朱國楨《湧幢小品・蠶報》：“諺云：‘仙人難斷葉價。’”

指花瓣。南朝、陳、張正見《豔歌行》詩：“蓮舒千葉氣，燈吐百枝光。”《楞嚴經》卷一：“於時世尊頂放百寶無畏光明，光中出生千葉寶蓮，有佛化身，結跏趺坐。”唐、韓愈《題百葉桃花》詩：“百葉雙桃晚更紅，窺窗映竹見玲瓏。”唐、元稹《連昌宮詞》詩：“又有牆頭千葉桃，風動落花紅蔌蔌。”宋、蘇軾《書音慈長老壁》詩：“惟有兩株紅百葉，晚來猶得向人妍。”

像葉子那樣輕薄的東西；也喻輕飄的東西。段玉裁《說文解字注》：“凡物之薄者，皆得以葉名。”《儀禮・士冠禮》：“贊者洗于房中，側酌醴，加柶，覆之，面葉。”鄭玄注：“葉，柶大端。”《釋名・釋用器》：“鏵……其版曰葉，象木葉也。”唐、韋絢《劉賓客嘉話錄》：“王右軍孫智永禪師……人來覓書兼請題頭者如市，所居戶限爲之穿穴，乃用鐵葉裹之，人謂之鐵門限。”

書頁。《正字通・艸部》：“書卷次第成帙者，如葉相比，亦曰葉。”唐、裴說《喜友人再面》詩：“靜坐將茶試，閒書把葉翻。”《宋史・何涉傳》：“一過目不復再讀，而終身不忘；人問書傳中事，必指卷第册葉所在，驗之果然。”明、郎瑛《七修類稿・義理類・久思神助》：“吾母少未讀書……每一番葉，徒悶而退。”明、沈德符《野獲編・著述・國學刻書》：“至如遼金諸史，俱有缺文，動至數葉。”《三國演義》第七十八回：“全卷已被燒燬，只剩得一兩葉。”清、施閏章《蠖齋詩話・詩有本》：“識者見之，直是一葉空紙耳。”

世、時期，分述如後。一、代。《詩・商頌・長發》：“昔在中葉，有震有業。”毛傳：“葉，世也。”陳奐傳疏：“‘中世’，湯之前世也。”《後漢書・郭躬傳》：“三葉皆爲司隸，時稱其盛。”唐、張九齡《南郊文武出入舒和之樂》：“祀事孔明，祚流萬葉。”清、顧炎武《日知錄・方音》：“而《宋書》謂高祖雖累葉江南，楚言未變，雅道風流無聞焉。”二、時期。漢、司馬相如《上林賦》：“恐後葉靡麗，遂往而不返。”清、章學誠《文史通義‧古文十弊》：“明中葉後，門戶朋黨，聲氣相激。”

草名。《管子‧地員》：“葉下於藬（鬱），藬下於莧。”尹知章注：“葉，草名；唯生葉，無莖。”郭沫若集校：“疑‘葉’乃昆布或海帶等海生植物，以其僅有葉，故以‘葉’名之，其生地爲最低。”

聚積。《方言》卷三：“葉，聚也……楚通語也。”《淮南子‧俶眞》：“枝解葉貫，萬物百族，使各有經紀條貫。”

量詞，輕薄物體的計量單位。北魏、賈思勰《齊民要術‧羹臛法》：“作鴨臛法：用小鴨六頭，羊肉二斤……橘皮三葉。”唐、韓愈《湘中酬張十一功曹》詩：“休垂絕徼千行淚，共泛清湘一葉舟。”《老殘遊記》第一回：“慧生道：‘姑且將我們的帆落幾葉下來，不必追上那船，看他是如何舉動。’”

姓。《通志‧氏族略三》：“葉氏，舊音攝，後世與木葉同音。”

疊字雙音“葉葉”形況：一、世世、代代。《隸釋‧漢先生郭輔碑》：“葉葉昆嗣，福祿茂止。”甯調元《燕京雜詩》之五：“人情葉葉都如此，世路悠悠古所難。”又如佚名：“漢民族自南宋播遷，遭異族壓迫，避到海隅，無日不圖光復舊物，重樹漢幟，以是葉葉相承，保留着民族復興的傳統，和許多秘密的結社。”二、片片。唐、王建《宮詞》詩之十七：“羅衫葉葉繡重重，金鳳銀鵝各一叢。”宋、晏殊《清平樂》詞：“金風細細，葉葉梧桐墜。”清、納蘭性德《采桑子》詞：“幾竿修竹三更雨，葉葉蕭蕭。”

葉又讀 shè ㄕㄜˋ，《廣韻》書涉切，入葉書；盍部。一、古邑名，春秋時楚地，故城在河南省葉縣南。《廣韻‧葉韻》：“葉，縣名，在汝州。”《左傳‧成公十五年》：“楚公子申遷許于葉。”《漢書‧地理志上》：“南陽郡，縣三十六……葉，楚葉公邑。”二、姓。《風俗通》：“楚、沈尹戌生諸梁，食采於葉，因氏焉。”

薊₀₄₇₉　蘮　艸之小者。从艸，劌聲。劌，古（籀）文銳字，讀若芮。居例切（jì ㄐㄧˋ）。

【譯白】薊，剛長出來的小草。是依從艸做形旁，以劌爲聲旁構造而成的形聲字。劌，是籀文的銳字，音讀像“芮”字的音。

【述義】薊，一作茷，是細小、草初生貌，實謂小草。《集韻‧祭韻》：

"蘭，艸之小者。"桂馥《說文解字義證》："蘭，或作薙。《方言》：薙，小也；凡草生而初達謂之薙。"《廣雅·釋詁二》："薙，小也。"王念孫疏證："薙之言銳也……小謂之銳，故兵芒亦謂之銳，草初生亦謂之薙。""厹，古文銳"，應作"籀文銳"。段玉裁《說文解字注》："按《金部》、《网部》皆云'厹，籀文銳'，則此'古'字誤也，當改'籀'。""銳，是芒；細小。"

苻 0480 華盛。从艸，不聲。一曰：苻菖。縛牟切（fú ㄈㄨˊ）。

【譯白】苻，花盛開的樣子。是依從艸做形旁，以不為聲旁構造而成的形聲字。另一義說：苻，是苻菖。

【述義】花盛貌。段玉裁《說文解字注》："《詩》言'江漢浮浮'、'雨雪浮浮'，皆盛皃；苻與浮聲相近。"徐鍇《說文解字繫傳》說苻是花萼："愼意以此爲'棠棣之華，萼苻韡韡'之苻也。"按：今本作"鄂不韡韡"。鄭玄箋："不，當作柎；柎，鄂足也。"《集韻·虞韻》："柎，艸木房也；一曰華下萼，或作不。"

"苻菖"，即苻苡，車前，車前科一年生草本植物，葉叢生，廣卵或長橢圓狀卵形，有長柄；穗狀花序，夏秋開花；種子與全草入藥。《爾雅·釋草》："苻菖，馬舄；馬舄，車前。"郭璞注："今車前草，大葉長穗，好生道邊，江東呼爲蝦蟆衣。"《詩·周南·苻菖》："采采苻菖，薄言采之。"孔穎達疏引陸璣曰："一名車前，一名當道，喜在牛跡中生，故曰車前、當道也。"

按：苻菖，爲《詩·周南》篇名。一、《韓詩》以爲《苻菖》"傷夫有惡疾也"，古人歌之以表達對患惡疾者之同情。《文選·劉孝標〈辯命論〉》："顏回敗其叢蘭，冉耕歌其《苻菖》。"李善注："《家語》曰：冉耕，魯人，字伯牛，以德行著名，有惡疾。《韓詩》曰：'《苻菖》，傷夫有惡疾也。'"二、因苻菖多子，古人歌之以示慶賀生子之意。胡熊鍔《生女慰內》詩："霜林未合歌《苻菖》，秋實徒增慨《黍離》。"

山名，在今河南省鞏縣北。《國語·鄭語》："主苻、隗而食溱、洧，修典刑以守之。"汪遠孫發正："《中山經》有貟山、隗山，貟與苻古同聲同用。"

苻又讀 fǒu ㄈㄡˇ，《集韻》俯九切，上有非。芘苻，即錦葵，花色豔麗，可供觀賞。《詩‧陳風‧東門之枌》："視爾如荍，貽我握椒。"毛傳："荍，芘苵也。"孔穎達疏："陸璣疏云：'芘苵一名荊葵，似蕪菁，華紫綠色，可食，微苦。'"

　　苵又讀 fū ㄈㄨ，《集韻》芳無切，平虞敷。同"苻"，花盛貌。《玉篇‧艸部》："苻，華盛也。"《集韻‧虞韻》："苻，華盛兒，或省。"

葩　₀₄₈₁　　華也。從艸，皅聲。普巴切（pā ㄆㄚ）。

【譯白】葩，草木的花。是依從艸做形旁，以皅爲聲旁構造而成的形聲字。

【述義】草木的花。《玉篇‧艸部》："葩，草木華也。"唐、慧琳《一切經音義》卷二十八引《聲類》："秦人謂花爲葩也。"漢、張衡《西京賦》："蒂倒茄於藻井，披紅葩之狎獵。"又《思玄賦》："天地煙熅，百卉含葩。"晉、范堅《安石榴賦》："黃應春以吐綠，葩涉夏而揚朱。"唐、孟郊《和薔薇花歌》詩："風枝嫋嫋時一颶，飛散葩馥遶空王。"宋、王沂孫《露華》詞："紺葩乍圻，笑爛熳嬌紅，不是春色。"清、戴名世《〈巢青閣集〉序》："其間巖姿壑態，激湍奔流，與夫名葩異卉之芬芳，城郭都邑之富麗，無不擅東南之勝。"《紅樓夢》第五回："一個是閬苑仙葩，一個是美玉無瑕。"

　　華麗、華美。段玉裁《說文解字注》："葩之訓華者，艸木花也；亦華麗也，艸木花最麗，故凡物盛麗皆曰華。韓愈曰：'《詩》正而葩'，謂正而文也。"唐、韓愈《進學解》："《春秋》謹嚴，《左氏》浮誇；《易》奇而法，《詩》正而葩。"宋、孫奕《履齋示兒編‧文說》："文貴乎正，過於正則朴，故濟之以葩。"清、全祖望《滎陽外史題詞》："然楊氏（廉夫）之文奇而葩，先生之文質以厚。"

　　像花形的飾物。《文選‧張衡〈思玄賦〉》："轙琱輿而樹葩兮，擾應龍以服輅。"李善注："葩，蓋之金華也。"又《西京賦》："驪駕四鹿，芝蓋九葩。"

　　草花白。《廣韻‧麻韻》："葩，草花白。"

　　"葩髿"，多而散亂貌。明、劉基《題羣龍圖》詩："中庭兩龍忽相逢，鬚眉葩髿如老翁。"

芛　₀₄₈₂　　艸之葟榮也。從艸，尹聲。羊捶切（wěi ㄨㄟˇ）。

【譯白】芛，草木開花的樣子。是依從艸做形旁，以尹爲聲旁構造而成的形聲字。

【述義】芛爲花開貌；亦謂初生的草木花。《爾雅·釋草》：“蘥、芛、葟、華、榮。”郭璞注：“今俗呼草木華初生者爲芛。”邢昺疏：“芛，華初生之名也。”

葟 ⁰⁴⁸³　葟　黃華。从艸，皇聲。讀若墮壞。乎瓦切（huà ㄏㄨㄚˋ）；呼規反（huī ㄏㄨㄟ）。

【譯白】葟，草木所開的黃色的花。是依從艸做形旁，以皇爲聲旁構造而成的形聲兼會意字。葟這個字的音讀像墮壞的“墮”音。

【述義】徐鍇《說文解字繫傳》：“謂草木之黃華者也。”王念孫《讀說文記》：“言讀若墮壞之墮也；墮音呼規反，《說文》葟字从圭聲，故葟从其聲，讀若墮。”葟又作果實顯現貌。《玉篇·艸部》：“葟，果實見皃。”也指花葉貌。《後漢書·馬融傳》：“翕習春風，含津吐榮，鋪于布濩，蓶扈葟熒。”李賢注：“蓶、葟，並花葉貌。”

薲 ⁰⁴⁸⁴　薲　苕之黃華也。从艸，奧聲。一曰末也。方小切（biāo ㄅㄧㄠ）。

【譯白】薲，凌霄花的黃花。是依從草做形旁，以奧爲聲旁構造而成的的形聲字。另一義說：薲是末尾的意思。

【述義】開黃花的凌霄花。《爾雅·釋草》：“苕、陵苕。黃華，薲；白華，茇。”郭璞注：“苕，華色異，名亦不同。”

　　白茅的花穗；又謂樹梢。《爾雅·釋草》：“薲、莠、荼。”邢昺疏：“鄭注《周禮》‘掌荼’及《詩》‘有女如荼’，皆云：‘荼，茅秀也。’薲也，莠也，其別名。”清、李斗《揚州畫舫錄·虹橋錄上》：“北自小門入閣道……漸行漸高，下視閣外，已在玉蘭樹薲。”

　　浮萍。《淮南子·墜形》：“容華生薲，薲生萍藻。”高誘注：“流也，無根水中草。”王念孫《讀書雜志》：“水中浮萍，江東謂之薲，則薲卽是萍，不得言薲生萍藻。”

　　末尾。清、焦循《憶書·五》：“閏二月十一日，廷琥自城歸而病正危，至月薲始安。”

　　通“秒”，禾穗的芒尖。《集韻·笑韻》：“薲，禾末。”朱駿聲《說文通訓定聲·小部》：“薲，叚借爲秒。”《淮南子·天文訓》：“秋分薲定，薲定而禾熟。”高誘注：“薲，禾穗，粟孚甲之芒也……薲，讀如

《詩》‘有貓有虎’之貓，古文作秒也。”

　　藨又讀piǎo　ㄆㄧㄠˇ，《集韻》匹沼切，上小溇。草盛貌。《集韻‧小韻》：“藨，草盛兒。”

　　藨又讀biǎo　ㄅㄧㄠˇ，《集韻》婢小切，上小並。草木零落貌。《集韻‧小韻》：“藨，落也。”《正字通‧艸部》：“藨，艸木零落也。”

英　0485　　艸榮而不實者。一曰：黃英。从艸，央聲。於京切（yīng ㄧㄥ）。

【譯白】英，草開了花卻不能結實的叫做英。另一義說：是黃英。是依從艸做形旁，以央爲聲旁構造而成的形聲字。

【述義】不結果的花叫做英；亦泛指花。《爾雅‧釋草》：“榮而不實者謂之英。”《詩‧鄭風‧有女同車》：“有女同行，顏如舜英。”毛傳：“舜，木槿也；英，猶華也。”《古詩十九首‧冉冉孤生竹》詩：“傷彼蕙蘭花，含英揚光輝。”晉、陶潛《桃花源記》：“芳草鮮美，落英繽紛。”宋、無名氏《尉遲杯》詞：“朝來凍解霜消，南枝上，香英數點微露。”《西遊記》第六十二回：“野菊殘英落，新梅嫩蕊生。”“黃英”，疑爲權木所開的花。《爾雅‧釋木》：“權，黃英。”又《釋草》：“權，黃華。”郭璞注：“今謂牛芸草爲黃華。”本書第六篇《木部》：“權，黃華木。”王筠《說文解字句讀》：“《釋草》曰：‘權，黃華。’郭注以牛芸草當之。《釋木》：‘權，黃英。’郭云未詳。許君合二條爲一，而以木定之，謂卽一物，兩篇重出耳。”段玉裁《說文解字注》：“此別一義，疑卽權黃華。”

　　美好、優美。《廣雅‧釋詁一》：“英，美也。”晉、左思《詠史八首》詩之四：“悠悠百世後，英名擅八區。”南朝、梁、鍾嶸《詩品序》：“但自然英旨，罕値其人。”明、劉侗、于奕正《帝京景物畧‧九龍池》：“泉得山英，石得山雄。”英音，美妙的樂章。南朝、梁、江淹《橫吹賦》：“此竹方可爲器，迺出天下之英音。”唐、李白《金陵聽韓侍御吹笛》詩：“韓公吹玉笛，倜儻流英音。”英聲，謂美好的名聲。漢、司馬相如《封禪文》：“俾萬世得激清流，揚微波，蜚英聲，騰茂實。”唐、王迴《同孟浩然宴賦》詩：“屈宋英聲今止已，江山繼嗣多才子。”清、吳偉業《思陵長公主挽詩》：“英聲超北地，雅操邁東鄉。”又指悠揚悅耳的聲音。三國、魏、嵇康《琴賦》：“英聲發越，采采粲粲。”英麗，猶奇麗。晉、潘岳《射雉賦》：“聿采毛之英麗兮，有五色之名翬。”唐、李德裕《山鳳凰賦》：“何文章之英麗，信羽族之所稀。”清、龔自珍《臺城路・送姚怡雲之江南》詞：“明月揚州，古來英麗，端合仙才人住。”

用以比喻文詞。清、彭紹升《秋士先生墓誌銘》：“吾獨謂先生竹柏之性，有節有文；落其實，蓋季次、原憲之流；采其英，亦元結、孟郊之匹。”

特出、才能出衆。《孟子・盡心上》：“得天下英才而教育之，三樂也。”宋、陳亮《滿江紅・懷韓子師尚書》詞：“試著眼階除當下，又添英物。”《劉知遠諸宮調》第十二：“待與強人比个英和烈。”

傑出的人物、德才超羣的人。《禮記・禮運》：“孔子曰：‘大道之行也，與三代之英，丘未之逮也。’”《荀子・正論》：“堯舜者，天下之英也。”《文子・上禮》：“智過萬人者謂之英。”唐、李白《爲宋中丞自薦表》：“收其希世之英，以爲清朝之寶。”宋、劉過《六州歌頭・題岳鄂王廟》詞：“中興諸將，誰是萬人英。”

精華、事物最精粹的部分。《越絕書・記寶劍》：“歐冶子、干將鑿茨山，洩其溪，取鐵英，作爲鐵劍三枚。”《穆天子傳》卷二：“天子於是得玉策枝斯之英。”《文心雕龍・章表》：“文舉之薦禰衡，氣揚采飛；孔明之辭後主，志盡文暢；雖華實異旨，並表之英也。”唐、韓愈《進學解》：“沈浸醲郁，含英咀華。”宋、歐陽修《顏跖》詩：“顏子聖人徒，生知自誠明……死也至今在，光輝如日星，譬如埋金玉，不耗精與英。”

矛上的裝飾物。《詩・魯頌・閟宮》：“公車千乘，朱英綠縢，二矛重弓。”毛傳：“朱英，矛飾也。”孔穎達疏：“《清人》云：‘二矛重英’，故知朱英矛飾，蓋絲纏而朱染之，以爲矛之英飾也。”南朝、齊、王融《三月三日曲水詩序》：“重英曲瑤之飾，絕景遺風之騎。”

皮衣上的裝飾物。《詩・鄭風・清人》：“二矛重英，河上乎翱翔。”毛傳：“重英，矛有英飾。”又《羔裘》：“羔裘晏兮，三英粲兮。”朱熹注：“三英，裘飾也。”高亨注：“英，纓也。古人的皮襖是對襟，中間兩邊各縫上三條絲繩，穿時結上，等於現在的紐扣。”

光華、光彩。漢、班固《西都賦》："翡翠、火齊，流耀含英；懸黎、垂棘，夜光在焉。"按，火齊，珍珠名；翡翠、懸黎、垂棘，皆美玉名。《文選·張衡〈南都賦〉》："被服雜錯，履躡華英。"李善注："華英，光耀也。"

精靈、神靈。南朝、齊、孔稚珪《北山移文》："鍾山之英，草堂之靈，馳煙驛路，勒移山庭。"英靈，一、英明靈秀（指資質）。《後漢書·王劉張李等傳論》："觀其智略，固無足以憚漢祖，發其英靈者也。"宋、吳曾《能改齋漫錄·記詩》："方叔祭東坡文云：'皇天后土，實表平生忠義之心；名山大川，復收自古英靈之氣。'"清、龔自珍《己亥雜詩》之一三九："遙憐屈賈英靈地，樸學奇材張一軍。"二、指傑出的人才。南朝、齊、謝朓《酬德賦》："賴先德之龍興，奉英靈之電舉。"唐、王維《送綦毋潛落第還鄉》詩："聖代無隱者，英靈盡來歸。"清、孫枝蔚《歷陽懷古·楚霸王廟》詩："將軍多恐英靈盡，萬古長江有戰船。"三、精靈、神靈。南朝、梁、沈約《赤松澗》詩："松子排煙去，英靈眇難測。"唐、高適《三君詠·魏鄭公》："寂寞臥龍處，英靈千載魂。"清、孫枝蔚《謁金龍四大王廟》詩："鳳泗真人坐戰船，英靈助戰呂梁邊。"四、猶英魄，對死者的美稱。唐、楊炯《原州百泉縣令李君神道碑》："英靈不已，還當命代之期；將有後徵，克保承家之業。"宋、司馬光《祭龐穎公文》："心焉隕絕，言不成章，英靈有知，臨此薄醑。"明、劉基《題乜先進德祖母徐氏節義傳後》詩："丈夫殉節殞烽矢，英靈在世何曾死。"

兩山相重。《爾雅·釋山》："山三襲，陟；再成，英；一成，坯。"郭璞注："兩山相重。"邢昺疏："成，重也；山形兩重者名英。"郝懿行義疏："成猶重也；英本華萼之名，華萼相銜與跗連接，重累而高，故再重之山取此爲名。"

通"瑛"，美玉，亦指玉的光澤。朱駿聲《說文通訓定聲·壯部》："英，叚借爲瑛。"《詩·齊風·著》："尚之以瓊英乎而。"鄭玄箋："瓊英，猶瓊華。"又《魏風·汾沮洳》："彼其之子，美如英。"馬瑞辰通釋："如英猶云如玉；英通作'瑛'。"漢、張衡《四愁》詩之一："美人贈我金錯刀，何以報之英瓊瑤。"唐、韓愈《獨孤申叔哀辭》："濯濯其英，曄曄其光，如聞其聲，如見其容。"

古樂曲名。《呂氏春秋·古樂》："舜乃命質修《九招》:《六列》、《六英》,以明帝德。"高誘注:"《招》、《列》、《英》,皆樂名也。"

古國名,在今安徽省金寨縣東南。《史記·夏本紀》:"帝禹立而舉皋陶薦之……封皋陶之後於英六,或在許。"又《陳涉世家》:"皋陶之後,或封英、六、楚穆王滅之,無譜。"

姓。《通志·氏族略二》:"英氏,偃姓,皋陶之後,以國爲氏;漢有英布,爲九江王,望出晉陵。"

疊字雙音"英英"形況:一、輕盈明亮的樣子。《詩·小雅·白華》:"英英白雲,露彼菅茅。"朱熹集傳:"英英,輕明之貌。"唐、皎然《答道素上人別》詩:"碧水何渺渺,白雲亦英英。"清、錢謙益《茅山懷古》詩之四:"英英嶺上雲,至今在空谷。"二、形容音聲和盛。《呂氏春秋·古樂》:"乃令鱓先爲樂倡,鱓乃偃寢,以其尾鼓其腹,其音英英。"高誘注:"英英,和盛之貌。"三、俊美而有才華。晉、潘岳《夏侯常侍誄》:"英英夫子,灼灼其雋。"唐、李益《自朔方還與鄭式瞻等會法雲寺》詩:"英英二三彥,襟曠去煩擾。"清、朱琦《朱副將戰歿》詩:"大兒善射身七尺,小兒英英頭虎額。"四、光彩鮮明的樣子。晉、潘岳《爲賈謐作贈陸機》詩:"英英朱鸞,來自南岡。"唐、皎然《答裴集陽伯明二賢》詩:"何以雙瓊璋,英英曜吾手。"清、吳士玉《玉帶生歌奉和漫堂先生》:"英英紫玉暈痕透,有如白虹貫日昭精誠。"五、奇偉的、傑出的。唐、韓愈《贈別元十八協律》詩之二:"英英桂林伯,實維文武特。"宋、秦觀《次韻邢敦夫秋懷》詩之七:"英英范與蘇,器識兼文武。"明、陸時雍《詩鏡總論》:"蔡文姬才氣英英,讀《胡笳吟》可令驚蓬坐振,沙礫自飛。"六、茂美貌。明、張居正《詠懷》詩之三:"英英園中槿,朱榮媚朝陽。"清、龔自珍《贈太子太師盧公神道碑》:"觀政於曹,翠翎英英。"康有爲《泛灕江到桂林》詩:"英英虎鬚草,浸泉生氣活。"

英又讀 yāng ㄧㄤ,《集韻》於良切,平陽影;陽部。未移植的水稻幼苗;又泛指草木初生的幼苗;後作"秧"。《集韻·陽韻》:"英,稻初生未移者。"《管子·禁藏》:"舉春祭……毋殺畜生,毋拊卵,毋伐木,毋夭英,毋拊竿,所以息百長也。"尹知章注:"英爲草木之初生也。"北魏、賈思勰《齊民要術·養鵝鴨》:"雛既出,別作籠籠之……然後以粟飯，切苦菜，蕪菁英爲食。”

薾　0486　薾　華盛。从艸，爾聲。《詩》曰：“彼薾惟何？”兒氏切（ěr ㄦˇ）。

【譯白】薾，花開得繁盛錦簇。是依從艸做形旁，以爾爲聲旁構造而成的形聲字。《詩·小雅·采薇》說：“那開得繁盛錦簇的花是什麼花？”

【述義】薾，今作“爾”，花繁盛貌。《詩·小雅·采薇》：“彼爾維何，維常之華。”毛傳：“爾，華盛貌。”唐、陸德明《經典釋文》：“爾，《說文》作薾。”

　　引申爲盛貌。《墨子·公孟》：“古者三代暴王桀、紂、幽、厲，薾爲聲樂，不顧其民，是以身爲刑僇，國爲戾虛者。”畢沅校注：“《說文》云：‘薾，華盛。’言盛也。”

　　同“苶”。一、疲倦貌。《文選·謝靈運〈過始寧墅〉詩》：“淄磷謝清曠，疲薾慙貞堅。”呂向注：“疲薾，困極之貌。”李善注：“《莊子》曰：‘薾然疲而不知所歸。”宋、蘇軾《葉嘉傳》：“上以不見嘉月餘，勞于萬機，神薾思困，頗思嘉，因命召至。”清、毛奇齡《陸孝山詩集序》：“氣取其壯，絕薾弱也。”清、俞正燮《癸巳類稿·韓文靖公事輯》：“雖久病疲薾，不廢接對。”二、羸弱。晉、葛洪《抱朴子·百里》：“冒昧苟得，闇於自量者，慮中道之顛躓，不以駑薾服鸞衡。”明、胡應麟《少室山房筆叢·史書占畢一》：“《國策》之文粗，《國語》之文細；《國語》之氣薾，《國策》之氣雄。”

萋　0487　萋　艸盛。从艸，妻聲。《詩》曰：“菶菶萋萋。”七稽切（qī ㄑㄧ）。

【譯白】萋，草木生長得茂盛。是依從艸做形旁，以妻爲聲旁構造而成的形聲字。《詩·大雅·卷阿》說：“（那向陽生長的梧桐木）長得十分高大茂盛。”

【述義】草木茂盛貌。《漢書·外戚傳下·孝成班倢伃》：“華殿塵兮玉階落，中庭萋兮綠草生。”晉、張協《雜詩》之一：“房櫳無行跡，庭草萋以綠。”

　　花紋錯雜貌，也作“緀”。《詩·小雅·巷伯》：“萋兮斐兮，成是貝錦；彼譖人者，亦已大甚！”陳奐傳疏：“文章爲斐，文章相錯爲萋。《說文》：‘縷，帛文貌。’引《詩》‘縷兮斐兮’。縷，本字；萋，假借字。”後因以“萋斐”比喻讒言。《北齊書·幼主紀》：“忠信不聞，萋斐必入。”《舊唐書·朱敬則傳》：“去萋菲之牙角，頓姦險之鋒芒。”《封神演義》第九九回：“（呂岳）悞聽萋菲，動干戈殺戮之慘，自墮惡趣，夫復何戚！”

　　疊字雙音“萋萋”形況：一、草木茂盛貌。《詩·周南·葛覃》：“葛之覃兮，施于中谷，維葉萋萋。”毛傳：“萋萋，茂盛貌。”又《小雅·出車》：“春日遲遲，卉木萋萋。”唐、崔顥《黃鶴樓》詩：“晴川歷歷漢陽樹，芳草萋萋鸚鵡洲。”明、何景明《平夷》詩之一：“滇南八月中，綠林何萋萋。”二、同“淒淒”，雲行瀰漫貌。《詩·小雅·大田》：“有渰萋萋，興雨祈祈。”毛傳：“萋萋，雲行貌。”唐、鮑溶《范眞傳侍御纍有寄因奉酬》詩之九：“萋萋巫峽雲，楚客莫留恩。”清、沈炯《題聽松山人雨蕉書屋圖》詩：“卷圖烈日忽遮藏，天半萋萋野雲起。”三、華麗貌。晉、潘岳《藉田賦》：“襲春服之萋萋兮，接游車之轔轔。”南朝、齊、王儉《褚淵碑文》：“眇眇玄宗，萋萋辭翰，義旣川流，文亦霧散。”唐、李德裕《重臺芙蓉賦》：“掩萋萋之衆色，挺嫋嫋之修莖。”四、衰颯貌。漢、王嬙《怨詩》：“秋木萋萋，其葉萎黃。”金、董解元《西廂記諸宮調》卷六：“衰草萋萋一徑通，丹楓索索滿林紅。”

菶　₀₄₈₈　蕭　艸盛。从艸，奉聲。補蠓切（běng ㄅㄥˇ）。

【譯白】菶，草木生長得茂盛。是依從艸做形旁，以奉爲聲旁而構造而成的形聲字。

【述義】菶萋爲草木茂盛貌。清、姚鼐《正月晦日期應宿同遊浮山》詩：“我登遠公石，但見青草菶。”清、魏源《默觚下·治篇十二》：“林茂則鳥歸矣，菶萋嗞嗞。”參見前一字“萋”條。

　　姓。徐珂《清稗類鈔·姓名類》：“單姓卽一字姓，凡一千二百一十六……菶。”

　　疊字雙音“菶菶”形況：一、草木茂盛貌。《廣雅·釋訓》：“菶菶，茂也。”王念孫疏證：“此謂草木之盛也。”《詩·大雅·卷阿》：“梧桐生矣，于彼朝陽，菶菶萋萋，雝雝喈喈。”朱熹注：“菶菶、萋萋，梧桐生之盛也。”金、張建《擬古》詩之八：“莑莑嶧山桐，一樹十二枝。”二、多實。《玉篇·艸部》：“莑，莑莑，多實也。”三、散亂。五代、徐鍇《說文解字繫傳》：“莑莑，散亂也。”唐、張元一《又嘲》詩：“裹頭極草草，掠鬢不莑莑。”

莑茸，茂密貌。《文選·潘岳〈射雉賦〉》：“稊菽蘩糅，翳薈莑茸。”徐爰注：“翳薈莑茸，深概貌。”唐、白居易《養竹記》：“刑餘之材長無尋焉，數無百焉，又有凡草木雜生其中，莑茸薈鬱，有無竹之心焉。”

薿 0489 薿 茂也。从艸，疑聲。《詩》曰：“黍稷薿薿。”魚已切（nǐ ㄋㄧˇ）。

【譯白】薿，茂盛的意思。是依從艸做形旁，以疑爲聲旁構造而成的形聲字。《詩·小雅·甫田》說：“黍和稷長得茂盛的樣子。”

【述義】薿以疊字雙音形況用，謂茂盛貌。《詩·小雅·甫田》：“今適南畝，或耘或耔，黍稷薿薿。”鄭玄箋：“薿薿然而茂盛。”朱熹集傳：“薿，茂盛貌。”唐、韓愈《秋懷詩十一首》之一：“牕前兩好樹，衆葉光薿薿。”唐、柳宗元《禮部賀嘉禾及芝草表》：“既呈薿薿之祥，更覩煌煌之秀。”清、錢謙益《昔我年十七》詩：“皇天可憐我，如禾秋薿薿。”

蕤 0490 蕤 艸木華垂皃。从艸，甤聲。儒佳切（ruí ㄖㄨㄟˊ）。

【譯白】蕤，草木的花朵垂下來的樣子。是依從艸做形旁，以甤爲聲旁構造而成的形聲字。

【述義】蕤，應作草木的花茂盛的樣子說，疑爲二徐本所訛。丁福保《說文解字詁林》案：“《慧琳音義》六十四卷‘蕤’注引《說文》：‘草木華盛貌也。’攷《文選》江淹《雜詩》、陸機《園葵詩》李善注引《說文》皆作‘艸木華盛貌也’。”蕤亦槪指花。漢、王粲《初征賦》：“春風穆其和暢兮，庶卉煥以敷蕤。”三國、魏、嵇康《琴賦》：“鬱紛紜以獨茂兮，飛英蕤於昊蒼。”《文選·陸機〈文賦〉》：“播芳蕤之馥馥，發青條之森森。”李善注引《纂要》曰：“草木華曰蕤。”宋、蘇軾《次韻錢穆父紫薇花》詩之二：“折得芳蕤兩眼花，題詩相報字傾斜。”又《南鄉子·梅花詞和楊元素》：“寒雀滿疏籬，爭抱寒柯看玉蕤。”

亦指草木開花。南朝、宋、謝莊《宋明堂歌·歌青帝》：“靈乘震，司青春，雁將向，桐始蕤。”

花蕊。《紅樓夢》第五回：“此酒乃以百花之蕤，萬木之汁，加以麟髓鳳乳釀成。”

通“緌”，指纓緌等下垂的飾件。段玉裁《說文解字注》：“蕤，引伸凡物之垂者皆曰蕤。冠緌系於纓而垂者也，禮家定爲蕤字。夏采建緌；《王制》大綏小綏；《明堂位》夏后氏之綏；《雜記》以其綏復；鄭君皆改爲‘緌’字，謂旄牛尾之垂於杠者也；讀如冠蕤、蕤賓之蕤。《白虎通》說蕤賓曰：‘蕤者，下也；賓者，敬也。’”《禮記·雜記上》：“大白冠、緇布之冠皆不蕤。”孔穎達疏：“以緇布爲冠，不加緌。”《漢書·揚雄傳上》：“風傱傱而扶轄兮，鸞鳳紛其御蕤。”顏師古注：“蕤，車之垂飾纓蕤也。”晉、左思《吳都賦》：“羽旄揚蕤，雄戟耀芒。”唐、韓愈《陸渾山火和皇甫湜》詩：“丹蕤縓蓋緋繙袑，紅帷赤幕羅脈膰。”

通“綏”，安定。《國語·周語下》：“四曰蕤賓，所以安靖神人，獻酬交酢也。”王引之《經義述聞·國語上》引王念孫曰：“蕤與綏古同聲而通用。綏者，安也。”

疊字雙音“蕤蕤”形況：一、茂盛貌。宋、葉適《鹿鳴宴》詩：“朝陽羽翽翽，春梧綠蕤蕤。”明、宋濂《蔣季高哀辭》：“有木兮蕤蕤，嗚呼將凷其施兮。”二、閑逸貌。明、宋濂《寓言》之二：“人過百齡，其速若一日耳。舞而婆娑，行而浩歌，寢而蕤蕤，寐而魚魚，以此優游卒歲，不亦安乎？”三、輕緩貌。明、湯顯祖《紫釵記·折柳陽關》：“你通心紐扣蕤蕤束，連心腰綵柔柔護，驚心的襯褡微微絮。”四、下垂貌。明、陳子龍《雜詩》之三：“蕤蕤桐花落，鬱鬱椒條衍。”清、黃景仁《春晝曲》：“游絲一縷當空垂，欲落不落花蕤蕤。”

蔥　0491　青、齊、沇、冀謂木細枝曰蔥。从艸，㚇聲。子紅切（zōng ㄗㄨㄥ）。

【譯白】蔥，青、齊、沇、冀一帶的人們稱樹木的細小枝條叫做蔥。是依從艸做形旁，以㚇爲聲旁構造而成的形聲字。

【述義】《方言》卷二：“木細枝謂之杪，江、淮、陳、楚之內謂之篋，青、齊、兗、冀之間謂之葰⋯⋯故《傳》曰：‘慈母之怒子也，雖折葰笞之，其惠存焉。’”晉、左思《魏都賦》：“弱葰係實，輕葉振芳。”《金史·刑志》：“金國舊俗，輕罪笞以柳葰。”青，漢朝所置州名，轄境在今山東省東北部。齊，古地名，今山東泰山以北、黃河流域和膠東半島地區，爲戰國時齊地，漢以後仍沿稱爲齊。沇，同“兗”，也作“渷”，漢武帝置十三郡刺史之一，轄境約當今山東省西南部，明代爲兗州府。冀，古九州之一，包括今山西省全境、河北省西北部、河南省北部、遼寧省西部；漢以後，歷代都設置冀州，但所轄地區逐漸縮小，一般包括今河北、河南北部。

　　細小。《廣雅·釋詁二上》：“葰，小也。”王念孫疏證：“案：葰者，細密之貌⋯⋯《說文》：‘布之八十縷爲稷。’《玉篇》：‘駿，馬鬣也。’皆細密之義也。”《新唐書·方技傳·杜生》：“其人果值使者於道，如生語，使者異之曰：‘去鞭，吾無以進馬，可折道傍葰代之。”

　　草名。《正字通·艸部》：“葰，小藍曰葰。”南朝、宋、謝靈運《山居賦》：“蓼蕺葰薺，葑菲蘇薑。”

莜 0492　蕊　艸葰莜。从艸，移聲。弋支切（yí ㄧˊ）。
【譯白】莜，草因風搖動起伏的樣子。是依從艸做形旁，以移爲聲旁構造而成的形聲字。
【述義】徐灝《說文解字注箋》：“凡言逶迤、委蛇，皆字異義同。”朱駿聲《說文通訓定聲·隨部》：“疊韻連語；猶禾之倚移、木之橢施、華之猗儺也。”

蒝 0493　蒝　艸木形。从艸，原聲。愚袁切（yuán ㄩㄢˊ）。
【譯白】蒝，草木莖葉生長得青翠散佈的樣子。是依從艸做形旁，以原爲聲旁構造而成的形聲字。
【述義】草木莖葉散佈貌。《玉篇·艸部》：“蒝，莖葉布也。”《本草綱目·菜一·胡荽》：“蒝乃莖葉布散之貌。”

　　蒝又讀huán ㄏㄨㄢˊ，《集韻》胡官切，平桓匣。草名。《集韻·桓韻》：“蒝，艸名。”

荚 0494　荚　艸實。从艸，夾聲。古叶切（jiá ㄐㄧㄚˊ）。
【譯白】荚，草本植物有一層外皮包裹着籽的果實。是依從艸做形

　　芎，以夾爲聲旁構造而成的形聲字。

【述義】莢，是豆科植物的果實，有一層外皮裹着，外皮通常爲狹長形；單室，多籽，成熟時外皮裂成兩片，也稱爲"莢果"。《廣雅·釋草》："豆角謂之莢。"王念孫疏證："莢之言夾也，兩芎相夾豆在其中也；豆莢長而峭銳，如角然，故又名豆角。"《呂氏春秋·審時》："得時之菽，長莖而短足，其莢二七以爲族。"漢、張劭《詠蠶豆》詩："白花翠莢傍畦低，桑女輕筐採更攜。"唐、韓愈《晚春》詩："榆莢祇能隨柳絮，等閑撩亂走空園。"宋、梅堯臣《田家》詩："南山嘗種豆，碎莢落風雨。"

　　某些樹木的翅果。唐、李商隱《和人題眞娘墓》詩："柳眉空吐效顰葉，榆莢還飛買笑錢。"

　　草初生。《集韻·帖韻》："莢，艸初生。"

　　姓。《廣韻·帖韻》："莢，姓，出平陽。《世本》有晉大夫莢成僖子也。"

芒（芒）　0495　　　　艸峀。从艸，𠛡聲。武方切（máng ㄇㄤ）。

【譯白】芒，草的細刺。是依從艸做形旁，以𠛡爲聲旁構造而成的形聲字。

【述義】芒今作"芒"；穀類種子殼上或草木上的細刺，概稱爲芒。《玉篇·艸部》："芒，稻麥芒也。"《韓非子·喻老》："宋人有爲其君以象爲楮葉者，三年而成。豐殺莖柯，毫芒繁澤，亂之楮葉之中而不可別也。"《呂氏春秋·審時》："得時之稻，大本而莖葆，長桐疏機，穗如馬尾，大粒無芒。"《漢書·霍光傳》："若有芒刺在背。"漢、劉楨《魯都賦》："黍稷油油，秔稑垂芒。"晉、潘岳《射雉賦》："麥漸漸以擢芒，雉鷕鷕而朝雊。"

　　尖刺。《淮南子·原道》："夫臨江而釣……雖有鉤箴芒距，微綸芳餌……猶不能與罔罟爭得也。"元、白珽《湛淵靜語》卷二："（檻木）形如木櫃，攢以鐵芒，內向，動輒觸之。"

　　引申爲纖細、細小、微小、尖細。《鶡冠子·王鈇》："是以能治滿而不溢，綰大而不芒。"陸佃注："不損之使芒，芒之爲言小也。"漢、班固《答賓戲》："獨攄意乎宇宙之外，銳思於毫芒之內。"

　　毫末，謂鋒刃、刀劍的鋒芒。段玉裁《說文解字注》："芒，《說文》無‘鋩’字，此卽鋒鋩字也。”《文子·道原》：“（夫道）深閎廣大，不可爲外；析毫剖芒，不可爲內。”《漢書·賈誼傳》：“屠牛坦一朝解十二牛而芒刃不頓者，所排擊剝割，皆衆理解也。”晉、左思《吳都賦》：“莫不衂銳挫芒，拉捽摧藏。”《文選·張協〈七命〉》：“建雲髦，啟雄芒。”李善注：“芒，鋒刃也。”唐、元宗九《誅康待賓免從坐詔》：“揮芒陣敵者亦聞梟戮。”

光芒。《晏子春秋·內篇諫上二十一》：“是以列舍無次，變星有芒。”《史記·天官書》：“塡星（土星）其色黃，九芒。”《文選·張衡〈思玄賦〉》：“揚芒熛而降天兮，水泫沄而涌濤。”李善注：“芒，光芒也。”《明史·天文志》：“有星……芒長三丈餘，尾指西南。”清、薛福成《庸盦筆記·史料·星變奇驗》：“咸豐八年九月，彗星出西北，其芒埽三臺。”

廣大、遼遠。《文子·道原》：“是故不道之道，芒乎大哉，未發號施令而移風易俗。”

昏、暗、模糊不清，後作“茫”。《管子·七臣七主》：“芒主目伸五色，耳常五聲。”尹知章注：“芒，謂芒然不曉識之貌。”《莊子·盜跖》：“目芒然无見，色若死灰。”

引申爲昏昧無知。《莊子·齊物論》：“人之生也，固若是芒乎？其我獨芒，而人亦有不芒者乎？”成玄英疏：“芒，闇昧也。”

滅。《方言》卷十三：“芒，滅也。”戴震疏證：“芒又同亡。《廣韻》：‘亡，滅也。’”

古代計量單位。一、計量長度。清、阮元《疇人傳·陳藎謨》：“又有比例規者，簡捷更倍焉。但限長徑尺，纖、忽、秒、芒，不能畢備，與籌算、珠算互有低昂。”二、天文學上計量日月星辰周天運行角度。《清史稿·時憲志一》：“分周天爲三百六十度。太陽一日平行五十九分八秒十九微四十九纖三十六芒。”

芭茅，古名“蒬”，禾本科多年生大草本，稈高一至二米，葉片條形，邊緣有細齒，秋季莖頂抽穗，有纖毛；稈皮可造紙，編草鞋。《爾雅·釋草》：“蒬，杜榮。”唐、陸德明《經典釋文》：“蒬，字亦作芒。”《晉書·劉惔傳》：“家貧，織芒屩以爲養。”宋、蘇軾《荊州十首》詩之十：“野火燒枯草，東風動綠芒。”明、馮夢龍《古今譚概‧貪儉部‧虞玩之》：“帝取其屐視，斷處以芒接。”

　　芒草，又名蔄草、莽草，形狀像石楠而葉稀，有毒；產於中國中部、南部及西南等地。《山海經‧中山經》：“（葰山）有木焉，其狀如棠而赤葉，名曰芒草，可以毒魚。”明、李時珍《本草綱目‧草六‧莽草》：“蔄草、芒草、鼠莽。此物有毒，食之能令人迷罔，故名。山人以毒鼠，謂之鼠莽。”

　　地名。一、古縣名，秦置，漢初爲侯國，屬沛郡，東漢改爲臨睢，治所在今河南省永城縣北。《後漢書‧杜茂傳》：“擊沛郡，拔芒。”二、通“邙”，山名。一在今河南省永城縣北。漢、劉邦“隱於芒碭山澤間”，卽此。一在河南洛陽市東北，又名北芒，卽北邙山。漢、魏以來，王公貴族多葬於此。三國、魏、應璩《與從弟苗君胄書》：“聞者北遊，喜歡無量。登芒濟河。曠若發矇。”晉、盧諶《時興》：“北踰芒與河，南臨伊與洛。”南朝、梁、沈約《應詔樂遊苑餞呂僧珍詩》：“伐罪芒山曲，弔民伊水潯。”

　　姓。《萬姓統譜‧陽韻》：“芒，周芒卯。”

　　疊字雙音“芒芒”形況：一、廣大遼闊貌。《詩‧商頌‧長發》：“洪水芒芒，禹敷下土方。”晉、陸雲《榮啟期贊》：“芒芒至道，天啟德心。”清、顧炎武《山海關》詩：“芒芒碣石東，此關自天作。”二、悠遠貌、久長貌。《左傳‧襄公四年》：“芒芒禹迹，畫爲九州。”杜預注：“芒芒，遠貌。”三國、魏、嵇康《太師箴》：“故君道因然，必托賢明。芒芒在昔，罔或不寧。”宋、陸游《寓懷》詩：“芒芒百年夢，底物堪控摶？”三、迷茫、模糊不清；芒，通“茫”。《文子‧上仁》：“芒芒昧昧，因天之威，與天同氣。”漢武帝《悼李夫人賦》：“驪接狃以離別兮，宵寤夢之芒芒。”三國、魏、阮籍《詠懷》詩之五七：“世有此聾瞶，芒芒將焉如？”唐、韓愈《進學解》：“尋墜緒之芒芒，獨旁搜而遠紹。”一本作“茫茫”。梁啟超《近世第一大哲學家康德文學說》：“假使諸感長此擾雜，而吾智慧不能整理而聯接之，則吾一生芒芒如夢。”四、繁雜貌、衆多貌。晉、潘岳《西征賦》：“驚雉雊于臺陂，狐兔窟于殿傍。何黍苗之離離，而余思之芒芒。”《文選‧束晳〈補亡詩〉》：“芒芒其稼，參參其穡。”李善注：“芒芒，多貌。”《魏書‧術藝傳‧徐謇》：“朕覽萬機，長鍾革運，思芒芒而無怠，身忽忽以興勞。”元、劉壎《隱居通議·古賦一》：“郊原蒼莽，亭驛紛披，蓋今之麥熟禾秀，芒芒布野，昔之霜露荊棘而傷心者也。”五、匆忙貌；芒，通“忙”。《孟子·公孫丑上》：“宋人有閔其苗之不長而揠之者，芒芒然歸，謂其人曰：‘今日病矣，予助苗長矣！’”焦循正義：“《方言》：‘茫，遽也。’急遽所以致罷倦。”清、錢謙益《玉川子歌》：“君今江頭老布衣，胡爲乎芒芒奔波亦爲此。”

芒又讀 huāng ㄏㄨㄤ，《集韻》呼光切，平唐曉。通“荒”；大芒落，又作“大芒駱”，即“大荒落”，太歲運行到地支“巳”的方位的一年。《爾雅·釋天》：“（太歲）在巳曰大荒落。”《集韻·唐韻》：“芒，歲在巳曰大芒駱。通作荒。”《史記·天官書》：“大荒駱歲：歲陰在巳，星居戌。”因以爲十二地支“巳”的別稱。《史記·曆書》：“祝犁大芒落四年。”裴駰集解：“芒，一作荒。”張守節正義引姚察曰：“言萬物皆熾盛而大出，霍然落之，故云荒落也。”又“彊梧大荒落四年”唐、司馬貞索隱：“強梧，丁也。大芒駱，巳也。”

芒又讀 huǎng ㄏㄨㄤ，《集韻》虎晃切，上蕩曉；陽部。通“怳”；芒芴，也作“怳忽”、“恍惚”、“芒忽”、“芒惚”、“茫惚”，模糊不清。《集韻·蕩韻》：“慌，昏也。或作怳、怳、恍、芒、荒。”《莊子·至樂》：“芒乎芴乎，而無從出乎！芴乎芒乎，而無有象乎！”唐、陸德明《經典釋文》：“芒乎，李音荒，又呼晃切。”《鶡冠子·夜行》：“芴乎芒乎，中有象乎？芒乎芴乎，中有物乎？”陸佃注：“芒者似有，芴者似無。”唐、韓愈《弩驥》詩：“因言天外事，茫惚使人愁。”宋、秦觀《變化論》：“化者自無入於有者也……方其入也，則芒忽之間，合而成氣，氣合而成形，形合而成質。”明、徐渭《鞠賦》：“誰乎誰乎，芒芴曷常！春至麗日，秋臨抗霜。彼亦何熱，此亦何涼！”清、黃景仁《夾石》詩：“風利欠幽尋，神遊付芒惚。”

蕍　0496　𧅑　藍、蓼秀。從艸，隨省聲（隋聲）。羊捶切（wěi ㄨㄟˇ）；又悅吹切（wèi ㄨㄟˋ）。

【譯白】蕍，藍、蓼類植物抽穗開花。是依從艸做形㫃，以隋爲聲㫃構造而成的形聲字。

【述義】蕍，藍、蓼類植物抽穗開花。徐鍇《說文解字繫傳》：“藍蓼屬華作穗也。《爾雅注》：‘苪，音獮。’今字書以此字當之。”按：“隨省聲”應作“隋聲”，係徐鉉本之誤。王念孫《讀說文記》：“（徐鉉）不知隨字亦作隨聲。凡支韻中字從隨聲者，古皆與歌戈通，若隨字古音徒禾反，《老子》云‘音聲相和，前後相隨’之類是也；致薩字古亦音徒禾反，與隋聲相近，故從隋聲；今改為隨省聲，非是。”

　　薩又爲莎草名，即莎薩。《集韻·支韻》：“薩，地毛，莎薩也。”《爾雅·釋草》：“薃侯，莎；其實媞。”宋、邢昺疏：“案：《廣雅》云：‘地毛，莎薩也。’是薩即莎也，故云莎薩。”薩音讀 wěi ㄨㄟˇ時，作花或瓜果的蒂說，也指草木葉初出貌。《廣雅·釋草》：“薩，蒂也。”《廣韻·紙韻》：“薩，草木葉初出皃。”

蒂（蒂）₀₄₉₇　　瓜當也。从艸，帶聲。都計切（dì ㄉㄧˋ）。

【譯白】蒂，瓜蒂。是依從艸做形旁，以帶爲聲旁構造而成的形聲字。

【述義】瓜當的“當”，是指器物的底部或頭部。《玉篇·田部》：“當，底也。”清、徐灝《說文解字注箋·田部》：“當，相抵謂之當，因之瓜底曰瓜當，箭管之底亦曰當。”清、桂馥《札樸·覽古·古瓦文》：“秦、漢瓦頭文有‘蘭沱宮當’、‘宗正宮當’……又李尤《平樂館銘》：‘棼梁照曜’，朱華飾當。《廣雅》：‘棺當謂之床。’又云：‘床，棺頭。’然則瓦當謂瓦頭也。”《商君書·靳令》：“四寸之管無當，必不滿也。”《韓非子·外儲說右上》：“今有千金之玉卮，通而無當，可以盛水乎？”陳奇猷集釋：“卮而無底，故曰通；當，丁浪反，底也。”

　　蒂，俗作“蒂”，花及瓜、果與枝莖相連的部分。朱駿聲《說文通訓定聲·泰部》：“蒂，《聲類》：‘果鼻也。’《吳都賦》：‘抓白蒂。’劉注：‘花本也。’《老子》：‘深根固蒂。’《禮記·曲禮》：‘士壹之。’以壹爲之。俗字作蒂。”宋玉《高唐賦》：“綠葉紫裹，丹莖白蒂。”唐、韓愈《奏汴州得嘉禾嘉瓜狀》：“或延蔓敷榮，異實並蒂。”宋、李清照《瑞鷓鴣·雙銀杏》詞：“誰教並蒂連枝摘，醉後明皇倚太眞。”明、徐渭《牡丹賦》：“爾則粉承日華，朱含霧雨，羣蒂如翔，交柯如拒。”按：壹，用同蒂，“壹之”，謂去掉瓜果的蒂。《爾雅·釋木》：“棗李曰壹之。”邢昺疏：“謂治棗、李皆去其壹。”《集韻·霽韻》：“壹，去本也。”《正字通·疋部》：“壹，與蒂通。"前朱駿聲引《禮記・曲禮上》孔穎達疏："蔕，爲脫華處。"是蔕也指瓜果的蔕。《本草綱目・果部・甜瓜》："王禎云：其蒂曰蔕，謂繫蔓處也。"

種植。《文選・張衡〈西京賦〉》："蔕倒茄於藻井，披紅葩之狎獵。"薛綜注："茄，藕莖也。以其莖倒殖於藻井，其華下向反披。"

量詞，用於計瓜果。唐、段成式《酉陽雜俎・玉格》："有桃數百株……論與僧各食一蔕，腹果然矣。"又《草篇》："茄子……今呼伽，未知所自；成式因就節下食伽子數蔕。"

蔕又讀dài ㄉㄞˋ，《集韻》當蓋切，去泰端。草木根。《集韻・太韻》："蔕，艸木根也。"

蔕又讀chài ㄔㄞˋ，《集韻》丑邁切，去夬徹。蔕芥，也作"蒂芥"，同"芥蔕"，比喻心裏的疙瘩，因細故而耿耿於懷。《漢書・賈誼傳》："細故蔕芥，何足以疑！"顏師古注："蔕芥，小鯁也。"漢、司馬相如《子虛賦》："吞若雲夢者八九，於其胷中，曾不蔕芥。"《北齊書・文宣帝紀》："情有蒂芥，必在誅戮，諸元宗室咸加屠勦。"宋、蘇轍《七代論》："當此之時，天下可以指麾而遂定矣，而何江南之足以蒂芥夫吾心哉！"

荄 0498　𦳊　艸根也。从艸，亥聲。古哀切（gāi ㄍㄞ）；又古諧切（jiē ㄐㄧㄝ）。

【譯白】荄，草的根。是依從艸做形旁，以亥爲聲旁構造而成的形聲字。

【述義】草根。《爾雅・釋草》："荄，根。"郭璞注："別二名；俗呼韭根爲荄。"《方言》卷三："荄、杜，根也；東齊曰杜，或曰荄。"《漢書・禮樂志》："青陽開動，根荄以遂。"顏師古注："草根曰荄。"晉、葛洪《抱朴子・外篇・廣譬》："驚風摧千仞之木，不能拔弱草之荄。"宋、蘇軾《冬至日獨遊吉祥寺》詩："井底微陽回未回，蕭蕭寒雨濕枯荄。"清、魏源《默觚上・學篇十一》："羽翼美者傷其骸，枝葉茂者傷其荄。"

借指根源、起始。清、龔自珍《武顯將軍丁公神道碑銘》："閩事之荄也，公詗知林爽文有謀，必屯兵東港，以與鳳山爲犄角勢。"

菞 0499　𦳕　荄也；茅根也。从艸，均聲。于敏切（yǔn ㄩㄣˇ）。

【譯白】荺，草的根；又專指茅草的根。是依從艸做形旁，以均爲聲旁構造而成的形聲字。

【述義】草根，又特指茅根。段玉裁《說文解字注》：“荺見《釋草》：‘荺者，茇也；茇者，艸根也，文相承。’顧廣圻曰：‘依許君所說，是《爾雅》本云：荺，茇，荄根。郭誤茇爲茭，遂以荺、茭爲一義，荄根爲一義。’茅根也之上，當有‘一曰’二字，此別一義，以荺專屬茅根也。”

荺又讀 yún ㄩㄣˊ，《廣韻》爲贇切，平眞云。藕根。《玉篇·艸部》：“荺，蔽也，今江東人呼藕根爲蔽。”

茇 0500 　茇　艸根也。從艸，犮聲。春，艸根枯，引之而發土爲撥，故謂之茇。一曰：艸（茗）之白華爲茇。北末切（bá ㄅㄚˊ）。

【譯白】茇，草的根。是依從艸做形旁，以犮爲聲旁構造而成的形聲字。開春時二年或多年生的草，根還處於失去水分的狀態中，爲了拔出根莖及時得到滋潤發芽，先鬆動撐開四周的土壤，稱爲撥，所以這類草的根就稱爲茇。另一義說：凌霄花開白色花的稱爲茇。

【述義】草木根。《方言》卷三：“荄，根也。東齊或曰茇。”《淮南子·墜形訓》：“凡根茇草者，生於庶草……凡浮生不根茇者，生於萍藻。”北魏、賈思勰《齊民要術·種瓜》：“皆起禾茇，令直堅……瓜引蔓，皆沿茇上。”宋、沈括《夢溪筆談·雜志二》：“予嘗使北，至幽、薊，見路旁生薊，茇甚大。”王筠《說文解字句讀》：“許君以茇、發、撥音近，用以爲說。”又：“然‘引枯根以發土’，無是事也；《土部》‘坺’，‘舌土謂之坺’，即《國語》之墢，亦不用此說；《月令》‘草木萌動’，鄭注引農書：‘土長冒橛，陳根可拔，耕者急發。’”按：“春，艸根枯，引之而發土爲撥”，到了春季草木勃發生機時節，草根可以再萌芽生長，必是宿根草本，亦即二年生或多年生草本；而“引”是拔、拔擢、抽引的意思。坺則指耕地翻土或翻耕起來的土塊，引是拔，拔不同坺。《淮南子·俶眞》：“引楯萬物，羣美萌生。”高誘注：“引楯，拔擢也。”《釋名·釋形體》：“發，拔也，拔擢而出也。”艸之白華爲茇，應作“茗”之白華爲茇。王筠《說文解字句讀》：“艸當作茗，‘藑’下既云‘茗’矣。”《爾雅·釋草》：“茗、陵茗；黃華，藑；白華，茇。”郭璞注：“茗，華色異，名亦不同。”

參見前"茗"條。

茇苦，草名，卽薄荷；爲多年生草本植物，莖有四棱，葉子對生，花呈紅、白、或淡紫色，莖和葉子有清涼的香味，可以入藥，或用於食品。明、李時珍《本草綱目・草三・薄荷》："薄荷，人多栽蒔。二月宿根生苗，清明前後分之。方莖赤色，其葉對生，初時形長而頭圓，及長則尖。吳、越、川、湖人多以代茶……入藥以蘇產爲勝。"《漢書・揚雄傳上》："攢并閭與茇苦兮。"顏師古注："茇苦，草名也……茇音步末反。苦音括。"《文選・揚雄〈甘泉賦〉》作"茇葀"。

木名。《山海經・中山經》："（柄山）有木焉，其狀如樗，其葉如桐而莢實，其名曰茇，可以毒魚。"

"藁茇"，香草名。《山海經・西山經》："（皋塗之山）有草焉，其狀如槀茇，其葉如葵而赤背，名曰無條，可以毒鼠。"郭璞注："槀茇，香草。"畢沅校注："（槀茇）卽槀本也；本、茇聲之緩急。"明、李時珍《本草綱目・草三・藁本》："古人香料用之，呼爲藁本香。《山海經》名藁茇。"

草舍，亦謂止宿於草舍中。《詩・召南・甘棠》："蔽芾甘棠，勿翦勿伐，召伯所茇。"毛傳："茇，草舍也。"唐、陸德明《經典釋文》："茇，《說文》作废。"孔穎達疏："茇，草舍者，《周禮》'仲夏教茇舍'注云：'舍，草止也，軍有草止之法。'然則茇者，草也，草中止舍，故云茇舍。"段玉裁《說文解字注》："引伸爲《詩》、《禮》艸會之茇。"清、錢謙益《聊且園記》："槐柏翳如，花竹分列，鑿沼矢魚，蹲石陰松，此余之所茇也。"

除草。《齊民要術・種穀》："區中草生，茇之；區間草，以利劚之。"石聲漢注："茇，這裏作動詞，是除茇的意思；除，卽連根拔掉。"

用同"跋"，登山；茇涉，卽跋涉；爬山涉水，形容旅途艱苦。《資治通鑑・唐肅宗至德元載》："卿等皆蒼猝從朕，不得別父母妻子，茇涉至此，勞苦至矣。"又《後周世宗顯德四年》："士卒乘勝氣茇涉爭進，皆忘其勞。"胡三省注："草行爲茇，水行爲涉。"

姓。《萬姓統譜・勿韻》："茇，見《姓苑》。"

茇又讀pèi ㄆㄟˋ，《集韻》蒲蓋切，去泰並；月部。一、白色的凌霄花。《爾雅·釋草》："苕，陵苕，黃華蕭，白華芨。"郭璞注："苕華色異，各亦不同。"二、疊字雙音"芨芨"形況，飛翔貌。《楚辭·九辯》："左朱雀之芨芨兮，右蒼龍之躍躍。"朱熹集注："芨芨，飛揚之貌。"明、劉基《述志賦》："驂有鸞之芨芨兮，超煙霭而上浮。"

芨又讀 fèi ㄈㄟˋ，《集韻》放吠切，去廢非。竹葦等製的粗索。《集韻·廢韻》："芨，竹葦絙也。"

芃 0501 　[篆] 　艸盛也（艸盛皃）。从艸，凡聲。《詩》曰："芃芃黍苗。" 房戎切（péng ㄆㄥˊ）。

【譯白】芃，草生長茂盛（草生長得茂盛的樣子）。是依從艸做形旁，以凡爲聲旁構造而成的形聲字。《詩·曹風·下泉》說："黍苗生長得很茂盛的樣子。"

【述義】"艸盛也"，段玉裁《說文解字注》依《韻會》作"艸盛皃"。草茂盛貌。《詩·鄘風·載馳》："我行其野，芃芃其麥。"毛傳："芃芃然方盛長。"《北史·薛辯傳》："朝賢既濟濟，野苗又芃芃。"宋、曾鞏《泰山謝雨文》："黍芃芃而擢秀，粟薿薿而敷榮。"宋、葉清臣《憫農》詩："膏澤歎苦晚，芃苗惜遽衰。"《清史稿·樂志四》："翁鬱元雲湆宸楓，大雨時行黍稷芃。"芃單用或疊字雙音形況，皆謂草茂盛貌。

獸毛豐滿而蓬鬆貌。《詩·小雅·何草不黃》："有芃者狐，率彼幽草。"朱熹注："芃，尾長貌。"馬瑞辰通釋："芃本衆草叢簇之貌，狐毛之叢雜似之……芃猶蓬也，蓋狐尾蓬叢之貌。"

同"芁"，草名。《山海經·中山經》："又東五百里，曰成侯之山，其上多櫄木，其草多芃。"郝懿行箋疏："芃，《說文》訓草盛，非草名也。疑芃當爲芁字之譌。芁音交，卽藥草秦芁也，見《本草》。"

姓。《萬姓統譜·東韻》："芃，見《姓苑》。"

傅 0502 　[篆] 　華葉布。从艸，傅聲。讀若傅。方遇切（fū ㄈㄨ）。

【譯白】傅，花葉展佈。是依從艸做形旁，以傅爲聲旁構造而的形聲字。傅的音讀像"傅"字的音。

【述義】花葉展佈。段玉裁《說文解字注》："與專敷字義通，从艸，故訓華葉布。"朱駿聲《說文通訓定聲·豫部》："《禹貢》：'篠簜既敷。'以敷爲之。"又："蒪，叚借爲敷。"

蓻（蓺）₀₅₀₃　𦸁　艸木不（才）生也。一曰：茅芽。从艸，執聲。姊入切（zí ㄗˊ）。

【譯白】蓻，草木生長出來的樣子。另一義說：是茅草的芽。是依從艸做形旁，以執爲聲旁構造而成的形聲字。

【述義】草木生貌。桂馥《說文解字義證》："'艸木不生也'者，'不'當爲'才'。《玉篇·艸部》：'蓻，子習切；草木生皃。'蓺，魚制切；種蒔也。形聲雖異，實一字重出。"又案："篆文當從執；本書'蓺'從'蓻'；又'槸'或从'蓺'可證也；從'𡎇'之字，多誤爲'幸'，墊本從𡎇，誤爲幸，《洪武正韻》辨之。《六經正誤》云：'《左傳》不采蓺'，蓺，種也，下從執，不從執也。"執、蓺，義同，本義爲種植，又指種植的作物，參見本書第三篇《丮部》"執"條。張文虎《舒藝室隨筆·論說文》："《玉篇》：'蓻，子習切。茅芽也，又草木生皃。'蓋本許書。此文不字當卽木字之譌衍。"段玉裁《說文解字注》持"艸木不生也"。云："蓻之言墊也，與蒪反對成文。《玉篇》云'艸木生皃'，未知孰是。"

又謂茅芽；述闕。"茅芽"段玉裁《說文解字注》作"茅根"。

蓻又讀 jú ㄐㄩˊ，《集韻》居六切，入屋見。同"蘜"。《集韻·屋韻》："蘜，艸名，《說文》：'日精也，似秋葦。'或作蓻。"

菥（菰）₀₅₀₄　𦾯（𦽮）　艸多皃。从艸，狋聲。江夏平春有菥亭。語斤切（yín ㄧㄣˊ）。

【譯白】菥，草多的樣子。是依從艸做形旁，以狋爲聲旁構造而成的形聲字。江夏郡平春侯國有一地名稱爲菥亭。

【述義】草多貌；述闕。

菥，一作草名。《玉篇·艸部》："菥，草也。"《類篇·艸部》："菥，艸名。"菰爲菥之訛字。姚文田、嚴可均《汲古閣說文校議》："'菰'前有'菥'篆，與此說解全同；'菥'、'菰'形近，因重出。《廣韻》十七眞，廿一欣，'菥'字兩見，云'亭名，在江夏'，而無'菰'字，亦其證，議删。"平春在河南沁陽西北。徐灝《說文解字注箋》："《（續漢書）郡國志》：'江夏郡鄂縣平春侯國。'按今湖北武昌大治等縣皆其地。"鄂爲殷朝國名。《戰國策·趙策三》："鬼侯、鄂侯、文王，紂之三公也。”繆文遠校注：“鄂侯，鄂國首領，鄂在今河南沁陽西北。”

茂　0505　　艸豐盛。从艸，戊聲。莫候切（mào ㄇㄠˋ）。

【譯白】茂，草木長得繁盛濃密。是依從艸做形旁，以戊爲聲旁构造而成的形聲字。

【述義】段玉裁依《韻會》作“艸木盛皃”。茂，泛指草木繁盛。《玉篇·艸部》：“茂，草木盛。”《詩·小雅·天保》：“如松柏之茂，無不爾或承。”又《大雅·生民》：“茀厥豐草，種之黄茂。”孔穎達疏：“旣去其草，於此地種之以黄色而茂盛者，謂黍稷之穀也。”《荀子·致仕》：“山林茂而禽獸歸之。”《楚辭·離騷》：“冀枝葉之峻茂兮，願竢時乎吾將刈。”《鹽鐵論·輕重》：“茂林之下無豐草，大塊之間無美苗。”《漢書·揚雄傳上》：“昔者禹任益虞而上下和，中木茂。”唐、韓愈《與衛中行書》：“窮居荒涼，草木茂密。”

引申爲昌盛、豐碩、美好。《集韻·厚韻》：“茂，美也。”《詩·小雅·南山有臺》：“樂只君子，德音是茂。”鄭玄箋：“茂，盛也。”《逸周書·祭公》：“皇天改大殷之命，維文王受之，維武王尅之，咸茂厥功。”《漢書·楚元王傳》：“資質淑茂，道術通明。”顏師古注：“茂，美也。”南朝、宋、劉義慶《世說新語·容止》：“有人歎王恭形茂者云：濯濯如春月柳。”《周書·李賢傳》：“念其規弼，功勞甚茂。”唐、韓愈《河南府法曹參軍盧府君夫人苗氏墓誌銘》：“赫赫苗宗，族茂位尊。”

優秀、卓越。《詩·齊風·還》：“子之茂兮，遭我乎猺之道兮。”《禮記·禮運》：“與三代之英。”唐、孔穎達疏引《辨名記》：“倍人曰茂，十人曰選，倍選曰俊，千人曰英。”漢、班固《白虎通·聖人》：“《禮·別名記》曰：‘五人曰茂，十人曰選，百人曰俊，千人曰英。’”《漢書·朱邑傳》：“廣延茂士。”唐、韓愈《順宗實錄二》：“諸色人中，有才行兼茂明於理體者……各舉所知。”

通“懋”，勸勉。《爾雅·釋詁上》：“茂，勉也。”朱駿聲《說文通訓定聲·孚部》：“茂，叚借爲懋。”《易·無妄》：“先王以茂對時，育萬物。”高亨注：“茂讀爲懋，勉也，努力也。”《詩·小雅·節南山》：“方茂爾惡，相爾矛矣。”毛傳：“茂，勉也。”《左傳·昭公八年》：“《周書》曰：‘惠不惠，茂不茂。’”杜預注：“《周書》、《康誥》也。言當施惠於不惠者，勸勉於不勉者。茂，勉也。”按：今《書》“茂”作“懋”。《史記·周本紀》：“先王之於民也，茂正其德而厚其性。”按：《國語·周語上》作“懋正其德”。《漢書·董仲舒傳》：“《詩》曰‘夙夜匪解’，《書》云‘茂哉茂哉！’皆彊勉之謂也。”按：今《書·皋陶謨》作“懋哉懋哉”。

有機化合物。分子式 C_5H_6，無色液體，不溶於水，容易產生聚合反應，是合成殺蟲劑、樹脂等的原料。

姓。《正字通·艸部》：“茂，姓；漢、沮陽令茂貞，明、景泰御史茂彪。”

疊字雙音“茂茂”形況：豐盛貌。《古詩源·筆銘》：“豪毛茂茂，陷水可脫，陷文不活。”《淮南子·天文訓》：“指寅，則萬物螾螾也……指卯，卯則茂茂然。”清、惲敬《新喻縣文昌宮碑銘》：“維吾喻民，各服其疇，禾麥茂茂，滿吾車簍。”

蓎 0506　蓎　艸茂也。从艸，暢聲。丑亮切（chàng ㄔㄤˋ）。

【譯白】蓎，草木茂盛。是依從艸做形旁，以暢爲聲旁構造而成的形聲字。

【述義】蓎，泛指草木茂盛。《玉篇·艸部》：“蓎，草木盛。”《集韻·漾韻》：“蓎，《說文》：‘艸茂也。’或从暢。”蓎，一作蓎；按：蓎，暢聲，亦作暢聲；卽：蓎，亦作蓎。段玉裁《說文解字注·田部》：“暘，今之暢，蓋卽此字之隸變。”《淮南子·時則》：“急捕盜賊，誅淫泆詐僞之人，命曰暢月。”再按：《禮記·月令》仲冬之月：“命之曰暢月。”《孟子·滕文公上》：“草木暢茂，禽獸繁殖。”足證暢爲暘之變字，足證今本經、子之暢在漢、魏、晉、南北朝的篆、隸、楷演變過程中，已反變反俗爲正，暘反爲生冷字，因蓎、蓎，引說如此。

蔭 0507　蔭　艸陰地。从艸，陰聲（从艸陰）。於禁切（yīn ㄧㄣ）。

【譯白】蔭，草木長大背陽成蔭。是依從艸做形旁，以陰爲聲旁構造而成的形聲字（是依從連文成義的艸陰做主、從形旁構造而成的會意兼形聲字）。

【述義】背陽爲陰，草木長大背陽成陰，蔭，會意兼形聲。段玉裁《說文解字注》：“依《韻會》無‘聲（即从艸陰）’字；此以會意包形聲。”《莊子·山木》：“一蟬方得美蔭而忘其身。”《荀子·勸學》：“樹成蔭而衆鳥息焉。”晉、左思《吳都賦》：“擢本千尋，垂蔭萬畝。”晉、陶潛《飲酒二十首》詩之四：“勁風無榮木，此蔭獨不衰。”

　　借作日影。《左傳·昭公元年》：“（后子）對曰：‘鍼聞之，國無道而年穀和熟，天贊之也，鮮不五稔。’趙孟視蔭曰：‘朝夕不相及，誰能待五？’”杜預注：“蔭，日景也。”宋、葉適《祭趙幾道文》：“余痡且老，視蔭永息；期君雁蕩，並坐巖石。”

　　蔭又讀 yìn ㄧㄣˋ，《廣韻》於禁切，去沁影；侵部。分述諸義如後：

　　遮蓋、隱蔽。《呂氏春秋·先己》：“松柏成而涂之人已蔭矣。”《楚辭·九歌·山鬼》：“山中人兮芳杜若，飲石泉兮蔭松柏。”三國、魏、嵇康《琴賦》：“玄雲蔭其上，翔鸞集其巔。”晉、陶潛《歸田園居》詩：“榆柳蔭後簷，桃李羅堂前。”唐、杜甫《堂成》詩：“背郭堂成蔭白茅，緣江路熟俯青郊。”宋、王安石《道旁大松人取爲明》詩：“虬甲龍髯不易攀，亭亭千尺蔭南山。”

　　庇蔭，封建時代子孫因先代功勳而得到封賞或免罪，也作“廕”。《周書·蘇綽傳》：“今之選舉者，當不限資蔭，唯在得人。”《隋書·柳述傳》：“少以父蔭，爲太子親衛。”《新唐書·選舉志下》：“三品以上蔭曾孫，五品以上蔭孫。”又《忠義傳中·顏杲卿》：“杲卿以蔭調遂州司法參軍。”明、湯顯祖《邯鄲記·東巡》：“我暫把洛陽邁一遭，專等你捷音來報。那時節呵重疊的蔭子封妻恩不小。”

　　地窖或暗室；後作“窨”。《史記·滑稽列傳》：“漆城蕩蕩，寇來不能上。即欲就之，易爲漆耳，顧難爲蔭室。”漢、王符《潛夫論·德化》：“故善者之養天民也，猶良工之爲麴豉也，起居以其時，寒溫得其適，則一蔭之麴豉，盡美而多量；其遇拙工，則一蔭之麴豉，皆臭敗而棄捐。”汪繼培箋：“《說文》云：‘窨，地室也。’徐鍇云：‘今謂地窖藏酒爲窨。’蔭與窨通。”清、惲敬《三代因革論八》：“夏之世室，殷之重屋，周之明堂，其不同者也。而民之蔭室何必同。”

　　庇護。《南齊書·王僧虔傳》：“況吾不能爲汝蔭，政應各自努力耳。”《水滸全傳》第十二回：“博個封妻蔭子，也與祖宗爭口氣。”

又稱受人庇護的恩德。《魏書·沮渠蒙遜傳》："遠託大蔭。"《水滸全傳》第二十三回："非小子之能，托賴眾長上福蔭。"

沒有陽光，又濕又潮。亦謂沒有曬着太陽而涼爽。《金瓶梅詞話》第五二回："李瓶兒說道：'这答兒裡，到且是蔭涼。'"

蕆 0508　𦰣　艸兒。从艸，造聲。初救切（chòu ㄔㄡˋ）。

【譯白】蕆，各種草叢生雜聚的樣子。是依從艸做形旁，以造爲聲旁構造而成的形聲字。

【述義】草叢雜貌。徐鍇《說文解字繫傳》："蕆，草相次也。"朱駿聲《說文通訓定聲·孚部》："按：叢襍兒。誼與萃略同，萃、蕆亦一聲之轉。俗字作籆，从竹。"

一作草根雜。《玉篇·艸部》："蕆，草根雜也。"

同"籆"，副、居次的。《五經文字·廿部》："蕆，倅也；《春秋傳》从竹。"《左傳·昭公十一年》："僖子使助薳氏之籆。"唐、陸德明《經典釋文》："籆，本又作蕆。"

聚集。明、高啟《送徐先生歸嚴陵序》："故待賈山澤者，羣然蕆庭，如水赴海，而隱者之廬殆空矣。"蕆集，猶湊集。章炳麟《代議然否論》："令人人皆有十圓之稅。全國得選舉權者，亦財五百萬人，況其數本出於奇零。蕆集稅不及十圓者，大抵三分居二，則得權者財百六十六萬人耳。"

茲(兹) 0509　𦰙　艸木多益。从艸，兹(絲)省聲。子之切（zī ㄗ）。

【譯白】茲，草木生長茂密繁盛。是依從艸做形旁，以絲省去下面的筆畫做聲旁構造而成的形聲字。

【述義】草木滋盛；俗作"兹"。徐鍇《說文解字繫傳》作"絲省聲"；又曰："此草木之茲盛也。""兹"省聲是以原字釋形，謬！傳寫之誤。段玉裁《說文解字注》："絲，宋本作兹，非也。兹從二玄，音玄；字或作滋。茲從絲省聲；《韻會》作丝聲；丝者，古文絲字……經典茲，此也。唐石經皆誤作兹。"《素問·五藏生成論》："五藏之氣，故色見青如草茲者死。"注："茲，滋也，言如草初生之青色也。"

今、現在。《廣雅·釋言》："茲，今也。"《書·盤庚上》："茲予大享于先生，爾祖其從與享之。"《史記·樗里子甘茂列傳》："今臣生十二歲於茲矣，君其試臣，何遽叱乎？"《漢書·司馬相如傳下》：

“今罷三郡之士，通夜郎之塗，三年於茲，而功不竟。”唐、李翱《感知己賦》：“伊自古皆嗟兮，又何怨乎茲之世？”

　　年。《孟子・滕文公下》：“什一，去關市之征，今茲未能，請輕之，以待來年。”《呂氏春秋・任地》：“今茲美禾，來茲美麥。”高誘注：“茲，年也。”《古詩十九首・生年不滿百》：“爲樂當及時，何能待來茲。”《後漢書・明帝紀》：“昔歲五穀登衍，今茲蠶麥善收，其大赦天下。”南朝、梁、任昉《爲范尙書讓吏部封侯第一表》：“去歲冬初，國學之老博士耳，今茲首夏，將亞冢司。”按，楊樹達以“茲”爲“載”之假借字，其說云：“茲字無年歲義，凡年歲云茲者，皆假爲載。《爾雅・釋天》云：‘載，歲也。’茲、載古同音，故得通假矣。”

　　蓐，草席。《爾雅・釋器》：“蓐謂之茲。”郭璞注：“《公羊傳》曰：‘屬負茲。’茲者，蓐席也。”《史記・周本紀》：“毛叔鄭奉明水，衛康叔封布茲，召公奭贊采，師尙父牽牲。”裴駰集解引徐廣曰：“茲者，籍席之名。諸侯病曰負茲。”

　　鋤。《周禮・秋官・薙氏》：“春始生而萌之。”漢、鄭玄注：“萌之者，以茲其斫其生者。”賈公彥疏：“漢時茲其，卽今之鋤也。”唐、陸德明《經典釋文》：“茲其音基。”《墨子・備城門》：“連梃、長斧、長椎、長茲。”孫詒讓閒詁：“茲，卽鎡錤也。”《漢書・樊酈等傳贊》：“雖有茲基，不如逢時。”顏師古注引張晏曰：“茲基，鉏也。”

　　代詞，表示指示。一、相當於“此”、“這”、“這裏”、“這個”。《爾雅・釋詁下》：“茲，此也。”《易・晉》：“受茲介福，于其王母。”《詩・大雅・泂酌》：“挹彼注茲。”《論語・子罕》：“文王既沒，文不在茲乎？”漢、王粲《登樓賦》：“登茲樓以四望兮。”南朝、梁、丘遲《與陳伯之書》：“中軍臨川殿下，明德茂親，摠茲戎重，弔民洛汭，伐罪秦中。”宋、葉適《寶謨閣待制徐公墓誌銘》：“國家存亡，在茲一舉。”清、薛福成《出使四國日記・光緒十七年二月初三》：“境內並無可開之礦，茲其所以稍貧也。”二、相當於“如此”、“這樣”。《書・湯誓》：“夏德若茲，今朕必往。”晉、陶潛《飲酒二十首》詩之一：“寒暑有代謝，人道每如茲。”

　　副詞，表示程度，相當於"愈益"、"更加"，後作"滋"。《馬王堆漢墓帛書‧老子甲本‧德經》："民多利器，而邦家茲昏。"《墨子‧尚同上》："是以一人則一義，二人則二義，十人則十義，其人茲衆，其所謂義者亦茲衆。"孫詒讓閒詁："古正作茲，今相承作滋。"《漢書‧五行志下之下》："賦斂茲重，而百姓屈竭。"顏師古注："茲，益也。"

　　連詞，則。《左傳‧昭公二十六年》："若可，師有濟也，君而繼之，茲無敵矣。"

　　語氣詞，相當於"哉"、"呀"。《書‧立政》："嗚呼！休茲！"又《費誓》："公曰：嗟！人無譁，聽命！徂茲！淮夷、徐戎並興。"《後漢書‧岑彭傳》："美矣岑君，於戲休茲！"

　　通"在"，終了。《書‧召誥》："嗚呼！皇天上帝，改厥元子，茲大國殷之命。"楊樹達《積微居讀書記‧尚書說》："'茲'字無義，當讀爲'在'，《爾雅‧釋詁》云：'在，終也。'……'在'與'終'文異義同。《說文‧鼎部》鼏从才聲，或作'鎡'，此'才''茲'二字通作之證。"

　　姓。《通志‧氏族略四》："茲氏，姬姓，魯桓公之孫公孫茲之後。"

　　疊字雙音"茲茲"形況：滋生繁殖。《史記‧陳涉世家論》："田常得政於齊，卒爲建國，百世不絕，苗裔茲茲，有土者不乏焉。"清、方苞《大司寇韓城張公繼室王夫人墓誌銘》："年逾六甲，子姓茲茲。"

　　茲又讀cí ㄘˊ，《集韻》疾之切，平之從。一、通"慈"，慈愛。《雲夢秦簡‧爲吏之道》："茲下勿陵，敬上勿犯……父茲子孝，政之本殹（也）。"二、龜茲，古代西域國名，在今新疆庫車縣一帶。《廣韻‧之韻》："茲，龜茲，國名。"《漢書‧西域傳》："（扜彌國）東北與龜茲、西北與姑墨接。"顏師古注："龜音丘，茲音慈。"

蔽　0510　𦽅　艸旱盡也。从艸，俶聲。《詩》曰："蔽蔽山川。"徒歷切（dí ㄉㄧˊ）。

【譯白】蔽，草因發生旱災全部枯死。是依從艸做形旁，以俶爲聲旁構造而成的形聲字。《詩‧大雅‧雲漢》說："旱氣逼人，寸草不生，山川一片乾枯。"

【述義】段玉裁《說文解字注》："今《詩》作'滌滌'。毛云：'滌

滫，旱氣也；山無木，川無水。按《玉篇》、《廣韻》皆作‘菽’；今
疑當作‘滫’，艸木如盪滌無有也。叔聲、淑聲字多不轉爲徒歷切。
《詩》‘踧踧周道，踧字亦疑誤’。”菽，一作菽、滫，用同滫。疊字
雙音“菽菽”形況，謂乾旱無草光禿貌。久晴不雨爲乾旱、爲旱災。
段玉裁《說文解字注》：“按：《玉篇》、《廣韻》皆作菽，今疑當作滫；
艸木如盪滌無有也。”王筠《說文解字句讀》：“王氏《詩考》作滫
滫。”《玉篇・艸部》：“菽，《詩》云：‘旱旣太甚，菽菽山川。’菽
菽，旱氣也；本亦作滫。”《集韻・錫韻》：“菽，《說文》：‘艸旱盡
也。’引《詩・大雅・雲漢》作“滫滫山川”。明、王翃《憂旱》詩：
“山川滫滫赤日烈，昊天降酷同燔燒。”

歊 0511　　艸兒。从艸，歊聲。《周禮》曰：“轂樊（敝）不
歊。”許嬌切（xiāo ㄒㄧㄠ）。

【譯白】歊，草喪失生機的樣子。是依從艸做形旁，以歊爲聲旁構造
而成的形聲字。《周禮・考工記・輪人》上說：“車轂雖然使用壞了，
也不會槁縮暴起變形。”

【述義】禾傷肥。《廣韻・肴韻》：“歊，禾傷肥。”傷，通“喪”；肥，
指植物茁壯或厚實；許愼謂“歊，草兒”，草兒，是草的一種樣子，卽
草喪失生機的樣子，亦卽草失去養分枯萎的樣子。

　　歊又讀 hào ㄏㄠˋ，《廣韻》呼到切，去号曉；宵部。通“耗”，義
同“槁”，卽枯木之“槁”，借作縮耗物因變形而不平。《玉篇・艸
部》：“歊，耗也，縮也。”《周禮・考工記・輪人》：“是故以火養
其陰而齊諸其陽，則轂雖敝不歊。”清、方苞《〈吳宥函文稿〉序》：
“揉木以爲輪，雖歊暴而不復挺者，矯之久以成性也。”清、黃遵憲
《哭威海》詩：“船歊裂，龍見血。”章炳麟《新方言・釋言》：“今
謂物不妥貼，偏頗暴起爲歊。”段玉裁《說文解字注》：“《考工記》
文‘樊’字誤，當依本書作‘敝’。鄭衆云：‘歊，當爲耗。’康成
云：‘歊，歊暴；陰柔後必橈減，幬革暴起。’按此荀卿及漢人所謂
槁暴也，橈減爲槁木之槁，與革之暴相因而致，木歉則革盈。《瓬人》
注云：‘暴者，墳起也。’先鄭謂歊當是耗字之誤，後鄭謂歊爲槁之
假借，其義則通；不言歊讀爲槁者，從先鄭作耗亦得也。凡許君引經
傳，有證本義者，如‘菽菽山川’是；有證假借者，如‘轂敝不歊’，非

關艸兒也。"按：獘，俗爲獘，又作獘，後又作弊；敝，一作弊。《玉篇·攴部》："敝，壞也；弊，同敝。"段玉裁《說文解字注》："獘本因犬仆制字，叚借爲凡仆之偁，俗又引伸爲利弊字，遂改其字作弊，訓'困也'、'惡也'。此與改獎爲獘正同。"《易·井》："井谷射鮒，甕敝漏。"《老子》第二十二章："窪則盈，弊則新。"魏、曹丕《典論論文》："家有弊帚，享以千金。"《晏子春秋·內篇雜下二十五》："晏子朝，乘獘車，駕駑馬。"唐、白居易《答宰相杜佑等〈駕德音表〉》："思革獘以救災，在濟人以損己。"總之，許慎引《周禮·考工記·輪人》："轂獘不蔽"句，在說蔽假借作物變形而不平，本書經歷代傳刻，早非許慎所撰面目，通、假、俗、訛字錯雜，有的可以知而無從窮辨。

蔽又讀 hè ㄏㄜˋ，《集韻》黑各切，入鐸曉。一、木乾蔽。《集韻·鐸韻》："蔽，木乾蔽也。"二、草肥貌。《集韻·鐸韻》："蔽，草肥兒。"

蔇(蕽)　0512　<shape>　艸多兒。从艸，旣聲。居味切（jì ㄐㄧˋ）。

【譯白】蔇，草叢生繁密的樣子。是依從艸做形旁，以旣爲聲旁構造而成的形聲字。

【述義】草多貌。宋、徐鍇《說文解字繫傳》："蔇，猶密也。"段玉裁《說文解字注》："《禾部》：'穊，稠也。'音義同。"

同"曁（音 jì ㄐㄧˋ，其冀切）"；及、至、達到的意思。《左傳·隱公六年》："善鄭以勸來者，猶懼不蔇，況不禮焉。"杜預注："蔇，至也。"楊伯峻注："蔇同'曁'，及也，至也。"《金史·食貨志一》："動以王爵固結其心，重爵不蔇，則以國姓賜之。"章炳麟《訄書·訂文》："若其所以治百官、察萬民者，則蔇乎檄移之二千而止。"

蔇又讀 xì ㄒㄧˋ，《集韻》許旣切，去未曉；微部。古地名，春秋時魯地，在今山東省蒼山縣西北。《春秋·莊公九年》："公及齊大夫盟于蔇。"杜預注："蔇，魯地，琅邪繒縣北有蔇亭。"楊伯峻注："蔇，《公羊》、《穀梁》俱作'曁'。"

薋　0513　<shape>　艸多兒。从艸，資聲。疾茲切（cí ㄘˊ）。

【譯白】薋，草聚集的樣子。是依從艸做形旁，以資爲聲旁構造而成的形聲字。

【述義】草多貌；引申爲把草積聚起來。徐鍇《說文解字繫傳》："薋，猶積也。"又通"薺"，蒺藜。段玉裁《說文解字注》："《離騷》曰：'薋菉葹以盈室兮'，王注：'薋，蒺藜也。'……據許君說，正謂多積菉葹盈室，薋非艸名……蒺藜之字，《說文》作薺，今《詩》作茨，叔師所據《詩》作薋，皆假借字耳。"《楚辭·離騷》："薋菉葹以盈室兮，判獨離而不服。"王逸注引《詩》："楚楚者薋。"今本《詩·小雅·楚茨》作"楚楚者茨"。鄭玄注："茨，蒺藜也。"

古縣名，漢置，在今河北省遵化縣境。《漢書·地理志下》："右北平郡，縣十六……薋（都尉治）。"

薋又讀 zī ㄗ，《集韻》津私切，平脂精。一、白及，蘭科多年生草本，地下有指狀分歧肥厚的塊莖，塊莖含粘液質和澱粉等；塊莖可入藥。《廣雅·釋草》："白芨、茂，薋也。"王念孫疏證："白芨卽白及也……白芨，以根白得名也。根有三角，故一名茂，一名薋。"二、水菜名。《集韻·脂韻》："薋，菜生水中。"

蓁 0514 　蓁　艸盛皃。从艸，秦聲。側詵切（zhēn ㄓㄣ）。

【譯白】蓁，草茂盛的樣子。是依從艸做形旁，以秦爲聲旁構造而成的形聲字。

【述義】蓁，形況出以疊字雙音。一、草葉茂盛，泛指植物茂盛貌。《詩·周南·桃夭》："桃之夭夭，其葉蓁蓁。"毛傳："蓁蓁，至盛貌。"《文選·班固〈東都賦〉》："百穀蓁蓁，庶草蕃廡。"李善注引薛綜曰："蓁蓁，盛貌也。"明、徐陽輝《有情癡》："線圈鬚好像把簑衣掛，前日呵，拔之則見光光，乍如今呵，出來其葉蓁蓁大。"二、積聚貌、集聚貌。《楚辭·招魂》："蝮蛇蓁蓁，封狐千里些。"王逸注："蓁蓁，積聚之貌。"清、和邦額《夜譚隨錄·汪越》："越墜落草中，心目眩瞀，而惡獸蝮蛇，蓁蓁來往，殊深畏怖。"三、頭戴物貌。《爾雅·釋訓》："蓁蓁，戴也。"郭璞注："頭戴物。"邢昺疏："婦人盛飾貌。"

衆多。《玉篇·艸部》："蓁，衆也。"

通"榛"。清、朱駿聲《說文通訓定聲·坤部》："蓁，叚借爲榛。"一、棘叢。《莊子·徐无鬼》："吳王浮於江，登乎狙之山，衆狙見之，恂然棄而走，逃於深蓁。”成玄英疏：“蓁，棘叢也。”晉、曹冏《六代論》：“宮室變爲蓁藪。”唐、沈旣濟《任氏傳》：“窺其中，皆蓁荒及廢圃耳。”二、木名，果實似栗而小，果仁可食。唐、李賀《老夫採玉歌》詩：“夜雨岡頭食蓁子，杜鵑口血老夫淚。”

　　蓁又讀qín ㄑㄧㄣˊ，《集韻》慈鄰切，平眞從。草名。《集韻·眞韻》：“蓁，艸名。”

莦 0515　𦽒　惡艸皃。从艸，肖聲。所交切（shāo ㄕㄠ）。

【譯白】莦，草受到外力而雜亂的樣子。是依從艸做形旁，以肖爲聲旁構造而成的形聲字。

【述義】莦是亂草的樣子，也指亂草、雜亂的草；“惡艸皃”，《龍龕手鑑》作“惡艸也”。桂馥《說文解字義證》：“《淮南·修務訓》：‘野彘有芃莦，槎櫛窟虛，連比以像宮室’。高誘謂芃莦爲蓐；馥案：野彘所寢之草，如狼籍也。”

　　莦又讀xiāo ㄒㄧㄠ，《集韻》相邀切，平宵心。一、草根。《玉篇·艸部》：“莦，草根。”二、草名。《集韻·宵韻》：“莦，草名。”

芮 0516　𦬝　芮芮，艸生皃。从艸，內聲。讀若汭。而銳切（ruì ㄖㄨㄟˋ）。

【譯白】芮，芮芮疊字雙音表示，是形容草初生柔細的樣子。是依從艸做形旁，以內爲聲旁構造而成的形聲字。

【述義】芮芮，草初生柔細的樣子。段玉裁《說文解字注》：“芮芮與茙茙雙聲，柔細之狀。”桂馥《說文解字義證》：“謂艸初生芮芮然小也。”按《文選·潘岳〈西征賦〉》李善注引《說文》作“芮，小貌”。《本草綱目·草六·石龍芮》引陶弘景曰：“東山石上所生者，其葉芮芮短小。”

　　小貌。《文選·潘岳〈西征賦〉》：“營宇寺署，肆廛管庫，蕞芮於城隅者，百不處一。”李善注：“《字林》曰：‘蕞，聚貌也’。《說文》曰：‘芮，小貌。’”

　　柔軟。《呂氏春秋·必己》：“不食穀食，不衣芮溫。”高誘注：“芮，絮也。”陳奇猷校釋：“此‘芮溫’當從《釋名》之義。‘不衣芮溫’，謂不衣細輭溫暖之衣。”《釋名·釋首飾》：“毳冕，毳芮也。畫藻文於衣，象水草之毳芮溫暖而潔也。”

繫盾的絲帶。《史記·蘇秦列傳》：“當敵則斬堅甲鐵幕、革抉、啵芮，無不畢具。”司馬貞索隱：“啵與‘瞂’同，音伐，謂楯也。芮，謂繫楯之緌也。”

通“汭”，水涯、水曲岸凹入處。《詩·大雅·公劉》：“止旅乃密，芮鞫之卽。”毛傳：“芮，水厓也。”鄭玄箋：“芮之言內也，水之內曰隩，水之外曰鞫。”陳奐傳疏：“芮者，汭之假借字。《尚書》《左傳》皆作汭。《說文》：‘汭，水相入也。’案：水相入，卽水會成厓之處。”《文選·木華〈海賦〉》：“若乃雲錦散文於沙汭之際。”唐、李善注：“毛萇《詩》傳曰：‘芮，崖也。’芮，與汭通。”

星座名。《晉書·天文志中》：“張衡曰：‘老子四星及周伯、王蓬絮、芮各一，錯乎王緯之間。’”

古國名，周文王時建立的諸侯國，在今陝西省大荔縣朝邑城。《詩·大雅·緜》：“虞、芮質厥成。”孔穎達疏：“虞、芮二國之君，有爭訟事，來詣文王，而得成其和平也。”《史記·秦本記》：“（繆公）二十年，秦滅梁、芮。”張守節正義：“梁、芮國，皆在同州。”

姓。《廣韻·祭韻》：“芮，姓，周司徒芮伯之後。”

芮又讀ruò ㄖㄨㄛˋ，《集韻》如劣切，入薛日。芮芮，古族名，卽“柔然”。北朝譯爲芮芮，南朝譯爲蠕蠕。本爲東胡族的支屬，五世紀時，組成部落聯盟，與北魏、南朝各政權有經濟文化聯繫。西魏廢帝元年（公元五五二年）并入突厥。《資治通鑑·宋文帝元嘉二十七年》：“芮芮亦遣間使遠輸誠款，誓爲犄角。”胡三省注：“芮芮，卽蠕蠕，南人語轉耳。”

茬 ₀₅₁₇　茬　艸皃。从艸，在聲。濟北有茬平縣。仕甾切（chí ㄔˊ）。

【譯白】茬，草茂盛的樣子。是依從艸做形旁，以在爲聲旁構造而成的形聲字。山東西部的濟水北面有一地名茬平縣。

【述義】草盛貌。《玉篇·艸部》：“茬，草盛皃。”

古縣名，西漢屬泰山郡，治所在今山東省長清縣東北。《漢書·地理志上》：“泰山郡，縣二十四……茬。”

山名。《集韻·之韻》：“茬，山名。漢泰山郡有茬山。”

姓。《廣韻·之韻》：“茬，姓。”

茬又讀chá ㄔㄚˊ，《集韻》鉏加切，平麻崇。有下列五義：一、同"槎"；斜砍、劈削。《漢書·貨殖傳序》："既順時而取物，然猶山不茬蘖，澤不伐夭，蠎魚，麑卵，咸有常禁。"顏師古注："茬，古槎字也；槎，邪斫木也。"二、指莊稼收割後留在地裏的莖和根；如：豆茬兒、麥茬兒。三、指沒有剃淨或剃淨後復生的鬚髮短樁。四、指在同一塊地上作物種植或生長的次數；如：換茬、二茬韭菜。五、蠻橫無理，對人製造事端，謂之"找茬兒"。

茬之方言豐富：一、名詞，謂"人"；如：善茬、不是善茬、硬茬、弱茬。山東新泰一帶方言。二、名詞，謂道道（辦法、門路），亦指個中道理；如：就這茬；還不是時候，你要理解這茬。爲北京方言。三、名詞，謂一段時間或一陣子；如：這一茬我也老沒去。北京方言。四、動詞，用刀斧砍樹木。民國二十五年山東《牟平縣志》："斫木曰茬，音槎。"五、動詞，打斷的意思；如：我還沒說完，就着他來茬了。爲貴州沿河一帶方言。六、動詞，謂打亂；如：我們在那裏走象棋走得好好的，他一來就把我們茬了。爲貴州沿河一帶方言。七、動詞，摻和（摻合）、混雜的意思；如：淨光吃米哪個着得起了？弄點紅苕茬起方行。爲貴州沿河一帶方言。八、量詞，謂代、輩，引申爲輩分，排行；如：這一茬人和老輩子裏那人不一樣了。爲山東壽光一帶方言。民國二十五年山東《牟平縣志》："草木過一茬，新發一茬，引申其義，人亦遂以茬論。"九、量詞，次；如：一年交兩茬公糧。爲山東壽光一帶方言。十、量詞，堆；如：一茬人。山西吉縣一帶方言。十一、名詞，碴兒，指提到的事或剛說完的話；如：答得上茬兒、答這個茬、接着茬兒。爲北京一帶方言。

薈 0518　薈　艸多皃。从艸，會聲。《詩》曰："薈兮蔚兮。"烏外切（huì ㄏㄨㄟˋ）。

【譯白】薈，草木茂盛的樣子。是依從艸做形芴，以會爲聲芴構造而成的形聲字。《詩·曹風·候人》說："滙聚在一起又四處彌漫。"

【述義】草木茂盛貌。《詩·曹風·候人》："薈兮蔚兮，南山朝隮。"朱熹注："薈、蔚，草木盛多之貌。"《文選·郭璞〈江賦〉》："涯灌芊萰，潛薈葱蘢。"李善注："潛薈，水中茂盛也。"宋、李格非《洛陽名園記·水北胡氏園》："林木薈蔚，煙雲掩映。"

叢聚、滙集、聚集、會聚。許愼引《候人》句在謂"薈"字借作聚集、會聚。毛傳：“薈，蔚，雲興貌。”段玉裁《說文解字注》：
“薈，引伸爲凡物薈萃之義”。晉、陸雲《大安二年夏四月大將軍出
祖王羊二公於城南堂皇被命作此詩》：“我有高夏，如雲斯薈。彫軒
戾止，薄言嘉會。”唐、杜甫《八哀》詩之七：“貫穿無遺恨，薈蕞
何技癢。”清、平步青《霞外攟屑·斠書·劉金門梁莭林》：“而乙
卯後三年，復得文三十六篇，詩七百五十首，薈爲餘集。”清、姚錫
光《東方兵事紀略·釁始篇第一》：“越一歲，而宗城至，則薈泰西
諸約，擇其尤專利者作草約要我，而欲廢前稿。”康有爲《大同書》：
“薈東西諸哲之心肝精英而醧飲之。”

　　遮蔽、隱翳。《廣雅·釋詁一》：“薈，翳也。”又《釋詁二》：“薈，
障也。”《新唐書·吐蕃傳下》：“土梨樹林薈巖阻，兵易詭伏，不如
平涼夷漫坦直，且近涇，緩急可保也。”

菽 0519　蒸　細艸叢生也。从艸，叔聲。莫候切（mòu ㄇㄡ）。

【譯白】菽，細草聚集在一起生長。是依從艸做形旁，以叔爲聲旁構
造而成的形聲字。

【述義】細草叢生。《廣雅·釋言》：“菽，葆也。”王念孫疏證：“菽
之言茂，葆之言苞也。《爾雅》云：‘苞、茂、豐也。’又云：‘苞，
稹也。’”苞，《爾雅》郭璞注曰：“今人呼物叢緻者爲稹。”邢昺疏引
孫炎曰：“物叢生曰苞，齊人名曰稹。”

芼 0520　芼　艸覆蔓。从艸，毛聲。《詩》曰：“左右芼之。”
莫抱切（mào ㄇㄠˋ）。

【譯白】草覆地蔓延。是依從艸做形旁，以毛爲聲旁構造而成的形聲
兼會意字。《詩·周南·關雎》說：“左邊右邊拔取。”

【述義】草鋪地蔓延。段玉裁《說文解字注》：“覆地曼延。”又：
“玉裁按芼字本義是艸覆蔓，故從艸毛會意。因之《爾雅》曰‘搴
也’。毛公曰‘擇也’。皆於從‘毛’得解。搴之而擇之，而以爲菜
釀，義實相成；《詩》、《禮》本無不合。”

　　拔取，亦謂擇取。許慎引《關雎》：“左右芼之”在謂“芼”借
作拔取。毛傳：“芼，擇也。”《爾雅·釋言》：“芼，搴也。”郭
璞注：“謂拔取菜。”《廣雅·釋詁一》：“芼，取也。”“左右芼
之”一作“左右覒之”；芼通覒，參見本書第八篇《見部》“覒”條。

《詩·周南·關雎》：“參差荇菜，左右芼之。”宋、陸游《宿彭山縣通津驛大風鄰園多喬木終夜有聲》詩：“芼薑屑桂調甘柔，稚鱉煮雁長魚脯。”

雜在肉湯裏的菜。《儀禮·土虞禮》：“鉶芼用苦若薇，有滑、夏用葵，冬用荁。”《禮記·內則》：“饘、酏、酒、醴、芼、羹、菽、麥、蕡、稻、黍、粱、秫，唯所欲。”鄭玄注：“芼，菜也。”孔穎達疏：“芼菜者，按《公食大夫禮》三牲皆有芼者，‘牛藿、羊苦、豕薇’也，是芼乃爲菜也，用菜雜肉爲羹。”又：“雉、兔皆有芼。”鄭玄注：“芼，謂菜釀也。”

引申爲雜、拌和、用菜拌和。南朝、梁、劉孝標《送橘啟》：“可以熏神，可以芼鮮，可以漬蜜。”唐、韓愈《初南食貽元十八協律》詩：“調以鹹與酸，芼以椒與橙。”宋、蘇軾《送筍芍藥與公擇二首》詩之一：“我家拙廚膳，彘肉芼蕪菁。”宋、沈遼《零陵先賢贊·煙壙老人》：“吾羹方珍，芼以椒蘭，和之甘辛，莫不厭足。”清、龔自珍《己亥雜詩》之二三七：“芼以蘇州小橄欖，可敵北方冬菹醃。”

通“毛”，草，指可供食用的野菜或水草。《儀禮·特牲饋食禮》：“主婦設兩敦黍稷于俎南，西上；及兩鉶芼設于豆南，南陳。”鄭玄注：“芼，菜也。”《論衡·卜筮》：“豬肩羊膊可以得兆，藋葦藁芼可以得數，何必以蓍龜？”晉、潘岳《西征賦》：“而菜蔬芼實，水物惟錯。”唐、柳宗元《遊南亭夜還敍志七十韻》詩：“野蔬盈傾筐，頗雜池沼芼。”韓醇注：“《左氏》：‘澗溪沼沚之毛。’芼，草也。”

附述“芼羹”：用菜和肉做成的羹即芼羹；芼，通“毛”。《禮記·內側》：“醴、酏、酒、醴、芼羹……唯所欲。”孔穎達疏：“芼菜者，按公食大夫禮，三牲皆有芼者，牛藿、羊苦、豕薇也，是芼乃爲菜也，用菜雜肉爲羹。”北魏、賈思勰《齊民要術·羹臛法》：“食膾魚蓴羹：芼羹之菜，蓴爲第一。”宋、王安石《次韻約之謝惠》詩：“聞說芼羹臛，芬香出鄰壁。”清、錢謙益《先太淑人述》：“饘酏芼羹，手自調糝，遣侍婢視其食否以告。”

蒼 0521 蒼　艸色也。从艸，倉聲。七岡切（cāng ㄘㄤ）。
【譯白】蒼，草的顏色。是依從艸做形旁，以倉爲聲旁構造而成的形聲字。

【述義】蒼，草色，泛指草木的顏色，如“蒼松翠柏，四季常青”。蒼翠，是草木欣欣向榮生長的顏色；蒼翠欲滴，形容草木茂盛，充滿生機。南朝、齊、謝朓《冬日晚郡事隙》詩：“蒼翠望寒山，崢嶸瞰平陸。”宋、郭熙《山川訓》：“春山淡冶而如笑，夏山蒼翠而欲滴。”草木顏色爲蒼，蒼卽是青色，青色包括藍色和綠色。《詩·秦風·黃鳥》：“彼蒼者天，殲我良人！”唐、韓愈《條山蒼》詩：“條山蒼，河水黃。”草木的葉長大後顏色變深，爲深綠色，深黑色，蒼因而引申爲青黑色。《廣雅·釋器》：“蒼，青也。”段玉裁《說文解字注》：“引申爲凡青黑色之偁。”《呂氏春秋·審時》：“後時者弱苗而穗蒼狼，薄色而美芒。”畢沅校注：“蒼狼，青色也，在竹曰蒼筤，在天曰倉浪，在水曰滄浪，字異而義皆同。”

　　借指天，天稱爲蒼天、上蒼、蒼玄、蒼穹、蒼昊、蒼旻、蒼昃、蒼顥、蒼極；天空稱爲蒼宇，因爲天的顏色變化不離蒼色；又簡稱蒼。《詩·王風·黍離》：“悠悠蒼天，此何人哉！”毛傳：“據遠視之蒼蒼然，則稱蒼天。”《越絕書·越絕請糴內傳》：“昔者上蒼以越賜吳，吳不受也。”《史記·龜策列傳》：“今龜周流天下，還復其所，上至蒼天，下薄泥塗。”漢、蔡琰《悲憤詩》：“彼蒼者何辜，乃遭此厄禍。”晉、陶潛《祭程氏妹文》：“我聞爲善，慶自己蹈；彼蒼何偏，而不斯報。”唐、杜甫《可歎》詩：“天上浮雲似白衣，斯須變幻如蒼狗。”唐、皮日休《劉棗強碑》：“已矣先生，祿不厚矣，彼蒼不誠。”宋、王讜《唐語林·補遺一》：“彼蒼不惠，以其月二十有五日辛卯，薨于常樂坊之私第。”清、沈復《浮生六記·閨房記樂》：“東坡云：‘事如春夢了無痕。’苟不記之筆墨，未免有辜彼蒼之厚。”《警世通言·皂角林大王假形》：“時人不解蒼天意，空使身心半夜愁。”

　　蒼天又指春天。《爾雅·釋天》：“春爲蒼天，夏爲昊天。”郭璞注：“萬物蒼蒼然生。”漢、班固《白虎通·四時》：“春曰蒼天，夏曰昊天。”

　　灰白色，多指頭髮斑白。唐、杜甫《贈衛八處士》詩：“少壯能幾時，鬢髮各已蒼。”又《洗兵行》詩：“張公一生江海客，身長九尺鬚眉蒼。”宋、蘇軾《仇池筆記·記范蜀公遺事》：“范蜀公將薨，數日鬚髮皆變蒼，郁然如畫也。"宋、辛棄疾《清平樂·獨宿博山王氏菴》詞："平生塞北江南，歸來華髮蒼顏。"

蒼老。《水滸後傳》第四回："隔了幾年，大官人你也蒼了些，不比那時標致了。"

淺青色。《素問·陰陽應象大論》："在色爲蒼，在音爲角。"王冰注："蒼，謂薄青色。"

指百姓。《後漢書·列女傳·董祀妻》："欲死不能得，欲生無一可，彼蒼者何辜，乃遭此戹禍。"

附述"蒼生"：一、草木叢生之處。《書·益稷》："帝光天之下，至于海隅蒼生。"疏："旁至四海之隅蒼蒼然生草木之處。"孔傳："光天之下，至于海隅蒼蒼然生草木，言所及廣遠。"二、指百姓。《晉書·王衍傳》："總角嘗造山濤，濤嗟歎良久，既去，目而送之，曰：'何物老嫗，生寧馨兒！然誤天下蒼生者，未必非此人也。'"又《謝安傳》："中丞高崧戲之曰：'卿屢違朝旨，高臥東山，諸人每相與言，安石不肯出，將如蒼生何？蒼生今亦將如卿何？'"《文選·史岑〈出師頌〉》："蒼生更始，朔風變律。"劉良注："蒼生，百姓也。"唐、杜甫《行次昭陵》詩："往者災猶降，蒼生喘未蘇。"明、楊慎《李光弼中潭之戰》："儒者紙上之語，使之當國，豈不誤蒼生乎？"三、罵落第秀才的話。宋、無名氏《張協狀元》戲文第三五出："狀元真大才，衙門面向兩扇開。你還不曾會讀書，蒼生還相見，休要來。"

通"倉"，倉猝。《後漢書·馮衍傳下》："居蒼卒之間，據位食祿二十餘年。"唐、李白《古風五十九首》詩之五："仰望不可及，蒼然五情熱。"王琦注："蒼然，恩邈貌。"

附述"蒼卒"，也作"倉卒"、"倉猝"，匆促、匆忙、慌張之意；也指突然的變故。《漢書·王嘉傳》："臨事倉卒迺求，非所以明朝廷也。"晉、葛洪《西京雜記》卷三："（曹）元理後歲復過（陳）廣漢……廣漢憨曰：'有蒼卒客，無蒼卒主人。'"《後漢書·馮衍傳》疏："昔在更始，太原執貨財之柄，居蒼卒之間，據位二十餘年。"唐、柳宗元《詠荊軻》詩："長虹吐白日，蒼卒反受誅。"宋、王安石《憶昨詩示諸外弟》詩："令人感嗟千萬緒，不忍蒼卒回驂騑。"

姓。《通志·氏族略四》："蒼氏，《風俗通》云：八凱蒼舒之後，漢有江夏太守蒼英，子孫遂爲江夏人。”

　　疊字雙音“蒼蒼”形況：一、深青色。《莊子·逍遙遊》：“天之蒼蒼，其正色邪。”《史記·天官書》：“正月，與斗、牽牛晨出東方，名曰監德。色蒼蒼有光。”宋、蘇軾《留題仙都觀》詩：“山前江水流浩浩，山上蒼蒼松柏老。”二、指天。漢、蔡琰《胡笳十八拍》：“泣血仰頭兮訴蒼蒼，胡爲生兮獨罹此殃。”唐、李白《酬殷明佐見贈五雲裘歌》：“爲君持此凌蒼蒼，上朝三十六玉皇。”明、張鳳翼《紅拂記·楊公完偶》：“告蒼蒼，願他籌添海屋，福祉似川長。”三、茂盛、衆多。《詩·秦風·蒹葭》：“蒹葭蒼蒼，白露爲霜。”毛傳：“蒼蒼，盛也。”三國、魏、曹植《贈白馬王彪》詩之二：“太谷何寥廓，山樹鬱蒼蒼。”唐、李華《吊古戰場文》：“蒼蒼蒸民，誰無父母。”四、灰白色，多況鬢髮灰白。《北齊書·盧文偉傳》：“詢祖初聞此言，實懷恐懼，見丈人蒼蒼在鬢，差以自安。”唐、白居易《賣炭翁》詩：“滿面塵灰煙火色，兩鬢蒼蒼十指黑。”五、謂鬢髮斑白。唐、韓愈《祭十二郎文》：“吾年未四十，而視茫茫，而髮蒼蒼，而齒牙動搖。”唐、許渾《韶州驛樓宴罷》詩：“簷外千帆背夕陽，歸心杳杳鬢蒼蒼。”六、茫無邊際。《淮南子·俶眞訓》：“渾渾蒼蒼，純樸未散。”五代、齊己《送人潤州尋兄弟》詩：“閒遊登北固，東望海蒼蒼。”明、沈采《千金記·解散》：“俺只見四野蒼蒼，又只見銀河朗朗，當此景教人眞可傷。”七、迷茫。南朝、梁、江淹《傷愛子賦》：“霧籠籠而帶樹，月蒼蒼而架林。”唐、韋應物《登樂遊廟》詩：“微鍾何處來，暮色忽蒼蒼。”明、何景明《與賈郡博宿夜話》詩：“蒼蒼季冬夕，悄悄昆蟲閉。”

　　蒼又讀 cǎng ㄘㄤ，《廣韻》麁郎切，上蕩清；陽部。莽蒼，野外的廣闊景色，引申爲近郊，並形容景色迷茫。《廣韻·蕩韻》：“蒼，莽蒼。”《莊子·逍遙遊》：“適莽蒼者，三飱而反，腹猶果然。”成玄英疏：“莽蒼，郊野之色，遙望之不甚分明也。”唐、孟郊《古別曲》詩：“荒郊煙莽蒼，曠野風淒切。”明、劉基《菩薩蠻》詞：“月上海門山，山河莽蒼間。”唐、陸德明《經典釋文》：“司馬（彪）云：‘莽蒼，近郊之色也。’李云：‘近野也。’”另有三義：一、空曠無際貌。漢、王充《論衡·變動》：“夫以果蓏之細，員圖易轉，去口不遠，至誠欲之，不能得也；況天去人高遠，其氣莽蒼無端末乎？”唐、杜牧《上宰相求湖州第二啟》：“如登高四望，但見莽蒼大野，荒墟廢壠，悵望寂然，不能自解。”宋、歐陽修《自岐江山行至平陸驛》詩：“蕭條斷煙火，莽蒼無人境。”明、徐弘祖《徐霞客遊記・滇遊日記十》：“遂引余從其寨之後東逾嶺，莽蒼無路，姑隨之行。”二、指迷茫的郊野或原野。唐、柳宗元《邕州柳中丞作馬退山茅亭記》：“是山崒然起於莽蒼之中。”宋、司馬光《和邵堯夫秋霽登石閣》詩：“目窮莽蒼纖毫盡，身得逍遙萬象閑。”三、形容文章詞氣充沛。明、胡應麟《詩藪・古體中》：“太沖《詠史》，骨力莽蒼，雖途轍稍岐，一代傑作也。”清、劉獻廷《廣陽雜記》卷四：“《邱邦士集》予未見，然當推躬菴爲第一，莽蒼浩瀚，有大氣以舉之。”

蒼莽：一、廣闊無邊的樣子。《韓詩外傳》卷四：“齊桓公問於管仲曰：‘王者何貴？’曰：‘貴天。’桓公仰而視天。管仲曰：‘所謂天，非蒼莽之天也；王者以百姓爲天。”唐、白居易《初入太行路》詩：“天冷日不光，太行峯蒼莽。”宋、蘇轍《黃樓賦》：“山川開闔，蒼莽千里。”清、劉獻廷《廣陽雜記》卷四：“漢水之西南，距大別之麓，皆湖渚，茭蘆菱芡，瀰漫蒼莽。”鄭澤《長沙謁烈士祠》詩：“詎唯百世興，浩氣凌蒼莽。”二、渺茫、迷茫。宋、葉適《戴少望書》：“說足下決以此月初三日行天下求世外之道……奈何以少得喪，一不當意，遂爲此等絕世自好，蒼莽不可知之事。”三、形容意境、心胸、思想等深廣、開闊的樣子。明、袁宏道《與丘長孺書》：“五七言古及諸絕句，古質蒼莽，氣韻沉雄。”清、厲鶚《東城雜記・城東倡和序》：“眺太伯、錢鏐之荒墟，弔陶朱、子胥之遺迹，意色蒼莽，襟神飛竦。”清、惲敬《與秦省吾書》：“侯君妙才，同攜遊屐，是以遙性遠興，蒼莽而來。”

蒚 ₀₅₂₂ 𦵏　艸得風皃。从艸風（⺀，風亦聲）。讀若婪。盧含切（lán ㄌㄢˊ）。

【譯白】蒚，草受風吹動的樣子。是依從連文成義艸風做主、從形旁，風也做爲聲旁構造而成的會意兼形聲字。蒚的音讀像“婪”字的音。

【述義】蒚，即風吹草動貌。段玉裁《說文解字注》、朱駿聲《說文通訓定聲》均作“从艸風，風亦聲”。朱駿聲《說文通訓定聲・臨部》：

"按《埤蒼》有嵐字，山風也；《郙阬碑》陰有'田嵐'；應璩詩'嵐山寒折骨。'又《廣韻》：'岢嵐，山名。嵐州，地名，近太康。'疑卽此薊字；山嵐則借爲嵒耳。"《玉篇·艸部》："薊，草動兒。"《集韻·東韻》："薊，艸偃風兒。"

萃 0523 艸（聚）兒。从艸，卒聲。讀若瘁。秦醉切（cuì ㄘㄨㄟˋ）。

【譯白】萃，草聚集生長的樣子。是依從艸做形旁，以卒爲聲旁構造而成的形聲字。萃字的音讀像"瘁"字的音。

【述義】草叢生貌。朱駿聲《說文通訓定聲·履部》："萃，按：草聚兒。"《集韻·夳韻》："萃，艸盛兒。"

引伸爲聚集、匯集。《易·萃》："彖曰：'萃，聚也。'"《左傳·宣公十二年》："楚師方壯，若萃於我，吾師必盡。"杜預注："萃，集也。"《楚辭·九歌·湘夫人》："鳥何萃兮蘋中，罾何爲兮木上。"王逸注："萃，集。"又《天問》："蒼鳥羣飛，孰使萃之？"《史記·吳太伯世家》："（季札）適晉，說趙文子、韓宣子、魏獻子曰：'晉國其萃於三家乎！'"宋、周密《齊東野語·謝惠國坐亡》："（謝惠國）萃先帝宸翰爲巨帙，曰《寶奎錄》。"北魏、楊衒之《洛陽伽藍記·城內·景樂寺》："飛空幻惑，世所未覩。異端奇術，總萃其中。"

猶羣、類，指聚在一起的人或物。《孟子·公孫丑上》："出於其類，拔乎其萃。"晉、陸機《謝平原內史表》："擢自羣萃，累蒙榮進。"

停止、棲止、止息。《詩·陳風·墓門》："墓門有梅，有鴞萃止。"《楚辭·天問》："北至回水，萃何喜？"王逸注："萃，止也。"《列仙傳·酒客》："解綬晨征，莫知所萃。"北魏、酈道元《水經注·洭水》："口已下東岸，有聖鼓杖，卽陽山之鼓杖也。橫在川側，雖衝波所激，未嘗移動。百鳥翔鳴，莫有萃者。"

至、到。《文選·張衡〈西京賦〉》："於是衆變盡，心醒醉。盤樂極，悵懷萃。"薛綜注："萃猶至也。"唐、韓愈《祭馬僕射文》："賀門未歸，弔廬已萃。未燕于堂，已哭于次。"

卦名，六十四卦之一，卦形爲䷬，坤下兌上。《易·萃》："萃，亨。王假有廟，利見大人。亨，利貞，用大牲，吉。利有攸往。"孔穎達疏："萃，卦名也。"唐、陸德明《經典釋文》："彖及序卦皆云聚也。"

通"顇"，憔悴。"顇"，悴的異體字。朱駿聲《說文通訓定聲・履部》："萃，叚借爲顇。"《左傳・成公九年》："雖有姬姜，無棄蕉萃。"楊伯峻注："蕉萃卽憔悴，面色枯槁貌。"《荀子・富國》："勞苦頓萃而愈無功。"楊倞注："萃，與顇同。"《論衡・異虛》："睹秋之零實，知冬之枯萃。"三國、曹操《表論田疇功》："幽州始擾，胡漢交萃。"

通"倅"，副職。《集韻・隊韻》："倅，副也，或作萃。"《周禮・春官・車僕》："車僕，掌戎路之萃。"鄭玄注："萃，猶副也。"孫詒讓正義："《戎僕》：'掌王倅車之政。'注云：'倅，副也。'萃、倅字通。"

疊字雙音"萃萃"形況：一、聚積貌。清、黃景仁《大雷雨過太湖》詩："東西閃爍雲四結，如波萃萃如霞封。"二、崒崒，巍巍高大貌；萃，通"崒"。唐、姚幹《謁華山岳廟賦》："祠肅肅兮山之下，神萃萃兮凜千古。"

蒔 ₀₅₂₄ 𦿚　更別種。从艸，時聲。時吏切（shì ㄕˋ）。

【譯白】蒔，把作物從出生的原土壤裏分別移到其他的土壤上重新栽植。是依從艸做形㫄，以時爲聲㫄構造而成的形聲字。

【述義】移栽、分種。段玉裁《說文解字注》："今江蘇人移秧插田中曰蒔秧。"北魏、賈思勰《齊民要術・種穀楮》："移栽者，二月蒔之。"宋、楊萬里《插秧歌》詩："秧根未牢蒔未匝。"

播種、種植。《書・堯典》："播時百穀。"漢、鄭玄注："種蒔五穀以救活之。"《廣雅・釋地》："蒔，種也。"王念孫疏證："蒔，殖聲相近，故播殖亦謂之播蒔。"晉、左思《魏都賦》："水澍稉稌，陸蒔稷黍。"唐、柳宗元《種樹郭橐駝傳》："其蒔也若子，其置也若棄，則其天者全而其性得矣。"明、袁宏道《與黃平倩》："蒔花種竹，賦詩聽曲，評古董眞贋，論山水佳惡，亦自快活度日。"

樹立。《方言》卷十二："蒔，立也。"《廣雅・釋詁四上》："蒔，立也。"王念孫疏證："殖、蒔、置，聲近而義同。"

蒔又讀 shí ㄕˊ，《廣韻》市之切，平之禪。蒔蘿，也稱"小茴香"；出佛誓國，氣味香辛；爲傘形科一年或多年生草本植物，羽狀複葉，花小形，黃色；果實橢圓形，用以調味，可提芳香油，亦可入藥。《廣韻・之韻》：“蒔，蒔蘿子。”《本草綱目・菜部》：“蒔蘿，蘇頌曰：今嶺南及近道皆有之；三月、四月生苗，花實大，類蛇牀而簇生，辛香；六七月采實，今人多用和五味。”《警世通言・況太守斷死孩兒》：“分明惡草蒔蘿，也甚名花登架去。”

苗 0525　畄　艸生於田者。从艸，从田（从艸田）。武鑣切（miáo　ㄇㄧㄠˊ）。

【譯白】苗，草本作物生長在田中的幼株。是分別依從艸，依從田做主、從形旁並峙爲義構造而成的會意字（是依從連文成義的艸田做主、從形旁構造而成的會意字）。

【述義】禾類作物的幼株，亦指尚未開花結實的禾類作物。段玉裁《說文解字注》作“从艸田”。《詩・王風・黍離》：“彼黍離離，彼稷之苗。”孔穎達疏：“苗，謂禾未秀。”《論語・子罕》：“苗而不秀者有矣夫。”《公羊傳・莊公七年》：“無麥苗，無苗。”何休注：“苗者，禾也；生曰苗，秀曰禾；”《孟子・盡心下》：“惡莠，恐其亂苗也。”按“苗而不秀”，後人用以比喻人早夭。《世說新語・賞譽》：“（王）戎子萬子，有大成之風，苗而不秀。”劉孝標注引《晉諸公贊》：“王綏字萬子，年十九卒。”

　　泛指一般植物之初生者，亦專指某些蔬菜的嫩莖或嫩葉。如：樹苗、蒜苗、豆苗。《正字通・艸部》：“苗，凡草始生皆曰苗。”晉、左思《詠史八首》詩之二：“鬱鬱澗底松，離離山上苗。”宋、劉克莊《沁園春・二鹿》詩：“藥苗可采，長伴龐公。”

　　指禾穀之實。《詩・魏風・碩鼠》：“碩鼠碩鼠，無食我苗。”毛傳：“苗，嘉穀也。”孔穎達疏：“謂穀實也；穀生於苗，故言苗以韻句。”

　　古稱夏季田獵。《爾雅・釋天》：“夏獵爲苗。”郭璞注：“爲苗稼除害。”《詩・小雅・車攻》：“之子于苗，選徒囂囂。”毛傳：“夏獵曰苗。”《左傳・隱公五年》：“故春蒐、夏苗、秋獮、冬狩，皆於農隙以講事也。”一說春獵爲苗。《公羊傳・桓公四年》：“春曰苗，秋曰蒐，冬曰狩。”

　　後裔、後代、子孫。《廣雅・釋詁一》：“苗，末也。”王念孫疏證：“禾木始生曰苗，對本言之則爲末也，苗猶杪也。”《楚辭・離騷》：“帝高陽之苗裔兮，朕皇考曰伯庸。”朱熹注：“苗裔，遠孫也。苗者，草之莖葉，根所生也；裔者，衣裾之末，衣之餘也。故以爲遠末之孫之稱也。”《東觀漢記・光武帝紀》：“漢雖唐之苗，堯以歷數命舜，高祖赤龍大德，承運而起。”《三國志・蜀志・諸葛亮傳》：“大王劉氏苗族，紹世而起。”《隸釋・漢國三老袁良碑》：“厥先舜苗，世爲封君。”隋、江總《梁故度支尚書陸君誄》：“嫣苗碩茂，完裔繁昌。”《李翊碑》：“其先出自箕子之苗。”

指某些初生的動物。如：豬苗、魚苗。宋、陸游《初夏道中》詩：“日薄人家晒蠶子，雨餘山客買魚苗。”《本草綱目・鱗部・魚子》：“凡魚皆冬月孕子，至春末夏初則於湍水草際生子……數日卽化出，謂之魚苗。”

民衆。《廣雅・釋詁三》：“苗，衆也。”漢、揚雄《法言・重黎》：“若秦、楚彊閱震樸，胎藉三正，播其虐於黎苗，子弟且欲喪之，況於民乎！”《後漢書・和熹鄧皇后紀》：“損膳解驂，以贍黎苗。”李賢注引《廣雅》：“苗，衆也。”

夭折。《後漢書・章帝八王傳贊》：“振振子孫，或秀或苗。”李賢注：“苗謂早夭，秀謂成長也。”

開端，事物的初生迹象。唐、白居易《讀張籍古樂府》詩：“言者志之苗，行者文之根。”《古今小說・沈小霞相會出師表》：“天子重權豪，開言惹禍苗。”

指微露迹象的礦脈。《金史・食貨志三》：“遣使分路訪察銅礦苗脈。”

指事物的因由、端緒、預兆。章炳麟《新方言・釋器》：“茅，今語爲苗，諸細物爲全部耑兆及標準者，皆謂之苗，或云苗頭；今俗言事之端緒每云苗頭是也。”《醒世姻緣傳》第九七回：“或是哄偺先脫了衣裳睡下，或是他推說有事，比偺先要起來，這就是待打偺的苗頭來了。”

通“茅”。清、段玉裁《說文解字注》：“苗，古或假苗爲茅。”《儀禮・士相見禮》：“在野，則曰‘草茅之臣。’”漢、鄭玄注：“古文茅作苗。”《洛陽伽藍記・建春門》：“柰林南有石碑一所，魏明帝所立也，題云‘苗茨之碑’。高祖於碑北作‘苗茨堂’。”

輕慢。《廣雅‧釋詁三》："苗，傷也。"

求。《廣韻‧宵韻》："苗，求也。"

量詞。宋、孔平仲《孔氏談苑‧眞宗因夢得蔡齊》："眞宗臨軒策士，夜夢下有菜一苗甚盛，與殿基相高。"《兒女英雄傳》第二九回："桌上一個陽羨沙盆兒，種着幾苗水仙。"

形狀像苗的；如：火苗兒。

疫苗，能使機體產生免疫力的微生物製劑。如：卡介苗，牛痘苗。

古代部族名，亦稱三苗、有苗。《書‧舜典》："竄三苗于三危。"又《大禹謨》："苗民逆命……帝乃誕敷文德，舞干羽于兩階，七旬，有苗格。"《國語‧周語下》："王無亦鑒于黎、苗之王、下及夏、商之季。"韋昭注："苗，三苗。"今分佈于貴州、雲南、四川、湖南、廣西、廣東等地少數民族名苗族；相傳爲古代三苗部族之後。唐、宋之問《洞庭湖》詩："張樂軒皇至，征苗夏禹徂。"

古邑名，春秋晉地，在今河南省濟源縣西。《左傳‧襄公二十六年》："若敖之亂，伯賁之子賁皇奔晉，晉人予之苗。"杜預注："苗，晉地。"

姓。《通志‧氏族略三》："苗氏，芈姓，楚大夫伯棼之後，伯棼以罪誅，其子賁皇奔晉，晉人予之苗，因以爲氏；漢有長水尉苗浦，王莽時有苗訢，東晉有苗願。"

方言：一、量詞，棵、枚；如：一苗草、一苗樹、一苗蔥、一苗針。山西運城、襄汾、曲沃、芮城、嵐縣、五寨、四川成都一帶方言。二、形容詞，謂小孩不柔順；如：那孩子挺苗，不大好管。北京方言。三、形容詞，謂野蠻、粗魯、不通情理、古怪；她苗死了，不象個人；他的脾氣苗得很；這個娃娃苗呢很。又罵人不通情理曰苗眉苗眼或苗頭苗腦，源自對苗族人的岐視。貴州沿河、大方、雲南昆明一帶方言。四、形容詞，謂不靈達。姜亮夫《昭通方言疏證‧釋詞》："昭人謂不靈達曰苗。"雲南昭通方言。五、形容詞，形容說話夾有外地口音；如：你才在外頭跑了幾年，說話都是苗的了。四川成都一帶方言。六、動詞，謂窺視、略略一看，同"瞄"，贛語、湖北蒲圻一帶方言。如：我最討厭他個，他一日到黑晃來晃去，我苗都懶苗得一眼。七、名詞，戲耍的聲音，雲南昭通一帶方言。姜亮夫《昭通方言疏證‧釋詞》：

"窺面相戲之聲。今昭人以手蒙面忽去之發聲曰苗……戲小兒之聲也。"八、名詞，"苗頭"：1、謂端緒、預兆、因由。章炳麟《新方言·釋器》："茅，明也……今語爲苗；諸細物爲全部端兆及標準者皆謂之苗，或云苗頭；今俗言事之端緒每云苗頭是也。"2、指本領、能耐、門路、辦法；上海一帶方言。3、來頭；上海一帶方言；如：這個人苗頭蠻粗。九、名詞，"苗子"：1、指苗木、初生的種子植物。2、謂苗兒、苗頭。3、指傳宗接代的子女；如：他家只有這個獨苗子。4、說野蠻、粗魯的人；爲貴州沿河一帶方言。5、對苗族人的蔑稱。6、浙江寧波一帶稱長矛爲苗子。應鍾《甬言稽詁·釋器》："甬俗呼長矛爲長苗，或稱苗子。"十、名詞，"苗兒"，謂苗頭，卽略微顯露的發展的趨勢或情況；爲河南、河北、山東一帶方言。亦稱容貌；爲湖北浠水一帶方言。又指頭髮；爲山西理髮社羣行話。十一、名詞，"苗信"，謂影子、迹象、信息。陳紀瀅《荻村傳》："已經十年了，連一點苗信也沒，難道神不如人嗎？"十二、名詞，"苗苗"，指幼苗，又稱子女。如河南鄭州方言：這些草芽芽嫩苗苗，誰都喜愛。四川成都方言：他還是鄭家的一根獨苗苗。又謂幼子；雲南昭通一帶方言。姜亮夫《昭通方言疏證·釋人》："昭人謂幼子曰苗苗。"

苛　0526　𦭞　小艸也。从艸，可聲。乎哥切（kē ㄎㄜ）。

【譯白】苛，細小的草。是依從艸做形旁，以可爲聲旁構造而成的形聲字。

【述義】細草叢生貌。《玉篇·艸部》："苛，小草生兒。"徐灝《說文解字注箋》："苛者，小草叢雜之義，引申爲細碎之稱。"

　　煩瑣、繁細。《莊子·天下》："君子不爲苛察。"《史記·高祖本紀》："（沛公）還軍霸上。召諸縣父老豪桀曰：'父老苦秦苛法久矣，誹謗者族，偶語者棄市。'"又《韓長孺列傳》："今太后以小節苛禮責望梁王。"《漢書·韓信傳》："大王之入武關，秋豪亡所害，除秦苛法，與民約，法三章耳。"又《欒布傳》："彭王病不行，而疑以爲反，反形未見，以苛細誅之，臣恐功臣人人自危也。"《後漢書·宣秉傳》："明年，遷司隸校尉，務舉大綱，簡略苛細，百僚敬之。"《新唐書·卓行傳·陽城》："它諫官論事苛細紛紛，帝厭苦。"

苛刻、狠虐、嚴厲。《禮記·檀弓下》：“苛政猛於虎也。”《荀子·富國》：“重田野之稅以奪之食，苛關市之征以難其事。”《史記·李將軍列傳》：“寬緩不苛，士以此愛樂爲用。”《毛詩序》：“哀刑政之苛。”唐、陸德明《經典釋文》：“苛，虐也。”唐、李白《溧陽瀨水貞義女碑銘》：“平王虐忠助讒，苛虐厥政。”

騷擾。《國語·晉語一》：“皋落狄之朝夕苛我邊鄙，使無日以牧田野。”韋昭注：“苛，擾也。”

沉重、麻痹。《素問·至眞要大論》：“筋肉拘苛，血脈凝泣。”王冰注：“拘，急也。苛，重也。”又《逆調論》：“人之肉苛者，雖近衣絮，猶尚苛也。”王冰注：“苛謂瘖重，身用志不應，志爲身不親，兩者似不相有也。”

急切。《集韻·歌韻》：“苛，急也。”《文選·陸機〈從軍行〉》：“隆暑固已慘，涼風嚴且苛。”李善注：“宋均《春秋緯》注曰：‘苛者，切也。’”

通“疴”，病患。清、朱駿聲《說文通訓定聲·隨部》：“苛，叚借爲疴。”《呂氏春秋·審時》：“殄氣不入，身無苛殃。”高誘注：“苛，病。”《禮記·內則》：“疾痛苛癢。”鄭玄注：“苛，疥也。”《素問·四氣調神大論》：“故陰陽四時者，萬物之終始也，死生之本也；逆之則災害生，從之則苛疾不起。”楊樹達《積微居讀書記·讀〈呂氏春秋〉札記·知接篇》：“‘常之巫審於死生，能去苛病’，愚謂‘苛’當讀爲‘疴’……苛以聲類同通假耳。”苛癢，疥瘡，一種刺癢的皮膚病。《禮記·內則》：“疾痛苛癢，而敬抑搔之。”鄭玄注：“苛，疥也。”唐、劉禹錫《鑒藥》：“予受藥以餌，過信而骹能輕，痹能和，涉旬而苛癢絕焉，抑搔罷焉。”亦用以比喻疾苦。宋、黃庭堅《跋王荆公惠李伯牖錢帖》：“荆公不甚知人疾痛苛癢，于伯牖有此賙邮，非常之賜也。”苛殃，疾病和災患。《亢倉子·農道》：“庶穀盡宜，從而食之，使人四衛變強，耳目聰明，凶氣不入，身無苛殃。”《呂氏春秋·審時》：“是故得時之稼，其臭香，其味甘，其氣章，百日食之，耳目聰明，心意叡智，四衛變強，殄氣不入，身無苛殃。”

姓。《萬姓統譜·歌韻》：“苛，漢、苛異；見《印藪》。”

苛又讀 hē ㄏㄜ，《集韻》虎何切，平歌曉；歌部。通“訶”，責問的意思。《方言》卷二："苛,怒也。"朱駿聲《說文通訓定聲·隨部》："苛,叚借爲訶。"《周禮·夏官·射人》："不敬者,苛罰之。"鄭玄注："苛,謂詰問也。"《墨子·號令》："分里爲四部,部一長,以苛往來。"《淮南子·說林訓》："有爲則議,多事固苛。"高誘注："蘇秦爲多事之人,故見議見苛也。"王念孫《讀書雜志·淮南子內篇十四》："苛與訶同。"《漢書·王莽傳中》："吏民出入,持布錢以副符傳,不持者,廚傳勿舍,關津苛留。"顏師古注："苛,問也。"漢、桓寬《鹽鐵論·刑德》："乘騎車馬行馳道中,吏舉苛而不止,以爲盜馬,而罪亦死。"

蕪 0527 𧂇 薉也。从艸,無聲。武扶切(wú ㄨˊ)。

【譯白】蕪,不除雜草以致田地荒廢。是依從艸做形旁,以無爲聲旁構造而成的形聲字。

【述義】徐灝《說文解字注箋》："無、蕪蓋本一字,因無借爲語詞,又增艸做蕪耳。豐蕪與蕪薉兼美惡二義,猶亂訓爲治,徂訓爲存耳。"許愼以"蕪"、"薉(下一字)"互訓。王逸注："不治曰蕪,多草曰薉。"

田地荒廢,野草叢生。《老子》第五十三章:"田甚蕪,倉甚虛。"《墨子·耕柱》:"楚四竟之田,曠蕪而不可勝辟。"《楚辭·招魂》:"主此盛德兮,牽於俗而蕪穢。"王逸注:"不治曰蕪,多草曰穢(薉)。"晉、陶潛《歸去來兮辭》:"歸去來兮,田園將蕪,胡不歸!"唐、元稹《苦語》詩:"江瘴氣候惡,庭空田地蕪。"清、顧炎武《菰中隨筆》:"庭除甚蕪,堂廡甚殘。"

叢生的雜草。《小爾雅·廣言》:"蕪,草也。"南朝、宋、顏延之《秋胡》詩:"寢興日已寒,白露生庭蕪。"唐、白居易《東南行一百韻》詩:"九派吞青草,孤城覆綠蕪。"唐、許渾《咸陽城東樓》詩:"鳥下綠蕪秦苑夕,蟬鳴黃葉漢宮秋。"宋、陸游《野飲》詩:"平堤漸放春蕪綠,細浪遙翻夕照紅。"元、薩都剌《賞心亭懷古》詩:"景陽宮井綠蕪深,空有楊花暗御林。"《徐霞客遊記·滇遊日記十一》:"有澄池一圓……在平蕪中而獨不爲蕪翳。"

雜亂、繁雜。漢、劉向《九歎·怨思》:"孽臣之號咷兮,本朝蕪而不治。"南朝、宋、劉義慶《世說新語·文學》:"孫興公云:

'潘文淺而淨，陸文深而蕪。'"《晉書·王隱傳》："隱雖好著述，而文辭鄙拙，蕪舛不倫。"隋、王通《中說·天地》："大義之蕪甚矣，《詩》《書》可以不續乎？"唐、劉知幾《史通·六家》："況《通史》以降，蕪累尤深，遂使學者寧習本書，而怠窺新錄。"又《表曆》："文尚簡要，語惡煩蕪，何必款曲重沓，方稱周備。"《舊唐書·馬周傳》："揚榷古今，舉要刪蕪。"宋、趙令時《商調蝶戀花》詞："奉勞歌伴，先定格調，後聽蕪詞。"

姓。《萬姓統譜·虞韻》："蕪，本朝蕪恕，平山人，宣德中任江陰大使。"

蕪又讀wǔ ㄨˇ，《集韻》罔甫切，上麌微；魚部。豐盛的意思。《爾雅·釋詁上》："蕪，豐也。"郝懿行義疏："蕪者，橆之叚音也。《說文》云：'橆，豐也。'引《商書》曰：'庶艸繁橆。'隸變作無，通作蕪，故《爾雅釋文》云：'蕪，蕃滋生長也，古本作橆。'"

疊字雙音"蕪蕪"形況：草木叢集貌。南朝、齊、謝朓《遊後園賦》："上蕪蕪以蔭景，下田田兮被縠。"

薉　0528　𤯂　蕪也。从艸，歲聲。於癈切（huì ㄏㄨㄟˋ）。

【譯白】薉，不治田地以致雜草叢生。是依從艸做形旁，以歲爲聲旁構造而成的形聲字。

【述義】田地荒薉、雜草多。《荀子·天論》："田薉稼惡，糴貴民飢。"《資治通鑑·晉武帝咸寧二年》："臨平湖自漢末薉塞。長老言：'此湖塞，天下亂；此湖開，天下平。'"元、王禎《農書·墾耕篇》："若諸色種子，年年揀淨，別無稗莠，數年之間，可無荒薉。"

借指雜草。《周禮·考工記·總敍》漢、鄭玄注："粵地塗泥，多草薉。"《齊民要術·種穀》："薉若盛者，先鋤一遍，然後納種，乃佳也。"唐、柳宗元《永州崔中丞萬石堂記》："於是刜闢朽壤，翦焚榛薉。"

惡行。《玉篇·艸部》："薉，行之惡也。"

同"穢"；引申爲汙穢、骯髒、不乾淨。《荀子·王霸》："涂薉則塞。"《楚辭·劉向〈九歎·愍命〉》："情純潔而罔薉兮，姿盛質而無愆。"王逸注："言志意潔白，身無瑕穢；姿質茂盛，行無過失也。"洪興祖補注："薉，與穢同。"《清史稿·列女傳一》："躬薉賤，十餘年不息。”

　　通“竅”，孔穴。漢、揚雄《太玄‧太攡》：“其上也縣天，下也淪淵，纖也入薉，廣也包畛。”俞樾《諸子平議‧揚子〈太玄〉》：“‘纖也入薉’，‘薉’字無義，當讀爲‘竅’。《說文‧大部》：‘竅，空大也。’《玉篇‧大部》：‘竅，空也。’空與孔同，謂其纖細者可入乎孔穴之中也。”

　　古代少數民族名。《集韻‧廢韻》：“濊，濊貊，東夷國名，通作薉。”《漢書‧夏侯勝傳》：“東定薉、貉、朝鮮。”顏師古注引張晏曰：“薉也，貉也，在遼東之東。”

　　疊字雙音“薉薉”形況：雜草繁蕪。清、魏源《武夷九曲》詩之三：“奇峯四蒼蒼，平原十薉薉。”

　　“薉孽”，醜惡的妖孽。《荀子‧大略》：“交譎之人，妒昧之臣，國之薉孽也。”楊倞注：“薉，與穢同；孽，祅孽，言終爲國之災害也。”

荒(荒) 0529　　蕪也。从艸，巟聲。一曰：艸淹(掩)地也。呼光切（huāng ㄏㄨㄤ）。

【譯白】荒，田地不治叢生雜草。是依從艸做形旁，以巟爲聲旁構造而成的形聲字。另一義說：荒是雜草掩蔽田地。

【述義】段玉裁《說文解字注》“淹”作“掩”；掩，遮蔽的意思；所以“艸淹地”也。

　　田地雜草叢生，無人耕種。《韓非子‧解老》：“獄訟繁則田荒，田荒則府倉虛。”《周禮‧夏官‧大司馬》：“野荒民散。”鄭玄注：“荒，蕪也。”《荀子‧富國》：“故田野荒而倉廩實，百姓虛而府庫滿，夫是之謂國蹙。”《禮記‧曲禮上》：“地廣大，荒而不治。”鄭玄注：“荒，穢也。”晉、陶潛《歸去來兮辭》：“三徑就荒，松菊猶存。”又《歸園田居五首》詩之一：“開荒南野際，守拙歸園田。”《資治通鑑‧後唐明宗長興三年》：“除民田荒絕者租稅。”胡三省注：“荒者有主而不耕。”又指荒野、未開墾的荒地。《書‧微子》：“吾家耄遜于荒。”孔傳：“在家耄亂，故欲遜出於荒野。”《晉書‧良吏傳‧王宏》：“督勸開荒五千餘頃，而熟田常課頃畝不減。”唐、聶夷中《田家》詩：“父耕原上田，子斸山下荒。”元、許恕《田舍寫懷》詩：“開荒臨水驛，草蔓何深。”

掩、覆蓋。《爾雅·釋言》：“荒，奄也。”《詩·周南·樛木》：“南有樛木，葛藟荒之。”毛傳：“荒，奄也。”

荒廢、棄置。《書·盤庚中》：“明聽朕言，無荒失朕命。”孔傳：“荒，廢。”《鹽鐵論·本議》：“國有沃野之饒而民不足於食者，工商盛而本業荒也。”唐、韓愈《進學解》：“業精于勤荒于嬉，行成于思毀于隨。”元、劉祁《歸潛志》卷十三：“仁宗者次子立，以用非其人，政荒，爲回紇所滅。”《儒林外史》第四六回：“（這先生）又好弄這些雜學，荒了正務。”

虛、空。《詩·大雅·桑柔》：“哀恫中國，具贅卒荒。”毛傳：“荒，虛也。”鄭玄箋：“皆見係屬於兵役，家家空虛。”《國語·吳語》：“吳王乃許之，荒成不盟。”韋昭注：“荒，空也。”《太玄·玄蜺》：“鬼神耗荒。”范望注：“荒，虛也。”

包括、據有。《詩·魯頌·閟宮》：“奄有龜蒙，遂荒大東。”毛傳：“荒，有也。”北周、庾信《周使持節大將軍廣化郡開國公丘乃敦崇傳》：“高丞相驅率風雲，奄荒齊晉。”唐、李白《鞠歌行》詩：“一舉釣六合，遂荒營邱東。”宋、岳珂《金陀粹編》卷二十七：“遂荒全國裂土而王之。”清、龔自珍《題吳南薌東方三大圖》詩：“禽父始宅奄，猶未荒大東。”

擴大、開拓。《詩·周頌·天作》：“天作高山，大王荒之。”毛傳：“荒，大也。”《左傳·昭公七年》：“周文王之法曰‘有亡荒閱’，所以得天下也。”杜預注：“荒，大也；閱，蒐也。有亡當大蒐其衆。”《漢書·敍傳下》：“靡法靡度，民肆其詐，偪上并下，荒殖其貨。”顏師古注：“荒，大也。”宋、陸游《稽山行》詩：“千里亙大野，句踐之所荒。”

亡、敗亡。《書·微子》：“天毒降災荒殷邦。”孫星衍疏：“史遷‘荒’作‘亡’。”《管子·宙合》：“毋訪于佞，毋蓄于諂，毋育于凶，毋監于讒。不正，廣其荒。”《逸周書·大明武解》：“靡敵不荒，陣若雲布，侵若風行。”孔晁注：“荒，敗也。”漢、揚雄《太玄·內》：“內不克婦，荒家及國，涉深不可測。”范望注：“婦而不勝，故家亡，家亡及國，故不可深豫測也。”

沉溺，謂縱欲迷亂、逸樂過度。《書・五子之歌》：“內作色荒，外作禽荒。”孔傳：“迷亂曰荒。”孔穎達疏：“好色好田則精神迷亂，故迷亂曰荒。”《詩・唐風・蟋蟀》：“好樂無荒，良士瞿瞿。”《孟子・梁惠王下》：“從獸無厭謂之荒，樂酒無厭謂之亡。”唐、吳兢《貞觀政要・刑法》：“內荒伐人性，外荒蕩人心。”《金史・撒改傳》：“遼主荒于遊畋，政事怠廢。”清、唐甄《潛書・任相》：“（莊烈皇帝）憂勤十七年，無酒色之荒、晏遊之樂。”

凶年、收成不好、歉收。《爾雅・釋天》：“果不熟爲荒。”《周禮・天官・大宰》：“以九式均節財用……三曰喪荒之式。”鄭玄注：“荒，凶年也。”《韓詩外傳》卷八：“三穀不升謂之饉，四穀不升謂之荒。”《韓非子・六反》：“天饑歲荒。”晉、葛洪《抱朴子・鈞世》：“（古書）經荒歷亂，埋藏積久，簡編朽絕，亡失者多。”《警世通言・金令史美婢酬秀童》：“到七八月裏，卻又個把月不下雨，做了個秋旱，雖不至全荒，卻也是個半荒。”清、魏源《吳農備荒議上》：“救荒不如備荒，備荒莫如急農時。”太平天國《天朝田畝制度》：“凡天下田豐荒相通……彼處荒則移此豐處，以賑彼荒處。”又泛指災害，即災荒。如：蝗荒、旱荒等。亦引伸指事物嚴重缺乏，如：水荒，糧荒、人才荒。

昏暗。《莊子・在宥》：“日月之光，益以荒矣。”漢、司馬相如《長門賦》：“澹偃蹇而待曙兮，荒亭亭而復明。”

古代稱離王都最遠處爲“荒服”，亦泛指邊地，遠方。《書・禹貢》把古代王都以外的地方分爲甸、侯、綏、要、荒五服、荒服最遠。《書・禹貢》：“五百里荒服。”孔傳：“要服外之五百里言荒。”《關尹子・四符》：“知夫此物如夢中物，隨情所見者，可以凝精作物，而駕八荒。”《楚辭・離騷》：“忽反顧以遊目兮，將往觀乎四荒。”《史記・周本紀》：“夷蠻要服，戎翟荒服。”漢、賈誼《過秦論》：“（秦孝公）有囊括四海之意，并吞八荒之心。”《漢書・項籍傳贊》：“并吞八荒之心。”顏師古注：“八荒，八方荒忽極遠之地也。”《三國志・魏志・陳留王奐傳》：“乞賜褒獎，以慰邊荒。”唐、陳子昂《白帝城懷古》詩：“荒服仍周甸，深山尚禹功。”唐、韓愈《調張籍》詩：“我願生兩翅，捕逐出八荒。”宋、蘇軾《吾謫海南子由雷州作此詩示之》詩：“天其以我爲箕子，要使此意留要荒。”《三國演義》第九十一回：“我奉王命，問罪遐荒。”清、孔尚任《桃花扇·閏丁》：“急將吾黨鳴鼓傳，攻之必遠，屏荒服不與同州縣，投豺虎只當聞豬犬。”清、王韜《〈淞隱漫錄〉自序》：“然今西人足跡，遍及窮荒，凡屬圓顱方足，戴天而履地者，無所謂奇形怪狀如彼所云者。”亦指久遠。唐、李賀《致酒行》詩：“吾聞馬周昔作新豐客，天荒地老無人識。”又爲偏僻、冷落。如：荒郊野外，一片荒涼。《北史·魏紀三·孝文帝》：“庚寅，詔雍州士人百年以上，假華郡太守；九十以上，假荒郡。”

匱乏、缺少。宋、林逋《寄曹南任懶夫》詩：“道深玄草在，貧久褐衣荒。”《宋史·蘇軾傳》：“免役之害，掊斂民財，十室九空，斂聚於上，而下有錢荒之患。”

昏聵。《孔子家語·辯樂》：“若非有司失其傳，則武王之志荒矣。”金、王若虛《君事實辨上》：“利一時之貲而貽後日之悔，知守法於其終而不知防患於其效，武帝之志荒矣。”

不合情理的，不確鑿的。《晉書·祖逖傳》：“（祖逖）與司空劉琨俱爲司州主簿，情好綢繆，共被同寢；中夜聞荒雞鳴，蹴琨覺曰：‘此非惡聲也。’因起舞。”宋、蘇轍《論冬溫無冰札子》：“兼其人物凡猥，學術荒謬，而寘之太常禮樂之地，命下之日，士人無不掩口竊笑。”唐、李白《大獵賦》：“哂穆王之荒誕，歌《白雲》於西母。”宋、歐陽修《菱溪大石》詩：“爭奇鬥異各取勝，遂至荒誕無根源。”明、袁宏道《馮琢庵師》：“舍師不言，更有誰可言者？故敢不避荒謬，直陳膚見，惟師矜其愚而教之。”明、郎瑛《七修類稿·義禮類·荒親》：“吾杭有荒親之禮，詢之四方皆同。蓋以父母死不得成親，而於垂死之日，卽講親迎之禮；有至親沒而禁家人舉哀以爲之者。”清、戴名世《老子論上》：“其尤荒謬不通者，輪迴生死之說，而愚人信之。”清、紀昀《閱微草堂筆記·灤陽消夏錄六》：“雖語頗荒誕，似出寓言；然神道設教，使人知畏，亦警世之苦心，未可繩以妄語戒也。”《紅樓夢》第一百回：“前兩天還聽見一個荒信，說是南邊的公分當鋪也因爲折了本兒收了。”又成色不足的。《警世通言·鈍秀才一朝交泰》：“老夫帶得三兩荒銀，權爲程敬。”

工業上未經過精細加工的，稱爲荒子、荒薄板坯，是引申義。

通"慌"，驚慌、急迫。三國、魏、劉劭《人物志·八觀》："憂患之色，乏而且荒。"唐、盧藏用《陳子昂別傳》："（段簡）將欲害之，子昂荒懼，使家人納錢二十萬。"《劉知遠諸宮調·知遠別三娘太原投事》："知遠廳（聽）得道好驚荒，別了三翁急出祠堂。"明、高則誠《琵琶記》第四十一齣："心荒步緊。"《警世通言·錢舍人題詩燕子樓》："忽值公相到來，妾荒急匿身於此，以蔽醜惡。"《平妖傳》第十四回："只聽得有人高叫道：'你們在此舉事謀反麽？'王則驚得心荒膽落。"

蒙覆柩車的柳衣（棺罩）。《周禮·天官·縫人》："衣翣柳之材。"清、孫詒讓正義："案凡覆柩車者，上曰柳，下曰牆，柳衣謂之荒，牆衣謂之帷。"《禮記·喪大記》："飾棺，君龍帷……黼荒。"鄭玄注："飾棺者以華道路及壙中，不欲衆惡其親也。荒，蒙也；在旁曰帷，在上曰荒，皆所以衣柳也。"漢、桓寬《鹽鐵論·散不足》："今富者繡牆題湊，中者梓棺梗椁，貧者畫荒衣袍，繒囊緹橐。"

破爛、廢棄物。如：拾荒、撿荒者。

通"肓"；古代醫家稱心臟與膈膜之間的部位。《史記·扁鵲倉公列傳》："搦髓腦，揲荒爪幕。"司馬貞索隱："荒，膏荒也。"

姓。《通志·氏族略五》："荒氏，見《姓苑》，無定望。"

疊字雙音"荒荒"形況：一、驚擾貌；荒，通"慌"。《宣和遺事》前集："當初只爲五代時分，天下荒荒離亂，朝屬梁而暮屬晉，干戈不息。"元、關漢卿《單刀會》第三折："那時節天下荒荒，恰周秦早屬了劉項，分君臣先到咸陽。"亦指匆忙、倉促。《警世通言·福祿壽三星度世》："卻說劉本道沿着江岸，荒荒走去，從三更起，仿佛至五更，走得腿腳酸疼。"二、蕭條、冷落。明、方孝孺《祭童伯禮》："荒荒我里，士習日陋。誰能易之？力不能救。"清、蒲松齡《聊齋志異·雲翠仙》："（樵人）舁歸其家。至則門洞敞，家荒荒如敗寺。"清、虞名《指南公·舉義》："倏倏兩世，荒荒一丘。"

荒又讀 huǎng ㄏㄨㄤ，《集韻》虎晃切，上蕩曉。一、同"慌"；模糊、不眞切。《集韻·蕩韻》："慌，昏也。或作荒。"《楚辭·九歌·湘夫人》："荒忽兮遠望，觀流水兮潺湲。"洪興祖補注："荒忽，不分明之貌。”漢、王充《論衡‧論死》：“鬼者歸也，神者荒忽無形者也。”《文選‧張衡〈思玄賦〉》：“追荒忽於地底兮，軼無形而上浮。”李善注：“荒忽，幽昧貌。”按《後漢書‧張衡傳》作“慌”。唐、柳宗元《弔屈原文》：“願荒忽之顧懷兮，冀陳辭而有光。”清、潘耒《華峯頂》詩：“渺茫夸閬苑，荒忽求蓬萊。”二、神思不定貌。《後漢書‧下邳惠王衍傳》：“衍後病荒忽。”《資治通鑑‧漢王莽始建國元年》：“（莽妻）生四男；宇獲前誅死，安頗荒忽，乃以臨爲皇太子，安爲新嘉辟。”

　　疊字雙音“荒荒”形況：一、黯淡迷茫貌。唐、杜甫《漫成》詩之一：“野日荒荒白，春流泯泯清。”宋、洪邁《夷堅乙志‧趙小哥》：“（趙小哥）狀貌短小，目視荒荒，有白膜蒙其上。”清、黃景仁《水調歌頭‧岳陽樓》詞：“一曲湘靈鼓罷，再聽汜人歌盡，天老月荒荒。”二、猶昏昏；形神困乏貌。明、陳子龍《寄贈密之》詩：“春後荒荒病，歸來渺渺傷。”

　　荒又讀 kāng ㄎㄤ，《集韻》丘岡切，平唐溪。空或虛的意思；一作“陳”。《集韻‧唐韻》：“陳，虛也；司馬相如作槺，鄭康成作荒。”是上述《詩‧大雅‧桑柔》：“哀恫中國，具贅卒荒。”一義二種讀音。

　　荒又讀 huáng ㄏㄨㄤ。謂事情向不好的情況發展。章炳麟《新方言》卷二：“今山東謂事變壞曰荒，吳揚謂事不可收拾曰荒；音并如黃。”

薴₀₅₃₀　薴　艸亂也。从艸，寍聲。杜林說：艸茻薴皃。女庚切（níng ㄋㄧㄥˊ）。

【譯白】薴，草混雜的樣子。是依從艸做形旁，以寍爲聲旁構造而成的形聲字。杜林說：“茻薴疊韻連綿詞也指草亂的意思。”

【述義】艸亂貌。薴，同“薴”。《集韻‧耕韻》：“薴，或作薴。”亦作散亂。《楚辭‧王逸〈九思‧憫上〉》：“鬢髮薴頗兮顙鬢白，思靈澤兮一膏沐。”原注：“薴，亂也。”薴頗，散亂而憔悴的樣子。漢、王逸《九思‧憫上》：“今憂強老兮不樂，鬢髮薴頗兮顙鬢白。”

茻₀₅₃₁　茻　茻薴皃。从艸，爭聲。側莖切（zhēng ㄓㄥ）。

【譯白】茻，草混雜的樣子。是依從艸做形旁，以爭爲聲旁構造而成的形聲字。

【述義】《廣韻·耕韻》：“芧，芧萰，草亂皃。”參見前一字“萰”條。

落 0532 〔篆〕 凡艸曰零，木曰落。从艸，洛聲。盧各切（luò ㄌㄨㄛˋ）。

【譯白】落，大凡草葉枯敗脫謝稱爲“零”，樹葉枯敗脫謝稱爲落。是依從艸做形旁，以洛爲聲旁構造而成的形聲字。

【述義】唐、慧琳《一切經音義》卷六引《說文》作“草木凋衰也”。落，許慎“凡艸曰零，木曰落。”是爲析言；渾言之：凡草木枯凋皆謂落。《楚辭·離騷》：“惟草木之零落兮，恐美人之遲暮。”《禮記·王制》：“草木零落，然後入山林。”唐、李白《古風五十九首》詩之十四：“木落秋草黃，登高望戎虜。”又指落葉。《史記·汲鄭列傳》：“至于說丞相弘，如發蒙振落耳。”晉、張華《勵志》詩：“涼風振落，熠燿宵征。”宋、蘇軾《北歸次韻》詩：“秋風捲黃落，朝雨洗淥淨。”

脫落。《詩·衛風·氓》：“桑之未落，其葉沃若。”三國、魏、應璩《與侍郎曹長思書》：“夫皮朽者毛落，川涸者魚逝。”南朝、宋、鮑照《蕪城賦》：“白楊早落，塞草前衰。”唐、韓愈《落齒》詩：“去年落一牙，今年落一齒。”

脫離、脫身。《兒女英雄傳》第三一回：“小的有個哥哥，叫霍士端，在外頭當長隨，新近落了，逃回來了。”

古代宮室新成時的慶祝祭禮。《詩·小雅·斯干序》：“《斯干》，宣王考室也。”漢、鄭玄箋：“宣王於是築室廟羣寢，旣成而釁之，歌《斯干》之詩以落之。”《左傳·昭公七年》：“楚子成章華之臺，願與諸侯落之。”杜預注：“宮室始成，祭之爲落。”王引之《經義述聞》：“與諸侯落之者，與諸侯始其事也。《楚語》：伍舉對靈王曰：‘今君爲此臺，願得諸侯與始升焉。’是其明證矣。宮室旣成，於是享賓客以落之。”唐、韓愈《汴州東西水門記》：“辛巳朔，水門成……肅四方之賓客以落之。”引申指建築物竣工可以使用，謂“落成”。宋、王安石《張侍郎示東府新居詩因而和酬》詩之一：“自古落成須善頌，掃除東閣望公來。”元、劉壎《隱居通議·駢儷三》：“其上梁文曰：‘……簋中落成，吾生願足。’”清、紀昀《閱微草堂筆記‧灤陽消夏錄五》：“落成之日，盛筵祭神。”王國維《觀堂集林‧傳書堂記》：“烏程蔣孟蘋學部落其藏書之室，顏之曰傳書堂。”

古代重要器物初成時用動物的血塗抹。《左傳‧昭公四年》：“叔孫爲孟鍾，曰：‘爾未際，饗大夫以落之。’”杜預注：“以豭豬血釁鍾曰落。”

借指死亡。《爾雅‧釋詁下》：“落，死也。”《書‧舜典》：“二十有八載，帝乃殂落。”孔穎達疏：“蓋殂爲往也，言人命盡而往；落者，若草木葉落也。”《國語‧吳語》：“使吾甲兵鈍獘，民人離落，而日以憔悴。”韋昭注：“落，殞也。”

開始。《爾雅‧釋詁上》：“落，始也。”郝懿行義疏：“落者，《詩》：‘訪予落止’。《詩‧周頌‧訪落》：‘訪予落止，率時昭考。’毛傳：‘訪，謀；落，始。’鄭玄箋：‘成王始即政，自以承聖父之業，懼不能遵其道德，故於廟中與羣臣謀我始即政之事。’《逸周書‧文酌篇》云：‘伐道咸步，物無不落；落物取配，維有永究。’毛傳及孔晁注竝云：‘落，始也。’落本殞墜之義，故云殂落，此訓始者，始終代嬗，榮落互根，《易》之消長，《書》之治亂，其道胥然。”

稀疏、稀少、衰謝、衰敗、零落。《管子‧宙合》：“盛而不落者，未之有也。”《史記‧汲鄭列傳》：“鄭莊，汲黯始列爲九卿，廉，內行脩絜。此兩人中廢，家貧，賓客益落。”北周、庾信《秋日》詩：“蒼茫望落景，羈旅對窮秋。”唐、路蕩《拔茅賦》：“榮落惟運，窮通曷情。”《水滸全傳》第六三回：“三員女將，撥轉馬頭，隨後殺來，趕的李成軍馬四分五落。”清、顧炎武《先妣王碩人行狀》：“其冬，合葬先王父先王母於尚書浦之賜塋如禮，而家事日益落。”清、紀昀《閱微草堂筆記‧灤陽消夏錄五》：“自是怪不復作，家亦漸落。”

荒廢、耽誤。《莊子‧天地》：“夫子闔行邪？无落吾事！”成玄英疏：“落，廢也。”《梁書‧武帝紀》：“頃因多難，治綱弛落。”《隋書‧李諤傳》：“降及後代，風教漸落。”唐、白居易《西川大將賀若岑等授御史中丞殿中監察及諸州司馬同制》：“爾宜恭承主帥，愼守封疆，戮力一心，無落戎事！”

喪失、"落便宜"等，謂吃虧。元、劉庭信《寨兒令・戒嫖蕩》曲："愛錢娘不問高低，有情人豈辨虛實；將棠梨作醋梨，認王魁作馮魁，得便宜翻做落便宜！"元、關漢卿《西蜀夢》第一折："今日被歹人將你算，暢則爲你大膽上落便宜。"《古今小說・月明和尚度柳翠》："用巧計時傷巧計，愛便宜處落便宜。"

掉下、下降、下墜。《爾雅・釋詁上》："隕、磒、湮、下、降、墜、摽、蘦，落也。"《漢書・宣帝紀》："朕惟耆老之人，髮齒墮落。"三國、魏、應璩《與從弟君苗君冑書》："雲重積而復散，雨垂落而復收。"唐、韓愈《詠雪贈張籍》詩："只見縱橫落，寧知遠近來。"宋、蘇軾《後赤壁賦》："山高月小，水落石出。"《明史・太祖本紀》："惟速其來而先破之，則士誠膽落矣。"又使下降、使下墜。如：落鎖、落門。南朝、梁、劉勰《文心雕龍・檄移》："摧壓鯨鯢，抵落蜂蠆。"明、唐順之《咨總督御史胡》："驍賊四人升樓頂而望，一鉛丸落其一人；餘賊滾雹而下。"《水滸全傳》第六十一回："拿着一張川弩，只用三枝短箭，郊外落生。"

掉進、陷入。晉、陶潛《歸園田居五首》詩之一："誤落塵網中，一去三十年。"《晉書・陸雲傳》："於水中顧見其影，因大笑落水，人救獲免。"唐、韓愈《柳子厚墓誌銘》："落陷穽，不一引手救，反擠之，又下石焉者，皆是也。"亦指陷入某種不利境地。《二刻拍案驚奇》卷十二："晦翁斷了此事……深爲得意，豈知反落了姦民之計？"明、梁辰魚《二郎神・秋懷》套曲："柳條報秋，誰道落人機彀！"

除去、去掉。南朝、宋、謝靈運《曇隆法師誄》："慨然有擯落榮華，兼濟物我之志。"唐、劉長卿《戲贈干越尼子歌》詩："厭向春江空浣沙，龍宮落髮抄袈裟。"唐昭宗《覆試進士敕》："所試詩賦，不副題目，兼句稍次，且令落下。"特指免去職務等。《宋史・劉師道傳》："陳堯咨當爲考官，教幾道於卷中密爲識號；幾道既擢第，事泄，詔落其籍，永不預舉。"宋、王讜《唐語林・企羨》："杜幽公喪公主，進狀請落駙馬都尉。"《續資治通鑑・元順帝至正二十七年》："詔庫庫特穆爾落太傅、中書左丞相並諸兼領職事，仍前河南王，以汝州爲食邑。"

掉在後面。唐、李白《流夜郎贈辛判官》詩："昔在長安醉花柳，五侯七貴同杯酒；氣岸遙凌豪士前，風流肯落他人後。"

居處。如：院落、部落、村落。《廣雅·釋詁二》："落，居也。"漢、劉向《列女傳·楚老萊妻》："老萊子乃隨其妻而居之，民從而家者，一年成落，三年成聚。"《後漢書·循吏傳·仇覽》："廬落整頓，耕耘以時。"李賢注："案：今人謂院爲落也。"《三國志·魏志·夏侯淵傳》："諸羌在逐軍者，各還種落。"南朝、梁、沈約《齊故安陸昭王碑》："由是傾巢舉落，望德如歸。"唐、杜甫《兵車行》詩："千村萬落生荊杞，縱有健婦把鋤犁。"引申爲位於。宋、方勺《青溪寇軌》："縣境梓桐、幫源諸峒，皆落山谷幽險處。"宋、陳亮《甲辰答朱元晦書》："亮自以姓名落諸公間，自負不在伯恭後。"

經過、走。《文選·孫綽〈遊天臺山賦〉》："濟楢溪而直進，落五界而迅征。"呂向注："落，經也。"《京本通俗小說·錯斬崔寧》："一路出城，正值秋天，一陣烏風猛雨，只得落往一所林子去躲。"《水滸全傳》第三十二回："這裏要投二龍山去，只是投西落路；若要投清風鎮去，須用投東落路，過了清風山便是。"又第一一九回："卻說方臘從幫源洞山頂落路而走，便望深山曠野，透嶺穿林……要逃性命。""落荒"，謂向荒野逃去，泛指逃跑。元、無名氏《小尉遲》第三折："我詐敗落荒的走，父親必然趕將我來。"《水滸傳》第五十回："扈成見局面不好，拍馬落荒而走。"亦謂亂說。《敦煌變文集·廬山遠公話》："闍梨商來所說言詞，大遠講讚，經文大錯，總是信口落荒。"蔣禮鴻通釋："落荒，亂說。"

歸屬。唐、杜甫《將適吳楚別章使君》詩："不意青草湖，扁舟落吾手。"宋、王珪《次韻和元厚之平羌》詩："蔥嶺自橫秦塞上，金城還落漢圖中。"

流落、淪落。唐、韓愈《祭河南張員外文》："我落陽山，以尹鼯猱；君飄臨武，山林之牢。"宋、周煇《清波別志》卷下："亦有秩滿落南不得歸者。"

得到。如：落不是；落埋怨。元、鄭光祖《倩女離魂》第三折："劃地接絲鞭，別娶了新妻室，這是我棄死忘生落來的。"元、劉君錫《來生債》第一折："那老的與我這個銀子，到家裏落一覺兒好睡。"

元、佚名《射柳捶丸》第一折：“俺若是一心行正，落一個萬古揚名。”
《紅樓夢》第三十四回：“伏侍一場，大家落個平安，也算造化了。”

　　吞沒、侵沒。《金瓶梅》第二十一回：“娘使小的，小的敢落錢？”

　　誇說。《兒女英雄傳》第二十二回：“今日可合你們落得起嘴了，
我也有兒女咧！”

　　謂籬笆。本書第六篇《木部》：“杝，落也。”清、段玉裁《說文解
字注》：“玄應書謂杝、欐、籬三字同……落，《廣雅》作落。”《管
子·地員》：“宜縣澤，行廡落。”漢、王褒《僮約》：“浚渠縛落，
鉏園斫陌。”《漢書·晁錯傳》：“要害之處，通川之道，調立城邑，
毋下千家，爲中周虎落。”顏師古注：“虎落者，以竹篾相連遮落之
也。”《文選·張衡〈西京賦〉》：“揩枳落，突棘藩。”李善注：“落，
亦籬也。”

　　從高處到低處。《初刻拍案驚奇》卷十五：“或往青樓闞妓，或
落遊船飲酒。”

　　止息、停留。唐、劉長卿《入桂渚次砂牛石穴》詩：“片帆落桂
渚，獨夜依楓林。”唐、李子卿《府試授衣賦》：“山靜風落，天高氣
涼。”《儒林外史》第三一回：“鮑廷璽進去坐下，正待要水洗臉，
只見門口落下一乘轎子來。”《兒女英雄傳》第十四回：“說話間已
到那裏，推車的把車落下。”《紅樓夢》第三回：“小廝上來擡着轎
子……至一垂花門前落下。”亦指留下。宋、嚴羽《滄浪詩話·詩辯》：
“所謂不涉理路，不落言筌者，上也。”《金瓶梅詞話》第二二回：
“只落下春梅一個，和李銘在這邊。”

　　指某一塊地方、角落。清、沈復《浮生六記·閨房記樂》：“水
仙廟回廊曲折，小有園亭；每逢神誕，眾姓各認一落，密縣一式之玻
璃燈，中設寶座，旁列瓶几，插花陳設以較勝負。”

　　屋簷上的滴水裝置。唐、杜牧《阿房宮賦》：“廊腰（同“腰”）
縵迴，簷牙高啄……蜂房水渦，矗不知乎幾千萬落。”

　　用在動詞後，表示動作的完成或結果。《二十年目睹之怪現狀》
第二一回：“大不了的，能看得落兩部彈詞，就算是才女。”

　　用筆描、寫。元、無名氏《漁樵記》第二折：“我三日前預准備
下了落鞋樣兒的紙，描花兒的筆。”明、劉若愚《酌中志·內臣職掌

紀略》：“一應旨意、聖諭、御札，俱由文書房落底簿發行。”

量詞；摞、疊。《古代兒歌資料・北京兒歌》：“公公拿着一落磚。”

經手錢財，從中私下扣取小部分，以充私囊。元、劉唐卿《降桑椹》第一折：“與了俺十兩銀子，着我買辦，我倒落下他七兩九錢八分半。”《二十年目睹之怪現狀》第七十回：“我聽那老者一席話，才曉得這裏酒味不好的緣故，并不是代我買酒的人落了錢。”

通“絡”。朱駿聲《說文通訓定聲・豫部》：“落，叚借爲絡。”有三義：一、羈勒、籠住、聯絡。《莊子・秋水》：“牛馬四足，是謂天；落馬首，穿牛鼻，是謂人。”成玄英疏：“羈勒馬頭，貫穿牛鼻，出自人意，故謂之人。”《漢書・西域傳贊》：“興造甲乙之帳，落以隨珠和璧。”顏師古注：“落與絡同。”《水滸全傳》第四十九回：“淡黃面皮，落腮鬍鬚。”二、網。《漢書・李廣蘇建傳》：“上召禹，使刺虎，縣下圈中，未至地，有詔引出之；禹從落中以劍斫絕纍，欲刺虎。”三、經絡。《漢書・李尋傳》：“王道公正修明，則百川理，落脈通。”顏師古注：“落謂經絡也。”

通“烙”，打上烙印。《吳子・治兵》：“刻剔毛鬣，謹落四下。”

姓。《通志・氏族略二》：“落氏，《風俗通》云：‘皋落氏，翟國也。’”

疊字雙音“落落”形況：一、猶磊落；常用以形容人的氣質、襟懷。《三國志・蜀志・彭羕傳》：“若明府能招致此人，必有忠讜落落之譽。”唐、楊炯《和劉長史答十九兄》詩：“風標自落落，文質且彬彬。”明、李東陽《明故奉政大夫喬君墓誌銘》：“稍長，落落有大志。”清、紀昀《閱微草堂筆記・灤陽消夏錄四》：“獻縣史某，佚其名，爲人不拘小節，而落落有直氣。”黃葆楨《贈徐公孟》詩：“落落徐公孟，青年多苦吟。”二、形容孤高，與人難合。宋、李綱《辭免尚書右僕射第一表》：“志廣材疏，自笑落落而難合。”清、周亮工《〈托素齋詩〉序》：“媿曾復落落不肯苟同於俗，自信者殊堅。”黃遠庸《歲暮餘聞》：“李仲山與內閣諸公亦頗落落，故有人擬議李將來必組織內閣而代熊者，此節恐難成事實。”三、稀疏、零落。漢、杜篤《首陽山賦》：“長松落落，卉木蒙蒙。”晉、陸機《嘆逝賦》：“親落落而日稀，友靡靡而愈索。"唐、韓愈《東都遇春》詩："悠悠度朝昏，落落捐季孟。"四、冷淡、冷落地對待。唐、盧仝《蕭二十三赴歙州婚期》詩："淮上客情殊冷落，蠻方春早客何如。"唐、白居易《琵琶行》詩："門前冷落鞍馬稀，老大嫁作商人婦。"元、關漢卿《金線池》第二折："你不肯冷落了杯中物，我怎肯生疏了絃上手？"《二刻拍案驚奇》卷十四："你向來有了心上人，把我冷落了多時。"《紅樓夢》第二三回："（元妃）卻又想寶玉自幼在姊妹叢中長大，不比別的兄弟，若不命他進去，又怕冷落了他，恐賈母、王夫人心上不喜，須得也命他進去居住方妥。"五、高超、卓越。北周、庾信《謝趙王示新詩啟》："落落詞高，飄飄意遠。"宋、王禹偁《懷賢詩·桑魏公》："沉沉帷幄謀，落落政事筆。"六、粗劣貌。《文子·符言》："故無爲而寧者，失其所寧即危；無爲而治者，失其所治即亂。故不欲碌碌如玉，落落如石。"《後漢書·馮衍傳下》："馮子以爲夫人之德，不碌碌如玉，落落如石。"李賢注："玉貌碌碌，爲人所貴，石形落落，爲人所賤。"南朝、梁、劉勰《文心雕龍·總術》："落落之玉，或亂乎石；碌碌之石，時似乎玉。"七、形容多而連續不斷的樣子。唐、趙牧《對酒》詩："手挼六十花甲子，循環落落如弄珠。"《遼史·文學傳·蕭韓家奴李澣論》："韓家奴對策，落落累數百言，概可施諸行事。"清、鄭梁《〈南雷文案〉序》："要之原本於六經，取材於百氏，浩浩乎其胸中，而落落乎其筆端。"八、清楚、分明的樣子。《魏書·術藝傳·張淵》："灼灼羣位，落落幽紀；設官分職，罔不悉置。"唐、劉禹錫《唐故中書侍郎平章事韋公集紀》："古今相望，落落然如騎星辰。"元、薩都剌《寄朱舜咨》詩："落落江南山，一一青可數。"王闓運《誥授光祿大夫衡陽彭公行狀》："今掇其落落大者……以待國史徵采。"九、清澈貌。晉、陶潛《讀〈山海經〉》詩之三："亭亭明玕照，落落清瑤流。"一本作"洛洛"。十、象聲詞。唐、王建《聽雨》詩："半夜思家睡裏愁，雨聲落落屋簷頭。"唐、司空圖《乙巳歲重陽獨登上方》詩："落落鳴蛩鳥，晴霞度雁天。"宋、梅堯臣《三層瀑》詩："山頭出飛瀑，落落鳴寒玉。"

落又讀 là ㄌㄚ，遺漏、丟下。清、冒襄《影梅庵憶語》："遂廢鍾學《曹娥碑》，日寫數千字，不訛不落。"俗語"丟三落四"即此義。

落又讀 lào ㄌㄠˋ，有四義：一、脫落，退去，退色。南朝、宋、顏延之《祖祭弟文》：“蕃蘭落色，宿草滋長；孰云不痛，辭家去鄉。”二、北方曲藝“蓮花落”的俗稱。清、張燾《津門雜記‧唱落子》：“北方之唱蓮花落者，謂之落子，即如南方之花鼓戲也；係妙齡女子登場度曲。”北方各地亦多泛指各種曲藝雜耍；早期的評劇亦稱落子，因其係從蓮花落發展而來；如：奉天落子、唐山落子。三、方言謂失枕爲落枕；“落枕”，稱因睡覺時受寒或枕枕頭的姿勢不恰當，以致脖子疼痛，轉動不變。四、倒，倒下；方言稱病得不能起牀爲“落炕”。

落又讀 luō ㄌㄨㄛ，大大落落，方言，形容態度大方。形容隨隨便便，滿不在意之大大落落，落則讀作 là ㄌㄚˋ。

落之方言豐富，有 là ㄌㄚˋ、lào ㄌㄠˋ、luō ㄌㄨㄛ、luò ㄌㄨㄛˋ等音，各地不一。一、動物，下、降下、從上面下來。1、安徽安慶方言；如：落雨。2、湖北武漢方言；如：天總是落，落滑了。3、四川成都方言；如：每逢落雨，我們總愛偷偷戴了大人的斗笠。4、吳語。《滬語指南》：“第個辰光，天忽然落起雪來哉。”亦爲上海、松江、江蘇江陰、浙江杭州一帶方言。魯迅《女吊》：“收場的好人升天，惡人落上獄，是兩者都一樣的。又如：落車、日頭落山、落雨；爲浙江金華、蒼南金鄉、臺灣方言。5、粵語；如：落樓、落水（下雨）。《廣西情歌‧六月蓮子自開花》：“天頂落雨粒粒墜，粘米縛粽難做堆；舊時見歌不相識，今朝見歌不想回！”6、閩語；如：落霜、落雪、落車的時候雨還未落。按由上方言亦可見兩岸血濃於水之一斑。二、動詞，上的意思；如：落船。吳語、粵語、閩語皆是言。三、動詞，爬；吳語。如江蘇江陰方言：落上落下。江蘇吳縣《紅郎娶小姨》：“只看見門前有人落樹采花椒。”四、動詞，進，特指處所而言，閩語；如：落鄉、落車間。亦爲廣東潮州方言；如：存餘人力落工廠。五、動詞，謂撈取、吞沒、克扣。1、北京方言；如：您當了知縣，不落是白不落。2、山東方言；如：《水滸傳》第九回：“原來差撥落了五兩銀子，只將五兩銀子并書來見管營。”3、江蘇北部、安徽安慶一帶方言；如：錢讓他落去了。4、湖北武漢方言；如：他把錢落了。

5、雲南昆明、建水一帶方言；如：落點菜錢買東西吃。6、吳語，上海嘉定、松江，江蘇蘇州，浙江寧波、定海一帶方言；如：落着一塊布。《何典》第二回："娘兒們商議將銀子落起一大半，拿一小半來送與餓殺鬼。"明、范寅《越諺・格致諺》："裁縫弗落布，死得勿得過。"民國《定海縣志》："干沒人物曰落。"7、湖南長沙方言；如：打鐵落鐵，打銅落銅。8、江西南部客話。《贛南的客家民歌》："先當筷子箝得起，如今調羹落唔到。"羅翽雲《客方言・釋言》："落者，略之聲轉。《方言》：略，強取也，又曰撈取也；故干沒人財曰落。"亦爲廣東陽江一帶方言。六、動詞，謂得到、留下。1、東北方言；如：那次碰傷後落下一個瘡疤。2、北京方言；如：落個直棍兒（得到好評）。3、江蘇徐州方言；如：你跟着跑了一趟，也能落點兒好處啵？又：幹了幾十年，落了一身病。4、山西沁水方言。趙樹理《小二黑結婚》："三仙姑前後共生六個孩子，就是五個沒有成人，只落了一個女兒，名叫小芹。"5、湖北武漢方言；如諺語：聽人勸，落一半。6、閩語；如：你這樣做，又能落多少好處？七、動詞，謂擱、放、放入。1、浙江紹興方言。魯迅《藥》："第二是夏三爺賞了二十五兩雪白的銀子，獨自落腰包，一文不花。"2、湖南長沙方言；如：把箱子落得上面去。3、廣東廣州方言；如：落喲鹽（放點兒鹽）。4、閩語，福建廈門、永春、廣東潮陽、揭陽一帶方言；如：落米（把米放入鍋煮）。又：册落治桌頂嚛（書放在桌上）。八、動詞，謂記入；閩語，廣東揭陽、臺灣方言；如：欠數攏落在數簿底（欠數都記在帳簿裏）。九、動詞，謂卸除、取下。1、陝西商縣張家塬方言；如：我扛的重的很，你快給我落一下。2、閩語，福建廈門方言；如：將牖仔放落來（把窗戶放下來）。十、動詞，謂遺忘、丟失。1、東北方言；如：我的手套落在他家了。2、四川成都，四川沿河、清鎮一帶方言；如：我的書落了、我的鋼筆落了。十一、動詞，熄滅，指火而言。1、北京方言；如：再不添煤，火可要落啦。2、東北方言；如：火已經落了。十二、動詞，減少、降低，閩語，福建廈門、臺灣一帶方言；如：落價（降價）。十三、動詞，謂剪小、剪短，陝西商縣張家塬方言；如：鞋樣太大啦，你落落下就行啦。十四、動詞，脫，閩語；如：落毛、落皮。十五、動詞，謂剩、剩下。1、江蘇徐州，山東棗莊、梁山，河南開封、信陽、羅山、商丘、舞陽、林縣、湯陰、武涉、濟源一帶方言；如：人家都領工資了，就落你了。又：我還落了仁。2、湖北武漢方言；如：買了三個，只落到一個。十六、動詞，謂掉、下，表示動作的結果。1、四川成都方言；如：迹印洗落了。2、上海方言。《何典》第五回："把雌鬼積蓄的許多銅臭錢，日逐間偷出去浪費落了。"3、閩語，福建廈門方言；如：定落計策（定下計策）。十七、動詞，謂動物產仔，上海、松江、崇明一帶方言；如：落了一隻小牛、落了一隻小羊。十八、動詞，指拉肚子，閩語，福建仙游一帶方言。十九、動詞，謂慢慢兒咀嚼，安徽安慶官話；如：吃不動，慢慢落。二十、動詞，指日常工作或學習到規定時間結束，爲吳語中上海、浙江杭州方言，亦爲閩語中福建廈門方言；如：落班、落課。二十一、動詞，臉板起來，江蘇蘇州方言。評彈《玉蜻蜓》第三四回："大娘霍地豎起身來，面孔一落。"二十二、動詞，謂安定、鎮定，閩語，福建廈門、臺灣方言；如：落心（定下心）。二十三、動詞，謂行人投宿，湖北隨州方言。二十四、動詞，攻陷，福建廈門方言；如：連落數城。二十五、動詞，砍伐，福建廈門方言；如落樹枝。二十六、動詞，謂做出言論、評語或判斷等，福建廈門方言；如：落定義，落結論。二十七、動詞，謂使用、開始使用，福建廈門方言；如：落筆、對症落藥。二十八、動詞，謂分成若干部分，福建廈門、臺灣方言；如：落做四腿（分成四截）。二十九、動詞，謂性情相投、合乎心意，福建廈門、臺灣方言；如：两人合燴落（兩人合不來）。又落人情意（順人情意）。三十、動詞，拖、拉，東北方言；如：把那個草落出去。三十一、動詞，謂推算期限、計期，閩語，廣東揭陽方言；如：伊個肚大個死，聽咀落下個月生（她的肚皮大極了，聽說計期下個月生）。三十二、動詞，頒佈、投遞，福建廈門、臺灣方言；如：落帖、落命令、落戰書。三十三、動詞，表示能否容納一定的量，一般用在"得"與"不"之後。1、吳語、上海，浙江金華、蒼南方言。《海上花列傳》第四五回："有點勿舒齊，吃勿落呀。"又如：擺桌上擺得落弗？八個人坐落坐不落？2、湘語，湖南長沙方言；如：咯隻瓶子裝得落三斤糖。3、粵語，廣東廣州方言；如：食唔落（吃不下）。4、閩語，福建廈門方言；如：坐會落（坐得下）。三十四、動詞，到，特指扔到裏，客語。三十五、名詞，下邊，浙江蒼南、金鄉方言；如：摸（往）落看。三十六、形容詞，謂少，東北方言；如：酒席上，鎮上老少三輩的頭頭腦腦一個不落。三十七、形容詞，與“昨日”、“後日”、“後年”等表示時間的詞連用，相當於“大”，爲閩語，福建廈門方言；如：落昨日（大前天）、落後日（大後天）、落後年（大後年）。三十八、量詞，房屋單位：幢、座、進，閩語，福建閩南地區、臺灣方言；如：三落厝（三進房子）、一落厝、三落房（三進房）。三十九、量詞，樁，福建廈門方言；如：一落代志（一樁事）。四十、量詞，表示焚香的時間單位，閩語，廣東揭陽方言；如：一落香（焚一根香之久）。四十一、數詞，六，閩語，廣東澄海方言。清、嘉慶二十年《澄海縣志》：“六曰落。”四十二、介詞，在。1、吳語，浙江金華方言；如：爾落哪裏當兵？2、贛語，湖南平江方言；如：她落圖書館看書。

蔽　0533　蔽蔽，小艸也（小艸兒）。从艸，敝聲。必袂切（bì ㄅㄧˋ）。

【譯白】蔽蔽，疊字雙音形況，指小草的樣子。是依從艸做形旁，以敝爲聲旁構造而成的形聲字。

【述義】蔽爲小艸貌。“小艸也”，段玉裁《說文解字注》：“‘也’當作‘兒’。《召南》‘蔽芾甘棠’，毛云：‘蔽芾，小兒。’此小艸兒之引伸也。”《詩·小雅·我行其野》：“我行其野，蔽芾其樗。”唐、陸德明《經典釋文》：“蔽芾，葉始生貌。”宋、蘇軾《和趙景貺栽檜》詩：“乃知蔽芾初，甚要封殖勤。”“蔽芾”又謂茂盛貌。《詩·召南·甘棠》：“蔽芾甘棠，勿翦勿伐。”朱熹集傳：“蔽芾，盛貌。”一說，小貌。孔傳：“蔽芾，小貌。”宋、王禹偁《茶園十二韻》詩：“蔽芾餘千本，青葱共一園。”清、張岱《陶庵夢憶·天臺牡丹》：“有侵花至漂髮者，立致奇祟，士人戒勿犯，故花得蔽芾而壽。”魯迅《漢文學史綱要》第一篇：“蔽芾葱蘢，怳逢豐木。”引申爲萌庇。宋、蘇軾《寶月大師塔銘》：“錦城之東，松柏森然，子孫如林，蔽芾其陰。”相傳西周的召伯曾在棠樹下聽訟斷獄，辦理政事，公正無私，使官民各得其所，天下大治，後人因作《甘棠》詩歌頌其政績；上引“蔽芾甘棠”之句，後因以“蔽芾”、“甘棠”等頌揚有政績的官吏或其政績。唐、劉長卿《奉和趙給事使君》詩：“庭顧婆娑老，邦傳蔽芾新。”宋、王禹偁《甘棠卽事簡孫何》詩：“因感得時留蔽芾，更嗟無位泣麒麟。”

隱蔽，躲藏。《廣雅·釋詁四》：“蔽，隱也。”三國、曹操《讓縣自明本志令》：“欲以泥水自蔽，絕賓客往來之望。”唐、柳宗元《三戒·黔之驢》：“蔽林間窺之，稍出近之，慭慭然莫相知。”

掩飾。《管子·牧民》：“毋蔽汝惡，毋異汝度，賢者將不汝助。”《韓非子·有度》：“交衆與多，外內朋黨，雖有大過，其蔽多矣。”宋、王安石《上曾參政書》：“某材不足以任劇，而又多病，不敢自蔽。”明、無名氏《〈檮杌閑評〉總論》：“後世君闇臣驕，上蒙下蔽，遂成天地不交之否。”

庇護。《左傳·昭公二十年》：“齊氏用戈擊公孟，宗魯以背蔽之。”《史記·項羽本紀》：“項莊拔劍起舞，項伯亦拔劍起舞，常以身翼蔽沛公，莊不得擊。”宋、陶穀《清異錄·釋族》：“太祖陳橋時，太后方飯僧於寺，懼不測，寺主僧誓以身蔽。”《初刻拍案驚奇》卷十三：“嚴公看了，恐怕傷壞了他……將身蔽了孩兒。”

隱覆、埋沒。《書·湯誥》：“爾有善，朕弗敢蔽。”《韓非子·內儲說上》：“君子不蔽人之美，不善人之惡。”晉、葛洪《抱朴子·欽士》：“以致賢爲首務，得士爲重寶，舉之者受上賞，蔽之者爲竊位。”宋、葉適《李仲舉墓誌銘》：“髦士，非科舉所謂士也，譽之所不加，烝之所不及，科舉蔽之也。”

蒙蔽、壅蔽。《左傳·襄公二十七年》：“以誣道蔽諸侯，罪莫大焉。”楊伯峻注：“蔽，塞也，壅也。”《商君書·修權》：“明主不蔽之謂明，不欺之謂察。”《韓非子·備內》：“大臣比周，蔽上爲一，陰相善而陽相惡以示無私，相爲耳目以候主隙。”《楚辭·九章·惜誦》：“情沉抑而不達兮，又蔽而莫之白。”王逸注：“左右壅蔽，無肯白達己心也。”南朝、梁、劉孝標《辯命論》：“仲任蔽其源，子長闡其惑。”《新唐書·劉蕡傳》：“心有未達，以下情蔽而不得上通。”

昏聵，謂不明是非。《管子·桓公問》：“舜有告善之旌，而主不蔽也。”《淮南子·主術訓》：“聰明先而不蔽，法令察而不苛。”高誘注：“蔽，闇也。”宋、王安石《讀墨》詩：“如何蔽於斯，獨有見於彼。”

防護人馬的器具。《管子·乘馬》：“一馬，其甲七，其蔽五。”《呂氏春秋·貴直》：“及戰，且遠立，又居於犀蔽屏櫓之下，鼓之而士不起。”

概括、涵蓋。《論語·爲政》：“《詩》三百，一言以蔽之，曰‘思無邪’。”何晏集解：“包曰：蔽猶當也。”邢昺疏：“《詩》雖有三百篇之多，可舉一句當盡其理也。”晉、陸機《五等論》：“秦漢之典，殆可以一言蔽矣。”宋、蘇軾《司馬溫公神道碑》：“故臣論公之德，至於感人心，動天地，巍巍如此，而蔽之以二言，曰誠曰一。”清、全祖望《澗上徐先生枋祠堂記》：“先生風節之高，具見於諸家志傳，不待予之文而著，而予得一言以蔽之者，以爲昔人處此，雖陶公尚應拜先生之下風，非過也。”

弊端、病患、毛病。《論語·陽貨》：“好仁不好學，其蔽也愚；好知不好學，其蔽也蕩；好信不好學，其蔽也賊；好直不好學，其蔽也絞；好勇不好學，其蔽也亂；好剛不好學，其蔽也狂。”《隋書·經籍志一》：“馳騁煩言，以紊彝敍，譊譊成俗，而不知變，此學者之蔽也。”宋、王安石《酬王詹叔奉使江南訪茶法利害見寄》詩：“將更百年蔽，謂民可知否？”

古代車輿前後或左右遮擋風塵的簾子。《爾雅·釋器》：“輿……竹，前謂之禦，後謂之蔽。”郭璞注：“以簟衣軾，以簟衣後戶。”《儀禮·既夕禮》：“主人乘惡車，白狗幦，蒲蔽。”鄭玄注：“蔽，藩。”賈公彥疏：“藩謂車兩邊禦風爲藩，蔽以蒲草。”《周禮·春官·巾車》：“王之喪車五乘，木車蒲蔽。”鄭玄注引鄭司農曰：“以蒲爲蔽，天子喪服之車。”《韓非子·內儲說上》：“布帛盡則無以爲蔽。”

不使掩飾加以審斷、判決。《小爾雅·廣言》：“蔽，斷也。”《書·康誥》：“罰蔽殷彝，用其義刑義殺。”孔傳：“其刑罰斷獄用殷家常法。”《左傳·昭公十四年》：“晉、邢侯與雍子爭鄐田……叔魚蔽罪邢侯；邢侯怒，殺叔魚與雍子於朝。”蔽罪，判罪也。漢、蔡邕《司空文烈侯楊公碑》：“命公作廷尉，惟刑之恤，夙施四方，惟明折獄，蔽罪於憲之中。”宋、洪邁《容齋三筆·平天冠》：“若以叛逆蔽罪，恐辜好生之德。”清、惲敬《與秦筠谷書》：“劉于宋之案，官吏役皆欲蔽罪此人，此罪惟敬一人知之，而不能白之，真可恥。”

遮蓋、覆蓋、擋住。《禮記·內則》：“女子出門，必擁蔽其面。”漢、王充《論衡·䨓害》：“濕堂不灑塵，卑屋不蔽風。”《楚辭·九歌·國殤》：“旌蔽日兮敵若雲，矢交墜兮士爭先。”漢、王粲《登樓賦》：“華實蔽野，黍稷盈疇。”晉、陶潛《和胡西曹示顧賊曹》詩：“重雲蔽白日，閑雨紛微微。”唐、韓愈《祭薛助教文》：“藏棺蔽帷，欲見無緣。”宋、王安石《和王微之〈登高齋〉三首》詩之三：“樓船蔽川莫敢動，扶伏但有謀臣來。”

屏障、障礙。《玉篇·艸部》：“蔽，障也。”《左傳·昭公十八年》：“葉在楚國，方城外之蔽也。”杜預注：“爲方城外之蔽障。”《史記·蘇秦列傳》：“然則韓、魏、趙之南蔽也。”唐、韓愈《江南西道觀察使王公神道碑》：“祛蔽于目，釋負于躬。”唐、柳宗元《興州江運記》：“維梁之西，其蔽曰某山，其守曰興州。”清、顧炎武《天下郡國利病書·雲南二》：“其西以永昌爲關，麓林爲蔽。”清、鄧傳安《蠡測滙鈔·水沙連紀程》：“余熟番聚居山下者二十餘家，猶藉當日民人占築之土圍以爲蔽，誅茅爲屋，器具粗備。”

簙，博具。《方言》卷五：“簙謂之蔽，或謂之箘；秦、晉之間謂之簙；吳、楚之間或謂之蔽。”錢繹箋疏引《說文》：“簙，局戲也。”《楚辭·招魂》：“菎蔽象棊，有六簙兮。”王逸注：“蔽，簙箸以玉飾之也。”

耳門。《靈樞經·五色》：“蔽者，耳門也。”《醫宗金鑑·正骨心法要旨·頭面》：“耳門曰蔽，耳輪曰郭。”按：耳門，人體經穴名，屬手少陽三焦經，位於耳前；耳門又指耳孔，爲外聽道口。

春秋時鄭邑名，在今河南省鄭州市東。《國語·鄭語》（公序本）：“若克二邑，鄢、蔽、補、丹、依、𪐊、歷、華，君之土也。”

通“敝”，破舊、敝陋的意思。《老子》第十五章：“夫唯不盈，故能蔽，不新成。”蔽，一本作“弊”。唐、陸德明《經典釋文》：“弊，本作敝。”朱謙之校釋引易順鼎曰：“蔽者，‘敝’之借字……‘敝’與‘新’對。”俞樾平議：“蔽乃‘敝’之叚字。唐、景龍碑作‘弊’，亦‘敝’之叚字。《永樂大典》正作‘敝’。”清、蔣士銓《擬古樂府》：

“賣米不足典蔽衣，身寒腹餓含淚歸。”

　　蔽又讀 biē ㄅㄧㄝ，《集韻》必列切，入薛幫。草木枯死的意思。《集韻・薛韻》：“蔽，萎也。”

　　蔽又讀 piē ㄆㄧㄝ，《集韻》匹蔑切，入屑滂。同“擎”、“撇”，拂拭的意思。《集韻・屑部》：“擎，《說文》：‘別也，一曰擎也。’拂也；或作蔽，亦書作撇。”《史記・刺客列傳》：“太子逢迎，卻行為導，跪而蔽席。”司馬貞索隱：“蔽，猶拂也。”

蘀 0534　蘀　艸、木凡皮葉落，陊地為蘀。从艸，擇聲。《詩》曰：“十月隕蘀。”它各切（tuò ㄊㄨㄛˋ）。

【譯白】蘀，草、木本植物凡是皮或葉脫落，墜到地上稱為蘀。是依從艸做形旁，以擇為聲旁構造而成的形聲字。《詩・豳風・七月》中說：“十月，枯黃脫落的枝葉掉滿一地。”

【述義】易言之，蘀是草木脫落的皮或枝、葉。《詩・鄭風・蘀兮》：“蘀兮蘀兮，風其吹女。”毛傳：“蘀，槁也。”鄭玄箋：“槁，謂木葉也；木葉槁，待風乃落。”《宋書・袁淑傳》：“若浚風之儛輕蘀，杲日之拂浮霜。”

　　草名，根如葵而葉似杏，黃花，莢實。《山海經・中山經》：“（甘棗之山）其上多杻木，其下有草焉，葵本而杏葉，黃華而莢實，名曰蘀，可以已瞢。”

　　木名，檡樹。《詩・小雅・鶴鳴》：“爰有樹檀，其下維蘀。”王引之《經義述聞・毛詩中》引（《鶴鳴》）二章：“‘其下維穀。’（毛）傳曰：‘穀，惡木也。’則此蘀字亦當為木名，非落葉之謂也；蘀疑當讀為檡。”

　　蘀又讀 zé ㄗㄜˊ，《集韻》直格切，入陌澄。蘀蕮，同“藫蕮”，即“澤瀉”。《集韻・陌韻》：“藫，藫蕮，藥艸；或作蘀。”漢、劉向《九歎・怨思》：“筐澤瀉以豹鞹兮，破荊和以繼築。”蘀蕮為多年生草本植物，葉橢圓形，開白色小花，塊莖入藥，為利尿劑。

薀 0535　薀　積也。从艸，溫聲。《春秋傳》曰：“薀利生孽。”於粉切（yùn ㄩㄣˋ）。

【譯白】薀，積聚的意思。是依從艸做形旁，以溫為聲旁構造而成的形聲字。《左傳・昭公十年》說：“積聚財利會造成罪惡災禍。”

【述義】蘊通"蘊"，積聚、蓄藏。《玉篇・艸部》："蘊，藏也，積也，蓄也。"《左傳・襄公十一年》："秋七月，同盟於亳……載書曰：凡我同盟，毋蘊年，毋壅利，毋保姦，毋留慝。"杜預注："蘊積年穀，而不分災。"又《昭公二十五年》："衆怒不可蓄也，蓄而弗治，將蘊。"杜預注："蘊，積也。"唐、陸德明《經典釋文》："蘊，本亦作'蘊'。"《宋書・謝靈運傳》："風流蕙兮水增瀾，訴愁衿兮鑑戚顏；愁盈根而蘊際，戚發條而成端。"明、方孝孺《御賜吳大學士畫像贊序》："第像公者，能窮其面貌，而公之所蘊同於古人者，非知德之士不足以知之。"

　　茂盛。《廣雅・釋詁二》："蘊，盛也。"王念孫疏證："蘊者，《方言》：'蘊，晠也。'注云：'蘊蕗，茂貌。'蘊與蘊同。"

　　習。《廣韻・問韻》："蘊，習也。"

　　蘊又讀 wēn ㄨㄣ，《廣韻》烏渾切，平魂影；諄部。水草名，多生於淺水中，可作飼料或肥料。《廣韻・魂韻》："蘊，蘊藻，節中生葉。"《宋書・謝靈運傳》："水草則萍藻蘊葰，蓲蒲芹蓀，兼菰蘋繁，菼荇菱蓮。"又謂聚集之藻草，稱爲"蘊藻"。《左傳・隱公三年》："苟有明信，澗、溪、沼、沚之毛，蘋、蘩、蘊藻之菜……可薦於鬼神，可羞於王公。"藻草之聚積者；杜預注："蘊藻，聚藻也。"楊伯峻注："蘊藻，藻草之聚積者；蘋、蘩、蘊藻爲三種植物。"一說，蘊與藻皆爲水草名，見洪亮吉《左傳詁》。清、顧炎武《謁欑宮文》詩之四："朔氣初收，光風漸轉，敬羞蘊藻，重展松楸。"

蔫 0536　蔫　菸也。从艸，焉聲。於乾切（yān ㄧㄢ）。

【譯白】蔫，草木失去水分而沒有光澤、枯萎。是依從艸做形旁，以焉爲聲旁構造而成的形聲字。

【述義】植物失去水分而沒有光澤、枯萎爲蔫；亦指花草枯萎；又指物不新鮮。王筠《說文釋例》卷十、頁二十六："蔫下云'一曰矮也'（《韻會不引》）。案蔫，菸也；菸，鬱也；互相引伸而義已明矣。《爾雅》：'鬱，氣也。'邢疏：'謂鬱蒸之氣也。'是卽菸鬱也之義。若夫矮者病也，與菸字亦相中，然言鬱則得其致病之由，言矮反不了也。此昧者改之；校者見兩本不同，並存之耳。故知此一曰矮也者，猶云一本作矮也，並非別一義。吾鄉於艸木花葉之形色未變而已失其性將就阝落者，謂之蔫而重言之，故吾知之審也。又案酶字說曰韭鬱也，與此鬱字意近。《玉篇》蔫，菸也，黗也，而無矮也之說。朱駿聲《說文通訓定聲・乾部》：“《廣雅・釋詁四》：‘蔫，蕰也。’按：蕰卽蔫之別體，字又作嫣。《大戴・用兵》：‘草木嫣黃。’今蘇俗謂物之不鮮新者曰蔫。”唐、韓偓《春盡日》詩：“樹頭初日照西簷，樹底蔫花夜雨霑。”宋、蘇軾《一病彌月雜花都盡獨牡丹在耳劉景文左藏和順闍梨詩見贈次韻答之》詩：“淺紫從爭發，浮紅任早蔫。”宋、陸游《纍日倦甚不能觸客睡起戲作》詩：“粉闇紅蔫樽俎薄，不如止酒得安眠。”明、劉基《古歌三首》詩之一：“紅葵高花高以妍，清晨方開夕就蔫。”清、王韜《淞濱瑣話・田荔裳》：“月慘花蔫，容光憔悴。”

下垂貌。元、曾瑞《哨遍・羊訴冤》套曲：“我如今刺搭着兩箇蔫耳朵。”

精神不振、呆滯、泄氣。如：蔫溜溜；蔫不悄聲。清、佚名《六月霜》：“休得便輕灰志願，意懨懨，氣索神蔫。”

食物經久而變味。《增韻・僊韻》：“蔫，食物餲也。”

用同“嫣”，謂蔫紅，深紅色；亦指鮮豔的紅花。唐、杜牧《春晚題韋家亭子》詩：“蔫紅半落平池晚，曲渚飄成錦一張。”宋、張炎《瑣窗寒》詞：“最憐他樹底蔫紅，不語背人吹盡。”

疊字雙音“蔫蔫”形況，謂：一、猶悶悶。《兒女英雄傳》第二五回：“不想姑娘鬧了個皮子，蔫蔫兒的受了，自己倒出乎意外，一時抓不着話岔兒。”二、猶懨懨，困乏的樣子。

蔫又讀 yàn ㄧㄢ，《洪武正韻》伊甸切。臭草。《字彙・艸部》：“蔫，臭草。”

菸　0537　鬱也。从艸，於聲。一曰：矮也。央居切（yū ㄩ）。

【譯白】菸，草的顏色晦暗失去翠綠的光澤。是依從艸做形芻，以於爲聲芻構造而成的形聲字。也可以這麼說：菸是指草木枯萎或枯死。

【述義】菸，是說草木枯萎；鬱，指顏色晦暗失去光澤。王筠《說文釋例》卷十、頁二十六：“案：‘蔫，菸也’，‘菸，鬱也’，互相引伸而義已明矣……‘一曰矮也’者，猶云‘一本作矮’也，並非別一義。”《廣雅・釋詁四》：“蔫，菸、矮，蕰也。”王念孫疏證：“皆一聲之轉也。"宋、司馬光《論張堯佐除宣徽史狀》："盛夏日方中而灌之，瓜不旋踵而菸敗。"

按：殗，同"萎"，此指草木枯萎、枯死的意思。《廣雅・釋詁一》："殗，病也。"王念孫疏證："殗字亦作萎；草木枯死謂之萎。"清、段玉裁《說文解字注・第四篇歹部》："殗、萎，古今字。"《鹽鐵論・未通》："樹木數徙則殗，蟲獸徙居則壞。"

菸邑，卽枯萎的意思；一作菸邑。《楚辭・九辯》："葉菸邑而無色兮，枝煩挐而交橫。"王逸注："顏容變易而蒼黑也。"

菸又讀 yù ㄩˋ，《廣韻》依倨切，去御影；是臭草。《玉篇・艸部》："菸，臭草也。"

菸又讀 yān ㄧㄢ，《字彙》因肩切。卽煙草，別名淡巴菰、淡巴姑，爲一年生草本植物，葉大如卵，尾尖，採下曬乾，稱爲煙葉，含尼古丁等質，有興奮刺激作用；烘乾後切爲細絲製成各種卷煙及煙絲；原產南美，明代自呂宋傳入中國；吸菸無益，不只有害健康，而且直接致癌，二手菸毒性尤烈，當今列國意識吸菸造成重大社會成本負擔，多立法實施公共場所禁菸措施。明、方以智《物理小識・草本類》："淡巴姑煙草，其本似春不老，而葉大於菜。"《土風錄・煙草》引清、劉廷璣《在園雜志》："閩外人相傳，高麗國妃死，王哭之慟，夢妃告曰：塚生一草，名曰煙草，焙乾，以火燃之，而吸其煙，則可止悲。"清、俞正燮《癸巳存稿・喫煙事述》："煙草出於呂宋，其地名曰淡巴姑，明時由閩海達中國，故今猶稱建煙。"章炳麟《噀傖文》："手把雀籠，鼻齅菸黃。"菸草、煙草、烟草通。

蔡 ₀₅₃₈ 蔡 艸旋皃也。从艸，縈聲。《詩》曰："葛藟縈之。"於營切（yíng ㄧㄥˊ）。

【譯白】縈，草纏繞的樣子。是依從艸做形旁，以縈爲聲旁構造而成的形聲字。《詩・周南・樛木》說："葛藟的藤，纏繞着樛木。"

【述義】王筠《說文解字句讀》："縈，謂糾繚之也，《周南》文，今作縈，《釋文》作縈。"

果實垂纍貌。《玉篇・艸部》："縈，草木萎蕤也。"

蔡 ₀₅₃₉ 蔡 艸也。从艸，祭聲。蒼大切（cài ㄘㄞˋ）。

【譯白】菜，野草。是依從艸做形旁，以祭爲聲旁構造而成的形聲字。

【述義】王筠《說文解字句讀》：“《玉篇》：‘蔡，艸芥也。’以《丯（音 jiè ㄐㄧㄝˋ）部》說‘艸蔡也（象艸生之散亂也）’推之，則此當作‘艸丯也。’《玉篇》借用芥字耳。”張舜徽《說文約注》：“蔡之本義，當爲芟艸，說解原文當作‘丯艸也’。丯卽割之初文，此與四篇‘丯，艸蔡也。’義可互明，後人旣誤倒蔡篆下說解爲‘艸丯也’，又以丯字久廢不用，以芥易之。”

蔡，泛稱野草。《楚辭‧王褒〈九懷‧尊嘉〉》：“水躍兮余旌，繼以兮微蔡。”王逸注：“繼以草芥入己舩也。”《文選‧左思〈魏都賦〉》：“蔡莽螫刺，昆蟲毒噬。”李善注引王逸《楚辭》注曰：“蔡，草莽也。”梁啟超《治始於道路說》：“入其鄙而熇穢蕪蕠，蔡莽螫刺。”

占卜用的大龜。《左傳‧襄公二十三年》：“臧武仲自邾使告臧賈，且致大蔡焉。”杜預注：“大蔡，大龜。”唐、陸德明《經典釋文》：“一云龜出蔡地，因以爲名。”《論語‧公冶長》：“臧文仲居蔡，山節藻梲，何如其知也？”《漢書‧食貨志下》：“元龜爲蔡，非四民所得居，有者，入大卜受直。”唐、韓愈、孟郊《秋雨聯句》詩：“筮命或馮著，卜晴將問蔡。”泛指龜。唐、元稹《芳樹》詩：“清池養神蔡，已復長蝦蟇。”《冷眼觀》第七回：“月先生將我們錢大人比着金錢豹還好，倘是比了一隻老蔡，將來我們有了疑問，還要求他占驗哩！”

猶衰。《尚書大傳》卷一下：“秋伯之樂舞蔡俶，其歌聲比小謠，名曰‘苓落’。”鄭玄注：“蔡猶衰也，俶始也，言象物之始衰也。”

周代諸侯國名。周武王弟叔度始封於蔡，後因反叛，被流放而死；周成王復封其子蔡仲於此，建都上蔡（今河南上蔡西南）；春秋時，因故多次遷移；平侯遷新蔡（今屬河南）；昭侯遷州來（今安徽鳳臺），稱爲下蔡。公元前四四七年（周定王二十二年）爲楚所滅。見《史記‧管蔡世家》。《莊子‧山木》：“孔子圍於陳、蔡之間。”

古州名，隋大業二年置，治所在上蔡（今河南省汝南縣）。清、顧祖禹《讀史方輿紀要‧河南五‧汝寧府》：“汝寧府，春秋時爲沈、蔡二國地……（後周）又改溱州，復改曰蔡州，而汝南郡如故；隋初廢郡仍曰蔡州，復改爲汝南郡……（唐）寶應初又改蔡州，宋仍曰蔡州，金因之，元仍爲蔡州，至元三十年升汝寧府。"

山名。有二指：一、約在今四川省雅安縣東南。《書‧禹貢》："蔡、蒙旅平。"宋、歐陽忞《輿地廣記‧成都府路下》："（雅州嚴道縣）有蔡山，《禹貢》所謂'蔡蒙旅平'是也，今曰周公山。"二、在湖北省黃梅縣西南江濱，接廣濟縣境。《通典‧州郡‧蘄春》："蔡山出大龜，《尚書》云：'九江納錫大龜。'卽此。"

姓。《通志‧氏族略二》："蔡氏，（周）文王第五子蔡叔度之國也……爲楚所滅；子孫以國爲氏。"

蔡又讀 sà ㄙㄚˋ，《集韻》桑曷切，入曷心；月部。一、作"流放"。《左傳‧昭公元年》："周公殺管叔而蔡蔡叔，夫豈不愛，王室故也。"杜預注："蔡，放也。"楊柏峻注："蔡蔡叔上一'蔡'字，《說文》作粲，亦音蔡，蔡、粲古音同。張參《五經文字》謂'粲，《春秋傳》多借蔡爲之'。《後漢書‧樊儵傳》李賢注引《傳》則仍作'周公殺管叔而粲蔡叔'……杜注：'蔡，放也。'"二、通"殺"，指減少。《五經文字‧米部》："粲，放也；《春秋》多借蔡字爲之。"《集韻‧曷韻》："粲，《說文》：'糜粲，散之也。'一曰放也；或作蔡，通作殺。"《書‧禹貢》："五百里要服，三百里夷，二百里蔡。"孔穎達疏引鄭玄曰："蔡之言殺，減殺其賦。"孔傳："蔡，法也，法三百里而差簡。"

蔡又讀 cā ㄘㄚ，《集韻》七曷切，入曷清。昧蔡，人名。《集韻‧曷韻》："蔡，昧蔡，宛酉名。"《漢書‧李廣利傳》："立宛貴人之故時遇漢善者名昧蔡爲宛王。"

茷　0540　艸葉多。从艸，伐聲。《春秋傳》曰："晉糴茷。"符發切（fá ㄈㄚˊ）。

【譯白】茷，草葉茂密繁盛。是依從艸做形旁，以伐爲聲旁構造而成的形聲字。《左傳‧成公十年》說："晉侯派遣大夫糴茷出使楚國。"

【述義】"晉糴茷"，今本《左傳‧成公十年》作"十年春，晉侯使糴茷如楚"。杜預注："糴茷，晉大夫。"

草葉豐盛。唐、柳宗元《始得西山宴遊記》："斫榛莽，焚茅茷。"

同"筏"。《墨子‧雜守》："諸林木渥水中，無過一茷。"孫詒讓閒詁引《方言》："簰謂之茷。"

茷又讀 pèi ㄆㄟˋ，《集韻》蒲蓋切，去泰並；月部。一、通

"旆"，古代旗子邊下垂如燕尾的飾物。朱駿聲《說文通訓定聲·泰部》："茷，叚借爲旆。"《詩·小雅·六月》："白旆央央。"唐、陸德明《經典釋文》："白茷，本又作旆。"黃焯彙校："古寫本作茷，今作旆。"《左傳·定公四年》："分康叔以大路、少帛、綪茷、旃旌、大呂。"孔穎達疏："茷卽旆也。"二、同"芃"，白色的凌霄花。《集韻·末韻》："芃，《說文》：'艸之白華爲芃'；或從伐。"

疊字雙音"茷茷"形況：嚴整貌。段玉裁《說文解字注》："《詩》'白旆央央'，本又作'茷'；《泮水》之'其旂茷茷'，卽《出車》之'旟旐旆旆'、《采菽》之'其旂淠淠'也。然則《小弁》'萑葦淠淠'亦當云'萑葦茷茷'；本言艸葉之多，而引伸之狀旌旗也。"《詩·魯頌·泮水》："其旂茷茷，鸞聲噦噦。"毛傳："茷茷，言有法度也。"一說飛揚貌；見朱熹集傳。

茷又讀 bá ㄅㄚˊ，《集韻》北末切，入末幫。同"芃"，草木根。《集韻·末韻》："芃，《說文》：'草根也；春艸根枯引之而發土爲撥，故謂之芃。'或從伐。"

茷又讀 bó ㄅㄛˊ，《集韵》蒲撥切，入末並。茷骫，枝條盤紆屈曲貌。《集韻·末韻》："茷，木枝葉盤紆皃。"《楚辭·淮南小山〈招隱士〉》："樹輪相糾兮，林木茷骫。"王逸注："枝條盤紆。"清、曹寅《贈卜者楊老》詩："原粦飽饘粥，秋林盛茷骫。"

菜 0541 〔菜〕 艸之可食者。从艸，采聲。蒼代切（cài ㄘㄞˋ）。

【譯白】菜，草本植物中可以食用者的統稱。是依從艸做形芴，以采爲聲芴構造而成的形聲兼會意字。

【述義】菜是形聲兼會意字。可供食用的草本植物稱爲菜，通稱蔬菜。《小爾雅·廣物》："菜謂之蔬。"段玉裁《說文解字注》："此舉形聲包會意；古多以采爲菜。"《論語·鄉黨》："雖蔬菜食菜羹，瓜祭，必齊如也。"《國語·楚語下》："庶人食菜，祀以魚。"《靈樞經·五味》："五菜：葵甘，韭酸，藿鹹，薤苦，蔥辛。"唐、韓愈《論佛骨表》："晝日一食，止於菜果。"宋、陸游《月下醉題》詩："閉門種菜英雄老，彈鋏思魚富貴遲。"

看饌的總稱。如：葷菜、素菜、台菜、川菜。《北史·胡叟傳》："飯菜精潔，醯醬調美。"《儒林外史》第四十二回："都是些燕窩、鴨子、雞、魚……那菜一碗一碗的捧上來。"集中出售蔬菜和肉類等副食品的場所稱爲菜市。清、袁枚《隨園詩話補遺》卷五："金載羹、聚升昆季……《晚起》云：'菜市聲喧眠最隱，餅師叫過日將西。'"

　　特指油菜，如：菜子、菜油；油菜爲一至二年生草本植物，花黃色，結角果，種子可以榨油，爲中國主要油料作物及蜜源作物之一。明、李時珍《本草綱目·菜一·蕓薹》："此菜易起薹，須采其薹食，則分枝必多，故名蕓薹；而淮人謂之薹芥，卽今油菜，爲其子可榨油也。"

　　通"采"。一、采摘、摘取。《列子·說符》："臣有所與共擔纏薪菜者。"俞樾《諸子平議·列子》："菜當爲采，古字通用。"《隸釋·梁相孔耽神祠碑》："舞土茅茨，躬菜淩蔺。"洪适注："菜卽采字。"二、采地，卿大夫的封邑。南朝、陳、無名氏《陳叔明墓誌》："出自帝舜之後胡公滿，食菜於陳，因而賜姓。"宋、王禹偁《授六尚書節度使麻》："仍如食菜，式重分茅。"

　　謂吃素、齋食、素食。宋、袁文《甕牖閑評》卷八："黃太史過泗州，禮僧伽之塔，作發願文，痛戒酒色肉食……當其在宜州，棲遲瘴霧之中，非菜肚老人所宜，其況味蓋可知。"

蒳 0542　蕭　艸多葉皃。从艸，而聲。沛城父有楊蒳亭。如之切（ér ㄦ）。

【譯白】蒳，草長出很多葉子的樣子。是依從艸做形旁，以而爲聲旁構造而成的形聲字。沛郡城父縣有一基層地名稱爲楊蒳亭。

【述義】《玉篇·艸部》："蒳，草多兒。"徐鍇《說文解字繫傳》："古謂頰毛爲髵，此草似之也。"

　　木耳亦名"蒳"，同"栭"、"檽"。《禮記·內則》："芝栭菱椇，棗栗榛柿。"鄭玄注："芝音之；栭音而，本又作檽。"孔穎達疏："芝栭者，庾蔚云：'無華葉而生者曰芝栭。'盧氏云：'芝，木芝也。'王肅曰：'無華而實者名栭，皆芝屬也。'"《後漢書·馬融傳》："芝蒳菫荁，蘘荷芋渠。"晉、葛洪《抱朴子·塞難》："蠛蠓之育於醯醋，芝檽之產於木石。"

　　城父，春秋時陳邑，又名夷，漢置城父縣，地在今安徽亳縣。

芝 0543　苂　艸浮水中兒。从艸，乏聲。匹凡切（fān ㄈㄢ）。

【譯白】芝，草飄浮在水中的樣子。是依從艸做形旁，以乏爲聲旁構造而成的形聲字。

【述義】闕。

薄 0544　𧁀　林薄也。一曰：蠶薄。从艸，溥聲。旁各切（bó ㄅㄛˊ）。

【譯白】薄，草木密集生長。另一義說：薄是葦、竹編成的養蠶工具"蠶簾"。是依從艸做形旁，以溥爲聲旁構造而成的形聲字。

【述義】林薄，亦謂草木叢生處。段玉裁《說文解字注》："《吳都賦》：'傾藪薄。'劉注曰：'薄，不入之叢也。'按：林木相迫不可入曰薄；引申凡相迫皆曰薄；如：外薄四海，日月薄蝕皆是……相迫則無閒可入，凡物之單薄不厚者亦無閒可入，故引伸爲厚薄之薄。"《楚辭‧九章‧涉江》："露申辛夷，死林薄兮。"王逸注："叢木曰林，草木交錯曰薄。"《文選‧左思〈吳都賦〉》："傾藪薄，倒岬岫。"劉淵林（逵）注："薄，不入之叢。"《淮南子‧俶眞》："夫鳥飛千仞之上，獸走叢薄之中。"高誘注："聚木曰叢，深草曰薄。"三國、魏、曹植《七啟》詩："搜林索險，探薄窮阻。"唐、韓愈《送區弘南歸》詩："雖有不逮驅騑騑，或採于薄漁于磯。"

借作迫近、接近。如：薄暮、薄海。《書‧益稷》："外薄四海，咸建五長。"《楚辭‧九章‧涉江》："腥臊並御，芳不得薄兮。"洪興祖補注："薄，迫也，逼近之意。"元、楊維楨《趙氏詩錄序》："而欲上下陶、杜、二李，薄乎《騷》、《雅》，亦落落乎其難哉！"引申爲逼迫、緊迫。《易‧說卦》："山澤通氣，雷風相薄。"《戰國策‧韓策二》："吾得爲役之日淺，事今薄，奚敢有請？"

謂微薄；謂簡陋；謂粗鄙、粗陋。《易‧繫辭上》："夫茅之爲物薄，而用可重也。"《漢書‧東方朔傳》："令待詔公車，奉祿薄，未得省見。"《後漢書‧羊續傳》："常敝衣薄食，車馬羸敗。"南朝、梁、蕭衍《禁屠令》："菲衣薄食，請自孤始。"《文選‧謝靈運〈擬魏太子"鄴中集"詩‧徐幹〉》："末塗幸休明，棲集建薄質。"李周瀚注："言臨幸太子休明，延及我薄陋之質，以同棲集。"《新唐書‧韓滉傳》："滉雖宰相子，性節儉，衣裘茵祍，十年一易；甚暑不執扇，居處陋薄，取庇風雨。"宋、歐陽修《答聖俞》詩："濕薪熒熒煮薄茗，四顧壁立空無遺。"宋、范成大《冬春行》詩："去年薄收飯不足。”微薄，含有數量小的意思。

輕微、小。《易・繫辭下》：“德薄而位尊，知小而謀大，力小而任重，鮮不及矣。”《顏氏家訓・勉學》：“諺曰：‘積財千萬，不如薄伎在身。’”唐、杜甫《秋興八首》詩之三：“匡衡抗疏功名薄，劉向傳經心事違。”

略微。《論語・衛靈公》：“子曰：‘躬自厚而薄責於人，則遠怨矣。’”唐、鄭蕡《才鬼記・孟氏》：“美容質，能歌舞，薄知書，稍有詞藻。”

少、薄弱。《左傳・僖公三十年》：“越國以鄙遠，君知其難也，焉用亡鄭以陪鄰？鄰之厚，君之薄也。”《史記・高祖本紀》：“吾非敢自愛，恐能薄，不能完父兄子弟。”晉、袁宏《後漢紀・靈帝紀下》：“今涼州天下之衝要，國家之蕃衛也……且無涼州則三輔危，三輔危則京都薄矣。”《醒世恆言・喬太守亂點鴛鴦譜》：“就是粧奩厚薄，但憑親家，並不計論。”

物體厚度小（口語讀 báo ㄅㄠˊ）。《詩・小雅・小旻》：“戰戰兢兢，如臨深淵，如履薄冰。”《新書・連語》：“牆薄咫亟壞，繒薄咫亟裂，器薄咫亟毀。”漢、蔡邕《女誡》：“而今之務在奢麗，志好美飾；帛必薄細，采必輕淺。”宋、沈括《夢溪筆談・技藝》：“有布衣畢昇，又爲活版，其法用膠泥刻字，薄如錢脣。”宋、王安石《蝶》詩：“翅輕於粉薄於繒，長被花牽不自勝。”

土質貧瘠不肥沃。《左傳・成公六年》：“郇瑕氏土薄水淺，其惡易覯。”《史記・貨殖列傳》：“越楚則有三俗……其俗剽輕，易發怒，地薄，寡於積聚。”《齊民要術・種穀》：“《氾勝之書》曰：‘薄田不能糞者，以原蠶矢雜禾種種之，則禾不蟲。’”《三國志・蜀書・諸葛亮傳》：“成都有桑八百株，薄田十五頃。”唐、白居易《茅城驛》詩：“地薄桑麻瘦，村貧屋舍低。”元、王禎《農書・農桑通訣・播種篇》：“地不厭良，薄卽糞之。”

淡弱，又指味淡，與“濃”相對。《莊子・胠篋》：“魯酒薄而邯鄲圍。”《楚辭・大招》：“吳酸蒿蔞，不沾薄只。”王逸注：“沾，多汁也；薄，無味也。”《三國志・魏書臧洪傳》：“使作薄粥，衆分歠之。”唐、杜甫《羌村》詩之三：“莫辭酒味薄，黍地無人耕。”

唐、李賀《昌谷讀書示巴童》詩：“蟲響燈光薄，宵寒藥氣濃。”宋、李清照《醉花陰》詞：“薄霧濃雲愁永晝，瑞腦消金獸。”清、孔尚任《桃花扇・賺將》：“這樣薄酒，拿來灌俺。”

減輕、減損、減少。《周禮・地官・大司徒》：“以荒政十有二聚萬民：一曰散利，二曰薄征……十有二曰除盜賊。”鄭玄注：“薄征，輕租稅也。”《孟子・梁惠王上》：“省刑罰，薄稅斂。”又《盡心上》：“易其田疇，薄其稅斂，民可使富也。”《史記・貨殖列傳》：“能薄飲食，忍嗜欲，節衣服。”《金史・承裕傳》：“承裕兵大潰……薄其罪，除名而已。”宋、曾敏行《獨醒雜志》卷四：“東坡坐詔獄，御史上其寄黃門之詩，神宗見之卽薄其罪，謫居黃州。”

不厚道、虛假刻薄不誠樸，指人心、世道、綱紀等衰微。《孟子・萬章下》：“故聞柳下惠之風者，鄙夫寬，薄夫敦。”《韓非子・解老》：“所謂大丈夫者，謂其智之大也；所謂處其厚不處其薄者，行情實而去禮貌也。”《史記・商君列傳論》：“商君，其天資刻薄人也。”司馬貞索隱：“刻謂用刑深刻；薄謂棄仁義，不悃誠也。”《漢書・藝文志》：“皆感於哀樂，緣事而發，亦可以觀風俗，知薄厚云。”又《刑法志》：“禹承堯舜之後，自以德衰而制肉刑，湯、武順而行之者，以俗薄於唐、虞故也。”《後漢書・皇后紀論》：“爰逮戰國，風憲愈薄，適情任欲，顛倒衣裳。”晉、桓溫《薦譙元彥表》：“方今六合未康，豺豕當路，遺黎偷薄，義聲不聞。”宋、王安石《上時政書》：“官亂於上，民貧於下，風俗日以薄。”金、王若虛《送彭子升之任冀州序》：“予嘗悲夫昔人之難見，而病後世士風之薄也。”宋、葉適《周鎮伯墓誌銘》：“山之先儒故老，莫如君者；其學也，惰者可殖；其行也，薄者可化也。”

命運不幸。《列子・力命》：“夫北宮子厚於德，薄於命。”宋、蘇軾《薄命佳人》詩：“自古佳人多命薄，閉門春盡楊花落。”

急、急迫、緊迫。《詩・周南・芣苢》：“采采芣苢，薄言采之。”高亨注：“薄，急急忙忙；言，讀爲焉或然。”《戰國策・韓策二》：“吾得爲役之日淺，事今薄，奚敢有請？”鮑彪注：“薄，猶迫；遽，速也。”漢、王粲《從軍》詩之一：“盡日處大朝，日暮薄言歸。”《漢書・嚴助傳》：“王居遠，事薄遽，不與王同其計。”顏師古注：

"如淳曰：'薄，迫也；言事迫，不暇得先與王共議之……'薄，迫，是也；遽，速也。"唐、劉禹錫《送李策秀才還湖南》詩："忽被戒羸驂，薄言事南征。"宋、王安石《酬王詹叔奉使江東訪茶法利害見寄》詩："王程雖薄邊，邦法難鹵莽。"宋、秦觀《瀘州使君任公墓表》："公知其謀，乃錄使者不法事關瀘州十有五條上之，使者薄邊不知所爲。"清、方文《王雷臣侍御招同沈仲連李叔則喜而作歌》詩："我謁王公霜氣肅，適有三賢先在屋。薄言取酒禦風寒，涓滴纔濡舂滿腹。"

停止、依附。《楚辭・九辯》："去鄉離家兮徠遠客，超逍遙兮今焉薄？"王逸注："欲止無賢，皆讒賊也。"《戰國策・楚策二》："寡人臥不安席，食不甘味，心搖搖如懸旌，而無所終薄。"《水經注・江水》："昔洪水之時，人薄舟崖側，以餘爐埵之巖側。"

輕視、鄙薄、看不起。如：厚此薄彼。《孟子・盡心上》："孟子曰：'於不可已而已者，無所不已；於所厚者薄，無所不薄也。'"《史記・孫子吳起列傳》："居頃之，其母死，起終不歸；曾子薄之，而與起絕。"《漢書・張安世傳》："薄朕忘故，非所望也。"顏師古注："薄猶嫌也。"唐、杜甫《戲爲六絕》詩之五："不薄今人愛古人。"《資治通鑑・後晉高祖天福三年》："鳳翔節度使李從曮，厚文士而薄武人，愛農民而嚴士卒，由是將士怨之。"《紅樓夢》第十六回："可恨我小幾歲年紀，若早生二三十年，如今這些老人家也不薄我沒見世面了。"

指一種護城用的藩蔽、屏障。《墨子・備蛾傳》："凡殺蛾傅而攻者之法，置薄城外。"孫詒讓閒詁："蓋於城外植木爲藩蔽。薄，《備梯》篇作裾，裾當爲椐之誤。黃紹箕云：'……此書所云椐，蓋卽編木爲藩杝。椐爲古聲孳生字，薄爲甫聲孳生字，二字同部，聲近義同。'案黃說是也。"

晦暗。《史記・天官書》："日月薄蝕。"裴駰集解："孟康曰：'日月無光曰薄。'韋昭曰：'氣往迫之爲薄，虧毀爲蝕。'"

束縛。《釋名・釋言語》："縛，薄也，使相薄著也。"《潛夫論・交際》："此處子之羈薄，貧賤之苦酷也。"

努力。《方言》卷一："薄，勉也；秦、晉曰釗或曰薄，故其鄙語曰薄努，猶勉努也。"郭璞注："如今人言努力也。"《管子・輕重戊》："父老歸而治生，丁壯者歸而薄業。"

懼怕。《大戴禮記・文王官人》："懼色薄然以下，憂悲之色纍然而靜。"

買。《廣雅・釋詁三》："薄，買也。"

通"箔"。一、簾子。《爾雅・釋宮》："屋上薄謂之筂。"郝懿行義疏："薄卽簾也，以葦爲之，或以竹。"《莊子・達生》："有張毅者，高門縣薄，無不走也。"成玄英疏："高門，富貴之家也；縣薄，垂簾也。"《禮記・曲禮上》："帷薄之外不趨，堂上不趨，執玉不趨。"清、蒲松齡《聊齋志異・張氏婦》："夜與夫掘坎深數尺，積茅焉；覆以薄，加蓆其上，若可寢處。"二、蠶薄、蠶簾，養蠶用具，象蓆子或篩子，用葦、竹編成；後作"箔"。《方言》卷五："薄，宋、魏、陳、楚、江、淮之間謂之苗，或謂之麴，自關而西謂之薄。"《史記・周勃世家》："勃以織薄曲爲生。"司馬貞索隱："謂勃本以織蠶薄爲生業也。韋昭云：'北方謂薄爲曲。'許慎注《淮南》云：'曲，葦薄也。'"亦以爲計量詞。宋、趙令時《侯鯖錄》卷一："廣南呼食爲頭，魚爲鈄，茗爲薄、爲夾。"原注："溫□貢茗二百大薄。"三、衣服、器物等上面的薄片狀飾物。唐、張鷟《遊仙窟》："須臾之間，五嫂則至。羅綺繽紛，丹青暐曄。裙前麝散，髻後龍盤。珠繩絡彩衫，金薄塗丹履。"

通"泊"，停泊。漢、桓寬《鹽鐵論・刺復》："方今爲天下腹居，郡、諸侯並臻，中外未安，心憧憧若涉大川，遭風而未薄。"三國、魏、曹丕《善哉行》詩："今我不樂，歲月如馳；湯湯川流，中有行舟；隨波轉薄，有似客遊。"南朝、宋、謝靈運《登臨海嶠初發疆中作與從弟惠連可見羊何共和之》詩："日落當棲薄，繫纜臨江樓。"

通"暴（音 pù ㄆㄨˋ）"，曬。《漢書・宣帝紀》："旣壯，爲取暴室嗇夫許廣漢女。"唐、顏師古注："應劭曰：'暴室，宮人獄也，今曰薄室。'……暴室者，掖庭主織作染練之署，故謂之暴室，取暴曬爲名耳。或云薄室者，薄亦暴也。今俗語亦云薄曬。蓋暴室職務旣多，因爲置獄主治其罪人，故往往云暴室獄耳。然本非獄名，應說失之矣。”清、俞樾《羣經平議・禮記一》：“‘喪祭用不足曰暴’，暴當讀爲薄。《漢書・宣帝紀》注曰：‘薄亦暴也，今俗語亦云薄曬。’是暴與薄古通用。”薄室，卽暴室；漢官署名，屬掖庭令，主織造染練等。

通“敷”。一、頒佈、發佈。《管子・幼官》：“十二小卯，薄百爵。”于省吾《雙劍誃諸子新證・管子一》：“薄應讀爲敷；金文敷作専，薄从専聲，故可通借；敷百爵猶言布百爵。”二、塗敷、塗抹、塗飾。《史記・禮書》：“鮫韅彌龍。”南朝、宋、裴駰集解引徐廣曰：“乘輿車，金薄璆龍爲輿倚較。”司馬貞索隱：“劉氏云：‘薄猶飾也。’”晉、法顯《佛國記》：“有僧伽藍，名王新寺……梁柱、戶扇、窗牖，皆以金薄。”晉、干寶《搜神記》卷二：“爾時比日行心腹病，無有不死者；弘乃教人殺烏雞以薄之，十不失八九。今治中惡，輒用烏雞薄之者，弘之由也。”宋、沈括《夢溪筆談・官政一》：“太常博士李處厚知廬州愼縣，嘗有毆人死者，處厚往驗傷，以糟醭灰湯之類薄之，都無傷跡。”三、裝飾。《史記・禮書》：“寢兕持虎，鮫韅彌龍，所以養威也。”裴駰集解引晉、徐廣曰：“乘輿車金薄璆龍爲輿倚較，文虎伏軾，龍首銜軛。”司馬貞索隱：“彌亦音弭，謂金飾衡杚爲龍……劉氏云：‘薄，猶飾也。’”

通“欂”，壁柱。朱駿聲《說文通訓定聲・豫部》：“薄，叚借爲欂。”《墨子・備城門》：“門扇薄植。”孫詒讓閒詁：“畢云：《說文》云：‘欂，壁柱。’‘植，戶植也。’薄，假音字。”薄櫨，卽欂櫨，又稱斗拱，是一種墊在立柱頂上用以承接橫梁的建築結構。《漢書・王莽傳下》：“太初祖廟東西南北各四十丈，高十七丈，餘廟半之。爲銅薄櫨，飾以金銀琱文，窮極百工之巧。”顏師古注：“薄櫨，柱上枅，卽今所謂楂也。”又《揚雄傳上》：“香芬茀以窮隆兮，擊薄櫨而將榮。”

通“博”，搏擊、拍擊。清、朱駿聲《說文通訓定聲・豫部》：“薄，叚借爲博。”《易・說卦》：“天地定位，山澤通氣，雷風相薄，水火不相射。”《韓非子・解老》：“物有理，不可以相薄；物有理不可以相薄，故理之爲物之制。”《文選・張衡〈東京賦〉》：“薄狩于敖，旣璵璵焉。”李善注引薛綜曰：“《詩》曰：建旐設旄，薄獸于敖。"按：今《詩·小雅·車攻》卽作"博"。《淮南子·兵略》：
"擊之若雷，薄之若風。"北魏、酈道元《水經注·湘水》："其山
有石紺而狀鷿，因以名山；其石或大或小，若母子焉；及其雷風相薄，
則石鷿羣飛頡頏，如眞鷿矣。"《南史·臧質傳》："魏軍乃肉薄登
城。"清、戴名世《贊理河務僉事陳君墓表》："計此河能行水幾何
方，然後受之，其餘皆洩宣之，此出彼入，使游波寬衍，不致薄堤。"

通"簿"，卽簿伐，指先世官籍。漢、應劭《漢官儀》卷上："丞，
皆選孝廉郎年少薄伐者。"《三國志·魏志·傅嘏傳》："案品狀則實才
未必當，任薄伐則德行未爲敍，如此則殿最之課，未盡人才。"

同"亳"，古地名，爲商湯時都城。《左傳·僖公二十一年》："十
有二月癸丑，公會諸侯盟于薄。"《荀子·議兵》："古者湯以薄，
武王滈，皆百里之地也，天下爲一。"楊倞注："薄與亳同，滈與鎬
同。"

助詞，多用於句首，相當於"夫"、"且"。《詩·周南·葛覃》：
"薄汙我私，薄澣我衣。"戴震補注："薄猶且也。"又《小雅·出
車》："赫赫南仲，薄伐西戎。"晉、陶潛《與殷晉安別》詩："去
歲家南里，薄作少時鄰；負杖肆游從，淹留忘宵晨。"南朝、宋、顏
延之《重釋何衡陽達性論》："薄從歲事，躬斂山田；田家節隙，野
老爲儔。"

姓。《通志·氏族略五》："薄氏，《風俗通》："衛賢人薄疑；漢
高帝薄夫人。"

疊字雙音"薄薄"形況：一、猶稍稍、略微。《西湖佳話·白堤
政迹》："我旣在此，做了一場刺史，又薄薄負些才名，今奉旨內轉，
便突然而去，豈不令山水笑我無情。"《二十年目睹之怪現狀》第四
回："那委員聽見他這麼說，也就順水推船，薄薄的責了他的底下人
幾下就算了。"二、廣大貌。《荀子·榮辱》："故薄薄之地，不得履
之。"楊倞注："薄薄謂旁薄廣大之貌。"三、車疾馳聲。《詩·齊
風·載驅》："載驅薄薄，簟茀朱鞹。"孔穎達疏："驅馳其馬，使
之疾行，其車之聲薄薄然。"

薄又讀bù ㄅㄨˋ，《集韻》伴姥切，上姥並。薍薄，草名。《集韻·
姥韻》："薄，薍薄，艸也。"

薄又讀 bò ㄅㄛ，薄荷，爲脣形科多年生草本植物，莖有四棱，葉子對生，花呈紅、白或淡紫色；莖和葉有清涼的香味，可入藥，或用於食品。明、李時珍《本草綱目・草三・薄荷》：“薄荷，人多栽蒔，二月宿根生苗，清明前後分之；方莖赤色，其葉對生，初時形長而頭圓，及長則尖；吳、越、川、湖人多以代茶……入藥以蘇產爲勝。”

苑　0545　𦸏　所以養禽獸也。从艸，夗聲。於阮切（yuàn ㄩㄢˋ）。

【譯白】苑，用來畜養禽獸的場所。是依從艸做形旁。以夗爲聲旁構造而成的形聲字。

【述義】古稱養禽獸、植林木的地方，多指帝王或貴族遊獵的場所而言。段玉裁《說文解字注》：“古謂之囿，漢謂之苑。”《周禮・秋官・雍氏》：“禁山之爲苑，澤之沈者。”《史記・封禪書》：“其後，天子苑有白鹿，以其皮爲幣。”《漢書・元帝紀》：“以三輔、太常、郡國公田及苑可省者振業貧民，貲不滿千錢者賦貸種、食。”唐、玄應《一切經音義》卷十二引《三蒼》：“養牛馬林木曰苑。”《呂氏春秋・重己》：“昔先聖王之爲苑囿園池也，足以觀望勞形而已矣。”《史記・高祖本紀》：“諸故秦苑囿園池，皆令人得田之。”《文選・左思〈吳都賦〉》：“遭藪爲囿，植林爲苑。”李善注引劉逵曰：“有木曰苑，有草曰囿。”唐、韓愈《順宗實錄四》：“春早，德宗數獵苑中。”南朝、梁、沈約《齊故安陸昭王碑文》：“博望之苑載暉，龍樓之門以峻。”亦泛指一般園林。南朝、宋、謝靈運《夜宿石門》詩：“朝搴苑中蘭，畏彼霜下歇。”唐、李商隱《卽日》詩：“小苑試春衣，高樓依暮暉。”清、戴名世《陳某詩序》：“而姑蘇、天臺、震澤之濱，長洲之苑，尤爲秀絕。”

使之成爲園林。南朝、宋、顏延之《三月三日曲水詩序》：“略亭皋，跨芝廛，苑太液，懷曾山。”《北齊書・文襄帝紀》：“方欲苑五嶽而池四海，掃氛穢以拯黎元。”

文彩、花紋。《詩・秦風・小戎》：“蒙伐有苑，虎韔鏤膺。”毛傳：“苑，文貌。”朱熹集傳：“蒙，雜也。伐，中干也；盾之別名。苑，文貌，畫雜羽之文於盾上也。”陳奐傳疏：“文兒者，謂羽飾也。”

病、枯萎。《淮南子・俶眞訓》：“是故形傷于寒暑燥溼之虐者，形苑而神壯。”高誘注：“苑，枯病也。”又《本經》：“故閉四關則身無患，百節莫苑。”高誘注：“苑，病也。”引申爲損害。清、魏源《默觚上·學篇二》：“德善積而不苑，其德彌積，其服彌廣，其行彌遠而不困。”

會集地；多指學術文藝等薈萃之處。南朝、梁、劉勰《文心雕龍·總術》：“才之能通，必資曉術，自非圓鑒區域，大判條例，豈能控引情源，制勝文苑哉！”又《才略》：“觀夫後漢才林，可參西京，晉世文苑，足儷鄴都。”唐、韓愈《復志賦》：“朝騁騖乎書林兮，夕翺翔乎藝苑。”唐、楊炯《王勃集序》：“翰苑豁如，詞林增峻。”

苑又讀 yuān ㄩㄢ，《集韻》於袁切，平元影。姓。《通志·氏族略二》：“苑氏，亦作宛，狀云：商、武丁子先受封於苑，因以爲氏；《左傳》齊有苑何忌，衛有苑春，鄭有苑射犬。”

苑又讀 yù ㄩ，《字彙》於勿切。通“菀”，林木茂盛貌。《正字通·艸部》：“苑，通作菀。”《國語·晉語二》：“人皆集于苑，己獨集于枯。”韋昭注：“苑，茂木貌。”

苑又讀 yùn ㄩㄣ，唐、陸德明《經典釋文》于粉反，諄部。通“蘊”，積聚、鬱結。朱駿聲《說文通訓定聲·乾部》：“苑，叚借爲鬱、爲蘊（蘊）。”《詩·小雅·都人士》：“我不見兮，我心苑結。”程俊英注：“苑結，卽鬱結，心中憂鬱成結。”鄭玄箋：“苑，猶屈也，積也。”《禮記·禮運》：“故事大積焉而不苑，行不繆並。”孔穎達疏：“雖復萬機輻湊而應之有次序，不使苑積也。”

苑又讀 wǎn ㄨㄢ，《廣韻》於阮切，上阮影。通“菀”，草名，指紫菀、女菀等。《管子·地員》：“其山之末，有箭與苑。”王念孫《讀書雜志·管子九》：“苑與菀通。《急就篇》曰：‘牡蒙甘草菀藜蘆。’顏師古注：‘菀謂紫菀、女菀之屬。’”

藪　0546　藪　大澤也。从艸，數聲。九州之藪，揚州具區，荊州雲夢，豫州甫田，青州孟諸，沇州大野，雍（雝）州弦圃，幽州奚養，冀州楊紆，并州昭餘祁，是也。蘇后切（sǒu ㄙㄡˇ）。

【譯白】藪，水草叢生雜聚的大湖澤。是依從艸做形旁，以數爲聲旁構造而成的形聲字。中國古代分爲九州，九州的大湖澤是：揚州的具區，荊州的雲夢，豫州的甫田，青州的孟諸，沇州的大野，雍（雝）

州的弦圃，幽州的奚養，冀州的楊紆，并州的昭餘祁，這就是稱爲
"藪"的九州大湖澤。

【述義】湖澤，亦指水少而草木豐茂的沼澤。段玉裁《說文解字注》：
"《地官‧澤虞》曰：'每大澤大藪……'注：'澤，水所鍾也，水
希曰藪。'此析言則澤藪殊也；《職方氏》云：'其澤藪曰某。'《毛
詩》傳曰：'藪，澤。'此統言則不別也。《職方氏》注曰：'大澤
曰藪。'與《說文》合，蓋藪實兼水鍾、水希而言。"《詩‧鄭風‧
大叔於田》："叔在藪，火烈具舉。"毛傳："藪澤，禽之府也。"
唐、陸德明《經典釋文》引韓詩云："禽獸居之曰藪。"《周禮‧夏
宮‧職方氏》："東南曰揚州，其山鎮曰會稽，其澤藪曰具區。"鄭
玄注："大澤曰藪。"《左傳‧昭公二十年》："藪之薪蒸，虞候守
之。"孔穎達疏："周禮山澤之官皆名爲虞……鄭玄云：'……澤，
水所鍾也；水希曰藪。'則藪是少水之澤，立官使之候望。"北魏、
賈思勰《齊民要術序》："蓋食魚鼈而藪澤之形可見，觀草木而肥磽
之勢可知。"《新唐書‧房琯傳》："以琯資機算，詔總經度驪山，疏
巖剔藪，爲天子游觀。"《雲笈七籤》卷七八："故名人服藥，要入名
山大藪，良有以也。"《水滸全傳》第二十三回："觸目晚霞掛林藪，
侵人冷霧彌穹蒼。"

　人或物聚集的地方。《書‧武成》："爲天下逋逃主，萃淵藪。"
漢、蔡邕《胡廣黃瓊頌》："惟道之淵，惟德之藪。"晉、郭璞《奏請
平刑書》："密邇奸藪。"晉、葛洪《抱朴子‧漢過》："雲觀變爲孤
兔之藪，象魏化爲虎豹之蹊。"唐、柳宗元《柳州東亭記》："豕得以
爲囿，蛇得以爲藪。"明、張岱《陶庵夢憶‧仲叔古董》："河南爲銅
藪，所得銅器盈數車。"明、馮夢龍《智囊補‧兵智‧李愬》："妓家
果藪盜，正宜留之以爲捕役耳目之徑。"清、全祖望《梨洲先生神道
碑文》："公所著有《明儒學案》六十二卷，有明三百年儒林之藪也。"
清、魏源《國朝俄羅斯盟聘記》："藪我逋逃，阻我索倫貂貢。"

　草。《詩‧小雅‧伐木》："釃酒有藇。"毛傳："以筐曰釃，以
藪曰湑。"孔穎達疏："筐，竹器也。藪，草也。漉灑者，或用筐，
或用草。"

　猶鄉野、草野。晉、湛方生《後裔》："解纓復褐，辭朝歸藪。"

通“搜”，求的意思。朱駿聲《說文通訓定聲·需部》：“藪，叚借爲搜。”《廣雅·釋詁三》：“藪，求也。”《晉書·李重傳》：“耽道窮藪，老而彌新。”

“藪牧”，畜牧之地；亦指從事畜牧之人。《周禮·天官·大宰》：“以九職任萬民：一曰三農……四曰藪牧，養蕃鳥獸。”鄭玄注：“澤無水曰藪；牧，牧田，在遠郊，皆畜牧之地。”章炳麟《訄書·明農》：“鳥獸之蕃，魚蛤之孳，藪牧聚之。”

“藪澤”：一、指水草茂密的沼澤湖泊地帶。《莊子·刻意》：“就藪澤，處閒曠，釣魚閒處，無爲而已矣。”宋、蘇轍《民政下·第三道》：“及行天下，覽其山林藪澤之所生，與其民之所有，往往與古不類。”明、劉基《寄贈懷渭上人》詩：“我如野鳥貫藪澤，絡以羈䩭知必踠。”章炳麟《訄書·原人》：“若藻浮乎江湖，魚浮乎藪澤。”二、猶淵藪，喻人或物薈聚之處。五代、王仁裕《開元天寶遺事·風流藪澤》：“長安有平康坊，妓女所居之地……時人謂此坊爲風流藪澤。”明、袁宏道《鄭母節行始末》：“巴陵，賈藪澤也。”況周頤《蕙風詞話續編》卷二：“維揚本鶯花藪澤，自昔新城司李，狎主詞盟；紅橋冶春，香艷如昨；浮湛宦轍，代有名流。”三、猶草野。《後漢書·郎顗傳》：“若有德不報，有言不醻，來無所樂，進無所趨，則皆懷歸藪澤；修其故志矣。”晉、葛洪《抱朴子·窮達》：“邈俗之士，不羣之人……或抑頓於藪澤，或立朝而斥退也。”

“淵藪”：一、淵，魚聚之處；藪，獸聚之處；泛指人和事物集聚的地方。《書·武成》：“今商王受無道，暴殄天物，害虐烝民，爲天下逋逃主，萃淵藪。”唐、劉知幾《史通·辨職》：“斯固素餐之窟宅，尸祿之淵藪也。”清、何琇《樵香小記·經典釋文》：“《經典釋文》：爲古義之淵藪。”二、謂深廣。《隸釋·漢荊州刺史度尚碑》：“智含淵藪，仁隆春煖，義高秋雲，行絜冰霜。”三、聚集。《南齊書·王晏傳》：“令大息德元淵藪亡命，同惡相濟，劍客成羣。”清、惲敬《與姚秋農》：“中州人文淵藪，昔聖先賢流風在人，五兄課士之外，必有提唱發揮，守先待後之事。”四、猶根源。宋、王安石《贈陳君景初》詩：“堂堂潁川士，察脈極淵藪。”明、李贄《童心說》：“然則‘六經’、《語》、《孟》，乃道學之口實，假人之淵藪也。”

藪又讀 shǔ ㄕㄨˇ，《集韻》爽主切，上麌生。同“籔”，古量名。《集韻・麌韻》：“籔，《聘禮》：‘十六斗曰籔。’或從艸。”

藪又讀 còu ㄘㄡˋ，《集韻》千候切，去候清；侯部。車轂中心穿孔以承軸的部分。《集韻・候韻》：“藪，車轂空也，衆輻之轃；李軌讀。”《周禮・考工記・輪人》：“以其長爲之圍，以其圍之阞捎其藪。”鄭玄注：“鄭司農云：‘藪讀爲蜂藪之藪，謂轂空壺中也。’玄謂此藪徑三寸九分寸之五，壺中當輻菑者也；蜂藪者，猶言趨也；藪，者，衆輻之所趨也。”清、戴震《釋車》：“轂空壺中所以受軸謂之鑿，鑿謂之藪。”清、阮元《〈考工記〉車製圖解・輪解》：“轂中空謂之藪。”

菑（甾）₀₅₄₇　𦾕　不（反）耕田也。从艸甾（从艸田，巛聲）。《易》曰：“不菑畬。”𡂡，菑或省艸。側詞切（zī ㄗ）。

【譯白】菑，只除雜草而尚未耕種的田地。是依從連文成義的艸田做主、從形芻，以巛爲聲芻構造而成的會意兼形聲字。《易・無妄・六二爻》說：“不要妄想才開墾尚未進行耕作就擁有可以豐收的執田。”𡂡，菑的或體字，省去了艸。

【述義】段玉裁《說文解字注》：“‘不’當爲‘反’，字之誤也。《爾雅》‘田一歲曰菑’，毛《詩》傳、馬融、虞翻《易》注皆用之。《韓詩》、董遇《易》章句皆曰‘菑，反艸也’，與‘田一歲’義相成。”段氏並正“从艸甾”爲“从艸田，巛聲”。按：菑通作“甾”。

初耕一年的田地；亦泛指農田。《爾雅・釋地》：“田一歲曰菑。”郭璞注：“今江東呼初耕地反草爲菑。”《詩・小雅・采芑》：“薄言采芑，于彼新田，于此菑畝。”毛傳：“田一歲曰菑。”《淮南子・泰族》：“后稷墾草發菑，糞土樹穀，使五種各得其宜。”南朝、齊、謝朓《在郡臥病呈沈尚書》詩：“連陰盛農節，籝笠聚東菑。”唐、戴叔倫《獨坐》詩：“東菑春事及，好向野人論。”後泛指田畝。晉、左思《魏都賦》：“膄膄坰野，奕奕菑畝。”《梁書・沈約傳》：“緯東菑之故耜，浸北畝之新渠。”唐、王維《積雨輞川莊作》詩：“積雨空林煙火遲，蒸藜炊黍餉東菑。”

開荒、開墾、耕耘。《易・无妄》：“不耕，穫；不菑，畬。”孔穎達疏：“不敢菑（首）發新田，唯治其菑熟之地。”《書・大誥》：

“厥父菑，厥子乃弗肯播，矧肯穫。”《齊民要術·耕田》引漢、崔寔《四民月令》：“五月、六月，可菑麥田。”宋、歐陽修《送曾鞏秀才序》：“夫農不咎歲而菑播是勤，其水旱則已，使一有穫，則豈不多邪！”引申爲除去。《新唐書·李吉甫傳》：“吉甫命菑除其署以視事，吏由是安。”

茂密的草叢。《淮南子·本經訓》：“菑榛穢，聚埒畝。”高誘注：“茂草曰菑，木聚曰榛。”

水名。《周禮·夏官·職方氏》：“其浸菑、時。”鄭玄注：“菑出萊蕪。”

通“緇”。《荀子·修身》：“不善在身，菑然，必以自惡也。”梁啟雄釋引劉師培曰：“菑與‘淄’同，淄與‘緇’同……義均訓黑，引伸之：則爲渾濁之貌。菑然者，猶言以不善爲污己也。”

姓。《通志·氏族略三》：“菑氏，齊邑也；見《姓苑》。《孔融集》：‘菑莊，青州人。”

菑又讀 zì ㄗˋ，《集韻》側吏切，去志莊；之部。一、直立未倒的枯木。《詩·大雅·皇矣》：“作之屏之，其菑其翳。”毛傳：“木立死曰菑，自斃爲翳。”《荀子·非相》：“周公之狀，身如斷菑。”楊倞注：“《爾雅》云：木立死曰椔，椔與菑同。”二、圍牆。《公羊傳·昭公二十五年》：“昭公於是嗷然而哭，諸大夫皆哭。既哭，以人爲菑，以幦爲席，以鞍爲几，以遇禮相見。”何休注：“菑，周埒垣也，所以分別內外，衛威儀。”三、通“樹”；樹立、插入。《周禮·考工記·輪人》：“察其菑蚤不齵，則輪雖敝不匡。”鄭玄注：“菑謂輻入轂中者也……鄭司農云：泰山平原所樹立物爲菑，聲如讕，博立梟棊亦爲菑。”賈公彥疏：“凡植物於地中謂之菑，此輻入轂中似植物地中亦謂之菑。”《漢書·溝洫志》：“隤林竹兮揵石菑，宣防塞兮萬福來。”顏師古注：“石菑者謂臿石立之，然後以土就填塞也；菑亦臿耳，義與挿（插）同。”宋、沈括《潤州金山二使君祠堂記》：“已而爲廣堂複殿，翼然臨無窮之大江，菑巨石梁魚鼈之宅。”清、毛奇齡《兩浙巡撫金公重修西江堂碑記》：“先之以石菑；石菑者，石臿也；繼之以楗；楗，杙也。”四、剖析，用鋸剖開。《周禮·考工記·弓人》：“居幹之道，菑栗不迤，則弓不發。”戴震補注：“菑斯聲相邇，析也，今方俗語猶然。栗，裂假借字。”鄭玄注引鄭司農曰：“菑讀爲不菑而畬之菑，栗讀爲榛栗之栗，謂以鋸副析幹。”

菑又讀 zāi ㄗㄞ，《集韻》將來切，平咍精；之部。同“災”。

一、災害、災難。《集韻·咍韻》：“裁，《說文》：‘天火曰裁。’或從宀，從巛，亦作菑。”《詩·大雅·生民》：“大拆不副，無菑無害。”《史記·晉世家》：“天菑流行，國家代有，救菑恤鄰，國之道也。”又《游俠列傳》：“此皆學士所謂有道仁人也，猶然遭此菑，況以中材而涉亂世之末流乎？”《明史·李文祥傳》：“能知自愧，卽屬名流；樂其危菑，乃爲猥品。”二、危害、傷害。《莊子·人間世》：“菑人者，人必反菑之。”

蕘（藂）₀₅₄₈ 藂　艸盛皃。從艸，藂聲。《夏書》曰：“厥艸惟蕘。”余招切（yáo ㄧㄠˊ）。

【譯白】蕘，草茂盛的樣子。是依從艸做形旁，以藂爲聲旁構造而成的形聲兼會意字。《書·禹貢》說：“那裏的草長得多麼茂盛。”

【述義】蕘同“藂”，徐灝《說文解字注箋》：“古文言與‘缶’相似，故藂誤以缶。”段玉裁《說文解字注》：“此以形聲包會意。藂，隨從也；他書凡藂皆作藂；蕘，作蕘。”

附述“藂”（《廣韻》餘昭切 yáo ㄧㄠˊ）諸義：

草木茂盛貌。《書·禹貢》：“厥草惟藂，厥木惟條。”孔傳：“藂，茂；條，長也。”孔穎達疏：“藂是茂之貌，條是長之體。”《史記·夏本紀》：“其土黑墳，草藂木條。”

隨從。本書第十二篇《系部》：“藂，隨從也。”宋、徐鉉等注：“今俗從辵。”段玉裁《說文解字注》：“亦用爲傜役字；傜役者，隨從而爲之者也。”

通“徭”，力役。清、朱駿聲《說文通訓定聲·孚部》：“藂，叚借爲傜（徭、傜）。”《商君書·徠民》：“民無一日之藂，官無數錢之費。”朱師轍解詁：“謂民無一日之藂役。”《淮南子·精神》：“今夫藂者揭钁臿，負籠土。”高誘注：“藂，役也。”《山海經·南山經》：“其名曰猾褢，其音如斲木，見則縣有大藂。”郭璞注：“藂，謂作役也。”《史記·高祖本紀》：“高祖嘗藂咸陽。”裴駰集解引應劭曰：“藂，徭役也。”《東觀漢記·光武帝紀》：“下縣吏無百里之繇，民無出門之役。”《資治通鑑·秦二世皇帝二年》：“今上急益發繇，治阿房宮。”胡三省注：“繇讀曰徭，役也。”

通“謠”，歌謠。清、朱駿聲《說文通訓定聲·孚部》：“繇，叚借爲䚻。”《廣韻·平宵》“繇”：“《詩》云：‘我歌且繇。’”今本《詩·魏風·園有桃》作“我歌且謠”。毛傳：“徒歌曰謠”。馬瑞辰通釋：“《廣韻》繇字注引《詩》‘我歌且繇’，蓋本《三家詩》。繇與䚻通，䚻卽由字，繇、謠一聲之轉，故通用。”《漢書·李尋傳》：“揆山川變動，參人民繇俗。”顏師古注：“繇，讀與謠同。繇俗者，謂若童謠及輿人之誦。”南朝、陳、徐陵《奉和詠舞》詩：“燭送空回影，衫傳篋裏香。當繇好留客，故作舞衣長。”

通“遙”，遠。《荀子·禮論》：“先王恐其不文也，是以繇其期，足之日也。”王先謙集解引王引之曰：“繇讀爲遙；遙其期，謂遠其葬期也。”

通“搖”，動搖、搖動。清、朱駿聲《說文通訓定聲·孚部》：“繇，叚借爲搖。”《周禮·天官·追師》：“爲副編次追衡笄。”漢、鄭玄注：“副之言覆，所以覆首爲之，飾其遺象，若今步繇矣。”賈公彥疏：“漢之步繇，謂在首之時，行步搖動。”《史記·蘇秦列傳》：“我起乎宜陽而觸平陽，二日而莫不盡繇。”司馬貞索隱：“繇，音搖；搖，動也。”漢、枚乘《梁王菟園賦》：“怒氣未竭，羽蓋繇起。”《素問·氣交變大論》：“民病飧泄霍亂，體重腹痛，筋骨繇復，肌肉瞤酸。”王冰注：“繇，搖動也。”

通“陶”。《漢書·晁錯傳》：“大禹得咎繇而爲三王祖。”《廣韻·平豪》：“皋陶，舜臣，古作咎繇。”清、胡鳴玉《訂訛雜錄·鍾繇》：“晉鍾繇，字元常；繇音遙，取‘皋繇陳謨彰厥有常’之義。”

人名用字。“咎繇”卽“皋陶”，堯、舜的臣子。《正字通·系部》：“繇，皋陶，《漢百官表》咎繇，與陶同。”《尚書·序》：“《益稷》合於《皋陶謨》。”唐、陸德明《經典釋文》：“皋音高，本又作咎；陶音遙，本又作繇。”

介詞，相當於“於”。《爾雅·釋詁上》：“繇，於也。”《書·大誥》：“大誥爾多邦。”唐、陸德明《經典釋文》：“馬本作‘大誥繇爾多邦’。”《漢書·卜式傳》：“今天下不幸有事，郡縣諸侯未有奮繇直道者也。”

姓。《後漢書・郅惲傳》：“西部督郵繇延，天資忠良。”李賢注：“繇姓，咎繇之後。”《姓觿・蕭韻》：“繇，《路史》云，咎繇之後。”

繇又讀yóu ㄧㄡˊ，《廣韻》以周切，平尤以；幽部。一、通“由”。清、朱駿聲《說文通訓定聲・孚部》：“繇，叚借爲由。”1、介詞，自、從。《爾雅・釋水》：“以衣涉水爲厲，繇膝以下爲揭，繇膝以上爲涉。”郭璞注：“繇，自也。”唐、陸德明《經典釋文》：“繇，古由字。”《史記・孝文本紀》：“蓋聞天道，禍自怨起，而福繇德興。”《漢書・循吏傳序》：“及至孝宣，繇仄陋而登至尊。”又《馮唐傳》：“繇此言之，陛下雖得李牧，不能用也。”2、原由、來歷。《漢書・薛宣傳》：“日至，吏以令休，所繇來久。”顏師古注：“繇讀與由同；由，從也。”南朝、宋、謝靈運《辨宗論》：“聊申繇來之意。”宋、岳珂《桯史》卷八：“當國者問其繇，告以故，相與大笑。”3、經過、經歷。《漢書・胡建傳》引黃帝《李法》：“壁壘已定，穿窬不繇路，是謂姦人。”《後漢書・班彪傳》：“夫大漢之開源也，奮布衣以登皇極，繇數朞而創萬世。”李賢注：“高祖起兵五年而即帝位，故云由數朞。繇，即由也。”宋、曾鞏《夫人周氏墓誌銘》：“其勸以樂，其康以禮，能此非他，繇學而已。”4、緣由、辦法。宋、夏完淳《續幸存錄・南都大略》：“自以江南天塹，飛渡無繇。”5、用。《逸周書・嘗麥》：“乃北向，繇書于兩楹之閒。”朱右曾校釋：“繇，用也。”《呂氏春秋・貴當》：“名號大顯，不可彊求，必繇其道。”高誘注：“繇，用也。”《漢書・律曆志上》：“準繩連體，衡權合德，百工繇焉，以定法式。”顏師古注：“繇讀與由同；由，用也。”6、隨順、聽從、遵守。《漢書・元帝紀》：“間者地數動而未靜，懼於天地之戒，不知所繇。”顏師古注：“繇與由同。”《文選・韋孟〈諷諫〉》：“賞罰之行，非繇王室。”李善注：“繇與由古字通。”唐、韓愈《進學解》：“學雖勤而不繇其統，言雖多而不要其中。”《資治通鑑・漢武帝建元元年》：“夫周道衰於幽厲，非道亡也，幽厲不繇也。”二、通“猷”；道理、道術。《爾雅・釋詁下》：“繇，道也。”《文選・班固〈典引〉》：“孔繇先命，聖孚也。”繇，一本作“猷”。蔡邕注：“繇，道也；言孔子先定道，誠至信也。”《漢書・敍傳上》：

"謨先聖之大繇兮，亦ㄙ悳而助信。"顏師古注："繇，道也……《詩·小雅·巧言》之篇曰：'秩秩大繇，聖人謨之。'"按：今本《詩經》"繇"作"猷"。三、通"猶"；尚且、仍然。《廣韻·尤韻》："繇，猶也。"漢、董仲舒《士不遇賦》："雖日三省于吾身兮，繇懷進退之惟谷。"四、同"遙"；疾行。《廣韻·宵韻》："遙，疾行；又音由；或作繇。"五、通"游"；閒適貌。《漢書·敍傳上》："近者陸子優繇，《新語》以興。"王先謙補注："繇與游同，《文選》作游。"六、憂愁。《爾雅·釋詁下》："繇，憂也。"七、水名。《漢書·地理志上》："澬山，澬水所出，東入繇；繇水南至華容入江。"顏師古注："繇，讀曰由。"

繇又讀yōu ㄧㄡ。通"悠"；繇繇，自得貌。《莊子·秋水》："嚴乎若國之有君，其無私德，繇繇乎若祭之有社，其無私福。"《漢書·韋賢傳》："犬馬繇繇，是放是驅。"顏師古注："繇與悠同。"

繇又讀zhòu ㄓㄡˋ，《廣韻》直祐切，去宥澄。一、通"籀"；古時占卜的文辭。《廣韻·宥韻》："繇，卦兆辭也。"清、朱駿聲《說文通訓定聲·孚部》："繇，叚借為籀。"《左傳·閔公二年》："成風聞成季之繇，乃事之而屬僖公焉。"杜預注："繇，卦兆之占辭。"《漢書·文帝紀》："占曰：大橫庚庚。"唐、顏師古注："李奇曰：'庚庚，其繇文也；占，謂其繇也'……繇，本作籀。籀，書也，謂讀卜詞。"《穆天子傳》卷五："天子筮獵苹澤，其卦遇訟☰，逢公占之，曰：訟之繇，藪澤蒼蒼。"郭璞注："繇，爻辭，音胄。"唐、劉禹錫《武陵書懷》詩："繇文光夏啟，神教畏軒轅。"宋、王讜《唐語林·補遺二》："崔相羣之鎮徐州，嘗以焦氏《易林》自筮，遇'乾之大畜'，其繇曰：'曲束法書，藏在蘭臺。'"二、占卜。《文選·班固〈幽通賦〉》："既感羣后之讜辭，又悉經五繇之碩慮矣。"蔡邕注："讜，直言也；經，常也；繇，占也。王者巡狩，預卜五年，歲習其祥，習則行，不則修德而改卜，言天下已舉五卜之占，而習吉也。"

薙 0549　薙　除艸也。《明堂月令》曰："季夏燒薙。"從艸，雉聲。他計切（tì ㄊㄧˋ）。

【譯白】薙，除草的意思。《禮記·月令》說："夏末六月燒草、除草。"是依從艸做形旁，以雉為聲旁構造而成的形聲字。

【述義】除草謂薙，割下的雜草或草滓亦稱爲薙。《周禮·秋官序·薙氏》漢、鄭玄注："書薙或作夷。鄭司農云：'掌殺草。故《春秋傳》曰：如農夫之務去草，芟夷蘊崇之。'……玄謂薙讀如鬀小兒頭之鬀；書或作夷；此皆翦草也。"《禮記·月令》："（季夏之月）是月也，土潤溽暑，大雨時行，燒薙行水，利以殺草，如以熱湯。"鄭玄注引《周禮·夏官·職方氏》："夏日至而薙之。"按：今《周禮》作"夏日至而夷之"。孔穎達疏："五月夏至，芟殺暴之，至六月，合燒之，故云燒薙也。"《文選·王中〈頭陀寺碑文〉》："爲之薙草開林，置經行之室。"李善注引鄭玄曰："薙，翦草也。"《南齊書·高帝本紀上》："古壚曩隧，時有湮移，深松茂草，或致刊薙。"《舊唐書·李元諒傳》："芟林薙草，斬荊榛，俟乾，盡焚之，方數十里，皆爲美田。"《資治通鑑·唐昭宗天復二年》："朱全忠遣人薙城外草以困城中。"胡三省注："薙，除草也。"

引申爲删、删削。《晉書·束皙傳》："薙聖籍之荒蕪，總羣言之一至。"宋、陳旉《農書·育蠶之法》："蠶將飽，必勤視去糞薙。"又《用火採桑之法》："又須勤去沙薙。"清、黃叔琳《〈顏氏家訓節鈔〉序》："不揣譾陋，重加決擇，薙其冗雜，掇其菁英，布之家塾，用啟童蒙。"清、葉廷琯《吹網錄·〈劫灰錄補注〉跋并撰人辨》："所增多至數倍，亦間有删薙繁蕪處。"

同"剃"。《周禮·秋官·序官》："薙氏。"鄭玄注："薙，讀如鬀小兒頭之鬀。"唐、陸德明《經典釋文》："薙，字或作雉。"

薙又讀zhì　ㄓˋ，《廣韻》直几切，上旨澄。辛薙，即木蘭，爲木蘭科落葉小喬木或灌木；早春先葉開花，花大，外紫內白，微香，供觀賞；花蕾入藥。《廣韻·旨韻》："薙，辛薙，辛夷別名。"

茉　0550　𦱤　耕多艸。从艸未，未亦聲。盧對切（lèi ㄌㄟˋ）。

【譯白】茉，耕除雜草的意思。是依從連文成義的艸未做主、從形芻，未也爲聲芻構造而成的會意兼形聲字。

【述義】茉，本義爲耕除雜草；"耕多草"之"多草"，指雜草、繁多的雜草；依許慎本書通例，前一字"薙"條"除艸也"，茉爲耕除雜草更無疑義，許書之後卻不言本義，只謂茉爲草多貌。按：《廣雅·釋草》："茉，草也。"王念孫疏證："茉，草多之貌。《說文》云：'茉，耕多艸也。'草多謂之茦，故耕多草亦謂之茦也。"草，許慎之前即有借指"割草"義。《禮記‧祭統》："草艾則墨，未發秋政，則民弗敢草也。"孫希旦集解："行墨刑則發秋政也，故其時可以艾草；未發秋政，則民弗敢艾草也。"艾，通"刈"，割的意思。清、朱駿聲《說文通訓定聲‧泰部》："艾，假借爲刈。"《詩‧周頌‧臣工》："庤乃錢鎛，奄觀銍艾。"王念孫疏證謂"茦，草也"，爲"草多之貌"，是誤解。

　　今字書解"茦"爲草多貌，即如上述。

　　茦一作果實垂貌。《集韻‧脂韻》："茦，果實垂兒。"

菣(荆)₀₅₅₁　　荆（荆）　艸大也。从艸，致(到)聲。陟利切（zhī ㄓ）。

【譯白】菣（荆），草長得高大。是依從艸做形旁，以致（到）爲聲旁構造而成的形聲字。

【述義】菣，爲"荆"的訛字。沈濤《說文古本考》："《爾雅‧釋詁》釋文、《廣韻‧四覺》皆引：'荆，艸大也。'《篇》、《韻》皆無菣字，是古本此篆作荆，从艸，到聲；二徐妄改爲菣字。"錢坫《說文斠銓》："此字應爲荆，寫者于到字刀旁加一筆，遂成菣字。"

　　參見後面"荆"條。

蔪₀₅₅₂　　蔪　艸相蔪苞也。从艸，斬聲。《書》曰："艸木蔪苞。"　　藂，蔪或从槧。慈冉切（jiàn ㄐㄧㄢ）。

【譯白】蔪，草木一起叢生滋長的樣子稱爲蔪苞（或：蔪，組成"蔪苞"一詞來表示草木叢生滋長的樣子）。是依從艸做形旁，以斬爲聲旁構造而成的形聲字。《書‧禹貢》說："草木叢生滋長。"藂，蔪的或體字，以槧爲聲旁。

【述義】許慎未說解"蔪"字義，以"蔪苞"謂草木滋長叢生貌。按：蔪苞，亦作"漸苞""漸包"；今本《書‧禹貢》即作"漸包"，是蔪通"漸"。段玉裁《說文解字注》："蔪苞，即今《禹貢》之漸包。《釋文》曰：'漸，本又作蔪，《字林》才冄反，艸之相包裹也。'"《墨子‧尚賢下》："雨露之作漸，粒食之所養。"漸作滋潤說，然則，蔪字之義當爲滋潤，引申爲滋長；苞，作叢生說。漢、枚乘《七發》："麥秀蔪兮雉朝飛。"

　　蔪又讀 jiān ㄐㄧㄢ，《廣韻》將廉切，平鹽精。通"漸"；"蔪蘄”，麥芒伸長貌，泛指植物吐穗或吐絮貌。《尚書大傳》卷二：“微子朝周過殷故墟，見麥秀之蘄蘄兮，黍禾之睖睖也，曰：‘此故父母之國。’乃爲《麥秀之歌》曰：‘麥秀漸漸兮，禾黍油油；彼狡童兮，不我好仇。’”清、吳嘉紀《送吳眷西歸長林》詩：“小麥蘄蘄秀，雉來麥上飛。”

蘄又讀 shān ㄕㄢ，《集韻》師銜切，平銜生。通“芟”，割除、芟除、剪滅。《集韻‧銜韻》：“芟，《說文》：‘刈草也。’或作蘄。”《漢書‧賈誼傳》：“高皇帝瓜分天下以王功臣，反者如蝟毛而起，以爲不可，故蘄去不義諸侯而虛其國。”顏師古注：“蘄讀與芟同，謂芟刈之。”

茀　0553　茀　道多艸，不可行。从艸，弗聲。分勿切（fú ㄈㄨˊ）。

【譯白】茀，道路蔓生雜草，不能通行。是依從艸做形旁，以弗爲聲旁構造而成的形聲字。

【述義】草多路阻；亦指草多。《國語‧周語中》：“火朝覿矣，道茀不可行也。”韋昭注：“草穢塞路爲茀。”晉、郭璞《注山海經敍》：“疏其壅閡，闢其茀蕪。”《新唐書‧馬燧傳》：“時師旅後，歲大旱，田茀不及耕。”又《李渤傳》：“通路茀不治，驛馬多死。”《花月痕》第五一回：“大母以道茀不許奔喪。”

除草。《詩‧大雅‧生民》：“茀厥豐草種之黃茂。”毛傳：“茀，治也。”明、夏言《論劾尚書瓊王憲疏》：“且農夫茀草，嘉穀乃茂。”

古代車上的遮蔽物。《詩‧齊風‧載驅》：“載驅薄薄，簟茀朱鞹。”毛傳：“車之蔽曰茀。”孔穎達疏：“車之蔽曰茀，謂車之後戶也。”又《衛風‧碩人》：“朱幩鑣鑣，翟茀以朝。”孔穎達疏：“茀，車蔽也；婦人乘車不露見，車之前後設障以自隱蔽謂之茀。”宋、王安石《易泛論》：“茀，所以蔽車也。”

曲折。《楚辭‧天問》：“白蜺嬰茀，胡爲此堂？”王逸注：“茀，白雲逶移若蛇者也。”聞一多疏證：“本書《招隱士》‘山曲岪’，《淮南子‧本經篇》‘曲拂邅迴’，茀、岪、拂義同，猶曲也；言姮娥化爲白蜺，曲繞於堂上，因竊藥以去也。”

古代婦女的首飾，也寫作“髴”。《易‧既濟》：“婦喪其茀。”王弼注：“茀，首飾也。”孔穎達疏：“茀者，婦人之首飾也。”唐、陸德明《經典釋文》：“茀，子夏作髴。”一說，茀借爲帗，大巾。

通“福”；“茀祿”，猶福祿。《詩·大雅·卷阿》：“爾受命長矣，茀祿爾康矣。”毛傳：“茀，小也。”鄭玄箋：“茀，福。”孔穎達疏：“茀之爲福爲小，皆無正訓，以其與祿共文，宜爲福爾。”宋、王安石《壽安縣君王氏墓誌銘》：“方大茀祿，以宜寵服。”明、文孝孺《姚貞婦贊》：“人曰孝子，茀祿是承。”太平天國、洪秀全《御制千字詔》：“懇籲居歆，自求茀祿。”

通“紼”，引棺的繩索。清、朱駿聲《說文通訓定聲·履部》：“茀，又爲紼。”《左傳·宣公八年》：“冬，葬敬嬴，旱，無麻，始用葛茀。”杜預注：“茀，方勿反，引柩索也。”孔穎達疏：“茀，《禮》作‘紼’，或作‘綍’，繩之別名也。”

疊字雙音“茀茀”形況：強盛貌。《詩·大雅·皇矣》：“臨衝茀茀，崇墉仡仡。”毛傳：“茀茀，強盛也。”

“茀鬱”，一、抑鬱。《漢書·廣川惠王劉越傳》：“心重結，意不舒，內茀鬱，憂哀積。”宋、秦觀《曾子固哀詞》：“悲填膺而茀鬱兮，聊自記于斯文。”二、曲折貌。《史記·司馬相如列傳》：“其山則盤紆茀鬱，隆崇崒崒。”北魏、賈思勰《齊民要術·園籬》：“其盤紆茀鬱，奇文互起，縈布錦繡，萬變不窮。”

茀又讀 bó ㄅㄛˊ，《集韻》薄沒切，入沒並；術部。一、吡茀：也作“祕酵”、“苾勃”，香氣盛。《文選·司馬相如〈上林賦〉》：“肸蠁布寫，晻薆吡茀。”李善注引郭璞曰：“香氣盛祕酵也。”又李善注：“祕酵、苾茀，音義同；茀音勃。”按：《史記》、《漢書》引作“苾勃”。二、通“勃”，氣急促的樣子。《莊子·人間世》：“獸死不擇音，氣息茀然，於是並生心厲。”唐、陸德明《經典釋文》：“茀，崔音勃。”

茀又讀 fèi ㄈㄟˋ，《廣韻》方味切，去未非。“蔽茀”，也作“蔽芾”，幼小貌。《廣韻·未韻》：“芾，毛萇《詩傳》曰：‘蔽芾，小皃。’茀，芾同。”

茀又讀 bèi ㄅㄟˋ，《集韻》蒲味切，去隊並。彗星的一種。《穀梁傳·文公十四年》：“秋，七月，有星孛入于北斗，孛之爲言猶茀也。”《史記·天官書》：“星茀于河戍。”司馬貞索隱：“茀，即孛星也。”

又《齊太公世家》："芾星將出，彗星何懼乎？"《漢書·元后傳》："今有芾星天地赤黃之異。"顏師古注："芾與孛同。"又《李尋傳》："（辰星）政急則出蚤，政緩則出晚，政絕不行則伏不見而爲彗芾。"顏師古注："芾與孛同。"清、王筠《菉友臆說》："《辨物篇》星芾太角，太角以亡；芾蓋同孛。"

芾又讀 bì ㄅ丨ˋ，《萬姓統譜》音弼。姓。《萬姓統譜·勿韻》："芾，周芾翰，見《左傳》。"

苾 0554 ？ 馨香也。从艸，必聲。毗必切（bì ㄅ丨ˋ）。

【譯白】苾，植物的香氣芬芳四散。是依從艸做形旁，以必爲聲旁構造而成的形聲字。

【述義】苾，謂植物的香氣芬芳四散；亦泛指香氣芬芳四散。《大戴禮記·曾子疾病》："與君子游，苾乎如入蘭芷之室，久而不聞，則與之化矣。"南朝、梁、劉孝綽《謝晉安王餉米等啓》："垂賜米、酒、瓜、筍、菹、脯、酢、茗八種，氣苾新城，味芳雲杜。"《宋史·樂志九》："有縟其儀，有苾其香。"

疊字雙音"苾苾"形況：香氣濃鬱。《詩·小雅·信南山》："苾苾芬芬，祀事孔明。"南朝、宋、謝靈運《山居賦》："蔚蔚豐秋，苾苾香秔。"唐、張九齡《荔枝賦》："綠穗靡靡，青英苾苾；不豐其華，但甘其實。"

苾又讀 bié ㄅ丨ㄝˊ，《廣韻》蒲結切，入屑並。一、菜名。《集韻·屑韻》："苾，菜名。"二、古民族名，"契苾"，敕勒（卽鐵勒）諸部之一，隋、唐時居焉耆西北。貞觀六年（公元六三二年）歸唐，徙甘涼間；後北徙烏特勒山（今杭愛山東支）。《新唐書·回鶻傳下》："契苾亦曰契苾羽，在焉耆西北鷹娑川，多覽葛之南。"契苾亦複姓。唐代有契苾何力。見《通志·氏族五》。

苾又讀 mì ㄇ丨ˋ，《玉篇》美筆切。同"蜜"。《玉篇·艸部》："苾，同蜜。"

蔎 0555 ？ 香艸（艸香）也。从艸，設聲。識列切（shè ㄕㄜˋ）。

【譯白】蔎，一種香草的名稱（正：草的芬芳香氣）。是依從艸做形旁，以設爲聲旁構造而成的形聲字。

【述義】"香艸也"，應是"艸香也"。段玉裁《說文解字注》："'香艸’當作‘艸香’；前文‘营、芎’已下十二字皆說香艸，‘蕸、芳、薋’不與同列，而廁‘茈’下，是非艸名可知也。漢、劉向《九歎》：‘懷椒聊之蕸蕸兮。’王注云：‘椒聊，香草也；蕸蕸，香貌。’”

茶的別名。唐、陸羽《茶經‧一之源》：“其名，一曰茶，二曰檟，三曰蕸，四曰茗，五曰荈。”原注：“楊執戟云：‘蜀西南人謂茶曰蕸。’”清、金農《茶事八韻》詩：“檟蕸品不同，甘苦味全嗇。”

疊字雙音“蕸蕸”形況：蕸蕸，草香。《楚辭‧劉向〈九歎‧愍命〉》：“懷椒聊之蕸蕸兮。”王逸注：“蕸，香貌。”

芳　0556　【篆】　香艸(艸香)也。从艸，方聲。敷方切（fāng ㄈㄤ）。

【譯白】芳，一種香艸的名稱（正：草的芬芳香氣）。是依從艸做形勻，以方爲聲勻構造而成的形聲字。

【述義】“香艸”當作“艸香”，見前一字“蕸”條引段玉裁注。

草香；也泛指花草的芬芳香氣。《廣雅‧釋器》：“芳，香也。”《楚辭‧離騷》：“蘭芷變而不芳兮，荃蕙化而爲茅。”又《九章‧悲回風》：“故荼薺不同畝兮，蘭芷幽而獨芳。”漢武帝《秋風辭》：“蘭有秀兮菊有芳，攜佳人兮不能忘。”晉、潘岳《秋興賦》：“泉涌湍於石間兮，菊揚芳於崖滋。”唐、柳宗元《南中榮橘柚》詩：“密林耀朱綠，晚歲有餘芳。”宋、李維《樞密王左丞宅新菊》詩：“北第秋將晚，東籬菊正芳。”

香草；也泛指花卉。如：孤芳自賞、羣芳譜。《楚辭‧離騷》：“雖萎絕其亦何傷兮，哀衆芳之無穢。”戰國、楚、宋玉《風賦》：“廻穴衝陵，蕭條衆芳。”唐、白居易《賦得古原草送別》詩：“遠芳侵古道，晴翠接荒城。”唐、賈島《辭二知己》詩：“何以代遠誠，折芳臘雪中。”宋、王安石《奉酬約之見招》詩：“種芳彌近渚，伐翳取遙岑。”宋、呂陶《百合》詩：“盛夏衆芳息，景物殊寂寥。”

指懿德美譽，亦以喻有賢德的人。《楚辭‧離騷》：“昔三后之純粹兮，固衆芳之所在。”王逸注：“衆芳，喻羣賢。”《晉書‧元帝紀論》：“文景垂仁，傳芳於南頓。”唐、韓愈《賀冊皇太后表》：“恭維懿德，克配前芳。”清、蔣士銓《桂林霜‧閨誠》：“此雖一時不幸，卻是千秋正氣，青史流芳。”

美好的，用爲稱人之敬詞；如：芳辰、芳姿、芳翰。南朝、宋、劉鑠《擬行行重行行》詩：“芳年有華月，佳人無還期。”唐、杜甫《同李太守登歷下古城員外新亭》詩：“芳宴此時具，哀絲千古心。”又指美好的名聲或德行。如：流芳百世。漢、蔡邕《劉鎮南碑》：“昭示來世，垂芳後昆。”《晉書·后妃傳上·武元楊皇后》：“后承前訓，奉述遺芳。”

　　古州名；北周始置，地在今甘肅省臨潭縣西南。《資治通鑑·唐高宗儀鳳元年》：“吐蕃寇鄯、廓、河、芳等州。”胡三省注引宋白曰：“建德三年，改三川爲常芬縣，仍立芳州，以邑隸焉；取地多芳草以名州。隋廢州，唐復置。”

　　姓。《通志·氏族略五》：“芳氏，《風俗通》：‘漢有幽州刺史芳垂敷。’”

　　通“房”，子房；子房指被子植物雌蕊下面膨大的部分，裏面有胚珠；子房發育成果實，胚珠發育成種子。《呂氏春秋·審時》：“穗鉅而芳奪，秕米而不香。”俞樾《諸子平議》：“此文芳字當讀爲房，房者柎也。《山海經·西山經》‘員葉而白柎’，郭（璞）注曰：‘今江東呼草木子房爲柎’是也。穗鉅而芳奪，言穗雖大而其房必脫落也，因借芳爲房。”

　　指人的青春。宋、歐陽修《訴衷情》詞：“思往事，惜流芳，易成傷。”

蕡 0557　　　雜香艸（雜艸香）。从艸，賁聲。浮分切（fén ㄈㄣˊ）。

【譯白】蕡，各種香草（正：各種草的香氣）。是依從艸做形旁，以賁爲聲旁構造而成的形聲字。

【述義】“雜香艸”應作“雜艸香”，參見前第二字“葰”條引段注。

　　雜草的香氣（雜草，謂各種草）。徐灝《說文解字注箋》：“今俗語猶言蕡香，讀扶問切之重脣音。”

　　草木果實繁盛碩大貌。《爾雅·釋木》：“蕡，藹。”郭璞注：“樹實繁茂菴藹。”《玉篇·艸部》：“蕡，草木多實。”《詩·周南·桃夭》：“桃之夭夭，有蕡有實。”毛傳：“蕡，實貌。”俞樾《羣經平議·毛詩一》：“蕡者，大也。‘有蕡其實’，言其實之大也。”晉、左思《蜀都賦》：“緫莖梜梜，裛葉蓁蓁，蕡實時味，王公羞焉。”唐、賀知章《奉和聖制送張說巡邊》詩：“饔人藉蕡實，樂正理絲桐。”

通“棼”，紛亂。《墨子·天志下》：“故子墨子曰：是蕡我者，則豈有以異是蕡黑白甘苦之辯者哉！”孫詒讓閒詁：“顧（千里）云：‘蕡’，讀若‘治絲而棼之’之‘棼’，‘我’當爲‘義’。案：顧說是也。‘棼’亦與‘紛’同。《尚同》中篇云：‘本無有敢紛天子之教者’，與此文例略同。”

姓。《萬姓統譜·文韻》：“蕡，見《姓苑》。”

蕡又讀 fèi ㄈㄟˋ，《集韻》父沸切，去未奉。又蒲昧切。一、大麻。《周禮·地官·草人》：“彊檗用蕡，輕㸱用犬。”鄭玄注引鄭司農曰：“蕡，麻也。”段玉裁《說文解字注》：“麻實名枇，因之麻亦名枇。《草人》用蕡。”宋、周密《武林舊事·元夕》：“蕡燭粔盆，照耀如晝。”二、大麻的籽實，俗稱麻子；也作“䕵”、“枇”。《周禮·天官·籩人》：“朝事之籩，其實麷、蕡。”鄭玄注：“蕡，枲實也。”《禮記·內則》：“（婦事舅姑）問所欲而敬進之……菽、麥、蕡、稻、黍、粱、秫，唯所欲。”鄭玄注：“蕡，熬枲實。”唐、陸德明《經典釋文》：“蕡，字又作䕵，大麻子。”

蕡燭，古時束麻蘸油製成的火炬，用來照明。《周禮·秋官·司烜氏》：“凡邦之大事，共墳燭庭燎。”漢、鄭玄注：“故書‘墳’爲‘蕡’。鄭司農云：‘蕡燭，麻燭也。’玄謂‘墳’，大也。樹於門外曰大燭，於門內曰庭燎，皆所以照衆明也。”宋、周密《武林舊事·大禮》：“是夜，鹵簿儀仗軍兵于御路兩傍分列，間以粔盆蕡燭，自太廟直至郊壇泰禋門，輝映如晝。”

藥　0558　治病艸。从艸，樂聲。以勺切（yào ㄧㄠˋ）。

【譯白】藥，能醫治疾病的草。是依從艸做形旁，以樂爲聲旁構造而成的形聲字。

【述義】藥是能够治病的植物，後泛指可治病之物，但凡藥材、藥物，統稱之爲藥。王筠《說文解字句讀》：“依《玉篇》引《急就篇》注，草、木、金、石、鳥、獸、蟲、魚之類，堪愈疾者，總名爲藥。”《玉篇·艸部》：“藥，《說文》曰：‘治疾之草總名。’”《周禮·天官·疾醫》：“以五味、五穀、五藥養其病。”鄭玄注：“五藥，草、木、蟲、石、穀也。”又《天官·醫師》：“醫師掌醫之政令，聚毒藥以共醫事。”《神仙傳·劉根》：“草木諸藥，能治百病。”晉、孫楚

《爲石仲容與孫皓書》："夫治膏肓者，必進苦口之藥。"

用藥治療。《詩·大雅·板》："多將熇熇，不可救藥。"《荀子·富國》："彼得之不足以藥傷補敗。"楊倞注："藥，猶醫也。"《孔子家語·正論解》："防怨猶防水也，大決所犯，傷人必多，吾不克救也，不如小決使導之，不如吾所聞而藥之。"王肅注："藥，治療也。"《申鑒·俗嫌》："藥者療也，所以治疾也。"清、魏源《武林紀遊》詩之八："孤行每自喜，此病恐難藥。"

特指毒藥。《公羊傳·莊公三十二年》："俄而牙弒，械成，季子和藥而飲之。"《後漢書·西域傳·西夜》："西夜國（故址在今新疆葉城縣），地生白草，有毒；國人煎以爲藥，傅箭鏃，所中卽死。"《水滸傳》第一二〇回："（李逵）回到潤州，果然藥發身死。"

指仙丹，古代術士所謂服食後能輕身長生不死之物。《韓非子·說林上》："客獻不死之藥，臣食之而王殺臣，是死藥也，是客欺王也。"《史記·秦始皇本紀》："因使韓終、侯公、石生求仙人不死之藥。"唐、白居易《尋郭道士不遇》詩："藥爐有火丹應伏，雲碓無人水自舂。"唐、李商隱《常娥》詩："常娥應悔偷靈藥，碧海青天夜夜心。"《二刻拍案驚奇》卷十八："古人有言：'服藥求神仙，多爲藥所誤。'自晉人作興那五石散、寒食散之後，不知多少聰明人被此壞了性命。"

芍藥的簡稱。《文選·謝朓〈直中書省〉》："紅藥當階翻，蒼苔依砌上。"唐、施肩吾《贈友人不第閒居》詩："花眼綻紅斟酒看，藥心抽綠帶煙鋤。"宋、姜夔《揚州慢》詞："念橋邊紅藥，年年知爲誰生。"元、范梈《寄甄氏訪山亭》詩："大檻花周映，虛階藥竟抽。"清、余賓碩《金陵覽古·杏花村》詩："紅藥院深棲乳燕，綠楊簾卷喚晴鳩。"

某些有一定作用的化學物質。如：火藥、炸藥、焊藥。宋、沈括《夢溪筆談·技藝》："藥稍鎔，則以一平板按其面，則字平如砥。"明、宋應星《天工開物·火器》："凡鳥銃長約三尺，鐵管載藥，嵌盛木棍之中，以便手握。"徐珂《清稗類鈔·馮婉貞》："三保戒團衆裝藥實彈，毋虛發。"

毒殺。元、關漢卿《竇娥冤》第三折："藥死那婆子。"《紅樓夢》第一〇三回：“我瞧那光景是服了毒的。寶蟾便哭着來揪香菱，說他把藥藥死奶奶了。”

藥用同“籞（籞）”；庭園中以竹籬等圍起來的地方。《字彙補·艸部》：“藥，與籞苑之籞同。”唐、李匡乂《資暇集·藥欄》：“今園廷中藥欄，欄卽藥，藥卽欄。猶言圍援，非花藥之欄也。有不悟者以爲藤架疏圃堪作切對，是不知其由乖之矣。”

姓。《廣韻·藥韻》：“藥，姓。後漢有南陽太守藥崧。”

藥，不知何時俗寫爲菿？附說於此：一、謂香草白芷的葉；又指白芷；爲傘形科多年生草本植物；古稱香草，根入藥。《廣雅·釋草》：“白芷，其葉謂之菿。”王念孫疏證：“白芷，以根得名也。蘇頌《本草圖經》云：‘白芷，根長尺餘，白色，粗細不等，枝幹去地五寸已上；春生葉，相對婆娑，紫色，濶三指許。’是白芷根與葉殊色，故以白芷名其根，又別以菿名其葉也。若然，則《九歌》云：‘辛夷楣兮菿房’、‘芷葺兮荷屋’，《七諫》云：‘捐菿芷與杜衡兮’，《九懷》云：‘芷閭兮菿房’，當竝是根葉分舉矣。但芷、菿雖根葉殊稱，究爲一草，故王逸《九歌》注云：‘菿，白芷也。’《山海經·西山經》：“又北百十里，曰號山，其木多漆、棫，其草多菿、蘺、芎藭。”郭璞注：“菿，白芷別名。”漢、東方朔《七諫·怨世》：“棄捐菿芷與杜衡兮，余奈世之不知芳何。”《淮南子·脩務訓》：‘身若秋菿被風’。郭璞、高誘注竝與王逸同，是白芷亦得通稱爲菿也。”唐、韓愈、孟郊《納涼聯句》：“未能飲淵泉，立滯叫芳菿。”二、花的雄蕊頂端膨大呈囊狀的部分，由兩個藥室組成，內有花粉囊，稱爲菿，亦名花菿。三、通“約”，纏繞、纏裹。《方言》第十三：“菿，纏也。”郭璞注：“謂纏裹物也；菿猶纏。”戴震疏證：“菿、約古通用。”《文選·潘岳〈射雉賦〉》：“首菿綠素，身挴黼繪。”李善注引徐爰曰：“《方言》曰：‘菿，纏也。’猶纏裹也；言雉首綠色，頸菿素也。菿，烏角切。”

藥又讀 shuò ㄕㄨㄛˋ，《集韻》式灼切，入藥書。灼藥，熱貌。《集韻·藥韻》：“藥，灼藥，熱皃。”《後漢書·張衡傳》：“撫轀輆而還眮兮，心灼藥其如湯。”李賢注：“藥音鑠，熱皃也。言顧瞻鄉國而心熱也。”

藥又讀 lüè ㄌㄩㄝˋ，《集韻》力灼切，入藥來。勺藥，也作芍藥；

五味和調。《集韻·藥韻》："藥，勺藥，調味和也。"《文選·枚乘〈七發〉》："熊蹯之臑，勺藥之醬。"李善注引韋昭曰："勺藥，和齊鹹酸美味也。"又《張衡〈南都賦〉》："歸鴈鳴鵙，黃稻鱻魚，以爲芍藥。"李善注："藥，音略……《子虛賦》曰：'芍藥之和，具而後進也。'文穎曰：'五味之和。'"

藶 0559 藶　艸木相附藶土而生。从艸（麗），麗（亦）聲。《易》曰："百穀艸木藶於地。"呂支切（lí ㄌㄧˊ）。

【譯白】藶，草木互相依附在土地上欣欣向榮生根發芽滋長。是依從連文成義的艸麗做主、從形旁，麗也爲聲旁構造而成的會意兼形聲字。《易·離卦·象傳》說："所有穀類和草木植物都附著在土地上生長。"

【述義】藶，附著，特指草木交互依附土地發芽生根滋長。藶，通"麗"、"離"；附藶，卽"附麗"、"附離"，亦卽附著、依附的意思。段玉裁《說文解字注》："此當云'從艸麗，麗亦聲。'""此引《易·象傳》說從艸，麗之意也。凡引經傳，有證字義者，有證字形者，有證字音者。如艸木麗於地，說從艸麗；豐其屋，說從宀豐，皆論字形耳。"《廣雅·釋詁三》："藶，著也。"王念孫疏證："藶者，附之著也。《說文》：'藶，草木相附藶土而生'也。字通作麗，亦作離。《宣十二年左傳》：'射麋麗龜。'杜預注云：'麗，著也。'《小雅·小弁篇》：'不屬于毛，不離于裏。'屬、離，皆著也。"朱駿聲《說文通訓定聲·隨部》："按此字當訓華也，凡美好華靡之誼；經傳皆以麗爲之。字亦作攦。"《文選·左思〈魏都賦〉》："而子大夫之賢者，尚弗曾庶翼等威，附麗皇極。"李善注："言不曾與衆庶翼戴上者，等其威儀，而附著於大中之道也。"唐、張九齡《與李讓侍御書》："而慈親在堂，如日將暮，遂乃甘心附麗，乘便歸寧。"《金史·楊伯雄傳》："君子受知於人當以禮進，附麗奔走，非素志也。"《莊子·駢拇》："附離不以膠漆，約束不以纆索。"成玄英疏："離，依也。"宋、葉適《朝議大夫蔣公墓誌銘》："勝流者有所激發以屬其節，平進者無所附離而行其志。"

蓆 0560 蓆　廣多也。从艸，席聲。祥易切（xí ㄒㄧˊ）。

【譯白】蓆，草廣柔衆多生長着。是依從艸做形旁，以席爲聲旁構造而成的形聲字。

【述義】朱駿聲《說文通訓定聲·豫部》："按，艸多也。"前一字"麗"曰"艸木相附麗土而生"，依本書通例，"蓆，廣多也"，是謂草廣棻眾多生長着。

廣多，寬大的意思；是引申形況。《詩·鄭風·緇衣》："緇衣之蓆兮，敝，予又改作兮。"毛傳："蓆，大也。"

同"席"，用蘆葦、竹篾、蒲草等編成的坐臥鋪墊用具。《韓非子·存韓》："韓事秦三十餘年，出則爲扞蔽，入則爲蓆薦。"元、無名氏《漁樵記》第二折："天色已晚，這些時再無去處，借一領蓆薦兒來，外間裏宿到天明，我便去也。"《水滸傳》第二五回："在我蓆子底下枕頭邊。"

蓆戶，猶蓬戶，謂貧寒之家。南朝、梁、蕭統《錦帶書十二月啟·夾鍾二月》："鸞鳳騰翻，誠萬世之良規，但某蓆戶幽人，蓬門下客。"

芟　　　𦮔　　刈艸也。从艸，从殳。所銜切（lí ㄌㄧˊ）。

【譯白】芟，割草的意思。是分別依從艸，依從殳做主、從形匊並峙爲義構造而成的會意字。

【述義】割草、除草；借作割。《詩·周頌·載芟》："載芟載柞，其耕澤澤。"毛傳："除草曰芟，除木曰柞。"《周禮·秋官·薙氏》："夏日至而夷之，秋繩而芟之，冬日至而耜之。"《左傳·隱公六年》："如農夫之務去草焉，芟夷薀崇之。"杜預注："芟，刈也。"《宋史·蘇雲卿傳》："披荊畚礫爲圃，藝植耘芟，灌溉培壅，皆有法度。"明、馬中錫《中山狼傳》："伐我條枚，芟我枝葉。"

引申爲刈除、除去、削除、斬殺、消滅、清除。漢、張衡《東京賦》："其遇民也，若薙氏之芟草，既薀崇之，又行火焉。"漢、陳琳《檄吳將校部曲文》："折衝討難，芟敵搴旗，靜安海內。"唐、曹唐《奉送嚴大夫再領容府》詩之一："劍澄黑水曾芟虎，箭劈黃雲慣射鵰。"《舊唐書·李元諒傳》："芟林薙草，斬荊榛。"清、馮桂芬《復應方伯論清丈第二書》："痛芟護從排場一切浮費，全歸實用。"清、周亮工《書影》卷六："此等妄言，當痛芟之。"

刪除。南朝、梁、劉勰《文心雕龍·鎔裁》："芟繁剪穢，弛於負擔。"《舊唐書·賈耽傳》："閭閻之瑣語，風謠之小說，亦收其是而芟其僞。”宋、陳亮《又乙巳春書之一》：“芟夷史籍之繁詞，刊削流傳之訛謬。”明、胡應麟《少室山房筆叢·九流緒論上》：“杜牧以曹公芟其繁蕪，筆其精粹，以此成書。”

　　大鐮刀。《國語·齊語》：“耒、耜、枷、芟。”韋昭注：“芟，大鐮，所以芟草也。”唐、柳宗元《宥蝮蛇文》：“彼樵豎持芟，農夫執耒，不幸而遇，將除其害。”

　　砍下的蘆荻（用作防汛護堤）。《宋史·河渠志一》：“凡伐蘆荻謂之‘芟’，伐山木榆柳枝葉謂之‘梢’。辮竹糾芟爲索……先擇寬平之所爲埽場。埽之制，密布芟索，鋪梢，梢芟相重，壓之以土，雜以碎石，以巨竹索橫貫其中，謂之‘心索’。”

　　疊字雙音“芟芟”形況：角長貌。唐、張籍《山頭鹿》詩：“山頭鹿，角芟芟，尾促促。”

　　芟又讀wěi ㄨㄟ，《集韻》尹捶切，上紙以。同“茟”。《集韻·紙韻》：“茟，《說文》：‘艸之皇榮也。’一曰：艸木華初生者爲茟。或從葰省。”

荐 0562 　薦蓆(席)也。从艸，存聲。在甸切（jiàn ㄐㄧㄢˋ）。

【譯白】荐，草席。是依從艸做形旁，以存爲聲旁構造而成的形聲字。

【述義】草席，又指席子下面的墊草。段玉裁《說文解字注》：“薦見《廌部》，艸也。不云‘艸席’云‘薦席’者，取音近也。席，各本誤薦。薦席爲承藉，與所藉者爲二。故《釋言》云‘荐，原、再。’如且爲俎几，故亦爲加增之詞。《易》作洊。”王筠《說文解字句讀》：“段氏改‘薦’爲‘席’，非。薦、荐皆爲席下之艸。欲其厚，故曰薦。今諺藉橐曰打荐；下文“莎”，亂橐也。”如：草荐、橐荐。

　　“草薦”，亦作“草荐”。一、草墊子、草席。明、唐順之《牌》：“令於房簷或門樓下，各得草薦一條，或稻草亂草上臥下，蓋以免寒凍。”《初刻拍案驚奇》卷二一：“（鄭興兒）不見人來，放心不下，取了一條草荐，竟在坑板上鋪了。把包裹放在頭底下，睡了一夜。”清、黃六鴻《福惠全書·蒞任·親查閱》：“如有患病飢寒無主之犯，係重罪病者，撥醫調治；飢寒者，給與口糧草薦絮襖。”二、謂野草豐茂。《新唐書·裴延齡傳》：“京右偏故有藋葦地數頃，延齡妄言：‘長安、咸陽間，得陂芳數百頃，願以爲內廄牧地，水甘草薦與苑廄等。'帝信之。"

　　牧草。《左傳·襄公四年》："戎狄荐居，貴貨易土。"孔穎達疏："服虔云：'荐，草也。言狄人逐水草而居，徙無常處。'劉炫案：'莊子云：麋鹿食荐，卽荐是草也。'"

　　一再、屢次、接連，副詞，表示頻度。《玉篇·艸部》："荐，重也，數也，再也。"《左傳·僖公十三年》："晉荐饑，使乞糴于秦。"杜預注："荐，重也。"又《定公四年》："吳爲封豕長蛇以荐食上國。"杜預注："荐，數也。"孔穎達疏："《釋言》云：荐，再也。再亦數之義也。"《北史·高勱傳》："人神怨憤，怪異荐發。"唐、韓愈《祭鄭夫人文》："年方及紀，荐及凶屯。"《續資治通鑑·宋太祖乾德元年》："軍旅荐與，民不堪命。"元、耶律楚材《懷古一百韻寄張敏之》詩："九州重搆亂，五代荐荒饑。"

　　聚。《集韻·恨韻》："荐，聚也。"

　　同"薦"。《正字通·艸部》："荐，同薦。"

藉　0563　**蘈**　祭藉也。一曰，艸不編，狼藉。从艸，耤聲。慈夜切（jiè ㄐㄧㄝˋ）。又，秦昔切（jí ㄐㄧˊ）。

【譯白】藉，是祭祀時陳列祭品的墊物。另一義說：藉是所割下的草沒編結好（一片散亂），稱爲"狼藉"。是依從艸做形旁，以耤爲聲旁構造而成的形聲字。

【述義】藉爲古代祭祀或朝聘時陳列禮品的草墊物。《周禮·地官·鄉師》："大祭祀，羞牛牲，共茅蒩。"鄭玄注："鄭大夫讀蒩爲藉，謂祭前藉也。《易》曰：'藉用白茅，無咎。'……此所以承祭，旣祭，蓋束而去之。"《禮記·曲禮下》："執玉，其有藉者則裼，無藉者則襲。"鄭玄注："藉，藻也。"孔穎達疏："凡執玉之時，必有其藻以承於玉。"《楚辭·九歌》："蕙肴蒸兮蘭藉。"《漢書·郊祀志上》："江淮間一茅三脊爲神藉。"

　　鋪、墊，以物襯墊。《世說新語·賢媛》："正值李梳頭，髮委藉地。"南朝、宋、鮑照《代白紵舞歌詞》詩之四："簪金藉綺升曲筵。"唐、柳宗元《捕蛇者說》："往往而死者相藉也。"《新唐書·潁王璬傳》："璬濟江，舟中以綵席藉步，命徹之，曰：'此可寢，奈何踐之？'"宋、陸游《老學庵筆記》卷七："高廟駐蹕臨安，艱難中，每出猶鋪沙藉路，謂之黃道。"清、和邦額《夜譚隨錄・陳寶祠》："氜驚惶失足，墮深壑中，幸爲落葉所藉，不致損傷。"

坐臥在某物上。《漢書・佞幸傳・董賢》："常與上臥起。嘗晝寢，偏藉上褏（袖），上欲起，賢未覺，不欲動賢，乃斷褏而起。"顏師古注："藉謂身臥其上也。"《文選・孫綽〈遊天臺山賦〉》："藉萋萋之纖草，蔭落落之長松。"李善注："以草薦地而坐曰藉。"唐、溫庭筠《秋日》詩："芳草秋可藉，幽泉曉堪汲。"明、何景明《大梁行》詩："朝登古城口，夕藉古城草。"

助、幫助、有助於。南朝、梁、劉勰《文心雕龍・時序》："灑筆以成酣歌，和墨以藉談風。"明、呂坤《答姜養沖書》："更有餘閒，講求胡註《資治通鑑》，或《紀事本末》，考鏡已往，有藉將來。"

同"借"，憑藉、依靠、依託因緣（卽因而、而此）；如：藉口，卽借口，借別人的話做爲依據（藉口又指找盡理由推飾不善、罪惡言行）。《左傳・宣公十二年》："敢藉君靈，以濟楚師。"杜預注："藉猶假借也。"《左傳・成公二年》："若苟有以藉口而復於寡君，君之惠也。"杜預注："藉，薦；復，白也。"孔穎達疏："言無物則空口以爲報，少有所得則與口爲藉，故曰藉口。"後多作托辭或假托的理由。《管子・內業》："彼道自來，可藉與謀。"尹知章注："藉，因也。因其自來而與之謀。"《商君書・開塞》："故王者以賞禁，以刑勸求過不求善，藉刑去刑。"《戰國策・秦策三》："此所謂藉賊兵而齎盜食者也。"漢、賈誼《過秦論》："是以陳涉不用湯武之賢，不藉公侯之尊，奮臂于大澤而天下嚮應者，其民危也。"唐、韓愈《順宗實錄三》："叔文欲專兵柄，藉希朝年老舊將，故用爲將帥。"宋、陳善《捫虱新話》卷二："唐史稱房杜不言功，予謂此乃庸人鄙夫持祿固位者得以藉口也。"清、李漁《玉搔頭・聞警》："他假公藉口爲除姦橫，其實要自逞強凶。"藉口，又謂充飢。北魏、賈思勰《齊民要術・蔓菁》："乾而蒸食，既甜且美，自可藉口，何必飢饉。"《續資治通鑑・宋神宗元豐四年》："我軍出界近二旬，所獲才三十餘級，何以復命！且食盡矣，請襲取宥州，聊以藉口。"

"蘊藉"，亦作"蘊籍"，指寬厚有涵養。《史記・酷吏列傳》："（義縱）治敢行，少蘊藉。"《後漢書・桓榮傳》："榮被儒衣，溫恭有蘊籍。”李賢注：“蘊籍，猶言寬博有餘也。”舊題宋、尤袤《全唐詩話·裴休》：“爲人蘊藉，進止雍閑。”又謂含蓄而不顯露。晉、葛洪《抱朴子·尚博》：“若夫翰迹韻略之宏促，屬辭比事之疏密，源流至到之修短，蘊藉汲引之深淺，其懸絕也。”宋、吳曾《能改齋漫錄·記文》：“前輩文采風流，蘊藉如此。”明、陸時雍《詩鏡總論》：“少陵七言律，蘊藉最深，有餘地，有餘情，情中有景，景外含情，一詠三諷，味之不盡。”亦謂蘊藏、積聚、深藏。漢、劉歆《與揚雄書》：“一代之書，蘊藏於家。”《詩大序》：“在心爲志。”唐、孔穎達疏：“蘊藏在心，謂之爲志。”清、劉大櫆《祭左蕅齋文》：“凡所蘊藏，百不一試。”

　　撫慰、安慰。《後漢書·隗囂傳》：“光武素聞其風聲，報以殊禮，言稱字，用敵國之儀，所以慰藉之良厚。”宋、范成大《次韻耿時舉苦熱》詩：“荷風拂簟昭蘇我，竹月篩窗慰藉君。”清、顧貞觀《賀新郎·寄吳漢槎寧古塔》詞：“行路悠悠誰慰藉，母老家貧子幼。”

　　如果、假使，表示假設；連詞。《墨子·大取》：“藉臧也死而天下害，吾持養臧也萬倍。”《史記·陳涉世家》：“公等遇雨，皆已失期，失期當斬，藉第令毋斬，而戍死者固十六七。”裴駰集解引服虔曰：“藉，假也。”宋、陸游《書浮屠事》：“於虖！世多詆浮屠者，然今之士有如一（法一）之能規其友者乎？藉有之，有如呆（宗呆）之能受者乎？”清、黃鈞宰《金壺遯墨·視鬼》：“無以自別於羣鬼之中，藉非金僕碧睛，世烏得而辨之哉！”“藉使”，即假使；“藉令”，即假令。漢、賈誼《過秦論下》：“藉使子嬰有庸主之材，僅得中佐，山東雖亂，秦之地可全而有，宗廟之祀未當絕也。”宋、司馬光《涑水記聞》卷四：“且奏賊初無此言，是必怨讎者爲之，藉令有之，若以一卒之故，斷都轉運使頭，此後政令何由得行？”宋、王安石《上歐陽永叔書》：“藉令朝廷憐閔，不及一年，即與之外任，則人之多言，亦甚可畏。”宋、司馬卿《嬾眞子·杜牧之詩寓意》：“藉使意不出此，以景趣爲意，亦自不凡，況感寓之深乎？”明、宋濂《林府君墓銘》：“朝廷何負爾輩，乃敢弄兵反，藉使州縣賦斂急，或不能堪，當訴之方岳大臣足矣。”明、唐順之《答王南江提學書》：“藉令有人焉，始不悟而今也悟，則自今日無一物不可少者。”

　　述“藉”讀秦昔切（jí ㄐㄧˊ）諸義：

　　“艸不編，狼藉”，狼藉亦作狼籍，是割下的草不編散亂一地。因謂：一、縱橫散亂貌。《史記·滑稽列傳》：“日暮酒闌，合尊促坐，男女同席，履舄交錯，杯盤狼藉。”唐、元稹《夜坐》詩：“孩提萬里何時見？狼籍家書臥滿牀。”清、翟灝《通俗編·獸畜》：“（蘇鶚《演義》）狼藉草而臥，去則滅亂。故凡物之縱橫散亂者，謂之狼藉。”亦指多而散亂堆積。唐、陳子昂《上西蕃邊州安危事》：“屯田廣遠，倉蓄狼籍，一虜爲盜，恐成大憂。”清、劉大櫆《乞里人共建義倉引》：“故雖粟米狼藉，而終歲之用，猶苦其不給。”二、喻行爲不檢、名聲不好。《後漢書·張酺傳》：“（竇景）遣掾夏猛私謝酺曰：‘鄭據小人，爲所侵冤。聞其兒爲吏，放縱狼藉。取是曹子一人，足以警百。’”《舊唐書·劉崇魯傳》：“前日杜太尉狼籍，爲朝廷深恥。”宋、蘇軾《上神宗皇帝書》：“漢武遣繡衣直指，桓帝遣八使，皆以守宰狼藉，盜賊公行，出於無術，行此下策。”清、宣鼎《夜雨秋燈錄初集·珊珊》：“邑之仕宦眷屬，聞之咸不平，聲名益狼籍。”三、猶糟蹋。唐、李商隱《雜纂》：“狼籍米穀。”明、王衡《鬱輪袍》第六折：“謝賢王肯作媒，勞重恁牽傀儡，可惜狼藉了王陽氣力。”《古今小說·梁武帝累修歸極樂》：“范道在寺多年，一世奉齋，並不敢有一毫貪慾，也不敢狼藉天物。”四、形容困厄、窘迫。宋、司馬光《遺表》：“今潰敗失亡，狼藉如此，而建議行師之人，晏然曾無愧畏，或更蒙寵任。”明、馮夢龍《智囊補·術智·徐道覆》：“嗚呼，奇才策士鬱鬱不得志，而狼藉以死者比比矣。”清、宣鼎《夜雨秋燈錄三集·西泠太瘦生偶記》：“狼籍煙花十七春，不堪回首墮紅塵。”五、猶折磨。清、蒲松齡《聊齋志異·折獄》：“世之折獄者，非悠悠置之，則縲繫數十人而狼藉之耳。”何垠注：“狼藉之，言磨折之至於憊也。”《天雨花》第二五回：“可憐兒女猶髫少，離卻娘親怎得生？必然狼籍都斷送，絕了亡夫後代根。”

　　按：狼藉固爲割下的草未編，散亂一地，亦謂其多、盛。《史記·酈生陸賈列傳》：“陸生以此游漢廷公卿間，名聲藉甚。”裴駰集解：“《漢書音義》曰：‘言狼藉甚盛。’”是“狼藉”義本“盛多”，與“藉甚”均謂名聲盛大、卓著。《文選·顏延之〈三月三日曲水詩序）》：“肴蔌芬藉，觴醳泛浮。”劉良注：“魚肉曰肴；菜蔬曰蔌；芬，香也；藉，多也。”唐、陸羽《西蜀送許中庸歸秦赴舉》詩：“桂條攀偃蹇，蘭葉藉參差。”

踐踏，亦謂欺凌、凌辱。《莊子·讓王》：“殺夫子者無罪，藉夫子者不禁。”高誘注：“藉猶辱也。”唐、陸德明《經典釋文》：“藉，毀也。又云：凌藉也。”《史記·魏其武安侯列傳》：“太后怒，不食，曰：‘今我在也，而人皆藉吾弟，令我百歲後，皆魚肉之矣。’”司馬貞索隱引晉灼曰：“藉，蹈也。以言蹂藉之。”唐、杜甫《催宗文樹雞柵》詩：“踏藉盤案翻，終日憎赤幘。”宋、郭彖《睽車志》卷一：“吳縣穹隆山大石，自麓移立山半，石所經，草木皆壓藉。”

進貢，亦指奉獻。《穀梁傳·哀公十三年》：“吳，夷狄之國也，祝髮文身，欲因魯之禮，因晉之權，而請冠端而襲，其藉于成周，以尊天王。”范甯注：“藉謂貢獻。”楊士勛疏：“貢謂土地所有，以獻于成周。”南朝、梁、吳均《續齊諧記·陽羨書生》：“留大銅盤，可二尺廣，與彥別曰：‘無以藉君，與君相憶也。’”

用繩縛、繫。《莊子·應帝王》：“虎豹之文來田，猨狙之便執斄之狗來藉。”唐、陸德明《經典釋文》：“司馬（彪）云：‘藉，繩也，由捷見結縛也。’崔（譔）云：‘藉，繫也。’”《荀子·正論》：“斬斷枯磔，藉靡舌緤，是辱之由外至者也。”楊倞注：“藉，見凌藉也。靡，繫縛也，與縻義同，即謂胥靡也。謂刑徒之人以鐵鎖相連繫也。”

顧念、顧惜。張相《詩詞曲語辭匯釋》卷五：“藉猶顧也。”唐、元稹《放言五首》詩之三：“霆轟電烻數聲頻，不奈狂夫不藉身。”《新唐書·蕭俛傳》：“性簡絜，以聲利爲汙，疾邪太甚，孤特一槩，故輕去位無所藉。”金、董解元《西廂記諸宮調》卷三：“把那弓箭解，刀斧撇，旌旗鞍馬都不藉。”《全元散曲·一機錦·離思》：“他把奴全然不藉，直恁的信音絕，誰知你到今心性別。”“藉不的”、“藉不得”，即顧不得。元、關漢卿《拜月亭》第一折：“如今索強支持，如何迴避？藉不的那羞共恥。”亦作“藉不得”。元、尚仲賢《三奪槊》第一折：“打得足不剌剌征駃走電光，藉不得衆兒郎，過澗沿坡尋路荒。”

通“籍”。一、“藉田”，古代田制，借民力耕公田，即勞役地租；每逢春耕前，天子、諸侯躬耕藉，以示對農業的重視。《孟子·滕文公上》：“夏后氏五十而貢，殷人七十而助，周人百畝而徹，其實皆什一也。徹者徹也，助者藉也。”《禮記·王制》：“古者公田藉而不稅。”鄭玄注：“藉之言借也，借民力治公田美惡取於此，不稅民之所自治也。”又《祭義》：“是故昔者天子爲藉千畝，冕而朱紘，躬秉耒。諸侯爲藉百畝，冕而青紘，躬秉耒。”鄭玄注：“藉，藉田也。”《漢書·文帝紀》：“夫農，天下之本也！其開藉田，朕親率耕，以給宗廟粢盛。”三國、魏、曹植《藉田說》之一：“春耕於藉田，郎中令侍寡人焉。”宋、蘇軾《元祐三年春貼子詞·皇帝閣》詩之四：“蒼龍掛闕農祥正，父老相呼看藉田。”又《玉津園》詩：“千畝何時躬帝藉，斜陽寂歷鎖雲莊。”二、耕種藉田。《韓非子·難一》：“舜其信仁乎？乃躬藉處苦而民從之。”唐、柳宗元《非國語上·不藉》：“古之必藉千畝者，禮之飾也。”三、賦稅；亦謂徵收賦稅。《詩·大雅·韓奕》：“實墉實壑，實畝實藉。”鄭玄注：“藉，稅也。”《晏子春秋·諫下一》：“景公藉重而獄多，拘者滿圄，怨者滿朝。”《管子·宙合》：“厚藉斂于百姓，則萬民懟怨。”《荀子·君道》：“故藉斂忘費，事業忘勞。”四、登記、記。《晏子春秋·問下一》：“（景公）命吏計公掌之粟，藉長幼貧氓之數，吏所委發廩出粟，以予貧民者三千鍾。”《墨子·號令》：“守必自異其人而藉之。”孫詒讓閒詁：“藉，亦與籍通。蘇（時學）云：‘藉，謂記其姓名也。’”唐、柳宗元《桂州裴中丞作訾家洲亭記》：“噫！造物者之設是久矣，而盡之於今，余其可以無藉矣。”五、登記並沒收所有的財產。《後漢書·宦者傳·侯覽》：“儉遂破覽家宅，藉沒資財，具言罪狀。”明、姚士粦《見只編》卷中：“張惶遽，急稱病謝事，上猶下溫旨，賜羊酒慰之，不信宿而詔藉張矣。”太平天國、洪仁玕《資政新篇》：“禁廟宇寺觀，既成者還其俗，焚其書，改其室爲禮拜堂，藉其資爲醫院等院。”

通“笮”，壓迫。《墨子·備高臨》：“強弩之，技機藉之。”孫詒讓閒詁：“此有挩誤、當作‘強弩射之，校機藉之。’……‘藉’當讀爲‘笮’，聲近叚借。《說文·竹部》：‘笮，迫也。’謂發機厭笮殺敵也。"

　　通"阼"，勢位、權勢地位，謂"帝位"。《韓非子・三守》："因傳柄移藉，使殺生之機、奪予之要在大臣，如是者侵。"《荀子・正論》："天子者，勢位至尊，無敵於天下，夫有誰與藉矣！"

　　同"蹟（蹋）"，踐踏。《集韻・昔韻》："蹟，踐也，或省。"（祥亦切，入昔邪。）

　　姓。《廣韻・昔韻》："藉，姓。《左傳》：晉大夫藉談。"

　　疊字雙音"藉藉"形況：一、顯著盛大貌。《史記・游俠列傳》司馬貞述贊："游俠豪倨，藉藉有聲。"明、宋濂《幻住禪庵記》："幻住之名，藉藉于四方。"清、陸以湉《冷廬雜識・鯤溟俉》："詩名藉藉，大府皆垂青焉。"二、眾多而雜亂貌。《漢書・司馬相如傳上》："不被創刃而死者，它它藉藉，填坑滿谷，掩平彌澤。"顏師古注引郭璞曰："言交橫也。"《南史・孝義傳上・樂預》："外傳藉藉，似有伊、周之事。"《新唐書・蘇定方傳》："所棄鎧仗、牛馬藉藉山野不可計。"清、吳偉業《悲滕城》詩："路骨藉藉無主名，孳者死生俱未明。"三、象聲詞。清、蒲松齡《聊齋志異・胡四相公》："張反身而行，即有履聲藉藉隨其後。"

菹　0564　𦵔　茅藉也。从艸，租聲。禮曰："封諸侯以土，菹以白茅。"子余切（zū ㄗㄨ）。

【譯白】菹，用茅草編織做祭祀用的襯墊物。是依從艸做形旁，以租爲聲旁構造而成的形聲字。禮制規定：天子分封王、侯時，授予代表領地方位的五色土做爲受封就國建社的表徵，這五色土要用白茅編織的襯墊物來包裹。

【述義】茅有白茅、菅茅、黃茅、香茅、芭茅等，葉皆相似，俗稱茅草者是指白茅，白茅亦作"白茆"，古代用以包裹祭品及分封諸侯、象徵土地所在方位之土。《易・大過》："初六，藉用白茅，無咎。"《詩・召南・野有死麕》："野有死麕，白茅包之。"

　　古代天子分封王、侯爵位時，用代表方位的五色土築壇，按封地所在方向取一色土，包以白茅而授之，做爲受封者得以就國建社的表徵，稱爲"封茅"、"裂土分茅"，後泛指任命地方高級官員；"茅土"則謂王、侯的爵位；受封者歸領地就國立祭祀社神之所在，並栽種其土所宜之樹，是爲“茅社”、“社壇”。

五色土：古代帝王鋪塡社壇用的五種不同顏色的土。分封諸侯時，王者按封地所在方位取壇上一色土授之，供在封國內立社之用。《書·禹貢》：“厥貢惟土五色。”孔傳：“王者封五色土爲社，建諸侯，則各割其方色土與之。”孔穎達疏：“《韓詩外傳》云：天子社廣五丈，東方青，南方赤，西方白，北方黑，上冒以黃土。”漢、蔡邕《獨斷》：“天子大社，以五色土爲壇。皇子封爲王者，受天子之社土，以所封之方色。”

“禮曰：封諸侯以土，葅以白茅”，今三禮無此文；然則“禮曰”者也，是說“禮制規定”的意思。

述“葅”諸義：

席的一種，古代用茅草編織做帝王祭祀用的襯墊物。《周禮·地官·鄉師》：“大祭祀，羞牛牲，共茅葅。”鄭玄注：“鄭大夫讀葅爲藉，謂祭前藉也。”賈公彥疏：“鄉師得茅束而切之，長五寸，立之祭前以藉祭，故云茅葅也。”葅館，古代祭祀時盛草葅的筐。《周禮·春官·司巫》：“祭祀，則共匰主及道布及葅館。”鄭玄注：“葅之言藉也，祭食有當藉者，館所以承葅，謂若今筐也。”

通“蕺”，蕺草，俗稱“魚腥草”，一名“土茄”；多年生草本植物，莖細長，葉對生，卵形；初夏開花，淡黃色；莖、葉皆有腥味，故稱“魚腥草”；可入藥，有清熱、解毒、治肺、止咳等功效；莖、葉之稚嫩者可供食用。明、李時珍《本草綱目·菜二·蕺》集解引蘇恭曰：“蕺菜生溼地山谷陰處，亦能蔓生；葉似蕎麥而肥，莖紫赤色；山南、江左人好生食之；關中謂之菹菜。”《廣雅·釋草》：“葅，蕺也。”《後漢書·馬融傳》：“其土毛則攔牧薦草，芳如甘荼，茈其，芸葅。”李賢注：“《廣雅》曰：‘蕺，葅也。’其根似茅根，可食。”《文選·左思〈蜀都賦〉》：“樊以葅圃，濱以鹽池。”李善注引《埤蒼》：“葅，蕺也。”劉逵注：“葅，草名也，亦名土茄，葉覆地而生，根可食，人飢則以繼糧。”

葅又讀 jù ㄐㄩˋ，《集韻》將豫切，去御精。通“菹”，多草的澤地。《集韻·御韻》：“澤生草曰葅，或作菹。”清、朱駿聲《說文通訓定聲·豫部》：“葅，叚借爲菹。”《文選·左思〈蜀都賦〉》：“潛龍蟠於沮澤。”唐、李善注：“綦毋邃《孟子注》曰：‘澤生草言萡。’”按：今《孟子·滕文公下》作：“驅蛇龍而放之菹。”

　　萡又讀jí ㄐㄧˊ，《集韻》慈夜切，去禡從。同“藉”，雜亂，盛多。《集韻·禡韻》：“藉，艸不編，狼藉。或作萡。”

蕝 0565　蕝　朝會束茅表位曰蕝。从艸，絕聲。《春秋國語》曰：“致茅蕝，表坐。”子說切（jué ㄐㄩㄝˊ）。

【譯白】蕝，諸侯、臣屬及外國使者朝見天子，束捆白茅立在地上來標明位列排次稱爲“蕝”。是依從艸做形旁，以絕爲聲旁構造而成的形聲字。《國語·晉語八》說：“設置白茅束捆的標誌，用來標明坐位的次序。”

【述義】朝會，謂諸侯、臣屬及外國使者朝見天子。《史記·殷本記》：“湯乃改正朔，易服色，上白，朝會以晝。”蕝，朝會束捆白茅立於地標明位次；一說古代演習朝會禮儀時束茅立于地以標位次。《集韻·薛韻》：“蕝，《說文》：‘朝會束茅表位曰蕝。’或作蕝。”段玉裁《說文解字注》：“《史記》、《漢書》《叔孫通傳》字作‘蕝’。如淳曰：‘蕝，謂以茅翦樹地，爲纂位尊卑之次’也。何氏《纂文》云：‘蕝，今之纂字’是也。今人‘編纂’之語本此。”《國語·晉語八》：“置茅蕝，設望表。”韋昭注：“蕝，謂束茅而立之。”“望表，謂望祭山川立木以爲表，表其位也。”《史記·劉敬叔孫通列傳》“爲緜蕝”，司馬貞索隱引漢、賈逵曰：“束茅以表位爲蕝。”《宋書·樂志二》：“建表蕝，設郊宮。”宋、蘇軾《八陣磧》詩：“平沙何茫茫，仿佛見石蕝。”查慎行注：“謂八陣磧以石表位，如茅蕝也。”

　　位置或標誌。唐、劉禹錫《和州刺史廳壁記》：“南瀕江，劃中流爲水疆，揭旗樹蕝，十有六戍。”宋、蘇軾《東坡志林·八陣圖》：“自山上俯視百餘丈，凡八行，爲六十四蕝。蕝正圓，不見凹凸處，如日中蓋影。”宋、范成大《寒食郊行書事二首》詩：“帆邊漁蕝浪，木末酒旗風。”

　　樹立、標示。《新唐書·康承訓傳》：“比暮，勛至，捕諜者，知其謀，卽蕝偶人，剌虛幟，而詭路襲苻離。”唐、柳宗元《故襄陽丞趙君墓誌》：“直社之北二百舉武，吾爲子蕝焉。”明、田汝成《西湖遊覽志餘》卷六：“蕝地以藏，爲文而告。”清、龔自珍《送廣西巡撫梁公序三〉："公有矩德，以蕞其外，正視繩行，無間其裏，必能正其人心矣。"

水草名。《宋書·謝靈運傳》："水草則萍藻蘊菼，藿蒲芹蓀，蒹菰蘋蘩，蕞荇菱蓮。"

魚具，浮子、魚漂；一說是一種攔水捕魚的器具。唐、陸龜蒙《和吳中書事寄漢南裴尚書》詩："三泖淙波魚蕞動，五茸香草雉媒嬌。"

小貌。《六書正譌·屑韻》："蕞，小也。"唐、虞世南《筆髓論·釋眞》："其鋒圓毫蕞，按轉易也。"

蕞又讀 qiāo ㄑㄧㄠ。通"橇"，古代在泥地上行駛的一種交通工具。《尸子》卷下："澤行乘舟，山行乘樏，泥行乘蕞。"清、俞正燮《癸巳存稿·四載》："橇者，徐廣云：'他書或作蕞。'孟康云：'橇如箕，摘行泥上。'"

茨 0566 【篆文】 茅蓋屋(以茅、葦蓋屋)。从艸，次聲。疾茲切（cí ㄘ）。

【譯白】茨，用茅草、蘆葦編成覆蓋物遮蔽搭蓋屋頂。是依從艸做形旁，以次爲聲旁構造而成的形聲兼會意字。

【述義】段玉裁《說文解字注》："俗本作'以茅、葦蓋屋'。見《甫田》鄭箋。《釋名》曰：'屋以艸蓋曰茨。'茨，次也，次艸爲之也。此形聲包會意。"用茅草、蘆葦等蓋屋。《釋名·釋宮室》："茨，次也，次比草爲之也。"《書·梓材》："若作室家，既勤垣墉，惟其塗墍茨。"孔穎達疏："茨，謂蓋覆也。"孫星衍疏："言如作室家，既勤力爲牆，當思涂塞孔穴，又蓋之以茅葦也。"《新唐書·高麗傳》："居依山谷，以草茨屋。"

泛指覆蓋。《廣雅·釋詁二》："茨，覆也。"《周禮·夏官·圉師》："茨牆則剗闔。"鄭玄注："茨，蓋也。"《莊子·讓王》："原憲居魯，環堵之室，茨以生草，蓬戶不完。"成玄英疏："以草蓋屋謂之茨。"《新唐書·宋璟傳》："廣人以竹茅茨屋，多火。璟教之陶瓦築堵，列邸肆，越俗始知棟宇而無患災。"

茅草蓋的屋頂，即茅屋的頂蓋。《詩·小雅·甫田》："曾孫之稼，如茨如梁。"鄭玄箋："茨，屋蓋也。"《穀梁傳·成公二年》："壹戰縣地五百里，焚雍門之茨。"范甯注："茨，蓋也。"《韓非子·五蠹》："堯之王天下也，茅茨不翦，采椽不斲。"《史記·太史公自序》：

“堂高三尺，土階三等，茅茨不翦。”張守節正義：“屋蓋曰茨，以茅覆屋。”漢、王褒《聖主得賢臣頌》：“生於窮巷之中，長於蓬茨之下。”章炳麟《四惑論》：“若夫啜菽歠漿以愈飢渴，冬毳夏葛以避寒暑，上茨下藉以庇雪霜……人之借資于外物者誠不可乏也。”

蓋屋用的草。《荀子·禮論》：“屬茨倚廬，席薪枕塊。”楊倞注：“茨，蓋屋草也。”南朝、宋、顏延之《和謝靈運》：“采茨葺昔宇，翦棘開舊畦。”

“蒺藜”，爲蒺藜科一年生草本；莖平臥，有毛，果皮有尖刺，種子入藥。《爾雅·釋草》：“茨，蒺藜。”《詩·鄘風·牆有茨》：“牆有茨，不可埽也。”又《小雅·楚茨》：“楚楚者茨，言抽其棘。”鄭玄箋：“茨，蒺藜也。”《韓詩外傳》卷七：“夫春樹桃李，樹得陰其下，秋得食其實；春樹蒺藜，夏不可採其葉，秋得其刺焉。”唐、韓愈《祭馬僕射文》：“茫茫黍稷，昔實棘茨。”宋、陸游《閔雨》詩：“窮民守稼泣，便恐化棘茨。”《兒女英雄傳》第二一回：“到了海馬周三這班人，不過同人身上的一塊頑癬，良田裏的一株蒺藜，也值得大作不成？”

堆積、聚。《廣雅·釋詁一》：“茨，積也。”《墨子·備梯》：“敢問客眾而勇，堙茨吾池，軍卒並進……爲之奈何？”《淮南子·泰族訓》：“水之性，淖以清……掘其所流而深之，茨其所決而高之，使得循勢而行。”高誘注：“茨，積土填滿之也。”宋、佚名《水調歌頭·壽徐樞》詞：“與壽星爭耀，茨福正綿綿。”

粗劣、簡陋。茨藿，謂粗劣的菜食；茨門，卽蓬戶、柴門，指窮人居住的陋室。《三國志·魏志·常林傳》：“豈弟靜紹封”裴松之注引三國、魏、魚豢《魏略》：“自茂修行，從少至長，冬則被裘，夏則裋褐，行則步涉，食則茨藿。”元、許有壬《新秋卽事》詩：“莫躡蒼苔破，茨門晝亦關。”

通“餈”，米餅。清、朱駿聲《說文通訓定聲·履部》：“茨，叚借爲餈。”《周禮·天官·籩人》：“羞籩之實，糗餌粉餈。”漢、鄭玄注：“故書餈作茨。”

姓。《萬姓統譜·支韻》：“茨，周、茨芘，晉人。漢、茨充，字子和，靖州人，建武中爲桂陽太守。”

葺 0567 葺 茨也。从艸，咠聲。七入切（qì ㄑㄧˋ）。

【譯白】葺，"茨"的意思（用茅草、蘆葦編成覆蓋物遮蔽搭建屋頂）。是依從艸做形旁，以咠爲聲旁構造而成的形聲字。

【述義】用茅草、蘆葦蓋屋，亦泛指覆蓋。《左傳·襄公三十一年》："繕完葺牆，以待賓客。"杜預注："葺，覆也。"孔穎達疏："葺牆，謂草覆牆也。"唐、陸德明《經典釋文》："葺，謂以草覆牆。"《楚辭·九歌·湘夫人》："築室兮水中，葺之兮荷蓋。"南朝、梁、沈約《郊居賦》："因葺茨以結名，猶觀空以表號。"《南史·呂僧珍傳》："取檀溪材竹，裝爲船艦，葺之以茅。"宋、辛棄疾《浣溪沙·瓢泉偶作》詞："新葺茆簷次第成，青山恰對小窗橫。"

修理、修建房屋。《左傳·昭公二十三年》："叔孫所館者，雖一日，必葺其牆屋，去之如始至。"杜預注："葺，補治也。"《南史·劉瓛傳》："兄弟三人共處蓬室一間，爲風所倒，無以葺之。"唐、皇甫冉《酬權器》詩："聞君靜坐轉耽書，種樹葺茅還舊居。"宋、王禹偁《黃岡竹樓記》："後之人與我同志，嗣而葺之，庶斯樓之不朽也。"宋、陸游《老學庵筆記》卷四："青城十里外有一寺，曰布金，洪水壞之，今復葺于旁里許。"元、虞集《送西臺治書仇公哲》詩："存者事稼穡，還者葺牆屋。"

修飾、整齊。《北史·許善心傳》："自入京邑以來，隨見補葺，略成七十卷。"宋、李清照《詞論》："至晏元獻、歐陽永叔、蘇子瞻，學際天人，作爲小歌詞，直如酌蠡水于大海，然皆句讀不葺之詩爾。"《徐霞客遊記·滇遊日記十二》："聞余有修葺《雞山志》之意，以所錄《清涼通傳》假余。"

重疊、累積。《楚辭·九章·悲回風》："魚葺鱗以自別兮，蛟龍隱其文章。"王逸注："葺，累也。言衆魚張其鬐尾，葺累其鱗，則蛟龍隱其文章而避之也。"晉、左思《吳都賦》："葺鱗鏤甲，詭類舛錯。"劉逵注："葺，累也。"宋、梅堯臣《還吳長文舍人詩卷》詩："葺書成大軸，許我觀琮璧。"

用同"緝"，捉拿、搜捕。宋、蘇軾《徐州上皇帝書》："凡使人葺捕盜賊，得以酒予之。"又《乞將合轉一官與李直方酬獎狀》："有汝陰縣尉李直方，素有才幹，自出家財，募人告葺，知得逐賊窟穴去處。”

治理、整頓。唐、薛能《題逃戶》詩：“幾世葺農桑，凶年竟失鄉。”五代、李存勖《南郊赦文》：“到官惟務于追求，在任莫思於葺理。”宋、葉適《上孝宗皇帝札子》：“陛下感念家禍，始初嗣位，葺兩淮，理荊襄。”清、李塨《記李氏翁媼已事》：“虐吏捕之，諸毒備至，家以傾；及清初，乃稍稍葺業。”

蓋(蓋、盖) 0568　𧃲　苫也。从艸，盍聲。古太切（gài ㄍㄞˋ）。

【譯白】蓋，搭建屋頂的白茅遮蔽物。是依從艸做形旁，以盍爲聲旁構造而成的形聲字。

【述義】蓋亦作“蓋”。邵瑛《羣經正字》：“今經典多作蓋……俗又作盖。”

蓋是白茅（俗稱茅、茅草者指白茅）編成搭建屋頂的遮蔽物，泛指用白茅等所編的覆蓋物。《爾雅‧釋器》：“白蓋謂之苫。”郭璞注：“白茅苫也，今江東呼爲蓋。”《左傳‧襄公十四年》：“乃祖吾離被苫蓋蒙荊棘，以來歸我先君。”杜預注：“蓋，苫之別名。”孔穎達疏：“被苫蓋，言無布帛可衣，唯衣草也。”

搭蓋、建造。漢、王褒《僮約》：“壘石薄岸，治舍蓋屋。”宋、沈括《夢溪筆談‧雜志一》：“趙韓王治第……蓋屋皆以板爲笪，上以方塼甃之，然後布瓦，至今完壯。”金、王遵古《博州重修廟學碑陰記》：“後十餘年，防判趙紹祖與學正成奉世創蓋講堂三間。”

借指房屋。《管子‧侈靡》：“百蓋無築，千聚無社，謂之陋，一舉而取。”郭沫若等集校引丁士涵曰：“《禮記‧王制注》‘今時喪葬築蓋嫁聚卜數文書’，《疏》云‘蓋，謂舍宇’。”

遮蔽、掩蓋。《玉篇‧皿部》：“蓋，掩也，覆也。”《書‧蔡仲之命》：“爾尚蓋前人之愆。”《商君書‧禁使》：“故至治，夫妻交友不能相爲棄惡蓋非，而不害於親，民人不能相爲隱。”《楚辭‧九章‧悲回風》：“萬變其情，豈可蓋兮。”《淮南子‧說林訓》：“日月欲明而浮雲蓋之。”高誘注：“蓋，猶蔽也。”清、王夫之《宋論‧太祖》：“一事之得不足以蓋小人，一行之疵不足以貶君子。”

引申爲概括。明、李贄《孔明爲後主寫申韓管子六韜》：“（汲長孺）又以‘博而寡要，勞而少功’八字蓋之，可謂至當不易之定論矣。"

勝過、超過。《國語·吳語》："君子不自稱也。非以讓也，惡其蓋人也。"《莊子·應帝王》："老聃曰：'明王之治，功蓋天下而似不自己，化貸萬物而民弗恃。'"《史記·秦始皇本紀》："人迹所至，無不臣者。功蓋五帝，澤及牛馬。"《北史·王勇傳》："氣蓋衆軍，所當必破。"唐、杜甫《八陣圖》詩："功蓋三分國，名成八陣圖。"宋、蘇轍《孟德傳》："是人非有以勝虎，其氣已蓋之矣。"

器物上面有遮蔽作用的東西，俗稱"蓋子"；如：鍋蓋、瓶蓋、杯蓋、碗蓋。《禮記·少儀》："器則執蓋。"《淮南子·原道》："故以天爲蓋，則無不覆也；以地爲輿，則無不載也。"《百喻經·寶篋鏡喻》："有一明鏡，著珍寶上，以蓋覆之。"唐、李白《春日歸山寄孟浩然》詩："荷秋珠已滿，松密蓋初圓。"宋、陸游《齋居紀事》："研，每遇磨墨，用畢，卽以蓋覆之。"《水滸全傳》第四回："開了桶蓋，只顧舀冷酒喫。"《兒女英雄傳》第三七回："那茶碗是個斗口兒的，蓋著蓋兒再也喝不到嘴裏。"《二十年目睹之怪現狀》第七五回："我走過去揭開蓋子一看，一匣子是平排列着五十枝筆。"

遮陽障雨的用具，指車篷或傘蓋。《釋名·釋車》："蓋（蓋），在上覆蓋人也。"《周禮·考工記·輪人》："輪人爲蓋……蓋已崇，則難爲門也；蓋已卑，是蔽目也。是故蓋崇十尺。"鄭玄注："蓋者主爲雨設也。"《史記·商君列傳》："五羖大夫之相秦也，勞不坐乘，暑不張蓋。"又《魯仲連鄒陽列傳》："諺曰：'有白頭如新，傾蓋如故。'何則？知與不知也。"北周、庾信《馬射賦》："落花與芝蓋同飛，楊柳共春旗一色。"唐、杜甫《夢李白二首》詩之二："冠蓋滿京華，斯人獨顦顇。"此蓋已引申指車乘；冠蓋，官員的冠服和車乘，謂仕宦、貴官。《太平御覽》卷七〇二引漢、服虔《通俗文》："張帛避雨謂之繖蓋。"《淮南子·兵略》："暑不張蓋，寒不被裘，所以程寒暑也。"《三國志·吳志·劉繇傳》："於船樓上值雷雨，（孫）權以蓋自覆，又命覆（劉）基，餘人不得也。"唐、韓愈《次潼關上都統相公》詩："冠蓋相望催入相，待將功德格皇天。"宋、曾敏行《獨醒雜志》卷九："若瀟湘夜雨，尤難形容，當畫者至作行人張蓋以別之。"清、孔尚任《桃花扇·逮社》："排頭踏青衣前走，高軒穩扇蓋交抖。"

亦指動物背部的甲殼。如：螃蟹蓋兒、烏龜蓋兒。

加在上面；如：蓋章、蓋戳。《釋名·釋言語》："蓋，加也，加物上也。"《墨子·備穴》："盆蓋（蓋）井口，毋令煙上泄。"唐、杜甫《君不見簡蘇徯》詩："丈夫蓋棺事始定，君今幸未成老翁，何恨憔悴在山中。"清、黃六鴻《福惠全書·筮仕部》："或求蓋印，免到任繳憑，致藩司駁查。"

崇尚。《國語·吳語》："夫固知君王之蓋威以好勝也，故婉約其辭，以從逸王志。"韋昭注："蓋，猶尚也。"

古代一種天體學說謂天爲"蓋天"，認爲天像無柄的傘，地像無蓋的盤子，天在上，地在下，日月星辰隨天蓋而運行，其東升西沒是由於遠近所致，不是沒入地下。《晉書·天文志上》："古言天者有三家：一曰蓋天，二曰宣夜，三曰渾天……蔡邕所謂《周髀》者，即蓋天之說也。其本庖犧氏立周天曆度，其所傳則周公受於殷高，周人志之，故曰《周髀》。髀，股也；股者，表也。其言天似蓋笠，地法覆槃，天地各中高外下。"

由"掩蓋"引申同"黨"，謂偏私、偏袒。《廣雅·釋言》："蓋，黨也。"

耮，翻鬆土壤平整田地的農具，原作"勞"，也稱爲"耱"或"蓋"、"蓋磨"，用荊條或藤條編成，長方形。元、王禎《農書》卷二："今人呼耙曰'渠疏'，勞曰'蓋磨'，皆因以其用以名之，所以散墢去芟，平土壤也。"

宋代俗語稱女子之夫爲"蓋老"，稱男子之妻爲"底老"。《水滸傳》第二四回："他的蓋老，便是街上賣炊餅的武大郎。"《醒世姻緣傳》第五七回："他又有一個妙計：把自己的老婆厚厚的塗了一臉蚌粉……自己也就扮了個蓋老的模樣，領了老婆在鬧市街頭撞來撞去胡唱討錢。"

副詞；表示揣測、推斷，相當於"大概"、"恐怕"。《禮記·檀弓上》："有子蓋既祥而絲屨組纓。"孔穎達疏："蓋是疑詞。"《論語·里仁》："有能一日用其力於仁矣乎？我未見力不足者。蓋有之矣，我未之見也。”《史記·孔子世家》：“孔子以詩書禮樂教，弟子蓋三千焉。”又《平原君虞卿列傳》：“諸子中勝最賢，喜賓客，賓客蓋至者數千人。”唐、韓愈《祭裴太常文》：“朝廷之重，莫過乎禮，雖經策具存，而精通蓋寡。”宋、蘇轍《黃州快哉亭記》：“（宋）玉之言蓋有諷焉。”

連詞；承接上文，表示原因或理由，相當於“大概是、由於”、“因爲”。《論語·季氏》：“丘也聞有國有家者，不患寡而患不均，不患貧而患不安。蓋均無貧，和無寡，安無傾。”《史記·外戚世家》：“孔子罕稱命，蓋難言之也。”又《屈原賈生列傳》：“屈平之作《離騷》，蓋自怨生也。”清、方苞《獄中雜記》：“其鄉人有殺人者，因代承之。蓋以律非故殺，必久繫，終無死法也。”

語氣詞。段玉裁《說文解字注》：“引伸之爲發端語詞；又不知者不言，《論語》謂之蓋闕，《漢書》謂之丘蓋。”一、多用於句首。《論語·子路》：“君子於其所不知，蓋闕如也。”《史記·孝文本紀》：“朕聞，蓋天下萬物之萌生，靡不有死。”又《李斯列傳》：“蓋聞聖人遷徙無常，就變而從時，見末而知本，觀指而覩歸。”《漢書·高帝紀下》：“蓋聞王者莫高於周文，伯者莫高於齊桓，皆待賢人而成名。”三國、魏、曹丕《典論·論文》：“蓋文章經國之大業，不朽之盛事。”唐、韓愈《送齊皞下第序》：“蓋其漸有因，其本有根，生於私其親，成於私其身。”宋、王安石《答司馬諫議書》：“蓋儒者所爭（重），尤在於名實。”二、用在句中。《詩·小雅·正月》：“謂天蓋高，不敢不局；謂地蓋厚，不敢不蹐。”《漢書·禮樂志》：“神夕奄虞蓋孔享。”顏師古注：“蓋，語辭也。”又《王式傳》：“試誦說，有法；疑者丘蓋不言。”注：“如淳曰：‘齊俗以不知爲丘。’”

古州名。唐、貞觀十九年置，故址在今遼寧省蓋縣；清、顧祖禹《讀史方輿紀要·山東八·遼東都指揮使司》：“蓋州衛，秦漢時遼東郡地，高麗爲蓋牟城，唐置蓋州，渤海因之，又改爲辰州……元初爲蓋州路，尋復爲州……明、洪武九年廢州置衛。”

縣名。在遼寧省。唐置蓋州，明爲蓋州衛，清改蓋平縣；一九六五年改蓋縣。

蓋又讀 hé ㄏㄜˊ，《廣韻》胡臘切，入盍匣。一、通“盍”。1、代詞，表示疑問，相當於“何”。《詩·魏風·園有桃》：“其誰知之，蓋亦勿思！”陳奐傳疏：“蓋與盍同。盍，何也。”《莊子·養生主》：“善哉！技蓋至此乎？”《戰國策·秦策一》：“人生世上，勢位富貴蓋可忽乎哉！”唐、杜甫《遣興》詩之三：“達生豈是足，默識蓋不早。”2、相當於“何不”。《禮記·檀弓上》：“晉獻公將殺其世子申生，公子重耳謂之曰：‘子蓋言子之志於公乎？……然則蓋行乎？’”鄭玄注：“蓋皆當為盍。盍，何不也。”《史記·孔子世家》：“子貢曰：‘夫子之道至大也，故天下莫能容夫子，夫子蓋少貶焉？’”二、通“闔”，門扇。《左傳·莊公三十二年》：“犖有力焉，能投蓋于稷門。”《荀子·宥坐》：“鄉者，賜觀於太廟之北堂，吾亦未輟，還復瞻被（彼）九（北）蓋皆繼，被（彼）有說邪？匹過絕邪？”楊倞注：“九當為北，傳寫誤耳。被皆當為彼。蓋音盍，戶扇也。皆繼，謂其材木斷絕，相接繼也。”

　　蓋又讀 hài ㄏㄞˋ，通“害”。《爾雅·釋言》：“蓋、割，裂也。”唐、陸德明《經典釋文》：“蓋，舍人本作害。”朱駿聲《說文通訓定聲·泰部》：“蓋，叚借為害。”一、禍患。《書·呂刑》：“羣后之逮在下，明明棐常，鰥寡無蓋。”二、妨礙。《莊子·則陽》：“陰陽相照相蓋相治，四時相代相生相殺。”三、傷害。《孟子·萬章上》：“象曰：‘謨蓋都君咸我績。’”焦循正義引阮元《釋蓋》：“《書·呂刑》曰：‘鰥寡無蓋’，‘蓋’即‘害’字之借，言堯時鰥寡無害也。《孟子》‘謀蓋都君’，此兼井廩言之，蓋亦當訓為害也。”唐、柳宗元《天對》：“象不兄龔，而奮以謀蓋。”

　　蓋又讀 gě ㄍㄜˇ，《廣韻》古盍切，入盍見；盍部。一、古地名。戰國、齊、蓋邑，漢置蓋縣，北齊廢。故城在今山東省沂水縣西北。《孟子·公孫丑下》：“王使蓋大夫王驩為輔行。”趙岐注：“蓋，齊下邑也。”二、姓。《廣韻·盍韻》：“蓋，姓也。漢有蓋寬饒。《字書》作䩏。”宋、鄧名世《古今姓氏書辨證·盍韻》：“蓋氏，出自齊大夫食采於蓋，以邑為氏。”

苫　0569　𦱦　蓋也。从艸，占聲。失廉切（shān ㄕㄢ）。

【譯白】苫，編結白茅蓋屋。是依從艸做形旁，以占為聲旁構造而成的形聲字。

【述義】苫是編結白茅蓋屋；古代俗稱茅草者係指白茅；苫亦泛指席、布等遮蓋物。《爾雅・釋器》：“白蓋謂之苫。”郭璞注：“白茅苫也，今江東呼爲蓋。”郝懿行義疏：“《左氏・昭十七年》正義及釋文竝引李巡曰：‘編菅、茅以覆屋曰苫。’”宋、陸游《幽居歲暮》詩之五：“刈茅苫鹿屋，插棘護雞棲。”

用草編成的覆蓋物。如：草苫子。章炳麟《新方言・釋器》：“凡張蓋皆得釋苫，非止編茅以覆屋而已。今人華蓋、雨蓋皆謂之苫。”《左傳・襄公十四年》：“乃祖吾離被苫蓋、蒙荊棘，以來歸我先君。”《晉書・隱逸傳・郭文》：“洛陽陷，乃步擔入吳興餘杭大辟山中窮谷無人之地，倚木於樹，苫覆其上而居焉，亦無壁障。”《北史・侯深傳》：“路中遇寇，身披苫褐。”元、陳椿《熬波圖・蓋池井屋》：“織簾爲笆，束茅爲苫。”

古代居喪時，孝子睡的草墊子，亦泛指草墊子。《玉篇・艸部》：“葠，猶苫也，草自藉也。或作苫。”《儀禮・喪服》：“居倚廬，寢苫枕塊，哭晝夜無時。”鄭玄注：“苫，編藁。”賈公彥疏：“外寢苫者，哀親之在草。”明、宋濂《黃氏墓銘》：“治喪一循古禮，布苫柩側，取石爲枕，不解衣而臥者三月。”《農桑輯要》卷二：“每日至晚，卽便載麥上場堆積，用苫徹覆，以防雨作。”

用同“贍”，贍養、供養。元、佚名《來生債》第二折：“枉了我便一生苫鰥寡孤獨，半世養貧寒困苦。”明、朱有燉《繼母大賢》：“又兼苫着一箇唱的妮子喜時秀，這兩日一發不來我店裡歇了。”

顫動。元、無名氏《凍蘇秦》第二折：“俺一家兒努眼苫眉，只待要逼蘇秦險些上吊。”明、賈仲名《蕭淑蘭》第一折：“我看你瘦懨懨，眼札眉苫。多敢是家菜不甜野菜甜。”明、湯顯祖《牡丹亭・驚夢》：“和你把領扣鬆，衣帶寬，袖梢兒搵著牙兒苫也，則待你忍耐溫存一晌眠。”

姓。《通志・氏族略四》：“苫氏，魯大夫苫夷之後也。”

苫又讀 shàn ㄕㄢˋ，《廣韻》舒贍切，去豔書。覆蓋、遮蔽。北魏、賈思勰《齊民要術・蔓菁》：“擬作乾菜及釀菹者，割訖，則尋手擇治而辮之……燥則上在廚，積置以苫之。”宋、梅堯臣《和孫端叟寺丞農具》詩之一：“但能風雨蔽，何惜茅蓬苫。”《西遊記》第十四回："如今臉上無了泥，頭上無了草，卻象瘦了些，腰間又苦了一塊大虎皮，與鬼怪能差多少。"又第三十七回："你那衣服，半邊苦身，半邊露臂。"

苦又讀 tiān ㄊㄧㄢ，《集韻》他兼切，平添透。青苦，藥草名。《集韻·添韻》："苦，青苦，藥艸。"

苦又讀 chān ㄔㄢ，《集韻》處占切，平鹽昌。苦滯，也作"憺懘"。樂聲雜亂不和諧。《集韻·鹽韻》："憺，音敝不和。或作怗、苦。"《史記·樂書》："五者不亂，則無憺懘之音矣。"唐、司馬貞索隱："苦滯，又本作'憺懘'。"

蔼 0570　蓋也。从艸，渴聲。於蓋切（ài ㄞˋ）。

【譯白】蔼，覆蓋的意思。是依從艸做形旁，以渴為聲旁構造而成的形聲字。

【述義】覆蓋。王筠《說文解字句讀》："二字疊韻，此殆覆蓋字也。"

微。《廣韻·泰韻》："蔼，微也。"

清。《廣韻·祭韻》："蔼，清也。"

茁 0571　取(刷)也。从艸，屈聲。區勿切（qū ㄑㄩ）。

【譯白】茁，揩拭刷去的意思。是依從艸做形旁，以屈為聲旁構造而成的形聲字。

【述義】取，拭也，謂拂拭、清掃。朱駿聲《說文通訓定聲·泰部》："經傳皆以刷為之。"許慎之時，"刷"尚未見作工具說，至漢末之《釋名·釋首飾》始見作理髮用具說："刷，帥也，帥髮長短皆令上從也；亦言瑟也，刷髮令上瑟然也。"《文選·嵇康〈養生論〉》："勁刷理髮。"謂茁本義為"刷子"是妄謬。

茁，刷去的意思。段玉裁《說文解字注》："今人謂以鈍帚去薉（穢）物曰茁。"桂馥《說文解字義證》："取也者，茁、取聲近；今俗猶謂洗滌曰茁取。字或從竹。《廣韻》箆謂之刷。"

借指刷子。王筠《說文解字句讀》："卽荔根可作取之取，乃縛艸所作之器。《廣雅》：'箆謂之取。'其字從竹。"

藥草名。《正字通·艸部》："茁，《神農本草經》有屈草，生漢中川澤間，主寒熱陰痺。茁當卽屈。"

今借稱一種有機化合物，分子式 $C_{18}H_{12}$，金黃色結晶，溶于熱苯

（英文 chrysene）。

藩 0572　藩　屏也。从艸，潘聲。甫煩切（fán ㄈㄢˊ）。

【譯白】藩，當做屏障的籬笆。是依從艸做形旁，以潘爲聲旁構造而成的形聲字。

【述義】藩即籬笆。《玉篇·艸部》："藩，籬也。"《易·大壯》："羝羊觸藩，羸其角。"孔穎達疏："藩，藩籬也。"唐、陸德明《經典釋文》："藩，馬（融）云：籬落也。"漢、揚雄《甘泉賦》："雷鬱律於巖垁兮，電儵忽於牆藩。"漢、張衡《西京賦》："揩枳落，突棘藩。"三國、魏、曹植《鰕䱇篇》詩："燕雀戲藩柴，安識鴻鵠遊！"宋、范成大《復自姑蘇過宛陵至鄧步出陸》詩："漿家饋食槿爲藩，酒肆停驂竹廡門。"

借作屏障，謂護衛、保護、捍衛。《詩·大雅·板》："價人維藩，大師維垣。"毛傳："藩，屏也。"《左傳·昭公元年》："貨以藩身，子何愛焉。"又《哀公十六年》："舍諸邊竟，使衛藩焉。"《漢書·敍傳下》："建設藩屏，以強守圉。"又《王莽傳上》："藩漢國，輔漢宗。"晉、左思《魏都賦》："以道德爲藩，不以襲險爲屏也。"又《詠史五首》詩之三："吾希段干木，偃息藩魏君。"唐、劉禹錫《上杜司徒書》："間者昧於藩身，推致危地。"宋、曾鞏《胡使》詩："九州四海盡帝有，何不用胡藩北隅。"

用籬笆圍起來。《左傳·哀公十二年》："吳人藩衛侯之舍。"

遮掩、遮蔽。《荀子·榮辱》："以相持養，以相藩飾。"《後漢書·馬融傳》："其植物則玄林包竹，藩陵蔽京。"晉、袁宏《後漢紀·范丹傳》："（丹弟子）載柴將藩之，丹拔柴載還之。"

車兩邊的遮風、車上起遮掩作用的帷障。《儀禮·既夕禮》："主人乘惡車，白狗幦、蒲蔽。"鄭玄注："蔽，藩。"賈公彥疏："車兩邊禦風爲藩。"《國語·晉語八》："夫絳之富商，韋藩木楗以過於朝。"韋昭注："韋藩，蔽前後。"又指有帷障的車子。《左傳·襄公二十三年》："以藩載欒盈及其士。"杜預注："藩，車之有障蔽者。"《漢書·陳遵傳》："始遵初除，乘藩車入閭巷。"

舊指邊疆地區。《周禮·夏官·職方氏》："乃辨九服之邦國：……又其外方五百里曰藩服。"賈公彥疏："以其最在外，爲藩籬，故以藩爲稱。"

邊沿、界域、領域。《莊子・大宗師》："意而子曰：'雖然吾願遊於其藩。'"唐、陸德明《經典釋文》："崔云'域也'。"宋、葉適《〈覆瓿集〉序》："其有益於世固多矣，又曹陸以下不能擬其藩也。"清、章學誠《校讎通義・敍》："隋、唐史志甲乙部目亦略涉其藩，而未能推闡（劉）向、（劉）歆術業，以究悉其是非得失之所在。"

皇帝分封諸侯王的侯國、領地。三國、魏、曹植《贈白馬王彪・序》："後有司以二王歸藩，道路宜異宿止。"又爲屬國、屬地。《三國志・吳志・吳主傳》："自魏文帝踐阼，（孫）權使命稱藩。"《後漢書・明帝紀》："（永平五年、公元六〇年）驃騎將軍東平王蒼罷歸藩。"宋、司馬光《溫公續詩話》："龐穎公籍喜爲詩，雖臨邊典藩，文案委積，日不廢三兩篇，以此爲適。"

唐朝初年在重要各州置都督府，後在邊陲各地置十節度使，稱爲藩鎮，略稱藩；明、清時布政使亦稱藩。唐、高適《人日寄杜二拾遺》詩："身在遠藩無所預，心懷百憂復千慮。"唐、元稹《授劉悟檢司空幽州節度使制》："嘗見委於先朝，屢作藩於右地。"明、何景明《贈左先生序》："出爲臬、爲藩，入爲臺、爲省、爲將、爲相。"

通"番"。唐、郭湜《高力士外傳》："朝廷細務，委以宰臣；藩戎不聾，付之邊將。"清、譚嗣同《仁學》二十："緬甸、高麗、琉球之藩邦，其敗亡之由，咸此而已矣。"

姓。《萬姓統譜・元韻》："藩，漢、藩嚮，字嘉景，魯國人，北海相，八廚中人。"

藩又讀 fán ㄈㄢˊ，《廣韻》附袁切，平元奉；元部。一、藥草名，茷藩，卽知母。《爾雅・釋草》："蕁，茷藩。"郭璞注："生山上，葉如韭。一曰提母。"郝懿行義疏："卽知母也。"銀雀山漢墓竹簡《孫臏兵法・地葆》："五草之勝，曰：藩、棘、椐、茅、莎。"二、用同"蕃"，生育、繁殖，繁育滋生。清、金農《白丈慶餘見招以豆糜爲食走筆記之》詩："二七爲族極藩衍，莢肥偏向畦田生。"《清史稿・食貨志一》："大抵清於八旗皆以國力豢養之，及後孳生藩衍，雖歲糜數百萬金，猶苦不給。"

菹 0573　䐚　酢菜也。从艸，沮聲。𦵔，或从皿。𥂖，或从缶。

側魚切（zū ㄗㄨ）。

【譯白】菹，腌製的酸菜。是依從艸做形旁，以沮爲聲旁構造而成的形聲字。薀，菹的或體字，依從皿做主形旁。䣐，菹的或體字，以缶做相從形旁。

【述義】菹，亦作葅。腌菜。徐鍇《說文解字繫傳》：“以米粒和酢以漬菜也。”王筠《說文解字句讀》：“酢，今作醋，古呼酸爲醋，酢菜猶今之酸菜，非以醋和之。《聲類》：‘菹，藏菜也。’《釋名》：‘菹，阻也，生釀之，使阻於寒溫之間，不得爛也。’”《詩·小雅·信南山》：“疆埸有瓜，是剝是菹。”鄭玄箋：“淹漬以爲菹。”《周禮·天官·醢人》：“以五齊七醢七菹三臡實之。”鄭玄注：“凡醢醬所和，細切爲虀，全物若䐑爲菹。”北魏、楊衒之《洛陽伽藍記·城南·高陽王寺》：“惡衣麄食，亦常無肉，止有韭茹韭菹。”唐、杜甫《病後過王倚飲贈歌》詩：“長安冬菹酸且綠，金城土酥淨如練。”宋、陸游《雪夜》詩：“菜乞鄰家作菹美，酒賒近市帶醅渾。”

肉醬。段玉裁《說文解字注》：“虀菹皆本菜稱，用爲肉稱也。”《儀禮·士昏禮》：“菹醢四豆。”《禮記·少儀》：“牛與羊魚之腥，聶而切之爲膾，麋鹿爲菹。”

古代的一種酷刑，把人剁成肉醬。《莊子·盜跖》：“子路欲殺衛君，而事不成，身菹於衛東門之上。”戰國、楚、屈原《楚辭·離騷》：“后辛之菹醢兮，殷宗用之不長。”《淮南子·俶眞訓》：“醢鬼侯之女，菹梅伯之骸。”《漢書·刑法志》：“梟其首，菹其骨肉於市。”顏師古注：“菹謂醢也。”

枯草、柴草。《管子·輕重甲》：“今齊有渠展之鹽，請君伐菹薪，煮沸水爲鹽，正而積之。”尹知章注：“草枯曰菹。”明、李東陽《重建解州鹽池神祠記》：“今天下之地利鹽爲大，煮海之力，菹薪之伐，牢盆之制，亦勞甚矣。”

植物名，巴苴的簡稱，巴苴卽芭蕉。《後漢書·馬融傳》：“其土毛則攜牧薦草……桂荏、凫葵格、韮、菹、于。”李賢注：“菹，卽巴苴，一名芭蕉。”

菹稭，亦作葅稭，用農作物的莖稭編成的鋪墊物，草席。《史記·封禪書》：“掃地而祭，席用菹稭。”裴駰集解引應劭曰：“稭，禾橐也，去其皮以爲席。”

葅又讀 jù ㄐㄩˋ，《集韻》將豫切，去御精；魚部。一、水草叢生的沼澤地。《集韻·御韻》：“葅，澤生草曰葅或作葅。”《孟子·滕文公下》：“禹掘地而注之海，驅蛇龍而放之葅。”趙岐注：“葅，澤生草者也，今青州謂澤有草爲葅。”二、通“沮”，潮溼滲漏。《墨子·節葬下》：“掘地之深，下無葅漏，氣無發洩於上，壟足以期其所，則止矣。”孫詒讓閒詁：“葅與沮通。《廣雅·釋詁》云：‘沮，溼也。’”

荃 0574　荃　芥脆也。从艸，全聲。此緣切（quán ㄑㄩㄢˊ）。

【譯白】荃，腌製的芥的味道爽脆可口。是依從艸做形旁，以全爲聲旁構造而成的形聲字。

【述義】段玉裁《說文解字注》：“《黑部》曰：‘以芥爲虀名曰芥荃。’云芥脆者，謂芥虀鬆脆可口也。”脆與“脆”同。

香草名，卽昌蒲，又名“蓀”，多用以喻君主。《玉篇·艸部》：“荃，香草也。”《爾雅翼·釋草》：“荃，昌蒲也。”《楚辭·離騷》：“荃不察余之中情兮，反信讒而齋怒。”王逸注：“荃，香草，以諭君也。”洪興祖補注：“荃與蓀同。”三國、魏、曹植《九詠》：“茵薦兮蘭席，蕙幬兮荃牀。”《文選·宣德皇后令》：“要不得不強爲之名，使荃宰有寄。”呂向注：“使君臣有所寄託也。荃，君也；宰，臣也。”唐、柳宗元《弔屈原文》：“荃蕙蔽匿兮，胡久而不芳？”亦喻當政者。

通“絟”，細布。《集韻·薛韻》：“絟，細布也，或作荃。”清、朱駿聲《說文通訓定聲·乾部》：“荃，叚借爲絟。”《漢書·江都易王劉非傳》：“縣王閩侯亦遺建荃、葛、珠璣、犀甲……數通使往來。”顏師古注：“許愼云：‘荃，細布也。’字本作絟……蓋今南方筩布之屬皆爲荃也。”清、高士奇《天祿識餘·白越荃葛》：“白越荃葛，皆細布名。”

通“筌”，捕魚器。《莊子·外物》：“荃者所以在魚，得魚而忘荃。”一本作“筌”。成玄英疏：“荃，魚筍也，以竹爲之，故字從竹，亦有從艸者。”

荃又讀 chuò ㄔㄨㄛˋ，《集韻》測劣切，入薛初。草名，可作染料。《集韻·薛韻》：“荃，艸名，可染。”

蕌0575　　蕌　韭鬱也。从艸，酷聲。苦步切（kù ㄎㄨˋ）。

【譯白】蕌，腌製的韭菜。是依從艸做形旁，以酷爲聲旁構造而成的形聲字。

【述義】腌製的韭菜。王筠《說文解字句讀》：“鬱幽其韭而成之，故名韭鬱。”又泛指腌菜。《廣雅·釋器》：“蕌，菹也。”《玉篇·艸部》：“蕌，醋菹也。”

蘫0576　　蘫　瓜菹也。从艸，監（濫）聲。魯甘切（lán ㄌㄢˊ）。

【譯白】蘫，腌瓜。是依從艸做形旁，以濫爲聲旁構造而成的形聲字。

【述義】姚文田、嚴可均《說文校議》：“藍，篆體當作‘蘫’，說解當作‘濫聲’。前已有‘藍，染青艸。’此必轉寫誤。《廣韻·五十四闞》、《集韻·廿三談》、《類篇》引作‘蘫，瓜菹也’。”按此“蘫”音應作hàn ㄏㄢˋ，《廣韻》呼濫切，去闞曉；談部。

蘫又讀làn ㄌㄢˋ，《集韻》盧瞰切，去闞來。腌菜、酸菜。《類篇·艸部》：“蘫，酸菹。”

菹0577　　菹　菹也。从艸，派聲。盬，菹或从皿；皿，器也。直宜切（zhī ㄓ）。

【譯白】菹，腌菜。是依從艸做形旁，以派爲聲旁構造而成的形聲字。盬，菹的或體字，依從皿做形旁；皿，指腌菜用的器皿。

【述義】腌菜。朱駿聲《說文通訓定聲·履部》：“此酢菜之名，細切者曰齏，全物若腺者曰菹，亦曰菹。”菹，《廣韻》作旨夷切。

蘼0578　　蘼　乾梅之屬。从艸，橑聲。《周禮》曰：“饋食之籩，其實乾蘼。”後漢長沙王始煑艸爲蘼。蘼，蘼或从潦。盧皓切（lǎo ㄌㄠˇ）。

【譯白】蘼，乾梅一類的乾果。是依從艸做形旁，以橑爲聲旁構造而成的形聲字。《周禮·天官·籩人》說：“祭祀時進獻熟食的籩豆器皿，其中的果實有乾梅。”後來漢朝長沙王（吳芮）才開始加上香草做調味料煮成帶有香味的乾果。蘼，蘼的或體字，以潦爲聲旁。

【述義】乾梅；亦泛指乾果。《正字通·艸部》：“蘼，凡乾果皆可謂之蘼。”《周禮·天官·籩人》：“饋食之籩，其實棗、栗、桃、乾蘼、榛實。”鄭玄注：“乾蘼，乾梅也；有桃諸，梅諸，是其乾者。”孫詒讓正義：“凡乾梅、乾桃，皆煮而暴之。”徐灝《說文解字注箋》：“蓋以香艸合梅桃煮之。”

　　附述“籩豆”：籩爲古代祭祀及宴會時盛果脯的竹器，形狀像木製的豆。《周禮・天官・籩人》“（籩人）掌四籩之實。”鄭玄注：“籩，竹器如豆者，其容實皆四升。”孫詒讓正義：“《論語・述而》皇疏云：‘竹曰籩，木曰豆；豆盛葅醢，籩盛果實，並容四升，柄尺二寸，下有跗也。’”《儀禮・鄉射禮》：“薦脯用籩。”豆爲古代食器，亦用作裝酒肉的祭器；形似高足盤，大多有蓋；多爲陶質，也有用青銅、木、竹製成的。《詩・大雅・生民》：“卬盛于豆，于豆于登。”毛傳：“木曰豆，瓦曰登；豆，薦葅醢也。”《公羊傳・桓公四年》：“一曰乾豆。”何休注：“豆，祭器名，狀如鐙。”《史記・樂書》：“簠簋俎豆制度文章，禮之器也。”籩和豆是古代祭祀及宴會時常用的兩種禮器。《禮記・禮器》：“三牲魚腊，四海九州之美味也；籩豆之薦，四時之和氣也。”孔穎達疏：“盛其饌者，卽三牲魚腊籩豆是也。”《後漢書・東夷傳濊》：“其人終不相盜，無門戶之閉。婦人貞信。飲食以籩豆。”

　　四川稱梅子爲薰。晉、郭義恭《廣志》：“蜀名梅爲薰，大如鴈子……黃梅以熟薰作之。”

　　薰菜，方言，謂乾菜。章炳麟《新方言・釋器》：“浙東謂乾菜爲薰菜。”

蘱　0579　蘱　煎茱萸。从艸，顡聲。漢律：會稽獻蘱一斗。魚旣切（yì　ㄧˋ）。

【譯白】蘱，煎炙了的吳茱萸。是依從艸做形旁，以顡爲聲旁構造而成的形聲字。漢朝的律令規定：會稽郡每年進貢蘱子一斗。”

【述義】蘱，同“薽”。徐灝《說文解字注箋》：“蘱作薽者，隸之異體。”《正字通・艸部》：“蘱，薽本字。”

　　朱駿聲《說文通訓定聲・履部》：“按蘱卽《本草》之吳茱萸；其實本名蘱，煎之亦卽稱蘱耳。”按：茱萸，又稱“吳茱萸”，爲芸香科落葉小喬木；葉對生，奇數羽狀複葉，夏季開白綠色小花，圓錐花序；果實紅紫色，裂開；未成熟果實入藥，功能溫中止痛、殺蟲；古代有重陽節佩茱萸囊、飲菊花酒健身去邪的風俗。除吳茱萸外，又有芸香科落葉喬木“食茱萸”，果實可吃；山茱萸科“山茱萸”，果實供藥用。"蔱"係指"食茱萸"，又與"吳茱萸"相混。《禮記·內則》："三牲用蔱。"鄭玄注："蔱，煎茱萸也……《爾雅》謂之櫟。"唐、陸德明《經典釋文》："似茱萸而實赤小。"《本草綱目·果部·食茱萸》："時珍曰：此卽欓子也。蜀人呼爲艾子，楚人呼爲辣子，古人謂之蔱及欓子。"

葀 0580 𪓆 羹菜也。从艸，宰聲。阻史切（zǐ ㄗˇ）。

【譯白】葀，用蔬菜調和肉、五味做成濃汁。是依從艸做形旁，以宰爲聲旁構造而成的形聲字。

【述義】用菜作羹。段玉裁《說文解字注》："葀，謂取菜羹之也。"清、錢坫《說文解字斠詮》："今吳俗以蔬菜和肉爲羹，命之曰葀頭。"

　　葀又讀 zǎi ㄗㄞˇ，《集韻》子亥切，上海精。菜名。《集韻·海韻》："葀，菜名。"

若 0581 𦱡 擇菜也。从艸右；右，手也。一曰：杜若，香艸。而灼切（ruò ㄖㄨㄛˋ）。

【譯白】若，採摘野菜。是依從連文成義的艸右做主、從形旁構造而成的會意字；右，表示手、用手摘取。另一義說：若是"杜若"，一種香草的名稱。

【述義】擇菜，卽採摘野菜。《莊子·讓王》："孔子窮於陳、蔡之間，七日不火食，藜羹不糝，顏色甚憊，而猶弦歌於室，顏回擇菜於外。"《呂氏春秋·愼人》："孔子弦歌於室，顏回擇菜於外。"

　　選擇。段玉裁《說文解字注》："《晉語》秦穆公曰：'夫晉國之亂，吾誰使先若夫二公子而立之，以爲朝夕之急。'此謂使誰先擇二公子而立之，若正訓擇，擇菜引申之義也。"俞樾《羣經平議·國語二》："若者，擇也。"

　　"一曰杜若，香艸"。段玉裁《說文解字注》："此別一義；此六字依《韻會》恐是鉉用鍇語增，今人又用鉉本改鍇本耳。"杜若，省稱爲"若"，香草名；多年生草本植物；高一、二尺，葉廣披針形；味辛香，夏日開白花，果實藍黑色。《楚辭·九章·憶往昔》："自前世之嫉賢兮，謂蕙若其不可佩。"洪興祖補注："若，杜若也。"又《九歌·雲中君》："浴蘭湯兮沐芳，華采衣兮若英。"又《九歌·湘君》："采芳洲兮杜若，將以遺兮下女。"《文選·司馬相如〈長門賦〉》："博芬若以爲枕兮，席荃蘭而茝香。"李善注："芬、若、荃、蘭皆香草也。"又《子虛賦》："其東則有蕙圃衡蘭，芷若射干。"唐、李嶠《二月奉教作》詩："和風泛紫若，柔露濯青薇。"唐、陸龜蒙《美人》詞："猶欲悟君心，朝朝佩蘭若。"唐、皮日休《端憂》詩："箷簹颯兮雨岸，杜若死兮霜洲。"清、龔自珍《北遊》詩："悠揚聞杜若，髣彿邀蛾眉。"

順、順從。商承祚《殷虛文字類編》："案：卜辭諸若字象人舉手而跽足，乃象諾時巽順之狀，古諾與若爲一字，故若字訓爲順。古金文若字與此畧同。"《爾雅・釋言》："若，順也。"郝懿行義疏："若者，《釋詁》云：'善也。'善者，和順於道德，故又訓順。"《詩・大雅・烝民》："邦國若否，仲山甫明之。"鄭箋："若，順也。順否猶臧否，謂善惡也。"又《小雅・大田》："播厥百穀，既庭且碩，曾孫是若。"《書・堯典》："帝曰：'疇咨若時登庸。'"又《說命中》："明王奉若天道，建邦設都。"《穀梁傳・莊公元年》："不若於道者，天絕之也。"范甯注："若，順。"《資治通鑑・唐睿宗景雲二年》："天地垂祐，風雨時若。"宋、蘇軾《與張朝請書》之一："旦夕西去，回望逾遠，後會無期，惟萬萬若時自重。"明、呂坤《說天》："雨暘時若，善也。"

善、和善。《左傳・宣公三年》："故民入川澤山林，不逢不若魑魅罔兩，莫能逢之。"《商君書・愼法》："外不能戰，內不能守，雖堯爲主不能以不臣諧所謂不若之國。"《漢書・禮樂志》："神若宥之，傳世無疆。"顏師古注："若，善也。"

像、如同。《書・盤庚上》："若網在綱，有條而不紊；若農服田力穡，乃亦有秋。"《詩・小雅・雨無正》："若此無罪，淪胥以鋪。"《孟子・公孫丑上》："凡有四端於我者，知皆擴而充之矣，若火之始然，泉之始達。"唐、王勃《送杜少府之任蜀州》詩："海內存知己，天涯若比鄰。"唐、顧況《棄婦詞》詩："相思若循環，枕席生流泉。"明、張居正《江陵救時之相論》："功可以竊，而罪可以諉，莫閣臣若。"又爲同、相當。《醒世姻緣傳》第十八回："也不論班輩差與不差，也不論年紀若與不若。"

及、到、至於。《書・召誥》："越五日甲寅，位成。若翼日乙卯，周公朝至于洛。”《國語·晉語五》：“病未若死，祇以解志。”

及得上、比得上，多用於否定句和反問句。《論語·學而》：“未若貧而樂，富而好禮者也。”《禮記·檀弓下》：“雖然，則彼疾，當養者孰若妻與宰？”《孟子·萬章上》：“吾豈若使是君爲堯舜之君哉？”《史記·扁鵲倉公列傳》：“吾有所善者皆疏，同產處臨菑，善爲方，吾不若，其方甚奇，非世之所聞也。”金、王若虛《送彭子升之任冀州序》：“凡得一職，必先審問其同僚者何如人，問其不能而不己若也，則幸而喜。”

奈。清、王引之《經傳釋詞》卷七：“若，猶奈也，凡經言‘若何’、‘若之何’者皆是。”《國語·齊語》：“齊國寡甲兵，爲之若何？”《左傳·僖公十五年》：“寇深矣，若之何？”

諾、應允，後作“諾”。《馬王堆漢墓帛書·經法·名理》：“若者，言之符也；已者，言之絕也。已若不信，則知（智）大惑矣；已若必信，則處於度之內也。”

等同、一致。《孟子·滕文公上》：“布帛長短同，則賈相若；麻縷絲絮輕重同，則賈相若。”《戰國策·楚策一》：“此蒙穀之功，多與存國相若。”宋、李綱《邀說十議·議國是》：“然以今日國勢揆之，靖康之初，其不相若遠甚。”

踐踏，也作“踏”。《文選·司馬相如〈上林賦〉》：“徒車之所轔轢，步騎之所躁若。”李善注：“《廣倉》曰：‘若，蹈足貌。’”

禾稈皮。本書第七篇《禾部》：“穌，杷取禾若也。”朱駿聲《說文通訓定聲·豫部》：“稈皮散亂，杷而梳取之。”按段玉裁《說文解字注》“穌”字注“凡可去之皮曰若。”

傳說中的海神名。《莊子·秋水》：“於是焉河伯始旋其面目，望洋向若而歎。”唐、陸德明《經典釋文》：“司馬云：‘若，海神。’”

神話中的神木名。《山海經·西山經》：“（槐江之山）西望大澤，后稷所潛也；其中多玉，其陰多榣木之有若。”郭璞注：“大木之奇靈者爲若；見《尸子》。”《尸子》卷下：“大木之有奇靈者爲若。”

代詞。一、用於對稱，相當於“你（們）”、“你（們）的”。《莊子·齊物論》：“然則我與若與人俱不能相知也。”又《人間世》：“一若志，無聽之以耳，而聽之以心。”又《寓言》：“若向也俯而今也仰，向也括而今也被髮。”《商君書‧畫策》：“失法離令，若死，我死。”《史記‧項羽本紀》：“吾翁卽若翁。”又《淮陰侯列傳》：“趙見我走，必空壁逐我，若疾入趙壁，拔趙幟，立漢赤幟。”唐、韓愈《月池》詩：“若不妬清妍，卻成相映燭。”唐、柳宗元《捕蛇者說》：“更若役，復若賦。”清、龔自珍《餺飥謠》：“呼兒語若：後五百歲，俾飽而玄孫。”二、用於他稱，相當於“其”、“他（的）”、“他們（的）”。《書‧召誥》：“今王嗣受其命，我亦惟兹二國命，嗣若功。”王引之《經傳釋詞》卷七：“若，其也。嗣其功者，嗣二國之功也。”又《大誥》：“若考作室，旣厎法，厥子乃弗肯堂，矧肯構？”《墨子‧天志下》：“今人處若國得罪，將猶有異國所，以避逃之者矣。”《呂氏春秋‧貴直論》：“殷有比干，吳有子胥，齊有狐援，已不用若言，又斮之東閭。”漢、王充《論衡‧刺孟》：“欲使仲子處於陵之地，避若兄之宅，吐若兄之祿，耳聞目見，昭晰不疑，仲子不處不食明矣。”又《實知》：“孔子生，不知其父，若母匿之。”清、劉大櫆《胡母謝太孺人傳》：“若方在童稚時，受母氏之笤督，至今猶慄慄危懼。”三、用於近指。1、相當於“這”、“這個”、“這樣”。《論語‧憲問》：“君子哉若人！尚德哉若人！”《荀子‧王霸》：“君人者，亦可以察若言矣？”《呂氏春秋‧振禮》：“爲天下之長患，致黔首之大害者，若說爲深。”宋、趙與時《賓退錄》卷二：“今之業文好古之士至鮮，且不張，苟遺若人，其學益衰矣。”2、相當於“如此”、“這樣的”。《書‧大誥》：“爾丕克遠省，爾知寧王若勤哉！”《孟子‧梁惠王上》：“以若所爲，求若所欲，猶緣木而求魚也。”焦循正義：“若，如此也。”《史記‧平津侯主父列傳》：“君若謹行，常在朕躬。”宋、萬俟雅言《尉遲杯慢‧李花》詞：“雪魄未應若，況天賦標豔仍綽約。”四、用於遠指，相當於“那”、“哪”。唐、李賀《南園》詩之五：“請君暫上凌烟閣，若個書生萬戶侯？”清、李漁《蜃中樓‧抗姻》：“試問俺是誰家的媳婦，他是若個的兒夫？”清、黃景仁《水調歌頭‧謝仇二》詞：“僕雖不及若輩，頗抱古今愁。”五、用於疑問。相當於“怎麼”、“怎樣”、“哪里”。張相《詩詞曲語辭匯釋》卷一：“若，猶怎也；那也。”《南齊書‧王敬則傳》：“我昔種楊柳樹，今若大小？”唐、杜荀鶴《春宮怨》詩：

"承恩不在貌，教妾若爲容？"唐、白居易《送人貶信州判官》詩：
"若於此郡爲卑吏？刺史廳前又折腰。"宋、王安石《奉酬永叔見贈》
詩："他日若能窺孟子，終身何敢望韓公。"元、關漢卿《調風月》
第一折："覰了他兀的模樣，這般身分，若脫過這好郎君？"六、用
同"偌"，這麼、那麼。張相《詩詞曲語辭匯釋》卷一："若，與偌
同。"唐、白居易《見敏君初到邠寧秋日登城樓詩詩中頗多鄉思因以
寄和》詩："望鄉心若苦，不用數登樓。"《紅樓夢》第一百零六回：
"老太太若大年紀，兒子們並沒奉養一日，反累他老人嚇得死去活
來。"

　　副詞。一、表示承接，相當於"乃"、"才"、"就"。《小爾雅·
廣言》："若，乃也。"《書·秦誓》："日月逾邁，若弗云來。"《國
語·周語上》："必有忍也，若能有濟也。"韋昭注："若，猶乃也。"
《管子·海王》："一女必有一鍼一刀，若其事立。"尹知章注："若，
猶然後。"《馬王堆漢墓帛書·十六經·姓爭》："刑德相養，逆順若
成。"清、黃宗羲《張元岵先生墓誌銘》："上天之意：視斯民之困
苦，若不得不雨；視士大夫之驕奢，若不可雨，其徘徊于兩歧之間乎。"
二、表示不肯定，相當於"似乎"、"好像"。《左傳·定公四年》：
"若聞蔡將先衞，信乎？"《史記·孝武本紀》："公孫卿言見神人
東萊山，若云'見天子'。"《三國志·魏志·武帝紀》"作銅雀臺"，
南朝、宋、裴松之注引《魏武故事》："今孤言此，若爲自大，欲人
言盡，故無諱耳。"唐、韓愈《秋懷》詩之八："鳴聲若有意，顛倒
相追奔。"《本草綱目·禽部·杜鵑》："其鳴若曰：'不如歸去。'"
清、黃宗羲《冬青引注題辭》："余曾註謝皋羽《西臺慟哭記》，以未
得見張孟兼註爲恨，曹叔則出其註示之，則頗疏誕，余之註若未可廢
也。"

　　介詞，表示方式，相當於"按"、"按照"。《公羊傳·定公八
年》："至乎日，若時而出。"徐彥疏："謂至于某日如約之時也。"
《論衡·禍虛》："若此言之，顏回不當早夭，盜跖不當全活也。"

　　連詞。一、表示假設關係，相當於"假如"、"如果"。《左傳·
隱公元年》："若闕地及泉，隧而相見，其誰曰不然。"又《僖公二十
三年》："公子若反晉國，則何以報不穀？"《國語·魯語下》："若

我往，晉必患我，誰爲之貳。”《三國志・魏書・趙儼傳》：“若或成變，爲難不測。”南朝、梁、劉勰《文心雕龍・史傳》：“若任情失正，文其殆哉！”唐、李賀《金銅仙人辭漢歌》詩：“天若有情天亦老，攜盤獨出月荒涼。”《儒林外史》第十六回：“若做了官就不得見面，這官就不做他也罷！”二、表示選擇關係，相當於“或”、“或者”。《儀禮・公食大夫禮》：“魚腸胃倫膚若九，若十有一，下大夫則若七若九。”《左傳・定公元年》：“凡我同盟各復舊職，若從踐土，若從宋，亦唯命。”《史記・高祖本紀》：“諸將以萬人若以一郡降者，封萬戶。”《漢書・食貨志》：“時有軍役若水旱，民不困乏。”又《鼂錯傳》：“其亡夫若妻者，縣官買予之。”三國、魏、曹植《求自試表》：“使得西屬大將軍當一校之隊，若東屬大司馬統偏師之任。”宋、歐陽修《六一筆記・鐘莛說》：“以木若泥爲鐘則無聲，聲果在虛器之中乎？”三、表示承接關係。1、相當於“而”、“而且”。《易・夬》：“君子夬夬獨行，遇雨若濡。”《書・金縢》：“予仁若考，能多材多藝，能事鬼神。”王引之《經義述聞・尚書上》引王念孫曰：“考、巧古字通；若、而語之轉。予仁若考者，予仁而巧也。”《楚辭・招魂》：“肥牛之腱，臑若芳些。”王念孫《讀書雜志餘編・楚辭》：“臑，熟也；若，猶而也；言既熟而且芳也。”《三國志・魏志・陳思王傳》：“竊自比於葵藿，若降天地之施，垂三光之明者，實在陛下。”2、相當於“與”、“和”、“及”。《書・召誥》：“拜手稽首，旅王若公。”《墨子・號令》：“悉舉民室材木、瓦若藺石數，署長短小大。”《史記・魏其武安侯列傳》：“願取吳王若將軍頭，以報父之仇。”《論衡・論死》：“天地開闢，人皇以來，隨壽而死若中年夭亡，以億萬數。”唐、劉禹錫《河東先生集序》：“凡子厚名氏與仕與年暨行己之大方，有退之之誌若祭文在。”元、揭傒斯《純德先生〈梅西集〉序》：“其行也，集先生之詩若文若干卷，曰《梅西集》，屬余序。”清、龔自珍《明良論二》：“上若下胥水火之中也，則何以國？”3、然後。《管子・海王》：“今鐵官之數曰：一女必有一鍼、一刀，若其事立；耕者必有一耒、一耜、一銚，若其事立；行服連軺輂者，必有一斤、一鋸、一錐、一鑿，若其事立；不爾而成事者，天下無有。”四、表示轉折關係，相當於“至於、言及”，用在句首以引起下文。《左傳·哀公十四年》："臣之罪大，盡滅桓氏可也。若以先臣之故，而使有後，君之惠也。若臣，則不可以入矣。"《孟子·梁惠王上》："若民，則無恆產，因無恆心。"《荀子·勸學》："故學數有終，若其義則不可須臾舍也。"《國語·楚語下》："若夫白珩，先王之玩也，何寶焉？"《史記·伯夷列傳》："若至近世，操行不軌，專犯忌諱，而終身逸樂，富厚累世不絕。"宋、歐陽修《醉翁亭記》："若夫日出而林霏開，雲歸而巖穴暝。"

助詞。一、用在形容詞或副詞後面，表示事物的狀態，相當於"貌"、"樣子"。《易·離》："出涕沱若，戚嗟若。"孔穎達疏："若，是語辭也。"《詩·衛風·氓》："桑之未落，其葉沃若。"《史記·司馬相如列傳》："於是二子愀然改容，超若自失。"唐、劉兼《送文英大師》詩："山疊披風方穆若，花時分袂更淒然。"二、用於句首，表示語氣。《書·大誥》："若昔朕其逝。"又《文侯之命》："汝多修扞我于艱，若汝予嘉。"王引之《經傳釋詞》卷七引王念孫曰："若，詞之'惟'也。"《楚辭·九歌·山鬼》："若有人兮山之阿，被薜荔兮帶女蘿。"唐、韓愈《徐偃王廟碑》："乃命因故爲新，衆工齊事，惟月若日，工告訖功。"

秦、漢時縣名，治所在今湖北省宜城縣東南；本爲春秋鄀國，後滅於楚。《漢書·地理志上》："（南郡）縣十八……若。"顏師古注："《春秋傳》作鄀。其音同。"

古水名，即今雅礱江，爲金沙江支流，源出青海，東南流經甘孜、新龍、雅江等縣，到攀枝花市東北入金沙江。《史記·司馬相如列傳》："除邊關，關益斥，西至沫、若水。"司馬貞索隱："張揖曰：'若水出旄牛徼外，至僰道入江。'"《漢書·地理志上》："（越嶲郡）臺登（注）孫水南至會無入若。"

姓。《正字通·艸部》："若，姓。漢下邳相若章，宋咸平進士若濤。"

疊字雙音"若若"形況：一、長而下垂的樣子。《漢書·佞幸傳·石顯》："牢邪石邪，五鹿客邪！印何纍纍，綬若若邪！"顏師古注："若若，長貌。"唐、柳宗元《故尚書戶部侍郎王君先太夫人河間劉氏志文》："若若紫綬，榮于高堂。"清、錢謙益《渡淮河聞何三季穆之訃》詩：“自言星星髮，不紆若若綬。”二、衆多的樣子。《列子·力命》：“今昏昏昧昧，紛紛若若，隨所爲，隨所不爲。”三、謂每每、常常。清、葆光子《物妖志·獸·猴》：“女自是精爽迷罔，頓如癡人，正晝眠睡，暮則華妝豔飾，伺夜，若若有所之。”

若又讀 ré ㄖㄜˊ，《廣韻》人賒切，平麻日。古地名。《廣韻·麻韻》：“若，蜀地名，出《巴中記》。”

若又讀 rè ㄖㄜˋ，《廣韻》人者切，上馬日。乾草。《廣韻·馬韻》：“若，乾草。”

若又讀 rě ㄖㄜˇ，《廣韻》人者切，上馬日。一、般若，佛教語，梵語 Praj ñā 的譯音，或譯爲“波若”，意譯“智慧”；佛教用以指如實理解一切事物的智慧，爲表示有別於一般所指的智慧，故用音譯。大乘佛教稱之爲“諸佛之母”。南朝、宋、劉義慶《世說新語·文學》：“殷中軍被廢東陽，始看佛經，初視《維摩詰》，疑般若波羅密太多，後見《小品》，恨此語少。”劉孝標注：“波羅密，此言到彼岸也。經云到者有六焉……六曰般若，般若者，智慧也。”唐、王勃《益州德陽縣善寂寺碑》：“涅槃甘露，承眷而宵流；般若靈音，雜祥以晝引。”宋、蘇軾《小篆〈般若心經〉贊》：“稽首《般若多心經》，請觀何處非般若。”清、龔自珍《發大心文》：“欲修禪那，發心爲先；欲修般若，發心爲先。”二、姓。若干，鮮卑族複姓；北周有若干惠。

蓴 0582 𦾖　蒲叢也。从艸，專聲。常倫切（chún ㄔㄨㄣˊ）。

【譯白】蓴，蒲草叢生（或：叢生的蒲草）。是依從艸做形旁，以專爲聲旁構造而成的形聲字。

【述義】蒲叢；又指蒲穗。《集韻》徒官切，平桓定，元部；音 tuán ㄊㄨㄢˊ。《廣雅·釋草》：“蒲穗謂之蓴。”王念孫疏證：“蒲穗形圓，故謂之蓴，蓴之爲言團團然叢聚也。《說文》云：‘蓴，蒲叢也。’蒲草叢生於水則謂之蓴，蒲穗叢生莖末，亦謂之蓴。訓雖各異，義實相近也。”

草叢生。《廣韻·桓韻》：“蓴，艸叢生。”

蓴菜，一作“蓴菜”，又名“鳧葵”，爲睡蓮科多年生水生草本植物；葉片橢圓形，浮水面，莖上和葉的背面有粘液，花小，暗紅色；

夏采嫩葉作蔬菜。《詩‧魯頌‧泮水》：“薄采其茆。”毛傳：“茆，
鳧葵也。”孔穎達疏：“陸璣疏云：茆與荇菜相似，葉大如手，赤圓，
有肥者著手中滑不得停。莖大如匕柄，葉可以生食，又可鬻，滑美。
江南人謂之蓴菜，或謂之水葵，諸陂澤水中皆有。”《世說新語‧言
語》：“有千里蓴羹，但未下鹽豉耳。”《晉書‧文苑傳‧張翰》：“翰
因見秋風起，乃思吳中菰菜、蓴羹、鱸魚膾。”唐、劉長卿《早春贈別
趙居士還江左》詩：“歸路隨楓林，還鄉念蓴菜。”宋、蘇軾《揚州
以土物寄少游》詩：“後春蓴茁活如酥，先社薑芽肥勝肉。”

茵　0583　茵　以艸補缺。从艸，囷聲。讀若陸。或以爲綴。一
曰：約空也。直例切（zhì ㄓˋ）。

【譯白】茵，用草填補損壞殘缺的地方。是依從艸做形旁，以囷爲聲
旁構造而成的形聲字。茵的音讀像“陸”字的音。有人認爲茵這個字
是說用草縫補的意思。另一義說：茵是用草纏束後去補間隙。

【述義】綴，縫補。約，纏束，此謂纏束草。空，間隙。茵是用草補
缺，其方式如許慎說解。許梿《讀說文記》：“讀若陸。段氏从鍇本
作‘俠’；朱文藻曰：別本讀若埶，則與直例反合。”錢坫《說文解
字斠詮》：“約空者，今俗語有空處以物填塞之曰茵，聲如霤。”《廣
雅‧釋詁四》：“茵，補也。”王念孫疏證：“各本茵訛作笡。”

蕁　0584　蕁　叢艸也。从艸，尊聲。慈損切（zǔn ㄗㄨㄣˇ）。

【譯白】蕁，聚集生長的草。是依從艸做形旁，以尊爲聲旁構造而成
的形聲字。

【述義】聚集生長的草，即草生長茂盛、草茂盛生長的樣子。《玉篇‧
艸部》：“蕁，苯蕁，草叢生。”《文選‧張衡〈西京賦〉》：“苯蕁蓬
茸，彌皋被岡。”李善注引薛綜曰：“言草木熾盛，覆被於高澤及山
岡之上也。”晉、左思《魏都賦》：“嘉穎離合而蕁蕁，醴泉涌流而浩
浩。”唐、獨孤及《和題藤架》詩：“蕁蕁葉成幄，璀璀花落架。”
清、韓純玉《煮筍有作》詩：“千畝千戶侯，蕁莽密于蝟。”

　　　攢聚。《廣雅‧釋詁三》：“蕁，聚也。”王念孫疏證：“蕁之言
攢聚也。”

莜　0585　莜　艸田器。从艸，條省聲（攸聲）。《論語》曰：“以
杖荷莜。”徒弔切（diào ㄉㄧㄠˋ）。

【譯白】莜，草編的田間用器。是依從艸做形旁，以條省去“木”爲聲旁（以攸爲聲旁）構造而成的形聲字。《論語‧微子篇》說：“用拐棍扛着莜器。”

【述義】段玉裁《說文解字注》：“舊作‘艸田器’，今依《韻會》、《論語》疏作‘芸（薹）田器。’”“舊作‘條省聲’，乃淺人所改；條亦攸聲也。”桂馥《說文解字義證》亦作“攸聲”。王筠《說文釋例》卷十五、頁十四：“莜下云‘艸田器’，段氏改艸爲薹。案《論語》疏曰：‘《說文》作莜，芸田器也。’未知‘芸田器’一句，爲亦引《說文》邪？抑自加之邪？包注曰‘竹器’，《玉篇》承《說文》之後，亦曰草器名；《廣韻》云‘草田器’，蓋是也。何則？芸必用鋤，鋤可荷，而無事於以杖荷之，既以杖荷之，則其爲方圓器而非長器可知也。邢氏蓋據植杖而芸，遂意揣其爲以莜芸之耳！不知丈人之意，非爲芸田而來，特以既譏子路，蹲踞拔草以示倨侮之意！其事同芸，因謂之芸，非誠以鋤芸之也。惟許君以字從艸而言艸，不如包氏言竹。多竹之鄉，田器率用竹，吾鄉則用梛條柳條檾稭之屬，若以艸爲之，薄則不勝任，厚則重累，故知包氏是也。不於實事求是，而見異思遷，是自蔽之道也。”莜爲草編的田間用器，所謂“草編”，是指以麻類植物及農作物的莖稭所編而言。王筠《說文解字句讀》：“田間之器，率以檾（麻類植物）、稭（農作物的莖稭）爲之，故曰艸。”

“以杖荷莜”，見《論語‧微子篇》，今本作“蓧”：“子路從而後，遇丈人，以杖荷蓧。”何晏注：“包（咸）曰：‘蓧，竹器。’”皇侃疏：“蘿籠之屬。”邢昺疏：“《說文》作莜。芸田器也。”是用以除草的竹編農器。唐、李商隱《贈田叟》：“荷蓧衰翁似有情，相逢携手繞村行。”

莜又讀 dí ㄉㄧˊ，《集韻》亭歷切，入錫定。同“蓧”，盛種子的農器。《集韻‧錫韻》：“蓧，盛種於器謂之蓧；或省（也寫作省去筆畫的‘莜’）。”元、王禎《農書‧農器圖譜八》：“南方盛稻種用單，以竹爲之；北方藏粟種用簞，多以草木之條編之。蓧蓋是此類。”

莜又讀 yóu ㄧㄡˊ。莜麥，一作“油麥”，爲禾本科一年生草本植物；子實成熟後即自裂脫殼，故又名“裸燕麥”；產於中國北方，籽粒可磨粉食用，全株作牲畜飼料。

蕈 ₀₅₈₆ 　𧂇　雨衣；一曰衰衣。从艸，卑聲。一曰蕈薂，似烏韭。扶歷切（pì ㄆㄧˋ）。

【譯白】蕈，防雨的外衣；又稱爲“蓑衣”。是依從艸做形旁，以卑爲聲旁構造而成的形聲字。另一義說：蕈是稱爲“蕈薂”的草本植物，形狀像烏韭。

【述義】王筠《說文釋例》卷十、頁二十七：“蕈下云‘雨衣；一曰衰衣。’此係原文，特衍衣字耳。《玉篇》云‘雨衣；一曰蓑’，以蓑易衰，乃以今字易古字，而《說文》之衍衣明矣。《衣部》衰下云‘艸雨衣，秦謂之蕈’；衰字從衣不從艸，故說解表其爲艸；蓋雨衣或以布帛爲之，特不名曰衰耳；蕈下云一曰衰，正與衰字轉注。借爲盛衰既久，乃加衣字以別之。不知一曰衰，猶今言一名蓑也。許君除總名之外不言名；《魚部》多云魚名，亦後人改也。下文又有‘一曰草薂似烏韭’，則別其名義，與上一曰廣二名者不同。”蕈，蓑衣。本書第八篇《衣部》：“衰，艸雨衣；秦謂之蕈。衰，從衣，象形。”《廣雅·釋器》：“蕈謂之衰。”王念孫疏證：“《說文》：‘衰，艸雨衣。秦謂之蕈。’《越語》云：‘譬如衰笠，時雨既至必求之。’經傳或從艸作蓑。”

　　蕈又讀 bì ㄅㄧˋ，《集韻》必袂切，去祭幫；錫部。一、蕈薂，即蕈荔，也作“薜荔”，俗稱木蓮、木饅頭、鬼饅頭，常綠藤本植物，蔓生，葉橢圓形，花極小，隱於花托內；果實富膠汁，可製涼粉，有解暑作用。《山海經·西山經》：“（小華之山）其草有蕈荔，狀如烏韭，而生於石上，亦緣木而生，食之已心痛。”郝懿行箋疏：“蕈荔……《離騷》作薜荔。”《楚辭·離騷》：“擥木根以結茝兮，貫薜荔之落蘂。”王逸注：“薜荔，香草也，緣木而生蘂實也。”唐、皮日休《憂賦》：“其堅也龍泉不能割，其痛也蕈荔不能瘳。”二、蕈挈，王瓜的別名；王瓜，一名地瓜，葫蘆科多年生攀援草本植物，葉互生，多毛茸，夏季開花，瓣緣細裂成絲狀；果橢圓，熟時呈紅色。《禮記·月令》：“（孟夏之月）王瓜生，苦菜秀。”鄭玄注：“王瓜，蕈挈也。”《逸周書·時訓》：“王瓜不生，困於百姓。”朱右曾校釋：“王瓜，一名土瓜，四月生苗，延蔓，五月開黃花，子如彈丸，生青熟赤。”明、李時珍《本草綱目·草七·王瓜》：“土瓜，其根作土氣，其實似瓜也；或云根味如瓜，故名土瓜。王字不知何義？瓜似電子，熟則色赤，鴉喜食之，故俗名赤電、老鴉瓜；一葉之下一鬚，故俚人呼爲公公鬚。”三、通“蔽”，隱蔽。《史記·淮陰侯列傳》：“（韓信）夜半傳發，選輕騎二千人，人持一赤幟，從間道蓲山而望趙軍。”裴駰集解引如淳曰：“蓲音蔽。依山自覆蔽。”

蓲又讀 bēi ㄅㄟ，《集韻》賓彌切，平支幫。一、藥草名，蓲薢，薯蕷科，多年生纏繞藤本植物，根狀莖爲緩和利尿藥；根、莖可製澱粉。《集韻·支韻》：“蓲，蓲薢，藥艸。”李時珍《本草綱目·草七·蓲薢》：“蓲薢蔓生，葉似菝葜而大如碗，其根長硬，大者如商陸而堅。”二、草名，蒿類。《集韻·支韻》：“蓲，蒿類。”

蓲又讀 bá ㄅㄚˊ，《集韻》蒲八切，入黠並。蓲菰，也作“菝菰”，藥草名。《集韻·黠韻》：“菝，菝菰，艸名。或作蓲。”

蓲 0587 〔蓲〕 艸也。从艸，是聲。是支切（chí ㄔˊ）。

【譯白】蓲，一種草本植物的名稱。是依從艸做形旁，以是爲聲旁構造而成的形聲字。

【述義】蓲，卽蓲母，又名提母、蚳母、蚔母、知母，卽《爾雅》之“薚”、“茪”、“藩”，爲百合科多年生草本植物，葉叢生，線形，根莖入藥，有清熱生津作用。《玉篇·艸部》：“蓲，蓲母草，卽知母也。”明、李時珍《本草綱目·草一·知母》：“宿根之旁，初生子根，狀如蚔蝱之狀，故謂之蚔母，訛爲知母、蝭母也。”

通“堤”，音 dī ㄉㄧ，瓶類的底座。《淮南子·泰族》：“蓼菜成行，甌甊有蓲，稱薪而爨，數米而炊，可以治小而未可以治大也。”于省吾新証：“按：蓲堤字通。《詮言》：‘瓶甊有堤。’注：‘堤，瓶甊下安也。’”

苴 0588 〔苴〕 履中艸。从艸，且聲。子余切（jū ㄐㄩ）。

【譯白】苴，鞋中草墊。是依從艸做形旁，以且爲聲旁構造而成的形聲兼會意字。

【述義】苴爲形聲兼會意字。段玉裁《說文解字注》：“且，薦也，此形聲包會意。”

鞋中草墊。《玉篇·艸部》：“苴，履中薦也。”又襯墊。《儀禮·士虞禮》：“苴刌茅，長五寸束之，實于篚。”鄭玄注：“苴猶藉也。”

《漢書‧賈誼傳》：“履雖鮮不加於枕，冠雖敝不以苴履。”顏師古注：“苴者，履中之藉也。”

包裹。《書‧禹貢》“厥貢惟土五色”孔傳：“王者封五色土爲社，建諸侯則各割其方色土與之，使立社，燾以黃土，苴以白茅；茅取其潔，黃取其王覆四方。”唐、陸德明《經典釋文》：“苴，包裹也。”《禮記‧內則》：“實棗於其腹中，編萑以苴之。”又《少儀》：“苞苴。”鄭玄注：“苞苴，謂編束萑葦以裹魚肉也。”

大麻的子實。《詩‧豳風‧七月》：“七月食瓜，八月斷壺；九月叔苴，采荼薪樗，食我農夫。”毛傳：“叔，拾也；苴，麻子。”

結子的大麻。《玉篇‧艸部》：“苴，麻也。”《左傳‧襄公十七年》：“晏嬰麤縗斬，苴絰、帶，杖，菅屨，食鬻，居倚廬，寢苫，枕草。”杜預注：“苴，麻之有子者，取其麤也。”《莊子‧讓王》：“顏闔守陋閭，苴布之衣而自飯牛。”成玄英疏：“苴布，子麻布也。”北魏、賈思勰《齊民要術‧種麻》：“崔寔曰：‘二三月，可種苴麻。’”原注：“麻之有實者爲苴。”

粗劣、粗惡。《管子‧霸言》：“夫上狹而苴，國小而都大者弑。”《墨子‧兼愛下》：“昔者晉文公好苴服。”孫詒讓閒詁：“苴、粗字通，猶中篇云惡衣。”《荀子‧禮論》：“齊衰苴杖，居廬食粥，席薪枕塊，所以爲至痛飾也。”楊倞注：“苴杖，謂以苴惡色竹爲之杖。”《禮記‧喪服小記》：“苴杖，竹也。”

補、填塞。漢、劉向《新序‧刺奢》：“今民衣弊不補，履決不苴。”唐、韓愈《進學解》：“補苴罅漏，張皇幽眇。”明、黃華秀《預防倭患疏》：“亡羊苴牢，中流苴漏，悔之晚矣。”

苴蓴，草名，卽蘘荷。《楚辭‧大招》：“醢豚苦狗，膾苴蓴只。”王逸注：“雜用膾炙，切蘘荷以爲香，備衆味也。”

通“菹”，生草的沼澤。《管子‧七臣七主》：“苴多螣蟘，山多蟲螽。”戴望校正：“苴，古通菹。趙岐《孟子》注：‘菹，澤生草者也，今青州謂澤有草者爲菹。’”

姓。《廣韻‧魚韻》：“苴，姓，《漢書‧貨殖傳》有平陵苴氏。”

苴又讀 chá ㄔㄚˊ，《廣韻》鉏加切，平麻崇；魚部。枯草、浮草。《詩‧大雅‧召旻》：“如彼歲旱，草不潰茂，如彼棲苴。”毛傳：

"苴，水中浮草也。"孔穎達疏："苴是草木之枯槁者。"《楚辭‧九章‧悲回風》："鳥獸鳴以號羣兮，草苴比而不芳。"王逸注："生曰草，枯曰苴。"

苴又讀 zhǎ ㄓㄚˇ，《集韻》側下切，上馬莊；魚部。一、土苴，糞草，糟粕；比喻微賤的東西。《莊子‧讓王》："道之眞以治身，其緒餘以爲國家，其土苴以治天下。"唐、陸德明《經典釋文》："司馬（彪）云：土苴，如糞草也，李（頤）云：土苴，糟魄也。"胡鳴玉《訂譌雜錄》卷十："《莊子‧讓王篇》：'其土苴以治天下。' 土音姹，苴音鮓，謂糞草、渣滓、糟粕之類。"章炳麟《新方言‧釋器》："李頤云：'土苴，糟魄也。' 苴，亦借沮爲之。《說文》：'揟，取水沮也。' 今人謂糟滓爲苴，作側加反，俗字作'渣'，乃沮之形變也。"二、通"柤"，木名。《山海經‧中山經》："又東南三十里，曰依軲之山，其上多杻橿，多苴。"郝懿行義疏："《經》內皆云'其木多苴'。疑'苴'卽'柤'之假借字也；柤之假借爲苴，亦如杞之借爲芑矣。"

苴又讀 zū ㄗㄨ，《集韻》臻魚切，平魚莊。同"菹"，腌菜的意思。《集韻‧魚韻》："菹，《說文》：'酢菜也。' 或作苴。"

苴又讀 jiē ㄐㄧㄝ，《集韻》咨邪切，平麻精。一、菜壤。《集韻‧麻韻》："苴，菜壤也。"二、指獵場。《集韻‧麻韻》："苴，獵場。"

苴又讀 bāo ㄅㄠ，《集韻》班交切，平肴幫。古代民族名，巴人的一支。《史記‧張儀列傳》："苴、蜀相攻擊，各來告急於秦。"裴駰集解引徐廣曰："譙周曰益州、'天苴'讀爲'包黎'之'包'，音與'巴'相近，以爲今之巴郡。"司馬貞索隱："苴，音巴。謂巴蜀之夷自相攻擊也。"《華陽國志‧巴志》："其屬有濮、賨、苴、共、奴、獽、夷蜑之蠻。"

苴又讀 xié ㄒㄧㄝ，《集韻》徐嗟切，平麻邪。羊苴咩城（譯音）又叫"苴咩城"，古城名，故址在今雲南省大理縣；唐代南詔國徙都於此，始建城。《集韻‧麻韻》："苴，苴咩城，在雲南。"《嘉慶一統志‧雲南‧大理府》："羊苴咩城，卽今府治。《唐書‧南蠻傳》：異牟尋入寇，德宗發禁衛及幽州軍以援東川，與山南兵合，大敗異牟尋，異牟尋懼，更徙羊苴咩城。"

藘 0589　藘　艸履也。从艸，麤聲。倉胡切（cū ㄘㄨ）。

【譯白】藘，草製的鞋。是依從艸做形旁，以麤爲聲旁構造而成的形聲字。

【述義】草鞋；也作麤。王筠《說文解字句讀》：“《廣雅》、《釋名》、《急就篇》皆作麤。”《急就篇》卷二：“屐屩絜麤嬴窶貧。”顏師古注：“麤者，麻枲雜履之名也。”《方言》卷四：“麤，履也……南楚、江、沔之間總謂之麤。”《農政全書·農本》：“（民）少藘履，足多剖裂血出。”

蕢 0590　蕢　艸器也。从艸，貴聲。臾，古文蕢，象形。《論語》曰：“有荷臾而過孔氏之門。”求位切（kuì ㄎㄨㄟˋ）。

【譯白】蕢，草編的盛器。是依從艸做形旁，以貴爲聲旁構造而成的形聲字。臾，古文的蕢字，是象形文。《論語·憲問篇》：“有人挑着草筐子走過孔子的家門口。”

【述義】草織的盛器；泛指草、竹編的筐。《論語·憲問》：“子擊磬於衛，有荷蕢而過孔氏之門者。”朱熹集注：“蕢，草器也。”《孟子·告子上》：“不知而爲屨，我知其不爲蕢也。”漢、劉向《說苑·指武》：“將軍在卽墨之時，坐則織蕢，立則杖臿。”《漢書·何武王嘉師丹傳贊》：“以一蕢障江、河，用沒其身。”顏師古注：“蕢，織草爲器，所以盛土也。”元、王禎《農書·農器圖譜八·蓧蕢門》：“蓧、蕢，皆古盛穀器也。”臾（臾），章太炎《文始》：“此初文也。”孔廣居《疑疑》：“原象形之始，本作臾，丨象臾所繫以儋何者，若今筐筥之提梁也。”

　　草鞋。明、徐弘祖《徐霞客遊記·楚遊日記》：“時予一足已無蕢，跣一足行。”

　　蕢又讀 kuài ㄎㄨㄞˋ，《廣韻》苦怪切，去怪溪；微部。一、菜名；卽赤莧。《爾雅·釋草》：“蕢，赤莧。”郭璞注：“今見莧赤莖者。”二、穢，腐壞，通“殨”。《呂氏春秋·達鬱》：“故水鬱則爲污，樹鬱則爲蠹，草鬱則爲蕢。”高誘注：“蕢，穢。”陳奇猷校釋：“疑蕢爲殨之同音假字。《說文》：‘殨，爛也。’”三、姓。《萬姓統譜·卦韻》：“蕢，《風俗通》云：與蒯同音……周、蕢晴，孔子弟子。”《禮記·檀弓下》：“哀公使人弔蕢尚。”

又：《集韻》苦會切，去隊溪 kuài ㄎㄨㄞˋ。通"凷（塊）"，土塊；蕢桴，用草和土搏成的鼓槌。朱駿聲《說文通訓定聲·履部》："蕢，叚借爲塊。"《禮記·禮運》："夫禮之初，始諸飲食，其燔黍捭豚，汙尊而抔飲，蕢桴而土鼓。"鄭玄注："蕢讀爲凷，聲之誤也。凷，堛也；謂搏土爲桴也。"又《明堂位》："土鼓、蕢桴、葦籥，伊耆氏之樂也。"鄭玄注："蕢當爲凷，聲之誤也。"孔穎達疏："蕢桴，以土塊爲桴。"晉、袁宏《後漢紀·和帝紀上》："古者民人涫樸，制禮至簡，汙樽抔飲，可以盡歡於君親；蕢桴土鼓，可以致敬於鬼神。"宋、蘇軾《崔文學申携文見過》詩："蕢桴和葦籥，天節非人均。"清、陳康祺《郎潛紀聞》卷六："蕢桴、葦籥，頗有上古遺音。"

蔓 0591 覆也。从艸，侵省聲。七朕切（qìn ㄑㄧㄣˋ）。

【譯白】蔓，覆蓋。是依從艸做形旁，以侵省去"亻、巾"爲聲旁構造而成的形聲字。

【述義】覆，覆蓋，遮蔽、遮蓋的意思，亦指掩飾；"蔓"謂"覆"，是以草覆之義。

茵 0592 車重席。从艸，因聲。鞇，司馬相如說：茵从革。於眞切（yīn ㄧㄣ）。

【譯白】茵，車上加蓋的墊褥。是依從艸做形旁，以因爲聲旁構造而成的形聲字。鞇，司馬相如說：鞇是茵的或體字，依從革做形旁。

【述義】車上的墊褥。《詩·秦風·小戎》："文茵暢轂，駕我騏駽。"毛傳："文茵，虎皮也。"孔穎達疏："茵者，車上之褥，用皮爲之。言文茵則皮有文采，故知虎皮也。"《漢書·丙吉傳》："此不過汙丞相車茵耳。"顏師古注："茵，蓐也。"《文選·潘岳〈西征賦〉》："爾乃端策拂茵，彈冠振衣。"李善注："茵，車中蓐也。"《急就篇》卷三："鞇靴鞈鞲鞍韉鍚。"顏師古注："鞇，車中所坐蓐也。"《韓詩外傳》卷六："齊君重鞇而坐，吾君單鞇而坐。"唐、元稹《送復夢赴韋令幕》詩："西曹舊事多持法，愼莫吐佗丞相茵。"元、薩都剌《病中寄了上人》詩之二："清吟聯石鼎，病酒吐車茵。"

引申爲車。漢、班固《西都賦》："乘茵步輦，惟所息宴。"

墊褥的通稱。《儀禮·旣夕禮》："加茵用疏布。"鄭玄注："茵，所以藉棺者。"賈公彥疏："加茵者謂以茵加於抗席之上。"唐、李賀《蘇小小墓》："草如茵，松如蓋。"宋、洪邁《夷堅丁志·白崖神》："至官府，極宏麗，廳事對設二錦茵，廷下侍衛肅然。"清、納蘭性德《唐多令·雨夜》詞："絲雨織紅茵，苔階壓繡紋。"唐、韓偓《大慶堂賜宴·重和》："冷宴殷勤展小園，舞裀柔軟綵虯盤。"

引申指枕藉、重疊。明、趙南星《王靈官贊》："斬者、築者、斃者相茵。"

嫩草、成片的嫩草。唐、段成式《和徐商賀盧員外賜緋》詩："莫辭倒載吟歸去，看欲東山又吐茵。"

通"氤"，氤氳，即茵蒀，迷茫貌、氣彌漫貌。南朝、梁、江淹《蓮花賦》："躑躅人世，茵蒀祇冥。"三國、魏、曹植《九華扇賦》："效虯龍之蜿蟬，法虹霓之氤氳。"北魏、酈道元《水經注·沮水》："漢武帝獲寶鼎於汾陰，將薦之甘泉。鼎至中山，氤氳有黃雲蓋焉。"元、王實甫《西廂記》第一本第三折："又不是輕雲薄霧，都只是香煙人氣，兩般兒氤氳得不分明。"《孽海花》第一回："但覺春光澹宕，香氣氤氳，一陣陣從簾縫裏透出來。"

芻 0593　　⿱勹屮　刈艸也。象包束艸之形。叉愚切（chú ㄔㄨˊ）。

【譯白】芻，割草。是以象形符號"勹"、"屮"表示將所割下的草包着、捆着，是用艸拆成上下和兩個勹並峙爲義做主、從形芻構造而成的象形會意字。

【述義】割草。王筠《說文釋例》卷四、頁十一："案：從兩勹字（許所謂包，即指勹字），從艸字，兩體皆成字，即是會意，而許君云象形者，此以象形爲會意也。"《左傳·昭公六年》："禁芻牧採樵，不入田，不樵樹，不采蓺。"《漢書·趙充國傳》："令軍毋燔聚落芻牧田中。"漢、袁康《越絕書·外傳記吳王占夢》："夫越王句踐雖東僻，亦得繫於天皇之位，無罪，而王恆使其芻莖秩馬，比於奴虜。"《北史·吐谷渾傳》："（長孫）觀等軍入拾寅境，芻其秋稼。"

割草的人；草野之人。《詩·大雅·板》："先民有言，詢于芻蕘。"毛傳："芻蕘，薪采者。"《舊唐書·李絳傳》："陛下不廢芻言，則端士賢者必當自效。"

穀類植物的莖稈；草把。《小爾雅·廣物》："稾謂之稈，稈謂之芻。"《禮記·祭統》："及迎牲，君執紖，卿大夫從，士執芻。"鄭玄注：“芻謂藁也，殺牲時用薦之。”唐、李咸用《和吳處士題村叟壁》：“嚇鷹芻戴笠，驅犢篠充鞭。”明、馮夢龍《智囊補‧兵智‧藁人》：“乃夜發兵二百，人持一幟，負一束芻，距州西南三十里，列成燃芻。”

　　飼草、牲口吃的草。《玉篇‧艸部》：“芻，茭草。”《孟子‧公孫丑下》：“今有受人之牛馬而爲之牧之者，則必爲之求牧與芻矣；求牧與芻而不得，則反諸其人乎？”《國語‧周語中》：“廩人獻餼，司馬陳芻。”《莊子‧列禦寇》：“衣以文繡，食以芻叔。”唐、韓愈《駑驥》詩：“渴飲一斗水，飢食一束芻。”《宋史‧岳飛傳》：“卒有取民麻一縷以束芻者，立斬以徇。”

　　用草喂牲口。《周禮‧地官‧牛人》：“凡祭祀，共其享牛，求牛，以授職人而芻之。”孫詒讓正義：“凡以草及禾稾飲牲並謂之芻，正字當作犓。”

　　指吃草的牲口。《莊子‧齊物論》：“民食芻豢。”唐、陸德明《經典釋文》引司馬（彪）云：“牛羊曰芻，犬豕曰豢，以所食得名也。”《淮南子‧時則》：“乃命宰祝行犧牲，案芻豢。”高誘注：“草養曰芻，穀養曰豢。”

　　卑微、淺陋。《宋書‧恩倖傳‧徐爰》：“先朝嘗以芻輩之中，粗有學解，故漸蒙驅策，出入兩宮。”

　　姓。《廣韻‧虞韻》：“芻，姓。出《何氏姓苑》。”

　　芻又讀zōu ㄗㄡ，《廣韻》甾尤切，平尤莊。草名。《集韻‧尤韻》：“芻，艸名。”

茭　0594　　乾芻。从艸，交聲。一曰牛蘄艸。古肴切（jiāo　ㄐㄧㄠ）。

【譯白】茭，乾飼料。是依從艸做形旁，以交爲聲旁構造而成的形聲字。另一義說：茭是一種艸名，卽牛蘄草。

【述義】作飼料的乾草。徐鍇《說文解字繫傳》：“刈取以用曰芻，故曰‘生芻一束’。乾之曰茭，故《尚書》曰‘峙及芻茭。’”《書‧費誓》：“魯人三郊三遂，峙乃芻茭，無敢不多，汝則有大刑。”孔傳：“郊遂多積芻茭，供軍牛馬。”《漢書‧趙充國傳》：“臣所將吏士馬牛食，月用糧穀十九萬九千六百三十斛……茭蒿二十五萬二百八十六石。"《齊民要術・養羊》："種大豆一頃雜穀，並草留之，不須鋤治，八九月中，刈作青茭。"

牛蘄，即馬蘄，俗作馬芹，又名野茴香。草本植物，傘形科，嫩時可吃，種子入藥。《爾雅・釋草》："茭，牛蘄。"郭璞注："今馬蘄。葉細銳似芹，亦可食。"

草索。《墨子・辭過》："古之民未知爲衣服時，衣皮帶茭。"王念孫《讀書雜志・墨子一》："《說文》'筊，竹索也。'其草索則謂之茭。"

即茭白，菰的別名，又名茭草、茭筍；蔬菜。菰的花莖經黑穗菌侵入後，刺激其細胞增生而形成的肥大嫩莖；可食用。南朝、宋、謝靈運《山居賦》："茭菰剪蒲，以薦以茭。"唐、溫庭筠《酬友人》詩："坐久茭荷發，釣闌茭葦深。"《本草綱目・草部・菰》："江南人呼菰爲茭，以其根交結也……（蘇）頌曰：'菰根，江湖陂澤中皆有之……春末生白茅如笋，即菰菜也，又謂之茭白，生熟皆可啖，甜美。"

通"交"，交接，特指弓隈與弓簫角接之處。朱駿聲《說文通訓定聲・小部》："茭，叚借爲交。"《周禮・考弓記・弓人》："今夫茭解中有變焉，故挍。"鄭玄注："茭解，謂接中也。"賈公彥疏："言'茭解中'謂弓隈與弓簫角接之處。"

通"筊"，用竹篾、葦片編成的纜索。《史記・河渠書》："搴長茭兮沈美玉，河伯許兮薪不屬。"裴駰集解引臣瓚曰："竹葦絙謂之茭。"漢、應劭《風俗通・祀典・桃梗葦茭畫虎》："於是縣官常以臘除夕，飾桃人，垂葦茭，畫虎於門……冀以禦凶也。"《後漢書・禮儀志中》："夏后氏金行，作葦茭，言氣交也。"

茭又讀 xiào ㄒㄧㄠˋ，《集韻》下巧切，上巧匣；宵部。草根。《爾雅・釋草》："茢，茭。"郝懿行義疏："《廣韻》十六軫、茢字下引《爾雅》而云：'薽葦根可食者曰茭'。是草根通名茭。"《廣韻・巧韻》："茢，草根，或作茭。"唐、韓愈《崔評事墓銘》："署爲觀察巡官，實掌軍田，鑿澮溝，斬茭茅，爲陸田千二百頃，水田五百頃。"亦指竹筍。《廣韻・巧韻》："茢，竹筍也，或作茭。"

茭又讀 jī ㄐㄧ，《集韻》吉歷切，入錫見。弓檠，正弓之器。《周禮・考工記・弓人》："今夫茭解中有變焉，故挍。"鄭玄注引鄭司農曰："茭，謂弓檠也。"

　　茭又讀 qiào ㄑㄧㄠˋ，《集韻》口教切，去效溪。"茭媞"，輕慢之詞。《方言》卷十："眠娗、脈蜴、賜施、茭媞、譠謾、憮㤤，皆欺謾之語也，楚郢以南東揚之郊通語也。"

莎 0595　　亂艸。从艸，步聲。薄故切（bù ㄅㄨˋ）。

【譯白】莎，雜亂的草。是依從艸做形旁，以步爲聲旁構造而成的形聲字。

【述義】餵牛馬的草。《玉篇·艸部》："莎，牛馬草，亂藁也。"

　　莎又讀 pú ㄆㄨˊ，《廣韻》薄胡切，平模並。莎攎，收亂草。《廣韻·模韻》："莎，莎攎，收亂草也。"

茹 0596　　飤馬也。从艸，如聲。人庶切（rù ㄖㄨˋ）。

【譯白】茹，餵馬的意思。是依從艸做形旁，以如爲聲旁構造而成的形聲字。

【述義】餵牛馬皆謂茹。《玉篇·艸部》："茹，飯牛也。"

　　吃、吞咽。《禮記·禮運》："未有火化，食草木之實、鳥獸之肉，飲其血，茹其毛。"《詩·大雅·烝民》："柔則茹之，剛則吐之。"《方言》卷七："茹，食也。吳越之間，凡貪飲者謂之茹。"郭璞注："今俗呼能麤食者爲茹。"《漢書·董仲舒傳》："食於舍而茹葵。"顏師古注："食菜曰茹。"宋、司馬光《玉城縣君楊氏墓誌銘》："年三十九而喪韓公，三年不茹葷。"引伸爲忍受。《周書·文帝紀上》："銜寃茹慼，志雪讐耻。"

　　猜度、估計。《爾雅·釋言》："茹，度也。"《詩·邶風·柏舟》："我心匪鑒，不可以茹。"毛傳："鑒所以察形也；茹，度也。"鄭玄箋："鑒之察形，但知方圓白黑，不能度其眞僞。"《詩·小雅·六月》："玁狁匪茹，整居焦穫，侵鎬及方，至于涇陽。"鄭玄箋："言玁狁之來侵，非其所當度爲也。"馬瑞辰《詩經通釋》則引《廣雅》謂柔、弱："'茹，柔也。'柔，弱也；匪茹，亦非柔弱。"

　　柔軟、柔弱。《廣雅·釋詁四下》："茹，柔也。"《楚辭·離騷》："攬茹蕙以掩涕兮，霑余襟之浪浪。"王逸注："茹，柔耎也。"引申爲軟弱、頹敗。《韓非子·亡徵》："緩心而無成，柔茹而寡斷。"晉、左思《魏都賦》："有靦瞢容，神㤟形茹。"

腐臭。《呂氏春秋・功名》："以茹魚去蠅，蠅愈至，不可禁。"
高誘注："茹，臭也。"

蔬菜的總稱。《史記・循吏烈傳》："食茹而美，拔其園葵而棄
之。"《漢書・食貨志上》："還廬樹桑，菜茹有畦。"顏師古注：
"茹，所食之菜也。"《文選・枚乘〈七發〉》："秋黃之蘇，白露
之茹。"李善注："茹，菜之惣名也。"《後漢書・陳蕃傳》："又青、
徐炎旱，五穀損傷，民物流遷，茹、菽不足。"宋、葉適《故通直郎清
流知縣何君墓誌銘》："故園有茹兮溪有緡，魂乎歸徠兮無怨呻！"

茅根，泛指植物的根。《易・泰》："拔茅茹以其彙。"李鼎祚集
解引虞翻曰："茹，茅根。"一說，相牽引貌。王弼注："茹，相牽
引之貌也。"北魏、賈思勰《齊民要術・種榆白楊》："挔心則科茹
不長。"石聲漢注："科是根近旁的莖基部，茹是和莖連着的根。"
清、蔣士銓《臨川夢・拒弋》："他旣賣新鄭，將來必賣江陵！若此
輩連茹夤貫而起，只恐廟堂之上，端人絕迹矣。"

包含、受。如含辛茹苦。《顏氏家訓・文章》："銜酷茹恨，徹於
心髓。"唐、皇甫湜《韓文公墓銘》："茹古涵今，無有端涯。"清、
顧炎武《天下郡國利病書・陝西・八》："惟遼東、宣大、寧夏、甘
肅、莊浪一帶，頻茹其毒。"

覆蓋、圍裹、包裹。《魏書・高句麗傳》："生一卵……後棄之野，
衆鳥以毛茹之。"北魏、賈思勰《齊民要術・養羊》："以氈絮之屬，
茹瓶令煖。"又《造神麴並酒》："十月初凍尚暖，未須茹甕；十一
月、十二月，須黍穰茹之。"清、黃生《義府・茹甕》："按：茹者，
以物擁覆取煖之名，字書茹字無此義。"

納入、容納。北魏、賈思勰《齊民要術・炙法》："以茅茹腹令
滿。"

雜揉。《廣韻・語韻》："茹，雜揉也。"宋、羅泌《路史・前紀
四》："辰放氏作，時多陰風，乃教民揉木茹皮以禦風霜。"

貪、恣。《廣雅・釋詁二》："茹，貪也。"《廣韻・魚韻》："茹，
恣也。"

塞。也作"絮"。《廣雅・釋詁三》："絮，塞也。"清、王念孫
疏證："絮，字或作茹。"《唐律疏議・雜律・行船茹船不如法》："諸

船人行船、茹船、寫漏、安標、宿止不如法……笞五十。”長孫無忌疏議：“茹船，謂茹塞船縫。”孫奭音義：“《易》曰：‘繻有衣袽。’子夏作‘茹’。塞也。”

姓。《通志·氏族略四》：“茹氏，《官氏志》：蠕蠕入中國爲茹氏。又普陋茹氏改爲茹氏，望出河内。”

茹又讀 nú ㄋㄨˊ，《集韻》女居切，平魚娘。人名用字。《集韻·麻韻》：“茹，闕。人名，芮有大夫茹。通作挐。”按：今《左傳·僖公元年》作“芮挐”。

莝 0597 　　𦼉　斬芻。从艸，坐聲。麤臥切（cuò ㄘㄨㄛˋ）。

【譯白】莝，切碎了的草。是依從艸做形旁，以坐爲聲旁構造而成的形聲字。

【述義】切碎了的草。段玉裁《說文解字注》：“謂以鈇斬斷之芻。”《急就篇》第二十一章：“糟糠汁滓稾莝芻。”顏師古注：“莝，細斫稾也。”《史記·范睢蔡澤列傳》：“坐須賈於堂下，置莝豆其前，令兩黥徒夾而馬食之。”唐、陸贄《論裴延齡姦蠹書一首》：“樵蘇不繼，軍廄輟莝。”

鍘草（餵馬）。《詩·小雅·鴛鴦》：“乘馬在廄，摧之秣之。”漢、鄭玄箋：“摧，今之莝字也。”清、段玉裁《說文解字注·艸部》：“以摧爲莝，以莝飤馬也。”清、王筠《說文解字句讀》：“莝本靜字，此則以爲動字也。”《漢書·尹翁歸傳》：“豪強有論罪，輸掌畜官，使斫莝，責以員程，不得取代。”

萎 0598 　　𦶋　食牛也。从艸，委聲。於僞切（wèi ㄨㄟˋ）。

【譯白】萎，餵牛的意思。是依從艸做形旁，以委爲聲旁構造而成的形聲字。

【述義】萎，餵牛；亦指餵牛馬。邵瑛《羣經正字》：“今經典以此爲枯萎之萎，而萎食義少見。惟《公羊·昭二十五年傳》：‘牛馬維婁，委已者也。’何注：‘委，食已者。’《詩·鴛鴦》箋：‘無事則委之以莝。’釋文：‘委，猶食也。’委卽此萎字而字作委，蓋省艸也，古字往往有之。俗作餧。”按：餧，今俗作喂。

萎又讀 wěi ㄨㄟˇ，《廣韻》於爲切，平支影；微部。一、草木枯槁、凋謝、枯死的意思；同“矮”。《廣韻·支韻》：“萎，蔫也。”

《集韻・支韻》：“萎，艸木枯死。”朱駿聲《說文通訓定聲・履部》：“萎，叚借爲矮。”《廣雅・釋詁一》：“矮，病也。”王念孫疏證：“矮字亦作萎。草木枯死謂之萎。”段玉裁《說文解字注・歺部》：“矮，萎，古今字。”《詩・小雅・谷風》：“無草不死，無木不萎。”毛傳：“草木無有不死葉萎枝者。”屈原《離騷》：“雖萎絕其何傷兮，哀衆芳之蕪穢。”南朝、梁、沈約《三月三日率爾成篇》詩：“寧憶春蠶起，日暮桑欲萎。”唐、白居易《步東坡》詩：“新葉鳥下來，萎花蝶飛去。”又《奉和令狐公》詩：“寂寞萎紅低向雨，離披破豔散隨風。”《醒世恆言・三孝廉讓產立高名》：“（田大等兄弟三人）到得樹邊看時，枝枯葉萎，全無生氣。”二、引申爲軟弱、虛弱、不振。宋、胡仔《苕溪漁隱叢話・宋朝雜記》上：“此句才疊用一字，已覺其萎弱重複，若不勝其長矣。”明、李東陽《宋知潭州李忠烈公祠記》：“予惟自古有國家者莫不亡，而萎弱困頓可悲痛者，宜莫如宋。”清、端方《請平滿漢畛域密折》：“國中諸族，爾詐我虞，人各有心，不能併力一致，以謀國家公益，則國亦日趨萎弱而無自圖強。”三、病危、死亡。《禮記・檀弓上》：“泰山其頹乎？梁木其壞乎？哲人其萎乎？”鄭玄注：“萎，病也。”後人以“萎哲”指有才智者之死亡。唐、顏眞卿《廣平文貞公宋公神道碑銘》：“天下慭遺，萎哲壞梁。”明、何景明《方竹先生誄》：“風悲日冥，殲良萎哲。”清、曹寅《哭東山修撰》詩：“斯人已萎折，癏德空奚爲。”四、藥草名。《集韻・紙韻》：“萎，藥艸。《爾雅》：‘熒，委萎。’葉似竹，表白裏青，可啖。”

萎又讀wēi ㄨㄟ，衰落。如：氣萎了；價錢萎下來了。

薂 0599　以穀萎馬，置莝中。从艸，敕聲。楚革切（cè ㄘㄜˋ）。

【譯白】薂，用穀餵馬，穀置放在剉碎了的草料中。是依從艸做形旁，以敕爲聲旁構造而成的形聲字。

【述義】用穀雜草料餵馬。段玉裁《說文解字注》：“以穀曰秣，穀襍莝中曰薂。”

小言貌。《玉篇・艸部》：“薂，小言兒。”

苖 0600　蠶薄也。从艸，曲聲。丘玉切（qū ㄑㄩ）。

【譯白】茁，養蠶用的竹席。是依從艸做形旁，以曲爲聲旁構造而成的形聲字。

【述義】茁，同“曲”，蠶箔，即養蠶用的竹席之類。《方言》卷五：“薄，宋、魏、齊、楚、江、淮之間或謂之茁。”徐鍇《說文解字繫傳》：“《漢書》：‘周勃織薄茁。’”按：今本《漢書·周勃傳》作“曲”。薄，後作“箔”，即養蠶用的竹席之類。參見前“薄”條、本書第十二篇《曲部》“曲”條。

蔟 0601 蔟 行蠶蓐。从艸，族聲。千木切（cù ㄘㄨˋ）。

【譯白】蔟，供蠶蠕行、作繭的席蓐。是依從艸做形旁，以族爲聲旁構造而成的形聲字。

【述義】王筠《說文釋例》卷十五、頁十五：“蔟下云‘行蠶蓐’，行字未詳何意。蔟蠶之時，無取乎行也。《玉篇》：‘蔟，巢也；亦蠶蓐也。’或《說文》本如是，後人刪‘巢也’二字，而‘亦’字譌爲‘行’乎？《秋官》‘晢蔟氏’注引鄭司農云：‘晢讀爲擿，蔟讀爲爵蔟之蔟，謂巢也。’唐成謂晢古字從石折聲。司農既有爵蔟之說，許君當用之！今本蓋後人所刪也！《廣韻》即祇蠶蔟一說，亦可見。”

蠶蔟，束稻麥稈爲之，供蠶結繭。《玉篇·艸部》：“蔟，蠶蓐也。”《古文苑·揚雄〈元后誄〉》：“帥導羣妾，咸循蠶蔟。”章樵注：“蔟，竹器，以茅藉之，承老蠶作繭。”《晉書·后妃傳上·左貴嬪》：“《元楊皇后誄》：‘躬執桑曲，率導媵姬，修成蠶蔟，分繭理絲。’”

聚、堆積。《篇海類編·花木類·艸部》：“蔟，聚也，攢也。”《正字通·艸部》：“蔟，艸盛蔟聚也。”《尚書大傳》卷一：“蔟以爲八。”鄭玄注：“蔟猶聚也。”《敦煌曲校錄·十二時》：“起草蔟成鸞鳳臺，霜牋鏤作蓮花椀。”唐、白居易《遊悟眞寺》詩：“野錄蔟草樹，眼界吞秦原。”宋、林逋《酬畫師西湖春望》詩：“一樣樓臺圍佛寺，十分煙雨蔟漁鄉。”

引申爲簇擁。《三國志平話》卷下：“衆官蔟張松見劉璋。”

巢、鳥巢。《玉篇·艸部》：“蔟，巢也。”《周禮·秋官序官·晢蔟氏》漢、鄭玄注：“鄭司農云：蔟讀爲爵蔟之蔟，謂巢也。”漢、王逸《九思·遭厄》：“鴉鵬遊兮華屋，鷄鶖棲兮柴蔟。”

量詞，猶"羣"。《敦煌變文集‧維摩詰經講經文》："一蔟家僮侍衛多。"

疊字雙音"蔟蔟"形況：是叢集貌。唐、白居易《雜曲歌辭‧竹枝三》："水蓼冷花紅蔟蔟，江離溼葉碧萋萋。"《敦煌曲子詞‧浣溪沙》："一架紫藤花蔟蔟，雨微微。"宋、韓彥直《橘錄‧始栽》："其根荄蔟蔟然，明年移而疏之。"

蔟又讀 còu ㄘㄡˋ，《廣韻》倉奏切，去候清。太蔟，也作"大蔟"。樂律名，古樂十二律中的第三律。《廣韻‧候韻》："蔟，太蔟，律名。"《禮記‧月令》："（孟春之月）其音角，律中大蔟。"鄭玄注："律，候氣之管，以銅爲之。中，猶應也。孟春氣至則大蔟之律應。"

蔟又讀 chuò ㄔㄨㄛˋ，《〈文選〉李善注》楚角切。同"簎"，又取刺破。《文選‧張衡〈東京賦〉》："翡翠不裂，瑇瑁不蔟。"李善注引薛綜曰："不蔟，不叉蔟取之爲器也。"劉良注："不叉蔟其體以爲用。"又指所叉取之物。《文選‧張衡〈西京賦〉》："叉蔟之所攙捔，徒搏之所撞㧙。"李善注引薛綜曰："攙捔，貫刺之。"

苣　₀₆₀₂　臣　束葦燒。从艸，巨聲。其呂切（jù ㄐㄩˋ）。

【譯白】苣，束捆葦稈燃燒成火把。是依從艸做形旁，以巨爲聲旁構造而成的形聲字。

【述義】苣，易言之是用草稈扎成的火炬，即火把；苣，後作"炬"。唐、慧苑《華嚴經音義》上引《桂苑珠叢》："苣，謂苣苣，束草爇火以照之也。"《集韻‧語韻》："苣，或从火。"邵瑛《羣經正字》："今經典作炬，如《儀禮‧士喪禮》鄭注：'燋，炬也。所以燃火者也。'"《墨子‧備城門》："人擅苣長五節。寇在城下，聞鼓音，燔苣。"孫詒讓閒詁："《六韜‧敵強篇》云：'人操炬火。'炬即苣之俗。"《後漢書‧皇甫嵩傳》："嵩乃約勑軍士皆束苣乘城。"

燈花。五代、前蜀、牛嶠《菩薩蠻》詞："其夕遂大風，窗寒天欲曙，猶結同心苣。"清、納蘭性德《虞美人》詞："銀箋別記當時句，密綰同心苣。"

菜名，萵苣。唐、杜甫《種萵苣‧序》："既雨已秋，堂下理小畦，隔種一兩席許萵苣，向二旬矣，而苣不甲坼，獨野莧菁菁。"元、王禎《農書‧蔬屬‧萵苣》："苣，數種：有苦苣，有白苣，有紫苣，皆可食……今人家常食者白苣。江外、嶺南、吳人無白苣，但種野苣，以供廚饌生食之，所謂萵苣也。”萵苣，爲一年或二年生草本植物；葉子長圓形，頭狀花序，花金黃色，莖和葉可作蔬菜，通稱萵筍。

苣又讀 qǔ ㄑㄩˇ。苣蕒菜，多年生草本植物，野生，葉互生，廣披針形，邊緣有不整齊的鋸齒，花黃色，莖、葉嫩時可吃，葉可製農藥。

蕘 0603　蕘　薪也。从艸，堯聲。如昭切（ráo ㄖㄠˊ）。

【譯白】蕘，取火用的柴草。是依從艸做形夊，以堯爲聲夊構造而成的形聲字。

【述義】柴草。沈濤《說文古本考》：“案：《詩・板》釋文、《文選・長楊賦》注、《龍龕手鑑》皆引云：‘蕘，草薪也。’是古本薪上有草字。”桂馥《說文解字義證》：“謂草薪，別於木薪也。”《玉篇・艸部》：“蕘，草薪也。”《銀雀山漢墓竹簡・孫臏兵法・十陣》：“薪蕘氣（既）積，營窟未謹，如此者可火也。”《管子・輕重甲》：“千乘之國，不能無薪而炊。今北澤燒莫之績，則是農夫得居裝而賣其薪蕘。”尹知章注：“大曰薪，小曰蕘。”漢、揚雄《長楊賦》：“蹂踐芻蕘，誇詡衆庶。”

刈草、打柴草，亦指打柴草的人。《詩・大雅・板》：“先民有言，詢于芻蕘。”毛傳：“芻、蕘，薪采者。”《孟子・梁惠王下》：“文王之囿方七十里，芻蕘者往焉，雉兔者往焉，與民同之。”《後漢書・儒林傳》：“學舍穨敝，鞠爲園蔬，牧兒蕘豎，至於薪刈其下。”唐、柳宗元《童區寄傳》：“童區寄者，郴州蕘牧兒也，行牧且蕘。”宋、王安石《韓信》詩：“貧賤侵凌富貴驕，功名無復在芻蕘。”宋、蘇軾《劉醜廁》詩：“曰此可名寄，追配彬之蕘。”

上引《孟子》、《大雅》“芻蕘”，各指割草采薪、割草采薪之人，是“芻蕘”亦有二義。

菜名，卽蕪菁。《方言》卷三：“蘴、蕘，蕪菁也。陳、楚之郊謂之蘴，魯、齊之郊謂之蕘，關之東西謂之蕪菁。”蕪菁，又名蔓菁，俗稱“大頭菜”，十字花科一或二年生草本植物，直根肥大，質較蘿蔔致密，有甜味，根和葉可做蔬菜。《東觀漢記・桓帝紀》：“令所傷郡國，皆種蕪菁，以助民食。”唐、韓愈《感春》詩之二：“黃黃蕪菁花，桃李事已退。"清、曹寅《戲題西軒草木》詩："夾路蔫菁敗素鮮，薔薇削弱不成妍。"參見前面"葑"條。

　　蕘又讀 yáo ㄧㄠ，《集韻》倪幺切，平蕭疑。蕘花，又稱"黃芫花"；瑞香科，落葉灌木；花供藥用，有毒，有逐水、破積之效；纖維可造紙。《神農本草經》卷三："蕘花，主傷寒溫瘧，下十二水，破積聚、大堅、癥瘕，蕩滌腸胃中留癖飲食，寒熱邪氣，利水道。生川谷。"

薪 0604 　薪　蕘也。从艸，新聲。息鄰切（xīn ㄒㄧㄣ）。

【譯白】薪，柴草。是依從艸做形旁，以新為聲旁構造而成的形聲字。

【述義】柴火；亦指能作燃料的木材。《玉篇·艸部》："薪，柴也。"《詩·周南·漢廣》："翹翹錯薪，言刈其楚。"又《齊風·南山》："析薪如之何？匪斧不克。"《左傳·昭公二十年》："藪之薪蒸，虞候守之。"唐、陸德明《經典釋文》："麄曰薪，細曰蒸。"《禮記·月令》："（季冬之月）乃命四監收秩薪柴，以共郊廟及百祀之薪燎。"鄭玄注："大者可析謂之薪，小者合束謂之柴。薪施炊爨，柴以給燎。"晉、陶潛《自祭文》："含歡谷汲，行歌負薪，翳翳柴門，事我宵晨。"唐、白居易《新樂府·賣炭翁》詩："賣炭翁，伐薪燒炭南山中。"清、惲敬《讀〈孟子〉一》："《孟子》七篇未嘗一言及之者，蓋不敢導其波之瀾，而投其焰之薪也。"

　　取為柴火。《詩·大雅·棫樸》："芃芃棫樸；薪之槱之。"毛傳："山木茂盛，萬民得而薪之，賢人眾多，國家得用蕃興。"南朝、梁、蕭統《陶淵明傳》："今遣此力，助汝薪水之勞。"明、唐順之《任光祿竹溪記》："吾江南人斬竹而薪之，其為園亦必購求海外奇花石。"

　　打柴、砍伐。宋、韓琦《重修北岳廟記》："薪于是，畋于是，安知其所以為神哉？"清、魏源《默觚下·治篇十四》："善賦民者，譬植柳乎，薪其枝葉而培其本根。"

　　薪金、工資。清、查慎行《人海記（上）》："本朝初年滿州官員，支俸不支薪，漢官則薪俸並支……如四品官季給薪三十金，俸纕二十金耳。"清、俞樾《茶香室叢鈔·薪俸》："按此知國初官員有給薪之例，故至今薪俸之名猶在人口，而近來各局委員有薪水之給，亦本此也。"

蒸 0605　蒸　折（析）麻中榦也。从艸，烝聲。蒸，蒸或省火。

　　煮仍切（zhēng ㄓㄥ）。

【譯白】蒸，剝下麻皮後的中榦（麻秸）。是依從艸做形旁，以烝爲聲旁構造而成的形聲字。蒸，蒸的或體字，省去火。

【述義】折，當依《廣韻》十六蒸引作"析"；剖的意思。段玉裁《說文解字注》："析各本作折，誤！謂木（音匹刃切）其皮爲麻，其中莖謂之蒸，亦謂之菆，今俗所謂麻骨棓也。"《廣雅·釋詁三》："榦，本也。"王念孫疏證："莖、榦皆枝之本也。"

　　麻去皮後謂麻秸、麻稈，古代稱爲蒸。

　　古代指用麻秸、葭葦、竹、木作成的火炬。《廣雅·釋器》："蒸，炬也。"王念孫疏證："凡析麻榦及竹木爲炬，皆謂之蒸。"《詩·小雅·巷伯》："成是南箕。"毛傳："昔者顏叔子獨處于室，鄰之釐婦又獨處于室，夜暴風雨至而室壞，婦人趨而至，顏叔子納之而使執燭，放乎旦而蒸盡。"《文選·潘岳〈西征賦〉》："感市閭之菆井。"唐、李善注："《說文》：'菆，麻蒸也。'然菆井卽渭城賣蒸之市也。"清、錢泳《履園叢話·考索·顏淑冉予》："顏淑獨處，飄風暴雨，婦人乞宿，升堂入戶；燃蒸自燭，懼見意疑，未明蒸盡，揃芒續之。"

　　謂細小的薪柴。《廣韻·蒸韻》："蒸，粗曰薪，細曰蒸。"《詩·小雅·無羊》："爾牧來思，以薪以蒸，以雌以雄。"鄭玄箋："麤曰薪，細曰蒸。"《周禮·天管·甸師》："帥其徒以薪蒸，役外內饔之事。"《管子·弟子職》："蒸間容蒸，然者處下。"尹知章注："蒸，細薪。著之蒸間，必令容蒸；然燭者必處下以焚也。"《淮南子·主術》："秋畜疏食，冬伐薪蒸。"《新唐書·藩鎮傳·王廷湊傳》："旣薄賊鄙，饟道梗棘，樵蘇不繼，兵番休取芻蒸。"

　　利用水蒸氣的熱力使物熟或熱。《孟子·滕文公下》："陽貨矙孔子之亡也，而饋孔子蒸豚。"《韓非子·二柄》："桓公好味，易牙蒸其子首而進之。"《論衡·幸偶》："蒸穀爲飯，釀飯爲酒。"南朝、宋、劉義慶《世說新語·任誕》："阮籍當葬母，蒸一肥豚，飲酒二斗，然後臨訣。"唐、王維《積雨輞川莊作》詩："積雨空林煙

火遲，蒸藜炊黍餉東菑。”又杜甫《壯遊》詩：“蒸魚聞匕首，除道
哂要章。”

又指燒焙。宋、孔平仲《續世說·言語》：“古人有言，在德不
在險。屈丏蒸土築城而朕滅之，豈在城也。”

水汽上升；蒸發；蒸騰。《國語·周語上》：“陽氣俱蒸，土膏其
動。”韋昭注：“蒸，升也。”《史記·周本紀》：“陽伏而不能出，
陰迫而不能蒸，於是有地震。”裴駰集解引韋昭曰：“蒸，升
也。”唐、孟浩然《望洞庭湖贈張丞相》：“氣蒸雲夢澤，波撼
岳陽城。”明、劉基《無愁果有愁曲》：“酒波灩灩蒸粉香，暖
翠烘烟妬嬌鬟。”

熱，熏蒸。《素問·五常政大論》：“其候溽蒸。”王冰注：“蒸，
熱也。”《文選·王粲〈公讌詩〉》：“涼風撤蒸暑，清雲卻炎暉。”
李善注引孔安國《論語注》曰：“撤，去也；蒸，熱氣也。”唐、杜甫
《夔府書懷》詩：“地蒸餘破扇，冬暖更纖絺。”宋、王安石《洪範
傳》：“火言炎，則水冽，土蒸，木溫，金清，皆可知也。”明、馬
歡《瀛涯勝覽·序》：“閣婆遠隔中華地，天氣煩蒸人物異。”

因潮濕而污染。宋、蘇軾《物類相感志·衣服》：“夏月衣蒸，
以冬瓜汁浸洗，其跡自去。”明、周履靖《羣物奇制》：“梅蒸衣，
以枇杷核研細為末洗之，其斑自去。”

興盛貌。宋、李綱《桃源行》詩：“溪窮路盡恍何處，桃花爛熳
蒸川原。”太平天國、宋永保《貶妖穴為罪隸論》：“今主天王率民同
尊上帝，共逐妖魔，邪風滅，善氣蒸，猶得容妖胡之雜于中國哉？”

疊字雙音“蒸蒸”形況：一、純一寬厚貌。《漢書·酷吏傳序》：
“而吏治蒸蒸，不至於姦，黎民艾安。”顏師古注：“蒸蒸，純一之
貌也。”明、張居正《答陳節推書》十七：“首事于今四年，碌碌無
以自效，所賴主德日明，宮府清穆，百司蒸蒸奉職。”《清史稿·禮
志一》：“縱其間淳澆世殊，要莫不弘亮天功，雕刻人理，隨時以樹
之範。故羣甿蒸蒸，必以得此而後足於憑依，洶品彙之璣衡也。”二、
孝順。《文選·張衡〈東京賦〉》：“蒸蒸之心，感物曾思。”薛綜注：
“《廣雅》曰：蒸蒸，孝也。”唐、柳宗元《饒娥碑》：“纖葛絺綌，
克供以修，蒸蒸在家，其父世漁。”王闓運《皇清誥授中議大夫衡陽

程君墓誌銘》："事親蒸蒸，五十而慕。"三、興盛貌。唐、柳宗元《南嶽雲峯寺和尚碑》："丕冒遺烈，厥徒蒸蒸。"梁啟超《變法通議・論不變法之害》："況蒸蒸然起於東土者，尚明有因變致強之日本乎。"四、上升貌。清、蒲松齡《聊齋志異・翩翩》："入門，各視所衣，悉蕉葉；破之，絮蒸蒸騰去。"

塵。《玉篇・艸部》："蒸，塵也。"蒸壤，謂塵土。元、袁桷《過揚州憶昔》詩之三："空遺蒸壤白如銀，不見當年指畫因。"

古器名。深腹，圈足，腹內有一空心與底連通。

中醫術語，指身體發熱；如：骨蒸、變蒸。隋、巢元方《諸病源候論・虛勞病諸候下》："夫蒸病有五，一曰骨蒸，其根在腎，且起體涼，日晚卽熱。"宋、周密《齊東野語・祠山應語》："鑄子甫五歲，病骨蒸，勢殆甚，凡藥皆弗效。"《金瓶梅詞話》第十七回："若不早治，久而變爲骨蒸之疾，必有屬纊之憂矣。"

同"烝"。一、衆、多。《孟子・告子上》："《詩》曰：'天生蒸民，有物有則。'"按：《詩・大雅・烝民》作"烝"。《漢書・伍被傳》："壹齊海內，氾愛蒸庶。"顏師古注："蒸亦衆也。"三國、曹操《陳損益表》："庶以蒸螢，增明太陽。"蒸民、蒸庶卽百姓、黎民，也作"蒸黎"、"蒸黔"。唐、杜甫《石龕》詩："奈何漁陽騎，颯颯驚蒸黎。"宋、司馬光《祭雷道矩文》："獨我友生，煩寃涕洟，恨此膏澤，不霑蒸黎。"宋、曾敏行《獨醒雜志》卷四："朕念三聖之愛育蒸黔，垂著典法，申戒官吏，簡恤刑章，深切丁寧，斯爲至矣。"《續資治通鑑・宋眞宗咸平三年》："而言事之臣，不明大體，務爲改革，罔恤蒸黔。"二、祭名，指古代冬祭。《五經文字・卄部》："蒸，《爾雅》以爲祭名。其經典祭烝多去草，以此爲薪蒸。"《國語・魯語上》："夏父弗忌爲宗，蒸，將躋僖公。"韋昭注："凡祭祀，秋曰嘗，冬曰蒸。此八月而言蒸，用蒸禮也。凡四時之祭，蒸爲備。"漢、董仲舒《春秋繁露・四祭》："春曰祠，夏曰礿，秋曰嘗，冬曰蒸。"三、節解牲體置於俎上而祭。《呂氏春秋・孟冬紀》："是月也，大飲蒸，天子乃祈來年于天宗。"高誘注："蒸，俎實也，體解節折謂肴蒸也。"四、對上輩淫亂。《廣雅・釋詁一》："蒸，婬也。"《文選・劉孝標〈辯命論〉》："以誅殺爲道德，以蒸報爲仁義。”李善注：“《小雅》曰：上淫曰蒸，下淫曰報。”明、陶宗儀《輟耕錄》卷二十八：“蒸長嫂而妻之；次兄丑驢死，又蒸次嫂而妻之。”《新唐書·徐王元禮傳》：“元禮疾，姬趙有美色，茂逼蒸之。”明、馮夢龍《智囊補·察智·王璥》：“貞觀中，左丞李行德弟行詮前妻子忠，蒸其後母。”清、和邦額《夜譚隨錄·噶雄》：“以下蒸上，喪無日矣，汝知而不舉，罪亦同坐。”五、美好。《廣雅·釋詁一》：“蒸，美也。”王念孫疏證：“《大雅·文王有聲篇》：‘文王烝哉。’《韓傳》云：‘烝，美也。’烝與蒸通。”南朝、梁、沈約《齊故安陸昭王碑文》：“景皇蒸哉，實啟洪祚。”六、君。《玉篇·艸部》：“蒸，君也。”

　　熏染、化，謂轉變人心、風俗。清、羅惇曧《拳變餘聞》：“浸淫百年，蒸爲民俗。”梁啟超《政府大政方針宣言書》：“禮俗所蒸，國基所系。”

蕉 0606 　生枲也。从艸，焦聲。卽消切（jiāo ㄐㄧㄠ）。

【譯白】蕉，生麻（未經漚治的麻）。是依從艸做形旁，以焦爲聲旁構造而成的形聲字。

【述義】生枲，生麻；枲，大麻的雄株，開雄花，不結實，也泛稱麻。本書第六篇《木部》：“枲，麻也。”段玉裁《說文解字注》：“枲，麻也；生枲謂未漚治者。今俗以此爲芭蕉字。”將麻莖或已剝下的麻皮浸泡在水中，使之自然發酵，達到部分脫膠的目的，謂之“漚麻”。《詩·陳風·東門之池》：“東門之池，可以漚麻。”元、無名氏《獨角牛》第一折：“我去那碾麥場中打套子，煞強如您漚麻坑裏可都摸泥鰍。”

　　蕉麻，也稱“麻蕉”，爲芭蕉科多年生草本植物，莖、葉與芭蕉相似，花黃色，葉柄內有纖維，粗硬，可製繩（纜索）、網（漁網），或供紡織、造紙用；產在熱帶或亞熱帶，又稱爲“馬尼拉麻”。《齊民要術·芭蕉》：“《廣志》曰：……其莖解散如絲，織以爲葛，謂之‘蕉葛’；雖脆而好；色黃白，不如葛色；出交阯、建安。”清、李調元《南越筆記·葛布》：“蕉類不一，其可爲布者曰‘蕉麻’，山生或田種。以蕉身熟踏之，煮以純灰水，漂澼令乾，乃積爲布。本蕉也，而曰‘蕉麻’，以其爲用如麻故。”《文選·左思〈吳都賦〉》：

"蕉葛升越，弱於羅紈。"李善注引劉逵曰："蕉葛，葛之細者。"宋、楊萬里《蜑戶》詩："緝蕉爲布不須紗。"

指蕉布，即用蕉麻纖維織成的布，又稱蕉紗。《新唐書·地理志四》："（郢州富水郡）土貢：絟布、葛、蕉。"《後漢書·王符傳》"筩中女布"李賢注引沈懷遠《南越志》："蕉布之品有三，有蕉布，有竹子布，又有葛焉。雖精麤之殊，皆同出而異名。"唐、白居易《晚夏閑居絕無賓客欲尋夢得先寄此詩》："魚笋朝餐飽，蕉紗暑服輕。"用麻布縫製的衣服、衣衫，稱爲蕉衣、蕉衫。唐、賈島《送陳判官赴綏德》詩："身暖蕉衣窄，天寒磧日斜。"唐、白居易《東城晚歸》詩："晚入東城誰識我，短靴低帽白蕉衫。"唐、皮日休《臨頓爲吳中偏勝之地陸魯望居之因成五言十首奉題屋壁》詩之五："僧雖與筒簟，人不典蕉衣。"唐、陸龜蒙《早秋吳體寄襲美》詩："短燭初添蕙幌影，微風漸折蕉衣稜。"明、袁宏道《柳浪雜詠》詩之二："蕉衫烏角巾，半衲半村民。"清、袁枚《隨園詩話》卷七："（袁香亭）《消夏雜詠》云：科頭赤足徜徉過，一領蕉衫尚覺多。"

泛作芭蕉、香蕉、旅人蕉等芭蕉科植物的簡稱。《玉篇·艸部》："蕉，芭蕉。"《三國志·吳志·士燮傳》："燮每遣使詣權，致……奇物異果、蕉、邪、龍眼之屬，無歲不至。"南朝、梁、任昉《苦熱行》詩："既卷蕉梧葉，復傾葵藿根。"唐、韓愈《柳州羅池廟碑》："荔子丹兮蕉黃，雜肴蔬兮進侯堂。"北周、庾信《奉和夏日應令》詩："衫含蕉葉氣，扇動竹花涼。"南唐、張泌《臨江仙》詞："煙收湘渚秋江靜，蕉花露泣愁紅。"宋、楊萬里《秋雨歎》詩："蕉葉半黃荷葉碧，兩家秋雨一家聲。"

指某些像芭蕉的大葉子植物。如：美人蕉（美人蕉科）。唐、皇甫松《憶江南》詞："蘭燼落，屏上暗紅蕉。"

黑。《廣雅·釋器》："蕉，黑也。"

通"燋"，柴、引火物。《呂氏春秋·不屈》："人有新取婦者，婦至，宜安矜煙視媚行。豎子操蕉火而鉅，新婦曰：'蕉火大鉅。'"俞樾平議："其字本作'燋'。《說文·火部》：'燋，所以然持火也。'《求人篇》作'焦'者從省，此篇作'蕉'則假字耳。"

　　蕉又讀 qiáo ㄑ丨ㄠˊ，《集韻》慈焦切，平宵從；宵部。一、通
"憔"，蕉萃，指卑賤低下的人。《左傳・成公九年》："雖有姬、姜，
無棄蕉萃。"杜預注："蕉萃，陋賤之人。"宋、陸游《明妃曲》詩：
"掖庭終有一人行，敢道君王棄蕉萃！"又謂形容枯槁貌。清、史夔
《陶靖節故里》詩："門柳故蕭疎，籬菊亦蕉萃。"二、通"樵"。
柴。清、黃生《義府・蕉鹿》："蕉、樵古字通用。"《列子・周穆
王》："鄭人有薪於野者，遇駭鹿，御而擊之，斃之；恐人見之也，
遽而藏諸隍中，覆之以蕉不勝自喜。俄而遺其所藏之處，遂以爲夢
焉。"殷敬順釋文："蕉，與樵同。"後人因以蕉鹿指夢幻。宋、辛
棄疾《水調歌頭・呈南澗》詞："笑年來，蕉鹿夢，畫蛇杯。"元、
貢師泰《寄靜庵上人》詩："世事同蕉鹿，人心類棘猴。"清、黃景
仁《滿江紅・贈王桐巢》詞："蕉鹿幾番驚往事，關山若箇常年少。"

　　蕉又讀 qiāo ㄑ丨ㄠ，《集韻》千遙切，平宵清。同"鱃"，謂麻
經久雨而根壞死。《集韻・宵韻》："鱃，麻苦雨生壞也；或作蕉。"

茵（屎）　0607　【篆】　糞也。從艸，胃省。式視切（shǐ ㄕˇ）。

【譯白】茵，食物由胃消化後從肛門而出的排泄物。是依從艸和胃省
去肉共同做形芻構造而成的會意字。

【述義】王筠《說文釋例》卷九、頁十五《列文變例》："許君之列
文也，形聲字必隸所從之形，以義爲主也。會意字雖兩從，而意必有
主、從，則必入主意一部。此通例也。顧《說文》以字形爲主，形聲
字一形，而其形或與字義乖隔；會意字兩形，或竝與字義乖隔。蓋
許君記字之時，去倉頡造字之時已二千餘年矣，古義失傳，胡可詳
究？此例之所由變也。其形既然，卽第以形附麗焉；諸大部有倫理
之字多，故附其義遠者於末，猶易見也，若一部數字者，第見爲雜
亂而已，不知乃體例所拘也。故擇字之不與部首比附者，具說其
意，竢覽者正焉。《艸部》：'茵，糞也。'人不食艸，安得糞中有
艸？此借艸以會意，特取其蕪雜意也。"茵，糞便之謂，俗作屎，
由胃腸而下肛門而出的排泄物。錢坫《說文解字斠詮》："圂中之
必，其形近于矢。"《玉篇・艸部》："茵，糞也；亦作'矢'，俗
爲'屎'。"李孝定《甲骨文字集釋》按："（屎）字正象人遺屎形……
從中若小，乃象所遺屎形，非少若小也。""胡（厚宣）氏釋屎解爲

糞田，其說甚善。"《宋史·賈黯傳》："然卞急，初通判襄州，疑優人戲己，以人蔺嗷之。"清、江聲《李孝子傳論》："顧膿血之穢，猶不如蔺尿之甚也。"

附述"屎"諸義：

糞便。《廣韻·旨韻》："蔺，《說文》曰：'糞也。'本亦作矢，俗作屎。"《莊子·知北遊》："東郭子問於莊子曰：'道惡乎在？'莊子曰：'……所謂屎溺。'"北魏、賈思勰《齊民要術·炙法》："炙車熬：炙如蠣，汁出，去半殼，去屎，三肉一殼。"宋、梅堯臣《宣州雜詩》："鳥屎常愁污，蟲絲幾爲捫。"

泛指渣滓或分泌物。宋、何薳《春渚紀聞·丹陽化銅》："旣投藥甘鍋中，須臾銅中惡類如鐵屎者，膠著鍋面。"

從肛門中排出、排洩。《水經注·沔水》引三國、蜀、來敏《本蜀論》："秦惠王欲伐蜀，而不知道，作五石牛，以金置尾下，言能屎金。"

比喻低劣，形容技藝低劣。"屎棋"，低劣的棋藝；亦指棋藝低劣者。元、無名氏《昊天塔》第四折："呀，這和尚不老實，你只好關門殺屎棋。"《儒林外史》第五三回："鄒泰來因是有彩，又曉的他是屎棋，也不怕他惱，擺起九個子，足足贏了三十多着。""屎詩"，低劣的詩句。清、翟灝《通俗編·藝術》："《唐詩紀事》：顧著作況在茅山，有一秀才行吟得句云：'駐馬上山啊。'久不得屬。顧云：'風來屎氣多。'秀才審知是況，憨惕而退。今嘲惡詩曰'屎詩'，此其出典。"

屎又讀 xī ㄒㄧ，《廣韻》喜夷切，平脂曉；脂部。呻吟，呻吟聲；殿屎，謂愁苦呻吟，亦作"殿吒"。《玉篇·尸部》："屎，呻也。"《集韻·脂韻》："屎，殿屎，呻吟也。"《詩·大雅·板》："民之方殿屎，則莫我敢葵。"毛傳："殿屎，呻吟也。"馬瑞辰通釋："《說文》引《詩》作'唸吚'者正字，《詩》及《爾雅》作'殿屎'者，叚借字也。"漢、蔡邕《和熹鄧后謚議》："家有採薇之思，人懷殿吒之聲。"《晉書·劉聰載記》："夫天生蒸民而樹之君者，使爲之父母以刑賞之，不欲使殿屎黎元而蕩逸一人。"元、王惲《送成耀卿尹溫縣》："邑古仍卿采，民屎待尹蘇。"

薶（埋）0608  瘞也。从艸，貍聲。莫皆切（mái ㄇㄞˊ）。

【譯白】薶，埋葬。是依從艸做形旁，以貍爲聲旁構造而成的形聲（兼會意）字。

【述義】薶，後作“埋”，埋葬。《爾雅·釋天》：“祭地曰瘞薶。”注：“既祭，埋藏之。”段玉裁《說文解字注》：“《周禮》假借‘貍（貍，伏獸也，一種善於藏匿隱蔽的野獸，卽豹貓，也叫錢貓、山貓、狸子、狸貓、野貓）’字爲之，今俗作‘埋’。”商承祚《殷虛文字類編》：“此字象掘地及泉，實牛于中。當爲貍之本字，貍爲借字。”按：本爲瘞牲之名，引申爲葬人之稱。《荀子·正論》：“雖此倮而薶之，猶且必扣也，安得葬薶哉！”《淮南子·時則訓》：“（孟春之月）掩骼薶骴。”高誘注：“薶，藏也。”《漢書·楚元王傳》：“又多殺宮人，生薶工匠，計以萬數。”宋、陸游《初春喜書》詩：“一朝蛻形去，豈問棄與薶。”明、宋濂《〈東軒集〉序》：“寶劍薶於豐城，而紫氣上浮於天。”清、汪琬《玉鉤斜》詩：“月觀淒涼罷歌舞，三千豔質薶荒楚。”

塡塞，是中國古代治河方法之一，用木、石、杙（木樁）、絙（大索）等塡塞決口、加固堤岸，稱爲“薶掛”。《爾雅·釋言》：“薶，塞也。”郭璞注：“謂塞孔穴。”《元史·河渠志三》：“其爲埽臺及推卷、牽制、薶掛之法，有用土、用石、用鐵、用草、用木、用杙、用絙之方。”

薶又讀 wō ㄨㄛ，《〈淮南子〉高誘注》讀倭。沾污。《淮南子·俶眞訓》：“夫鑑明者，塵垢弗能薶；神清者，嗜欲弗能亂。”高誘注：“薶，污也。薶讀倭語之倭。”

附述“埋”諸義：

藏於土中或其他細碎物體之中。《玉篇·土部》：“埋，瘞也。”《儀禮·聘禮》：“又入取幣降，卷幣實于笲，埋于西階東。”《左傳·昭公十三年》：“乃與巴姬埋璧於大室之庭。”唐、韓愈《遊青龍寺贈崔大補闕》詩：“當憂復被冰雪埋，汲汲來窺誡遲緩。”《明史·王璡傳》：“一日饌用魚羹，璡謂其妻曰：‘若不憶吾啖草根時耶？’命撤而埋之，人號‘埋羹太守’。”《儒林外史》第三一回：“做了一罎酒，埋在那邊第七進房子後一間小屋裏……而今埋在地下足足有九年零七月了。”

　　古代特指簡陋不依禮制而落葬，泛指葬埋、掩埋尸體。《釋名·釋喪制》：“葬不如禮曰埋。”畢沅疏證：“葬不如禮，則與埋馬埋狗無以別。”《周禮·地官·族師》：“以相葬埋。”《國語·吳語》：“王縊，申亥負王以歸，而土埋之其室。”晉、張華《博物志》卷七：“女，年四歲病沒，故埋葬，五日復生。”宋、陸游《書悲》詩：“常恐埋山丘，不得委鋒鏑。”《水滸傳》第一一六回：“今夜必須提兵，先去奪屍首回來，具棺槨埋葬。”《紅樓夢》第四回：“薛家有的是錢，老爺斷一千也可，五百也可，與馮家作燒埋之費。”

　　藏、掩蓋、遮蔽。《玉篇·土部》：“埋，藏也。”《國語·吳語》：“狐埋而狐搰之，是以無成功。”韋昭注：“埋，藏也。”北周、庾信《枯樹賦》：“莫不苔埋菌壓，鳥剝蟲穿。”唐、元稹《陪諸公遊故江西韋大夫通德湖舊居》詩：“塵壁暗埋悲舊札，風簾吹斷落殘珠。”宋、王安石《法雲》詩：“法雲但見脊，細路埋桑麻。”又《寄王逢原》詩：“北風吹雲埋九垓，草木零落空池臺。”《金瓶梅詞話》第一回：“景陽崗頭風正狂，萬里陰雲埋日光。”

　　泯滅、隱沒。《漢書·翟方進傳》：“設令時命不成，死國埋名，猶可以不慙於先帝。”唐、韓愈《秋懷》詩：“古聲久埋滅，無由見真濫。”

　　排除。《後漢書·仲長統傳》：“百慮何爲？至要在我；寄愁天上，埋憂地下。”宋、陸游《夜夢從數客作詩得游字》詩：“有酒不謀州，能詩自勝侯；但須繩繫日，安用地埋憂。”清、龔自珍《乙酉臘見紅梅一枝思親而作》詩：“天地埋憂畢，舟車祖道頻。”

　　植根，“埋根”，比喻堅守不退或世代定居。《後漢書·馬融傳》：“盡力率屬，埋根行首，以先吏士。”李賢注：“埋根，言不退。”《新唐書·叛臣傳上·僕固懷恩》：“朝義擁精騎十萬來援，埋根決戰，短兵接，殺獲相當。”北魏《張廬暨妻劉法珠墓誌》：“乃祖先父埋根三輔，殖德關西。”按：“埋根”又謂藏下隱括全文主旨的伏筆。清、李漁《閒情偶寄·詞曲下·格局》：“非特一本戲文之節目，全於此處埋根；而作此一本戲文之好歹，亦卽於此時定價。”

　　低、低下去，多用以形容專心致志或羞愧、不好意思。五代、齊己《荊渚病中因思匡廬遂成三百字寄梁先輩》詩：“埋頭逐小利，沒腳拖長裾。”宋、邵雍《思山吟》詩：“果然得手情性上，更肯埋頭利害間！”明、陳所聞《雙調玉抱肚・自述》曲：“燈牕埋首，誤拚他朱衣點頭。”《兒女英雄傳》第一回：“諸事已畢，就埋頭作起舉業的工夫來。”又第十八回：“果然從第二天起便潛心埋首，簡煉揣摩起來。”“埋頭”又謂不出名或無官職。元、岳伯川《鐵拐李》第一折：“他是埋頭財主，我回哥哥話去。”

猶“暮”、“末”；埋暮，猶遲暮，謂年歲大；埋年，方言，謂年老。南朝、梁、江淹《娼婦自悲賦・序》：“泣蕙草之飄落，憐佳人之埋暮。”《中國諺語資料・一般諺語》：“埋年女人似癲婆，新年女人似姣婆。”

塵。《玉篇・土部》：“埋，塵也。”

方言“埋汰”：一、謂齷齪、骯髒。民國十九年《撫松縣志》：“埋汰，不潔淨的意思。”東北官話形容特別髒。為“埋拉咕汰”；身世、歷史不清謂“埋太底子”；衣服污穢或不上進的人叫做“埋太貨”；也作“埋態”，亦指做事不光彩。民國二十年河北省《盧龍縣志》：“作事不光彩曰埋態。”二、形容窩囊。李奎元《關勝抗金》：“可是他兒子太埋汰了。”三、使人名聲不好。王潤生《送鵝》：“你給我錢就等於埋汰我。”

“埋”之方言豐富：一、完滿了結。民國五年廣東《番禺續志》：“埋訓塞，而塞又訓滿。故廣州謂其事完滿了結曰埋。”二、入；“埋位”，謂入席、就席；廣東三水、江門、白沙作“埋圍”。三、靠近；如：車埋站、船埋岸，行埋喲是說靠近點，廣州方言。四、廣州方言推埋去是說推進去，掃埋嚟是說掃過來，個盒唔得埋是說盒子合不起來；埋嚟是說靠前來、過來；“埋”在此作動詞進去、過來、起來等用。五、作“閉、合”；瘡埋口喇是說瘡合口了，為廣州方言；福建永定、下洋一帶客語“埋嘴”是指抿嘴。六、謂罐中裝食物置炭上加溫，為浙江定海一帶吳語。民國《定海縣志》：“俗謂食餌等盛罐盂中，置于炭上而溫之曰埋。”七、副詞，再、全、還、也；玩埋呢兩日先翻去是說再玩兩天才回去；咁多行李你一個人搦得埋咩是說那麼多行李你一個人全拿得了嗎；要咁多做乜吖是說還要那麼多幹什麼；你去埋喇是說你也去吧；皆是廣州方言。八、助詞，連……也或連；畀埋呢的過佢是說連這些也給了他；攞埋呢個盆入去是說連這個盆子也拿進去；鼻哥都紅埋是說連鼻子都紅了；皆是廣州方言。九、江蘇金壇稱祖母爲"埋埋"，清、龔自珍《金壇方言小記》輯四："祖母曰埋埋。"浙江麗水一帶吳語謂螞蟻爲"埋埋"。河北魏縣稱奶、乳房爲"埋埋"，如：孩子該吃埋埋啦。十、安徽蕪湖一帶方言"埋個"，是名詞，指明天。

埋又讀 mán ㄇㄢˊ，埋怨，也作"埋冤"，抱怨、責怪、責備的意思。宋、辛棄疾《南鄉子·舟中記夢》："只記埋冤前夜月，相看。不管人愁獨自圓。"元、白樸《點絳脣》曲："憶疎狂阻隔天涯，怎知人埋怨他。"元、王實甫《西廂記》第一本第二折："不做周方，埋怨殺你個法聰和尚！"元、無名氏《看錢奴》第一折："每日在吾廟中，埋天怨地。"《水滸傳》第四回："且看趙員外檀越之面，容恕他這一番。我自明日叫去埋怨他便了。"《警世通言·趙太祖千里送京娘》："京娘哭倒在地，爹媽勸轉回房，把兒子趙文埋怨了一場。"清、李漁《玉搔頭·得像》："休得假埋怨，休得胡推辨。"元、關漢卿《望江亭》第四折："呀！請你個楊衙內少埋冤，諕的他半响只茫然。"元、高則誠《琵琶記》第五折："你寧可將我來埋冤，莫將我爹娘冷眼看。"

蕧（蕧） 0609　　　喪藉也。从艸，侵（侵）聲。失廉切（shān ㄕㄢ）。

【譯白】蕧，居喪時守靈所睡的草荐（薦）。是依從艸做形旁，以侵爲聲旁構造而成的形聲字。

【述義】居喪時睡的草荐。段玉裁《說文解字注》作"侵聲"。並云："按此字可疑。上文曰：'蔓，覆也。从艸，侵省聲。'不得以一省一不省畫爲二字二義，明矣。且鉉曰：'失廉切。'則與苫音義同。苫固凶服覆席也，且以次第求之不當廁此。"王筠《說文解字句讀》："《儀禮》、《禮記》皆作寢苫，同音假借。"

斷(折) 0610　　　斷也。从斤斷艸；譚長說。　　，籀文折，从艸在仌中，仌寒，故折。　　，篆文折从手。食列切（shé ㄕㄜˊ）。

【譯白】斳，折斷。是以斤來表示折斷艸、艸和斤分別做主、從形旁並峙爲義構造而成的會意兼指事字；這是譚長的說法。斳，籀文的折字，以艸在仌（冰）中構造而成，仌（冰）寒冷，所以草被凍斷了。折，篆文的斳字，以手和斤分別做主、從形旁構造而成的會意字。

【述義】斳，後作“折”。斤是古代砍物工具，主要用來砍木，與斧相似，比斧小而刃橫；參見本書第十四篇《斤部》“斤”條。仌，古“冰”字，象水凝之形；參見本書《仌部》“仌”條。斳，王筠認爲是會意兼指事字。《玉篇·艸部》：“斳，斷也；今作折。”段玉裁《說文解字注》：“按此（斳）唐後人所妄增，斤斷艸，小篆文也；艸在仌中，籀文也；从手从斤，隸字也。《九經字樣》云：‘《說文》作斳，隸省作折。’《類篇》、《集韻》皆云隸从手。則‘折’非篆文明矣。”王筠《說文釋例》卷十五、頁十六：“斳之重文‘斳’，說解以爲從仌，似非；若從斤、仌二字爲義，則艸之折也，斤斷之邪？仌摧之邪？義無統屬，是謂雜亂；且論其部位，是仌在艸中，而云‘艸在仌中’，亦非以字形見字義之法。案：當爲以會意兼指事字。‘二’非‘仌’字，但以之界‘屮’之間，以見其爲已斷。恐其傳寫既久，連屮爲屮，不可解耳。如梁之古文‘漆’，從兩木者，橋非一木所成，故木與木相續也；中加‘一’者，亦界畫也；特彼從‘一’，此從二耳。”

述“折”諸義：

折斷、弄斷。《易·豐》：“折其右肱。”《詩·鄭風·將仲子》：“將仲子兮，無踰我里，無折我樹杞。”《荀子·勸學》：“鍥而舍之，朽木不折。”唐、白居易《李都尉古劍》詩：“可使寸寸折，不能繞指柔。”唐、韓愈《利劍》詩：“使我心腐劍鋒折，決雲中斷開青天。”

阻止、挫敗。如：百折不撓。《詩·大雅·緜》：“予曰有禦侮。”毛傳：“折衝曰禦侮。”孔穎達疏：“有武力之臣能折止敵人之衝突者，是能扞禦侵侮，故曰禦侮也。”《左傳·襄公七年》：“衡而委蛇，必折。”杜預注：“橫不順道，必毀折。”漢、班彪《北征賦》：“降几杖於藩國兮，折吳濞之逆邪。”《漢書·蒯通傳》：“折北不救。"顏師古注:"折,挫也。"宋、文天祥《指南錄·〈紀事六首〉》詩之一:"若使無人折狂虜,東南那箇是男兒?"

死,多指早死未能長大;如:夭折。《書·洪範》:"六極:一曰凶、短、折。"孔穎達疏:"未亂曰凶,未冠曰短,未婚曰折。"《禮記·祭法》:"萬物死皆曰折。"《漢書·五行志》:"兄喪弟曰短,父喪子曰折。"宋、蘇軾《屈原塔》詩:"古人誰不死,何必較考折。"明、黃道周《遣奠霞客寓長君書》:"僕之受禍,毒於子瞻;而尊公中折,痛於季常。"

判斷、裁決。《書·呂刑》:"非佞折獄,惟良折獄。"《論語·顏淵》:"片言可以折獄者,其由也與?"漢、揚雄《法言·吾子》:"萬物紛錯則懸諸天,眾言淆亂則折諸聖。"北齊、顏之推《顏氏家訓·音辭》:"難者曰:'《繫辭》云:乾坤《易》之門戶邪?此又爲未定辭乎?'答曰:'何爲不爾!上先標問,下乃列德以折之耳。'"梁啟超《歐戰之動因》:"以刑律上正當防衛之義折此獄,無論何國,皆不能科罪。"

彎曲、曲折。《廣雅·釋詁一》:"折,曲也。"《禮記·玉藻》:"折還中矩。"《淮南子·覽冥訓》:"河九折注於海,而流不絕者,昆侖之輸也。"漢、司馬相如《子虛賦》:"橫流逆折,轉騰澈洌。"《晉書·陶潛傳》:"潛歎曰:'吾不能爲五斗米折腰。'"明、韓守益《蘇武慢·江亭遠眺》詞:"地湧岷、峨,天開巫峽,江勢西來百折。"

毀掉、減損。《正字通·手部》:"折,毀棄也。"《孫子·九地》:"是故政舉之日,夷關折符,無通其使。"《漢書·高帝紀》:"兩家常折券棄責。"顏師古注:"以簡牘爲契券,旣不徵索,故折毀之,棄其所負。"《後漢書·樊宏傳論》:"若乃樊重之折契止訟,其庶幾君子之富乎!"《格物麤談·天時》:"對三光便溺,折人年壽。"《醒世姻緣傳》第十五回:"小小年紀,要往忠厚處積泊,不要一句非言,折盡平生之福。"《兒女英雄傳》第七回:"你二位老人家快快請起,不可折了我的壽數!"

責難、指斥;指出別人的錯誤或缺點。《正字通·手部》:"折,直指人過失曰折。"《史記·呂太后本紀》:"陳平、絳侯曰:'於今面折廷爭，臣不如君。'"《後漢書・李育傳》："嘗讀《左氏傳》，雖樂文采，然謂不得聖人深意，以爲前世陳元、范升之徒更相非折，而多引圖讖，不據理體，於是作《難左氏義》四十一事。"李賢注："折，難也。"唐、劉禹錫《天論》："柳子厚作《天說》以折韓退之之言。"

折服。漢、趙曄《吳越春秋・句踐歸國外傳》："威折萬里，德致八極。"《漢書・游俠傳》："權行州域，力折公侯。"《世說新語・輕詆》："宏自以有才，多好上人，坐上無折之者。"唐、李白《送王屋山人魏萬還王屋》詩："辯折田巴生，心齊魯連子。"金、王若虛《李仲和墓碣銘》："予嘗力排之，能折其口而不能奪其心也。"

屈從、屈服、屈尊。《廣雅・釋詁一》："折，下也。"《戰國策・齊策一》："張丐對曰：'晚救之，韓且折而入於魏，不如早救之。'"高誘注："折，分也。猶從也。"《史記・呂太后本紀》："於今面折廷爭，臣不如君。"唐、韓愈《唐故江南西道觀察使太原王分神道碑銘》："讀書著文，其譽藹鬱，當時名公皆折官位輩行，願爲交。"

開采。《墨子・耕柱》："昔者夏后開使蜚廉折金於山川，而陶鑄之於昆吾。"王念孫雜志："折，摘也，動發之也。"《管子・地數》："然則與折取之遠矣。"馬非百新注："折，開也。取者，採也。"

摘取、掐取。漢、佚名《古詩十九首之九・庭中有奇樹》："攀條折其榮，將以遺所思。"唐、杜秋娘《金縷衣》詩："花開堪折直須折，莫待無花空折枝。"元、張壽卿《紅梨花》第四折："折一枝紅梨花，插在那扇子上。"

據、握持。宋、張矩《應天長・南屏晚鐘》詞："花間恨，猶記憶，正素手暗攜輕折。"張相曰："輕折，輕握也，言輕握素手也。"見《詩詞曲語辭匯釋》卷五。亦表示手握的大小。元、王實甫《西廂記》第四本第一折："繡鞋兒剛半折，柳腰兒恰一搦。"張相《詩詞曲辭匯釋》卷五："晁元禮《滴滴金》：'口兒香，髮兒黑，腳兒一折。'言腳小不過一握也。"元、杜仁傑《雙調・雁兒落過得勝令・美色》："半折慢弓鞋，一搦俏形骸。"

特指禾苗倒狀。漢、賈山《至言》："故地之美者善養禾，君之仁者善養士。雷霆之所擊，無不摧折者；萬鈞之所壓，無不糜滅也。”
《齊民要術・旱稻》：“其高田種者，不求極良，唯須廢地。”原注：
“過良則苗折，廢地則無草。”

　　折合、抵換。如：折價、折租。《戰國策・西周策》：“越人御買
之千金，折而不賣。”《後漢書・東夷傳・東沃沮》：“其地東西夾，
南北長，可折方千里。”唐、杜甫《銅瓶》詩：“蛟龍半缺落，猶得
折黃金。”仇兆鰲注引楊慎曰：“折，當也。”宋、沈括《進〈守令
圖〉表》：“今畫《守令圖》，並以二寸折二百里。”宋、蘇軾《上神
宗皇帝書》：“買絹未嘗不折鹽，糧草未嘗不折鈔。”《紅樓夢》第
五回：“准折得幼年時坎坷形狀。”

　　折扣，按原數減去其中的成數。明、張敬修等《太師張文忠公行
實》：“請令今歲賜民改折十分之三，上以實帑藏，下以寬恤民力。”
《儒林外史》第五十回：“等他官司贏了來，得了缺，叫他一五一十
算了來還你。就是九折三分錢也不妨。”《官場現形記》第十八回：
“過道臺道：‘二十萬？’拉達把頭一搖道：‘止有一折。’”

　　折磨。元、王實甫《西廂記》第三本第四折：“折倒得鬢似愁潘，
腰如病沈。”元、尚仲賢《柳毅傳書》第一折：“想着我在洞庭湖裏，
怎生受用快活，如今折得這般，兀的不愁殺人也。”

　　通“室”，堵塞。朱駿聲《說文通訓定聲・泰部》：“折，叚借
爲室。”猶“杜、閉”；折口，即閉口。《孔子家語・賢君》：“佞臣
諂諛，窺導其心；忠士折口，逃罪不言。”王肅注：“折口，杜口。”

　　書法用筆，橫畫欲左先右，往右回左。直畫欲上先下。唐、張彥
遠《法書要錄》卷一引王羲之《題衛夫人筆陳圖後》：“每作一波，
常三過折筆。”

　　漢字筆畫名。如：橫、豎、撇、點、折。

　　回旋、返轉。如：轉折；走到半路，又折回來。《宋史・沈括傳》：
“然古人所謂兵車者，輕車也，五御折旋，利於捷速。”

　　戲曲名詞；元、明雜劇劇本中的一個段落，每劇大都四折。相當
於現代話劇中的一幕或一場，其中可單獨演出的一折，叫“折子
戲”。《醒世恆言・張廷秀逃生救父》：“將廷秀推入戲房中，把紗帽
員領穿起，就頂王十朋《祭江》這一折。”清、孔尚任《桃花扇・凡

例》：“各本填詞，每一長折，例用十曲，短折例用八曲。”

傾斜容器，使裏面的東西出來。《紅樓夢》第六十三回：“黛玉只管和人說話，將酒全折在漱盂內了。”

古時封土爲壇進行祭地的處所。《正字通・手部》：“折，封土爲方壇曰折。”《禮記・祭法》：“燔柴於泰壇，祭天也；瘞埋於泰折，祭地也。”鄭玄注：“壇、折，封土爲祭處也。”陳澔集說：“泰折，卽方丘。折，如磬折折旋之義，喻方也。”

古葬具，如牀無脚。《儀禮・既夕禮》：“陳明器於乘車之西，折橫覆之。”鄭玄注：“折，猶庪也，方鑿連木爲之，蓋如牀而縮者三，橫者五，無簀窆事畢，加之壙上，以承抗席。”《禮記・雜記上》：“醴者稻醴也，甕、甒、筲、衡，實見間，而后折入。”鄭玄注：“折，承席也。”唐、陸德明《經典釋文》：“折，形如牀，無足也。”陳澔集說：“折，形如牀而無足，木爲之，直者三，橫者五，窆事畢，而後加之壙之，以承抗席也。”

古地名。《春秋・桓公十一年》：“柔會宋公、陳侯、蔡叔盟于折。”杜預注：“折，地。闕。”

同“摺”。一、折疊。《後漢書・郭太傳》：“嘗於陳、梁閒行遇雨，巾一角墊，時人乃故折巾一角，以爲‘林宗巾’。”二、折子（一作摺子）。如錢折、存折、奏折。宋、王溥《唐會要・氏族》：“乾元元年，著作郎賈至撰《百家類例》十卷。”原注：“其序旨曰：以其婚姻承家，冠冕備盡，則存譜。大譜所紀者，唯尊官清職，傳記本原，分爲十卷，爰列百氏，其中須有部折，各於當族注之，適爲百氏，以隴西李氏爲第一。”《二十年目睹之怪現狀》第五十五回：“勞佛便取出一扣三千銀子往來的莊折，叫他收存，要支甚麼零用，只管去取。”又第九十四回：“老哥的手折，兄弟足足看了兩天。”三、皺紋、縐紋、縐折。前蜀、韋莊《秦婦吟》：“鳳側鸞欹鬢腳斜，紅攢翠歛眉心折。”明、陸時雍《詩鏡總論》：“石之有稜，水之有折，此處最爲可觀。”清、葉藩《念奴嬌・廣陵送毛亦史之白下》詞：“遙想訪舊秦淮，久辭歌管，剩有波千折。”

姓。《正字通・手部》：“折，姓。《漢・方術傳》有折象；宋，折可大；明，折衝。”《後漢書・方術傳》：“折像，字伯式，廣漢雒人也。其先張江者，封折侯……因封氏焉。”

　　疊字雙音“折折”形況：一、明亮貌；清晰貌。《管子·內業》：“折折乎如在於側，忽忽乎如將不得。”尹知章注：“折折，明貌。言心明察若在其側。”明、陸時雍《詩鏡總論》：“上古之言渾渾爾，中古之言折折爾，晚世之言便便爾，末世之言纖纖爾。”二、彎曲貌。唐、李賀《日出行》：“折折黃河曲，日從中央轉。”

　　折又讀 shé ㄕㄜˊ，《廣韻》常列切，入薛禪；月部。一、斷而猶連皮。如：骨折、棍子折了。《廣韻·薛韻》：“折，斷而猶連也。”二、虧損、蝕耗；亦謂商品減價銷售。《荀子·修身》：“良農不爲水旱不耕，良賈不爲折閱不市。”楊倞注：“折，損也；閱，賣也。謂損所閱賣之物價也。”《漢書·食貨志下》：“均官有以考檢厥實，用其本買取之，毋令折錢。”《宋大詔令集·政事·置市易物詔》：“天下商旅貨物至京，多爲兼併之家所困，往往折閱失業。”《三國演義》第五十五回：“周郎妙計安天下，賠了夫人又折兵。”梁啓超《托辣斯·托辣斯之利》：“或遇物價驟落，小資本者，不能不忍折閱而急求售，以爲通轉之資。”又謂買主殺價。清、蒲松齡《聊齋志異·阿繡》：“潛至其肆，託言買扇。女子便呼父。父出，劉意沮，故折閱之而退。”

　　折又讀 tí ㄊㄧˊ，《廣韻》杜奚切，平齊定。折折，安逸舒適的樣子。《集韻·齊韻》：“折折，安舒貌。”《禮記·檀弓上》：“喪事欲其縱縱爾，吉事欲其折折爾。”鄭玄注：“折折，安舒貌。”陳澔集說：“折折，從容中禮之貌。折，音提。”

　　折又讀 zhē ㄓㄜ。翻轉、折騰。如：折跟頭。明、湯顯祖《牡丹亭·硬拷》：“忒做作，前輩們性重，敢折倒你丈人峯？”浩然《金光大道》第一部第二章：“躺在被窩裏，像折烙餅似的，翻過來倒過去，睡不着。”又謂倒過來倒過去；折澄，是說將已澄過的水倒入另一容器再澄。《醒世姻緣傳》第二八回：“到霜降以後，那水漸漸澄清將來，另用別甕折澄過去。如此，折澄兩三遍，澄得沒有一些滓渣。”

卉　0611　艸　艸之總名也。从艸中。許偉切（huì ㄏㄨㄟˋ）。

【譯白】卉，百草的總名稱。是依從連文成義的艸中做主、從形宛構造而成的會意字。

【述義】百草的總稱，即草本植物的總稱；如：花卉；奇花異卉即奇花異草。《爾雅・釋草》：“卉，草。”郭璞注：“卉，百卉總名。”《方言》卷十：“卉，草也。東越、揚州之間曰卉。”朱駿聲《說文通訓定聲・泰部》：“會意。有大有小也。按：三中亦衆多意。”按：後作“卉”。《詩・小雅・出車》：“卉木萋萋。”毛傳：“卉，草也。”又《四月》：“山有嘉卉，侯栗侯梅。”毛傳：“卉，草也。”鄭箋：“山有善美之草。”《文選・左思〈吳都賦〉》：“爾乃地勢坱圠，卉木鮏蔓。”劉淵林注：“卉，百草揔名，楚人語也。”南朝、宋、劉義慶《世說新語・言語》：“過江諸人，每至美日，輒相邀新亭，藉卉飲宴。”清、胡會恩《珠江雜詠》詩：“我愛珠江好，駢羅雜卉多。”清、梁章鉅《歸田瑣記・曼雲先兄家傳》：“（梁曼雲）偶作寫生花卉，以惲南田設色太濃，每以淡遠相勝。”

泛指草木。《文選・張衡〈思玄賦〉》：“桑末寄夫根生兮，卉既凋而已育。”李善注：“卉，草木凡名也。”元、楊果《登北邙山》詩：“魏家池館姚家宅，佳卉而今採作薪。”

特指花。宋、王禹偁《桂陽羅君遊太湖洞庭詩序》：“遂使幽雲野泉，奇卉怪草，暨鳥獸蟲魚輩皆欣欣熙熙，似有知於感遇也。”宋、梅堯臣《寄題周源員外衢州萃賢亭》詩：“卉萼人未識，鳥響日可聽。”

衆多。《廣雅・釋詁三》：“卉，衆也。”王念孫疏證：“《書・禹貢》正義引舍人注云：‘凡百草一名卉’，是衆之義也。”

蓬勃。《文選・司馬相如〈上林賦〉》：“鄉風而聽，隨流而化，卉然興道而遷義。”李善注引郭璞曰：“卉，猶勃也。”呂向注：“皆勃然興道義也。”

“卉汩”，疾速貌。《漢書・禮樂志》：“卉汩臚，析奚遺。”顏師古注：“卉汩，疾意也……汩音于筆反。”

“卉翕”，亦作“卉歙”，猶言呼吸，形容風聲迅疾。《史記・司馬相如列傳》：“茹颯卉翕熛至電過兮，煥然霧除，霍然雲消。”《漢書・司馬相如傳下》引作“芔歙”。《文選・司馬相如〈上林賦〉》：“瀏莅卉歙。”張銑注：“瀏莅卉歙，風吹衆木之声也。”一本作

“芔歙”。《史記·司馬相如列傳》引作“芔吸”。《漢書·司馬相如傳上》引作“芔歙”。顏師古注：“林木鼓動之聲也……芔，古卉字也，音諱。歙音翕。”王先謙補注：“芔歙猶呼吸也，芔呼雙聲，歙吸疊韻。”

“卉煒”，古美明麗貌。明、劉基《送龍門子入仙華山辭》：“梧桐萋萋兮竹實蓁蓁，鳳凰翔鳴兮五色卉煒。”

姓。《萬姓統譜·未韻》：“卉，見《姓苑》。”

芁 0612　芁　遠荒也。从艸，九聲。《詩》曰：“至于芁野。”巨鳩切（qiú ㄑㄧㄡˊ）。

【譯白】芁，邊遠荒涼的意思。是依從艸做形旁，以九爲聲旁構造而成的形聲字。《詩·小雅·小明》說：“到達邊遠荒涼的地方。”

【述義】荒遠。《玉篇·艸部》：“芁，遠荒之野曰芁。”段玉裁《說文解字注》：“芁之言究也，窮也。”《詩·小雅·小明》：“我征徂西，至于芁野。”毛傳：“芁野，遠荒之地。”南朝、宋、謝靈運《撰征賦》：“面芁野兮悲橋梓，溯急流兮苦磧沙。”章炳麟《訄書·序種姓下》：“江左衰微，其民挾注本郡，而不土斷；閭伍不修，賦無所出，亦以愛類，得不淪於芁野，有以也。”遠荒亦指邊遠荒涼之地。唐、元稹《贈裴行立左散騎常侍》：“而況於鎮定遠荒，經略逋寇，毗奇方切，忽焉薨殂。”宋、唐異《塞上作》詩：“月依孤壘沒，燒逐遠荒分。”

禽獸巢穴裏的墊草。《廣韻·尤韻》：“芁，獸蓐也。”《淮南子·原道》：“禽獸有芁，人民有室。”高誘注：“芁，蓐也。”又《修務訓》：“虎豹有茂草，野彘有芁莦。”

芁又讀 jiāo ㄐㄧㄠ，《正字通》居宵切。秦芁，草名，又名“秦糺”、“秦艽”，爲龍膽科多年生草本植物，其根可作中藥，治風濕，以產於古秦國地區（今甘肅省涇川縣、陝西省鄜縣一帶）爲最佳，故名。明、李時珍《本草綱目·草三·秦芁》：“蓁芁出秦中，以根作羅紋交糾者佳，故名秦芁、秦糺。”清、龔自珍《說文段注札記》：“芁，今以爲秦芁字。”

蒜 0613　蒜　葷菜。从艸，祘聲。蘇貫切（suàn ㄙㄨㄢˋ）。

【譯白】蒜，一種有辛味的蔬菜。是依從艸做形旁，以祘爲聲旁構造而成的形聲字。

【述義】蒜多瓣，形同聚在一起的算籌，故從“祘”，實兼會意。蒜為百合科多年生宿根草本植物，地下鱗莖有白皮包裹，俗稱“蒜頭”，內有小鱗莖，稱為蒜瓣，味辣，有強烈刺激性氣味，為最典型葷辛（今訛變為葷腥）之菜，許慎在本書中明言葷菜者，只蒜一種；古人認為蔥、蒜刺激性太大，有濁氣，會壞人心性，祭祀齋戒時不食蔥蒜；道家、佛家俱列為“五葷（參見前‘葷’字）”之一；今人則科學檢驗，視蔥、蒜為免疫、抗衰老不二蔬食。以蒜瓣的大、小分大蒜種和小蒜種；大蒜種又名“葫”，根莖俱大而瓣多，西漢時張騫從西域傳回中國，至今為人們所慣食；小蒜種由山蒜（薍亦稱澤蒜、石蒜）移栽，中國從古已有，根莖俱小而瓣少，蒜葉狹長而扁平，和蒜苗、蒜薹俱為蔬菜；蒜頭食用、作佐料、入藥俱可；蒜已為列國民生日常重要蔬菜。《爾雅·釋草》：“薍，山蒜。”《急就篇》第九章：“芸蒜薺芥荼荑香。”顏師古注：“蒜，大小蒜也，皆辛而葷。”漢、延篤《與李文德書》：“折張騫大宛之蒜，歃晉國郇瑕之鹽。”明、李時珍《本草綱目·菜一·蒜》：“家蒜有二種：根莖俱小而瓣少，辣甚者，蒜也，小蒜也；根莖俱大而瓣多，辛而帶甘者，葫也，大蒜也。”《兒女英雄傳》第九回：“你難道說剝個蒜也不會麼？”

　　蒜亦為蒜的鱗莖（蒜頭）的簡稱。

左文五十三，重二；大篆從茻。

【譯白】左邊（以下）的“芥”字到“菿”字五十三個，另有“藻、萗”重文兩個，它們的大篆體全部依從茻做形旁。

【述義】漢文字原豎行直寫，自右往左一行一行排列，故曰“左文”。左邊的文字，即以下的文字。桂馥《說文解字義證》：“謂此五十三字在大篆皆從茻也。今《茻部》莫、莽、葬三字，小篆之從茻也者也。五十三字則小篆從艸，大篆從茻也。”

　　王筠《說文釋例》卷九、頁十一：“《說文校議》曰：‘左文五十三，重二，大篆從茻。小徐無此條，他部亦無此例；許君敘言史籀箸大篆十五篇，則大篆卽籀文也，乃左文蓬籀文省作莑，從茻之言，竟復不驗他部次字；以類相聚，審觀左文，則茻篆前都有此類，顯非原次，此條必校者輒加也，議刪。’其說茻字也，曰：‘依《說文》

大例，艸字當在部末，今艸後復有芜、蒜及左文，必舊本脫落，校者據多本補收也。'筠案：果據多本，則其本亦當類聚，卽照樣迻謄一過足矣，何必使多者續於後耶！又疑葦不從艸，尤誤！此五十五字者，無論正文重文，一切從艸，苟夾一從艸者於中，轉似其餘不從艸，且漏一不從艸之葦矣，推其所以區別之由，良以它部籀文未有如此之多者，此旣連篇累牘，故變例以表之，且省絫文。鈕橋（嚴可均）屢言重文例得見注中，於此乃疑之乎！"又卷十五、頁十五："芥、葱以下五十五字，其所以從艸者，亦似有說：其中芥、葱、苣三字，穀蔬由人種蒔，故以類聚，以及余所不知者，姑置勿論；至如菫、莎、萍、藋、葦、葭、荔、蒙、藻、菉、蘇、蒿、蓬、莜諸物，無不族生類聚，彌望蔚然；草則有房如蝸，攢聚樹頭者也；卽葆、蕃、茸、叢、蓄、菰，固是虛字，亦謂艸之叢茂委積也；若萅尤爲眾艸叢生之候矣，斯其從艸也固宜。"王國維《史籀篇疏證》："案許敍云：'周宣王太史籀，著大篆十五篇。'是許君固以籀文爲大篆。然說解中皆云籀文，不云大篆；惟艸部末獨言大篆。蓋此五十三字不出《史籀篇》……故不謂之籀文，以其體係秦之大篆，故謂之大篆；以史篇中字有與之異者，故重以籀文。"

芥 0614　𦺸　菜也。从艸，介聲。古拜切（jiè ㄐㄧㄝˋ）。

【譯白】芥，一種蔬菜的名稱。是依從艸做形㫄，以介爲聲㫄構造而成的形聲字。

【述義】芥菜，爲十字花科一、二年生草本植物，有葉用芥菜（如雪里蕻）、莖用芥菜（如榨菜）和根用芥菜（如大頭菜）三類。腌製後有特殊的香味和鮮味。種子有辣味，可榨油或製芥辣粉（芥末）。唐、玄應《一切經音義》卷七引《字林》："芥，辛菜也。"《禮記·內則》："膾，春用葱，秋用芥。"《春秋繁露·天地之行》："故薺以冬美，而芥以夏成。"宋、蘇軾《擷菜》詩："秋來霜露滿東園，蘆服生兒芥有孫。"

小草。《方言》卷三："蘇、芥，草也；江、淮、南楚之間曰蘇，自關而西或曰草，或曰芥。"《左傳·哀公元年》："其亡也，以民爲土芥，是其禍也。"杜預注："芥，草也。"《莊子·逍遙遊》："覆杯水於坳堂之上，則芥爲之舟。"《三國志·吳志·虞翻傳》：

“琥珀不取腐芥，磁石不受曲鍼。”又喻細微的事物。如：毫芥、纖芥、芥視。南朝、梁、劉勰《文心雕龍・物色》：“故巧言切狀，如印之印泥，不加雕削，而曲寫毫芥。”

芥蒂、梗塞，亦指重視於心。清、王士禛《梅厓詩意・序》：“若人世榮辱得喪，一無足芥其中者。”梁啟超《中國前途之希望與國民責任》：“一切皆是閑言閑語，政府聞之已熟，豈有一焉能芥其胸者。”

通“介”；甲。《左傳・昭公二十五年》：“季、郈之雞鬬，季氏介其雞，郈氏爲之金距。”孔穎達疏引鄭司農曰：“介，甲也，爲雞著甲。”《史記・魯周公世家》作“季氏芥雞羽”。裴駰集解引服虔曰：“擣芥子播其雞羽，可以坌郈氏雞目。”後因以“芥羽”指用來角鬬的雞。漢、應瑒《鬬雞》詩：“芥羽張金距，連戰何繽紛。”唐、杜淹《詠寒食鬬雞應秦王教》詩：“花冠初照日，芥羽正生風。”清、吳偉業《靈岩山寺放生雞》詩：“芥羽貍膏早擅場，爭雄身屬鬬雞坊。”

芥又讀 gài ㄍㄞˋ。芥菜，也作“蓋菜”，卽芥藍，芥菜的變種，葉柄長，葉片短而闊，葉面多皺紋，花白色或黃色；嫩花莖和嫩葉供食用。宋、蘇軾《雨後行菜》詩：“芥藍如菌蕈，脆美牙頰響。”

蔥（葱）₀₆₁₅　**蔥**　菜也。从艸，悤聲。倉紅切（cōng ㄘㄨㄥ）。

【譯白】一種蔬菜的名稱。是依從艸做形旁，以悤爲聲旁構造而成的形聲兼會意字。

【述義】《集韻・東韻》：“蔥，古作蔥。”蔥，別名“芤（音 kōu ㄎㄡ）”。明、李時珍《本草綱目・菜部・蔥》：“蔥，從囪，有悤通之象也；芤者，草中有孔也，故字從孔，芤脈象之。”“窗”、“窻”爲房屋通風口；“熜”，中空的麻莖捆紮成的火炬；“聰”謂腦門開了竅，通達能洞察，聰明有智慧；俱爲同源字。蔥字實兼會意。《山海經・北山經》：“邊春之山，多蔥、葵、韭、桃、李。”郭璞注：“山蔥，名茖，大葉。”

蔥，多年生草本植物，葉圓筒形，中間空，鱗莖圓柱形，開小白花，種類很多，有大蔥、細蔥等，可作蔬菜或調味品，亦可藥用。蔥爲“五葷”之一，但甚益人體，已爲列國民生重要蔬菜，參見前二字“蒜“條。《禮記·內則》：“膾，春用蔥，秋用芥。”《玉篇·艸部》：“蔥，葷菜也。”晉、潘岳《閒居賦》：“菜則蔥韭蒜芋，青筍紫薑。”

疊字雙音“蔥蔥、葱葱”形況：形容草木青翠茂盛或氣象旺盛。漢、王充《論衡·吉驗》：“王莽時，謁者蘇伯阿能望氣……及光武到河北，與伯阿見，問曰：‘卿前過舂陵，何用知其氣佳也？’伯阿對曰：‘見其鬱鬱葱葱耳。’”唐、李白《侍從遊宿溫泉宮作》詩：“日出瞻佳氣，蔥蔥繞聖君。”宋、黃庭堅《奉和文潛贈無咎》詩：“庭柏鬱蔥蔥，紅榴鏄多子。”《剪燈新話·鑑湖夜泛記》：“吾見其文順而不亂，色純而不雜，以日映之，瑞氣蔥蔥而起。”

謂青綠色。《爾雅·釋器》：“青謂之蔥。”郭璞注：“淺青。”《詩·小雅·采芑》：“服其命服，朱芾斯皇，有瑲蔥珩。”毛傳：“蔥，蒼也。”《禮記·玉藻》：“三命赤韍蔥衡。”南朝、梁、蕭綱《和湘東王首夏》詩：“竹水俱蔥翠，花蝶兩飛翔。”五代、和凝《宮詞》詩之十一：“遠殿鉤闌壓玉階，內人輕語憑蔥臺。”清、葆光子《物妖志·獸類》：“南望一山蔥秀，過山至其下，有深溪環之。”

古劍名。《荀子·性惡》：“桓公之蔥，太公之闕，文王之錄，莊公之曶，闔閭之干將、莫邪、鉅闕、辟閭，此皆古之良劍也。”

舊時比喻婦女纖細的手指。唐、白居易《箏》詩：“雙眸翦秋水，十指剝春蔥。”唐、元稹《春》詩：“啟齒呈編貝，彈絲動削蔥。”元、吳昌齡《端正好·美妓》套曲：“襯緗裙玉鉤三寸，露春蔥十指如銀。”清、袁枚《隨園詩話》卷三引清、汪玉樞《養蠶》詩：“小姑畏人房闥潛，采桑那惜春蔥纖。”又卷十：“有妹蘭友，名雲鶴，亦才女也。詠指甲作《沁園春》云：‘雲母裁成，春冰碾就，裹住蔥尖。’”

蔥又讀 chuāng ㄔㄨㄤ，《集韻》初江切，平江初；陽部。通“窗”，蔥靈，葱靈，古代一種有窗櫺的裝載衣物的輀車。《左傳·定公九年》：“載葱靈，寢於其中而逃。”杜預注：“葱靈，輀車名。”孔穎達疏：“賈逵云：‘葱靈，衣車也，有葱有靈。’然則此車前後有蔽，兩旁開葱，可以觀望。葱中豎木謂之靈。”阮元校勘記：“《傳》之葱字卽

《說文》之囪字。在牆曰牖，在屋曰囪，或作窗，此假葱爲之。”

藋 0616　藋　艸也。从艸，雈聲。《詩》曰：“食鬱及藋。”余六切（yù ㄩˋ）。

【譯白】藋，一種草本植物的名稱。是依從艸做形旁，以雈爲聲旁構造而成的形聲字。《韓詩‧豳風‧七月》說：“吃鬱菜及藋菜。”

【述義】藋，山韭菜。《爾雅‧釋草》：“藋，山韭。”邢昺疏：“韭，生山中者名藋。《韓詩》云：‘六月食鬱及藋’是也。”《毛詩》：“藋”作“薁”；薁，野葡萄。

葦 0617　葦　亭歷也。从艸，單聲。多殄切（diǎn ㄉㄧㄢˇ）。

【譯白】葦，又稱爲“亭歷”的草本植物。是依從艸做形旁，以單爲聲旁構造而成的形聲字。

【述義】亭歷，俗作“葶藶”，十字花科一年或二年生草本植物，爲原野雜草，種子稱爲葶藶子，可入藥。《爾雅‧釋草》：“葦，亭歷。”郭璞注：“實、葉皆似芥，一名曰狗薺。”

苟 0618　苟　艸也。从艸，句聲。古厚切（gǒu ㄍㄡˇ）。

【譯白】苟，一種草本植物的名稱。是依從艸做形旁，以句爲聲旁構造而成的形聲字。

【述義】苟，有別於“苟”；參見本書第九篇《苟部》“苟（音 jì ㄐㄧˋ，誠愼言語的意思）”條。苟，苟草，不詳。

菜名。《玉篇‧艸部》：“苟，菜也。”

苟且、隨便、馬虎。如：苟安、苟同、一絲不苟。《詩‧大雅‧抑》：“無易由言，無曰苟矣。”鄭玄箋：“女無輕易於教令，無曰苟且如是。”《荀子‧不苟》：“行不貴苟難，說不貴苟察。”《禮記‧曲禮上》：“臨財毋苟得，臨難毋苟免。”《史記‧游俠列傳》：“而布衣之徒，設取予然諾，千里誦義，爲死不顧世，此亦有所長，非苟而已也。”唐、柳宗元《覃季子墓銘》：“覃季子，其人生愛書，貧甚，尤介特，不苟受施。”又《哭連州凌員外司馬》詩：“恬死而憂盡，苟生萬慮滋。”明、李贄《預約》：“人不見我，只看見汝，則汝等一言一動可苟乎哉！”

姑且、暫且、勉強。《左傳‧桓公五年》：“苟自救也，社稷無隕，多矣。”《莊子‧天下》：“人皆求福，己獨曲全，曰‘苟免於咎’。”

漢、應劭《風俗通・正失・彭城相袁元服》："然文帝本修黃、老之言，不甚好儒術，其治尚清淨無爲，以故禮樂庠序未修，民俗未能大化，苟溫飽完給，所謂治安之國也。"宋、曾鞏《種園》詩："惰慵苟恃鄉井助，緩急就與朋友共。"

苟延，謂勉強延續生命。宋、蘇軾《乞賜度牒修廨宇狀》："其餘率皆因循支撐，以苟歲月。"

貪求。漢、陸賈《新語・慎微》："不貪於財，不苟於利。"宋、王禹偁《待漏院記》："復有無毀無譽，旅進旅退，竊位而苟祿，備員而全身者，亦無所取焉。"明、王守仁《傳習錄》卷中："苟一時之得，以獵取聲利之術。"

卑下。漢、荀悅《漢紀・惠帝紀》："若位苟祿薄，外而不充，憂匱是邺，所求不贍，則私利之智萌矣。"

但、只，表示範圍。清、王引之《經傳釋詞》卷五："苟，猶但也。"《易・繫辭上》："苟錯諸地而可矣。"《楚辭・離騷》："不吾知其亦已兮，苟余情其信芳！"《史記・周本紀》："子苟能，請以國聽子。"《法言・君子》："非苟知之，亦允蹈之。"唐、韓愈《江漢答孟郊》詩："苟能行忠信，可以居夷蠻。"宋、王安石《上仁宗皇帝言事書》："苟不可以爲天下國家之用，則不教也。"

尚、且，用表期望或推測。清、王引之《經傳釋詞》卷五："苟，猶尚也。"《詩・王風・君子于役》："君子于役，苟無饑渴。"《左傳・襄公十八年》："苟捷有功！毋作神羞！"《墨子・耕柱》："季孫紹與孟伯常治魯國之政，不能相信，而祝于叢社曰：'苟使我和！'"《國語・晉語一》："武公伐翼，殺哀侯，止欒共子曰：'苟無死！'"韋昭注："使無死也。"《楚辭・離騷》："夫惟聖哲以茂行兮，苟得用此下土。"

乃。《楚辭・離騷》："夫惟聖哲以茂行兮，苟得用此下土。"王夫之通釋："苟，乃也。"

若、如果，用表假設關係。清、王引之《經傳釋詞》卷五："苟，猶若也。"《易・繫辭下》："苟非其人，道不虛行。"《左傳・昭公二十三年》："莒子庚輿虐而好劍；苟鑄劍，必試諸人，國人患之。"《禮記・坊記》："故君子苟無禮，雖美不食焉。"《論語・

里仁》："苟志於仁矣，無惡也。"《史記·陳涉世家》："苟富貴，無相忘。"唐、柳宗元《與韓愈論史官書》："道苟直，雖死不可回也。"《警世通言·趙春兒重旺曹家莊》："在墳邊左近，有一所空房要賣，只要五十兩銀子。苟買得他的，到也方便。"

姓。《通志·氏族略四》："苟氏，《國語》云黃帝之後，有苟寶、苟參。或言以河內多苟杞，因以爲氏。"

疊字雙音"苟苟"形況：苟且偷生。明、李贄《孔明爲後主寫申韓管子六韜》："以至譙周、馮道諸老寧受祭器歸晉之謫，歷事五季之恥，而不忍無辜之民日遭塗炭，要皆有一定之學術，非苟苟者。"營營苟苟，謂人不顧廉恥，到處鑽營。

苟又讀 gōu ㄍㄡ，《集韻》居侯切，平侯見。苟吻，草名。《集韻·疾韻》："苟，苟吻，艸名。"

蕨 0619　𦳴　鼈也，从艸，厥聲。居月切（jié ㄐㄧㄝˊ）。

【譯白】蕨，初生時形狀如鼈腳的野山菜。是依從艸做形旁，以厥爲聲旁構造而成的形聲字。

【述義】蕨，全名蕨萁，俗稱蕨菜。野生植物名，鳳尾科多年生草本植物，生在山野間，用孢子繁殖，嫩葉可食，稱蕨菜；根莖含澱粉，俗稱"蕨粉"，可供食用；釀造、入藥有清熱利尿之效。亦泛指蕨類植物。《詩·召南·草蟲》："陟彼南山，言采其蕨。"唐、陸德明《經典釋文》："《草木疏》云：'周、秦曰蕨，齊、魯曰鼈。'鼈，本又作鱉；俗云其初生似鼈腳，故名焉。"南朝、宋、謝靈運《酬從弟惠連》詩："山桃發紅萼，野蕨漸紫苞。"唐、韓愈《送文暢師北遊》詩："從茲富裘馬，寧復茹藜蕨。"宋、陸游《飯罷戲示鄰曲》詩："箭茁脆甘欺雪菌，蕨芽珍嫩壓春蔬。"清、孔尚任《桃花扇·棲眞》："落照蒼涼樹玲瓏，林中筍蕨充清供。"

莎 0620　𦳶　鎬侯也。从艸，沙聲。蘇禾切（suō ㄙㄨㄛ）。

【譯白】莎，又稱爲"鎬侯"的草本植物。是依從艸做形旁，以沙爲聲旁構造而成的形聲字。

【述義】鎬侯，一作"薃侯"。《爾雅·釋草》："薃侯，莎；其實媞（莎草子稱爲'媞'）。"宋、羅願《爾雅翼·釋草》："莎，莖葉都似三稜，根若附子，周匝多毛……謂之香附子。"莎草，別名鎬侯

（蔿侯），又名“香莎”，因其塊莖“香附”、“香附子”又爲其俗稱，多年生草本植物；多生於潮濕地區或河邊沙地；莖直立，三棱形；葉細長，深綠色，質硬有光澤；夏季開穗狀小花，赤褐色，地下有細長的匍匐莖，並有褐色膨大塊莖，塊莖稱“香附子”，可供藥用。明、李時珍《本草綱目·草三·莎草香附子》：“《別錄》止云莎草，不言用苗用根；後世皆用其根，名香附子，而不知莎草之名也……其根相附連續而生，可以合香，故謂之香附子。上古謂之雀頭香。按《江表傳》，魏文帝遣使於吳求雀頭香，即此。”《北史·豆盧寧傳》：“嘗與梁仚定遇于平涼川，相與肆射，乃相去百步懸莎草以射之，七發五中。”唐、李白《憶舊遊寄譙郡元參軍》詩：“浮舟弄水簫鼓鳴，微波龍鱗莎草綠。”唐、鄭谷《詠懷》詩：“香鋤抛藥圃，煙艇憶莎陂。”唐、皮日休《太湖詩·孤園寺》：“香莎滿院落，風汎金霏靡。”南唐、李中《安福縣秋吟寄陳銳秘書》詩：“臥聽寒螿莎砌月，行衝落葉水村風。”元、謝宗可《漁蓑》詩：“翠結香莎付釣舟，一竿風雨不須愁。”明、葉襄《端午》詩：“水咽山光天亦老，昔日龍舟偃莎草。”

　　單子葉植物綱莎草科植物的通稱；多年生草本，較少一年生，常生於濕地或沼澤中，秆單生或叢生，葉細長，通常排成三列。《銀雀山漢墓竹簡·孫臏兵法·地葆》：“五草之勝曰：藩、棘、椐、茅、莎。”漢、淮南小山《招隱士》：“青莎雜樹兮，薠草靡靡。”唐、張籍《江村行》詩：“田頭刈莎結爲屋，歸來繫牛還獨宿。”

　　木名，莎木；生於中國南方各省，莖稈內藏有大量澱粉，可作糧食。《廣韻·戈韻》：“莎，亦樹，似桄榔，其樹出麪。”北魏、賈思勰《齊民要術·莎木》：“《廣志》曰：‘莎樹多枝葉，葉兩邊行列若飛鳥之翼；其麪色白；樹收麪不過一斛。”

　　衰謝。唐、陸龜蒙《杞菊賦》：“爾杞未棘，爾菊未莎，其如予何，其如予何。”宋、邵桂子《蔬屋詩爲曹雲西作》：“落英未莎，初篁未籜。”

　　同“蓑”、“簑”。《廣雅·釋草》：“其蒿，青蓑也。”清、王念孫疏證：“蓑與莎同音，青蓑，即青莎也。”唐、司空圖《雜題九首》詩之八：“樵香燒桂子，苔澀掛莎衣。”五代、王定保《唐摭言・好及第惡登科》：“許孟容進士及第，學究登科，時號錦襖子上着莎衣。”明、唐順之《薊鎮憶弟正之試南都》詩：“頭顱長盡山林骨，木食莎衣信有緣。”《敦煌曲子詞・浣溪沙》：“倦卻詩書上釣船，身披莎笠執魚竿。”

莎塔八，蒙古語，意爲醉意。元、關漢卿《哭存孝》第一折：“（李存信云）撒因答剌孫，見了搶着喫。喝的莎塔八，跌倒就是睡。”亦作“莎搭八”。元、劉唐卿《降桑椹》第一折：“（白廝賴云）哥也，俺打剌孫多也，你兄弟莎搭八了，俺牙不約兒赤罷。”

“莎隨”，謂相持不進不退。《呂氏春秋・不廣》：“古善戰者，莎隨賁服。”高誘注：“莎隨，猶相守不進不卻。”

莎又讀 shā ㄕㄚ，《集韻》師加切，平麻生；歌部。莎雞，蟲名，卽紡織娘。宋、羅願《爾雅翼・釋蟲》：“莎雞……一名絡緯，今俗人謂之絡絲娘，蓋其鳴時又正當絡絲之候……今小兒夜亦養之，聽其聲。”《詩・豳風・七月》：“六月莎雞振羽。”南朝、宋、謝惠連《擣衣》詩：“蕭蕭莎雞羽，冽冽寒螿啼。”唐、李白《獨不見》詩：“春蕙忽秋草，莎雞鳴西池。”唐、李賀《房中思》詩：“誰能事貞素，臥聽莎雞泣。”清、吳烺《雨中花》詞：“任屋角莎雞促織，吟遍朝昏。”

莎蟲，莎雞的別稱。宋、黃庭堅《和邢惇夫〈秋懷〉》詩之一：“相戒趣女功，莎蟲能表微。”明、高啓《郊墅雜賦》詩之十：“稻蟹燈前聚，莎蟲機下喧。”

莎又讀 suī ㄙㄨㄟ，《集韻》宣佳切，平脂心。挼莎，兩手搓磨。《集韻・脂韻》：“莎，挼莎，以手切磨也。”《禮記・曲禮上》：“共飯不澤手。”漢、鄭玄注：“爲汗手（生）不絜也，澤謂挼莎也。”孔穎達疏：“古之禮，飯不用箸，但用手。既與人共飯，手宜潔淨，不得臨食始挼莎手乃食，恐爲人穢也。”

蓱（萍）₀₆₂₁　𬞟　苹也。从艸，洴聲。薄經切（píng ㄆㄧㄥˊ）。

【譯白】蓱，浮萍。是依從艸做形旁，以洴爲聲旁構造而成的形聲字。

【述義】《玉篇・艸部》：“蓱，同萍。”邵瑛《羣經正字》：“按（蓱、萍）二字，《說文》一入《艸部》，一入《水部》，然音義竝同，似本一字，故經典亦通用，如《禮記・月令》‘蓱始生’之類，此本作

'蓱'，彼本作'萍'，總未有定。"浮萍，《本草》稱"水萍"，爲浮萍科多年生小草本植物，植物體葉狀，倒卵形或長橢圓形，浮生水面，下面有根一條；葉狀枝從植物體下部生出，對生，夏季開白花；可作豬和家禽的飼料和綠服；帶根全草入藥。《文選·張衡〈南都賦〉》："浮蟻若蓱。"李善注："汎汎然如蓱之多者。"南朝、齊、王融《三月三日曲水詩序》："新蓱泛沚，華桐發岫。"

傳說中的雨神名，"蓱翳"的簡稱。《楚辭·天問》："蓱號起雨，何以興之？"王逸注："蓱，蓱翳，雨師名也……言雨師號呼，則雲起而雨下。"

蓱、苹互同；苹同蓱，指浮萍；蓱通蘋，謂藾蕭，即藾蒿，白蒿類草本植物。《文選·謝靈運〈擬魏太子鄴中集詩八首〉（阮瑀）》："自從食蓱來，唯見今日美。"李善注："《毛詩》曰：'呦呦鹿鳴，食野之苹。'"參見前面"苹"條。

菫 0622 蕌　艸也；根如薺，葉如細柳，蒸食之，甘。从艸，堇聲。居隱切（jǐn ㄐㄧㄣˇ）。

【譯白】菫，一種草本植物的名稱；根像薺（蒺藜）的莖平臥，有毛，葉像初生柔嫩的柳葉，蒸熟了來吃，是美味的食品。是依從艸做形旁，以堇爲聲旁構造而成的形聲字。

【述義】菫同"堇"，菜名，即菫葵、堇葵。王筠《說文解字句讀》："《詩》、《禮》、《爾雅》皆作堇，省形存聲也。"朱駿聲《說文通訓定聲·屯部》："經傳皆以堇爲之，省艸。"《爾雅·釋草》："齧，苦堇。"郭璞注："今菫葵也；葉似柳，子如米汋，食之滑。"《詩·大雅·緜》："菫荼如飴。"毛傳："堇，菜也。"《後漢書·馬融傳》："其土毛則……芝茢、菫、莒。"李賢注："菫，菜，花紫，葉可食而滑。"

菫荼，植物名。菫和荼。《詩·大雅·緜》："周原膴膴，菫荼如飴。"唐、劉禹錫《天論上》："霆震于畜木，未嘗在罪；春滋滋乎菫荼，未嘗擇善。"清、唐孫華《次韻酬宮恕堂》詩："雨窮因依竝臭味，菫荼二草偏相黏。"一說，菫，"堇"之訛，黏土；荼，"塗"之訛，泥。

菫菜。明、李時珍《本草綱目·菜一·菫》集解引蘇恭曰："菫菜野生，非人所種，葉似蕺菜，花紫色。"

　　菫又讀 jìn ㄐㄧㄣˋ，《集韻》渠吝切，去稕羣。藥草名，即烏頭，有毒。《國語·晉語二》："驪姬受福，乃寘鴆於酒，寘菫於肉。"韋昭注："菫，烏頭也。"《新唐書·藩鎮傳·李寶臣》："（妖人）密置菫於液，寶臣已飲即瘖，三日死，年六十四。"

　　"菫斟"，謂菫汁。唐、張讀《宣室志》卷一："尹君笑曰：'吾去歲在北門，有人以菫斟飲我者，我故示之以死，然則菫斟安能敗吾眞耶？"一本作"菫汁"。

菲 0623　菲　芴也。从艸，非聲。芳尾切（fěi ㄈㄟˇ）。

【譯白】菲，又稱爲芴的菜。是依從艸做形旁，以非爲聲旁構造而成的形聲字。

【述義】菲，又稱爲芴，即薏菜；十字花科一年生草本植物，初夏開淡紫色花，產中國北部和中部，供觀賞；嫩葉莖可作蔬菜，種子榨油，供食用。《爾雅·釋草》："菲，薏菜。"郭璞注："菲草生下溼地，似蕪菁，華紫赤色，可食。"郝懿行義疏："陸璣疏云：'薏菜，今河內人謂之宿菜。'……此菜極似蘿蔔，野地自生，宿根不斷，冬春皆可采食，故云薏菜。《詩·邶風·谷風》："采葑采菲，無以下體。"鄭玄箋："此二菜者，蔓菁與薏之類也；皆上下可食。"孔穎達疏引陸璣曰："菲，似薏，莖麤，葉厚而長，有毛，三月中烝鬻爲茹，滑美可作羹。幽州人謂之芴，《爾雅》謂之薏菜，今河內人謂之宿菜。"

　　郭璞混爲"土瓜"。《爾雅·釋草》："菲，芴。"郭璞注："即土瓜也。"

　　微薄；使之微薄。《方言》卷十三："菲，薄也。"郭璞注："謂微薄也。"《禮記·坊記》："故君子不以菲廢禮。"《論語·泰伯》："菲飲食而致孝乎鬼神。"南朝、梁、王僧孺《武帝祭禹廟文》："事安菲素，固無原味之求。"《梁書·武帝紀》："菲食薄衣，請自孤始。"《南史·梁昭明太子統傳》："大軍北伐，都下米貴，太子因命菲衣減膳。"明、劉若愚《酌中志·先監遺事紀略》："菲飲食，淡滋味。"

　　菲薄：一、鄙陋，指德、才等，常用爲自謙之詞。《楚辭·遠遊》：“質菲薄而無因兮，焉托乘而上浮。”王逸注：“質性鄙陋無所因也。”《史記·孝武本紀》：“朕以眇眇之身承至尊，維德菲薄，不明于禮樂。”唐、王昌齡《詠史》詩：“自慚菲薄才，誤蒙國士恩。”明、徐渭《爲請夏新建伯封爵疏》：“臣本菲薄，賴陛下聖仁，今臣提督浙江學校。”二、輕視。漢、袁康《越絕書·外傳記范伯傳》：“范蠡其始居楚，曰范伯。自謂衰賤，未嘗世祿，故自菲薄。”《三國志·蜀志·諸葛亮傳》：“不宜妄自菲薄，引喻失義，以塞忠諫之路也。”清、秦篤輝《平書·經學上》：“宋儒說經，好爲新解，妄斥漢儒。朱子卻不甚菲薄鄭康成。”三、刻苦儉約，與豐厚享受相對。《文選·張衡〈東京賦〉》：“文又躬自菲薄，治致升平之德。”薛綜注：“菲薄，謂儉約。”《後漢書·楊震傳》：“陛下以邊境未寧，躬自菲薄，宮殿垣屋傾倚，枝柱而已。”《新唐書·虞世南傳》：“聖人深思遠慮，安於菲薄，爲長久計。”四、微薄，指物的數量少，質量差。《古今小說·窮馬周遭際賣䭀媼》：“白銀一兩，權助路資，休嫌菲薄。”清、李漁《蜃中樓·雙訂》：“只是聘禮菲薄，還要求令尊海涵。”亦指微薄之物。唐、韓愈《謁衡嶽廟遂宿嶽寺題門樓》詩：“升階傴僂薦鋪酒，欲以菲薄明其衷。”

　　同“蕜”，惆悵。《方言》卷十二：“菲，悵也。”周祖謨校箋：“菲，盧氏所據宋本作蕜，與《廣雅·釋詁三》合。”

　　菲又讀 fèi ㄈㄟˋ，《廣韻》扶沸切，去未奉；微部。通“扉”，草鞋。《儀禮·喪服》：“菅屨者，菅菲也。”胡培翬正義：“周公時謂之屨，後世或謂喪屨爲菲……菲者，扉之假借字。”《禮記·曾子問》：“不杖，不菲，不次。”又《雜記下》：“童子哭不偯、不踊、不杖、不菲、不廬。”唐、陸德明《經典釋文》作“不扉”，云：“一本又作菲，草屨。”《樂府詩集·相和歌辭十三·孤兒行》：“手爲錯，足下無菲愴愴履霜，中多蒺藜。”清、俞正燮《癸巳存稿·不借》：“周時謂之履，子夏時謂之菲，漢時謂之不借。”

　　菲又讀 fēi ㄈㄟ，《廣韻》芳非切，平微敷。一、花草芳香。《玉篇·艸部》：“菲，芳菲也。”南朝·梁、劉勰《文心雕龍·諸子》：“於是《七畧》芬菲，九流鱗萃。”宋、蘇軾《作書寄王晉卿忽憶前年寒食北城之遊》詩：“別來春物已再菲，西望不見紅日圍。”二、草美而茂盛的樣子。《集韻·微韻》：“菲，艸茂皃。”清、李漁《慎鸞交·品花》：“天開佳會，使他在良辰奪錦歸，繞路盡芳菲。”三、有機化合物，分子式 $C_{14}H_{10}$，是蔥的同分異構體，從煤焦油中提取。有光澤的無色晶體，不溶於水，易溶於苯及其同系物（英文 Phenanthrene）。

　　疊字雙音“菲菲”形況：一、香氣盛。《楚辭·離騷》：“佩繽紛其繁飾兮，芳菲菲其彌章。”王逸注：“菲菲，猶勃勃，芬香貌也。”《漢書·司馬相如傳上》：“吐芳揚烈，郁郁菲菲。”元、揭傒斯《題新安許氏蘭秀軒》詩：“植之兮堂下，播芳馨兮菲菲。”二、錯雜貌。漢、揚雄《太玄·昆》：“白黑菲菲，三禽一角同尾。”范望注：“菲菲，雜也。”三、上下不定貌。《後漢書·逸民傳·梁鴻》：“心惙怛兮傷悴，志菲菲兮升降。”李賢注引《爾雅》：“菲菲，高下不定也。”四、形容花色的美豔。《文選·左思〈吳都賦〉》：“鬱兮莀茂，曄兮菲菲。”張銑注：“菲菲，美貌。”五、花草盛多貌。唐、杜甫《甘林》詩：“相攜行豆田，秋花靄菲菲。”宋、梅堯臣《依韻和吳季野馬上口占》詩：“溪頭三月草菲菲，城畔春遊惜醉稀。”清、孫枝蔚《漑堂》詩之一：“春月方娟娟，春花亦菲菲。”六、花落貌。唐、杜甫《春遠》詩：“蕭蕭花絮晚，菲菲紅素輕。”仇兆鰲注引吳見思《論文》：“菲菲，落貌。”

芴 0624　㞷　菲也。从艸，勿聲。文弗切（wù ㄨˋ）。

【譯白】芴，又稱爲菲的蔬菜。是依從艸做形芴，以勿爲聲芴構造而成的形聲字。

【述義】芴、菲，卽葍菜，又稱爲“宿菜”。《爾雅·釋草》：“菲，芴。”《詩·邶風·谷風》：“采葑采菲。”三國、吳、陸璣疏：“菲，似葍，莖麤，葉厚而長有毛。三月中丞鬻爲茹，滑美可作羹。幽州人謂之芴，《爾雅》謂之葍菜，今河內人謂之宿菜。”參詳見前一字“菲”條。

　　又混指土瓜。《廣雅·釋草》：“土瓜，芴也。”蓋以芴、菲似葍。

　　有機化合物，分子式 $C_{13}H_{10}$，白色的片狀晶體，由煤焦油製得（英文 fluorene）。

　　芴又讀 hū ㄏㄨ，《集韻》呼骨切，入沒曉；術部。通“忽”：

一、恍惚，謂模糊不清或茫然無知之貌。《莊子·至樂》："芒乎芴乎，而无從出乎？芴乎芒乎，而无有象乎？"清、姚鼐《翰林院庶吉士侍君權厝銘》："天生不與之年，死不與之繼世也，芴兮以託於茲，吾辭以志也。"二、忽然，無根本貌。《荀子·正名》："愚者之言，芴然而粗。"楊倞注："芴與忽同。忽然，無根本貌。"《莊子·天下》："芴乎若亡，寂乎若清。"成玄英疏："芴，忽也。"

虉 ₀₆₂₅ 𧁾 艸也。从艸，虉聲。呼旰切（hàn ㄏㄢˋ）。

【譯白】虉，一種草本植物的名稱。是依從艸做形旁，以虉爲聲旁構造而成的形聲字。

【述義】桂馥《說文解字義證》："案本書：虉，艸也；虉、鷊一字當有重出。"錢坫《說文解字斠詮》："前有虉，此疑復出。"

萑（蓶、萑、藿）₀₆₂₆ 𦾈 薍也。从艸，雚聲。胡官切（huán ㄏㄨㄢˋ）。

【譯白】萑，初生的荻。是依從艸做形旁，以雚爲聲旁構造而成的形聲字。

【述義】萑，亦作"蓶"，後作"萑"，俗作"藿"，是初生的荻，亦指荻類植物。《廣韻·桓韻》："萑，萑葦，《易》亦作萑，俗作藿。"段玉裁《說文解字注》："今人多作萑者，蓋其始假雎屬之萑爲之，後人又誤爲艸多兒之萑。"朱駿聲《說文通訓定聲·乾部》："按萑卽葭也，雛也，薍也，今所謂荻其未秀曰蒹，此細小而實中者，與葭葦之中空高大今謂之蘆者別。經傳皆以萑（从隹从屮）鵗字爲之，又誤作从艸之萑。"徐灝《說文解字注箋》："萑，隸省作萑，與艸多兒之萑，鵗屬之萑相亂，故別作藿。"《墨子·旗幟》："凡守城之法：石有積……萑葦有積。"孫詒讓閒詁："《說文·艸部》云：'萑，亂也。''葦，大葭也。'《萑部》云：'萑，小爵也。'音義並別。此萑當爲萑，經典省作萑，或掍作藿（音 guàn ㄍㄨㄢˋ）；水鳥名，同鸛；亦爲茾蘭名；詳見本書第四篇《萑部》'萑'條。"《穆天子傳》卷二："珠澤之藪，方三十里，爰有萑、葦、莞、蒲。"《淮南子·詮言訓》："席之先萑蕈，樽之上玄樽，俎之先生魚，豆之先泰羹。此皆不快於耳目，不適於口腹，而先王貴之。"

葦 ₀₆₂₇ 𦾡 大葭也。从艸，韋聲。于鬼切（wěi ㄨㄟˇ）。

【譯白】葦，長大了的葭（蘆葦）。是依從艸做形旁，以韋爲聲旁構造而成的形聲字。

【述義】葦，蘆葦，禾本科多年生草本植物，多生水邊，能保土固堤，稈可編席造紙，根莖稱爲蘆根，可入藥。宋、沈括《夢溪補筆談》卷三："予今詳諸家所釋，葭、蘆、葦，皆蘆也。則菼、薍、萑，自當是荻耳。"《詩·豳風·七月》："七月流火，八月萑葦。"孔穎達疏："初生爲葭，長大爲蘆，成則名爲葦。"《漢書·終軍傳》："南越竄屏葭葦，與鳥魚同羣，正朔不及其俗。"唐、鄭谷《長安夜坐寄懷湖外嵇處士》詩："遙思洞庭上，葦露滴漁舟。"唐、顧況《宿湖邊山寺》詩："蒲團僧定風過席，葦岸漁歌月墮江。"明、李時珍《本草綱目·草四·蘆》集解引蘇頌曰："北人以葦與蘆爲二物，水旁下濕所生皆名葦，其細不及指大；人家池圃所植者皆名蘆，其幹差大，深碧色者，謂之碧蘆，亦難得。然則蘆葦皆可通用矣。"《紅樓夢》第七九回："再看那岸上的蓼花葦葉，也都覺搖搖落落，似有追憶故人之態。"

葦苕，蘆葦。《荀子·勸學》："以羽爲巢，而編之以髮，繫之葦苕。"楊倞注："苕，葦之秀也。"漢、陳琳《檄吳將校部曲文》："鷦鷯之鳥，巢於葦苕，苕折子破，下愚之惑也。"

指用蘆葦編成的小筏子。《詩·衛風·河廣》："誰謂河廣，一葦杭之。"馬瑞辰通釋："《正義》言'一葦者謂一束也'，蓋謂編葦爲泭。"引申爲小舟。宋、蘇軾《前赤壁賦》："縱一葦之所如，凌萬頃之茫然。"清、馮桂芬《謙谷上人梯山航海圖》詩："葦渡所未到，夢中神已馳。"

葦子，卽蘆葦。《兒女英雄傳》第三三回："棉花地是一項，葦子地是一項。"

變動貌。《漢書·王莽傳中》："懼然祗畏，葦然閔漢氏之終不可濟。"顏師古注："葦然，變動之貌也。"

通"緯"，編織。《莊子·列禦寇》："河上有家貧恃緯蕭而食者。"唐、陸德明《經典釋文》："緯，織也；蕭，荻蒿也。織蕭以爲畚而賣之。本或作葦。"清、錢謙益《葉九來鋤經堂序》："葦蕭之人至矣，能終爲驪龍之睡乎？"

葭 0628　𦸚　葦之未秀者。从艸，叚聲。古牙切（jiā ㄐㄧㄚ）。

【譯白】葭，初生還未抽穗的蘆葦。是依從艸做形旁，以叚爲聲旁構造而成的形聲字。

【述義】還未抽穗的蘆葦，卽初生的蘆葦。《詩·召南·騶虞》：“彼茁者葭，壹發五豝。”毛傳：“葭，蘆也。”鄭玄箋：“記蘆始出者，著春田之早晚。”孔穎達疏：“‘葭，蘆。’《釋草》文。李巡曰：‘葦初生。’”漢、司馬相如《子虛賦》：“其埤濕則生藏莨蒹葭。”南朝、齊、謝朓《休沐重還丹陽道中》詩：“汀葭稍靡靡，江葓復依依。”明、鄭若庸《玉玦記·擄忠》：“見葭極月連沙岸，誰是沈舟漁丈人。”

特指葭灰、葭莩之灰；葭莩，蘆葦裏的薄膜，古人燒之成灰，置於律管中，放密室內以占氣候，某一節候到，某律管中葭灰卽飛出，示該節候已到。《後漢書·律曆志上》：“候氣之法，爲室三重，戶閉，塗釁必周，密布緹縵；室中以木爲案，每律各一，內庳外高，從其方位，加律其上，以葭莩灰抑其內端，案曆而候之，氣至者灰動。”唐、杜甫《小至》詩：“刺繡五紋添弱線，吹葭六琯動飛灰。”宋、蘇軾《內中御待已下賀皇太后冬至詞語》：“伏以候氣葭灰，喜律筒之已應。”清、平步青《霞外攟屑·詩話下·宗滌樓觀察詩》：“如此江山入泝洄，頓從黍穀動葭灰。”

通“笳”，古管樂器。《文選·張衡〈西京賦〉》：“發引和，校鳴葭，奏《淮南》，《度陽阿》。”李善注引薛綜曰：“葭，更校急之乃鳴。”又《謝靈運〈九日從宋公戲馬臺集送孔令〉詩》：“鳴葭戾朱宮，蘭卮獻時哲。”李善注：“魏文帝書曰：‘從者鳴笳以啟路。’”南朝、梁、吳均《征客》詩：“公卿來悵別，葭聲在狹斜。”南朝、梁、江淹《倡婦自悲賦》：“霜繞衣而葭冷，風飄輪而影戾。”唐、杜甫《小至》：“刺繡五紋添弱線，吹葭六琯動飛灰。”

姓。《萬姓統譜·麻韻》：“葭，漢葭衆。”

葭又讀 xiá ㄒㄧㄚˊ，《集韻》何加切，平麻匣。一、通“遐”，遠。《後漢書·文苑傳·杜篤》：“今天下新定，矢石之勤始瘳，而主上方以邊垂爲憂，忿葭萌之不柔。”李賢注：“楊子雲《長楊賦》曰：‘遐萌爲之不安。’謂遠人也。案：篤此賦每取子雲《甘泉》、《長楊賦》事，意此‘葭’卽‘遐’也。”“葭萌”，卽遠方之民。二、同“蕸”。荷葉，《集韻‧麻韻》：“蕸，《爾雅》：‘芙蕖，其葉蕸。’或省。”

萊　0629　（篆文）　蔓華也。从艸，來聲。洛哀切（lái ㄌㄞˊ）。

【譯白】萊，又稱爲蔓華的草本植物。是依從艸做形旁，以來爲聲旁構造而成的形聲字。

【述義】萊，草名，卽“藜”，又作“釐”，俗稱灰藋、紅心灰藋、灰菜，爲藜科一年生草本植物，莖直立，葉子菱狀卵形，邊緣有齒牙，下面被粉狀物，嫩苗可食；生田間、路邊、荒地、宅旁等地，爲古代貧者常食的野菜。《爾雅‧釋草》：“釐，蔓華。”郭璞注：“一名蒙華。”釐爲萊的假借字；蒙、蔓一聲之轉。《詩‧小雅‧南山有臺》：“南山有臺，北山有萊。”孔穎達疏引陸璣曰：“萊，草名，其葉可食，今兗州人烝以爲茹，謂之萊烝。”《說苑‧權謀》：“武王伐紂，過隧斬岸，過水拆舟，過谷廢梁，過山焚萊，示民無返志也。”

生滿雜草，亦指叢生的雜草。《詩‧小雅‧十月之交》：“徹我牆屋，田卒汙萊。”毛傳：“下則汙，高則萊。”孔穎達疏：“下田可以種稻，無稻則爲池；高田可以種禾，無禾則生草。”漢、桓寬《鹽鐵論‧通有》：“伐木而樹穀，燔萊而播粟。”

除草。《周禮‧地官‧山虞》：“若大田獵，則萊山田之野。”鄭玄注：“萊，除其草萊也。”《隋書‧禮儀志三》：“有司先萊野爲場，爲二軍進止之節。”

郊外休耕的田。《周禮‧地官‧縣師》：“掌邦國都鄙稍甸郊里之地域，而辨其夫家人民田萊之數。”鄭玄注：“萊，休不耕者；郊內謂之易，郊外謂之萊。”

水蘇。《齊民要術‧菜》：“譙，沛人謂雞蘇爲萊。”

古國名。春秋時爲齊靈公所滅；地在今山東省黃縣東南。《書‧禹貢》：“萊夷作牧。”孔傳：“萊夷，地名，可以放牧。”《左傳‧襄公六年》：“十一月，齊侯滅萊，萊恃謀也。”宋、王禹偁《黑裘》詩：“野蠶自成繭，繰絡爲山紬；此物產何許，萊夷負海州。”

姓。《通志‧氏族略二》：“萊氏，今登州黃縣東南二十五里有故黃城，是萊子國，襄六年，齊滅之，子孫以國爲氏。晉有大夫萊駒，漢有萊章。”

荔 0630 𦵢 艸也；似蒲而小，根可作㕞。从艸，劦聲。郎計切（lì ㄌㄧˋ）。

【譯白】荔，一種草本植物的名稱；長得像蒲草但比蒲草小，根可以用來製作刷子。是依從艸做形旁，以劦爲聲旁構造而成的形聲字。

【述義】草名，即"馬藺"；又名"馬荔"、"馬薤（薤）"、"蠡實"。鳶尾科多年生草本；鬚根長而堅硬，葉條形，堅韌；葉可造紙，根製刷子，種子藥用。《禮記‧月令》："（仲冬之月）芸始生，荔挺出。"鄭玄注："荔挺，馬薤也。"《呂氏春秋‧仲冬紀》："芸始生，荔挺出。"高誘注："荔，馬荔。"《廣雅‧釋草》："馬薤，荔也。"王念孫疏證："蠡、藺、荔，一聲之轉，故張氏注《子虛賦》謂之馬荔，馬荔猶言馬藺也。荔，葉似薤而大，則馬薤之所以名也。"《漢書‧司馬相如傳上》："其高燥則生葴菥苞荔，薛莎青薠。"顏師古注："張揖曰：'荔荔，馬荔。'馬荔，今之馬藺也。"《逸周書‧時訓》："荔挺不生，卿士專權。"北齊、顏之推《顏氏家訓‧書證》："荔挺不出，則國多火災。"

薜荔的省稱。清、納蘭性德《東風第一枝‧桃花》詞："倚荔牆牽惹游絲，昨夜絳樓難辨。"又《水龍吟‧再送蓀友南還》詞："愁對西軒，荔牆葉暗，黃昏風雨。"按：薜荔即木蓮、木饅頭，常綠藤本，蔓生，葉橢圓形，花極小，隱于花托內；果實富膠汁，可製涼粉，有解暑作用。《楚辭‧離騷》："擥禾根以結茝兮，貫薜荔之落蘂。"王逸注："薜荔，香艸也，緣木而生蘂實也。"唐、宋之問《早發始興江口至虛氏村作》詩："薜荔搖青氣，桄榔翳碧苔。"

薜荔，爲梵語 Preta 的譯音，或譯爲"薜荔多"，義爲餓鬼。唐、玄應《一切經音義》卷九："薜荔，蒲細、來計反。此譯言餓鬼也。"《雲笈七籤》卷十："薜荔者，餓鬼名也。"

荔枝：一、果樹名；亦指其果實。《史記‧司馬相如列傳》："隱夫鬱棣，榙樗荔枝，羅乎後宮，列乎北園。"《東觀漢記‧匈奴南單于》："南單于來朝，賜御食及橙橘龍眼荔枝。"晉、嵇含《南方草木狀》卷下："荔枝樹，高五六丈餘，如桂樹，綠葉蓬蓬，冬夏榮茂，青華朱實，實大如雞子，核黃黑似熟蓮，實白如肪，甘而多汁，似安石榴。"唐、杜牧《過華清宮絕句》詩之一："一騎紅塵妃子笑，無人知是荔枝來。"宋、陸游《老學庵筆記》卷三："宣和中，保和殿下種荔枝成實，徽廟手摘以賜燕師王安中。"二、菊名。宋、劉蒙《菊譜》："荔枝，枝紫，出西京，九月中開；千葉紫花，葉卷爲筒，大小相間……俗以爲荔枝者，以其花形正圓故也。"

蒙 0631 𫎇 王女也。从艸，冡聲。莫紅切（méng ㄇㄥˊ）。

【譯白】蒙，又稱爲王女的女蘿草。是依從艸做形旁，以冡爲聲旁構造而成的形聲字。

【述義】蒙，草名，卽菟絲，又名女蘿、王女；爲旋花科一年生纏繞寄生草本植物，莖很細，呈絲狀，黃白色，隨處生有吸盤，附着在豆科、菊科、藜科等植物上，葉退化，開白色小花，種子入藥。清、錢大昕《十駕齋養新錄·王女》："《釋草》'蒙，王女'注：'蒙卽唐也，女蘿別名。'案：女蘿之大者謂之王女，猶王彗、王芻，魚有王鮪，鳥有王雎也。"《管子·地員》："羣藥安生，薑與桔梗，小辛大蒙。"

六十四卦之一，卦形爲䷃，坎下艮上。《易·蒙》："象曰：蒙，山下有險，險而止，蒙。"孔穎達疏："坎在艮下，是山下有險。艮爲止，坎上遇止，是險而止也。恐進退不可，故蒙昧也。此釋蒙卦之名。"

受、受到、遭受、承接。《易·明夷》："內文明而外柔順，以蒙大難。"唐、陸德明《經典釋文》："蒙，猶遭也。"《漢書·孫寶傳上書》："樞機近臣，蒙受冤譖，虧損國家，爲謗不小。"《孟子·離婁下》："西子蒙不潔。"漢、陳琳《爲袁紹檄豫州》："羣談者受顯誅，腹議者蒙隱戮。"《後漢書·西羌傳論》："被羽前登，身當百死之陳，蒙沒冰雪，經履千折之道，始殄西種，卒定東寇。"《元史·河渠志》："黃河決溢，千里蒙害。"《水滸全傳》第二十四回："旣蒙差遣，只得便去。"

迎着、冒着、頂着。《左傳·襄公十四年》："乃祖吾離被苫蓋，蒙荊棘以來歸我先君。"杜預注："蒙，冒也。"《韓非子·孤憤》："故法術之士安能蒙死亡而進其說？"《漢書·鼂錯傳》："故能使其有衆蒙矢石，赴湯火，視死如生。"顏師古注："蒙，冒犯也。"唐、元稹《報雨九龍神文》："刺史稹以二從事蒙受塵露，百里詣龍，爲七邑民赴訴不雨。”清、王士禛《四州鄉錄序》：“蒙宿霧，陵迅湍。”

幼稚、幼小貌。《易·序卦》：“物生必蒙……蒙者蒙也，物之稺也。”李鼎祚集解引鄭玄曰：“蒙，幼小之貌，齊人謂萌爲蒙也。”又《蒙》：“匪我求童蒙，童蒙求我。”漢、班固《幽通賦》：“咨孤蒙之眇眇兮，將玭絕而罔階。”注：“曹大家曰：蒙，童蒙也……言己孤生童微。”《資治通鑑·宋文帝元嘉六年》：“嗣子幼蒙。”胡三省注引唐、陸德明曰：“蒙，稚也。”清、紀昀《閱微草堂筆記·槐西雜志三》：“一老儒訓蒙鄉塾。”

陰暗；天色昏暗。《書·洪範》：“乃命卜筮，曰雨，曰霽，曰蒙，曰驛，曰克，曰貞，曰悔，凡七卜。”孔傳：“蒙，陰闇。”《左傳·僖公九年》：“王曰小童。”唐、孔穎達疏：“蒙謂闇昧也，幼童於事多闇昧，是以謂之童蒙焉。”《漢書·揚雄傳上》：“霧集蒙合兮。”顏師古注：“霧，地氣發也；蒙，天氣下也；如霧之集，如蒙之合也。”《後漢書·郎顗傳》：“而自從入歲，常有蒙氣，月不舒光，日不宣曜。”《宋史·五行志一下》：“淳熙六年十一月乙丑，晝蒙。”

通“矇”，眼失明。《白氏六帖·瞽宗第七》引《詩》：“蒙瞍奏公。”按：今《詩·大雅·靈臺》作“矇瞍奏公，鼉鼓逢逢”。唐、劉禹錫《贈眼醫婆羅門僧》詩：“師有金篦術，如何爲發蒙。”

愚昧、無知。《易·蒙》：“匪我求童蒙，童蒙求我。”孔穎達疏：“蒙者，微昧闇弱之名。”《戰國策·韓策一》：“韓氏之兵非削弱也，民非蒙愚也。”《素問·舉痛論》：“令驗于已而發蒙解惑，可得而聞乎？”《雲笈七籤》卷十三：“不學不知謂之蒙。”清、王夫之《張子正蒙注·序論》：“蒙者，知之始也。”

“蒙昧”一詞：一謂昏昧、愚昧。《晉書·阮種傳》：“臣誠蒙昧，所以爲罪。”唐、羅隱《讒書·市賦》：“始先生以踦屨之譏革寡人之非，今先生以交易進退袪寡人之蒙昧。”元、劉壎《隱居通議·理學一》：“兒童初學，蒙昧未開，故蕾然無知。”孫中山《興中會宣言》：“下則蒙昧無知，鮮能遠慮。”二、猶朦朧、迷糊。唐、孟郊《臥病》詩：“倦寢意蒙昧，強言聲幽柔。”

覆蓋。《方言》卷十二：“蒙，覆也。”《詩·鄘風·君子偕老》：

“蒙彼縐絺，是紲袢也。”《左傳·昭公十三年》：“晉人執季孫意如，以幕蒙之，使狄人守之。”唐、杜甫《諸將五首》詩之一：“昨日玉魚蒙葬地，早時金碗出人間。”金、董解元《西廂記諸宮調》卷一：“亂紅滿地任風吹，飛絮蒙空有誰主？”清、顧祖禹《讀史方輿紀要·河南五·歸德府》：“霧山在（光山）縣西七十里，高插雲漢，雖甚晴朗，嘗有雲霧蒙其上。”

雜色。《詩·秦風·小戎》：“蒙伐有苑，虎韔鏤膺。”毛傳：“蒙，討羽也。”鄭玄箋：“蒙，厖也；討，雜也；畫雜羽之文於伐，故曰厖伐。”

“蒙戎、蒙茸”，俱謂蓬鬆、雜亂。《詩·邶風·旄丘》：“狐裘蒙戎，匪車不東。”毛傳：“蒙戎，以言亂也。”唐、羊士諤《齋中有獸皮茵偶成詠》：“山澤生異姿，蒙戎蔚佳色。”唐、杜枚《感懷》詩：“流品極蒙茸，網歲漸離弛。”明、朱鼎《玉鏡臺記·拘溫家屬》：“媳婦，只今天氣將寒，邊城久役，狐裘蒙戎，如何是好。”清、黃遵憲《赤穗四十七義士歌》：“同官臭味殊薰蕕，一國蒙戎如狐裘。”

隱瞞、欺騙。《左傳·僖公二十四年》：“下義其罪，上賞其姦，上下相蒙，難與處矣。”又《昭公二十七年》：“鄢氏、費氏自以為王，專禍楚國，弱寡王室，蒙王與令尹以自利也。”杜預注：“蒙，欺也。”唐、杜甫《歲晏行》詩：“刻泥爲之最易得，好惡不合長相蒙。”唐、古之奇《秦人謠》詩：“上下一相蒙，馬鹿遂顛倒。”宋、陳亮《送吳允成運幹序》：“相蒙相欺，以盡廢天下實。”《中國現在》楔子：“中國上下相蒙，內外隔絕。”

戴，披戴。《左傳·僖公二十八年》：“胥臣蒙馬以虎皮，先犯陳蔡。”《國語·晉語六》：“以寡君之靈，間蒙甲冑。”韋昭注：“蒙，被也。”《楚辭·劉向〈九歎·憂苦〉》：“韓信蒙於介冑兮，行夫將而攻城。”王逸注：“言使韓信猛將被鎧、兜鍪守於屯陣。”

冒着。《韓非子·孤憤》：“故法術之士安能蒙死亡而進其說？”《漢書·鼂錯傳》：“故能使其衆蒙矢石，赴湯火，視死如生。”顏師古注：“蒙，冒犯也。”清、王士禎《四川鄉試錄序》：“蒙宿霧，陵迅湍。”

假冒。《史記·魏其武安侯列傳》：“夫父張孟，嘗爲潁陰侯嬰舍人。得幸，因進之，至二千石，故蒙灌氏姓，爲灌孟。”顏師古注：“蒙，冒也。”

關連、承接、符合。《隸續・駰氏二鏡銘》洪适釋：“此銘‘鏡’省其‘金’，與《妻壽碑》省‘爵’爲‘时’、《楊孟文碑》省‘斜’爲‘余’同，非蒙上下文也。”金、王若虛《史記辨惑七》：“前後凡用八鳴鏑字，據文勢相蒙，其餘可盡去也。”《徐霞客遊記・附編・永昌志略》：“如瀾滄江在永昌，而瀾滄衛在北勝，各不相蒙。”明、沈德符《萬曆野獲編・王子龍》：“地里不相蒙，年貌不相對。”清、汪中《述學・老子孝異》：“然則老萊子之稱老子也舊矣，實則三人不相蒙也。”

雲氣。《漢書・揚雄傳上》：“翕赫召霍，霧集蒙合兮。”顏師古注：“蒙，天氣下也。”

茂盛。三國、魏、曹植《封二子爲鄉公謝恩章》：“旣榮本榦，枝葉并蒙。”蒙茸，卽蔥蘢，謂草木青翠而茂盛。唐、羅鄴《芳草》詩：“廢苑牆南殘雨中，似袍顏色正蒙茸。”《古今小說・吳保安棄家贖友》：“只見萬山疊翠，草木蒙茸，正不知那一條是去路。”清、魏際瑞《諸葛公墓》詩：“定軍山下柏蒙茸，曠古精誠在此中。”亦指蔥蘢叢生的草木。宋、蘇軾《後赤壁賦》：“履巉巖，披蒙茸。”清、龔自珍《庚子雅詞・江城子》：“假山修竹隱蒙茸。”

通“厖”。朱駿聲《說文通訓定聲・豐部》：“又爲厖。”《荀子・榮辱》：“爲下國駿蒙。”楊倞注：“蒙讀爲厖，厚也。今《詩》作‘駿厖’。”王先謙集解：“厖作蒙，《魯詩》也。《方言》：‘秦晉之間，凡大貌謂之朦，或謂之厖。’明厖、蒙聲近通用。”《呂氏春秋・知度》：“蒙厚純樸，以事其上。”俞樾《諸子平議・呂氏春秋二》：“蒙與厚同義。”蒙厚，謂忠厚。

通“萌”；萌生。朱駿聲《說文通訓定聲・豐部》：“又爲萌……萌、蒙雙聲。”《易・序卦》：“物生必蒙，故受之以蒙。蒙者，蒙也，物之穉也。”引申爲開始、開端。清、陳廷焯《白雨齋詞話》卷七：“《河傳》一調，最難合拍，飛卿振其蒙，五代而後，便成絕響。”

通“夢”。《敦煌變文集・王昭君變文》：“不應玉塞朝雲斷，直爲金河夜蒙連。”又《廬山遠公話》：“遠公蒙中驚覺。”蔣禮鴻《敦煌變文字義通釋·〈敦煌變文集〉校記錄略》：“‘蒙’通作‘夢’。”

敬詞，受到，如承蒙。《後漢書·班超傳》：“臣超區區，特蒙神靈。”晉、李密《陳情表》：“尋蒙國恩，除臣洗馬。”宋、王安石《答司馬諫議書》：“昨日蒙教……終必不蒙見察。”《儒林外史》第二五回：“蒙太老爺擡舉。”

自稱謙詞，猶“愚”。《文選·張衡〈西京賦〉》：“蒙竊惑焉。”李善注：“蒙，謙稱也。”又《劉孝標〈廣絕交論〉》：“蒙有猜焉，請辨其惑。”張銑注：“蒙，客自謂也。”唐、柳宗元《答元饒州論政理書》：“蒙之所見，及此而已。”宋、王安石《送李著作之官高郵序》：“此蒙之所以高君也。”嚴復《論世變之亟》：“自蒙觀之。”

古地名。一、在今山東省蒙陰縣境。《左傳·哀公十七年》：“公會齊侯，盟于蒙。”杜預注：“蒙在東莞蒙陰縣西，故蒙陰城也。”二、春秋、宋、蒙澤，漢置蒙縣；治所在今河南省商丘市東北。《史記·老子韓非列傳》：“莊子者，蒙人也，名周。”

山名。一、在今山東省蒙陰縣西南，延袤百餘里，西南接費縣界。《書·禹貢》：“淮沂其乂，蒙羽其藝。”《漢書·地理志上》“泰山郡蒙陰縣”注：“《禹貢》蒙山在西南。”二、在今四川省名山縣西。所產茶稱蒙頂茶。《書·禹貢》：“蔡，蒙旅平，和夷厎績。”

姓。《通志·氏族略三》：“蒙氏，《風俗通》：‘東蒙主以蒙山爲氏，秦有將軍蒙驁，生武，武生恬，皆仕秦。’”

疊字雙音“蒙蒙”形況：一、模糊不清貌。《楚辭·九辨》：“願皓日之顯行兮，雲蒙蒙而蔽之。”宋、蘇軾《大別方丈銘》：“閉目而視，目之所見，冥冥蒙蒙。”二、萌生之貌。《大戴禮記·夏小正》：“隕麇角。隕，墜也。日冬至，陽氣至始動，諸向生皆蒙蒙符矣。”孔廣森補注：“蒙蒙，萌生之貌。”三、蒙昧貌。漢、劉向《說苑·雜言》：“子居艘楫之間，則吾不如子；至於安國家，全社稷，子之比我，蒙蒙如未視之狗耳。”晉、葛洪《抱朴子·明本》：“吾非生而知之，又非少而信之，始者蒙蒙，亦如子耳。”清、錢謙益《哭何季穆》詩：“戞戞上竿魚，蒙蒙喪家狗。”四、盛貌。漢、東方朔《七諫·自悲》：“微霜降之蒙蒙。”王逸注：“蒙蒙，盛貌。”唐、蕭穎士《江有楓》：“江有楓，其葉蒙蒙。”明、王世貞《贈梁公實謝病歸》詩："桂樹宛宛山日深，松花蒙蒙白雲冷。"五、細雨迷蒙貌。明、王韋《閣試春陰》詩："苔花蒼潤上簾櫳，蒙蒙經雨還未雨。"

蒙又讀měng ㄇㄥˇ，《集韻》母揔切，上董明。一、莑蒙，也作"薧蒙"，飛揚貌。《集韻·董韻》："蒙，莑蒙，飛揚皃。"《漢書·司馬相如傳》："糾蓼叫奡踏以膠路兮，薧蒙踴躍騰而狂趡。"顏師古注引張揖曰："薧蒙，飛揚也。"二、蒙古的簡稱。

蒙又讀mēng ㄇㄥ。一、昏迷。如：眼發黑，頭發蒙；他被絆倒，一下摔蒙了。二、猜測。如：別瞎蒙，這回叫你蒙對了。

藻（薻）0632　薻　水艸也。从艸，从水，巢聲。《詩》曰："于以采藻？" 薻，藻或从澡。子皓切（zǎo ㄗㄠˇ）。

【譯白】一種水草的名稱。是分別依從艸，依從水做主、從形旁並峙為義，以巢為聲旁構造而成的會意兼形聲字。《詩·召南·采蘋》說："什麼地方可以採到水藻？"薻，藻的或體字，以澡為聲旁。

【述義】藻，古代專指水藻，今亦泛稱藻類植物。《周禮·春官·巾車》："藻車，藻蔽。"鄭玄注："藻，水草，蒼色。"今本《詩》作"于以采藻"。孔穎達疏引陸璣疏："藻，水草也，生水底，有二種：其一種葉如雞蘇，莖大如箸，長四五尺；其一種葉大如釵股，葉如蓬蒿，謂之聚藻。"《詩·召南·采蘋》："于以菜藻，于彼行潦。"漢、張衡《南都賦》："藻茆菱芡，芙蓉含華。"唐、杜甫《早行》詩："碧藻非不茂，高帆終日征。"宋、蘇軾《記承天寺夜遊》："庭下如積水空明，水中荇藻交橫，蓋竹柏影也。"

附述"璪"諸義：

用五彩絲繩貫玉為帝王冕飾。也作"璪"。《禮記·玉藻》："天子玉藻。"孔穎達疏："藻謂雜采之絲繩，以貫於玉。以玉飾藻，故云玉藻也。"唐、陸德明《經典釋文》："藻，本又作璪。"

墊玉器的彩色板墊。也作"繅"。《禮記·雜記下》："藻三采六等。"鄭玄注："藻，薦玉者也。"孔穎達疏："藻謂以韋衣板以籍玉者。"按：《周禮·春官·典瑞》、《儀禮·聘禮》作"繅"。

文采。戰國、楚、宋玉《神女賦》："被華藻之可好兮，若翡翠之奮飛。"引申為美好。南朝、宋、鮑照《吳興黃浦亭庾中郎別》詩："溫念絲不渝，藻志遠存追。"

華采、華美。段玉裁《說文解字注》：“藻，《禮經》華采之字，古文用繅，今文用藻、璪。”《文選·張衡〈思玄賦〉》：“昭綵藻與琱瑑兮，墏聲遠而彌長。”李善注引舊注曰：“綵，文綵也。藻，華藻也。”三國、魏、曹植《七啟》：“步光之劍，華藻繁縟，飾以文犀，雕以翠綠，綴以驪龍之珠，錯以荊山之玉。”唐、韋應物《送劉評事》詩：“聲華滿京洛，藻翰發陽春。”

辭藻、文章，指華麗的文辭。《漢書·敍傳上》：“雖馳辯如濤波，摛藻如春華，猶無益於殿最。”顏師古注：“藻，文辭也。”晉、陸璣《文賦》：“遊文章之林府，嘉麗藻之彬彬。”晉、潘岳《爲賈謐作贈陸機》詩：“曜藻崇正，玄冕丹裳。”清、朱錫《幽夢續影》：“讀古碑宜遲，遲則古藻徐呈。”

修飾。《三國志·吳志·劉繇傳評》：“劉繇藻厲名行，好尚臧否。”晉、張華《女史箴》：“斧之藻之，克念作聖。”《晉書·嵇康傳》：“美詞氣，有風儀，而土木形骸，不自藻飾，人以爲龍章鳳姿，天質自然。”引申爲修養。《後漢書·方術傳論上》：“陶摺紳，藻心性。”

古代帝王皇冠上繫玉的五彩絲繩。《禮記·玉藻》：“天子玉藻，十有二旒。”孔穎達疏：“藻謂雜采之絲繩以貫於玉。”

古代官員衣服上所繡作爲標誌用的水藻圖紋。唐、楊衡《廣州石門寺重送李尚赴朝時兼宗正卿》詩：“藻變朝天服，珠懷委地言。”

品藻、品評，鑒定的意思。宋、王讜《唐語林·文學》：“藻別人物，知其鄉中賢愚出處。”《漢書·揚雄傳下》：“爰及名將尊卑之條，稱述品藻。”顏師古注：“品藻者，定其差品及文質。”唐、劉知幾《史通·雜說上》：“如班氏之《古今人表》者，唯以品藻賢愚，激揚善惡爲務爾。”宋、梅堯臣《次答黃介夫七十韻》詩：“好論古今詩，品藻笑鍾嶸。”章炳麟《論式》：“人自以爲楊鑼，家相譽以潘陸。何品藻之容易乎？”

姓。《萬姓統譜·皓韻》：“藻，見《姓苑》。”

菉 0633 𦽅　王芻也。从艸，彔聲。《詩》曰：“菉竹猗猗。”力玉切（lù ㄌㄨˋ）。

【譯白】菉，又名王芻的草本植物。是依從艸做形旁，以彔爲聲旁構造而成的形聲字。《詩·衛風·淇奧》說：“菉草和扁竹柔弱招展着茂盛的樣子。”

【述義】菉、王芻，卽蓋草，是禾本科一年生細柔草本植物，高一、二尺，葉片卵狀披針形，近似竹葉，生草坡或陰濕地，作牧草，莖葉藥用，汁液可作黃色染料。《爾雅·釋草》：“菉，王芻。”郭璞注：“菉蓐也，今呼鴟腳莎。”宋、唐愼微《政和本草·草部·蓋草》引《唐本草》：“此草葉似竹而細薄，莖亦圓小，生平澤溪澗之側；荊、襄人煮以染黃，色極鮮好；洗瘡有效；俗名菉蓐草，《爾雅》云所謂王芻者也。”《楚辭·離騷》：“薋菉葹以盈室兮，判獨立而不服。”王逸注：“菉，王芻也。”又《招魂》：“菉蘋齊葉兮，白芷生些。”南朝、齊、謝朓《治宅》：“風碎池中荷，霜翦江南菉。”唐、喬知之《定情篇》：“敍言情未盡，採菉已盈筐。”參見前面“蓋“條。

　　通“錄”，收錄。清、朱駿聲《說文通訓定聲·需部》：“菉，叚借爲錄。”《逸周書·王會》：“堂下之東面，郭叔掌爲天子菉幣焉。”孔晁注：“菉，錄諸侯之幣也。”清、黃宗羲《先師〈蕺山先生文集〉序》：“此如成周王會，赤奕陰羽，菉幣獻書，而使三家學究，定其綿蕞耳。”

蕜 0634 𧆘　艸也。从艸，曹聲。昨牢切（cáo ㄘㄠˊ）。

【譯白】蕜，一種草本植物的名稱。是依從艸做形旁，以曹爲聲旁構造而成的形聲字。

【述義】闕。

藚 0635 䒋　艸也。从艸，卤聲。以周切（yóu ㄧㄡˊ）。

【譯白】藚，一種草本植物的名稱。是依從艸做形旁，以卤爲聲旁構造而成的形聲字。

【述義】同“蕕”，水草名。桂馥《說文解字義證》：“僖四年《左傳》：‘一薰一蕕，十年尚猶有臭。’當作此。”參見前面“蕕”條。

蒊 0636 𦿉　艸也。从艸，沼聲。昨焦切（qiáo ㄑㄧㄠˊ）。

【譯白】蒊，一種草本植物的名稱。是依從艸做形旁，以沼爲聲旁構造而成的形聲字。

【述義】草名。朱駿聲《說文通訓定聲·小部》：“此字疑卽苕之或體，或曰水艸也。”

茗又讀 zhǎo ㄓㄠˇ，《廣韻》之小切，上小章。一、茗子，藥草名。《玉篇・艸部》：“茗，茗子，藥草名。”《廣韻・小韻》：“茗，茗子草。”二、草名。《集韻・小韻》：“茗，艸名，仙茗也。”

菩₀₆₃₇ 𦷟 艸也。从艸，吾聲。《楚詞》有菩蕭艸。吾乎切(wú ㄨˊ)。

【譯白】菩，一種草本植物的名稱。是依從艸做形旁，以吾為聲旁構造而成的形聲字。《楚辭》有說菩草和蕭草。

【述義】草名，似艾。段玉裁《說文解字注》：“按今《楚詞》無菩蕭，惟宋玉《九辯》云：‘白露既下百艸兮，奄離披此梧楸。’梧楸，蓋許所見作菩蕭，正百艸之二者。”《玉篇・艸部》：“菩，草似艾。”

菩又讀 yú ㄩˊ，《集韻》牛居切，平魚疑。同“蕪”。《方言》卷三“蘇亦荏也”晉、郭璞注：“今江東人呼荏為菩；音魚。”《集韻・魚韻》：“蕪，艸名；東人呼荏為蕪；或作菩。”

范₀₆₃₈ 𦵯 艸也。从艸，氾聲。房妥切(fàn ㄈㄢˋ)。

【譯白】范，一種草本植物的名稱，是依從艸做形旁，以氾為聲旁構造而成的形聲字。

【述義】范草，不詳。

昆蟲名，蜂；亦作“蠭”。《集韻・范韻》：“蠭，蟲名。《博雅》：‘蠭也。’通作范。”《禮記・檀弓下》：“范則冠而蟬有緌。”鄭玄注：“范，蜂也。”孔穎達疏：“蜂頭上有物似冠也。”又《內則》：“爵、鷃、蜩、范。”唐、陸德明《經典釋文》：“范，蠭也。蠭，本又作蜂。”五代、羅隱《蟋蟀》詩：“范睡蟬老，冠崚緌好。”

通“軓”，車軾前。《禮記・少儀》：“祭左右軌范，乃飲。”鄭玄注：“軓與范聲同，謂軾前也。”按：注文“軓”誤作“軌”，據《詩・邶風・匏有苦葉》孔疏引文校正。

通“範”、“笵”。一、型范，俗稱模子，是鑄造器物的模型；也指用模型澆鑄。《集韻・范韻》：“笵，通作範、范。”《荀子・彊國》：“刑范正，金錫美，工冶巧，火齊得。”楊倞注：“刑、范，鑄劍規模之器也。”王先謙集解引郝懿行曰：“刑與型同，范與笵同，皆鑄作器物之法也。”又如：銅范、錢范。《禮記・禮運》：“范金合土。”鄭玄注：“范金，鑄作器用。”二、法則、法式、規範。《爾雅・釋詁上》“範，常也”《鶡冠子・王鈇》：“主無異意，民心不徒，與天合則，萬年一范。”唐、陸德明《經典釋文》：“範，字或作范，同。”郝懿行義疏：“刑、範、矩，與法、則同意。”漢、揚雄《太玄·瑩》：“短范之動，成敗之効也。”范望注：“范，法也。”

縣名；漢置，屬東郡，今仍爲縣；原屬山東省，一九六四年劃歸河南省，在河南省東北部，鄰接山東省，南瀕黃河。《孟子·盡心上》：“孟子自范之齊。”趙岐注：“范，齊邑。”

姓。《通志·氏族略三》：“范氏，帝堯裔孫劉累之後，伊祁姓，自虞以上爲陶唐氏，夏爲御龍氏，商爲豕韋氏，周爲唐杜氏，周衰，奔晉，爲范氏。”

芿　₀₆₃₉　𦸗　艸也。从艸，乃聲。如乘切（réng ㄖㄥˊ）。

【譯白】芿，一種草本植物的名稱。是依從艸做形旁，以乃爲聲旁構造而成的形聲字。

【述義】《玉篇·艸部》：“芿，《說文》曰：‘舊草不芟新草又生曰芿。’”《廣韻·蒸韻》：“芿，草名，謂陳根草不芟新草又生，相因芿也。”段玉裁《說文解字注》：“按許謂芿爲艸名也。《廣韻》云：‘陳根艸不芟，新艸又生，相因仍。’所謂燒火芿，此別一義；其字亦作𦷎。《列子》‘趙襄子狩於中山，藉𦷎燔林’是也。今《玉篇》以舊艸不芟，新艸又生係之《說文》，此孫強、陳彭年輩之虞也。”晉、張華《博物志》卷五：“趙襄子率徒十萬狩於中山，藉芿燔林，扇赫百里。”《新唐書·裴延齡傳》：“京右偏故有藿葦地數頃，延齡妄言：‘長安、咸陽間，得陂芿數百頃，願以爲內廄牧地，水甘草薦與苑廄等。’”

芿又讀 rèng ㄖㄥˋ，《集韻》如證切；去證日。同“𦷎”。一、割後再生的新草。《集韻·證韻》：“𦷎，艸芟故生新曰𦷎。亦省。”《逸周書·商誓》：“爾百姓獻民，其有綴芿。”孔晁注：“綴芿，謂若絲之絕而更續，草之刈而更生也。”二、泛指亂草。《集韻·證韻》：“𦷎，草木不翦。亦省。”清、厲鶚《揚州新構梅花書院紀事》詩：“榛芿誰翦薙，堂廡忽崢嶸。”

芿又讀nǎi ㄋㄞˇ。芋芿，又作“芋奶”，古代亦稱“蹲鴟”，俗謂“芋頭”；爲天南星科多年生作一年栽培草本植物，葉片呈盾形綠色，葉柄肥大而長，可作豬飼料；地下塊莖呈球形或卵形，富含澱粉，可供食用；芋芀之塊莖或芋芀塊莖之大者，亦謂芋芀。清、俞樾《茶香室續鈔・芋母》："國朝施可齋《閩襍記》云：'閩人稱芋大者曰芋母，小者爲芋子。'……吾鄉稱爲芋芀，當爲芋奶之誤，奶卽嬭字，俗稱母爲奶，芋奶亦猶母子之義。因芋字從草，并改奶作芀耳。"

蓝 0640 　艸也。从艸，血聲，呼決切（xuè ㄒㄩㄝˋ）。

【譯白】蓝，一種草本植物的名稱。是依從艸做形旁，以血爲聲旁所構造而成的形聲字。

【述義】《玉篇・艸部》："蓝，草名。"《集韻・屑韻》："蓝，地蓝，蒨也。"桂馥《說文解字義證》："《類篇》：'蓝，地血，蒨也。'馥案：《本草》：'茜，一名地血。'"蒨，卽茜草，根可作絳色染料，參見前"蒨"條。

　　草貌。《廣韻・屑韻》："蓝，草兒。"

萄 0641 　艸也。从艸，匋聲。徒刀切（táo ㄊㄠˊ）。

【譯白】萄，一種草本植物的名稱。是依從艸做形旁，以匋爲聲旁所構造而成的形聲字。

【述義】草名。唐、韓愈、孟郊《城南聯句》詩："湖嵌費攜擎，萄苜從大漠。"

　　葡萄，亦作"蒲陶"、"蒲萄"、"蒲桃"。《玉篇・艸部》："萄，蒲萄也。"謂落葉藤本植物，葉掌狀分裂，花序呈圓錐形，開黃綠色小花，漿果多爲圓形和橢圓形，色澤隨品種而異，有黑、紅、紫、黃或綠色；是常見的水果，可供釀酒；亦指此植物的果實；原產歐洲、亞洲西部和非洲北部，漢、張騫從西域大宛（約在今烏茲別克斯坦的費爾幹納盆地）傳入。《漢書・西域傳上・大宛國》："漢使采蒲陶、目宿種歸。"南朝、梁、何思澄《南苑逢美人》詩："風卷蒲萄帶，日照石榴裙。"唐、李頎《古從軍行》詩："年年戰骨埋荒外，空見蒲桃入漢家。"明、李時珍《本草綱目・果五・葡萄》："葡萄……可以造酒……《漢書》言張騫使西域還，始得此種，而《神農本草》已有葡萄，則漢前隴西舊有，但未入關耳。"

　　葡萄，亦指葡萄酒。晉、陸機《飲酒樂》詩："蒲萄四時芳醇，瑠璃千鍾舊賓。"北周、庾信《燕歌行》詩："蒲桃一杯千日醉，無

事九轉學神仙。"宋、蘇軾《老饕賦》："引南海之玻黎，酌涼州之
葡萄。"清、曹寅《赴淮舟行雜詩》之六："綠煙飛蛺蝶，金斗泛葡
萄。"清、費錫璜《吳姬勸酒》詩："吳姬十五髮鬖鬖，玉椀蒲桃勸
客酤。"

芑 0642 　芑　白苗嘉穀也。从艸，己聲。驅里切（qǐ ㄑㄧˇ）。

【譯白】芑，一種白莖的良種穀子。是依從艸做形旁，以己爲聲旁構
造而成的形聲字。

【述義】一種白莖的良種穀子，卽白粱粟。《爾雅·釋草》："虋，赤
苗；芑，白苗。"郭璞注："虋，今之赤粱粟；芑，今之白粱粟，皆好
穀也。"《詩·大雅·生民》："誕降嘉種：維秬維秠，維穈維芑。"毛
傳："穈，赤苗也；芑，白苗也。"陳奐傳疏："赤苗、白苗，謂禾莖
有赤白二種。"《樂府詩集·郊廟歌辭四·隋秋報稷誡夏》："或襃或
薦，惟虋惟芑。"

　　菜名。《詩·小雅·采芑》："薄言采芑，于彼新田。"毛傳："芑，
菜也。"孔穎達疏引陸璣曰："芑菜，似苦菜也，莖青白色，摘其葉白
汁出，肥可生食，亦可烝爲茹。青州謂之芑。西河雁門芑尤美。"

　　草名。《詩·大雅·文王有聲》："豐水有芑，武王豈不仕。"毛
傳："芑，草也。"按：孔穎達疏以爲芑菜。

　　地黃的別名。宋、唐愼微《政和本草·草部》引陶弘景《名醫別
錄》："乾地黃……一名芐，一名芑。"

　　通"杞"。一、木名，杞柳。《山海經·東山經》："東始之山……
有木焉，其狀如楊而赤理，其汁如血，不實，其名曰芑，可以服馬。"郝
懿行箋疏："李善注《西京賦》引此經作杞，云：'杞如楊，赤理。'
是知杞假借作芑也。經內多此例。"二、枸杞。《山海經·中山經》：
"歷石之山，其木多荊、芑。"

藚 0643 　藚　水舄也。从艸，賣聲。《詩》曰："言采其藚。"
似足切（xù ㄒㄩˋ）。

【譯白】藚，又稱爲水舄的草本植物。是依從艸做形旁，以賣爲聲旁
構造而成的形聲字。《詩·魏風·汾沮洳》說："采得藚草回家。"

【述義】藚，水舄，又名澤瀉、牛脣，澤瀉科多年生草本植物，生沼澤
地，葉橢圓形，開白色小花；塊莖可入藥，爲利尿劑；莖葉作飼料。《爾

雅・釋草》：“薲，水舄。”《詩・魏風・汾沮洳》：“彼汾一曲，言采其薲。”毛傳：“薲，水舄也。”孔穎達疏引陸璣曰：“今澤蔿也，其葉如車前草大，其味亦相似，徐州、廣陵人食之。”

茖 0644 茖 艸也。从艸，冬聲。都宗切（dōng ㄉㄨㄥ）。

【譯白】茖，一種草本植物的名稱。是依從艸做形旁，以冬爲聲旁構造而成的形聲字。

【述義】王筠《說文解字句讀》：“《類篇》引陸詞曰：‘苴茖，冬生。’”《玉篇・艸部》：“茖，草也。”

薔 0645 薔 薔虞，蓼。从艸，嗇聲。所力切（sè ㄙㄜˋ）。

【譯白】薔，全名薔虞的草本植物，又稱爲蓼。是依從艸做形旁，以嗇爲聲旁構造而成的形聲字。

【述義】《爾雅・釋草》：“薔，虞蓼。”郭璞注：“虞蓼，澤蓼。”邢昺疏：“卽蓼之生水澤者也。”又：“薔虞，蓼。”郝懿行義疏：“《內則》烹魚用蓼，取其辛能和味，故《說文》以爲辛菜。”按：係謂水蓼，又名辣蓼，爲蓼科一年生草本植物，生淺水中，味辛辣，可作調料，全株入藥。《急就篇》卷二：“葵韭葱䪥蓼蘇薑。”唐、顏師古注：“蓼有數種：葉長銳而薄，生於水中者曰水蓼。”唐、羅隱《姑蘇城南湖陪曹使君遊》詩：“水蓼花紅稻穗黃，使君蘭棹汎迴塘。”明、李時珍《本草綱目・草五・水蓼》集解引蘇恭曰：“水蓼生下溼水旁；葉似馬蓼，大於家蓼。”

　　草名。《管子・地員》：“山之材，其草兢與薔。”尹知章注：“音嗇，草名。”

　　姓。《潛夫論・志氏姓》：“帝堯之後有薔氏。”

　　薔又讀 qiáng ㄑㄧㄤˊ，《廣韻》在良切，平陽從。薔薇。雷浚《說文外編・俗字・廣韻》：“薔虞，蓼；从艸，嗇聲，所力切。薔蘼，蘠冬也；从艸，牆聲，賤羊切。二字截然不同……薔薇之薔，爲蘠之俗省，適與薔虞之薔相犯，俗字往往有此。”薔薇爲薔薇科落葉灌木，蔓生，莖細硬多刺，羽狀複葉；初夏開花，瓣有單、複之分，色有紅、粉紅、白、黃多種，芬芳美麗，可提製香水，稱爲“薔薇水”、“薔薇露”；爲著名觀賞植物；亦爲其花名之稱。晉、陶潛《問來使》詩：“薔薇葉已抽，秋蘭氣當馥。”南朝、梁、江洪《詠薔薇》詩：

"當戶種薔薇，枝葉太葳蕤。"唐、李白《憶東山》詩："不向東山久，薔薇幾度花。"唐、韓愈《題於賓客莊》詩："榆莢車前蓋地皮，薔薇蘸水筍穿籬。"唐、馮贄《雲仙雜記·大雅之文》："柳宗元得韓愈所寄詩，先以薔薇露灌手，薰玉蕤香後發讀，曰大雅之文，正當如是。"唐、李商隱《題二首後重有戲贈任秀才》："一支紅薔擁翠筠，羅窗不識繞街塵。"宋、張炎《高陽臺·西湖春感》："東風且伴薔薇住，到薔薇，春已堪憐。"清、孫枝蔚《揚州竹枝詞》詩之六："帶露薔薇入夜香，屏開孔雀喜燈光。"南唐、張泌《妝樓記·薔薇水》："周、顯德五年，昆明國獻薔薇水十五瓶，云得自西域，以洒衣，衣敝而香不減。"宋、蔡絛《鐵圍山叢談》卷五："舊說薔薇水乃外國採薔薇花上露水，殆不然，實用白金爲甑，採薔薇花蒸氣成水，則屢採屢蒸，積而爲香，此所以不敗，但異域薔薇花氣馨烈非常，故大食國薔薇水雖貯琉璃缶中，蠟密封其外，然香猶透徹聞數十步，灑著人衣袂，經十數日不歇也。"

苕 0646 〔苕〕 艸也。从艸，召聲。徒聊切（tiáo ㄊㄧㄠˊ）。

【譯白】苕，一種草本植物的名稱。是依從艸做形旁，以召爲聲旁構造而成的形聲字。

【述義】苕，又名陵苕、凌霄、紫葳、俗稱凌霄花；爲紫葳科落葉木質藤本植物，借氣根攀附他物蔓生，羽狀複葉，葉小，卵形，邊緣有鋸齒，花冠漏斗狀鐘形，大而鮮豔，鮮紅色或橘紅色，結蒴果；花、莖、葉都可入藥，花有破血去瘀之效。《爾雅·釋草》："苕，陵苕。"邵晉涵正義："謂之陵苕，所以別於《陳風》之'旨苕'也……《本草》有紫葳，《唐本》注謂之凌霄。蔓生，依大木，久延至顛。"《詩·小雅·苕之華》："苕之華，芸其黃矣。"毛傳："苕，陵苕也，將落則黃。"鄭玄箋："陵苕之華紫赤而繁。"孔穎達疏："如《釋草》之文，則苕華本自有黃有白；將落則黃，是初不黃矣。箋云'陵苕之華紫赤而繁'，陸璣疏亦言其華紫色，蓋就紫色之中有黃紫白紫耳，及其將落，則全變爲黃。"《史記·趙世家》："美人熒熒兮，顏若苕之榮。"裴駰集解引綦毋邃曰："陵苕之草其華紫。"晉、郭璞《遊仙詩》："翡翠戲蘭苕，容色更相鮮。""潛穎怨青陽，陵苕哀素秋。"宋、張鎡《北山早興》詩："啄木聲穿竹，凌霄色映松。"清、李漁

《閑情偶寄・種植・凌霄》："藤花之可敬者，莫若凌霄，然望之如天際眞人，卒急不能招致，是可敬亦可恨也。"清、趙翼《庭前雜詠・凌霄花》詩："偏是陵苕軟無力，附他喬木號凌霄。"

苕菜，又名翹搖，俗稱紅花草、紫雲英，豆科一、二年生草本植物，莖匍匐在地面上，花紫紅色或白色，果實爲莢果，根部有根瘤菌，爲優良的綠肥作物，也作蔬菜和家畜飼料。《詩・陳風・防有鵲巢》："防有鵲巢，卭有旨苕。"孔穎達疏引陸璣疏："苕，苕饒也，幽州人謂之翹饒；蔓生，莖如勞豆而細，葉似蒺藜而青，其莖葉綠色，可生食，如小豆藿也。"

蘆葦的花穗，可以爲帚；本作"芀（見前'芀'條"）。《荀子・勸學》："以羽爲巢，而編之以髮，繫之葦苕。風至苕折，卵破子死。"楊倞注："苕，葦之秀也。"南朝、宋、謝靈運《南樓中望所遲客一首》詩："瑤華未堪折，蘭苕已屢摘。"《晉書・孝友傳・庾袞》："袞乃刈荊苕爲箕箒。"明、郎瑛《七修類稿・詩文類・宋戴遺詩》："況當九春時，一青發新苕。"清、王引之《經義述聞・爾雅下》"葦醜芀"："《豳風・鴟鴞》傳曰：'荼，萑苕也。'則萑葦之秀，皆謂之苕。"喻出類拔萃。五代、徐鍇《說文解字繫傳》："古來亦通謂草木翹秀者爲苕。故江淹云'青苕日夜黃'也。"晉、陸機《文賦》："或苕發穎豎，離衆絕致。"清、王士禛《張爲仁墓表》："刱義學，聚民間子弟苕秀者教之。"

"苕嶢"，高陡貌；遠高貌。三國、魏、曹植《九愁賦》："踐蹊徑之危阻，登苕嶢之高岑。"《文選・張協〈七命〉》："搖刖峻挺，苕邈苕嶢。"呂延濟注："苕邈苕嶢，遠高貌。"晉、潘岳《河陽縣作》詩："洪流何浩蕩，脩芒鬱苕嶢。"

"苕亭"，高峻貌。北魏、酈道元《水經注・灃水》："嵩梁山高峯孤竦，素壁千尋，望之苕亭，有似香爐。"南朝、齊、謝朓《鏡臺》詩："玲瓏類丹檻，苕亭似元闕。"南朝、梁、江淹《謝法曹惠連贈別》詩："泛濫北湖遊，苕亭南樓期。"

水名。一、苕水，在今陝西省境內。《山海經・西山經》："龍首之山，其陽多黃金，其陰多鐵，苕水在焉。東南流注于涇水，其中多美玉。"二、苕溪的簡稱，在浙江省境，有二源，流至吳興匯合，稱爲雪溪。《山海經・南山經》：“浮玉之山……苕水出于其陰，北流注入具區，其中多鮆魚。”唐、靈一《於潛道中呈元八處士》詩：“苕水灘行淺，潛州路漸深……不知天目下，何處是雲林。”《新唐書・隱逸傳・張志和》：“志和曰：願爲浮家泛宅，往來苕、雪間。”又爲吳興縣的別名。明、凌義渠《吳興太守陸公血譜序》：“我苕素稱沃壤，好稼穡。”按苕溪二源：出浙江天目山之南者爲東苕，出天目山之北者爲西苕。兩溪合流，由小梅、大淺兩湖口注入太湖。夾岸多苕，秋後花飄水上如飛雪，故名。唐、羅隱《寄第五尊師》詩：“苕溪煙月久因循，野鶴衣製獨繭綸。”苕溪、雪溪二水在今浙江省湖州市境內；是唐代張志和隱居之地。宋、蘇軾《表忠觀碑》：“天目之山，苕水出焉；龍飛鳳舞，萃於臨安。”又《泛舟城南會者五人》詩：“試選苕溪最深處，仍呼我輩不羈人。”宋、張元幹《賀新郎・寄李伯紀丞相》詞：“喚取謫仙平章看，過苕溪，尚許垂綸否。”明、陳子龍《吳興道中》詩：“鳴榔涉杪秋，苕雪何淹薄。”清、俞樾《春在堂隨筆》卷五：“聊存科名盛事，兼爲苕雪美談也。”

姓。《萬姓統譜・蕭韻》：“苕，見《姓苑》。”

疊字雙音“苕苕”形況：謂高貌、遠貌。《文選・張衡〈西京賦〉》：“千雲霧而上達，狀亭亭以苕苕。”李善注：“亭亭、苕苕，高貌也。”北魏、酈道元《水經注・漸江水》：“山有三嶺，枕帶長江，苕苕孤危，望之若傾。”《文選・謝靈運〈述祖德詩〉之一》：“苕苕歷千載，遙遙播清塵。”劉良注：“苕苕、遙遙，皆遠也。”五代、馮延巳《酒泉子》詞：“苕苕何處寄相思。”

方言，讀sháo ㄕㄠ：一、稱甘薯爲“紅心苕”、“紅苕”。二、稱小而細長的甘薯或蘿蔔爲“紅芋苕”、“蘿蔔苕”。三、形容土氣、俗氣；如：一身很苕的衣服；穿得苕里苕氣。四、形容笨、傻；如：苕人一個。五、傻子稱爲“苕”。六、苕搞，是說隨意亂來。七、形容說話做事不知高低深淺，多指女的；如：太苕了、苕婆娘。

蓀 0647　〔蓀〕　艸也。从艸，孫聲。莫厚切（mào ㄇㄠ）。

【譯白】蓀，一種草本植物的名稱，是依從艸做形旁，以孫爲聲旁構造而成的形聲字。

【述義】闕。

萺 0648　𦵷　艸也。从艸，冒聲。莫報切（mào ㄇㄠˋ）。

【譯白】萺，一種草本植物的名稱。是依從艸做形旁，以冒爲聲旁構造而成的形聲字。

【述義】草名；不詳。

　　　草覆地貌。《正字通》："萺，艸覆地貌。"

　　　萺又讀 mù ㄇㄨˋ，《廣韻》莫六切，入屋明。萺蓿，也作"苜蓿"，草名。《廣韻・屋韻》："萺，萺蓿菜。"《廣韻・屋韻》："苜，苜蓿，艸名。或从冒。"按：苜蓿爲古大宛語 buksuk 的音譯，豆科一或多年生草本植物，原產西域各國，漢武帝時，張騫出使西域，始從大宛（約在今烏茲別克斯坦的費爾干納盆地）傳入中國，又稱爲"懷風草"、"光風草"、"連枝草"；葉互生，複葉由三片小葉構成，花有紫、黃兩色，莢果旋螺形，根系強大，喜溫暖，耐旱，爲重要牧草和綠肥兼作物；最初傳入中國者爲紫色花種。《史記・大宛列傳》："俗嗜酒，馬嗜苜蓿。漢使取其實來，於是天子始種苜蓿、蒲陶肥饒地。及天馬多，外國使來衆，則離宮別觀旁盡種蒲萄、苜蓿極望。"唐、王維《送劉司直赴安西》詩："苜蓿隨天馬，蒲桃逐漢臣。"也單用。唐、韓愈、孟郊等《城南聯句》詩："萄苜從大漠，楓櫨至南荊。"明、姚士粦《見只編》卷中："海鹽翁學訓嚴之，壽昌人；爲人嚴正，而接士寬厚；官貧齋冷，苜蓿自甘，未嘗與寒生計束修已上。"又因馬嗜苜蓿，故亦用作馬的代稱。明、夏完淳《大哀賦》："嘶風則苜蓿千羣，臥野則駒騄萬帳。"

茆（茆）0649　𦱤　鳧葵也。从艸，夘聲。《詩》曰："言采其茆。"力久切（liǔ ㄌㄧㄡˇ）。

【譯白】茆，又稱爲鳧葵的草本植物。是依從艸做形旁，以夘爲聲旁構造而成的形聲字。《詩・魯頌・泮水》說："婦女們來采茆菜（蓴菜）。"

【述義】茆、鳧葵，又名水葵，即蓴菜，俗作蒓菜，爲睡蓮科多年生水生草本植物，嫩葉可食，爲中國名菜；詳見前面"蓴"條。《詩・魯頌・泮水》："思樂泮水，薄采其茆。"毛傳："茆，鳧葵也。"孔穎達疏："茆，江南人謂之蓴菜，或謂之水葵。"唐、陸德明《經典釋文》："鄭小同云：'江南人名之蓴菜，生陂澤中。'"《周禮・

天官・醢人》：“菁菹，鹿臡；茆菹，麇臡。”鄭玄注：“茆，鳬葵也。”《文選・張衡〈南都賦〉》：“其草則薦、苧、蘋、莞，蔣、蒲、蒹、葭，藻、茆、菱、芡，芙蓉含華。從風發榮，斐披芬葩。”李善注引《爾雅》：“茆，鳬葵。”唐、王勃《釋迦如來成道記》：“浴其身入蓮河……受吉祥之茆草。”

　　草叢生，形容茂盛。《玉篇・艸部》：“茆，茂盛皃。”《集韻・晧韻》：“茆，草叢生也。”《漢書・律曆志上》：“故孳萌於子，紐牙於丑，引達於寅，冒茆於卯。”顏師古注：“茆謂叢生也。”

　　藥草名，即女菀。宋、唐慎微《政和本草・草部》引陶弘景《名醫別錄》：“（女菀）一名白菀，一名織女菀，一名茆，生漢中川谷或山陽。”

　　通“茅”，茅草；如：白茆、茆社、茆苫、茆舍、茆茨。《韓非子・外儲說右上》：“楚國之法，車不得至於茆門。”陳奇猷注：“茆、茅字同。”唐、張籍《送韓侍御歸山》詩：“新結茆廬招隱逸，獨騎驄馬入深山。”《紅樓夢》第十七回：“說着，引衆人步入茆堂，裏面紙窗木榻，富貴氣象一洗皆盡。”

　　姓。《萬姓統譜・巧韻》：“茆，本朝（明）茆永慶，山東人，洪武中陝西僉事。”

茶 0650　﹙篆﹚　苦茶也。从艸，余聲。同都切（tú ㄊㄨˊ）。

【譯白】茶，全名苦茶的草本植物。是依從艸做形旁，以余爲聲旁而構造而成的形聲字。

【述義】徐鉉注：“此即今之茶字。”徐灝《說文解字注箋》：“《爾雅》茶有三物。其一、《釋艸》：‘茶，苦菜。’即《詩》之‘誰謂茶苦’、‘堇茶如飴’也。其一、‘檟、葦，茶。’茅秀也。《詩》‘有女如茶’，《吳語》‘吳王白常白旗白羽之矰，望之如茶’是也。其一、《釋木》：‘檟，苦茶。’即今之茗荈也，俗作茶。”

　　苦菜；爲菊科苦苣菜屬和萵苣植物，亦稱“苦蕒”。春夏間開花，莖空，葉呈鋸形，有白汁，莖葉嫩時均可食，略帶苦味，故名。《爾雅・釋草》：“茶，苦菜。”邢昺疏：“葉似苦苣而細，斷之有白汁。花黃似菊，堪食，但苦耳。”《詩・邶風・谷風》：“誰謂茶苦，其甘如薺。”毛傳：“茶，苦菜。”《禮記・月令》：“（孟夏之月）

王瓜生，苦菜秀。”明、李時珍《本草綱目・菜二・苦菜》：“苦菜，即苦蕒也。家栽者呼爲苦苣，實一物也。”漢、王逸《九思・傷時》：“菫荼茂兮扶疏。”清、曹寅《和孫子魚食薺詩寄二弟》詩之二：“平生餔餟意，未改茹園荼。”

　　茅草、蘆葦之類的白花。《詩・豳風・鴟鴞》：“予手拮据，予所捋荼。”毛傳：“荼，萑苕也。”孔穎達疏：“《七月》傳云：亂爲萑。此爲萑苕，謂亂之秀穗也。《出其東門》箋云：‘荼，茅秀。’然則茅亂之秀相類，故皆名荼也。”《周禮・地官・掌荼》：“掌荼，掌以時聚荼，以共喪事。”鄭玄注：“共喪事者，以著物也。《既夕禮》曰：‘茵著用荼。’”《國語・吳語》：“萬人以爲方陣，皆白裳、白旂、素甲、白羽之矰，望之如荼。”韋昭注：“荼，茅秀也。”

　　茅、蘆之花，色白，因以荼代指白色。《管子・輕重甲》：“荼首之孫。”劉績補注：“荼首，白首也。”《周禮・考工記・鮑人》：“革，欲其荼白，而疾澣之，則堅；欲其柔滑，而腥脂之，則需。”《漢書・禮樂志》：“顏如荼。”顏師古注引應劭曰：“荼，野菅白華也。言此奇麗，白如荼也。”

　　荼味甚苦，因喻苦、苦楚、艱苦、痛苦。《書・湯誥》：“爾萬方百姓，罹其凶害，弗忍荼毒。”孔穎達疏：“《釋草》云：‘荼，苦菜。’此菜味苦，故假之以言人苦；毒，謂螫人之蟲，蛇虺之類，實是人之所苦；故併言荼毒，以喻苦也。”《北齊書・文苑傳・顏之推》：“予一生而三化，備荼苦而蓼辛。”宋、陳亮《祭妻弟何少嘉文》：“此其禍變，豈復吾之始慮耶！以子之生平，亦何以致此荼苦耶！”清、姚鼐《旌表貞節大姊六十壽序》：“遭離荼苦，執德秉節數十年，其亦可謂君子之女，無愧古之尹吉。”

　　荼毒引申爲殘害、毒害；“荼毒生民”、“荼毒生靈”即殘害人民之謂。三國、魏、嵇康《大師箴》：“秦皇荼毒，禍流四海。”宋、周密《癸辛雜識別集下・德祐表詔》：“詔書到日，其即歸附，庶生靈免罹荼毒，宗社不至泯絕。”清、戴名世《贈劉言潔序》：“數十百年以來，天下受講章時文之荼毒，而後之踵之者愈甚，而世益壞。”唐、李華《弔古戰場文》：“秦起長城，竟海爲關，荼毒生民，萬里朱殷。”宋、周密《癸辛雜識別集下・德祐表詔》：“庶免大軍前去，荼毒生靈。"

茶毒又指悲痛。《隋書·越王侗傳》："奉諱之日，五情崩隕，攀號茶毒，不能自勝。"《新唐書·呂才傳》："世之人爲葬巫所欺，忘擗踴茶毒，以期徼幸。"

田間雜草。《詩·周頌·良耜》："其鎛斯趙，以薅茶蓼。"孔穎達疏引王肅曰："茶，陸穢；蓼，水草。"明、宋應星《天工開物·稻工》："凡宿田茵草之類，遇耔而屈折，而稊稗與茶蓼，非足力所可除者，則耘以繼之。"

借。《方言》卷十二："茶，借也。"郭璞注："茶，猶徒也。"《廣雅·釋詁二》："茶，借也。"王念孫疏證："茶蓋賒之借字，賒茶古音相近。"

僭。《廣雅·釋詁二》："茶，僭也。"

用同"塗"，爛泥，比喻苦難。《文選·孫楚〈爲石仲容與孫皓書〉》："豺狼抗爪牙之毒，生人陷茶炭之艱。"李善注："《尚書》曰：'夏有昏德，民墜塗炭。'茶與塗，字通用。"茶炭，比喻極困苦的境地。《魏書·沮渠蒙遜傳》："況在秦隴茶炭之餘，直是老臣盡効之會。"清、魏源《聖武記》卷八："於世無患，與人無爭，而沿海生靈永息茶炭，惟足下圖之。"

茶又讀 chá ㄔㄚˊ，《集韻》直加切，平麻澄，魚部。同"茶"，即許慎本文所說之"苦茶"。按：茶爲山茶科落葉灌木或小喬木，葉薄革質，橢圓狀披針形，有短鋸齒，秋天開白花；中國長江流域及以南各地盛行栽培；日本、尼泊爾、印度、中南半島從中國引種栽培，嫩葉經焙製加工後就是茶葉，可作飲料，子可榨油食用。《爾雅·釋木》："檟，苦茶。"郭璞注："樹小如梔子，冬生葉，可煮作羹飲。今呼早采者爲茶，晚取者爲茗，一名荈，蜀人名之苦茶。"唐、陸德明《經典釋文》："茶，音徒。《埤蒼》作'榎'。案：今蜀人以作飲，音直加反，茗之類。"《集韻·麻韻》："茶、搽、荼，茗也。一曰葭荼。或從木，亦省。"唐、陸羽《茶經·一之源》："茶者，南方之嘉木也。一尺，二尺，迺至數十尺。其名一曰茶，二曰檟，三曰蔎，四曰茗，五曰荈……其字或從草，或從木，或草木并。"原注："從草，當作'茶'，其字出《開元文字音義》；從木，當作'榎'，其字出《本草》；草木並，當作‘荼’，其字出《爾雅》。”唐、白居易《香爐峯下新置草堂詠懷題石》詩：“架巖結茅宇，斷壁開茶園。”唐、李賀《始爲奉禮憶昌谷山居》詩：“土甑封茶葉，山盃鎖竹根。”宋、魏了翁《邛州先茶記》：“茶之始，其字爲荼。如《春秋》書齊荼，《漢志》書荼陵之類，陸、顏諸人雖已轉入茶音，而未敢輕易字文也。若《爾雅》，若《本草》，猶從艸從余，而徐鼎臣訓荼猶曰：‘卽今之茶也。’惟自陸羽《茶經》、盧仝《茶歌》、趙贊《茶禁》以後，則遂易荼爲茶，其字爲艸，爲入，爲木，而謂荼爲茅秀，爲苦菜，終無有命茶爲荼者矣。”宋、范成大《桂海花木志》：“茶葉似梔子，可煮爲飲。”宋、楊萬里《〈頤菴詩稿〉序》：“至于茶也，人病其苦也，然若未旣，而不勝其甘。”明、田藝蘅《留青日禮·七件事》：“茶，木萌也，山中多產，采葉作飲。”清、顧炎武《唐韻正》卷四：“荼，宅加切，古音塗。按：茶荈之荼與荼苦之荼，本是一字。古時未分麻韻，茶荈字亦只讀爲徒。漢、魏以下乃音宅加反，而加字音居何反，猶在歌戈韻，梁以下始有今音。又妄減一畫爲茶字……則此字變於中唐以下也。”

附述“荼”諸另義：

謂用茶葉泡製、烹製、煎製而成的飲料。宋、蘇軾《遊諸佛舍一日飲釅茶七盞·戲書勤師壁》詩：“何須魏帝一丸藥，且盡盧仝七椀茶。”《京本通俗小說·馮玉梅團圓》：“婦人口渴，徐信引到一個茶肆喫茶。”又指某些飲料或煎汁食品。如：杏仁茶、麵茶、麥茶、午茶。

唐時對小女孩的美稱。金、元好問《德華小女五歲能誦余詩數首以此詩爲贈》詩：“牙牙嬌語總堪誇，學念新詩似小茶。”自注：“唐人以茶爲小女美稱。”“茶茶”爲對少女的昵稱。元、李直夫《虎頭牌》第四折：“叔叔嬸子，我茶茶在門外，你開門來。”明、朱有燉《元宮詞》詩之二六：“進得女眞千戶妹，十三嬌小喚茶茶。”

舊時訂婚聘禮的代稱。明、陳耀文《天中記·茶》：“凡種茶樹必下子，移植則不復生，故俗聘婦必以茶爲禮。”明、湯顯祖《牡丹亭·圓駕》：“俺、俺、俺，逗寒食喫了他茶。”明、洪楩刊《清平山堂話本·快嘴李翠蓮記》：“行甚麼財禮？下甚麼茶？”清、孔尚任《桃花扇・媚座》："花花綵轎門前擠，不少欠分毫茶禮。"女子受聘謂"受茶"。《海上花列傳》第一回："耐還有個令妹，也好幾年忽見哉，比耐小幾歲？阿曾受茶？"明媒正娶謂"三茶六禮"；六禮，卽納采、問名、納吉、納徵、請期、親迎六種儀式。清、李漁《蜃中樓・姻阻》："他又不曾有三茶六禮，行到我家來。"

指山茶樹。宋、晁沖之《送惠上人遊閩》詩："春溝水動茶花白，夏谷雲生荔子紅。"亦指茶樹或油茶樹的花。宋、陳與義《初識茶花》詩："青裙玉面初相識，九月茶花滿路開。"

指油茶樹。茶油是油茶實榨取的油，食用、工業用俱可；茶油亦指油茶。明、王世懋《閩部疏》："余始入建安，見山麓間多種茶而稍高大，枝幹槎枒，不類吳中產，問之知爲茶油。"清、陳維崧《蝶戀花・五月詞仍用前韻》詞："五月荊南饒好味，筍脯茶油，都上蛟橋市。"

茶褐色；"茶色"有三義，茶褐色卽其中：一、茶葉的色澤。唐、岑參《暮秋會嚴京兆後廳竹齋》詩："甌香茶色嫩，窗冷竹聲乾。"宋、蔡襄《茶錄・論茶》："茶色貴白，而餅茶多以珍膏油其面，故有青黃紫黑之異。"二、茶褐色。宋、梅堯臣《送良玉上人還昆山》詩："來衣茶色袍，歸變棋色服。"又如：茶色玻璃。三、茶貨的成色、品位。《宋史・食貨志下六》："大觀元年，議提舉茶事司須保驗一路所產茶色高下、價值低昂，而請茶短引以地遠近程以三等之期。"

姓。《萬姓統譜・麻韻》："茶，茶昱，武平人，洪武中洛川縣訓導。"

另、陸羽（公元七三三—八〇四年），唐朝復州竟陵人（今湖北天門縣西北），字鳴漸，或名疾，一字委疵，上元初隱於苕溪（有浙江天目山南北二源），閉門著書，詔拜太子文學，不就；以嗜茶精於茶，著《茶經》三篇，爲關於茶的最早著作，時號"茶仙"，後世民間祀之爲"茶神"。《新唐書・隱逸傳・陸羽》："羽嗜茶，著經三篇，言茶之原、之法、之具尤備，天下益知飲茶矣，時鬻茶者，至陶羽形置煬突間，祀爲茶神。"宋、陸游《八十三吟》詩："桑苧家風君勿笑，它年猶得作茶神。"元、辛文房《唐才子傳・陸羽》："羽嗜茶，造妙理，著《茶經》三卷……時號"茶仙"。

荼又讀 yé ㄧㄝˊ，《集韻》余遮切，平麻以。姓。《漢書·江都易王劉非傳》：“行錢使男子荼恬上書。”吳承仕《經籍舊音辯證》卷五：“按：宋祁所述浙本‘音琅邪’者是也。《地理志》長沙國荼陵，師古曰：‘荼，音弋奢反。’此正與琅邪者之邪同音。蓋人地名物自有此讀。”

荼又讀 shū ㄕㄨ，《集韻》商居切，平魚書；魚部。一、玉板，古代朝會時所執圭一類的瑞玉。《荀子·大略》：“天子御珽，諸侯御荼，大夫服笏，禮也。”楊倞注：“荼，古舒字，玉之上圓下方者也。”《禮記·玉藻》：“天子搢珽，方正於天下也；諸侯荼，前詘後直，讓於天子也。”二、通“舒”。清、朱駿聲《說文通訓定聲·豫部》：“荼，叚借爲舒。”三、徐緩、舒緩。《周禮·考工記·弓人》：“析幹必倫，析角無邪，斲目必荼。”鄭玄注引鄭司農云：“荼讀爲舒；舒，徐也。目，幹節目。”四、春秋時國名。地在今安徽省廬江縣。《詩·魯頌·閟宮》：“戎狄是膺，荊舒是懲。”《史記·建元以來侯者年表》引作“荊荼是徵”。

蘩（繁）0651　　白蒿也。从艸，繁（緐）聲。附袁切（fán ㄈㄢˊ）。

【譯白】蘩，白色的蒿。是依從艸做形旁，以繁（緐）爲聲旁構造而成的形聲字。

【述義】“繁聲”，當依徐鍇《說文解字繫傳》作“緐聲”。

《集韻·元韻》：“蘩，或作繁。”

白蒿，又名艾蒿，俗呼蓬蒿，爲菊科一至二年生草本植物，嫩苗可食；參見後一字“蒿”條。《爾雅·釋草》：“蘩，皤蒿。”郭璞注：“白蒿。”《詩·召南·采蘩》：“于以采蘩，于沼于沚。于以用之，公侯之事。”《左傳·隱公三年》：“蘋蘩蘊藻之菜，筐筥錡釜之器。”孔穎達疏引陸璣曰：“凡艾白色爲皤蒿。今白蒿春始生，及秋，香美，可生食，又可烝。”晉、潘尼《迎大駕》詩：“青松蔭修嶺，綠蘩被廣隰。”唐、李賀《安樂宮》詩：“綠蘩悲水曲，茱萸別秋子。”元、王逢《遊昆山懷舊傷今》詩：“青蘩春薦豆，翠柏寒動桼。”

菟葵，一作菟奚、兔奚，即款冬，又作歀冬、款東，又名顆涷、款涷，爲菊科多年生草本植物，嚴冬開花，葉似葵而大，花黃色，未開放的頭狀花序入藥。《爾雅·釋草》：“蘩，菟葵。”《西京雜記》

卷五：“葶藶死於盛夏，欵冬華於嚴寒。”晉、葛洪《抱朴子·廣譬》：“凝冰慘慄，而不能凋款冬之華。”晉、郭璞《爾雅圖贊·款冬》：“款冬之生，擢穎堅冰。”

蒿 0652 蒿　菣也。从艸，高聲。呼毛切（hāo ㄏㄠ）。

【譯白】蒿，也稱爲“菣”的青蒿。是依從艸做形旁，以高爲聲旁構造而成的形聲字。

【述義】菣即青蒿，爲菊科二年生草本植物，葉互生，細裂如絲，有特殊氣味，又名“香蒿”，嫩者可食，莖葉可入藥。《詩·小雅·鹿鳴》：“呦呦鹿鳴，食野之蒿。”朱熹集傳：“蒿，菣也，即青蒿也。”唐、韓愈《陪杜侍御遊湘西兩寺獨宿有題》詩：“澗蔬煮蒿芹，水果剝菱芡。”宋、蘇軾《送范德孺》詩：“漸覺東風料峭寒，青蒿黃韭試春盤。”明、宋應星《天工開物·神麴》：“凡造神麴所以入藥……造者專用白麵，每百斤入青蒿自然汁，馬蓼（即水蓼）、蒼耳自然汁相混作餅。”附說：神麴，即神麯，中藥名，主治食積、瀉痢等。北魏、賈思勰《齊民要術·造神麴並酒》：“造神麴黍米酒方：細剉麴，燥曝之；麴一斗，水九斗，米三石。須多作者，率以此加之，其甕大小任人耳。”明、李時珍《本草綱目·穀四·神麯》：“昔人用麴，多是造酒之麴，後醫乃造神麴，專以供藥，力更勝之，蓋取諸神聚會之日造之，故得神名。”亦用以釀酒。唐、元稹《飲致用神麴酒三十韻》詩：“七月調神麴，三春釀綠醽。”

泛指菊科蒿屬植物。《爾雅·釋草》：“蘩之醜，秋爲蒿。”郭璞注：“醜，類也；春時各有種名，至秋老成，皆通呼爲蒿。”宋、蘇軾《浣溪沙》詞：“日暖桑麻光似潑，風來蒿艾氣如薰。”

蒿艾，即艾蒿，又名蕭、冰臺，菊科多年生草本植物，葉子分裂成羽狀，有香氣，開黃色花，莖、葉可入藥，性溫味苦，有祛寒除濕、止血、活血及養血的功效；搗乾葉成絨狀物，可作火煤，中醫用來灸病。

蒿艾亦泛指野草。北魏、楊衒之《〈洛陽伽藍記〉序》：“城郭崩毀，宮室傾覆，寺觀灰燼，廟塔丘墟，牆被蒿艾，巷羅荊棘。”《南史·恩倖傳·紀僧眞》：“僧眞夢蒿艾生滿江，驚而白之。”清、方文《窮冬六詠・無薪》："依人斬蒿艾，無處拾柴荊。"又指草野、引申指草野之士。《晉書・皇甫謐傳》："陛下披榛採蘭，并收蒿艾。是以皋陶振褐，不仁者遠。"唐、韓愈《南山有高樹行》詩："汝落蒿艾間，幾時復能飛。"章炳麟《秦獻記》："其窮而在蒿艾，與外吏無朝籍，爛然有文采論籑者，三川有成公生，與黃公同時。"

　　"草"字及野草有泛指草叢、草莽、草野者，被後人用以喻指雜亂、輕微、低賤等義，荒野叢生之"蒿"、"蓬"即其顯例：

　　蒿萊：一、野草、雜草。《韓詩外傳》卷一："原憲居魯，環堵之室，茨以蒿萊。"《後漢書・獨行傳・向栩》："（向栩）及到官，略不視文書，舍中生蒿萊。"唐、杜甫《夏日嘆》詩："萬人尚流冗，舉目惟蒿萊。"二、草野。三國、魏、阮籍《詠懷》詩之三一："戰士食糟糠，賢者處蒿萊。"唐、岑參《送杜佐下第歸陸渾別業》詩："還須及秋賦，莫卽隱蒿萊。"黃侃《效庾子山〈詠懷〉》詩："我本蒿萊人，焉能知治亂？"

　　"蒿廬"，草屋。漢、桓寬《鹽鐵論・毀學》："而包丘子不免於甕牖蒿廬，如潦歲之蛙。"《史記・滑稽列傳褚少孫論》："宮殿中可以避世全身，何必深山之中，蒿廬之下。"

　　蒿蓬：一、蒿和蓬，泛指雜草。晉、陶潛《詠貧士》詩之六："仲蔚愛窮居，遶宅生蒿蓬。"明、劉基《夏夜臺州城中作》詩："良田半作龜兆坼，秔稻日夕成蒿蓬。"清、顧炎武《勞山歌》："古言齊國之富臨淄次卽墨，何以滿目皆蒿蓬。"二、草野。《南史・梁武烈世子方等傳》："生在蒿蓬，死葬溝壑，瓦棺石椁，何以異茲。"金、元好問《光武臺》詩："當年赤帝孫，提劍起蒿蓬。"清、孫枝蔚《旅興》詩之三："寓目增黽勉，慨焉念蒿蓬。"

　　"蒿棘"，蒿草與荊棘，亦泛指野草。南朝、梁、江淹《思北歸賦》："步庭蕪兮多蒿棘，顧左右兮絕親賓。"唐、李約《城南訪裴氏昆秀》詩："村蹊蒿棘間，往往斷新耕。"

　　"蒿箭"，以蓬蒿製作之箭；用以比喻無用而不足惜之物。《三國志・魏志・明帝紀》："新城太守孟達反，詔驃騎將軍司馬宣王討之。"裴松之注引三國、魏、魚豢《魏略》："時衆臣或以爲待之太猥，又不宜委以方任。王聞之曰：'吾保其無他，亦譬以蒿箭射蒿中耳。'"

《北史·源彪傳》：“國家待遇淮南，失之同於蒿箭。”

蒿藜：一、蒿和藜，泛指雜草、野草。唐、杜甫《無家別》詩：“寂寞天寶後，園廬但蒿藜。”清、余懷《〈板橋雜記〉序》：“蒿藜滿眼，樓菅劫灰，美人塵土。”二、謂住蒿萊蓋的房子，吃藜藿做的食物，形容生活貧困。宋、曾鞏《秋懷》詩：“出門榛棘不可行，終歲蒿藜尚難邺。”

蒿莽，草莽、草叢。明、張四維《雙烈記·計定》：“風流江左，曾羨周郎，霸王業俱蒿莽，空勞鐵索沈千丈。”

續述“蒿”義：

氣蒸發貌，通“歊”。朱駿聲《說文通訓定聲·小部》：“蒿，叚借爲歊。”《禮記·祭義》：“其氣發揚于上，爲昭明，焄蒿悽愴，此百物之精也，神之著也。”鄭玄注：“焄謂香臭也，蒿謂氣蒸出貌也。”孔穎達疏：“焄謂香臭也，言百物之氣，或香或臭；蒿謂烝出貌。言此香臭烝而上出，其氣蒿然也。”焄蒿，亦作“蒿焄”，卽謂祭祀時祭品所發出的氣味，後亦用指祭祀。宋、范成大《除夕感懷》詩：“焄蒿奉祠事，苦淚落酒卮。”清、顧炎武《龍門》詩：“入廟焄蒿接，臨流想像存。”宋、蘇軾《黃州再祭文與可文》：“大哉死生，悽愴蒿焄。”

望、遠望，同“睢”。《莊子·駢拇》：“今世之仁人，蒿目而憂世之患。”唐、陸德明《經典釋文》引司馬彪曰：“蒿目，亂也。”成玄英疏：“蒿，目亂也。”俞樾《諸子平議》：“蒿乃睢之叚字。《玉篇·目部》：‘睢，庾鞠切，目明，又望也。’是睢爲望視之貌。仁人之憂天下，必爲之睢然遠望，故曰睢目而憂世之患。睢與蒿，古音相近，故得通用。”“蒿目”，爲極目遠望；“蒿憂”，是爲世事憂慮；“蒿目時艱”，形容對時局關心憂慮不安。宋、王安石《憶金陵》詩之二：“蒿目黃塵憂世事，追思陳迹故難忘。”《明史·職官志一》：“伴食者承意指之不暇，間有賢輔，卒蒿目而不能救。”清、李漁《玉搔頭·分任》：“蒿目爲時憂，年未艾霜雪盈頭。”清、馮桂芬《〈梵隱堂詩存〉序》：“洎爲和尚，袖手局外，蒿目時艱，一腔抑塞幽憤之氣，無所發紓，不覺見之於詩。”《孽海花》第三十回：“（顧肇廷）是雯青的至交，先本是臺灣的臬臺，因蒿目時艱，急流勇退，威毅伯篤念故舊，派了這個清閒的差使。"

通"耗"，消耗、枯竭。朱駿聲《說文通訓定聲‧小部》："蒿，叚借爲耗。"《國語‧楚語上》："若歆民利以成其私欲，使民蒿焉忘其安樂而有遠心，其爲惡也甚矣。"韋昭注："蒿，耗也。"陳瑑翼解："蒿，耗同音，耗義爲虛、爲敗、爲減。"唐、柳宗元《憎王孫文》："山之小草木，必凌挫折挽，使之瘁然後已。故王孫之居山恆蒿然。"

蒿惱，猶打擾、麻煩、騷擾；亦謂懊惱。元、高明《琵琶記‧五娘到京知夫行蹤》："奴家准擬今日抄題得幾文錢，追薦公婆，誰知撞着兩個風子，自來蒿惱人一場。"《清平山堂話本‧花燈轎蓮女成佛記》："婆子在此蒿惱三年，今晚去也。"《醒世恆言‧大樹坡義虎送親》："又且素性慷慨好客，時常引着這夥三朋四友，到家蒿惱，索酒索食。"按《水滸傳》第二回："這廝們大哥，必要來薅惱村坊。"是蒿用同"薅"；薅在方言有"揪"之謂。《金瓶梅詞話》第八九回："（經濟）罵道：'還不與我擡了去，我把花子腿砸折了，把淫婦鬢毛都蒿淨了。'"民國十五年《象山縣志》："懊惱，《說文》悔恨也。邵維詩又作蒿。"

春秋時地名。《穀梁傳‧桓公十五年》："公會齊侯于蒿。"唐、陸德明《經典釋文》："蒿，《左氏》作'艾'，《公羊》作'鄗'。"阮元校勘記："艾蒿同物也，蒿鄗同音也。"

姓。《廣韻‧豪韻》："蒿，姓，出《姓苑》。"

蒿又讀gǎo ㄍㄠ，《集韻》古老切，上晧見。同"稾"，穀類的莖稈。《集韻‧晧韻》："稾，《說文》：'稈也。'或作蒿。"蒿矢，箭的一種，箭稈用禾稈製成，故稱。《後漢書‧儒林傳上‧劉昆》："每春秋饗射，常備列典儀，以素木瓠葉爲俎豆，桑弧蒿矢，以射菟首。"宋、王安石《送董伯懿歸吉州》詩："亦曾戲篇章，揮翰疾蒿矢。"

蓬 0653 𦿉 蒿也。从艸，逢聲。𦿈，籀文，蓬省。薄紅切（péng ㄆㄥˊ）。

【譯白】蓬，和蒿同種類的草本植物。是依從艸做形旁，以逢爲聲旁構造而成的形聲字。𦿈，籀文的蓬字，省去了辵（辶）。

【述義】王筠《說文釋例》卷十五、頁十七："蓬下云'蒿也'。《釋草》疏、《韻會》引皆同。然二物絕異。蒿直莖，其葉如秋華菊，有氣臭，不可食；蓬橫生，葉如鍼，無氣臭，可食。秋後岐枝散亂，其大如斗，根遇風而斷，遍野流走，故黃帝觀之而作車。漢文謂之蓬顆，謂其圓轉也。莊子蓬心，謂其散亂也。《玉篇》亦曰'蒿，草也'。陸農師則曰'草之不理者'。恐前賢畏後生矣。"

蓬，多年生草本植物，葉形似柳葉，邊緣有鋸齒，花外圍白色，中心黃色，秋枯根拔，遇風飛旋，故又名飛蓬。《詩・召南・騶虞》："彼茁者蓬，壹發五豵。"《荀子・勸學》："蓬生麻中，不扶而直；白沙在涅，與之俱黑。"三國、曹操《卻東西門行》："田中有轉蓬，隨風遠飄揚。"唐、杜甫《遣興》詩之二："蓬生非無根，漂蕩隨高風。"清、孫枝蔚《少年行》："豈知樹上花，委地不如蓬與麻。"

引申出"蓬累"、"蓬龍"、"蓬飄"、"蓬轉"、"蓬梗"等詞語；亦喻指"散亂"。

"蓬累"，飛蓬飄轉飛行，比喻人之行蹤無定。《史記・老子韓非列傳》："且君子得其時則駕，不得其時則蓬累而行。"張守節正義："蓬，沙磧上轉蓬也；累，轉行貌也。言君子得明主則駕車而事，不遭時則若蓬轉流移而行，可止則止也。"宋、宋祁《早濟江步》詩："薄宦眞蓬累，歸期問藁砧。"清、黃景仁《濟南病中雜詩》之一："微軀等蓬累，隨處足勾留。"

蓬累又作"蓬蔂"、"蓬纍"。清、曹寅《呼盧歌》詩："谷量牛馬豈能計，蓬蔂英雄多白頭。"清、方文《留別馬倩若兼訂毘陵之遊》詩："歸鴻正是桃夭候，賣犬聊爲蓬纍行。"蓬蔂又是植物名，亦作蓬纍，生丘陵間，藤葉繁衍，蓬蓬累累，故名。可入藥。漢、劉向《列仙傳・昌容》："食蓬蔂根，往來上下見之者二百餘年，而顏色如二十許人。"唐、賈島《逢博陵故人彭兵曹》詩："別後解餐蓬蔂子，向前未識牡丹花。"三國、魏、嵇康《答難養生論》："方回以雲母變化，昌容以蓬纍易顏。"

"蓬龍"，風轉動貌。漢、劉向《九歎・遠逝》："飄風蓬龍，埃坺坺兮。"王逸注："蓬龍，猶蓬轉風貌也。"

“蓬飄”，飛蓬飄蕩，以喻人之流徙無定。三國、魏、曹植《雜詩》之二：“轉蓬離本根，飄飄隨長風。”唐、錢起《送修武元少府》詩：“黎甿久厭蓬飄苦，遲爾西南惠月傳。”宋、蔣捷《行香子·舟宿蘭灣》詞：“紅了櫻桃，綠了芭蕉，送春歸客尚蓬飄。”清、顧炎武《寄張文學弨時淮上有築堤之役》詩：“愁絕無同調，蓬飄久索居。”

“蓬轉”，蓬草隨風飛轉，喻人流離轉徙，四處飄零。晉、葛洪《抱朴子·安貧》：“有樂天先生者，避地蓬轉。”唐、靈一《江行寄張舍人》詩：“客程終日風塵苦，蓬轉還家未有期。”清、孔尚任《桃花扇·題畫》：“地北天南蓬轉，巫雲楚雨絲牽。”蓬草遇風即轉動，蓬轉又比喻事物變化迅速。晉、葛洪《抱朴子·刺驕》：“其或峨然守正，確爾不移，不蓬轉以隨衆，不改雅以入鄭者，人莫能憎而知其善。”唐、呂溫《蕃中拘留歲餘回至隴石先寄城中親故》詩：“蓬轉星霜改，蘭陔色養違。”

“蓬梗”，謂如飛蓬斷梗，飄蕩不定；比喻飄泊流離。唐、姚鵠《隨州獻李侍御》詩之二：“風塵匹馬來千里，蓬梗全家望一身。”明、梅鼎祚《玉合記·義垢》：“蓬梗還逢，喜遂同根之願。”明、楊珽《龍膏記·傳情》：“我蓬梗飄零，難牽郭生之紅線。”

前引《荀子·勸學》之“蓬生麻中”，後用以比喻環境對人的影響。北齊、顏之推《顏氏家訓·風操》：“昔在江南，目能視而見之，耳能聽而聞之，蓬生麻中，不勞翰墨。”

蓬又謂散亂，形容草、鬢髮、絨毛等鬆散雜亂。《詩·衛風·伯兮》：“自伯之東，首如飛蓬。”《山海經·海內經》：“玄狐蓬尾。”漢、揚雄《長楊賦》：“頭蓬不暇梳。”宋、樂雷發《舜祠送桂林友人》詩：“呼酒旗亭兩鬢蓬。”

選列其詞：

“蓬心”，比喻知識淺薄，不能通達事理。《莊子·逍遙遊》：“今子有五石之瓠，何不慮以爲大樽而浮乎江湖，而憂其瓠落無所容？則夫子猶有蓬之心也夫！”成玄英疏：“蓬，草名；拳曲不直也……言惠生既有蓬心，未能直達玄理。”後亦常作自喻淺陋的謙詞。南朝、宋、顏延之《北使洛》詩：“蓬心既已矣，飛薄殊亦然。”唐、獨孤授《運斤賦》：“蒿目猶視，蓬心自師。”清、李漁《風箏誤·賀歲》：“倘若是蓬心不稱如花貌，也教我金屋難藏沒字碑。”

“蓬首”，形容頭髮散亂如飛蓬。語本《詩·衛風·伯兮》：“自伯之東，首如飛蓬。”《晉書·王徽之傳》：“蓬首散帶，不綜府事。”唐、陳子昂《唐故袁州參軍李府君妻清河張氏墓誌銘》：“嫣居永日，蓬首終年。”清、葆光子《物妖志·雜類·箸斟概》：“一男子蓬首黑面，顧張而笑。”

“蓬頭垢面”，頭髮蓬亂，面有塵垢；言人不事修飾，外表不整潔。北齊、魏收撰《魏書·封軌傳》：“君子整其衣冠，尊其瞻視，何必蓬頭垢面，然後爲賢。”宋、郭象《睽車志》卷四：“（席子先生）莫詳其姓氏，蓬頭垢面，以一席裹身。”《紅樓夢》第七七回：“（晴雯）蓬頭垢面的，兩個女人攙架起來去了。”亦省作“蓬垢”。明、顧鼎臣《憫雨》詩：“妻孥互牽抱，蓬垢同繫囚。”明、文徵明《記中丞俞公孝感》詩：“時公憂惶困瘁，蓬垢無人色。”

“蓬首垢面”，猶言蓬頭垢面。唐、李百藥撰《北齊書·任城王湝傳》：“妃盧氏賜斟斯征，蓬首垢面，長齋不言笑。”《京本通俗小說·拗相公》：“（王雱）蓬首垢面，流血滿體。”清、毛祥麟《對山餘墨·石瑯》：“時履吉爲披甲奴，蓬首垢面。”

“蓬頭歷齒”，謂頭髮蓬亂，牙齒稀疏；形容人的老態。語本戰國、楚、宋玉《登徒子好色賦》：“其妻蓬頭攣耳，齞脣歷齒。”北周、庾信《竹杖賦》：“鶴髮雞皮，蓬頭歷齒。”清、袁枚《新齊諧·窮鬼祟人富鬼不祟人》：“凡作祟求祭者大率皆蓬頭歷齒藍縷窮酸之鬼耳。”

“蓬鬆”，形容草、鬚髮、絨毛等鬆散雜亂。唐、陸龜蒙《自憐賦》：“首蓬鬆以半散，支棘瘠而枯疎。”清、黃景仁《大雷雨過太湖》詩：“雨聲更驟雷更疾，一聲恪恪雲蓬鬆。”

疊字雙音“蓬蓬”形況：一、茂盛、蓬勃的樣子。《詩·小雅·采菽》：“維柞之枝，其葉蓬蓬。”毛傳：“蓬蓬，盛貌。”北魏、賈思勰《齊民要術·五穀果蓏菜茹非中國物產者》：“《廣志》曰：‘荔支，樹高五六丈，如桂樹，綠葉蓬蓬。’”唐、司空圖《二十四詩品·縝穠》：“采采流水，蓬蓬遠春。”二、象聲詞。《詩·大雅·靈臺》：“鼉鼓蓬蓬，矇瞍奏公。”宋、王安石《和農具詩·耘鼓》：

"蓬蓬戲場聲，壞壞戰時伍。"清、譚嗣同《兒纜船》詩："北風蓬蓬，大浪雷吼。"三、風吹動貌。《莊子·秋水》："今子蓬蓬然起於北海，蓬蓬然入於南海。"清、蒲松齡《聊齋志異·閻王》："見旋風蓬蓬而來，敬酹奠之。"四、飽滿、充盈的樣子。漢、高誘《〈淮南鴻烈解〉敍》："一尺繒，好童童；一升粟，飽蓬蓬。"清、譚嗣同《和仙槎〈除夕感懷〉》序："今見饒君作，不覺蓬蓬在腹。"五、形容鬚髮密而凌亂。宋、洪邁《夷堅乙志·虔州城樓》："風吹其髮蓬蓬然。"清、紀昀《閱微草堂筆記·灤陽消夏錄二》："髮蓬蓬然如羽葆。"六、猶蒙蒙，模糊不清的樣子。清、惲敬《遊廬山記》："始如雲之障，自遠至也，於是四山皆蓬蓬然。"

選列其衍生詞：

"蓬勃"，盛貌、盛起貌。漢、賈誼《旱雲賦》："遙望白雲之蓬勃兮，滃澹澹而妄止。"唐、張鷟《朝野僉載》卷三："宗楚客造一新宅成，皆是文栢爲梁，沉香和紅粉以泥壁，開門則香氣蓬勃。"清、朱彝尊《玉帶生歌》："疾風蓬勃揚沙時，傳有十義士，表以石塔藏公尸。"

"蓬茸"，草木茂盛貌。漢、張衡《西京賦》："苯䔕蓬茸，彌皋被岡。"又謂雜亂、鬆散貌。《楚辭·九辯》："惟其紛糅而將落兮。"漢、王逸注："蓬茸顛仆，根蠹朽也。"

"亂蓬蓬"，謂蓬鬆、散亂。《西遊記》第二八回："兩邊亂蓬蓬的鬢毛，卻都是些胭脂染色。"《兒女英雄傳》第三七回："一片銀鍍金的濃鬍子繞來滿口，不亞如溪邊茅草亂蓬蓬。"

古代貧戶以蓬草編門結室，其詞反映諸多民間底層眞實情況：

"蓬戶"，用蓬草編成的門戶，指窮人居住的陋室。《莊子·讓王》："原憲居魯，環堵之室，茨以生草，蓬戶不完。"唐、戴叔倫《新秋夜寄江右友人》詩："遙夜獨不寐，寂寥蓬戶中。"明、何景明《東門賦》："朱棺而葬，不如生處蓬戶。"王闓運《哀江南賦》："余以蓬戶寂寥，斗室回旋。"

"蓬室"，窮人所住的草屋。《列子·力命》："居則蓬室，出則徒行。"三國、魏、曹植《贈徐幹》詩："顧念蓬室士，貧賤誠足憐。"唐、杜甫《垂老別》詩："棄絕蓬室居，塌然摧肺肝。"清、葆光子

《物妖志・獸類・虎》：“但蓬室爲陋耳，敢不承命。”

　　“蓬戶瓮牖”，又作蓬戶甕牖，謂用蓬草編門，以破甕作窗，指貧窮人家的住房。《禮記・儒行》：“篳門圭窬，蓬戶甕牖。”宋、蘇轍《黃州快哉亭記》：“將蓬戶甕牖，無所不快。”《淮南子・原道訓》：“蓬戶瓮牖，揉桑爲樞。”高誘注：“編蓬爲戶，以破瓮蔽牖。”

　　“蓬廬”，即茅舍，泛指簡陋的房屋。《淮南子・本經訓》：“民之專室蓬廬，無所歸宿。”三國、魏、曹植《愍志賦》：“去君子之清宇，歸小人之蓬廬。”晉、陶潛《答龐參軍》詩：“朝爲灌園，夕偃蓬廬。”亦用作謙詞。明、張居正《答守備太監王函齋書》：“即是惠及蓬廬，不煩惠禮，致累清德也。”

　　“蓬屋”，猶蓬室。晉、葛洪《抱朴子・安貧》：“潛側武之陋巷，竄繩樞之蓬屋。”唐、杜甫《送李校書二十六韻》詩：“顧我蓬屋姿，謬通金閨籍。”清、唐孫華《抱灌軒落成》詩之二：“射得桑弧曾萬里，歸來蓬屋只三間。”

　　“蓬蓽”，用草、樹枝等做成的門戶，形容窮苦人家所住的簡陋房屋；俗謂蓬門蓽戶。晉、葛洪《〈抱朴子內篇〉自序》：“藜藿有八珍之甘，而蓬蓽有藻梲之樂也。”唐、司空曙《早夏寄元校書》：“蓬蓽永無車馬到，更當齋夜憶玄暉。”《二刻拍案驚奇》卷六：“寒家起自蓬蓽，一向貧薄自甘。”

　　“蓬居”，用蓬草蓋的住所，指貧窮者住的簡陋房屋。南朝、宋、謝靈運《擬魏太子〈鄴中集〉詩・徐幹》：“華屋非蓬居，時髦豈余匹。”唐、陳子昂《昭夷子趙氏碑》：“故蓬居窮巷，軒冕結轍。”唐、盧綸《客居喜崔補闕司空拾遺訪宿》詩：“步月訪諸鄰，蓬居宿近臣。”

　　“蓬蓽生輝”，使陋室增加光彩，用作謙辭。明、無名氏《鳴鳳記・鄒林遊學》：“得兄光顧，蓬蓽生輝。”《再生緣》第三十回：“君侯門枉駕下官，蓬蓽生輝。”

　　“蓬門”，以蓬草爲門，指貧寒之家。《宋書・袁顗傳》：“紆金拖玉，改觀蓬門。”唐、杜甫《客至》詩：“花徑不曾緣客掃，蓬門今始爲君開。”《水滸後傳》第三九回：“只恐蓬門陋質，難以相副。”

　　"草"字及野草有泛指草叢、草莽、草野，喻指雜亂、輕微、低賤等義，荒野叢生之"蓬"、"蒿"亦其顯例：

　　"蓬蒿"：一、蓬草和蒿草；亦泛指草叢、草莽。《禮記·月令》："（孟春之月）藜莠蓬蒿並興。"《莊子·逍遙遊》："（斥鷃）翱翔蓬蒿之間。"晉、葛洪《抱朴子·安貧》："是以俟扶搖而登蒼霄者，不充詘於蓬蒿之杪。"明、李夢陽《漢京篇》："霍氏門前狐夜號，魏其池館長蓬蒿。"二、借指荒野偏僻之處。漢、桓寬《鹽鐵論·通有》："山居澤處，蓬蒿墝埆，財物流通，有以均之。"唐、李白《南陵別兒童入京》詩："仰天大笑出門去，我輩豈是蓬蒿人？"清、陳康祺《郎潛紀聞》卷十三："並世奇男淑女，慧業天生，湮沒蓬蒿，姓名翳寂，豈少也哉！"三、茼蒿的別名；為一年生或二年生草本植物，葉互生，長形羽狀分裂，頭狀花序，花黃色或白色，瘦果有棱，嫩莖和葉有特殊香氣，可作食用，並有祛痰作用。明、李時珍《本草綱目·菜一·茼蒿》："茼蒿八九月下種，冬春採食肥莖；花、葉微似白蒿，其味辛甘，作蒿氣，四月起薹，高二尺餘，開深黃色花，狀如單瓣菊花，一花結子近百成毬。"

　　"蓬艾"：一、蓬蒿與艾草；亦泛指叢生的雜草。《墨子·旗幟》："蓬艾有積。"宋、蘇舜欽《獵狐篇》："何暇正丘首，腥臊滿蓬艾。"清、顧炎武《將遠行作》詩："收身蓬艾中，所至若窮途。"二、指草野；民間。《宋書·傅亮傳》："重明照蓬艾，萬品同率由。"清、侯方域《陳其年詩序》："吳趨諸君卽數十年來更變迭出，而猶存乎蓬艾之間。"

　　"蓬葆"，蓬草和羽葆；比喻頭髮散亂。《漢書·燕刺王劉旦傳》："當此之時，頭如蓬葆，勤苦至矣。"顏師古注引服虔曰："頭久不理，如蓬草、羽葆也。"宋、陳亮《上光宗皇帝鑑成箴》："十餘年間，憂慮危慄，頭若蓬葆，雨沐風櫛。"清、蒲松齡《聊齋志異·牛成章》："攜一婦人，頭如蓬葆。"

　　"蓬麻"，蓬與麻；用以比喻微賤的事物。唐、杜甫《新婚別》詩："兔絲附蓬麻，引蔓故不長。"唐、顧況《從軍行》詩之二："殺人蓬麻輕，走馬汗血滴。"宋、蘇軾《求婚啟》："天質下中，生有蓬麻之陋。」

　　「蓬茅」，亦作「蓬茆」。一、蓬草和茅草；比喻低微、貧賤，常用作自謙之詞。《資治通鑑・晉安帝義熙五年》：「今以王姬之貴，下嫁蓬茅之士。」宋、曾鞏《明州謝到任表》：「傾葵藿之一心，極蓬茆之丹懇。」明、梁辰魚《浣紗記・迎施》：「念賤妾今還在幼齡，寒微未脫蓬茅性。」二、猶蓬居。唐、韓愈《送文暢師北遊》詩：「庇身指蓬茅，逞志縱獪猾。」明、葉憲祖《素梅玉蟾》第五折：「今朝納聘過門庭，頓使蓬茅喜氣生。」清、蒲松齡《聊齋志異・阿寶》：「處蓬茆而甘，藜藿不怨也。」

　　「蓬藿」，蓬草和藿草兩種草名；借指草野或草屋。明、陸粲《贈別王直夫》詩：「鄙人棲蓬藿，蹇拙聊自完。」

　　「蓬矢」、「蓬弧」、「桑弧蓬矢」、「桑弧蒿矢」爲古人生男期望志於四方的一種禮俗：

　　「蓬矢」，蓬梗製成的箭；古代男子出生，以桑木作弓，蓬梗爲矢，射天地四方，象徵男兒應有志於四方；後用作勉勵人應有大志之辭。宋、蘇軾《謝生日詩啟》：「蓬矢之祥，雖世俗之所尚，蓼莪之感，迫衰老而不忘。」清、唐孫華《杜門》詩：「蓬矢前期羞白首，芒鞵晚興負青山。」

　　「蓬弧」，古代男子初生，家以蓬矢桑弧射天地四方；後因以指男子初生。元、張伯淳《木蘭花慢・次唐格齋韻》詞：「記我蓬弧時候，寓情翰墨歡娛。」

　　「桑弧蓬矢」，古時男子出生，以桑木作弓，蓬草爲矢，射天地四方，象徵男兒應有志於四方，後用作勉勵人應有大志之辭。《禮記・內則》：「國君世子生，告于君，接以大牢，宰掌具，三日，卜士負之，吉者宿齊，朝服寢門外，詩負之，射人以桑弧蓬矢六，射天地四方。」鄭玄注：「桑弧蓬矢本大古也，天地四方男子所有事也。」唐、李白《上安州裴刺史書》：「士生則桑弧蓬矢，射乎四方。」明、沈鯨《雙珠記・轅門遇友》：「王先生差矣！豈不知男子生，桑弧蓬矢，以射天地四方，何乃爲此區區兒女之態。」清、龔自珍《與吳虹生書》之二：「男子初生，以桑弧蓬矢，射天地四方，何必一生局促軟紅塵之中，以爲得計乎？」

“桑弧蒿矢”，謂行桑弧蓬矢之禮以勵志；蒿，蓬蒿。《後漢書·儒林傳上·劉昆》：“王莽世，教授弟子恆五百餘人；每春秋饗射，常備列典儀，以素木弧葉爲俎豆，桑弧蒿矢，以射菟首。”

“桑弧矢志”，指壯志、大志。明、無名氏《金雀記·惜別》：“花姿柳眼情方脗，匆匆又在離分；桑弧矢志未全伸，惜別頗增新悶。”

“蓬間雀”，亦省作“蓬雀”；以生活在蓬蒿間目光短淺的小雀，比喻渺小無知的小人。《莊子·逍遙遊》：“斥鷃笑之曰：‘……我騰躍而上，不過數仞而下，翱翔蓬蒿之間，此亦飛之至也，而彼且奚適也？’”

某些植物果實的外苞稱之爲“蓬”。北魏、賈思勰《齊民要術·荏蓼》：“荏子（白蘇結的實），秋末成，可收蓬於醬中藏之。”原注：“蓬，荏角也，實成則惡。”宋、黃庭堅《清人怨戲效徐庾慢體》詩之一：“莫藏春笋手，且爲剝蓮蓬。”清、陳維崧《蝶戀花·六月詞再用前韻》詞：“剝罷蓮蓬何處使，授來做箇人兒戲。”

蓬又作量詞，用於蓬狀事物。如：一蓬煙，指一團易散的煙霧；比喻極易消逝。清、范寅《越諺》卷上：“衙門錢，一蓬煙；生意錢，六十年；種田錢，萬萬年。”形容同類植物錯落聚生，可謂之“一蓬又一蓬。”

形容煙塵四散往上升起爲“蓬起”；如：隨着爆炸聲響，蓬起了一股煙塵。

“蓬”之方言豐富：一、謂植物很快地長出來。如：出得幾個太陽，草子一下就蓬起來噠；爲湖南長沙方言。二、形容肚裏很飽謂“蓬飽”。楊樹達《增訂積微居小學金石論叢·長沙方言考》：“高誘序《淮南王書》引民歌云：‘一升粟，飽蓬蓬。’按今長沙俗謂腹甚飽云蓬飽。”三、飛揚、飄散。如：灰塵蓬得一天世界（到處都是）。爲上海松江方言。四、吹掉；上海奉賢方言。《白楊村山歌》：“姑娘拿仔花紗到街西頭汰白紗，失了金釵蓬了花，姑娘道失脫鮮花勿要緊，落脫金釵最肉麻。”五、冒、騰。如：火蓬到屋頂上了。爲湖北武漢方言。六、圍、聚。如：都蓬得（在一起吃）。爲湖北武漢方言。七、用土蓋上。如：再蓬上一層土。爲山東淄博方言。八、糠了。如：菜頭蓬心（謂蘿蔔糠了）。是指質地變得鬆而不實；爲閩南語方言。九、形容窮困潦倒。如：人咧蓬。是說人被弄得窮困潦倒；爲福建廈門方言。十、形容氣味好聞。如：這花香蓬了。爲湖北武漢方言。十一、叢；密集的草木。1、蒙光朝《歌圩山歌選・柳州地區野歌圩》：“好花生在刺蓬中，哥想伸手摘一朵，又怕刺勾刺手痛。”2、吳語、浙江蒼南金鄉方言。如：坐樹蓬裏涼涼涼；猫躲草蓬裏。十二、量詞。1、股，用於煙、氣味等。如：一蓬煙。爲江蘇江陰方言。2、束、捧，用於花。如：一蓬蘆花、一蓬花。爲上海松江、浙江永康、衢州、湖州雙休一帶方言。3、叢、撮，用於草、火、鬍子之類。如：一蓬火點在乾柴上；一蓬黃鬍子。爲上海松江、南滙周浦；江蘇吳江、黎里及浙江溫州、紹興、金華、黃岩一帶方言。十三、上海奉賢謂灰塵、塵土爲“蓬封”、“蓬塵”。《楊枝異文》：“手巾落地沾蓬封，沾蓬封來染蓬塵。”“蓬塵”亦爲江蘇吳江及浙江寧波、青田、溫州、定海一帶方言。民國年間《定海縣志》：“俗謂塵埃曰埄塵……通作蓬塵。”

　　用同“篷”，遮蔽風雨和陽光的器具，用篾席或帆布等製成。前蜀、李珣《南鄉子》詞：“誰同醉，纜卻扁舟蓬底睡。”又《漁歌子》詞：“水爲鄉，蓬作舍。”

　　古代方士傳說仙人居處“三神山”之一的蓬萊山，簡稱爲“蓬”。《史記・秦始皇本紀》：“齊人徐市等上書，言海中有三神山，名蓬萊、方丈、瀛洲，僊人居之。”晉、王嘉《拾遺記・燕昭王》：“乃歷蓬、瀛而超碧海，經涉升降，遊往無窮，此爲上仙人也。”唐、許敬宗《遊清都觀尋沈道士得清字》詩：“幽人蹈箕穎，方士訪蓬瀛。”

　　“蓬萊”，有四義：一、卽蓬萊山，又稱蓬島，古代傳說中的神山名，亦常泛指仙境。《史記・封禪書》：“自威、宣、燕昭使人入海求蓬萊、方丈、瀛洲，此三神山者，其傅在勃海中。”宋、陳師道《晁無咎張文潛見過》詩：“功名付公等，歸路在蓬萊。”明、王錂《春蕪記・說劍》：“他本蓬萊仙種，偶然寄跡人間。”二、蓬蒿草萊，借指草野。《後漢書・文苑傳下・邊讓》：“舉英奇於仄陋，拔髦秀於蓬萊。”三、《後漢書・竇章傳》：“是時學者稱東觀爲老氏藏室，道家蓬萊山。”後因以指秘閣。唐、楊炯《登秘書省閣詩序》：“周王羣玉之山，漢帝蓬萊之室。”宋、曾鞏《送鄭州邵資政》詩：“雋遊追幙府，高步集蓬萊。”四、指蓬萊宮，唐宮名，在陝西省長安縣東，原名大明宮，高宗時改爲蓬萊宮。唐、杜甫《宿昔》詩：“宿昔青門裏，蓬萊仗數移。”又《莫相疑行》詩：“憶獻三賦蓬萊宮，自怪一日聲烜赫。”亦指仙人所居之宮。唐、白居易《長恨歌》詩：“昭陽殿裏恩愛絕，蓬萊宮中日月長。”明、李夢陽《上元訪杜煉師》詩：“馬前兩兩侍玉女，別館多在蓬萊宮。”

古州名：北周始置，治所在安固，卽今四川省營山縣東北，其後屢有遷移。清、顧祖禹《讀史方輿紀要‧四川三‧順慶府》：“蓬州，秦巴郡地……後周置蓬州，天寶初曰咸安郡……乾元初復爲蓬州；宋因之。元、至元二十年升爲蓬州路，尋復爲蓬州；明因之，以州治相如縣省入，領縣二。今因之。”

姓。《萬姓統譜‧東韻》：“蓬，周封支子於蓬州，因以爲氏。”

蓬又讀 pèng ㄆㄥˋ，《集韻》菩貢切，去送並。同“樥”，草木盛貌。《集韻‧送韻》：“樥，艸木盛兒；或做蓬。”

藜 0654 　　　艸也。从艸，黎聲。郎奚切（lí ㄌㄧˊ）。

【譯白】藜，一種艸的名稱。是依從艸做形旁，以黎爲聲旁構造而成的形聲字。

【述義】藜是藜科一年生草本植物，又稱“灰藋”、“灰菜”，莖直立，葉菱狀卵形，邊緣有齒牙，下面披粉狀物，花黃綠色，嫩葉可食，爲古代貧戶野蔬；老莖可以爲杖。朱駿聲《說文通訓定聲‧履部》：“字亦作莍、作藙，卽《詩》‘北山有萊’之萊，《爾雅》之‘釐，蔓華也’。初生可食，古蒸以爲茹。”《左傳‧昭公十六年》：“斬之蓬、蒿、藜、藋，而共處之。”《顏氏家訓‧勉學》：“藜羹縕褐，我自欲之。”唐、杜甫《夜歸》詩：“白頭老罷舞復歌，杖藜不睡誰能那。”又《風疾舟中伏枕書懷三十六韻奉呈湖南親友》詩：“吾安藜不糝，汝貴玉爲琛。”

指粗劣的飯菜；如“藜羹”、“藜藿”、“藜蕨”。《莊子‧讓王》：“孔子窮於陳蔡之間，七日不火食，藜羹不糝。”成玄英疏：“藜菜之羹，不加米糝。”晉、陶潛《詠貧士》詩之二：“弊襟不掩時，藜羹常乏斟。”《韓非子・五蠹》：“糲粢之食，藜藿之羹。”《文選・曹植〈七啟〉》：“予甘藜藿，未暇此食也。”劉良注：“藜藿，賤菜，布衣之所食。”唐、韓愈《送文暢師北遊》詩：“從茲富裘馬，寧復茹藜蕨。”宋、曾鞏《寄題饒君茂才葆光庵》詩：“適意藜羹與布裘，結廬人境地還幽。”宋、程俱《園居荒蕪戲作》詩：“定非肉食姿，賦分在藜蕨。”明、王寵《送錢太常元抑祠祭顯陵》詩：“我輩飽藜藿，散髮從箕穎。”

指貧賤的人。南朝、梁、江淹《效阮公》詩之十一：“藜藿應見棄，勢位乃爲親。”

指藜杖。唐、姚合《道旁亭子》詩：“南陌遊人迴首去，東林過者杖藜歸。”宋、蘇軾《東新橋》詩：“我亦壽使君，一言聽扶藜。”清、趙執信《久旱喜雨》詩：“杖藜侵曉出，積潦浮小庭。”用藜的老莖所做的手杖，質輕而堅實，適於老年人使用。《晉書・山濤傳》：“魏帝嘗賜景帝春服，帝以賜濤，又以母老，並賜藜杖一枚。”明、徐復祚《投梭記・敍飲》：“藜杖西山且挾書，蹉跎光景徂。”

指藜火；藜火謂夜讀或勤奮學習。晉、王嘉《拾遺記・後漢》載：漢、劉向校書天祿閣，夜默誦，有老父杖藜以進，吹杖端，蠟燃火明。取《洪範五行》之文，天文輿圖之牒以授焉，向請問姓名；云“太乙之精”。後因以“藜火”爲夜讀或勤奮學習之典。明、李東陽《劉太宰入閣後省墓》詩：“天祿閣中藜火動，相州堂上錦衣歸。”清、姚鼐《自嘲》詩：“雖讎《七略》無藜火，未證《三輶》愧苾芻。”清、顧炎武《擬唐人五言八韻・班定遠投筆》詩：“太乙藜初降，蘭臺露未晞。”藜光謂蠟光。宋、劉克莊《沁園春・寄竹溪》詞：“道荒蕪羞對，宮中蓮燭，昏花難映，閣上藜光。”元、尹廷高《寄劉千里》詩：“一道藜光照座寒，東風吹入五雲班。”清、唐孫華《送吳振西北遊》詩：“三條樺燭藜光助，千佛名經藜榻看。”

藜蘆，又稱黑藜蘆；多年生草本植物，生在山地，有毒，中醫入藥，主治痰涎壅閉、喉痹、癲癇等症，外用於疥癬，有催吐作用，在農業上可做殺蟲劑。明、李時珍《本草綱目・草六・藜蘆》：“藜蘆則吐風痰者也。”清、黃宗羲《明夷待訪錄・兵制二》：“（黥布、彭越）

無所藉于漢王而漢王藉之，猶治病者之服烏喙、藜蘆也。"

姓。《通志‧氏族略五》："藜氏，《姓苑》云：淮南有此姓。"

藬 ₀₆₅₅ 薽 薺實也。从艸，歸聲。驅歸切（kuī ㄎㄨㄟ）。

【譯白】藬，長得高大的水葒草。是依從艸做形旁，以歸爲聲旁構造而成的形聲字。

【述義】"薺實"爲"薽（本書失此字）"之說解，係後世傳寫者誤植。《爾雅‧釋草》："紅，蘢古；其大者藬。薽，薺實。"張文虎《舒藝室隨筆》："《釋草》此二文相連，許書藬、薽二篆亦相連，而傳本藬下失說解，又失薽篆，遂以薽下說解系之藬篆。自二徐時已誤，楚金固疑之矣。"徐灝《說文解字注箋》說同。《急就篇》第九章："芸蒜薺芥茱萸香。"唐、顏師古注："薺，甘菜也，其實名薽。"是薺實、薺菜籽乃"薽"之說解。

藬，是對已長得高大的水葒草的稱呼。水葒，即蓼科植物中的"紅蓼"，一作"水紅"、"水葒"，又有"馬蓼"、"紅草"、"葒草"、"蘢古"、"蘢鼓"、"蘢薣"、"游蘢"諸多稱呼，爲一年生高大草本植物，全株有毛，莖直立，高達三公尺，多分枝，生村旁路邊和水邊濕地，葉闊卵形，夏、秋開花，紅色或白色，可供觀賞，全草及果實可入藥。《爾雅‧釋草》："紅，蘢古；其大者藬。"郭璞注："俗呼紅草爲蘢鼓，語轉耳。"《爾雅翼‧釋草‧蘢》："蘢，紅草也……今人猶謂之水紅草。而《爾雅》又謂之蘢古。鄭《詩》稱'山有橋松，隰有游蘢'，云游蘢者，言其枝葉之放縱也。"明、李時珍《本草綱目‧草五‧葒草》："其莖粗如拇指，有毛；其葉大如商陸葉，色淺紅成穗；秋深子成，扁如酸棗仁而小。"唐、李賀《湖中曲》詩："長眉越沙採蘭若，桂葉水葒春漠漠。"唐、皇甫松《天仙子》詞之一："晴野鷺鷥飛一隻，水葒花發秋江碧。"宋、林逋《夏日池上》詩："蓮香如綺細濛濛，翡翠窺魚裊水葒。"清、二石生《十洲春語‧評花小詩四九》："側鬢西泠看山色，水葒花影上春綃。"

藬又讀huǐ ㄏㄨㄟˇ，《集韻》謵鬼切，上尾曉；微部。人名用字。《集韻‧尾韻》："虺，人名；仲虺，湯左相，或作藬。"《荀子‧堯問》："其在中藬之言也。"楊倞注："中藬，與仲虺同。"

蘬又讀 guī 《ㄨㄟ，《集韻》居韋切，平微見。葵菜。《廣雅・釋草》："蘬，葵也。"王念孫疏證："蘬、葵，古同聲，方言有重輕耳。"葵菜又名"冬葵"、"冬寒菜"，錦葵科二年生草本植物，葉腎形至圓形，夏初開淡紅色小花，常簇生葉腋，嫩梢、嫩葉可食，爲古代重要蔬菜之一，腌製者稱爲"葵菹"，全草及果可入藥。

葆 0656 （篆） 艸盛皃。从艸，保聲。博褒切（bǎo ㄅㄠ）。

【譯白】葆，草茂盛的樣子。是依從艸做形旁，以保爲聲旁構造而成的形聲字。

【述義】葆爲草茂盛的樣子，亦指叢生的草。《太平御覽》卷九百九十四引《通俗文》："草盛曰莃，生茂曰葆。"《漢書・燕刺王劉旦傳》："當此之時，頭如蓬葆，勤苦至矣，然其賞不過封侯。"顏師古注："草叢生曰葆。"南朝、梁、江淹《悼室人十首》詩之五："鬢局將成葆，帶減不須摧。"唐、陸龜蒙《彼農》詩之一："首亂如葆，形枯若脈。"宋、方千里《隔浦蓮》詞："垂陽煙溼嫩葆，別嶼環清窈。"元、張遜《水調歌頭》詞："玉露細搖金縷，香霧輕籠翠葆，折下一天秋。"

借指叢生的枝、芽。《廣雅・釋詁三下》："葆、科，本也。"王念孫疏證："葆、科爲本莃叢生之本……葆訓爲本，謂草木叢生本莃然也。"《集韻・晧韻》："葆，桲（蘗）上苗也。"《呂氏春秋・審時》："得時之稻，大本而莖葆。"《史記・天官書》："主葆旅事。"南朝、宋、裴駰集解引如淳曰："關中俗謂桑榆孽生爲葆。"

古代有鳥羽裝飾的一種儀仗。《漢書・司馬相如傳下》："總光燿之采旄。"顏師古注引三國、魏、張揖曰："旄，葆也；總，係也；係光燿之氣於長竿以爲葆也。"又唐、顏師古注："葆，即今所謂纛頭也。"唐、王勃《拜南郊頌》："鑾旗曉引，葆吹晨吟。"《三國演義》第四九回："前左立一人，手執長竿，竿頭上用鷄羽爲葆，以招風信。"

隱藏、隱蔽。《管子・水地》："齊、晉之水，枯旱而運，淤滯而雜。故其民諂諛葆詐，巧佞而好利。"《莊子・齊物論》："注焉而不滿，酌焉而不竭，而不知其所由來，此之謂葆光。"成玄英疏："葆，蔽也；至忘而照，卽照而忘，故能韜蔽其光，其光彌朗。"

明、李東陽《樸庵詩序》：“使公端居質守，葆華歛實。”葆光、葆華皆喻才智不外露。

儲藏。《逸周書・大武》：“一春達其農，二夏食其穀，三秋取其刈，四冬凍其葆。”孔晁注：“凍謂發露其葆聚。”

平衡。《素問・徵四失論》：“治數之道，從容之葆。”王冰注：“治，王也；葆，平也。”

車蓋。《禮記・雜記下》：“匠人執羽葆御柩。”孔穎達疏：“羽葆者以鳥羽注於柄頭，如蓋，謂之羽葆。葆，謂蓋也。”《文選・張衡〈西京賦〉》：“垂翟葆，建羽旗。”李善注引薛綜曰：“謂垂羽翟爲葆蓋飾。”《三國演義》第四十九回：“竿尖上有雞羽爲葆，以招風信。”

鼓上的裝飾。《集韻・晧韻》：“葆，鼓上飾也。”

謂小城，後作“堡”，城堡的意思。《墨子・迎敵祠》：“凡守城之法，縣師受事，出葆，循溝防，築薦通塗，脩城。”《呂氏春秋・疑似》：“爲高葆禱於王路，置鼓其上，遠近相聞。”按：《太平御覽》卷三百三十八引“葆”作“堡”。《史記・匈奴列傳》：“侵盜上郡葆塞蠻夷，殺略人民。”又《大宛列傳》：“宛兵迎擊漢兵，漢兵射敗之，宛走入葆乘城。”漢、桓寬《鹽鐵論・和親》：“丁壯弧弦而出鬥，老者超越而入葆。”

通“保”。清、朱駿聲《說文通訓定聲・孚部》：“葆，叚借爲保。”有以下七義：一、撫養。《管子・正世》：“制民急則民迫，民迫則窘，窘則民失其所葆。”尹知章注：“葆，謂所恃爲生者也。”二、安定、安寧。《呂氏春秋・盡數》：“凡食之道，無饑無飽，是之謂五藏之葆。”高誘注：“葆，安也。”《墨子・明鬼下》：“佳（唯）天下之合（和），下土之葆。”孫詒讓閒詁：“葆、保字通。”三、保障、保護、守衛。《墨子・非攻中》：“大敗齊人，而葆之大山。”《史記・西南夷列傳》：“上罷西夷，獨置南夷夜郎兩縣一都尉，稍令犍爲自葆就。”張守節正義：“令犍爲自保守，而漸修成其郡縣也。”清、龔自珍《論私》：“寡妻貞婦何以不公此身於都市，乃私自貞和自葆也。”四、保持。《管子・宙合》：“處其位，行其路，爲其事，則民守其職而不亂，故葆統而好終。”漢、賈誼《新書·禮容語下》：“使四海之內，懿然葆德。”《馬王堆漢墓帛書·老子乙本·道經》：“揬（揣）而允之，不可常葆也。”明、袁宏道《行素園存稿引》：“載于言則爲文，表于世則爲功，葆于身則爲壽。”清、薛福成《籌洋芻議·礦政》：“今於操練之餘，課以礦務，使之勤勤於山谷之間，猶得葆其樸勇之氣。”五、保證。《墨子·號令》：“諸卒民居城上者，各葆其左右，左右有罪而不智（知）也，其次伍有罪。”孫詒讓閒詁：“葆，吳鈔本作保。”六、太保，官名。《呂氏春秋·直諫》：“葆申曰：‘先王卜以臣爲葆，吉。’”高誘注：“葆，太葆，官也；申，名也。”七、保母。《管子·入國》：“士民有子，子有幼弱不勝養爲累者，有三幼者無婦征，四幼者盡家無征，五幼又予之葆，受二人之食，能事而後止。”尹知章注：“葆，今之教母。”

通“寶”，珍寶，謂珍貴、珍愛。《馬王堆漢墓帛書·老子甲本·德經》：“我恆有三葆。”《史記·留侯世家》：“果見穀城山下黃石，取而葆祠之。”裴駰集解引徐廣曰：“《史記》珍寶皆作‘葆’。”唐、柳宗元《辯鬼谷子》：“而世之言縱橫者，時葆其書。”唐、康駢《劇談錄·含元殿》：“每元朔朝會，禁軍與御仗宿於殿庭，金甲葆戈雜以綺繡。”章炳麟《駁康有爲論革命書》：“後王有作，宣昭國光，則長素之像，屹立於星霧；長素之書，尊藏於石室；長素之迹，葆覆於金塔。”

通“褓”，嬰兒被子。《史記·魯國公世家》：“其後武王既崩，成王少，在強葆之中。”司馬貞索隱：“強葆即襁褓，古字少，假借用之。”又《趙世家》：“乃二人謀取他人嬰兒負之，衣以文葆，匿山中。”裴駰集解引徐廣曰：“小兒被曰葆。”

姓。《萬姓統譜·皓韻》：“葆，本朝葆光先，葉縣人，正德中任高淳縣訓導。”

葆又音 bāo ㄅㄠ，《集韻》博毛切，平豪幫；幽部。通“褒”，高大的意思。《集韻·豪韻》：“葆，廣也。”又“葆，大也。”清、朱駿聲《說文通訓定聲·孚部》：“葆，叚借爲褒。”《禮記·禮器》：“祭祀不祈，不麾蚤，不樂葆大。”鄭玄注：“葆之言褒也。”孔穎達疏：“褒，崇高之稱也。祭之器幣大小長短自有常宜，幣通丈八尺，豆盛四升，不以貴者貪高大爲之也。”又通“包”，包裹的意思。清、朱駿聲《說文通訓定聲・孚部》：“葆，叚借爲包。”《墨子・公孟》：“教人學而執有命，是猶命人葆而去亓（其）冠也。”畢沅注：“葆，言包裹其髮。”

蕃 0657　蕃　艸茂也。从艸，番聲。甫煩切（fán ㄈㄢˊ）。

【譯白】蕃，草繁殖茂盛。是依從艸做形旁，以番爲聲旁構造而成的形聲字。

【述義】蕃，渾言之：謂草木繁殖茂盛。《易・坤・文言》：“天地變化，草木蕃。”《荀子・天論》：“繁啟、蕃長於春夏，畜積改藏於秋冬。”楊倞注：“蕃，茂也。”

指滋生、生息、繁殖。《玉篇・艸部》：“蕃，滋也，息也。”《周禮・地官・大司徒》：“以阜人民，以蕃鳥獸，以毓草木。”鄭玄注：“蕃，蕃息也。”《國語・魯語上》：“且夫山不槎蘗，澤不伐夭……蕃庶物也。”韋昭注：“蕃，息也。”《南史・孔琳之傳》：“降死之生，誠爲輕法，可以全其性命，蕃其產育。”唐、宋之問《溫泉莊臥病寄楊七炯》詩：“夏餘鳥獸蕃，秋末禾黍熟。”宋、陸游《溪上雜言》詩：“樹桑釀酒蕃雞豚，是中端有王業存。”清、譚嗣同《仁學》二三：“爲今之策上焉者，獎工藝，惠商賈，蕃貨物，而尤扼重於開礦。”

茂盛、興旺。《左傳・僖公二十三年》：“男女同姓，其生不蕃。”楊伯峻注：“蕃，子孫昌盛之意。”《史記・滑稽列傳》：“五穀蕃熟，穰穰滿家。”漢、張衡《南都賦》：“固靈根於夏葉，終三代而始蕃。”唐、韓愈《薛公墓誌銘》：“襄城有子二人皆貴，其後皆蕃以大。”

借作衆多。《易・晉》：“康侯用錫馬蕃庶，晝日三接。”唐、陸德明《經典釋文》：“蕃，多也。”《左傳・昭公二十八年》：“《鄭書》有之：‘惡直醜正，實蕃有徒。”楊伯峻注：“蕃，多也。”漢、賈誼《諫鑄錢疏》：“今農事棄捐，而采銅者日蕃。”《漢書・董仲舒傳》：“民不樂生，尚不避死，安能避罪！此刑罰之所以蕃而姦邪不可勝者也。”唐、柳宗元《種樹郭橐駝傳》：“視駝所種樹，或移徙，無不活，且碩茂早實以蕃。”宋、周敦頤《愛蓮說》：“水陸草木之花，可愛者其蕃。”

　　通“繁”，盛也。清、朱駿聲《說文通訓定聲·乾部》：“蕃，叚借爲繁。”《禮記·明堂位》：“周人黃馬蕃鬣。”唐、陸德明《經典釋文》：“蕃，音煩。郭璞云：兩被髮。”按：《爾雅·釋畜》：“青驪繁鬣。”郭璞注引作“繁鬣”。一說通“皤”，白色。王引之《經義述聞·禮記中》：“蕃蓋白色也，讀若老人髮白曰皤。”前蜀、薛昭蘊《相見歡》詞：“羅襦繡袂香紅，畫堂中；細草平沙蕃馬小屏風。”

　　通“蘠”，草名。清、朱駿聲《說文通訓定聲·乾部》：“蕃，叚借爲蘠。”《山海經·西山經》：“（陰山）上多穀無石，其草多茆、蕃。”郭璞注：“蕃，青蕃，似莎而大。”

　　鳥名。《山海經·北山經》：“（涿光之山）其鳥多蕃。”郭璞注：“未詳，或云卽鴞。音煩。”俞樾平議：“取鳥而獸足之義，蕃卽足蹯之蹯。”

　　輲，卽車箱兩旁的遮蔽物。《太玄·積》：“至于蕃也。”司馬光集注：“謂車耳兩輲也。”

　　蕃又音 fān ㄈㄢ，《廣韻》甫煩切，平元非；元部。通“藩”。有三義：一、籬落、屏障。《詩·大雅·崧高》：“四國于蕃，四方于宣。”鄭玄箋：“四國有難，則往扞禦之，爲之蕃屏。”按：《韓詩》作“藩”。《周禮·地官·鄉師》漢、鄭玄注：“止以爲蕃營。”孫詒讓正義：“蕃，與藩通。蕃，籬落也。”《國語·晉語八》：“是行也，以蕃爲軍。”蕃，一本“藩”。韋昭注：“蕃，籬落也。”《三國志·吳志·陸遜傳》：“西陵、建平，國之蕃表。”二、藩屏、捍衛。《書·微子之命》：“率由典常，以蕃王室。”孔傳：“循用舊典，無失其常，以蕃屏周室。”晉、葛洪《抱朴子·逸民》：“幹木不荷戈戍境，築壘疆場，而有蕃魏之功。”南朝、宋、鮑照《還都口號》：“分壤蕃帝華，列正藹皇宮。”三、止；掩蔽。《周禮·地官·大司徒》：“七曰眚禮，八曰殺哀，九曰蕃樂。”鄭玄注：“杜子春讀‘蕃樂’爲‘藩樂’謂閉藏樂器而不作。”

　　另有三指：一、頰側。《靈樞·五色篇》：“蕃者，頰側也。”張志聰注：“蕃蔽在外。”二、周代謂九州之外的夷服、鎮服、蕃服，

因用以泛指域外或外族；後作"番"。《周禮・秋官・大行人》："九
州之外，謂之蕃國。"孫詒讓正義："《職方氏》九服，蠻服以外，
有夷、鎮、藩三服……是此蕃國卽《職方》外三服也。"又《春官・
巾車》："木路，前樊鵠纓，建大麾，以田，以封蕃國。"《隋書・禮
儀志四》："梁元會之禮……羣臣及諸蕃客並集，各從其班而拜。"
唐、韓愈《清邊郡王楊燕奇碑文》："世掌諸蕃互市，恩信著明，夷
人慕之。"前蜀、毛文錫《甘州遍》詞之二："鐵衣冷，血沾蹄，破
蕃奚。"《新唐書・百官志一》："凡蕃客至，鴻臚訊其國山川、風
土，爲圖奏之，副上於職方。"宋、王安石《北溝行》："白溝河邊
蕃塞地，送迎蕃使年年事。"《宋史・食貨志下八》："商人出海外
蕃國販易者，令並詣兩浙市泊司請給官券，違者沒入其寶貨。"明、
高啟《送秦主客遷侍儀使》詩："蕃客來曾識，衣冠上國風。"三、
謂輪流更替；唐代官府手工業中輪班役的工匠，謂之"番匠"，亦
作"蕃匠"。

通"軬"、"轓"；車耳兩旁反出如耳的部分，用來遮蔽塵土。漢、
揚雄《太玄・積》："君子積善，至于蕃也。"范望注："蕃，車耳也。
車服有章，以顯賢也。"清、朱駿聲《說文通訓定聲・乾部》："蕃叚
借爲軬。"

蕃又音 pí ㄆㄧˊ，《集韻》蒲麋切，平支並。漢代縣名，治所在今
山東省滕縣。《集韻・支韻》："蕃，縣名；在魯。"《漢書・地理志
下》："魯國，縣六……蕃。"《漢書・司馬遷傳》："阨困蕃、薛、彭
城，過梁、楚以歸。"

姓。《後漢書・黨錮列傳》："度尚、張邈、王考、劉儒、胡毋班、
秦周、蕃嚮、王章爲'八廚'。"李賢注："蕃，姓也；音皮。"

蕃又音 bō ㄅㄛ。吐蕃，公元七世紀至九世紀，中國古代藏族所
建立的政權，據有今西藏全部；唐初兼併諸羌，盛時轄有青康藏高
原諸部，勢力達到西域、河隴地區，以拉薩爲建牙之所，其贊普松
贊干布、棄隸縮贊先後與唐朝文成公主、金成公主聯姻；元、中統
年間稱烏斯藏；宋、元、明史籍仍沿稱青康藏高原及當地土著族爲
吐蕃。《新唐書・吐蕃傳》："吐蕃本西羌屬，蓋百有五十種，散處
河、湟、江、岷間；有發羌、唐旄等，然未始與中國通。居析支水

西。祖曰鶻提勃悉野，健武多智。稍并諸羌，據其地。蕃、發聲近，故其子孫曰吐蕃，而姓勃窣野。”

茸 ₀₆₅₈ 茸　艸茸茸皃。从艸，聰省聲（耳聲）。而容切（róng 曰ㄖㄨㄥˊ）。

【譯白】茸，疊字雙音茸茸形況，是說草初生纖細柔軟的樣子。是依從艸做形旁，以耳爲聲旁構造而成的形聲字。

【述義】段玉裁《說文解字注》：“今本作‘聰省聲’，此淺人所肊改；此形聲之取雙聲不取疊韻者。”茸，謂草初生纖細柔軟。王筠《說文句讀》：“艸初生之狀謂之茸。”南朝、宋、謝靈運《於南山往北山經湖中瞻眺》詩：“初篁苞綠籜，新蒲含紫茸。”唐、韓愈等《有所思聯句》詩：“臺鏡晦舊暉，庭草滋深茸。”

指柔細的獸毛。戰國、楚、宋玉《小言賦》：“纖於鱗末之微蔑，陋於茸毛之方生。”《漢書·西域傳上·烏弋》：“師子”顏師古注引三國、魏、孟康曰：“師子似虎，正黃有頯耏，尾端茸毛大如斗。”《太平御覽》卷八百八十九引《東觀漢記》：“師子……尾端茸毛大如斗。”唐、杜牧《揚州三首》詩之一：“喧闐醉年少，半脫紫茸裘。”宋、姜夔《探春慢》詞：“拂雪金鞭，欺寒茸帽。”

鹿茸的簡稱；雄鹿的嫩角未長成硬骨時，帶茸毛，含血液，稱爲鹿茸，是一種貴重中藥，用做滋補強壯劑，對虛弱、神經衰弱有療效。王筠《說文解字句讀》：“草初生之狀謂之茸，鹿茸蓋取此意。”《神農本草經》卷二：“鹿茸，味甘溫。”明、李時珍《本草綱目·獸二·鹿》（集解）引蘇恭曰：“鹿茸夏收之，陰乾，百不收一，且易臭，惟破之，火乾大好。”宋、黃庭堅《夏日夢伯兄寄江南》詩：“河天月暈魚生子，槲夜風微鹿養茸。”宋、孫光憲《北夢瑣言·逸文》：“南中多鹿……當角解之時，其茸甚痛。”清、王士禛《題門人孫貞伯松石間圖》詩：“幽居盡日無人跡，閑看春山鹿養茸。”

細碎。宋、孟元老《東京夢華錄·端午》：“紫蘇、菖蒲、木瓜，並皆茸切，以香藥相和，用梅紅匣子盛裹。”亦指細碎之物。宋、周密《武林舊事·酒樓》：“又有賣……柔魚、鰕茸、鰾乾者，謂之‘家風’。”

木名。《管子·地員》：“其桑其松，其杞其茸。”尹知章注：“茸，木名。”用同“絨”，刺繡用的絲縷。五代、南唐、李煜《一斛珠》詞：“爛嚼紅茸，笑向檀郎唾。”元、岑安卿《美人行》詩：“繡茸慵理怯餘寒，寶鴨煙斷花陰轉。”《元史·輿服志》：“（玉輅）蓋四周垂流蘇八，飾以五色茸線結網五重。”明、高啟《效香奩二首》詩之一：“青瑣初空別恨長，綉茸留得唾痕香。”

按：茸茸，分述如下：一、柔細濃密貌。唐、白居易《紅線毯》詩：“綵絲茸茸香拂拂，線軟花虛不勝物。”元、馬彥良《一枝花·春雨》套曲：“潤夭桃灼灼紅，洗芳草茸茸翠。”清、沈復《浮生六記·閑情記趣》：“如石菖蒲結子，用冷米湯同嚼噴炭上，置陰濕地，能長細菖蒲，隨意移養盆碗中，茸茸可愛。”二、猶蒙矓。唐、韓偓《厭花落》詩：“忽然事到心中來，四肢嬌入茸茸眼。”宋、范成大《題湯致遠運使所藏隆師四圖·欠伸》詩：“背立粧臺髻髮懶，鏡鸞應見茸茸眼。”三、冗雜。明、高濂《玉簪記·寄弄》：“妙常連日茸茸俗事，未曾整此冰弦，今夜月明風靜，水殿生涼，不免彈《瀟湘水雲》一曲，少寄幽情。”四、叢集。唐、皮日休《九諷繫述·舍慕》：“彼羣小之茸茸兮，如慕臭之螻蜉。”

茸又讀 rǒng ㄖㄨㄥˇ，《集韻》乳勇切，上腫日。“推入”的意思。《漢書·司馬遷傳》：“李陵既生降，隤其家聲，而僕又茸以蠶室，重爲天下觀笑。”顏師古注：“茸音人勇反，推也；蠶室，初腐刑所居溫密之室也；謂推致蠶室之中也。”

蓡₀₆₅₉　𦳈　艸皃。从艸，津聲。子僊切（jīng ㄐㄧㄥ）。

【譯白】蓡，草的樣子。是依從艸做形旁，以津爲聲旁構造而成的形聲字。

【述義】蓡，草茂盛貌。《廣韻·仙韻》：“蓡，草茂皃。出《字林》。”《集韻·儒韻》：“蓡，茂皃。《詩》：‘蓡蓡者莪。’通作菁。”按：今《詩·小雅·菁菁者莪》“蓡”作“菁”。

藂₀₆₆₀　𧁤　艸叢生皃。从艸，叢聲。徂紅切（cóng ㄘㄨㄥˊ）。

【譯白】藂，草聚集生長的樣子。是依從艸做形旁，以叢爲聲旁構造而成的形聲字。

【述義】藂是形聲兼會意字。

後但用叢。參見本書第三篇《丵部》"叢"條。

一謂株。《古今韻會舉要・東韻》："藂，株也。"

草₀₆₆₁　𦯔　草斗，櫟實也。一曰：象斗子。从艸，早聲。自保切（zǎo ㄗㄠˇ）。

【譯白】草，全名稱爲草斗，是櫟樹所結的子實。另有一名稱：象斗子。是依從艸做形旁，以早爲聲旁構造而成的形聲字。

【述義】王筠《說文釋例》卷十、頁二十七："草下云'草斗，櫟實也。一曰：象斗子'。此又改易之文也。《韻會》不引一曰句。《木部》栩下云'其實皁，一曰：樣'；樣下云'栩實'。《玉篇》樣有重文橡；橡卽象斗子之象也。《大司徒》注，司農云'今世閒謂柞實爲皁斗'。《掌染草》注'藍蒨，象斗之屬'。知先鄭猶呼草斗，後鄭卽呼象斗矣。大氐栩、柔、樣、柞、櫟爲一類之木，《說文》柞、櫟下，雖皆曰木也，不與栩、柔轉注，然梂下云'櫟實'；《廣韻》以櫟爲柞屬，夫櫟實所以名梂者，猶之茉、莍實裹如裘也（此依《爾雅》、《釋文》，今譌'實裹如表'）。吾鄉名其木曰柞，其實曰橡子；實之外有皮包之如栗房，名曰橡子盌，可染緇，是卽草斗矣。竊疑一曰象斗子句，或出《字林》，呂氏以許書不合時諺而改之；唐之試明字科者，合兩書爲一以便於誦讀，故有一義而分兩說者；而《字林》之亡，卽以旣經合併，故無傳述者耳（《玉篇》引一曰樣斗，蓋別二名也。余因樣、橡一字，揣知式樣之樣，亦可作像；像下固云'讀若養'字之養矣，特古人未用耳；《廣韻》有樣字，云式樣，蓋唐時俗別字也）。麻櫟結的子實稱爲"草"、"草斗"，又名"象斗"、"象斗子"、"橡斗子"、"橡栗"；麻櫟又名柞櫟，櫟實因而又名"柞子"、"柞實"；含澱粉，可食，味苦，其殼煮汁可做黑色染料，故"草"亦指黑色。

後"草"專用爲草本植物的總稱，別作"皁"字代櫟實之"草"，俗作"皂"。宋、徐鉉校本《說文解字》云："今俗以此爲艸木之艸，別作皁字爲黑色之皁。案：櫟實可以染帛爲黑色，故曰草；通用爲草棧字。今俗書皁或从白从十，或从白从匕，皆無意義，無以下筆。"《玉篇・白部》："皂，同皁。"段玉裁《說文解字注》："按草斗之字俗作皁、作皂；於六書不可通。象斗字當從《木部》作樣；俗作橡。”《周禮‧地官‧大司徒》：“其植物宜皂物。”鄭玄注引鄭司農云：“皂物，柞栗之屬，今世間謂柞實爲皂斗。”又《掌染草》：“掌以春秋歛染草之物。”鄭玄注：“染草：茅蒐、橐蘆、豕首、紫茢之屬。”唐、賈公彥疏：“言‘之屬’者，更有藍皂、象斗之等衆多，故以‘之屬’兼之也。”明、李時珍《本草綱目‧果二‧橡實》：“櫟，柞木也；實名橡斗、皂斗，謂其斗刓剜像斗，可以染皂也。”明、徐光啟《農政全書》卷五五：“（橡子樹）高二、三丈，葉似栗葉而大，開黃花，其實橡也，有梂彙自裹，其殼卽橡斗也。”《莊子‧盜跖》：“晝拾橡栗，暮棲木上，故命之曰有巢氏之民。”唐、杜甫《北征》詩：“山果多瑣細，羅生雜橡栗。”清、趙翼《靜觀》詩之二五：“食不如橡栗，衣不如紵麻。”

草本植物總名稱之“草”，讀 cǎo ㄘㄠ，《廣韻》采老切，上皓清；幽部。其諸義述下：

草本植物的總稱，卽百卉之名。《玉篇‧艸部》：“草，同艸。”《書‧禹貢》：“厥草惟繇，厥木惟條。”又《洪範》：“庶草蕃廡。”《論語‧陽貨》：“多識於鳥獸草木之名。”漢、王充《論衡‧量知》：“地性生草，山性生木。”《周禮‧秋官‧庶氏》：“庶氏掌除毒蠱，以攻說襘之，嘉草攻之。”唐、陸德明《經典釋文》：“艸，音草，本亦作草。”唐、韓愈《重雲李觀疾贈之》詩：“窮冬百草死，幽桂乃芬芳。”唐、柳宗元《段太尉逸事狀》：“是歲大旱，野無草。”

古時亦用以稱木。明、胡應麟《少室山房筆叢‧九流緒論下》：“《青史子》云：古禮，男子生而射天地四方。其文云：‘東方之弧以梧，梧者東方之草，春木也……棗者北方之草，冬木也。’是木亦可稱草也。”明、馮夢龍《古今譚概‧塞語‧牝牡雄雌》：“《洪範》言‘庶草蕃蕪’而不及木，則木亦可謂之草。”選列“草木”、“草茅”參考：

“草木”，指草本植物和木本植物。《易‧坤》：“天地變化，草木蕃。”唐、韓愈《送李愿歸盤谷序》：“太行之陽有盤谷，盤谷之間，泉甘而土肥，草木藂茂，居民鮮少。”明、劉基《〈悅茂堂詩〉序》：“故人不得其性則痛，鳥獸不得其性則瘵，草木不得其性則萎以枯。”另、“草木”尚有二指：一、荒野。《韓非子‧說疑》：“此十二人者，或伏死於窟穴，或槁死於草木，或飢餓於山谷，或沉溺於水泉。”二、亦作“艸木”，比喻卑賤，多用作自謙之詞。唐、陳子昂《諫刑書》：“臣草木微品，天恩降休，伏刻肌骨，不敢忘捨。”宋、蘇軾《笏記》之一：“徒傾艸木之心，莫報乾坤之施。”

“草茅”，亦作“草茆”、“艸茅”，原義雜草，用以比喻微賤，亦謂草野，指民間。《楚辭·卜居》：“寧誅鋤草茅以力耕乎？將游大人以成名乎？”唐、杜甫《奉酬嚴公寄題野亭之作》詩：“枉沐旌麾山城府，草茅無徑欲教鋤。”清、唐甄《潛書·柅政》：“雖無不肖擾民之事，而視民若忘，等於草茅。”“草茅”另有三指：一、草野、民間，多與“朝廷”相對。《儀禮·士相見禮》：“凡自稱於君，士大夫則曰下臣，宅者在邦則曰市井之臣，在野則曰草茅之臣。”《梁書·張弘策傳》：“英雄今何在？爲已富貴，爲在草茅？”宋、歐陽修《上范司諫書》：“夫布衣韋帶之士，窮居草茅，坐誦書史，常恨不見用。”清、侯方域《朋黨論下》：“朝廷有頑鈍無恥之大臣，而後草茅有激濁揚清之名士。”《醒世姻緣傳》第一回：“分明是草茆兒戲，到像細柳規模。”二、比喻鄙陋微賤。唐、陳子昂《爲宗舍人謝贈物表》詩之二：“自國之寵貴，未聞此榮；草茅孤臣，何以堪處！”亦比喻淺陋微賤的人。宋、曾鞏《與杜相公書》：“閣下以舊相之重，元老之尊，而猥自抑損，加禮於草茆之中，孤煢之際。”又《福州謝到任表》：“草茆弱質，素依及物之仁；犬馬微誠，終冀因心之恕。”三、在野未出仕的人，即平民。《新唐書·馬周傳贊》：“周之遇太宗，顧不異哉！由一介草茅言天下事。”章炳麟《秦政記》：“建國之主，非起于艸茅，必拔于搢紳也。”

“草菅”，即草茅，比喻微賤。漢、賈誼《新書·保傅》：“故今日卽位，明日射人，忠諫者謂之誹謗，深爲之計者謂之妖言，其視殺人若艾草菅然。”唐、皇甫湜《狠石銘》：“窮珍總奇，力瘁財彈，驅逐而前，而刈草菅。”清、唐孫華《廝養兒》詩：“自悲生死草菅輕，不如作君堂下犬。”亦謂草野，指民間言。宋、陸游《薏苡》詩：“嗚呼奇材從古棄草菅，君試求之籬落間。”視人命如草芥而任意摧折殘害，謂之“草菅人命”。《初刻拍案驚奇》

卷十一："所以說爲官做吏的人，千萬不要草菅人命，視同兒戲！"
清、蒲松齡《聊齋志異‧三生》："興以草菅人命，罰作畜。"清、
黃六鴻《福惠全書‧刑名‧監禁》："夫獄卒仇家諸人，草菅人命，
固憲典所水容矣。"

　　草又特指用爲飼料、燃料的草及乾草。《世說新語‧賢媛》："剉
諸薦以爲馬草。"元、高文秀《襄陽會》第一折："我今要與曹操讐
殺，爭奈這古城無糧草。"《三國演義》第四五回："我已探知操軍
糧草，俱屯於聚鐵山。"

　　謂荒野、草野，雜草叢生處。《商君書‧墾令》："農不敗而有餘
日，則草必墾矣。"《韓非子‧外儲說左下》："墾草刱邑，辟地生
粟。"《北齊書‧南陽王綽傳》："有婦人抱兒在路，走避入草，綽
奪其兒飼波斯狗。"唐、杜甫《送從弟亞赴河西判官》詩："令弟草
中來，蒼然請論事。"

　　引申指民間。唐、李白《梁甫吟》詩："君不見高陽酒徒起草中，
長揖山東隆準公。"

　　割草、除草。《禮記‧祭統》："草艾則墨，未發秋政，則民弗
敢草也。"孫希旦集解："行墨刑則發秋政矣，故其時可以艾草。
未發秋政，則民弗敢艾草也。"《周禮‧地官‧序官》："草人下
士四人。"漢、鄭玄注："草，除草。"賈公彥疏："鄭云'草，
除草'者，無糞種者，殺草然後種之，職雖不言殺草，名爲草人，
明知除草，故鄭云除草也。"

　　創始、創立、創造。《廣雅‧釋言》："草，造也。"《論語‧憲
問》："爲命，裨諶草創之。"劉寶楠正義："草者，言始制之。"《史
記‧孝武本紀》："草巡狩、封禪、改曆、服色事未就，會竇太后治
黃老言，不好儒術……諸所興爲者皆廢。"《漢書‧郊祀志上》："文
帝召公孫臣，拜爲博士，與諸生申明士德，草改曆服色事。"顏師古
注："草謂創造之。"又《任敖傳》："召公孫臣以爲博士，草立士德
時曆制度。"顏師古注引晉灼曰："草，創始也。"

　　粗劣、草率、簡略。如：草具、草次、草草。《戰國策‧齊策四》：
"左右以君賤之也，食以草具。"鮑彪注："草，不精也。"《史記‧
范睢蔡澤列傳》："秦王弗信，使舍食草具，待命歲餘。"司馬貞索

隱：“謂亦舍之，而食以下客之具，然草具，謂麄食草萊之饌具。”宋、周必大《二老堂雜志》卷一：“以麥飯對蔥葉，謂草具之食也。”《宋史・劉安世傳》：“作字不草書。”《三國志平話》卷上：“關公見飛非草次之人，說話言談，便氣和酒盡。”清、王夫之《讀四書大全說・論語・學而篇二》：“馮厚齋專就講習討論上說，只作今經生家溫書解；此俗學、聖學大別白處，不容草次。”清、鈕琇《觚賸續編・英豪舉動》：“（熊廷弼）供枯魚焦腐二簋，粟飯一盂，馮下箸有難色……（熊曰：）似此草具，當非所以待子，然丈夫處世，不應於飲食求工，能飽餐麤糲者，真英雄耳。”清、孔尚任《桃花扇・眠香》：“草辦妝奩，粗陳筵席。”

　　寫作、起草、起稿。南朝、宋、鮑照《建除詩》：“閉帷草《太玄》，茲事殆愚狂。”《南史・蔡景歷傳》：“召令草檄，景歷援筆立成。”宋、趙與時《賓退錄》卷三：“李昊仕於蜀，王衍之亡，為草降表。及孟昶降，又草焉。”《儒林外史》第三四回：“我草了一個底稿在此，來和你商議，替我斟酌起來。”

　　草稿、底本；亦作詩文的集名，意猶未定稿。《漢書・淮南厲王劉安傳》：“每為報書及賜，常召司馬相如等視草乃遣。”顏師古注：“草謂為文之藁草。”宋、宋敏求《春明退朝錄》卷下：“凡公家文書之藁，中書謂之草，樞密院謂之底，三司謂之檢。”清、俞樾《茶香室三鈔・友錄稿》：“國朝朱彝尊《靜志居詩話》云：‘陳體文字仲約，平居詩不留草，其友花左室見輒手錄之，故名《友錄稿》。’”

　　“草創”：一、開始興辦；創建。《漢書・律曆志上》：“漢興，方綱紀大基，庶事草創，襲秦正朔。”《新唐書・魏玄同傳》：“武德、貞觀，庶事草創，人物固乏。”《三國演義》第七十回：“二將趕二十餘里，奪了黃忠寨；忠又草創一營。”二、猶草率、粗糙簡略。《東觀漢記・光武帝紀》：“時城郭丘墟，掃地更為，帝悔前徙之，草創苟合，未有還人。”宋、鄭樵《〈通志〉總序》：“大抵開基之人，不免草創，全屬繼志之士為之彌縫。”清、蒲松齡《聊齋志異・仙人島》：“姊姊遠別，莫可持贈；恐至海南，無以為家，夙夜代營宮室，勿嫌草創。”三、起稿。《論語・憲問》：“為命，裨諶草創之，世叔討論之，行人子羽修飾之，東里子產潤色之。”楊伯峻注：“鄭國外交辭令的創制，裨諶擬稿……子產又作文詞上的加工。”《漢書‧司馬遷傳》：“凡百三十篇，亦欲以究天人之際，通古今之變，成一家之言；草創未就，適會此禍，惜其不成，是以就極刑而無慍色。”清、侯方域《徐作霖張渭傳》：“作霖好學深思，常偃仰臥竟日，或草創後復毀之，然出，而人以爲高文典册焉。”

微賤。《敦煌變文集‧鷰子賦》：“賴值鳳凰恩澤，放你一生草命。”又舊謙詞。《儒林外史》第十回：“三公子道：‘先生貴姓，台甫？’那人道：‘晚生姓陳，草字和甫。’”

文字書寫形式的名稱。一、漢字形體的一種，即草書；漢代初期已流行，爲隸書的草寫體，特點是筆畫相連，書寫便捷，故又名草隸；漢章帝好之，魏、晉間章草，殆由此得名。晉、潘岳《楊荊州誄》：“草隸兼善，尺牘必珍。”《晉書‧王羲之傳》：“嘗詣門生家，見棐几滑淨，因書之，眞草相半。”唐、張彥遠《法書要錄》卷一引南朝、宋、羊欣《采古來能書人名》：“河東衞覬字伯儒，魏尚書僕射，善草及古文。”宋、陸游《臨安春雨初霽》詩：“矮紙斜行閑作草，晴窗細乳戲分茶。”二、拼音字母的手寫體，如：大草；小草。

謂文字潦草，不工整。《花月痕》第五二回：“飯店隔壁，邵家扶乩，漱玉也來，只見乩上斜斜的兩行，寫得甚草。”

雌性的家畜或家禽；如：草驢、草馬、草雞、草狗。章炳麟《新方言‧釋動物》：“今北方通稱牝馬曰草馬，牝驢曰草驢。”《三國志‧魏志‧杜畿傳》：“漸課民畜牸牛、草馬，下逮雞豚犬豕，皆有章程。”北魏、賈思勰《齊民要術‧養牛馬驢騾》：“常以馬覆驢，所生騾者，形容壯大，驪復勝馬。然必選七八歲草驢，骨目正大者；母長則受駒，父大則子壯。”元、關漢卿《魯齋郎》第三折：“（李四云）魯齋郎，你奪了我的渾家，草雞也不曾我一個。”

姓。《正字通‧艸部》：“草，姓；漢、草中。”

疊字雙音“草草”形況：一、憂慮勞神的樣子。《詩‧小雅‧巷伯》：“驕人好好，勞人草草。”毛傳：“草草，勞心也。”南朝、宋、謝靈運《彭城宮中直感歲暮》詩：“草草眷徂物，契契矜歲殫。”唐、李白《閨情》詩：“織錦心草草，挑燈淚斑斑。”二、騷擾不安的樣子。《魏書·外戚傳上·賀泥》：“太祖崩，京師草草。”唐、元稹《俠客行》詩：“白日堂堂殺袁盎，九衢草草人面青。”宋、陸游《龍興寺吊少陵先生寓居》詩：“中原草草失承平，戍火胡塵到兩京。”三、匆忙倉促的樣子。唐、李白《南奔書懷》詩：“草草出近關，行行昧前筭。”宋、梅堯臣《令狐秘丞守彭州》詩：“前時草草別，渺漫二十年。”明、李東陽《春寒二十韻》詩：“年華草草催雙鬢，宦跡悠悠寄一身。”四、亦作“艸艸”；草率、苟簡。《新五代史·漢臣傳·李業》：“兵未出，威已至滑州。帝大懼，謂大臣曰：‘昨太草草耳。’”宋、蘇軾《與康公操都官書》之二：“所索詩，非敢以淺陋為辭，但希世絕境，眾賢所共詠歎，不敢草草為寄也。”明、唐寅《除夜坐蛺蝶齋中》詩：“燈火蕭蕭歲又除，盤餐艸艸食無魚。”

　　草隱去“草斗、櫟實”本義，專為百卉總名後，其引申、喻指諸義概如上述。

蓛₀₆₆₂　黄　麻蒸也。从艸，取聲。一曰：蓐也。側鳩切（zōu　ㄗㄡ）。

【譯白】蓛，大麻去了皮的稭。是依從艸做形旁，以取為聲旁構造而成的形聲字。另一義說：蓛是草編成的坐臥鋪墊用具。

【述義】麻類植物有大麻、亞麻、苧麻等，古代專指大麻，大麻又名火麻、黃麻。蒸，去皮的麻稭，參見前面“蒸”條。

　　蓛是去了皮的麻稭，亦指麻稭，又泛指草本植物的莖。《集韻·侯韻》：“蓛，莖也。”《儀禮·既夕禮》：“御以蒲蓛。”鄭玄注：“蒲蓛，牡蒲莖也。”胡培翬正義：“蓋取其皮以为麻，而其中莖謂之蒸，亦謂之蓛，因而凡物之莖皆謂之蓛，故鄭以莖釋蓛也。”《文選·潘岳〈西征賦〉》：“感市閭之蓛井，歎尸韓之舊處。”李善注：“蓛井，即渭城賣蒸之市也。”

　　利箭。《左傳·宣公十二年》：“樂伯曰：‘吾聞致師者，左射以蓛。’”杜預注：“蓛，矢之善者。”唐、劉禹錫《澤宮詩》序：“晉昌唐如晦以信誼為良弓，文學為蓛矢，規爵祿猶眾禽。”

　　燭餘，燭的餘燼。《廣雅·釋詁三上》：“蓛，餘也。”清、洪頤煊《讀書叢錄》卷十：“菆，可以爲燭，《禮記·曲禮上》：‘燭不見跋’，是菆爲燭餘也。”

草叢生。《玉篇·艸部》：“菆，草也，叢生也。”《古今韻會舉要·尤韻》：“菆，草叢生也。”

草席。《廣雅·釋器》：“蓐謂之菆。”《墨子·號令》：“城上日壹發席蓐，令相錯發。”

菆又讀cuán ㄘㄨㄢˊ，《廣韻》在丸切，平桓從。一、堆聚，叢積；特指把木材堆聚在靈柩的周圍。《集韻·桓韻》：“菆，積木以殯；或作欑，通作攢。”《禮記·檀弓上》：“天子之殯也，菆塗龍輴以椁。”孔穎達疏：“菆，叢也；謂用木菆棺而四面塗之，故云菆塗也。”清、全祖望《奉方望溪前輩書》：“迨舉尸而下於棺，舉棺而載諸輴，菆則周之，屋則塗之，是曰殯禮。”“菆塗”即堆疊木材於輴上爲椁形而塗之，後“菆”、“菆塗”引申指停放靈柩。宋、洪邁《夷堅乙志·莫小儒人》：“使人致其柩，欲菆諸境內僧舍中。”元、劉壎《隱居通議·駢儷一》：“對越菆塗之新屋，悉還茅土之故封。”亦借指靈柩。宋、司馬光《乞撤去福寧殿前尼女札子》：“臣竊見大行皇帝梓宮在福寧殿，自啟菆以來，每日裝飾尼女，置於殿前。”《梁書·皇后傳·高祖丁貴嬪》：“菆塗既啟，桂罇虛凝。”清、夏燮《中西紀事·剿撫異同》：“豈有龍輴菆塗于大禁，而令異言異服之人苴茅獻酎於其下。”二、殯具。宋、王安石《太皇太后挽辭二首》詩之二：“遺衣遷館御，祖載出宮菆。”三、殯殮。宋、陸游《山陰陸氏女墓銘》：“得疾，以八月丙子卒，菆于城東北澄谿院。”元、許有壬《丁文苑哀辭》：“卒於舟中……郡大夫率其國人菆之。予既爲位哭，遣人省其墓，告其家。子慕甬迎柩歸。”《金史·后妃傳下·世宗元妃李氏》：“癸未，啟菆，上輟朝；皇太子、親王、宗戚、百官送葬。”

菆又讀chù ㄔㄨˋ，《廣韻》芻注切，去遇初。鷹巢；泛指鳥巢。《廣韻·遇韻》：“菆，鳥窠。”唐、段成式《西陽雜俎·肉攫部》：“鷹巢一名菆鷹呼菆子者，雛鷹也。”

菆又讀cóng ㄘㄨㄥˊ，《集韻》徂聰切，平東從。同“叢”。羅振玉《讀碑小箋》：“漢《開母廟銘》有菆字，即叢之別體。與《說文》訓麻蒸之葭不同，叢从丵从取，茲婿（省）丵爲止，又譌止爲廾，於是遂與訓麻蒸之葭不別，其實非一字也。《春秋・僖公三十三年經》：'取叢'，《釋文》：'一作葭。'與碑同。"漢、楊孚《異物志》："葭蒲，藤類，蔓延他樹，以自長養，子如蓮，葭著枝葛（格）間。"

蓄₀₆₆₃　藟　積也。从艸，畜聲。丑六切（xù ㄒㄩˋ）。

【譯白】蓄，積聚的意思。是依從艸做形芴，以畜爲聲芴構造而成的形聲字。

【述義】蓄，積聚；引申作儲藏。徐鍇《說文解字繫傳》："蓄穀米芻茭蔬菜以爲備也。"徐灝《說文解字注箋》："畜蓄古通。"《詩・邶風・谷風》："我有旨蓄，亦以御冬。"《禮記・王制》："國無九年之蓄曰不足，無六年之蓄曰急，無三年之畜曰國非其國也。"《文選・班固〈典引〉》："蓄炎上之烈精，蘊孔佐之弘陳云爾。"李善注引蔡邕曰："蓄，聚也。"又《張衡・東京賦》："洪恩素蓄，民心固結。"薛綜注："蓄，積。"《新五代史・劉鄩傳》："將軍蓄米，將療饑乎，將破敵乎？"宋、李綱《論水便宜六事奏狀》："臣又惟古者九年必有三年之蓄，二七年必有九年之蓄。"

蓄養，謂積蓄培養或羅致供養。《國語・晉語四》："吾不適齊楚，避其遠也，蓄力一紀，可以遠矣。"韋昭注："蓄，養也。"《韓非子・愛臣》："是故明君之蓄其臣也，盡之以法。"唐、杜甫《北征》詩："官軍請深入，蓄銳可俱發。"唐、韓愈《南陽樊紹述墓誌銘》："其富若生蓄萬物，必出入仁義。"清、梁紹壬《兩般秋雨盦隨筆・張船山詩》："張船山太守嘗於吳門密蓄一妾。"又指畜養，謂飼養牲口。宋、辛棄疾《美芹十論》："使得植桑麻、蓄雞豚，以爲歲時伏臘婚嫁之資。"

等待。《後漢書・張衡傳》："盍遠迹以飛聲兮，孰謂時之可蓄？"李賢注："蓄，猶待。"

蘊藏、包含、懷有。唐、韓愈《上襄陽于相公書》："閣下負超卓之奇材，蓄雄剛之俊德。"清、侯方域《朋黨論下》："豈有君子蓄用世之志而狐立寡與者哉？"《紅樓夢》第十七回："此處蕉棠兩植，其意暗蓄'紅'、'綠'二字在內。"《清史稿・恭鏜傳》："煥章者，前甘州提督索文子也，素蓄異志。”

收藏。南朝、梁元帝《金樓子·雜記上》：“經蓄一枕，不知是何木。”唐、韓愈《錢重物輕狀》：“蓄銅過若干近者，鑄錢以爲他物者，皆罪死不赦。”清、王士禛《池北偶談·談異六·擊硯圖》：“吳匏庵嘗蓄一銅雀瓦硯，甚珍之。”

指留着鬚、髮。《紅樓夢》第四回：“遂趁年紀尚輕，蓄了髮，充當門子。”

冬菜名。《集韻·屋韻》：“蓄，冬菜。”《文選·曹植〈七啟〉》：“芳菰精稗，霜蓄露葵。”張銑注：“蓄，菜名；此物與葵，宜於霜露之時。”

萅（春）₀₆₆₄ 𦱳 推也。从艸，从日，艸春時生也，屯聲（从日艸屯，屯亦聲）。昌純切（chūn ㄔㄨㄣ）。

【譯白】萅，產生力量向外煥發展現生命。是分別依從艸，依從日做主、從形芴並峙爲義來表示艸是春季的煦日所孕育生長的，而以屯爲聲芴構造而成的會意兼形聲字（是依從連文成義的“日艸屯”表示煦日孕育了艸的發芽生長做主、從形芴，屯也爲聲芴構造而成的會意兼形聲字）。

【述義】萅，向外煥發展現生命（生命力向外煥發展現）。桂馥《說文解字義證》：“推也者，《五經通義》：冬至，陽動于下，推陰而上之，故大寒于上……陰陽相推，使物精華。”“从艸，从日，艸春時生也，屯聲”。段玉裁《說文解字注》依《韻會》作“从日艸屯，屯亦聲”。

《集韻·諄韻》：“萅，隸作春。”段玉裁《說文解字注》：“日、艸、屯者，得時艸生也，屯字象艸木之初生；會意兼形聲。”邵瑛《羣經正字》：“隸變作春，今經典因之。”

春季的煦日孕育生長出草木，而五穀成熟謂之“年”，因指春爲一年四季的第一個季節，爲農曆一至三月。《公羊傳·隱公元年》：“元者何？君之始年也。春者何？歲之始也。”何休注：“春者，天地開辟之端，養生之首，法象所出，四時本名也。”南朝、梁、劉勰《文心雕龍·物色》：“是以獻歲發春，悅豫之情早暢。”唐、杜甫《春夜喜雨》詩：“好雨知時節，當春乃發生。”明、高啟《明皇秉燭夜遊園》詩：“滿庭紫焰春霧，不知有月空中行。”

謂一年、一歲。三國、魏、曹植《雜詩六首》詩之三：“自期三年歸，今已歷九春。”唐、李白《古風五十九首》詩之一：“我志在刪述，垂輝映千春。”唐、錢起《送畢待御謫居》詩：“桃花洞裏舉家去，此別相思復幾春。”明、佚名《臨潼鬪寶》詩：“祖爲柏翳顓頊後，獨坐咸陽二百春。”清、趙符庚《燈市詞》詩：“鄉裏女兒十八春，描眉畫額點紅脣。”

東方；北斗指向東方爲春（春天北斗星在東方），故以春爲東方。另按：太陽升起的方向稱爲東、東方，一年伊始，春日和暖，萬物滋榮，亦或因而以春謂東方。《公羊傳·隱公元年》：“歲之始也。”漢、何休注：“昏，斗指東方曰春。”《尚書大傳》卷一：“東方者，何也？動方也，物之動也。何以謂之春？春，出也，故謂東方春也。”《藝文類聚》卷六二引漢、楊修《許昌宮賦》：“臨南軒而向春方，負黼黻之屏風。”《文選·顏延之〈車駕幸京口三月三日侍遊曲阿後湖作〉詩》：“春方動辰駕，望幸傾五州。”李善注引《禮記》：“春方曰春。”又張衡《東京賦》：“飛雲龍於春路，屯神虎於秋方。”李善注引薛綜曰：“春路，東方道也。”

情欲、情愫，男女間的愛慕。《詩·召南·野有死麕》：“有女懷春，吉士誘之。”《淮南子·繆稱訓》：“春女思，秋士悲，而知物化矣。”《詩·豳風·七月》：“女心傷悲。”漢、鄭玄箋：“春女感陽氣而思男，秋士感陰氣而思女，是其物化，所以悲也。”三國、魏、曹植《閨情二首》：“春思安可忘，憂戚與君並。”晉、陸機《演連珠》詩之三一：“幽居之女，非無懷春之情。”南朝、齊、王融《詠琵琶》：“絲中傳意緒，花裏寄春情。”唐、翁承贊《柳》詩之五：“纏繞春情卒未休，秦娥蕭史兩相求。”南唐、牛希濟《臨江仙》詞：“弄珠游女，微笑自含春。”清、納蘭性德《五色蝴蝶賦》：“蕩子之妻見悠揚而興婉，懷春之女對夾柏而含酸。”《花月痕》第十二回：“同秀見碧桃一身香豔，滿面春情，便如螞蟻見羶一般傾慕起來。”懷春亦用以比喻感念恩德。明、張居正《答應天巡撫朱東園書》：“霜雪之後，少加和煦，人卽懷春，亦不必盡變法以徇人也，惟公虛心劑量之。”

春季生趣盎然，萬物欣欣向榮，就草木而言，先有春華，後得秋實，女子如花，盼得佳偶良配，以“懷春”喻指情欲情愫，不亦宜乎善哉。若以“春心”、“春光”、“春色”類指，實其然也。

“春心”：一、春景所引發的意興或情懷。《楚辭·招魂》：“目極千里兮傷春心，魂兮歸來哀江南。”王逸注：“言湖澤博平，春時草短，望見千里，令人愁思而傷心也。”清、姚鼐《贈郭昆甫助教》詩：“三月春心寄鳴雁，南來飛過岳陽樓。”二、指男女之間相思愛慕的情懷。南朝、梁元帝《春別應令》詩之一：“花朝月夜動春心，誰忍相思不相見？”《初刻拍案驚奇》卷三一：“正寅看見賽兒尖鬆鬆雪白一雙手，春心搖蕩。”《花月痕》第七回：“牢鎖春心荳蔻梢，可人還似不勝嬌。”

“春光”：一、春天的風光、景致。南朝、宋、吳孜《春閨怨》詩：“春光太無意，窺窗來見參。”宋、楊萬里《題廣濟圩》詩之三：“詩卷且留燈下看，轎中只好看春光。”清、黃遵憲《遣悶》詩：“花開花落掩關臥，負汝春光奈汝何。”二、指歲月，青春。唐、鮑溶《秋思》詩之一：“燕國有佳麗，蛾眉富春光。”明、高明《琵琶記·官媒議婚》：“繡幕奇葩，春光正當十八。”清、李漁《意中緣·拒妁》：“只怕這有限的春光，順風兒吹得過去，逆風兒吹不轉來，那時節休懊悔也。”三、指消息，卽徵兆、端倪，多指男女私情而言。清、洪昇《長生殿·絮閣》：“（內侍）啟萬歲爺，楊娘娘到了。（生作呆科）呀，這春光漏泄怎地開交？”四、與“春風”俱爲形容和悅或欣喜的面容，如：滿面春光、滿面春風。

“春色”：一、春天的景色。南朝、齊、謝朓《和徐都曹》：“宛洛佳遨遊，春色滿皇州。”宋、葉紹翁《遊園不值》詩：“春色滿園關不住，一枝紅杏出牆來。”二、喻嬌豔的容顏。宋、柳永《梁州令》詞：“一生惆悵情多少，月不長圓，春色易爲老。”明、楊珽《龍膏記·開閣》：“小女以蒲柳弱質，幾萎秋霜，得賜龍鳳仙膏，再生春色。”三、喻喜色。宋、陶穀《清異錄·齒牙春色》：“婁師德位貴而性通豁，尤善捧腹大笑，人謂師德爲齒牙春色。”《西遊記》第十二回：“蕭瑀聞言，倍添春色，知他是個好人。”四、指臉上的紅暈。《水滸傳》第七二回：“宋江與柴進四人，微飲三杯，少添春色。”

清、孔尚任《桃花扇・選優》："看他粉面發紅，像是腼腆；賞他一柄桃花宮扇，遮掩春色。"《紅樓夢》第三九回："姑娘今日臉上有些春色，眼圈兒都紅了。"

"春"字即有指春色、喜悅之義。南朝、宋、際凱《贈范曄》詩："折梅逢驛使，寄與隴頭人；江南無所有，聊贈一枝春。"唐、孟郊《古意》詩："人顏不再春，桃色有再濃。"宋、王安石《送潮州呂使君》詩："呂使揭陽去，笑談面生春。"

"春風"：一、春天的風。戰國、楚、宋玉《登徒子好色賦》："寤春風兮發鮮榮，絜齋俟兮惠音聲。"唐、元稹《鶯鶯傳》："春風多厲，強飯爲嘉。"二、喻恩澤。三國、魏、曹植《上責躬應詔詩表》："伏惟陛下德象天地，恩隆父母，施暢春風，澤如時雨。"清、錢謙益《河南衛輝府輝縣知縣陳必謙前母錢氏贈孺人制》："因親以及親，使海隅之枯木，咸被春風。"三、喻融和的氣氛，或和善的態度。金、王若虛《〈論語辨惑〉總論》："學者一以春風和氣期之，凡忿疾譏斥之辭，必周遮護諱而爲之說。"《續資治通鑑・宋理宗紹定二年》："都民當撫靡，使常在春風和氣中，不要使有愁歡。"明、無名氏《四馬投唐》第二折："旣唐公不念前讐，你放些個春風和氣將他來待，免得嗏一度可喜兩度醜。"四、比喻教益、教誨。《孟子・盡心上》："有如時雨化之者。"漢、劉向《說苑・貴德》："吾不能以春風風人，吾不能以夏雨雨人，吾窮必矣。"後遂以"春風化雨"比喻良好教育的普及與深入亦以之爲對爲人師表而善於教化者之敬美。《兒女英雄傳》第三七回："驥兒承老夫子的春風化雨，遂令小子成名。"五、形容喜悅的表情。《再生緣》第七二回："一個兒頃刻春風生粉頰，一個兒頓時喜上眉峯。"陳登科《風雷》第一部第二一章："只見好神態自如，滿面春風。"六、比喻美貌。唐、杜甫《詠懷古迹》詩之三："畫圖省識春風面，環珮空歸月夜魂。"宋、陳與義《和張規臣水墨梅》詩之四："含章簷下春風面，造化功成秋兔毫。"元、王實甫《西廂記》第一本第一折："我見他宜嗔宜喜春風面，偏宜貼翠花鈿。"七、比喻男女之間的歡愛。元、王實甫《麗春堂》第三折："到今日身無所如，想天公也有安排我處，可不道呂望嚴陵自千古，這便算的我春風一度。"《警世通言・玉堂春落難逢夫》："沈洪平日原與小叚名有情，那時……草草合歡，也當春風一度。"《花月痕》第四五回："不料碧桃竟禁得起春風一度，而且曲盡媚嫵之態。"

八、指茶。宋、黃庭堅《謝送碾賜壑源揀牙》詩："春風飽識大官羊，不慣腐儒湯餅腸。"宋、陸游《余邦英惠小山新芽作小詩以謝》詩之三："誰遣春風入牙頰，詩成忽帶小山香。"

草木生長、花開放；喻生長、生機。唐、劉禹錫《酬樂天揚州初逢席上見贈》詩："沉舟側畔千帆過，病樹前頭萬木春。"宋、范成大《雨後東郭梅開》詩："司花好事相邀勤，不著笙歌不肯春。"清、王士禛《馬嵬懷古》詩："巴山夜雨卻歸秦，金粟堆邊草不春。"

春花秋月，謂春天的花，秋天的月，指春秋佳景或泛指美好的時光。南唐、李煜《虞美人》詞："春花秋月何時了？往事知多少！"《醒世恆言·勘皮靴單證二郎神》："若是氏兒前程遠大，將來嫁得一個良人，一似尊神模樣，偕老百年，也不辜負了春花秋月。"亦指歲序更迭。元、高明《琵琶記·牛小姐愁配》："非干是你爹意堅，怕春花秋月，誤你芳年。"清、孫德祖《〈小螺盫病榻憶語〉題詞·哭舍妹》："春花秋月一年年，靜鎖紅閨鎮日閒。"王進祥《民國第二乙亥誣陷天津小西關不忿殘民以逞者賦以自矢三十首》詩之二："蹉跎難堪故土情，春花秋月愧平生；餘年忍教背鄉日，不恤風波任我行。"

春華秋實，亦作"春花秋實"。一、春天開花，秋天結果。清、錢泳《履園叢話·夢幻·永和銀杏》："揚州鈔關官署東隅，有銀杏樹一株，其大數圍，直幹凌霄，春花秋實。"二、喻文采和品行學問，或事物的因果關係。《三國志·魏志·邢顒傳》："（君侯）採庶子之春華，忘家丞之秋實。"北齊、顏之推《顏氏家訓·勉學》："講論文章，春華也；修身利行，秋實也。"清、龔自珍《〈鴻雪因緣圖記〉序》："宦轍所至，宏獎士類，進其春華秋實之士而揚挖之。"

唐人呼酒爲春，後沿用之。《正字通·日部》："春，唐人名酒爲春。"唐、李肇《唐國史補》卷下："酒則有郢州之富水，烏程之若下，滎陽之土窟春，富平之石凍春，劍南之燒春。"唐、司空圖《詩品·典雅》："玉壺買春，賞雨茆屋。"唐、李白《哭宣城善釀紀叟》詩："紀叟黃泉裏，還應釀老春。"王琦注："唐人名酒多帶春字。"

前蜀、牛嶠《女冠子》詞：“錦江煙水，卓女燒春濃美。”明、高啟《客舍雨中聽江卿吹簫》詩：“恨無百斛金陵春，同上鳳凰臺上醉。”

　　方言；廣東稱禽魚卵爲春。明、屈大均《廣東新語》：“粵方言，凡禽魚卵皆曰春；魚卵亦曰魚春子。唐時吳郡貢魚春子，卽魚子也。”

　　姓。《通志・氏族略三》：“春氏，《風俗通》云：楚相黃歇，春申君之後。”

　　春又讀 chǔn ㄔㄨㄣˇ，《集韻》尺尹切，上準昌；諄部。通“蠢”，振作。清、朱駿聲《說文通訓定聲・屯部》：“春，叚借爲蠢。”《周禮・考工記・梓人》：“張皮侯而棲鵠，則春以功。”鄭玄注：“春讀爲蠢；蠢，作也，出也。天子將祭，必與諸侯羣臣射，以作其容體，出其合於禮樂者，與之事鬼神焉。”

菰（莁）₀₆₆₅　　艸多皃。从艸，狐聲。江夏平春有菰亭。古狐切（gū ㄍㄨ）。

【譯白】菰，草衆多的樣子。是依從艸做形旁，以狐爲聲旁構造而成的形聲字。江夏郡平春侯國有一地名稱爲菰亭。

【述義】菰爲“莁”的訛字。姚文田、嚴可均《說文校議》：“‘菰’前有‘莁’篆，與此說解全同。‘莁’、‘菰’形近，因重出。《廣韻》十七眞、廿一欣‘莁’字兩見，云‘亭名，在江夏’，而無‘菰’字，亦其證。議删。”

菿（菣）₀₆₆₆　　艸木倒（艸大也）。从艸，到聲。都盜切（dào ㄉㄠˋ）。

【譯白】菿，草大的意思。是依從艸做形旁，以到爲聲旁構造而成的形聲字。

【述義】桂馥《說文解字義證》：“‘艸木倒’者，後人亂之。《廣韻》、《爾雅》釋文竝引作‘艸大也’。”姚文田、嚴可均《說文校議》：“菿前有‘菣，艸大也。’當作此菿字。”

　　草大貌。《廣韻・號韻》：“菿，《說文》云：‘草大也。’”

　　大。《爾雅・釋詁上》：“菿，大也。”《玉篇・艸部》：“菿，《韓詩》：‘菿彼甫田’，毛作‘倬’。”按：本書《人部》：“倬，箸大也。”《玉篇・人部》：“倬，明也，大也。”

　　菿又讀 dǎo ㄉㄠˇ，《集韻》覩老切，上晧端。草名。《集韻・晧韻》：“莉，艸名。”

文四百四十五　重三十一（以上艸部的文字有四百四十五個，另有古文、籀文、或體等“重文”三十一個。按段玉裁《說文解字注》刪去‘蘱、菰、菽’三字，爲四百四十二字。）

芺 新019　〔芺〕　芙蓉也。从艸，夫聲。方無切（fú ㄈㄨˊ）。

【譯白】芺，全名芙蓉。是依從艸做形旁，以夫爲聲旁構造而成的形聲字。

【述義】鈕樹玉《說文新附考》：“《漢書》司馬相如及揚雄傳中，夫容竝不加艸，《博雅》、《玉篇》已作芙蓉。”

芙蓉，一、也作“芙蕖”，荷花的別名，睡蓮科多年生水生草本。《爾雅·釋草》：“荷，芙渠。”郭璞注：“別名芙蓉，江東呼荷。”《楚辭·離騷》：“製芰荷以爲衣兮，集芙蓉以爲裳。”洪興祖補注：“《本草》云：‘其葉名荷，其華未發爲菡萏，已發爲芙蓉。”三國、魏、曹植《洛神賦》：“迫而察之，灼若芙蕖出淥波。”唐、王維《臨湖亭》詩：“當軒對樽酒，四面芙蓉開。”唐、李白《湖邊采蓮婦》詩：“大嫂采芙蓉，溪湖千萬里。”清、唐孫華《晚秋獅子林小集》詩之一：“三徑林香穿竹樹，一池波影漾芙蓉。”二、卽木芙蓉，俗稱“芙蓉花”，錦葵科落葉灌木或小喬木，葉大掌狀淺裂，秋季開花，花大有柄，色有紅白，晚上變深紅，可插枝蕃植，供觀賞，葉和花均可入藥。隋、江總《南越木槿賦》：“千葉芙蓉詎相似，百枝燈花復羞燃。”宋、宋祁《木芙蓉》詩：“芙蓉本作樹，花葉兩相宜；愼勿迷蓮子，分明立券辭。”明、何宇度《益部談資》卷中：“錦城又名芙蓉城。昔蜀孟昶僭擬宮苑，城上盡種芙蓉，謂左右曰：‘眞錦城也。’”清、梁紹壬《兩般秋雨盦隨筆·芙蓉》：“嶺南木芙蓉，有一日白花，次日稍紅，又次日深紅者，名曰‘三日醉芙蓉’。”三、《西京雜記》卷二：“文君姣好，眉色如望遠山，臉際常若芙蓉。”後因以“芙蓉”喻指美女，以“芙蓉面”喻美人容顏。清、蒲松齡《聊齋志異·鴉頭》：“室對芙蓉，家徒四壁。”元、王實甫《西廂記》第一本第一折：

"東風搖曳垂楊線，游絲牽惹桃花片，珠簾掩映芙蓉面。"清、陳廷焯《白雨齋詞話》卷七："誰道蓬山天外遠，曉起開簾，重見芙蓉面。"四、寶劍名。漢、袁康《越絕書・外傳記寶劍》載越王句踐有寶劍名"純鈎"，相劍者薛燭以"手振拂，揚其華，捽如芙蓉始出"。後因以指利劍。唐、盧照鄰《長安古意》詩："相邀俠客芙蓉劍，共宿娼家桃李蹊。"唐、杜甫《八哀詩・故秘書少監武功蘇公源明》詩："青熒芙蓉劍，犀兕豈獨剸。"明、湯顯祖《南柯記・俠概》："一生游俠在江淮，未老芙蓉說劍才。"

芙蓉帳，用芙蓉花染繪製成的帳子。泛指華麗的帳子。唐、李白《對酒》詩："玳瑁筵中懷裏醉，芙蓉帳裏奈君何。"前蜀、牛嶠《女冠子》詞之二："繡帶芙蓉帳，金釵芍藥花。"《廣羣芳譜・花譜十八・木芙蓉》引《成都記》："（孟後主）以花（芙蓉）染繪爲帳，名芙蓉帳。"《花月痕》第四一回："魂銷夜月芙蓉帳，恨結春風翡翠釵。"

芙蓉膏，指鴉片。清、張際亮《送雲麓觀察督糧粵東》詩："土來金去芙蓉膏，絲輕帛賤羽毛布。"《黑籍冤魂》第一回："（鴉片）叫做'芙蓉膏'，又叫做'福壽膏'。"

蓉 新020　蓉　芙蓉也。从艸，容聲。余封切（róng ㄖㄨㄥˊ）。

【譯白】蓉，全名芙蓉。是依從艸做形旁，以容爲聲旁構造而成的形聲字。

【述義】芙蓉，見前字"芙"條。

蓉城，四川省成都市的簡稱。五代、後蜀、孟昶于宮苑城上遍植木芙蓉，因名成都爲芙蓉城，後簡稱蓉城或蓉。明、何宇度《益部談資》卷中："成都，一名錦城……又名芙蓉城。"又指古代傳說中的仙境。清、袁枚《隨園詩話》卷七："後任死，伏魄時《口號別親友》云：'……見說羣仙同抗手，遲余受代主蓉城。'"清、無名氏《星秋夢》："他日毗藍劫盡，蕊苑蓉城，再圖永聚。"

豆類、瓜果煮熟曬乾後磨粉做的糕點餡兒。如：豆蓉、蓮蓉、椰蓉。

薳 新021　薳　艸也。《左氏傳》："楚大夫薳子馮。"从艸，遠聲。韋委切（wěi ㄨㄟˇ）。

【譯白】蘧，一種草名。蘧也是姓，《左傳‧襄公二十二年》記載有楚國大夫姓蘧名子馮。是依從艸做形旁，以遽爲聲旁構造而成的形聲字。

【述義】姓。《玉篇‧艸部》：「蘧，蘧章，楚大夫。」《左傳‧昭公六年》：「懼其叛也，使蘧洩伐徐。」又《昭公十一年》：「僖子使助蘧氏之簉。」

蘧又讀 yuǎn ㄩㄢˇ，《集韻》雨阮切，上阮云。蘧志，藥草名，卽遠志。《集韻‧阮韻》：「蘧，蘧志，藥艸。」

荀 新022 ⬚ 艸也。从艸，旬聲。臣鉉等案：「今人姓荀氏本郇侯之後，宜用郇字。」相倫切（xún ㄒㄩㄣˊ）。

【譯白】荀，一種草名。是依從艸做形旁，以旬爲聲旁構造而成的形聲字。荀也是姓，臣徐鉉等人根據文獻考查在此向皇上證明：「現在姓荀的人們都是周文王兒子郇侯的後代，應寫作郇才是。」

【述義】荀草，傳說中的香草，據說服之可以美容色。《山海經‧中山經》：「（青要之山）有草焉，其狀如葌，而方莖、黃華、赤實，其本如藁本，名曰荀草，服之美人色。」晉、郭璞《山海經圖贊‧中山經》：「荀草赤實，厥狀如菅，婦人服之，練色易顏。」清、袁枚《隨園詩話補遺》卷九：「方伯九姬，最愛者春芳，葉氏，年將四旬，而風貌嫣然，似服仙家荀草者。」

古國名，姬姓，春秋時爲晉所滅，地在今山西省新絳縣東北二十五里。《左傳‧桓公九年》：「荀侯、賈伯伐曲沃。」杜預注：「荀、賈皆國名。」楊伯峻注：「荀，姬姓國，今山西省新絳縣東北二十五里有臨汾故城，卽古荀國。」

姓。《廣韻‧諄韻》：「荀，姓，本姓郇，後去邑爲荀。」

附述「郇」：一、古國名，姬姓，周文王子封于此，春秋時爲晉地，在今山西省臨猗縣南。本書第六篇《邑部》：「郇，周文王子所封國，在晉地。」朱駿聲《說文通訓定聲‧坤部》：「郇，在今山西蒲州府猗氏縣西北。」《詩‧曹風‧下泉》：「四國有王，郇伯勞之。」毛傳：「郇伯，郇侯也。」鄭玄箋：「郇侯，文王之子；爲州伯，有治諸侯之功。」《左傳‧僖公二十四年》：「秦伯使公子縶如晉師；師退，軍於郇。」《國語‧晉語四》：「師退次于郇。」韋昭注：「郇，晉地。"

姓。《廣韻·諄韻》："郇，姓；周文王子封於郇，後以爲氏。王莽時有郇越。"

苲 新023　　越嶲縣名，見《史記》。从艸，作聲。在各切（zuó ㄗㄨㄛˊ）。

【譯白】苲，漢代越嶲郡有苲都縣，《史記·西南夷列傳》有記載。是依從艸做形旁，以作爲聲旁構造而成的形聲字。

【述義】中國古代西南地區部族"苲都夷"的簡稱，後也爲"苲都縣"的簡稱。漢武帝、元鼎六年（公元前一一一年）在苲都（今四川省漢源縣東北）設沈黎郡，天漢四年（公元前九七年）併入西部都尉。《漢書·司馬相如傳》："且夫邛、苲、西僰之與中國並也，歷年茲多，不可記已。"

苲又讀 jí ㄐㄧˊ。《集韻》秦昔切，入昔從。茹草。《集韻·昔韻》："苲，茹草也。"

蓀 新024　　香艸也。从艸，孫聲。思渾切（sūn ㄙㄨㄣ）。

【譯白】蓀，一種香草的名稱。是依從草做形旁，以孫爲聲旁構造而成的形聲字。

【述義】香草。《楚辭·九章·抽思》："數惟蓀之多怒兮，傷余心之慢慢。"王逸注："蓀，香草也。"唐、杜甫《別李義》詩："憶昔初見時，小襦繡芳蓀。"《舊唐書·崔慎由傳》："挺松筠之貞姿，服蘭蓀之懿行。"清、顧炎武《關中雜詩》："名譽蓀蘭竝，文章日月同。"

蓀草，如香草之美，喻美德。《楚辭·九章·抽思》："何毒藥之謇謇兮，願蓀美之可完。"

蓀橈，以蓀草爲飾的船槳。《楚辭·九歌·湘君》："薜荔柏兮蕙綢，蓀橈兮蘭旌。"陸侃如注："蒸橈，是用蓀草飾的橈。"清、黃景仁《舟行即目》詩："霧鬢煙鬟水上頭，蓀橈斜倚蓼花洲。"

蔬 新025　　菜也。从艸，疏聲。所菹切（shū ㄕㄨ）。

【譯白】蔬，可供食用的草本植物的泛稱。是依從艸做形旁，以疏爲聲旁構造而成的形聲字。

【述義】鄭珍《說文新附考》："古本蓋亦止作疏。《衆經音義》引《字林》云：‘蔬，菜也。’是漢、魏間字。”

蔬菜。《爾雅・釋天》：“蔬不熟爲饉。”郭璞注：“凡草菜可食者通名爲蔬。”《國語・魯語上》：“昔烈山氏之有天下也，其子曰柱，能殖百穀百蔬。”韋昭注：“草實曰蔬。”《逸周書・大匡》：“無播蔬，無食種。”孔晁注：“可食之菜曰蔬。”晉、潘岳《閑居賦》：“灌園鬻蔬，以供朝夕之膳。”宋、陸游《老懷》詩：“荒園寂寂堆霜葉，抱瓮何妨日灌蔬。”宋、沈作喆《寓簡》卷七：“予雖不事口腹，然每飯必有魚肉蔬茹雜進。”

種菜。《朱子語類》卷一二四：“彭世昌守象山書院，盛言山上有田可耕，有圃可蔬。”清、顧炎武《復庵記》：“有松可蔭，有地可蔬。”

蔬又讀 shǔ ㄕㄨˇ；《集韻》爽阻切，上語生；魚部。通“糈”，米粒。《莊子・天道》：“鼠壤有餘蔬而棄妹。”唐、陸德明《經典釋文》：“餘蔬，司馬（彪）云：蔬讀曰糈；糈，粒也，鼠壤內有遺餘之粒，穢惡過甚也。’”

芊 新026　𦼫　艸盛也。从艸，千聲。倉先切（qiān ㄑㄧㄢ）。

【譯白】芊，草長得茂盛。是依從艸做形旁，以千爲聲旁構造而成的形聲字。

【述義】鈕樹玉《說文新附考》：“芊，通作千，亦作𦴱。”

草木茂盛。宋、高似孫《剡錄》卷一：“佳山清湍，芊林古渡。”元、揭溪斯《寄題馮掾東皋園亭》詩：“池流澹無聲，畦蔬蔚葱芊。”

疊字雙音“芊芊”形況：一、草木茂盛貌。《廣雅・釋訓》：“芊芊，茂也。”《列子・力命》：“美哉國乎！鬱鬱芊芊。”唐、李羣玉《黃陵廟》：“野廟向江春寂寂，古碑無字草芊芊。”唐、張耒《餘瑞麥》詩：“仁風吹靡靡，甘雨長芊芊。”明、梁辰魚《浣紗記・放歸》詞：“稽山路遠，嘆長亭縹緲，芳草芊芊。”二、蒼翠、碧綠、青翠色。《文選・宋玉〈高唐賦〉》：“仰視山巔，肅何芊芊。”一本作“千千”。李善注：“《說文》曰：‘𦴱，俗，望山谷千千青也。’千與芊古字通。”李周翰注：“芊芊，山色也。”宋、范成大《勞畬耕》詩：“麥穗黃剪剪，豆苗綠芊芊。”明、劉績《早春寄白虛室》詩：“帝城佳氣接煙霞，草色芊芊紫陌斜。”

茞又讀 qiàn ㄑ丨ㄢˋ，《廣韻》倉甸切，去霰清。"茞蒬"，草木青葱貌。《廣韻・霰韻》："茞，茞蒬，草木相雜貌。"《文選・郭璞〈江賦〉》："涯灌茞蒬，潛薈葱蘢。"李善注："茞蒬、葱蘢，皆青盛貌也。"

茗 新027　茗　茶芽也。从艸，名聲。莫迥切（míng ㄇ丨ㄥˊ）。

【譯白】茶（茶樹）長出的嫩葉。是依從艸做形旁，以名為聲旁構造而成的形聲字。

【述義】茶芽，一說指晚采的茶。《爾雅・釋木》："檟，苦荼"。晉、郭璞注："今呼早采者為茶，晚取者為茗。"《世說新語・紕漏》："坐席竟，下飲，便問人云：'此為茶，為茗？'"南朝、梁、任昉《述異記》卷上："巴東有真香茗，其花白色如薔薇……煎服令人不能眠，能誦無忘。"唐、陸羽《茶經・源》："茶者南方之嘉木也……其名一曰茶，二曰檟，三曰蔎，四曰茗，五曰荈。"參見前"茶"條。

泛稱茶。北魏、楊衒之《洛陽伽藍記・正覺寺》："渴飲茗汁。"唐、李白《遊化城寺升公清風亭》詩："茗酌待幽客，珍盤薦彫梅。"唐、皎然《山居示靈澈上人》詩："晴明路出山初暖，行踏春蕪看茗歸。"宋、黃庭堅《宜陽別元明》詩："別夜不眠聽鼠嚙，非關春茗攪枯腸。"明、許次紓《茶疏・產茶》："明月之峽，厥有佳茗。"

指用茶葉泡製、烹製或煎製的飲料。明、許次紓《茶疏・擇水》："精茗蘊香，借水而發，無水不可與論茶也。"

通"酩"，茗芋，即酩酊，大醉貌。南朝、宋、劉義慶《世說新語・任誕》："山季倫為荊州，時出酣暢，人為之歌曰：'山公時一醉，徑造高陽池，日莫倒載歸，茗芋無所知。'"宋、陸游《春遊至樊江戲示坐客》詩："酴醾爛漫我欲狂，茗芋還家君勿遽。"清、黃遵憲《小飲息亭醉後作》詩："偶約故人同茗芋，居然丈室坐蓮鬚。"

姓。《萬姓統譜・迥韻》："茗，見《姓苑》。"

薌 新028　薌　穀气也。从艸，鄉聲。許良切（xiāng ㄒ丨ㄤ）。

【譯白】薌，穀類食物的香氣。是依從艸做形旁，以鄉為聲旁構造而成的形聲字。

【述義】穀類食物的香氣。《玉篇・艸部》："薌，穀氣；亦作香。"《禮記・曲禮下》："凡祭宗廟之禮……水曰清滌，酒曰清酌，黍曰薌合，粱曰薌萁。”孔穎達疏：“夫穀秫者曰黍，秫既軟而相合，氣息又香，故曰薌合也。”孫希旦集解：“陳氏祥道曰：‘粱曰薌萁者，非獨米之芳烈，其萁梗亦有香氣也。’”按：《周禮·春官·大祝》鄭玄注引作：“黍曰香合，粱曰香萁。”

　　通“香”：一、芳香，泛指香氣。《禮記·內則》：“鉅鑊湯，以小鼎薌脯於其中。”鄭玄注：“薌脯，謂煮豚若羊於小鼎中，使之香美也。”《荀子·非相》：“欣驩芬薌以送之。”楊倞注：“薌與香同。”宋、岳珂《桯史·南陔脫帽》：“上方御樓，薌雲綵鰲，簫吹雷動。”二、有香味的原料或製成品。宋、蘇軾《司馬溫公神道碑》：“炷薌於手項以送公葬者凡百餘人。”三、炷香、香火。宋、無名氏《鬼董·歸宗寺》：“（廬山僧）炳薌祝之。”明、宋濂《故胡母歐陽夫人墓誌銘》：“亦捐產俾浮屠主之，爲薌燈之須。”

　　指紫蘇之類的香草，可用以調味。《禮記·內則》：“魴、鱮、烝、雛燒，雉薌，無蓼。”鄭玄注：“薌，蘇荏之屬。”清、蒲松齡《聊齋志異·胡四相公》：“鼈羞鹿脯，雜以薌蓼。”

　　薌又讀 xiǎng ㄒㄧㄤˇ；《集韻》許兩切，上養曉。通“響”，聲響。《類篇·艸部》：“薌，又許兩切，響或作薌，聲也。”《漢書·揚雄傳上》：“薌呹肸以掍根兮，聲駍隱而歷鍾。”顏師古注：“又言風之動樹，聲響振起衆根合……薌，讀與響同。”唐、于邵《釋奠武成王樂章·奠幣登歌》：“管磬升，壇薌集。”

藏 新029　藏　匿也。臣鉉等案：“《漢書》通用藏字；从艸後人所加。”昨郎切（cáng ㄘㄤˊ）。

【譯白】藏，隱匿。臣徐鉉等根據文獻考查在此向皇上說明：“《漢書》上是通用藏這個字來指隱匿；依從艸做形芴所構造而成的這個藏字，是後代人所造的。”

【述義】鈕樹玉《說文新附考》：“漢碑已有藏字，知俗字多起於分隸。”

　　隱匿、隱藏、潛匿。《易·繫辭上》：“顯諸仁，藏諸用，鼓萬物而不與聖人同憂。”《論語·述而》：“用之則行，舍之則藏。”《史記·秦始皇本紀》：“天下敢有藏《詩》、《書》、百家語者，悉詣守、尉雜燒之。”又《魏公子列傳》：“公子聞趙有處士毛公藏於博徒，薛公藏於賣漿家，公子欲見兩人，兩人自匿不肯見公子。”唐、李白《答湖州迦葉司馬》詩：“青蓮居士謫仙人，酒肆藏名三十春。”金、元好問《九月晦日王村道中》詩：“煙光藏落景，山骨露清秋。”

收存、儲藏。《易・繫辭上》：“慢藏誨盜。”《荀子・王制》：“春耕，夏耘，秋收，冬藏。”《史記・孟嘗君列傳》：“今君又尚厚積餘藏，欲以遺所不知何人，而忘公家之事日損，文竊怪之。”又《太史公自序》：“藏之名山，副在京師。”

保存。《周禮・天官・宰夫》：“五曰府，掌官契以治藏。”鄭玄注：“治藏，藏文書及器物。”宋、蘇軾《後赤壁賦》：“我有斗酒，藏之久矣。”明、周履靖《羣物奇制》：“石灰可以藏鐵器，草索可以祛青蠅。”

懷、蓄、藏在心中。《易・繫傳下》：“君子藏器於身，待時而動。”《韓非子・外儲說左上》：“故桓公藏蔡怒而攻楚，吳起懷瘳實而吮傷。”三國、魏、嵇康《幽憤詩》：“大人含弘，藏垢懷恥。”晉、王嘉《拾遺記・前漢下》：“言理幽微，非知機藏往，不可通焉。”

守。《禮記・禮運》：“故自郊社祖廟山川五祀，義之脩而禮之藏也。”鄭玄注：“脩，猶節也；藏，若其城郭然。”

深，從上到下或從外到裏的距離大。《廣雅・釋詁三》：“藏，深也。”王念孫疏證：“藏者，《韓詩外傳》云：‘窺其戶，不入其中，安知其奧藏之所在。’藏猶深也。故《考工記・梓人》‘必深其爪’鄭玄云：‘深猶藏也。’”《素問・長刺節論》：“刺家不診，聽病者言在頭，頭疾痛，為藏鍼之。”王冰注：“藏，猶深也，言深刺之也。”

姓。《萬姓統譜・陽韻》：“藏，見《姓苑》。”

藏又讀 zàng ㄗㄤˋ，《廣韻》徂浪切，去宕從；陽部。分述諸義如後：儲存物品的地方。《玉篇・艸部》：“藏，庫藏。”《禮記・月令》：“（孟冬之月）天氣上騰，地氣下降，天地不通，閉塞而成冬，命百官謹蓋藏。”鄭玄注：“謂府庫囷倉有藏物。”《國語・晉語四》：“豎頭須，守藏者也。”《史記・平準書》：“山海，天地之藏也。”唐、封演《封氏聞見記・典籍》：“漢承秦滅學，武帝開獻書之路，置寫書之官，由是外有太常、太史、博士之藏，內有延閣、廣內、秘書之府。”《古今小說・楊八老越國奇逢》：“乞食貧兒，驀地發財掘藏。”

埋葬。《荀子・禮論》：“輿藏而馬反，告不用也。”楊倞注：“藏，謂埋之也。”《列子・楊朱》：“及其死也，無瘞埋之資，一國之人受其施者，相與賦而藏之。”俞樾平議：“藏，猶言葬也。”唐、韓愈《送浮屠文暢師序》：“聖人者立，然後知宮居而粒食，親親而尊尊，生者養而死者藏。”

葬地、墓穴、墳墓。《三輔黃圖・陵墓》：“文帝霸陵，在長安城東七十里，因山爲藏，不復起墳。”唐、張鷟《朝野僉載》卷五：“左補闕畢乾泰，瀛洲任丘人，父母年五十，自營生藏。”《金史・本紀・世宗紀》：“皇統四年，號其藏爲光陵。”

內臟，後作“臟”。《周禮・天官・疾醫》：“參之以九藏之動。”鄭玄注：“正藏五，又有胃、旁胱、大腸、小腸。”賈公彥疏：“正藏五者，謂五藏：肺、心、肝、脾、腎，並氣之所藏。”《淮南子・原道》：“夫心者，五藏之主也。”《後漢書・方術傳下・華佗》：“阿善針術。凡醫咸言背及匈藏之閒不可妄針，針之不可過四分，而阿針背入一二寸，巨闕匈藏乃五六寸，而病皆瘳。”《敦煌曲子詞・定風波》：“只爲藏中有結物，虛汗出。”唐、李白《東海有勇婦》詩：“斬首掉國門，蹴踏五藏行。”

佛教經典的總集；後也稱道教的經典。南朝、梁、慧皎《高僧傳・安清》：“出家修道，博曉經藏。”宋、魯應龍《閑窗括異志》：“東林施水院，本定庵居士白蓮道場，寺有藏，歲久弊甚。”《宋史・王欽若傳》：“明年，爲景靈使閱道藏。”明、劉若愚《酌中志・內臣職掌紀略》：“經廠掌司四員或六員，在經廠居住，只管一應經書印板及印成書籍，佛藏道藏番藏皆佐理之。”《徐霞客遊記・滇遊日記八》：“三年前立師東遊請藏，久離此山。”清、蒲松齡《聊齋志異・龍飛相公》：“因教諸鬼使念佛，捻塊代珠，記其藏數。”

中國少數民族之一，人口四百七十萬左右，分佈在西藏和青海、四川、甘肅、雲南等省的部分地區。自稱“博”或“博日”；語言屬漢藏語系藏緬語族藏語支；使用藏文，主要從事農業或畜牧業，多信奉喇嘛教。

西藏的簡稱。

藏又讀 zāng ㄗㄤ，《集韻》茲郎切，平唐精；陽部。分述諸義如後：草名。《集韻‧唐韻》：“藏，艸名。似薍。”《史記‧司馬相如列傳》：“其卑溼則生藏莨蒹葭。”裴駰集解引《漢書音義》：“藏，似薍而葉大。”

通“臟”，窩主。《左傳‧文公十八年》：“（周公）作《誓命》曰：‘毀則爲賊，掩賊爲藏。’”孔穎達疏：“掩匿賊人是爲藏。”清、黃生《義府》：“藏乃臧之誤也。古‘藏’、‘臟’字皆作‘臧’，後人轉寫誤加艸耳。‘掩賊爲藏’，考《國語》正作‘臧’，言得賊之物而隱庇其人，猶今窩主之謂。”

通“臧”，善。《詩‧小雅‧隰桑》：“中心藏之，何日忘之。”鄭玄箋：“藏，善也。”《逸周書‧大開》：“謀競不可以藏。”孫詒讓斠補：“案：藏當爲臧，言謀爭競者不可以爲善也。”《莊子‧在宥》：“不治天下，安藏人心。”成玄英疏：“旣問在宥不治，人心何以履善。”

蕆　_{新030}　巂　《左氏傳》：“以蕆陳事。”杜預注云：“蕆，敕也。”从艸，未詳。丑善切（chǎn ㄔㄢ）。

【譯白】蕆。《左傳‧文公十七年》記載：“鄭伯去完成使陳國從服於晉的工作。”杜預注解說：“蕆，就是敕，是整飾、治理引申爲完成的意思。”蕆是依從艸做形旁，不清楚整個字形結構該如何分析。

【述義】完成，解決。《方言》卷十三：“蕆，備也。”又：“蕆，解也。”郭璞注：“蕆訓敕，復訓解，錯用其義。”《左傳‧文公十七年》：“十四年七月，寡君又朝，以蕆陳事。”楊伯峻注：“蕆陳事者，完成陳國從服於晉之工作也。”《新唐書‧忠義傳下‧蔡廷玉》：“廷玉遂蕆朝事。”清、昭槤《嘯亭雜錄‧李壯烈戰迹》：“公以文吏，徜徉中外，故宜幸其事，早蕆其功。”清、龔自珍《己亥雜詩》：“故人橫海拜將軍，側立南天未蕆勳。”嚴復《原強》：“殫畢生精力，五十年而著述之事始蕆。”

去貨。《廣韻‧獮韻》：“蕆，去貨。”

“蕆工”，亦作“蕆功”，謂竣工，完工。清、馮桂芬《蘇太義圓記》：“是役也，經始于乙巳，越四年戊申旣蕆功。”清、薛福成《寧波府學記》：“同治元年，知府邊葆誠修葺大成殿……忠義節孝等祠牆垣，以三年二月蕆工。"清、平步青《霞外攟屑・掌故・儒林傳稿》："《清容傳》蓋文達所撰，《文苑傳》之嚆矢，以《儒林傳》尚未蕆工，出持漕節，此事遂已。"《清史稿・德宗紀一》："（光緒十七年夏四月辛酉）頤和園蕆工，上奉皇太后臨幸自此始。"

　　"蕆事"，謂事情辦理完成。前蜀、杜光庭《王宗玠宅弘農郡夫人降聖日修大醮詞》："瀝丹欸以騰詞，拂碧壇而蕆事。"《宋史・樂志九》："新廟肅肅，蕆事以時。"清、魏源《再上陸制府論下河水利書》："加以木樁灰漿工費不貲，斷非汛前所能蕆事。"

蘸 新031　蘸　以物沒水也；此蓋俗語。从艸，未詳。斬陷切（zhàn 业马`）。

【譯白】把物體浸入水中；這大概是民間流傳的說法。是依從艸做形旁，但不清楚整個字的結構應如何分析。

【述義】將物體浸入水中。《玉篇・艸部》："蘸，以物內水中。"《楚辭・大招》"魂乎無東，湯谷宗只"漢、王逸注："或曰：宗，水蘸之貌。"洪興祖補注："蘸，沒也。"唐、韓愈《題于賓客莊》詩："榆莢車前蓋地皮，薔薇蘸水筍穿籬。"宋、辛棄疾《菩薩蠻・又贈周國輔侍人》詞："畫樓影蘸清溪水，歌聲響徹行雲裏。"明、徐渭《七里灘》詩："淺水礐頭蘸幾堆，清涎齒縫破生梅。"

　　在液體、粉末或糊狀物裏沾一下就拿出來。北周、庾信《鏡賦》："朱開錦踰，黛蘸油檀。"明、徐渭《葡萄》詩："尚有舊時書禿筆，偶將蘸墨點葡萄。"《水滸傳》第三一回："（武松）連吃了三四鍾，便去死屍身上割下一片衣襟來，蘸着血，去白粉壁上寫下八字道：'殺人者打虎武松也。'"《二十年目睹之怪現狀》第六回："忽然又伸出一個指頭兒，蘸些唾沫，在桌子上寫字，蘸一口，寫一筆。"

　　用同"站"，驛站。宋、彭大雅、徐霆《黑韃事略》："置蘸之法，則聽諸酋頭項自定，差使之久近漢民。"

文十三　新附（以上《艸部》新增附的文字有十三個。）

蓐 0667　蓐　陳艸復生也。从艸，辱聲。一曰：蔟也。凡蓐之屬，皆从蓐。蓐，籀文蓐；从茻。而蜀切（rù ㄖㄨ`）。

【譯白】蓐，前一年枯黃的草重新發芽再生長。是依從艸做形旁，以辱爲聲旁構造而成的形聲字。另一義說：蓐是供蠶爬行作繭的蓐席。大凡用蓐做部首來被統括其意義類屬的文字，都是依從蓐做形旁構造而成的。薅，籀文的蓐字；是以茻爲形旁構造而成的形聲字。

【述義】陳草復生。徐鍇《說文解字繫傳》：“陳根更生繁縟也……言草繁多也。”

　　能作褥子的草。《左傳·宣公十二年》：“軍行，右轅，左追蓐。”杜預注：“在左者，追求草蓐，爲宿備也。”孔穎達疏：“蓐謂臥止之草，故云爲宿備也。”

　　草席、草墊子。《爾雅·釋器》：“蓐謂之茲。”郭璞注：“茲者，蓐席也。”清、王筠《說文解字句讀》：“案此皆人之蓐也，蔟則蠶之蓐也。俗作褥字，蓋卽蓐之分別文。”《周禮·夏官·圉師》：“圉師掌教圉人養馬，春除蓐。”《墨子·號令》：“城上日壹發席蓐，令相錯發。”《韓非子·內儲說下》：“吾聞汝今者發蓐而席弊甚，賜汝席。”晉、李密《陳情表》：“而劉夙嬰疾病，常在牀蓐。”

　　蠶蔟，用麥稈等做成，蠶在上面做繭。元、王禎《農書》卷六：“（養蠶蟻）用細切搗軟稈草勻鋪爲蓐。”

　　厚、繁密。《方言》卷十二：“蓐，厚也。”《廣雅·釋詁三下》：“蓐，厚也。”王念孫疏證：“《說文》：‘蓐，陳草復生也。’又云：‘縟，繁采飾也。’張衡《西京賦》云：‘采飾纖縟。’縟與蓐同義。”《左傳·文公七年》：“訓卒利兵，秣馬蓐食，潛師夜起。”王引之《經義述聞》：“食之豐厚於常，固謂之蓐食。”

　　通“褥”，坐臥時鋪在身體下面的墊子。《後漢書·趙岐傳》：“有重疾，臥蓐七年。”晉、李密《陳情表》：“而劉夙嬰疾病，常在牀蓐。”

　　古國名，地在汾水流域，春秋時爲晉國所滅。《左傳·昭公元年》：“臺駘能業其官……帝用嘉之，封諸汾川，沈、姒、蓐、黃，實守其祀，今晉主汾而滅之矣。”杜預注：“四國，臺駘之後。”

　　姓。《通志·氏族略》：“蓐氏，《風俗通》云：蓐收之後。”

薅 ₀₆₆₈　𦼬　拔去田艸也。从蓐，好省聲。𦳝，籀文，薅省。

，薅或从休。《詩》曰："既茠荼蓼。"呼毛切（hāo ㄏㄠ）。

【譯白】薅，拔去田間的雜草。是依從蓐做形旁，以好省去"子"做聲旁構造而成的形聲字。薅，籀文的薅字，省去"寸"。茠，薅的或體字，以休爲聲旁。《詩·周頌·良耜》說："用鋤頭除去荼、蓼等雜草。"

【述義】朱駿聲《說文通訓定聲·孚部》："或从艸，休聲，字亦作薅、作茠。"今本《詩·周頌·良耜》作"其鎛斯趙，以薅荼蓼。"王肅注："荼，陸穢；蓼，水草。"

除去田間雜草。《詩·周頌·良耜》："其鎛斯趙，以薅荼蓼。"朱熹集傳："薅，去也。"《國語·晉語五》："臼季使，舍於冀野，冀缺薅，其妻饁之。"韋昭注："薅，耘也。"《漢書·王莽傳中》："予之南巡，必躬載耨，每縣則薅，以勸南僞。"顏師古注："薅，耘去草也。"北魏、賈思勰《齊民要術·水稻》："稻苗漸長，復須薅；拔草曰薅。薅訖，決去水，曝根令堅。"

泛指拔去。唐、韓愈《司徒兼侍中贈許國公神道碑銘》序："自吾舅歿，五亂於汴者，吾苗薅而髮櫛之，幾盡。"明、方孝孺《林泉讀書齋銘》："內刈其穢，外薅其戕，不吝以虧，不驕以亢。"《兒女英雄傳》第二五回："鄧九公哈哈大笑道：'師傅又錯了？師傅錯了，薅你師傅的鬍子好不好？'"

薅田，耘田。元、王禎《農書》卷十三："曾氏《薅鼓序》云：'薅田有鼓，自入蜀見之，始得集其來，既來則節其作，既作則防其笑語而妨務也。'"

薅草，除草。明、謝肇淛《五雜俎·地部一》："水田自犁地而浸種，而插秧，而薅草，而車戽，從夏訖秋，無一息得暇逸，而其收穫亦倍。"章炳麟《新方言·釋言》："《說文》：薅，拔去田草也……今山西、淮西、淮南，皆謂刈草爲薅草。"

薅馬，農具名，耘禾時所乘的竹馬。明、徐光啟《農政全書》卷二二："薅馬，薅禾所乘竹馬也，似籃而長，如鞍而狹，兩端攀以竹系，農人薅草之際，乃寅于胯間，餘裳斂之於內，而上控于腰畔，乘之，兩股既寬，行壟上不礙苗行，又且不爲禾葉所絈，故得專意摘剔稂莠，速勝鋤薅，殆若秋馬之類，因名曰薅馬。"薅馬即秋馬，古代農民拔秧時所坐的器具。形如船，底平滑，首尾上翹，利於秧田中滑移。宋、蘇軾《秧馬歌引》：“（予昔游武昌，見農夫皆騎秧馬）日行千畦，較之傴僂而作者勞佚相絕矣。”宋、陸游《春日小園雜賦》詩：“自此年光應更好，日驅秧馬聽繅車。”清、趙翼《橫塘曲》詩：“朝行秧馬宵呼犢，不抵清歌侑一觴。”

薅耨，除草。元、趙孟頫《題耕織圖》詩之四：“朝朝荷鋤往，薅耨忘疲倦。”

薅櫛，清除整治。清、錢謙益《巡撫雲南錢公神道碑銘》：“薅櫛滋勤，揃刈斯舉。”

薅刀，鐮刀。李憲華《趕早送菜進北京》詩：“兵馬列成陣，嚓嚓嚓……手持薅刀忙不停。”

薅惱：一、麻煩；騷擾。《水滸傳》第二回：“這廝們大哥，必要來薅惱村坊。”《兒女英雄傳》第三一回：“只是我在此住了多年，從不曾薅惱鄉鄰，欺壓良賤，你們無端的來擾害我家，是何原故？”二、煩惱。清、蒲松齡《聊齋志異・念秧》：“生平不習跋涉，撲面塵沙，使人薅惱。”

薅鋤：一、除草用的短柄小鋤。二、謂除草鋤地。

文二　重三（以上《蓐部》的文字有二個，重文有三個。）

茻0669　茻　衆艸也。从四屮。凡茻之屬，皆从茻。讀與冈同。模朗切（mǎng ㄇㄤˇ）。

【譯白】茻，繁密生長的草。是依從四個屮共同做形匊構造而成的會意字。大凡用茻做部首來被統括其意義類屬的字，都是依從茻做形匊構造而成的。茻的音讀與冈字的音相同。

【述義】衆草、繁密生長的草；也指草叢。朱駿聲《說文通訓定聲・壯部》：“經傳草、茻字皆以莽爲之。”

叢生的蕨類。《通志・六書略・草木之形》：“茻，蕨類，繁薈而叢生。”

茻又讀mǔ ㄇㄨˇ，《集韻》滿補切，上姥明。宿草、陳年的草。《玉篇・茻部》：“茻，草木冬生不死。”《集韻・姥韻》：“茻，宿茻。”

莫（暮）0670　　　日且冥也。从日在艸中（，艸亦聲）。莫故切（mù ㄇㄨˋ），又，慕各切（mò ㄇㄛˋ）。

【譯白】莫，太陽將落入地平線下、天色轉爲昏暗。是用"日"來和"艸"相從做形旁並峙爲義，艸也爲聲旁構造而成的會意兼形聲字。

【述義】段玉裁《說文解字注》加"艸亦聲"。云："此於雙聲求之。"述讀"莫故切（mù ㄇㄨˋ）"諸義：

日落的時候、傍晚、黃昏，後作"暮"。《詩·齊風·東方未明》："不能辰夜，不夙則莫。"《禮記·間傳》："故父母之喪，旣殯食粥，朝一溢米，莫一溢米。"又《聘義》："日暮人倦，齊莊正齊，而不敢解惰。"宋、晏幾道《蝶戀花》詞："朝落莫開空自許，竟無人解知心苦。"元、薩都剌《鳳凰臺懷古》詩："莫雨樓臺連野寺，秋風鼓角動邊城。"

引申爲晚、時間將盡、季節一年將盡。《詩·小雅·采薇》："曰歸曰歸，歲亦莫止。"又《周頌·臣工》："嗟嗟保介，維莫之春。"鄭玄箋："莫，晚也。"宋、蘇軾《與林天和長官書》之二二："歲莫，萬萬加愛，不宣。"莫夜，卽夜晚。《易·夬》："莫夜有戎，勿恤。"宋、蘇軾《石鐘山記》："至莫夜月明，獨與邁乘小舟至絕壁下。"莫春，卽晚春，俗作"暮春"。《論語·先進》："莫春者，春服旣成。"何晏集解引包咸曰："莫春者，季春三月也。"清、周亮工《送王庭一入楚序》："予於是年莫春返白門。"

昏暗。《荀子·成相》："門戶塞，大迷惑，悖亂昏莫，不終極。"楊倞注："莫，冥寞，言闇也。"漢、枚乘《七發》："於是榛林深澤，煙雲闇莫。"

幼小，特指晚生的。《廣雅·釋言》："莫，稚也。"王念孫疏證："《爾雅》云：雉之莫子爲鸋。"

植物名，卽"酸模"、"酸漿草"，爲蓼科多所生草本，嫩莖葉可食，全草入藥。《詩·魏風·汾沮洳》："彼汾沮洳，言采其莫。"毛傳："莫，菜也。"孔穎達疏引陸璣曰："莫，莖大如箸，赤節，節一葉，似柳葉，厚而長，有毛刺。今人繅以取繭緒。其味酢而滑，始生可以爲羹，又可生食。五方通謂之酸迷，冀州人謂之乾絳，河、汾之間謂之莫。"馬瑞辰通釋："酸迷一名酸模，省言之曰莫。"

通“慕”，貪慕。《論語·里仁》：“君子之於天下也，無適也，無莫也。”唐、陸德明《經典釋文》：“莫，鄭音慕。無所貪慕也。”

通“幕”，帳篷。莫府，即“幕府”。清、朱駿聲《說文通訓定聲·豫部》：“莫，叚借爲幕。”《史記·張釋之馮唐列傳》：“斬首捕虜，上功莫府。”司馬貞索隱：“‘莫’當爲‘幕’，古字少耳。”又《廉頗藺相如列傳》：“以便宜置吏，市租皆輸入莫府，爲士卒費。”《新唐書·杜如晦傳》：“王驚曰：‘非公言，我幾失之。’因表留莫府。”明、陶宗儀《輟耕錄·婦女曰娘》：“隋柴紹妻李氏，起兵應李淵，與紹各置莫府，號娘子軍。”章炳麟《訄書·官統中》：“凡將軍有前後左右，而大將軍居中而主莫府，故主領更卒者五人。”

疊字雙音“莫莫”形況，是指昏昧無知貌。晉、葛洪《抱朴子·疾謬》：“若問以《墳》《索》之微言……古今因革之異同，則怳悷自失，喑鳴俛仰，蒙蒙焉，莫莫焉，雖心覺面牆之困，而外護其短乏之病。”

附說莫已俗作“暮”諸義：

徐鍇《說文解字繫傳》：“平野中，望日且莫將落，如在茻中也。今俗作暮。”段玉裁注：“茻亦聲。”羅振玉《增訂殷虛書契考釋》：“（甲骨文）从棥，與許書从茻同。卜辭从棥从茻多不別。”

日落時，傍晚。《廣雅·釋詁四》：“暮，夜也。”王念孫疏證：“凡日入以後，日出以前通謂之夜，故夕時亦謂之夜……夕、夜、莫三字同義。”《廣韻·暮韻》：“暮，日晚也。”《國語·晉語五》：“范文子暮退於朝。”唐、杜甫《石壕吏》詩：“暮投石壕村，有吏夜捉人。”

指時間靠後、接近終末。《論語·先進》：“莫（暮）春者，春服既成，冠者五六人，童子六七人，浴乎沂，風乎舞雩，詠而歸。”宋、洪邁《容齋四筆》卷十四：“是時冬暮，梅花已開。”

遲、晚。《呂氏春秋·謹聽》：“夫自念斯，學德未暮。”高誘注：“暮，晚。”《後漢書·廉范傳》：“百姓爲便，乃歌之曰：‘廉叔度，來何暮？不禁火，民安作。平生無襦今五絝。’”《三國演義》第十八回：“郭嘉入，（曹）操曰：‘公來何暮也？’”

喻年老，衰弱。《楚辭·離騷》：“惟草木之零落兮，恐美人之遲暮。”王逸注：“言天時運轉……而君不建立道德，舉賢用能，則年老耄晚暮，而功不成，事不遂也。”《南史·王曇首傳附王筠》：“自謝朓諸賢零落，平生意好殆絕，不謂疲暮復逢於君。”

姓。《萬姓統譜·遇韻》：“暮，見《姓苑》。”

述讀“慕各切，mò ㄇㄛˋ”諸義：

安定。《詩·大雅·皇矣》：“皇矣上帝，臨下有赫，監觀四方，求民之莫。”毛傳：“莫，定也。”

《論語·里仁》：“君子之於天下也，無適也，無莫也，義之與比。”其“無莫也”之“莫”亦訓爲“薄、淡薄”。唐、陸德明《經典釋文》：“范甯云：適、莫，猶厚、薄也。鄭（玄）音慕，無所貪慕也。”

有所懷疑。《莊子·人間世》：“凡溢之類妄，妄則其信之也莫，莫則傳言者殃。”郭象注：“莫然疑之也。”成玄英疏：“莫，致疑貌也。旣似傳者妄作，遂生不信之心，莫然疑之也。”

通“慔”，勉勵。《淮南子·繆稱訓》：“其謝之也，猶未之莫歟？”高誘注：“莫，勉之也。”

通“膜”，指生物體內的薄皮形組織。《禮記·內則》：“濯手以摩之，去其皽。”漢、鄭玄注：“皽，謂皮肉之下魄莫也。”唐、陸德明《經典釋文》：“莫，亦作膜。”孔穎達疏：“去其皽莫。”

通“漠”，廣大。《小爾雅·廣詁》：“莫，大也。”《莊子·逍遙遊》：“今子有大樹，患其无用，何不樹之於无何有之鄉，廣莫之野。”王先謙集解引簡文曰：“莫，大也。”

通“寞”，寂寞、沉寂。清、朱駿聲《說文通訓定聲·豫部》：“莫，叚借爲嘆（寞）。”《漢書·外戚傳下·孝成班倢伃》：“白日忽已移光兮，遂晻莫而昧幽。”顏師古注：“一曰，莫，靜也。”《莊子·齊物論》：“形固可使如槁木，而心固可使如死灰乎？”晉、郭象注：“死灰槁木，取其豸（寂）莫無情耳。”郭慶藩集釋引盧文弨曰：“今注作寂寞。”清、汪懋麟《送夢敦學士假歸桐城》詩之七：“飛騰何限雲中鶴，寂莫空餘澗底鱗。”

通“謨”，謀、謀劃。《詩·小雅·巧言》：“奕奕寢廟，君子作之；秩秩大猷，聖人莫之。”鄭玄注：“莫，謀也。”唐、陸德明《經典釋文》：“莫，一本作謨。”陳奐傳疏：“莫，讀爲謨，此假借字。”

通“劘”，削。《管子·制分》：“屠牛坦朝解九牛，而刀可以莫鐵。”尹知章注：“莫，猶削也。”

用同“沒”。一、副詞，“沒有”，也作“莫有”。《儒林外史》第十二回：“他從來肚裏也莫有通過，借在箇土地廟裏了訓幾箇蒙童。”二、“辱沒”，也作“辱莫”。《水滸全傳》第四十五回：“叵耐緇流之輩，專爲狗彘之行，辱莫前修，遺誚後世。”

布，展開。《廣雅·釋詁三》：“莫，布也。”

消散。《文選·潘岳〈關中詩〉》：“亂離斯瘼。”唐、李善注：“《韓詩》曰：‘亂離斯莫，爰其適歸。’薛君曰：‘莫，散也。’”

代詞：表示沒有什麼（指處所或事物）或沒有誰。如：莫大的幸福；莫不欣喜。《易·益》：“莫益之，或擊之。”《荀子·天論》：“在天者，莫明于日月。”《銀雀山漢墓竹簡·孫臏兵法·月戰》：“間于天地之間，莫貴于人。”《戰國策·楚策》：“羣臣莫對。”漢、桓寬《鹽鐵論·非鞅》：“今秦怨毒商鞅之法，甚於私仇，故孝公卒之日，舉國而攻之，東西南北，莫可奔走。”《三國志·蜀志·諸葛亮傳》：“非劉預州莫可以當曹操者。”清、黃宗羲《劉伯繩先生墓誌銘》：“塞門掃軌，隣右莫窺其面。”

副詞。一、表示否定，相當於“不”、“不可以”。《詩·邶風·終風》：“莫往莫來，悠悠我思。”《荀子·解蔽》：“桀死於亭山，紂縣於赤斾，身不知先，人又莫之諫，此蔽塞之禍也。”《國語·魯語下》：“女知莫若婦，男知莫若夫。”韋昭注：“言處女之智不如婦，童男之智不如丈夫也。”《史記·陳丞相世家》：“高帝既出，其計祕，世莫得聞。”《漢書·匈奴傳上》：“已而，冒頓以鳴鏑自射善馬，左右或莫敢射，冒頓立斬之。”唐、李白《蜀道難》詩：“一夫當關，萬夫莫開。”唐、柳宗元《種樹郭橐駝傳》：“他植者雖窺伺傚慕，莫能如也。”清、洪秀全《原道覺世訓》：“知其一，莫知其二；明於此，轉暗於彼。”二、表示禁止或勸戒，相當於“別”、“不要”、“不能”。《史記·商君列傳》：“秦惠王車裂商君以徇，曰：‘莫如商鞅反者！’”漢、陳琳《飲馬長城窟行》詩：“作書與內舍，便嫁莫留住。”《漢書·王莽傳中》：“其去剛卯，莫以爲佩；除刀錢，勿以爲利！"晉、陸機《吳趨行》詩："楚妃且勿歎，齊娥且莫謳。"晉、王羲之《明府貼》："當日緣明府共飲，遂關問，願足下莫見責。"唐、劉禹錫《楊柳枝詞》詩："請君莫奏前朝曲，聽唱新翻楊柳枝。"三、對動作變化完成情況的否定。相當於"未"、"沒有"。《墨子·經下》："偏去莫加少。"北周、庾信《代人傷往》詩："無事交渠更相失，不及從來莫作雙。"四、表示揣測或反問。相当於"或許"、"大约"、"莫非"、"莫須有"。《論語·述而》："文，莫吾猶人也。躬行君子，則吾未之有得。"朱熹集注："莫，疑詞。"唐、杜甫《秋日夔府詠懷》詩："卽今龍廄水，莫帶犬戎羶。"仇兆鰲注："莫帶，莫不尚帶餘羶也。"宋、徐夢莘《三朝北盟會編》卷二十七："時中怒，厲聲曰：'李綱莫能將兵出戰否？'"清、納蘭性德《滿宮花》詞："盼天涯，芳訊絕，莫是故情全歇。"

疊字雙音"莫莫"形況：一、茂密貌。《詩·周南·葛覃》："葛之覃兮，施于中谷，維葉莫莫，是刈是濩。"朱熹集傳："莫莫，茂密貌。"晉、左思《蜀都賦》："黍稷油油，稉稻莫莫。"明、何景明《養蠶詞》："桑葉莫莫，蠶白滿箔。"二、肅敬貌。《詩·小雅·楚茨》："君婦莫莫，爲豆孔庶，爲賓爲客，獻酬交錯。"朱熹集傳："君婦，主婦也；莫莫，清靜而敬至也。"三、猶默默。漢、揚雄《甘泉賦》："炕浮柱之飛榱兮，神莫莫而扶傾。"四、同"漠漠"，塵土飛揚貌；莫，通"漠"。《漢書·揚雄傳上》："《校獵賦》：'莫莫紛紛，山谷爲之風猋，林叢爲之生塵。'"顏師古注："莫莫，塵埃貌；紛紛，亂起貌。"漢、王逸《九思·疾世》："時咄咄兮旦旦，塵莫莫兮未晞。"

方言：一、古代北方方言，酸漿草稱爲"莫"，見前《詩·魏風·汾沮洳》"言采其莫"。二、沒有。《喻世明言·簡帖僧巧騙皇甫妻》："卽時隨這姑姑家去看時，家里莫什麽活計，卻好一个房舍，也有粉青帳兒，有交椅、桌凳之類。"三、恐；莫是，卽恐怕是、莫非是。清、李調元《方言藻》："莫，方言，猶云'恐是'也。包何詩：'莫上迷樓。'"《喻世明言·簡帖僧巧騙皇甫妻》："如何三日理會這件事不下，莫接了寄簡帖的人錢物，故意不與決這件公事？"

姓。《通志·氏族略四》："莫氏，卽幕氏省文。漢有富人莫氏，見《游俠傳》……《官氏志》邢莫氏改爲莫氏，望出江陵。”

莫又讀mì ㄇㄧˋ，《集韻》莫狄切，入錫明。通“羃”。封，覆蓋。北魏、賈思勰《齊民要術·插梨》：“插訖，以縣莫杜頭，封熟泥於上。”石聲漢注：“《農桑輯要》作‘莫’之外，加小注‘同羃’；漸西村舍本便改作‘羃’。羃，卽‘封’的意思。”

莽₀₆₇₁　𦭎　南昌謂犬善逐兔艸中爲莽。从犬，从茻，茻亦聲。謀朗切（mǎng ㄇㄤˇ）。

【譯白】莽，南昌一帶的方言說犬善於在草叢中追逐兔子稱爲莽。是分別依從犬，依從茻做主、從形旁並峙爲義，茻也做爲聲旁構造而成的會意兼形聲字。

【述義】薛傳均答問疏證：“茻，衆艸也。是正字……‘南昌謂犬善逐兔艸中’爲莽別一義。”朱駿聲《說文通訓定聲·壯部》：“經傳草、茻字皆以莽爲之。”段玉裁《說文解字注》：“此字犬在茻中，故偁南昌方言，說其會意之旨也。引申爲鹵莽。”

叢生的草。唐、玄應《一切經音義》卷十一引《說文》：“木叢生曰榛，衆草曰莽也。”《左傳·哀公元年》：“吳日敝於兵，暴骨如莽，而未見德焉。”杜預注：“草之生於廣野莽莽然，故曰草莽。”漢、張衡《西京賦》：“結部曲，整行伍，燎京薪，駴雷鼓，縱獵徒，赴長莽。”晉、陸機《赴洛道中作》詩：“振策陟崇丘，案轡遵平莽。”南朝、宋、鮑照《蕪城賦》：“灌莽杳而無際，叢薄紛其相依。”唐、李白《古風五十九首》詩之十四：“白骨橫千霜，嵯峨蔽榛莽。”又指草木叢生處。《易·同人》：“伏戎于莽。”漢、揚雄《長楊賦》：“羅千乘於林莽，列萬騎於山隅。”

草。《小爾雅·廣言》：“莽，草也。”《藝文類聚》卷八十一引《方言》：“莽，草也……南楚、江、湘之間謂之莽。”《楚辭·離騷》：“朝搴阰之木蘭兮，夕攬洲之宿莽。”王逸注：“草冬生不死者。”《淮南子·泰族》：“食莽飲水，枕塊而死。”宋、吳文英《齊天樂·毗陵陪兩別駕宴丁園》：“斷莽平煙，殘荷賸水。”

大、廣闊、無涯際、深遠。《小爾雅·廣詁》：“莽，大也。”《楚辭·九辯》：“莽洋洋而無極兮，忽翱翔之焉薄？”王逸注：“周行曠野，將何之也。”又《九章·悲回風》：“穆眇眇之無垠兮，莽芒芒之無儀。"唐、杜甫《有懷臺州鄭十八司戶》詩："相望無所成，乾坤莽回互。"又《憶昔行》詩："玄圃滄洲莽空闊，金節羽衣飄婀娜。"宋、王安石《和平甫舟中望九華山二首》詩："神莽吾難知，士病吾能砭。"清、秋瑾《滿江紅》詞："莽紅塵何處覓知音，青衫溼。"康有爲《〈詩集〉自序》："故志深厚而氣雄者，莽天地而獨步，妙萬物而爲言。"

渺茫、迷茫。唐、韓愈《吊武侍御所畫佛文》："晢晢兮目存，丁寧兮耳言，忽不見兮不聞，莽誰窮兮本源。"宋、陳與義《夜賦》詩："強弱與興衰，今古莽難評。"宋、范成大《次韻巫山圖》詩："是耶非耶莽誰識，喬林古廟常秋色。"

荒涼。唐、杜甫《遣興》詩之二："穹廬莽牢落，上有行雲愁。"明、李夢陽《朱仙鎮廟》詩："宋墓莽岑寂，岳宮今在茲。"

粗率、冒失、粗疏、魯莽。宋、文天祥《先君子革齋先生事實》："命意時，娓娓談他事，若莽于尋繹。"元、陳櫟《勤有堂隨錄》："胡季隨學于朱子，讀《孟子》'至于心獨無所同然'一句，朱子問如何解，季隨以所見對。朱子以爲非，且謂其讀書疏莽。"《水滸傳》第四十回："兄弟，使不得莽性！城裏有五七千軍馬。"清、陳確《哭祝子開美四首》詩之三："單身罵賊獨何莽，十里索良亦大愚。"清、洪昇《長生殿·覓魂》："一口氣許了他上下裡尋花貌，莽擔承向虛無中覓麗娟。"

大而猛烈。清、曹寅《滿江紅·烏喇江看雨》詞："好一場莽雨，洗開沙磧。"清、冒襄《影梅庵憶語》卷二："莽風飄瓦鹽官城中，日殺數十百人。"

什麼。《敦煌變文集·捉季布傳文》："今受困厄天地窄，更向何邊投莽人。"

疊字雙音"莽莽"形況：一、長大貌。《呂氏春秋·知接》："戎人見暴布者而問之曰：'何以爲之莽莽也？'指麻而示之。怒曰：'孰之壤壤也，可以爲之莽莽也？'"高誘注："莽莽，長大貌。"二、茂盛貌。《楚辭·九章·懷沙》："滔滔孟夏兮，草木莽莽。"朱熹集注："莽莽，茂盛貌。"晉、潘岳《傷子辭》："奈何兮弱子，邈棄爾兮邱林。還眺兮墳瘞。草莽莽兮木森森。"三、無涯際貌。《楚辭·九辯》："塞充倔而無端兮，泊莽莽而無垠。”唐、杜甫《秦州雜詩》之七：“莽莽萬重山，孤城山谷間。”明、何景明《苦寒行》詩之二：“莽莽北郊外，死骨聚如丘。”亦指時間的長遠無際、悠久。梁啟超《中國積弱溯源論》：“莽莽千載，念來日之大難。”四、渺茫、迷茫。元、黃縉《即事》詩：“浮生莽莽吾何計，獨立看雲竟落暉。”清、龔自珍《最錄神不滅論》：“顧儒者曰：神不滅，佛之言也。吾儒不然，此身存即存，此身滅即滅，則吾壹不知儒之於《易》、於《詩》、於《禮》，盡若是其莽莽耶？盡若是其墨墨耶？”五、氣勢雄渾貌。明、王世貞《藝苑卮言》卷三：“曹公莽莽，古直悲涼。子桓小藻，自是樂府本色。子建天才流麗，雖譽冠千古，而實遜父兄。”六、草率、魯莽。清、王夫之《讀四書大全說‧論語‧先進篇七》：“想來匡人之暴，亦不是莽莽殺人，處人有道，則自歛輯。”清、紀昀《閱微草堂筆記‧灤陽續錄五》：“殆閔公莽莽有傖氣，恐其偶然沖出，致敗人意耳。”七、眾多貌、猶累累。梁啟超《中國歷史上革命之研究》：“故數千年莽莽相尋之革命，其蓄謀焉，戮力焉，渫血焉，奏凱焉者，靡不出于一二私人。”又《中國史敘論》：“悠悠二千歲，莽莽十數姓，謀謨之臣比肩，掌故之書充棟，要其立法之根，不出此防弊之一心。”

竹的一種。《爾雅‧釋草》：“莽，數節。”郭璞注：“竹類也，節間短。”郝懿行義疏：“數節，促節也。莽竹節短，蓋如今馬鞭竹。”

姓。《通志‧氏族略四》：“莽氏，《漢書》馬何羅逆誅，後漢馬后之先也。后惡其先有反者，改爲莽氏。”

莽又讀 máng ㄇㄤˊ，《集韻》謨郎切，平唐明；陽部。莽蒼，郊野蒼茫的景色。《集韻‧唐韻》：“莽，莽蒼，艸野之色。”《莊子‧逍遙遊》：“適莽蒼者，三湌而反，腹猶果然。”成玄英疏：“莽蒼，郊野之色，遙望之不甚分明也。”唐、孟郊《古別曲》詩：“荒郊煙莽蒼，曠野風淒切。”明、劉基《菩薩蠻》詞：“月上海門山，山河莽蒼間。”莽蒼又謂：一、指迷茫的郊野或原野。唐、柳宗元《邕州柳中丞作馬退山茅亭記》：“是山崒然起於莽蒼之中。”宋、司馬光《和邵堯夫秋霽登石閣》詩：“目窮莽蒼纖毫盡，身得逍遙萬象閑。”傅專《五月廿一日與胡樸安高吹萬同遊北固山作》詩：“傑閣坐看凌莽蒼，奔流猶自逐喧豗。”二、空曠無際貌。唐、杜牧《上宰相求湖州第二啟》：“如登高四望，但見莽蒼大野，荒墟廢壠，悵望寂然，不能自解。”宋、歐陽修《自岐江山行至平陸驛》詩：“蕭條斷烟火，莽蒼無人境。”明、徐弘祖《徐霞客遊記·滇遊日記十》：“遂引余從其寨之後東逾嶺，莽蒼無路，姑隨之行。”三、形容文章詞氣充沛。明、胡應麟《詩藪·古體中》：“太沖《詠史》，骨力莽蒼，雖途轍稍岐，一代傑作也。”清、劉獻廷《廣陽雜記》卷四：“《邱邦士集》予未見，然當推躬菴爲第一，莽蒼浩瀚，有大氣以舉之。”

葬 0672　藏也。从死在茻中，一其中，所以薦（荐）之。《易》曰：“古之葬者（古者葬），厚衣之以薪。”（茻亦聲）則浪切（zàng ㄗ大）。

【譯白】葬，人死加以掩埋。是以“死”放在“茻”中間，“一”加在裏面用來指出放着尸體的草墊，“茻、死、一”分別做爲主、從形芻並峙爲義構造而成的會意兼形聲字。《易·繫辭下》說：“古時候掩埋的方式，是使用很多的草和樹枝加以覆蓋。”

【述義】段玉裁《說文解字注》：“荐，各本作‘薦’，今正。荐，艸席也，有藉義，故凡藉於下者用此字。”又改“古之葬者”爲“古者葬”；加“茻亦聲”。云：“此於疊韵得之。”

掩埋尸體。《易·繫辭下》：“古之葬者，厚衣之以薪，葬之中野，不封不樹，喪期無數，後世聖人易之以棺椁，蓋取諸《大過》。”《禮記·檀弓下》：“葬也者，藏也；藏也者，欲人之弗得見也。”《楚辭·漁父》：“寧赴湘流，葬於江魚之腹中。”《新唐書·高承簡傳》：“承簡夷其丘，庀家財以葬。”《紅樓夢》第二十七回：“儂今葬花人笑癡，他年葬儂知是誰。”

泛指依照風俗習慣用其他方法處理尸體。元、杜仁傑《耍孩兒·喻情》套曲：“葬瓶中灰骨是箇不自由的鬼。”

葬送：一、指掩埋死者、出殯等事。《後漢書·陳忠傳》：“大父母死未滿三月，皆勿徭，令得葬送。”《宋書·謝方明傳》：“營舉凶事，盡其力用，數月之間，葬送並畢。”宋、曾鞏《與劉沆龍圖啟》：“方先人之葬送未成，偏親之奉養多乏……凡糜敝於秋毫，皆經營於方寸，顧惟私計，當議遠遊。"二、斷送。元、王實甫《西廂記》第二本第四折："索將他攔縱，只恐怕夫人行把我來厮葬送。"《二刻拍案驚奇》卷十："媽媽心性，若是知道了，肯干休的？我這條性命眼見得要葬送了。"清、李漁《慎鸞交·久要》："怕設情中機殼，致他年薄倖，葬送溫柔。"

文四（以上茻部的文字有四個）。

後　記　　　王進祥

荊室喜平與我合纂這部《說文解字今述》，都一千三百餘萬言，依許慎先生原著之十五篇分一篇為一冊共十五冊，每冊皆在九百頁上下，以十六開本套朱色精印精裝。漢字中文已崛起為國際強勢語文，為便於國際流通，採自左向右橫排版式，此亦時下網路版式，當不會給國人使用帶來太大不便；一兩年後或可增印傳統豎排本供學者選擇。

原擬明年春天才開始出版本書，但人事上不可知的變化，對我這個大難餘生的人可能更為難料，加以至親好友們關切甚殷，於是不分日夜檢校，終於能提前半年開始出版發行。同一系列的《說文解字譯讀》、《兒童讀說文》、《說文部首述講》、《說文解字導讀》，也將很快和學者們見面，一採十六開本套朱色精印。

本冊共經七次校對，常巧麗、朱小紅二人任勞最為辛苦，劉英峰、謝書娜、朱曉娟三人亦兢兢業業從事；溽暑逼人，我們日以繼夜揮汗屏氣細校慎檢，隨時討論解決疑義，共同發揮出高度的團隊精神；荊室喜平因為臨盆，不能始終本冊校事，如有魯魚亥豕，其責在我。

非有絕大精力與毅力，不能完成本書，十分感恩上蒼賜我健康的身心。荊室喜平所以與我合纂本書，完全為了幫助我做到：一、我沒有被那一夥奸究凶殘至極、謀財害命的匪徒們擊到，我必定更勝從前、必定證實人間終究有正義；二、不只是當仁不讓於師，還要使自己不枉大難大變故之中百忍求生，昂首以真實的成果反哺人倫，答報三重恩暨諸元善大德惠我之恩；三、我一九七九年創辦漢京文化事業有限公司，即印行《套色注音說文解字注》，套色部分有多處疏漏空白，要以本書補贖內心二十餘年來的內疚不安。在北京流寓合纂過程中，我的生活仍不平安，喜平既要隨時挺身維護，還要刻苦張羅三餐，為了充分利用親友們的接濟，常於晨昏採摘粗味野菜將就，有時買回一點肉品稍作改善卻以吃不慣堅讓於我；而每日工作至夜深，我有時先不堪疲勞，沉沉和衣睡去，醒來後，仍見喜平在昏黃孤燈下埋案奮筆，每天睡眠往往不過五個小時；只要稍覺疑義，一定與我辨至明白而後已；今年初偕我返台後，見我內衷負擔巨大，一直深咎失德辜負親長，特別盡心代我孝敬姑父母大人，不卑不亢接待關心往來的親友們，不時提醒我對在大陸離奇橫遭將近十年大難期間被連累飽受傷害、行將成年的兩位兒子期望不可過急，處處為我勞心；臨盆前夕，仍操持一屋清潔瑣務，在車間幫忙姑父大人趕裝客戶急訂的工業用縫紉機。大難未死之後，仍處困厄艱危之中，能先得妻如此，絕非一句〝夫復何求〞的老話可以感恩於什一！為我忍辱含垢的辛酸，猶不在話下。

　　本冊前面，我以平淡的文字寫出《期望開創語文倫理學》來代自序，只希望社會各界人士重新真實來看待人與語言文字的關係及所發生的問題是本質性的、倫理性的，關連整個社會風氣厚薄暨秩序祥和樂麗與否。語言文字是一個人思想的符號、行為的信號，不能正確認識使用語言文字，就不能養成正大的思想品德；妄使語言文字的人，就是邪心惡膽、行事妄亂不負責任的人；不講語言文字倫理，政治倫理、整個社會倫理必定大亂；換言之，社會上不倫不負責任的語言文字一旦多了，一定會出現擾攘不安的亂象，教育和文化都將緊跟著發生問題；還要談精緻文化，無異海市蜃樓。在位的人、有身價的人、所有公眾人物，首先帶頭來正確看待語言文字，是基本義務之一。

　　做人的第一步先好自學習語言文字就是了，而提出語文倫理學，就是開宗明義使人人學習語言文字的同時，就樹立正確認識使用語言文字、對使用的語言文字負起道德義務乃至法律責任的觀念，從而養成正大的思想人格，也無形中得到做人做事的條理和能力。準此而言，語言倫理學是做人立身的根本之學，是從牙牙學語就必須接受之學。古人將《說文解字》尊為〝天下第一種書〞，說經書可以不讀，《說文解字》不能不讀，讀再多的書卻未讀《說文解字》，等於沒讀過書，讀通了《說文解字》，即使未讀經書，就已是一位〝通儒〞了，指的就是正確認識使用語言文字是立身做人做事的第一根本所在。因此，不知道立身必須先對語言文字負道德義務責任，談什麼道德人格教育就都成了虛假不實際，也沒有正大的思想人格和做人做事的條理、能力可言。語文倫理學可以不必獨立專授，直接參入語文教學之中就能有相成的功效；知道教導子弟正確認識使用語言文字的家長，或者有必須正確認識使用語言文字觀念的家長和社會人等，就都是樸素的語文倫理學者！吾人能確立語文倫理學，國族百年文教大計將更好著力。

　　人類進化為能夠分清是非善惡有良知的文明人以來，倫理、道德、義務就不是束縛，而是天性了！人們安身，因而有了美好的生活目標，感受到莊嚴的生命意義。人們對語言文字負有道德義務責任之說，或許有人認為如此一來語言文字就變得枯燥無味，被教條化、僵硬化了？其實不然，這好比正確對子女負起道德義務責任就能享有無窮的天倫之樂一樣，能對語言文字負起道德義務責任，有正確認識、能正確使用的人，就是一位受歡迎尊重的人，隨時生活在安穩踏實快樂之中。又好比人生原本充滿智慧、活潑、生趣盎然一樣，語言文字原本也是要使人發揮智慧、表現活潑，舉手投足之間生趣盎然。語言文字所以有美好祥和與醜惡災禍的意義分別，是根據天地間自然的變化現象和人事萬物的差異性質創造出來的，最終目的是要教人們追求擁有美好祥和的人生，知道防制遠離醜惡災禍；如果一個人明知是非善惡而要硬逞逆反心性，與醜惡為伍，幸災而樂禍，不能就說本質原是如此，應是首先的語文教育就失敗了。知道對語言文字有道德義務責任，能正確認識使用，不只自然而然養成了正大的思想品德，也自然而然成為一位有條理有能力的人，語言文字對人的成就性是無可估量的。

就拿科技界的傑出人物來說，青年學子們不能光是羨慕他們的新貴身分，殊不知這些傑出人物們首先都有很好的語文能力！不信且看時下報上讀者論壇那些有條理有見地乃至立論寬闊的篇章，很多是出身理工科者的手筆。而所謂養成正大的思想人格，何謂“大”？本書原著者許慎先生說：“天大，地大，人亦大。故大象人形。”天的能量很大，地的能量很大，人的能量也很大；“大”和人的關係原來是這麼了不起！大其思想人格，就是使思想人格極其開闊寬廣宏觀，這樣的人舉手投足之間自在自得，一般生活現實問題難不倒他，既有很好的能力，又知道本分和及時把握、正確發揮，人生幸福大道要禮讓他走！說到這裏，但不知一些青年學子們還會不會再認為“正大”兩個字八股、骨董、沒有用？沒有人能夠以事實否認：凡是不能正確認識語言文字的人，什麼學科都學不好！惟其如此，人才每況愈下與價值觀日形錯亂，就一發不可收拾！半個多世紀以來，道德重整、重建人性的社會、發展健全的社會，一直是人類在探討解決的“新課題”，吾人何不先來確立語文倫理學，先從抵制曖昧不正、虛偽不真以及粗魯不雅的語言做起，使之成為新世紀的基本學科？

　　大約十五、六年前，我開始發現中文系必修課文字學的基本教材《說文解字注》一書，不買的學生一年比一年多，禁不住驚奇探詢，竟是一些上一年級學生修過文字學課程後，認為《說文解字注》這本才只粗讀沒多少頁的書就已經沒有用了，也嫌放在書架上佔位置，就〝好意〞送出去，要為學弟學妹省買書錢。而早在二十餘年前，南部某師專一位教授文字學的先生，年復一年告訴學生們：〝《說文解字》錯誤一大堆、到處都是錯誤！你們不要買不要看！〞在他如此教導下畢業分發各地擔任國小語文教職的，數以千計。不提這兩件事，實在如鯁在喉；該如何進一步說，就請大家各自品評吧。我們有眾所周知的生存急迫原因，幾十年來朝野上下不得不大力發展工商業，用勤勤懇懇的牛馬精神擁有財富以後，更要再面對國際社會新一輪的激烈競爭，而在此過程中也無可避免地被國際社會追逐新潮時髦的風氣、功利主義以及金權思想所籠罩，立國興國根本的教育問題，舊的還未解決好，新的又紛紛湧現，其中最大的一個錯失是一直未能辦好人文教育，文史哲學系變成學子們退而求次的情況下的無奈就讀科系；惡性循環，我們已經開始在嚐這一苦果了，這是政府的責任，也是社會的責任，還有家長的責任。我國文化，稱之為漢文化也好，或中華文化、中國文化也好，它不只是人文精神的文化，也是科學的文化，孔門六科允文允武，是多才多藝的通才教育，內聖外王、成己成物之學，能造就開物成務、康濟艱難之士；歷史上不乏出將入相、安邦定國的知識分子；弘揚教化與經濟民生原是士子成才後的基本能力。只因南宋以後，人主非昏庸無知自閉，即強悍愚民自大，以致一再地扼殺了科學科技的發展，知識分子更被扭曲糟蹋，變成手無縛雞之力、百無一用的樣子。近年來，漢文字已在國際上崛起成為強勢語文，其所內涵的漢文化也將隨著傳播到地球村的各個角落。上個世紀末，聯合國科教文組織就已宣布：儒家的《論語》將成為新世紀人類的經典讀本之一。再說現在世界各進步國家，其大學教育宗旨已紛紛由原來的專才教育改為通才教育；攻讀文史的學子，原能較具宏觀，不難使自己先一步成為通才！凡此，際會其盛看今朝，這是歷史交集的大好時刻，我國文史科系所的學子們該奮起胸懷世界了！但請一定先做好：努力用心去正確認識語言文字，煥發真誠會心的微笑加以使用、傳播。

　　生生之德在賦予人類聰明智慧、通曉事理而成為萬物之靈的同時，也賦予人類巨大的潛能，智慧加上潛能的正確掌握運用和發揮，原非難事，這是本分，也可以說每個人都不難成為〝完人〞。我國古來立身觀念一直有這麼一說：〝凡有志於民者，應立德、立功、立言。〞有志於民，是有心要在社會人群中立足的意思；端正做人即為立德，本分工作即為立功，使用語言文字能夠負責任就是立言。每個人日常生活所需，即便一粥一飯、一針一線，無不同時含有其他人們付出的勞動心血在內，知道加以珍惜的人，就是能夠在社會人群中立足的人；擁有身分地位卻是引人側目非議的人，談不上能夠在社會人群中立足，充其量叫做很會在社會人群中混的人。語言文字有情也無情，一字一句之別，差以千萬里。周公恐懼流言日，周公是中國歷史上最能本分立足的人；王莽謙恭下士時，王莽是中國歷史上最會混的人。能立足者長久，混的人隨時會失足爬不起來。條條理理的語言文字，躍動著先人們的智慧火花，能隨時使最黑暗的地方放出光芒，是我們最可寶貴的立身財富。除非不想做人，否則，融為人間倫理一環的語言文字，必須善加珍惜維護，這等於是珍惜維護自己的人格品德以及能力。言語上倫與不倫，在此粗淺舉例：道理能不能分大、小？不一定，也因人而異；首先是要先想到一個說法：不是從小見大嗎？其次，為了教化力度，宣導的理念準則就可以說是大道理；而以理念準則勸導於人，再是堂堂正正，往往謙說是小道理、小道理。不知好歹拒受勸告的人等，大多會不約而同譏刺好意相勸的人：〝你說的大道理我聽不懂！〞高傲自大不服氣的人，聽了相勸的言語後，就要嘲弄：〝你說的全是小道理，還有沒有大道理？〞如果有人這麼說：〝你講得整嘴都是白沫，我不要聽！〞這個人不再來往也罷！敦睦友善關懷人，也要見機知趣，反惹來怨恨糾葛，是自己太弱智了。而切身的道理能否分為受用一時與受用一生？不能！沒有當日的受用，何來現在的我？不會聽話辨意、分明條理，就是還沒能邁出正確認識語言的第一步；但只要能邁出這第一步，也不必有什麼第二步、第三步……，一旦能夠聽話辨意、分明條理，就是能正確認識語言、學會了語言，連創新與理解新詞語的能力都有了！亂用語言的人是不倫的人，已經是或很快就是個邪心惡膽的人！粗疏認為語言沒什麼學問，不想正經學習的人，是沒有條理可言的人，能力也就不怎麼樣；沒有條理的人和不倫的人一樣，人生路上不時會有必然的大大小小的坎坷乃至災厄。大陸有些地方的人們，言語上總要話中有話，聽了必須細琢磨、琢磨透了，最好馬上琢磨出來表示會意，否則，不只會失禮傷感情，更會使好事變成壞事！如此一來，日常上必須我琢磨你的話、你琢磨我的話，幸好不是人和人之間的互相琢磨，但已經使人們失去宏觀的思想，很大侷限了人文發展，不利社會的進步，學理上講，這叫做〝不倫現象〞。台灣長久以來也一直存在這種不倫現象，而且有過之無不及；故意要讓人琢磨的話，術語叫做〝瞑角〞；喜歡作派的人等，言語上也喜歡帶瞑角，連少年學生都會說：〝不知瞑角，怎麼死的都不知道！〞事實就是如此，因為不知瞑角當場就招來一頓莫名其妙毒打甚至殺身之禍的情事，人們早已司空見慣，不再大驚小怪了；光是言語上就埋設了這麼隨便而離譜的殺機，任誰都無以始料！但這也不是台灣特有的現象，在很多進步的國家也都存在著。語言原是美妙的，為什麼有些人等硬要拒絕其中所在多有的溫馨、活潑、生趣與智慧？我國文字的構造和使用方法，本書原著者許慎先生歸納為指事、象形、形聲、會意、轉注、假借六種類型，稱之為〝六書〞；我們這獨有的六書類型的漢文字，富含哲理或一眼就能給人哲理的想像。如〝貪字近貧〞，起貪念時能想到，會使人驚心自覺，清心理智。但要說〝保是人呆〞就不完全恰當，這是社會不信無義的風氣造成的唷嘆想像！遇有值得幫助的人，還是應優先考慮給予適當的幫助；至於值得與否、何謂適當？要能客觀認識與衡量。再以會意字來說，所會之意是由造字人的想法決定的，使用的人多了，就約定成俗被大家接受，但會意字認起來不免會像猜謎語一樣，不同的人就會有不同的猜法，這是不同的理解所致。北宋的大政治家、大文學家王安石，著了一本《字說》，專門解釋文字的本義，但也不免於說錯話，加上人又固執，內容就出現不少牽強附會的地方，馬上受到當時人的嘲諷；大學士蘇東坡就戲弄他：〝以竹鞭馬為篤，以竹鞭犬有何可笑？鳩字從九從鳥，亦有證據：《詩經》上說〝鳲鳩在桑，其子七兮〞，和爹和娘，恰是九個！〞又問安石坡字何義？安石答說〝坡者土之皮〞。東坡回敬〝然則滑者水之骨乎〞？安石默口無言。從六書構造理論講，篤、坡都是形聲字。篤是馬行頓遲的意思，從馬，竹聲；坡是地勢傾斜的地方，从土，皮聲。形聲字也有不少兼會意，這就按下不說。我們漢文字既有六書類型，不先分辨屬於哪一類型就望字會意、定義，鬧出笑話事小，造成認知和思想紊亂就不好收拾了！前面說的〝貪字近貧〞，是哲理性的領會；明朝的唐寅說：〝錢有兩戈，傷盡古今多少人品。〞我們也可以相應地說：〝品從三口，鑄成天地第一良心。〞錢是養命之物，人人生活必須，如果有地位的人拿捏偏差了，或拿捏偏差的人多了，必定造成社會擾攘不安。說〝錢有兩戈、品從三口〞云云，既是哲理性的想像，還寓含對人性的呼喚。從文字上看出哲理或生出哲理性的想像，可以用心嘗試，卻不可以賣弄，必須先已能夠正確認識文字。不過，有這種心的人，是表示希望進一步求善，假以時日，不難具備良好的語文能力。至於喜歡故意從文字上胡亂想像，以之惡謔於人的人，當然是大不倫的人。我們漢文字所歸納出來的六書類型，脈理明白，要正確認識漢文字，照說應先知道六書，這樣學起來也會覺得活潑生動有趣，容易得到很好的學習效果。為什麼總有一些學生感覺國語文課程枯燥乏味？又總有一些學生以及家長同時認為學習國語文沒有多大益處？小學教本就加入六書條例會很困難嗎？這是不為還是無人能為？如果讓學生和家長知道國語文學不好就什麼學科也都學不好，是不是可以有所改觀？人們一生閱讀，唯獨字典、辭典備而不讀，甚至遇有不知不明的字辭也懶得隨手翻查；字典、辭典本來就可以閱讀，有心正確認識語文的人，尤應每天分出時間閱讀，以看閒書的心情隨意翻讀字典、辭典，一樣會得到欲罷不能的著迷！有些學生以背誦英漢字典當做勵學目標，與本國字、辭典所受的看待相比，可謂天壤之別，當然就缺乏中、英文能力俱屬上乘的人才，我國現代文學作品在國際上因而沒什麼活動空間，諾貝爾文學獎必然只是可望不可及。現在的學子們禁不住外界種種誘惑，找盡理由吃喝玩樂，不能靜下心多讀書學習，缺乏宏觀的思想，根本的語文能力每況愈下，提起筆來錯、別字連篇，遑論條理組織，天曉得專業知識能學得多精？當然要高不成低不就了；而身為延續民族文化種子的文史科系所學子，連〝天下第一種書〞《說文解字》都不能通讀，甚至讀不懂，反而不屑聊備於書架上，這是最大的妄自可惜了自己，我們的社會更無健全發展之日可言！開創、確立語文倫理學，在於教導莘莘學子正確認識使用語言文字，從而自然而然養成其宏觀（正大）的思想、本分的人格、有條理而且靈活的人事能力，亦即使之成為才德兼備的社會棟樑。無論社會風氣和價值觀如何受到衝擊，廣大本分自覺的人們追求真、善、美的良知良能是永遠衝擊不倒的！這才是真正的發展社會、推動文明的主流！當這些本分自覺、默默做社會中堅的長輩們、同胞們嘆息說"現在的年輕人話都隨便亂講，沒責沒任只會到處亂跑，不知道在做什麼工作"時，能引起多少省思？先民創造語言文字的目的，是為了大家更好地做人做事，使生活不斷增進福祉、生命益形煥發莊嚴，因而語言文字蘊含著十分豐富的生活經驗與智慧；學習語言文字，就是學習如何踏實光彩地做人做事，就是學習如何生活工作；從古時候到上個世紀七、六十年代，可說是人人以不認識字為恥，以說話不得體為羞，卻是二、三十年來國語文先日益受到鄙薄，認為沒有什麼價值用處，大略懂一些就行了，何必"浪費"時間認真學，不會的字眼詞句胡亂注音任人猜想了事；一些自甘辱沒自己的人等，將污穢文字以各種方式橫行社會每個角落！無視文如其人之道，考試廢除作文這等足以使綜合素質教育（完整的教育、全人格教育）淪劫不復的詭異議論都快變成了政策！而輕浮聒躁為樂、機詐煽訹為能、無賴乖戾淫惡為榮的言語，流行成為時尚，"衛道"被淪為落伍、異類、不受歡迎的代名詞，三、四十年前還以說話不得體為羞的年代，變成古早、古早的時代！本分的人們在公開場合說話必須特別小心，最好是只聽只陪笑臉不要開口，否則，很可能會招來料想不到的嘲謔奚落！或許有人要駁斥我："現在兒童都能讀經了！"不對、不對，性質不同；讀經是大好事，倡行者用心為社會發展的長久之計在想，但這是跳躍式、填鴨式的灌輸，斷層而讓我們期待已久的氣度恢宏的通才、經邦弘化的大學者將可因此在三、四十年後造就出現，卻必須以兒童本身天賦特別聰穎為前提，是不是有些兒童先已更視國語文果然枯燥乏味？家庭環境以及種種外因，有多少兒童"讀得起"經？會不會又是只在社會上熱個幾年？或者只是一些中產以上人家子弟的時髦點綴？個人關於兒童讀經的利弊討論，見於拙作《風塵春秋桃木劍》一書中，在此要提出的是：還要再說"全民讀經"，是可以做為不錯的口號，卻不實際，我們是否可以同時來進行教導兒童並要求

全民正確認識使用語言文字的努力？這是根本性、切合實際性，容易
著手多了的急務，讀經再怎麼運動推行，最快也要二、三十年後才收
得大功，教導兒童並要求全民正確認識使用語言文字，則不出一、兩
年，包括經濟活動的令人憂心的社會種種亂象，即可開始轉變。從一
有語言文字開始，人們就加以尊重，寫錯或廢棄的字紙，一定要有專
用的簍子裝著，挑選好的日子在專用的爐子裏焚化；非禮勿言的理念，
販夫走卒、村夫村婦都明白在心、謹守於口，古人一直對語言文字盡
守道德義務責任，語文倫理自然緊密融在人間倫理之中！既然現代學
科愈分愈細，分得唯恐不細，再分出語文倫理學，可使人文重新閃亮
發光，我訴諸廣大本分自覺的可敬的同胞們，實不能不將心中諸多觸
動以及眼前可用來夾敘者一吐為快，所以，拉雜往復說了這麼一大堆
話。晚清名臣張之洞有言："由小學入經學者，其經學可信；由經學入
史學者，其史學可信；由經學史學入理學者，其理學可信；以經學史
學兼詞章者，其詞章有用；以經學史學兼經濟者，其經濟成就遠大。"
這是為學成才之道的不二途徑，而 "小學" 就是教授兒童識字的學問，
亦即語言文字學。近幾年來，每當想到周處所除三害的最後一害，我
就禁不住熱眼低迴，去心中賊，何其難也，亦何其易也，只在一念之
間而已。不願正確看待語言文字，是第一大賊！人間要倫理，人生必
有義，每個人的一生都貴在其結局的道德性！明知事理偏要隨波逐
流，你妄我亂，此攘彼爭，思想雜質漫患，輾轉於七情六慾的溝壑中，
辱沒智慧和潛能，能驀然回首否？有聲有形加上有色的 "視訊情人"，
凶猛四灌，不勞而獲、妄邪淫穢、詆吃騙姦等再醜惡不過的現象被推
向極致，青少年學生飽受摧殘，還美其名 "開放、前衛、新新人類"，
能再知人間有良能與廉恥否？那些腳步已顯蹣跚仍以為社會人群默默
義務服務為樂的老人家們，真能天天過著立德、立功、立言的生活，
但在他們來說，這沒什麼，是平常事。青少年有如旭日朝陽，正要發
光發熱，當他們對人生的意識仍然薄弱時，從家長老師到社會，該趕
緊如何看待呢？正在研擬中的《國家語言發展法》，如能揭櫫人人必須
對語言的使用負起道德義務的觀念，既是在其位者果然賢能有眼光，
乃社會國族百年大幸，也足為列國的先驅先導。

　　《說文解字》不只是第一部漢文字典、第一部漢字學著作，也是

一部百科全書、一部永恒偉大的人生寶典！《說文解字》能否成為普及通俗的讀物？當然能！我何德何能，在橫逆困厄已極的環境下，竟得荊室喜平共同發心合纂這部《說文解字今述》？有所必為也。既使《說文解字》成為今後各層次人們都能實用的大部頭參考、工具書，也使之成為普及通俗的讀物！我們特別用心寫出"譯白"，就是首先要使讀者感覺明白清晰、生動親切；同一系列的《說文解字譯讀》、《兒童讀說文》，也是著力於明白清晰、生動親切，加上用新穎活潑的筆調說解以形索義、因聲求義，務使《說文解字》活生活跳、躍動在現代社會中，而使用語文必須有的倫理觀念（負起道德義務責任）也自然而然順理地重植在人們心中腦裏。此有所必為，我必致力於語文倫理學以終。可以斷言：學生時期能接近善用字典的人，都成為優秀很有能力的人才！買了字典卻不使用或很難得使用，除非是天才或師長不加引導，否則，大都是疏散怠懶、得過且過之人；為什麼好的人才不多、平庸及昏弱之才較多、止於成才臨界線的人不少？這是很值得吾人深思的問題；而做為責無旁貸的師長（當然包括了家長）卻不能教導學生、子弟重視使用字典，是很大的錯誤或罪過。此外，坊間供學生使用的國語字典、國語辭典，都可謂粗簡糙失，字典中的引申、假借義，草率隨便編列充成，學生想要求解的字義往往漏遺，這也是一些學生認為沒有用、不願意養成使用字典習慣的原因，難怪外國人對我們有大國大文化小字典之譏！出版商在爭搶這塊學生不能不買的大市場，賺足了錢之餘，是該想到要編出使莘莘學子認為不可不用的新字典了。附帶一提：河洛話（即閩南語、台語）是古代中原語言，在古代歷史上占有重要地位（我個人認為河洛話是古代官話，即今所謂之國語、普通話），最接近中古音乃至上古音，我們要構擬（重建）上古音，必須參考河洛話，但若要系統性整理考正河洛話，《說文解字》是最原始、必須的根據材料，此當於本書第二冊另文述說。

不敢光只生活在心存感恩之中，本分真實做為反哺才能稍感安身，能努力多少是多少，嚴格不客氣的批評指教，我迫切需要，必定隨時虛心接受從善。我這十年來的遭遇，在拙作《風塵春秋桃木劍》一書中已經簡明敘說，不宜再贅筆墨於此。

中華民國九十二年中秋

國家圖書館出版品預行編目資料

說文解字今述 /王進祥,岳喜平合述.
-- 初版. -- 臺北縣土城市 ：頂淵, 民92
面 ； 20X27 公分

ISBN 957-2020-35-8(第一篇;精裝)
1. 說文解字 -註釋
802.226   92021916

說文解字今述 (第一篇)精16k

國外定價:美金95元

定價:1800元

合 纂 者: 王 進 祥 . 岳 喜 平
總 編 輯: 岳 喜 平
校　　對: 常 巧 麗 . 朱 小 紅 . 劉 英 峰
　　　　　謝 書 娜 . 朱 曉 娟
出 版 者: 說文出版社
　　　　　頂淵文化事業有限公司
發 行 人: 陳 清 榮
發 行 所: 頂淵文化事業有限公司
出版字號: 局版臺省業字第玖肆零號
地　　址: 台北縣土城市延安街39巷10號1樓
電　　話: (02)82601428
傳　　真: (02)82601429
郵撥帳號: 0784385-1
印 刷 所: 吉豐印製有限公司
版　　次: 西元2003年(民92年)12月初版一刷
電子信箱: d8969189@yahoo.com.tw

全省各大書局均售 如有缺頁 請寄回更換
ISBN 957-2020-35-8

封 面 設 計 ：陳 科 嘉